HEYNE BÜCHER

Das Buch

Mary Ryans Geschichten aus ihrer Heimat Irland sind kraftvoll, magisch, aber auch engagiert. Sie verbindet den Zauber Irlands, die rauhe, schöne Landschaft und die tiefverwurzelten Traditionen mit einer leidenschaftlichen Kritik an der irischen Gesellschaft. Starke Frauen kämpfen um Erfolg, Anerkennung und Liebe. So Patricia, Sarah und Joan in »Drei Frauen«. Patricia ist unglücklich verheiratet, Sarah ist schwanger und wird von ihrem Ehemann, einem Alkoholiker, tyrannisiert. Joan, eine erfolgreiche Rechtsanwältin, ist mit dem schwerkranken Maler David verheiratet. Als Patricias Tochter vergewaltigt wird und sie eine demütigende Gerichtsverhandlung überstehen muß, entschließt Patricia sich, ihr Jurastudium wieder aufzunehmen, um als Anwältin Frauen zu ihrem Recht verhelfen zu können.

In »Grünes Feuer« ist Peg, die auf einer Farm und später in Dublin aufwuchs, bezaubert von Glenallen, einem stolzen Herrensitz, der für sie einen magischen Punkt auf der Landkarte Irlands darstellt. Als Frau von Brian, dem jüngsten Sohn des Gutsbesitzers, wird sie am Ort ihrer Träume leben können. Doch das Glück ist nur von kurzer Dauer; ein geheimnisvoller Schaten liegt über Glenallen, der zur dunklen Bedrohung wird.

»Eine machtvolle Geschichte über Freundschaft, Liebe und Familienfehden in Irland.«

Guardian

Die Autorin

Mary Ryan stammt aus Dublin. Sie war Englischlehrerin, studierte dann Jura und begann mit dem Schreiben. Jahrelang hat sie die von Männern dominierten Gerichtshöfe Irlands, vor denen Frauen gedemüdigt werden, beobachtet. Zahlreiche ihrer Kurzgeschichten wurden veröffentlicht, ihr Bestseller *Into The West* erfolgreich verfilmt. Von Mary Ryan im Wilhelm Heyne Verlag außerdem erschienen: *Schattentanz* (01/12042) und *Wiedersehen in Florenz* (01/13086).

Mary Ryan

Drei Frauen
Grünes Feuer

Zwei Irland - Romane

WILHELM HEYNE VERLAG
MÜNCHEN

HEYNE TIPP DES MONATS
Nr. 23/182

Umwelthinweis:
Dieses Buch wurde auf
chlor- und säurefreiem Papier gedruckt.

Taschenbuchausgabe 04/2001

Printed in Germany 2001
Quellennachweis: s. Anhang
http://www.heyne.de
Umschlaggestaltung: Nele Schütz Design, München
Druck und Bindung: Elsnerdruck, Berlin

ISBN: 3-453-18743-1

Drei Frauen

In Liebe für meinen »Plato«

Dank

Herzlichen Dank all jenen, die mit ihren Anregungen und ihrer Unterstützung so viel zur Entstehung dieses Buches beigetragen haben:
Paulyn Marrinan Quinn, die mir wichtige, für den ganzen Roman zentrale Denkanstöße gegeben hat; Bernadette Moran für ihre Informationen über die Strahlentherapie; Clodagh Corcoran, deren Flugblatt *Pornography the New Terrorism* mir als Grundlage für meine Auseinandersetzung mit Gewaltvideos gedient hat; meiner Familie und meinen Schwestern für ihre Geduld; meiner ehemaligen Lektorin Caroline Oakley für ihre hilfreichen Kommentare und meiner neuen Lektorin Cate Paterson für ihre Begeisterung und Ermutigung.

Die goldnen Lichter, die am blauen Weltrad gehn,
Haben sich viel gedreht und werden viel sich drehn. –
Und wir, im ew'gen Kreislauf der Erscheinungen,
Kommen auf kurze Zeit, um wieder zu vergehn.

Aus: *Die Sinnsprüche Omars des Zeltmachers*
»Rubaijat-i-Omar-i-Khajjam«

Prolog

Mai 1969

Die jungen Wanderer machten oben auf dem Hügel halt. Ein Otter, der ihnen den Graben entlang gefolgt war, verschwand verstohlen im Gebüsch. Patricia sah gerade noch den Schwanz, lachte und drehte sich zu Paddy um. »Jetzt ist er fort, der neugierige Kerl!«

Er umfasste sie mit beiden Armen, und sie lehnte sich an ihn; die Aussicht, den ganzen Abend, die ganze Nacht mit ihm allein zu verbringen, machte sie nervös. Doch beide ließen sie diese Tatsache unerwähnt, benahmen sich vielmehr, als unternähmen sie nur einen Tagesausflug. Im Magen hatte Pat aber ein flaues, freischwebendes Gefühl, als wäre sie mit dem Auto zu schnell über einen Buckel gefahren.

Es war ein schöner Sommerabend. Hinter ihnen lag die warme Teerstraße, die über Laragh nach Annamoe und Roundwood und weiter nach Dublin führte. Zur Rechten ging es hinauf zur Wicklow Gap. Vor ihnen lag Glendalough. Hier, in diesem geschützten Tal der zwei Seen zwischen den Bergen hatten die Mönche vor über tausend Jahren ihre Kapellen und Einsiedeleien errichtet. Hier, oberhalb der Klosterruinen, wollten Patricia und Paddy ihr Zelt aufschlagen.

Mit dem Bus waren sie nach Laragh hinausgefahren, und von dort war es nur noch ein Fußmarsch von etwa einer Meile bis zum Tal der zwei Seen.

Als Kinder waren sie oft mit der Familie in Glendalough gewesen, mit Eltern und Großeltern; sommerliche Sonntagsausflüge mit Tee und Gebäck, Geschwisterstreit und Übelkeit bei der Heimfahrt im Auto über die kurvenreiche Militärstraße nach Rathfarnam. Aber jetzt waren sie frei. Sie trugen Jeans und hatten Rucksäcke, in denen Schlafsack, Zelt und Verpflegung untergebracht waren.

Von ihrem Standort aus sahen sie das Tal unter sich und dahinter den Berg mit dem jähen Steilhang.

»Ist das nicht schön?«, meinte Paddy mit ausladender Geste. »Kein Wunder, dass man Wicklow den Garten Irlands nennt.«

»Als ich ein Kind war«, meinte Patricia, »ist mir das nie aufgefallen. Aber jetzt finde ich es atemberaubend.«

Sie kamen zum Royal Hotel, wo sie abbogen und die Stufen zum Klosterfriedhof hinaufstapften. Auf dem Friedhof sahen sie sich den Rundturm aus dem elften Jahrhundert an, der den Mönchen einst Zuflucht vor Plünderern geboten hatte, die Ruinen der ersten Kirchen und das uralte keltische Hochkreuz. Paddy schlang die Arme um den Längsbalken aus gemeißeltem Kalkstein.

»Wenn man ihn so umarmen kann, dass sich die Fingerspitzen berühren, wird man eine glückliche Ehe führen! Sagt die Legende.« Lachend versuchte sie es, aber auch ihr gelang es nicht. »Dafür braucht man Arme wie ein Neandertaler!«

Sie ließen die Grabsteine hinter sich, überquerten die Brücke und gelangten dann auf den Waldweg. Der Pfad führte am Ufer des unteren Sees entlang durch Eichen, Birken, Hasel- und Sanddornsträucher. Es war sechs Uhr; kaum jemand war jetzt noch unterwegs. Patricia hatte ihrer Mutter erzählt, sie ginge mit ihrer Freundin Bernadette zum Zelten.

»Morgen bin ich wieder da.«

»Wo wollt ihr hin?«

»Glendalough.«

»Ist das denn nicht gefährlich?«

»Natürlich ist es nicht gefährlich ...«

»Mir gefällt es nicht, dass du zelten willst. Was ist, wenn ihr auf irgendwelche unangenehmen Typen stoßt? Damals in England, während des Krieges ...«

Ihre Mutter war Engländerin und hatte allzu vieles noch lebhaft in Erinnerung. Pat seufzte laut auf. »Ach, Mama, der Krieg ist vorbei ... Das hier ist Irland, und wir haben Mai 1969.«

Ihre Mutter zögerte; sie wollte sich nicht auf einen Streit einlassen. Patricia wusste, dass ihre Mutter sie für eigensinnig hielt; oft genug hatte sie mit angehört, wie ihre Mutter sich bei Pats Vater darüber beklagte: »Das Mädchen ist so eigensinnig! Sie lässt sich einfach nichts sagen!« Aber diesmal erhob ihre Mutter keine weiteren Einwände. »Zieh dich warm an. Nachts kann es ziemlich kalt werden«, war alles, was sie sagte.

»Keine Sorge. Der Wetterbericht ist gut.« Pat warf einen hastigen Seitenblick auf ihre Mutter dort in der Küche. Neben der Tür hing ein Spiegel, der früher ein Pub verschönert hatte, ein alter Spiegel, auf dem in großen Lettern PADDY stand. Ihrem Vater zufolge, der eine Schwäche für Jameson Twelve und obskure schottische Whiskys hatte, brannte PADDY wie Feuer, aber er meinte den Whisky und nicht den jungen Mann, der oft vorbeikam und Patricia abholte. Seit sie mit Paddy zusammen war, fand sie den Spiegel amüsant, wirklich passend, und es gefiel ihr, dass ihr Gesicht sie durch die Buchstaben seines Namens hindurch anschaute. Als sie sich jetzt umdrehte, um zu sehen, wie ihre Mutter reagierte, warf sie rasch einen Blick in den Spiegel. Sie sah ein Mädchen mit dichtem, lockigem braunem Haar, lebhaften Zügen und leuchtenden blauen Augen. Ich bin schön, dachte sie überrascht. Na ja, schön, wenn halt diese blöden Sommersprossen nicht wären! Normalerweise verweilte sie gern ein bisschen vor dem Spiegel, wenn sie zufällig daran vorbeikam, aber jetzt wollte sie sichergehen, dass ihre Mutter nichts merkte. Verstohlen musterte sie sie und war beruhigt. Patricia erkannte an der Haltung von Mrs. O'Hehir, die sich ganz ihrer weißen Soße widmete, dass diese nicht den mindesten Verdacht hegte, ihre Tochter wolle allein mit einem jungen Mann zum Zelten fahren. Graue Haarsträhnen hatten sich aus ihrem Knoten gelöst. Ihr Gesicht im

Profil, die Art, wie sie sich über den Topf beugte, erschienen Patricia plötzlich als das Inbild von Unschuld und Vertrauen. In letzter Zeit fühlte sich Patricia weltklug; allmählich kam ihr der Verdacht, dass Eltern sehr wenig wussten. Bei diesem Gedanken empfand sie eine solche Liebe zu ihrer Mutter, dass sie sie am liebsten geküsst hätte. Stattdessen deckte sie den Tisch, hörte die Nachrichten und wartete gespannt auf den Wetterbericht.

Das Wetter war mild, wie vorhergesagt, ein Sommerabend mit rosa Wölkchen am Himmel. Ein großer Junge angelte am Ufer; er warf seine Leine hoch hinaus aufs Wasser. Die Rolle ächzte, die Leine schwirrte und da, wo die künstliche Fliege landete, entstanden kreisförmige Wellen – und nicht nur da, denn Millionen von Eintagsfliegen waren unterwegs. Die Mücken sammelten sich zu tanzenden Nebelschwaden am Rande des Sees. Weiter draußen sah man Schilfrohr, Binsen und ein paar scheue Teichhühner. Das durchdringende Gackern der Blässhühner und das Krächzen der Saatkrähen war zu hören. Rundherum stimmten die Vögel in einem wahren Freudentaumel ihr Abendlied an. Paddy hielt Patricias Hand.

»Die Geräusche des Wassers werden wir noch die ganze Nacht über hören«, sagte er und drückte ihre Hand. Diesen warmen, festen Druck spürte sie so gerne.

»Wo wollen wir unser Zelt aufschlagen?«

»Im Wald am oberen See. Da war ich schon mal.«

»Allein?«

Er sah sie an, lächelte, senkte dann den Kopf. »Bist du eifersüchtig? Nein … mit Tom Curran.«

Sie kannte Tom, mit dem er sich an der Universität angefreundet hatte.

»War es schön?«

»Ja. Ganz toll. Wir haben auf einer Lichtung bei den Haselsträuchern gezeltet. Wir konnten die Sterne sehen.«

Der Weg war steinig, er wand sich bergauf und bergab und mündete schließlich auf einer einsamen Wiese mit einer verfallenen Kapelle, bei der ein paar Schafe grasten. Dahinter lag der obere See, eine dunkelblaue Wasserfläche mit sandigem Ufer, die fast mit dem dunklen Berg verschmolz. In der Ferne schäumte weiß der Wasserfall, der sich über die Klippe ergoss.

Sie standen am Ufer, warfen Kiesel ins Wasser und beobachteten die kreisförmigen Wellen, die entstanden, sich ausdehnten und erstarben.

»Wie das Leben«, sagte Paddy.

»Meinst du die Wellen?«

»Natürlich. Ein kleiner Stein schlägt aufs Wasser und erzeugt Wirbel auf dem See. Wie das Leben! Wir sind die Steinchen.«

»Soll das tiefsinnig sein?«

Er lachte und sah sie an. »Selbstverständlich ist das tiefsinnig!«

An einer Seite des Sees stieg der Fels jäh an, ein baumbestandener Überhang erhob sich steil über dem Wasser. Paddy deutete darauf. »Das ist Kevin's Bed.«

Sie blickte auf, hielt Ausschau nach der Klause des Heiligen Kevin, des Eremiten, der sich zum Fasten und Beten dorthin zurückgezogen hatte. Die Frau, die ihn liebte, war ihm gefolgt. Er aber war ein heiliger Mann und stieß sie hinab in den See, wo sie den Tod fand.

»Wie hieß denn die Frau?«, fragte Patricia. »Die, die er ertränkt hat?«

Paddy zuckte mit den Achseln und verscheuchte die Mücken. »Verschwinden wir hier, bevor wir bei lebendigem Leib aufgefressen werden.«

Im Gehen sah Patricia ihn an, sah sein Gesicht, seine tief liegenden Augen, die Selbstsicherheit, mit der er sich bewegte. Er legte seinen Arm um ihre Schulter, blieb so überraschend stehen, dass er sie beinah aus dem Gleichgewicht gebracht hätte, und küsste sie auf den Mund. Pat spürte einen elektrischen Impuls bis hinunter in die Zehen. Seine Lippen waren warm, sein Kinn ein klein wenig stoppelig. Er roch nach Leben und Gewissheit. Er roch nach Zukunft und Liebe, nach Aufregung und Hoffnung.

»Du machst mich ganz schwindlig«, flüsterte er nach einer Weile. »Du schöner Vogel, heute Nacht werde ich mit dir schlafen.«

Die flapsige Bemerkung ließ sie zusammenzucken.

»Ich bin kein Vogel.«

Er sah sie spöttisch an. »Was ist denn so schlimm daran, ein Vogel zu sein?«

»Nichts«, erwiderte sie gereizt, »solange man Federn hat!«

Er lachte. »Ich ziehe dich doch nur auf, Dummerchen. Ich schaffe es immer, dich auf die Palme zu bringen.«

Sie stiegen über den Abhang in den Wald hinauf. Er ging vor ihr her, und sie beobachtete, wie er sich bewegte, männlich, selbstbewusst, von einem Zauber wie von einem unsichtbaren goldenen Mantel umhüllt.

»Ich glaube, das da drüben ist ein guter Platz für uns zum Übernachten!«, sagte er und deutete auf eine trockene Lichtung zwischen den Bäumen. Er setzte den Rucksack ab, ließ sich auf ein paar knorrigen Wurzeln nieder und begann das Zelt auszupacken.

Patricia stand nur da und starrte ihn an; plötzlich ergriff eine überwältigende Schüchternheit von ihr Besitz. »Für uns zum Übernachten!« Ihr Magen verkrampfte sich und die Stimmen aller ihrer Mentoren hallten in ihrem Kopf wider, all die Warnungen vor Sex, vor der Todsünde.

Die Nacht war wunderbar. Pat hatte noch nie einen solch violetten Himmel gesehen, wie er sich jetzt über ihr ausbreitete, sternenübersät. Von unten hörten sie das immer währende Lied des Sturzbachs. Die beiden Seen lagen wie silberne Laken im Mondlicht. Eine Waldschnepfe schwirrte durch die Dunkelheit. Sie hatten das Zelt aufgebaut und saßen vor dem Campingkocher, auf dem sie ihr Abendbrot warm machten: Baked Beans mit Würstchen, Tee und Brot. Im Wald ringsherum hörte man es rascheln: aufgeschrecktes Wild, Augen, die plötzlich im Licht rostrot aufleuchteten, dann verschwanden. Sie hatten eine Sturmlaterne dabei, in einem endlosen Tanz umschwirrt von weißen Nachtfaltern;

hie und da zuckten Flämmchen auf, wenn die Falter von der Hitze angesogen wurden und verbrannten. Jenseits des Lichtkreises der Lampen warteten die Schatten. Eine Weile lauschten beide dem Rauschen des Wassers.

»Wie Musik, nicht wahr?«, sagte Patricia leise. Sie hatte den Kopf an seine Schulter gelehnt, die Locken noch voller Zweiglein von der Knutscherei vor dem Essen. »Wie im ›Lied der Lotosesser‹«, fügte sie hinzu und zitierte flüsternd:

»Weicher fallen diese süßen Klänge
als Rosenblätter, die der Wind verweht ...«

Sie beugte sich vor und trank Bier aus seiner Flasche; als sie fertig war, stellte er die Flasche weg, rückte näher an sie heran, tastete unter ihrem Pullover nach dem Verschluss von ihrem BH, zog ihr den Pullover hoch, bis ihre hellen Brüste entblößt waren, berührte sie ehrfürchtig, küsste sie, saugte daran.

»Wunderschön«, stöhnte er. »Lieber Himmel, Pat. Ich habe solches Verlangen nach dir, dass ich gleich sterbe. Lass mich dich lieben ...« Er zog an ihren Jeans, öffnete den Reißverschluss.

Jäh wurde Patricia aus ihrer Stimmung gerissen. Verlegen zog sie sich den Pullover herunter und griff nach seiner Hand.

»Nicht jetzt.«

Seufzend rollte er sich auf den Rücken. Patricia kam sich vor wie eine prüde Zicke, wie eine, die einen Mann erst reizt, dann aber einen Rückzieher macht. Aber eigentlich wünschte sie sich nur verzweifelt, dass es richtig war und er wirklich wusste, was es für sie beide bedeutete. Vielleicht hätte sie nicht mitkommen sollen. So wie jetzt war es auch auf dem Ausflug nach Dollymount gewesen, als sie sich von ihm losgerissen hatte und den Strand hinuntergelaufen war.

Wenn ich doch nur nicht solche Angst hätte, dachte sie. Wenn ich doch nur nicht solche Angst hätte. Wenn er doch nur nicht fragen würde. Wenn er mich einfach küssen würde, bis ich dahinschmelze, mich überall küssen, ganz zärtlich und so langsam, dass ich nicht versuchen müsste, mit ihm Schritt zu halten. Wenn er mich so küssen würde, wie könnte ich da noch widerstehen?

»Ist schon gut«, flüsterte er schließlich. Er hielt sie zärtlich im Arm, seine Stimme, sonst so pragmatisch, klang jetzt sehr weich. »Wir warten. Wir haben noch ein Leben lang Zeit.« Er zog etwas heraus, das wie eine Zigarette aussah, aber als er es anzündete, sah sie, dass es ein Joint war. Er machte ein paar Züge und bot ihn ihr dann an. Sie nahm ihn vorsichtig; es war untypisch für Paddy, dass er irgendwelche Krücken brauchte.

»Ich hab' nicht gewusst, dass du so ein Zeug rauchst.«

»Tu ich auch nicht. Ich hab's bisher nur einmal versucht. Es unterdrückt die Geilheit. Und ich bin ziemlich geil!« Er seufzte. »Tom hat mir den Joint gegeben und ich habe ihn mitgebracht, damit ich Ruhe gebe. Da verschwinden alle Sorgen!«

Nach einer Weile bat er sie: »Sag es noch einmal auf, das Lied der Lotosesser.«

Patricia tat ihm den Gefallen und zitierte langsam die erste Strophe. Danach wurden beide ganz still.

Schweigend rauchten sie den Joint zu Ende. Nach einiger Zeit kam der Frieden über sie, das Gefühl, in der Nacht und im Lied des Wassers, im leisen Rascheln ringsherum und ineinander aufzugehen. Patricia fühlte sich, als flöge sie empor in den violetten Raum, in die wispernde Nacht. Sie hörte seine Worte: »Ich liebe dich, Patricia, ich liebe dich und ich liebe deinen Namen und ich liebe die Patrizierin in dir und dein kleines Herz, das wie wild pocht«, und sie hörte ihre Antwort: »Ich liebe dich, Paddy Johnson.«

Irgendwann fügte er schelmisch, nur mühsam das Lachen unterdrückend, hinzu: »Ich glaube, wir beide sind aus demselben alten Mooreichenklotz geschnitzt!«

Pat lachte in die Dunkelheit hinein. »Das meinst aber auch nur du!«

Später krochen sie in ihre Schlafsäcke, schliefen nebeneinander, Händchen haltend, und am Morgen küssten sie sich verschlafen.

In Dublin träumte in jener Mainacht ein Mädchen namens Sarah von der Schule. Im Traum wurde sie von Schwester Martha ausgescholten. Die Schwester hatte schmale Hexenaugen wie die Königin im Märchen vom Schneewittchen und lange gebogene Fingernägel. »Du hast keine Zukunft, Sarah Dempsey«, sagte sie. »Keine Zukunft in dieser Schule oder sonst irgendwo …«

»Es tut mir leid, Schwester. Ich wollte nicht schon wieder meine Hausaufgaben vergessen …«

Starr vor Schreck wachte Sarah auf, mit wild pochendem Herzen. Und dann fiel ihr ein, dass sie die Hausaufgaben für morgen alle erledigt hatte und Schwester Martha gar keine Hexe war, zumindest nicht so eine wie die verrückte Königin. Ein alter Drachen war sie, aber so böse auch wieder nicht, dass sie derart interessant gewesen wäre. Trotzdem war ihr übel vor Entsetzen, ein Entsetzen, das in keinem Verhältnis stand zu dem Traum und schwer auf ihr lastete. Draußen vor dem Fenster stand ein Apfelbaum, dessen Laub leise an den Scheiben kratzte. Der Baum warf Schattenbilder auf den Vorhang, die sich plötzlich im Nachtwind bewegten.

Ich bin vierzehn, zu alt für so etwas. Sie dachte an ihre Eltern im Nebenzimmer und an früher, als sie sich bei ihnen verkriechen konnte, wenn sie einen Alptraum gehabt hatte. Dann seufzte ihre Mutter und rückte ein Stück; und Sarah lauschte eine Weile den tröstlichen Atemgeräuschen ihrer Eltern, dem leichten Schnarchen ihres Vaters, bis sie wieder einschlafen konnte. Warum muss ich nur erwachsen werden und alle Geborgenheit hinter mir lassen, dachte sie unwillkürlich, bis ihr wieder einfiel, dass sie erwachsen werden wollte, weil sie dann frei wäre.

Nicht weit entfernt in einem anderen Dubliner Vorort saß eine junge Frau bis spät in die Nacht über ihren Büchern. Am besten konnte sie nachts arbeiten, wenn völlige

Stille herrschte, abgesehen vom Nachbarshund; den hätte sie am liebsten erwürgt, wenn er so heulte, winselte und kläffte.

In ein paar Wochen würde sie ihr Abitur machen. Die Zukunft lag klar und deutlich vor ihr. Sie wollte Anwältin werden; sie wollte alle Zusammenhänge begreifen; sie wollte nie wieder die Machtlosigkeit der Kindheit spüren müssen. Bald würde sie zu studieren anfangen; dann würde es ihr freistehen, sich mit David zu verabreden, dem Kunststudenten, den sie in der Nationalbibliothek kennen gelernt hatte, der sie malen wollte, der sie auf einen Kaffee einlud und sich stundenlang mit ihr unterhielt. Der schlanke David mit den dunklen Augen, der so zart aussah wie ein viktorianischer Dichter. Er hatte zwei Mal angerufen, und ihre Mutter hatte gesagt, sie sei nicht zu Hause. »Für Jungs hast du immer noch genug Zeit, wenn du mit der Schule fertig bist.« Was ihre Mutter nicht wusste, war, dass sie sich trotzdem jeden Tag nach der Schule vor der Kunstakademie mit ihm traf.

»Wer ist dieser David?«, hatte ihre Mutter schließlich gefragt.

»Ein Kunststudent.«

»So einer also. Kein Geld und nackte Flittchen malen …«

»Ja, wahrscheinlich tut er das«, erwiderte Joan lachend. »Daran hatte ich noch gar nicht gedacht.«

Manchmal, wenn sie müde vom Lernen war und Angst hatte, sie könnte den vielen Stoff nicht bewältigen, sprach ihr Vater ihr Mut zu. »Es ist die Sache wert, wart nur ab. Anstrengung überwindet jedes Hindernis!«

Manchmal gingen ihr diese Worte unaufhörlich durch den Kopf. »*Labor omnia vincit.*«

Zweihundert Kilometer von Dublin entfernt, in einer Kleinstadt in den Midlands, lag Jim O'Toole wach im Bett. Er war sechzehn und würde bald von daheim fortgehen, um auf Baustellen in London und Manchester zu arbeiten. Jetzt aber lag er da und hörte, wie seine Eltern stritten, und dann die Laute, die er so sehr fürchtete – das dumpfe Klatschen, wenn sein Vater zuschlug, das Wimmern seiner Mutter und die wütende, anklagende Stimme seines betrunkenen Vaters: »Blöde Schlampe, blöde Sau …«

Jim zog sich die Decke über den Kopf. Er wünschte sich nichts sehnlicher, als endlich auszuziehen. In England konnte man viel Geld verdienen, ein tolles Leben führen. Jede Menge Bier und Mädchen; dann war endlich er erwachsen und konnte tun, was ihm gefiel. Dann wäre er frei, befreit von seinem prügelnden Vater und seiner jammernden Mutter. Sie tat ihm Leid; irgendwie liebte er sie, aber er verachtete sie auch. Seinen Vater hasste er, doch Verachtung empfand er nicht für ihn. Ihn konnte er nicht verachten, weil er Macht hatte, weil er etwas Absolutes verkörperte; Jim verstand den Zorn seines Vaters, das Bedürfnis, auf die Machtlosen einzuprügeln.

1. Kapitel

Jura ist ein seltsames Geschäft … Diese Hartnäckigkeit, mit der versucht wird, das, worum es im Leben geht, auf ein Regelwerk zu reduzieren! Ich weiß, dass es notwendig ist, aber ich würde mir gern fundierte Kenntnisse aneignen, damit Gerry auf seine Kosten kommt.

Aus: *Die Pferdeohren*, 1972

November 1989

Als Joan erwachte, war es draußen noch dunkel. Sie hörte den Regen, der mit kalter Wut gegen das Fenster prasselte, nachließ, dann erneut zum Angriff überging. Sie entschärfte den Wecker und lauschte noch eine Weile Davids gleichmäßigem Atem. Sie genoss dieses wohlige Gefühl in vollen Zügen: neben ihm aufwachen, seine Wärme spüren. Er atmete so ruhig, dass sie angestrengt lauschen musste, so wie früher, in ihrer ersten Zeit in Ranelagh, wenn sie nachts aufwachte und in der Stille plötzlich vor Angst erstarrte, er sei gestorben. Das war noch vor seiner Krankheit, noch bevor sie Paul bekamen. Die Nacht war immer die Zeit der Liebe, der Verletzlichkeit. Und der Tag war die Zeit des Kampfes.

Bei dem Gedanken an den arbeitsreichen Tag, der vor ihr lag, graute ihr vor dem Aufstehen; doch gleichzeitig wusste sie, dass sie die Kraft finden würde, mit allem fertig zu werden, wenn erst der Tag anbrach und sie aktiv wurde. Ich hasse den Morgen, dachte sie, vor allem im Winter, da nimmt einem der Morgen alle Kraft.

Sie kuschelte sich noch tiefer unter das Federbett und tastete mit den Fußsohlen nach Davids Beinen. Er drehte sich um, legte den Arm um sie.

»Wie geht's dir, Liebling?«, flüsterte sie.

»Könnte nicht besser sein.«

»Ich dachte, du schläfst.«

»Vor ein paar Minuten bin ich aufgewacht.« Schweigend und warm lagen sie beieinander und gönnten sich noch einen Augenblick Ruhe. Schließlich machte sie das Nachttischlämpchen an, stand zitternd auf und öffnete auf dem Weg zum Bad Pauls Tür, um auch ihn zu wecken.

»Komm schon, aufstehen, aufstehen ...« Sie wartete seine verschlafene, abwehrende Antwort ab: »Oh, nein! Es kann doch noch nicht Morgen sein!«

Die Tür zu Davids Atelier stand offen und sie nahm den sauberen Duft nach Farbe, Terpentin- und Leinöl wahr. Sie schloss die Tür, damit die Wärme nicht entwich. Er würde den Großteil des Tages dort verbringen, in seiner Leidenschaft aufgehen, das Universum der Phantasie und Wahrnehmung erforschen, und vom Rest der Welt nichts mehr mitbekommen.

Als Joan aus der Dusche kam, war David schon in der Küche und machte Frühstück. Der Geruch nach Toast strich durchs Haus. Sie zog sich rasch an – grauer Wollrock, perlgraue Bluse –, trug ein wenig Make-up auf und ging zu ihm hinunter. Er stand im Morgenmantel am Herd, kochte Eier, stellte den Toast auf den Tisch, rührte den Porridge für Paul.

In dem gemütlichen Raum war es dank der Hitze vom Kohleherd, der die Nacht hindurch brannte, richtig warm.

Vom Fenster der weißgestrichenen Küche aus blickte man auf einen kleinen Garten hinaus. Früher war er größer gewesen, aber dann hatten sie angebaut und aus der Küche einen Wohnraum gemacht, in dem es genügend Platz gab für den alten hölzernen Geschirrschrank. Sie hatte ihn bei einer Auktion erstanden, dann abgebeizt und mit Wachs behandelt. Auch ein alter Schaukelstuhl stand hier, in den sich Joan gern sinken ließ, wenn sie nach Hause kam.

David stellte ein Frühstücksei vor sie auf den Tisch. »Schön gekocht, schön serviert«, witzelte er mit affektierter Stimme und brachte sie damit zum Lachen. Es war ein alter Witz noch aus jener Zeit, als ihr ein schlanker, junger David in überschwänglicher Lebensfreude kulinarische Ratschläge aus Zeitschriften vorlas.

Damals hatten sie sich immerzu geliebt, als könnten sie gar nicht genug voneinander bekommen, als besäße jeder von ihnen etwas, das der andere unbedingt zum Leben brauchte.

»Du bist Luft und Erde und Wasser für mich«, hatte er gesagt.

Und Joan, überwältigt von seinen Beteuerungen, hatte sie anfangs angezweifelt. Später wusste sie, dass er es ernst meinte – und, was noch schlimmer war: Sie empfand genau wie er. Sie war hörig, süchtig, wurde in den Strudel seiner Wahrnehmungen hineingezogen und verglich ungläubig ihr früheres Leben, das ruhig und gleichmäßig dahingeflossen war, mit der Unruhe und der Aufregung, die er ihr brachte. Fünf Jahre hatten sie in der kleinen Wohnung in Ranelagh zusammengelebt; dann wurde sie mit Paul schwanger und sie heirateten.

Ihre Mutter war ganz niedergedrückt vor lauter Enttäuschung, wenn sie an all die netten Männer mit guten Anstellungen dachte, die ihre Joan hätte haben können; ihr Vater fand sich dagegen schnell damit ab.

»Aus was für einer Familie kommt er denn?«, hatte die Mutter wissen wollen.

»Seine Mutter ist tot. Sein Vater hat die Familie verlassen, als David drei war, er erinnert sich nicht an ihn. Er hatte einen Bruder, der ein Jahr jünger war, aber der ist bei einem Unfall gestorben.«

»Was für einem Unfall?«

»Ich weiß nicht. Er will nicht darüber reden.«

Es hatte Jahre gedauert, bis sie ihm die Geschichte entlockt hatte. Jetzt war so vieles anders: Die körperliche Kraft hatte er eingebüßt, aber sein inneres Feuer brannte weiter.

»Leg dich lieber wieder hin«, sagte sie leise, als sie seine Blässe bemerkte. Sie wusste, dass er es nicht mochte, wenn sie ständig auf seine Krankheit anspielte.

»Mir geht's gut. Ich könnte Bäume ausreißen. Welche Vergnügungen hält der Tag heute für dich bereit?«

»Mal sehen.« Sie dachte nach. »Ein Termin um halb neun, High Court um elf – es geht um ein Testament.«

»Eine interessante Sache?«

»Irgendwie schon. Ziemlich menschlich jedenfalls! Ein armer Idiot ist gestorben und hat ein nicht ganz eindeutiges Testament hinterlassen. Und jetzt machen drei alte Weiber mit demselben Vornamen Ansprüche geltend!«

»Wirst du dich auch mit solchen Sachen beschäftigen, wenn du zu Wharton gehst?«

»Eher nicht«, erwiderte Joan und dachte an das Angebot, das sie von einer der großen Kanzleien bekommen hatte. »Die sind spezialisierter. Da werde ich es vor allem mit Grundstücksübertragungen zu tun haben.«

»Hast du im Büro schon Bescheid gesagt, dass du kündigst?«

»Nein. Heute sage ich es ihnen.«

»Gut. Vielleicht gibt das dem Sklaventreiber Galligan ja endlich mal zu denken! Jetzt muss er sich jemand anderen suchen, der die ganze Drecksarbeit macht.«

Joan schnaubte verächtlich. »So schlimm ist es nun auch wieder nicht. Ich lege mich gern ins Zeug.«

Paul kam herein. Er war vierzehn und hatte immer noch ein kindliches Gesicht, obwohl er jetzt sehr schnell wuchs. Vom Vater hatte er die Hände, von der Mutter die graublauen Augen geerbt. Er hatte seine Schuluniform an, schlief noch halb und bewegte sich langsam.

»Guten Morgen«, sagte sein Vater.

»Was soll daran gut sein?« Der Junge unterdrückte ein Grinsen und sah nacheinander seine Eltern an, um zu prüfen, ob sie Sinn für seinen Humor hatten. Joan und David tauschten einen Blick.

»Ein neuer Tag, und du lebst noch«, bemerkte Joan. Sie

startete einen Überraschungsangriff und kitzelte ihn am Bauch.

Unwillkürlich lachte Paul laut auf und machte einen Satz nach hinten.

»Was wünscht ihr euch zum Abendessen?«, fragte David, als er Paul sein Frühstück servierte.

»Mach dir keine Gedanken ums Essen«, murmelte Joan. »Ich hole uns auf dem Heimweg ein gegrilltes Hähnchen. Warum ruhst du dich nicht ein wenig aus?«

»Ich hab' die Nase voll davon, mich immerzu auszuruhen«, bemerkte er gereizt, fügte dann aber hinzu: »Tut mir leid. Ich habe noch so viel zu tun. Ich möchte die *Mohnblumen* fertig malen. Die Galerie schickt heute jemanden vorbei – einen Franzosen – einen Kunsthändler, der für eine Pariser Galerie nach neuen Talenten sucht.«

Joan starrte David begeistert an. Er sah unbeteiligt in seine Tasse, als wäre die Angelegenheit kaum der Rede wert.

»Ein Kunsthändler? Aus Paris? Warum hast du mir das nicht erzählt?«

»Was macht das schon für einen Unterschied? Wahrscheinlich gibt er nur ein paar nichtssagend höfliche Bemerkungen von sich!«

»Nein«, gab Joan nachdenklich zurück. »Das glaube ich nicht. Du weißt, dass deine Arbeiten gut sind; und was du in letzter Zeit gemacht hast, lässt einen nicht mehr los. Ich glaube, er wird interessiert sein.«

David lächelte bedächtig, was die Angespanntheit von seinem Gesicht zauberte. Er beugte sich über den Tisch und nahm Joans Hand. Seine Hände waren schön, die Finger lang und sensibel. Er hatte dunkle Ringe unter den Augen und ein hageres Gesicht; in Haaren und Bart zeigten sich graue Strähnen. Doch sein Lächeln milderte alles und brachte Lebendigkeit in sein Gesicht. Joan lächelte liebevoll zurück und fragte sich zum wiederholten Male, wie sie es nur geschafft hatte, sich einen so schönen Mann zu angeln. Er musterte sie eine Weile; plötzlich kam ein melancholischer Ausdruck in seine Augen und seine Lippen wurden schmal.

»Tut mir Leid, dass ich dich angefahren habe.« Er wandte den Blick ab, wirkte mit einem Mal mutlos und erschöpft. »Du hast ein unausstehliches altes Ekel von einem Mann, der nicht den Anstand besitzt, endlich zu sterben.«

Joan blickte auf ihr Frühstücksei. Ihre Augen füllten sich mit Tränen. Am liebsten hätte sie ihnen freien Lauf gelassen, aber sie starrte weiter auf ihr Ei und unterdrückte den Impuls.

»Du hast Mama traurig gemacht«, sagte Paul anklagend.

David stand auf, trat hinter Joans Stuhl und fing an, ihre Schultern zu massieren. »Schsch ... du hast einen dummen Mann, der blöde Witze macht.«

Joan wandte sich um, nahm Davids Hand und barg ihr Gesicht darin. Paul wurde verlegen. Sie stand auf.

»Komm schon, junger Mann«, sagte sie zu Paul. »Nicht dass du noch zu spät zur Schule kommst.« Paul holte seine Schultasche und seine Jacke. Sie küsste David. »Bis heute Abend. Ich ruf' dich in der Mittagspause an. Viel Glück mit dem Franzosen.«

»Tschüss, Dad.«

»Tschüss, Paul.«

Joan ließ den Motor an, fuhr die morgens noch menschenleere Straße der kleinen Wohnsiedlung hinunter, bog bei Kinsellas Laden ab, dessen Fensterläden noch geschlossen waren, und nahm dann die Abkürzung durch die schmale Allee am Fluss. Von dort gelangte sie auf die Hauptstraße. Noch war es dunkel, eine graue, wolkenverhangene Morgendämmerung stahl sich über die Stadt. Es nieselte, und die Straßen glänzten nass; die Ampeln leuchteten trostlos im Regen; der Berufsverkehr war noch nicht in vollem Gange. Joan machte die Heizung an, und ließ das Gebläse auf Hochtouren laufen.

»Dad sieht miserabel aus«, sagte Paul.

»Er war in der Nacht auf, es ist nur die Müdigkeit.«

Nach kurzem Schweigen fragte der Junge mit leiser, verkrampfter Stimme: »Was fehlt ihm denn, Mama?«

Sie sah ihren Sohn an; hinter seiner verbissenen Miene

verbarg er Gefühle, die er um keinen Preis offenbaren wollte. Stürzte er sich deshalb mit solchem Feuereifer auf das Lernen? Er war der Klassenbeste, lebte nur für die Schule. Manchmal schlug sie vor, er solle doch mit einem Freund ins Kino gehen. »Ach nein, Mama. Ich muss noch was für Biologie machen ...« Seine Lehrer waren begeistert, aber manche merkten, dass er damit etwas zu kompensieren trachtete, das sich seiner Kontrolle entzog.

Sie ließ Paul am Schultor aussteigen. Wieder dachte sie an David. Manchmal hatte sie das Gefühl, dass nur ihr Wille ihn am Leben erhielt und diese mysteriöse Krankheit in die Schranken wies; sie konzentrierte sich auf ihn, hüllte ihn in ein Kraftfeld positiver Energie. »Offensichtlich ein Spasmus der Darmmuskulatur«, hatte ihr der Arzt erklärt. »Aber die Blutwerte sind gut, er hat weder ab- noch zugenommen. Wir haben eine Unmenge Tests gemacht!« Das sollte heißen, es sei nichts Ernstes. Aber der Doktor wusste nichts von den kochend heißen Bädern, die David in aller Frühe nahm, um die Schmerzen zu lindern.

»O Gott, in diesem Land leben so viele Paare, die sich hassen. Aber wir nicht. Mach, dass er gesund wird. Lass uns in Frieden weiterleben. Gib uns diesen Frieden.«

David fühlte sich schon seit einiger Zeit schlecht. Er klagte über Bauchschmerzen, Rückenschmerzen, Erbrechen, führte es aber auf Überarbeitung zurück und wollte erst gar nicht zum Arzt gehen.

Der Arzt, den er dann schließlich doch aufsuchte, hatte ihn beruhigt, ihn ins Krankenhaus eingewiesen, um verschiedene Untersuchungen durchzuführen. Dann hatte man ihn nach Hause geschickt. Der einzige Befund war ein Dickdarmkrampf gewesen.

Ihre Gedanken wanderten weiter, zum Büro, zu der Arbeit, die heute auf sie wartete. Um elf hatte sie einen Termin beim Nachlassgericht, und am Nachmittag drei Auflassungen – es ging dabei um Hypotheken, eine unkomplizierte, aber anstrengende und langweilige Sache. Ihr Chef, Gerry Galligan, wälzte immer mehr von seinem eigenen Aufgabenbereich – Grundstücksübertragungen – auf Joan ab und konzentrierte sich auf die wirklich großen Fälle wie den Tunnymore-Vertrag, mit dem sich gerade beschäftigte; ein Zwei-Millionen-Pfund-Objekt. Larry Ryder, der andere Teilhaber, erledigte den Großteil der Prozesse, bis auf die Verhandlungen vor dem Kreisgericht, die er Joan aufbürdete – und nicht nur die, sondern auch alle anderen strittigen Nachlasssachen und sonstigen absonderlichen Fälle. Außer Joan wurden noch zwei Anwältinnen beschäftigt, zwei junge Frauen, die den Großteil der unkomplizierten Grundstücksübertragungen am Grundbuchamt sowie Mietsachen und Verkehrsdelikte erledigten.

Gerry war mit Patricia verheiratet. Joan kannte sie flüchtig von der Universität her. Patricia, die Kunststudentin mit den kastanienbraunen Haaren, zwei Jahre älter als Joan, war mit Paddy Johnson, einem Maschinenbaustudenten, mehr oder weniger verlobt gewesen. Er war ein großer Herzensbrecher, ein hoch gewachsener, gut aussehender Typ, der vorzüglich mit Worten umgehen konnte und eine selbstsichere Ausstrahlung besaß. Pat war in den verschiedensten Universitätsclubs Mitglied gewesen, sehr intelligent, dazu noch lebhaft und schön. Aber dann war die Verlobung dieses Traumpaars in die Brüche gegangen; der verwegene Paddy hatte sich aus dem Staub gemacht und eine andere geheiratet. Patricia, die daraufhin prompt durchs Examen gefallen war, hatte Gerry Galligan geheiratet, sich von heut auf morgen fürs Hausfrauendasein entschieden und zwei Kinder in die Welt gesetzt. Ab und zu kam sie noch in die Kanzlei, immer schick angezogen und ein wenig spröde; irgendwie hatte sie sich verändert, und das war nicht nur eine Frage des Alters. Es hatte den Anschein, als ginge sie ganz und gar in der Rolle der Mrs. Gerry Galligan auf und hätte zu spät entdeckt, dass diese Rolle kein Ende nahm, dass es keinen Strafaufschub, keine Begnadigung wegen guter Führung gab, dass diese Rolle, die sich aus ihren inneren Kraftquellen nährte, im Grunde nichts mit ihr zu tun hatte. Das überraschte Joan nicht. Sie konnte sich kaum etwas Kräftezehrenderes vorstellen als mit Gerry verheiratet zu sein. Für Larry galt das übrigens genauso.

Larry war fünfunddreißig, drei Jahre jünger als Joan. Mittelgroß, dunkle Haare, dunkelblaue Augen, dünn, gerade Nase, eine extravagante Erscheinung. Auf Zehenspitzen kam er in ihr Büro, mit seinen Akten unterm Arm. »Joan, Schatz, hier sind ein paar Akten vom Kreisgericht: Bei dem einen Fall geht es um die Lizenz für einen Pfandleiher, das andere ist ein kleiner Vertragsbruch. Kein Problem für dich. Tu einfach dein Bestes, so wie immer.« Sie quittierte das stets mit einem Lächeln, obwohl sie innerlich fluchte.

Sie arbeitete nicht gern an den Fällen fürs Kreisgericht, ihr erschien es immer wie viel Lärm um nichts. Das Auftreten vor Gericht war nicht Teil ihrer Rechtsanwaltsausbildung gewesen; doch seitdem auch die Solicitors das Recht hatten, vor Gericht zu plädieren, vertraten sie ihre Fälle vor dem Kreisgericht meist selbst. Das war für den Klienten billiger, für den Solicitor aber meist reine Zeitverschwendung.

Joan musste sich also über die Vorschriften zur Lizenzvergabe an Pfandleiher kundig machen, den elenden Fall von Vertragsbruch zu Hause durcharbeiten, damit sie die Bagatelle auch selbstsicher vertreten konnte, und einen ganzen Nachmittag im Gericht verbringen, während dessen sie sich beim Richter anbiedern und ihr Messer für das Kreuzverhör wetzen würde. Aber heute hatte sie eine Überraschung für Gerry und Larry parat. Eine der größten Kanzleien der Stadt – Wharton, Kelly, Phelan & Co. – hatte ihr eine Stelle angeboten, und sie war fest entschlossen zuzusagen.

Sie stellte den Wagen auf dem Parkplatz hinterm Haus ab, schloss die Hintertür auf, trat in die Eingangshalle und begrüßte Breda, die Empfangsdame, mit einem Lächeln. Breda sagte gerade mit der Nasalstimme, die den Klienten vorbehalten war: »Tut mir Leid, Mr. Galligan ist noch nicht im Hause. Wenn er kommt, wird er Sie sofort zurückrufen.«

Joan ging nach oben, warf im Vorbeigehen einen Blick in Gerrys Büro, wo Larry gerade die Post öffnete. Er verteilte die Brief auf mehrere Stapel: ihren, seinen und Gerrys sowie zwei Stapel für Mary und Sheila, die beiden anderen Juristinnen. Draußen hatte es endlich zu nieseln aufgehört, die Sonne kämpfte sich durch den Nebel und fiel schräg durchs Fenster auf die Goldbuchstaben der *Encyclopaedia of Forms and Precedents*, deren Bände mehrere Regalreihen füllten, und den glänzenden Ledereinband von *Halesbury's Laws*. Das alte Stehpult in der Ecke leuchtete auf, als wollte es sagen: »Hier bin ich, seht mich an. Seht her, wie viel Tinte auf mir verschüttet wurde. Seht nur auf die Spuren wahrer juristischer Schwerstarbeit!« Gerry hatte das alte Pult auf den Sperrmüll schaffen wollen, aber Joan hatte ihn davon überzeugt, dass es seinem Büro etwas Authentisches gab, und so durfte es bleiben.

Larry drückte Joan einen Stapel Briefe in die Hand. »Sieht aus, als wäre das heute Morgen dein Anteil, Joan.«

Gerrys Sekretärin kam ins Vorzimmer, als Joan hinausging. »Guten Morgen, Mrs. de Barra«, sagte sie. Gerry bestand in der Kanzlei auf steifen Umgangsformen, zumindest seitens der Sekretärinnen.

»Morgen, Prue.«

Joan nahm die Briefe mit in ihr Büro eine Treppe höher. Rita, ihre Sekretärin, saß im Vorzimmer und räumte eine Schreibtischschublade auf, in der sie eine riesige Packung Papiertaschentücher aufbewahrte. Sie schniefte, und ihre Nasenspitze war rot.

»Guten Morgen, Mrs. de Barra.«

»Morgen, Rita. Wie geht's heute mit Ihrer Erkältung?«

»Viel besser, danke.«

»Machen Sie mir bitte als erstes den Entwurf für den Pachtvertrag fertig, den ich Ihnen gestern gegeben habe? Ich brauche ihn so bald wie möglich, damit ich ihn durchsehen kann, bevor ich zum Gericht gehe.«

»Okay.«

Joan mochte Rita sehr. Sie war zierlich, eine hervorragende Sekretärin, flink, intelligent und gewissenhaft. Joan betrat ihr Büro und schloss die Tür hinter sich. Das Zimmer war von der Morgensonne durchflutet. Sie ging zum Fenster, ließ die Jalousie halb herunter, warf einen Blick auf den träge dahinfließenden Verkehr, die regennassen Straßen, den Fluss. Die Akte für ihren ersten Termin lag auf dem Schreibtisch. Joan setzte sich und machte sich an die Arbeit.

Zu Hause ging David gerade in sein Atelier. Es war eigentlich als Schlafzimmer für ihn und Joan gedacht gewesen. Aber stattdessen schliefen sie im hinteren Zimmer und Paul im Abstellraum. Von den Dimensionen her war es nicht gerade ideal für ein Atelier, aber durch sein großes Nordfenster fiel ein sanftes Licht herein. Mehrere Bilder in unterschiedlichen Stadien der Fertigstellung lehnten an den Wänden, hauptsächlich Ölgemälde; es waren aber auch Pastellzeichnungen, Mischtechnikbilder und ein paar Aquarelle darunter. Auf dem Tisch und den Regalen dahinter standen Becher, Marmeladegläser und Farbdosen, aus denen Pinsel ragten – ein Wald von Pinseln; dazwischen lagen farbverschmierte Lappen, Skizzenblöcke und ausrangierte, mit Farbklecksen übersäte Paletten.

In der Mitte des Raums stand eine Staffelei mit einem unvollendeten Gemälde: Eine Wiese mit Sommerblumen und Gräsern, Mohnblumen und Margeriten, darüber ein leuchtend blauer Himmel. Auf dem Bild war kein Leben, keine Vögel oder Insekten zu sehen, auch kein Mensch außer einer Gestalt in Schwarz in der rechten oberen Ecke. Diese Gestalt, ein Mann, stand am Rande der Wiese. Er trug eine Art Umhang und einen weichen schwarzen Hut. Sein Gesicht lag im Schatten.

David zuckte zusammen, als er das Bild betrachtete. Jedes Mal spürte er die Anziehungskraft des Fremden in Schwarz, der ihn aus der Ecke des Gemäldes heraus anstarrte – ihn sah. Während er, David, der von seiner Schöpfung faszinierte Künstler, ihm kein Gesicht geben konnte. Das Bild vermittelte den Eindruck, dass die Wiese mit den Gräsern und Wildblumen, die Sommerwelt, den Atem anhielt; die dunkle Erscheinung am Rande nahm ihr die Freude, weil sie eine Dimension verkörperte, die so mächtig und unentrinnbar war, dass jede Freude und jeder Sommer zum Trugbild wurden – so als könnte dieser dunkle Mann die ganze Wiese mit ihrer Helligkeit schlucken, ohne selbst seine Farbe zu ändern, als könnte er seine Dunkelheit auf alles übertragen. Die Gestalt zog die Blicke auf sich und gab der Vorstellungskraft Rätsel auf.

Joan hatte David einmal gefragt, warum er ein Gemälde nicht einfach änderte, wenn es ihm nicht gefiel, wie es sich entwickelte.

»Solange ich finde, dass es von der Technik her gelungen ist, spielt es keine Rolle, ob es mir gefällt oder nicht. Es führt ein Eigenleben, ich bin nur sein Diener.«

Sie sann darüber nach. »Mein Gott, klingt das ominös. Gilt das auch für Porträts?«

»Gewiss doch. Ich sehe mir ein Gesicht an, und das Gesicht sagt mir, wer es ist!«

»Was siehst du denn in meinem Gesicht?« Sie reckte das Kinn und grinste.

»Eitelkeit.« Sie versetzte ihm einen Knuff, lachte und verkündete, sie würde sich nie von ihm malen lassen.

»Ich male dich auf jeden Fall!«, sagte er und lächelte sein bitteres Lächeln. Er hatte sie gemalt. Es hing im Wohnzimmer, das Bild eines nachdenklichen Mädchens mit grauen Augen und einem entschlossenen Mund.

»Sie sieht ja nicht gerade wie ein eitles Huhn aus!«, bemerkte Joan, als sie das fertige Werk sah.

»Ist sie auch nicht. Sie zeigt Stärke. Das ist ihre wichtigste Eigenschaft.«

»Pfui Teufel. Sie hätte viel lieber etwas, auf das sie sich was einbilden kann.«

Er lachte. »Aber das hat sie doch! Und sie wird überdauern, diese junge Frau. Sie ist eine Überlebenskünstlerin.« Er nahm sie in den Arm. »Und sie gehört mir, mir ganz allein!«

In Saal fünf unter dem Kuppeldach der Four Courts saß Joan auf der Bank, die den Solicitors vorbehalten war, und beobachtete Nuala O'Byrne, die vor ihr stand und zum Richter sprach. Nualas Rosshaarperücke mit dem kurzen Zopf saß genau auf dem Haaransatz und das schwarze Gewand verlieh ihr ein würdevolles Aussehen, das im Widerspruch zu ihrer Jugend stand. Sie las aus der eidesstattlichen Versicherung der Antragsteller vor, der Testamentsvollstrecker von Dennis Joseph McCarthy, der als Junggeselle verstorben war. Die Erklärung umfasste sechzehn Abschnitte, die alle darauf hinausliefen zu beweisen, dass Brigid Murphy aus St Teresa's, Ballsbridge, in der Grafschaft Kerry, als Erbin einer Hinterlassenschaft von vierzigtausend Pfund vorgesehen war. Offensichtlich hatte der Verstorbene nicht die Absicht gehabt, die beiden anderen putativen Nutznießerinnen zu begünstigen. Brigid, die in St Teresa's lebte, war eine Kusine des Verstorbenen und hatte immer engen Kontakt zu ihm gehalten. Die beiden anderen Brigids waren ihm hingegen kaum bekannt gewesen, obwohl sie in derselben Stadt gewohnt hatten.

Nuala leierte ihren Antrag herunter. Als sie fertig war, stellte der Richter eine Frage und entschied dann, dem Antrag stattzugeben.

»Und die Kosten, Euer Ehren?«

Die Kosten sollten aus dem Erbe bestritten werden. Dinny Joe, der zu geizig gewesen war, sich sein Testament von einem Anwalt aufsetzen zu lassen, würde sich im Grabe umdrehen.

Als Joan in die Kanzlei zurückkehrte, richtete Breda ihr aus, Mr. Galligan wolle sie sprechen. Joan ging in Gerrys Büro hinauf. Sie klopfte und trat ein. Er stand am Bücherschrank und schlug einen Gesetzestext in den *Acts of the Oireachtas* von 1978 nach. Er bedeutete ihr, sich zu setzen.

Joan fragte sich, warum er sie hergebeten hatte. Sie kannte ihn seit dem Studium. In den ersten Jahren hatte sie damit gerechnet, dass er sie auffordern würde, als Teilhaberin in die Kanzlei einzutreten, aber er hatte stattdessen Larry hereingeholt. »Wir brauchen einen Prozessexperten«, meinte er.

Ihre Enttäuschung hatte sie hinuntergeschluckt; sie hatte andere Sorgen: einen gesundheitlich angegriffenen Mann, einen halbwüchsigen Sohn. Jetzt beobachtete sie Gerry:

dünn und angespannt wirkte er, seine Halbglatze, sein dunkler Nadelstreifenanzug, seine konzentrierte Miene. Sie versuchte, die Überschrift des Gesetzes zu entziffern, in dem er gerade las; es war das »Landlord and Tenant (No. 2) Act, 1978«.

»Ich habe einen neuen Mietrechtsfall.« Er schwieg. Erwartet er, dass ich ihn übernehme?, fragte sich Joan. Wollte er mich deshalb sprechen?

Sie sagte nichts. Gerry klappte den Band zu, schloss den Bücherschrank und kehrte an seinen Schreibtisch zurück. Stirnrunzelnd sah er sie über die Mahagoniplatte hinweg an; mit seiner Brille und den Haaren, die am Rande seiner Halbglatze ein wenig abstanden, hatte er Ähnlichkeit mit einer Eule.

»Du erinnerst dich an Frank Larkin?«

»Natürlich.«

»Er und seine Familie sind schon seit Jahren Klienten unserer Kanzlei.«

»Ich weiß.«

»Du warst die Letzte, die mit ihm zu tun hatte.«

»Das stimmt. Es ging um sein Testament.«

»Lies den Brief.«

Joan las den Brief, den Gerry ihr hinhielt. Er stammte von einer Anwaltskanzlei in Bellybegg, County Carlow, und besagte, man handle im Auftrag von Frank Larkin und bitte um die Übersendung von Urkunden über Rechtsansprüche.

»Was hast du mit ihm angestellt, Joan? Du hast es geschafft, dass wir ihn verlieren.«

Joan starrte ihn an. Manchmal fand sie Gerry so launisch und unberechenbar, dass sie sich fragte, warum sie sich überhaupt mit ihm abgab. »Ich habe nichts dergleichen getan. Das letzte Mal, als ich ihn sah, stand noch alles zum Besten.«

»Warum wechselt er dann die Kanzlei? Du musst irgendetwas Dummes gesagt oder getan haben.« Gerry strömte Ärger, unverhohlene Aggressivität und herablassende Selbstsicherheit aus. Ihm war es zuwider, einen guten Klienten zu verlieren, einen reichen Klienten. Sein Gebaren war anklagend, kalt, bedrohlich. Joan zitterte innerlich; sie war aufgebracht, aber auch verunsichert.

»Gar nichts habe ich getan. Warum rufst du ihn nicht einfach an und fragst ihn selbst? Frag ihn doch, wozu die Leute in Ballybegg seine Dokumente brauchen. Sag einfach, es sei eine Sicherheitsmaßnahme.«

»Vielleicht mache ich das auch«, entgegnete Gerry kalt. »Aber ich finde, so etwas darf nicht passieren.« Sein Tonfall deutete an, dass das Gespräch beendet sei. Und seine vorwurfsvolle Stimme ließ keinen Zweifel daran, dass sie in Ungnade gefallen war, dass sie sich etwas hatte zuschulden kommen lassen. Joan blieb sitzen.

»Ich wollte es dir und Larry eigentlich erst später mitteilen, Gerry, aber ich kann es ebenso gut gleich erledigen. Ich kündige. Mir wurde eine Stelle bei Wharton angeboten und ich habe beschlossen, sie anzunehmen.«

Auf Gerrys Gesicht spiegelte sich Unglauben. Sein Mund stand offen; er drehte seinen Füller zwischen den Fingern hin und her. Das Telefon läutete. Er nahm ab. »Ja?«, fragte er herrisch. »In Ordnung. Durchstellen.«

Joan hörte eine weibliche Stimme am anderen Ende der Leitung. »Ich bin in einer Besprechung.« Er sprach jede Silbe überdeutlich aus. »Ich habe dir doch gesagt, du sollst mich nicht in der Kanzlei anrufen. Darüber sprechen wir heute Abend.«

Er legte den Hörer auf und lachte verächtlich. »Pat glaubt, ich habe sonst nichts zu tun, als Probleme der Kindererziehung mit ihr durchzukauen.« Er hielt inne. Sein Ton veränderte sich. »Das meinst du doch nicht ernst, Joan?«

»Doch.«

»Warum?«

»Mehr Geld. Eine Abwechslung. Ich arbeite schon sehr lange hier. Es ist Zeit zu gehen.«

Er spielte immer noch mit dem Füller herum und nickte nachdenklich. »Tut mir Leid, das zu hören. Können wir irgendetwas tun, damit du es dir anders überlegst?«

»Das bezweifle ich.« Sie stand auf und ging hinaus.

David arbeitete den ganzen Vormittag. Von Zeit zu Zeit setzte er sich auf einen Stuhl, nahm seine Arbeit von dort aus in Augenschein, machte weiter, setzte sich wieder, um zu schauen. Die Anwandlungen von Müdigkeit, die gelegentliche Übelkeit ignorierte er.

Um die Mittagszeit kam der französische Kunsthändler. David hörte die Türklingel in seinem Atelier und ging hinunter. Sein Rücken schmerzte und jeder Schritt erschöpfte ihn.

»Mr. de Barra?«

»Ja. Kommen Sie rein.«

Der Kunsthändler nannte seinen Namen.

»Mein Atelier ist oben«, sagte David. »Gehen Sie voran. Erste Tür rechts.«

Unsicher blieb der Mann stehen. Er sah, wie sich David am Geländer festhielt. »Ist alles in Ordnung?«

»Ist schon gut … ich bin nur ein wenig außer Atem. Ich komme gleich nach.«

Als David in sein Atelier trat, war der Kunsthändler bereits dabei, die Gemälde durchzusehen, die an der Wand lehnten. David setzte sich für eine Weile auf seinen Stuhl.

»Lassen Sie sich Zeit«, sagte er, als sich der Mann höflich zu ihm umdrehte.

»Ich mache einfach mit meiner Arbeit weiter.« Er kehrte an die Staffelei zurück, nahm seinen Pinsel, legte letzte Hand an die Gräser in der linken unteren Ecke und betupfte den Himmel mit Kobaltblau.

»Ihre Arbeit gefällt mir, Mr. de Barra«, sagte der Franzose nach ein paar Minuten. »Ihr Galerist meinte, ich würde Ihre Bilder interessant finden. Wann haben Sie zuletzt ausgestellt?«

»Letztes Jahr. Dieses Jahr bin ich nicht dazu gekommen.«

»Verstehe. Und werden Sie nächstes Jahr wieder ausstellen?«

»Ja. Wenn ich bis dahin genügend Arbeiten fertig habe.«

Der Händler hielt ein Bild in die Höhe. Es glich dem auf der Staffelei, nur dass die Sommerszene eine Moorlandschaft zeigte, hell und melancholisch, mit einer kleinen dunklen Gestalt im Westen.

»Sie arbeiten an einer Serie, hab' ich Recht?« Er zeigte auf das Bild. »Diese Figur zum Beispiel? *L'homme mysterieux*?«

»Ich weiß nicht«, antwortete David ehrlich verwirrt und zuckte die Achseln. »Ich male nur, was da ist, was sich zeigt, was darum kämpft zu erstehen ... Und ich erschaffe es nicht, sondern versuche, ihm als Mittler zu dienen!«

Der Mann nahm ein anderes Gemälde hoch, deutete darauf und auf das Bild auf der Staffelei, wies auf die dunkle Erscheinung am Rande. »Er kommt immer näher.«

David wandte sich um, sah die klugen, aufmerksamen Augen seines Gastes, das unverkennbare Interesse unter der Höflichkeit.

»Natürlich«, flüsterte er. »Er hat etwas für mich.«

Joan arbeitete ihre halbe Mittagspause durch. Dann ging sie hinaus, überquerte die Capel Street Bridge und setzte ihren Weg bis zur Church of Adam and Eve am Merchants Quay fort. Diese Pilgerreise unternahm sie jeden Tag. Hier in der Kirche betete sie für David, bat Gott, ihn gesund zu machen. Ihr Glaube war ihr zu einer unentbehrlichen Stütze im Leben geworden. Sie hatte ihn aus der Kindheit herübergerettet, von ihren frommen Eltern übernommen, die strenggläubige Katholiken waren. Als Joan erwachsen und unabhängig wurde, hatte sie sich davon entfernt, doch als David krank wurde, fand sie Trost in ihren flehentlichen Gebeten. David aber, so krank er auch sein mochte, teilte ihren Glauben nicht.

Anschließend kaufte sie in einem kleinen Geschäft ein paar Türen weiter ein Sandwich und die *Irish Times* und nahm alles mit in die Kanzlei. Dort machte sie sich eine Tasse Kaffee, setzte sich an den Schreibtisch, schlug die Zeitung auf, las den Leitartikel, überflog die Auslandsnachrichten und dann den Artikel über die Frau aus Cork, die der Anstiftung zur Ermordung ihres Mannes angeklagt war. Der Mann hatte sie jahrelang brutal geschlagen, eine Fehlgeburt verursacht, sie verlassen. Als er zu ihr zurückkehren wollte, hatte sie sich Hilfe geholt, um ›ihm einen Schrecken einzujagen und ihn zu vertreiben‹, aber der ›Helfer‹ hatte den Mann getötet. Joan fragte sich, welches Urteil man wohl verhängen würde, wenn sie für schuldig befunden würde. Die Frau hatte mehrere Kinder.

Joan machte die beiden Auflassungen fertig, legte die Unterlagen zum Stempeln und für die Registratur bereit, und stellte sich dann auf den Besuch von Peter Knight ein, den sie um halb vier erwartete. Peter gehörte zu den Klienten, die sie schätzte: ein kleiner, dicker Mann mit bissigem Humor. Er suchte Joan wegen der verstorbenen Emily Jane Harper auf. Emily Jane war nun schon zehn Jahre tot, aber ihre Akte war noch offen, weil es sich als unmöglich erwies festzustellen, wer ihr nächster Verwandter war. Die in ihrem Testament Begünstigten waren noch vor ihr verstorben. Kürzlich war die Akte auf Joans Schreibtisch gelandet.

Sie hatte den Familienstammbaum der Verstorbenen studiert und die Fragezeichen bemerkt. Vier Neffen, zwei davon wahrscheinlich unehelich und daher nicht erbberechtigt. Alle waren sie inzwischen tot und hatten Kinder hinterlassen. Peter Knight war eines dieser Kinder. Über seine Großtante wusste er nicht viel, außer dass sie ›eine tolle Frau‹ gewesen war.

Peter war ein Draufgänger, zumindest was seine Geschäfte betraf; er neigte zur Unbescheidenheit und suchte die Konfrontation.

»Langsam!«, warnte ihn Joan, als er sich anschickte, einen Kaufinteressenten für eine Gewerbefläche einzuschüchtern, die er, Peter, abzustoßen gedachte. Der Käufer wollte sich die Sache in Ruhe durch den Kopf gehen lassen, bevor er sich entschied. Das Gelände war ausgezeichnet und warf eine gute Pacht ab, aber Joan fürchtete, dass Peter den Interessenten verschrecken würde.

»Ich habe mich bisher noch mit jedem angelegt, außer mit Ihnen und dem Finanzamt«, meinte Peter augenzwinkernd.

Als er ging, machte sich Joan daran, ein langes, kompliziertes Testament aufzusetzen. Sie konzentrierte sich voll und ganz darauf; bei einem Letzten Willen durfte man sich keine Fehler erlauben, wie der Fall vom Vormittag überdeutlich gezeigt hatte. War jemand erst einmal gestorben, konnte man ihn nicht mehr um Aufklärung bitten.

Müde blickte sie von ihrer Arbeit auf. Das Neonlicht brannte ihr in den Augen. Der dunkle Winterabend stand schwarz vor dem Fenster. Die kleine Uhr auf dem Schreibtisch zeigte fünf. Bald war es Zeit, nach Hause zu gehen. Sie freute sich auf David und Paul, die warme Küche, das Zusammensein mit den beiden.

Joan sah sich in ihrem Büro um, sah den Druck der Four Courts, den gerahmten Stadtplan von Dublin im Jahre 1798, das Bücherregal, die Aktenschränke. Sie fragte sich, ob sie wohl ihr Leben lang als Angestellte in einer Kanzlei arbeiten würde.

Labor omnia vincit, pflegte ihr Vater zu sagen. Für sie war diese Aussage fragwürdig. Das Römische Reich hatte auf dem Höhepunkt seiner Macht eine gewisse Ähnlichkeit mit dem Dritten Reich gehabt. Dort hatte man einen ähnlichen Spruch geprägt: ›Arbeit macht frei‹. Machte Arbeit frei? War es die Arbeit, die alles überwand – oder angeborenes Talent? Oder einfach Glück?

Gerry rief an. »Kommst du noch in mein Büro, bevor du gehst, Joan?«

»In Ordnung.«

Sie arbeitete bis Viertel vor sechs, diktierte Briefe, setzte eine Abtretungsurkunde auf. Immer wieder kehrten ihre Gedanken zu David zurück. Sie hatte ihn in der Mittagspause angerufen, und er sagte, es ginge ihm gut. Der Kunsthändler sei da gewesen; er wollte ihr alles ausführlich erzählen, wenn sie nach Hause kam.

»Haben ihm deine Arbeiten gefallen?«

»Anscheinend war er interessiert.«

»Was hab' ich dir gesagt?«

Auf dem Weg nach draußen klopfte Joan an Gerrys Tür

und trat ein. Mit freundlicher Miene blickte Gerry ihr entgegen und lehnte sich in seinem großen Drehstuhl zurück. Das Licht spiegelte sich auf seiner Halbglatze. Auch Larry war da; schlank und elegant lehnte er am Fenster und blickte hinaus in die Dunkelheit auf die quecksilbrigen Lichter, die auf dem Fluss tanzten.

»Ah, Joan, da bist du ja!« Er deutete auf einen Stuhl. Larry setzte sich ebenfalls. Gerry gab ihr den Entwurf für eine Grundstücksübertragung. »Was hältst du davon?«

Sie überflog das Dokument. »Der Hinweis auf die Verjährungsfrist fehlt. Wer hat es aufgesetzt?«

»Es wurde mir heute zur Billigung zugeschickt; sieht aus, als hätte es ein Student geschrieben!«

Sie gab ihm das Dokument zurück, da ihr klar war, dass es den beiden nicht darum ging; man hatte sie aus einem anderen Grund hergebeten.

»Hast du Näheres über Frank Larkin herausgefunden?«, erkundigte sie sich.

Gerry zögerte. »Ja. Ich bin deinem Rat gefolgt und habe ihn angerufen«, gab er verlegen zu. »Er sagt, er habe Sweeny in Ballybegg nur beauftragt, sich um das Pachtverhältnis bei einem seiner dortigen Objekte zu kümmern. Er hat nicht die Absicht, die Kanzlei zu wechseln. Ich muss mich bei dir entschuldigen ...«

»Ist schon gut«, murmelte sie peinlich berührt und wollte aufstehen.

»Joan ...«, sagte Larry lächelnd und fuhr sich durch seine weichen schwarzen Haare. »Bleib noch einen Augenblick, Schatz. Wir möchten dir einen Vorschlag machen. Wharton hat dir ein verlockendes Angebot gemacht, gewiss, aber vielleicht überlegst du es dir ja doch noch anders.« Er sah kurz zu Gerry hinüber, bevor er Joan mit einem jungenhaften Lächeln bedachte.

Gerry beugte sich vor. »Was wir dich fragen möchten, Joan – was hältst du davon, als Teilhaberin der Sozietät beizutreten?«

Später, als sie durch den Regen am Franziskanerkloster

vorbei nach Hause fuhr, reckte Joan in ihrer stillen Zwiesprache mit Gott den Daumen in die Höhe. Sie war im Begriff, ihr Dasein als Lohnsklavin hinter sich zu lassen und in die Reihen der Kapitalisten vorzustoßen.

2. Kapitel

Gerry hat eine Anzahlung für ein sagenhaftes Haus geleistet – viktorianisch, die zeitgenössischen Stilmerkmale sind erhalten.

»Hier bitte!«, sagte er grinsend. »Jetzt kannst du nach Herzenslust nisten!«

Aus: *Die Pferdeohren*, 1971

Dezember 1989

Patricia lag auf dem weißen Bett. Sie hörte, wie Una Foley im Erdgeschoss herumhantierte, im Wohnzimmer letzte Hand anlegte, Schälchen mit gesalzenen Erdnüssen, Chips und Käsestangen hinstellte.

Das Lampenlicht warf Schatten auf die Zimmerdecke. Dort, wo ein Handwerker, der kürzlich den Tank auf dem Dachboden überprüft hatte, sich mit dem Fuß abgestützt hatte, zog sich wie eine unregelmäßige Radierung ein feiner Haarriss durch den weißen Stuck. Es war nicht besonders auffällig, aber während Patricia den Riss anstarrte, wurde daraus ein Gesicht mit einer spitzen Nase und einem Hexenkinn.

Heute Abend stand ihr wieder einmal eine Dinnerparty bevor. Gerry war unten, kümmerte sich um Gläser und Getränke. Es wurde gefeiert, dass Joan de Barra als Teilhaberin in die Sozietät eintrat. Joan arbeitete schon seit Jahren für Gerry.

»Ist sie eine gute Juristin?«, hatte Pat einmal gefragt, und Gerry antwortete wie aus der Pistole geschossen: »Eine gute

Juristin? Sie ist phantastisch! Und arbeitet wie ein Pferd, sieht dabei aber aus, als könne sie kein Wässerchen trüben.«

Gerrys anderer Teilhaber, Larry, wollte auch kommen; er brachte seine schöne Freundin Virginia mit, eine schlanke Frau mit einer roten Mähne, die bei jeder Bewegung wogte wie ein Weizenfeld. Larry und Virginia hatten sich kürzlich verlobt.

Patricia dachte an ihre eigene Verlobung zurück, an den Diamantring, den ihr Gerry an den Finger gesteckt hatte.

»Ist der schön, Gerry!«

Er hatte sie hastig geküsst, gelächelt, an diesem Abend immer wieder ihren Finger betrachtet, als wollte er sich vergewissern, dass der Ring – sein Ring – noch da war.

›Ich will dich nicht heiraten‹, waren die Worte gewesen, die ihr unwillkürlich durch den Kopf schossen, als er sie nach Hause brachte. Aber sie sprach die Worte nicht aus. Andere Gedanken rückten in den Vordergrund. »Was mit mir geschieht, ist doch egal. Spielt alles keine Rolle, solange ich nur nicht an Paddy denken muss!«

Gerry gab ihr einen korrekten Gutenachtkuss. Nicht einmal die Nonnen hätten etwas daran auszusetzen gehabt. Die Nonnen, die Priester, das System hatten es ihr gründlich eingebläut: Sex ist von Übel, Sex ist Sünde, Sex wird nur im heiligen Bund der Ehe geduldet, denn die Ehe ist ein Sakrament und macht das Böse unschädlich.

Sie alle hätten nichts gegen Gerry einzuwenden, dachte Patricia, als sie vor ihrem Elternhaus stand und seinen Wagen durch die lange, von Bäumen gesäumte Hauptstraße von Rathfarnham davonfahren sah. Sie drehte sich um und stieg die sechs Steinstufen bis zum Eingang hinauf.

Ihre Mutter war noch auf, und sie zeigte ihr den Ring.

»Der ist wirklich hübsch, Liebes. Bist du glücklich?«

Sie zuckte die Achseln. »Natürlich bin ich glücklich.«

Dann ging sie in ihr Zimmer hinauf, schloss die Tür ab, holte die Fotos von Paddy heraus und riss sie in Stücke, eins nach dem anderen, in winzige Fetzen, und die Tränen liefen ihr dabei übers Gesicht. Ein Foto behielt sie – es zeigte sie beide nach einem Tanzabend – und warf es in die Schachtel mit seinen Briefen. Von ihnen konnte sie sich nicht trennen.

Die Hochzeit fand vier Monate später statt. Patricias Vater hatte sie zum Altar geführt (eine Zeremonie, bei der eine Frau den Besitzer wechselt, dachte sie; für was halten die uns eigentlich?). Gerry stand sehr aufrecht am Fuße der Altarstufen und steckte ihr – ziemlich steif in Gegenwart aller Verwandten und Freunde – den schlichten Goldreif an den Finger, im Namen des Vaters, des Sohnes und des Heiligen Geistes.

Später half ihr ihre Mutter, die dem Champagner zugesprochen hatte, den sie so gern mochte, aus dem weißen Hochzeitskleid.

»Er soll sich ruhig Zeit lassen!«, vertraute sie ihrer Tochter in verschwörerischem Tonfall an, von Ehefrau zu Ehefrau. Und dann, ein Lachen über ihren tollen Scherz unterdrückend, zwinkerte die Mutter ihr verschmitzt zu und erzählte ihr im Flüsterton den Witz über den feurigen Bräutigam.

» ... Nach drei Tagen zog er die Jalousie wieder hoch ...!«

»Ach, Mama!« Pat lachte, Freudentränen in den Augen, als sie den schelmischen Gesichtsausdruck ihrer Mutter sah.

»Ach, Mama, du bist unverbesserlich!«

Das war lange her. Sie war entschlossen gewesen, eine gute Ehe zu führen, hatte sich in die Arbeit gestürzt, das Haus eingerichtet, Kinder bekommen, gelernt, eine gute Ehefrau und Gastgeberin zu sein. Vor der Geburt der Kinder besuchte sie Kochkurse, probierte immer wieder neue Rezepte aus. Und sie hatte Erfolg, ihre Ehe funktionierte, sie brachte Gerry zum Lachen, er war mit ihr zufrieden und sie mit sich, weil sie ihn zufrieden stellte. Solange sie das tat, ging die Ehe gut. Doch als sie ihre Bemühungen, es ihm recht zu machen, einstellte, als sie ausgelaugt war, als ihre innere Leere sich nicht länger ignorieren ließ, da wartete sie darauf, dass von ihm etwas kam – Annäherungsversuche, Liebesbekenntnisse, seelische Unterstützung, Anregungen.

Aber es kam nichts. Sie unterdrückte den Impuls, die Leere mit hektischer Betriebsamkeit zu füllen. Sie nahm Abstand, um die Beziehung beurteilen zu können, auf der sie ihr Leben aufgebaut hatte; und da begann ihr zu dämmern, dass es gar keine Beziehung war. Ihren Mann und sie verband nur eine Illusion, die auf seinen Erwartungen an die Ehe beruhte – das, was ihm, wie er meinte, zustand – und auf ihren eigenen Projektionen, die sie willentlich aufrechterhielt.

Gerry hatte in seinem Beruf großen Erfolg. Sie hatten zwei Kinder. Nach außen hin waren sie ein erfolgreiches Paar, passten gut zusammen, waren zufrieden. Heute Abend gaben sie eine Dinnerparty, eine von vielen.

Inzwischen hasste Pat diese Partys geradezu. Gerry kündigte immer am Tag zuvor an, es kämen Gäste zum Abendessen. »Ich habe für morgen ein paar Leute eingeladen, Pat.« Von da an war die Sache Pats Problem. Gerry erwartete ein schönes Essen, und dass seine Frau die Rolle der Gastgeberin spielte, geistreich plauderte, schön anzusehen war, ihm alle Ehre machte. Seine Gäste waren in der Regel Klienten, Menschen, die fürs Geld lebten, von Geld träumten, so dass die Atmosphäre gleichsam damit aufgeladen war. Nach einem gelungenen Abend sagte er dann: »War nett heute, Pat«, mit der Miene eines Mannes, der weiß, was sich gehört, und verschwand in seinem Arbeitszimmer.

Manchmal blieb Pat, nachdem alle gegangen waren, vor der erlöschenden Glut des Feuers sitzen und sehnte sich vergeblich nach einigen ruhigen Augenblicken mit ihm, einer kleinen Atempause friedlicher ehelicher Zweisamkeit. Als Gast war ihr Joan eine willkommene Abwechslung. Pat mochte sie, kannte sie flüchtig von früher, vom Studium, als Joan im ersten Semester war und sie kurz vor der Abschlussprüfung stand. Joan würde lächeln, ihre Freude über die Beförderung nicht zu deutlich zeigen, die neue Teilhaberin bei Galligan und Ryder, Anwälte und Notare. Joan hatte den beiden gehörige Angst eingejagt, als sie ihnen kürzlich mit Kündigung drohte. Das hätte sie schon eher machen sollen. Ihr Mann war auch eingeladen, hatte sich aber entschuldigt.

Ihm ging es gesundheitlich nicht gut. Pat hatte ihn nur einmal gesehen, als sie ihm und Joan an einem Samstagvormittag zufällig bei Eason's begegnete. Er war Künstler.

»Ein Spinner!«, war Gerrys Urteil gewesen, als Patricia einmal fragte, wie er denn so sei. »Meiner Meinung nach passen die beiden überhaupt nicht zusammen! Sie ist durch und durch pragmatisch, und er ein Traumtänzer!« Pat nickte, aber gleichzeitig war ihr klar, dass sie nichts über Joans Ehe wusste.

»Man weiß nie, was Menschen aneinander finden. Sie könnten auch sehr gut zusammenpassen!« Sie sah Gerry herausfordernd an. »Wahrscheinlich ist er ein wunderbarer Liebhaber«, fügte sie verschmitzt hinzu, aber Gerry rümpfte die Nase. Ein wunderbarer Liebhaber zu sein war völlig ohne Bedeutung.

»Woher willst du wissen, dass er ein Spinner ist?«, fragte sie dann.

»Da brauche ich ihn nur anzusehen!«, meinte Gerry. »Diese bärtigen Typen haben immer etwas zu verbergen!«

Heute Abend würde Gerry gewiss nett zu seiner neuen Teilhaberin sein; die Bemerkungen hinter ihrem Rücken würde Joan nicht mitbekommen.

»Arbeitet wie ein Pferd ... sieht aus wie ein Mauerblümchen ...«

Gerry beurteilte das Leben nach seiner persönlichen Werteskala: Reichtum, beruflicher Erfolg, schönes Haus, großes Auto, Vaterschaft, gut aussehende Frau – in dieser Reihenfolge. Es war eine Art Erfolgsliste, auf der er das Erreichte abhakte. Und je mehr er abhaken konnte, umso zufriedener war er. Das Leben war für ihn eine geometrische Reihe von Erwerbungen.

Pat hörte, wie ihre Tochter Orla in ihrem Zimmer herumhantierte. Pat hatte ihr nicht erlaubt, zu einer ›Party mit Übernachten‹ bei einer Freundin zu gehen. Die Eltern der Freundin waren übers Wochenende in London.

»Das ist ungerecht – Simon darf schon weggehen!«

»Simon geht nicht auf eine Party!«

»Was hast du denn gegen Partys?«

»Nichts, solange die Eltern zu Hause sind!«

»Die Party ist nur für Mädchen!«

»Tatsächlich?«

Orla war jetzt siebzehn, ziemlich störrisch, bald mit der Schule fertig, auf der Suche nach sich selbst, rebellisch. Bis vor kurzem hatte Orla Jura studieren wollen, wie ihr Vater, aber dann hatte sie diesen Jungen kennen gelernt, der sie anscheinend faszinierte.

»Das nächste Mal habt ihr bestimmt mehr Glück, dann bekommt ihr euren Sohn und Erben«, hatte einer von Gerrys Freunden zu ihr gesagt, als Orla zur Welt gekommen war – als hätte sie einen Luftballon geboren, als wäre ihr Bauch nur mit Wind aufgepumpt gewesen und hätte nicht dieses Wesen aus Willen und Feuer beherbergt, ihre Tochter. Pat hatte all das in ihr gesehen, damals am ersten Tag, den Willen und das Feuer, und darum gebetet, dass nichts – kein Glaube, keine Liebe, kein wahnhaftes Sichaufopfern – diesen Willen brechen möge.

Orla wuchs heran, hielt sich schon für erwachsen, eingehüllt in eine Aura der Unschuld. Fast jeden Tag holte sie ein Junge mit schwarzer Lederjacke und Motorrad von der Schule ab. Einige Tage zuvor war sie erst nach Mitternacht heimgekommen.

»Wo warst du, Orla? Ich habe mir wahnsinnige Sorgen gemacht.«

»Och, nur mit Mick unterwegs.« Gereizter Tonfall. Mutter langweilte schon wieder, war besitzergreifend, unvernünftig. Das junge Gesicht erhitzt, die Kleidung unordentlich. Nur nicht überreagieren; sie ist siebzehn und weiß Bescheid. Was sie noch nicht weiß, wird sie lernen; da muss sie selbst durch. Ich hoffe, sie ist nicht schwanger, ganz zu schweigen von den anderen Möglichkeiten. Als ich versuchte, mit ihr darüber zu reden, ist sie ausgeflippt. Ich könnte den Kerl umbringen. An dem Abend, als ich auf Orla wartete, sah ich ihn vom Fenster im ersten Stock aus, im Licht der Straßenlaterne, ein anmaßender Kerl. Küsst meine Tochter, als wäre er der Herr. Orlas Körpersprache signalisiert Unterwerfung, weil sie es für bedeutsam hält. Sie will, dass es auch für ihn etwas Besonderes ist, dass er sie anerkennt. Glaubt sie etwa, sie sei verliebt? Gibt sie sich ihm hin, einem solchen Tier? Der ganze Willen und das Feuer verraucht wegen diesem aufgeblähten kleinen Widerling in der Lederjacke. Mit ihr reden? Aber ich muss. Ich hätte das nicht so laufen lassen sollen.

Und Simon, mein Sohn, ist heute Abend ausgegangen, übernachtet bei einem Freund. Sechzehn ist er, groß geworden, männliche Stimme, aggressiv wie der Teufel. Mutter ist der Feind; der Mutter muss ich's zeigen. Mit dem Vater legt er sich nicht an. Schlaues Bürschchen!

Ich war auch einmal siebzehn, mit der Schule fertig, ging aufs College, studierte, sah die Zukunft vor mir. Und Paddy war da. Neben mir in der Bibliothek, beim Twist-Tanzen in der Aula, beim Küssen im Säulengang des Newman House unter dem traurigen Steinlöwen und im Park auf der anderen Straßenseite. Petting in den Dünen von Dollymount; durch den Sand rennen, mehr auf der Flucht vor mir selbst als vor ihm, auf der Flucht vor der Verwirrung, dass ich das Verbotene will, und der Unsicherheit, nicht zu wissen, ob ich dennoch danach greifen soll. Und Glendalough. Die Nacht in Glendalough mit dem Lied des Wassers …

»Ich liebe dich, Patricia O'Hehir«, sagte er.

»Heirate mich! Komm schon, sag ja«, drängte er am nächsten Tag, als sie nach Hause trampten. Diese Frage stellte er mitten auf der Straße zwischen Laragh und Annamoe, und die Landschaft um sie herum lächelte dazu, weiß blühten Kastanien und Weißdorn, weiß blühte der Silberwurz im Straßengraben.

»Vielleicht.« Sie lachte vor Freude. »Es könnte schon sein!« Was war schief gegangen? Der blöde Streit. Eifersucht, brennende Eifersucht. Susan Carton. Jemand hatte ihr zugetragen, er sei mit Susan ausgegangen, er hätte sich an sie rangemacht. Susan war Gasthörerin, sie besuchte einzelne Vorlesungen, hatte sich aber nicht für den Studiengang eingeschrieben. Susan hatte einen schlechten Ruf. Pat war übers Wochenende zu Besuch bei ihren Großeltern gewesen, und als sie wiederkam, hatte jemand nichts Eiligeres zu tun, als ihr zu erzählen, Paddy und Susan seien zusammen gesehen worden.

»Bist du mit Susan Carton ausgegangen?«

»O Gott! Wer hat dir das erzählt?«

»Ist doch egal wer! Warst du mit ihr aus?«

»Es spielt keine Rolle. Wir waren auf einer Party. Sie hat mich eingeladen. Es ist nicht wichtig!«

»Hast du mit ihr geschlafen?«

Er konnte ihr nicht in die Augen sehen. »Um Himmels willen, wofür hältst du mich eigentlich?« Aber sie merkte, dass er innerlich bebte, dass er nicht ganz die Wahrheit sagte.

Danach hatten sie eine Woche lang nicht miteinander gesprochen. Sie war krank vor Eifersucht, fühlte sich hintergangen. Obwohl sie nach drei Tagen wusste, dass sie ohne ihn nicht leben konnte, ließ sie sich am Telefon verleugnen, ging ihm an der Uni aus dem Weg, verließ die Bibliothek, wenn sie ihn kommen sah.

»Wie konnte er nur? Wie konnte er nur? Ausgerechnet mit ihr ausgehen! Mit ihr schlafen! Hat er mit ihr geschlafen? Ich halte das nicht aus ...«

Ihre Mutter bekam den Auftrag zu sagen, Pat sei nicht zu Hause, wenn er anrief. Er sprach sie in der Main Hall an, aber sie ließ ihn stehen und ging mit Gerry Galligan weiter, einem Jurastudenten, den sie aus einem ihrer Clubs kannte.

Gerry war seit Monaten hinter ihr her; jetzt benutzte sie ihn als Instrument ihrer Rache. An der Tür warf sie einen Blick zurück, sah Paddys Gesicht, verletzt, wütend, und sie lachte, mehr aus Verzweiflung als aus irgendeinem anderen Grund; und Gerry nahm sie an der Hand und lud sie bei Bewley's in der Grafton Street zum Kaffee ein. Mit Gerry wollte sie Eindruck schinden. Sie interessierte sich nicht für ihn, ging aber trotzdem mit ihm ins Kino. Er hielt ihre Hand, als sie die O'Connell Street hinunter zum Savoy gingen. Paddy sah sie erst, als er direkt vor ihnen stand. Sie blieb stehen und bekam plötzlich Angst, dass sie den Bogen überspannt hatte, wollte mit ihm reden, ihm erklären, dass sie sich nur aus Wut so verhielt, dass sie ihn liebte und sonst nichts zählte. Aber er hatte nur den Schritt beschleunigt, Gerry zugenickt und ihr einen verächtlichen, vorwurfsvollen Blick zugeworfen.

Danach rief er sie nicht mehr an. Allmählich geriet sie in Panik.

Dann sah sie ihn mit Susan. Er ignorierte sie und wandte sich Susan zu; in der Bibliothek ging er an ihr vorbei und direkt zu Susans Platz. Susan mit den schönen Kleidern und dem perfekten Pfannkuchen-Make-up, die blauen Augen sorgfältig geschminkt und ganz dick Wimperntusche. Susan, die gewinnend lächelte, Susan, die Verführerin. Susan mit den reichen Eltern. Heirate mich und das alles gehört dir. Schenk mir einen goldenen Ehering und schau, was du dafür bekommst! Diesen weiblichen Körper, diesen femininen Geist und dazu noch das Bankkonto!

So war der Streit eskaliert, der Stolz siegte, sie verloren einander und er machte zu gegebener Zeit Susan einen Antrag. Susan sagte ja, und sie, Patricia, rasselte durch ihr Examen.

»Du kannst es im Herbst wiederholen«, meinte ihre Mutter, versuchte ihre Enttäuschung zu verbergen, spendete freundlich Trost.

»Jedem geht mal etwas schief. Das Wichtigste im Leben ist Beharrlichkeit.«

»Nein.«

Sie wollte die Prüfung nicht wiederholen. Sie ging zur Trauung, saß ganz hinten in der neobyzantinischen Universitätskirche und etwas starb in ihr.

»Willst du, Patrick, diese Frau zu deiner rechtmäßigen Ehefrau nehmen …?«

Gerry nutzte die Gunst der Stunde. Sie heiratete ihn, sobald er sein Examen in der Tasche hatte, seine erste Stelle antrat. Voll enttäuschter Leidenschaft warf sie sich in seine Arme, doch ihre Gefühle prallten an ihm ab. Von Leidenschaft hatte er keine Ahnung. Das war keine Ware, deren Wert sich in Mark und Pfennig berechnen ließ. Mit Erfolg hatte Leidenschaft nichts zu tun, sie war peinlich und unerheblich.

Gerry war kalt wie ein Fisch. So war es und nicht anders. Lange Zeit hatte sie versucht, eine richtige Beziehung aus ihrer Ehe zu machen. Nach einer Weile hatte sie den Versuch zwar aufgegeben, aber es hatte Jahre gedauert, bis sie es kapierte, bis sie begriff, dass es immer so sein würde. Dass er niemals ihr Freund oder ihr Kamerad oder ihr Geliebter werden konnte. Dass sie in der Falle saß. Er verlangte nichts von ihr, nur gelegentlichen Beischlaf, ihre Fähigkeiten als Gastgeberin, Kinder und den schönen Schein, um die Welt zu beeindrucken. Er bemaß ihr ein großzügiges Taschengeld, bezahlte eine Haushaltshilfe; wenn sie sich beklagte, sagte er, sie sei hysterisch und lächerlich, meinte, das läge am Alter, sie solle einen Arzt aufsuchen. Aber das lehnte sie ab.

»Ich will kein Valium!«

»Was willst du dann?«

»Ich will wissen, wer du bist! Ich will an deinem Leben teilhaben, unserem Leben, wissen, was du fühlst, was du denkst. Ich will einen Geliebten, ich will die Kraft, die wir einander geben könnten.«

Mit müdem, gereiztem Gesichtsausdruck verließ er den Raum.

An jenem Abend hatte sie noch einen letzten Anlauf gemacht. Sie hatte über die Zukunft nachgedacht, die Jahre, die vor ihnen lagen, wenn die Kinder erst groß waren und niemand mehr im Haus wäre außer ihnen beiden. Und bei dem Gedanken fühlte sie sich so einsam und leer, dass ihr schauderte.

»Gerry, legst du den Arm um mich?«, bat sie schüchtern und mit großer Selbstüberwindung, weil es dabei auch um ihren Stolz ging. Aber er drehte sich im Bett um und bemerkte mit kalter, gereizter Stimme: »Pat, wenn du glaubst, dass du das, was du suchst, woanders bekommst, kannst du es gerne versuchen! Es existiert einfach nicht!«

Sie war nach unten gegangen und hatte auf der Couch geschlafen.

Als er an diesem Abend heimkam, sah sie, wie erschöpft er war; einem Impuls folgend murmelte sie: »Gerry, du siehst müde aus.« Aber auf seinem Gesicht zeigte sich keine Regung; er war mit den Gedanken woanders. Der Tunnymore-Vertrag machte ihm Sorgen; der Deutsche schien es sich anders überlegen zu wollen. Ein großes Geschäft stand auf dem Spiel mit einer fetten Provision. Gerry ging ins Wohnzimmer und schenkte sich einen Drink ein.

»Ich möchte auch einen«, sagte Patricia.

Aber er folgte ihrer Bitte nicht, sondern sah sie nur mit schmerzlichem Gesichtsausdruck an. »Zieh dich an, Pat. In einer Stunde sind die Gäste hier.«

Sie fühlte sich sofort auf den Status der Ehefrau, der Hausfrau reduziert. »Ich bin angezogen«, gab sie schnippisch zurück.

Ohne ein Wort zu sagen, blickte er von seiner Zeitung auf und musterte sie in ihrem Rock und Pullover. Patricia sah weg.

Plötzlich bekam sie Angst. Seine Augen waren so kalt, dass ihr ein Schauder den Rücken herunterlief. Es würde mir nichts ausmachen, vor einem Mann Angst zu haben, der mich erregt, dachte sie. Schon komisch. Das wäre eine Herausforderung, vielleicht sogar eine Art Sicherheit. In so einer Angst könnte ich wachsen. Ich könnte sie in etwas anderes verwandeln.

Manchmal sah sie sich die Geschäftsfreunde näher an, die er mit nach Hause brachte, Männer in teuren Anzügen und Seidenkrawatten; manche machten verstohlene Annäherungsversuche, eine Hand auf ihrem Knie unter dem Tisch, ein scheinbar freundschaftlicher Griff um die Taille. Sie hätte nur darauf einzugehen brauchen. Aber bei näherer Betrachtung sah sie, dass für diese Männer genau wie für Gerry nur Ego und Geld zählten; sie, Patricia, wäre nur eine Beute gewesen. Die meisten waren verheiratet, manche von ihnen gewiefte Frauenhelden.

Sie hatte sich nach oben in ihr Zimmer zurückgezogen, das kleine Schwarze aus dem Schrank geholt, das ihr so gut stand, mit angefeuchteten Fingern Make-up aufgetragen, damit sich das verdammte Zeug besser verteilte. Ein wenig blauer Lidschatten, ein Hauch Wimperntusche, pflaumenfarbener Lippenstift. Mit ihrer selbst geschaffenen Maske machte sie sich unkenntlich. Sie begann sich für die Verwandlung zu interessieren, wie die Augen leuchtender, die Lippen rot und feucht wurden. Sie zog einen Schmollmund, einen Bardot-Schmollmund, vor dem Spiegel. Dann prustete sie los, lachte über die verrückte Frau hinter der Maske. Für einundvierzig sah sie nicht übel aus. Man braucht gar nicht alt zu werden. Das spielt sich alles im Hirn ab. Ein paar Falten fallen nicht auf. Sie bürstete ihre Haare, die dicht und glänzend und immer noch kastanienbraun waren; die paar grauen Strähnen ließ sie sich beim Friseur färben. Sie zog das schwarze Kleid an, drehte sich vor dem Spiegel, betrachtete ihre schlanke Gestalt: Diese weltkluge Person, die sie nicht war, die nichts gemein hatte mit der Frau, die sich so leer fühlte, die einen erfolgreichen Mann und zwei Kinder und eine Flasche Wodka in der Wäscheschublade hatte.

Paddys Briefe bewahrte sie woanders auf, in einem kleinen Geheimfach ihrer viktorianischen Kommode, das keinen Knauf hatte, dessen Sicherung sich aber auf Druck öffnete. Da lagen sie lose aufeinander gestapelt, Briefe, die er ihr in den Ferien geschrieben hatte, Zettel mit Gedichten. Patricia nahm sie nur selten heraus; das war gar nicht nötig. Sie kannte sie ohnehin auswendig. Nach seiner Heirat hatte er sogar damit begonnen, ihr Weihnachtskarten zu schicken: »mit besten Grüßen von Susan und Paddy«. Anfangs hatte sie die Karten verbrannt; und dann, nach ein paar Jahren, stellte sie sie zu den anderen auf den Kaminsims und warf sie nach Weihnachten ebenso wie die anderen weg.

Sie hatte ihn vergessen. Er gehörte der Vergangenheit an; er führte jetzt das Leben, das er sich in London und Paris aufgebaut hatte; er gehörte zu Susan und seiner Familie.

Und doch war er ihr manchmal, ohne dass sie es wollte, ganz gegenwärtig; Worte aus seinen Briefen, aus dem Gedicht, das er ihr nach dem Campingausflug nach Glendalough geschickt hatte, kamen ihr plötzlich in den Sinn:

… und fände ich
im Schweigen bald die Antwort
auf alles, was mich schmerzte und verwirrte –
warum du so warst und die Nacht so schön
und so nah meinem Herzen der Wald.

Worte von Rupert Brooke oder von anderen Dichtern: Wordsworth, Eliot, Auden, Yeats. Damals hatte er sie zum Vergnügen gelesen, im Lehrplan für Maschinenbau kamen sie nicht vor.

Als sie Gerry geheiratet hatte, hatte sie den Versuch unternommen, ihn für Lyrik zu interessieren; aber er hatte nur gelacht und einen albernen Reim aufgesagt: »›Im Frühling, wenn der Schnee am Bach taut,/ Ihr Nest die Schwalbe unterm Dach baut …‹ Für so ein Zeug kannst du dich doch nicht allen Ernstes begeistern!«

»Tu ich auch nicht!«

Er nahm den Gedichtband zur Hand, den sie gerade las. »Was ist das?«

»Die *Rubaijat* des Omar-i-Khajjam.«

Er lachte auf und las mit Fistelstimme, jede Silbe höhnisch betonend, ein paar Zeilen daraus vor.

Hoch überm Firmament sucht ich die Quelle
Von Vorbestimmung, Paradies und Hölle.
Da sprach mein weiser Lehrer: »Freund, in dir
Allein sind Kismet, Paradies und Hölle.«

Er hielt inne, sah sie über den Brillenrand hinweg an und grinste herablassend. »Was für ein alter Käse ist denn das?«

»Das ist kein Käse«, rief Patricia. »Es ist wunderbar. Schau, dieser Mann hat im zwölften Jahrhundert in Persien gelebt …«

»Ach so, ein Kümmeltürke!«, bemerkte Gerry vielsagend; damit war für ihn alles klar und er wandte sich wieder seiner Zeitung zu.

Und mit der Zeit begriff sie, dass alles, wirklich alles, was mit Gefühlen und seelischen Regungen zu tun hatte, dieselbe Reaktion bei ihm hervorrief. Vernichten. Vernichten. Wie ein emotionsloser Kampfroboter! Die Kontrolle behalten. Das Seelenleben ausbrennen, mit Hohn und Spott abtöten, mit Verachtung zudecken.

Sie hörte die Türglocke, die Stimmen in der Eingangshalle. Panik. Larry und Virginia und diese verdammte Joan de Barra, die perfekte Anwältin. Sie griff in ihre Wäscheschublade, wühlte zwischen den Baumwollschlüpfern, fand die Flasche, nahm einen kräftigen Schluck, schraubte den Verschluss wieder zu und stieg die Treppe hinunter. Kopf hoch.

Gerry, der an der Tür stand, musterte sie misstrauisch aus schmalen Augen.

»Larry, wie schön dich zu sehen, mein Lieber … und Virginia, elegant wie immer.« Sie küsste die beiden auf die Wange und dachte, mein Gott, wie ich dich hasse, Pat, du Heuchlerin. Sie hatte nichts für Larry übrig. Er war aus demselben Holz geschnitzt wie Gerry, aber er legte noch dazu eine bewusste Oberflächlichkeit an den Tag, die Patricia auf die Nerven ging.

Virginia zuckte zusammen. Anscheinend roch sie den Wodka. Sie zog ihren Mantel aus und gab ihn Gerry, der ihn zur Garderobe trug. Hastig musterte sie sich im Spiegel, zog Vergleiche. Ich bin zehn Jahre jünger als diese Frau, sagte Virginias selbstgefälliger Blick.

Patricia sah den Blick und interpretierte ihn richtig. Keine Angst, meine Liebe. Larry wird nicht lange brauchen, bis er alles Leben aus dir herausgequetscht hat. Mit deinem guten Aussehen, deiner Weiblichkeit, deiner Lebendigkeit gehst du trotzdem in die Falle: Beweisstück A, Besitzer Larry Ryder, Erfolgsanwalt. Mrs. Larry Ryder, wie gefällt dir der Titel? Und du wirst ihm das Leben versüßen, den Neid seiner

Freunde wecken und dein Körper wird Kinder für ihn produzieren, die dich nach spätestens fünfzehn Jahren ihren Hass spüren lassen. Viel Spaß, meine Kleine.

»Ist Joan schon da?«, wollte Larry wissen, als Pat die beiden ins Wohnzimmer führte.

»Noch nicht.«

»Ich habe sie noch nie gesehen«, bemerkte Virginia.

Gerry kam wieder und schenkte Getränke ein. »Was möchtest du, Virginia?«

»Weißwein.«

»Larry?«

»Scotch.«

Warum sollte ich mir nicht einen Jameson genehmigen?, überlegte Patricia.

»Ich nehme einen Jameson«, sagte sie.

Gerry warf ihr einen kalten Blick zu und schenkte ihr ein wenig Whisky ein. Er mag es nicht, wenn ich trinke. Ich sollte bei Ballygowan bleiben. Das passt besser ins Bild.

Gerry ging hinaus, um die nächsten Gäste hereinzulassen. Vom Flur drangen Stimmen herein: Gerry herzlich, Joan ein wenig nervös. Patricia lächelte und bot Larry und Virginia Erdnüsse an. Virginia lehnte ab.

»Hallo, Joan.« Larry erhob sich halb, als sie hereinkam, und ließ sich dann wieder in seinen Sessel sinken. Sie trug einen schwarzen Rock und eine weiße Spitzenbluse. Während Patricia sie vorstellte, fiel ihr auf, dass Virginia ihr Gegenüber mit einem raschen Blick taxierte. Keine Sorge, Schätzchen. Die ist nicht gefährlich. Die schmeißt den Laden: Schriftsätze, Testamente, Urkunden, Scheidungsvereinbarungen – schneller als du dir die Farbe ins Gesicht pinselst. Gelegentlich plädiert sie mal vor Gericht, aber meistens sitzt sie in der Kanzlei, Tag für Tag, und liest Urkunden und es ist ein Wunder, dass ihr nicht vor tödlicher Langeweile die Augen aus dem Kopf fallen. Sie ist jünger als ich, sieht aber älter aus. Schließlich hat sie auch nicht so viel um die Ohren wie ich. Sie hat keinen Mann, der pausenlos hinter dem Geld herrennt, und keine Piranhas als Kinder. Ihr

Mann ist krank, ein Künstler, einen Sohn hat sie, ist noch ein Teenager. Sie lässt sich nicht aushalten, aber ausbeuten bis zum Geht-nicht-mehr.

»Wieviel bezahlst du Joan eigentlich?«, hatte sie Gerry einmal gefragt.

»Das geht dich nichts an, Pat.«

»Ich wette, sie bekommt nicht mehr als achtzehntausend Pfund im Jahr.«

Gerry sah sie an, las dann, ohne ein Wort zu verlieren, weiter. Da habe ich wohl ins Schwarze getroffen, dachte Patricia im Stillen.

»Was möchtest du trinken, Joan?«

»Sherry, danke.«

Gerry gab ihr ein volles Glas, das bernsteinfarben leuchtete. Joan nippte daran. Patricia musterte sie, bemerkte, dass Joan ihre beiden Kollegen mit einem gewissen Misstrauen ansah, sah die schönen Beine, die billigen Schuhe so wie auch alles Übrige, mit Ausnahme der wunderbaren Spitzenbluse.

»Deine Bluse ist schön. Carrickmacross?«

»Nein. Meine Großmutter hat sie für meine Mutter gemacht.« Joan lächelte Patricia zu, doch ihr Blick war ernst. »Die ist mehr oder weniger unverwüstlich.«

»Herzlichen Glückwunsch zur Aufnahme in die Sozietät.«

»Danke.«

»Tut mir Leid, dass dein Mann nicht hier sein kann.«

»Ja. Er wäre gerne gekommen. In letzter Zeit ist er oft müde.« Pat bedauerte wirklich, dass er nicht gekommen war. Gegen ein Gespräch mit ihm hätte sie nichts einzuwenden gehabt.

»Wie geht's mit seiner Arbeit voran?«

»Ganz gut.« Joan hielt inne, und Patricia hörte den Stolz aus ihrer Stimme heraus. »Eine Galerie in Paris interessiert sich für seine Arbeit!«

Pat starrte Joan an. »Wie schön! Da muss er ja was auf dem Kasten haben!«

Joan lächelte, blickte in ihr Glas. »Ja, das glaube ich auch.«

Patricia fühlte, wie ihr der Whisky zu Kopf stieg. Sie beugte sich ein wenig vor und sagte mit gedämpfter Stimme: »Die Partnerschaft war längst überfällig. Du hättest den beiden schon viel früher Feuer unterm Hintern machen sollen.«

Joan zog lächelnd die Brauen hoch und sagte nichts. Sie ließ ihren Blick durch den Raum schweifen, und Patricia sah ihn plötzlich mit ihren Augen: luxuriös, angeberisch. Der ganze Schnickschnack erschien ihr mit einem Mal ekelerregend. Die Hausbar, die Gerry gekauft hatte, war ihr schon immer zuwider gewesen, protzig dort in der Ecke mit den Whisky- und Ginflaschen. In einer anderen Nische stand der Chippendale-Schrank mit ihrer Porzellansammlung: Ansley und Coalport – eine Sammlung, die mit ein paar Hochzeitsgeschenken angefangen hatte; im Lauf der Jahre war immer mehr hinzugekommen.

»Joan leistet Großartiges für uns«, bemerkte Gerry jovial. »Auf unser gemeinsames Unternehmen.« Er hob sein Glas. Alle folgten seinem Beispiel. Der lamettageschmückte Christbaum leuchtete im Feuerschein. Virginia streckte ihre langen Beine aus und rieb sie an Larrys. Ihr Rock war geschlitzt, so dass man ihre wohlgeformten Schenkel in der schwarzen Strumpfhose sehen konnte. Joan errötete, als sie es bemerkte.

»Wie geht's deinem Sohn?«, erkundigte sich Patricia, um Joan über ihre Verlegenheit hinwegzuhelfen.

»Er lernt viel – zur Zeit für die Weihnachtsprüfungen.« Wie schön, ein Kind zu haben, das viel lernt und nicht mit einem streitet! Gesprächspause. Virginia betrachtete ihre Fingernägel. Die Torfbricketts im Kamin fielen mit einem aromatisch duftenden Funkenschauer in sich zusammen.

Schließlich stand Patricia auf. »Entschuldigt mich eine Sekunde. Ich sehe mal in der Küche nach dem Rechten. Wir können gleich essen.«

»Kann ich helfen?«, fragte Joan.

»Eigentlich nicht, aber komm ruhig mit in die Küche, wenn du magst.«

Una Foley beugte sich gerade über den Herd.

»Ich kann jetzt auftragen, Mrs. Galligan.«

Joan sah sich in der teuren Küche um. »Ein schönes Haus habt ihr.«

»Danke.«

Joan beobachtete Patricia. Sie spürte, dass die trotzige Haltung, der etwas gereizte Humor eine Maske waren. Darunter verbarg sich die pure Verzweiflung. Sie hatte Pat etwas mitzuteilen, das sie nicht in Gerrys Gegenwart hatte sagen wollen.

»Übrigens habe ich heute einen alten Freund von dir gesehen. Er hatte einen Termin bei Gerry, um einen Vertrag zu erörtern. Er wird eine Zeit lang in Irland arbeiten, bis die neue Tochtergesellschaft seiner Firma auf eigenen Beinen steht.«

»Tatsächlich ...?«

»Ich bin ihm heute Abend auf dem Korridor begegnet, als ich heimgehen wollte. Er lässt dich grüßen und will dich bald anrufen.«

Patricia drehte sich um, den Teelöffel in der Hand, mit dem sie die Soße probiert hatte. Plötzlich war sie auf der Hut. »Und – wer ist es?«

»Paddy Johnson.«

Bedächtig legte Patricia den Löffel beiseite. Sie antwortete nicht.

Später, als alle gegangen waren, sagte sie zu Gerry: »Hattest du heute viel zu tun? Irgendwelche neuen Klienten?« Gerry lag im Bett, las einen Artikel über Wirtschaftsrecht, und sie bürstete sich vor der Frisierkommode die Haare.

»Was? Neue Klienten? Nein. Warum fragst du?«

»Ach nichts. Nur, weil Joan so etwas erwähnt hat ...«

Schweigen.

»Also hattest du keine neuen Klienten?«

Er blickte auf. »Um Himmels willen, Pat, lässt du mich bitte in Ruhe lesen?« Patricia salutierte steif vor dem Spiegel. Sehnsuchtsvoll dachte sie an die Flasche in ihrer Schublade. Sie sah sich im Zimmer um. Das gedämpfte Licht der Lampe fiel auf Gerrys Fachzeitschrift und auf seine gänzende Halbglatze. In seiner Brille spiegelte sich ein hellblauer Schimmer. Seltsamerweise war sein Gesicht immer noch jungenhaft, obwohl die ihm verbliebenen Haare schon ganz grau waren. Konzentriert zog er die Stirn in Falten; er widmete sich allem, was mit seiner Arbeit zu tun hatte, mit voller Konzentration. Ihren forschenden Blick bemerkte er nicht. Der gegenwärtige Augenblick legte sich wie eine zentnerschwere Last unerträglicher Leere auf sie. Überdeutlich spürte sie das Schweigen, das vollkommene Schweigen, das sich bis in den letzten Winkel ihrer Existenz ausbreitete. Sie ging zum Schrank und holte ein dickes Schulheft aus dem Regal, setzte sich an die Frisierkommode und begann zu schreiben.

Sie nannte ihr Notizbuch *Die Pferdeohren*, in Anlehnung an die irische Sage von dem Mann, der herausgefunden hatte, dass der König Pferdeohren hatte; er wusste, dass sein Leben verwirkt war, wenn er jemandem die Wahrheit gestand, und weil er es nicht mehr aushielt, das Geheimnis für sich zu behalten, erzählte er es einem Baum.

Nach einiger Zeit blickte Gerry von seiner Lektüre auf. »Was schreibst du denn da?«

»Briefe.«

»Komm ins Bett.«

Patricia klappte das Heft zu, das keinerlei Briefe enthielt. Sie räumte es fort und ging ins Bett. Gerry löschte das Licht. Dann zog er seine Schlafanzughose aus, um in seiner pedantischen Art mit ihr zu schlafen. Patricia dachte daran, was sie in ihr Heft geschrieben hatte, und fragte sich, was er wohl sagen würde, wenn er es jemals läse. Dass sie verrückt war? Ja. Das würde er sagen.

3. Kapitel

Mein Gott, warum hat uns niemand vorher gesagt, wie eine Geburt abläuft? Es hat achtzehn Stunden gedauert, und am Ende sah ich doppelt und wollte sterben. Der Arzt kam, stand zwischen meinen Beinen und unterhielt sich mit den Schwestern über eine Krankenhausparty. Ein oder zwei Mal geruhte er zu bemerken, dass ich es war, die da lag, und nicht nur ein Klumpen Fleisch.

»Pressen, Mrs. Galligan« – als hätte ich etwas anderes tun können! Es war mir zuwider, wie er dastand, in meine blutende Scheide starrte und sich mit den Schwestern über Belanglosigkeiten unterhielt, während mein Fleisch riss und ich halb rasend wurde vor Schmerz.

»Braves Mädchen«, sagte er.

Wie hätte er sich gefühlt, wäre er so dagelegen, nackt von der Taille abwärts, die Füße in Steigbügeln? Wie hätte er sich gefühlt, wenn er Leben schenkt, und jemand sagt zu ihm »Braver Junge«?

Aber die Erfahrung selbst kann man gar nicht beschreiben. Plötzlich ein Schrei, vorher ein Pfeifen, wenn Luft in unberührte Lungen strömt, und dann wird der neue Mensch, den du hervorgebracht hast, auf deinen Bauch gelegt, ganz schmierig und feucht, dein Blut in seinen Haaren. Du kannst die Augen nicht von ihm abwenden. Von Kopf bis Fuß zitterst du vor Erschöpfung. Im Innern fühlst du, dass du eine Reise zum Ende der Welt gemacht hast, dahin, wo alles anfängt. Aber die Demütigung, die sie daraus gemacht haben, ist unerträglich.

Auf jeden Fall ist es vorbei, und jetzt bin ich – Mutter. Das

Baby ist das schönste Wesen, das ich je gesehen habe. Wir nennen sie Orla.

Aus: *Die Pferdeohren*, 1972

Patricia bewahrte ihr Notizbuch, das sie ein Jahr nach ihrer Heirat begonnen hatte und in dem sie gelegentlich ihre Eindrücke festhielt, in einem Pappkarton im Kleiderschrank unter ihren Pullovern auf. In letzter Zeit trank sie erst etwas Wodka, bevor sie ihre Einträge machte; dann wieder las sie es schamerfüllt und war kurz davor, es zu vernichten. In so einem Augenblick ging ihr auf, dass sie im Unrecht war, dass sie so nicht denken durfte, dass sie das alles nicht hätte schreiben dürfen. Was sollte werden, wenn Gerry es einmal fand? Wenn er es las? Sie hatte Angst vor seiner Reaktion, vor seiner Verachtung. An anderen Tagen war ihr klar, dass Gerry, selbst wenn er es fand, nicht darin lesen würde. Es würde ihn nicht interessieren.

Der Tag nach der Dinnerparty war ein Samstag. Jedes Mal, wenn das Telefon läutete, wartete Patricia eine Weile, bevor sie abhob, und meldete sich dann mit gespielter Gleichgültigkeit. Und jedes Mal war es entweder ein Freund von Gerry oder jemand für die Kinder. Oder Nell, ihre beste Freundin, die mit einem Auktionator verheiratet war. Nell hatte einen Sohn, Peter, der mit Simon befreundet war; aber heute sprach sie von ihren Nichten, den Kindern ihrer Schwester, bei denen sie als Babysitter einsprang.

Gerry ging früh aus dem Haus. Zum Mittagessen war er verabredet und am Nachmittag gedachte er Golf zu spielen.

Simon kam mittags heim. Orla lag noch im Bett; sie hatte eine Erkältung und Patricia hatte ihr das Frühstück nach oben gebracht, die Kopfkissen aufgeschüttelt und sich auf ein kurzes Gespräch mit ihr gefreut. In ihre Tochter war sie regelrecht verliebt. Aber Orla hatte einen glasigen Blick und zeigte sich unversöhnlich. Am Abend zuvor hatte sie es nicht gewagt, sich über das Verbot ihrer Mutter hinwegzusetzen und trotzdem auszugehen, und jetzt wollte sie Pat dafür bestrafen.

Also hatte sich Pat in ihr Zimmer zurückgezogen und von dort mit angehört, wie Simon ins Zimmer seiner Schwester platzte.

»Wo ist mein Radio? Ich hab' dir schon tausend Mal gesagt, du sollst es nicht anrühren!«

Patricia hörte den Streit durch die geschlossene Tür. »Hau bloß ab. Ich nehme mir dein blödes Radio, so oft ich Lust dazu habe.«

»Du bist und bleibst ein Arschloch!« Mit diesen Worten stürmte er aus dem Zimmer, das Radio unterm Arm.

Patricia fing ihn auf dem Treppenabsatz ab. »Lass deine Schwester in Ruhe. Sie ist krank. Geh ja nicht noch einmal in ihr Zimmer. Und in diesem Haus will ich derartige Ausdrücke nicht hören.«

Simon spürte, wie sehr seine Mutter seine Schwester liebte, und hatte beschlossen, dass es ihm gleichgültig war. »Lass deine Schwester in Ruhe. Sie ist krank«, äffte er sie nach. Patricia versperrte ihm den Weg; er stieß sie beiseite. Groß und stark wie er war, fiel ihm das nicht schwer. Ich bin ein Ungeheuer, besagte diese Geste, aber ein Ungeheuer mit Macht. Darunter klagte eine leisere Stimme – liebe mich. Liebe mich, obwohl ich ein Ungeheuer bin!

Patricia hob die Hand und schlug ihm ins Gesicht. Ein impulsiver Akt aus der Wut heraus. »Versuch das nicht noch mal, junger Mann.«

Im ersten Moment sah Simon entgeistert aus, den Tränen nahe; doch dann verzerrte sich sein Gesicht und er blickte seine Mutter hasserfüllt an. »Und was willst du dagegen machen, Mutterherz? Mich aus dem Familiennest werfen? Mir die Nahrung verweigern?«

»Ich werde es deinem Vater sagen«, flüsterte Patricia, hin- und hergerissen zwischen Ohnmacht und Zorn. »Ich werde ihm von deinem Verhalten erzählen.«

»Mach doch«, sagte Simon. »Erzähl ihm schlimme Sachen über mich. Was meinst du wohl, was er dann sagt? Glaubst du, er schert sich einen Dreck darum? Lauf nur zu Dad. Oder noch besser, trink einen Schluck Wodka.

Glaubst du, Orla und ich wissen nichts von deinem Geheimversteck!« Patricia lehnte sich gegen die Wand. Sie war blass und brachte kein Wort heraus.

»Woher weißt du, was ich in meinem Zimmer habe?«, flüsterte sie nach einer Weile. Da war er aber schon heruntergegangen – mit triumphierender Miene, weil er ihr den Todesstoß versetzt hatte. Wenn er schon nicht ihre Liebe für sich haben konnte, blieb ihm wenigstens der Triumph.

Zuerst wollte sie ihm folgen, dann dachte sie, es sei besser, erst Orla zu befragen. Doch plötzlich überwältigte sie ein Gefühl der Erschöpfung und des Ekels. Sie war dieser Machtposen überdrüssig. Entweder war es Simon oder Orla – und wenn die beiden einmal Ruhe gaben, dann war es Gerry: ein unaufhörliches Gerangel um Überlegenheit. Patricia fühlte sich hineingezogen in ein Gewirr trübseliger familiärer Grabenkämpfe, in denen sie zur Gorgo wurde, weil es um Stolz und Überleben ging. All das zermürbte ihre Willenskraft.

Sie kehrte in ihr Zimmer zurück und schloss die Tür. Sonnenstrahlen fielen auf die Wand neben dem Bett und ließen das Bettgestell aus Messing aufleuchten. Die Frisierkommode mit dem bestickten Deckchen und den säuberlich aufgereihten Haarbürsten wirkte freundlich. Die Vorhänge wurden von Bändern in derselben Machart gehalten.

Ich weiß, es ist ein schöner Raum. Aber das weiß ich so wie ich weiß, dass die Erde rund ist. Ich erlebe es nicht. Dieses Zimmer, dieses Haus mit den teuren Möbeln, das alles ist völlig bedeutungslos.

Es tat so weh. Der Gedanke an Simon, fast ein junger Mann jetzt, an der Schwelle zum Erwachsensein. Patricia war eine Frau. Er hatte den Drang, sie zu beherrschen, ihren Freiraum einzuengen. Er glaubte, es sei von seiner Gnade abhängig, ob sie ein Dasein in Würde führen durfte. Die Situation war ausweglos, weil sie seine Mutter war. Sie hatte Macht über ihn, und das ertrug er nicht. Von seinem Vater nahm er manches zähneknirschend hin, von ihr nicht. In dieser Kontroverse zählte nichts anderes mehr, weder die Verbundenheit zwischen Mutter und Kind noch die Jahre, die sie für ihn gesorgt hatte.

Was sie am meisten erschreckte war, dass sie nichts mehr für ihn empfand außer Abneigung und einer hartnäckigen Duldsamkeit. Eines Tages würde es vorbei sein. Irgendwann würde sich das Ungeheuer in einen Menschen verwandeln. In der Zwischenzeit nutzte es andere aus, um sein brüchiges Selbstbild zu stärken. Wenn Simon seiner Mutter mit unverschämtem Betragen weh tun konnte, war er da nicht Gott? Ich kann ihn nicht rausschmeißen; das verdammte Haus gehört mir nicht einmal. Und obwohl er es nicht wahrhaben will, ist er noch ein Kind. Aber ich mache das jetzt schon seit Jahren mit, und ich will auch leben.

Sie griff in die Schublade und holte den Wodka heraus. Wann hatte sie eigentlich angefangen zu picheln? War es ein Jahr her oder ein halbes? Nur ein bisschen, mein Gott, nur einen Schluck. Ich will von dem Zeug ja nicht abhängig werden. Aber ein Gläschen macht die Langeweile und den Schmerz erträglicher.

Später am Nachmittag würde Patricia einen Einkaufswagen durch die Regalreihen im Supermarkt schieben. Sie kaufte nicht gern ein – am allerwenigsten Lebensmittel; so ein Metallmonster vor sich herschieben, das an jeder Kurve streikt, ein Produkt nach dem anderen einladen: Fleisch, Gemüse, Käse, Obst, Konserven, Cornflakes, Tiefkühlkost, Klopapier, Zahnpasta, Waschmittel. Einmal in der Woche ging sie einkaufen, machte die Runde durch die Regalzeilen, warf die Sachen in den Wagen, stellte sich an der Kasse an, bezahlte, holte den Einkauf aus dem Kofferraum, wenn sie heimkam, verstaute ihn im Kühlschrank, im Gefrierschrank, in den Regalen ihrer hochmodernen Einbauküche aus Eichenholz, deren Perfektion sie inzwischen auch schon verabscheute. Und dann setzte sie sich an den Tisch und trank eine Tasse Kaffee. Genau wie die braven kleinen Hausfrauen aus der Werbung. All die hirnlosen Frauen. Warum muss man Frauen immer hinstellen, als wären sie geistig minderbemittelt?

Also genehmigte sie sich heute, weil sie das Einkaufen so sehr hasste, vorher noch ein Schlückchen Wodka; nicht zu viel, nur um die Langeweile zu vertreiben, einen Augenblick der Euphorie zu erleben.

Im Supermarkt war ein riesiger Christbaum aufgestellt; Nippes, Rauschgold und »Jingle Bells«-Klänge lagen in der Luft. Patricia blieb stehen, verglich verschiedene Markenartikel miteinander, rollte den Wagen zum nächsten Regal, beobachtete sich selbst, als wäre sie eine Videokamera irgendwo über oder hinter ihr. Pat leistet heute gute Arbeit, summte sie vor sich hin. Pat liest die Zutatenauflistung ganz genau. Selbstverständlich. Pat sorgt dafür, dass Seine Kaiserliche Wichtigkeit und die beiden Piranhas nicht durch irgendwelche Lebensmittelzusätze vergiftet werden …

Da rummste es: ein Auffahrunfall zweier Einkaufswagen, das dumpfe, selbstzufriedene Klirren von Glas. »Oh, das tut mir aber Leid«, sagte sie zu der Frau im glänzenden Regenmantel, die den anderen Wagen schob. »Ich sollte besser schauen, wo ich hinfahre. Was habe ich kaputtgemacht?«

Im Sitz des Einkaufswagens hockte ein Kind mit Eiscremespuren am Mund. Der kleine Junge fing an zu heulen.

»Sei still oder es setzt was«, wies die Mutter das Kind zurecht. Sie sah Patricia an. »Nur ein paar Wassergläser. Die taugen eh' nicht viel. Ich tausch sie rasch gegen heile ein.« Die beiden Frauen starrten einander an.

»Kennen wir uns nicht von irgendwoher?«, fragte Patricia und versuchte, das Gesicht ihr gegenüber einzuordnen, die braunen Augen, das schiefe Lächeln, die Lachfältchen. Beide Frauen runzelten die Stirn, dann lachten sie.

»Ich weiß, wer du bist«, sagte die Frau plötzlich. »Warst du nicht auf der St. Anne Schule? Warst du nicht im sechsten Jahr Vertrauensschülerin, als ich im ersten war …? Patricia O'Hehir!«, fügte sie triumphierend hinzu. Pat nickte. »Natürlich!« Sie versuchte die Gesichter aus ihrer Schulzeit vor ihrem geistigen Auge Revue passieren zu lassen. Die meisten hatte sie längst vergessen.

»Einmal hättest du mich beinah verpfiffen!«, fuhr die Frau mit kummervoller Miene fort. »Du hast unsere Klasse für Schwester Martha beaufsichtigt, und ich habe einen Papierpfeil geworfen, der dir in den Haaren hängen blieb ...«

Patricia lachte. Plötzlich sah sie das runde Gesicht einer Dreizehnjährigen vor sich, die als der größte Wildfang der unteren Klassen galt.

»Du hast es durchgehen lassen, warst aber ganz schön sauer!«

»Ich war Vertrauensschülerin!«, sagte Patricia in feierlichem Ton. »Das Leben war eine ernste Sache ... Wie heißt du noch mal?«

»Sarah ... früher Dempsey. Jetzt O'Toole.« Sie sah Patricia an und fügte dann hinzu: »Im Grunde hatte ich eine strenge Hand bitter nötig! Damals dachte ich, ich könnte mein Leben lang den Clown spielen!«

Sie sah müde aus. Ihre dunklen Haare waren strähnig und sie hatte Ringe unter den Augen. Auf ihrer rechten Wange war ein deutliches Mal zu sehen. Es war mit Make-up überdeckt, aber unverkennbar.

Patricia ging mir ihr zu den Haushaltswaren, half die richtigen Gläser herauszusuchen, ein Sechserpack im Karton. Die zerbrochenen wurden zurückgestellt.

»Hättest du vielleicht Lust auf einen Kaffee?«, fragte Patricia und wies mit einer Kopfbewegung auf die Cafeteria. »Ich jedenfalls könnte einen gebrauchen.«

Sarah zögerte. »Ich würde gern, aber so viel Zeit habe ich nicht. Ich muß heim. Die Kinder stehen sonst zu Hause vor verschlossener Tür.«

»Wie viele Kinder hast du?«

»Drei!« Sarah warf einen Blick auf die Uhr. »Na ja, auf eine schnelle Tasse ...«

Patricia holte den Kaffee und zwei Stück Schwarzwälder Kirschtorte und stellte alles auf den Tisch. Sarah zierte sich zunächst, aß die Torte dann jedoch mit Genuss, obwohl sie wegen der Kalorien jammerte.

»Ich esse schrecklich gern Süßes.«

Patricia kostete von dem anderen Stück und fütterte schließlich das Kind damit. Der kleine Junge grapschte sich den Löffel und schaufelte sich Torte in den Mund, so dass ihm die Schokolade am Kinn und zwischen den Fingern klebte.

»Dara ist unglaublich gefräßig«, meinte Sarah. »Gib ihm bloß nichts mehr davon.«

Dann sprachen sie über ihre Kinder und ihr Zuhause und Sarah wartete mit ein paar Namen auf – ob sich Pat an die und die aus der Schule noch erinnere? Dann erwähnte sie eine Mitschülerin, die bei einem Unfall ums Leben gekommen war, eine, die an Krebs gestorben war, und eine dritte, die zu einem richtigen Fernsehstar avanciert war. »Erinnerst du dich an sie? Die war doch eigentlich eine graue Maus!«

Wir sind wie Soldaten, dachte Pat. Man hat uns in eine Schlachtordnung gestellt. Jetzt kann man allmählich die Gefallenen und die Heldinnen unterscheiden; und die übrigen kapitulieren einfach oder kämpfen weiter.

»Kaufst du immer hier ein?«, fragte Patricia dann.

»Nicht immer.«

»Was ist mit deinem Gesicht passiert?«

Sarah seufzte. Ihr Blick verlor sich in der Ferne. Dann musterte sie Patricia argwöhnisch und betastete ihre Wange. »Fällt es so sehr auf?«

»Nicht besonders. Aber vielleicht solltest du besser auf dich aufpassen.«

Sarahs Augen wurden schmal. »Ich habe mich an einer Tür gestoßen. Und vielleicht solltest du mit dem Wodka vorsichtiger sein.«

»Fällt das auch so auf?«

Sarah lachte. »Nein. Aber ich bin Expertin. Ich rieche das Zeug zehn Meilen gegen den Wind.«

Die Frauen lächelten einander zu; braune Augen begegneten blauen voller Verständnis.

»Ich muss gehen«, sagte Sarah schließlich und stand auf. »Bis bald einmal, Pat. Danke für den Kaffee.«

Patricia sah ihr nach, wie sie den voll beladenen Wagen

vor sich herschob. Das Kind drehte sich um und warf ihr einen langen Blick zu.

Am Abend gingen Gerry und Simon aus; Orla, die nach wie vor eingeschnappt war, hütete das Bett – »Um Himmels willen, Mama, lass mich bloß in Ruhe« – und Patricia beschloss zu lesen. Sie hatte ihre Freundin Nell angerufen, ob sie Lust hätte mit ins Kino zu gehen, aber Nell passte immer noch auf ihre Nichten auf.

Auf ihrem Tisch lag *Inferno und Ekstase*; es handelte von Michelangelo, von seiner Schaffenswut. Sie hatte auch ein paar alte Zeitungen aufbewahrt, um die Kreuzworträtsel darin zu lösen. Gerry nahm sich selten die Zeit dafür, aber ihr machte es Spaß. Sie nahm die Zeitungen und stapelte sie aufeinander; da fiel ihr Blick auf eine Überschrift: »FRAU ZU 30 JAHREN VERURTEILT«.

Es ging um das Urteil im Fall der Frau aus Cork, die der Anstiftung zum Mord beschuldigt wurde. Dreißig Jahre! Und dabei hatte er sie ständig verprügelt! Er hätte sie mit seinen Schlägen beinahe umgebracht, und jetzt bekam sie dreißig Jahre! Sie hatte aus panischer Angst zur Selbsthilfe gegriffen, und hatte doch dasselbe Urteil bekommen wie ein kaltblütiger Mörder! Patricia warf die Zeitung auf den Tisch. Ihre Gedanken kehrten zu Sarah Dempsey zurück, mit der sie im Supermarkt buchstäblich zusammengestoßen war. Jetzt sah sie sie ganz deutlich vor sich, ein Mädchen mit samtiger Haut und schelmischem Grinsen. Sarah hatte häufig nachsitzen müssen, weil sie ihre Hausaufgaben nicht gemacht oder den Unterricht gestört hatte. Dann sah sie das Mädchen bei den anderen Nachsitzerinnen, wenn sie, Patricia, sich auf den Heimweg nach Brierly machte.

Sarah hatte sich verändert. Die samtige Haut war blass geworden; sie sah müde aus und das Mal auf ihrer Wange, wo sie sich angeblich an der Tür gestoßen hatte, ließ sich nicht mit Make-up verdecken. Patricia betrachtete ihr eigenes Gesicht im Spiegel und verglich es mit dem Gesicht des Schulmädchens, das sie einmal gewesen war, versuchte sich an ihre damalige Weltsicht zu erinnern, die Träume, die Erwartungen an die Zukunft. Geräuschlos öffnete sie die Schublade mit der Wodkaflasche. Geistesabwesend goss sie etwas Schnaps in den Plastikdeckel ihres Haarsprays, krampfhaft darum bemüht, jeglichen Gedanken darüber, was sie da eigentlich trieb, gar nicht erst aufkommen zu lassen – so als würde ihr Tun dadurch null und nichtig. Allmählich fürchtete sie den Wodka. Dann holte sie Paddy Johnsons Briefe hervor.

Sie las einen nach dem anderen und nippte dabei Wodka aus dem Plastikdeckel. Warum hast du nicht angerufen, wo du es doch versprochen hast? Du hast es Joan gesagt. Sie legte die Briefe zurück in die Schublade; dann ließ sie sich aufs Bett sinken und starrte die Umrisse des Hexengesichts an der Decke an. Sie spürte Paddys Hände auf ihrem Körper, stellte sich vor, wie es wäre, mit ihm zu schlafen, wie es gewesen wäre, mit ihm zu leben. Aber es war zu spät. Ihre Mutter sagte immer, das seien die traurigsten Worte, die es gibt. Zu spät!

Wie immer, wenn sie etwas getrunken hatte, gingen ihr Verszeilen durch den Kopf; die Worte von Omar Khajjam ließen sie nicht mehr los.

»Umsonst ist unsre Angst, vergebens unser Hoffen,
Ein Trug des Jenseits Qual, ein Wahn des Jenseits Glück!«

Unaufhörlich drehten sich die Worte im Kreis, schufen ein eigenes Metrum und betörten sie mit ihrem Rhythmus.

»Umsonst ist unsre Angst, vergebens unser Hoffen ...«, in ständiger Wiederholung, während ihr heiße Tränen übers Gesicht liefen.

Als Gerry heimkam, fand er sie daliegen, die leere Wodkaflasche auf dem Nachttisch.

»Mein Gott, Pat«, sagte er voller Entsetzen und Ekel. »Du bist betrunken!«

Sie drehte sich um und erwiderte mit schwerer Zunge: »Nur ... ein bisschen beschwüppst ...« Sie kicherte hemmungslos und schlief wieder ein.

Entrüstet und mit wachsener Besorgnis starrte er sie an.

Seine Frau, halb im Koma, volltrunken! Sie bewegte sich und er zischte ihr ins Ohr: »Du pichelst schon seit einer ganzen Weile! Entweder du hörst auf damit oder du verschwindest, verstanden?«

Pat schlug die Augen auf. Sie waren blutunterlaufen und ihr Atem roch säuerlich scharf.

»Was?«, fragte sie benommen. »Was hast du gesagt?«

»Du ekelst mich an«, entgegnete Gerry. »Wenn ich daran denke, wie ich mich für diese Familie abrackere!«

Simon streckte den Kopf zur Tür herein. »Was ist mit Mama los?« Seine Pupillen waren vor Angst geweitet. »Ist sie krank?«

»Sie ist betrunken«, erwiderte Gerry. »Deine Mutter ist betrunken.«

Simons besorgter Gesichtsausdruck wandelte sich. Er lachte halb amüsiert, halb verächtlich und zuckte die Achseln. Dass Eltern sich eigentlich nicht betrinken sollten, war selbst ihm klar.

»Sollen wir einen Arzt rufen?«, fragte er unsicher.

»Damit er das hier sieht?«, zischte Gerry abfällig. Simon sah das Gesicht seines Vaters, und nach und nach nahm seines denselben Ausdruck kalter Verachtung an.

»Steh nicht herum und halt Maulaffen feil«, herrschte Gerry ihn an. »Geh lieber runter und hol mir Pralinen. Die Schachtel, die Joan de Barra gestern Abend mitgebracht hat.«

Simon starrte ihn an. »Wofür brauchst du Pralinen?«

»Hol sie einfach! Und eine Schüssel aus der Küche kannst du auch gleich mitbringen.« Gerry blickte auf die leere Flasche. »Die kannst du in den Müll werfen.«

Als Simon mit den Pralinen und der Plastikschüssel wiederkam, suchte Gerry eine mit Erdbeercreme gefüllte aus, setzte sich auf den Bettrand und hob Patricias Kopf an. »Aufwachen, ich hab' was für dich!« Er schob ihr die Praline zwischen die Zähne. »Iss das.«

Patricia drehte den Kopf weg. »Ich will nicht.«

Gerry schüttelte sie. »Komm schon, Pat, es ist wichtig. Iss das! Nun mach schon!«

Patricia kaute die Praline kurz und schluckte sie dann hinunter. Gerry schob ihr sofort die nächste zwischen die Zähne, drückte ihr den Mund zu und rieb ihr die Wangen. »Schlucken!«

Sie gehorchte und öffnete kurz die Augen. Mit einer Geste der Unterwerfung aß sie auch die dritte Praline und schluckte mechanisch alles, was er ihr in den Mund schob. Als sich ihr der Magen umdrehte, hielt Gerry die Schüssel bereit. Er zog sie in die Bauchlage und er und Simon stützten ihr den Kopf über der Bettkante. Als Pat sich ausgekotzt hatte, gab Gerry Simon die Schüssel zum Ausleeren. Der Junge verzog das Gesicht und nahm die Schüssel vorsichtig hoch. Gerry hielt Patricia ein Glas Wasser an den Mund, damit sie trinken konnte. Sie schluckte; etwas Wasser lief ihr übers Kinn.

»Ich schlafe im Gästezimmer!«, verkündete Gerry mit verkniffenem Gesicht.

Am nächsten Morgen wachte Patricia in aller Frühe auf; sie verspürte höllischen Durst und rasende Kopfschmerzen. Weil sie bei der geringsten Bewegung das Gefühl hatte, dass ihr der Schädel barst, lag sie so ruhig wie möglich da. An den vergangenen Abend erinnerte sie sich nur noch bruchstückhaft – sie hatte Wodka getrunken, war auf dem Bett gelegen, wurde von Gerry geweckt, der sie zum Erbrechen gebracht hatte. Und, mein Gott, Simon war auch da gewesen! Gerry hatte zugelassen, dass ihr Sohn alles mitbekam. Der Mistkerl! Sie döste, wachte auf, schlief wieder ein. Ans Aufstehen war überhaupt nicht zu denken. Selbst das durch den Vorhang gedämpfte Licht tat weh. Sie hörte, wie Gerry auf dem Flur mit Orla sprach, aber er kam nicht herein.

Um halb zehn kam Orla mit grimmiger Miene und brachte ihr eine Kanne Tee mit etwas Toast. Sie stellte das Tablett auf dem Nachttisch ab und sagte nur: »Da ist dein Tee!« Dann seufzte sie vorwurfsvoll und verzog angeekelt das Gesicht. Meine Tochter weiß es auch, dachte Patricia. Wie hätte ich mich in ihrem Alter gefühlt, wenn meine

Mutter getrunken hätte? Ich werde also zur Alkoholikerin. Hält die Zukunft das für mich bereit?

Später stand sie auf und setzte sich vor die Frisierkommode. Im Spiegel sah sie eine Frau, die kaum noch Ähnlichkeit mit der alten Patricia hatte: das Gesicht aufgedunsen und blass, die Augen blutunterlaufen und rot gerändert. Sie schleppte sich wieder ins Bett und zog die Decke über den Kopf, um der Scham und der Angst zu entfliehen.

Als sie sich körperlich ein wenig besser fühlte, dachte sie: So weit wird es nie wieder kommen, ganz gleich, was noch alles passiert. Das ist es nicht wert. Sie versuchte zu analysieren, was die Ursache war, warum sie sich so elend fühlte, warum sie trank.

»Es hat etwas mit Freiraum zu tun«, murmelte sie vor sich hin. »Mir fehlt der Raum, in dem ich leben könnte, also versuche ich zu entfliehen!«

Sie lehnte sich zurück, blickte zur Decke, auf das dumme Hexengesicht. Ich will nicht zur Trinkerin werden. Ich will nicht mehr weglaufen. Das Hexengesicht starrte ausdruckslos auf sie herab. »Das musst du mit dir selber ausmachen«, schien es zu sagen. »Du brauchst mich gar nicht so anzusehen!«

Ich muss mich meinem Leben stellen und es ändern. Es liegt bei mir, was aus mir wird.

Sie stand auf und ging in die Küche hinunter. Orla, die gerade das Mittagessen vorbereitete, wandte sich ab. Patricia seufzte.

»Du musst mir verzeihen, Orla! Du kannst es genauso gut gleich versuchen. Wenn ich mir verzeihen kann, kannst du es auch!«

Orla sah überrascht aus, warf ihr einen zweifelnden Blick zu, als wüsste sie nicht recht, wie sie sich entscheiden sollte. Dann verhärtete sich ihre Miene.

»Ich wünschte, ich hätte eine Mutter, die nicht so verkommen ist!«, verkündete sie würdevoll und ging hinaus. Patricia stützte mutlos den Kopf auf die Hände; dann stand sie auf und schälte die Kartoffeln fertig.

4. Kapitel

Ich bin seit drei Jahren verheiratet. Gestern war unser Hochzeitstag und Gerry hat mir Blumen geschickt. Sie kamen gegen Mittag, ein riesiger Strauß mit einer Karte, auf der in Großbuchstaben stand: »IN LIEBE GERRY« – von seiner Sekretärin geschrieben. Keine Unterschrift.

Ich arrangierte sie sorgfältig und stellte sie in den Flur. Als er nach Hause kam, bedankte ich mich und er wirkte einen Moment lang ganz überrascht, so als könne er sich gar nicht entsinnen, sie geschickt zu haben. Wir waren mit Nell und Fred zum Abendessen verabredet, aber das Baby war unruhig, und so blieb ich daheim. Das arme kleine Würmchen hat immer noch Koliken, und ich lasse es nicht gern allein. Ich habe ihn herumgetragen, seinen Namen geflüstert – »Simon, Simon« – und ihm den Bauch gerieben. Das mag er gern. Schließlich schlief er ein, aber da wachte Orla auf und ich nahm sie zu mir ins Bett.

Als auch sie eingeschlafen war, nahm ich mir Gerrys Buch über Familienrecht vor. Ich habe aus Neugier immer wieder darin gelesen. Was da steht, ist einfach unglaublich und faszinierend. Ich wünschte, ich hätte Jura studiert. Das habe ich schon oft zu Gerry gesagt – dann würde ich mich nicht so verdammt ohnmächtig fühlen; und ich weiß, ich wäre gut darin. Aber er seufzt nur und meint, ich solle nicht albern sein.

Aus: *Die Pferdeohren*, 1973

»Kann ich dir etwas anvertrauen?«, sagte Patricia am folgenden Tag zu Nell. Die Freundin war am frühen Nachmittag auf dem Heimweg von einem Arbeitsessen hereingeschneit, bei dem es um eine Wohltätigkeitsveranstaltung ging: die Organisation einer Weihnachtsfeier für unterprivilegierte Kinder. Nell war immer außer Atem, ständig wirkte sie gehetzt, als wäre ihr das Leben dicht auf den Fersen und sie hätte sich entschlossen, ihm um jeden Preis zu entwischen. Manchmal kam Pat der Verdacht, dass Nell es bewusst vermied, auch nur für einen Augenblick allein zu sein.

»Natürlich!«, erwiderte sie und lächelte ihre Freundin aus blauen Augen an. »Schieß los ...«

Pat kam ins Stottern. » ... ich will einiges in meinem Leben ändern!«

Nell lachte. »Das willst du mir also anvertrauen? Was willst du denn ändern?«

Nell war groß. Sie trug eine Hose mit Jackett, was ihr gut stand. Ihre dicken dunklen Haare waren schulterlang. »Du siehst ziemlich spitz aus, Pat, wenn ich mir die Bemerkung erlauben darf. Und totenblass!«

»Ich weiß ...«

»Was ist denn passiert?«

»Ach – das ist eine lange Geschichte. Ich möchte Gerry verlassen!«

Nell sah Pat aus großen Augen und mit offenem Mund an. »Wie in aller Welt kommst du denn auf die Idee?«

Patricia zögerte. Dann sagte sie: »Ich denke schon seit langem darüber nach.«

Nell wurde ernst. Sie senkte den Kopf, so dass sich Hängebacken über ihrem schwarzen Rollkragen abzeichneten.

»Meine Liebe – wovon willst du denn leben? Was ist mit den Kindern?«

»Die Kinder sind jetzt groß. Sie können mit mir ausziehen, wenn sie wollen. Ich suche mir Arbeit!«

»Und an was hattest du dabei gedacht?«

»Keine Ahnung. Irgendetwas muss ich ja können. Ich weiß, dass ich keine Ausbildung habe, aber ich könnte mir einen Bürojob suchen ...«

Nell erwog den Gedanken. »Kannst du tippen?«

»Das könnte ich lernen!«

»Kennst du dich mit Textverarbeitung aus?«

»Nicht die Bohne!«

»Kannst du Steno?«

»Das braucht man heutzutage doch nicht mehr. Gerry benutzt nur das Diktiergerät.«

»Täusch dich da nicht. Sehen wir weiter – welche Fremdsprachen sprichst du?«

Patricia lehnte sich im Sessel zurück. »Ich kann Englisch«, erwiderte sie gereizt. »Das sollte eigentlich reichen. Und Französisch kann ich auch ... na ja, Schulfranzösisch.«

Nell zuckte die Achseln. »Schau, ich möchte wirklich nicht überheblich klingen, aber wenn du nichts kannst, findest du auch keine Arbeit. Niemand beschäftigt eine Frau deines Alters und deiner Herkunft als Bürohilfe, und selbst wenn, würden sie dir ein lächerliches Gehalt zahlen. Glaubst du, du kämst mit achttausend Pfund im Jahr aus?«

»Gerry müßte mir Unterhalt zahlen.«

»Nicht, wenn du ausziehst. Das nennt sich böswilliges Verlassen. Und das Haus – bist du Miteigentümerin?«

»Nein. Es ist auf seinen Namen eingetragen.«

Beide schwiegen. Draußen fuhr ein Wagen vor. Als der Fahrer die Zentralverriegelung betätigte, erklang ein durchdringender Piepston.

Patricia seufzte. »Mein Gesamtvermögen beläuft sich auf 1800 Pfund auf der Bank, sonst habe ich nur noch meine Kleider und mein Auto.«

»Damit kommst du nicht weit! Und ohne Auto wärst du aufgeschmissen.«

Patricia wollte etwas erwidern, überlegte es sich aber anders. Nell schüttelte den Kopf.

»Du darfst in deiner Situation nicht unüberlegt handeln«, fuhr sie leise fort. »An dem Punkt, wo du jetzt bist, war ich auch schon. Ich habe es noch niemandem erzählt, aber vor fünf Jahren wollte ich nur noch eins: meine Koffer packen und gehen. Aber dann habe ich mich hingesetzt und alles noch einmal genau durchdacht. Okay, Fred hat sich bei Frauen keine Gelegenheit entgehen lassen ... ich weiß, dass er sich auch an dich rangemacht hat, Pat, du brauchst also nicht so überrascht zu tun. Okay, ich hatte die Nase gründlich voll. Aber was hatte die große böse Welt der kleinen Nell zu bieten? Armut, Not, Überlebenskampf! Fred hätte einer Trennung nie zugestimmt, also war von ihm in finanzieller Hinsicht kaum etwas zu erwarten. Dann machte ich mir klar, dass ich mich nur innerlich von ihm abwenden und auf andere Dinge konzentrieren musste, dass ich gefühlsmäßig nichts von ihm erwarten durfte. Sollte er doch fremdgehen! Solange er das Geld nach Hause brachte, uns ein Dach über dem Kopf bot, mir mein Taschengeld zugestand. Mir wurde klar, dass ich eine Freiheit besaß, die ich mit einem Achtstundentag niemals hätte. Damals fing ich an, mich im Komitee zu engagieren und fand viele neue Freunde. Das solltest du auch tun. Du brauchst neue Interessen. Du liest zu viel und du grübelst zu viel! Geh raus und lern neue Leute kennen! Nimm dein Leben in die Hand! Wenigstens hüpft dein Mann nicht von einem Bett ins andere! Du hast ein schönes Haus, alles, was man sich nur wünschen kann!«

Nells Worte vermittelten Patricia das Gefühl, sie litte an einer Art Kurzsichtigkeit, so dass sie die Wirklichkeit nur bruchstückhaft wahrnahm und die Einzelteile nicht zueinander in Beziehung setzen konnte. Sie schauderte bei dem Gedanken, was sie hatte wegwerfen wollen: Sicherheit. Status. Wohlstand. Sie sah sich mit einundvierzig und einem Jahresgehalt von achttausend Pfund irgendwo in einem winzigen Apartment, als kleine Angestellte.

»Nell, du bringst mich so weit, dass ich mir wie ein verzogenes Kind vorkomme! Weißt du, was ich gestern Abend getan habe? Mich betrunken. Eine ganze Flasche Wodka hab' ich leer gemacht, und dann hat mich Gerry gefunden und zum Erbrechen gebracht!«

Nell zog die Luft durch die Zähne ein und schüttelte den Kopf. »Zweiter Tip: Lass die Finger von dem Zeug. Dafür setzt er dich noch vor die Tür!«

Patricia blickte auf ihren gepflegten Rasen hinaus. Nells roter Wagen stand in der Einfahrt, das Wintersonnenlicht fiel auf die kahlen Äste des Kirschbaums. Sie nahm ihr Wohnzimmer wahr, den Kaminsims aus Marmor mit den Familienfotos, die Mahagonikommode mit der Elfenbeinstatue des Konfuzius, den Glasschrank mit ihrer Porzellansammlung in der Ecke und Gerrys grauenhafte Cocktailbar. Sie hob die Hände.

»Aber Nell ... wenn du dafür dein Allerinnerstes erstikken musst, was nützt dir das alles dann noch?«

Nell sah sie mitleidig an. »Meine Liebe, wenn du ums Überleben kämpfen musst, was glaubst du wohl, wie viel Zeit dir dann noch für dein Seelenleben bleibt?«

Nell ging. Patricia beobachtete sie durchs Fenster, sah, wie sie beschwingt die Auffahrt hinunter zu ihrem Wagen ging. Nell hatte einen selbstbewussten Gang, hielt sich gut, sie wirkte flott mit ihrer lohfarbenen Schultertasche. Aber Pat sah auch Nells Einsamkeit, die sie umhüllte wie ein dünner blauer Schleier. Nell warf einen Blick zurück aufs Haus, als sie die Autotür öffnete, winkte fröhlich und hielt den Daumen in die Höhe. Patricia zog den dünnen Vorhang beiseite und winkte zurück. Dann tauchte das rote Coupé mit schnurrendem Motor in den Verkehr von Ballsbridge ein.

Patricia fühlte sich, als litte sie an Schizophrenie. Es kam ihr vor, als hätte man sie gerade noch vom Rande des Abgrunds zurückgezogen. Was wäre gewesen, wenn sie am Abend zu Gerry gesagt hätte: ›Ich werde dich verlassen‹? Wie hätte er reagiert?

Sie wusste es. Er hätte sie aus kalten Augen angesehen, dann wieder den Blick auf seine Zeitung gesenkt. »Du bist ein freier Mensch, Patricia. Wo die Tür ist weißt du ja!«

Er würde sie gehen lassen, einfach so, und aus Stolz nicht den geringsten Versuch unternehmen, sie aufzuhalten. Und dann würde er ganz skrupellos handeln. Sie würde völlig leer ausgehen. Die jahrelange Arbeit im Haus, die Tage und Stunden mit den Kindern, als Köchin und Gastgeberin, als Hausfrau, all die Sorge und die Planung, all das zählte nichts. Kein Gericht würde ihr einen roten Heller dafür zubilligen, dass sie ihr Leben investiert hatte. Patricia würde als die Frau dastehen, die ihren Mann verließ. »Aber wie kann man jemanden verlassen, der überhaupt nicht da ist?«, fragte sie sich. Wie sollte sie das nur erklären? Unmöglich. Sie würde ihr Leben selbst in die Hand nehmen müssen. Und diese Aussicht machte ihr Angst. Vielleicht sollte sie wirklich froh sein über das, was sie hatte. Sie dachte an Nell, die so beschwingt den Weg hinuntergegangen war. Aber Pat wusste, dass in Nell etwas abgestorben war. Das hatte sie schon vor Jahren an ihr beobachtet: eine Art schleichende Paralyse der Seele. Das Feuer in Nell war erstorben. Ich will nicht sterben, dachte Pat. Aber ich will mich auch nicht mühselig für meinen Lebensunterhalt abrackern müssen, nach all den Jahren. Aber sterben will ich auch nicht.

Sie ging nach oben. Im Bemühen, die Depression abzustreifen, wusch sie sich die Haare, trocknete sie sorgfältig, indem sie sie von unten nach oben föhnte. Auch auf ihr Gesicht verwandte sie einige Zeit, legte eine Gesichtsmaske auf und massierte anschließend eine Feuchtigkeitscreme ein, bis ihre Haut gut durchblutet war. Dann machte sie ein paar Gymnastikübungen auf dem Boden vor dem Spiegel, um das Unwohlsein loszuwerden, das die Ereignisse des Wochenendes hinterlassen hatten. Dabei begutachtete sie ihre Figur: der flache Bauch, die immer noch jungen Brüste, ein bisschen voller als früher, aber wen störte das schon? Sie hatte eine schmale Taille und straffe Hüften. Auf ihren Körper war sie stolz; sie war entschlossen, ihn nicht dem Verfall preiszugeben. Sie hatte sich früh entwickelt, so dass ihr schon als ganz jungem Mädchen die Männer lüsterne Blicke zugeworfen hatten.

Auf dem Heimweg von der Schule war sie einmal stehen geblieben, um einem Hufschmied bei der Arbeit zuzusehen, und ein alter Mann mit einer schmierigen Schirmmütze, der sich bei der Schmiede herumtrieb, legte den Arm um sie, ging ein Stück Weg mit ihr und bat sie um einen Kuss. Da war sie dreizehn gewesen.

»Bitte lassen Sie mich in Ruhe.«

Als sie ein paar Tage später von der Bushaltestelle aus die Landstraße entlangging, sah sie ihn wieder.

»Willst du dir noch mal die Pferde ansehen?« Er grinste lüstern und Pat spürte, wie sich sein Blick durch ihre Schuluniform bohrte und auf ihren Brüsten verweilte.

Er trat neben sie und sagte leise, die Stimme heiser vor Verlangen: »Ich geb dir 'nen Fünfer ... komm mit auf den Feldweg ...« Er fasste sie mit seiner wettergegerbten Hand an, und als sie sich umdrehte, sah sie den Speichel auf seinen Lippen.

»Ich sag's meinem Vater, wenn Sie mich nicht in Ruhe lassen!«, Er hatte ihr einen gehörigen Schrecken eingejagt, aber das ließ sie sich nicht anmerken.

Später erzählte sie ihrer Mutter davon, die äußerst entrüstet reagierte. »O mein Gott ... Das hätte dein Ende sein können ...« Und dann fügte sie hinzu: »Erzähl nur deinem Vater nichts ... er würde den Kerl umbringen!«

Aber am nächsten Morgen hatte ihre Mutter Pat vom Bus abgeholt, die Schrotflinte des Vaters auf dem Rücksitz. Auf dem Heimweg nach Brierly zeigte Pat auf den Mann, der wieder an der Straße wartete.

Ihre Mutter hielt an, nahm die Schrotflinte und richtete sie durch das Fenster auf ihn.

»Entschuldigen Sie«, sagte sie freundlich, fast beiläufig zu dem Mann – in einem Tonfall, den Pat an ihrer Mutter sonst nicht kannte –, »aber wenn Sie meine Tochter je wieder anfassen oder belästigen, dann schieße ich Sie nieder. Und ich treffe immer ins Schwarze!«

Der alte schmuddelige Mann schrak zurück. Entsetzen und Furcht standen ihm ins Gesicht geschrieben, als er in den Doppellauf der Flinte blickte.

»Ich wusste gar nicht, dass du schießen kannst, Mama!«, sagte Patricia, als sie Brierly erreichten.

Ihre Mutter lächelte. »Er weiß ja nicht, ob ich es kann oder nicht. Außerdem dürfte es ja nicht besonders schwierig sein, ihm den Lauf an den Rücken zu halten und abzudrücken!«

Die Flinte war an ihren Platz zurückgestellt worden und der Mann hatte Patricia nie wieder belästigt. Sie beendete ihre Gymnastik und warf einen Blick auf die Uhr. Fast drei. Die Kinder waren noch in der Schule. Orla kam um halb drei nach Hause, Simon eine Viertel Stunde später. Dann musste die Hausarbeit erledigt, das Abendessen gerichtet und die beiden Streithähne gebändigt werden.

Das Telefon auf Gerrys Nachttisch klingelte. Patricia, die schon auf dem Treppenabsatz stand, kehrte noch einmal ins Schlafzimmer zurück und nahm ab.

»Hallo!«

Es folgte ein kurzes Schweigen, nur den Bruchteil einer Sekunde, und sie wusste, wer der Anrufer war, noch bevor er sich meldete.

»Ach«, sagte der Mann am anderen Ende der Leitung. »Merkwürdig, wie schön es ist, deine Stimme zu hören. Wahrscheinlich hast du keine Ahnung, wer ich bin?«

»Hmmm«, überlegte Patricia laut. Plötzlich war die Welt hell und es gab Raum für Lachen, und die Bruchstücke ihrer Wirklichkeit fügten sich zu einem Bild.

»Du hörst dich an wie Paddy Johnson, aber das kann natürlich nicht sein …«

»Deine Stimme klingt noch genauso wie früher, Patricia. Jung und lebendig wie eh und je. Wie geht's dir?«

»Gut. Schön, von dir zu hören. Joan hat mir erzählt, dass sie dir begegnet ist!«

»Ach, deshalb hast du mich gleich erkannt!«

»Nein, ich glaube, ich hätte dich auf jeden Fall erkannt!«

Schweigen.

»Was machst du morgen Mittag? Ich würde dich gern auf einen Happen einladen. Wir könnten ein bisschen plaudern.«

»Das wäre schön!«

»Wollen wir uns im Shelbourne treffen? Um halb eins im Foyer?«

»Großartig! Ich freue mich!«

»Bis dann …«

»Paddy!«

»Ja?«

»Ich nehme nicht an, dass du inzwischen eine Glatze hast oder so ... nur für den Fall, dass wir einander nicht erkennen.«

Er lachte. »Nein. Ich habe noch ein paar Haare auf dem Kopf, und sogar noch die eigenen Zähne. Wie steht's mit dir?«

»Ich bin in einem fürchterlichen Zustand. Völlig kahl und nur ein Zahn ist mir geblieben!«

»Nun, in diesem Fall sollte es für mich ein Leichtes sein, dich zu erkennen!«

Beide lachten wie Kinder.

»Okay. Bis dann. Tschüss ...«

»Tschüss ...«

Patricia setzte sich aufs Bett und sah ihr Gesicht im Spiegel, lächelnd, glühend. Er hörte sich noch genauso an wie früher, dieselbe Stimme, derselbe neckende Tonfall. Die Zeit dazwischen war wie ausgelöscht. Patricia war wieder zwanzig, auf der Landstraße zwischen Laragh und Glendalough.

Als sie nach unten ging, traf sie Orla auf dem Flur und freute sich ausnahmsweise sogar, dass sie so früh nach Hause kam.

»Hallo, Liebes ... Wie war dein Tag?«

Orla sah ihre Mutter mit unverhohlener Überraschung an, und ihr Gesicht entspannte sich. »Heute bist du ja richtig gut drauf, Mama.«

Pat holte ihren Mantel aus der Garderobe. »Ich gehe noch in die Stadt, Liebling. Mach deine Hausaufgaben.«

»Wann kommst du wieder?«

»Gegen sechs.«

Patricia kaufte sich ein neues Kostüm, eine cremefarbene Seidenbluse und eine kleine Flasche Armani. Das Kostüm war gerade geschnitten, schwarzer Rock und karierte Jacke mit schwarzen und goldenen Knöpfen. Dann ging sie zum Friseur, ließ sich die Haare färben und ein wenig schneiden. Sie legte den Kopf auf das Becken zurück, hörte die gedämpfte Hintergrundmusik und dachte nur an Paddy. Der Shampooschaum knisterte in ihren Ohren und der Rand des Beckens drückte hart gegen ihren Nacken; das Wasser war etwas zu heiß, aber sie merkte es kaum, war in Gedanken weit weg. Später betrachtete sie erstaunt ihr Gesicht im Spiegel. Sie sah jung aus, sprühend; sie hätte ebenso gut dreißig sein können.

Als sie auf die Straße trat, war es schon dunkel. Ein kalter Wind fuhr durch die weihnachtlich geschmückte Grafton Street, auf der sich die Menschen drängten. Ein kleiner Chor sang Weihnachtslieder und nicht weit davon entfernt kauerte ein kleines Waisenmädchen, das zum fahrenden Volk gehörte, in einem Hauseingang und spielte Flöte. Pat sah ihr im Vorübergehen in die Augen; sie waren ohne Berechnung, ein wenig glasig von der Kälte und der Musik. Gerührt legte Pat zwei Pfund in die Blechdose, die vor dem Mädchen auf dem Boden stand.

»Danke, Missus«, sagte das Mädchen mit kindlicher Stimme, während Pat vom Strom der Passanten weitergetrieben wurde.

Sie kam um halb sieben heim. Im Haus war es angenehm warm. Erleichtert, dass sie nun daheim war, der Kälte und den vielen Menschen entkommen, zog sie die Küchenvorhänge zu. Sie hatte gegrilltes Fleisch mitgebracht und rief nach Orla und Simon, damit sie den Tisch deckten. Sofort begannen die beiden um die Aufgabenverteilung zu streiten, bis Pat Simon auf sein Zimmer zurückschickte. Orla beklagte sich, dass immer sie helfen musste.

»Ich komme allein zurecht, Orla! Tu dir keinen Zwang an!« Aber Orla blieb, deckte den Tisch, warf ihrer Mutter einen Seitenblick zu und sagte nach einer Weile: »Mama, deine Haare sind schön. Du siehst wirklich gut aus!« Dabei war sie um einen möglichst unbeteiligt klingenden Tonfall bemüht, um ja keinen Zweifel daran aufkommen zu lassen, dass sie nur eine Tatsache konstatierte und sich im Übrigen längst noch nicht geschlagen gab.

Pat lächelte ihre Tochter an. »Danke, Orla.«

Das Mädchen deckte den Tisch, holte das Tomatenketschup, auf das Simon nicht verzichten wollte, und ein paar Minuten lang herrschte in der Küche die uralte stille Vertrautheit zwischen Frauen. Aus dem Augenwinkel sah Pat, wie ihre Tochter sie ab und zu verstohlen betrachtete, als versuche sie einzuschätzen, welche Veränderung vor sich gegangen war, warum ihre Mutter plötzlich mehr Raum für sich beanspruchte. Die Billigung der Tochter war offenkundig, wenn auch unbewusst; sie interessierte sich für diesen Menschen, ihre Mutter, deren Verhalten auf einmal nicht mehr vorhersehbar war.

Gerry kam spät. Pat richtete ihm das Abendbrot und setzte sich zu ihm, während er aß. Mit seinen Gedanken war er wieder einmal ganz woanders. Die Kinder hatten schon gegessen und erledigten oben ihre Hausaufgaben.

»Wie war's heute, Gerry?«

Er sah sie an. Offensichtlich bemerkte er nicht, dass sie beim Friseur gewesen war, aber sie sah gut aus und das fiel ihm auf. Er zeigte so etwas wie vorsichtige Erleichterung. Seit der Episode am Samstag hatten sie kaum ein Wort gewechselt. Es war nicht Gerrys Art, auf Unstimmigkeiten zurückzukommen, um eine Lösung für problematische oder strittige Fragen zu finden. Stattdessen schenkte er ihnen einfach keine Aufmerksamkeit und erwartete, dass sie sich dadurch in Luft auflösten.

»Ich hatte viel um die Ohren. In der Vorweihnachtszeit ist das immer so. Jeder will noch in der letzten Woche alles erledigt haben. Und was ist mit dir? Was hast du heute gemacht?«

Patricia war drauf und dran ihm zu erzählen, dass Paddy angerufen hatte, überlegte es sich dann aber doch anders. »Ich habe einen Stadtbummel gemacht und mir ein neues Kostüm gekauft!«

Sein Blick drückte Zustimmung aus; er nahm zur Kenntnis, dass sie sich zusammenriss. »Gut. Du hast dir ja schon eine ganze Weile nichts mehr gekauft …«

Patricia wollte ihm erzählen, wie das Kostüm aussah, es

sogar vorführen, sollte er Interesse daran bekunden; aber sie sah, dass seine Gedanken schon wieder abschweiften.

»Ich muss noch einige Unterlagen durcharbeiten, die ich mir mitgebracht habe. Ich bin dann im Arbeitszimmer.« Er stand auf und verließ den Raum.

Pat räumte das Geschirr in die Spülmaschine und dachte an morgen, malte sich den Augenblick des Wiedererkennens aus.

Patricia trat durch die Drehtür ins Foyer des Shelbourne Hotels. Durch die Glasscheibe hindurch konnte sie das Feuer im Kamin flackern sehen, das Porträt darüber, den Mann auf dem Sofa, der die *Irish Times* las.

Außer ihm waren noch zwei Leute da, ein Paar, das sich angeregt unterhielt. Der Mann mit der *Times* war allein. Er trug einen offenen Trenchcoat und einen dunkelgrauen Anzug. Seine Haare waren immer noch lockig, aschblond, hier und da graue Strähnen, Geheimratsecken. Er strahlte Selbstvertrauen und Weltgewandtheit aus. War es möglich, dass dieser selbstbewusste, offenbar gut situierte Mann in den besten Jahren derselbe Paddy war, der schlaksige Junge, neben dem sie einst in einer Mainacht unter dem Sternenhimmel geschlafen hatte? Er blickte auf, als sie auf ihn zukam, erhob sich, lächelte. Die Nervosität verflog. Sie streckte ihm die Hand entgegen, die er voll Herzlichkeit ergriff.

»Pat!«

»Paddy!«

»Du hast dich überhaupt nicht verändert!«

»Was für ein Unsinn!«

Er führte sie in die Hotelbar zu einem Tisch neben dem Klavier. »Möchtest du einen Aperitif?«

» … Ballygowan!«

Paddy bestellte Ballygowan und einen trockenen Martini mit Eis. Dann lehnte er sich zurück und sah sie an. Er hatte sich verändert, auf subtile Weise, aber unverkennbar. An seinem Mund sah Pat senkrechte Falten, die früher nicht da gewesen waren und die von Ernst und Skrupellosigkeit zeugten. Leichte Furchen auf der Stirn. Das Grau der Haare trat an den Schläfen deutlicher hervor. Seine Hände waren gepflegt. Der Ehering. Paddy war der Alte, und doch ganz anders. Den Zauber, den er als junger Mann ausgestrahlt hatte, spürte sie noch, aber er hatte sich in Zielstrebigkeit und Macht verwandelt.

»Und wie sehr habe ich mich verändert? Ich sehe es in deinen Augen.«

»Du bist reifer geworden, vielleicht sogar eindrucksvoller ... Es steht dir.«

Er lächelte. »Danke. Ein wenig hast du dich auch verändert ... Du bist noch schöner geworden, wenn ich das mal so sagen darf.«

»Aha«, sagte Patricia. »Das Leben auf dem Festland hat abgefärbt. Du schmeichelst den Frauen!«

»Das ist keine Schmeichelei!« Er lehnte sich zurück. »Es ist die reine Wahrheit! Außerdem musst du bedenken, dass ich eine glatzköpfige Dame mit nur einem Zahn erwartet hatte!«

Patricia lachte. »Du siehst sie vor dir! Sie hat sich ein Gebiss besorgt und ein paar Haare transplantieren lassen!«

Woraufhin beide in ein übermütiges Gelächter ausbrachen. Dann erkundigte sich jeder nach der Familie des anderen, und Patricia fragte höflich nach Susan.

»Ihr geht's gut. Sie kann wunderbar mit Kindern umgehen. Aber inzwischen sind beide aus dem Haus: Guy studiert Betriebswirtschaft in Cambridge und Michelle Kunstgeschichte in London.«

Patricia lächelte höflich. »So weit sind meine beiden noch nicht.«

Später saßen sie im Ashling-Restaurant am Fenster. Patricia bestellte Suppe und Lammrücken, Paddy entschied sich für Roastbeef. Er sah die Weinkarte durch, fragte, was sie trinken wolle.

»Ich nehme nur Mineralwasser. Für mich ist es noch ein bisschen früh am Tag.«

»Wirklich?« Er bestellte eine halbe Flasche Burgunder für sich.

Der Speisesaal füllte sich rasch, man unterhielt sich, lachte, war in Weihnachtsstimmung.

»Hat Gerry dir gesagt, dass ich ihn letzte Woche aufgesucht habe? Dass er sich für uns um einige Verträge kümmert?«

»Nein. Aber Joan de Barra hat es mir erzählt.«

»Bestimmt ist das die Frau, die mir auf dem Flur begegnet ist.«

»Ja.«

»Würde es Gerry stören, dass wir uns zum Mittagessen treffen?«

»Nein, warum?«

»Ich dachte, dass er womöglich zur Eifersucht neigt!«

»Gerry doch nicht.« Sie blickte von ihrer Suppe auf. »Er vertraut mir.« Beide schwiegen. Patricia löffelte ihre Suppe. Sie spürte Paddys Blick, sah seine nachdenklichen, forschenden Augen fragend auf sich ruhen: Wer bist du jetzt, Patricia? Was für ein Mensch bist du geworden?

»Wenn du zu mir gehörtest, wäre ich sehr besitzergreifend!«, sagte er leise. Dann fügte er hinzu: »Wie seltsam, jetzt hier mit dir zu sitzen, Patricia O'Hehir, nach all den Jahren ...!« Er streckte die Hand nach ihr aus und berührte ihre Fingerspitzen.

Patricia ging es durch und durch. Ein elektrischer Impuls durchzuckte ihren Arm, ein Gefühl des Wiedererkennens, der Sehnsucht, der Hoffnung stieg in ihr auf. Und dann die Wut. Hast du es jetzt auf mich abgesehen, du verheirateter Mann? Du hättest mich haben können, wir hätten einander haben können! Jetzt ist es zu spät! Wir treffen uns hier, als wären wir nur oberflächlich miteinander bekannt. Ging unsere Geschichte tief genug, als dass wir uns jetzt wenigstens als alte Freunde bezeichnen könnten? Sie starrte auf ihren Teller. Ihre Finger blieben reglos, die Empfindung ging vorüber, ließ nach.

Dann plauderten sie über Dublin, über Richmond, wo

Paddy wohnte, und über Paris, wo er und Susan eine Wohnung hatten.

»Susan hat sie von ihrem Erbe gekauft. Eine ausgezeichnete Investition.«

Und sie erzählte ihm von ihrem Haus in Ballsbridge und den beiden Kindern, plauderte, als wäre ihr Leben hell und freundlich.

»Ich bin froh, dass du glücklich bist«, sagte er plötzlich, aber es war mehr eine Frage als eine Feststellung.

Patricia lächelte. »Du musst mal zum Essen zu uns kommen. Wann würde es dir passen?«

»Am Freitag fahre ich nach Richmond zurück. Heiligabend.«

»Natürlich. Bestimmt vermisst dich deine Familie.«

»Es wird schön sein, die Kinder zu Weihnachten zu sehen.«

»Und Susan. Gewiss fehlt sie dir?«

Er wandte den Blick ab. »Natürlich!«

»Du musst uns jedenfalls besuchen, sobald du dich mal für einen Abend frei machen kannst«, sagte Patricia. »Wann bist du wieder zurück?«

»Am Dienstag – heute in einer Woche.«

Patricia rechnete rasch nach. Am Dienstag war der 28. Was hatte sie am 28. vor? Natürlich. Die blöde Party.

»An dem Abend geben wir eine Cocktailparty. Hättest du Lust?«

»Liebend gern ...«

Er bestand darauf, sie nach Hause zu fahren.

»Vor Weihnachten fahre ich nie mit dem Auto in die Stadt«, sagte sie. »Man findet keinen Parkplatz.«

»Entdecke ich da einen ängstlichen Zug an Ihnen, Mrs. Galligan?«, zog er sie auf. »Früher warst du nicht so zaghaft.«

»Ach, Paddy ... du kannst dich doch unmöglich erinnern, wie ich war, ob ängstlich oder nicht!«

Er lächelte sie an. »Meinst du? Du würdest dich wundern. Du hast mich also vergessen? Wolltest du das damit sagen?«

Die Bemerkung klang scherzhaft, hatte aber einen resignativen Unterton. Das kurze Schweigen, während er auf ihre Antwort wartete, barg viele unausgesprochene Fragen.

»Ich habe dich nie vergessen«, sagte sie. »Nie! Du wolltest die Wahrheit hören! Ich habe deine verdammten Briefe aufbewahrt – und die Gedichte!«

Er nahm ihre Hand, und ließ sie auch dann nicht los, als er in einen anderen Gang schaltete. »Hast du Zeit?«, fragte er. »Oder musst du jetzt schon nach Hause?«

»Nein.«

»Machen wir eine Spazierfahrt, aus der Stadt raus?«

»Gut ... aber was ist mit dir – hast du heute Nachmittag keine Termine?«

Sein Grinsen erinnerte sie an den alten Paddy. »Ich habe meiner Sekretärin gesagt, sie soll sie verlegen. Weil ich womöglich aufgehalten werde!« Er drückte ihre Hand. »Ab und zu ist es schön ›aufgehalten‹ zu werden!« Wieder sah er sie an und lächelte verschwörerisch, dann konzentrierte er sich auf den Verkehr und die Straße, die aus der Stadt hinaus in Richtung Rathfarnham und in die Berge führte.

5. Kapitel

Offenbar hat Gerry kraft Gesetzes Anspruch auf meine Dienste (meine Dienstleistungen im Haushalt!) und auf meinen Körper; er darf mich ungestraft vergewaltigen, wenn ihm der Sinn danach steht (bei der eigenen Ehefrau ist das kein Verbrechen!). Damit wird ihm das Recht zugebilligt, so viele Kinder von mir zu bekommen, wie ich zu gebären in der Lage bin. In dieser gerechten und umsichtigen Weise wägt das Gesetz das sexuelle Verlangen des Mannes gegen die körperliche Unversehrtheit der Frau ab, gegen die Qualen der Geburt, die Erschöpfung der Mutter, Hypertonie, Blutung oder Tod!

Gerry kann jeden Mann verklagen, der mich verführt oder mir Schutz gewährt oder mich ihm abspenstig macht, unabhängig davon, ob ich mit diesem Ansinnen einverstanden bin oder nicht (die Wünsche der Ehefrau zählen nicht). Umgekehrt habe ich ihm gegenüber keine vergleichbaren Rechte, abgesehen von dem Anspruch auf Unterhalt, dessen Höhe er festlegt. Diese wohlerwogene Weisheit und Gerechtigkeit ist geradezu überwältigend.

Aus: *Die Pferdeohren*, 1973

Paddy fuhr die kurvenreiche Scholarstown Road entlang, schaltete herunter, bog in die Stocking Lane ein und brachte, ohne Patricias Hand loszulassen, den Wagen schließlich an dem Aussichtspunkt oberhalb von Kilakee zum Stehen.

Von hier aus überblickte man die Stadt und die Bucht. Es war drei Uhr. Allmählich setzte die Dämmerung ein. Unter ihnen funkelten die Lichter der Stadt durch den dichten, dunklen Dezembernebel; in der Ferne konnte man die abgeschiedene blaugraue Fläche der Bucht ausmachen.

Paddy drückte einen Knopf und das Fenster auf Patricias Seite ging auf. Kalte Winterluft strömte herein und brachte ländliche Stille, das einsame Zirpen einzelner Vögel, den Ruf des Windes mit.

Vor ihnen gabelte sich die Straße: Der eine Weg führte weiter in die Berge hinein und nach Sally Gap, der andere über Lamb Doyles zurück in die Stadt.

Schweigend saßen sie da und blickten auf die Stadt und die Bucht hinunter.

»Was ist mit uns geschehen, Patricia O'Hehir?«, fragte Paddy nach einer Weile. »Damals dachte ich, aus uns beiden könnte etwas werden.«

Patricia hatte einen Kloß im Hals. »Du hast Susan kennen gelernt!«, sagte sie, so fröhlich sie nur konnte.

»Und du Gerry!«

»Ja.«

»Bereust du es?«

Patricia ließ den Blick über die Konturen der Küste schweifen. Dort lag die Halbinsel Howth und Ireland's Eye und dort die beiden Schornsteine von Pigeon House und die Molen von Dun Laoghaire. Die gelben Natriumdampflampen gingen an und tauchten die Küstenstraße in orangerotes Licht.

»Erwartest du, dass ich mein Leben bereue, nur weil du wieder aufgetaucht bist?«

Paddy sah sie an. Seine Selbstsicherheit und seine Melancholie waren überwältigend. »Nicht weil ich, wie du es ausdrückst, ›wieder aufgetaucht‹ bin. Mir ist sehr wohl bewusst, dass es mich nichts angeht und ich nicht das Recht habe, Fragen zu stellen. Aber jetzt, hier neben dir, habe ich das Gefühl, dass Zeit eine Illusion ist. Soll ich dir sagen, dass ich dich nie vergessen habe, dass ich oft an dich denke ...?«

Patricia schwieg und wandte sich ab. Seine Stimme war verführerisch, sie hatte ein Timbre, das ihr Innerstes ansprach, das darauf abzielte, dieses Innerste anzusprechen. Frauen fahren auf die Stimme von Männern ab, das hatte sie einmal gelesen und es war wohl auch so. Er war unglaublich attraktiv, dieser neue Paddy, umgeben von den Attributen seines Erfolgs, Zielstrebigkeit ausstrahlend. Der Paddy von damals war im Vergleich dazu ein grüner Junge gewesen. Aber sie sah auch die Spuren der Jahre, seine Härte, die Tricks, die er anzuwenden gelernt hatte, um seine Ziele zu erreichen. Und sie empfand die alte Nähe wieder, die sich mühelos einstellte und ihr doch wie ein weißer Fleck auf der Landkarte der Seele vorkam. Er war ihr fremd und vertraut zugleich. Vor allem aber spürte sie in seinem Schweigen, seinem konzentrierten Blick das unverkennbare Drängen seines Verlangens. Paddy beugte sich über sie und küsste sie auf den Mund. Sie nahm alles deutlich wahr: sein raues Kinn, den Duft seines Aftershave, wie sich seine Kleidung anfühlte, und ihre eigene Reaktion, heftig, unwillkürlich.

»Das dürfte ich auch nicht tun, aber wir haben weniger Zeit als damals«, flüsterte er, als er sie losließ und seine Hand dabei wie zufällig ihre Bluse unter dem offenen Mantel streifte.

Patricia spürte die zarte Berührung auf ihrer Brust, erschauderte, schloss die Augen; als sie sie wieder aufschlug, sah sie, dass er sie beobachtete.

Verlangen. Man hat uns eingetrichtert, das sei etwas Schmutziges. Der Wunsch zu besitzen und sich hinzugeben, so übermächtig, dass der ganze Sinn des Lebens darin enthalten scheint.

Auf dem Rückweg in die Stadt ließ sie ihn wieder ihre Hand halten. Sie sprachen von früher, von der Studentenzeit. Manches war banal, anderes persönlicher. Patricia blieb vorsichtig, er nicht. Er wirkte wie ein Mann, der eine unerledigte Angelegenheit regeln muss, etwas Wichtiges, ein Mann, dem nicht mehr viel Zeit bleibt und der daher auf die üblichen Formalitäten verzichtet.

»Ich wollte dich wieder sehen. Deshalb habe ich mich für die Aufgabe hier in Dublin zur Verfügung gestellt, weißt du, damit ich bei dir sein kann! Und als ich vom Flugzeug aus auf die Dublin Bay herunterschaute und die Stadt sah, konnte ich an nichts anderes mehr denken, als dass du dort unten irgendwo bist, eine glückliche Ehefrau und Mutter, jemand, den ich wieder sehen, wirklich gerne wieder sehen wollte. Das war alles! Aber du bist nicht glücklich, Patricia. Das sehe ich. Und ich spüre noch etwas, eine Wahlverwandtschaft zwischen uns – die ich schon vergessen hatte und jetzt nicht noch einmal verlieren will. Ich bin auch nicht glücklich, also brauchst du mir nicht weiszumachen, dass ich mich irre.«

»Was ist mit Susan?«, fragte Patricia schließlich. »Ist sie glücklich?«

»Wahrscheinlich. Allem Anschein nach. Um zufrieden zu sein, braucht sie etwas anderes als ich.«

»Was brauchst du denn?«

Er lachte. »Ach ... das kann ich gar nicht so sagen. Aber wenn ich es finde, erkenne ich es.«

»Hast du es schon oft gefunden?«

»Nein. Ich hatte gehofft es zu finden. Die Welt ist riesengroß und es leben schrecklich viele Menschen darin. In diesem Land wird eine Art Graben durch die menschliche Seele gezogen, eine Furche bis ins Mark. Und das tut ein Leben lang weh und wir suchen immer nach dem richtigen Vergussmörtel ... damit wir uns wieder ganz fühlen können und in der Lage sind, glücklich zu sein.«

Er wartete, erwartete eine bedeutungsvolle Antwort von ihr, eine Aussage darüber, wie es wirklich um sie und ihr Leben stand – und sei es auch nur durch versteckte Andeutungen. Aber Pat fragte bloß: »Was ist denn Vergussmörtel?«

»Das ist ein flüssiger Mörtel, mit dem man Fugen füllt.«

»Du redest wie ein Ingenieur!«

Er lachte. »Tut mir Leid. Ich bin einfach nicht sehr wortgewandt.«

»Bin ich so eine Art Vergussmörtel?«

Wieder musste er lachen. »Du bist wirklich sehr direkt. Eine Frau wie dich habe ich noch nie erlebt. Nein, aber vielleicht könnten wir uns gegenseitig die Fugen füllen ...« Er beendete den Satz mit einem Lachen. »O Gott, ich sollte lieber den Mund halten.«

»Ja, das glaube ich auch!«

Nun lachten sie beide laut auf.

Nach einer Weile sagte er: »Woran denkst du?«

Patricia sah die Lichtkegel der Scheinwerfer, die Dunkelheit zu beiden Seiten, die Grasstreifen, die schwarzen Äste, die über die Straße ragten.

»Ich habe mich gefragt ...«, begann sie leise. »Mir fällt da eine Strophe aus einem alten Gedicht ein – ich habe mich gefragt, ob du dich wohl daran erinnerst ...?«

»Welches denn? Sag es auf!«

Patricia räusperte sich.

... und fände ich
im Schweigen bald die Antwort
auf alles, was mich schmerzte und verwirrte –
warum du so warst und die Nacht so schön
und so nah meinem Herzen der Wald.

»Das kommt mir irgendwie bekannt vor. Von wem ist es?«

»Von niemandem«, murmelte Patricia enttäuscht. »Von gar niemandem!«

Er warf ihr einen Seitenblick zu. »Wirklich? Aber nein – ich glaube, es stammt von einem jungen englischen Dichter namens Rupert Brooke«, sagte er neckend. »Und ich habe es einem Mädchen geschickt, in das ich verliebt war. Früher, vor langer Zeit ...« Er sah sie nicht an. »Erfüllt das deine Erwartungen?«

Patricia lächelte in die Dunkelheit. »Es erfüllt meine Erwartungen!«

Als sie wieder in die Scholarstown Road einbogen, sagte er leise: »Wollen wir nach Brierly fahren?«

»Nein. Das Haus ist verkauft. Es ist weg. Mama ist in eine Wohnung gezogen.«

Wieder griff er nach ihrer Hand und ließ sie nicht mehr los.

Als sie vor Pats Haus angelangt waren, zog er ihre Hand zu sich heran und küsste sie behutsam. Es war nach vier und längst dunkel. Paddy wollte sie zur Tür begleiten.

»Ist schon gut … das ist nicht nötig. Danke, Paddy!«

Ich lebe, dachte Patricia, als sie die Stufen zur Eingangstür hinaufging. Warum fühle ich mich so lebendig und so ganz? So geheilt? Sie suchte nach dem Schlüssel, steckte ihn ins Schloss und hörte, wie Paddy wegfuhr.

Im Haus war es still. Sie ging in die Küche, schaltete das Licht ein, sah Orlas Schultasche auf einem Stuhl liegen. Wo steckte sie nur? Anscheinend war sie wieder ausgegangen. Aber dann entdeckte Pat an der Garderobe im hinteren Flur Orlas Jacke.

Sie ging nach oben, hörte gedämpfte Rockmusik, sah den Lichtschein unter Orlas Tür. Als sie näher kam, vernahm sie ein deutliches, drängendes Flüstern, hörte Orla sagen: »Nein … Mick. Hör auf! Ich will nicht!« In Orlas Stimme mischten sich Wut und Angst.

»Ach, komm schon … sei nicht so zickig …«, entgegnete der junge Mann ziemlich laut, ziemlich abfällig und gleichzeitig fordernd – in einem Tonfall, der andeutete, dass er ein Nein nicht akzeptierte, dass Orla dazu da war, seine Bedürfnisse zu befriedigen.

Patricia stieß die Zimmertür auf. Ihre Tochter lag auf dem Bett, das dunkelblaue Sportkleid bis über die Schenkel hochgezogen, die Bluse offen, das Gesicht gerötet, die Haare zerzaust; daneben derselbe Junge, den Patricia eines Abends im Schein der Straßenlaterne gesehen hatte. Er lag mit dem Rücken zur Tür und versuchte Orlas Rock hochzuziehen, während sie ihn runterzog und den Jungen mit der anderen Hand wegstieß. Über dem Stuhl hing seine Lederjacke, der Ärmel mit dem Stahlreißverschluss baumelte bis fast auf den Boden herunter.

»Raus!«, befahl Patricia.

Der Junge fuhr hoch und drehte sich zu ihr um. »Mein Gott!«

Orla brachte hastig ihre Kleider in Ordnung und starrte ihre Mutter gekränkt an. »Wir haben nur ein bisschen Musik gehört, Mama!«, erklärte sie mit matter Stimme.

Patricia schenkte ihr keine Beachtung. »Raus mit Ihnen«, wiederholte sie. »Und lassen Sie sich nie wieder in diesem Haus blicken!«

Der Junge setzte sich provozierend langsam auf, zog seine Stiefel an, nahm seine Jacke und bewegte sich schlendernd zur Tür. Er war kräftig gebaut, hatte einen Militärhaarschnitt. Im herkömmlichen Sinne sah er gut aus, wirkte aber dreist und grob, was im Widerspruch zu seiner Jugend stand. Seine Pupillen waren geweitet. Er strahlte Männlichkeit und ungeschlachte Stärke aus.

Patricia folgte ihm die Treppe hinunter und schloss energisch die Tür hinter ihm.

Dann kehrte sie ins Zimmer ihrer Tochter zurück und setzte sich aufs Bett. Orla hatte inzwischen ihre Bluse wieder zugeknöpft und den Trägerrock zurechtgerückt. Mit gesenktem Kopf stand sie vor dem Kassettenrekorder auf ihrem Schreibtisch und schaltete die Musik aus. Stille breitete sich aus. Sie vermied es, ihrer Mutter in die Augen zu sehen.

»Wir haben nichts gemacht«, sagte sie schließlich abwehrend.

»Warum hast du ihn auf dein Zimmer mitgenommen?«

»Wir haben nichts Schlimmes getan! Wir wollten nur ein paar Kassetten hören.«

»Hat er dich von der Schule abgeholt?«

»Nein, ich verabrede mich nicht mehr mit ihm. Ich gehe jetzt immer sofort nach Hause.«

»Also ist er hierher gekommen?«

»Ja!«

»Und in dein Zimmer zu gehen war seine Idee?«

»Ja ...« Orla war den Tränen nahe. »Er sagte: ›Gehen wir in dein Zimmer und hören ein bisschen Musik.‹ Er ist einfach raufgegangen.«

»Nachdem du ihm gesagt hattest, dass ich nicht zu Hause bin?«

Auf diese Frage gab Orla keine Antwort.

»Ich mag ihn nicht mehr ...«, sagte sie schließlich mit tränenerstickter Stimme. »Anfangs hab' ich gedacht, er wäre nett ...«

Patricia sah ihre Tochter weinen. Am liebsten hätte sie Orla in die Arme genommen und gewiegt, aber sie spürte, dass Orla sie wütend und empört abgewiesen hätte, weil sie noch nicht um die Verletzlichkeit eines jeden Lebewesens wusste. Orlas fleckiges, tränenverschmiertes Gesicht erinnerte Pat an das Baby von sechs Monaten, das ärgerlich weinte, wenn sein grüner Gummiigel aus dem Kinderwagen gefallen war. Aber Orla hatte keine Erinnerung mehr an diese Zeit, der grüne Gummiigel war längst vergessen, und deshalb verstand sie den Ausdruck in den Augen ihrer Mutter nicht.

»Um Himmels willen, Mama, hau ab und lass mich in Ruhe.«

Patricia behauptete ihre Stellung. Wenn sie schon nicht mütterlich sein durfte, ließ sich das Problem immer noch pragmatisch angehen. »In Ordnung. Aber wenn du so weitermachst, bist du bald schwanger. Oder du bekommst Aids. Oder beides ...«

»Weitermachst! Ich mache nicht weiter«, heulte Orla. »Ich wollte mich nicht von ihm betatschen lassen. Ich dachte, vielleicht wird es romantisch ... nur ein bisschen Musik ... Ach lass mich in Ruh'!«

Patricia kämpfte mit widersprüchlichen Gefühlen: Mitleid, zärtliche Zuneigung, Wut auf die Überempfindlichkeit ihrer Tochter, Ärger über ihre eigene Unfähigkeit, damit umzugehen.

»Wo ist Simon?«, fragte sie, um ein neutrales Thema anzuschneiden.

»Woher soll ich das wissen?«, schluchzte Orla.

Patricia ging in ihr Zimmer, zog das neue Kostüm aus und hängte es auf einen Bügel. Dann setzte sie sich vor die Frisierkommode und betrachtete ihr Gesicht im Spiegel. Sie war völlig aufgewühlt. Der Nachmittag mit Paddy, das Gespräch mit Orla, der Abend im trauten Familienkreis, der ihr bevorstand – Gerry nicht ansprechbar, Simon aggressiv, Orla beleidigt.

Und so würde es noch jahrelang weitergehen. Paddy

würde zu seiner Familie nach England zurückkehren; die kurze Zeit mit ihm würde zu einem unauslöschlichen Teil ihres Traums von ihm werden. »Es ist eine Träumerei! Ein Hirngespinst!«

Trotz ihrer Selbstermahnungen glühte noch das Feuer des Nachmittags in ihr, erhellte ihre Umgebung, ließ ihr Herz schneller schlagen. So kurz war die Zeit mit ihm gewesen und so nachhaltig die Wirkung. Aber wahrscheinlich spielte er nur mit ihr. Was sollte es sonst sein nach zwanzig Jahren? Orla hatte von Romantik gesprochen; zumindest anfangs hatte sie die Begegnung in ihrem Zimmer als romantisch empfunden. Tat sie, Patricia, nicht genau dasselbe? Es war so eine Eigenart der Frauen, das Streben nach etwas Höherem, Feinerem, der Hunger nach Transzendenz.

Das Geheimfach mit Paddys Briefen war in Reichweite. Sie drückte auf die Sicherung, so dass sich die Schublade herausziehen ließ, und griff nach dem Stapel. Beim Anblick seiner etwas unleserlichen Schriftzüge fühlte sie sich ihm wieder nah. Sie nahm einen Stift aus einer Schublade und schrieb, plötzlich von der Gewissheit überwältigt, dass alles sinnlos sei, ein paar Zeilen auf die Rückseite eines Briefs.

Frauen weben den Schleier der Romantik
Aus Fetzen und Schnipseln und Resten
Und vergolden ihn mit dem leuchtenden Blut der Seele …

Sie hörte, wie Simon die Haustür aufsperrte. Bald würde auch Gerry heimkommen. Sie legte die Briefe zurück und ging hinunter in die Küche.

Nach dem Abendessen sagte Patricia zu Gerry: »Heute habe ich einen alten Bekannten getroffen!«

Gerry blickte von seiner Zeitung auf. »Ach ja – wen denn?«

»Paddy Johnson.«

»Und wo?«

Patricia brachte es nicht über sich zu sagen, dass sie mit

ihm gegessen und den Nachmittag mit ihm verbracht hatte. »Im Stephen's Green Park. Er hat mir erzählt, dass er dich im Zusammenhang mit irgendwelchen Verträgen konsultiert hat.«

»Das stimmt.«

Gerry schwieg erneut. Er versuchte sich am Kreuzworträtsel, dann begann er mit dem Silbenrätsel, seufzte schließlich entmutigt und stand auf.

»Wohin gehst du?«

»Ins Arbeitszimmer.«

Als er an der Tür war, sagte Patricia: »Gerry.«

Er drehte sich um. »Ja.«

»Was hältst du von ihm?«

»Von wem?«

»Paddy Johnson.«

Er sah sie eine Weile ratlos an, obwohl sie sehr wohl wusste, dass er sich an ihre Beziehung mit Paddy erinnerte und alles in seiner Macht Stehende getan hatte, um eine Versöhnung zwischen ihnen zu verhindern. Dann erwiderte er abfällig: »Er ist ein Windhund. Warum fragst du?«

»Nur so. Ich habe ihn zu unserer Party am 28. eingeladen.«

Gerry nickte gleichgültig und ging hinaus.

»Wenn er ein Windhund ist, befindet er sich in bester Gesellschaft!«, murmelte Patricia ärgerlich vor sich hin.

Später rief Pats Mutter an und fragte, was sich die Kinder zu Weihnachten wünschten. Die Erinnerung an das Weihnachten ihrer Kindheit in Brierly blitzte in Patricia auf: das Holzfeuer, der Christbaum mit dem silbernen Engel auf der Spitze und durchs Fenster der Blick auf die Berge. Gegen drei wurde es um die Jahreszeit allmählich dunkel und die Berge hüllten sich in purpurnen Nebel, dunkel, geheimnisvoll. Wie gern hatte sie aus dem Fenster geschaut und dabei den Weihnachtsliedern der Wiener Sängerknaben gelauscht – »Stille Nacht«, »Adeste Fidelis« – während die Scheite im Kamin knackten und ihr Vater seine Pfeife rauchte und las.

Nach ihrer Heirat hatte sie nur noch ein Weihnachten in ihrem Elternhaus gefeiert, denn ihr Vater war im folgenden Jahr überraschend an einem Herzanfall gestorben. Ihre Mutter hatte das Anwesen verkauft und war in eine Mietwohnung unweit von Gerry und Pat gezogen.

»Du könntest ihnen Pullover kaufen.«

Ihre Mutter schwieg für einen Moment. »Pat, als du in ihrem Alter warst, wärest du wegen eines Pullovers zu Weihnachten nicht gerade in Jubelschreie ausgebrochen. Ich hatte mir überlegt, für Simon einen ›Ghetto-Blaster‹ zu kaufen – du weißt schon, so einen großen Kassettenrekorder. Und Orla hätte vielleicht gern Schminkzeug oder ein gutes Parfum. Sie ist jetzt schließlich eine junge Dame!«

»Mama, heutzutage gibt es keine ›jungen Damen‹ mehr. Die Spezies ist ausgestorben!«

Lachend fragte Mrs. O'Hehir: »Und was ist an ihre Stelle getreten? Säbelzahntigerinnen vielleicht?«

»Frauen, Mama. Mädchen wachsen auf und werden Frauen.«

Ihre Mutter seufzte. »Heute amüsiert man sich nicht mehr! Alles ist so ernst geworden. Es ist eine Schande!«

6. Kapitel

Nell ist religiös. Sie findet Trost darin. Aber wie teuer ist dieser Trost erkauft? Was haben Frauen von der Religiosität? Als Teenager habe ich einmal an Exerzitien für Frauen in der Pfarrkirche teilgenommen. Ich habe mit angehört, wie der Priester die Frauen davor warnte, sich ihren Männern zu verweigern, sie an die Pflicht zum Gehorsam erinnerte. Die Frauen trugen Kopftücher und knieten nieder, eine Reihe nach der anderen, während ihnen der Priester erzählte, welches Schicksal Gott für sie vorgesehen hatte und dass sie dagegen nicht Einspruch erheben dürften. Demütig niederkniend fügten sie sich der Demütigung; es war das Wort Gottes.

»Wie viele Mütter haben einen guten Sohn geboren, der dann von einem bösen Mädchen ins Verderben gestürzt wurde?« Harter Tobak.

In den Beichtstühlen drängten sich von Schuldgefühlen gequälte Frauen, die sich verzweifelt um eine Ehrenmitgliedschaft in der Männergesellschaft bemühten, um das Recht bettelten, eine Gruppe von Männern stützen zu dürfen, die die Frauen Selbsthass lehrte.

Aus: *Die Pferdeohren*, 1978

Januar 1990

Sarah fragte sich, wie sie Jim beibringen sollte, dass sie wieder schwanger war.

Dass sie es war, wusste sie auch ohne Schwangerschaftstest. Sie wusste es wegen der Spannung in ihren Brüsten und der leichten Übelkeit, die sich im Lauf der folgenden Monate verschlimmern würde. Ob er einen Tobsuchtsanfall bekommen oder es gut aufnehmen würde, hing ganz von seiner Laune ab. Sarah war völlig verzweifelt gewesen, als sie die alten Symptome erkannte, aber jetzt, da die Schwangerschaft ein wenig fortgeschritten war, hatte sie das Baby ins Herz geschlossen; das war immer so gewesen. Sie stellte sich vor, wie es in ihr eingekuschelt lag und darauf wartete, zur Welt zu kommen. Das hatte sie stets als ein kleines Wunder empfunden. Ein neuer Mensch, jemand, der vielleicht einmal etwas in der Welt bewegen würde, jemand, der zu ihr gehörte ... Dann wieder war sie wütend; all die Kinder auf ihre Kosten, während er nur herumtobte, sie beschimpfte, sie schlug und noch mehr Kinder zeugte.

Manchmal fragte sie sich, warum sie blieb. Es gab keinen Grund mehr dafür. In diese Ehe hatte sie bereits so viel investiert – Hoffnung, Stolz, Tag für Tag etwas von ihrer Lebenskraft, ihrem Ansehen in der Welt. Sie saß in der Falle der Mutterschaft; also war sie gezwungen, sich auf die Pluspunkte zu konzentrieren, die wenigen Goldklümpchen häuslicher Harmonie. In diese Goldsuche steckte sie so viel Energie, für jeden winzigen Fund wurde ihr so viel abgerungen, dass ihr keine seelische Kraft mehr blieb, um ihr Leben zu ändern. Sie setzte ihren ganzen Willen daran, ihre Ehe zu retten; es war ihr so wichtig, dass sie dafür fast jeden Preis bezahlt hätte. Ihr Mann hatte auch seine guten Seiten: War er nicht immer ganz beschämt, nachdem er sie zusammengeschlagen hatte? War er nicht fast schon zu großzügig? Sie wehrte sich dagegen, die Wahrheit zu sehen – sie fürchtete die Konsequenzen, die dann von ihr gefordert wären. Die Hoffnung, die sie nie aufgab, und ihr Durchhaltevermögen erwiesen sich als Fluch.

Aber Weihnachten war dieses Jahr schön gewesen. Jim war gut aufgelegt und hatte nicht getrunken. In der Vorweihnachtszeit war er auf eine Sauftour gegangen und hatte sich anschließend reumütig gezeigt.

»Ich werde mir Mühe geben«, hatte er gesagt. »Es wird nicht wieder vorkommen«, beteuerte er.

Am Weihnachtsmorgen waren die Kinder früh auf den Beinen und sahen nach, was ihnen der Weihnachtsmann gebracht hatte: eine Puppe für Lorraine, eine Eisenbahn für Liam und Duplo und einen Teddy für Dara. Sie stürmten ins Schlafzimmer der Eltern.

»Schau, Mami, Papi, was mir der Weihnachtsmann gebracht hat ...« Sarah hielt den flauschigen Teddy in die Höhe.

»Wie willst du deinen Teddy denn nennen?«, fragte sie, und Dara sah sie aus großen blauen Augen an, bevor er nach seinem Plüschtier griff. »Didi«, erklärte er ernst.

Jim hatte ein anständiges Weihnachtsgeld bekommen. Mit Geld war er wirklich großzügig. Er sprach von der neuen Küche, die er für Sarah bauen wollte. »Was hättest du denn gern, Süße? Eiche ist beliebt, aber ziemlich dunkel. Esche ist auch hübsch.« Sarah sah den Katalog seiner Firma durch, die neuen Einbauküchen.

»Ich glaube, die helle Esche gefällt mir am besten«, sagte sie. »Die schluckt nicht so viel Licht.«

»Nach Weihnachten fange ich damit an. Ich frag ein paar von meinen Kumpels, ob sie mir helfen.« Und während sie über die Küche sprachen und die Prellungen von der letzten Tracht Prügel abheilten, keimte in Sarah wieder die Hoffnung.

Wie versprochen, nahm er in der zweiten Januarwoche die Küche in Angriff. Zwei seiner Kollegen kamen vorbei und halfen bei den Anfangsarbeiten, stellten mitten in der Küche eine Hobelbank auf und hatten bis Montag fast alles fertig, benötigten aber noch die ganze folgende Woche, um der Sache nach Feierabend den letzten Schliff zu geben. Fiona, die Nachbarin, kam vorbei und sah sich die neue Küche an.

»Die ist toll. Ich wünschte, Charlie würde mal so was für mich machen!«

Jim ließ mehrere Wochen lang die Finger vom Alkohol. Er erledigte alle Handwerksarbeiten im Haus, die Sarah von ihm verlangte, fragte sie immer wieder, ob ihr die Küche gefiele, war begeistert, wenn sie antwortete, wie sehr sie sich darüber freute.

»Danke, Jim. Sie ist wirklich schön. Sogar Fiona hat gesagt, eine schönere hätte sie noch nie gesehen!«

»Sie war grün vor Neid, darauf wett' ich. Charlie würde so was nie im Leben zustande bringen. Er hat zwei linke Hände. Und wenn man sich richtige Handwerker ins Haus holt, zahlt man astronomische Preise! Nicht jeder kriegt das Zeug zum Selbstkostenpreis.«

Jim wusste, dass er sich damit lossprach von dem Verbrechen, seine Frau geschlagen und ihr weh getan zu haben. Er hatte mit Arbeit und Geld Abbitte geleistet. Sie hatte eine neue Küche bekommen, und damit war alles wieder in Ordnung. Es ging ihm gut, so gut wie lange nicht mehr. Jetzt fühlte er sich nicht mehr so minderwertig im Vergleich zu ihr und ihrer unendlichen Geduld, die ihn rasend machte. Er hasste diese Geduld, weil er kein Recht darauf hatte, weil sie angesichts dessen, was er Sarah antat, pervers wirkte. Und er hasste sie umso mehr, als ihm klar war, dass Sarah diese Geduld der Kinder wegen aufbrachte und nicht seinetwegen. Aber nun hatte er ihr die Einbauküche geschenkt, und sie gefiel ihr, und deshalb fühlte er sich besser. Er hatte ein neues Selbstbild – eines, das ihm behagte: das des starken, nachsichtigen Ernährers.

Wenn ihn seine Kumpels ins Pub einluden, lehnte er mit einen Blick auf Sarah ab. »Heute Abend nicht. Heute geh' ich mit meiner Frau aus!«

Sarah bat Donna, Fionas vierzehnjährige Tochter, auf die Kinder aufzupassen, und ging mit ihrem Mann ins Kino. Sie sahen sich *Amadeus* an.

»Ein vollkommen verrückter Kerl, dieser Mozart«, sagte Jim nach dem Kino auf dem Heimweg.

»Der andere – Salieri – war aber noch verrückter!«

»Der Typ, der ihn angeblich umgebracht hat? Wundert dich das?«

»Die Musik war schön«, meinte Sarah. »Die Musik hat mir wirklich gut gefallen.«

»Sie war in Ordnung«, erwiderte Jim, »aber der Mann konnte einem wirklich auf den Geist gehen, ständig herumzufurzen, ein richtiger Klugscheißer, aber nicht in der Lage sein Geld beisammen zu halten!«

Sarah sagte nichts dazu. Sie hörte den Unterton in Jims Stimme, erkannte ihn wie ein Seemann, der den herannahenden Sturm spürt, wenn der Wind dreht. Also zog sie wie ein Seemann ihre Segel ein und schwieg. Ihr Rückzug reizte ihren Mann.

»Du bist so still. Hat dir der Film nicht gefallen?«

»Doch!«

»Warum bringst du dann kein Wort heraus? Ich habe nur versucht, dir heute Abend eine Freude zu machen.«

»Es hat mir wirklich gut gefallen. Es war toll!«

»Wenn es so toll war, könntest du ruhig etwas von dir geben, ohne dass ich dir jedes Wort aus der Nase ziehen muss! Ich wollte dir einen schönen Abend machen. Tut mir Leid, wenn mir das nicht gelungen ist. Echt Leid!«

Sarah sah ihn an. »Mach jetzt nicht alles kaputt, Jim. Ich hab' doch gesagt, dass es schön war! Wirklich nett von dir ... Ich hoffe, Donna hatte keine Probleme mit den Kindern ...«, fügte sie hinzu, um das Thema zu wechseln; aber auch, weil sie an die Kinder dachte und rasch nach Hause wollte.

»Mein Gott! Denkst du auch mal an was anderes als an die verdammten Kinder?«

»Ja«, entgegnete Sarah lebhaft. »Ich denke an dich! Ich denke sogar sehr oft an dich!«

Jim sah ihr in die Augen und verstummte. Sarah wurde nervös, fürchtete, er würde nun wissen wollen, was sie von ihm hielt. Aber nach einer Weile begann er zu pfeifen, und Sarahs Anspannung fiel allmählich von ihr ab.

»Du bist so gut wie Roger Whittaker«, wagte sie schließlich zu bemerken, und er lachte auf.

»Der ›Mexican Whistler‹? Vielleicht. Aber so viel Geld wie er hab ich nicht!«

»Ich wüsste zu gern, woran Sie gerade denken, Mrs. de Barra!«

Joan blickte von dem Gobelin auf, an dem sie arbeitete – ein Weihnachtsgeschenk für ihre Schwester Delia – und starrte David an. Sie saß in einem Sessel in einer Ecke des Ateliers, den sie hierher gestellt hatten, damit Joan abends möglichst oft bei David sein konnte, wenn er arbeitete. Meistens schwieg sie, um ihn nicht in seiner Konzentration zu stören. Sie genoss seine – wenn auch wortlose – Gesellschaft, weil sie sich nicht von ihm getrennt fühlte, sondern es eher so empfand, als begleite sie ihn auf seiner künstlerischen Reise, als nehme er sie mit in seine Einsamkeit. Also zog sie nach der Arbeit einen alten schwarzen Trainingsanzug an, setzte sich in ihren Polstersessel und antwortete, wenn er sie ansprach. Manchmal brachte sie Papiere aus der Kanzlei mit, die sie durcharbeiten musste, aber meistens nutzte sie die Zeit zum Nachdenken oder versuchte sich im Gobelinknüpfen, so wie jetzt, hörte mit halbem Ohr das Klatschen und Schaben des Spachtels, das Wispern des Pinsels, die kontrollierten, nervösen Atemzüge des Künstlers und roch den scharfen, sauberen Geruch nach Farbe und Leinöl.

»Nicht der Rede wert.«

»Du musst doch an irgendwas gedacht haben!«

»Ich habe mich gefragt, wann du wohl wieder von dem Kunsthändler hörst!« David zuckte die Achseln. Sie sah seine schwarzen Haare, den drahtigen Bart; sein Gesicht war halb verdeckt von der Leinwand. Seit dem Besuch des französischen Kunsthändlers, der versprochen hatte, sich im neuen Jahr wieder zu melden, war eine unübersehbare Wandlung mit David vor sich gegangen. Er arbeitete härter denn je, weniger fieberhaft, dafür mit mehr Sicherheit. Anscheinend ging es ihm besser; er war nicht mehr so blass wie früher.

Der Mann in Schwarz tauchte auf seinen neuen Bildern nicht mehr auf. Sein letztes Gemälde, eine Leinwand von gut einem Meter im Quadrat, war eine einzige Gefühlsaufwallung; Freude sprach aus den Farben, aus dem Wirbel der Bewegung, den angedeuteten menschlichen Gestalten, die ausgelassene Heiterkeit ausstrahlten: zerbrechlich wirkende Tänzer, die von einer Dynamik unerreichbarer menschlicher Glückseligkeit ergriffen waren. Zumindest kam es Joan so vor.

»Dieses Glück ist übermenschlich«, bemerkte sie, als David ihr das Bild zeigte.

Der Kommentar missfiel ihm. »Nichts ist übermenschlich. Der Mensch ist das Maß aller Dinge. Was Ausdruck findet, existiert auch, denn wenn ich es erfassen kann, dann muss der Mensch es ja haben ...!«

»Und was ist mit der Frau?«, fragte sie.

Mit einem leisen Lachen küsste er ihren Nacken. »Die Frau ist mit gemeint. Der Ausdruck ›Mensch‹ ist ein Oberbegriff, wie du sehr wohl weißt. Niemand – ob Mann oder Frau – weiß um die eigene Macht!«

»Und Künstler sind dazu da, sie ihnen zu zeigen?«

Er seufzte. »Ach, Joan ... du glaubst, das sei vermessen? Das Höchste, was ich erreichen kann, ist Anstöße zu geben!«

Während sie so im Sessel saß und seinen innersten Gedanken lauschte, sann Joan darüber nach, dass die Schwankungen zwischen Überschwang und Melancholie, die in seinen Bildern so heftigen Ausdruck fanden, Zeichen der Enttäuschung einer übersensiblen Seele waren, die die schmerzlichen Begrenzungen des körperlichen Daseins kaum ertrug. Sie konnte das gezeitenhafte Auf und Ab seiner Stimmung nachfühlen, die Flut leidenschaftlicher Kreativität, den ungestümen Wunsch das auszudrücken, was er als Wunder erlebte, um danach leer, enttäuscht und erschöpft auf seinen Stuhl zu sinken. Aber sie vermutete, dass seine Berufswahl, seine wütenden Anstrengungen ein Versuch waren, die Vergangenheit auszublenden, die Ereignisse seiner Kindheit, den Verlust seines Bruders. Sie hatte ihn gefragt, wie der Bruder umgekommen war, und nur eine kurze Erklärung erhalten: ein Badeunfall. Doch über die Umstände seines Todes hatte er sich ihr gegenüber lange Zeit ausgeschwiegen; darüber sprach David erst, als eines Abends im Fernsehen ein ertrunkenes Kind gezeigt wurde, was ihn zutiefst erschütterte.

Sein Bruder Damion war ein Jahr jünger gewesen als er. In einem Sommer, Damion war zehn Jahre alt, hatten sie im Hallenbad der benachbarten Schule gespielt. Das Bad war abgeschlossen, aber David hatte entdeckt, dass sich ein Fenster des Umkleideraums von außen öffnen ließ. Er und Damion waren an einem Sommerabend durch das Fenster in den Umkleideraum geklettert und von dort ins Schwimmbad gelangt.

Das Becken war klein, die Wasseroberfläche glatt und ein wenig unappetitlich. Die Jungen zogen sich aus und balancierten am Beckenrand entlang. Keiner von ihnen konnte schwimmen. Sie hatten bei Sandymount zwischen Felsen in den schäumenden Wellen geplanscht. Unter Aufsicht ihrer Mutter hatten sie sich ins Seichte gewagt, aber wie man im Wasser überlebt, hatte ihnen niemand beigebracht.

»Wo ist das tiefe Ende?«, hatte Damion gefragt und David hatte auf die andere Seite des Beckens gedeutet. Er wusste nicht, wo das tiefe Ende war, war es aber gewohnt, vor seinem kleinen Bruder die Rolle des Klügeren zu spielen und wollte seine Unwissenheit nicht eingestehen.

Damion hüpfte sofort hinein, tauchte in dem über zwei Meter tiefen Becken bis zum Grund, kam wieder hoch und schlug wild um sich, während David hineinsprang, sich am Rand festhielt und nach seinem Bruder greifen wollte, schwimmen wollte, es aber nicht konnte, rauskletterte und um Hilfe schreiend wegrannte. Aber als die Hilfe kam, trieb Damion mit dem Gesicht nach unten im Wasser und alle Wiederbelebungsversuche waren vergebens.

David weinte, als er Joan die Geschichte erzählte, vergrub sein Gesicht in den Händen, wollte sich nicht trösten lassen.

»Ich bin ein Mörder! Du bist mit einem Mörder verheiratet!«

»Es war ein Unfall. Du warst noch ein Kind!«

Als David sich gefasst hatte, sagte er: »Wir waren wie Zwillinge. Überall sind wir zusammen hingegangen. Er wäre diesen September neununddreißig geworden. Er hatte mehr Mut als jeder andere, den ich kannte, obwohl er noch ein Kind war, mehr Mitgefühl ... Du hättest ihn gern gehabt, Joan!«

Und dann zeigte er ihr ein Foto von Damion, für eine Rolle in einer Schulaufführung verkleidet, mit schwarzem Umhang und Dreispitz, unter dem ein ernstes Kindergesicht in die Kamera blickte.

»*Das scharlachrote Siegel.* Er war sehr gut als ›Scarlet Pimpernel‹. Ich werden den Verdacht nicht los, dass mir die Rolle des Chauvelin zugedacht war ... Meiner Mutter habe ich damit das Herz gebrochen. Sie hat mir nie verziehen ...«

»Du hast versucht ihn zu retten«, wandte Joan ein. »Du hast getan, was du konntest.«

David schwieg. Dann sagte er: »Ich versuchte zu schwimmen, ihn zu packen. Aber ich konnte nicht. Ich tauchte auf den Grund und da war ein Dröhnen in meinen Ohren. Das Wasser war grünlich und durchsichtig. Ich bekam Panik, ich wurde dieser anderen Welt gewahr, die ich nicht kannte, die mir keinen Halt bot, die völlig gnadenlos schien, und bemerkte einen Schatten, der durchs Wasser auf mich zukam, und plötzlich empfand ich das Verlangen, nach ihm zu greifen.«

»Was für einen Schatten? Meinst du Damion ...«

David sah sie an und schüttelte den Kopf. »Nein!«

Joan schauderte.

»Danach träumte ich lange Zeit von Damion im Wasser, seine Haare hochgeschwemmt, die Augen starr, ganz starr, die Hand Hilfe suchend ausgestreckt ...«

»Wie bist du rausgekommen?«

»Als ich wieder hochkam, war ich so nah am Beckenrand, dass ich nach dem Geländer greifen konnte. Dann rannte ich los und schrie um Hilfe.«

Joan wollte schon das Thema wechseln, da fügte David

nachdenklich hinzu: »Damion und ich hatten einen Pakt. Wir wollten uns, ganz gleich, wo wir beide dann wären, an meinem vierzigsten Geburtstag treffen.« Er lächelte. »Wir dachten, dann wären wir so alt, dass es fast an der Zeit sei abzukratzen!«

»Du wirst im Juni vierzig!«

Er warf Joan einen Blick von der Seite zu. »Wenn er zurückkommen kann, wird er es tun.«

Joan starrte ihren Mann an und unterdrückte die Worte, die ihr auf der Zunge lagen. Davids Gesicht war vollkommen ernst. Er ist tot, dachte Joan bei sich. Damion ist tot.

Nach der Fernsehsendung über das ertrunkene Kind, nach diesem Gespräch, hatten Davids Schmerzen begonnen. Joan sprach danach nie wieder mit ihm über Damion, sondern tat alles, um die Gedanken an seine Kindheit zu vertreiben. Aber sie wusste, dass in einer Ecke des Ateliers mit der Vorderseite zur Wand das Bild eines ertrinkenden Kindes lehnte, das mit weit aufgerissenen dunklen Augen durchs Wasser starrte, als blicke es gelassen in Dimensionen jenseits von Zeit und Raum.

Aber heute Abend war David ruhig und gelassen. Er hatte das Gemälde *Der Tanz* weggestellt und ein neues begonnen, und während er daran arbeitete, warf er ihr hin und wieder einen Blick zu. Sie saß mit untergeschlagenen Beinen, über den Gobelin gebeugt, im Sessel, doch dann legte sie ihre Arbeit weg und streckte sich plötzlich, ließ Hals und Kopf über die eine Armlehne baumeln und die Knie über die andere, so dass sie den Raum verkehrt herum sah und spürte, wie ihre Haare den Boden berührten und ihr das Blut ins Gesicht schoss. Als sie sich wieder aufrichtete, sah sie, dass David sie beobachtete. »Mach das noch mal!«

»Was denn?«

»Dich so strecken, rücklings über die Armlehne. Sei genauso hemmungslos wie eben, lass alles los!«

Joan lachte und tat ihm den Gefallen, warf die Arme zurück, ließ einen auf den Boden hängen. Sie hörte das Kratzen der Kohle auf der Leinwand.

»Malst du ein Bild von mir?«

»Du hast mich auf eine Idee gebracht. Bleib so!«

»Ich ersticke!«

»Nur einen Augenblick!«

David, das ganze Zimmer sahen so, Hals über Kopf, irgendwie komisch aus, als hätte sie ihn oder diesen Raum nie zuvor gesehen. Ihr fiel auf, dass Davids Gesicht zu dünn war, die Knochen traten überdeutlich hervor. Aber das Blut rauschte ihr in den Ohren und sie fühlte sich benommen.

»Jetzt setze ich mich auf. Ich bin nicht bereit, für die Kunst zu sterben!«

Er lachte. »In Ordnung.«

Später, als sie sich vor dem Schlafengehen auszog, fragte sie: »Wolltest du mir schon einmal Gewalt antun?«

David lag im Bett und beobachtete sie aus dunklen Augen. »Ja, ständig. Gewalt, Leidenschaft, Zärtlichkeit, alles.«

»In diesem Sinne meine ich das nicht … Es ist nur, weil heute eine Frau bei mir war und mir gesagt hat, dass ihr Mann sie schlägt. Sie ist völlig ratlos. Er ist Lehrer. Ich habe ihr gesagt, sie soll eine Unterlassungsverfügung erwirken, doch das macht sie bestimmt nicht. Oder sie könnte ausziehen und ins Frauenhaus gehen. Das habe ich ihr nahe gelegt. Wahrscheinlich macht sie das auch nicht! Schließlich ist er ihr Ernährer.«

David verzog angeekelt das Gesicht. »Mit diesen widerlichen Kerlen sollte man kurzen Prozess machen … am besten nimmt sie das selbst in die Hand!«

Joan seufzte. »Wenn sie das tut, dann gnade ihr Gott … Du hast ja gesehen, wie das Gericht mit Frauen verfährt, die sich verteidigen.«

David betrachtete sie schweigend. Dann sagte er: »Das männliche System geht davon aus, dass den Männern die Vorherrschaft von Rechts wegen zusteht, basierend auf ihrer eigenen Beschränktheit, und behauptet beharrlich, dass die eigene Beschränktheit der objektive Maßstab aller Dinge sei. Dieses System reagiert brutal, wenn Frauen ihren Wert als Individuum geltend machen.«

»Warum?«

»Die Männer bekommen Angst!«

»Vor den Frauen?«

»Vor dem Leben, vor allem, was sie nicht kontrollieren können. Die fraueneigene Kultur ist nicht zu ertragen. Denn sie bedeutet, dass die männliche Erfahrung nur eine Hälfte der menschlichen Gleichung ist, dass es jenseits ihrer Grenzen menschliche Bereiche gibt, die sie nicht einmal im Ansatz verstehen!« Er lächelte schalkhaft. »Das können wir nicht haben!«

Joan ignorierte die Provokation. »Ich glaube, viele Männer haben einfach Angst davor, althergebrachte Kastenbräuche abzuschaffen. Für sie steht zu viel auf dem Spiel. Aber ich mag Männer«, fügte sie hinzu. »Deinetwegen bin ich hoffnungslos romantisch. Und deinetwegen habe ich eine gute Meinung von Männern. So lange es Männer wie dich gibt, haben Frauen die Chance, auf dieser Welt glücklich zu werden!«

David neigte den Kopf. »Ich fühle mich geehrt ...« Dann sagte er: »Du hast einen starken Glauben in dir. Ich möchte, dass du alles bekommst, was das Leben zu geben hat. Als ich dich kennen lernte, wollte ich dich am liebsten einpacken und davonschleppen! Früher träumte ich davon, ein Häuschen auf dem Land für uns zu bauen, mit Rosen und allem, und dass dein Busen so groß würde, dass du nicht mehr zur Tür hinaus passt.«

Joan lachte. »Männerphantasie in Reinkultur!«

Als sie im Bett lag, schob David ihr Nachthemd in die Höhe und liebkoste sie. Joan streifte es ab, löschte das Licht und zog ihn an sich, und er vergrub seinen Kopf zwischen ihren Brüsten.

»Sind sie dir zu klein? Eins muss ich dir sagen, ich passe immer noch durch die Tür!«

Patricia zog sich zum Ausgehen um. Sie war mit Paddy zum Abendessen verabredet. Nach Weihnachten war er nach Dublin zurückgekehrt und hatte am 28. ihre Party besucht.

Inmitten der angeregt plaudernden Menschen hatte Patricia auf den einzigen Gast gewartet, den sie wirklich sehen wollte. Er traf ein, als die Party bereits in vollem Gange war, und stellte eine in Weihnachtspapier gewickelte Flasche auf den Tisch im Flur.

»Ah, hallo, Paddy«, begrüßte ihn Gerry höflich. »Pat hat mir erzählt, dass sie dich eingeladen hat. Dass ich nicht selbst daran gedacht habe!« Er nahm Paddy unter seine Fittiche und stellte ihn verschiedenen Leuten vor. Patricia mischte sich unter ihre Gäste und wechselte ein paar gut gelaunte Worte mit Paddy, wie es sich für eine Gastgeberin gehört, während die Leute um sie herum in Grüppchen zusammenstanden und sich unterhielten. Der Raum war von fröhlichen, lachenden Stimmen erfüllt, vom Duft nach Wein und Schnaps.

»Hattest du ein schönes Fest?«

»Weihnachten ist ein Fest für Kinder«, sagte Paddy.

»Stimmt!«

»Du siehst wunderbar aus«, flüsterte er.

»Schmeichler!«

Er grinste. »Darüber haben wir uns schon mal unterhalten ...« Patricia lächelte.

»Kann ich dich wieder anrufen?«, fragte er mit gedämpfter Stimme.

»Brauchst du dafür eine Erlaubnis?«

Dann war Nell gekommen, Patricia stellte sie vor und Paddy entfernte sich, während Nell Pat über den Jungen ausfragte, der Orla belästigte. Während der Ferien hatte es Probleme mit ihm gegeben. Er saß draußen auf seinem Motorrad und beobachtete das Haus. Stundenlang hielt er Wache, bis Gerry auf ihn aufmerksam wurde und ihm nahe legte zu verschwinden.

»Er heißt Mick Clancy. Orla wollte mit ihm Schluss machen, aber er ignoriert das einfach! Sitzt draußen vor dem Haus auf seinem Motorrad, so dass sie sich kaum noch auf die Straße wagt. Gerry hat heute die Polizei verständigt, die haben ihn verwarnt.«

»Wahrscheinlich ist er verliebt, der arme Kerl!«, meinte Nell. »Er kann einem fast Leid tun.«

»Du hättest ihn sehen sollen!«, erwiderte Patricia. »Um die Wahrheit zu sagen, er jagt mir richtig Angst ein.«

»Warum?«

»Nur so ein Gefühl. Sein Gesichtsausdruck, diese Entschlossenheit! Als hätte er irgendwelche Rechte, die ihm verweigert werden!«

Nell lachte. »Er leidet nur ein bisschen am Drüsenfieber. Darüber kommt er hinweg!« Sie nippte an ihrem Drink und fügte nach einer Weile hinzu: »Offensichtlich hast du dich für den vernünftigeren Weg entschieden ...«

Pat dachte an ihr Gespräch vor Weihnachten zurück und lächelte reumütig. »Ach, Nell – was heißt schon vernünftig?«

Paddy ging früh. Patricia und Gerry begleiteten ihn zur Tür. »Schön, dass du gekommen bist.«

»Danke für die Einladung.« Seine Stimme war gedämpft und höflich, seine Augen verrieten nichts, aber als Pat an der Eingangstür stand und sich verabschiedete, hatte sie das Gefühl, als bestünde eine ganz besondere Verbindung zwischen ihr und ihm, als könnten sie einander alles geben, was das Leben an Wärme, Bedeutung und Lebendigkeit zu bieten hatte. Und es kam ihr vor, als nähme er dieses Leben und diese Wärme mit sich fort, als er die Eingangstufen hinunterging.

Aber jetzt würde sie mit ihm essen gehen. Er hatte wieder angerufen und mit verschwörerischer Stimme gesagt: »Hast du heute Abend Zeit für einen kleinen Imbiss? Ich würde gern in die Berge hinauffahren. Da könnten wir irgendwo essen gehen.«

Patricia zögerte nur der Form halber. Gerry wollte erst spät heimkommen. Sie würde ihm einen Zettel dalassen. Die Kinder konnten Pizza essen. Es gab keinen Grund, abzulehnen. Schließlich war es nur eine Einladung zum Abendessen. Da war doch nichts dabei.

»Um wieviel Uhr?«
»Halb acht?«
»Ich erwarte dich dann!«

7. Kapitel

»Der Staat erkennt an, dass die Frau durch ihr Leben im Heim der Familie einen Beitrag für den Staat leistet, ohne den das Gemeinwohl nicht gesichert werden könnte.« (Artikel 41,2 der Irischen Verfassung.)

Ist das nicht nett? Erscheint nicht dadurch alles der Mühe wert? Aber wenn Frauen nur Mittel zum Zweck sind, um wessen ›Gemeinwohl‹ handelt es sich dann eigentlich?

Aus: *Die Pferdeohren*, 1980

Januar 1990

Sarah weinte. Ihr Kopf schmerzte. Das Kreuz tat ihr weh. Ihre Arme waren grün und blau; und der linke Ellenbogen, auf den sie gefallen war, pochte schmerzhaft. Wie immer, wenn Jim loslegte, herrschte im Haus eine unnatürliche Stille; heute Abend würden die Kinder weder raufen noch streiten. Bestimmt schlief Dara fest, die runden Wangen nass vor Angsttränen. Er schlief immer schnell ein, wenn sein Vater wütete.

Sarah saß auf einem Stuhl, rieb sich ihren geschwollenen Ellenbogen und spürte, wie ihre Wut und ihre Angst verebbten. Ihre Kraft war erschöpft. Jim war zu Bett gegangen. Sie würde heute Nacht auf der Couch schlafen und am Morgen so tun, als wäre nichts gewesen. Auch die Kinder würden so tun, als wäre nichts gewesen, nur dass sie sich nur unvollkommen verstellen konnten – Liams Blässe, Lorraines ängstliche Augen verrieten sie. Schweigend würden sie ihren

Porridge essen und dann zur Schule gehen. Und Jim würde herunterkommen, mürrisch, in sich gekehrt, und wortlos eine Kanne Tee für Sarah kochen. So würde es am Morgen sein. Am Morgen danach war er immer so nett zu ihr.

Jetzt hatte sie Schmerzen. War ihr Ellenbogen gebrochen? Was war mit ihrem Rücken? Würde sie das Baby verlieren?

»Allmächtiger Gott, was bist du nur für eine Sau! Du glaubst wohl, ich habe einen Goldesel, dass ich nicht Besseres zu tun habe, als dich und deine Bälger zu ernähren?«

Auch während ihrer anderen Schwangerschaften hatte er sie geschlagen; das konnte immer passieren, wenn der Teufel in ihn fuhr, so dass er außer sich geriet und jede Kontrolle verlor. So machte er seiner Enttäuschung über das Leben Luft, und sich an Sarah abzureagieren war so bequem. Sie war seine Frau und daher fühlte er sich dazu berechtigt. Manchmal wollte er unmittelbar danach Sex, konnte es nicht abwarten, riss ihren Rock hoch und drang in sie ein, drückte sie gegen die Küchenwand, schnaufte und grunzte wie die Seeelefanten, die Sarah einmal im Fernsehen gesehen hatte. Drei Kinder hatte er auf diese Weise gezeugt, auch das, mit dem sie jetzt schwanger war.

Heute Abend war er einfach ins Schlafzimmer hinaufgegangen, nachdem er die Küchentür so heftig zugeknallt hatte, dass sich ein Scharnier lockerte und eine Schraube auf den Boden fiel. Sarah starrte sie an. Da war eine Schraube locker ... wie bei ihm! Jim hatte auch eine Tasse vom Tisch gefegt, die jetzt in Scherben dalag.

Sarah kannte die widersprüchlichen Gefühle nur zu gut, die sie durchlebte, wenn er sie geschlagen hatte. Zuerst die Demütigung, dass jemand ihr so etwas antun konnte, und zwar ungestraft. Und dann die Schuldgefühle. Hatte sie es womöglich nicht anders verdient? Vielleicht hätte sie ihm etwas vorsichtiger beibringen sollen, dass sie schwanger war. Ja, sie hätte sich geschickter anstellen können ... Es war teilweise ihre Schuld, weil ihre Taktik nicht ausgeklügelt genug gewesen war. In allem, was sie tat, musste sie perfekt sein. Dann kam ihr zu Bewusstsein, dass sie im Augenblick die

Oberhand hatte; nachdem er sie geschlagen hatte, war er immer ernüchtert, fast niedergeschlagen, als hätte er Angst, dass er diesmal zu weit gegangen war. Das weckte in ihr vorübergehend ein verrücktes Triumphgefühl. Und als letztes folgte die Wut, der schwelende Zorn, der Wunsch in das Zimmer hinaufzugehen, in dem er lag und von dem Gewaltausbruch gegen Sarah ganz erschöpft seinen Rausch ausschlief, und ihm mit dem Schürhaken den Schädel einzuschlagen. Aber sie musste an die Kinder denken, an morgen; ganz gleich, wie sie es auch drehte und wendete, alles schien hoffnungslos. Um es mit jemandem wie Jim aufzunehmen, musste man seine Möglichkeiten klar vor Augen haben und bereit sein, sie zu ergreifen. Aber Sarah war schwanger, sie hatte Kinder und sie war stolz wie Cäsar. Und sicher, sicher, sicher würde er doch diesmal einsehen – er musste es einfach einsehen –, dass es so nicht weiterging. Hatte sie in seinem Gesicht, als er davontorkelte, nicht einen Anflug von Selbstverachtung gesehen?

Und während dieser Konflikt in ihr tobte und sich partout kein einfacher, eindeutiger Lösungsweg abzeichnen wollte, kam eine schleichende Lähmung ihrer Willenskraft über sie.

Sie stand auf, holte Schaufel und Besen und fegte die Scherben auf. Ihr Rücken schmerzte beim Bücken und sie bewegte sich vorsichtig. Dann deckte sie mechanisch den Frühstückstisch. Wenn die Kinder herunterkamen, sollten sie die Spuren des Streits nicht sehen.

Es klopfte an die Hintertür. Sarah zog den Vorhang beiseite und sah Fiona draußen stehen. Ihr erster Impuls war, die Nachbarin wegzuschicken, aber damit hätte sie eingestanden, wie durcheinander sie war, wie ernst ihre Lage war. Also schloss sie die Tür auf und ließ Fiona herein. Fiona musterte sie. Dann half sie ihr wortlos beim Tischdecken, trocknete das saubere Geschirr ab, das in der Spüle stand, wischte die Arbeitsfläche ab und stellte die Milch zurück in den Kühlschrank.

»Ich würde ihm den Schädel einschlagen«, zischte sie nach einer Weile. »Wenn Charlie Hand an mich legen würde, würde ich ihn umbringen!«

Sarah legte ein nasses Tuch auf ihre Wange. »Das sagt sich so leicht«, erwiderte sie ärgerlich. »Er tut es ja nie! Und du würdest dich wundern, was du dir alles um der Kinder willen gefallen lässt!«

»Ich wollte schon die Polizei holen, als ich heute Abend hörte, wie er auf dich losging. Das nächste Mal tu ich's.«

»Was hätte das für einen Sinn?«, fragte Sarah müde. »Das habe ich dir doch schon mal gesagt. Die interessiert das nicht. Weißt du noch, wie Maura D'Arcy ihren Alten vor Gericht gebracht hat und dem Richter fiel nichts Besseres ein, als ihm gut zuzureden, er wäre doch ein anständiger Mann, wenn er nur nicht trinken würde, und er solle sich doch bitte von Schwester Genevieve helfen lassen, die sich um die Alkoholiker kümmert?«

»›Ist das in Ordnung, Ma'am?‹, sagte er zu der armen Maura, und was blieb ihr anderes übrig als ja zu sagen? Nachdem sie ihren ganzen Mut zusammengenommen hatte, um ihn vor Gericht zu bringen! Dann musste sie mit ihm nach Hause gehen und er hat geschwitzt wie ein Schwein. An diesem Abend hat er sie halb tot geprügelt! ... Nein, die Polizei zu holen würde überhaupt nichts nützen, da würde er nur noch mehr ausrasten!«

»Brauchst du einen Arzt?«, fragte Fiona, die sah, wie Sarah zusammenzuckte, als sie behutsam das feuchte Tuch auf ihre Wange drückte.

»Ich glaube nicht. Anscheinend ist nichts gebrochen. Ich kann mir keinen Arzt leisten.«

Fiona machte Tee. Sarah hoffte, dass Fiona den Mund halten würde. Sie war eine schreckliche Klatschbase – ein lieber Mensch, der jedoch der Versuchung nicht widerstehen konnte, sich im Gespräch hervorzutun. Während sie den Tee und die Tassen auf den Tisch stellte, gab sie eine Geschichte über eine Freundin zum Besten, die mit ihrem Liebhaber übers Wochenende nach London gefahren war. Der Mann behauptete, sie zu lieben; seiner Frau hatte er gesagt, er sei auf Geschäftsreise.

»Die halbe Zeit hat sie damit zugebracht, einen Laden

nach dem anderen mit ihm abzuklappern, während er Einkäufe für seine Frau erledigte. Seine Frau rief sogar im Hotel an, weil er noch etwas besorgen sollte, was nicht auf der Liste stand! Kannst du dir das vorstellen? ›Hallo, Liebling. Ja, natürlich, ja, ja ... Bis Sonntag ... Ich liebe dich auch.‹ Kannst du dir das vorstellen, während sie im Bett lag und auf ihn wartete? Ein merkwürdiges Aphrodisiakum!«

Sarah lachte. »Du lieber Gott!«

»Sie trifft sich immer noch mit ihm.«

»Frauen suchen etwas«, sagte Sarah. »Sie sind Schatzgräberinnen. Immerfort suchen sie und graben. Sie sind überzeugt, dass sie etwas finden, wenn sie nur fleißig genug buddeln. Und während der Ausgrabungsarbeiten verzeihen sie alles, solange sie noch Hoffnung haben.«

»Kannst du Jim etwa verzeihen?«, fragte Fiona.

»Bisher schon«, antwortete Sarah nach einer Weile. »Irgendwie auch jetzt noch, wenn ich das Gefühl habe, dass er nichts dagegen machen kann. Aber manchmal bin ich so wütend, dass ich Angst habe, ich könnte ihn umbringen. Und manchmal habe ich Angst, dass er mich umbringt.«

Fiona ging nach Hause und Sarah holte sich ein Federbett und ein Kopfkissen aus dem Schrank im Zimmer der Jungen. Sie schlich an der Schlafzimmertür vorbei, ging hinunter, legte das Bettzeug auf die Couch, schloss die Tür und zog sich aus.

Im Spiegel über dem Kaminsims sah sie ihren Körper, ihre Bewegungen, wie sie vorsichtig daran ging, ihren Pullover auszuziehen, weil es ihr schrecklich weh tat, die Arme über den Kopf zu heben, ihr schmerzverzerrtes Gesicht. Behutsam betastete sie ihre Brust und zuckte zusammen. Sie war wund und geschwollen. Auf Sarahs Armen hatten Jims Finger rote Male hinterlassen.

Als sie das Nachthemd übergezogen hatte, löschte sie das Licht und zog die Vorhänge ein wenig zurück, so dass sie die schattenhaften Umrisse der kleinen Weide im Vorgarten sah. Das Licht der Straßenlaterne fiel in den Garten auf die kleinen violetten Krokusse und auf die Osterglocken, die schon aus dem Boden spitzten und bald aufblühen würden. Die kahlen Zweige der Weide mit ihren frischen Knospen wiegten sich im Wind. Eines Tages würde sie ein schöner Baum sein, aber dann wäre der Rasen zu klein für sie. Sarah erinnerte sich noch gut an den Tag, an dem sie die Weide aus der Baumschule geholt hatte – kurz nachdem sie das Haus gekauft hatten. Sie hatte sich vorgestellt, wie sie an Sommerabenden mit einem Buch unter den herabhängenden Zweigen sitzen würde. Früher hatte sie gern gelesen, aber jetzt blieb ihr keine Zeit mehr dazu. Kinder im Alter von acht, sechs und zweieinhalb – und das vierte unterwegs – machten viel Arbeit. Nach Lorraines Geburt hatte Sarah eine Weile die Pille genommen, sie aber nicht vertragen, und der Arzt hatte ihr empfohlen, sie wieder abzusetzen. Danach hielten sie sich an die sicheren Tage und benutzten Kondome – solange Jim nüchtern war. Wenn er nicht nüchtern war, bumste er sie auf dem Küchentisch oder gegen die Wand gelehnt. Und dann musste sie am nächsten Tag so tun, als sei nichts gewesen, deckte die blauen Flecken im Gesicht mit einer dicken Schicht Make-up ab und bemühte sich, nicht bei jeder Bewegung zusammenzuzucken. Schlimmer als die Prügel war nur die Angst, dass die Leute etwas merkten, dass sie perverse Neugierde oder Mitleid in ihren Augen entdeckte.

Früher war alles anders gewesen. Da hatte sie eigenes Geld gehabt, einen Job als Zahnarzthelferin und Sekretärin. Sie hatte Schreibmaschine gelernt und Kurse besucht und Mr. Ward hatte ihr beigebracht, wie man Amalgam mischt, die in der Praxis anfallenden Büroarbeiten und die Buchführung erledigt. Bei ihrem Arbeitgeber, Mr. Ward, hatte sie immer alle Hände voll zu tun gehabt; oft hatte sie in der Mittagspause Besorgungen oder im Notfall Überstunden gemacht. Mehr Geld hatte sie dafür nie bekommen. Aber das störte sie nicht; sie war stolz auf ihre Arbeit gewesen. Nur manchmal hatte sie Mitleid mit den Patienten gehabt, die sich keine anständige Behandlung leisten konnten, wie die arme Witwe, die von der Sozialhilfe lebte und eine Krone brauchte. Mr. Ward hatte stattdessen den ganzen Zahn gezogen, einen Schneidezahn. »Ich bin ja schließlich keine Wohltätigkeitsorganisation.«

Jim hatte sie über ihre Arbeit kennen gelernt. Eines Morgens war er ohne Termin in die Praxis gekommen.

»Ich habe Schmerzen. Könnten Sie den Zahnarzt bitten, mich dranzunehmen, Miss?« Mr. Ward hatte ihn behandelt. Die Röntgenaufnahme zeigte Karies unter einer Plombe im linken oberen Eckzahn als Ursache der Schmerzen. Die alte Plombe wurde entfernt und durch eine provisorische Füllung ersetzt. Bei seinem nächsten Termin war Jim dann sehr charmant gewesen.

»Ich möchte mich dafür bedanken, was Sie letzte Woche für mich getan haben. Ich war halb wahnsinnig vor Schmerz.«

»Keine Ursache.«

»Hätten Sie nicht Lust, einen Happen mit mir zu essen? Ich muss erst um halb zwei wieder auf dem Bauhof sein.«

»Wo arbeiten Sie denn?«

»O'Connor's Baustoffhandlung. Ich bin Vorarbeiter.«

»Aha.«

»Wie heißen Sie?«

»Sarah.«

»Ich heiße Jim. Jim O'Toole.«

Sie hatten in Kennedy's Pub um die Ecke zu Mittag gegessen und über Steuern geredet: »O Gott, mit dem Quellenabzug kann doch kein Mensch leben. Ich wette, Mr. Ward versteuert nicht jeden Penny, den er verdient!«

»Woher soll ich das wissen?«, erwiderte Sarah, die um einiges mehr wusste, als sie zugab.

Er lächelte sie an, ein gewinnendes Lächeln, und um seine hellblauen Augen bildeten sich Lachfältchen. Sein Interesse schmeichelte Sarah. Er sah sie an, als wäre sie der einzige Mensch in dem Lokal, als wäre sie das Wichtigste auf der Welt.

»Sie haben einen schönen Mund ... wenn ich das sagen darf, Sarah, so ein hübsches Mädchen wie Sie hab' ich schon lang nicht mehr gesehen. Das meine ich ernst.«

Sie war rot geworden. Damit hatte alles begonnen. Er holte sie von der Wohnung ab, die sie mit Myra und Jenny teilte, und führte sie aus: ins Kino, zum Essen, auf einen Spaziergang, zu einem Ausflug hinaus nach Howth, wo sie lange knutschten. »Hör auf, Jim. Nicht.« Seine Hände unter ihrem Rock, auf ihren Brüsten. Aber im Grunde wollte sie gar nicht, dass er aufhörte, zumindest nicht ganz, und er hatte auch nicht die Absicht von ihr abzulassen. Vor Erregung hatte sie einen Orgasmus; es reichte, dass sie seine Hand auf ihrem Schenkel und seine Erektion spürte, dass er ihre Brust liebkoste. So begehrt zu werden bedeutete Macht, eine berauschende Macht.

»Ich liebe dich, Süße, ich liebe dich.«

Daran zweifelte sie nicht. Sie hatte das Gefühl, dass sie von einer Woge davongetragen wurde, und niemand machte sich die Mühe zu fragen, ob sie mitwollte oder nicht.

»Was hältst du von ihm, Myra?«, fragte sie ihre Mitbewohnerin.

»Er … er sieht gut aus …«

Jennys Urteil fiel zurückhaltend aus. Stirnrunzelnd meinte sie: »Wenn du mich fragst, ist er nur aufs Bett aus.«

»Da wäre er nicht der Erste«, entgegnete Myra.

Die Wohnung war klein, eine winzige Küche, ein Schlafzimmer mit zwei Betten, ein Wohnzimmer mit Schlafcouch. Das war Sarahs Bett und sie wollte es auf keinen Fall mit Jim teilen, ganz gleich wie sehr er ihr schmeichelte, wie ärgerlich er wurde.

Sarah merkte sehr wohl, welche Auffassung er vertrat. Seine Bedürfnisse hatten Vorrang. Männer brauchten Sex. Das hatte er ihr selbst gesagt. Wenn Männer etwas brauchten, so war damit automatisch entschuldigt, dass sie es sich einfach nahmen. Ich brauche es, deshalb habe ich ein Recht darauf. Was Frauen brauchten, spielte keine Rolle.

»Mein Gott, man könnte glauben, du wärst eine Prinzessin im Elfenbeinturm«, brummte Jim eines Abends. »Ich hätte gute Lust, dich zu vergewaltigen und dir ein Kind zu machen.«

Sarah war vor Schreck wie erstarrt. »Dann würde ich nie wieder mit dir reden … ich würde dir die Polizei auf den Hals hetzen!«, flüsterte sie, und noch während sie das sagte, wurde ihr klar, wie unzureichend diese Antwort war. Er hatte so schnoddrig davon geredet, ihr Gewalt anzutun, als wäre das irgendeine folgenlose Dreistigkeit, eine kleine Verfehlung, die man auch von der lustigen Seite nehmen konnte. Aber sie war unfähig, einen klaren Gedanken zu fassen. So hatte noch nie im Leben jemand mit ihr gesprochen.

Später, als sie gründlich darüber nachgedacht hatte, sagte sie: »Wenn du je versuchst mich zu vergewaltigen, bringe ich dich um. Ich bringe dich um, und wenn es das Letzte ist, was ich tue. Ich sage dir das gleich, damit es da keine Missverständnisse gibt. Es ist mir auch egal, wenn ich dafür ins Gefängnis komme.« Sie sprach so sachlich und nüchtern, dass Jim, der schweigend am Steuer saß, sichtlich zusammenzuckte.

»Außerdem will ich dich nie wieder sehen.«

Jim machte am Straßenrand Halt. »Mein Gott, was ist denn los? Was hast du denn?«

»Nichts ist los. Nicht nach dem, was du da eben gesagt hast.«

»Heiliger Strohsack, was habe ich denn gesagt?«

»Dass du mich vergewaltigen, mir ein Kind machen willst!«

Er atmete hörbar aus. »Süße … ich habe doch nur einen Witz gemacht. Verstehst du denn keinen Spaß?« Er legte den Arm um sie und hob mit der rechten Hand ihr Kinn, so dass sie in seine hellen Augen schaute.

»Komm schon, Sarah. Dafür kennen wir uns zu gut! Du wirst doch nicht wegen so einer albernen Sache ärgerlich werden! Du weißt, wie sehr ich dich liebe, Süße.«

»Das war nicht albern«, bemerkte Sarah schmollend. Aber sie ließ sich erweichen. Es ist einfach seine Art, sagte sie sich. Er würde ihr nie weh tun. Vielleicht hätte sie nicht gleich beleidigt sein sollen.

Sie nahm ihn mit nach Hause und stellte ihn ihren Eltern

vor. Er zeigte sich von seiner charmantesten Seite, brachte ihrer Mutter eine Schachtel Pralinen mit. Aber Sarah merkte, dass ihr Vater nicht beeindruckt war, sie sah es an seinen hochgezogenen Brauen, an dem harten Zug um seinen Mund. Später bestätigte sich dieser Eindruck, als sie hörte, wie die Mutter in der Küche den Vater beschwichtigte.

»Um Himmels willen, Michael, er ist doch nur auf einen Tag zu Besuch. Kannst du nicht wenigstens um Sarahs willen ein bisschen freundlicher sein?«

»Dieser Kerl ist kein Mann und wird nie einer sein«, hatte ihr Vater leise bemerkt. »Ich hoffe, es ist ihr nicht ernst mit ihm!«

»Natürlich nicht, dafür ist sie zu jung. Gib ihr eine Chance.«

Zu der Zeit hatte Sarah einen Traum, einen romantischen Traum, der davon handelte, von einem Mann respektiert zu werden, auf dessen Respekt es wirklich ankam. Diese Anerkennung erschien ihr wichtiger, als Staatspräsidentin zu werden – wenn das möglich gewesen wäre – oder eine andere tolle Karriere zu machen. Und so ein Erlebnis würde ihr nie zuteil werden, wenn sie Jims Wünschen nachgab, wenn sie aufs Ganze ging. Eine Frau, die ihre Jungfräulichkeit verloren hatte, war eine ›Ware aus zweiter Hand‹. Und sie war sich keineswegs sicher, dass sie Jim heiraten wollte – nicht seit dem Tag, an dem sie in ihrer Wohnung Irish Stew mit Lammfleisch für ihn gekocht hatte und er durchgedreht war. »Du böde Kuh … das kann doch kein Mensch essen!« Auf der Oberfläche schwamm das Fett, und man erwartete von ihm, er sollte das essen!

»Ich kann das Fett ja abschöpfen …« Aber er ließ sich nicht beschwichtigen. Sarah wusste, dass er von seinem Recht zu toben und zu wüten Gebrauch machte, weil er sie für sein Eigentum hielt, weil er hungrig und ungeduldig war, weil er fürchtete, um sein Essen gebracht zu werden, weil er sich auf ein köstliches Irish Stew gefreut hatte, das sich nun als zu fettig erwies, weil sich alles nur um ihn drehte. Wie sollte das erst werden, wenn sie verheiratet waren?

Sie hatte den ganzen restlichen Tag kein Wort mehr mit ihm gesprochen und schließlich hatte er sich entschuldigt. »Es tut mir leid, Süße. Sei nicht böse auf deinen alten Jim.« Er brachte ihr eine Schachtel Pralinen mit.

»Er ist wirklich großzügig«, meinte Myra, als sie die Pralinen durchprobierten. »Wenn du ihn nicht willst, trittst du ihn mir dann ab?« Aber Sarah wollte ihn. Er war besser als nichts. Sie hatte Angst vor der Einsamkeit, weil sie kein gefestigtes Selbstbild besaß und daher glaubte, es sei ihr Schicksal allein zu bleiben. Sie hielt sich nicht für besonders hübsch und war überzeugt, sie sei dumm, weil sie nicht einmal den Schulabschluss geschafft hatte. Dass sie attraktiv genug war, einen anderen Mann zu finden, hielt sie für fraglich. Trotz all ihrer Lebendigkeit wusste sie nicht um ihren eigenen Wert. Sie ersehnte den romantischen Traum, den sie mit dem Mann, der sie liebte, teilen konnte. Das war der einzige Traum, den das Leben ihr zu bieten hatte. Sie war sicher, dass sie Jim würde ändern können, wenn er sie nur liebte. Mit ihrer Zuneigung und Lebensfreude würde sie ihn ändern, so dass sie sich mit vereinten Kräften der Welt stellen konnten.

Und danach war er vorsichtig geworden. Er gab ihr gerade so viel Liebe, dass sie mehr wollte, dass sie über seine Gereiztheit hinwegsah, dass sie Zugeständnisse machte. Sarah hungerte nach Liebe, denn sie versprach Ekstase und Frieden.

Sarah schlief. Sie erwachte mit dem ersten Licht der Dämmerung, versuchte sich umzudrehen und stellte fest, dass sie ganz steif war. Ein stechender Schmerz fuhr ihr durchs Kreuz.

Sie drehte sich auf die Seite, stand mühsam auf und zog sich unter Schwierigkeiten an. Dann ging sie zum Spiegel und betrachtete ihr Gesicht. Auf dem Wangenknochen war eine blaurot gefärbte Schwellung, die immer noch empfindlich auf Berührung reagierte. Plötzlich stieg die Wut in ihr hoch. Der Teufel soll den Dreckskerl holen! Das muss ich jetzt irgendwie zukleistern. Sie ging in die Küche und bereitete das Frühstück zu.

Lorraine kam herein. Sie wirkte verstört. Normalerweise kam sie fertig angezogen und gekämmt herunter, aber heute Morgen war ihre Bluse noch offen und sie hielt die Krawatte ihrer Schuluniform in der Hand.

»Setz dich, Liebling. Der Porridge ist fertig«, sagte Sarah und füllte dem Kind die Schale. Während sie das tat, spürte sie Arme um ihre Hüften; ihre Tochter barg das Gesicht an ihrem Bauch.

»Was ist denn los, Liebes?«, flüsterte Sarah.

»Ich hatte einen schlimmen Traum«, schluchzte Lorraine. »Und ich bin in dein Zimmer gegangen, aber da lag nur Daddy im Bett ... und ich dachte, du wärst weggegangen ...« Das Schluchzen wurde heftiger und Lorraine klammerte sich noch fester an sie.

»Wie kommst du denn auf die Idee?«, fragte Sarah, setzte sich und nahm ihre Tochter auf den Schoß. »Oh, bist du schwer geworden. Warum glaubst du denn, dass Mami weggehen würde? Wie sollte sie denn ohne dich zurechtkommen? Schsch, schsch ...«

»Ich hasse Daddy«, sagte Lorraine dann. Ihr Gesicht war tränenverschmiert und ihre Nase lief. »Ich hole das große Messer aus der Schublade und bringe ihn um, wenn er dich je wieder schlägt.«

Sarah liebkoste Lorraines nasse Wangen und sah in ihre blauen Augen. »Schau, Liebling – Daddy will Mami nicht weh tun. Nur wenn er zu viel trinkt ... dann weiß er nicht, was er tut.«

»Das ist mir gleich«, sagte Lorraine, rieb sich die Augen und sah ihre Mutter eindringlich an. »Er darf dich einfach nicht schlagen.«

»Schau, er schlägt mich bestimmt nicht mehr«, erwiderte Sarah. »Wahrscheinlich tut es ihm längst selber Leid. Er macht es nicht mehr. Also lächle! Ich will mein großes Mädchen lächeln sehen!«

Sie holte ein Tuch, wischte ihrer Tochter das Gesicht ab,

flocht ihr die langen hellen Haare und schlang Schmetterlingshaargummis um die Zopfenden.

»Iss jetzt dein Frühstück. Du willst doch nicht zu spät zur Schule kommen!«

Dann holte sie Liam aus dem Bett und mahnte ihn zur Eile. Ihr ältester Sohn hatte die hellen Augen und den Mund seines Vaters. Er sah seine Mutter mitleidig an und betrachtete schweigend ihre blauen Flecken.

»Geht es dir gut, Mama? Hat Daddy dir weh getan?«

Sarah spürte, dass Liam insgeheim keinen Respekt vor ihr hatte, weil sie es hinnahm, dass ein Mann sie so behandelte.

»Komm schon, mein Schatz, du verspätest dich sonst«, flüsterte sie. Aber seine Frage beantwortete sie nicht, weil sie sich plötzlich ihrer Verletzbarkeit schämte. Sie deutete auf Dara, der noch im Kinderbett schlief. »Leise, damit du ihn nicht aufweckst ...«

Liam kam zum Frühstück herunter. Während die Kinder aßen, legte Sarah Make-up auf und zog den Mantel an, um sie zur Ecke zu begleiten, wo der Schulbus hielt. Unterwegs traf sie zwei Frauen, die sie kannte.

»Gott, ist das kalt heute Morgen«, sagte die eine von ihnen, und Sarah zog ihren dicken Wollschal hoch, damit man ihre Wange nicht sah.

Sie ging ins Haus zurück. Dara war aufgewacht und aus dem Kinderbett geklettert und stand jetzt auf der Treppe. Als er sie sah, piepste er »Mami!«, und Sarah ging das Herz über wie immer, wenn sie seine kleinen molligen Beine sah. Seine Windel war schwer und stank zum Himmel, also wickelte sie ihn, gab ihm zu essen und setzte ihn dann in der Küche auf seinen leuchtend gelben Topf, während sie das Frühstücksgeschirr von Liam und Lorraine abräumte. Dann breitete sie ein Handtuch auf dem Tisch aus und legte Dara rücklings darauf. Während sie ihm eine frische Windel anzog, küsste sie sein rundes Bäuchlein und brachte ihn damit zum Lachen. Doch als sie sich über ihn beugte und mit ihm scherzte, geschah etwas mit ihrem Rücken, denn sie merkte plötzlich, dass sie sich nicht mehr aufrichten, nicht mehr stehen konnte. Es fühlte sich an, als wäre die Verbindung zwischen Rumpf und Beinen abgeschnitten. Der Kleine dachte zuerst, das gehöre noch zum Spiel und gluckste entzückt, als seine Mutter zur Seite taumelte, bis sie einen Stuhl zu fassen bekam und sich darauf stützte.

»Jim – steh auf, komm und hilf mir!«, brüllte sie durch die offene Tür.

Dara fing an zu weinen.

»Hörst du mich? Komm aus deinem verdammten Bett«, schrie Sarah, so laut sie konnte. »Jim!«

Er kam im Schlafanzug herunter und blickte erst ärgerlich, dann blöde drein, als er sie auf dem Boden kauern sah.

»Nimm Dara vom Tisch.«

Er setzte das Kind auf den Boden, dann griff er nach Sarah und versuchte sie hochzuziehen.

»Mit meinem Rücken stimmt was nicht. Ich muss mich hinlegen. Hilf mir zur Couch im Wohnzimmer.«

Auf Jims Gesicht malte sich erst Abwehr, dann Bestürzung, während er Sarah mit verschlafenen hellblauen Augen musterte. Als er sie hochnahm, ins Wohnzimmer schleppte und auf der Couch ablegte, roch sie seinen nach Schnaps stinkenden Atem und seinen Körpergeruch nach abgestandenem Schweiß.

»Bleib da eine Weile liegen«, meinte er barsch. »Du kommst schon wieder in Ordnung, wenn du eine Weile liegen bleibst.«

Er holte Dara herein, setzte ihn in den Laufstall und warf ihm Spielzeug und eine Pappschachtel hinein. Dara nahm die Schachtel, untersuchte sie, legte Sachen hinein und setzte sie sich schließlich auf den Kopf.

Jim ging in die Küche, machte Kaffee und brachte Sarah eine Tasse, mit Milch und einem Stück Zucker, wie sie ihn mochte. Er rückte einen kleinen Tisch neben die Couch und stellte den Kaffee darauf. Dann holte er seine Tasse und hockte sich neben Sarah auf das Sofa.

»Mein Gott, Sarah, es tut mir Leid«, sagte er nach einer Weile ganz leise. »Ich wollte dir nicht weh tun. Ich weiß nicht, was in mich gefahren ist.« Er sah ihr nicht in die Augen. »Ich mache es wieder gut, Schatz, wirklich. Wir könnten heute Abend ins Kino gehen, wenn du magst«, fügte er eifrig hinzu.

»In diesem Zustand? So kann ich nicht ins Kino gehen. Ich kann nicht einmal von der verdammten Couch aufstehen. Du musst dir heute frei nehmen. Du musst den Arzt holen!«

Jim wirkte gehetzt. »Du kommst schon wieder in Ordnung, Süße. Bald geht's dir wieder gut. Ich nehme mir frei. Du ruhst dich aus und dann geht's dir wieder gut.«

Sarah antwortete nicht. Sie versuchte sich zu bewegen. Die Beine gehorchten ihr, fühlten sich aber an, als gehörten sie nicht zu ihrem Körper. Im Kreuz spürte sie einen dumpfen Schmerz.

»Hol den Doktor, Jim. Ich brauche einen Arzt.«

»Ich kann den Doktor nicht holen. Nicht, wenn du so beieinander bist!«, sagte er schließlich. »Er könnte glauben, es ist meine Schuld.«

»Ja«, erwiderte Sarah. »Er könnte glauben, dass du mich geschlagen hast. Wäre das nicht schrecklich? Keine Sorge. Die ganze Straße weiß, dass du mich schlägst. Die Leute sind schließlich nicht taub und blind! Aber ich sage dem Doktor, dass ich die Treppe hinuntergefallen bin. Dann merkt er nicht, dass du mich geschlagen hast.«

Jim legte die Hand an die Stirn und ließ den Kopf hängen. »Spar dir doch deine höhnischen Bemerkungen, Sarah. Ich habe doch gesagt, dass es mir Leid tut.«

»Bitte ruf den Arzt an«, bat Sarah vorsichtig. Sie fürchtete mit einem Mal, dass er wieder wütend werden könnte. »Sonst bleibe ich vielleicht für immer gelähmt!«

Jim rief im Bauhof an und nahm sich den Tag frei. Dann benachrichtigte er den Arzt. »Er kommt gegen Mittag«, sagte er.

»Keine Sorge«, beruhigte ihn Sarah. »Ich verrate ihm nichts. Schließlich habe ich auch meinen Stolz!«

Der Doktor kam pünktlich um zwölf. Jim, der seiner Frau

inzwischen ins Bett geholfen hatte, öffnete Dr. Roche mit verlegener Miene die Tür.

»Sie hat sich den Rücken verletzt.«

Der Arzt schloss die Schlafzimmertür hinter sich und trat an Sarahs Bett; sie lehnte gegen die Kissen, die Jim für sie aufgeschüttelt hatte.

»Was ist denn mit Ihrem Rücken passiert?«

»Ich bin die Treppe hinuntergefallen«, sagte Sarah.

»Verstehe. Haben Sie sich dabei auch die blauen Flecken im Gesicht geholt?«

»Ja.«

Er untersuchte sie, holte hörbar Luft, tastete ihr Rückgrat ab, übte sanften Druck auf die Wirbelsäule aus, während Sarah sich zusammenreißen musste, um nicht vor Schmerz aufzuschreien.

Er prüfte ihren Puls, maß den Blutdruck. »Ich nehme nicht an, dass Sie Rugby spielen, Mrs. O'Toole?«

Sie dachte, er mache einen Scherz, aber seine Miene war grimmig. »Natürlich nicht! Wie kommen Sie auf die Idee?«

»Weil Sie aussehen, als wären Sie in ein ziemlich übles Gedränge geraten.«

»Machen Sie sich darüber keine Gedanken«, gab Sarah bissig zurück, da sie merkte, dass er die Wahrheit ahnte. »Was fehlt mir?«

»Entzündung der Wirbelgelenke am Kreuzbein. Prellungen. Am liebsten würde ich Sie zum Röntgen schicken.«

Sarah überlegte rasch. Wenn sie zum Röntgen ging, dann würde der Röntgenologe ihre blauen Flecken sehen, und auch die Schwestern und irgendwelche widerlich neugierigen Studenten – alle könnten es sehen.

»Auf keinen Fall! Wer sollte sich dann um die Kinder kümmern?«

»Ihr Mann würde schon damit fertig.«

»Nein!«

Der Arzt warf einen wütenden Blick zur Tür, seufzte und schrieb ein Rezept aus. »Entzündungshemmende Tabletten und ein Schmerzmittel. Hüten Sie mindestens drei Tage das Bett.«

Er klappte seinen schwarzen Koffer zu. »Sie sollten etwas gegen diese gefährliche Treppe unternehmen. Mit so etwas darf man sich nicht abfinden!« Er warf ihr einen bedeutungsvollen Blick zu.

Jim erwartete den Arzt unten im Flur und bezahlte die Rechnung mit einem Scheck. Dr. Roche war kurz angebunden und nannte lediglich den Betrag, den Jim ihm schuldete.

Unterdessen starrte Sarah die Hieroglyphen auf dem Rezept an und riss es schließlich in Fetzen. Sie tätschelte ihren Bauch.

»Mit dir gehe ich kein Risiko ein, kleiner Schatz. Vielleicht hätte ich dem Arzt von dir erzählen sollen, aber das hat Zeit. So ein verdammt starkes Schmerzmittel ist nichts für dich!«

Sie dachte an die sarkastische Bemerkung des Arztes. Aber unwillkürlich flackerte wieder Hoffnung in ihr auf, denn insgeheim klammerte sie sich an die Möglichkeit einer großen Wandlung, insgeheim war sie überzeugt, dass Jim einsah, wie entsetzlich sein Verhalten war, und sich daher ganz gewiss ändern würde. Dieses Aufflammen der Hoffnung erlebte sie immer am Tag danach, wenn Jim wieder nett zu ihr war.

8. KAPITEL

Es ist einfach nichts persönlich. Er schenkt mir etwas, aber es ist nicht persönlich. Er schläft mit mir, aber es nichts Persönliches. Wir unterhalten uns, manchmal sogar sehr intensiv, über ›juristische‹ Probleme, die ich mir ausdenke, aber auch daran ist nichts Persönliches. Wenn ich frage: »Liebst du mich?«, sagt er »Natürlich liebe ich dich!« Aber in seinem Tonfall schwingt allenfalls leichte Gereiztheit mit – oder er macht einen Witz daraus. Wenn ich sage: »Ich liebe dich«, fasst er es als etwas auf, das ihm zusteht, aber es zieht keine Offenbarungen seinerseits nach sich. Es ist nicht so, dass er eine bewusste Abscheu vor dem Persönlichen empfände; er weiß nur einfach nicht, dass es existiert.

Aus: *Die Pferdeohren*, 1978

Paddy verfuhr sich. Patricia war zu sehr damit beschäftigt gewesen, den Umstand auszukosten, dass sie miteinander allein waren, um auf die Straße zu achten. Als sie den Wegweiser nach Enniskerry sah, wurde ihr jedoch klar, dass sie vom Weg abgekommen waren.

»Willst du nach Enniskerry?«

»Eigentlich nicht!« Lachend sah er sie an. »Bist du beunruhigt? Hast du gedacht, ich wollte dich entführen?«

Am liebsten hätte Patricia gesagt: »Ich wünschte, du tätest es.« Aber sie machte nur eine Bemerkung darüber, dass sie im Kreise gefahren waren.

»Ich kann gar nicht glauben, dass ich mich nicht mehr zurechtfinde!«, meinte Paddy. »Am Stadtrand von Dublin habe ich mich früher so gut ausgekannt.«

»Der ›Stadtrand von Dublin‹, wie du das nennst, hat sich verändert. Wo früher Felder waren, stehen jetzt Häuser, und die Leute sitzen vor dem Fernseher oder am Abendbrottisch, wo einst der Wind ungehindert wehte.«

»Werden wir jetzt poetisch?«

Patricia lachte. »Nein, nur geschwätzig!«

Aber die Fahrt war schön. Der Regen klatschte gegen die Windschutzscheibe, die Scheinwerfer der anderen Autos leuchteten auf und wurden von der Dunkelheit verschluckt. Übermütiges Lachen funkelte auf und erstarb. Paddy machte das Radio an. Klassische Musik ertönte, dazwischen leise die Stimme des Ansagers, das beständige Brummen des Motors. Sie war mit Paddy allein. Selbst das Schweigen zwischen ihnen war prickelnd.

Das Restaurant lag an den Ausläufern der Berge – Kildoran House, ein altes Anwesen mit offenem Torffeuer und französischer Speisekarte. Sie saßen in Lehnstühlen am Kamin. Als die Kellnerin mit der Karte kam und fragte, was sie trinken wollten, zögerte Patricia. Seit jener schrecklichen Nacht, als Gerry sie mit der leeren Wodkaflasche vorgefunden hatte, hatte sie keinen Alkohol mehr angerührt; doch nun hätte sie gerne etwas getrunken, und sei es nur ein Glas Wein. Aber das war zu gefährlich. Was das Trinken anbetraf, hatte sie kein Zutrauen mehr zu sich.

»Mineralwasser«, sagte sie zu Paddy. »Ich trinke nicht.«

»Nicht einmal Wein?«, fragte er. »Nicht einmal Wein zum Essen?«

»Nein.«

Sie gaben ihre Bestellung auf. Die Kellnerin wollte wissen, ob sie Hilfe mit der Speisekarte bräuchten, und Paddy, der sich beruflich häufig in Frankreich aufhielt und fließend Französisch sprach, lächelte und ließ sich die Karte erklären. Während sie warteten, schauten sie ins Feuer, in das leuchtende Orange im Zentrum, spürten die Hitze auf ihren Gesichtern. Seine Hand berührte die ihre, umfasste sie, und sie unterhielten sich leise, während sie den Tanz der Flammen beobachteten.

Patricia empfand den Frieden, der mit der Luft und dem Duft des Torffeuers, der schwarzen Nacht draußen und der Berührung von Paddys Hand über sie kam. Dieser Frieden hüllte sie ein und schirmte sie gegen die Welt ab. Es war, als hätte sie plötzlich eine Tür in der sie umschließenden Mauer gefunden, an der sie sich seit einer Ewigkeit entlangtastete. Endlich war sie in den Zauberkreis vorgedrungen: weise, frei und zutiefst glücklich.

Warum fühle ich mich so? Diese Leichtigkeit des Seins, dieses Gefühl, alles Wichtige im Leben sei in Reichweite? Es ist, als wäre ich wieder Kind. Oder als wäre ich alt und hätte ein erfülltes Leben hinter mir.

Das mittelgroße Gastzimmer war halb leer. Ein junger Mann im Abendanzug spielte Klavier. An den Wänden hingen Jagdbilder und ein Geweih. Kerzenlicht flackerte. Ein köstlicher Essensduft erfüllte den Raum. Paddy lächelte sie an.

»Du siehst hinreißend aus. Du hast Farbe vom Feuer bekommen!«

»Wie kommst du darauf, dass das vom Feuer kommt?«, fragte sie leise.

Er lächelte. »Heißt das, es ist etwas anderes?«

Nach einer Weile beugte er sich zu ihr und sagte mit gedämpfter Stimme: »In Frankreich gibt es Hotels, wo wir ein offenes Holzfeuer haben könnten, so wie hier, aber auf dem Zimmer ... einem Zimmer mit einem großen Bett, und das Essen wird vom Zimmerservice gebracht ... Würde dir das gefallen?« Paddy sprach so gelassen und selbstsicher, dass Patricia dachte, sie hätte sich verhört. Sie errötete bis an die Haarwurzeln.

»Du wirst ja rot«, murmelte er.

»Ich dachte, ich wüsste nicht mehr, wie das geht!« Aber auf seine Frage ging sie nicht ein.

Da es aufgehört hatte zu regnen, schlug er anschließend einen kurzen Spaziergang vor. »Vertreten wir uns die Beine, bevor wir zurückfahren.«

Er nahm ihren Arm und führte sie einen Weg hinunter, der im Mondlicht gerade noch sichtbar war; und dort, zwischen den Feldsteinmauern, zog er sie an sich und küsste sie ohne Hast. Patricia erwiderte wie berauscht seinen Kuss, legte die Arme um seinen Hals.

Aber noch während sie sich küssten, wurde ihr klar, wie viel sich verändert hatte: Der Kuss war zu sachkundig, seine Erektion, die sie spürte, zu fordernd, sein Vorschlag beim Essen zu glatt vorgebracht gewesen. Paddy hatte seine Unschuld verloren. Im Vergleich zu ihm fühlte sich Patricia sehr jung. Sie hatte sich bisher nicht einmal ins Seichte jener Gewässer gewagt, in denen er offensichtlich zu Hause war. Sie fühlte sich fehl am Platz und plötzlich irgendwie unbehaglich.

Patricia wurde traurig. Wie hatte sie nur erwarten können, dass es anders sein würde, dass die Frische der alten, schüchternen Freundschaft sich wieder einstellen, dass Paddy so wie früher sein würde? Er war ein Mann von Welt geworden, was immer das hieß. Schon schickte er sich an, ihre Bluse aufzuknöpfen, und sie riss sich los. Sofort machte er eine entschuldigende Geste.

»Ich bin zu aufdringlich, das wollte ich nicht.«

Auf der Rückfahrt nach Dublin war ihre Unterhaltung eher sprunghaft und immer wieder von längerem Schweigen unterbrochen. Die innere Ruhe, die Patricia zuvor empfunden hatte, war dahin. Sie stand unter einer Anspannung, die an ihren Nerven zerrte, ihre Haut prickeln ließ und ihr Denken verwirrte.

Er setzte sie vor ihrer Haustür ab. »Gehst du bald wieder mit mir essen?«, fragte er.

Patricia sah ihm in die Augen; abgesehen von den Fältchen waren es noch die alten Augen, aber dahinter verbarg sich das Leben, das er geführt hatte, ein Leben, von dem sie nichts wusste. Sie hätte ihn jetzt abwimmeln können; er hätte es verstanden.

Sie konnte Nein sagen, zu ihrem Leben mit Gerry und den Kindern zurückkehren und die Sehnsucht, ihm zu entfliehen, in sich bekämpfen.

Ich mache keinen Rückzieher, dachte sie. Ganz gleich, wohin das führt!

»Ja, gerne«, sagte sie. »Danke für den schönen Abend, Paddy!«

Gerry war schon im Bett. Er las, in seiner Brille spiegelte sich das Licht der Nachttischlampe. Als Pat hereinkam, blickte er auf.

»Wo warst du?«

»Ich habe dir doch einen Zettel geschrieben.«

»Auf dem stand, du seist mit Nell ausgegangen. Sie hat aber angerufen, während du aus warst, und wusste offenbar nichts von einer Verabredung.« Patricia griff nach einem rettenden Strohhalm.

»Ich hatte vor, mit Nell wegzugehen, aber da bekam ich überraschend einen Anruf von einer Schulfreundin und habe den Abend mit ihr verbracht.«

»Ach? Und wer ist sie?«

Patricia ging im Geiste ihre alte Schulklasse durch. »Monica Dwyer ... du kennst sie nicht.«

»Was habt ihr gemacht?«

»Wir haben uns auf einen Drink getroffen und bei Ferdia gegessen.«

Sie spürte den prüfenden Blick ihres Mannes, der nach Anzeichen von Alkohol suchte.

»Hattest du einen netten Abend?«

»Ja, wir haben uns gut unterhalten.«

Gerry kehrte zu seiner Lektüre zurück. Was bist du nur für eine gute Lügnerin geworden, Patricia, schalt sie sich. Wie bist du nur in die Situation geraten, lügen zu müssen?

»Übrigens ist der Kerl wieder aufgetaucht, der so in Orla vernarrt ist. Er hat an der Haustür geläutet. Ich habe ihn zum Teufel geschickt.«

Patricia empfand eine Mischung aus Beunruhigung und Widerwillen. Sie hatte Gerry nicht erzählt, dass sie den Jungen in Orlas Zimmer erwischt hatte. In ihr stieg Wut auf darüber, dass er es wagte, ihr zu trotzen.

»Gut! Der hat vielleicht Nerven, hier aufzukreuzen. Man

möchte meinen, sie wäre sein Eigentum! Was hat sie dazu gesagt?«

»Mit ihr habe ich nicht darüber gesprochen«, entgegnete Gerry kalt. »Ich habe mich nicht all die Jahre für die Familie abgerackert, damit dann solche Typen vor meiner Haustür stehen.«

Auf ihrem Weg ins Bad sah Patricia nach, ob Orla und Simon schon im Bett lagen. In beiden Zimmern war es dunkel; sie sah die Köpfe ihrer Kinder sich auf dem Kopfkissen abzeichnen und erinnerte sich an die vielen Abende, an denen sie bei ihnen gesessen und ihnen vorgelesen hatte, sie umarmt, geküsst, ihre kleinen molligen Hände gehalten hatte.

»Lies die Geschichte über die Beakers«, hatte Simon oft gebeten. Die Beakers waren eine Biberfamilie, die am Fluss lebte und deren Wohnung bei einer Überschwemmung zerstört worden war. Deshalb hatte sich der kleine Biber, das jüngste Kind, davongestohlen und flussabwärts eine neue Wohnung gebaut; so wurde er zum Helden des Tages.

Simon identifizierte sich mit dem kleinen Beaker. Orla hingegen liebte das Märchen von Däumelinchen und betrachtete gerne die Farbillustration des winzigen nackten Mädchens in der Tulpe. Aber die Beakers und Däumelinchen gab es nicht mehr. Und Gutenachtküsse von der Mutter waren auch nicht mehr gefragt.

Am nächsten Tag rief Nell an.

»Pat … ich hoffe, ich bin gestern Abend nicht ins Fettnäpfchen getreten. Als ich anrief, meinte Gerry, du seist mit mir ausgegangen. Ich wusste nicht, was ich sagen sollte! Bestimmt habe ich mich wie ein Idiot angehört.«

»Mach dir keine Gedanken darüber. Ich habe mich mit einer alten Freundin getroffen … die zu Besuch in Irland ist. Gerry hat da was durcheinander gebracht.«

»Tatsächlich? Das sieht Gerry aber gar nicht ähnlich!«

Nell wartete darauf, dass Patricia den Abend schilderte und von ihrer Freundin, vielleicht auch deren Mann erzählte. Aber Patricia wechselte das Thema.

Joan holte ihren Zeugen in den Zeugenstand. Es ging um einen Auftrag über kundenspezifisch angefertigtes Verpackungsmaterial, der zum Gegenstand eines Rechtsstreits wurde. Der Auftraggeber weigerte sich die Lieferung zu bezahlen, weil die Größe falsch sei, wie er behauptete. Sein Unternehmen habe ein anderes Format bestellt.

Joans Zeuge legte den Bestellschein vor, auf dem die gelieferte Größe verlangt wurde. Joan übergab dem Gerichtsdiener eine Kopie und dieser reichte sie dem Richter weiter. Der Verhandlungssaal war behaglich, mit Teppichboden ausgestattet, einer der angenehmen neuen Säle in Dolphin House. Neben ihr sah der Barrister, den die Gegenseite beauftragt hatte, seine Notizen durch.

»Dieses Auftragsformular kenne ich nicht«, sagte er.

Joan gab auch ihm eine Kopie. »Sie haben wunderbare Augen«, bemerkte er.

Joan ignorierte ihn. »Wurde dieser Auftrag vom Beklagten unterschrieben?«, fragte sie den Zeugen.

»Ja.«

»Entsprach die Lieferung dem Auftrag?«

»Gewiss!«

»Danke.« Sie wandte sich an den Anwalt des Beklagten. »Ihr Zeuge.«

Joan setzte sich und lauschte den Argumenten der Verteidigung. Diese erbärmlichen Schachteln im Wert von neunhundert Pfund, und dafür ging der ganze Nachmittag drauf! Sie dachte an David, der daheim in seinem Atelier malte, an sein neuestes Bild, auf das sie bereits einen Blick geworfen hatte: ein Zimmer mit einem riesigen Fenster, hinter dem der Nachthimmel zu sehen war. Eine Frau, die sich hintüber beugte; ihre Haare fielen auf den Boden, die Hände schlaff, voller Hingabe. Was ihr an dem Bild nicht gefiel, war die sich nähernde Gestalt in der Ecke, die die Frau überschattete und den dunklen Kopf in ihre Richtung neigte. Die drei Hauptelemente des Gemäldes waren der große leere Himmel, die Frau, die aussah, als ertränke sie in der Beengtheit des Zimmers, und die undurchschaubare dunkle Gestalt, die sich beliebig interpretieren ließ. Jedes Mal, wenn sie das Bild ansah, hatte Joan das Gefühl, dass die Gestalt den Menschen schlechthin verkörperte, wie er geworden wäre, hätte man ihn sich selbst überlassen, frei von Beschränkungen jedweder Dogmen, im Vollbesitz seiner Macht. Dass er in Davids Bildern immer auftauchte, beunruhigte sie.

Der Barrister setzte sich. Er hatte soeben den Zeugen der Verteidigung vernommen, der behauptete, er habe den Auftrag telefonisch abgeändert und die Änderung schriftlich nachgereicht. Er legte eine Kopie des Briefes vor, den er geschrieben hatte.

»Haben Sie den Brief selbst eingeworfen?«, fragte Joan.

»Nein, meine Sekretärin hat ihn aufgegeben.«

»Sagt sie in der Sache aus?«

»Sie hat gekündigt. Sie arbeitet nicht mehr für mich.«

»Hat sie das Telefonat geführt, mit dem der Auftrag angeblich abgeändert wurde?«

»Ja.«

»Welche Beweise haben Sie dafür, dass der Telefonanruf erfolgte und der Brief abgeschickt wurde?«

»Ich weiß, dass er eingeworfen wurde. Er ging mit der übrigen Post hinaus.«

»Sie haben gehört, dass mein Klient sagt, er habe ihn nicht erhalten. Haben Sie den Brief per Einschreiben geschickt?«

»Nein.«

»Würden Sie die Möglichkeit einräumen, dass der Brief vielleicht gar nicht abgeschickt wurde, dass er übersehen wurde?«

Der Zeuge seufzte. »Ich denke, das ist möglich, aber ...«

»Danke«, sagte Joan. »Keine weiteren Fragen.« Sie setzte sich.

Der Zeuge wollte schon den Zeugenstand verlassen, da griff der Richter ein. Er wollte seine Punkte so schnell wie möglich abhaken, der Fall langweilte ihn zu Tode.

»Sie haben einen Auftrag unterschrieben. Sie behaupten, ihn abgeändert zu haben, legen dafür aber keine Beweise vor. Ist das richtig?«

»Ich fürchte ja, Euer Ehren.«

»In diesem Fall«, erklärte der Richter, »habe ich keine andere Wahl als zugunsten des Klägers zu entscheiden. Über die Kosten ergeht keine Verfügung!«

Der Barrister und Joan standen auf und murmelten das übliche »Mit Ihrer Erlaubnis, Hohes Gericht«.

Der Barrister sah Joan mit hochgezogenen Brauen an, sammelte seine Unterlagen ein und verließ mit einer kurzen Verbeugung vor dem Richter den Verhandlungssaal. Joan folgte ihm.

»Na, wie ist es dir ergangen?«, fragte Larry, den Joan auf dem Flur der Kanzlei traf.

»Wir haben gewonnen! Aber über die Kosten wurde nicht entschieden.«

»War Mr. Stapleton erfreut?«

»Natürlich. Ich glaube, er hatte seine Zweifel.«

»Ich weiß, dass es langweilig war, Joan, aber er ist ein guter Klient und da konnten wir ihn nicht enttäuschen.«

»Wir müssen jemand anderen für solche Fälle abstellen«, sagte Joan. »Ich habe wirklich Besseres zu tun.«

Larry starrte sie verblüfft an. Offenbar hatte er nicht damit gerechnet, dass sich Joan jemals beschweren würde. War sie etwa hochnäsig geworden, seit sie Sozius war?

»Übrigens habe ich gehört, dass dein Mann vorhin für dich angerufen hat. Anscheinend war es dringend.«

Joan rannte fast die Treppe in ihr Büro hinauf. Kaum hatte sie die Tür hinter sich geschlossen, da ließ sie ihre Aktentasche fallen und griff zum Telefon.

David meldete sich sofort. Seine Stimme klang fröhlich und vergnügt. Joans Nervosität machte grenzenloser Erleichterung Platz.

»Du hast angerufen, während ich bei Gericht war?«

»Ich wollte dir nur sagen, Liebling, dass wir im Juli nach Paris fahren.« Seine Stimme wurde ganz ruhig. »Die Galerie in Paris hat mir einen Vertrag angeboten! Für September ist eine Ausstellung geplant und die Bilder sollen schon bald ausgeflogen werden!«

Joan holte tief Luft. Sie hatte das Gefühl, der Horizont, der ihr Leben umgab, sei in weite Ferne gerückt, so dass sich ein grenzenloser Ausblick bot. In diesem Augenblick hatte sie den Eindruck, dass David ihr entglitt, dass er aus dem vertrauten Kokon aus Bemühen und Besorgnis schlüpfte, den sie um ihn gesponnen hatte.

»Nun?«, fragte David. »Freust du dich denn gar nicht?«

»Ich bin im siebten Himmel«, erwiderte Joan aufrichtig. »Herzlichen Glückwunsch!«

Als Joan abends heimkam, war David immer noch im Atelier. Aufgeputscht durch einen Adrenalinstoß hatte er sich in die Arbeit gestürzt. Joan deckte den Abendbrottisch und brachte ihm ein Glas Wein hinauf.

»Wir feiern!«

Paul ließ seine Hausaufgaben liegen und kam mit ins Atelier, wo sich die kleine Familie zwischen Farbtiegeln, Pinseln und Stapeln von Leinwänden niederließ und plauderte.

Wäre es nicht seltsam, fragte sich Joan und sah Mann und Sohn an, wenn diese Familie nicht mehr von mir abhängig wäre? Wie würde ich mich fühlen, wenn David gesund und erfolgreich und ich nicht länger die Stütze der Familie wäre?

Wunderbar, hieß die ehrliche Antwort. Es wäre einfach zu schön, wenn diese Last von mir genommen würde. Aber sie bemerkte auch den leichten Schauer der Angst. Wenn sie nicht länger die Hauptlast trug, würde sie dann den neuen David, der ihr die Bürde abnahm, überhaupt noch kennen? Seine Zähne blitzten und aus den Augen leuchtete der Schalk, als er lächelnd den Arm um sie legte und mit ihr anstieß.

»Hier sind wir, wer nimmt's mit uns auf?«, sang er.

»Verdammt wenige«, antwortete Joan. »Und die sind alle tot!«

Es war ein alter Witz, aber in diesem Augenblick wirkte er entsetzlich widersinnig. Paul wurde nervös und das Lächeln in Davids Augen erstarb.

9. Kapitel

Wenn eine Frau (Angehörige einer Klasse, die niemals für Vernichtungskriege verantwortlich war) eine Abtreibung braucht, selbst aus einem so zwingenden Grund wie Vergewaltigung heraus, wird ihr das in unserem rechtschaffenen Lande verweigert. Das war schon immer so. Warum also dieses Abtreibungsreferendum? Und selbst wenn eine Abtreibung für das psychische Überleben der Mutter unverzichtbar ist, wird ihr ein solches Maß an Selbstbestimmung gar nicht zugebilligt. Man spricht von gleichen Rechten; man spricht von der Vernichtung unschuldigen Lebens. Aber die Sache ist von vornherein ungleich – eine Partei gibt der anderen aus ihrem Körper heraus das Leben und zahlt dafür einen immensen Preis. Wenn der Embryo eine Person mit eigenen Rechten ist, dann muss er auch rechtlichen Beschränkungen unterworfen sein (eine ›Person‹ ist nicht berechtigt, den Blutkreislauf einer anderen anzuzapfen, deren Körper bis zur Unkenntlichkeit anschwellen zu lassen und ihr große Schmerzen und körperliche Schädigungen zuzufügen!). Und wenn eine Frau vor dem Gesetz ebenfalls eine Person ist, warum sollte man sie dann zwingen dürfen, sich einem solchen Raubbau ihrer Kräfte auszusetzen?

In Wahrheit geht die Schwangerschaft nur die Schwangere etwas an, und die ganze Rhetorik ist fehl am Platz. Wer das Land in einen Polizeistaat verwandeln und Frauen zu Bürgern zweiter Klasse machen will, bewirkt nur, dass wir in der Geschichte der Zivilisation einen Schritt zurück machen. Eine Kampagne über die Gründe für Abtreibung – eine Aufklärungskampage –, warum macht man nicht so etwas anstelle dieses unheilvollen

Referendums? Man könnte meinen, es gäbe hier ausschließlich unbefleckte Empfängnis und Frauen, die um schöne Ferien in der Abtreibungsklinik wetteifern!

Aus: *Die Pferdeohren*, 1983

März 1990

Nach drei Kindern war Schwangerschaft Mord, jede schwerer als die letzte, die Bauchmuskulatur überstrapaziert; allein schon das Gewicht im sechsten Monat, der ausladende Bauch. Sarah spürte, wie sich das Kind in ihr bewegte und legte die Hand auf die Wölbung. Ist das dein Kopf, kleiner Schatz? Wer bist du? Was wird einmal aus dir? Bist du ein Mädchen oder ein Junge? Mir ist das gleich. Sei nur gesund, vollständig, mit zehn Fingern und zehn Zehen.

Mein Gott, bin ich müde. Nach diesem bekomme ich keins mehr. Du bist unwiderruflich das letzte! Soll er sich doch einen Knoten reinmachen, hatte Fiona ihr zugeflüstert. Sie lachte über die absurde Vorstellung. Jims Schwanz verknotet! Fiona war lustig, und nett war sie auch. Sie hatte heute Vormittag Dara genommen.

Wieder bewegte sich das Baby. Einen richtigen kleinen Fußballer habe ich da. Sarah stellte sich das Kind in ihrem Bauch vor, eingekuschelt, die Knie am Kinn, durchscheinende Haut, das Gesicht von einem überirdischen Frieden erfüllt, so wie auf dem Foto eines Ungeborenen, das sie gesehen hatte.

Sie spülte das Geschirr fertig, trocknete es ab und verstaute es im Schrank. Dann wischte sie die Oberflächen, kratzte das Eigelb auf dem Tisch mit dem Fingernagel ab. Du lieber Himmel, ich seh' aus wie eine Schlampe, dachte sie, als sie ihre ungepflegten Fingernägel betrachtete, unter denen Eigelb klebte. Vor ihrem geistigen Auge leuchtete das Bild des aufgeräumten Wohnzimmers auf mit einem behaglichen Feuer im Kamin, Feile und Nagellack griffbereit auf dem Tisch. Handcreme, Parfum, Haare frisch gewaschen und geföhnt – Sarah, so wie sie früher einmal war; Sarah, die ihren Geliebten erwartet. Jim war damals eine Art Geliebter gewesen, hatte darauf geachtet, was er sagte und tat, war darauf bedacht gewesen, ihr zu gefallen.

Aber sie musste noch Windeln waschen und dann die Betten machen. Und der Küchenfußboden sah wieder aus! Jim hatte schon vor zwei Wochen versprochen, das neue Linoleum zu verlegen. Aber es war noch nichts passiert, Sarah stand noch immer auf nacktem Beton. Sie stellte sich das Linoleum vor, von dem eine Rolle in der Garage stand: kleine achteckige Kacheln, gelb, passend zu den Wänden. Mit der neuen Einbauküche würde das gut aussehen. Sie freute sich, dass sie endlich eine schöne Küche hatte. Dafür hatte sie ihn einige Zeit bearbeitet – immer dann, wenn er einen gut gelaunten Eindruck gemacht hatte.

Sie setzte sich und blickte auf den Garten hinaus, in dem noch der Morgentau glitzerte.

Wie hatte sie sich gefühlt, als er ihr einen Antrag machte, als er ihr seine Liebe erklärte? Liebte er sie noch? Vielleicht liebte er sie ja auf seine Weise? Wenn er es doch nur manchmal sagen, sie festhalten würde, wenn sie dunklen Gedanken nachhing, wenn sie nachts angsterfüllt aufwachte. Sie fürchtete, dass sie im Kindbett sterben könnte. Unsinn, hatte der Doktor gesagt, heutzutage stirbt niemand mehr bei der Geburt. Auf jeden Fall blieb Jim immer öfter über Nacht weg oder kam erst gegen Morgen ins Bett. Dennoch hatte sie eine Vorahnung wie eine Hellseherin, die in ihrer Kristallkugel nach der Zukunft forscht und nur Dunkelheit sieht.

Sie räumte die Spüle aus und ließ die Windeln aus dem Plastikeimer hineinfallen. Von dem Geruch nach Babycreme und Urin wurde ihr schlecht, aber die Stoffwindeln kamen billiger als Pampers. Sarah spülte sie unter fließendem Wasser durch, wrang sie aus und steckte sie in die Waschmaschine. Oben machte sie die Betten, putzte die Toilette, wusch Daras Topf aus, unterdrückte die Übelkeit bei dem Geruch, sammelte Hemden, Socken und Unterwäsche auf, die überall herumlagen. Am schlimmsten war das Zimmer der Jungs. Liam hatte seine Socken einfach in eine Ecke geworfen, aber auch Lorraine, deren Schlüpfer unterm Bett lagen, war nicht viel besser. Wie oft hatte sie den Kindern gesagt: Bringt eure schmutzige Wäsche runter, lasst sie nicht oben liegen, so dass ich sie aufsammeln muss.

»Okay, Mama.«

Okay kostete nichts. Das Bücken war das Problem. Das Gewicht des Kindes zerrte an ihrer Wirbelsäule; sie hatte Rückenschmerzen. Der Bauch war ihr bereits im Weg, schon musste sie sich seitwärts bücken. Sie sah sich im Spiegel: müdes Gesicht, aufgeblähter Körper. Wieder stand es ihr bevor: der Schmerz, der im Kreuz begann, der rasende Schmerz, der ihren ganzen Körper durchbohrte, während sie presste und sich quälte und Blut floss. Dann der Schrei eines neuen Menschen, die dicke, verwickelte Nabelschnur, der Kopf des Babys leicht eingedrückt vom Geburtskanal, das Blut auf seinen Haaren. Die überwältigende Freude. Geht es ihm/ihr gut? Ja. Das Gefühl, eine vollkommene, gottähnliche Leistung vollbracht zu haben. Der plötzliche vollkommene Frieden. Aber da war der Arzt, stand zwischen ihren Beinen. Seine unbeteiligte Miene war ihr zuwider, sein Vergnügen an der Macht. Schließlich würde er das nie durchmachen müssen. Er war in Sicherheit. Und obwohl er blind für diese Erfahrung war, nahm er sich heraus, sie zu benennen. Aber er konnte sie nicht richtig benennen, denn er kannte die überwältigende Freude über diese Leistung nicht, diesen absoluten, echten Augenblick der Erfüllung.

Wieder stand ihr das bevor. Die Korridore der Entbindungsstation mit den Frauen, die am Tag danach bereits herumhumpelten, und den jungen blasierten Männern – Studenten, Assistenzärzten. Sie erlebten das prickelnde Gefühl der Macht, des quasi sexuellen Zugriffs auf die Frauen, auf ihre Körper, offen und schmerzgepeinigt, offen vor ihren Augen, blutend, nackt. Junge Männer, die *Penthouse* und den *Playboy* lasen, beobachteten Frauen beim Akt des Gebärens, hilflos vor Schmerz. Den Frauen war es zuwider, aber sie redeten sich ein, es sei in Ordnung, weil diese glattrasierten Männer, die sie mit verstohlener Lüsternheit untersuchten, ›Ärzte‹ waren, weil das Leben, wenn sie sich die Wahrheit eingestanden hätten, unerträglich gewesen wäre. Warum kann ich mein Baby nicht zu Hause bekommen? Dann wäre ich diese kleinen Arschlöcher im weißen Kittel los. Mein Gott, warum sind sie nicht fähig, die Last des Menschseins mitzutragen?

Sarah brachte die schmutzige Wäsche nach unten und stopfte sie in die neue Automatikwaschmaschine, die Jim ihr geschenkt hatte. Für sie persönlich. Er hatte sie in einem Anfall von Reue gekauft, nachdem er seine Frau das letzte Mal verprügelt hatte. »Es tut mir Leid, Sarah, ich weiß nicht, was in mich gefahren ist.«

»In diesem Haus leben fünf Leute«, hatte sie erwidert. »Fünf Ladungen schmutziger Wäsche. Warum sagst du, das Ding sei für mich? Bin ich eine Sklavin?« Dann hatte sie gelacht, weil er gut aufgelegt war; er hatte ihre Bemerkung gar nicht verstanden.

Sie belud die Maschine, gab das Waschpulver hinein, drückte den Knopf. Der Motor brummte, Wasser strömte in die Trommel. Gott sei Dank hatte sie das Ding. Die alte Maschine hätte es nicht mehr lange gemacht. Früher hatte sie die Bettlaken im Bad gewaschen, sie gewalkt und ausgewrungen; das war in der ersten Zeit ihrer Ehe gewesen.

Jim kaufte gerne Haushaltsgeräte ›für sie‹. Er meinte es gut. Im übrigen tat er, was ihm gefiel. Sarah war nur der Haussklave.

Ich verhungere, dachte Sarah. Ich muss mich mit der Waschmaschine und der Einbauküche zufrieden geben. Und mit den Kindern. Ich liebe die Kinder. Aber mein Leben liebe ich auch, zumindest würde ich das, wenn ich eines hätte. Schuldgefühle. So darf ich nicht denken. Sonst werde ich noch verrückt.

Es klingelte an der Tür. Draußen stand Fiona mit Dara auf dem Arm.

»Ich glaube, es geht ihm nicht gut, Sarah. Er weint und jammert ständig und will sich hinlegen. Außerdem fühlt er sich heiß an.«

Sarah nahm Fiona das Kind ab und trug es ins Wohnzimmer. Dara war blass und teilnahmslos.

»Was ist los mit dir, Liebling?«

Sie befühlte Stirn, Wangen und Hals, spürte, wie die Sorge in ihr aufstieg; ihr Puls schlug schneller und ihr Magen zog sich vor Angst zusammen.

»Er hat hohes Fieber!«

Dara fing an zu weinen. Sarah wiegte ihn und merkte, wie sich das Baby in ihr krampfartig bewegte.

»Ich hole lieber den Arzt.«

»Bleib, wo du bist, ich rufe an.«

Fiona ging auf den Flur hinaus. Sarah hörte, wie sie den Hörer abnahm und die Tasten drückte. Dara hatte die Augen geschlossen, auf seinen runden Backen glänzten Tränen.

»Mami legt dich ins Bett. Willst du ins Bett?«

»Nein«, wimmerte Dara.

»Scht, Liebling, scht. Der Doktor kommt gleich. Er macht dich wieder gesund.«

Das Kind deutete auf seine Augen, schniefte jämmerlich und schloss die Augen. Sarah hielt ihn auf dem Schoß, seinen Kopf an ihre Brust gebettet. Dara schmiegte sich an sie, klammerte sich an ihren Kleidern fest, aber sein Nacken wirkte merkwürdig steif. Er hatte mollige Hände mit Grübchen an den Gelenken, lange Wimpern und lockige blonde Haare. Ich habe ihn gemacht, dachte Sarah, diesen kleinen Menschen, mein Kind. Ihre ganze Willenskraft stand hinter seinem Leben. Ihre Müdigkeit war verflogen, aber innerlich zitterte sie vor Angst. Dieses Kleinkind mit den molligen Fäusten und den blauen Augen, das sie mit solcher Heftigkeit liebte, war sterbenskrank. Um das zu sehen, brauchte sie keinen Arzt.

Aus dem Flur hörte sie Fiona ins Telefon sagen: »Er ist anscheinend sehr krank. Er hat hohes Fieber und Kopfschmerzen.« Dann fügte sie hinzu: »In Ordnung, ich richte es seiner Mutter aus.«

Sarah hörte, wie der Hörer aufgelegt wurde und Fiona mit leisen Schritten näher kam.

»Dr. Roche macht gerade Hausbesuche«, sagte sie, als sie in der Tür stand. »Er kommt mittags vorbei. Kann ich noch etwas tun?«

»Danke, Fiona. Ich bringe ihn einfach ins Bett.«

»Wenn du mich brauchst, weißt du ja, wo ich bin.« Sie ging durch den Flur und zur Vordertür hinaus.

Sarah sah auf die Uhr, die auf dem Kaminsims stand. Sie war ein Hochzeitsgeschenk, hatte die Form einer Kutsche, und wie durch ein Wunder ging sie trotz der Kinder noch. Das Uhrwerk war einmal kaputtgegangen. Jim hatte es repariert und damit gedroht, jedem das Fell über die Ohren zu ziehen, der die Uhr anrührte.

Elf Uhr, sagte die Kutschenuhr. Noch mindestens zwei Stunden Warten. Dara war eingedöst. Sarah überlegte, wie viel Geld sie noch hatte. Reichte es für den Arzt? In ihrer Börse waren noch zehn Pfund. Und Jim hatte ihr für den Notfall Blankoschecks dagelassen. Die könnten zwar platzen, aber das ist nicht mein Problem. Jetzt muss ich dich erst mal ins Bett verfrachten, junger Mann.

Sanft hob sie ihn hoch und nahm ihn auf den Arm. Er erwachte aus seinem Halbschlaf, wimmerte laut und begann zu schluchzen. Sarahs Rücken schmerzte, der Fötus bewegte sich, und sie spürte ein Ziehen im Bauch, den Druck gegen den Muttermund.

Mein Gott, mach du mir jetzt nicht auch noch Probleme. Am liebsten hätte sie geweint. Warum war Jim nie da, wenn sie ihn brauchte? All die Kinderkrankheiten, Masern, Mumps, Gelbsucht, Sorgen über Sorgen jahrelang. Immer war er unten im Bauhof und kaum zu erreichen. Aber vielleicht war es sowieso besser, ohne ihn zurechtzukommen. Häusliche Probleme ertrug er nicht; wenn eines der Kinder krank war, tat er so, als hätte es nichts mit ihm zu tun.

Die Treppe war mörderisch. Eine Stufe nach der anderen, ganz vorsichtig. Dara fühlte sich an, als wäre er eine Tonne schwer, ein massiver Betonklotz von achtzig Zentimetern. Warum nehmen Kinder nur so schnell zu? Sie keuchte, kämpfte sich langsam vorwärts, spürte die aufgeregten Bewegungen in ihrem Bauch.

Oben legte sie Dara in sein Bettchen und setzte sich für eine Weile auf Liams Bett. Sie betrachtete die Tapete, gelb mit kleinen roten Bären, die in roten Autos fuhren. Sie legte die Hand auf ihren Bauch, um das Baby zu beruhigen.

»Ruhe ... Ruhe ... Ruhe ...«, sagte sie zu dem Kind in ihrem Bauch. Das war ihr Mantra. »Ruhig, es wird alles gut.«

Allmählich kamen die Bewegungen in ihrem Bauch zur Ruhe. Dara drehte sich um, öffnete die Augen und begann zu weinen.

Sie ging zu ihm, kniete neben dem Bettchen nieder und legte ihm sanft die Hand auf die Stirn, um die Schmerzen zu lindern.

»Möchtest du etwas trinken?«, flüsterte sie. »Mami holt dir was zu trinken.«

Unten zerdrückte sie ein Kinderaspirin und gab es auf einen Löffel. Dann nahm sie die Flasche mit Orangensaft aus dem Kühlschrank, erleichtert, dass noch etwas im Haus war, und goss ein wenig in eine Tasse.

Da hörte sie Dara schreien, heiser, erstickt vor Schmerz. »Ma-mi, Ma-mi ...«

Sarah rannte die Treppe hinauf. Dara schützte seine Augen. Die Sonne schien grell auf die gelbe Tapete, wo der Bär mit der kleinen roten Kappe in dem kleinen roten Coupé fuhr, ein Bär hinter dem anderen, bis ins Unendliche. Daras Gesicht war schmerzverzerrt und gerötet. Sarah lief zum Fenster und zog die Vorhänge zu; Schatten breiteten sich aus.

»Ist es so besser, Liebling?«

Er stöhnte. Wieder ging Sarah nach unten, holte den Orangensaft und das Kinderaspirin, lief die Treppe hinauf, hob Daras Kopf an und flößte ihm das Getränk mit dem Medikament ein. Die ganze Zeit betete sie: Lass ihn wieder gesund werden, lieber Gott. Ich werde mich nie wieder beklagen, wenn er nur wieder gesund wird.

Sie legte ihm die Hand auf die glühende Stirn; Daras Wangen und sein Hals waren so heiß, dass sie die Hitze spürte, noch ehe sie ihn berührt hatte. Sie holte das Thermometer, steckte es ihm unter die Achselhöhle und drückte ganz sanft seinen Arm nach unten, damit es nicht verrutschte. Dann zählte sie drei Minuten ab – eins zwei drei vier fünf – Sekunde für Sekunde. Nur nicht zu schnell, volle drei Minuten, sonst stimmt das Ergebnis nicht.

Das Thermometer war warm, als sie es herauszog. Hell schimmerte das Quecksilber in der Glasröhre. Vierzig Grad.

»Heilige Jungfrau Maria.« Ihr Herz begann wieder zu rasen. Das Kind in ihrem Bauch bewegte sich. Sie rannte hinunter zum Telefon. Versuch's bei Dr. Moore. Er könnte da sein.

»Es ist dringend«, sagte sie zu der unbeteiligt klingenden Sprechstundenhilfe. »Mein kleiner Sohn, er ist sehr krank.«

»Der Doktor ist im Krankenhaus«, erwiderte die Frau nun merklich freundlicher. »Hat das Kind Fieber?«

»Vierzig Grad!«

Schweigen, dann ein leiser Laut des Erstaunens. »Sie dürfen es nicht weiter steigen lassen. Sie müssen den Jungen abwaschen, mit warmem Wasser am ganzen Körper. Der Doktor kommt, sobald er zurück ist.«

Sarah hastete wieder in die Küche, holte eine Schüssel mit warmem Wasser und ein Frotteetuch und trug alles zu Daras Zimmer. Als sie die Treppe hinaufrannte, schwappte das Wasser aus der Schüssel auf den Teppich.

Dara lag reglos da, atmete flach und schnell. Sarah machte sich daran, ihn auszuziehen, aber als sie ihn bewegte, weinte er laut. Er schrie, während sie ihm die Kleider abstreifte, das Tuch auswrang und seinen Körper von oben bis unten abwusch, und auch Sarah begann leise zu weinen. Dann erbrach Dara Organgensaft und Porridge auf die Bettdecke, und es breitete sich ein scharfer, säuerlicher Geruch aus. Als Sarah das Kind reinigte, bemerkte sie die roten Flecken, die sich über seinen Körper ausbreiteten.

Kurz nach eins kam Dr. Moore, untersuchte Dara und leuchtete ihm mit einer Taschenlampe in die Augen. Der Junge fühlte sich jetzt, nach der Waschung, kühler an, aber das Fieber stieg bereits wieder und er war schläfrig. Sarah war vor Angst und Erschöpfung den Tränen nahe.

»Wir müssen ihn ins Krankenhaus bringen«, sagte der Arzt und sah Sarah mitfühlend an. »Sieht aus wie Hirnhautentzündung. Ich rufe einen Krankenwagen.«

Schlagartig bekam Sarah einen klaren Kopf. Sie überlegte. Die Kinder kamen um halb drei aus der Schule. Sie würde Fiona bitten müssen, sich um sie zu kümmern.

»In Ordnung«, sagte sie.

Als der Arzt fort war, rief Sarah im Bauhof an. Jim hatte gerade Mittagspause, war in der Kantine aber nicht aufzutreiben. Sie hinterließ eine Nachricht. Dann ging sie nach nebenan, um Fiona zu bitten, die Kinder zu nehmen, wenn sie nach Hause kamen. Aber Fiona war nicht da. Sarah ging von Tür zu Tür, bis sie eine Nachbarin fand, die daheim war – Marian Keely. Sie bat sie nicht gern darum, aber Marian sagte: »Ja, in Ordnung.«

Wieder im Haus, rief Sarah die Schule an und hinterließ eine Nachricht für die Kinder. Dann packte sie eine kleine Tasche für Dara und wartete auf den Krankenwagen. Vorher versuchte sie es noch einmal auf dem Bauhof, wo es hieß, Jim habe nachmittags auswärts zu tun. Dr. Roche traf kurz vor dem Krankenwagen ein. Sie hatte ganz vergessen, ihm abzusagen. Aufgelöst erklärte sie ihm, was los war.

Im Crumlin Hospital wurde Dara untersucht; eine Lumbalpunktion bestätigte Dr. Moores Diagnose: eine durch Meningokokken ausgelöste Hirnhautentzündung. Dara bekam einen Tropf an den Arm und wurde in einem kleinen Zimmer in ein Kinderbett gelegt. Er war nahezu bewusstlos. Sarah blieb bei ihm, murmelte tröstende Worte, hielt seine kleine mollige Hand, sprach leise auf ihn ein. Eine junge Schwester brachte ihr eine Tasse Tee und einen Keks.

»Keine Sorge. Er wird wieder gesund. Sie haben ihn rechtzeitig gebracht!« Sarah trank ihren Tee. Die Gardinen vor dem Fenster waren mit Mickey-Maus- und Donald-Duck-Figuren bedruckt. Sarah zog einen Vorhang ein wenig zurück und blickte in die Station jenseits der Glasscheibe, sah die Kinder in ihren bunten Schlafanzügen. Manche beschäftigten sich mit Spielzeug, andere schliefen, wieder andere lagen nur teilnahmslos da.

»Haben Sie noch mehr Kinder?«, fragte die Schwester, als sie die Tasse später wieder abholte.

»Zwei.«

»Und wann kommt das nächste?«

»Im Juni.«

»Sie brauchen Ruhe. Sie sehen ziemlich mitgenommen aus. Haben Sie schon gegessen?«

»Nein. Ich habe keinen Hunger.«

Abends um acht kam Jim ins Krankenhaus.

»Ich bin heimgekommen und das Haus war wie ausgestorben. Ich wusste nicht, was passiert war. Kein Abendessen und überall stinkt es nach Kotze! Dann hat Marian Keely Tim rübergeschickt, um mir Bescheid zu sagen.« Er sprach leise, anklagend.

»Ich habe dir eine Nachricht hinterlassen.«

»Ich hatte auswärts zu tun.«

»Wo denn?«

»Auswärts eben!«

»Er hätte sterben können!«

Jim blickte in das Bett mit dem schlafenden Dara, der jetzt nicht mehr so blass und offenbar schmerzfrei war. In kleinen Stößen tropfte die Infusion durch den langen Schlauch in seine Vene.

»Er sieht nicht schlecht aus! Kommst du jetzt nach Hause?«

»Nein.«

»Was ist mit den Kindern?«

Sarah lehnte sich zurück. »Du wirst dich um sie kümmern.«

Er zögerte. »Dann bitte ich Marian Keely, sie noch für eine Weile zu nehmen. Ich muss wieder weg.«

Sarah rührte sich nicht. »Marian Keely will die Kinder

nicht«, entgegnete sie langsam. »Was sie getan hat, war schon eine große Gnade. Du wirst dich verdammt noch mal selber um sie kümmern. Denn dafür ist so ein verdammter Vater da«, stieß sie durch die Zähne hervor. Sie war voller Hass. Am liebsten hätte sie geweint. Die Erschöpfung, der körperliche und seelische Hunger, gegen die sie den ganzen Tag angekämpft hatte, überfielen sie nun schlagartig. Seine Augen waren hart und seine Lippen schmal; das Verlangen Sarah zu verprügeln stand ihm ins Gesicht geschrieben.

»Halt dein dreckiges Maul«, zischte er. »Du glaubst wohl, du kannst mit mir umspringen, wie es dir gefällt. Und bist selber zu nichts gut, kannst nur Junge werfen wie eine Sau!« Angeekelt deutete er auf ihren dicken Bauch.

»Ist es das Flittchen?«, fragte Sarah ruhig. »Das, mit dem dich Fiona letzten Samstag gesehen hat?«

Jim antwortete nicht. Er sah hinaus in die Station nebenan, wich Sarahs Blick aus; dann drehte er sich zu ihr um und hob die Hand.

»Wenn du mich hier schlägst, holen sie die Polizei.«

»Ich hab' dir gesagt, du sollst deine Zunge hüten.« Aber er ließ den Arm sinken und griff nach der Türklinke.

»Das muss ich mir nicht anhören.« Er öffnete die Tür, drehte sich aber mit wutverzerrtem Gesicht noch einmal um und zischte: »Und ich schlag dir die Fresse ein, wenn du nicht bald lernst, die Klappe zu halten.«

Sarah sah ihm nach. Sie rechnete damit, dass er die Tür zuknallte, aber er schloss sie einigermaßen leise. Durch den Spalt im Vorhang sah sie sein Profil, als er an der Kinderstation vorbeikam, sah, wie er die diensthabende Schwester anlächelte. Schon war er ein anderer Mensch.

Er hasst mich, dachte sie. Er hasst mich, weil ich in der Falle sitze und von ihm abhängig bin. Er hasst mich, weil wir so viele Kinder haben und er sich angebunden fühlt. Er hasst mich, weil er glaubt, er müsste bis an sein Lebensende für mich sorgen. Er will Abwechslung, frischen Wind um die Ohren. Er will in alle Ewigkeit ein Kind bleiben. Aber er braucht mich als Punchingball; dann fühlt er sich wie Cassius Clay.

Dara bewegte sich. Sie streckte die Hand nach dem schlafenden Kind aus, streichelte es zärtlich, wischte die Schweißperlen von seiner Stirn. Dara öffnete die Augen und lächelte sie verschlafen an.

10. Kapitel

Ich versuchte mit Gerry zu reden, wirklich zu reden. Nicht nur oberflächliches Zeug; wenn er mir zeigen würde, wer er ist, dann könnte ich darauf aufbauen. Ich fragte ihn nach seiner Kindheit. Er wurde ärgerlich, sagte, ihm sei in der Familie immer die Schuld an allem und jedem gegeben worden, er wolle sich von niemandem mehr etwas anhängen lassen.

Dann ging er aus dem Zimmer.

Aus: *Die Pferdeohren*, 1976

März 1990

Die Osterglocken blühten dicht an dicht die ganze Gartenmauer entlang; manche weiß, manche gelb, neigten sie schüchtern die Köpfe. Hie und da fanden sich dazwischen auch Krokusse und Narzissen. Es war Sonntag. Patricia stand im Bademantel am Herd, machte Frühstück und genoss den Blick in den Garten. Durchs Fenster sah sie, wie sich die beiden Elstern, die in der Ulme des Nachbargartens wohnten, an die Katze heranpirschten. Die arme Muffy wollte auf dem Garagendach ein Sonnenbad nehmen. Einer der Vögel griff sie von vorne an, und während sie sich auf ihn konzentrierte und geduckt zum Sprung ansetzte um ihn zu vertreiben, war der andere näher gekommen und pickte die Katze von hinten.

Muffy gab schließlich auf und trollte sich verärgert, tat aber so, als bemerkte sie die Vögel gar nicht. Sie gehörte Simon, war inzwischen sieben Jahre alt und ihre Lieblingsbeschäftigungen bestanden darin, sich im Staub zu wälzen, zu fressen und zu schlafen. Amüsiert beobachtete Patricia das Schauspiel auf dem Garagendach, verblüfft über das großspurige Getue der Elstern, die andere Tiere bewusst drangsalierten. Aggressive Biester, dachte sie.

Die Küche war von den Strahlen der Frühlingssonne erfüllt. Patricia summte vor sich hin, ein altes irisches Klagelied, das sie in der Schule gelernt hatte; sie ließ sich in dem Bewusstsein, wie alt sie waren, die klangvollen Worte auf der Zunge zergehen. Im Lied beklagte ein Mädchen die Verbannung ihres Geliebten, eines irischen Soldaten, der zu den sogenannten Wildgänsen gehörte, die nach der Belagerung von Limerick von 1690 nach Frankreich geflohen waren. Es ist nur recht und billig, diese Sprache bewahren zu wollen, dachte Patricia; sie ist eigenartig und wunderschön. Schließlich ist es unsere Sprache!

»Was singst du in der *Nyaa?*«, fragte Gerry ironisch und blickte von der Zeitung auf, die er zusammengefaltet vor sich liegen hatte, während er sein Ei mit Speck aß. Patricia unterdrückte ihren Ärger. Schließlich war es auch seine Sprache.

»Ein altes Lied über die Flucht der Wildgänse«, erwiderte sie freundlich. Die Anwandlungen von Fröhlichkeit, die sie in letzter Zeit zeigte, färbten allmählich auch auf Gerry ab. Statt sich in verdrossenes Schweigen zu hüllen, ließ er Pat jetzt manchmal an seiner verächtlichen Weltsicht teilhaben. Ihm war bewusst, dass sie seit jenem Abend im Dezember keinen Alkohol mehr angerührt hatte, und darüber war er erleichtert und erfreut. Aber er spürte auch, dass sie auf Distanz gegangen war und er diesen Abstand weder erklären noch überbrücken konnte. Diese Distanz bedeutete für ihn eine unterschwellige Herausforderung, und weil er keine Kontrolle darüber hatte, war ihm unbehaglich zumute.

Patricia wendete die Speckschnitten auf dem Grill. Fett tröpfelte in die Schale und der würzige Geruch erfüllte die Küche.

»Könntest du die Kinder rufen? Ihr Essen ist fertig.«

Gerry murrte. »Tolle Kinder!« Er ging zur Küchentür und

brüllte: »Orla, Simon, Frühstück ist fertig!« Dann kehrte er an seinen Platz zurück.

Patricia stellte ihr eigenes Frühstück auf den Tisch und setzte sich. Gerry warf einen Blick auf ihren Teller. »Warum isst du nichts Anständiges?«

»Das ist etwas Anständiges.«

»Rührei?«

»Ich achte auf meine Figur.«

»Deine Figur ist völlig in Ordnung.« Nach einer Weile fügte er hinzu: »Du bist gut in Form!«

»Heute ist ein schöner Tag«, bemerkte Patricia und wunderte sich, wieso sie sich bemüßigt fühlte, Erklärungen abzugeben. »Wenn sich das Wetter hält, werde ich demnächst mal übers Wochenende wegfahren.«

»Alleine?«

»Warum nicht? Ich hab' mir überlegt Nell zu fragen, aber sie redet wie ein Wasserfall!«

»Was ist mit den Kindern?«

»Mama hat versprochen, in dieser Zeit hier zu wohnen – damit ich einmal ausspannen kann. Das würde dir doch nichts ausmachen, oder?«

»Nein.« Er musterte sie aus kalten blauen Augen.

»Und wohin geht die Reise?«

Patricia machte eine nichtssagende Geste. »Einfach ins Blaue. Vielleicht nach Westen, nach Connemara ...« Bei diesen Worten errötete sie, schlug die Augen nieder und schob sich den letzten Bissen Rührei mit Toast in den Mund. Sie saß mit dem Rücken zum Fenster und hoffte, dass ihm die Röte ihres Gesichts nicht auffiel.

Paddy Johnson hatte keine großen Überredungskünste anwenden müssen, um ihre Beziehung weiter voranzubringen. Andeutungen hatte er von Anfang an gemacht; und als die beiden einander öfter sahen – Gerry hatte ihn sogar einmal zum Abendessen eingeladen, um Geschäftliches zu besprechen –, hatte er schließlich gerade herausgefragt: »Patricia, was soll aus uns werden? Wir brauchen mehr Zeit füreinander.«

Patricia wusste das auch. Er war in ihr Leben zurückgekehrt, als wäre er nie fort gewesen, als sei die Tatsache, dass sie zwanzig Jahre lang getrennte Wege gegangen waren, nur ein Traum gewesen. Nachts lag sie wach und stellte sich vor, wie es wäre mit ihm zu schlafen, seinen Körper neben sich zu spüren, in seinen Armen zu liegen, ihn zu lieben, richtig zu lieben, nicht die verstohlenen Küsse und Zärtlichkeiten im Auto, als wären sie Teenager; dann könnte sie ihm wortlos Dinge sagen, die nur der Körper sagen kann. Er mietete eine Wohnung in einem neuen Apartmenthaus in Ballsbridge und hatte sie schon mehrmals dorthin eingeladen, aber sie hatte stets abgelehnt.

»Ich bin nicht prüde, Paddy, nur vorsichtig. Wir leben hier in einer kleinen Stadt voller gehässiger Menschen.«

»Dann fahr mit mir weg ... übers Wochenende, für eine Nacht – ganz wie du willst.«

Die Aussicht ließ ihr Herz höher schlagen. Sie wusste, dass ihre alten Ängste überholt waren; sie würde nicht ewig leben und sie wollte diesen Mann. Warum sollte sie sich nicht holen, was sie wollte?

»Übrigens«, unterbrach Gerry ihren Tagtraum, »habe ich mir überlegt, dass wir auch eine kleine Reise machen könnten. Ich meine, nur wir beide. Ein richtiger Urlaub ... Ägypten oder so! Ostern würde sich dafür anbieten.«

Bei diesen Worten sah er sie über den Brillenrand hinweg an.

Patricia stand auf und stellte ihren Teller in die Geschirrspülmaschine. »Ich wusste nicht, dass du dich für Ägypten interessierst.«

»Das wäre doch ganz spannend, die Sphinx zu sehen, die Tempel und all das ...«

Patricia sah vor ihrem geistigen Auge, wie ihr Mann zur Sphinx aufblickte, frei von Ehrfurcht, mit spöttisch funkelnden Augen, und murmelte: »Darum wird also so viel Aufhebens gemacht ...«

Sie stellte sich vor, wie er im Tempel von Karnak stand, auf die Uhr blickte und auf den Fremdenführer deutend sarkastisch bemerkte: »Der Kümmeltürke schwafelt jetzt schon seit einer geschlagenen Stunde ...«

»Das klingt verlockend«, sagte sie. »Aber ich glaube, ich nehme mir trotzdem mal ein Wochenende frei. Du hast doch nichts dagegen?«

»Nein.« Er dachte, das sei Teil ihrerTherapie, war aber nicht imstande, dieses Thema zu berühren oder sonst irgendeine persönliche Frage anzuschneiden. »Nimm dir ruhig frei.«

Orla kam in die Küche, dicht gefolgt von Simon. »Fährt Mama weg?«

Patricia lächelte ihre Kinder an, sah, wie sich Orlas Miene aufhellte, wie sich Simon entspannte. Wenn ich in der Nähe bin, wird er nervös. Ist das meine Schuld? Ihr fiel auf, dass er sie mit einem Seitenblick musterte und rasch überlegte, wie er sich verhalten sollte: feindselig und abwehrend oder einfach wie ein Mensch.

»Nur für ein, zwei Tage ... irgendwann in nächster Zeit ...«

»Ach – und wohin fährst du?«

»Das weiß ich noch nicht.«

Gerry blätterte die Seite um und stöhnte plötzlich angeekelt auf.

»Was ist denn los, Daddy?«, fragte Orla.

Er seufzte. »Eine Zwölfjährige wurde von sieben Flegeln vergewaltigt, und zwar immer wieder, bis sie mit vierzehn ein Baby bekam. Zwei der sieben Angeklagten bekannten sich schuldig, aber sie sind alle als freie Männer aus dem Gericht herausspaziert!« Gerry schnalzte mit der Zunge.

Seine Tochter stand auf, trat hinter ihn und las den Artikel über seine Schulter schauend mit. »Das ist ja widerwärtig!«, rief sie aus. »Sie war doch noch ein Kind! Und seht mal – sie gingen nach Hause und wurden wie Helden empfangen!«

»Zumindest haben die zwei, die sich schuldig bekannten, eine Bewährungsstrafe bekommen«, bemerkte Gerry, der des Themas bereits überdrüssig war und die Seite umblättern wollte.

»Was ist das für eine Gerechtigkeit?«, ereiferte sich Orla. »Was soll so ein Urteil ausrichten?« Voll jugendlicher Empörung richtete sie sich auf. Als sie zu ihrem Platz zurückging, bemerkte sie mit einem nur angedeuteten Seitenblick auf ihre Mutter: »Ich finde, Frauen, die sich mit solchem Abschaum einlassen, verdienen es nicht anders!«

»Richtig«, stimmte Simon zu. »Wahrscheinlich war sie sowieso scharf drauf.«

Orla seufzte ärgerlich. »Was hast du für eine Ahnung davon, du Schwachkopf?«, rief sie.

Patricia kündigte an, sie wolle jetzt duschen, und ging hinaus. Noch auf dem Flur hörte sie die erhobenen Stimmen der Kinder, bis Gerry sie mit einer scharfen Bemerkung zum Schweigen brachte.

»Heute nimmst du dir frei«, verkündete Joan. »Es ist Sonntag und wunderbares Wetter!«

David, der vor seiner Staffelei saß, lächelte in seinen Bart hinein. »Zu Befehl, Sir!«, erwiderte er demütig und drehte sich zu seiner Frau um, die in ihrem alten blauen Morgenmantel in der Tür stand und ihn verschlafen ansah. Er war in der Morgendämmerung aufgestanden und in sein Atelier gegangen, um ›einen Blick‹ auf seine neueste Arbeit zu werfen, konnte sich dann aber nicht mehr losreißen. Heute ging es ihm gut; er war voller Lebensfreude.

Joan lachte. »Wage es ja nicht, mich ›Sir‹ zu nennen!«

Unschuldig zog er die Brauen hoch. »Ich wollte dir nur meinen Respekt bezeugen!«

Joan trat auf ihn zu, legte die Arme um ihn und knabberte an seinem Hals. David fuhr hoch.

»Hilfe! Sie hat Zähne!«

»Zumindest hast du jetzt beim Geschlecht richtig geraten!«, murmelte Joan. »Wenn du dir ein bisschen Mühe gibst, kannst du es noch weit bringen ...!«

Er grinste. »Was willst du damit sagen?« Er legte seinen Pinsel beiseite, stand auf, öffnete ihren Bademantel und küsste sie am Halsansatz. »Wenn ich mir hier zum Beispiel noch mehr Mühe gebe ...« Sein Mund wanderte weiter. »Oder hier?« Er neigte sich tiefer. »Oder sogar hier? Mmm«, murmelte er verträumt, als Joan aufstöhnte. »Ja, ich glaube, das ist eine gute Stelle.«

Joan keuchte. Sie schloss die Augen, unerwartet überkam sie ein überwältigendes Gefühl der Erregung. David dirigierte sie in Richtung Tür, lehnte sie dagegen, kniete nieder und setzte sein Werk fort.

»O Gott ... bring mich wieder ins Bett!«

»Du kannst ruhig David zu mir sagen.«

Joan schlug die Augen auf, versetzte ihrem Mann einen Klaps und kicherte. Er nahm sie an der Hand und zog sie zurück ins Schlafzimmer, wobei er angriffslustig vor sich hin summte.

Im Zimmer nebenan, der ›Abstellkammer‹, erwachte Paul und lauschte eine Weile den Geräuschen, die aus dem Elternschlafzimmer zu ihm drangen. Er hörte gedämpftes Stöhnen und dann, ein wenig später, einen hellen, hohen Schrei. Das war seine Mutter. Er starrte zur Decke; seine Miene, erst verdutzt, spiegelte Ehrfurcht wider, schließlich lächelte er. Er wartete noch kurz, bis es im Nebenzimmer still geworden war, zog sich an und ging auf Zehenspitzen in die Küche.

»Ich möchte es am liebster immer wieder tun«, flüsterte David seiner Frau ins Ohr, während er sie eng umschlungen hielt, »aber der da unten verweigert mir den Gehorsam.«

Joan zog ihn an sich. »Gönn mir doch erst mal eine kleine Verschnaufpause, du Sexbesessener.«

Sie dösten ein und wachten erst wieder auf, als es an die Tür klopfte. Es war Paul, der mit einem Frühstückstablett hereinkam. Er stellte es diskret auf Davids Nachttisch ab, grinste seinen Vater an – ein Blick von Mann zu Mann, der besagte ›ich weiß schon, was ihr getrieben habt‹ – und ging wortlos wieder hinaus. Seine Eltern sahen sich fragend an. David setzte sich auf und inspizierte das Tablett.

»Ich sehe etwas Verrührtes ... das könnten Eier sein!« Joan lachte, bis ihr die Tränen kamen.

»Was ist eigentlich mit dir los?«, fragte David, eine Tasse in der Hand, »wo sich deine Männer wirklich so viel Mühe geben ...«

»Gib mir den Tee, bevor du ihn verschüttest«, befahl Joan und wischte sich die Augen. Dann flüsterte sie verlegen: »Glaubst du, er hat etwas mitbekommen?«

David setzte ein kummervolles Gesicht auf. »Aber ja. Und warum auch nicht?« Er stocherte in der weißlichen Masse auf seinem Teller. »Du siehst, dass er sogar versucht, das Ereignis mit seinen verblüffenden vulkanisierten Eiern zu feiern ...«

Als seine Eltern in die Küche kamen, lächelte Paul verstohlen. »Danke für das Frühstück, Liebling«, sagte Joan. »Das war wirklich lieb von dir!« Sie sah ihrem Sohn in die Augen, und als sich darin eine Schüchternheit zeigte, die ihm sonst fremd war, fügte sie hinzu: »Ich bin wirklich eine vom Glück gesegnete Frau ... mit einem wunderbaren Mann und einem wunderbaren Sohn!«

Paul wurde wieder lockerer. »Ach, ist doch nicht der Rede wert. Haben euch die Eier geschmeckt?«

»Sie waren köstlich«, versicherte sie und vermied es, David dabei anzusehen.

Zum Mittagessen fuhren sie nach Greystones und machten anschließend einen Spaziergang am Strand. David sprach über die Zukunft, wie sich schließlich für die Familie alles zum Guten wandte ... sie würden sich sogar ein anständiges Haus kaufen können ... was für ein Haus hätte Joan denn gerne? Sie könnte sogar Gerry Galligan und diesem anderen Barrakuda den Rücken kehren und eine eigene Kanzlei eröffnen.

Paul rannte wie ein Kind durch den Sand, blieb hier und da stehen, hob flache, abgerundete Kiesel auf und schleuderte sie auf die Wellen hinaus. Joan forderte ihren Sohn zu einem Wettrennen heraus und lief unter lautem Gelächter durch den weichen, nassen Sand, auf dem frische Fußspuren zurückblieben. Paul siegte. »Och, Mama, da hast du dich aber nicht besonders angestrengt!« Joan drehte sich um und hielt nach David Ausschau, aber der saß so merkwürdig gebückt auf einem Felsen, dass sie zu ihm zurückeilte. »Geht es dir gut?«

Er blickte auf. »Natürlich. Ich meditiere nur.« Aber seine langsame Redeweise, die Vorsicht, mit der er atmete, versetzten ihr einen Stich.

Als der Tag gekommen war, wusste Patricia immer noch nicht, wohin Paddy sie entführen wollte – nur, dass es irgendwo in Irland sein würde. Das war zwar ein bisschen gefährlich, aber sie wollte weder nach London noch nach Paris, was er ebenfalls vorgeschlagen hatte. Ein andermal vielleicht. Ich will nicht mit ihm in London oder Paris sitzen und dann feststellen, dass es nicht klappt.

Sie ging ins Bad, putzte sich die Zähne, duschte und betrachtete dabei ihren Körper: weiß, ziemlich straff, ein Muster blauer Venen auf den Brüsten, die Brustwarzen aufgerichtet unter dem strömenden Wasser. Sie erbebte vor Aufregung. Das Wasser fiel in Kaskaden über ihren Körper, tropfte in Rinnsalen auf ihre Füße. Sie schrubbte sich sorgfältig von Kopf bis Fuß ab. Ihre Arme und Beine röteten sich in der Hitze. Die Duschkabine war voller Dampf, Wasser spritzte durch die Fugen der Schiebetür. Pat sog den Hortensienduft ihrer Seife ein, als sie sich von oben bis unten einseifte. Schließlich trat sie aus der Dusche, trocknete sich rasch ab, zog den Bademantel über und betrachtete ihr feucht glänzendes Gesicht im Spiegel. Ihre Augen leuchteten, ein dunkles Graublau im klaren Weiß, die Pupillen ein wenig geweitet.

»Blühe«, sagte sie zu ihrem Spiegelbild, ihrem noch jungen Körper. »Blühe jetzt. Später ist noch Zeit genug zum Altern! Jetzt möchte ich dich jung und frisch haben!«

»Du kannst doch nicht mit leerem Magen los«, mahnte Mrs. O'Hehir. Pats Mutter war am Abend vorher gekommen. Sie sah gut aus, hatte sich eine Dauerwelle machen lassen. Die Aussicht, das Wochenende mit Orla und Simon zu verbringen, gefiel ihr. Nun musterte sie ihre Tochter kritisch über den Frühstückstisch hinweg.

»Ich weiß nicht, warum du so überstürzt los willst! Aber fahr vorsichtig, hörst du?«

»Ich nehme mir nur mal das Wochenende frei, Mama. Hier in Dublin bekomme ich langsam Platzangst. Mach dir keine Sorgen. Gerry hat meinen Wagen voll getankt und sogar den Reifendruck geprüft.«

Mrs. O'Hehir senkte die Stimme. »Wo ist er denn heute Morgen?«

»Er spielt Golf.«

»Tut er das jeden Samstag?«

»Ja.«

»Er sollte sich mehr Zeit für dich nehmen«, meinte Mrs. O'Hehir stirnrunzelnd. »Das gehört sich nicht.«

Patricia wusste, dass ihre Mutter Gerry nicht mochte; sein fortwährender Erfolg beeindruckte sie, aber sie schätzte ihn nicht.

»Ich treffe ihn im Bett!«

Patricia lachte über den Gesichtsausdruck ihrer Mutter. »So ist das mit Leuten, die ganz hoch hinaus wollen. Die ganze Woche arbeitet er hart und am Wochenende verabredet er sich mit den richtigen Leuten ... oder er schuftet weiter.«

»Er leistet viel«, entgegnete Mrs. O'Hehir. »Aber das Leben besteht nicht nur aus Arbeit und gesellschaftlichen Verpflichtungen. Das Heim und die Familie sind sehr wichtig.«

»Er glaubt eben, er hätte uns so fest im Griff«, erwiderte Patricia, »dass er sich keine Gedanken um uns zu machen braucht.«

Ihre Mutter sah sie sorgenvoll an. »Erinnerst du dich an den netten jungen Mann, den du so gern gehabt hast ...? Paddy Soundso? Tut es dir nicht manchmal Leid um ihn?«

Patricia bekam fast einen Erstickungsanfall. Sie verschluckte sich an ihrem Tee und hustete.

»Mein Gott, Mama, du bist eine echte Romantikerin!« Am liebsten hätte sie ihrer Mutter die Wahrheit gesagt, begnügte sich aber mit der Bemerkung: »Zufällig habe ich ihn in letzter Zeit wieder gesehen. Er war zweimal hier – zu einer Party und zum Abendessen. Zur Zeit ist er wieder in Irland, zumindest vorübergehend.«

Ihre Mutter musterte sie eingehend. »Das ist schön, Liebes. Alte Freunde sind viel wert. Ich hoffe, ihr verliert euch nicht wieder aus den Augen!« Pat war überrascht. Mrs. O'Hehirs Stimme klang völlig gelassen. »Vielleicht hast du ihn ja immer noch gern?«, fuhr sie fort. »Es kommt vor – sogar in einer Ehe –, dass man einen anderen gern hat!«

Pat schlug die Augen nieder, bemerkte aber sehr wohl den freundlich forschenden Blick ihrer Mutter. Ich brauche ihn, brauche ihn, brauche ihn, wollte sie sagen. Aber sie sah, dass das Gesicht ihrer Mutter ganz arglos war; sie wäre schockiert gewesen.

»Ja, ich mag ihn gern«, sagte Pat. »Natürlich mag ich ihn. Er erinnert mich an früher.« Sie hielt inne. »Und jetzt, liebste Mutter, muss ich los, damit ich möglichst viel von meinem Wochenende habe!«

»Ich hoffe, das Wetter hält.« Mrs. O'Hehir stand auf und stellte die Teller in die Spüle.

»Ich finde es richtig, dass du einen Ausflug machst, wenn dir danach ist«, fuhr sie nachdenklich fort. »Mir ist schrecklich klar geworden, wie dumm es ist in der Zukunft zu leben!« Pat starrte ihre Mutter von einer jähen Ahnung ergriffen an; aber Mrs. O'Hehir lächelte nur und der Augenblick ging vorüber.

Patricia warf einen Blick auf die Uhr. Paddy wartete. Es war Zeit zu fahren.

»Wann kommst du voraussichtlich wieder?«, fragte Mrs. O'Hehir, als Pat ihren Mantel von der Garderobe nahm.

»Morgen Abend gegen sieben«, sagte sie betont beiläufig. Plötzlich meldete sich die Stimme des Verstandes: Du musst nicht fahren, du kannst ihn anrufen und dir eine Ausrede einfallen lassen. Mit einem Mal bekam sie kalte Füße. Der

Weg, den sie einschlug, erschien ihr selbstmörderisch. Sie konnte Paddy sagen, es sei etwas dazwischen gekommen, sie könne nicht weg. Sie erwog diese Möglichkeit, verwarf sie aber sofort. ›Lebe nicht in der Zukunft‹, hatte ihre Mutter sie ermahnt.

»Wo kann ich dich im Notfall erreichen?«

»Ich rufe an.«

Mrs. O'Hehir seufzte und sah sie zweifelnd an. »Na dann, pass auf dich auf!«

Sie trug ihre kleine Reisetasche hinaus zum Auto und verstaute sie im Kofferraum. Dann nahm sie ihre Jacke, hängte sie über eine Schulter und griff nach ihrer Umhängetasche.

»Tschüss, Mama. Danke, dass du gekommen bist. Die Kinder sind zwar schon groß, aber es ist gut zu wissen, dass jemand ein Auge auf sie hat.«

»Tschüss, Liebes. Gute Fahrt.«

Patricia küsste ihre Mutter und blickte hinauf zu den Fenstern im ersten Stock; Orlas Vorhänge waren noch zugezogen. Pat warf die Autotür zu, schnallte sich an und winkte kurz; dann war sie fort, die Auffahrt hinaus, die Straße hinunter, um die Ecke; eine Fahrt von fünf Kilometern bis zu dem Parkplatz, auf dem Paddy sie erwartete.

Später versuchte Patricia sich jeden Moment der Begegnung genau einzuprägen; sie schrieb ihre Eindrücke sogar auf, vernichtete dann aber den Bericht.

Ich steige aus dem Wagen, lächle, merke, dass er mich beobachtet. Er steigt rasch aus, hilft mir mit der Tasche, legt sie in den Kofferraum des weißen BMW.

Wir küssen uns nicht, berühren uns nicht. Ich schließe mein Auto ab, setze mich neben ihn. Er trägt einen Anzug und ein gestreiftes Hemd, eine Rolex, am Handgelenk feine Härchen. An seiner Linken ein Ehering. Den hat ihm Susan angesteckt, an einem schönen Septembermorgen vor vielen Jahren. Ich war dabei, sah sie, den Kopf unter dem weißen Schleier gebeugt, wie sie ihm den Ring ansteckte. Ich bin nervös, aufgeregt. Bin ich verliebt? Ich weiß es nicht. Dafür ist es gewiss zu spät. Aber ich bin voller Hunger.

»Schön, dass du hier bist. Du siehst wunderbar aus.« Seine Augen sind weich. Er greift nach meiner Hand. Seine Finger sind warm und stark, meine wie immer kühl.

»Du hast eiskalte Hände!«

»Kalte Hände, warmes Herz!«

»Aha …« Er sieht mich von der Seite an, ein männlicher Blick, schieres Verlangen, rasch überdeckt.

Er dreht den Schlüssel im Zündschloss, der Motor springt an, der Wagen rollt vom Parkplatz hinaus in den Verkehr. Jetzt habe ich den Pfad der Tugend verlassen.

Paddy Johnson streckte sich genüsslich, während er hinterm Steuer wartete. Führungskraft, Managertyp, verheiratet, zwei Kinder, ein Junge und ein Mädchen, inzwischen erwachsen, auf der Universität. Verheiratet mit Susan, gutes Auftreten, ansehnliches Erbe, das Haus in Richmond, fünf Schlafzimmer, zwei Badezimmer, großer Garten, zweimal die Woche kam die Putzfrau, einmal die Woche der indische Gärtner, Wohnung in Paris (die gehörte Susan), kosmopolitischer Lebensstil, und abgesehen von seiner Arbeit zu Tode gelangweilt.

Paddy erinnerte sich an ein Treffen mit Patricia vor hundert Jahren, 1968 – Earlsfort Terrace. Er hatte sie umworben, mit ihr getanzt in der Aula am St. Stephen's Green, sie unter dem Sternenhimmel geküsst, auf dem von Laternen erleuchteten Weg im Park. Sie war damals neunzehn gewesen, er zwanzig.

»O diese Frauen«, hatte er damals weise gesagt, »so nah und doch so fern!« Sie hatte ein cremefarbenes Wollkleid getragen, das sie umschmeichelte, so wie er es gern getan hätte. Sie lachte, zog sich, plötzlich zurückhaltend geworden, ein wenig zurück. Später hatten sie sich, wie vom Blitz getroffen, ineinander verliebt. Tage und Monate wie im Fiebertaumel, ein ganzes Jahr junger Liebe – unerfüllter Liebe.

Warum hatte sie niemand gewarnt – vor den Jahren der

Reue, dem wachsenden Zynismus, dem Gespenst der Sterblichkeit, der Hohlheit all jener moralischen Gewissheit, die John Charles predigte, der sittenstrenge Erzbischof von Dublin, nebst Gefolgschaft, die die Regeln festschrieben.

»Segne mich, Vater, denn ich habe gesündigt.«

Mein Gott, das war wohl ein Witz! Der ganze religiöse Hokuspokus! Für Paddy spielte das nun schon seit Jahren keine Rolle mehr.

Und nun zu den Frauen! Er brauchte, was sie ihm gaben, was er bei seiner Frau nicht fand, das köstliche Gefühl der Nähe, ihre Reaktion auf seine Ausstrahlung, seine Männlichkeit. Sie gaben ihm neue Kraft und verscheuchten die Schatten der Zukunft. Eines Tages würde er Vorstandsvorsitzender seiner Firma sein, auf der Karriereleiter noch höher klettern. Doch obwohl er zutiefst von seiner Corporate Identity und der alles überragenden Bedeutung seines kontinuierlichen Aufstiegs überzeugt war, überkamen ihn manchmal Zweifel, kalte Schauer der Sinnlosigkeit.

Pat war eine Entdeckung. Seit Jahren hatte er sie nicht gesehen, seit Jahren vergessen, abgesehen vom unwillkürlichen Aufblitzen der Erinnerung, wenn er inmitten all der dringenden Termine, Entscheidungen und Probleme ihr Gesicht vor sich sah.

Romantisch? Irgendwie schon. Sentimental wäre das treffendere Wort. Bei den Treffen mit ihr hatte er das Gefühl, dass sie seinem Leben neue Frische gab; bei ihr fühlte er sich wieder wie damals mit zwanzig im Laternenlicht, hinter ihnen die nächtlichen Schatten von St. Stephen's Green. Die Welt stand ihnen offen und war der Mühe wert und sie waren unbezwingbar. Er fand seine Unschuld wieder, kehrte zurück in die Zeit, als ein Kuss, weiche Lippen, zärtliche Hände atemberaubend waren. Abende, an denen er sie vor ihrer Haustür in Brierly absetzte und mit dem Motorrad zurück nach Sutton fuhr, über Dollymount, vorbei an der von gelben Natriumdampflampen gesäumten Bucht. Damals lebten die Eltern noch, voller Sorge; der Vater in seinem abgetragenen Anzug, die Mutter eine Gold Flake rauchend.

»Klemm dich jetzt hinter deine Arbeit, Paddy ...« Vater war Angestellter bei Arthur Guinness und Sohn. Könnte er jetzt doch nur heim in das Häuschen in Sutton und die Eltern dort antreffen und Claire, seine Schwester, die an einem von Loreto-Nonnen geleiteten College eine Ausbildung zur Sekretärin machte. Claire war jetzt dick geworden, Mutter von drei Kindern, der Mann ein Versager; sie hatte eine Schwäche für Gin und Tonic und den Familienrosenkranz, wenn sie die anderen dazu bewegen konnte, ihn mit ihr aufzusagen. Sie hatte dieser Welt abgeschworen zugunsten des Jenseits.

Immer wenn er seine Schwester sah, und das geschah nicht oft, weil es ihn wütend machte, wie sie ihr Potential vergeudete, suchte er nach dem Mädchen, an das er sich erinnerte, lebendig, fröhlich, verspielt. Wenn Menschen sterben, sollte man sie beerdigen.

Äußerlich hatte sich Patricia nicht sehr verändert: Fältchen um die Augen, die Wangen ein wenig schmaler, und ihr Gesicht sprach nicht mehr von freimütiger Überraschung über das Leben, sondern eher von Zynismus. Damals wäre ihm das nicht aufgefallen. Oder vielleicht hatte sie diesen Ausdruck früher nicht gehabt. Aber jetzt lag auch eine Stärke in ihrem Gesicht, die früher nicht da gewesen war. Und diese Stärke machte ihn neugierig.

»Was machst du, wenn du deinen Abschluss hast?«, hatte sie ihn gefragt.

»Mich an den Meistbietenden verkaufen.«

»Lieber Himmel, du hast aber klare Vorstellungen.«

Das war lange her. Jenseits der Straße das Newman House, der kauernde Löwe über der Tür, nebenan die byzantinische Universitätskirche, unten an der Ecke stand damals noch in diskreter Eleganz das Russell Hotel. Damals.

Paddy sah sie kommen. Weißer Ford Escort. Wunderbares kastanienbraunes Haar. Cremefarbenes Kostüm, Perlenohrringe. Selbst hinter der Windschutzscheibe sah sie gut aus. Sie besaß einen schönen Körper. Jetzt malte er sie sich in einer Weise aus, die ihm früher Schuldgefühle gemacht hätte:

von Kopf bis Fuß, Schultern, Brüste, weich und weiß, freche braune Brustwarzen, runde, volle Hüften, die Wölbung des Venushügels, die krausen Schamhaare.

Er stellte sich vor, wie er mit den Fingerspitzen über ihren Rücken und ihre Hüften streichen und mit Mund und Zunge ihren Körper erforschen würde. Die Entdeckung, meine Patricia. Mit Verspätung, aber besser spät als nie.

Er dachte an die Dünen in Dollymount an einem bedeckten Sommertag, einem Dienstag; kein Mensch weit und breit – Ebbe, das Meer kaum noch zu sehen –, nur die endlose Ebene aus feuchtem Sand, der traurige, heisere Ruf der Möwen, eingeringelte Köderwürmer im Sand, zur Linken das Kap von Howth, der Geruch des Meeres. Patricia neben ihm, seine Hände auf ihren Brüsten. Sie stieß ihn weg.

»Paddy – nein …«

»Spiel doch jetzt nicht das Fräulein Rühr-mich-nicht-an.«

»Ich spiele nicht Fräulein Rühr-mich-nicht-an. Ich spiele überhaupt nicht.«

Sie war wütend. Pat wurde leicht ärgerlich, aufbrausend war sie, eine Idealistin. Sie wollte keine Ware aus zweiter Hand sein, bewahrte sich auf fürs Ehebett, für den Richtigen, der ihrem Leben Sinn geben würde. Er hatte sein Verlangen unterdrückt. Man konnte es immer noch mal versuchen.

»Tut mir Leid …«

Er beugte sich über sie, küsste sie auf den Mund, spürte salzigen Sand zwischen den Zähnen; ihr dickes lockiges Haar roch nach Shampoo. Ihre Augen waren nach der damaligen Mode geschminkt, der Lidstrich schräg nach oben; sie trug flüssiges Make-up, das auf der Haut glänzte, und hellrosa Lippenstift. Die Bluse noch offen, Gänsehaut auf den Brüsten. Sie machte sich los, knöpfte die Bluse zu, etwas außer Atem, mit geröteten Wangen; im Aufstehen warf sie ihm einen Blick zu, der Wind spielte mit ihren Haaren, als sie aus dem Schutz der Dünen trat.

»Machen wir ein Wettrennen zum alten Wrack.« Und

fort war sie, kämpfte sich lachend durch den Sand und Büschel von rauem Strandhafer. Und er folgte ihr. Jetzt, zwanzig Jahre später, saß sie neben ihm, als er in die Straße nach Naas einbog; sie unterhielten sich, lachten gedämpft. In ihrer Gesellschaft fühlte er sich gleichzeitig entspannt und erregt. Noch erregter als damals bei Dollymount in seiner jugendlichen Verwirrung. Jetzt war sie eine Frau und es ging ums Ganze, eine Sinnlichkeit, die sich weder von John Charles fesseln ließ noch von den zehn Geboten, den Ansichten der Eltern, Angst, Panik angesichts der Aussicht, Ware aus zweiter Hand zu sein, eingeimpft durch Erziehung, verfestigt durch Erfahrung.

Paddy warf ihr einen Seitenblick zu, sah, wie sie ihre Knie spröde zusammenpresste. Sie trug eine nerzfarbene Strumpfhose – jedenfalls hielt er es für eine Strumpfhose –, aber er trauerte dem Hüfthalter und den engen Strümpfen nach, dem verdammten Keuschheitsgürtel von damals. Schöne Beine hatte sie immer gehabt. Er begehrte sie, konnte es kaum erwarten. Aber das merkte sie nicht. Bald wirst du es merken, dachte er. Jetzt erleben wir doch noch unsere Hochzeitsnacht, meine Patricia. Damals in Glendalough hätte es geschehen sollen; ich erinnere mich, als sei es gestern gewesen. Aber ich war linkisch und du hattest Angst. Und dann haben wir einander verloren.

Patricia zündete sich eine Zigarette an, lehnte sich zurück, genoss das Gefühl der Geschwindigkeit, das PS-starke Auto. Gemischte Gefühle: Er war der Paddy aus alten Zeiten und doch lagen auf dem Armaturenbrett ein Brief, adressiert an Mr. und Mrs. Paddy Johnson, und ein Paar schwarzer Damenhandschuhe. Susan hatte ihn kürzlich in Dublin besucht. Sie seufzte. Er war nur geborgt.

Sie unterdrückte ein Gefühl des Widerwillens. Es spielt keine Rolle, sagte sie sich. Ich kann stark sein. Diese Gelegenheit lasse ich mir nicht entgehen. Ich stehle mir ein wenig Zeit. Jetzt fühle ich mich so jung, keinen Tag älter als an dem Tag in Dollymount, als ich alles wollte und stattdessen den Strand entlang davonlief. Nur dies eine Mal; Susan braucht es nicht zu erfahren; wenn sie es verstünde, würde sie uns verzeihen. Na ja, vielleicht. Alles verstehen heißt alles verzeihen.

Sie hatte Kopfweh. Die Schmerzen hatten begonnen, als sie sich von ihrer Mutter verabschiedete, ein dumpfes Pochen in den Schläfen, das sich inzwischen auf den ganzen Schädel ausgebreitet hatte. Keuschheit war ihre Idealvorstellung gewesen, eine Art Sicherheitsnetz, das ihren Idealismus befriedigte. Damit schloss sie die Möglichkeit aus, dass ein Mann ihr Leben zerstörte; Keuschheit stand im Einklang mit ihrem Widerwillen gegen das Zufällige und Bedeutungslose. Jetzt aber war sie im Begriff, dem Kreis der gewöhnlichen Menschen beizutreten, die Vaginalmuskeln verkrampft vor Begierde, spannungsgeladenes Prickeln auf der Haut.

»Ich lebe, lebe, lebe ...«

Paddy sah sie von Zeit zu Zeit an. Sie erwiderte sein Lächeln, wobei ihre Zähne blitzten – ein wehmütiges Lächeln; es sprach von einem Selbstbewusstsein, das sie nicht besaß, verbarg die Erregung, die sie empfand. Doch ihre Augen verrieten, dass sie innerlich bebte. Paddy sah es, lächelte in sich hinein, war plötzlich gerührt.

»Sing mir etwas vor«, sagte er nach einer Weile. »Den alten Beatles-Song, den du früher so gern gehabt hast – ›Yesterday‹«. Und Patricia sang leise über das Gestern: »Yesterday, all my troubles seemed so far away«.

Plötzlich hielt sie inne; sie kam sich lächerlich vor. Das Lied war absurd, allzu beziehungsreich. Sie blickte hinaus auf die belebte Straße, die warmen grünen Felder, das Vieh, die Telegrafenmasten, die vorüberflogen, den Schwerlastzug vor ihnen, der sich ganz links hielt, damit sie überholen konnten.

»Sing weiter«, bat Paddy, und als sie lächelnd schwieg, sang er das Lied in seinem klaren Bariton zu Ende. Er warf ihr einen Blick zu, den sie wortlos erwiderte.

»Was ist mit uns geschehen?«, fragte er. Inzwischen hatte er den Schwerlastzug überholt und schaltete in den fünften Gang.

»Das hast du schon mal gefragt! Weißt du nicht mehr?«

Schweigen. »Doch. Ich erinnere mich …«

»Du hast Susan kennen gelernt!«

»Aha …«

»Und ich Gerry.«

»So einfach war das also.«

Sie lachte laut auf. Wie kannst du das nur fragen?, dachte sie. Weißt du denn gar nichts mehr? Hast du mein Gesicht vergessen, als du mir in der O'Connell Street begegnetest an dem ersten Abend, an dem ich mit Gerry ausging?

»Wir hatten Streit«, sagte Patricia. »Erinnerst du dich nicht mehr?«

»Doch. Ich erinnere mich genau. Das Leben hastet von einem entscheidenden Augenblick zum nächsten entscheidenden Augenblick, als läge nichts dazwischen. An die Ereignisse vor zwanzig Jahren erinnere ich mich besser als an das, was vor fünf oder sogar vor zwei Jahren geschah … Ist doch komisch, oder? Erinnerst du dich auch noch so deutlich an uns beide, Pat?«

Patricia, für die der Sommer 1969 und das qualvolle Jahr, das darauf folgte, unvergesslich blieben, wollte nicht darüber sprechen.

»Du bist anmaßend wie eh und je!«, bemerkte sie leichthin.

»Wirklich … ich wusste nicht, dass ich anmaßend bin!«

»Dann weißt du's jetzt …«

Bei einem entgegenkommenden Wagen blitzte die Lichthupe auf. »Radarfalle«, murmelte Paddy und bremste auf neunzig herunter. »Wenn ich das nächste Mal in den Staaten bin, besorge ich mir ein Radarwarngerät.«

»Kommt es dir seltsam vor, wieder hier zu sein?«

Er sah sie an. »Ja. Sehr seltsam hier mit Patricia O'Hehir! Sehr seltsam mit ihr wegzufahren. Sehr seltsam, dass sie so anders und doch ganz wie früher ist. Ist sie hier, weil ich anmaßend bin?«

»Jetzt fängst du schon wieder an!«

Er lachte. »Was soll ich tun um Ihnen zu gefallen, gnädige Frau?«

»Du könntest es mal mit Bescheidenheit versuchen!«

Beide lachten.

»Also gut! Warum fährst du mit mir weg, Patricia? Vielleicht ist auch diese Frage arrogant, aber ich stelle sie in aller Bescheidenheit.«

»O Gott! Vermutlich willst du die Wahrheit hören?«

»Nur wenn sie schmeichelhaft für mich ist ... Nein, im Ernst ...«

Patricia sah sich im Außenspiegel. Ihr Gesicht war gerötet, wirkte vergnügt, lebhaft. Sie dachte kurz nach, den Blick auf die Straße geheftet.

»Ich bin hier, weil ich dich begehre, weil ich mit dir schlafen will! Weil es Dinge zwischen uns gibt, die unausgesprochen geblieben sind. Weil keiner von uns ewig lebt. Weil du, zumindest für mich, einen Teil der Wahrheit darstellst.«

Sie sprach ganz ruhig und ohne ihn anzusehen. Er schaltete in den vierten Gang. Dann nahm er ihre Hand und hob sie an seine Lippen.

»Danke.«

Das Zimmer war freundlich, mit blauem Teppich und geblümten, von Bändern gehaltenen Vorhängen. Auf dem Doppelbett lag eine Patchworkdecke aus demselben Stoff, mit breiten Volants. In der Ecke stand eine weiße viktorianische Frisierkommode mit seltsamen Schnörkeln. Das Haus war alt – georgianisch – und vor etwa dreißig Jahren in ein Hotel umgewandelt worden.

Pat stellte ihre Tasche auf den Kofferständer, sah aus dem Fenster – die Berge in der Ferne, die Wiesen, das Vieh – und kämpfte gegen die pochenden Kopfschmerzen an. Sie war so nervös, dass sie ein Schwächegefühl in Armen und Beinen hatte. Paddy zog seine Jacke aus und setzte sich aufs Bett. Sie wandte sich zu ihm um und er klopfte einladend auf die Tagesdecke; dann stand er auf, nahm Pat behutsam am Arm, zog sie neben sich aufs Bett, küsste sie und knöpfte ihre Bluse auf. Die Kopfschmerzen wurden heftiger, fast unerträglich.

»Noch nicht«, flüsterte sie. »Lass uns bis heute Abend warten.«

»In Ordnung. Es eilt nicht, weißt du. Wir brauchen nichts zu tun, wenn dir das lieber ist ... Ich möchte auf keinen Fall, dass du dich zu irgendetwas verpflichtet fühlst.«

Patricia wurde ärgerlich. Verpflichtet? Wofür hielt er sie?

»Wir könnten spazieren gehen«, schlug sie vor.

»Das könnten wir. Die Möglichkeiten sind unerschöpflich.«

Sie lachte, er lächelte.

»Das meine ich ernst«, sagte er einige Zeit später, als sie durch die Büsche neben dem Hotel gingen. »Ich möchte nicht, dass du irgendetwas tust, was du nicht willst.«

»Lassen wir doch den Abend einfach auf uns zukommen«, meinte Patricia, die allmählich Angst bekam, dass sie, wenn er so weitermachte, einfach würde heimfahren wollen. Er machte ihr mit seinen Worten bewusst, weshalb sie hergekommen waren – und zwar in einer objektiven Art, die den Tod jeden Verlangens bedeutete. »In der Zwischenzeit genießen wir einfach den Spaziergang.«

Er blieb stehen, hielt sie fest und küsste ihre Lippen, und sie fühlte sich wie im freien Fall – die Schwerkraft war außer Kraft gesetzt, der feste Boden unter den Füßen verschwunden. Was blieb, war das Verschmelzen der Lippen, des Atems und der Bann, mit dem er alles belegte, wie der Zauberer, den sie einmal im Fernsehen gesehen hatte, der sein Zaubernetz auswarf, um die Sterne einzufangen.

Nach dem Essen hätte sie gern etwas getrunken, Wodka, Gin, irgendetwas. Die Panik kehrte zurück und mit ihr die Kopfschmerzen, die den ganzen Tag über in Wellen kamen und gingen. Sie brauchte einen Wodka, um die Angst zu unterdrücken. Merkwürdig, gleichzeitig solche Panik und solches Verlangen zu spüren. Aber sie besiegte den Impuls. Du bist erwachsen, Patricia, alt genug, an einmal gefassten Vorsätzen festzuhalten. Du trinkst nichts. Jetzt nicht. Nie wieder.

Nach dem Essen fragte er: »Wollen wir hinaufgehen, Pat,

oder möchtest du lieber fernsehen? Ich glaube, auf RTE läuft etwas Annehmbares.«

Sie lachte verlegen und sah ihn mit glänzenden Augen an: »Auf Fernsehen habe ich keine große Lust.«

Auf dem Zimmer zog er sie aus. Die Vorhänge waren offen, ließen die Dämmerung herein; dunkelblaue Schatten legten sich auf alles. In der Ferne muhte eine Kuh, aus dem Nebengebäude des Hotels, wo gerade eine Party im Gange war, drang nostalgische Musik herüber: »Do you miss me tonight?«

Das Kleid glitt über ihre Schultern, der BH fiel zu Boden, dann die Strumpfhose und schließlich das schwarze Spitzenhöschen, das sie sich eigens für diesen Anlass gekauft hatte.

Er zog sich aus und legte sich neben sie, streichelte sie zärtlich, liebkoste mit Händen und Lippen ihren Körper, bedeckte ihren Rücken mit Küssen.

Weil er ihr so viel Zeit ließ, entspannte sich Patricia allmählich, die Kopfschmerzen flauten ab, sie empfand prickelnde Lust und konnte sich schließlich fallen lassen, als er zwischen ihren Beinen kniete, seine Lippen auf ihrem Schamhaar, seine Zunge forschend, seine Hände zärtlich. Sie keuchte. »Nein, nicht.«

Aber er hörte nicht auf sie. Er zerrte die Bettdecke zurück und zog sie zu einem Zelt zurecht, das beide in warmes, geborgenes Dunkel hüllte.

Ich falle und falle durch Tunnel und Höhlen hinab, durch dunkle verschlungene Wirbel der Empfindung. Ich bin in einer Zauberhöhle, endlich daheim, da, wo ich hingehöre. Und ich bin wach, fast schmerzlich bewusst und erlebe den Augenblick des Eindringens, das weh tut, weil ich immer noch nicht ganz bereit bin, und schließlich den Rhythmus zweier Körper, die einander kennen, als hätten sie sich von jeher gekannt, seit einer schwer zu fassenden Ewigkeit.

11. Kapitel

»Für ein Kind ist der Mutterleib der gefährlichste Ort auf der Welt.« Eine so tiefsinnige Feststellung konnte nur von einem Bischof stammen. Bösartige, hasserfüllte Worte vom Vertreter einer Institution, heute noch befleckt mit dem Blut von Millionen Frauen, die als Hexen verbrannt wurden. Es waren stets Frauen, die für Kinder eingetreten sind. Aber wer ist je für Frauen eingetreten?

Als ich den Wortlaut der Gesetzesänderung sah – »Unter gebührender Berücksichtigung des gleichrangigen Rechts auf Leben der Mutter« –, hätte ich am liebsten geweint. Das Leben der Mutter wird »gebührend berücksichtigt«. Wie großzügig! Die Frau kämpft um rechtliche Gleichstellung ihres Lebens mit dem ihrer eigenen befruchteten Eizelle!

Warum? Das hat doch nichts mit Macht zu tun, oder etwa doch? Erzählt uns nur nicht, dass es aus Liebe zu den kleinen Embryos geschieht! Nicht in einer Welt, in der Männer, die von der Liebe zu kleinen Embryos besessen sind, auf Kosten der Armen leben und über die Milliarden hinwegsehen, die für Massenvernichtungswaffen ausgegeben werden, während sie sich die menschliche Seele mithilfe von todesseligen Dogmen zu unterwerfen wissen.

Wo sind die Beweise für eure absurden Behauptungen?, frage ich diese Bischöfe. Für euren Himmel und eure Hölle und die Unterdrückung der Frauen? Und wenn ihr keine habt, mit welchem Recht ergreift ihr dann das Wort?

Aus: *Die Pferdeohren*, 1983

April 1990

Patricia fuhr zum Supermarkt. Es war Gründonnerstag, der 12. April. Sie wollte den Ostereinkauf hinter sich bringen und hatte Orla gebeten mitzukommen. Die Autofahrt bot die ideale Gelegenheit, sich allein mit ihr zu unterhalten. Orla wurde nach wie vor von Mick belästigt. Manchmal kam er nachts vorbei und warf Steinchen gegen ihr Fenster. Noch vor einer Woche hatte Patricia, die im Nebenzimmer wach lag, das Geräusch gehört. Sie stand auf, und als sie unten auf dem Rasen den jungen Mann sah, pochte sie gegen die Fensterscheibe. Er fuhr zusammen, starrte sie an, zuckte abfällig die Achseln und schlenderte zum Gartentor. Sie wartete, bis sie seine Maschine starten hörte und das Motorgeräusch schließlich in der Ferne erstarb. Am nächsten Tag sprach sie mit Orla darüber.

»Ich kann nichts dafür, Mama. Ich will nicht, dass er vorbeikommt!« War es etwa Angst, was sie im Gesicht ihrer Tochter sah? Sie hatte das Thema ruhen lassen, um keine Konfrontation heraufzubeschwören, mit der sie das Gegenteil der gewünschten Wirkung erzielt hätte. Aber da der Vorfall nun schon eine Woche zurücklag, wollte sie das Problem doch noch einmal anschneiden und herausfinden, was da eigentlich vor sich ging.

»In Ordnung«, sagte Orla unwillig, als Patricia sie aufforderte, mit in den Supermarkt zu fahren. »Ich komme gleich runter.« Orla zog sich in letzter Zeit häufig auf ihr Zimmer zurück – um zu lernen, wie sie behauptete. Aber immer wenn ihre Mutter hereinkam, lag das Mädchen mit abwesendem Blick und einem Buch in der Hand auf dem Bett.

»Ich mache mir Sorgen um Orla«, sagte Pat zu Gerry. »Dieser Kerl war letzte Nacht wieder hier und hat Steinchen ans Fenster geworfen!«

»Ich habe nichts gehört.«

Patricia war sofort klar, dass sie das Thema nicht hätte ansprechen sollen. Gerry war schlecht gelaunt und mit familiären Problemen befasste er sich auch in bester Laune nur höchst ungern. Simon hatte zu Ostern ein schlechtes Zeugnis heimgebracht, was für große Aufregung sorgte. Orlas Zeugnissen schenkte Gerry dagegen nie große Beachtung, obwohl sie in der Regel gut abschnitt.

»Aber ich. Ich bin aufgestanden und habe ihn unten im Garten gesehen.«

»Ich hoffe, dass sie nicht herumhurt«, bemerkte Gerry mit gereiztem Stirnrunzeln. »In diesem Haus werde ich nichts dergleichen dulden.«

»Mein Gott, Gerry ... wie kannst du nur so etwas sagen! Sie ist doch noch ein Kind und sie wird belästigt – und du schiebst ihr die Schuld in die Schuhe!«

»Und was glaubst du wohl, warum er sich hier herumtreibt? Bestimmt hat sie ihn irgendwie ermutigt. Er hat der Polizei erzählt, sie sei seine Freundin. Wahrscheinlich trifft sie sich nach der Schule mit ihm. Und wahrscheinlich hurt sie dann mit ihm herum! Heutzutage sind die Kinder alle so, Faulenzer ohne Rückgrat und ohne jede Moral. Wenn du wüsstest, welche Geschichten ich oft zu hören bekomme!«

Patricia ließ ihn toben. Einerseits war sie erleichtert, dass er die Idee mit der Ägyptenreise nicht weiterverfolgt hatte, aber andererseits tat es ihr auch wieder Leid. Jede Geste, die einen Wendepunkt in ihrer Beziehung bedeutet hätte, wäre ihr willkommen gewesen. Sie wäre ihm gern auf halbem Wege entgegengekommen, hätte er sich versöhnungsbereit gezeigt. Denn ihre Beziehung zu Paddy, die Geschwindigkeit, mit der sie an dem Punkt angelangt waren, an dem sie sich jetzt befanden, die starken Gefühle, die beide füreinander empfanden, all das machte ihr Angst. Die Beziehung zu ihm weckte in Patricia Emotionen, die ihr völlig neu waren, und konfrontierte sie mit einer erschreckenden Verletzlichkeit. Er war die Tür in den Sommer, der Ort, an dem sie leben und wachsen konnte, der Platz, der einzige Platz, an dem sie Freude und Frieden fand. Ohne ihn misstraute sie all diesen Empfindungen; mit ihm erschienen sie ihr vollkommen einleuchtend.

Er sprach von Paris, von einer kleinen Wohnung – nicht

seiner, sondern einer, die er für sie besorgen konnte. Im September könnten sie sich dort treffen. Er würde im Herbst in Paris sein, in der dortigen Niederlassung seiner Firma arbeiten.

»Denk dir einen Vorwand aus und komm zu mir nach Paris. Dann könnten wir uns oft sehen, hätten unser eigenes kleines Nest.«

Nun fuhr er über Ostern nach Richmond und Patricia hatte Zeit zum Nachdenken. Der Gedanke, einige Wochen mit ihm in Paris zu verbringen, war atemberaubend. Aber sie machte sich klar, dass er die Beziehung beherrschte. Er liebte sie; das hatte er ihr an jenem Abend in Kilneary gesagt, als sie erschöpft und eng umschlungen dalagen und durchs Fenster den sich verdunkelnden Nachthimmel betrachteten. Ja, er liebte sie, aber er hatte alle Fäden in der Hand: Er bestimmte, wann sie sich sahen, wann sie telefonierten, wann sie sich auf ein schnelles Mittagessen trafen.

»So kann ich es nicht weiterlaufen lassen«, sagte sich Patricia. »Irgendwie muss ich die Kraft aufbringen, Schluss zu machen. Oder ich stelle ihn vor ein Ultimatum. Was wird er tun, wenn ich ihn vor ein Ultimatum stelle? Es akzeptieren? Sich für seine Frau entscheiden? Er ist stolz und hartnäckig und bestimmt ist er es gewohnt mit Frauen zu spielen, also entscheidet er sich auf jeden Fall für seine Frau! Könnte ich diesen Schmerz ertragen?«

Gelegentlich vermittelte er ihr den Eindruck, dass er eine Härte und Zähigkeit besaß, die mit wahrer Leidenschaft unvereinbar war. Dieser Aspekt seiner Persönlichkeit wachte mit Kälte und Präzision über sein Leben. Patricia vermutete, dass sie, aus diesem Blickwinkel betrachtet, nicht mehr für ihn war als eine Zwischenstation. Bestimmt war sie nicht der Mensch, vor dem er seine innersten Regungen preisgab. Er hatte es sorgfältig vermieden, tief empfundene Bekenntnisse abzulegen, die vom Gegenteil gezeugt hätten. Seine Liebesbeteuerungen gingen nie so weit unter die Oberfläche. Die Frauen haben ihn verdorben, dachte sie. Eine willfährige Ehefrau, willfährige frühere Geliebte. Wie viele weiß ich nicht. Aber es hat sie gegeben. Und Patricia musste sich eingestehen, dass ihr eigenes Verlangen nach ihm ambivalent war. Einerseits wollte sie nun, da sie jemanden gefunden hatte, mit dem solche Nähe möglich war, diese Offenheit und Gemeinsamkeit erleben, um aus ihrem inneren Gefängnis zu entfliehen und zu sich selbst zu finden.

Aber andererseits suchte sie in dieser Nähe Macht. Der Status der Machtlosigkeit war ihr zuwider; sie wollte, dass er sah, wer sie war, und die männliche Sicht aufgab, die Beziehung sei sein Eigentum. In dieser Hinsicht stellte er eine Herausforderung dar. Warum denke ich überhaupt an Macht? Ich habe keine Macht! Aber sie wusste auch: wenn das stimmte, würde sie, Patricia, überhaupt nicht existieren.

»Orla, ich möchte mit dir reden, Liebes!«

»Ach Gott ... Sollte ich deshalb mit dir zum Einkaufen fahren?«

»Schau, ich muss dir ein paar Fragen stellen. Ich liebe dich und mache mir Sorgen um dich.«

»Was möchtest du wissen, Mama? Ob ich mich mit Mick treffe? Die Antwort ist nein. Ob ich schwanger bin? Die Antwort ist nein. Ich habe wesentlich mehr Selbstachtung, als du vermutest.« Orla rümpfte die Nase. Schweigen. Patricia sah, wie verkrampft ihre Tochter war, sah den trotzigen Zug um ihren Mund. Vorsichtig bog sie auf den Parkplatz vor dem Supermarkt ein, auf dem sich die Autos auf der Suche nach einer Lücke im Schritttempo bewegten.

Also deshalb ärgert sie sich; sie ist immer noch sauer auf mich, weil ich sie darauf hingewiesen habe, dass sie schwanger werden könnte. Mein Gott, ich habe so viel vergessen.

»Das wollte ich dich nicht fragen – ob du schwanger bist. Bitte unterstell mir nicht einfach irgendwas, Orla!«

»Das hast du mich doch schon mal gefragt – vor Wochen. Ich treffe mich nicht mehr mit Mick. Er stellt mir manchmal nach, aber ich treffe mich nicht mit ihm und ich bin immer noch Jungfrau. Möchtest du sonst noch was wissen?«

»Ja.«

»Und was?«

»Ich möchte wissen, ob dich dieser Kerl ernsthaft belästigt, ob er dir Angst einjagt.«

»Du lieber Himmel! Warum sollte er mir Angst einjagen? Hältst du mich für einen totalen Schwächling? Nur weil er hier herumlungert?«

»Mir gefällt es nicht, wie er sich aufführt, Orla. Und seine Einstellung zu uns beiden gefällt mir noch weniger.«

»Ich werde mir deshalb jedenfalls nicht in die Hosen machen!«

»Hör mir zu. Vergiss für einen Moment deine Stinklaune und hör mir einfach zu. Auf dieser Welt gibt es Männer, die Frauen nur als Beute, als Eroberung, als Herausforderung ansehen. Sie finden nichts dabei, Gewalt gegen Frauen anzuwenden, sie halten Vergewaltigung für ein Kavaliersdelikt. Ich will nicht behaupten, dass Mick so ist, aber mir gefällt es nicht, wie er ums Haus schleicht. Ständig trifft man ihn hier in der Gegend an. Wo wohnt er überhaupt?«

»Keine Ahnung. Aber nicht in der Nähe. Und du brauchst nicht glauben, dass irgendjemand es wagen würde, mich zu vergewaltigen … ich würde ihn umbringen!«

Patricia seufzte. Orla war hochrot geworden. Der verletzte Stolz in hellem Aufruhr. Hörte sie überhaupt zu?

»Alles, was ich sagen möchte«, fuhr Patricia mit gedämpfter Stimme fort, »ist, dass du dir nichts von ihm gefallen lassen brauchst. Er hat der Polizei erzählt, du seist seine Freundin. Er hat angedeutet, du hättest eine hysterische Mutter, die übertrieben reagiert, wenn ihre Tochter abends lange ausbleibt. Er hat ihnen zu verstehen gegeben, dass er mit dir verabredet ist, wenn er bei uns vorbeikommt. Ich stehe jetzt wie ein Idiot da. Und da es sich so verhält, möchte ich, dass du selbst mit der Polizei sprichst. Dann werden sie ihn von dir fern halten und du hast keinen Ärger mehr mit ihm.«

»Und ich würde wie ein blöder Angsthase dastehen! Nur weil du einen Männerkomplex hast!«

Darauf antwortete Patricia nicht. Sie stieg aus und sperrte das Auto ab. Außer der kurzen Anweisung, ein paar Packungen Haferflocken aus dem Regal zu holen, wechselte sie kein Wort mehr mit Orla. Dass sie nichts ausrichten konnte, bedrückte sie. Aus allem, was sie sagte, hörte Orla nur heraus, sie hätte einen Männerkomplex!

Orla wirkte jetzt etwas verlegen, schien aber bereit, den Kampf jederzeit wieder aufzunehmen und ihren Standpunkt zu verteidigen.

»Du kannst heimfahren, wenn du willst«, sagte Patricia, als Orla widerwillig die Kartons in den Einkaufswagen warf. »Nimm den Bus. Mir wäre das nur recht!« Sie gab ihr ein Pfund für die Fahrkarte.

Orla trat einen Schritt zurück. »In Ordnung.« Sie nahm das Geld und verschwand in der Menge.

Als Patricia an der Fleischtheke stand, wurde sie aus ihren Gedanken gerissen. »Hallo«, sagte jemand hinter ihr.

Sie drehte sich um und sah, dass es Sarah Dempsey, nein, O'Toole, war, die sie angesprochen hatte. Vor Weihnachten hatten sie miteinander Kaffee getrunken. Jetzt war ihre Schwangerschaft nicht mehr zu übersehen. Sarah hatte ein kleines Mädchen bei sich, das sich schüchtern an die Mutter drängte.

»Hallo, Sarah. Wie geht's?«

Sarah lächelte, auf ihren Wangen bildeten sich Grübchen. »Nicht schlecht. Und dir? Du siehst gut aus.«

»Danke. Ist das deine Tochter?«

»Ja. Das ist Lorraine.«

Patricia lächelte das Kind an, das mit gesenktem Kopf zurücklächelte.

»Sie ist ein braves Mädchen«, bemerkte Sarah. »Eine große Hilfe für ihre Mama.«

»Wie ich sehe, kann es nicht mehr lange dauern«, sagte Patricia mit einem Blick auf Sarahs Bauch. »Wann hast du Termin?«

»Im Juni. Es wird ein Mädchen!«

»Dann hast du bestimmt alle Hände voll zu tun. Wie geht's deinem kleinen Jungen – den du letztes Mal dabeihattest?«

Sarahs Gesicht verdüsterte sich. »Dara? Er war kürzlich schwer krank. Ich musste ihn ins Krankenhaus bringen.«

»Du Ärmste. Was hatte er denn?«

»Hirnhautentzündung.«

»Geht es ihm jetzt wieder besser?«, erkundigte sich Patricia mitfühlend.

»Ja. Gott sei Dank! Er ist wieder zu Hause, aber noch pflegebedürftig. Heute kümmert sich sein Vater um ihn.«

Sie hielt inne, zögerte. »Hättest du Lust auf eine Tasse Kaffee, wenn wir hier fertig sind?«, fragte sie schüchtern. »Heute bin ich dran, dich einzuladen. Ich bin seit einer Ewigkeit nicht mehr rausgekommen«, fügte sie beinahe entschuldigend hinzu.

»Aber gerne!«

»Treffen wir uns in einer halben Stunde in der Cafeteria?«

»Abgemacht.«

Als Sarah fort war, ließ sich Pat noch einmal das Gespräch durch den Kopf gehen, das sie eine Woche zuvor mit Joan de Barra geführt hatte. Sie war in die Kanzlei gekommen, um Gerry einige Unterlagen zu bringen, die er zu Hause vergessen hatte. Auf der Treppe war sie Joan begegnet und hatte sie in ihr Büro begleitet, um noch ein wenig mit ihr zu plaudern.

»Nicht nach rechts und links sehen«, scherzte Joan. »Mein Zimmer sieht aus wie nach einem Bombeneinschlag.«

Pat sah die auf dem Boden ausgebreiteten Papiere, den übervollen Schreibtisch, die Regale, die Unterlagen, die mit rosa Schnüren oder dicken Gummibändern gebündelt waren, und bekam eine Ahnung davon, welche Arbeitslast Joan Tag für Tag zu bewältigen hatte.

»Mein Gott, was für eine viel beschäftigte Frau du doch bist!«

Joan rückte einen Stuhl zurecht. »Setz dich. Das ganze Zeug«, sie deutete auf die Akten auf dem Boden, »ist für einen High-Court-Fall nächste Woche. So viel Papier, dass es am einfachsten ist, es auf dem Boden zu sortieren.«

»Du hast eine sinnvolle Arbeit, die der Mühe wert ist. Darum beneide ich dich …«

Joan zog die Schultern hoch. »Wirklich? Manchmal habe ich meine Zweifel. So viel Arbeit und letztlich kommt doch nicht viel dabei heraus. Aber wenn du mich beneidest, warum fängst du nicht selbst etwas an? Du könntest studieren … dir Arbeit suchen.«

»Ich würde wirklich gern Jura studieren, Anwältin werden wie du … ganz im Leben stehen!«

Joan lächelte. »Und was hält dich auf?«

»Gerry … der hält das für einen Witz.«

Joan seufzte. Sie sah aus, als wollte sie etwas sagen, besann sich dann aber eines Besseren.

»Du siehst gut aus«, bemerkte Pat nach kurzem Schweigen. Sie wollte das Thema wechseln, wieder zu einem unpersönlichen Plauderton zurückfinden. »Es freut mich zu hören, dass David so großen Erfolg hat. Eine wunderbare Aussicht für euch – die Ausstellung in Paris!«

»Ja, ich kann es selbst noch kaum glauben.«

»Bestimmt ist er hin und weg!«

Joan blickte aus dem Fenster, auf die Wolken. »Er freut sich sehr, ist ganz aufgeregt, sehr beschäftigt. Ich muss praktisch darum kämpfen, dass er sich etwas Zeit für mich nimmt!« Sie sah Patricia an. »Kannst du dir das vorstellen? Manchmal bin ich sogar eifersüchtig auf seine Arbeit.«

Pat lächelte. »Das kann ich gut verstehen. Für manche Männer steht die Arbeit an erster Stelle.« Dann fragte sie fast verlegen: »Wie geht es ihm denn gesundheitlich?«

»Eine Weile ging es ihm viel besser. Aber jetzt weiß ich nicht recht. Manchmal habe ich das Gefühl, dass er mir etwas verheimlicht … manchmal glaube ich, dass ihn etwas quält und er es nicht zugibt …« Sie schüttelte den Kopf. »Tut mir Leid, ich sollte dich nicht damit belasten.«

»Was sagen die Ärzte?«

»Denen geht er aus dem Weg. Im St. Vincent Hospital haben sie ihn wieder nach Hause geschickt; Spasmus der Darmmuskulatur, sagen sie. Dagegen nimmt er ein Medikament, aber wenn ich vorschlage, er solle doch einen Spezialisten oder wenigstens einen anderen Arzt aufsuchen, geht er nicht darauf ein.«

Darauf wusste Pat nichts zu sagen. Wieder ließ sie den Blick durch den Raum schweifen. »Beschäftigst du dich auch mit Familienrecht?«, fragte sie, einem Impuls folgend.

Joan zuckte die Achseln. »Ab und zu ein wenig ... warum fragst du?«

»Ich kenne eine Frau, die ziemliche Schwierigkeiten hat. Würdest du ihren Fall übernehmen? Ihr Mann schlägt sie, sie ist schwanger und hat drei Kinder ... Ich glaube, er hat sie sogar vergewaltigt!«

»Das kann er nicht mehr ungestraft tun! Schick sie auf jeden Fall zu mir, obwohl es wirklich nicht mein Spezialgebiet ist. Aber ich werde tun, was in meiner Macht steht, wenn sie sich an mich wenden möchte.«

Pat hatte Joan daraufhin erzählt, was sie von Sarahs Leidensgeschichte wusste. »Ich bin ihr zufällig im Supermarkt begegnet, also kann ich ihr wirklich nicht viel helfen.«

Joan hatte schweigend zugehört; als Pat fertig war, sagte sie schlicht: »Das Beste ist, sie verlässt ihn. Sie wird ihn nicht ändern. Sie kann sich in die Mangel nehmen lassen und dann eine Unterlassungsverfügung erwirken, aber wenn der Mann die missachtet, bleibt nur das Gefängnis. Und ein Mann, der im Gefängnis sitzt, kann die Familie auch nicht mehr ernähren.«

»Aber wie soll sie ihn verlassen? Sie hat kein Geld, keine Arbeit.«

»Dafür gibt es Frauenhäuser. Das ist oft der erste Schritt, um den Teufelskreis zu durchbrechen.«

Während sie die Konserven mit den Reisgerichten anstarrte, erinnerte sich Pat an Joans Worte. Sie würde Sarah beim Kaffee darauf ansprechen. Menschen, die in einer für sie unerträglichen Situation stecken, sollten sich ihr entziehen. Wenn etwas nicht zu retten ist, müssen wir es loslassen. Andernfalls werfen wir unser Leben weg, das einzige Leben, das uns gewiss ist, und zwar für etwas absolut Wertloses.

Als sie Sarah zwanzig Minuten später in der Cafeteria traf, unterhielten sie sich lange, viel länger als es beide beabsichtigt hatten. Sarah dachte an Jim, der jetzt zu Hause bei Dara war, dachte an seine ärgerliche Miene. Aber irgendwie war es ihr gleich. Das Gespräch war ihr wichtig, und Jim konnte ja wirklich einmal im Leben etwas länger auf Dara aufpassen. Lorraine wurde allmählich zappelig, aber zu schüchtern, um ernsthaft zu stören. Schließlich sagte Sarah: »Ich weiß nicht, mal sehen …«

Als Sarah heimkam, hörte sie Dara weinen, spürte die gespannte Atmosphäre, die im Haus herrschte. Sofort legten sich wie ein Leichentuch unausgesprochene Vorwürfe über sie: Sie war länger ausgeblieben als nötig. Jim saß am Küchentisch und rauchte; auf einer Untertasse häuften sich ausgedrückte Kippen.

Dara heulte ärgerlich in seinem Laufstall. Sie holte ihn heraus, setzte sich und wiegte ihn. Er lehnte den Kopf an ihre Brust, beruhigte sich ein wenig und schluchzte nur noch leise.

Lorraine ging unterdessen wortlos nach oben – wie immer, wenn ihr Vater schlecht aufgelegt war.

»So, so«, sagte Jim. »Du hast dich also doch noch entschlossen heimzukommen. Was hat dich aufgehalten?«

»Ich habe eine alte Schulfreundin getroffen«, erwiderte Sarah. »Wir haben Kaffee getrunken.«

Misstrauisch musterte er sie. »Schön, dass du dich dann doch noch an Mann und Kind erinnert hast … Wahrscheinlich sollten wir dankbar sein, dass du überhaupt heimgekommen bist. Schließlich könntest du bis in alle Ewigkeit mit jeder dummen Gans tratschen, die dir über den Weg läuft.« Wütend starrte er sie an, als ihm in vollem Ausmaß bewusst wurde, welche Freiheiten sie sich herausgenommen und welche Beleidigung sie ihm zugefügt hatte. »Wenn du das noch mal machst – mich hier sitzen zu lassen mit einem quengelnden Kleinkind, während du den ganzen Nachmittag lang tratschst – dann kann ich dir jetzt schon sagen …«

Sarah sah ihn nicht an, hielt den Kopf gesenkt. Insgeheim sagte sie sich, er solle sich zum Teufel scheren, und fragte sich, wie er sich nur einbilden konnte, solche Macht zu besitzen; doch sie deutete ihren Protest weder durch Worte noch durch Gesten an.

»Dara ist ziemlich schlecht gelaunt«, murmelte sie stattdessen und ignorierte die Drohung. Es war ihr ein Rätsel, warum das Kind in einem solchen Zustand war. Jim schnaufte ärgerlich und deutete auf das Eckelement der Einbauküche, an dem er noch arbeitete. Sein Werkzeug lag auf dem Boden.

»Ach wie schön«, sagte Sarah so gelassen, wie sie nur konnte. »Toll, dass du es fertig machst. Sieht gut aus.«

»Gut? Du findest also, es sieht gut aus? Siehst du denn nicht, welchen Mist ich gebaut habe?« Er stand auf und legte den Finger auf die Randleiste, die einen Zentimeter zu kurz war. »Ich habe das verdammte Ding zu kurz zugesägt, weil« – er deutete auf Dara – »seine Majestät hier angefangen hat zu quengeln. Wie soll ein Mann arbeiten, wenn das Kind ständig quengelt? Kannst du mir das sagen? Wie soll ein Mann arbeiten, wenn das Kind ewig jammert?«

»Hast du ihn gefüttert?«, fragte Sarah leise.

Im ersten Moment wirkte Jim überrascht. »Gefüttert? Du lieber Himmel! Sollte ich ihn auch noch füttern?«

»Das habe ich dir doch gesagt«, flüsterte Sarah. »Ich habe dir gesagt, dass er geschlafen hat, bevor ich weggegangen bin, und du solltest sein Essen warm machen. Er hat Hunger. Deshalb ist er so schlecht gelaunt.«

Sie ging an den Kühlschrank und zeigte auf die abgedeckte Schüssel mit Hackfleisch und Kartoffelbrei. »Ist schon gut! Dann mache ich es ihm eben jetzt warm.« Sie setzte Dara wieder in den Laufstall, nahm die Schüssel und erhitzte sie im Wasserbad.

»Jesus, Maria und Josef ...«, begann Jim und verhaspelte sich vor Wut. »Für wen hältst du mich eigentlich? Du haust einfach ab zum Einkaufen und machst praktisch Urlaub, lässt mir das Kind da, ich soll es hüten und füttern und gleichzeitig qualifizierte Arbeit leisten! Das ist nämlich qualifizierte Arbeit, so eine verdammte Küche einzubauen. Qualifizierte Arbeit! Und schau dir das an!« Er nahm den schweren Hammer aus der Kiste und drosch auf den misslungenen Eckschrank ein, so dass mit einem Krachen die Holztür zersplitterte. Sarah schwieg, sah den Hammer in der Hand ihres Mannes. Sie spürte die dumpfe Angst, mit der sie lebte, im Magen. Sie war wie gelähmt; selbst das Baby in ihrem Bauch rührte sich nicht – als lausche es den Schritten eines sich nähernden Raubtieres im Wald.

Dara lag eingekuschelt im Laufstall, den Kopf auf das alte Schaumgummikissen gebettet, den Daumen im Mund.

Jim holte noch einmal mit dem Hammer aus; wieder splitterte die Tür, und auch der Rahmen barst. Er sah Sarah an. In seinem Gesicht spiegelten sich gleichzeitig selbstgerechter Zorn und Kummer über die Zerstörung seiner Arbeit. Sarah wich bis an die Wand zurück.

»Wenn du mich mit dem Ding schlägst, bringst du mich um!«, sagte sie. Jim blickte auf den klobigen Hammer in seiner Hand. Er atmete schwer. Zornig zog er seine buschigen Augenbrauen zusammen.

»Ich geh' jetzt weg, du Schlampe«, rief er. Er ließ den Hammer fallen und ging zur Tür. »Und wenn ich wiederkomme, ist die Bude hier blitzsauber, haben wir uns verstanden? Blitzsauber!« Und er versetzte Didi, Daras Teddy, der auf dem Flur lag, einen Fußtritt. »Hier sieht's aus wie im Slum ... und dieser Gestank!«

Sarah roch es auch. Dara, der mit geschlossenen Augen im Laufstall lag, hatte vor Angst in die Windel gemacht. Als die Vordertür ins Schloss fiel, holte sie ihn heraus und wickelte ihn. Sie holte Didi aus dem Flur und setzte ihn auf den Tisch. Dann fütterte sie ihren Sohn, schenkte ihm ihre ganze Aufmerksamkeit, scherzte mit ihm: »Ein Löffelchen für Dara, ein Löffelchen für Didi«, bis das Kind lachte. Sie fragte sich, was Lorraine wohl machte, rief nach ihr, aber es kam keine Antwort. Wahrscheinlich hatte sie sich hingelegt. Wie Dara flüchtete auch sie vor den Wutanfällen ihres

Vaters in den Schlaf. Sie schlich sich leise davon und verkroch sich im Bett. Sarah war froh, dass Liam bei seinen Cousins war und erst morgen wiederkam.

Nach der Mahlzeit brachte sie Dara nach oben und legte ihn in sein Bettchen. Auch Lorraine lag mit geschlossenen Augen im Bett, schlief aber nicht, sondern antwortete, als Sarah sie ansprach. »Ist Daddy weggegangen?«

»Ja, Liebes. Möchtest du nicht raus zum Spielen?«

»Noch nicht. Ich mache erst Hausaufgaben.«

Während Dara schlief und Lorraine Hausaufgaben machte, begann Sarah mit der Hausarbeit, räumte die Küche auf, wischte den Fußboden. Dann saugte sie im Wohnzimmer, sammelte Spielsachen auf. Die ganze Zeit überlegte sie, in welchem Zustand Jim nach Hause kommen würde; dann wieder kehrten ihre Gedanken zu dem Gespräch mit Patricia im Supermarkt zurück. Patricia hatte gesagt, Frauen, die Opfer von Gewalt in der Ehe seien, sollten wenn irgend möglich gehen; der Mann werde sich auf keinen Fall ändern. Sie hatte sogar mit einer Anwältin darüber gesprochen. Es mochte zwar Rechtsmittel geben, doch Sarah wusste selbst, dass sich Jim durch dergleichen nicht lange würde beeindrucken lassen. Irgendwie musste sie einfach den Mut aufbringen, ihn zu verlassen.

Patricia hatte nicht getrunken, sie sah gut aus. Offensichtlich fehlte es ihr an nichts – Kunststück, wenn man mit einem reichen Anwalt verheiratet war. Es stand ihr nicht zu, Sarah zu sagen, was sie tun und lassen sollte. Aber dennoch – welch grenzenlose Erleichterung wäre es für sie, wenn sie einen Platz hätte, wo sie mit den Kindern in Sicherheit wäre, wo sie nicht ständig wie auf die Folter gespannt leben müsste. Sie wusste, wenn sie erst einmal fort war, würde sie niemals zurückkommen.

Aber denken und reden war leicht, handeln dagegen schwer. Wenn sie ginge, würden es alle erfahren; ihr würde nichts bleiben. Sie würde Dinge zurücklassen müssen, die ihr lieb und teuer waren: den chinesischen Kaminvorleger, die guten Gläser, das schöne versilberte Newbridge-Essbesteck, das sie zur Hochzeit bekommen hatten, den Anschein eines normalen Familienlebens. Dann wäre sie tief gesunken, eine schwangere Frau, allein erziehend, mit drei Kindern. Auch das Frauenhaus würde sie, sofern sie überhaupt einen Platz bekam, nicht ewig beherbergen. Und der Gedanke daran, von Almosen zu leben, war ihr zuwider. Sie würde sich Arbeit suchen müssen. Aber wer sollte sie beschäftigen?

Es wäre so viel leichter, wenn Jim immer so wäre wie jetzt. Aber manchmal war er lieb. Manchmal brachte er ihr Pralinen mit, ging mit ihr aus.

Aber heute Abend würde er betrunken nach Hause kommen. Das wusste sie. Und dann würde er an allem herumnörgeln, nach Staub suchen, nachsehen, ob sie gebügelt hatte, sie schlagen. Hasserfüllt würde er sein. Sie hatte Angst vor dem Abend, vor ihrer drohenden Niederlage.

Plötzlich, fast ohne bewussten Entschluss, ging sie auf den Flur hinaus, nahm den Hörer ab und holte den Umschlag mit Patricias Telefonnummer aus der Tasche. Das Telefon am anderen Ende läutete viermal, bis sich jemand meldete.

»Hallo?«

Sarah kannte die Stimme nicht; sie klang jung und ein bisschen gereizt – bestimmt war es Patricias Tochter.

»Könnte ich bitte mit Patricia sprechen?«

»Einen Augenblick …«

Sarah hörte das Mädchen rufen: »Mama, es ist für dich!« Und dann die Schritte auf dem gefliesten Fußboden.

»Hallo?«

»Pat, ich bin's … Sarah. Könntest du mir die Nummer von der Anwältin geben, die du erwähnt hast? Ich habe mich entschieden. Ich lasse mir für nächste Woche einen Termin geben.«

Sarah fragte sich, warum sie so leise sprach, warum ihr Herz schneller schlug, so als täte sie etwas Gefährliches, etwas Verbotenes. Mein Gott, sagte sie sich, du bist eine erwachsene Frau, von der man annehmen sollte, dass sie in der Lage ist, die Verantwortung für ihr Leben selbst zu tragen!

»Sehr gut«, sagte Pat. »Hast du einen Stift zur Hand?« Sie nannte ihr die Telefonnummer der Kanzlei. »Die Anwältin heißt Mrs. Joan de Barra. Sag ihr, ich hätte dich geschickt.«

12. Kapitel

Ich habe in den Softpornomagazinen geblättert, die Gerry von irgendjemandem bekommen hat. Ich gebe zu, dass ich heftig auf die Bilder reagiert habe, denn keine Frau kann sie ansehen ohne wütend zu werden – allerdings mehr wegen der verborgenen Botschaft: »Seht her, wie wir diese Frauen erniedrigt haben. Wer ist hier wichtig?«

Ich sah, wie Gerry sie mit blödem Grinsen betrachtete. Ich hasste dieses Grinsen. Die Frauen waren jung und schön. Sie zogen Schnuten, warfen sich in Pose, reckten Brüste und Po heraus. Sie taten so, als wären sie unfähig zu denken. Weiße Zähne, scheues Lächeln. Sie suggerierten dem Betrachter, jeder x-beliebige Mann könne sie benutzen, ihnen Gewalt antun. Und unterschwellig der Nervenkitzel angesichts der unschuldigen Beute, gemischt mit wildem Hass.

Wäre ich ein Mann, würde mich das nicht auch schrecklich erregen, mir Bestätigung geben und ein Gefühl der Macht verleihen? Aber die Erregung entsteht nicht durch die Nacktheit, sondern durch die Erniedrigung.

Aus: *Die Pferdeohren*, 1990

Auf der Heimfahrt vom Supermarkt dachte Pat an Sarah, an ihr Gespräch beim Kaffee; mit ihr konnte sie ganz frei reden. Nicht einmal bei Nell fühlte sie sich so unbefangen; Sarah gegenüber war sie sogar in Versuchung geraten, über ihre problematische Beziehung mit Paddy zu sprechen. Sarah hatte es von jeher verstanden, zuzuhören ohne zu urteilen. Hinzu kam die Tatsache, dass sie einander kaum kannten;

dadurch wurde es in gewisser Weise leichter, Probleme zuzugeben, die sie eigentlich gar nicht haben dürften.

Sie hatten ein so intensives, einfühlsames Gespräch geführt, dass keine von beiden bemerkte, wie sich die Cafeteria im Lauf der Zeit allmählich leerte und das Kind unruhig wurde. Das kleine Mädchen mit den schüchternen braunen Augen hatte geduldig gewartet und nur gelegentlich von dem Bilderbuch aufgeblickt, das Patricia ihr gekauft hatte. Als Patricia sie anlächelte, lehnte sie sich an ihre Mutter. Sarah wirkte ausgemergelt.

»Du siehst müde aus«, bemerkte Patricia. »Nimmst du deine Vitamine?«

Sarah lächelte. »Du klingst wie meine arme Mutter, Gott hab sie selig.« Sie seufzte. Erschöpfung sprach aus ihren Gesten, ihrem Blick, aus der Art, wie sie sich zurücklehnte. Sie hatte dunkle Ringe unter den Augen, mit einem Netz feiner purpurroter Äderchen dicht unter der Haut.

»Wie geht's dir sonst?«, fragte Patricia schließlich.

»Könnte schlimmer sein«, erwiderte Sarah leise. »Es passt ihm nicht, dass ich schwanger bin.«

»Hat er dich geschlagen ... während der Schwangerschaft?«

Sarah zögerte. »Vor vier Wochen. Es war meine Schuld. Ich hatte seine Stimmung falsch eingeschätzt!«

»Er verursacht noch eine Fehlgeburt, wenn er so weitermacht!«, flüsterte Patricia, damit das kleine Mädchen nichts mitbekam.

»Ich weiß. Das ist schon mal passiert ... vor ein paar Jahren.«

Pat schwieg. Sie hatte plötzlich das Gefühl, dass sie so viel Vertrauen nicht verdiente, es wurde ihr bewusst, in welcher Hölle Sarah lebte.

»Ich war im dritten Monat«, fügte Sarah hinzu. »Es hat stark geblutet.«

»Warst du beim Arzt?«

Sarah lächelte kläglich. »Ich hätte mich fürchterlich geschämt.«

»Hat dein Mann davon gewusst?«

»Ich hab's ihm gesagt, aber er wollte es nicht glauben! Er hat so getan, als wäre ich überhaupt nicht schwanger gewesen!«

Das Paar am Nebentisch stand auf. Lorraine rückte ihren Stuhl näher heran, damit sie bequem vorbeikonnten. Eine Kellnerin räumte ab und wischte die leeren Tische sauber. In der Nähe saß ein Kind im Buggy und verschmierte das Eis, das es aß, über Gesicht und Jacke. Der Raum war erfüllt vom Duft nach Kaffee und dem Klappern und Klirren von Geschirr und Besteck.

Warum erzählt sie mir das alles?, dachte Patricia, gerührt über so viel Vertrauen.

Nach einer Weile fragte Sarah schüchtern: »Dein Mann ist doch Anwalt, nicht wahr?«

Patricia sah vor ihrem geistigen Auge Gerry mit Sarahs Problem konfrontiert, seine unerschütterliche Gleichgültigkeit. Er hatte während der Ausbildung bei einem älteren Anwalt gearbeitet, den eine Klientin wegen der gerichtlichen Aufhebung der ehelichen Gemeinschaft konsultiert hatte. Der Anwalt riet der Frau, brav nach Hause zu gehen und für ihren Mann das Abendbrot zu richten. Gerry hatte das Gespräch zwischen der weinenden Frau und dem unwirschen Juristen mit angehört und es höchst amüsant gefunden. Patricia hielt es jedoch für unwahrscheinlich, dass er selbst mehr Mitgefühl aufbringen würde.

»Ja, und genau das brauchst du jetzt, einen guten Anwalt. Gerry kennt sich mit Familienrecht nicht so aus. Dafür aber sein Sozius – eine Frau, eine Anwältin. Sie ist sehr nett!«

Sarah dachte darüber nach. Dann sagte sie: »Ich kann mir keinen Anwalt leisten!«

»Wenn eine Freundin von mir Rat sucht, kostet das nichts!«, erwiderte Patricia und nahm sich vor, wenn nötig die Rechnung der Kanzlei aus eigener Tasche zu bezahlen.

Sarah lächelte. »Das ist wirklich sehr freundlich. Ich möchte es mir noch durch den Kopf gehen lassen. Aber selbst wenn ich eine Unterlassungsverfügung, oder wie das heißt, bekomme – würde er mich nicht in Ruhe lassen. Er würde wiederkommen. Aber der erste Schritt wäre, bei den Behörden um Schutz nachzusuchen, und auch danach müsste ich weiter mit ihm unter einem Dach leben!« Sie schüttelte den Kopf und lächelte kläglich.

»Über das Thema weiß ich Bescheid«, fuhr Sarah fort. »Ich kenne eine Frau, die dasselbe Problem hat. Sie hat eine gerichtliche Anordnung erwirkt, und danach wich ihr der Mann nicht mehr von der Seite. Sie hatte keinen Augenblick lang Ruhe vor ihm, nicht einmal im Bad! Er schlug sie wieder, aber die Polizei unternahm nichts. Die waren nicht bereit, ihn aus dem Haus zu beordern, obwohl er die gerichtliche Anordnung nicht befolgte. Und der Mann war durchtrieben – er kam nämlich dahinter, dass die Polizei überhaupt nicht einschritt, wenn keine offensichtlichen Anzeichen für Schläge zu sehen waren.«

Sarah schüttelte den Kopf. »Ich bin nicht bereit, das alles auf mich zu nehmen für nichts und wieder nichts.«

»Aber wenn er sich nicht ändert? Ich habe mit meiner Freundin, der Anwältin, gesprochen und sie meinte, jede Frau, die vor diesem Problem steht, sollte weggehen, in ein Frauenhaus. Willst du dich denn für den Rest deines Lebens mit der Situation abfinden?«

»Nein. Wenn für die Kinder gesorgt wäre, würde ich ausziehen. Ich könnte wieder arbeiten.« Sie sah auf. »Ich war früher Zahnarzthelferin, weißt du!«

Pat nickte. Mehr als ich je erreicht habe, dachte sie.

»Heute richtet er etwas in der Küche«, fügte Sarah hinzu, »und hat angeboten, so lange auf Dara aufzupassen. Er ist nicht nur schlecht … dann wäre es viel leichter zu gehen. Es ist nur im Streit so schlimm; und da ist noch etwas: Er kann nicht anders!«

Patricia trank ihren Kaffee aus. »Wir können alle nicht anders«, sagte sie. »Deshalb ist die Welt so, wie sie ist.«

Sarah beugte sich vor; plötzlich funkelte der Humor in ihren Augen auf. »Hast du aufgehört zu trinken?«

Patricia zuckte zusammen. »Ja«, entgegnete sie bescheiden. »Ich habe aufgehört!«

»Du siehst jetzt auch viel besser aus.«

Aber dann kam Sarah wieder auf ihr Thema zurück. »Hast du kürzlich in den Nachrichten den Bericht über den Fall in England gesehen – wo die Frau ihren Mann umbrachte? Mit dem Tranchiermesser!«

Patricia erinnerte sich. Die Frau war jahrelang geschlagen worden und hatte sich schließlich gewehrt. Sie hatte eine Bewährungsstrafe bekommen.

»Aber sie musste nicht ins Gefängnis«, sagte Sarah, »anders als diese Frau in Cork.«

»Du musst ihn umbringen, während er dich schlägt«, entgegnete Patricia ungerührt. »Dann ist es Notwehr.«

»Ich weiß wirklich nicht, warum Jim immer so weitermacht.« Sarah standen Tränen in den Augen. »Ich bin mit meiner Weisheit am Ende. Er kann so nett sein, weißt du, und dann wieder reitet ihn der Teufel. Es macht ihm richtig Spaß mich zu prügeln, in dem Augenblick kann er nicht anders. Er fühlt sich dann so mächtig, wie Gott, wenn er auf mich eindrischt, wenn er irgendeinen Vorwand findet, zum Beispiel, dass ich seine Hemden nicht richtig gebügelt hätte. Ich habe wirklich versucht es zu verstehen, habe mich in ihn reinversetzt und mir die Schuld gegeben! Mein Gott, wie sorgfältig ich seine Hemden gebügelt habe, stundenlang. Und als es ihm Leid tat, hatte ich immer Mitleid mit ihm! Dann kam ich mir wichtig vor – wenn es ihm Leid tat! Klingt ziemlich verrückt, oder?«

»Opfer glauben immer, es sei ihre Schuld«, sagte Patricia. »Zumindest habe ich das so gelesen.«

»Und außerdem gibt's jetzt dieses ganze Pornozeug, auf Video. Was passiert, wenn die anfangen das nachzumachen, frage ich dich? Hast du schon von den Gewaltvideos gehört?«

Patricia nahm Zuflucht zu einer Lüge. Über Pornographie wusste sie Bescheid, Gewaltvideos hatte sie hingegen noch nie gesehen. Aber sie wollte nicht naiv erscheinen. »Ja«, sagte sie.

»Jim und seine Freunde haben sich tatsächlich mal so etwas angesehen. Das war am Anfang unserer Ehe, bevor die Kinder kamen«, fügte Sarah hinzu, als sie Patricias Gesichtsausdruck sah.

»Ich war bei meiner Mutter. Es war ein paar Wochen vor ihrem Tod und es ging ihr sehr schlecht. Ich kam nur nach Hause, um ein paar Sachen zu packen und Jim zu sagen, dass ich bei ihr übernachte. Aber als ich die Haustür aufsperrte, hörte ich sie johlen und klatschen und da saßen sie, zu dritt, tranken Bier und sahen sich einen Film an, bei dem mir schlecht wurde.«

»Um was ging es denn?«

Sarah warf einen Blick auf ihre Tochter und senkte die Stimme. »Das willst du gar nicht wissen ... eine Bandenvergewaltigung! Ihre Vagina und ihr Anus wurden in Nahaufnahme gezeigt. Und dann haben sie die Frau mit Messern durchbohrt und ihr eine Brust abgeschnitten und dann lag sie blutüberströmt im Sterben. Das hat denen gefallen, das gab ein Gegrunze und Gegröhle! Sie haben nicht einmal bemerkt, dass ich in der Wohnzimmertür stand, so begeistert waren sie. Aber ich kenne sie – Jim und Dan und Bill. Die würden durchdrehen, wenn jemand einen Hund so quälte! Aber weil es eine Frau war, hat es ihnen gefallen.«

»Was hast du getan?«

Sarah holte tief Luft. »Ich weiß nicht, wie es kam, aber ich bin durchgedreht ... es ist einfach über mich gekommen ... Ich habe rot gesehen. Mir war völlig gleich, was passiert. Ich packte den Schürhaken und ging auf die drei Kerle los, die dasaßen wie Salzsäulen. Nicht einmal Jim war fähig sich zu rühren; ich sagte ihnen, sie sollten verschwinden, bevor ich sie umbringe.« Sie sah Patricia an.

»Das Komische war – sie gingen tatsächlich. Jim und die anderen! Danach war er eine Weile ziemlich verlegen, sagte aber nichts weiter dazu. Wir haben nie über den Vorfall gesprochen. Ich glaube, er hat sich geschämt. Er hat mich deswegen auch nie verprügelt oder wenigstens hat er es nicht als Vorwand benutzt. Natürlich war er damals auch vorsichtiger. Er hatte Angst, dass ich ihn verlasse.«

Patricia schwieg.

»Ich sollte dich nicht so schockieren«, sagte Sarah. »Ich sehe es deinem Gesicht an, dass du schockiert bist. Hast du noch nie etwas von diesen Videos gehört?«

»Ich weiß nur etwas über Pornographie. Aber dass es so schlimm ist, wie du sagst, hätte ich mir nie träumen lassen. Bestimmt kommen die Videos aus England. In Irland kann man so etwas nicht kaufen!«

Sarah seufzte. »Die Leute kaufen das Zeug nicht nur, sie verschlingen es geradezu. Sie können gar nicht genug davon kriegen. Das ist eine riesige Industrie. Teenager, junge Männer, alte Männer. Das weiß ich von anderen Frauen aus der Nachbarschaft. Vielleicht sieht sich sogar dein Sohn so etwas an. Dann wird er glauben, dass für einen Mann Mord oder Gewalt gegen Frauen normal sind. Und ihm ist nicht klar, dass er sich zum Affen macht, damit ein paar Geldsäcke noch fetter werden!«

»Dagegen muss man etwas tun«, sagte Patricia, die ihre Panik, ihr Entsetzen, ihr Bedürfnis vor Wut laut aufzuschreien niederkämpfte. »Wir werden wie Wild gehetzt von einer Meute Hunde. Egal wohin wir uns wenden, sie warten schon auf uns mit Geifer am Maul. Wenn es nicht die Kirche ist oder das Recht oder Leute wie dein Mann, dann ist es die so genannte Unterhaltungsindustrie!«

Sie dachte an Simon und seine Aggressionen, die sich vor allem gegen seine Mutter richteten. Er hatte schon oft gesagt, er sehe sich Videofilme bei einem Freund an. Welche Videos das waren, hatte sie nie gefragt. Sah sich ihr kleiner Simon, der einmal die Beakers so gern gehabt hatte, etwa Pornos an?

Sarah stützte das Kinn auf die Hand und warf einen Blick auf ihre Tochter. »In was für einer Welt wird sie einmal leben müssen?«, fragte sie leise. »Mit Männern, die Filme konsumieren, in denen Frauen wie Dreck behandelt werden, wie Freiwild, wie etwas, das man erniedrigen und ermorden und sogar auffressen – ausschlachten – kann, einfach so zur Unterhaltung oder um sich stark zu fühlen. Nur weil es Frauen sind! Ich muss nur noch lachen, wenn ich das ganze Theater um die Vivisektion oder die Dosen mit delphinfreundlichem Thunfisch sehe. Warum kämpfen wir nicht für eine ›frauenfreundliche‹ Welt? Warum haben wir keine ›frauenfreundlichen‹ Filme? Warum sieht niemand ein, dass unsere Körper so sind, wie sie sind, damit die menschliche Rasse weiterbesteht?« Sie zuckte die Achseln. »Man könnte glauben, wir hätten das alles selbst so geplant, um die Männer zu provozieren. Das ist so unfair.«

Mit hohlem Blick sah sie sich in der Cafeteria um. »Gott hat diesen ganzen Schlamassel geschaffen. Warum gibt niemand Gott die Schuld?«

»Wir haben Gesetze«, flüsterte Patricia.

»Wie weit reichen die?«, fragte Sarah bitter. »Dass wir mehr Frauen im Dáil brauchen?« Sie warf Patricia einen verächtlichen Blick zu. »Wenn du auch nur einen Augenblick glaubst, dass effektive Maßnahmen gegen Pornographie ergriffen werden – da kannst du lange warten, kann ich da nur sagen!«

Patricia schwieg. »Schau, Sarah«, sagte sie schließlich, »wenn du verprügelt wirst, musst du etwas unternehmen. Wenn du ihn nicht vor Gericht bringen willst, dann zieh aus. In Dublin gibt es vier Frauenhäuser mit Platz für sechzehn Familien. Da wärst du in Sicherheit. Die Anwältin, von der ich dir erzählt habe, hat gesagt, jede Frau in deiner Lage sollte einfach gehen!«

Sarah schüttelte den Kopf. »Das sagt sich leicht! Ich weiß nicht. Es wäre eine Art Niederlage ... Woher weißt du überhaupt so viel über diese Dinge? Warum glaubst du, dass ich gleich einen Platz bekäme?«

»Ich habe eine Freundin, die sich in verschiedenen Wohltätigkeitsorganisationen engagiert«, erwiderte Pat zögernd, denn ihr war bewusst, dass sie wie die gute Fee daherredete, obwohl sie sich selbst vollkommen hilflos fühlte.

»Ich will keine Almosen«, entgegnete Sarah steif. Sie wandte den Blick ab, sah ihre Tochter an, tastete nach ihrer Handtasche. »Warum wird gerade von uns so viel Mut gefordert?«, zischte sie. »Ich habe eine Todesangst, aber mein zweitgrößtes Problem ist die Hoffnung. Die Hoffnung lässt mich einfach nicht los!«

Pat dachte an ihr eigenes Leben, an Paddy, an die Zukunft. »Mir geht es genauso«, flüsterte sie. »Ganz genauso!«

Als Patricia in ihre Straße einbog, sah sie Mick Clancy auf seinem Motorrad draußen vor dem Haus und neben ihm Orla, die sich mit ihm unterhielt. Die beiden sahen den Wagen kommen und machten Platz. Patricia fuhr in die Einfahrt. Sie blieb noch kurz im Wagen sitzen. Orla hatte nicht den Eindruck gemacht, als sei das Gespräch in irgendeiner Weise unfreiwillig gewesen.

Pat stieg aus, öffnete den Kofferraum und packte den Einkauf aus. Nach einer Weile tauchte Orla neben ihr auf und half ihr wortlos die Tüten ins Haus zu tragen, als wolle sie durch diese Geste Abbitte leisten.

»Belästigt er dich?«, fragte Patricia.

»Um Himmels willen, Mama! Siehst du denn nicht, dass wir uns nur unterhalten haben? Ich kann selbst auf mich aufpassen!«

Ich werde alt, dachte Patricia. Ständig mache ich mir unnütz Sorgen, erteile im Supermarkt einer Frau, die ich kaum kenne, neunmalkluge Ratschläge, und dabei weiß sie über das Leben wahrscheinlich besser Bescheid als ich. Vielleicht ist meine Weltsicht gestört. Vielleicht bin ich diejenige, die einen Fingerzeig Gottes braucht. Vielleicht ist die Welt in Ordnung und nur Patricia spinnt.

Simon war nicht zu Hause.

»Wo ist dein Bruder?«

»Woher soll ich das wissen?«

»Ich finde, du solltest ein bisschen mehr lernen. Die Prüfungen stehen vor der Tür.«

Orla stöhnte genervt und blickte zum Himmel auf.

Später rief Patricia Nell an. »Hast du heute Abend etwas vor?«

»Ich kann nicht weg! Freds Bruder kommt aus England zurück!«

»Ach so … na, dann einen schönen Abend!« Patricia wollte schon auflegen, da kam ihr ein Gedanke. »Nell …«

»Ja.«

»Hast du Simon gesehen?«

»Er war hier, als ich heimkam. Peter hatte ein paar Freunde zu Besuch. Sie haben sich ein Video angesehen.«

Pat wurde nervös. »Was für ein Video?«

»Ich weiß nicht. Einer von seinen Kumpels hat den Film mitgebracht.«

»Könntest du mal nachsehen?«

»Warum? Glaubst du etwa, dass sie sich etwas Ungeeignetes ansehen?«

»Das kann man nie wissen.«

Nell seufzte. »Ich frage Peter, aber ich bin mir sicher, dass er von so etwas die Finger lässt.«

Als eine Stunde später das Telefon läutete, schnitt Patricia gerade ein gekochtes Hühnchen für ein Currygericht klein, das es zum Abendessen geben sollte. Sie nahm ab und sagte ihren Namen. Erst hörte sie nur ein leises Summen in der Leitung, dann seine Stimme:

»Hallo, mein Liebling!«

Patricia stieß die Küchentür mit dem Fuß an, so dass sie zufiel. »Hallo. Von wo aus rufst du an?«

»Richmond.«

»Die Verbindung ist gut!«

»Wie geht's dir?«

»Nicht schlecht. Und dir?«

»Mir ist langweilig. Ich vermisse dich schrecklich.«

Paddys Stimme war voller Sehnsucht. »Mir ist alles über. Ich möchte wieder bei dir in Irland sein. Ohne dich hat das Leben einfach keinen Sinn.«

Patricia wurde es warm ums Herz. Paddy hatte eine ausdrucksvolle Stimme. Sein Liebesbekenntnis war zärtlich, weich, voller Leidenschaft. Mit einem Mal sah sie die ganze Welt in einem anderen Licht. Das Leben gewann wieder an

Bedeutung. Pats Vorbehalte gegen die Beziehung waren wie ausgelöscht. Er konnte doch nicht so sprechen, wenn er es nicht ernst meinte.

»Ich vermisse dich auch.«

»Ich will dich, Patricia. Ich will mit dir zusammen sein.« Er hielt inne. »Liebling, hast du über Paris nachgedacht?«

»Ja!«

»Kommst du? Es wäre wunderbar. Wir könnten uns oft sehen. Ich möchte dir die Stadt zeigen, übers Wochenende mit dir in ein ruhiges französisches Städtchen fahren, in ein gutes Hotel. Mich hält nur noch der Gedanke aufrecht, dass wir dann wirklich Zeit füreinander hätten.«

Schweigen, diskretes Summen in der Leitung. »Liebling!«

»Ja?«

»Kommst du?«, fragte er sehnsüchtig. Auch Patricia spürte die Sehnsucht schmerzlich in sich aufsteigen, fühlte sich mit einem Mal wieder lebendig.

»Ich komme«, sagte sie. »Ich komme.«

Auf dem Flur legte Orla, die gerade hatte telefonieren wollen, sachte den Hörer wieder auf. Ihre Augen waren vor Schreck geweitet. Patricia hörte das leise Klicken und sagte zu Paddy: »Bleib einen Augenblick dran.« Sie lief hinaus, aber der Flur war leer.

»Tut mir Leid. Ich musste draußen nachsehen, ob eins der Kinder mithört.«

»Hast du jemanden ertappt?«

»Nein.«

Simon kam um sechs nach Hause.

»Wo warst du?«

»Bei Peter. Wir haben uns ein Video angesehen.«

»Was für eins?«

»Es war ein Kriegsfilm, U-Boote und so was.«

Patricia seufzte erleichtert auf und fühlte sich schuldig, weil sie Zweifel gehegt hatte.

»Hast du Hunger? In ein paar Minuten ist das Essen fertig.«

Simon nickte. »Gut, ich bin nämlich am Verhungern.«

Er griff in die Besteckschublade und wühlte darin herum.

»Was machst du da?«

»Ich suche nur Excalibur!«

Er holte die Gabel mit den gebogenen Zinken heraus, legte sie an seinen Platz am Tisch und entfernte die andere. Patricia lachte. Manchmal war Simon komisch. Er grinste, warf ihr einen Seitenblick zu. Seine Wangen waren gerötet und seine Augen glänzten.

»Rührst du die Soße weiter? Ich laufe nur rasch nach oben.«

»Okay.«

Als Pat in die Küche zurückkam, läutete das Telefon. Orla, die vor ihrer Mutter heruntergekommen war, nahm auf dem Flur ab.

»Ist für dich, Mama.«

»Wer ist es?«

Orla zuckte die Achseln und sagte leise: »Keine Ahnung. Eine Frau.«

Dann bemerkte sie noch leiser, so dass Patricia nicht sicher war, ob sie recht verstanden hatte: »Wenigstens ist es nicht wieder dieser Mann!«

Patricia nahm den Hörer auf und war überrascht, Sarahs Stimme zu hören; sie gab ihr die Nummer der Kanzlei, damit sie nach den Feiertagen Joan anrufen konnte.

13. Kapitel

Ich habe den Nachmittag mit den Kindern im Garten verbracht. Orla interessierte sich für das Märchen von Cinderella, das ich ihr aus einem Bilderbuch vorlas. Sie war hingerissen von der guten Fee und der Kutsche, dem gläsernen Schuh und dem wunderbaren Prinzen, der Satinhosen trug und Cinderella wegen ihrer Schönheit anbetete. Am Ende dann die prächtige Hochzeit, und sie waren glücklich bis an ihr Lebensende.

»Waren sie wirklich glücklich bis an ihr Lebensende, Mami?«, wollte Orla wissen.

»Natürlich, Schatz«, sagte ich, um ihre eine Freude zu machen. »Natürlich.«

Aus: *Die Pferdeohren*, 1982

Lorraine kam herunter und half ihrer Mutter bei der Hausarbeit. Sarah scherzte: »Schau dir mal den Saustall an, wie auf dem Bauernhof, nicht wahr?« Aber Lorraines wachsame Augen blieben ernst. Sarah war außer Atem vor Anstrengung und Lorraine bat sie, sich hinzusetzen. »Ich sauge das Wohnzimmer fertig, Mami.«

Sarah folgte der Aufforderung nur zu gern; sie setzte sich auf die Couch und lehnte sich zurück, damit das Ziehen im Bauch nachließ. Dann überlegte sie noch einmal, was sie bei dem Gespräch mit der Anwältin, Mrs. de Barra, sagen wollte. Sie schloss kurz die Augen, und als sie sie wieder aufschlug, war das Zimmer leer und sie hörte Lorraine auf der Treppe. Als das Mädchen wiederkam, hatte sie ein Kopfkissen in der Hand, das sie für ihre Mutter auf die Couch legte. »Ruh dich nur richtig aus, Mami.«

Sarah fügte sich, gerührt über die Fürsorglichkeit ihrer Tochter. Sie schüttelte das Kopfkissen zurecht und beobachtete ihr Kind beim Staubsaugen. Lorraine warf ihr von Zeit zu Zeit einen Blick zu und lächelte froh in sich hinein, weil sich die Mutter dank ihrer Hilfe etwas erholen konnte.

»Komm her zu mir, mein Schatz!«

Lorraine ließ sich von ihrer Mutter in die Arme schließen, legte die Wange auf ihre und erwiderte eifrig ihre Liebkosungen.

»Wenn ich sonst nichts Gutes in meinem Leben gehabt hätte – dich zu haben ist alle Mühe wert«, flüsterte Sarah. »Ich möchte, dass du das weißt. Ich habe dich lieb und bin so stolz auf dich, meine kleine Prinzessin!«

Lorraine lächelte ihr heimliches, schüchternes Lächeln. »Ich sehe lieber zu, dass ich mit dem Staubsaugen fertig werde, bevor Daddy heimkommt!« Aber als sie das Gerät wieder einschaltete, läutete es an der Tür.

»Das ist Jennifer«, sagte Sarah. Von ihrem Platz auf der Couch aus hatte sie das Mädchen den Weg heraufkommen sehen. Jennifer, Lorraines beste Freundin, wohnte gleich um die Ecke. Lorraine ließ sie herein; Jennifer trat mit strahlendem Lächeln ins Zimmer und fragte, ob Lorraine bei ihr zu Abend essen und anschließend übernachten dürfe.

Sarah sah die Begeisterung in den Augen ihrer Tochter und dann den gequälten Blick auf den Staubsauger und die unerledigte Hausarbeit.

»Ist das deine Idee, Jennifer – oder hat deine Mutter den Vorschlag gemacht?«

»Meine Mutter. Na ja, ich habe sie gefragt und sie ist einverstanden.«

Sarah sah ihre Tochter an. »Na, worauf wartest du noch?«

»Ich will erst noch zu Ende saugen«, meinte das Kind zögernd.

»Nein, das tust du nicht. Hol deinen Schlafanzug und deine Zahnbürste, und dann ab mit dir!«

Lorraine lachte und rannte mit Jennifer im Schlepptau nach oben.

Dann bin ich heute Abend mit Jim und Dara allein, dachte Sarah. Vielleicht gar nicht das Schlechteste.

Als die beiden kleinen Mädchen fort waren, saugte Sarah das Wohnzimmer fertig. Anschließend machte sie die Betten, ließ aber das Zimmer der Jungen aus, damit Dara ungestört schlafen konnte. Die Krankheit hatte ihn ziemlich mitgenommen; noch jetzt schlief er oft den halben Tag.

Dann ging sie auf Zehenspitzen in sein Zimmer und schaute in sein Bettchen. Das Kind lag auf dem Rücken, beide Arme mit geöffneten Handflächen neben dem Kopf. Sein Gesicht war gerötet und Sarah fürchtete plötzlich, er könnte Fieber haben. Doch als sie seinen Hals berührte, wusste sie, dass er nur vom Schlaf erhitzt war. Er schlug die Augen auf und lächelte seine Mutter an.

»Mami ... will hoch.« Er streckte ihr die Arme entgegen. Sarah küsste ihn und legte ihn zum Wickeln auf Liams Bett. Sie war beinahe in so etwas wie Hochstimmung: Sie hatte Patricia O'Hehir – nein, Galligan – angerufen und war jetzt im Besitz einer Telefonnummer, die ihr Leben verändern konnte. Die Linie zwischen Handeln und Nichthandeln war so schmal, aber die Folgen konnten gewaltig sein. Mal abwarten.

»Du bist ein kleiner Fettwanst«, beschied sie ihrem Kind und küsste es von Liebe überwältigt auf den Bauch. Dara gluckste vor Vergnügen und pinkelte in hohem Bogen – ein warmer Strahl, der seine Mutter an der Nase traf.

»Du kleiner Racker, du weißt auch immer, wann du loslassen musst!«

Dara tapste in der Küche herum. Die Töpfe und Tiegel, die Sarah in dem Schrank neben der Spüle aufbewahrte, standen bald auf dem Boden und Dara war angeregt damit beschäftigt, Deckel scheppern zu lassen und kleinere in größere Töpfe zu stellen. Sarah gab ihm noch ein paar Teelöffel, einen Teigschaber, eine Plastiktasse und ein Stück Schnur aus der Schublade. Dann holte sie Didi und setzte ihn neben den Laufstall, damit er das Geschehen besser im Blick hatte. Während sie die Spüle schrubbte, überlegte sie, ob Jim wohl zum Essen heimkommen würde. Wenn sie ihm etwas Gutes kochte, würde sich seine Stimmung vielleicht bessern. Traurig musterte sie die kaputte Tür des Eckschranks, die lose in den Angeln hing. Ein Schandfleck für die Küche – und Jim würde sich unheimlich aufregen, wenn er die neue einsetzte. Dann musste Sarah genau den richtigen Tonfall treffen: nicht zu enthusiastisch, sonst würde er behaupten, es sei geheuchelt, aber auch nicht zu gleichgültig, sonst würde er ihr vorwerfen, dass sie sich nicht freute. Dara begann sich bald für die kaputte Tür zu interessieren, schlug dagegen, streckte seine mollige Faust durch das geborstene Holz und spielte daran herum.

»Nein, Liebling, tu das nicht«, sagte Sarah. »Daddy bringt es wieder in Ordnung. Du machst es nur noch mehr kaputt, und dann wird Daddy böse!« Aber Daras Hand war in dem Spalt zwischen Rahmen und Paneel eingequetscht, und er begann zu weinen. Sarah eilte ihm zu Hilfe, drückte das Paneel zur Seite, um die Hand zu befreien; dabei entstand ein weiterer Riss, und das bereits gesplitterte Paneel, ohnehin aus dünnem Holz, zerbrach in zwei Teile und fiel zu Boden.

»Scht, scht.« Sarah küsste die kleine Hand und sah bestürzt, was sie angerichtet hatte. Rasch nahm sie die Teile des zerbrochenen Paneels und legte sie auf den Kühlschrank. Die Angst saß ihr in den Knochen. Bestimmt würde Jim ihr die Schuld geben. Ihre Hochstimmung war verflogen. Welchen Sinn machte ein Termin bei der Anwältin am Dienstag, also in vier Tagen? Heute war Gründonnerstag. Ihr kam wieder in den Sinn, was Patricia gesagt hatte. Vielleicht sollte sie einen zweiten Anruf machen, und wenn ein Platz im Frauenhaus frei war, ihre Tasche packen und gehen. Aber sie musste an Lorraine und Liam denken. Sie würde die beiden abholen, ihnen den Spaß verderben müssen. Und wenn sie ging, würde sie den Rest ihres Lebens in Angst leben. Jim würde sie verfolgen, einen wahren Kreuzzug daraus machen. Und am Ende würde er sie finden. Aber der Gedanke ließ sie nicht los. Sie sah sich den Weg hinuntergehen bis zur Bushaltestelle, Dara im Buggy, Lorraine und Liam neben ihr. Sie stellte sich vor, wie sie auf den Bus wartete. Wenn Jim aber vorbeikäme und sie sähe, während sie warteten? Er würde sie an den Haaren heimschleifen.

Doch wenn sie es bis zum Frauenhaus schaffte, wäre sie in Sicherheit. Zumindest für die nächste Zeit. Sie würde Atem holen, sich orientieren können. Aber wenn das Baby kam, wo sollte sie dann hin? Ohne Arbeit! Mit absolut gar nichts! Ich sollte lieber Dara etwas zu essen geben, dachte sie und schob das Problem beiseite. Wenigstens kann ich das alles später mit der Anwältin besprechen.

Sie legte zwei Eier in kochendes Wasser. Als sie sich umsah, merkte sie, dass Dara auf den Flur hinausgeschlichen war. Sarah ging ihm nach. Er hatte einen Filzstift gefunden, den sie versehentlich auf dem Fensterbrett hatte liegen lassen, und bekritzelte damit die Wand. Sarah schleppte ihn zurück in die Küche, setzte ihn in den Laufstall, holte einen feuchten Lappen und versuchte den dunkelroten Fleck von der Wand zu wischen. Aber die Farbe war schon in das Papier eingedrungen, und durch noch festeres Reiben würde sich womöglich die Tapete auflösen. Sie kehrte in die Küche zurück und setzte sich an den Tisch, unfähig, die Tränen zurückzuhalten. Dara, der sie vom Laufstall aus beobachtete, heulte los.

»Halt den Mund«, fuhr Sarah ihn an und wischte sich die Augen, »du machst nichts als Ärger!« Sie sah sich in der chaotischen Küche um, die vor einer halben Stunde noch völlig in Ordnung gewesen war. Töpfe und Tiegel, Topfdeckel, Krimskrams auf dem Fußboden, das zerborstene Paneel auf dem Kühlschrank. Jetzt musste sie wieder von vorne anfangen. Dara lehnte am Laufstallgitter und weinte, weil er rauswollte; die Tränen liefen ihm übers Gesicht.

»Ist schon gut, wart noch einen Moment, ja?« Sie warf ihm Didi in den Laufstall, damit er ihm Gesellschaft leistete, holte die Eier aus dem Wasser, setzte sie in Eierbecher, köpfte sie und stellte sie mit ein paar Scheiben dunklem Brot auf den Tisch. Dann machte sie eine Kanne Tee. »Wir müssen essen. Dabei hab' ich eigentlich gar keinen Hunger.«

Sie setzte Dara an den Tisch und fütterte ihn mit Ei. Dara wollte nicht, drehte den Kopf weg, und Sarah spielte das alte Spiel mit Didi. Während sie sich so mit dem Kind beschäftigte, hörte sie, wie die Vordertür aufgeschlossen wurde. Kurze Zeit später stand Jim in der Küchentür. Sarah versuchte zu lächeln. Schon die verspannte Haltung seiner Schultern signalisierte, dass er übler Laune war. Und an seinem roten, glänzenden Gesicht sah sie, dass er getrunken hatte. Er hielt etwas in der Hand. Bei näherem Hinsehen erkannte Sarah, dass es die Lenkradsicherung vom Auto war. Warum hatte er die mit hereingebracht?

Sie stand auf und setzte Dara wieder in den Laufstall. Das Kind starrte seinen Vater an und setzte sich ohne einen Laut. Sarah warf ihm den Teddy zu. Jim sah sich voller Abscheu in der Küche um.

»Dieser Saustall! Immer muss ich in so ein dreckiges Loch nach Hause kommen.« Er trat gegen den Topfdeckel, mit dem Dara gespielt hatte; der Deckel landete unter dem Tisch.

»Ich räume gleich auf«, murmelte Sarah. »Was möchtest du zum Tee?«

»Was ich zum Tee möchte? Das ist dir doch völlig egal. Der Ernährer dieser Familie kommt heim und es sieht aus wie im Slum. Andere Männer kommen heim und ihr Essen steht auf dem Tisch! Aber ich komme heim in ein Slum! Mit mir kann man es ja machen!«

»Was willst du denn mit der Lenkradsicherung?«, fragte Sarah, während sie rasch Töpfe und Deckel vom Boden aufhob. »Stimmt was nicht damit?«

»Sie funktioniert nicht, das stimmt nicht damit!« Er legte sie auf die Arbeitsfläche. »Genauso wenig wie alles andere ...!«

Sarah bückte sich mühsam, um Speck und Eier aus dem

Kühlschrank zu holen. Eine Haarlocke löste sich aus der Spange und fiel ihr ins Gesicht. Sie sah ihren Mann an, sah seinen unverhohlenen Abscheu, seinen Hass.

»Schau dich mal an. Weißt du, wie du aussiehst …? Wie ein riesiges fettes Walross … oder so ein blödes Nilpferd. Du siehst aus, als würdest du gleich platzen! Es ist widerwärtig! Genauso widerwärtig wie das Haus. Hab' ich dir nicht gesagt, du sollst sauber machen, bevor ich gegangen bin? Aber nein. Du musst herumtrödeln und diesen Fratz da verziehen!« Er trat gegen das Gitter des Laufstalls und Dara wich zurück, legte sich zu seinem Teddy und lutschte am Daumen.

Sarah schwieg. Sie schlug Eier in die Pfanne und legte Speck in den Grill. Ihr Schweigen ärgerte Jim. Er spürte ihre Missbilligung und ihre Angst.

»Mach nur nichts für mich! Ich gehe aus.«

Als er zur Tür ging, sah er das fehlende Paneel, sah, dass sein Werkzeug hinter dem Laufstall auf dem Boden verstreut lag.

»O Gott! Was hast du getan, du hirnlose Schlampe? Du hast die verdammte Tür ruiniert!«

Er starrte seine Frau mit einem zornigen, irren Ausdruck an, bereit, jederzeit zuzuschlagen. »Du und diese verdammten Kinder …« Wieder trat er gegen Daras Laufstall. »Es nimmt kein Ende!« In sich zusammengekauert sah Dara seinen Vater an, hielt seinen Teddy fest und wagte es nicht, seinen Tränen freien Lauf zu lassen.

Als Jim Anstalten machte, noch heftiger als zuvor gegen den Laufstall zu treten, spürte Sarah, wie eine Sicherung bei ihr durchbrannte, wie sie plötzlich verwegen wurde.

»Rühr das Kind nicht an!«, zischte sie. »Dara war sterbenskrank und ich bemühe mich, dass er wieder zu Kräften kommt. Und ich bin keine hirnlose Schlampe. In ganz Irland gibt es keine Frau, die es mit dir aushalten würde, mit der Art, wie du dich aufführst. Aber ich habe so viel ertragen, wie ich nur konnte!« Und sie schob energisch die Bratpfanne zur Seite.

Jims Augen leuchteten auf vor Vergnügen, da sich nun ein

legitimer Anlass zum Streit bot. Sarah forderte ihn heraus; er musste ihr zeigen, wer der Herr im Haus war.

»Ich werde dich verlassen«, fuhr Sarah mit leiser Stimme fort, damit Dara nicht noch größere Angst bekam. »Und wenn es das Letzte ist, was ich tue. Am Dienstag gehe ich zu einer Anwältin. Ich werde dich verlassen und die Kinder mitnehmen! Du bist kein Mann. Das hat mein Vater gesagt, als er dich zum ersten Mal gesehen hat. Du bist kein Mann und wirst auch nie einer sein!«

Jims Gesicht verdüsterte sich, seine Augen bekamen einen irren Ausdruck und traten unnatürlich hervor. Er nahm die Lenkradsicherungsstange von der Anrichte neben sich, machte zwei Schritte vorwärts und schlug Sarah damit auf den Kopf. Man hörte ein Krachen, als wäre eine Tonschale auf den Boden gefallen, ein dumpfes Stöhnen – und dann Schweigen. Jim holte noch einmal mit der Metallstange aus und schlug ein zweites Mal zu; Sarah brach zusammen; aus einer tiefen Kopfwunde floss Blut. Immer wieder schlug er auf sie ein. Blutspritzer bedeckten Fußboden und Wände. Dara im Laufstall zitterte, sein Gesicht war totenbleich, die Augen glasig, wie in Trance, der Mund geöffnet zu einem unhörbaren Schrei.

Jim beugte sich über seine Frau; seine Wut war verraucht, sein Alkoholwahn abgeflaut.

»O du heilige Scheiße!« Er wollte sie bewegen, aber sie lag reglos und schwer da. Unter ihrem Schwangerschaftskleid war ein Zittern, das schließlich erstarb. Er kniete nieder.

»Sarah ... Sarah, Liebes ... Tu mir das nicht an, Süße!« Er nahm ihr Handgelenk – kein Pulsschlag.

Jim verwüstete die Küche, leerte Schubladen aus, rannte durchs ganze Haus, warf alles durcheinander. Dann rief er die Polizei an.

»Ich bin gerade heimgekommen ... Meine Frau wurde überfallen, ich glaube, sie ist tot. Ich weiß nicht, ich weiß nicht ...« Er brach in Tränen aus.

Die Polizei kam, nahm seine Aussage zu Protokoll und inspizierte das Haus. Ein Krankenwagen holte Sarahs Leichnam ab. Die Lenkradsicherung wurde in einer Plastiktüte fortgebracht. Dara hatte man in Fionas Obhut gegeben. Die Polizisten fragten, ob sie etwas gehört habe.

»Das waren keine Einbrecher«, erklärte sie. »Er schlägt sie seit Jahren. Das arme Kind ist völlig verstört. Ich musste den Arzt holen. Es steht unter Schock.«

»Haben Sie etwas gehört?«

»Nein. Ich bin erst kurz vor Ihnen nach Hause gekommen. Aber eins sage ich Ihnen: Er hat es getan ... Und das Kind hat es gesehen, da gehe ich jede Wette ein!«

14. Kapitel

Heute Mittag sah ich vor dem Ormond Hotel Joanna Hayes, eine kleine Frau, noch jung. Vor Gericht wurde sie mit den unverschämtesten Fragen bedrängt. Die Vernehmung ist so lüstern, so unzumutbar geworden, dass die Frau jeden Morgen von Menschen, die auf ihrer Seite stehen, mit Rosen überhäuft wird.

Sie hatte ein uneheliches Kind. Es ist gestorben. Wie ist es dazu gekommen? Eine Frage, die große Verwirrung stiftet. Aber eines ist nicht zu verkennen – die Orgie des Triumphs, den ihre Befrager feierten, die Schikanen und die grundlosen Beleidigungen. Schließlich steht nicht sie vor Gericht: Sie wird lediglich als Zeugin gehört. Doch jede Einzelheit ihres Privatlebens, der Geburt – ihr Blut, ihre Gebärmutter, ihre Vulva – wird mit ekelhaftem Voyeurismus ans Licht gezerrt.

Welche Bedeutung hat das alles? Dieses Tribunal öffnet uns nicht nur die Augen, es ist purer Terrorismus.

Aus: *Die Pferdeohren*, 1984

Patricia sah die Überschriften und kaufte, neugierig geworden, eine Abendzeitung. Das Bild der toten Frau starrte sie an – Mrs. Sarah O'Toole, Opfer eines Gewaltverbrechens, war tot aufgefunden worden, der Ehemann half der Polizei bei ihren Ermittlungen.

»Mein Gott! Ich kenne sie ... Ich kenne die Frau!«

Besorgt beugte sich Paddy über sie und nahm ihre Hand.

»Wir haben beide im selben Supermarkt eingekauft, manchmal miteinander Kaffee getrunken ... Erst kürzlich haben wir uns noch unterhalten. Großer Gott!«

Pat war mit Paddy am Zeitungsstand in der Nassau Street vorbeigekommen. Auf der Straße hinter ihr strömte der Berufsverkehr Richtung Lincoln Place und Merrion Square. Ein schöner, vielversprechender Frühlingsabend. Sie hatte sich mit Paddy zu einem kurzen Rendez-vous verabredet. Später wollten sie sich noch einmal treffen und in die Berge hinausfahren.

Patricia traten Tränen in die Augen. »Sie war schwanger. Sie war wirklich nett, so eine nette Frau ... Ich kannte sie von der Schule her. Ich hab' ihr gesagt, sie soll ihn verlassen.« Patricia merkte, dass sie zitterte. Paddy drückte ihre Hand.

»Liebling, du bist aschfahl. Du brauchst etwas zu trinken. Komm mit in meine Wohnung.« Er sah sie an. »Bitte. In der Wohnung kann ich mich besser um dich kümmern!«

Paddys Wohnung lag im ersten Stock eines Apartmenthauses in Ballsbridge. Eine mit dickem Teppich ausgelegte Treppe führte hinauf zu der weißen Tür mit Spion. Er schloss auf und Patricia trat in einen kleinen Flur mit Garderobenständer, Spiegel und einem Telefontischchen. Die Wohnung wirkte warm und gemütlich; die Sonne schien durch die geschlossenen Fenster ins Wohnzimmer. Olivgrüner Teppichboden, Ledercouchgarnitur mit Kissen, neben dem Kamin ein kleiner Tisch mit rosafarbener Lampe, an den Wänden mehrere große Bilder in leuchtenden Farben. Auf dem Kaffeetisch stapelten sich Zeitungen; Paddy schob sie beiseite, ging zu einem kleinen Tisch zwischen den Fenstern, auf dem ein paar Flaschen standen, und schenkte Patricia einen steifen Gin Tonic ein. Sie nahm das Glas mit zittriger Hand und stellte es auf dem gläsernen Couchtisch ab. Wieder starrte sie das Foto in der Zeitung an, ein Bild von Sarah; sie sah jünger aus, lächelte, hatte ihre Tochter auf dem Arm. Patricia las die Bildunterschrift zweimal:

Mrs. Sarah O'Toole, deren Leiche am Donnerstag von ihrem Mann in ihrem Haus, St Teresa's Crescent 42, Dundrum, gefunden wurde.

Mrs. O'Toole, Mutter von drei Kindern, die im Juni ihr viertes Kind erwartete, erlitt schwere Kopfverletzungen. Ihr Mann, James O'Toole, 40, Vorarbeiter bei O'Connors Baustoffhandlung, unterstützt die Polizei bei ihren Ermittlungen.

Paddy setzte sich neben Patricia auf die Couch und legte den Arm um sie.

»Du zitterst, mein Schatz. Trink lieber etwas.«

Patricia nahm das Glas, trank einen Schluck, spürte das bittere Prickeln in der Kehle. Während sie trank, ließ sie ihren Tränen freien Lauf. Paddy hielt ihr ein Taschentuch hin, und sie putzte sich die Nase.

»Die Ärmste, die Ärmste ... ich kann es noch gar nicht glauben. Ich habe noch am Donnerstag mit ihr gesprochen. Sie wollte einen Termin mit Joan vereinbaren – weil sie Angst vor ihrem Mann hatte. Ach, Paddy ... Sie war so ein anständiger Kerl, humorvoll, ganz vernarrt in ihre Kinder.«

»Hast du sie gut gekannt?«

»Nicht besonders. Wir kannten uns von der Schule, aber sie war ein paar Klassen unter mir. Ab und zu haben wir uns im Supermarkt getroffen, Kaffee getrunken und uns unterhalten, so wie es manchmal vorkommt unter Fremden. Sie hat mir von ihrem Leben erzählt, wir haben uns auf Anhieb verstanden. Obwohl wir uns nur selten trafen, haben wir uns ganz gut kennen gelernt. Es war eine Art Seelenverwandtschaft, verstehst du?«

Paddy nickte. Patricia hatte rote Augen, ihre Wimpern waren feucht und ihr Make-up ein wenig verwischt. Sie fuhr sich mit der Hand durch die Haare.

»Wie konnte sich nur jemand an ihr vergreifen? Sie war im sechsten Monat schwanger ...«

Paddy legte ein Kissen auf seinen Schoß, auf das er Patricias Kopf bettete, und massierte behutsam ihre Schläfen.

»Entspann dich, mein Liebling. Du kannst nichts mehr tun. Das einzige, was wir in der Hand haben, ist unser eigenes Leben ...«

Patricia schloss die Augen. Der Alkohol war ihr zu Kopf gestiegen; sie spürte, wie die Gefühle mehr Raum bekamen, während das Urteilsvermögen beeinträchtigt wurde. Was hatte er gesagt? Das eigene Leben in der Hand haben. Ist das eine Illusion? Hat Paddy sein Leben in der Hand? Oder ich?

Paddy nahm Pats Glas. »Möchtest du noch etwas trinken?«

Zögernd öffnete Patricia die Augen und sah ihm ins Gesicht. Hinter ihm fiel ein Strahl der Abendsonne auf die Wand, spielte in seinen Haaren und umgab ihn mit einem Lichtkranz wie einen mittelalterlichen Heiligen.

»Liebend gern. Aber weißt du, ich darf nichts trinken. Ich habe damit aufgehört. Ich hatte ein Alkoholproblem und dann hab' ich aufgehört. Ich saß ganz schön in der Klemme!«

Paddys Miene verriet keine Regung, nur um seinen Mund entstand ein harter Zug. Er stellte das Glas wieder auf den Couchtisch.

»Wie schlimm war das Problem?«

»Es war wirklich blöd. Ich habe Wodka getrunken, die Flasche in meiner Nachttischschublade aufbewahrt.« Sie setzte sich auf, wischte sich die Augen. »Du siehst also, was für ein hoffnungsloser Fall ich bin – oder war.« Sie streichelte sein Gesicht. »Aber ich kann die Finger von dem Zeug lassen. Solange ich dich habe, kann ich alles!«

Patricia hätte sich ohrfeigen können. Sie sah die Bestürzung in Paddys Augen, die plötzlich veränderte Wahrnehmung. Sie war nicht länger die Frau, die er zärtlich liebte und begehrte, sondern eine mögliche Bedrohung; sie erschien ihm nicht mehr als autonomer Mensch, sondern als jemand, der sich möglicherweise in seelische Abhängigkeit begab. Pat lachte unsicher.

»Das war ein Scherz. Ein ziemlich schlechter Witz!« Er musterte sie misstrauisch, und sie sah ihm lächelnd in die Augen.

»Ich verschwinde jetzt lieber und wasche mir das Gesicht. Ich sehe bestimmt fürchterlich aus!« Sie ging ins Badezimmer. In dem riesigen Spiegel über dem Waschbecken sah sie ihr fleckiges Gesicht. Sie wusch sich mit kaltem Wasser und holte dann Haarbürste und Lippenstift heraus, während sie sich heimlich verfluchte.

Darauf war er nicht gefasst, dachte sie. Damit kann er nicht umgehen. Du solltest lieber deinen vorlauten Mund halten.

Als sie aus dem Badezimmer kam, stand Paddy in der Küche.

»Ich mache uns eine Kanne Tee.«

»Gut. Ich trinke gern eine Tasse. Dann muss ich aber verschwinden.«

Paddy schaltete den Wasserkocher ein, ging auf sie zu und nahm sie in die Arme.

»Musst du wirklich gehen? Du könntest doch anrufen und sagen, dass du später kommst. Wir könnten etwas unternehmen, in einem netten, kleinen Lokal zu Abend essen!«

Sein Atem streifte ihr Ohr und sie roch den Hauch seines Aftershave, spürte sein raues Kinn an ihrer Wange, die Wärme, die von seinem Körper ausging, seine Hand, die sich an ihrer Wirbelsäule abwärts tastete. Vor ihr öffnete sich ein Raum, in den sie mit wachen Sinnen eintreten und Frieden finden konnte.

Paddy nahm sie an der Hand und führte sie ins Schlafzimmer. Der Kessel kochte und schaltete sich ab. Patricia zog ihren Rock aus, faltete ihn und legte ihn auf einen Stuhl; dann verkroch sie sich unter Paddys Bettdecke. Er kam sofort zu ihr: nackt, erregt, erwartungsvoll. Er zog ihr Strumpfhose und Schlüpfer aus, löste die Brosche an ihrem Kragen, knöpfte ihre Seidenbluse auf, öffnete den Verschluss des BH. Dann barg er sein Gesicht an ihrer Brust. Die Welt um sie herum versank und sie trat in ein anderes Universum ein, eine Welt des Geistes und der Sinnlichkeit.

»Du bist so schön. Ich liebe dich, ich brauche dich ...«

»Ich liebe dich auch, Paddy. Schon immer.«

Später hörte Patricia die Türklingel und stieß Paddy an, der fast eingeschlafen war.

»Es ist jemand an der Tür.«

»Ich bin nicht zu sprechen«, erklärte er verschlafen.

Sie lachte, kuschelte sich wieder an seinen Rücken, liebkoste die Härchen an seiner Wirbelsäule. Der Besucher war offenbar wieder gegangen.

Es ist, als hätte ich keine andere Wahl, dachte sie. Wenn ich bei dir bin, habe ich keine andere Wahl. Bei dir sein heißt lebendig sein und warm und ganz. Ohne dich bleibt mir nur Elend, Einsamkeit, Tod. Sie seufzte innerlich. Und das heißt vermutlich, dass ich ernste Probleme habe.

Eine halbe Stunde später war sie angezogen und zum Aufbruch bereit.

»Ich muss nach Hause. Ich will nicht, dass Gerry Verdacht schöpft.«

»Hast du ihm schon von Paris erzählt?« Paddy saß auf der Bettkante und zog seine Socken an.

»Noch nicht. Jedes Mal, wenn ich vom Wegfahren rede, fängt er von der Ägyptenreise an, die er mit mir machen will.«

»Du solltest es lieber bald mit ihm besprechen. Ich muss jetzt die Wohnung für September mieten.«

»Als du sie zum ersten Mal erwähnt hast, dachte ich, sie gehört dir.«

»Nein. Unsere Wohnung ist völlig anders. Susan hält sich oft dort auf. Sie hat eine Schwäche für Paris.«

»Verstehe.«

»Aber im September ist sie nicht da. Und die andere Lösung ist ungefährlicher und unauffälliger.«

Patricia schwieg. »Unsere« hatte er gesagt – über die Wohnung, die ihm und seiner Frau gehörte. Das Wort beschwor eheliche Zweisamkeit, Bindung, das Hab und Gut eines gemeinsamen Lebens, gemeinsame Erfahrungen. Patricia fühlte sich plötzlich ausgeschlossen, eine Randfigur, ausgenutzt, benutzt. Sie war noch erhitzt, aufgewühlt von seiner Umarmung und er sprach von seiner Frau und ihrem gemeinsamen Besitz. Er glich einem Jäger auf Raubzug, der dann aber zu seiner Hütte zurückkehren würde. Sie, Patricia, war die Beute – oder vielleicht ein Zeitvertreib. Susan war sein Leben. So fühlte es sich an.

Sie ging zur Tür.

»Warte einen Augenblick. Ich bringe dich zum Auto.«

Er zog einen Pullover über. Sein Gesicht war noch verschlafen, sinnlich. Er sah wunderbar aus – liebenswert, männlich, begehrenswert, unerreichbar. Patricia war traurig. Schweigend ging sie den Korridor entlang und durch die Eingangstür hinaus zum Parkplatz. Paddy folgte ihr.

Als sie den Wagen aufschloss, hörte sie jemanden rufen. Ein Mann mittleren Alters im Straßenanzug stieg aus einem Auto, das in der Nähe parkte, und kam auf sie zu.

»Hallo, Paddy. Ich dachte, Sie wären nicht zu Hause.« Er musterte Patricia lüstern und grinste Paddy verschwörerisch an – von Mann zu Mann. »Aber ich sehe, Sie waren beschäftigt.«

»Das ist Mrs. Galligan«, sagte Paddy. »Pat, das ist John Millar, mein Buchhalter.«

Sie schüttelte dem stämmigen Mann die Hand. Sein Blick war anzüglich, seine Miene respektlos. Pat war sofort klar, wie er die Lage sah. Paddy, der Weiberheld. Hübsches Frauenzimmer. Paddy hatte eine Gratisnummer bekommen. Der gute alte Paddy. Sein Gesicht, seine lüsternen Augen, selbst die Art, wie er mit unverschämter Vertraulichkeit näher trat, all das kündete von seiner Macht zu benennen, was er sah, eine Macht, völlig unbelastet durch Einsicht. Patricia erstarrte. »Guten Tag«, sagte sie kühl, schloss die Wagentür und fuhr, ohne sich noch einmal umzudrehen, vom Parkplatz.

O Gott, wenn es dich gibt, warum sind sie nur so anmaßend und lüstern? Und wenn sie schon so sein müssen, warum haben sie so viel Einfluss?

Während der Fahrt verfiel sie in dumpfe Verzweiflung. Mit Paddy war es aus. Sie musste Schluss machen. Sie durfte kein Risiko mehr eingehen für einen Mann, der sie leidenschaftlich liebte und anschließend von sich und seiner Frau als »wir« sprach.

Und sie nahm zu viele Risiken auf sich. Dass sie diesen Millar nicht kannte, dass er nicht zu Gerrys Bekanntenkreis gehörte, war reiner Zufall. Ob sie das nächste Mal auch wieder Glück hatte, war fraglich.

»Wo warst du?«, fragte Gerry ärgerlich, als sie nach Hause kam. Vor sich auf dem Küchentisch hatte er Spiegeleier mit Speck. Er war ungehalten darüber, dass sein Essen nicht auf dem Tisch gestanden hatte, als er heimkam, dass Pat keine Nachricht hinterlassen hatte. Orla und Simon waren ebenfalls in der Küche. Offensichtlich hatten sie den Imbiss für ihren Vater zubereitet; sie selbst aßen vor Ketschup triefende Hamburger. Es roch nach gegrilltem Speck und fettem Rindfleisch.

»Ich habe jemanden getroffen.«

»Wen denn?«

»Eine Freundin! Ich habe heute einen schrecklichen Schock erlitten, Gerry. Eine Frau, die ich manchmal im Supermarkt getroffen habe, ist ermordet worden.«

Patricia setzte sich; drei Augenpaare richteten sich fragend auf sie. Die Tränen, gegen die sie auf der Heimfahrt angekämpft hatte, ließen sich nicht mehr zurückhalten und liefen ihr übers Gesicht. Gerry aß weiter. Die Kinder wechselten verlegene Blicke.

»Wer war die Frau?«, fragte Gerry.

»Sarah O'Toole.«

»Das habe ich in den Nachrichten gesehen«, sagte Orla. »Ihr Mann steht unter Verdacht.« Bestürzt sah sie ihre weinende Mutter an. Simon lachte heiser. »Hey, der Typ, der seine Frau mit einer Lenkradsicherung aufgemischt hat ... Und du hast sie gekannt, Mama! Das ist cool! Wenn ich das den Jungs in der Schule erzähle!«

Patricia wischte die Tränen fort und starrte ihren Sohn wütend an.

»Hast du getrunken?«, fragte Gerry leise, doch die Kinder hatten die Bemerkung gehört und sahen Patricia anklagend an.

»Um Himmels willen, lasst mich bloß in Ruhe!« Patricia stand auf, ging hinaus und schloss die Tür hinter sich. Aber sie hörte noch, wie Simon hämisch bemerkte: »Muttern ist mal wieder stinkbesoffen!«

»Von mir aus kannst du bei den langhaarigen Flegeln, mit denen du dich rumtreibst, so ungehobelt daherreden«, entgegnete sein Vater kalt, »aber nicht in diesem Hause!«

Oben zog Patricia einen alten Trainingsanzug an und begann ihre Kleider durchzusehen. Im Haus wurde es still; auch aus der Küche waren keine Stimmen mehr zu hören.

Gerry kam die Treppe herauf. Er trat ins Zimmer, nahm ein frisches Hemd aus einer Schublade und zog es an.

»Wie viel hast du getrunken?«

»Einen Gin Tonic.«

»Ich dachte, du hättest es aufgegeben!«

»Das habe ich auch. Ich habe alles aufgegeben: Leben, Erfüllung, Glück!«

Gerry reagierte nicht auf die Verbitterung in ihren Worten, sondern sah sie nur kalt an, während er seine Krawatte band. Plötzlich kam ihr der Gedanke, dass er sich an ihrem Unglück weidete, dass ihm dieses Gefühl der Macht schmeichelte, ja ihn aufrecht hielt, weil sie, Patricia, es ertrug.

»Ich gehe für eine Weile weg.«

Er zog ein Sakko an und ging hinaus. Patricia hörte seine Schritte auf dem Korridor, hörte, wie die Eingangstür hinter ihm ins Schloss fiel.

Unten wurde der Fernseher eingeschaltet; bestimmt war das Simon. Er sah viel zu viel fern.

Das Telefon läutete. Sie nahm ab, meldete sich, hörte die Stimme, leise und besorgt, aber nicht frei von Humor, in den sie stillschweigend einbezogen war.

»Tut mir Leid, Liebling, was heute Abend passiert ist.«

Patricia holte tief Luft.

»Es ist meine Schuld, Paddy. Ich hätte nicht in deine Wohnung kommen dürfen. Es gibt hier keinen Raum und keinen Frieden für uns – weder in diesem Land noch anderswo!«

»Ich hatte nicht mit John Millar gerechnet«, fuhr Paddy fort. »Aber er muss wohl am Montag weg und wollte vorher noch etwas mit mir besprechen. Ich weiß, dass es dir peinlich war. Ich habe ihm gesagt, dass du mir Papiere zum Unterschreiben vorbeigebracht hast. Ich denke, er hat mir geglaubt. Verzeihst du mir?«

Was war nur an seiner Stimme? Warum machte das Timbre seiner Stimme, dass sie die Welt in einem anderen Licht sah? Patricia kämpfte gegen einen Instinkt an, der ihr einflüsterte, sofort Verständnis zu zeigen, auf die schönen Worte einzugehen, sich ihm anzupassen, zu sagen, es spiele keine Rolle. Aber es spielte eine Rolle.

»Es wird nicht wieder vorkommen!«, sagte er einschmeichelnd.

Schweigen.

»So kann es nicht weitergehen, Paddy. Der Schmerz ist zu groß, und ich trage ihn ganz allein.«

»Liebling, ich wollte dir nie Schmerz zufügen. Das weißt du doch!« Aus seiner Stimme sprach echte Verzweiflung – die Erkenntnis, dass sich die Situation verändert hatte und sich seiner Kontrolle entzog. »Ich liebe dich.«

»Danke, Paddy, für deine Liebe. Vielleicht haben wir beide bei der nächsten Inkarnation mehr Glück!«, versuchte sie zu scherzen, um gar nicht erst eine düstere Stimmung aufkommen zu lassen. »Ich muss jetzt gehen, also danke für alles ... ich hoffe, dass sich alle deine Probleme lösen.«

»Pat! Warte! Willst du damit sagen, dass es aus ist – dass du mich nicht wieder sehen willst – dass du nicht nach Paris mitkommst?«

»Ja. Genau das. Ich liebe dich mehr, als du dir vorstellen kannst, aber ich will genau dieses damit sagen!«

Als sie aufgelegt hatte, saß sie noch einige Minuten da und starrte das Telefon an. Der Hörer lag auf der Gabel, blöde und gefühllos, als gehöre er zu einem anderen Universum. Draußen dämmerte es, die Vögel lärmten in den Bäumen. Die Welt war vollkommen leer. Keines ihrer Wunder bot auch nur die geringste Befriedigung.

Als das Telefon erneut klingelte, musste sie an sich halten, um nicht sofort aufzuspringen und abzunehmen; und als sie merkte, dass es Nell war, wurde ihr das Herz schwer.

»Pat, weißt du, was ich gerade entdeckt habe? Den Videofilm, den die Jungs kürzlich angesehen haben ...«

»Was ist damit?«

»Er war ... unsäglich!«

Patricia schwieg.

»Du würdest es nicht glauben. Männer, die jungen Frauen schreckliche Dinge antun – nicht einfach Sex – sondern Folter, sie mit Messern aufschlitzen, Gegenstände in sie hineinschieben. Oh, mir ist immer noch schlecht. Peter hat eine Kopie von dem Film gemacht, weil wir zwei Videogeräte haben. Ich habe es mir heute aus Neugier angesehen, weil ich wissen wollte, womit sie sich beschäftigen. Ich dachte, es wäre ein Kriegsfilm.« Sie ging ausführlicher auf den Inhalt des Videos ein, den sich die Sechzehnjährigen zur Unterhaltung genehmigt hatten.

»Krieg ist das tatsächlich«, sagte Pat leise, »nur dass er nicht von den Frauen erklärt wurde.«

»Was wollen wir tun?«, fragte Nell eindringlich. »Ich kann den Gedanken nicht ertragen, dass sich mein Sohn so etwas angesehen hat. Ich finde das absolut demütigend!«

»Wir können mit den Jungs reden«, erwiderte Pat trocken. »Abgesehen davon können wir kaum Einfluss nehmen, es sei denn, wir werfen Bomben in Videotheken oder gründen eine neue politische Partei. Hättest du Interesse?«

»Patricia«, sagte Nell, »du wirst mit zunehmendem Alter immer radikaler. Und ich bin nicht sicher, ob die Videotheken allein die Schuld tragen. Man kann sich dieses Zeug auch mit der Post schicken lassen. Ich werde mit Peter reden und du mit Simon.«

Als Nell aufgelegt hatte, ging Patricia nach unten. Simon saß vor dem Fernseher und sah sich eine Seifenoper an. Als ihn seine Mutter ansprach, machte er nur »Schsch« und konzentrierte sich weiter auf den Bildschirm. Patricia nahm die Fernbedienung und schaltete das Gerät aus.

Aggressiv fuhr Simon sie an: »Warum hast du das getan?«
»Ich will mit dir reden, Simon.«
»Worüber?«
Simon hatte sein Haar zurückgekämmt. Sein Hemdkragen stand offen. Er hatte sich auf der Couch ausgestreckt, seine Turnschuhe lagen auf dem Boden. Seine ganze Haltung drückte Abwehr und Feindseligkeit aus. Er war gut gebaut, hoch gewachsen, das Gesicht mit Pickeln übersät. Ärgerlich starrte er vor sich hin.
»Über die Videos, die du bei Peter siehst. Ich habe gerade mit seiner Mutter gesprochen. Anscheinend hat Peter eine Kopie gemacht und sie herumliegen lassen.«
»Heilige Scheiße!«, fluchte er leise. Er mied den Blick seiner Mutter.
»Die waren doch nur Müll, die spielen keine Rolle«, murmelte er. Es dauerte einen Augenblick, bis Pat klar wurde, dass er von den jungen Frauen sprach, die am Nachmittag für sein Vergnügen hergehalten hatten.
Patricia brannten Tränen in den Augen. Er war ihr Sohn und völlig blind. Er beleidigte sie genauso wie diese Videos alle Frauen beleidigten.
»Du hast dir einen Film angesehen, für den Frauen schrecklich bezahlt haben, vielleicht sogar mit ihrem Leben. Unschuldige Frauen. Ich weiß, dass wahrscheinlich tief sitzende seelische Ängste die Nachfrage nach derartigem Zeug anheizen, aber wenn du solche Videos ausleihst und ansiehst, bist du ihrer Botschaft ausgeliefert. Ich kann nicht verhindern, dass du sie siehst. Ich kann dir nur sagen, dass mit deiner Sexualität und deiner latenten Grausamkeit gespielt wird, dass du dabei verrohst und entmenschlicht wirst. Die Filme lassen auch Rückschlüsse auf Männer zu, die dir vielleicht nicht behagen!«
»Das waren doch bloß Nutten«, erwiderte Simon hitzig. »Die Mädchen in den Videos waren bloß Nutten!«
»›Nutte‹ ist nur ein Wort. Bei ihrer Geburt waren sie genauso unverdorben wie jeder und jede von uns. Egal wie viele plausibel klingende Erklärungen oder Entschuldigun-

gen du dir zurechtlegst, bleibt die Tatsache doch bestehen, dass sie zumindest ausgebeutet und verletzt wurden. Niemand ist darauf aus, wie Dreck behandelt und verstümmelt, gedemütigt, von Hunden gehetzt zu werden!«

»Du brauchst dich nicht so aufzuregen«, meinte Simon. »Jeder sieht sich das Zeug an.«

»Ach wirklich? Stell dir einfach mal vor, stell es dir nur vor, dass Männer schwächer und ärmer wären als Frauen, und dass Frauen derartige Filme über Männer drehen würden. Dass sie ihnen dafür den Penis, die Hoden, die Finger abschneiden. Dass sie den Männern den Bauch mit Jagdmessern aufschlitzen, dass sie einem lebendigen Mann Sprengstoff in den Anus stecken, dass sie Folterungen und deren Folgen filmen – das blutende, kastrierte, erniedrigte Opfer – und das alles zur Unterhaltung. Eine Industrie, die Milliarden umsetzt und deren Filme von Frauen gesehen werden, die zufällig fast die gesamte wirtschaftliche und politische Macht innehaben. Dass dadurch ihre Haltung zu Männern geprägt wird, während sie die Filme selbst als Zeitvertreib, als Quatsch, als unwichtig abtun. Dass viele Frauen dennoch nicht darauf verzichten wollen und grunzen und johlen, wenn sie sich das Zeug ansehen. Dass Tag für Tag Tausende von Männern in aller Welt von Frauen vergewaltigt und umgebracht werden und man ihre halb bekleideten Leichen dann in Parks oder im Straßengraben findet; und selbst wenn die Täterinnen gefasst werden, können sie mit Milde rechnen. Stell dir das vor! Stell dir vor, wie es wäre, wenn Männern das alles angetan würde! Wie würdest du solche Filme dann beurteilen?«

Simon zuckte die Achseln, antwortete aber nicht.

Nach einer Weile fügte Patricia hinzu: »Und es ist an der Zeit, dass du dich an die Arbeit machst. Wenn du schon dein Leben lang Toiletten putzen willst, dann versuch wenigstens so weit zu kommen, dass du dich freiwillig dafür entscheiden kannst! Denn genau darauf steuerst du zu!«

Als sie hinausging, warf Patricia noch einen Blick zurück. »Und noch eins, junger Mann – ich bin nicht ›stinkbesoffen‹.«

Simon antwortete nicht. Er ließ den Kopf hängen und wirkte plötzlich verletzlich. Einen herzzerreißenden Augenblick lang sah Patricia in ihm den kleinen Jungen, den sie so geliebt hatte.

Als sie auf den Flur trat, traf sie auf Orla, die halb schockiert, halb besorgt aussah. Pat fuhr sie an: »Was willst du wissen, Fräulein Besserwisserin?«

Orla entgegnete mit ruhiger Stimme: »Ich wollte dir nur sagen, Mama, dass ich dir eine Kanne Tee und ein paar Sandwiches gemacht habe. Ich dachte, du könntest Hunger haben!« Damit ging sie hinauf in ihr Zimmer.

Pat fasste sich an die Stirn. »Danke«, rief sie ihrer Tochter nach, aber die Tür zu ihrem Zimmer war bereits zu.

Also ging Pat in die Küche und sah gerade noch, wie Muffy, die Katze, durch das offene Fenster über der Spüle verschwand. Muffy, die sehr wohl wusste, wenn sie gegen die Hausordnung verstoßen hatte, warf einen verstohlenen, schuldbewussten Blick über die Schulter. Pat bemerkte bald, warum. Die Hühnchensandwiches, die Orla für ihre Mutter gemacht hatte, sahen wüst aus: die meisten waren angeknabbert, und auf der Butter, die auf dem Tisch stand, prangten Pfotenabdrücke.

15. Kapitel

Als ich heute Abend im Auto auf Gerry wartete, sah ich Joan de Barra. Sie kam aus der Kanzlei, schaute sich erwartungsvoll um und strahlte, als sie ihren Mann erblickte. Er stieg aus seinem Auto und winkte ihr zu. Ich hatte ihn noch nie gesehen, also betrachtete ich ihn genau. Gerry sagt, er sei ein Spinner, aber ich hatte nur den Eindruck, dass er gefühlsbetont ist, vielleicht ein wenig impulsiv. Er nahm ihre Hand, und sie neigte sich ihm zu wie ein Baum im Wind.

Aus: *Die Pferdeohren*, 1985

Juni 1990

Joan und David schlenderten um den Montmartre, sahen sich Sacré-Coeur an, setzten sich in eine hintere Bankreihe. Es war bereits dunkel und die Basilika wurde nur durch eine Unzahl weißer Votivkerzen erleuchtet. Der Duft der Wachslichter erfüllte den Raum und es herrschte die intime, eindringliche Atmosphäre tiefer Andacht. Eine Reihe vor ihnen kniete eine Schwarze, die mit Hingabe betete, den geneigten Kopf auf die Hände gestützt. Auf dem Altar glitzerte die Monstranz mit der Hostie, umgeben von einem Kranz goldener Strahlen.

David sah sich schweigend um. Er betrachtete die Menschen, die mit ernstem Gesicht durch die Seitengänge wanderten wie die Geister von Verstorbenen, beobachtete, wie sie weiße Wachslichter entzündeten und dann im Halbdunkel niederknieten. Er sah das Profil seiner Frau vor dem Hintergrund der Flammen, wie sie kniend betete. Sie betete für David. Sie flehte Gott inständig an, gab aber die Angst, die sie quälte, dem göttlichen Blick nicht preis. Angst war nicht statthaft, weil Angst Zweifel verriet.

Wie oft hatte David zu ihr gesagt: »Siehst du es nicht – es ist in dir, Liebling. Das Wunder – das Leben – ist in dir! Alles auf dem Altar ist tot!«

Aber jetzt saß er schweigend neben ihr, respektierte ihren Glauben. Sie beendete ihr Gebet, setzte sich, berührte ihn. Das Halbdunkel, das beide einhüllte, verströmte Frieden. Er griff nach ihrer Hand. Sie hatte das Gefühl, dass die Grenzen ihres eigenen Seins aufgehoben waren und ohne Anstrengung mit dem seinen zusammenfloss, in gedämpfter Ekstase mit ihm verschmolz.

Als sie aus der Basilika traten, bot sich ihnen ein wunderbarer Blick über das nächtliche Paris. Eine leichte Brise wehte Bonbonpapier durch den Säulengang. Zehn Meter weiter führte die berühmte Treppe von Sacré-Coeur in den Lichterdschungel hinab. Zu Füßen der beiden erstreckte sich die Metropole kilometerweit. Die drückende Hitze des Tages lastete noch auf der Stadt, nur hier oben auf dem Hügel war es relativ kühl.

»Eine große, unmenschliche Stadt«, sagte David. »Schön, aber unmenschlich.«

»Gefällt dir Paris nicht?«

»Doch, selbstverständlich. Aber ich erkenne ihre grausame Selbstgefälligkeit.«

»Willst du etwa behaupten, dass du das kleine Dublin vermisst?«

»Großer Gott, nein … ich gehöre dahin, wo ich zufällig gerade bin, und natürlich zu dir.« Er drückte ihre Hand und fügte nach kurzem Schweigen hinzu: »Ich bin in dir verwurzelt. Ohne dich gibt es nichts.«

»Dasselbe gilt für mich«, flüsterte Joan. »Das weißt du!«

Sie ließen den Blick über die Stadt schweifen.

»Hast du Hunger?«, fragte sie in aller Unschuld. Die letzte anständige Mahlzeit hatten sie am Tag zuvor eingenommen. Und dann die Nacht. Sie zitterte innerlich noch vor Lust, wenn sie daran dachte, das erste Mal seit Wochen. Auf jede Berührung, jeden Kuss hatte sie heftig reagiert, auf seinen Mund an ihrem Hals, auf ihrer Brust, seine Hände, die ihren Rücken liebkosten – als hätte ihre Haut Feuer gefangen.

»Das sind die heiligen Riten«, hatte er ihr leidenschaftlich ins Ohr geflüstert, »es gibt keine anderen.«

Jetzt wurde ihr klar, wie sehr sie die körperliche Liebe vermisst hatte; sie schliefen so selten miteinander, seit es David gesundheitlich so schlecht ging. Sie hatte ihn überall geküsst, zärtlich sensible Stellen ertastet, mit Händen und Lippen neu entdeckt, sich auf ihn gebettet und das Pulsieren des Lebens gespürt.

Danach, friedlich, befriedigt, tauschten sie ein verschwörerisches Lächeln.

»Du warst schon immer unerbittlich«, flüsterte sie.

»Halt von jetzt an deinen Hut fest«, antwortete er mit spitzbübischem Grinsen, doch in seinen Augen lag Melancholie; und sie sah, dass seine tiefe Erschöpfung nicht allein Folge der befriedigten Lust sein konnte.

»Meinen Hut?«

»Und noch ein paar andere Kleidungsstücke, auf die man unter gewissen Umständen verzichten kann ...«

Das Frühstück hatte aus Kaffee und Croissants bestanden, zu Mittag gab es Salat bei Davids Galeristen in der Rue Dauphine, während sie die für September geplante Ausstellung von Davids Bildern besprachen. Der Kunsthändler hatte Joan gefragt, was sie vom Werk ihres Mannes hielt, und wartete aufmerksam auf die Antwort.

»Ich finde, er ist ein großartiger Künstler!« Als sie es aussprach, wurde ihr bewusst, dass sie im Grunde nie viel darüber nachgedacht hatte. Sie hatte sich immer so auf seine Gesundheit, auf ihre Beziehung konzentriert, dass sie nie ernsthaft versucht hatte, die Qualität seiner Arbeit zu beurteilen. Dass nur wenige Künstler den Durchbruch schafften, wusste sie sehr wohl, und sie rechnete nicht damit, dass es

David gelingen würde. Im Fernsehen hatte sie eine Sendung über Kunstwerke als Geldanlage anstelle von Aktien gesehen. Die Experten rieten, nur Werke toter Künstler zu kaufen. Es reichte ihr, bei ihm, mit ihm verheiratet zu sein, ihm Kraft zu geben. Von Kunst verstand sie wenig, aber manche seiner Bilder wühlten sie auf und sie erkannte, wie unorthodox sie waren. Jetzt blickte sie in die fragenden hellblauen Augen des Franzosen, der sich merkwürdigerweise für ihr Urteil interessierte, und lächelte nur, da sie sich plötzlich unzulänglich fühlte.

»Was halten sie zum Beispiel von *Die Nacht?*«, drängte der Mann. Joan erinnerte sich an das Gemälde. Ein seltsames Bild, nichts als ein großer schwarzer Rabe auf einem toten Baum, den Kopf zurückgeworfen, den Schnabel weit aufgerissen, schrie der Vogel in den bleiernen Himmel hinauf. Sonst gab es kein Anzeichen von Leben auf dem Bild. Der Baum war verdorrt, als wäre er irgendwann einmal vom Blitz getroffen worden, und über der Heide ringsum lagen die Schatten der Nacht.

»Es hat Kraft«, sagte sie und fragte sich, warum ihr das früher nie aufgefallen war.

Der Mann lächelte und sah David an, der seiner Frau zuzwinkerte. Joan saß ruhig da, verbarg ihre Erleichterung und ihr Unbehagen in diesem Augenblick der Unzulänglichkeit, der Ratlosigkeit.

Joan merkte, dass ihr der Rock zu weit geworden war. Sie steckte den Daumen in den Bund. »Ich habe abgenommen. Du bist auf jeden Fall gut für die Figur.«

David lachte und drückte ihre Hand. »Ich vernachlässige dich, Schatz, während ich mich meinen schwachsinnigen Träumereien hingebe.«

»Deine Träume sind nicht schwachsinnig«, erwiderte Joan empört. »Du hast doch selbst gesehen, welcher Empfang dir heute in der Rue Dauphine bereitet wurde.«

David lachte und fuhr sich mit dem Zeigefinger durch den Bart. »Das kommt, weil ich so exotisch bin – ein wilder Ire.

In Dublin, wo ich unter all den armen Irren nicht weiter auffalle, bin ich Freiwild für das wahre irische Wesen.«

»Und worin besteht das?«

»In Hohn und Spott.«

Joan lachte. »Du bist ein schrecklicher Zyniker und hast eine Frau, die am Verhungern ist!«

Er küsste ihren Nacken. »Hab schon kapiert.«

Auf den Tischen des Restaurants lagen rote Ginghamtischtücher. Ein junger Mann mit Fliege, der sich sehr aufrecht hielt, spielte auf einem schwarzen Klavier. Das Lokal an einer der kopfsteingepflasterten Straßen in Montmartre war halb leer.

Der Pianist war schlank, etwa um die dreißig, und hatte den erschöpften Ausdruck eines Menschen, der die Dekadenz des Lebens gekostet hatte und dabei ermüdet war. Seine langen Finger liebkosten die Tasten; er spielte eine französische Weise, die die Atmosphäre von Paris, von Kunst, von *joie de vivre* atmete. Danach folgte völlig unvermittelt »Galway Bay«.

Der Gegensatz zwischen den beiden Stücken war verblüffend. Das eine, hell und raffiniert, flüsterte von Liebe, Wein, Straßencafés; das andere schluchzte vor Nostalgie, einer metaphysischen Sehnsucht, die durch nichts befriedigt werden konnte, nicht einmal durch den erträumten Ort.

»Diese verdammten Iren – keine Disziplin – weder des Herzens noch der Seele«, murmelte David. Joan sah, dass er gerührt war; er senkte den Blick auf die Tischdecke und zeichnete ein rotes Karo mit dem Finger nach.

»Wir haben einen mysteriösen Hang zum Leiden – als wüssten wir, dass wir im Kern der Leidenserfahrung schließlich das Leben finden ...« Joan sah die Ringe unter seinen Augen und bekam Angst. Am Morgen war es ihm so gut gegangen. Aber er hatte darauf bestanden, eine aufreibende Wanderung zu machen, und die hatte ihn arg mitgenommen. Er sah plötzlich müde, angespannt, erschöpft aus.

Der Kellner nahm die Bestellung entgegen. *Veau aux*

champignons für Joan, *Sole bonne femme* für David, grüner Salat, eine Flasche Weißwein. Joan aß rasch, da sie bemerkte, dass David nur in seinem Essen herumstocherte. Er wirkte lustlos, die Müdigkeit, gegen die er den ganzen Tag unempfindlich gewesen war, überwältigte ihn jetzt. Seine mageren Schultern waren eingesunken, und er sprach mit Anstrengung, als wolle er sich unbewusst entschuldigen.

»Tut mir Leid«, schien die Erschöpfung in seiner Stimme zu sagen. »Mit mir stimmt wirklich etwas nicht, Joan, mein Liebling. Ich habe dir alles verdorben!«

Das, worüber er tatsächlich sprach, war unpersönlich: der Besuch im Louvre, der italienische Saal, »das unglaublich blöde Lächeln« der Mona Lisa. Joan dachte unterdessen an das Bildnis des Florentiners an der gegenüberliegenden Wand, ein undurchschaubarer Mann, dessen in Schatten gehülltes Gesicht den Vordergrund beherrschte, während hinter ihm eine sonnige, farbenfrohe Piazza in hellem Licht erstrahlte.

»Er erinnert mich an den seltsamen Kerl in deinen Bildern. Du weißt schon – den Schatten!«, hatte Joan gesagt, als sie vor dem Gemälde standen.

David hatte gelacht. »Unsinn. Dieser Mann da auf dem Bild ist nur der typische mittelalterliche Vollidiot. Als ich noch studiert habe, war ich einen Sommer lang in Paris«, fügte er hinzu, »da habe ich die Wochenenden im Louvre verbracht und mich mit Kunst vollgesogen.«

Jetzt fragte er: »Sag mal, wo möchtest du morgen hingehen?«

»Morgen würde ich am liebsten einen faulen Tag einlegen«, entgegnete Joan leichthin. Sie warf einen Blick auf seinen Teller. »Hast du denn keinen Hunger? Du schaffst ja dein Essen kaum!«

»Es ist köstlich. Ich lasse mir nur die Bissen auf der Zunge zergehen!«

Joan, die bereits aufgegessen hatte, verzichtete auf Kaffee und Nachtisch. »Wenn du fertig bist, möchte ich gern ins Hotel zurück.«

Sie nahmen ein Taxi.

Obwohl es noch relativ früh war, ging David gleich zu Bett. Er gab jeden Versuch auf, sich noch zu unterhalten, und schlief bald ein. Joan nahm ein Buch zur Hand, betrachtete aber immer wieder sein im Kopfkissen versunkenes Gesicht. Sie rief in Dublin an und sprach mit Paul. Ja, versicherte sie ihm, es sei sehr schön. Sie hätten mit dem Galeristen zu Mittag gegessen. Paris sei wunderbar, aber sie vermissten beide ihren Paul. Sie hoffte, dass er nicht ununterbrochen für die Prüfungen lernte.

»Kann ich mit Dad sprechen?«, fragte Paul und Joan erwiderte, er sei sehr müde und habe sich schon hingelegt.

»Ich möchte ihm nur zum Geburtstag gratulieren für den Fall, dass ich vor Donnerstag nicht mehr mit ihm sprechen kann.«

»Keine Sorge, mein Lieber. Wir rufen morgen wieder an. Und am Donnerstag auch!«

Nach kurzem Zögern fragte Paul: »Geht es ihm gut?«

»Natürlich. Er ist nur ein bisschen müde und das ist ja nur allzu verständlich! Warum fragst du?«

»Ich habe halt so ein komisches Gefühl«, sagte Paul mit ruhiger Stimme. Seine Worte fielen wie Steine in den Teich langen Schweigens.

Joan beruhigte ihn, versuchte ihre eigene Sorge zu verbergen, fragte, ob sie kurz mit Tante Lil sprechen könne. Ihre Schwester kam ans Telefon, sagte, alles liefe wunderbar, Paul sei gut in Form, nur ein wenig in sich gekehrt.

Als Joan aufgelegt hatte, betrachtete sie lange Zeit Davids Gesicht. Er schlief tief und ruhig, sein Atem ging flach, immer noch zeichneten sich dunkle Ringe unter seinen Augen ab. Das einzig Robuste an ihm war sein drahtiger schwarzer Bart. Aber er schlief fest, und sie schaltete die Nachttischlampe aus und lag noch eine Weile wach, lauschte den Geräuschen, die von draußen hereindrangen, dem Trubel des nächtlichen Paris, hörte Stimmen auf dem Hotelkorridor, das Rauschen von einströmendem Badewasser. Sie fühlte sich einsam. Groll stieg in ihr auf.

David ging es nun schon so lange schlecht. Warum konnte sie keinen Mann haben, der gesund war, mit dem sie das Leben und die Liebe und die Welt entdecken konnte? Es kam ihr so vor, als wären Jahre über Jahre ihres Lebens verflossen, in denen sie sich nur um ihn gekümmert und versucht hatte, das Unheil von ihm abzuwenden. Ihre Kraft war verbraucht, sie hatte ununterbrochen nur gegeben. Was würde geschehen, wenn sie all die Kraft zurückholte, die sie so sorgsam dosiert ihm hatte zukommen lassen, damit er lebte, die Unterstützung, die er so vollständig und manchmal auch unwirsch als selbstverständlich hinnahm? Zum ersten Mal überlegte sie ganz nüchtern, dass ein Großteil ihrer Liebe zu David auf ihrem eigenen Willen beruhte, auf der Projektion ihrer Erwartungen, der Leidenschaft, mit der sie ein Zaubernetz webte, das ihn einhüllte, weil sie es brauchte, den Zauber brauchte. Zum ersten Mal ging ihr auf, das Davids körperliches Leiden teilweise durch eine unbewusste Entscheidung seinerseits bedingt war. Die ganze Geschichte mit seinem ertrunkenen Bruder, der ihn an seinem vierzigsten Geburtstag aufsuchen würde. Seine endlosen Schuldgefühle und seine Leiden, die er auf die Leinwand warf und heimtückisch auch ihr aufbürdete, sie so an sich band, ihre gesamte Energie auf sich zog, so dass alles andere, was sie von ihm wegführen und ihr Erfüllung geben könnte, außen vor blieb. Ja! Er hatte sie an sich gekettet!

»Ich habe es satt!«, flüsterte sie plötzlich in die Nacht hinein. »Ich habe es so satt«, flüsterte sie der romantischen Lichterstadt draußen vor dem Fenster zu.

»Ich habe es satt, immer nur eine Stütze zu sein. Ich habe auch ein Recht zu leben!«

Auf diese Eingebung der inneren Stimme folgte die sofortige, heftige Reue. Sie streckte die Hand aus und ertastete David neben sich, schlang den Arm um ihn, wie um sich zu entschuldigen, versuchte die Gedanken, die sie nicht hatte denken wollen, zu tilgen, auszulöschen. Ihr wurde klar, wie stark diese Gedanken waren, sie wusste aber, dass eine gewisse Ungerechtigkeit darin lag, weil sie ahnte, dass sie daran mitwirkte, auch wenn sie nicht genau bestimmen konnte, in welchem Maße sie Mittäterin war. David fühlte sich starr an unter ihrem Arm, und ihr kam der erschreckende Gedanke, er könnte wach sein und alles gehört haben.

»David«, flüsterte sie. Aber er antwortete nicht, und schließlich schlief sie ein.

Während der Nacht stand David auf, ging ins Badezimmer und brach auf dem Weg zurück ins Bett fast zusammen. Joan wachte sofort auf. Sein linkes Bein war geschwollen, und offenbar hatte er Schmerzen. Sie rief den Portier und erkundigte sich nach einem Arzt.

Er kam am Morgen, ein kleiner, lebhafter Mann mit schwarzem Koffer, der David untersuchte, Herz und Lungen abhorchte und sich mit sorgenvoller Miene das geschwollene Bein ansah. David schilderte in gebrochenem Französisch seine Probleme, und der Arzt, der recht gut Englisch sprach, wollte ihn entweder sofort in ein französisches Krankenhaus einweisen, oder aber unverzüglich nach Hause schicken.

»Sie müssen ins Krankenhaus, Monsieur«, sagte er. »Ich rufe Ihnen einen Krankenwagen! Dieses Bein gefällt mir nicht …«

»Nur über meine Leiche!«, erwiderte David. »Ich fahre heim.«

Der Arzt sah Joan an. Sie nickte. »Ich kümmere mich darum.«

»Er muss im Bett bleiben«, sagte der Arzt, als er ging, und gab ihr Tabletten für David. »Er darf auf keinen Fall aufstehen, außer für die Reise! Und selbst das ist überaus riskant …«

»Warum?«

Der Doktor seufzte und sah ihr in die Augen. »Weil er sterben könnte, Madame!«

Joan telefonierte mit Dublin, sprach mit Davids Arzt, erzählte ihm, was geschehen war, dass sein Bein geschwollen sei und sie ihn noch am selben Abend nach Hause bringen würde. Der Arzt versprach, einen Krankenwagen zum Flughafen zu schicken, der David sofort ins Beaumont Hospital transportieren sollte.

Joan legte sich neben David und sann über die verschiedenen Möglichkeiten nach, wie es nun weitergehen würde. Sie dachte an die Ausstellung im September, die man vielleicht würde absagen müssen. Es bestand die Möglichkeit, dass er tatsächlich ernsthaft krank war, wie das besorgte Gesicht des französischen Arztes vermuten ließ, dass er sterben würde.

»Es tut mir Leid«, murmelte David mit ausdruckloser Stimme. »Wegen mir hast du kein Leben. Du wärst viel besser dran, wenn ich stürbe. Du könntest wieder heiraten, wirklich leben, eine richtige Ehe führen!«

Joan fuhr herum. »Du wirst weiterleben, ob es dir passt oder nicht! Ich habe nicht all die Jahre durchgehalten, um dich jetzt zu verlieren. Also halt den Mund. Dieses schwarzseherische Gerede höre ich mir nicht an.« Sie brach in Tränen aus und ließ sich wieder aufs Bett fallen. Aber David machte keine Anstalten, sie zu trösten.

»Ich habe es in Sacré Coeur gesehen«, sagte er schließlich. »Ich hätte dich als Feuer malen sollen, meine Dame.«

»Feuer, so ein Scheiß«, zischte Joan. »Hör einfach auf mit dem Mist und werde gesund.«

David sah sie teilnahmslos an. Dann lachte er kalt. »Na, an Mitleid werd' ich bestimmt nicht sterben!«

Joan starrte ihn an. »Mitleid hast du wahrhaftig mehr als genug bekommen! Wenn du mich, wenn du das Leben willst ... dann komm und hol uns!«

David sah ärgerlich aus; er machte Anstalten aufzustehen. »Du hast gehört, was der Arzt gesagt hat. Du bleibst liegen. Ein Bein, das anschwillt und sich blau verfärbt, ist eine ernste Sache!«

Kommentarlos ließ er sich wieder aufs Bett sinken und schloss die Augen. Nach einer Weile sagte er mit eisiger Stimme: »Ich habe dich gestern Abend gehört, als du dachtest, ich sei eingeschlafen. Natürlich hast du Recht. Ich bin eine schreckliche Last, aber so oder so wird es nicht mehr lange dauern.«

Joan war zu müde um zu widersprechen.

Auf dem Dubliner Flughafen wartete ein Krankenwagen. Es herrschte Berufsverkehr und es regnete. Der Wagen raste mit heulender Sirene die Schnellstraße hinunter und bog links in die College Avenue ein. Er fährt wie der Teufel, dachte Joan, und Tränen traten ihr in die Augen angesichts solcher menschlicher Solidarität. David fieberte. Sie nahm seine Hand, aber er reagierte nicht. Er hatte die Augen geschlossen, aber Joan wusste, dass er nicht schlief.

Wie es wohl sein würde zu sterben? Mit diesem Gedanken überkam sie eine Welle der Resignation. Ob es ein allmähliches Dahinschwinden, ein Entgleiten war? Oder kämpfte der Körper bis zuletzt mit aller Kraft, die ihm verblieb? Und wenn es ein Leben danach gab, würde er sich an sie erinnern? Oder würde er alles vergessen, sich nicht mehr entsinnen, was sie einander bedeutet hatten, nichts ahnen von der bitteren Leidenschaft des Kummers?

Und was war mit ihr? Sie sah die Jahre vor sich, eine einsame Frau in mittleren Jahren, und sie blickte auf die vergangenen Jahre zurück, auf den Kampf und die fruchtlosen Mühen. Das alles passte nicht zu dem Lebensplan, den sie einmal entworfen, zu den Zukunftshoffnungen, die sie an ihrem Hochzeitstag gehegt hatte.

Anstrengung überwand nicht jedes Hindernis. Ihr Vater hatte sich geirrt. Es gab Hindernisse, an denen man zerbrach. Es gab Kämpfe, bei denen es nur noch ums Überleben ging.

Im Beaumont Hospital wurde der Chefarzt, Dr. O'Neill, herbeigerufen, der David gründlich untersuchte.

Anschließend sagte er zu Joan: »Ihr Mann hat eine akute Venenthrombose im linken Bein, und ich kann mir beim besten Willen nicht vorstellen, wodurch sie hervorgerufen wurde. Er bekommt Antikoagulantien und wahrscheinlich werden wir ihn morgen operieren, um der Sache auf den

Grund zu gehen. Das heißt, wenn die weiteren Untersuchungen nichts ergeben, denn soviel ich weiß, wurde er bereits im St Vincent allen Tests unterzogen!«

Joan nickte. »Er war ein paar Tage in der Privatklinik. Sie sagten, er hätte einen Spasmus der Darmmuskulatur!«

Der Arzt sah sie ausdruckslos an, ohne sich weiter dazu zu äußern.

Davids Krankenbett wurde in ein Krankenzimmer geschoben. Joan rief ihre Schwester an und sprach mit Paul.

»Wird er wieder gesund?«, fragte der Junge mit unnatürlicher Gelassenheit.

»Natürlich wird er wieder gesund! Du kennst doch deinen Vater!«

Am nächsten Tag wurde David operiert. Joan wartete im Krankenhaus, trank eine Tasse Kaffee, blätterte in einer Zeitschrift. Die Minuten verstrichen, wurden zu Stunden. Sie schloss die Augen, aber die innere Anspannung wich nicht von ihr. Sie lauschte auf das Geräusch von Schritten, hörte menschliche Stimmen wie Hintergrundrauschen.

Als David aus dem Operationssaal geschoben wurde, sprach die Stationsschwester mit ihr.

»Dr. O'Neill möchte gern mit Ihnen reden, Mrs. de Barra. Er erwartet Sie in fünf Minuten in seinem Büro.«

»Was hat er festgestellt?«, rief Joan beunruhigt. »Was fehlt meinem Mann?«

Die Stationsschwester sah sie mitleidsvoll an und sagte mit leiser Stimme: »Es ist Krebs. Ein Mesenteriumkarzinom, immer schwer zu diagnostizieren! Aber heilbar«, fügte sie hastig hinzu, als sie Joans Gesichtsausdruck sah.

»Wie stehen seine Chancen?«, fragte Joan flüsternd.

»Ich weiß es nicht, Mrs. de Barra – Dr. O'Neill kann Ihnen Genaueres sagen. Aber sprechen Sie ein kleines Gebet und Gott wird Ihnen beiden beistehen.«

»Ich bin eine Expertin fürs Beten«, erwiderte Joan verbittert. »Seit Jahren bestürme ich den Gott-den-es-eigentlich-nicht-gibt! Ich bin vor seinem Tor gesessen und habe ihn angefleht wie Lazarus vor dem Tor des Reichen – Sie erinnern sich an das arme Schwein aus der Bibel, dem es so schlecht ging, dass sogar die Hunde Mitleid mit ihm hatten. Aber Er oder Sie oder Es, oder was immer dieses Kontinuum in Gang gesetzt hat, ist vollkommen gleichgültig!«

Die Stationsschwester hob in einer vergebenden, priesterhaften Gebärde die Hände, schüttelte den Kopf und entfernte sich.

»In Ordnung, Gott«, sprach Joan zu sich selbst, »sieh zu, dass du die Sache auf die Reihe kriegst. Mach dich auf die Socken. Weil ich jetzt nicht mehr vor dir auf dem Boden krieche. Weil es das Mindeste ist, was du tun kannst. Weil ich, wenn du es nicht tust, nie mehr mit dir spreche, nie wieder! Und wenn arme Idioten wie ich nicht mehr mit dir sprechen – dann wirst sogar du sterben!«

Sie setzte sich neben David, der noch schlief. Er sah geschwächt und hilflos aus auf seinem Kissen. Sie nahm seine Hand und er öffnete kurz die Augen, sah sie an. Dann schlief er weiter.

»Am besten gehen Sie nach Hause und ruhen sich aus«, sagte die Stationsschwester freundlich. »Es kann noch Stunden dauern, bis die Narkose nachlässt.«

Joan nickte, ging den mit glänzendem Linoleum bedeckten Korridor hinunter und bat den Pförtner, ihr ein Taxi zu rufen.

16. Kapitel

Ich sollte mich nach irgendeiner Arbeit umsehen! Aber ich habe keinerlei Qualifikationen, und ich möchte auch die Kinder nicht gerne allein lassen.

Weshalb nur bin ich so ungern mit Gerry verheiratet? Ich weiß, warum, aber der Grund ist nicht respektabel genug.

Er sorgt gut für die Familie. Er hat ein wunderschönes Haus gekauft, teure Möbel. Offenbar ist er auch treu. Was gibt es also an ihm auszusetzen? Männer würden sagen, an ihm gibt es nichts auszusetzen, wohl aber an mir; ich sei krank; der Hunger, den ich verspüre, sei abartig. Vielleicht haben sie ja Recht!

Aus: *Die Pferdeohren*, 1977

Paddy rief jeden Tag an. Patricia hob nicht ab. Sie hatte den Anrufbeantworter eingeschaltet. Das Telefon klingelte auch abends, Abend für Abend. Einmal nahm Gerry ab. Zweimal Orla.

»Aufgelegt. Schon zum zweiten Mal. Ich nehme an, es war wieder die falsche Nummer«, sagte Orla mit einer Stimme voll versteckter Anspielungen. Sie war mit ihrer Mutter allein in der Küche. Nachdem sie, wie sie es empfand, mit ihrem Versuch, ein besseres Verhältnis zu ihrer Mutter aufzubauen, abgeblitzt war, verlegte sie sich jetzt auf vorsichtigen Zynismus.

»Wahrscheinlich dein Liebhaber!«, fügte sie hinzu und beobachtete den Gesichtsausdruck ihrer Mutter.

Patricia fuhr zusammen. »Mein was?«

»Dein Liebhaber. Hast du denn keinen Liebhaber?«

»Sei doch nicht albern.«

»Es gibt also niemanden, der dich von all dem hier wegbringt: von deinem Mann, deiner Familie?«, fragte Orla spitz.

»Wie kommst du bloß auf die Idee?«

»Das spielt keine Rolle. Aber es verunsichert mich total!«

Patricia sah zögernd ihre Tochter an, die am Tisch stand und tat, als hätte sie sich in die Abendzeitung vertieft, ihre Tochter, die sich verändert hatte, die groß geworden war und sie nun herausforderte.

Der Pferdeschwanz des Mädchens wurde mit einem schwarzen Samtband zusammengehalten, das ihre hellbraune Haarfarbe zur Geltung brachte. Sie war schlank und anmutig, sogar in ihrer marineblauen Schuluniform; ihre schlanken Beine wirkten auch in den schwarzen Schulschuhen elegant.

»Setz dich, Orla.«

Orla warf ihrer Mutter einen vorsichtigen Blick zu und gehorchte.

»Ich will dir eine Geschichte erzählen«, sagte Patricia.

Orla schwieg, die Augen unverwandt auf die aufgeschlagen vor ihr liegende Abendzeitung gerichtet.

»Es war einmal ein Mädchen in deinem Alter. Sie war siebzehn, und als sie aufs College ging, begegnete sie einem Jungen, in den sie sich verliebte.« Patricia hielt inne. Orla tat, als unterdrücke sie ein Gähnen.

»Ein alter Hut, wirst du sagen, nur dass es in ihr Erwartungen weckte, wie eine lebendige Beziehung beschaffen sein könnte. Und diese Vorstellungen behielten auch später für sie Gültigkeit, ob bewusst oder unbewusst.«

Orla spielte mit der Zeitung. »Was ist aus dieser Musterfrau und ihren Erwartungen geworden?«, fragte sie zuckersüß.

Patricia wurde ärgerlich. Was hatte es überhaupt für einen Sinn, mit irgendjemandem in diesem Haus zu sprechen?

»Sie warf ihr Leben weg, das ist aus ihr geworden«, sagte sie kühl. »Man sollte sich stets dem Schmerz stellen und nicht versuchen ihn zu vermeiden. Sie versuchte ihn zu vermeiden. Das war ihr Fehler.«

»Und was ist aus dem Typ geworden, in den sie verliebt war?«

»Er hat eine andere geheiratet.«

»Hatte sie eine Affäre mit ihm, als er zurückkam?«, fragte Orla mit sehr leiser Stimme.

»Wie meinst du das?«

»Als er nach zwanzig Jahren oder wann auch immer anrief. Ich nehme an, das ist die Fortsetzung der Geschichte!«

Patricia zügelte ihren Zorn. Orla konnte ebenso gut erfahren, dachte sie, dass Veränderungen in der Luft lagen.

»Ab und zu traf sie sich mit ihm.«

Orla sah ihre Mutter entgeistert an. Ihre Ablehnung schlug um in Empörung. »Mama, du willst doch nicht ernsthaft behaupten, dass du auch nur mit dem Gedanken spielst, uns wegen diesem Mann zu verlassen. Mein Gott, das ist eine Ewigkeit her, ein Menschenalter. Du kannst dich doch nicht einfach umdrehen und alles stehen und liegen lassen für etwas, das zwanzig Jahre her ist!« Sie hörte sich an wie eine Schuldirektorin, die ein dummes Kind ausschimpft.

Patricia fröstelte. Sie war eine Närrin, eine absolute Närrin. Wie konnte sie von Orla Verständnis dafür erwarten, dass Zeit eine Illusion war, dass manchmal sehr früh im Leben gezeichnete Karten die einzige Orientierung boten; dass man dem Schicksal begegnen und vor ihm davonlaufen konnte, nur um über all die Jahre von ihm verfolgt zu werden.

»Wer hat etwas von verlassen gesagt? Wer hat etwas von mir gesagt? Bist du denn noch bei Verstand, um Himmels willen? Das ist doch nur eine Geschichte!«, sagte sie forsch. »Was reimst du dir da bloß in deinem Hirn zusammen! Deck den Tisch, dein Vater wird bald kommen!«

Orla fügte sich. Ihr Verhalten, die fragenden Blicke, die sie ihrer Mutter zuwarf, drückten Unsicherheit aus.

»Kann ich am Samstag zur Disko im Lulu gehen?«, fragte sie nach einer Weile und legte die Tischdecke auf. »Katie und Helen und die ganze Clique gehen auch hin.«

»Ich denke ja. Kommt Mick auch?«

»Mir ist egal, ob er kommt oder nicht«, sagte Orla abwehrend. »Trotzdem, er ist nicht so schlecht, wie du ihn hinstellst. Er ist viel netter geworden ...«

»Die Menschen sind selten so gut oder so schlecht, wie andere sie machen. Aber manchmal lassen sie sich hinreißen, und gelegentlich sind sie gefährlich.«

Orla zeigte auf den Zeitungsartikel über einen Prozess wegen Vergewaltigung, der kürzlich stattgefunden hatte. Ein Mann hatte eine Frau eine ganze Nacht lang vergewaltigt und misshandelt und in ihre Vagina ein Küchenmesser eingeführt. Er sagte, sie habe es so gewollt. Dem Richter und den Schöffen erschien das höchst plausibel, und der Angeklagte ging straffrei aus.

»Die Gerichte in diesem Land behandeln Frauen wie Dreck«, hatte die Klägerin später gesagt. »Was passiert, wenn ich mir ein Gewehr besorge und ihn erschieße, weil ich vor Gericht nicht mein Recht bekommen habe?«

Orla schüttelte angewidert den Kopf. »Über Vergewaltigungen gibt es haufenweise Artikel. Jeden Tag wird über eine neue Vergewaltigung berichtet. Es ist widerlich.«

Ihre Mutter sah sie an. »Ein Vergewaltiger läuft nicht mit einem Schild um den Hals herum, an dem man ihn erkennt!«, sagte sie. »Gewöhnlich ist er mit dem Opfer bekannt!«

Orla seufzte. »Also, wenn du auf Mick anspielst – er ist nicht gefährlich. Er ist einfach ein Typ!«

Patricia hob zum Zeichen des Einverständnisses die Hand. »Okay, okay! Du kennst ihn. Ich nicht!«

Patricia trauerte um Sarah. Es waren schon zwei Wochen vergangen, und noch immer ging ihr die Tote im Kopf herum; manchmal träumte sie sogar von ihr.

»Wann ist die Verhandlung?«, fragte sie Gerry.

»Ich weiß nicht. Du solltest in die Zeitung schauen. Es kann bis zu einem Jahr dauern. Die Beweisaufnahme ist noch nicht abgeschlossen.«

Gerry hatte ein Auge auf sie, seitdem sie zugegeben hatte, einen Gin Tonic getrunken zu haben – so als erwarte er, dass sie jetzt haltlos dem Alkohol verfiel. Aber der Ausrutscher hatte Patricia etwas klargemacht. Als sie entdeckte, dass sie nach diesem Zwischenfall kein unwiderstehliches Verlangen verspürte, sich voll laufen zu lassen, erkannte sie auch, dass sie nicht süchtig war. Sie hatte ein Problem damit, das schon, aber sie konnte leicht damit fertig werden. Wichtig war nur, dass sie den Alkohol mied. Manchmal musste sie dazu ihre ganze Willenskraft aufbieten; sie dachte jeden Tag an Paddy, beinahe ständig, und als das Verlangen, ihn zu sehen, unerträglich wurde, sehnte sie sich danach, es mit einem Glas Wodka zu stillen. Sie begleitete Nell zu diversen karitativen Treffen und Veranstaltungen, die sie fast den ganzen Tag auf Trab hielten und ihr viel Stoff zum Nachdenken gaben.

Aber sie konnte Paddy nicht vergessen. Die Erinnerung an seine Wärme, das Glück ihrer Begegnung trug sie mit sich herum wie einen Talisman zur Abwehr von Furcht und Zynismus. Einmal nahm sie den Hörer zur Hand, um ihn anzurufen, und legte auf, sobald er antwortete. Überzeugt, dass sie es war, rief er sofort zurück, doch er erreichte nur den Anrufbeantworter und legte auf.

Er muss mich für schrecklich pubertär halten, dachte sie. Wie lange kann ich das noch aufrecht erhalten – so zu tun, als könne ich mich von dem Einzigen losreißen, das mich – möglicherweise – glücklich machen könnte?

Am Tag darauf lag sein Brief in der Post. Der Umschlag war maschinengeschrieben und Gerry musterte ihn wortlos, als er die Post hereinholte, bevor er aus dem Haus ging. Patricia nahm den Brief mit in die warme Küche, die von der frühsommerlichen Sonne hell erleuchtet war; hier war sie ungestört. Sie öffnete den Umschlag mit einem Messer und zog das zusammengefaltete Blatt Papier heraus. Sie fragte sich, von wem der Brief wohl sein könnte, las zuerst die Unterschrift und zuckte vor Freude zusammen.

Mein Liebling,
ja, ich halte es ohne dich nicht aus. Das sollst du wissen!

Alles erscheint mir kalt und unsinnig; die Arbeit und alle Mühen sind bedeutungslos geworden.

Ich war übers Wochenende zu Hause in Richmond. Alles war so sinnlos. Wir aßen mit Freunden zu Abend; ich dachte die ganze Zeit an dich.

Du bist der einzige Mensch, mit dem ich sprechen möchte. Du bist der einzige Mensch, der am Horizont sichtbar ist. Komm zurück zu mir. Wir können über alles reden; bestimmt finden wir eine Lösung für die Probleme.

Es gibt Dinge, die ich nicht verstehe, ich weiß, aber ich muss dich sehen, Patricia. Ich hasse deinen verdammten Anrufbeantworter.

Komm zurück. Ich liebe dich.

Paddy.

Als um zehn das Telefon läutete, hob sie ab.

»Gott sei Dank!«, sagte die geliebte, vertraute Stimme. »Ich bin ganz verzweifelt.«

»Ich auch!«, flüsterte Patricia.

»Ich liebe dich!«

»Ich dich auch!«

Ihre Worte, seine Worte atmeten wie ein Seufzer dieselbe stumme Verzweiflung, Hoffnung, Erkennen, Erleichterung. »Es war so schrecklich.«

»Ich weiß!« Sie lachte und die Spannung löste sich, die zurückliegenden Wochen der Entbehrung wurden ins Reich der bösen Träume verbannt. Erstaunlich, wie leicht es war, solche Qual einfach beiseite zu schieben.

»Wie wärs heute Mittag?«

»In Ordnung!«

Mittags lag sie in Paddys Bett, und sie fielen übereinander her wie Verhungernde.

Als er sich später fürs Büro anzog, fragte er: »Kommst du mit nach Paris? Ich möchte dich eine Zeitlang ganz für mich haben.«

»Ich komme mit nach Paris«, versprach Patricia. »Allmählich sehe ich ein, dass dem freien Willen Grenzen gesetzt sind! Ich werde tun, was du willst, solange ich es ertragen kann. Und zwar vor allem deshalb, weil ich keine Wahl habe.«

»Wenigstens Paris werden wir für uns haben«, sagte Paddy feierlich. »Dann können wir reden, dann sind wir frei und können über alles sprechen, dann haben wir Zeit füreinander.«

In jener Nacht hörte Patricia, wie Kieselsteinchen an Orlas Fenster flogen, und sie hörte Flüstern, als sie aus dem Bett stieg, um nachzusehen.

»Verzieh dich, Mick, und lass dich nicht mehr hier blicken, mitten in der Nacht. Nein ... Ich komme nicht runter!«

Sie beobachtete hinter dem Vorhang, wie der Junge durch den Garten abzog, sah, wie er noch einmal zu Orlas Fenster hinaufschaute, erkannte seinen schwelenden Groll.

Ich kann diesen Kerl nicht ausstehen, dachte Patricia mit Schaudern. Er hatte eine unangenehme Ausstrahlung, wie er so unverhohlen seinen Groll zeigte, als ob ihm Unrecht geschähe, wenn es nicht nach seinem Kopf ging. Aber Pat freute sich, dass Orla sich nicht für ihn interessierte, dass sie ihm gesagt hatte, er solle abhauen.

Sie sollte ihn überhaupt links liegen lassen, dachte sie. Wenn sie ihn völlig links liegen ließe, würde ihr Vater den Rest schon erledigen.

Am nächsten Tag sagte sie Gerry, sie wolle im September einmal ausspannen und für ein paar Wochen nach Paris fahren.

»Doch nicht alleine?«

»Warum nicht! Ich brauche ein wenig Freiraum für mich, Gerry. Ich könnte Französisch lernen, die Sehenswürdigkeiten besichtigen, vielleicht mit dem Zug nach Lyon fahren und Frankreich ein wenig kennen lernen.«

Gerry sah sie verständnislos an. Weshalb sollte man Französisch lernen, wenn man in aller Welt Englisch sprach – und sogar die Franzosen es lernten? Weshalb brauchte sie ›Freiraum für sich‹, schien seine Miene auszudrücken. Seine

Reaktion ließ durchblicken, dass ihn die Vorstellung verunsicherte, seine Frau sei ein selbstständiges Wesen mit eigenen Bedürfnissen.

»Ich dachte, wir fahren nach Ägypten?«

»Das hätten wir im April machen sollen. Im September ist es in Ägypten sehr heiß. Diese Temperaturen könnte ich nicht ertragen.«

»Und wie viel wird deine Parisexpedition kosten?«

»Ich weiß noch nicht. Nicht allzu viel. Ich habe dafür gespart!«

»Und die Kinder?«

»Die Kinder sind alt genug, um ein paar Wochen alleine zurechtzukommen!«

Gerrys Gesicht drückte Missbilligung aus; am liebsten hätte er das Ansinnen rundweg abgelehnt, doch zugleich war er sich seiner Sache nicht ganz sicher. Unerklärlicherweise fand er diese Frau interessanter als jene, an die er sich gewöhnt hatte. Sie hatte sofort seine Aufmerksamkeit erregt – in dem Augenblick, in dem sie einen selbstständigen, von ihm unabhängigen Gedanken zum Ausdruck brachte, der keine Beurteilung durch ihn verlangte und der weder eine Klage noch eine Beschwerde enthielt.

»Du wolltest doch noch nie alleine irgendwohin. Warum jetzt auf einmal?«

»Weil es jetzt höchste Zeit dafür ist! Du nimmst es mir doch nicht übel, Gerry?«, fragte sie beinahe kokettierend, und sie bemerkte, wie dabei ein Lächeln über sein Gesicht huschte. Er zuckte die Achseln.

»Mach, was du für richtig hältst. Solange du das Kreditkartenkonto nicht mit Unsummen belastest.«

»Ganz bestimmt nicht.«

»Wo wirst du wohnen?«

Pat spürte, wie sie unsicher wurde.

»Im Hotel vermutlich.«

»Gute Hotels in Paris kosten ein Vermögen!«

»Vielleicht … vielleicht könnte ich von Nells Bekannten eine Wohnung mieten. Ihre Tochter beispielsweise hat eine

Wohnung in Paris und die ist vielleicht im September frei ...«

Gerry hörte nicht wirklich zu. Sonst hätte er das Zittern in ihrer Stimme bemerkt.

In dieser Nacht liebte Gerry sie auf besitzergreifende Weise. Seine Frau hatte sich aus der einengenden Rolle gelöst, Fleisch von seinem Fleisch zu sein, und er fand sie sehr begehrenswert und sehr eigenständig. Er dachte nicht weiter darüber nach, weshalb er so empfand, aber seine Reaktion war unmissverständlich. Patricia durchschaute es und seufzte. Früher hätte sie es fälschlicherweise für etwas anderes gehalten.

Am 8. Juni starb Patricias Mutter. Am Tag zuvor war sie noch gesund und munter gewesen; sie hatte angerufen und gefragt, wie es der Familie gehe, mit Orla gesprochen und sich nach ihrem Freund erkundigt.

»Ich habe keinen, Oma.«

»Denk immer dran«, rief die alte Dame, die sich ab und zu gern einen boshaften Scherz erlaubte, »Liebe ist blind, aber die Nachbarn nicht!«

Orla gab den Telefonhörer halb ärgerlich, halb lachend, ihrer Mutter zurück. »Oma ist in Höchstform!«

Als Pat aufgelegt hatte, sagte sie zu Orla: »Ich gehe Oma besuchen. Willst du mitkommen?«

Orla mochte ihre Großmutter sehr und hatte nichts dagegen, mit Mutter und Großmutter Tee zu trinken.

»Da wären wir also, alle Frauen der Familie!«, pflegte die alte Dame immer zu sagen und Orla bekam rote Backen, wie jemand, der in einen erlesenen Kreis aufgenommen wird. Sie war bei solchen Anlässen stets unverkrampft, kindlich ausgelassen und hörte den Geschichten aus der Kindheit ihrer Mutter mit echtem Interesse zu.

Also hatte Orla Pat auch diesmal begleitet, und die Frauen aus drei Generationen tranken zusammen Tee. Mrs. O'Hehir fragte Orla über den Debütantinnenball an ihrer Schule aus und erkundigte sich, wen sie dazu einladen würde. Orla blühte auf, beschrieb das Kleid, das sie sich vorstellte, sah Zustimmung heischend zu ihrer Mutter hin und vergaß für einen Augenblick, dass sie sich eigentlich herausfordernd, oder zumindest abweisend geben wollte.

»Violett ist für einen Schulball ein bisschen ungewöhnlich«, meinte die alte Dame. »Aber weshalb solltest du nicht Violett tragen, wenn es dir gefällt.« Sie musterte ihre Enkelin mit kritischem Blick. »Du kannst es dir leisten; die Farbe passt nur zu einem zarten Teint! Und was du hast, das stelle stolz zur Schau, wie ich deiner Mutter zu sagen pflegte!« Sie sah Pat über den Brillenrand hinweg an. »Aber deine Mutter war in ihren Ansichten immer schon ein bisschen älter als ich!«

Orla und Pat lachten.

»Warum war Mama in ihren Ansichten älter als du, Oma?«

»Das arme Mädchen war gescheit: Sie ist ihrem Vater nachgeschlagen. Gescheite Menschen nehmen das Leben immer ernst.« Sie zwinkerte Pat zu und fügte in ernsterem Ton, fast warnend, hinzu: »Sie neigen dazu, Dinge zu erwarten und anzustreben, die unerreichbar sind!«

Und jetzt war Mrs. O'Hehir tot – Herzversagen, mitten in der Nacht. Sie war von Nachbarn gefunden worden, die einen Schlüssel hatten und regelmäßig nach ihr sahen.

Patricia fuhr sofort zu ihr, und als sie mit ihr allein in der Wohnung war, wusch sie ihre Mutter, kämmte ihr das schöne silberne Haar, zog ihr das hellrosa Kleid mit dem Satinbesatz am Kragen an. Sie hatte oft mit Schrecken an diesen letzten Dienst gedacht, den sie ihrer Mutter würde erweisen müssen; ihre Mutter hatte bei der Vorstellung, von Leichenbestattern berührt zu werden, immer wieder ihr Unbehagen bekundet; aber jetzt schien es Patricia weder makaber, wie sie befürchtet hatte, noch wurde sie von Verzweiflung überwältigt.

Etwas in uns versteht sich auf Derartiges, dachte sie. Etwas in uns weiß alles über Tod und Geburt. Im tiefsten Innern wissen wir genau Bescheid über die Gezeiten des Lebens!

Der wirkliche Schmerz kam erst, als der Sarg in die Erde gesenkt wurde: das Wissen darum, dass der Bezugspunkt für so vieles in ihrem Leben, die bedingungslose Liebe, die Mutter mit ihrem Temperament, ihren Anwandlungen von Sarkasmus, ihrer unerschütterlichen Liebe, weg war. Sie sah Gerry in seinem dunklen Anzug, dem es nicht gelungen war, seine Frau zu trösten, der es nicht einmal versucht hatte, da er Gefühle nicht ertragen konnte. Sie sah ihre beiden Kinder, gut aussehend und groß gewachsen, die in stiller Trauer weinten. Hinter Pat lag die Welt ihrer Kindheit, ihre Jahre als junge Erwachsene; vor ihr lag die zweite Hälfte des Lebens, die Zeit der Ernte dessen, was gesät worden war, bevor sie und Gerry und die anderen aus ihrer Generation selbst abtreten mussten. Der Gedanke war entsetzlich. Wie konnte nur so viel Zeit vergangen sein? Und weshalb, so fragte sie sich, fühlte sie sich nach so langer Zeit in ihrem tiefsten Innern nicht anders als das Mädchen, das bei ihrer Mutter in der Küche gesessen hatte, sich romantischen Träumen hingegeben und sich gereckt hatte, um sich in einem Spiegel zu betrachten, auf dem der Name PADDY geschrieben stand. War das Leben ein Scherz oder eine grausame Prüfung – blieb man mit einem jungen Herzen in der Brust allein zurück, während sich fast alle Anhaltspunkte und Vergleichsmaßstäbe änderten, ohne jede Stütze und ganz auf sich gestellt, seinem Schicksal überlassen?

Als hätte sie die Gedanken ihrer Mutter erraten, kam Orla stumm auf sie zu und stellte sich neben sie.

Paddy rief sie aus Amerika an, wo er geschäftlich zu tun hatte. Als Patricia den Hörer abnahm, dauerte es eine Weile, bis seine Stimme klar und deutlich zu hören war.

»Mama ist gestorben«, sagte Pat, als er fragte, wie es ihr gehe. »Gestern war die Beerdigung.«

»Mein armer Liebling! Wie leer und elend du dich fühlen musst. Ich wünschte, ich wäre da und könnte dich trösten!«

Patricia brach in Tränen aus. »Wann kommst du zurück?«

»Am Freitag, Liebling. Um vier landet das Flugzeug. Können wir uns am Abend sehen?« Seine Stimme klang verzweifelt, enttäuscht, so weit weg zu sein, darum bemüht, Trost zu spenden.

»Ich hole dich vom Flughafen ab.«

»Ich hatte gehofft, dass du das sagst.«

»Wo hat deine Mutter ihr Testament aufbewahrt?«, fragte Gerry am gleichen Abend. Er hatte sich immer wieder gewundert, dass sie ihn niemals zu Rate gezogen hatte.

»Wahrscheinlich in dem entsprechenden Safe in deinem Büro. Joan hat das Testament für sie aufgesetzt – du weißt doch, damals, als Mutter vor zehn Jahren Brierly verkauft und die Wohnung gemietet hat, um in unserer Nähe zu sein.«

Gerry überlegte kurz. »Ich frage morgen mal nach. Ich nehme die Sache in die Hand.«

Patricia seufzte. »Ich glaube, sie hat Joan zu ihrer Testamentsvollstreckerin ernannt. Lass sie sich doch darum kümmern!«

Gerry musterte sie kühl. »Wie du meinst!«

»Ich gehe in ein paar Tagen zu ihr. Ich muss erst noch Mutters Sachen durchsehen.«

Am folgenden Tag räumte Patricia in der Wohnung ihrer Mutter auf. In der obersten Schrankschublade befand sich eine Pappschachtel mit Unterlagen, die sie beiseite legte, um sie später Joan zu bringen. Auf dem Nachtkästchen ihrer Mutter stand ein gerahmtes Foto von Patricia, aufgenommen auf dem Rasen vor dem Haus in Brierly, als sie fünfzehn war. Ihr Vater hatte den Arm um sie gelegt und lächelte. Sie schüttelte den Kopf und schluckte schwer, als sie sich erinnerte, wie Papa immer aus der Zeitung vorlas, mit ihr über aktuelle Themen diskutierte, sich nach ihrer Meinung erkundigte und ihr sehr aufmerksam zuhörte.

Sie sortierte die Kleider ihrer Mutter aus und steckte vieles davon in Plastiksäcke für die Gemeinschaft des Heiligen Vinzenz von Paul; ein paar Blusen behielt sie für sich.

»Manche Sachen von mir sind gut und werden dir passen, Pat; wenn du alles wegschmeißt, komme ich wieder und verfolge dich in deinen Träumen«, hatte ihre Mutter einmal gedroht.

Das würde mich kein bisschen stören, dachte Patricia. Wenn du mich doch nur in meinen Träumen besuchen würdest, Mama. Wenn du es doch tätest.

Die Beerdigung ihrer Mutter war am Montag gewesen. Am Freitag holte Patricia Paddy vom Flughafen ab. Sie sah sofort, dass er sehr müde war, und als er erzählte, dass er seine Amerikareise verkürzt und Hals über Kopf und mit mehrmaligem Umsteigen aus Kalifornien zurückgekehrt war, verstand sie weshalb.

»Du musst einen schrecklichen Jetlag haben.«

»Ja, schon!« Er beugte sich zu ihr und sah sie mit zusammengekniffenen Augen mitfühlend an. »Wie geht es dir, mein armer Liebling?«

»Besser, jetzt, wo du da bist!«

Paddy warf sein Gepäck in den Kofferraum, und sie fuhren vom Flughafen nach Norden Richtung Balbriggan; Paddy hatte vorgeschlagen, irgendwo an ein ruhiges Plätzchen aufs Land zu fahren, das Auto zu parken und allein zu sein. Nach einigen Kilometern Fahrt auf einer ruhigen Seitenstraße machte Patricia auf einem breiten Seitenstreifen Halt. Sie schaltete den Motor ab und ließ sich von ihrem Geliebten in die Arme schließen; er drückte ihren Kopf an seine Brust, presste die Lippen auf ihr Haar.

»Erzähl mir, wie es war.«

Und Patricia erzählte. Die Tränen, gegen die sie gekämpft hatte, strömten nun heiß hervor und benetzten sein Hemd. Er wiegte sie wie ein Kind.

Als sie nicht mehr weinen konnte, wischte sich Patricia mit dem Taschentuch, das er ihr gab, die Augen. »Ich hab dein Hemd mit Wimperntusche beschmiert!«

Er begutachtete die dunklen Flecken auf seinem Hemd. »Was soll's, wenn es dir nur gut getan hat.«

Er fragte, ob sie Lust hätte, mit ihm essen zu gehen, aber sie sah, wie erschöpft er war.

»Nein. Ich setze dich unterwegs irgendwo ab. Du siehst fix und fertig aus und musst nach Hause.«

»Dann sehen wir uns also morgen?«

»Ja, morgen.«

Am nächsten Tag eröffnete ihr Paddy, dass er Ende des Monats Irland verlassen würde.

»Die Arbeit, die ich zu tun hatte, ist erledigt. Die Firma hier kommt ohne mich zurecht. Ich kann meinen Aufenthalt hier nicht länger rechtfertigen.« Patricia sah ihn an, ohne Tränen; sie hatte gewusst, dass es so kommen würde, aber jetzt fühlte sie sich, als hätte man ihr den Boden unter den Füßen weggezogen.

»Ich verstehe.«

»Glaub mir, wir werden uns oft sehen, hier oder – wenn du wegkannst – in London, oder wo auch immer. Auf jeden Fall haben wir Paris im September ... Das gilt doch noch, oder?«

»Ja ... Was habe ich für eine andere Wahl als bei dir zu sein, wann immer es mir möglich ist?«, sagte sie mit leiser Stimme. »Was dich betrifft, bin ich nicht frei. Das weißt du doch!«

Ein Schatten zog über sein Gesicht; in seinen Augen spiegelte sich stumme Unruhe. Er hat Angst, dass die Liebe ihn belasten wird, dachte sie müde. Gott, müssen wir uns denn immerzu verstellen?

»Das war nur Spaß, Paddy. Fünfundvierzig liebeskranke Männer sind hinter mir her. Du kannst von Glück reden, wenn ich nach Paris komme! Wenn du nicht aufpasst, brenne ich mit einem von Gerrys Kumpels durch – in irgendein Liebesnest in der Südsee!«

»Du glaubst, dass dieser Kumpel scharf auf dich ist?«
Sie lachte. »Glaubst du, dass ich scharf auf ihn bin?«

Ein paar Tage später brachte sie die Schachtel mit den Papieren zu Joan ins Büro. Bei der Durchsicht hatte sie ein Sparbuch gefunden und einen Bausparvertrag mit jeweils wenig mehr als viertausend Pfund.

Joan holte das Testament hervor und erklärte, Patricia sei die Alleinerbin und sie, Joan, die Testamentsvollstreckerin.

»Sie wollte es so«, sagte Joan entschuldigend. »Ich habe vorgeschlagen, dass du das Testament selbst vollstrecken sollst, aber sie meinte, dann würde Gerry darauf bestehen, die Sache für dich in die Hand zu nehmen!«

Patricia nickte. »Sie wollte nicht, dass Gerry sich in ihre Angelegenheiten einmischte! Sie hat ihn nie gemocht!«

Als sie nach Hause kam, sagte sie Gerry, dass sie mit Joan gesprochen hatte.

»Wie hoch ist der Nachlass?«

»An die achttausend Pfund.«

»Was? Ist das alles?«

»Ich glaube ja. Da sie bei klarem Verstand war, hat sie wohl zu Lebzeiten alles ausgegeben!«

Gerry entlockte der fröhliche Unterton in ihrer Stimme kein Lächeln. Er stand da wie vom Donner gerührt. »Aber das Geld aus dem Verkauf von Brierly ... was ist damit passiert?«

Patricia zuckte die Achseln. »Da gibt es viele Möglichkeiten ... Schnelle Männer und langsame Pferde, was weiß ich! In ihren Unterlagen findet sich jedenfalls kein Hinweis darauf! Vielleicht hat sie es für wohltätige Zwecke gespendet«, fügte sie verschmitzt hinzu. »Sie wusste schließlich, dass ich eine gute Partie gemacht hatte, dass es mir an nichts fehlte!«

Gerry war wütend. Im Stillen fragte sich allerdings auch Patricia, was mit dem Geld passiert war. Ihre Mutter war zwar gern auf Reisen gegangen und hatte sich von der Rente ihres Vaters ein schönes Leben gegönnt; aber das erklärte nicht die fehlenden Tausender. Hinter ihrer Überraschung verbarg sich jedoch ein Gefühl der Enttäuschung, das Gefühl, dass sie ihre noch unausgegorenen Zukunftspläne auf die lange Bank würde schieben müssen.

Joan saß an Davids Bett. Er lag immer noch halb im Koma, wie am Morgen.

Der kleine Raum war unpersönlich, dunkel, mit grün-weißen Vorhängen, und wenn man aus dem Fenster sah, bot sich ein Blick über ein kahles und durchweichtes Stück Erde auf einen anderen Trakt des neuen Krankenhauses. Der gesichtslose moderne Bau gegenüber erinnerte an Fotos von Wohnblöcken in Sibirien: funktional, streng, unmenschlich. Allmählich wurde es Abend, und es regnete. Der Regen sammelte sich in keinen Pfützen, und die Regentropfen bildeten in den Pfützen vollendete Kreise, die sich ausweiteten und erstarben. Von einem plötzlichen Windstoß getrieben, prasselte der Regen an die Scheibe.

Paul blickte schweigend aus dem Fenster. Der Junge hatte ein blasses Gesicht; er war schmal geworden, mit mageren Oberarmen, die Schulterblätter traten hervor.

Er stand mitten in der Zwischenprüfung; zwischen den einzelnen Prüfungen hatte er zwar jeweils einen freien Tag, aber er wollte unbedingt seinen Vater besuchen. Es war schwer, ihn dazu zu bewegen, dass er etwas aß.

»Mir ist es egal, Mama. Die Prüfung ist mir scheißegal.« Seine Stimme zitterte. »Ich will nur zu meinem Dad!«

Joan hielt Davids Hand, erspürte mit ihrem Zeigefinger seinen flatternden Puls. Die Flasche mit der Infusion zitterte, als ein weiterer Tropfen Flüssigkeit in den Schlauch und von da weiter in Davids Vene glitt.

Er bewegte sich, öffnete die Augen, sah seine Familie an und lächelte.

»Alles Gute zum Geburtstag, Dad!«, sagte Paul und beeilte sich, ihm eine Karte in die Hand zu drücken, auf der drei Bären mit einem frechen Spruch zu sehen waren.

»Herzlichen Glückwunsch, Liebster«, sagte Joan.

»Wie geht es dir?«

»Ich bin kerngesund«, sagte er mit erstaunlich fester Stimme. »Dieses verdammte Betäubungsmittel hat mich fix und fertig gemacht! Kannst du mir sagen, was los ist? Werde ich überleben, oder müsst ihr bald eine Grube für mich buddeln?«

Joan sah ihren Sohn an. Sie dachte an das Gespräch mit dem Chirurgen.

»Warum hat man das nicht schon im St Vincent entdeckt?«, hatte sie ihn gefragt.

»Ehrlich gesagt, Mrs. de Barra – ich habe keine Ahnung!«

»Wie stehen seine Chancen?«

»Seine Chancen sind gut. Wir fangen am Montag mit der Bestrahlung an.«

Als David den Gesichtsausdruck seiner Frau sah, kniff er die Augen zusammen. »Schon gut, Joan ... Ich weiß Bescheid. Ich weiß, dass ich Krebs habe.«

Er griff nach ihrer und nach Pauls Hand. »Und noch etwas weiß ich ... dass ich es schaffen werde!«

Joan suchte in seinem Gesicht nach Anzeichen von Furcht oder Selbstüberschätzung. Vergebens.

David legte sich zurück und sah zur Decke hinauf. »Ich hatte einen merkwürdigen Traum ...«

Joans Miene verfinsterte sich. Sie trat zu ihrem Sohn, der schluchzend dastand, und umarmte ihn. »Ist schon gut! Der Arzt meint, David hat gute Chancen, wieder ganz gesund zu werden.«

David sah ihr in die Augen. »Das hat er nicht gesagt, Joan, aber es stimmt trotzdem. Und es ist nicht eine Chance, es ist eine Gewissheit!«

Paul schluchzte jetzt unbändig. Er stieß seine Mutter weg und drehte sich zum Fenster hin. Joan saß steif da und bemühte sich tapfer, ihre eigenen Tränen zurückzuhalten.

»Paul«, sagte David streng, »deine Mutter hat bisher alles alleine getragen. Kannst du sie nicht trösten? Oder geht es dir nur um dich?«

Pauls Schluchzen verebbte. Er ging auf seine Mutter zu und umarmte sie sanft.

»Damion war heute in aller Frühe bei mir!«, flüsterte David. »Er sagte mir, dass ich Krebs habe. Und er meinte, ich würde es schaffen!«

Er sah forschend seine Frau an, sah das Entsetzen und die Ungläubigkeit in ihrem Gesicht. »Er hat mir verziehen!«

Joan wandte sich ab. Ich kann das nicht mehr ertragen,

dachte sie. Laut sagte sie: »Entschuldige mich einen Augenblick.« Dann wandte sie sich an ihren Sohn: »Kümmere dich um deinen Vater!«

Joan ging den Korridor entlang, lief ziellos im Krankenhaus umher, kam vorbei an Abteilungen und Zimmern, sah die Transporttische, die in den Operationssaal gefahren wurden, roch den Krankenhausgeruch der Ordnung, der Desinfektionsmittel und der Gefahr. Ihr Kopf war leer, das Gehen auf dem Linoleumboden der Korridore wohltuend und heilsam. Sie fragte sich, ob David nicht den Verstand verloren hatte. Sie musste sich eingestehen, dass sie die mystische Seite an ihm niemals wirklich gekannt und noch viel weniger verstanden hatte; dass er Ansichten hatte, die ihr so fremd waren wie die dunkle Seite des Mondes.

Auf dem Rückweg in sein Zimmer begegnete sie der Stationsschwester. Die Schwester nahm sie zur Seite.

»Mrs. de Barra«, sagte sie in vorwurfsvollem Ton. »Ich weiß, dass Sie sich große Sorgen um ihren Mann machen, aber es ist nicht gut, dass Sie ihn auch nachts besuchen. Es ist gegen die Vorschriften, und außerdem braucht er seinen Schlaf!«

Joan starrte sie entgeistert an. »Wovon sprechen Sie?«

»Ich spreche von letzter Nacht.«

Joan überlegte, erinnerte sich daran, dass sie Paul abgeholt, nach Hause gebracht und getröstet hatte. »Wer war letzte Nacht bei meinem Mann?«

Die Schwester war überrascht, so als wollte sie sagen: Waren das etwa nicht Sie? Sie zuckte die Schultern. »Heute Morgen in aller Frühe. Jemand ist ganz früh aus seinem Zimmer gekommen.«

»Haben Sie gesehen, wer es war?«, flüsterte Joan nach kurzem Schweigen.

»Eine Nachtschwester hat den Besucher gesehen. Er trug einen dunklen Umhang. Die Schwester lief ihm nach – aber als sie um die Ecke bog, war er verschwunden!«

Joan ging ins Zimmer zurück und setzte sich neben David. Er hatte sich mit Paul unterhalten, der jetzt einen fröhlicheren Eindruck machte; sein Gesicht war fleckig von den Tränen, die er weggewischt hatte, und er lachte ausgelassen über etwas, das sein Vater eben gesagt hatte.

David hatte die Augen geschlossen. Aber Joan war aufgeregt und konnte ihre Unruhe nicht länger verbergen. »Wer war er?«, fragte sie. »Dein nächtlicher Besucher?«

David sah sie an. Mit aufgerissenen Augen und erstarrter Miene stand sie da. Er wurde ärgerlich. »Um Himmels willen, Joan!«, flüsterte er beinahe verächtlich, »sei doch nicht so verdammt spießig. Weshalb kannst du nicht ein wenig Abstand nehmen von den Trotteln, die den Erdball bevölkern! Die andere Möglichkeit ist, dass du in die Kirche rennst und betest. Oder – da du offenbar glaubst, das sei der richtige Zeitpunkt für wichtige Enthüllungen – sprich wieder mit mir, wenn du meinst, dass ich schlafe.«

Joan sah ihn an, blickte in düstere, nüchterne, unbarmherzige Augen. Sie wandte den Blick ab, und als sie ihren Mann wieder ansah, schien er eingeschlafen zu sein.

Er wird leben, dachte sie, und spürte seine innere Kraft. Er wird leben, aber nichts wird mehr sein wie zuvor. Angst ergriff sie; die Landschaft, die sie so gut zu kennen glaubte, war ihr plötzlich nicht mehr vertraut; der einzige Mensch auf der Welt, für den sie ihre Seele verkauft hätte, entfremdete sich ihr.

Er wird leben und ich werde vergehen. Das Gesetz, die Jahre der unablässigen Mühsal haben mein Herz und meine Seele ausgetrocknet. Er spürt meine innere Leere. Was kann er sonst tun, als sich von mir zu entfernen? Weshalb sollte er sich an eine Frau verschwenden, die keine Phantasie und keine künstlerische Ader besitzt? Wir haben den Fehler begangen, einander zu entdecken.

17. Kapitel

Was ist Liebe? Ein plötzlicher Anfall von Großmut? Ich danke dir, Paddy, für die Großmut!

Aus: *Die Pferdeohren*, 1990

September 1990

Paris! Patricia sah die Stadt zu ihren Füßen liegen, während die Maschine den Flughafen Charles de Gaulle ansteuerte. Mit einem heftigen Ruck und aufheulenden Triebwerken landete die Boeing 707, dann ging es inmitten der Menschenmenge mehrere Rolltreppen abwärts, und zehn Minuten später stand sie an der Gepäckausgabe und wartete darauf, dass ihr Koffer auf dem Förderband heranrollte. Sie stellte ihn auf den Gepäckwagen, legte ihren Mantel darüber und strebte dem Ausgang zu. Durch die Glasscheiben sah sie Paddy warten; er blickte sie mit seinem seltsamen Lächeln an, die Hände hinterm Rücken verschränkt.

Sie begrüßten sich mit einem flüchtigen Kuss; er streifte nur ihren Mund, dann nahm er ihren Koffer und führte sie hinaus zu seinem Wagen. Als sie im Auto saßen, drückte er sie an sich.

»Ich habe schon befürchtet, es gäbe Probleme!«

»Wir hatten in Dublin eine halbe Stunde Verspätung«, sagte Patricia mit erleichtertem Kichern, gerührt von diesem leidenschaftlichen Empfang, von der ungeheuchelten Freude. Wie ein Trottel wäre sie sich vorgekommen, wenn kein Paddy da gewesen wäre! Während des Flugs war ihr das ständig im Kopf herumgegangen. Was, wenn er nicht kommen konnte, es vergessen oder es sich anders überlegt hatte? Sie lächelte und liebkoste sein Gesicht.

»Du siehst gut aus.«

»Und du bist sehr schön.« Er lehnte sich zurück und musterte sie. »Elegant, wie immer!«

»Danke.«

Paddy seufzte tief, glücklich. »Da ist es wieder!«

»Was?«

»Das Gefühl, dass alles Wesentliche zum Greifen nahe ist!« Er nahm ihre Hand und küsste sie. Dann ließ er den Motor an, und sie fädelten sich in den Verkehrsstrom ein.

Patricia sah sich in den Vororten um, durch die sie fuhren, war beeindruckt von der Atmosphäre, den Werbeplakaten, bemühte sich, die französischen Wörter auf Verkehrsschildern und Reklametafeln im Vorbeifahren zu entziffern. Sie war glücklich und sie schwelgte in dieser Wonne. Sie gab sich ganz dem Gefühl hin, dass sie da war, wo sie hingehörte, dass sie zu Paddy gehörte und er zu ihr; sie richtete sich in ihrer Phantasiewelt ein, verweilte darin, wehrte alles ab, was diese Welt in Frage stellte.

Paddy war ganz aufs Fahren konzentriert. Sie kamen an einem halb verfallenen Haus vorbei, das jenseits der Eisenbahnschienen lag; mit ausdrucksloser Stimme sagte er: »Das da drüben ist deine Wohnung … kein Glas im Fenster – aber das macht dir sicher nichts aus!«

Sie sah ihn an, merkte, wie sehr er sich anstrengte, keine Miene zu verziehen, zwickte ihn ins Bein. »Natürlich nicht, ich bin doch eine bekannte Frischluftfanatikerin.«

»Aua …«

Sie erreichten das Stadtzentrum, überquerten den Fluss. Paddy fuhr mit vorsichtiger Nonchalance, an den Rechtsverkehr war er gewohnt. Der Verkehr rollte zügig dahin, obwohl er sehr dicht war. Notre-Dame tauchte vor ihr auf – Strebepfeiler, Wasserspeier wie Stein gewordene böse Zaubersprüche flogen vorüber; die steinerne Brücke, Quai d'Orsay mit seinen Bücherständen. Ein warmer und sonniger Tag; die hoch aufragenden Gebäude mit ihren Fensterläden und Dachfenstern boten einen fremdartigen, ungewohnten Anblick, erzählten von Leidenschaft und Intimität.

»Gleich sind wir da«, sagte Paddy. Er bog links ab und parkte nach ein paar hundert Metern. Dann deutete er auf ein Haus etwas weiter unten in der Straße, auf ein Fenster im zweiten Stock.

»Da. Deine kleine Wohnung am linken Seineufer!« Patricia blickte hinauf zu den Fenstern mit den offenen staubigen Fensterläden und den weißbeigen Vorhängen.

»Mein Gott, ich kann das alles noch gar nicht glauben«, dachte sie, während sie ausstieg.

Die Stadt dröhnte vom Verkehr. Auf der anderen Straßenseite stand eine Frau und unterhielt sich mit einem Mann. Sie hielt ein Baguette in der Hand, das in der Mitte in ein Stück Papier eingewickelt war. Die beiden verabschiedeten sich mit einem fröhlichen Gruß.

»*A bientôt, madame*«, sagte der Mann, und die Frau antwortete mit ungekünstelter Koketterie, wandte sich um und sah Patricia an, die soeben die Straße überquerte. Patricias Blick traf den ihren, sie merkte, dass die Frau ihr Kostüm musterte, ein marineblaues Leinenkostüm mit rotem Gürtel, und dass es ihr gefiel. Patricia folgte Paddy, der ihr Gepäck aus dem Kofferraum geholt hatte und auf eine dunkelgrüne Tür auf der anderen Straßenseite zusteuerte.

Paddy drückte einen Knopf. Ein lautes, surrendes Geräusch war zu hören, die schwere Tür öffnete sich auf einen schmalen Flur. Sie traten ein und gingen den Flur entlang eine leicht gewundene Treppe mit Holzstufen hinauf, die in der Mitte ausgetreten waren. Ein schmaler Treppenabsatz, dann nochmals eine dunkelgrüne Tür, die Paddy mit einem Schlüsselbund öffnete. Patricia betrat ein gefliestes Wohnzimmer, möbliert mit einer Couch und zwei Sesseln, einem runden Tisch mit vier Stühlen, einem Fernseher und einem kleinen Schreibtisch in der Ecke, einem Regal mit allem möglichen Krimskrams, darunter auch ein paar Bücher und ein Blumentopf. Der Raum hatte zwei Fenster, und Patricia ging hin und sah hinunter auf die Straße, auf die gegenüberliegenden Häuser mit ihren Fensterläden und den schmiedeeisernen Balkonen. Das war Paris; sie hatte eine Wohnung in Paris! Es war wie in einem Roman, die Mätresse und ihr Liebesnest. Über diesen Unsinn hätte sie am liebsten laut gelacht; gleichzeitig war sie ganz euphorisch angesichts der romantischen Situation.

»Wunderschön«, sagte sie, drehte sich zu ihm um und breitete die Arme aus, die Handflächen nach oben. »Ich kann es nur einfach nicht fassen!«

Er stellte ihren Koffer ab, umarmte und küsste sie. »Ich auch nicht.«

Seine Lippen waren warm; sein Atem umhüllte sie, der Geschmack seines Mundes, die Woge plötzlichen Verlangens. Da ließ er sie los und sagte: »Ich muss gehen. Ich hatte gehofft, ich könnte mir den Nachmittag freinehmen, aber es findet eine Sitzung statt, an der ich unbedingt teilnehmen muss. So gegen vier bin ich zurück, und dann haben wir den Rest des Tages für uns. Es tut mir Leid, dass ich an deinem ersten Tag gleich wieder gehen muss, aber da ist nichts zu machen! Verzeihst du mir?«

Er hatte den Kopf leicht zur Seite geneigt und sah sie mit fragendem Blick an, wohl wissend, wie ihre Antwort lauten würde.

»Ich verzeih dir«, sagte Patricia und verbarg die Enttäuschung, die ihr romantisches Hochgefühl zunichte machte. Er ging an ihr vorbei und öffnete die Fenster, und der Lärm der Stadt flutete herein.

An der Tür lächelte er sie an, spitzte die Lippen zu einem Kuss und verschwand. Sie hörte, wie er draußen auf der Treppe mit jemandem sprach.

»*Bonjour, madame* …« »*Bonjour, monsieur.*« Und dann entfernten sich seine Schritte, bis die Haustür hinter ihm ins Schloss fiel. Vom Fenster aus beobachtete sie, wie er über die Straße zu seinem Auto ging. Er drehte sich noch einmal um und winkte zu ihr hinauf wie ein kleiner Junge, dann war er verschwunden.

Patricia sah sich in der Wohnung um. Die Küche befand sich gleich neben dem Wohnzimmer. Das Küchenfenster ging auf einen kleinen Innenhof hinaus, wo eine Frau mit kurzen grauen Haaren in einem sonnenbeschienenen Winkel saß und las. Patricia öffnete das Fenster und beugte sich hinaus, um den Hof besser sehen zu können, und die Frau blickte auf und entdeckte sie. Patricia lächelte hinunter. Nach kurzem Zögern lächelte die Frau zurück, ein Lächeln voller Charme und Fröhlichkeit.

Zu ihrer Linken lag das Schlafzimmer, die Wände mit Bast verkleidet, mit alten Drucken aus dem neunzehnten Jahrhundert dekoriert, einem Kalender, einem Bambustisch, einem Doppelbett; Stufen führten in ein enges Bad. Auf dem Fensterbrett blühten Geranien. Die Zimmerdecke war weiß, der Boden purpurrot gefliest.

Sie packte ihren Koffer aus, hängte ihre Kleider in den Einbauschrank. Das Bett war schon bezogen; Paddy war am Abend vorher da gewesen und hatte alles vorbereitet, was sie rührend fand. Sie nahm die Schlüssel vom Tisch, wo er sie hingelegt hatte, ging hinaus und sperrte hinter sich ab. Die herbstliche Wärme der Stadt empfing sie, als sie das Haus verließ, hüllte sie ein. Sie spazierte den Häuserblock entlang und ging dann die Rue d'Ecole hinunter zu den Brasserien und Cafés. Sie bemerkte, wie die Männer sie ansahen, wie Blicke von neugieriger, unpersönlicher Leidenschaftlichkeit sie streiften.

Sie unterbrach ihren Spaziergang um einen Kaffee zu trinken, setzte sich allein an ein rundes Tischchen, blickte auf die belebte Straße, auf der der Verkehr ohne Stocken dahinfloss. Nur flüchtig dachte sie an Dublin; ihre Familie würde ohne sie zurechtkommen. Es war ein außergewöhnliches Gefühl der Freiheit, der Befreiung, von Mann und Kindern weg zu sein; das Gefühl, dass sie ein eigenständiger Mensch war und nicht nur ein Anhängsel im Familienhaushalt, dass sie eine echte, eigene Identität erlangt hatte.

Ihre Gedanken schweiften zu ihrer Wohnung mit den roten Fliesen ab. Um vier würde Paddy kommen und der Rest des Tages gehörte ihnen; sie würden die Nacht zusammen verbringen, mehrmals miteinander schlafen. Er hatte ihr gesagt, dass Susan in London war, dass sie frühestens am Montag nach Paris kommen würde. Sie würden das ganze Wochenende für sich haben.

Ich habe mich für dieses Intermezzo entschieden, dachte Patricia; es hat keinen Sinn sich zu zieren. Ich habe mich mein Leben lang entweder mit halben Sachen oder mit überhaupt nichts abgefunden. Ich tue niemandem weh. Diesmal gehört dieses bisschen Freiraum mir ganz allein.

Um drei kehrte sie in die Wohnung zurück. Es tat gut, in die Sicherheit des kühlen Hausflurs zurückzukommen, in die Wohnung hineinzugehen. Sie hatte sich kurzzeitig verlaufen – sie hatte ja keinen Stadtplan mitgenommen –, nicht einmal an den Namen der Straße hatte sie sich entsinnen können, in der sie jetzt wohnte; aber sie hatte sie wiedergefunden, weil sie sich an das ungewöhnliche Ladenschild einer Weinhandlung erinnerte. Und als der erste Schreck vorüber war, hatte sie sich für ihre Dummheit getadelt.

Im Flur begegnete sie der Frau, die sie zuvor im Hof gesehen hatte, und die soeben im Begriff war, das Haus zu verlassen.

»*Bonjour, madame*«, wurde sie von der Frau begrüßt.

»*Bonjour*«, gab Patricia unbeholfen zurück.

»Sie sind Engländerin?«, erkundigte sich die Frau lächelnd.

»Nein, Irin.«

»Ich wünsche Ihnen einen angenehmen Aufenthalt in Paris!«

»Danke.«

Die Frau ging hinaus, die Tür fiel hinter ihr ins Schloss. Patricia ging in die Wohnung hinauf, mühte sich ab mit dem Schlüssel, zog die Schuhe aus, um die erfrischende Kühle der Fliesen zu spüren. Dann ging sie ins Bad und duschte, besprühte sich mit Parfum von Armani und ging ins Schlafzimmer zurück. Sie zog das Negligé an, das sie ein Jahr zuvor in London gekauft hatte, ein schwarzes, mit Spitzen besetztes Nichts, das die Brüste durchscheinen ließ – ihre weiße Haut, und darüber die schwarze Spitze. Sie hatte es in einer romantischen Anwandlung gekauft und nie getragen. Denn schließlich, was hätte Gerry dazu gesagt? Er hätte kurz die Augenbrauen hochgezogen und Patricia dann nicht weiter zur Kenntnis genommen. Oder er hätte einem plötzlichen Verlangen nachgegeben und es schnell befriedigt. Jedenfalls hätte er sich nie die Zeit genommen sie zärtlich zu umwerben, in irgendeiner Weise die Macht ihrer weiblichen Ausstrahlung anzuerkennen. Das wäre ein Zeichen von Schwäche gewesen. Hätte seinem Ego Abbruch getan, ihr zu viel Ehre erwiesen; und es hätte – und sei es nur für einen Augenblick – das Kräftegleichgewicht ins Wanken gebracht.

Sie betrachtete die Bücher im Regal, nahm das letzte heraus wegen seines merkwürdigen Titels: *Requiem pour la Vie*. Sie legte sich damit aufs Bett, blätterte die Seiten um, ohne sich wirklich konzentrieren zu können, dafür war sie zu angespannt und aufgeregt.

Ich bin angekommen, dachte Patricia. Ich habe diese kleine Wohnung in Besitz genommen, habe den Geruch der Stadt eingesogen. Draußen ist es warm, aber hier drinnen ist es kühl und dunkel, und ich bin allein. Sie verschränkte die Arme hinter dem Kopf; der schwarze Spitzenärmel fiel zurück; das Fleisch war weiß, die Haut auf der Armunterseite sehr weich. Sie führte die Hand an die Nase und atmete das Armani-Parfum ein, lehnte sich dann genüsslich zurück. Aus der Wohnung über ihr hörte sie Stimmen in furchtbar schnellem Französisch, ein Kind jammerte, eine wütende, gestresste Mutter schimpfte. In dem Versuch, so etwas wie Normalität vorzutäuschen, holte sie ihr englisch-französisches Wörterbuch ins Bett und fing wieder an zu lesen. Hier und da schlug sie einen Begriff nach, wenn sie hängen blieb; aber meist las sie tapfer weiter, nahm die Atmosphäre der Erzählung in sich auf, im Vertrauen auf ihr Schulfranzösisch. Aber ihre Gedanken schweiften ab zum Bett, zur dunkelbraunen Tagesdecke, zu ihren weißen nackten Beinen. Sie bewegte die Zehen. Ihre Zehennägel waren blassrosa lackiert.

Sie fuhr sich mit der Hand durchs Haar, fühlte die seidige Beschaffenheit der frisch gewaschenen Strähnen, die sich tausendfach hartnäckig kringelten. Ein angenehmes Gefühl, sie zu berühren.

Das ist die neue Patricia, dachte sie, eine Patricia, die auf ihren Liebhaber wartet, die sich der Sinnlichkeit hingibt. Bald wird er da sein. Ich kenne ihn, den alten Paddy, und den neuen mit seiner Skrupellosigkeit, seiner unerbittlichen Arbeitsmoral. Mit noch dichtem Haar, wenn es auch inzwischen schon grau wird; das alte Lächeln, wenn sich auch Fältchen um die Augen bilden. Ich kenne seinen Körper. Ich weiß viel über ihn und mich. Ich kenne die Quellen unseres Lebens, die Anfänge. Zurück zu den Anfängen.

Zehn vor vier läutete es; glücklich rief sie: »Wer ist da?«, hörte seine Stimme, sprang aus dem Bett und öffnete ihm. Sie wusste, dass er einen Schlüssel hatte, und freute sich, dass er das Feingefühl besaß, ihn nicht zu benutzen.

Er sah sie an; seine Augen, die sie in ihrem Negligé, ihrem Decolleté, ihren bloßen Füßen erfassten, waren voll erstaunten Verlangens. Er schloss die Tür hinter sich.

Ob er mich jetzt für vollkommen daneben hält, überlegte Patricia, plötzlich verunsichert, ihm so gegenüberzutreten.

»Ich habe eben geduscht«, sagte sie, um eine Rechtfertigung bemüht.

»Das werde ich auch tun, ehe ich dich berühre.«

Er kam aus dem Bad direkt zu ihr, nackt, seine bloßen Füße hinterließen feuchte Abdrücke auf den Fliesen. Sie lag da und bewegte sich nicht, sah ihn nur an. Er blieb am Fenster stehen, zog die Vorhänge zu; der schwere, bräunliche Stoff dämpfte das Sonnenlicht, tauchte das Zimmer in geheimnisvolles Halbdunkel. Beide schwiegen, aber sie lächelten sich schüchtern zu, als er die Bettdecke zurückschlug und sich neben sie legte. Das Bett quietschte; er war kühl und noch feucht von der Dusche. Er band den schwarzen Satingürtel ihres Negligés auf, streifte es ab. Seine Hände strichen über ihren Körper, ihren Rücken, ihren Bauch, ihre Brüste.

»Wie wunderschön. Mein Gott, Patricia, du warst immer schön.«

Draußen toste weiter der Verkehr. Ununterbrochen hupten Autos, ratterten Motorräder, wenn sie um die Ecke bogen.

Patricia spürte, wie die Spannung von ihr abfiel. Er senkte seinen Kopf auf ihre Brust, sein Mund berührte ihre Brustwarzen, tastend, wie ein Kind. Sie spürte den Druck seines Penis gegen ihre Beine, warm und steif, mit eigenem Leben erfüllt. Einen Augenblick später schob sie Paddy zur Seite, setzte sich auf, warf die Decke zurück.

»Bleib ruhig liegen«, flüsterte sie. »Ich möchte dich anschauen.«

Er lag auf dem Rücken. Sie kauerte sich über seinen Körper, betrachtete ihn, liebkoste ihn mit Augen und Händen. Seine Hände, die sie streicheln wollten, schob sie zur Seite.

»Bleib ruhig liegen. Mach die Augen zu.«

Er lächelte, die Augen geschlossen, reglos.

Sein Bauch war wohlgenährt, ein Zeichen guten Lebens; darunter sein Penis, stolz und begierig, blaugeädert, seidig bei der Berührung. Unter ihren Fingern bewegte er sich zur Begrüßung.

»Beweg dich nicht«, flüsterte sie, und ihre Lippen berührten ihn sachte.

Mein Körper weiß, was er zu tun hat, weiß, wie er diesen Mann lieben soll. Wusste es immer; ich muss nicht einmal nachdenken. Ich werde ihn so lieben, dass er es nie mehr vergisst; dass er sich für immer erinnert. Jede Faser seines Körpers wird sich erinnern.

Schließlich, aus Furcht die Kontrolle zu verlieren, zog er sie plötzlich an sich, küsste sie wild. Durch ihre Augenwimpern sah sie den benommenen Ausdruck seiner Augen, seinen Mund, sah, wie er sich über sie neigte. Dann senkte sich sein Körper auf sie herab, presste sich auf sie. Sie empfand die Erlösung, die Lust, als er in sie eindrang, die Gelassenheit inmitten des Verlangens.

Der Tag neigte sich seinem Ende entgegen. Stille senkte sich herab, als wäre die Stadt verschwunden und die Zeit gestorben, und dann, nach einer Weile, schrie ein Mann auf aus tiefster Freude, als wäre auch er gestorben und wieder geboren.

»Ist er – oder war er – ein guter Liebhaber?«, fragte Paddy später ein wenig zaghaft. Er sah immer noch erschöpft und verwirrt aus, wie aus einer Trance erwacht.

»Wer?«

»Gerry. Dein Mann.«

»Mein Gott – was für eine Frage!«

Sie lachte auf, warf ihr Haar zurück. Sie war voller Euphorie, fühlte sich durch und durch wohl und genoss das Selbstgefühl, das ihr Paddy beschert hatte. Vor zwei Stunden hatten sie die Wohnung verlassen, waren an der Seine entlangspaziert, hatten Hand in Hand die Ile Saint-Louis und die Ile de la Cité durchstreift, genossen den Fluss und die vom Flutlicht angestrahlte Kathedrale von Notre-Dame. Jetzt saßen sie am linken Seineufer in einem Straßencafé.

Patricias Blick folgte der Menschenmenge, die auf dem Boulevard Saint-Germain vorbeispazierte; Scharen von Menschen, meist junge Leute, Studenten der Sorbonne. Sie strömten die Straße entlang, zum Boulevard Saint-Michel hinunter, fast noch Kinder, Arm in Arm, lachend, sich küssend. Drüben auf der anderen Straßenseite lagen hinter dem Absperrungsgitter inmitten von Bäumen die nächtlich erleuchteten Ruinen von Cluny.

»Wir haben in Irland keine Liebhaber!«, gab Patricia steif zurück.

»Red doch kein dummes Zeug«.

Patricia seufzte. Paris war der Maßstab. Gemessen an Paris war Irland voller Angst; Angst und Leugnen einer starken Beziehung zwischen Frauen und Männern.

Ihr Blick verdüsterte sich. »Ich rede kein dummes Zeug. In Irland herrscht eine Art männlicher Triumphalismus; Frauen kommen dagegen nicht an. Ich weiß, es klingt schrecklich, aber es ist wahr, und für Liebespaare gibt es nicht viel Platz. Wie kann man eine negative Menge lieben? In Irland glauben Männer, dass Frauen ihnen etwas schulden! Vergewaltiger gehen straffrei aus; religiöser Fundamentalismus durchdringt die staatlichen Institutionen. Frauenfeindlichkeit und Dreistigkeit sind gang und gäbe ...«

Sie zündete sich eine Zigarette an, eine Gauloise; sie rauchte selten, aber jetzt hatte sie Lust dazu. Der messerscharfe Rauch brannte ihr im Hals, beruhigte sie.

Paddy schwieg. So schlimm kann es doch nicht sein, schien sein Schweigen zu sagen. Patricia fragte sich, ob sie ihn schockiert hatte. Schließlich war er ein Ausgewanderter, mit romantischen Vorstellungen von seiner Heimat. Aber es war sein Exil, das ihn zum Romantiker werden ließ. Wenn sie ihn schockierte, würde er sich dann von ihr abwenden? Wenn sie von dem sprach, was ihr auf den Nägeln brannte, würde er ihr dann den Rücken kehren? Würde sie mit ihrer Ernsthaftigkeit alles verderben?

»Und hier ist es anders?«, fragte er nach einer Weile.

»Ich glaube ja. Vielleicht hat es etwas damit zu tun, dass Frankreich um den Puritanismus herumgekommen ist. Ich habe das Gefühl, die Männer und Frauen hier wissen, dass sie der gleichen Spezies angehören!« Sie zuckte die Achseln, lächelte. »Auf alle Fälle kommen sie mir hier glücklicher vor.«

Er lachte auf. »Im Gegenteil – die Franzosen wissen, dass es das Glück nicht gibt. Deshalb entscheiden sie sich für das Vergnügen, das es wenigstens gibt!«

Sie blies den Rauch in die Luft, beobachtete, wie er sich im Lichtschein des Cafés kräuselte, sah Paddy ins Gesicht und versuchte, seine Bemerkung zu deuten. Was steckte dahinter? Zynismus? Bitterkeit?

»Tut mir Leid«, flüsterte sie, als sie seine Miene sah. »Ich sollte dir keine Vorträge halten. Ich liebe dich schrecklich und ich hasse es, dass mich das so verwundbar macht. Aber ich bin weder kalt noch zynisch noch verbittert.«

Er lächelte, nahm ihre Hand, sah ihr in die Augen. »Ich

weiß, Patricia. Es ist mein Fehler. Ich hätte nicht fragen sollen. Das geht mich nichts an.«

»Du kannst fragen, was du willst. Du bist mein erster Liebhaber. Beantwortet das deine Frage?«

Sie sah ihm an, dass er bezweifelte, was sie eben gesagt hatte. Er lächelte zaghaft, nachsichtig. »Aber du bist seit Jahren verheiratet. Du musst doch etwas davon gehabt haben ... Du hast Kinder, dazu gehören doch zwei ...«

»Auch wenn ich vierzig Kinder hätte, das würde keinen Unterschied machen. Um Kinder zu zeugen, braucht man lediglich einen Geschlechtspartner. Und ein Geschlechtspartner«, fügte sie, plötzlich auflachend, hinzu, »ist nicht dasselbe wie ein Liebhaber. Ich weiß, wovon ich spreche!«

Er lächelte, lehnte sich zurück, zog schweigend die Augenbrauen hoch. Dann sagte er: »Und du bist sehr zornig.«

»Wahrscheinlich. Aber mehr auf mich selbst als auf andere. Ich bin selbst schuld. ›Hochmut kommt vor dem Fall‹ und so weiter. Als du und ich uns trennten, als du Susan geheiratet hast, habe ich mich wie eine Ertrinkende an einen Strohhalm geklammert. Gerry war ein solcher Strohhalm. Er ist ein zuverlässiger, hart arbeitender Mann und hätte für eine andere sicher einen guten Ehepartner abgegeben; für eine, die keine persönlichen oder seelischen Ansprüche stellt. Aber ich ...«

»Ach, ich bin überzeugt, dass er dich dennoch liebt«, erwiderte er mit leichtem Spott, bemüht, das Gespräch, das ihm Unbehagen bereitete, in eine andere Richtung zu lenken. »Männer mögen Witz. Und du bist wirklich geistreich!«

»Ach, tatsächlich?« Patricia dachte über diese Antwort nach. Wollte er sagen, dass alles in Ordnung war, wenn Gerry sie nur liebte? »Ich vermute, es kommt auf den Mann an. In Gerrys Fall ist es so, dass ein Engel mit einem scharfen Schwert über seine Gefühle wacht. Das ist seine einzige Religion: Er darf nie etwas zeigen, was als menschliche Regung ausgelegt werden könnte. Zärtlichkeit oder Liebe würden ihn vernichten. Also bleibt er unangetastet, untauglich fürs Leben, und damit notgedrungen auch ich.«

»Nicht notgedrungen.«

Patricia sah ihn einen langen Augenblick an, lächelte. »Nein«, sagte sie leise. »Nicht notgedrungen.«

»Hast du Hunger?«, fragte er und beugte sich mit verschwörerischer Miene näher zu ihr. »Wir könnten irgendwo essen, wo es nett ist. Ich kenne ein hervorragendes Restaurant in der Avenue de la Bourdonnais.«

»Nein, ich bin nicht hungrig.«

»Dann bist du also müde?«, fragte er nach einer Weile und verzog die Mundwinkel zu einem Grinsen. »Möchtest du dich gerne hinlegen und ausruhen?«

»Ich möchte mich sehr gerne hinlegen«, sagte Patricia in feierlichem Ton. »Aber ans Ausruhen habe ich dabei weniger gedacht.«

Er lachte und winkte dem Kellner, dass er zahlen wollte. Sie drückte die halb gerauchte Gauloise in ihrem Unterteller aus.

Sie schliefen miteinander. Die Wohnung war halbdunkel, von der Straße draußen drang Licht herein und französische Gesprächsfetzen wurden herangetragen; Lachen, Stimmen, die sich angeregt unterhielten.

Ein solches Glück habe ich nie gekannt, dachte Patricia. Vergiss es nicht, vergiss nicht seine Beschaffenheit, die Berührung, die intensive Wahrnehmung mit Leib und Seele, das Gefühl frei zu sein. Es bedarf nicht einmal des sexuellen Höhepunkts, obwohl das die Krönung wäre. Und er wird kommen. Er wird kommen.

Danach dösten sie und redeten und kuschelten sich aneinander.

Gegen Mitternacht tastete Paddy nach seiner Uhr und knipste das Nachttischlämpchen an. Er seufzte, beugte sich zu ihr, küsste ihre Wange. »Verzeih, mein Schatz. Ich muss gehen.«

Patricia, die in einem halb wachen, halb schläfrigen Zustand angenehmer Trägheit befangen war, starrte ihn entgeistert an, setzte sich auf, zog die Decke bis zum Kinn hoch.

»Hast du nicht gesagt, Susan sei in England?«

»Richtig. Aber sie könnte anrufen.«

Patricia antwortete nicht. Sie verzog den Mund zu einem Lächeln und nickte ihm zu. »Natürlich!«

Paddy zog sich rasch an. »Wir sehen uns morgen. Du bist überwältigend ... wenn nur alles anders wäre. Ich liebe dich – weißt du das?«

Patricia lächelte wieder, nahm das Buch zur Hand, in dem sie zuvor gelesen hatte.

»Vergiss nicht, die Tür hinter mir abzuschließen«, sagte er und warf ihr von der Schlafzimmertür her eine Kusshand zu.

»Bestimmt nicht«, antwortete Patricia gelassen. »Auf keinen Fall.« Als er weg war, sagte sie laut zu sich:

»Er verlässt unser warmes Bett, in dem wir teilten, was wir teilten, weil eine Frau, die er nicht liebt, anrufen könnte! Wenn ich das verstehen könnte, könnte ich auch die Männer verstehen.« Eine innere Stimme flüsterte ihr kalt und abschätzig zu, dass Liebe Handeln erforderte, während Worte billig zu haben waren.

Aber am nächsten Morgen, einem Samstag, als sie Notre-Dame besichtigte und in dem stillen, von Kerzen erleuchteten Raum umherstreifte, folgte sie einem plötzlichen Impuls. Sie ging zum Kerzenstand mit den flackernden kleinen Flämmchen, warf zehn Francs in die Box und wählte eine lange weiße Wachskerze.

»Das«, sagte sie verwegen zu der Statue der Jungfrau Maria, während sie die Kerze anzündete, »ist für Paddy und mich.«

In Hochstimmung kehrte sie zu ihrer Wohnung zurück, und begegnete wieder der Frau von gestern im Flur.

»Hallo.«

»Guten Morgen. Mir gefällt Ihre Stadt.«

Die Frau lachte, ein wenig überrascht, und antwortete in ausgezeichnetem Englisch: »Sie müssen ja nicht hier leben!«

Patricia erklärte, welchen Eindruck sie von Paris hatte; die Französin lächelte nachsichtig über die Komplimente. »Sind Sie zum ersten Mal hier?«

»Vor Jahren war ich für ein paar Tage hier. Aber ich habe es nie richtig genießen können. Es ist wunderbar, hier ein eigenes Zuhause zu haben!«

»Kommen Sie, trinken Sie doch eine Tasse Kaffee mit mir. Dabei kann ich Ihnen sagen, wo man hier am besten einkaufen kann. Wenn man nicht aufpasst, kann man ein Vermögen für Kleider ausgeben!«

Patricia folgte der Frau in ihre Wohnung im Erdgeschoss auf der anderen Seite des Hofes. Wie ihre eigene war auch diese Wohnung gefliest, aber auf dem Boden lag ein alter orientalischer Teppich und an den weiß getünchten Wänden hingen Gemälde. Die Wände waren mit Bücherregalen bedeckt.

»Wo haben Sie so ausgezeichnet Englisch gelernt?«, fragte Patricia aus den Tiefen eines mit einem Dekostoff bezogenen Sessels, in dem sie versunken war.

»Zu liebenswürdig von Ihnen! Ich spreche es beileibe nicht fehlerlos. Aber ich habe in London Französisch unterrichtet. Drei Jahre lang.«

Patricia sah sich um. Da gab es Topfblumen und sich rankende Pflanzen, und über dem Kamin hing ein riesiger Spiegel mit Goldrahmen. Der Duft frischen Kaffees zog von der Küche herein, und die Gastgeberin trug ein Tablett in der Hand, das sie auf dem Couchtisch abstellte. Sie lächelte ihrem Gast zu.

»Wir haben uns noch gar nicht einander vorgestellt. Ich heiße Jeanine Remion.«

»Patricia Galligan.«

Sie sprachen über Irland und tranken dabei Kaffee. Jeanine war in Connemara gewesen, das ihr gut gefallen hatte. Sie war geschieden und hatte eine verheiratete Tochter, die in Lyon lebte. Sie hob die Schultern und breitete die Arme aus. »Besser, geschieden zu sein, als zu streiten! Meinen Sie nicht auch?«

Patricia erzählte von ihrem Leben in Dublin, von ihrem Mann und den beiden Kindern. Dann fragte Jeanine: »Kommt ihr Mann nach?«

Patricia errötete bis an die Haarwurzeln. »Nein. Ich bin alleine hier!«

»Ich verstehe ...« Jeanine begann zu lächeln wie jemand, bei dem der Groschen endlich gefallen war. »Paris ist ein guter Ort für Liebespaare!« Sie lachte freundlich, als sie sah, wie verlegen Patricia wurde. »Sie werden ja rot wie ein kleines Mädchen.«

Patricia lachte verschämt, wechselte schnell das Thema, erzählte von ihrem Wunsch, endlich richtig Französisch zu lernen. Ein paar Minuten später sah sie auf die Uhr. »Ich muss gehen. Ich erwarte jemanden!«

Jeanine lächelte, stand auf und begleitete sie zur Tür. »Ich hoffe, Ihr Liebhaber verdient Sie auch!«, sagte sie ernst, und der Schalk blitzte ihr dabei in den Augen.

Paddy kam gegen Mittag.

»Los, komm. Ich zeige dir Versailles, junge Frau.« Wie ein Wirbelwind war er zur Tür hereingekommen und erfüllte die Wohnung mit seiner Anwesenheit, seiner Lebendigkeit.

»O Paddy ... ich habe einen langen Spaziergang gemacht, ich habe Notre-Dame besichtigt, und als ich zurückkam, habe ich mit einer Nachbarin, Jeanine irgendwas, Kaffee getrunken.«

»Wo wohnt sie?«

»Da drüben, überm Hof.« Und sie zog ihn ans Küchenfenster und zeigte es ihm. »Sie sagte, sie hoffe, dass mein Liebhaber mich auch verdient!«

Paddy lachte. »Er verdient dich nicht«, sagte er und sah sie an. »Und wenn ich ihn erwische, schlage ich ihm den Schädel ein!«

»O Paddy!«

Sie fuhren nach Versailles, spazierten im Park herum, besichtigten die beiden Trianons, küssten sich innig am kleinen Liebestempel, schlossen sich einer Gruppe an und ließen sich durchs Schloss führen. Patricia betrachtete sich im Spiegelsaal, dachte an die glücklose Marie-Antoinette, die hier ihr sechzehnjähriges Spiegelbild betrachtet hatte; dachte daran, wie der Sonnenkönig aufstand und zu Bett ging und keinen Augenblick des Privatlebens hatte, wenn er es sich nicht heimlich gönnte; und er musste sich viele solche Augenblicke gegönnt haben, dachte sie, als sie sein Porträt betrachtete und in seinem Gesicht die Spuren von Ausschweifung und Lasterhaftigkeit sah. Die arme kleine Marie-Antoinette wurde lange nach ihm ein Opfer der Politik, gefangen in der Tretmühle der Hofetikette und der Hofintrigen. Und dann die Eifersüchteleien, der Hass und die politischen Machenschaften, während es jenseits der Mauern von Versailles im ganzen Land brodelte und der aufgestaute Unwille der Notleidenden kurz davor war, sich zu entladen.

Paddy beobachtete sie genau, schien sich zu freuen, dass es ihr gefiel.

»Du hast eine lebhafte Phantasie!«, sagte er, als sie ihn an ihren Gedanken teilhaben ließ.

»Ich glaube nicht. Aber ich interessiere mich für Geschichte.«

Sie aßen in dem Städtchen Versailles zu Mittag und fuhren dann nach Paris zurück, wo sie das Musée d'Orsay besuchten. Anschließend machte Paddy mit ihr eine Fahrt in einem *bateau-mouche*. Sie aßen an Bord, während sie die Seine-Inseln umfuhren, zu den Brücken und den großen, von Flutlicht beleuchteten Bauwerken aufblickten. Dazu spielte ein Harfenist sanfte Melodien auf einer riesigen irischen Harfe.

Patricia verzichtete auf Wein, fand das Essen köstlich, gab sich dem Vergnügen dieser Bootsfahrt in seiner Begleitung hin. Paddy beugte sich zu ihr herüber und küsste sie mehrmals. Er trank ein wenig zu viel.

»Du bist die Frau, die ich will. Mit dir könnte ich überallhin gehen, alles machen.«

Patricia beugte sich zu ihm und fragte unvermittelt, mit gesenkter Stimmte: »Wie haben wir es eigentlich geschafft, uns zu verlieren? Warst du denn so böse auf mich, weil ich auf dich böse war?« Das Gefühl unwiederbringlichen Verlusts trieb ihr die Tränen in die Augen. »Ich glaube, wir hätten es gut hingekriegt, Paddy!«

Paddy schwieg und sah starr vor sich hin. »Ich musste sie heiraten, Pat«, sagte er schließlich. »Sie war schwanger!« Er legte seine Gabel beiseite und ergriff ihre Hand, wie um sich zu entschuldigen.

»Hat sie dich gestern Nacht angerufen?«, fragte Patricia nach einer Weile, scheinbar beiläufig.

»Nein.«

Beim Aussteigen ging Patricia über die mit Teppich bedeckte Gangway hinter Paddy her; als sie sich kurz umdrehte und einen letzten Blick aufs Boot warf, entdeckte sie ein bekanntes Gesicht, erkannte es mit Entsetzen als ein böses Omen. Es war John Millar und er hatte sie gesehen, nickte ihr hinter Paddys Rücken zu, das Gesicht verkniffen, ein Grinsen unterdrückend.

Als sie draußen waren, sagte sie zu Paddy: »Ich möchte gleich nach Hause.«

Paddy, der glaubte, sie fühle sich nicht wohl, brachte sie schnell zum Auto, öffnete ihr die Tür. Als sie losgefahren waren, sagte sie: »Ich habe diesen John Millar auf dem Boot gesehen ... er muss irgendwo hinter uns gesessen haben. Er kennt Gerry, weißt du. Gerry hat ihn einmal zu uns nach Hause eingeladen, ein paar Wochen, nachdem du aus Irland abgereist warst. Es war so peinlich. Aber er sagte nichts, obwohl er unverschämt vertraulich tat, sobald Gerry das Zimmer verlassen hatte; er hat mich über dich ausgefragt und dazu gegrinst. Ich hatte vorhin Angst, dass er kommen und uns in ein Gespräch verwickeln würde, deshalb hatte ich es so eilig!«

Paddy sprach eine Weile nicht. »Er hat mir einmal gesagt, er käme im September mit seiner Frau nach Paris. Hat er dich denn erkannt?«

»Natürlich.«

»Das beunruhigt dich doch nicht etwa? Er wird schon nichts sagen. Männer sind diskret in solchen Dingen!«

»Glaubst du wirklich?«

Sie verfiel wieder in Schweigen. Sie hatte immer noch seine Worte im Ohr – »Ich musste sie heiraten, Pat. Sie war schwanger.« Und vor ihrem inneren Auge sah sie das wissende Grinsen von John Millar. Sie fühlte sich, als wäre sie tapfer ins Wasser gesprungen, müsste nun aber feststellen, dass es weitaus kälter und tückischer war, als sie es sich vorgestellt hatte. Paddy begleitete sie hinauf in die Wohnung.

»Ich möchte heute Abend alleine sein, Paddy. Ich hoffe, du nimmst es mir nicht übel!« Er nickte, seufzte, sah sie beunruhigt an. Als er sie küssen wollte, wandte sie den Kopf ab. Er hob beschwichtigend die Hände. Sie schloss die Tür hinter ihm ab und hörte, wie er die Holzstiege hinunterging.

Vom Fenster aus sah sie, wie er die Straße überquerte und zum Auto lief. Er blickte zum Fenster hinauf, aber sie stand hinter dem Vorhang und so konnte er sie nicht sehen.

Sie setzte sich im Dunkeln auf einen Stuhl. »Hör auf, dir so viele Gedanken zu machen!«, flüsterte sie vor sich hin. »Das ist vorbei, ist Vergangenheit. Es war ein anderes Leben! Worauf es ankommt, ist das Heute. Genieße das Heute!«

Aber sie wusste, dass ›das Heute‹ weder von der Vergangenheit noch von der Zukunft geschieden werden konnte. Es benötigte beides, um eine Bedeutung zu haben, um zu existieren.

Sie ging in die Küche, sah aus dem Fenster. In Jeanines Wohnung brannte Licht. Die Vorhänge waren nicht zugezogen, und Pat sah, dass sie Gäste hatte. Sie stellte sich Paddy in seinem Auto vor, unterwegs nach Hause, in die Wohnung seiner Frau unweit der goldenen Kuppel des Invalidendoms. Sie dachte an Gerry und die Kinder in Dublin, die bestimmt kaum einen Gedanken an sie verschwendeten. Sie dachte an sich selbst, dass sie allein war und dummerweise verwundbar, in einer fremden Stadt, in der sie keine Menschenseele kannte.

Ein Gefühl der Einsamkeit überwältigte sie. Sie kam sich vor wie ein Meerestierchen, das es an den falschen Ort verschlagen hatte, und das nun unter einem Stein am Meeresgrund hervorlugte, während das Meer toste, wie es seine Bestimmung war. Sie, Patricia, hatte keine solche Bestimmung. Seit dem Tag, an dem sie geheiratet hatte, hatte sie sich bemüht eine Rolle auszufüllen, die sie sich nicht ausgesucht hatte; eine Rolle, für die sie nicht einmal geeignet war. Und indem sie nach Paris gekommen war, um mit Paddy zusammen zu sein, hatte sie sich auf eine Situation eingelassen, die sich nur eine Frau erlauben konnte, die stark und vollkommen unabhängig war. Eine starke unabhängige Frau betrachtete man als freien Menschen, als Frau, die die Gelegenheit beim Schopf packen durfte, sich für eine Weile mit ihrem Liebhaber die Zeit zu vertreiben. Eine abhängige Frau ohne eigenes Geld galt dagegen als die Mätresse, die Hure, das Flittchen.

Groll stieg in ihr auf. Ich könnte morgen nach Hause fahren, dachte sie. Ich muss nur den Flughafen anrufen und umbuchen. Und dann dachte sie daran, wie sie in die Unsichtbarkeit zurückfallen würde, in den Status des häuslichen Fußabstreifers. Sie dachte an Gerrys Sarkasmus, Simons Aggression, Orlas Überempfindlichkeit.

»Aber ich will nicht nach Hause zurück!«, flüsterte sie. »Ich will leben, und ich will frei sein!«

Paddy fuhr heim, parkte das Auto und sperrte die Tür zu der geräumigen Diele des Apartmentblocks auf. In Gedanken war er bei Patricia. Er sah ihr Gesicht vor sich, wie sie ihm gute Nacht gewünscht hatte, wie sie sich abgewandt hatte, als er sie küssen wollte. Der Tag, der so gut angefangen hatte, hinterließ einen faden Nachgeschmack. Der Tag zuvor war unglaublich gewesen, hatte sich zu Höhen aufgeschwungen, wie er sie selten erlebt hatte.

Er empfand Patricia gegenüber Unbehagen. Sie passte nicht in das gängige Muster einer Affäre. Obwohl Mutter von zwei Kindern, hatte sie etwas Unverdorbenes an sich, als wäre sie noch unberührt. »Du bist mein erster Liebhaber«, hatte sie gesagt. War denn so etwas möglich, in dieser Zeit, in diesem Jahrhundert? Mit was für einem Idioten war sie denn verheiratet? Er wusste, dass er in ihr seine Jugend wiedergefunden hatte, das, was er vor einundzwanzig Jahren zurückgelassen hatte. Die Frische der Beziehung war belebend, aber es konnte keine gemeinsame Zukunft geben, nicht jetzt. Das würde er ihr allerdings so nicht sagen. Er wusste, worauf sie hoffte; er spürte den Sog.

Sein halbes Leben war vorüber, und er war müde. Das Leben, das hinter ihm lag, hatte zu viel Kraft gekostet, als dass noch Raum für leidenschaftliche Träumereien übrig geblieben wäre; in der Liebe wie in anderen Bereichen wusste er, wie die Dinge liefen, er kannte den Reiz der ersten Begegnung, die allmähliche Ernüchterung und am Ende das widerstrebende Gefühl der Beklemmung. Jahrelang hatte er sich sein Vergnügen geholt, wo immer er konnte, mühelos. Er war ein guter Liebhaber; die Frauen spürten seine Sinnlichkeit, seinen Wagemut. Es weckte den ihren. Was er an Frauen liebte, war ihr Anderssein, das Versprechen von etwas Neuem und hinreißend Geheimnisvollem. Was er an Frauen hasste, war ihre Verletzlichkeit, ihre Menschlichkeit, ihre Sterblichkeit. Er wünschte sich eine Frau, die eine ewige Herausforderung darstellte, die das Geheimnis, die Frische ihres Andersseins bewahrte, die verlockende Pikanterie ihrer anfänglichen, unpersönlichen Neugier.

Und bevor sie sich hingab, war da stets die noch verlockendere Herausforderung der Keuschheit.

Bei Pat war das anders. Zuerst hatte er sich einfach etwas beweisen wollen, wieder in seine Jugend zurückkehren, sehen wollen, ob Pat noch so war, wie er sie in Erinnerung hatte, herausfinden, ob sie ihn attraktiv fand, dem Schatten einer Erinnerung nachjagen. Und wenn die wieder aufgenommene Beziehung zu etwas führte – schön und gut. Vorausgesetzt, sie wurde nicht zu einer Belastung, oder zu schwierig, oder zu fordernd.

Aber es lief nicht so, wie er es sich vorgestellt hatte. Immer häufiger dachte er in einer Weise an sie, die ihn beunruhigte; er hatte seinen Frieden verloren, genau wie damals. Er kämpfte mit einer Wirklichkeit, die ihm nicht willkommen war. Es war nur ein Zwischenspiel, redete er sich ein. Sie würde bald nach Hause zurückkehren, und dann würden sie sich nur noch selten sehen.

Er betrat die leere Wohnung. Die Familienfotos starrten ihm vom Kamin im Wohnzimmer entgegen: Susan mit Guy, dem Ältesten; Guy und seine Schwester Michelle; er selbst und Susan am Brunnen auf der Place de la Concorde, an ihrem fünften Hochzeitstag.

In der makellosen Küche trank er ein Glas Wasser. Er versuchte sich auf die Probleme zu konzentrieren, die er am Montag zu lösen hatte: die Sitzung der Geschäftsleitung, die Vorbereitungen, die er dafür getroffen hatte. Doch das Einzige, woran er denken konnte, war Pats Gesicht, ihr Sichabwenden, der niedergekämpfte Schmerz. Er hätte ihr nicht sagen sollen, dass er Susan geschwängert hatte. Was für ein Dummkopf er doch gewesen war, ihr das zu sagen; er hatte Salz in alte Wunden gestreut. Pats Energie, die Kraft, die sie mit so großer Anstrengung verbarg, um den Anstand zu wahren, die Intensität, als sie miteinander geschlafen hatten – all das rief widersprüchliche Gefühle in ihm hervor. Er wollte sich davon befreien, um wirklich frei zu sein; aber gleichzeitig wollte er auch mit ihr zusammen sein und mit ihr sprechen und mit ihr schlafen, bis zum Tod. In ihr fand er das Tor zu sich selbst. Die Aussicht auf eine Nacht ohne sie erschien ihm plötzlich unerträglich.

Er griff nach dem Hörer.

Sie sprang auf, als es läutete, und lief in Strümpfen durch die halbdunkle Wohnung, um abzuheben.

»Hallo?«

Sie hörte, wie er tief Luft holte, bevor er sprach. »Es tut mir Leid, Liebling; ich liebe dich. Ich möchte dich nicht verletzen!«

Patricia zögerte, bevor sie antwortete. »Was vorbei ist, ist vorbei«, sagte sie, obwohl sie wusste, dass sie selbst nicht an ihre Worte glaubte.

»Du fehlst mir …«, flüsterte er mit sehnsuchtsvoller Stimme. »Soll ich zurückkommen? Darf ich zurückkommen?«

»Ja«, flüsterte Patricia. »Komm; ich warte auf dich!«

Paddy blieb die ganze Nacht. Das Telefon in seiner Wohnung läutete am frühen Morgen, aber niemand war da, um abzuheben.

18. KAPITEL

Wir sind Wesen von einer ungeheuren seelischen Kraft, gefangen in unseren Körpern; ausgelaugt von den Problemen des Überlebens und die durch zahllose Religionen verkauften Träume.

Nur durch das Leben – durch Liebe, Leidenschaft, durch Sexualität als deren Feier – finden Männer und Frauen zu einer gemeinsamen Humanität, zu der Polarität und Kraft, die das Menschengeschlecht zusammenhält.

Durch Sexualität und Liebe und das aus ihnen geborene Mitgefühl entdecken wir, wer wir sind, gelangen an unsere Grenzen, überschreiten sie und wachsen. Ich weiß, dass ich in dieser Liebe mich selbst und meine Freiheit finden würde.

Aber wann werde ich diese Liebe finden? Wird sie zu mir kommen, weil das Schicksal weiß, wo ich bin, und mich nicht vergeudet sehen will, oder ist es mir bestimmt, durch die Welt zu ziehen und missverstanden zu werden?

Aus: *Die Pferdeohren*, 1988

Wind auf dem Pont Neuf. Ende September, sechs Uhr nachmittags. Der Abend kam; auf Gehsteig und Straßen wirbelte das trockene Laub in einsamen Spiralen. Clochards kauerten sich in den Schutz der Brücke. Die Lichter der Stadt spiegelten sich im Wasser. Der vom Flutlicht golden angestrahlte Eiffelturm rechts, links die alte Conciergerie mit ihren bedrohlich wirkenden Türmchen, mehr als einhundertfünfzig Jahre, nachdem Marie Antoinette hier gefangen saß. Der Fluss war unruhig; die *vedettes* – die Vergnügungsboote an der Brücke – schienen fast menschenleer. Die Stadt begab sich zur Ruhe; es begann zu regnen.

Patricia war auf dem Rückweg von der Samaritaine, wo sie einen neuen Pullover erstanden hatte. Unterwegs kaufte sie in einer Charcuterie in der Rue Dauphine Essen zum Mitnehmen – zwei Portionen Schweinekoteletts in Pilzsauce, dazu Salat. Zuvor hatte sie eine Galerie in der Nähe besucht, wo eine Ausstellung mit Gemälden von David de Barra stattfand. Es kam ihr merkwürdig vor, seine Werke ausgerechnet hier in Paris zu sehen.

Ich werde ein paar seiner Bilder kaufen, dachte sie, als sie die seltsamen Landschaften betrachtete, deren schattenhafte Gestalten am Rand sie als eine Art Rachegottheit deutete. Aber nicht jetzt, sondern in Dublin. Die Preise hier sind astronomisch! Als sie das Bild von Joan entdeckte, erschrak sie: Joan, die sich zurücklehnte, während eine schattenhafte Figur, halb gespenstisch, halb real, auf sie zukam. Fasziniert betrachtete sie das Bild. Es war, als würde man eine gute Bekannte verwandelt auf der Bühne sehen und müsste feststellen, dass man sie nicht wirklich gekannt hatte; dass sie eine Energie und Entschlusskraft besaß, die man ihr nie zugetraut hätte. Mit ihrer Miene wilder Entschlossenheit wirkte Joan auf seltsame Weise unwiderstehlich. So sah David sie wahrscheinlich, diese Frau mit der geschmeidigen Kraft, die dem bedrohlichen Schatten furchtlos die Stirn bot. Wie eine, die am Ende ihrer Kräfte ist und dennoch standhält. Diese Kraft veränderte ihr Gesicht, machte es schön. Das Licht fiel auf ihr Haar, umtanzte es funkensprühend. Hinter ihr erstreckte sich ein dunkler Nachthimmel, als wollte der Künstler sein Objekt ganz bewusst an der Unendlichkeit messen.

Er braucht und bewundert sie, dachte Patricia beeindruckt. Sie verkörpert die Kraft in dem Gemälde, nicht diese merkwürdige dunkle Gestalt. Und dann überlegte sie, weshalb Joans Gesicht eine solch verzweifelte Entschlossenheit ausdrückte; wodurch war in ihrem Leben mit David diese Entschlossenheit ausgelöst worden? Oder hatte er diesen Wesenszug in ihr herausgefordert, um sie dann so malen zu können?

Was es wohl für ihn bedeutete, in Paris ausgestellt zu werden? Das hieß bestimmt, dass sich allmählich der Erfolg einstellte. Und da sie wusste, wie sehr Joan ihn liebte, freute sie sich darüber.

Sie wollte gerade die Galerie verlassen, als sie David selbst sah. Er stand an der Tür, ins Gespräch mit einem Mann vertieft, in dem Patricia den Galeriebesitzer vermutete. Sie erkannte ihn mit Schrecken; sie war sich ganz sicher, dass er es war, obwohl sie ihn erst zweimal gesehen hatte. Sie blickte sich um und fragte sich, ob auch Joan da war; aber sie war nirgends zu sehen.

Was würde sie Joan sagen, wenn sie plötzlich vor ihr stünde? Dass sie eine Zeitlang in Paris lebte? Und sie und David zu sich in ihre Wohnung einladen? Was, wenn sie kamen und Paddy auftauchte? Nein, das Beste war, sich schnell davonzumachen, ohne ihn anzusprechen.

Patricia war in Gedanken noch bei Joan, während sie den Boulevard Saint-Germain entlang in ihre Wohnung im Quartier Latin zurückging. Es waren jetzt weniger Leute unterwegs; die Aussicht auf einen Abend im Familienkreis, mit Abendessen, Fernsehnachrichten, Besuch von Freunden auf einen Plausch oder ein gemeinsames Mahl, dann ein frühes Zubettgehen, hatte sie nach Hause getrieben.

Pat verglich Paris mit Dublin. Dort würde es jetzt regnen, ganz bestimmt, und zwar nicht zu knapp. Aber der Tag würde erst jetzt beginnen. Die Arbeit war vorbei, der Abend lag vor einem; die Pubs würden sich füllen. Während hier, im glanzvollen Paris, sogar die Cafés ihren Reiz verloren hatten, nachdem sich die Besucher nach innen verzogen hatten und die Tische auf den Bürgersteigen verwaist waren.

Sie ging unter Bäumen, um dem Regen möglichst auszuweichen. Im Eingangsbereich der medizinischen Fakultät der Sorbonne kauerte eine alte Frau, eine Trinkerin, die Flasche griffbereit neben sich, vor dem Regen nur sehr unvollkommen geschützt. Patricia erschauderte, versuchte sich diese Frau vorzustellen, als sie noch ein Kind war, das durch die Sommertage lief und hüpfte. Was hätte sie gesagt, wenn man ihr damals ihre Zukunft gezeigt hätte? Wie war es so weit mit ihr gekommen?

Pat schlug den Mantelkragen hoch, da sie weder Schal noch Regenschirm dabeihatte. Sie konnte sich in einen Türeingang stellen und warten, bis der Regen nachließ, oder nach Hause laufen. Doch dann ging sie mit forschen Schritten weiter, das Haar klatschnass; auch über die Schultern rannen Regentropfen. Wie gut würde nun ein heißes Bad tun, und dann der kuschelig warme Bademantel.

Sie stellte sich in die kurze Schlange in der Boulangerie unweit der Wohnung.

»*Une baguette, s'il vous plaît.*«

Wofür kaufte sie eigentlich dieses Brot? Ein langes knuspriges Stangenbrot, köstlich am gleichen Abend. Doch wenn man etwas davon zum Frühstück am nächsten Morgen aufhob, biss man sich die Zähne daran aus.

Paddys Flugzeug aus Marseille landete heute Abend um sieben Uhr in Orly. Gegen acht würde er bei ihr sein. Sie würde bereit sein, gebadet, parfümiert. Er würde sie in die Arme schließen und allein dadurch sofort ein Gefühl in ihr auslösen. Sie würde lachen und ihm von ihren vermeintlichen kleinen Triumphen erzählen – wie sie mit der *vendeuse* in der Samaritaine gesprochen und sie beinahe verstanden hatte, als sie ihr den Preis nannte. Sie wollte ihre Einsamkeit nicht zeigen. Sie musste eine Herausforderung bleiben, ihre Verletzlichkeit verbergen. Ein paar Stunden würde sie mit ihm verbringen, dann würde er wahrscheinlich nach Hause gehen.

Das Zwischenspiel in Paris hatte nicht das gebracht, was sie sich erhofft hatte. Das Glück, Zeit und Raum zu haben, um mit Paddy zusammen zu sein, hatte sich darauf reduziert, dass sie Zeit und Raum hatte, allein zu sein. Sie war jetzt schon fast vier Wochen im ›Urlaub‹, und Paddy schien hin und her zu schwanken zwischen intensivem Kontakt und kränkender Leichtfertigkeit, als spiele er Jo-Jo mit den Gefühlen, als ringe er darum, wie er ihre Beziehung einordnen sollte. Sie hatte sich mehr oder weniger abgefunden mit dem, was er ihr auf dem *bateau-mouche* gesagt hatte, dass nämlich Susan schwanger war, als er sie geheiratet hatte.

Paddy hatte ihr voller Misstrauen und Zögern am Abend nach ihrer Bootsfahrt auf der Seine die damaligen Umstände dargelegt. Er hatte Susan, so erklärte er, bei einer Party kennen gelernt, die ein gemeinsamer Freund gegeben hatte, der ebenfalls Maschinenbau studierte. Patricia war in der Zeit zu Besuch bei ihren Großeltern auf dem Land gewesen. Der Früchtepunch hatte es in sich gehabt, und sie hatten beide zu viel getrunken. Als er sie nach Hause brachte, lud sie ihn zu sich in ihre Wohnung ein, auf die Couch, und dort zeugten sie ihr ältestes Kind.

»Sie hat mich verführt. Ich mache ihr keine Vorwürfe. Ich war … anfällig dafür, damals, Patricia. Kannst du das verstehen?«

Patricia dachte mit einem Gefühl tiefen Bedauerns an Glendalough. »Wenn ich etwas getaugt hätte, hätte ich dich verführt. Aber ich war verschüchtert … einer Gehirnwäsche unterzogen.«

»Unsere ganze Generation war einer Gehirnwäsche unterzogen«, meinte Paddy. »Kannst du dir vorstellen, was in mir vorging, als ich nicht nur erkannte, was ich getan hatte, sondern auch für die Konsequenzen einstehen musste?«

Er fuhr sich mit der Hand durchs Haar, eine Geste der Erschöpfung. »Wie hätte ich es dir sagen sollen? Du warst die Prinzessin im Elfenbeinturm! Du hättest für mich nur Verachtung übrig gehabt!«

»Nein, das stimmt nicht«, flüsterte Patricia. Aber sie wusste, dass er die Wahrheit sagte.

»Wie auch immer«, fuhr Paddy fort, »die Würfel waren gefallen. Irgendwie gab ich dir die Schuld dafür, weißt du …«

»Weshalb?«

»Keine Ahnung. Ich machte es dir zum Vorwurf, dass du so verdammt sittsam warst. Dass du wie eine Klette an Gerry hingst, mit einem solch erstaunlichen Eifer. Dass du mir keine Chance gegeben hast es dir zu sagen, dir begreiflich zu machen, dass es meiner Liebe zu dir keinen Abbruch tat. Aber nein ... du warst unerreichbar. Du hattest mich beiseite geschoben, einfach so! Ich hörte dich lachen, als du Gerrys Arm in der Haupthalle in Earlsfort Terrace nahmst, einen Tag, nachdem ich versucht hatte, mit dir zu reden.«

»Es war kein fröhliches Lachen«, flüsterte Patricia und die alten Verletztheit, die alte Wut kamen wieder hoch. »Du hast mich gehasst!«, fügte sie entgeistert hinzu.

»Irgendwie ja. Als ich hörte, dass du ihn geheiratet hast, habe ich dir nichts Gutes gewünscht. Schlecht sollte es dir gehen. Ich war wie die dreizehnte Fee bei der Taufe, wenn auch aus der Ferne. Ich habe dir gewünscht, dass du dich ein Leben lang nach mir sehnst, damit du begreifst, was wir verloren hatten!« Er starrte sie an, unverwandt, unbeeindruckt von ihren Tränen.

»So«, sagte er erbarmungslos. »Jetzt kennst du die Wahrheit!«

Nach einer Weile sagte Patricia: »Du bist so ungerecht! Du hast doch zuerst geheiratet. Jetzt begreife ich, dass du nach Dublin gekommen bist, um Rache an mir zu nehmen! Aber du hast deine Rache schon gehabt. Viele Jahre lang. Deine Briefe und Gedichte habe ich durchgeblättert bis zum Geht-nicht-mehr. Dein Gesicht geisterte durch meine Träume! Was willst du noch mehr von mir?« Sie machte eine ausladende Geste.

»Gehört das hier auch zu deiner Rache? Dass ich hier bin, auf deinem Terrain, zu deinen Bedingungen, als eine Art Hure?« Sie machte eine Pause, atmete schwer. »Ist es so? Nun gut, dann genieße es, wenn Rache süß ist, genieße es! Aber das hätte ich von dir nicht erwartet!«

Sie wandte sich ab, ging auf die Tür zu, doch Paddy holte sie ein, hielt sie fest und brachte sie wider ihren Willen ins Schlafzimmer. Er drückte sie gewaltsam aufs Bett, machte sie wehrlos durch das Gewicht seines Körpers. Sie schmeckte seine Tränen in ihrem Mund.

»Es tut mir Leid, es tut mir so Leid ... Es war meine Schuld, Pat, und ich kann es nicht ertragen. Das ist es, was mich quält. Ich kann den Gedanken nicht ertragen, dass ich mein Leben verpfuscht habe!«

Patricia wehrte sich nicht mehr. »So elend geht es dir?«, fragte sie nach einer Weile.

»Manchmal! Manchmal ja! Es ist nicht Susans Schuld, wir sind nur derart verschieden und haben unterschiedliche Bedürfnisse!«

Dann stellte sie eine Frage, die sie gar nicht hatte stellen wollen. »Weshalb bist du ihr dann so sehr verpflichtet?«

Er rollte sich zur Seite und sah zur Decke. »Weil ich ihr mein Wort gegeben habe.« Er seufzte. »Ich habe ihr mein Wort gegeben und ein Leben darauf aufgebaut ... ich halte, was ich einmal versprochen habe!«

»Hast du dein Leben darauf aufgebaut, oder eine Lüge?«, beharrte Pat, und Wut stieg in ihr auf. »Und wenn du deine Versprechungen hältst, was zum Teufel suchst du dann in meinem Bett oder im Bett anderer Frauen? Oder ist es in Wirklichkeit der äußere Schein, an dem du festhältst, heuchelst du, weil dein Stolz auf dem Spiel steht? Weil du attraktiv bist und andere Frauen dazu benutzen kannst, dir deine unerträgliche Ehe erträglich zu machen?«

Er fuhr wütend auf. Sie spürte seine innere Kälte, spürte, wie er sich von ihr zurückzog. Einen Augenblick lang dachte sie, er würde aufstehen und gehen.

»Tut mir Leid«, sagte sie traurig. Er erwiderte nichts, doch nach einer Weile streckte er in der Dunkelheit seine Hand aus und strich ihr über die tränennasse Wange.

An jenem Abend schliefen sie nicht miteinander. Sie hielten einander fest, bis der Schlaf sie überwältigte. Als Pat am Morgen aufwachte, war Paddy fort.

Danach hatte Paddy beruflich schrecklich viel zu tun. Und Susan kam nach Paris und wohnte in ihrer gemeinsamen Wohnung unweit des Invalidendoms.

Manchmal blieb er unter dem Vorwand einer Geschäftsreise über Nacht bei Patricia, aber er kam nie wieder auf die Vergangenheit zu sprechen. Im Großen und Ganzen hatte das Familienleben für ihn Vorrang, als habe er sich bewusst dafür entschieden. Patricia musste zugeben, dass auch das, auch wenn sie einsam zurückblieb, auf eine Art nützlich war. Sie spielte mit dem Gedanken, nach Hause zurückzukehren, genoss aber das Gefühl der neu gefundenen Selbstständigkeit zu sehr, um es so rasch wieder aufzugeben. Der Raum, den sie hier für sich hatte, die Einsamkeit, erlaubten es ihr, sich auf ihr eigenes Leben zu konzentrieren. Sie wusste, dass sie tief greifende Veränderungen vornehmen musste, war aber unfähig, die notwendigen Entscheidungen zu treffen oder zielstrebig einen Entschluss zu fassen.

Sie hatte den Kontakt mit Dublin nicht abreißen lassen, rief ab und zu an und hatte mit Orla gesprochen, die sie über Paris ausfragte und sagte, Daddy arbeite hart. Orla freute sich aufs College. Ihr war ein Studienplatz in Belfield angeboten worden, für Naturwissenschaften, ihre zweite Wahl. Für Jura waren ihre Noten nicht gut genug.

»Belästigt Mick dich immer noch?«

Sie hörte Orla am anderen Ende der Leitung seufzen. »Nein, Mama.«

Simon sprach einmal, Gerry zweimal mit ihr. Gerry tat beschäftigt, sagte, dass alles in Ordnung sei, erkundigte sich aber mit unterschwelligem Sarkasmus, ob sie sich gut amüsiere, und deutete damit zugleich an, dass er arbeitsmäßig überlastet sei und sie im Vergleich dazu ein schönes Leben habe.

»Wenn du wieder da bist, gehe ich ein paar Tage zum Fischen.«

»Ja? Und wohin?«

»Nach Galway.«

»Das ist eine gute Idee! Du musst auch mal ausspannen.«

»Hast du denn noch nicht genug von Paris?«, fragte Gerry salbungsvoll.

»Die Frage müsste eher lauten, ob Paris schon von mir genug hat!«

Aber sie war außer Stande, ihre Erwartungen an die Beziehung zu Paddy ganz über Bord zu werfen. Sie hielt hartnäckig daran fest, wider alle Vernunft und wider den gesunden Menschenverstand. Es ist eine Wirklichkeit von einer Tiefe, wie ich sie nie gekannt habe. Wie kann ich das so einfach wegwerfen? Zwinge mich nicht, das wegzuwerfen! Ich kann nicht und ich will nicht! Diese vollkommenen Augenblicke sind die Schmerzen wert!

In besonneneren Momenten hielt sie sich dann wieder vor, dass sie ja noch relativ jung war und ihr das Wagnis einer neuen Liebe noch offen stand, dass die einzige Macht, die Paddy über sie besaß, die Macht war, die sie ihm selbst einräumte.

Meist sah sie ihn abends für ein paar Stunden, bevor er nach Hause ging. An diesem Abend, an diesem verregneten Freitag Ende September, ihrem vorletzten Abend, würde er direkt vom Flughafen aus zu ihr kommen; er war geschäftlich in Marseille gewesen und sein Flugzeug würde um sieben Uhr landen.

An der grünen Haustür angelangt, tippte sie die Zahlenkombination ein, drückte den Knopf und stieß nach dem Summton die Tür auf. Der geflieste Flur lag im Dunkeln; sie tastete nach dem Lichtschalter, stieg dann die eigentümliche Holztreppe hinauf. Aus anderen Wohnungen drangen Stimmen, das Geräusch eines Fernsehers, Essensgerüche; jemand bereitete ein Omelett zu.

Sie sperrte die Wohnungstür auf und zog gleich die nassen Schuhe aus. Sie hatte gelernt, sehr sauber, sehr ordentlich zu sein, sehr heikel. Niemand nahm ihr jetzt die Arbeit ab.

Ihre nasse Jacke hängte sie über eine Stuhllehne. Sie ging in die Küche, blickte hinaus auf den dunklen Hof, sah das Licht in Jeanines Wohnung.

Sie kannten sich inzwischen recht gut, tranken häufig Kaffee miteinander oder gingen einkaufen. Sie hatte auch Jeanines Tochter und Enkel kennen gelernt, die für ein paar Tage aus Lyon gekommen waren.

Dann zog sie die Vorhänge zu, ging in das schlauchartige Badezimmer, das so winzig war, dass die Badewanne gerade so darin Platz hatte, drehte den Wasserhahn auf. Während sich die Wanne füllte, legte sie sich aufs Bett und spürte, wie die Anspannung von ihr wich. Es war schön, wieder hier zu sein, dem Regen entkommen zu sein, an einem sicheren Ort geborgen. Da läutete das Telefon.

»Hallo, Liebling«, sagte die geliebte Stimme.

»Hallo, Paddy.«

»Das verdammte Flugzeug hat Verspätung. Geht erst um neun. Aber wir sehen uns um zehn, wenn es dir recht ist.« Sie hörte im Hintergrund Stimmengewirr, die verwischten Geräusche eines öffentlichen Fernsprechers.

»Ja. In Ordnung.«

»Tut mir Leid. Ich schaffe es nicht bis zum Abendessen.«

»Wie schade. Schweinekoteletts. Die halten sich noch.«

»Liebst du mich noch?«

»Dumme Frage!«

»Also dann bis um zehn ... Ich muss mich beeilen. Bis gleich.«

Sie legte auf. Stille. Sie drehte das Transistorradio an. Die Klänge von »A Whiter Shade of Pale« erfüllten den Raum, dann kündigte der Sprecher in schnellem Französisch das nächste Lied an. Sie ging ins Bad, schloss die Augen und unterdrückte den Ärger darüber, versetzt worden zu sein. Er konnte ja nichts dafür. Er konnte nichts dafür. Um zehn würde er da sein.

Irgendwo über ihr ertönte eine Frauenstimme, schrill und aufgebracht. Die andere Stimme war kaum zu hören, eine Männerstimme, die nur sehr gedämpft herüberklang. Sie hatte diese Frau nie gesehen, aber schon oft diese schrillen, verzweifelten Töne gehört.

Heute Abend schlafe ich nicht mit ihm, nahm sich Patricia vor. Es ist so verdammt bequem für ihn; er kommt für ein paar Stunden – heute Abend sogar nur für eine Stunde – und kehrt dann zu seiner Frau zurück. Und ich bleibe da und fühle mich wie eine stets zur Verfügung stehende Annehmlichkeit. Heute werde ich unergründlich sein, werde mich entziehen.

Gegen zehn entriegelte sie die Tür, legte Musik auf, setzte sich mit einem Buch aufs Sofa. Er kam, klopfte zuerst, wie er es immer tat, drückte dann die Tür auf. Sie sah ihn von der Couch aus an, lächelte, blieb unbeweglich sitzen, streckte ihm nur die Hand entgegen.

Er beugte sich zu ihr, ging neben ihr in die Hocke. »Du siehst wunderbar aus. Tut mir Leid. Es war so nervig. Ich konnte nur an dich denken, stellte mir dich genau so vor, mit diesen Haaren.« Er neigte den Kopf, tauchte sein Gesicht in ihr Haar.

»Möchtest du Tee?«

»Nein.«

Sie rückte und machte ihm neben sich Platz. Er sah müde aus, abgespannt. Plötzlich hatte sie Mitleid mit ihm, mit den nicht enden wollenden Anstrengungen, die sein Leben ausmachten, den endlosen Sitzungen, dem Hin und Her von einem Flughafen zum nächsten. Er umarmte sie, drückte sie an sich. »Ich liebe dich«, flüsterte er ihr ins Ohr. Seine Finger ertasteten die Knöpfe ihrer Bluse, seine Hände den Verschluss ihres Büstenhalters.

Das Gefühl sprang auf sie über; Verlangen stieg in ihr auf. Alle Vorsätze waren vergessen. Er stand auf, nahm sie bei der Hand und führte sie ins Schlafzimmer, zum Bett hin, zog sie aus. Sie liebten sich fieberhaft; er drang schnell in sie ein, ejakulierte schnell, und sie, körperlich enttäuscht und im Gefühl, um etwas betrogen worden zu sein, verbarg ihre Ernüchterung.

Als sie aufstand, um ins Bad zu gehen, sah er auf die Uhr und zog sich rasch an. »Ich muss mich beeilen. Susan wird sich schon fragen …«

Patricia erwiderte nichts darauf. Als sie aus dem Bad kam, band er sich seine Uhr ums Handgelenk. Er küsste sie.

»Bis morgen dann. Um halb vier? Tut mir Leid, aber du verstehst doch, Darling … oder nicht? Und vergiss nicht, die Tür abzusperren«, fügte er noch hinzu, bevor er verschwand.

Als er weg war, machte Patricia die Musik aus, dämpfte das Licht und sperrte die Tür ab. Sie blätterte in einer Zeitschrift, konnte sich aber nicht konzentrieren.

Irrsinn. Irrsinn. Irrsinn.

Wut und Trauer stiegen in ihr auf, suchten sich ein Ventil. Sie wusste, dass im Kühlschrank noch eine Flasche Wein stand. Paddy hatte vor einer Woche zwei Flaschen mitgebracht, als sie für ihn gekocht hatte, und eine davon hatte er beinahe ganz allein ausgetrunken. Die andere Flasche war noch da. Sie sah vor ihrem geistigen Auge das rubinrote Leuchten des Weins, stellte sich vor, wie er ihre Kehle hinunterglitt, die leuchtende Farbe, die Befreiung, die Betäubung, die Aufschiebung der Frustration. Sie holte die Flasche aus dem Kühlschrank, entkorkte sie. Als sie sich einschenken wollte, sah sie sich plötzlich als eine Fremde, als beobachte sie sich aus der Ferne, eine Frau, die dabei war, sich selbst zu zerstören. Wie ein Kind, das nicht bekam, was es wollte, und die Luft anhielt, bis es blau anlief. Statt dem Schmerz des Lebens ins Auge zu blicken, suchte sie nach einem Fluchtweg. Wie viele Jahre würde es dauern, bevor auch sie auf den Stufen eines öffentlichen Gebäudes endete, die Flasche in der Hand, mit einem Plastiksack gegen den Regen geschützt, wie die alte Frau an der Sorbonne?

»Zum Teufel damit«, sagte sie laut, hob die Flasche und schmetterte sie mit aller Kraft gegen den Rand des Emailspülbeckens. Die Flasche barst, das Email sprang ab, der Wein floss in den Ausguss.

Der Flaschenhals zersplitterte und schnitt sich zwischen Daumen und Zeigefinger tief in ihre Haut ein. Blut tropfte aus der Wunde, rann den Spülbeckenrand hinab in den Ausguss. Es tat weh, sie saugte an dem Schnitt, sah sich nach etwas zum Verbinden um, nahm dann Toilettenpapier.

Paddy fuhr heim. Er parkte den Wagen und schloss die Wohnung auf. Susan hatte das Licht in der Diele brennen lassen. Er schlich lautlos ins Schlafzimmer, zog sich aus und legte sich ins Bett. Susan bewegte sich nicht, obwohl sie im Halbschlaf murmelte: »Bist du's, Woofie?« Er unterdrückte den Zorn, der in ihm aufstieg. Er hasste es, ›Woofie‹ genannt zu werden. Aber das Bett war warm, und kurz darauf war er bereits eingeschlafen.

Patricia lag stundenlang wach; sie hörte das unaufhörliche Brausen des Verkehrs in der Rue d'Ecole. Studenten zogen singend unten vorbei. In der Wohnung über ihr lief jemand herum; sie nahm eine rhythmische Bewegung in den Deckenbalken über ihrem Kopf wahr. Diese alten Häuser gaben alles preis. War es die genervte Frau? Womöglich mit ihrem Mann oder ihrem Liebhaber? In Paris war es vollkommen in Ordnung, einen Liebhaber zu haben.

Nur für mich nicht!, dachte sie. Wie seltsam, wie überaus grotesk! Ich bin da irgendwie hineingetrieben worden. All die hehren Ideale, die man uns in der Schule mitgegeben hat; all diese Verbote; sie gehen an den lebensnotwendigen menschlichen Bedürfnissen vorbei. Ich möchte leben; und wenn Leben Schmerz bedeutet, dann nehme ich auch den in Kauf.

Sie streckte die Hand aus und zog die Vorhänge zurück, so dass das Straßenlicht ins Zimmer schien. Ihre Hand pochte, als sie Daumen und Zeigefinger bewegte. Das Fenster war offen; sie wollte es zumachen, aber es ließ sich nur schwer schließen, und sie hatte Angst, dass die Hand wieder zu bluten anfing. Im Haus gegenüber, in das den ganzen Tag die Sonne schien, waren die Jalousien heruntergelassen.

Wie viele Menschen mochten wohl hinter diesen Jalousien liegen und schlafen, sich lieben, sich unterhalten, jeder in seiner eigenen Welt?

Ihre Gedanken kehrten immer wieder zu Paddy zurück. Das Pendel ihrer Gefühle hatte ausgeschlagen, ihn einer gründlichen Prüfung unterzogen. Sie spürte, dass aus seiner Perspektive heraus das Leben sich um ihn drehte und alles andere, auch sie, im Vergleich dazu nebensächlich war.

War er eine Falle? Wenn sie an ihn glaubte, an die Liebe glaubte, die er ihr bot, es sich gestattete, darin zu verweilen, war es dann nur noch eine Frage der Zeit, bis er unruhig wurde und nach etwas Neuem Ausschau hielt?

Patricia erwog dies alles. Aber dem entgegen stand die Aussicht auf die innere Einsamkeit, die sie am allermeisten fürchtete. Gewiss, sie konnte dies verhindern. Sie konnte weiterhin eine unbeschwerte Fröhlichkeit an den Tag legen, die ihm schmeichelte und sie nicht verriet. Solange sie geheimnisvoll erschien, würde er ihr den Hof machen; sie brauchte ihn als Höfling; sie brauchte es, dass man ihr huldigte.

Sie erkannte, dass der Schmerz dieser Beziehung eine Art Masochismus war. Bin ich denn pervers?, fragte sie sich. Die Krümel des Lebens sind eben immer noch besser als überhaupt kein Leben. Wenn es darum geht, mich zwischen Schmach und Tod zu entscheiden, muss ich die Schmach wählen. Wenigstens vorläufig. Es war mir nie erlaubt zu leben; ich möchte nicht sterben ohne erfahren zu haben, wer ich bin.

Und dann, kam es ihr einen Augenblick später in den Sinn, liegt tief in meinem Innern ein Eissplitter, der wird mich am Ende retten.

Am nächsten Tag stand Paddy spät auf. Das Bett neben ihm war leer, das Zimmer dunkel, die Rollläden noch heruntergelassen. Er lag da, ohne sich zu bewegen. Ihm fiel ein, dass Samstag war – welch ein Luxus. Dann gingen ihm die Probleme des vergangenen Tages durch den Kopf und er dachte mit Wohlgefallen an Patricia. Sie hielt sich für unergründlich, und das berührte ihn. Er war überrascht von ihrer Fähigkeit, in diese Beziehung hineinzugreifen und so viel herauszuholen, so viel emotionale Unverwüstlichkeit zu zeigen. Es tat ihm Leid, dass er sich vergangene Nacht so beeilt hatte; es war ihr gegenüber nicht fair gewesen. Im Grunde war sie eine starke Frau. Gewiss wäre Sue zu etwas Derartigem niemals fähig, aber sie würde sich auch nie auf eine Affäre einlassen. Die Vorstellung allein – Sue in den Armen eines anderen – war schon grotesk.

Er stand auf, zog seinen Morgenmantel an und ging in die Küche. Susan war da. Es war ein freundlicher Raum mit einem kleinen Kiefernholztisch und allen möglichen Geräten, beigen und dunkelbraunen Kacheln, beigefarbenen Wänden. Susan saß über eine Liste gebeugt, die sie gerade zusammenstellte; lange Strähnen ihres blonden Haares hatten sich aus den Klammern gelöst. Sie rauchte, und der Rauch aus der Zigarette kringelte sich in der Luft; ein Wölkchen entstand, wenn sie den Rauch aus dem Mund blies. Er stand in der Küchentür und beobachtete sie, und sie hob den Kopf und sah ihn an, lächelte, legte den Stift aus der Hand. Sie war fast so schlank wie vor zwanzig Jahren, wenn ihr Lächeln auch seine unbeschwerte Fröhlichkeit eingebüßt hatte und sich um Mund und Augen Fältchen gebildet hatten, wozu auch das Rauchen beitrug.

»Hallo, Darling«, sagte sie. »Hast du gut geschlafen?« Sie ließ die Zigarette im Aschenbecher liegen, stand auf, füllte den Wasserkocher. Der Frühstückstisch war fast fertig gedeckt, und er setzte sich an seinen gewohnten Platz. Sie gab ihm einen flüchtigen Kuss auf die Wange. Er roch die Mischung aus Eau de Toilette und Zigarettenrauch. Sie erfüllte ihre Rolle als Ehefrau, griff nach dem Wasserkocher, legte die frischen Croissants heraus, die sie gekauft hatte.

»Ja, ich habe geschlafen wie ein Stein.« Er lächelte sie verschlafen an. Sein Haar war struppig und zerzaust, sein Morgenmantel über der Brust offen.

Susan lächelte zurück. »Wie war die Reise? Du bist spät gekommen.«

»Ja ... schon gut«, sagte Paddy, »du kannst weitermachen mit deiner Beschäftigung von vorhin, Sue. Ich mach mir den Tee schon selbst.«

Sie sah ihn fragend an.

»Du sollst nicht das Gefühl haben, dass du für mich Tee kochen musst«, fuhr er fort. »Ich will, dass du du bist, dass du tust, was du willst, dein eigenes Leben führst ...«

Sie runzelte die Stirn, ihr Blick verdüsterte sich. »Aber ich tue doch immer, was ich will. Ich bin deine Frau; ich mache dir doch bloß dein Frühstück.«

Paddy seufzte. »Du bist nicht meine Sklavin«, sagte er gereizt. »Ich will nicht, dass du meine Sklavin bist.«

»Nur weil ich dir Tee mache? Also wirklich, Darling!« Sie schnalzte mit der Zunge und sah ihn vorwurfsvoll an. Er küsste sie auf die Wange. Trotz dieser Zuneigungsbekundungen wusste er, dass sie stets eine gewisse Distanz zu ihm wahrte, zumeist ihrer eigenen Wege ging, mit sich selbst beschäftigt war, ihrem hektischen gesellschaftlichen Leben, den romantischen Romanen, die sie las, ihrer Sorge um die abwesenden Kinder. Nach über zwanzig Jahren war sie, was ihn betraf, immer noch unsicher, wusste im Grunde immer noch nicht, wer er war. Deshalb war sie auch unfähig, im Hinblick auf ihn etwas zu unternehmen, was nicht vorher abgesprochen, was nicht auf seine Stimmung zugeschnitten war. Wo er sich doch nichts sehnlicher wünschte als eine Frau, die für ihn eine Herausforderung darstellte und sich vor Leidenschaft verzehrte; damit er spürte, dass er Blut in den Adern hatte, wusste, dass er lebte; damit er die erotische Unruhe in seinem Innern loswerden konnte. Ich will nicht viel, sagte er sich, und ganz gewiss nicht diese Bürde, dankbar sein zu müssen.

»Danke, Schatz«, sagte er.

Sie machte den Tee. »Erzähl mir von deiner Reise«, forderte sie ihn freundlich auf, setzte sich zu ihm an den Tisch. Paddy erzählte ihr von der Sitzung in Marseille. Er ging für eine Weile darin auf, froh, darüber sprechen zu können, weil es so wichtig war und es ihm ständig im Kopf herumging; aber als er sie ansah, merkte er, dass ihr Blick abwesend wirkte. Sie fühlte sich unbehaglich, wie jemand, der lieber woanders wäre, und sie interessierte sich kein bisschen für das, was er sagte. Aber sie lächelte ihm aufmunternd zu und nickte.

»Was meinst du, was ich machen soll?«, fragte er abrupt. »Meinst du, wir sollten den Vertrag akzeptieren, so, wie er ist, ohne uns gegen diese Bedingungen zu stellen?«

Sie zuckte zusammen. »Ähm … also, wie du meinst, Woofie Darling.«

Paddy trank seinen Tee, strich Butter auf ein Stück Croissant. »Ich muss heute Nachmittag noch mal weg«, sagte er nach kurzem Schweigen.

Ihr Ausdruck veränderte sich. »Wohin? Ist es wegen Marseille?«

»Ja. Ich muss mich mit jemandem treffen.«

»Wann kommst du wieder? Denk dran, wir sind mit Patrick Rouvier und den Martins heute Abend zum Essen verabredet. Vergiss das nicht, Darling.«

»Nein, nein. Um sieben bin ich wieder da.«

Sie wartete, bis er seinen Tee getrunken hatte. Dann, als er ihr bedeutet hatte, dass er nicht mehr wollte, nahm sie Tasse und Untertasse und spülte sie im Waschbecken, trocknete sie ab und stellte sie in den Schrank zurück. Sie fing an zu summen; sie dachte an die Abendgesellschaft, daran, was sie anziehen würde, an die anderen Gäste, besonders an Patrick Rouvier, in dessen Gesellschaft sie sich immer so wunderbar fühlte. Patrick, seit mehreren Monaten verwitwet, bemühte sich seit Jahren um sie; er fand sie hinreißend weiblich und begehrenswert; das hatte er ihr jedenfalls zu verstehen gegeben. Während Paddy das alles anscheinend weit hinter sich gelassen hatte. Besonders in den letzten neun Monaten. Sie schliefen zwar noch miteinander, aber nicht sehr oft, und gewöhnlich musste sie die Initiative ergreifen. Sie war es leid, von ihrem Mann so gleichgültig behandelt zu werden. Er gab sich überhaupt keine Mühe, sie zu verstehen, und auf das, wonach sie hungerte – Geselligkeit, Fröhlichkeit, Bewunderung – reagierte er ungehalten.

Sie dachte mit Freude an das neue jadegrüne Seidenkleid. Dazu würde sie die Perlen tragen.

Als Paddy merkte, dass seine Frau nicht weiter auf ihn achtete, begab er sich in sein Arbeitszimmer. Er fühlte sich seltsam verloren, merkwürdig einsam. Susan, erleichtert, dass sie nicht mehr über die Marseille-Angelegenheit diskutieren musste, ging ins Schlafzimmer, um ihren Kleiderschrank zu durchforsten.

Patricia ging hinaus. Es war ein schöner Morgen. Paris war warm, roch nach frisch gebackenem Brot. Sie kaufte ein paar Croissants in der Boulangerie nebenan; köstlich, aber Gift für ihre Figur. Was machte es schon? Sie hatte durch ihre langen Spaziergänge sowieso viel abgenommen, und morgen würde sie nach Hause zurückkehren. Sie ging spazieren, den Fluss entlang, vorbei an Notre-Dame, machte kehrt und strebte aufs Pantheon zu. Die Stadt atmete Erhabenheit, Kultur.

Das Vergnügungsboot durchpflügte das Wasser der Seine an der Kathedrale und fuhr die Kinder des 20. Jahrhunderts um die Insel herum, wo Abaelard vor achthundert Jahren gepredigt hatte. Héloise und Abaelard. Man hatte ihn kastriert. Sie war ins Kloster gegangen.

Das Pantheon vermittelte eine ganz andere Atmosphäre: ein geschichtsträchtiger, gigantischer Bau, der über der Sorbonne aufragte. Sie fand den Eingang, löste eine Eintrittskarte und durchstreifte die Krypta, in der die sterblichen Überreste Victor Hugos und anderer großer Literaten ruhten, ein stiller steinerner Ort mit schmiedeeisernen Gittern vor den Gruften; jemand hatte einzelne rote Rosen auf die Gräber gelegt – wunderschöne, blutrote Rosen, gefangen in dem großen steinernen Schweigen unter der Erde, fern von Licht und Luft. Ihre Schritte hallten wider auf dem Kalkstein. Größe, Ruhm, Gedenken. Und dies war das Ende – welkende Rosen auf Steinsarkophagen und eine Stille unendlich und kalt wie das Meer.

Zehn Minuten später stand sie, froh über die Wärme und das Licht des Tages, auf dem Dach unter der Kuppel und blickte auf die Stadt hinunter. In der Ferne erkannte sie durch den graublauen Dunst die Basilika Sacré-Coeur. Der Himmel war verhangen. Unten die Dächer, die großen Wohnhäuser, vor vielen Fenstern Geranien; wie war es wohl, im sechsten Stock ohne Aufzug zu wohnen? Beim Hinunterschauen erfasste sie ein Schwindelgefühl. Sie ging die gewundene Steintreppe wieder nach unten. Ihre Hand schmerzte, doch der Schnitt von vergangener Nacht begann bereits zu heilen. Sie hatte Pflaster gekauft und behielt die Hand, soweit es ging, in der Jackentasche.

Paddy würde um halb drei kommen. Die Aussicht ihn zu sehen erfüllte sie mit einer ganz eigenen Freude. Sie fühlte sich wieder wie ein Mädchen, die nächtlichen Entschlüsse waren vergessen in der Vorfreude, der frischen Energie, dem neuen Optimismus. Sie konnte es meistern, sie konnte alles meistern, das ganze Szenario, wie sie es sich in der Totenstille der vergangenen Nacht in aller Nüchternheit vor Augen geführt hatte. Sie konnte die dargebotenen Krümel der Beziehung entgegennehmen und das Potenzial, das darin steckte, vergessen. Sie kannte dieses Potenzial. Sie wusste, dass es unermesslich groß war. Aber es stand nicht zur Disposition – wohl aber die Krümel.

Wieder in der Wohnung, machte sie Kaffee und aß genießerisch die Croissants mit Aprikosenmarmelade. Aus dem Radio erklangen französische und englische Lieder.

Paddy kam pünktlich um halb drei. Er hatte eine Schachtel handgemachter Pralinen mitgebracht. Sie legte die Musik der Chieftains auf, die sie aus Dublin mitgebracht hatte, und sie lauschten den schwermütigen Klängen von »An Cualainn«. Auf dem Sofa ließ sie sich in seine Arme sinken. Er strich ihr übers Haar.

»Was ist mit deiner Hand passiert?«

»Ach, nichts. Ich habe eine Flasche fallen lassen und mich dabei geschnitten. Tut mir Leid«, fügte sie noch hinzu. »Es war dein Burgunder!«

»Der Wein spielt keine Rolle. Kann ich die Wunde sehen?«

»Nein, nein. Es ist keine große Sache, wirklich nicht.«

Er flüsterte, beugte sich über ihr Gesicht, bedeckte ihre Stirn und ihre Nase mit kleinen scheuen Küssen; schon seit dem Morgen empfand er ein Gefühl der Leere, das zunehmend stärker wurde, weil er wusste, dass Pat am nächsten Tag nach Hause zurückkehren würde.

»Ich liebe dich. Ich liebe dich und ich brauche dich«.

Patricia antwortete ihm zärtlich: »Ich liebe dich auch.« Sie hatte diese Worte nicht aussprechen wollen, aus Furcht, sie klängen besitzergreifend; sie sprach sie gegen ihren Willen, und ihr Gefühl dabei war so stark, dass sie nicht mehr wusste, ob sie dieselbe Person war, die in der Nacht nicht hatte schlafen können und in ihrer Seele nichts als Eiseskälte gespürt hatte. Er berührte durch die Bluse hindurch ihre Brustwarzen mit dem Mund, was kleine nasse Flecken hinterließ.

»Komm ins Bett«, flüsterte er, zog sie hoch und führte sie ins Schlafzimmer, das so klein war, dass das Bett beinahe den ganzen Raum ausfüllte.

Sie liebten sich stumm. Er kam lange nicht, versuchte, ihr Lust zu bereiten, wartete auf ihren Orgasmus, der beinahe kam, aber dann doch nicht, weil ihr Körper aus ganz eigenen Gründen sich ihm nicht hingab, sich ihm nie ganz hingegeben hatte, und wenn er ihr noch so große Lust bereitete. Sie hatte herauszufinden versucht, weshalb, weshalb es diesen körperlichen Widerstand gab. Sie dachte im Stillen darüber nach, versuchte, seiner Berührung in der Erinnerung nachzuspüren. Mit Gerry hatte sie mehrmals den Höhepunkt erreicht, zumeist, weil er sich ihrer Reaktionen nicht bewusst und deshalb auch keine Selbstenthüllung damit verbunden gewesen war. Aber weshalb gelang es ihr nicht mit Paddy, der, wie sie wusste, sehr genau auf die Reaktionen ihres Körpers achtete; und als sie darüber nachdachte, nach den Gründen suchte, stieß sie auf die Furcht.

Man hat mir vor langer Zeit eine so tiefe Furcht eingepflanzt, dachte sie, dass sehr viel Zeit nötig sein wird, bis ich sie überwunden habe; bis ich ein so vollkommenes Vertrauen zu ihm entwickelt habe, dass es diese Angst überwindet. Ich habe kein vollkommenes Vertrauen zu ihm.

Dann standen sie auf, zogen sich an und tranken Tee und aßen das Gebäck dazu, das Pat in der Boulangerie gekauft hatte. Er sah auf die Uhr.

»Ich muss gehen, Pat. Es ist fast halb sechs.«

Sie hielt den Kopf gesenkt, sah ihn nicht an, aber sie hatte ein Gefühl der inneren Leere, spürte einen finsteren Abgrund, tief genug, um darin zu versinken.

»Aber ich dachte, wir würden ausgehen.«

»Tut mir Leid, Susan und ich sind zu einem Abendessen eingeladen!«

»Ich verstehe!«

»Tut mir Leid, Liebling; du verstehst das doch, oder?«

Er war zerknirscht. Patricia kniff die Augen zusammen. Mein Gott, so zweitrangig zu sein, und es auch noch zuzulassen. Es war Samstag Abend, ihr letzter Abend, und sie würde ihn allein verbringen. Es schien ihr, als ginge es ihm vor allem darum, es seiner Frau recht zu machen – und an zweiter Stelle um sein eigenes Wohlbefinden. Was sie wollte, spielte keine Rolle.

»Ach, hau doch ab!«

»Ich kann sie nicht verletzen, Pat!«

»Also verletzt du lieber mich.«

Stille trat ein. Künstlerpech, dachte Patricia. Was schert es ihn, wenn du gekränkt bist? Uns bindet kein Vertrag, nichts, was ihm schwarz auf weiß vorliegt und vor den Augen des Gesetzes gilt, also zählt es nicht.

»Aber du bist doch auch verheiratet«, sagte er nach einer Weile. »Du möchtest doch ganz bestimmt nicht, dass deine Ehe darunter leidet.« Sie sah ihn an.

»Erzähl du mir nichts über meine Ehe. Sie saugt alles Leben aus mir heraus. Je länger ich mich bemühe, aus ihr schlau zu werden, umso mehr entgleitet mir alles. Meine Ehe ist eine Katastrophe. Rede mir nicht davon. Ich bin nicht nach Paris gekommen, um mir anzuhören, wie großartig meine Ehe ist, Paddy. Ich bin hierher gekommen, um mit dir zusammen zu sein.«

Er wurde unruhig. »Aber findest du nicht, dass das, was wir haben, besser ist als nichts?«, warf er nach einer Weile ein. »Entweder das oder gar nichts … Das Leben setzt sich zusammen aus unzähligen verschiedenen Ebenen. Manche Ebenen erreicht man nie. Wir haben unsere Ebene gefunden, unser gemeinsames Plateau. Aber damit verschwindet doch nicht einfach alles, was auf den anderen Ebenen existiert.«

Er gestikulierte, während er sprach, sah sie mit kläglicher Miene an, die Stimme sanft und bittend. Dann warf er einen Blick auf die Uhr.

»Liebling«, sagte er bedauernd, aber entschlossen. »Lass

uns morgen auf dem Weg zum Flughafen weiterreden. Ich muss jetzt gehen.«

Patricia wandte sich von ihm ab. »Tu, was du nicht lassen kannst!« Sie hörte, wie die Tür hinter ihm ins Schloss fiel, und seine Worte klangen in ihr nach: »Entweder das oder gar nichts!«

Als es ein paar Minuten später klingelte, dachte sie, Paddy sei zurückgekommen; groß war die Enttäuschung, als sie stattdessen Jeanines Stimme vernahm. Sie öffnete die Tür.

»Ich habe gesehen, wie Ihr Liebhaber gegangen ist, und dachte, Sie würden vielleicht gern eine Tasse Tee mit mir trinken«, sagte sie mit ihrem angenehmen französischen Akzent. Sie sprach von Patricias Liebhaber, als sei es die natürlichste Sache von der Welt und in keinster Weise anstößig.

Jeanines Stimme stockte, als sie in Patricias vergrämtes Gesicht blickte. »Tut mir Leid!« sagte sie. »Ich wollte mich nicht aufdrängen – aber ich wusste, dass heute Ihr letzter Tag ist!«

Patricia machte die Tür weiter auf. »Kommen Sie rein!«

Jeanine folgte Patricia ins Wohnzimmer.

»Nehmen Sie doch Platz!«, sagte Patricia unglücklich, um Höflichkeit bemüht, ging in die Küche und setzte den Teekessel auf den kleinen Gasherd. Jeanine kam zu ihr und nahm schweigend Teekanne und Becher aus dem Schrank.

»Was ist denn mit Ihrer Hand passiert?«, fragte sie und deutete auf das Pflaster.

»Nichts Schlimmes!«

»Ich habe mir das Teetrinken angewöhnt, als ich in England unterrichtete«, sagte Jeanine nach einer Weile.

»Wirklich?«, gab Patricia höflich zurück; ihre Stimme brach.

Jeanine legte mütterlich den Arm um sie, führte sie zu einem Stuhl und bedeutete ihr, sich zu setzen. »Weinen Sie ruhig, wenn Ihnen nach Weinen zumute ist. Ich werde nicht predigen oder Ihnen sagen, Sie sollen auf *la voix de la raison* hören, wie ich es meiner Tochter nahe legen würde. Ich kenne selbst nur allzu gut die Dornenkrone, die die Geliebte eines verheirateten Mannes trägt.« Sie hielt inne. »So nannte es Lorca«, fügte sie hinzu. »Und er hatte Recht!«

»Ich bin keine Geliebte!«, rief Patricia empört.

Jeanine lächelte, zog die Augenbrauen hoch, schürzte die Lippen auf typisch französische Weise. »Wie man es nennt, bleibt sich gleich!« Sie seufzte. »Das Entscheidende ist, dass er Ihnen wenig oder gar nichts zu bieten hat – mit Ausnahme schier unermesslichen Leids natürlich.« Sie seufzte. »Ich weiß, wovon ich rede, weil ich selbst einmal versucht habe, einen verheirateten Mann zu lieben ...«

Patricia sah sie mit verweinten Augen an. Jeanine zuckte die Schultern. »Es war in England. Daran wäre ich beinahe zerbrochen. Ich war frisch geschieden und sehr verletzlich.«

»Und was ist geschehen?«, fragte Patricia.

»Sie meinen, wie es zu Ende ging? Ich kehrte nach Frankreich zurück. Mein Selbstwertgefühl hat den Sieg davongetragen!« Sie tätschelte Patricia die Schulter, reichte ihr einen Teebecher. »Und am Ende, *ma chérie*, werden auch Sie für sich selbst einstehen!«

Als Jeanine gegangen war, rief Patricia den Flughafen an. Ja, es gab einen Flug am Morgen. Um 10.30 Uhr. Ja, eine Umbuchung war möglich. Sie packte ihren Koffer, machte die Wohnung sauber. Dann setzte sie sich hin, stützte den Kopf in die Hände und begann nach langem Nachdenken einen Brief aufzusetzen. Die Hand tat beim Schreiben weh.

Mein Allerliebster,

es gibt Dinge, die ich dir gerne sagen würde. Ich könnte von Liebe zu dir sprechen, die ich nicht verstehe, weil sie mich verzehrt und ich die Objektivität verloren habe.

Ich könnte dir etwas über die Empathie erzählen, die zwischen uns besteht.

Ich könnte versuchen, die Worte zu finden und dir die Intensität unserer gemeinsamen Wirklichkeit zu beschreiben, die (jedenfalls für mich) dem Leben einen Sinn gibt.

Ich wünschte, ich könnte erreichen, dass du verstehst, weshalb eine stolze Frau aus freien Stücken einige Zeit mit dir verbrachte, unter für sie sehr unwürdigen Bedingungen.

Aber du würdest es nicht verstehen. Für dich ist dies, wie ich glaube, gang und gäbe; etwas, was viele tun. Für mich ist es die einzige außergewöhnliche Reise meines Lebens.

Und es gibt Dinge, die ich dir sagen muss, die zu sagen ich mich aber fürchte. Ich habe Angst dir zu sagen, dass, wenn ich die Wahl zwischen nichts und etwas habe (wobei ›etwas‹ die gelegentlichen heimlichen Treffen sind, zu denen ich nicht erhobenen Hauptes kommen kann), ich das ›Nichts‹ wählen muss. Und wie kann ich dir sagen, dass ich das ›Nichts‹ wähle, wenn mein ganzes Sein und Wesen auf dich gerichtet ist? Aber wenn ich es dir nicht sage, wie kann ich dann im Einklang mit mir selbst leben? Und wenn ich dir dies alles sage und wir einander verlieren, wie kann ich dann weiterleben?

Aber ich muss es durchstehen; alles andere führt in den Wahnsinn, in die Auflösung, in die Verzweiflung.

Ich glaube dir, wenn du mir sagst, wie viel du für mich empfindest. Ich habe es in deinem Gesicht gesehen, es gefühlt, es in deiner Berührung erkannt. Darin verweilen zu können bedeutet, frei zu sein, stark, kreativ, in Frieden zu leben. Es ist die Entdeckung meines Selbst und der Welt, wie eine auf wundersame Weise wiedergewonnene Kindheit.

Aber ich weiß auch, dass im Hinblick auf deine Bedürfnisse unsere Beziehung einen sekundären Rang einnimmt; sie ist zweitrangig gegenüber deinem Familienleben.

Ich spüre den Verteidigungsmechanismus in dir, der – in deiner Angst, Susan zu verraten – das verrät, was wir zusammen haben. Du hast diesen ausgeklügelten Mechanismus entwickelt und ihn bereits viele Male benutzt, nicht erst bei mir.

Ich liebe dich. Ich liebe uns. Ich liebe uns beide genug, um Schluss zu machen, bevor Groll das zerstört, was wir haben, und uns die Luft zum atmen nimmt. Ich wäre nicht in der Lage, gegen den Groll anzugehen. Ich habe zwischen den beiden Alternativen gewählt, die du aufgestellt hast, und zwar auf die einzige Weise, die mir möglich war.

Letztlich weigere ich mich wohl, weniger zu sein als ich bin.

Patricia

Sie stellte den Wecker auf halb acht. Wenn Paddy am Morgen an der Tür klingeln würde, säße sie schon im Flugzeug.

Sie nahm ein Bad, und als sie anschließend ins Wohnzimmer kam, las sie den Brief noch einmal.

»Verdammte weibliche Ernsthaftigkeit! Was soll das?«, murmelte sie. Sie faltete das Blatt und riss es in Stücke.

Stattdessen hinterließ sie eine kurze Notiz.

Lieber Paddy,
es ist besser so.
Pat.

Sie hatte das schwarze Negligé nicht eingepackt. Es hing noch außen an der Schlafzimmertür. Sie nahm es vom Kleiderhaken, faltete es sorgfältig zusammen und warf es in den Abfalleimer in der Küche. Dann nahm sie das Buch zur Hand, das sie niemals zu Ende gelesen hatte, betrachtete es ohne es wirklich wahrzunehmen. Der Titel verschwamm vor ihren Augen, die vier Worte in Großbuchstaben: *Requiem pour la Vie*.

Am Morgen klingelte Paddy, und als niemand antwortete, sperrte er auf und trat ein. Die Wohnung war leer, die Betttücher zusammengefaltet, das Waschbecken blank geputzt. Seine Schritte hallten auf den Fliesen wider. Er nahm den Zettel vom Tisch und las, was darauf stand, starrte ihn an und knüllte ihn schließlich zusammen. Im offen stehenden Schlafzimmerschrank hingen die leeren Kleiderbügel. Der helle Tag draußen verdüsterte sich, wurde unerträglich gewöhnlich. Die Leere, die er empfand, verwandelte sich in einen stechenden Schmerz. Er warf einen letzten Blick in die Küche und sah einen Satingürtel aus dem Abfalleimer hervorlugen. Er zog das Negligé heraus, schüttelte es aus, atmete den Duft von Parfum ein und vergrub sein Gesicht darin.

19. Kapitel

Die Fähigkeit loszulassen ist das Geheimnis seelischer Gesundheit.

Aus: *Die Pferdeohren*, 1990

Joan sah immer wieder auf die Uhr. David würde bald ankommen. Seine Maschine aus Paris landete in einer halben Stunde. Etwa eine Stunde später würde er hier vor der Tür stehen.

»Ich hole dich ab«, hatte sie gesagt, aber er hatte höflich abgelehnt. »Ich nehme ein Taxi.«

Er hatte sie nicht gebeten, mit ihm zur Eröffnung seiner Ausstellung nach Paris zu kommen. Das tat ihr so weh, dass sie sich scheute zu fragen warum. Sie wusste warum. Also hatte sie, um einer Auseinandersetzung aus dem Weg zu gehen, nur gemurmelt, sie hätte im Moment ohnehin alle Hände voll zu tun, während sie insgeheim seine Ablehnung als vernichtenden Schlag empfand. Er war ein anderer geworden; aber sie liebte ihn wie eh und je, noch mehr vielleicht, denn sie empfand es als Herausforderung, dass er sich verändert und seine Stärke wiedergefunden hatte. Das war für sie eine Entdeckung, die neue Perspektiven, weitere Horizonte eröffnete.

Die sechswöchige Strahlentherapie war qualvoll gewesen. Morgens hatte sie ihn zur Behandlung ins St Luke Hospital gefahren und anschließend wieder nach Hause gebracht; wenn ihn die Übelkeit überwältigte, hielt sie an, er öffnete die Autotür und erbrach sich. Sie arbeitete bis spät in die

Nacht, um die versäumte Arbeitszeit nachzuholen, obwohl sowohl Gerry als auch Larry angeboten hatten, ihr Arbeit abzunehmen.

Aber sobald die Behandlung abgeschlossen war, hatte eine schrittweise Besserung eingesetzt. David hatte wieder Appetit bekommen, unternahm Spaziergänge zum Lebensmittelgeschäft an der Ecke, schließlich sogar bis zum Supermarkt, und brachte französischen Käse, Knoblauchbrot, merkwürdige Würste mit nach Hause, lauter Nahrungsmittel, die er jahrelang keines Blickes gewürdigt hatte. Er nahm zu, seine Schultern wurden kräftiger, sein Gesicht voller. Dann stürzte er sich mit neuer Energie in die Arbeit und bereitete die Ausstellung vor.

Aber je besser es ihm ging, umso größer wurde seine Distanz zu Joan. Mit der Begründung, es sei bequemer und weniger störend für sie, wenn er bis tief in die Nacht arbeitete, stellte er ein Couchbett in sein Atelier und schlief dort. Er ließ sich sogar einen eigenen Telefonanschluss ins Atelier legen, auf dem er Anrufe aus Paris entgegennahm. Auch die Leute aus seiner Dubliner Galerie, die ihn aufsuchten, empfing er in seinem Atelier. Er benahm sich mehr wie ein Untermieter als wie ein Ehemann.

Einmal sprach sie über den Abend in Paris, an dem sie ihrem Ärger Luft gemacht hatte, versuchte es ihm zu erklären. Aber er sagte nur, wenn alles so schlimm gewesen sei, verstünde er nicht, warum sie nicht schon längst gegangen sei. »Du hättest doch dieses wunderbare Leben führen können, nach dem du dich so sehr gesehnt hast! Warum bist du geblieben?«

Verletzt hatte Joan entgegnet: »Während du krank warst und zu sterben drohtest? Wer hätte dich, wer hätte diese Familie über Wasser gehalten, wenn nicht ich?«

Sie hätte sich auf die Zunge beißen können. David drehte sich um und ging mit den Worten hinaus: »Es war also Barmherzigkeit? Du hast den armen Teufel gepflegt, der schon mit einem Fuß in der Grube stand! Du hast ihn über Wasser gehalten! Unheimlich anständig von dir, das muss ich schon sagen! Damit hast du dir bestimmt große Ehre eingehandelt in dem heiligen Nirgendwo, um das du dich so eifrig bemühst. Ich dachte, du hättest mehr Tiefgang, aber ich halte mich nicht damit auf, von dir enttäuscht zu sein. Ich habe mich eben geirrt!«

»Nein, David ... so war es nicht.«

Aber er war schon fort, zurück in seinem Zimmer, und als sie ihm folgte, war die Tür zu und sie hörte an den leisen Geräuschen, dass er arbeitete.

Wie kann er nur so gemein sein?, fragte sie sich immer wieder. So behutsam sie konnte, versuchte sie die Kluft zwischen ihnen zu überbrücken, aber er wies sie mit Eiseskälte ab. Als sie nachts mit unerklärlichen, qualvollen Bauchkrämpfen erwachte, war er nicht da, um ihr beizustehen. Sie erzählte ihm nichts von ihren Schmerzen, suchte aber den Arzt auf, der ihr sagte, die Krämpfe seien auf Angst zurückzuführen. »Erst wenn man über den Berg ist, setzt die Reaktion ein«, meinte er voller Mitgefühl. »Sie brauchen Ruhe, Urlaub. Sie haben ihre Kräfte lange Zeit überstrapaziert.«

Paul merkte, dass seine Eltern an einem toten Punkt angelangt waren. »Was ist los mit dir und Daddy, Mama?«

»Gar nichts ...«

»Ja, genau das meine ich. Bei euch tut sich nichts mehr. Ihr redet überhaupt nicht mehr miteinander. Ihr schlaft nicht einmal mehr miteinander! Ihr seid so höflich zueinander ...«

Joan sah ihren Sohn an, und weil sie ihm keine Lügen auftischen wollte, blieb sie ihm eine Antwort schuldig.

Jetzt kam David wieder heim. Er hatte nur einmal aus Paris angerufen, ein paar Tage nach seiner Ankunft. Die Ausstellung war gut gelaufen. Er würde einen dicken Scheck mit nach Hause bringen. Unter anderem hatte er einen Londoner Galeristen kennen gelernt, der sich für seine Arbeit interessierte, und einen amerikanischen Nervenchirurgen, der Sammler war und mehrere von Davids Bildern gekauft hatte. Aber es kam kein Wort der Liebe, keine Silbe ihrer alten Geheimsprache, die sie in ihrer Studentenzeit ersonnen hatten und auf die sie im Scherz immer dann zurückgriffen, wenn einer von ihnen auf Reisen war. Seine Stimme klang fröhlich, aber kühl. »Dann dürfte ich in der Lage sein, dir etwas von dem zurückzuzahlen, was du im Lauf der Jahre für mich aufgewendet hast!«

»Bitte sag so etwas nicht«, erwiderte Joan den Tränen nahe. Aber er verabschiedete sich höflich und legte auf.

Er braucht mich nicht mehr, dachte Joan. Ich bin überflüssig. Er liebt mich nicht mehr. Warum sollte er auch? Er ist brillant und originell, und ich bin bloß eine langweilige Anwältin, die ihr Leben zwischen staubigen Aktendeckeln hinbringt, zwischen Bündeln blöder, alter Dokumente, die archiviert und dann vergessen werden. Und im Stillen fügte sie hinzu – als eine Einsicht, die ungebeten gekommen war, wie eine schwarze Flutwelle über sie hereinbrach: Und ich bin so müde, sterbensmüde.

Eine Weile saß sie da und starrte vor sich hin. Dann zog sie ihren Mantel an und rief Paul zu, sie ginge aus. Er blickte über das Treppengeländer hinunter.

»Wo gehst du hin? Dad kommt doch bald nach Hause?«

»Nur spazieren.«

»Es regnet!«

»Das stört mich nicht.«

Draußen war es dunkel; der Himmel war bedeckt und es nieselte. Joan ging die Vorortstraße hinunter, dann um eine Ecke und wieder um eine Ecke. Der Regen wurde heftiger, aber Joan hatte inzwischen die kleine Wohnsiedlung hinter sich gelassen und ging Richtung Fluss.

Als David in Dublin eintraf, goss es bereits wie aus Kübeln. Das Wasser strömte zischend durch die Dachrinnen, floss in kleinen Sturzbächen in die Gosse, schlug gegen die Windschutzscheibe des Taxis. Er freute sich auf sein warmes Haus, auf seine Familie, mit der er seinen Erfolg teilen konnte. Vor allem wollte er mit Joan sprechen. Er wollte sich entschuldigen, ihr alles erklären. Ihre Stimme, so leise und ungewohnt müde, war ihm noch im Ohr, rührend, mahnend. Zudem hatten seine Bildnisse von ihr so viele Kommentare, so viel Bewunderung auf sich gezogen – »Ihre mutige Gattin«, hatte sein Galerist sie genannt, während er gleichzeitig ihre Abwesenheit bedauert hatte –, dass David spürte, wie sein altes Bild von Joan mit neuer Kraft in ihm lebendig wurde. Ihm wurde klar, wie schlecht er sich ihr gegenüber benommen hatte, dass er die Angst und Wut, die in der zurückliegenden Lebenskrise von ihm Besitz ergriffen hatten, an ihr ausließ. Eine Zeitlang war es ihm völlig plausibel erschienen, dass Joan in den Jahren der Dunkelheit und des Leidens nur aus Pflichtgefühl bei ihm ausgeharrt hatte. Joan hatte Pflicht immer groß geschrieben. Sein Stolz hatte gegen alles rebelliert, was damit zusammenhing. Joans Mitleid war ihm verhasst. Und außerdem hatte er, obwohl er es zu verbergen suchte, schreckliche Todesangst durchgestanden. Der Gedanke, dem Vergessen anheim zu fallen, war ihm nach wie vor unerträglich. Es war eine Demütigung. Aber jetzt ging es ihm deutlich besser; jeder Tag war ein Geschenk, mit jedem Tag wurde er stärker. Voller Unbehagen dachte er an die Geschichte mit Damions ›Geist‹. Joan hatte ihre heftige Reaktion nicht verbergen können, und es gab ihm einen Stich, als er sich insgeheim eingestand, dass er sie provoziert hatte, um sie anschließend zu tadeln. Im Aufruhr seiner Emotionen war es ihm vollkommen einleuchtend erschienen, dass er, wenn er schon nicht zu den Lebenden gehören durfte, wenigstens geheimes Wissen um das Totenreich demonstrieren sollte. Er wollte bis zum bitteren Ende seine Überlegenheit, seine Meisterschaft beweisen. Aber Damions Geist war jetzt zur Ruhe gekommen, und er hatte ihn mit Liebe ziehen lassen. Nenn es Halluzination, Autosuggestion, unbewusste Wirklichkeit – Tatsache war, dass das Erlebnis ihm am Tiefpunkt seines Lebens einen positiven Anstoß gegeben hatte. In Wahrheit war er sich seiner Genesung gar nicht so sicher gewesen, wie er getan hatte. In Wahrheit war er sich überhaupt nicht sicher gewesen.

Und als der Galerist beim Abschied sagte, er solle Joan, »die Sie so sehr liebt«, von ihm grüßen, war David ein Licht aufgegangen. Es war viel einfacher, daran zu glauben, dass sie ihn liebte; es machte mehr Sinn und entsprach der Gewissheit, die er im Grunde seines Herzens empfand. Und dann kam ihm schlagartig die erschreckende Einsicht, dass sein Zorn über die Demütigung seiner Krankheit und seines möglichen Todes ihn dazu gebracht hatte, seine Frau bestrafen zu wollen.

Aus dieser neuen Perspektive erschien ihm ihre Unerschütterlichkeit in all den Jahren nahezu übermenschlich. Dass er sie als etwas Selbstverständliches hingenommen hatte, kam ihm mit einem Mal kriminell vor. Überwältigt von seiner neuen Sichtweise litt er Qualen auf dem Heimflug. Er hatte immer nur genommen und genommen, aber was hatte er gegeben? Abgesehen von den kurzzeitigen Ausbrüchen von Hochgefühl, wenn die quälenden Schmerzen nachließen, und den gelegentlichen Liebesbekenntnissen – was hatte er ihr gegeben? Während sie sich jahrelang abgerackert, ihr Leben auf seine Bedürfnisse abgestimmt hatte, was hatte er ihr gegeben? Ihm war es so wichtig gewesen, den Künstler zu spielen; mit seinen Farben war er verheiratet, mit den Gestalten und Bildern, die ihm durch den Kopf schwirrten, mit seiner Vision der Wahrheit, die er auf die Leinwand bannte! Aber die Kunst war dem Leben in jedem Fall unterlegen.

Er wusste ganz genau, dass Joans Ausbruch während jener Nacht in Paris, der ihn so verärgert hatte, der verzweifelte Schrei einer erschöpften Seele war, die letztendlich einfordert, was das Leben verlangt. Und er war nur fähig gewesen zu schmollen wie ein Kind, als ob sie ihm über das hinaus, das sie ihm bereits gegeben hatte, noch mehr schuldete. Als der Flugkapitän die Landung in Dublin ankündigte, war David außer sich vor Ungeduld, sehnte sich nach Joan, wünschte nichts sehnlicher als sich mit ihr zu versöhnen, niederzuknien und ihre Füße zu küssen.

Paul öffnete die Haustür, als das Taxi vorfuhr. David bezahlte den Fahrer, eilte zu seinem Sohn und sah sofort, dass etwas nicht stimmte. Er stellte seine Tasche im Flur ab, umarmte seinen Sohn und sah sich um.

»Wo ist deine Mutter?«

»Ich weiß nicht.«

»Was soll das heißen, ich weiß nicht? Wohin ist sie gegangen?« David wusste, dass der Wagen in der Einfahrt stand, Joans uralter Escort.

»Ist sie bei Lil?«

»Sie ist vor über einer Stunde spazieren gegangen«, sagte Paul mit angstvoller Stimme. »Es hat angefangen zu regnen, nachdem sie fort war!«

»Bestimmt hat sie sich irgendwo untergestellt«, murmelte David, aber Paul sah den gehetzten Blick in seinen Augen. »Bei einem solchen Guss bleibt sie doch nicht im Freien.«

»Ich habe Tante Lil angerufen und auch die Kavanaghs. Bei ihnen ist sie nicht«, flüsterte Paul. »Ich weiß nicht, wohin sie sonst noch gegangen sein könnte. Ich war bei Kinsellas im Laden, aber sie wollten gerade zumachen und niemand hatte sie gesehen. Siehst du, Dad«, fügte Paul hinzu, »in der Gegend gibt es niemanden, bei dem sie sich hätte unterstellen können, es sei denn, sie hat bei Fremden angeklopft.«

Das wusste David selbst. Wütend fuhr er seinen Sohn an: »Warum hast du sie allein weggehen lassen? Hättest du sie nicht begleiten können?«

Paul sah seinen Vater traurig und zugleich erstaunt an. »Ich dachte, sie geht nur mal um den Häuserblock oder zum Einkaufen oder so ...« Er biss sich auf die Lippen. »In letzter Zeit war sie so niedergeschlagen.« Im Flüsterton fügte er hinzu: »Glaubst du, dass ihr etwas zugestoßen ist?«

»Nein«, sagte David. »Aber ich glaube, wir sollten uns lieber auf die Socken machen und sie suchen.«

Der Wagen sprang nicht sofort an, und im ersten Augenblick dachte David, die Batterie sei leer. Aber schließlich zündete der Motor, und David und Paul fuhren kreuz und quer durch die Nachbarschaft. Paul hielt die Augen offen.

Die Straßen waren menschenleer, die Häuser wirkten wie Schiffe mit geschlossenen Luken bei einem Taifun; von der Wärme im Innern konnte man draußen im Unwetter nur träumen. Es regnete mit unverminderter Heftigkeit. Die Straßen waren teilweise überflutet, und wohin David sich auch wandte, von Joan war nichts zu sehen. Er sagte sich, die Suche sei albern. Schließlich war Joan eine vernünftige Frau, bestimmt hatte sie sich irgendwo untergestellt. Vielleicht hatte sie den Bus in die Stadt genommen und eine Freundin besucht. Aber wenn sie in die Stadt gewollt hätte, wäre sie mit dem Auto gefahren. Und außerdem wusste sie, dass er heimkam. Warum hätte sie so lange ausbleiben sollen, wo sie doch wusste, dass er kam? Dieser Frage wollte er lieber nicht nachgehen. Und noch etwas belastete ihn: eine Art unbewusster Panik, die ihn nicht losließ. Sie entzog sich dem verstandesmäßigen Denken, spornte ihn an, als hätte sie ihm etwas mitzuteilen, das er nicht verstand. Und dann fuhr er, teils instinktgeleitet, teils aus einer Furcht heraus, die ihm seine eigene Geschichte eingab, in Richtung Fluss.

Sie fanden Joan beinahe zufällig. Von der schmalen Straße am Fluss, einem normalerweise schmalen Wasserlauf, der nun Hochwasser führte, zweigte ein Fußweg ab und führte die steile Böschung hinunter. David stieg aus, richtete den Strahl seiner Taschenlampe auf die Regenwand und rief ihren Namen; doch abgesehen vom Regen war kein Laut zu hören. Doch als er erneut rief, fiel ihm etwas auf, eine Gestalt, ein Umriss weiter unten an der Böschung, ein Stück von dem Platz entfernt, wo er mit dem Regenmantel über dem Kopf stand. Zuerst dachte er, es sei eine Leiche, und der Atem stockte ihm. Erst als er näher trat, sah er, dass es ein Sack mit Altkleidern war. Seine Erleichterung war so groß, dass er still stehen bleiben musste, um seine Fassung wiederzuerlangen.

Und da sah er ein Stück weiter, von den Zweigen eines Baums und den nächtlichen Schatten verdeckt, die triefnasse Gestalt, die auf einer Bank saß und auf den Fluss hinausstarrte.

Sie fuhr überrascht zusammen, als er ihr die Hand auf die Schulter legte und sie in die Arme schloss, und sie sagte nichts, als er und Paul sie in ihre Mäntel hüllten und nach Hause brachten. Dann rief David den Arzt.

Ein heißes Getränk, ein warmes Bad, ein angewärmtes Bett – hätte man im Krankenhaus bei extremer Unterkühlung mehr tun können?

Der Arzt hatte ihm auf seine stille Art Vorhaltungen gemacht. »Joan hatte in letzter Zeit ziemliche Probleme!«

»Welche Probleme?«

Der Doktor seufzte. »Wollen Sie etwa sagen, Sie hätten es nicht gewusst? Sie hatte klassische Angstzustände. Menschen mit lebensbedrohlichen Krankheiten ahnen oft nicht, welche Auswirkung das auf diejenigen hat, die ihnen nahe stehen und sie lieben.«

Also wachte David de Barra, müde wie er war, in jener Nacht neben seiner schlafenden Frau und hielt sie in den Armen. Er hielt sie die ganze Nacht fest. Sie rührte sich kaum, und auch er bewegte sich nicht, es sei denn, um sie näher an sich zu ziehen. Er zerbrach sich nicht den Kopf darüber, was sie bewogen hatte, im strömenden Regen am Fluss zu sitzen wie ein Geschöpf, das jeden Überlebensinstinkt eingebüßt hat. Er wollte die Antwort nicht wissen. Joan war immer stark gewesen; unvorstellbar, dass ihre Kraft einmal versiegte. Aber manchmal war gerade das Starke zugleich zerbrechlich; manchmal besaßen gerade die Starken Punkte, an denen sie tödlich verwundbar waren.

David wusste, wie brüchig der schmale Streifen war, auf dem Menschen existierten, der physische und seelische Raum, in dem das Wunder des Lebens möglich war. Wie lange hätte Joan dort gesessen und auf den Regenvorhang gestarrt, wenn er nicht gekommen wäre? Wie lange hätte sie auf den Fluss gestarrt, als übte er eine besondere Faszination auf sie aus? Er zitterte innerlich, wenn er an den Sack voll alter Kleider dachte, auf den er im Schlamm des Flussufers gestoßen war.

Gegen Morgen rührte sich Joan. »Dumm von mir«, sagte sie leise, als wüsste sie, dass David wach war.

»Ich weiß, mein Liebes«, flüsterte David, vor Erleichterung bebend. »Wir alle sind manchmal dumm. Ich kenne sogar einen Mann, der eine Zeitlang völlig durchgedreht war. Er hatte etwas sehr Wichtiges vergessen ...«

Joan antwortete nicht, ließ ihn aber auch nicht weitersprechen. Sie seufzte wie jemand, der eine schwere Last absetzt, und zog ihn an sich so wie früher.

20. Kapitel

Was weckt die Verletzlichkeit einer Frau in einem Mann? Wenn sie auf ihn gerichtet ist – wahrscheinlich Unduldsamkeit. Wenn sie sich auf etwas anderes richtet – und wenn die Frau zudem attraktiv ist –, wahrscheinlich Liebe. Nichts ist so vernichtend für die Leidenschaft, als sich ihrer sicher sein zu können! Ist das die Wahrheit, oder einfach eine zynische Behauptung?

Aus: *Die Pferdeohren*, 1990

Pat blickte auf die leuchtenden Felder Frankreichs hinab, sah dann die Küste in Sicht kommen, das Blau des Ärmelkanals, und spürte schließlich, wie das Flugzeug an Höhe verlor, um zur Landung in Dublin anzusetzen. Bald war die Maschine in die dichte Wolkenmasse über der Irischen See eingetaucht. Durchs Fenster sah Pat nur milchiges Grau und die Tröpfchen, die sich auf der Scheibe niederschlugen. Sie blätterte wieder in *Cara*, der Bordzeitschrift, in der für Waterford-Kristallglas und gediegene irische Hotels geworben wurde. Dann hatte das Flugzeug die Wolkendecke durchdrungen und Pat konnte die irische Küste sehen – Greystones, die Kais von Dun Laoghaire, den Strand von Malahide, den Flughafen selbst, die Meilensteine eines Lebens, die vertrauten Gesichter der Heimat.

Das Fahrgestell wurde ausgefahren, der Kapitän kündigte die bevorstehende Landung an, bat die Fluggäste sich anzuschnallen, und dann raste die Maschine auf die Rollbahn zu. Spielzeughäuser wurden lebensgroß, das Getriebe dröhnte. Sie war zu Hause. Behäbig rollte das Flugzeug über die Landebahn. Pat blickte durch das kleine ovale Fenster. Sie kannte diesen Nebel, diese Grüntöne, diese Brise, die die Windsäcke flattern ließ, die weiche, wohlklingende Sprache der Einheimischen. Sie ging durch die Passkontrolle, wartete am Förderband auf ihr Gepäck. Ihr fiel auf, wie ruhig dieser Flughafen war; die Menschenmengen waren überschaubar, man sah kaum dunkelhäutige Gesichter – ihre Heimat war eine Insel. Aber dieses Land war nicht länger ihre Heimat. Paddy war ihre Heimat, und sie hatte ihn verloren. Ich bleibe trauernd zurück. Eine solche Trennung ist wie der Tod.

Niemand holte sie ab. Gerry erwartete sie mit dem Abendflug zurück. Als sie aus dem Gebäude trat, schlug ihr der Wind entgegen. Regen lag in der Luft, der Winter kündigte sich an. Was wusste diese Insel schon vom Sommer in Paris, dem Lustprinzip, der Entdeckung des Lebens um seiner selbst willen. Sie bestieg ein Taxi und nannte dem Fahrer ihre Adresse.

»Warn S' im Urlaub?«, fragte der Fahrer in breitem Irisch und sie sagte, ja, sie sei im Urlaub gewesen.

Daheim fand sie ein leeres Haus vor. Natürlich. Wahrscheinlich waren sie in der Messe. Gerry ging gelegentlich mit den Kindern in die Kirche, als läge ihm die Religion am Herzen, während er sich in Wirklichkeit für Religion genauso wenig interessierte wie für alles andere, mit Ausnahme des Erfolgs. Überrascht stellte sie fest, dass sie enttäuscht war; sie hätte sich gefreut, wenn ihre Kinder da gewesen wären und ihr das Gefühl vermittelt hätten, gebraucht zu werden. Sie trug ihren Koffer nach oben und packte aus.

Eine halbe Stunde später hörte sie ihre Kinder kommen. Simon und Orla kamen die Treppe herauf, und Pat erwartete sie in freudiger Erregung.

»Mein Gott«, sagte Simon. »Hast du mich erschreckt, Mama!« Aber sie merkte ihm an, dass er sich freute. Seine Augen verrieten ihn. Sie nahm ihn in die Arme. »Gib deiner alten Mutter einen Kuss!«

Er reagierte unbeholfen, verlegen, gab ihr aber dann doch einen Kuss auf die Wange.

Pat ging auf Orla zu, umarmte sie, sah, dass ihre Tochter blass und müde war. »Wann bist du heimgekommen, Mama?«

»Vor ein paar Minuten. Ich habe einen früheren Flug genommen.«

Patricia erwartete, nun mit Fragen nach ihrem Urlaub, ihren Erlebnissen in Paris bestürmt zu werden; aber die Kinder verschwanden wortlos in ihren Zimmern.

Patricia ging Orla nach. »Wo ist dein Vater?«

Orla sah sie aus hohlen Augen an. »Auf der Polizeiwache. Er kommt bald wieder. Ich musste eine Aussage machen!«

Patricia fand das überaus beunruhigend. »Was ist los? Ist etwas passiert?«

Orla seufzte schwer. Aufschluchzend setzte sie sich auf ihr Bett. »Es ist alles meine Schuld.«

»Was ist deine Schuld?«

Orla brach in Tränen aus und verbarg ihr Gesicht im Kopfkissen.

Patricia setzte sich neben sie, streichelte ihr Haar. »Liebes, erzähl es mir ... Bitte!«

Orla weinte immer heftiger. Simon erschien in der Tür. »Es war dieser Widerling, dieser Mick Clancy ... Er hat letzte Nacht versucht, sie zu vergewaltigen.«

Patricia nahm ihre schluchzende Tochter in die Arme, legte sich neben sie aufs Bett, doch Orla drehte sich nicht um. Pat fing Simons Blick auf. Er schüttelte den Kopf. »Möchtest du eine Tasse Tee, Mama?«, fragte er leise. Pat lächelte. »Ein bisschen später gerne.«

Als Gerry heimkam, erfuhr Patricia die ganze Geschichte.

Orla war in der Disco gewesen. Dort hatte sie zufällig Mick getroffen und sich von ihm auf dem Motorrad nach Hause fahren lassen. Er wollte sie nicht gleich hineingehen lassen und schlug einen kurzen Spaziergang vor. Orla war einverstanden. Sie waren ein paar Häuserblocks weit gegangen und er hatte sie in eine Sackgasse geführt, wo er sein wahres Gesicht zeigte.

»Er sagte, er hätte ein Messer!«, rief Gerry wütend. »Er hat sie zu Boden geworfen. Nur der Tatsache, dass in einem Nachbargarten ein Hund bellte und der Besitzer nach dem Rechten sah, ist es zu verdanken, dass die Sache nicht viel schlimmer ausging. Er hätte sie gepackt, sie gevögelt. Und wir wären womöglich Großeltern geworden! Unsere Tochter von einem solchen Halbstarken geschwängert!«

Typisch Gerry, dachte Patricia, er denkt nur an die Folgen für sich selbst.

»War sie schon beim Arzt?«

»Nein. Ihr fehlt nichts. Er hat es mit der Angst zu tun bekommen und ist weggelaufen, bevor er sein Vorhaben ausführen konnte. Aber wir müssen sie für eine Weile einsperren, bis wir darauf vertrauen können, dass sie sich anständig benimmt. So etwas darf nicht noch einmal geschehen.« Er seufzte ärgerlich.

Patricia starrte ihn an. »Jetzt mal langsam, Gerry. Das war versuchte Vergewaltigung. Habe ich nicht Recht? Orla trifft keine Schuld. Sie hat nicht darum gebeten, vergewaltigt zu werden.«

Das Licht fiel auf Gerrys spiegelnde Halbglatze, die Falten um seinen Mund, seine zornig funkelnden Augen. »Sie hat es doch darauf angelegt! Warum ist sie mit ihm ›spazieren gegangen‹, frage ich dich? Um zwei Uhr morgens!«

»Sie ist jung und arglos. Wahrscheinlich hielt sie das für romantisch!«

Gerry ging auf dieses Argument nicht ein. »Wenn du hier gewesen wärst, wäre das vielleicht nicht passiert. Aber du musstest dich ja in Paris herumtreiben ... Ich hätte das nie erlauben sollen!«

Gerry ging hinaus. Patricia rief den Hausarzt an und bat ihn, so bald wie möglich zu kommen.

»Wann findet voraussichtlich die Gerichtsverhandlung statt?«, fragte sie Gerry später.

»Vorausgesetzt, sie fassen ihn, ziemlich bald.«

Pat leistete Orla Gesellschaft. Der Arzt war da gewesen, hatte Ratschläge erteilt, Mitgefühl gezeigt und einige Schlaftabletten dagelassen. Gerry saß unten und las die Sonntagszeitungen.

»Du bleibst im Bett und schläfst ein bisschen«, sagte Pat. »Das ist das beste Heilmittel bei Schock ... Du hast gehört, was der Arzt sagt. Ich bringe dir dein Mittagessen rauf. Wünschst du dir etwas Besonderes?«

»Nein, Mama, danke. Ich fühle mich wie ein Idiot. Du hast versucht mich zu warnen, sogar die Clique hat es versucht ... aber ich wusste natürlich wieder alles besser!«

»In deinem Alter wissen die Menschen immer alles besser. Das ist eine bemerkenswerte Fähigkeit, die Gott sei Dank irgendwann von allein weggeht ....« Sie lächelte. »Mach dir keine Gedanken. Die Polizei wird ihn schnappen, und dann muss er auslöffeln, was er sich eingebrockt hat!«

»Wird es eine Verhandlung geben?«

»Aber ja. Was er getan hat, ist eine ernste Sache. Er ist ein Krimineller! Das ist ein Verbrechen!«

»Ich weiß, Mama. Ich habe mich nur gefragt, ob er ungestraft davonkommt!« Dann fügte sie mit kläglichem Lächeln hinzu: »Wir haben dich sehr vermisst.«

»Wirklich?«

»Natürlich. Das Haus war so leer, so kalt ohne dich. Es ist schön, dass du wieder da bist.« Dann fragte sie: »Hat Paris deinen Erwartungen entsprochen? Was hast du unternommen?«

»Alles Mögliche. Ich war in Museen und Kunstgalerien und so weiter«, sagte Pat gelassen.

Orla sah sie fragend an. »Es muss seltsam gewesen sein, die ganze Zeit allein zu sein. Hast du jemanden getroffen, den du kennst?«

Patricia überlegte, was sie antworten sollte; sie spürte, dass ihre Tochter sie genau beobachtete.

»Du kommst nie drauf, wen ich gesehen habe ... David de Barra!«

»Wer ist das?«

»Der Mann von Joan de Barra.«

»Du meinst den Mann von Daddys Teilhaberin?«

»Ja. Er ist Künstler ... Seine Arbeiten wurden ausgestellt.«

»Oh«, sagte Orla.

Pat küsste ihre Tochter. »Schlaf jetzt ... Morgen ist dein erster Tag auf dem College ...« Sie betrachtete die weiche Linie von Orlas Wange, sah, wie blass, wie aufgewühlt sie war; sie hatte ihre Sicherheit eingebüßt. Der Eigensinn, ihr wichtigster Charakterzug, war zeitweilig in den Hintergrund getreten. Sie war jetzt verletzlicher als je zuvor, weil sie ihrer eigenen Wahrnehmung, den Wertmaßstäben, die für sie so selbstverständlich gewesen waren, nicht mehr vertrauen konnte. Sie würde den Dschungel des Erwachsenendaseins von neuem erkunden müssen. Aber das hatte noch Zeit.

»Es war nicht deine Schuld«, sagte Patricia.

Orla fuhr herum und umarmte ihre Mutter heftig.

An einem Montagmorgen einige Wochen später lag Patricia auf ihrem Bett und starrte das Hexengesicht an der Decke an. Außer ihr war niemand im Haus, es war ganz still. Gerry war in der Kanzlei, Simon in der Schule, Orla an der Uni. Die Zentralheizung lief, gelegentlich klickte das Thermostat. Es war Spätherbst, bald würde der Winter kommen. Sie hatte einen ganzen Stapel Briefe an Paddy geschrieben, sie zerrissen, neue geschrieben und auch die wieder zerrissen. »Die Dunkelheit bricht mir das Herz«, schrieb sie. »Ohne dich bleibt nur Schweigen.« Und dann vernichtete sie die Botschaften.

An diesem Morgen hatte sie einen Brief von ihm bekommen, aus Richmond, in einem maschinegeschriebenen Kuvert. Es war der zweite Brief von ihm seit ihrer Abreise aus Paris.

»Ich war unverzeihlich unsensibel. Ich liebe und brauche dich. Auch wenn wir keine Liebesbeziehung haben können, will ich dich nicht aus den Augen verlieren. Lass uns wenigstens Freunde sein.«

Sie weinte. »Lass uns wenigstens Freunde sein!« Wie

konnte er sich auch nur entfernt vorstellen, sie könnten ›Freunde‹ sein? Damit war das Ende ihrer Beziehung besiegelt.

Sie legte den Brief zu den alten, betrachtete die Fotografie zwischen den vergilbten Seiten, den jungen Paddy, die junge Patricia, nach einer Tanzveranstaltung im Metropol: er mit schwarzer Krawatte und Abendanzug, sie im schwarzen Kleid mit züchtigem Ausschnitt und großen ›Perlen‹ an den Ohren, die Augen mit Lidstrich geschminkt. Sie lächelten einander zu, strahlend, unglaublich jung.

Sie blickte zum Fenster hinaus in den Garten. Das goldenrotgelbe Laub lag am Boden. Kalter Nebel erfüllte die Luft, Melancholie, Schönheit und Trauer, wehmütige Erinnerungen an die Herbsttage der Vergangenheit.

Vielleicht werde ich eines Tages aufwachen und es macht mir nichts mehr aus, dachte sie. Vielleicht wirst du mich eines Tages freigeben.

»Gerry – ich möchte wieder studieren!« Gerry las Zeitung. Er blickte kurz auf und vertiefte sich dann wieder in den Artikel.

»Hast du gehört, was ich gesagt habe?«

Wieder blickte er auf. »Natürlich habe ich es gehört, Patricia.« Seine Brillengläser reflektierten das Licht. »Mach dich nicht lächerlich.«

»Ich möchte mein eigenes Leben führen, ich will einen Beruf ausüben.«

Seufzend faltete Gerry die Zeitung zusammen. »Das sind doch Hirngespinste! Du führst dein eigenes Leben – als Ehefrau und Mutter! Welchen Beruf könntest du schon ergreifen – als blutige Anfängerin, eine Frau in deinem Alter!«

»Was soll die Bemerkung über mein Alter! Mir macht es nichts aus, ganz von vorn anzufangen! Wenn ich Arbeit hätte, dann hätte ich … Autonomie!«

»Autonomie! Und was willst du damit anfangen?« Er lachte spöttisch. »Das ist wirklich ein bisschen pubertär, Pat! Anscheinend vergisst du, dass du bereits einen Beruf hast!« Sein Tonfall wurde ernst. »Dass du Verantwortung trägst!«

Wenn sein Lachen nicht so spöttisch wäre, dachte Patricia, wenn seine Stimme nicht so selbstsicher und ernst wäre, dann könnte ich es ertragen und darauf antworten.

»Das ist kein Beruf! Und die Kinder sind fast erwachsen ...«

»Wenn du mehr Geld haben möchtest, Pat, brauchst du es nur zu sagen!«

»Ich will Jura studieren«, sagte Patricia mit ausdrucksloser Stimme. Gerry zog die Augenbrauchen hoch, sah sie an und lachte lauthals.

»Mein liebes Kind, Jura hat nichts Romantisches an sich! Frag Joan ... Frag, wen du willst.«

»Es geht mir nicht um Romantik.«

»Übrigens«, fuhr Gerry fort, »würde es mich nicht wundern, wenn sie ihren Beruf an den Nagel hängt!«

Patricia setzte sich auf. »Joan? Du machst wohl Witze. Warum sollte sie das tun?«

»Sie hat angedeutet, dass sie uns verlassen will. Ich glaube, ihr Mann hat ein Vermögen verdient. Anscheinend ist er zum Liebling der internationalen Kunstszene avanciert.«

Er blätterte in der Zeitung, faltete sie und reichte sie Patricia. »In der Zeitung von heute ist sogar ein Artikel über ihn drin.«

Pat nahm die Zeitung und betrachtete die Fotos von David de Barra und einem seiner Gemälde.

»Allerdings«, fuhr Gerry fort, »halte ich nicht viel von seinem Zeug. Es erinnert mich an Picasso. Wenn ich überlege, wie hart manche Leute arbeiten müssen, während solche Windhunde riesige Summen für Bilder bekommen, die ich mit ein paar Tuben Farben und einem Fahrrad auch zustande brächte!«

Patricia musste lachen. Sie lachte, bis ihr die Tränen übers Gesicht liefen. Sie stellte sich vor, wie Gerry auf einem Fahrrad saß und Farbe auf einer auf dem Boden ausgebreiteten Leinwand verschmierte.

»Was ist los mit dir? Was ist daran so komisch?«

Am nächsten Morgen stand Patricia im Flur und sah ihre Post durch. Sie hatte einen Brief von Joan bekommen – mit dem offiziellen Briefkopf der Kanzlei: Galligan, Ryder & Co. Sie nahm ihn mit in die Küche.

»Liebe Patricia«, schrieb Joan, »ich möchte dich bitten, in der Kanzlei vorbeizukommen und die Papiere zur Testamentseröffnung zu unterzeichnen. Außerdem habe ich bei den persönlichen Unterlagen deiner Mutter etwas gefunden, das dich überraschen dürfte.«

Als Patricia Joan drei Tage später aufsuchte, wurden ihr verschiedene Dokumente zur Unterschrift vorgelegt. Als das erledigt war, legte Joan das Sparbuch eines Bausparvertrags vor Patricia auf den Schreibtisch.

»Was ist das?«

»Das habe ich bei den Papieren deiner Mutter gefunden!«

»Ich kann mich nicht entsinnen, es schon mal gesehen zu haben.«

»Es befand sich in einem versiegelten Umschlag.«

Patricia blätterte in dem kleinen Sparbuch mit dem schlichten braunen Umschlag und sah, dass nur einmal ein Betrag eingezahlt worden war: einhundertzwanzigtausend Pfund.

»Mein Gott! Das Geld aus dem Verkauf von Brierly! Sie hat es also nicht ausgegeben!«

»Nein, das hat sie nicht. Schau nach, auf wessen Namen das Konto läuft.« Patricia schlug die erste Seite auf und sah den Namen Patricia Ellen Galligan.

»Sie hat es für mich eingezahlt!«

»Genau. Das Geld ist seit Jahren fest angelegt. Zusammen mit den Zinsen ist das ein kleines Vermögen.«

»Vielleicht hat sie das Konto ja gekündigt?«

»Nein, das habe ich überprüft!«

Patricia lehnte sich zurück. »Ist dir klar, was das heißt, Joan?«, fragte sie. »Das heißt, dass Patricia Galligan frei ist!«

Joan spielte mit ihrem Füller, malte Pfundzeichen auf ein Blatt Papier und grinste Pat an.

»Ist das nicht verrückt?«, fuhr Pat fort. »Jahrelang habe ich den üblichen Papierkram von der Bausparkasse bekommen und nie einen Blick darauf geworfen. Ich habe ein kleines Bausparguthaben in Ballsbridge und dachte, es handelt sich darum!«

»Du bist jetzt eine gut betuchte, unabhängige Frau, Patricia Galligan.« Sie überflog die Zahlen in ihren Unterlagen. »Mit den Zinsen beläuft sich das Konto auf über zweihunderttausend Pfund! Was willst du mit all dem Geld anstellen?«

Patricia holte tief Luft. »Ich weiß noch nicht! Ich möchte studieren, meinen Abschluss nachholen!«

»Und was dann?«

Patricia sah ihre Freundin an. »Am liebsten würde ich Jura studieren!«

»Gut«, sagte Joan munter, als wäre das die natürlichste Sache von der Welt. »Du kannst deine Ausbildung bei mir machen!«

Patricia räusperte sich ungläubig. »Gerry würde sein Veto einlegen.«

»Er kann so viele Vetos einlegen, wie er will! Ich mache mich selbstständig ...!«

Pat lachte. »Meinst du das ernst? Gerry sagt, du hättest etwas angedeutet ...«

»Aber sicher! David scheffelt jetzt nur so das Geld. Ich kann es mir leisten hier aufzuhören! Seine Ausstellung in Paris war sehr erfolgreich – mein Gott, die Preise waren astronomisch. Und die Lobeshymnen erst!«

»Ich weiß. Ich habe den Artikel gelesen, der kürzlich in der Zeitung stand, und Gerry hat mir erzählt ... dass David den Durchbruch geschafft hat.« Bei dem Gedanken an Gerry und sein Fahrrad musste sie sich ein Grinsen verkneifen. »Als ich in Paris war, habe ich die Ausstellung gesehen. Ich dachte, es käme wohl etwas billiger, direkt beim Künstler zu kaufen?«

»Ganz bestimmt«, meinte Joan lachend. »Warum

kommst du nicht einfach mal vorbei? Er arbeitet an einigen interessanten neuen Bildern. Eine Galerie in London hat ihm ebenfalls einen Vertrag angeboten, und er ist völlig in seine Arbeit vertieft. Ich muss schon fast um einen Termin betteln, damit ich ihn auch mal zu Gesicht bekomme!« Sie lächelte selig, so als wären diese ›Termine‹ das Warten wert.

»Ich freue mich für ihn«, sagte Pat. »Er hat es verdient. Ich verstehe nicht viel von Kunst, aber ich finde, seine Bilder strahlen etwas ganz Besonderes aus. Und die Porträts von dir haben mir besonders gut gefallen!«

Joan wurde rot. »Danke. Ich erkenne mich darin gar nicht wieder.«

»Er liebt dich sehr.«

Joan zog lächelnd die Brauen hoch und kramte in den Unterlagen. »Er war wieder bei der Nachsorgeuntersuchung, und es ist alles in Ordnung«, sagte sie, um das Thema zu wechseln.

Pat seufzte innerlich. »Ich habe dich immer beneidet, weißt du, um deine glückliche Ehe. Du vermittelst den Eindruck, dass es keinerlei Unstimmigkeiten zwischen euch gibt. Ich weiß, dass du viel durchgemacht hast, als er krank war, aber du schienst immer eins mit ihm zu sein!«

Joan sah ihr nicht in die Augen. »Tatsächlich? Du würdest dich wundern ... Aber ich glaube, jetzt kann ich behaupten, dass wir unzertrennlich sind, ein wirkliches Paar.«

Bevor sie ging, fragte Patricia schüchtern: »War das Angebot mit dem Ausbildungsplatz ernst gemeint?«

»Natürlich. Ich bin nämlich überzeugt, dass du eine ausgezeichnete Anwältin abgeben würdest. Ich habe gesehen, wie du dich für diese arme Frau eingesetzt hast, Sarah O'Toole. Warum holst du nicht deinen College-Abschluss nach und bewirbst dich dann um einen Studienplatz bei der juristischen Fakultät? Dann kannst du bei mir dein Referendariat machen!«

»Ist es dafür nicht zu spät?«

»Unsinn! Die Zeit geht auch so rum. Da kannst du ebenso gut vier Jahre in die Ausbildung investieren und Anwältin werden, statt am häuslichen Herd zu verkommen – was dir überhaupt nicht gut tut, wenn ich mir die Bemerkung erlauben darf.«

»Ich weiß. Ich fühle mich wie ein Forelle, die im Aschenbecher ihr Dasein fristet ...«

Joan lachte. »Das ist ein bisschen eng ... Warum willst du dich mit einem Lebensraum begnügen, der einfach zu klein für dich ist?«

Patricia sah sie mit verträumten Augen an. »Joan, ist dir klar, dass ich mit dem Geld, das mir meine Mutter hinterlassen hat, das kleine Haus an der Airfield Lane kaufen könnte, das gerade zum Verkauf steht? Ich bin kürzlich dort vorbeigekommen. Es ist wunderschön, mit einer Veranda nach vorne und einem kleinen Garten hinten raus ...«

»Du Nutte!«

Die Worte, das plötzlich angeschaltete Deckenlicht, rissen Patricia aus dem Schlaf. Ärgerlich fuhr sie auf, blinzelte vom grellen Licht geblendet.

Es war Gerry. Er beugte sich über sie. Sein Blick war kalt. Alkoholdunst stieg ihr in die Nase. Mühsam setzte sie sich auf.

»Du Nutte!«, wiederholte er.

»Wie kannst du es wagen?«, protestierte Patricia, als sie sich halbwegs gefangen hatte.

»Spar dir deine frechen Bemerkungen. Gerade war ich im Club und habe von John Millar gehört, was du in Paris getrieben hast! Anscheinend kann man dich keine Sekunde aus den Augen lassen!«

Patricia antwortete nicht. Sie war hellwach. Schlagartig wurde ihr klar, was geschehen war. Gerry hatte John Millar im Club getroffen. Sie hatten miteinander getrunken, und Millar konnte der Versuchung nicht widerstehen, Gerry nach seiner Frau zu fragen, wie ihr die Reise nach Paris gefallen habe, begleitet von augenzwinkernden Andeutungen. Gerry war wütend – es war der Zorn des Hahnrei, der auf seinen Besitzanspruch pocht.

Als sie schließlich die Augen öffnete, sah sie ihn, sein verzerrtes, verbittertes Gesicht, und seltsam distanziert, wie aus weiter Ferne, sah sie seine Wut. Er hob die Hand und schlug sie. Dann nahm er ihren Morgenmantel vom Haken an der Tür, warf ihn ihr zu und holte einen Koffer vom Schrank herunter.

»Zieh dich an und verschwinde. Verschwinde aus meinem Haus.« Er stürmte aus dem Zimmer und die Treppe hinunter.

Patricia keuchte vor Schmerz. Vor ihrem rechten Auge tanzten Lichtpunkte. Sie bedeckte es mit der Hand. Ihre Wange war wund und begann bereits anzuschwellen. Nach einer Weile öffnete sie vorsichtig die Augen; sie konnte noch sehen. Ein Blick auf die Uhr zeigte, dass es zwei Uhr morgens war. Sie hörte Orla und Simon auf dem Treppenabsatz miteinander tuscheln. Lautlos stand sie auf, ging zum Schrank und zog sich an.

Es klopfte und Orla steckte den Kopf zur Tür herein; sie sah verängstigt aus. »Was ist passiert?«

»Ich ziehe mich gerade an, Orla. Bitte warte draußen.«

Orla verschwand wieder. Patricia packte einen Koffer, nahm Parfumfläschchen und Make-up von der Kommode und kippte alles in einen Plastikbeutel, den sie in den Koffer legte, griff nach ihrer Armbanduhr. Dann ging sie zum Telefon und bestellte sich ein Taxi.

Als sie aus dem Zimmer trat, sah sie ihre Kinder an der Treppe stehen. Von unten hörte sie das Krachen von splitterndem Porzellan und ahnte, was da vor sich ging. Gerry stand in der Tür zum Wohnzimmer und zerschmetterte Pats Porzellansammlung auf dem gefliesten Flur. Stück für Stück wurde zu Boden geschleudert und barst mit einem feinen aristokratischen Klirren. Gerrys Miene war starr, seine Augen blutunterlaufen. Nur die systematische Zerstörung des Porzellans und sein verzerrter Mund zeugten von seinem inneren Aufruhr, seinen widersprüchlichen Gefühlen.

Orla reagierte zutiefst erschrocken, Simon schicksalsergeben.

»Du Nutte!«, rief Gerry, als Patricia den Flur entlangging. »Verschwinde. Raus aus meinem Haus!«

»Ich bin keine Nutte«, sagte Patricia mit klarer Stimme und bahnte sich einen Weg durch das zerschlagene, in zwanzig Ehejahren angesammelte Porzellan. »Ich bin ein Mensch. Und ›dein‹ Haus verlasse ich mit dem größten Vergnügen. Ich habe mir bereits ein eigenes gekauft.«

Er schwieg wie vom Donner gerührt.

»Unsinn«, sagte Gerry mit höhnischem Lachen. »Wie willst du dir ein Haus kaufen?«

»Mit Geld«, erwiderte Patricia.

Sie drehte sich zu ihren Kindern um. Orla sah das blaue Auge ihrer Mutter und brach in Tränen aus.

»Ihr könnt mitkommen und bei mir wohnen, wenn ihr wollt. Ich bin eure Mutter und werde immer für euch da sein. Ich habe euch beide lieb.« Sie ging zur Tür.

»Wahrscheinlich denkst du, du kannst den Wagen nehmen, den ich dir gekauft habe?«, sagte Gerry und ließ den Autoschlüssel um seinen Zeigefinger wirbeln.

Patricia blieb stehen, sah ihn an. Unter seiner Wut zeigte sich plötzlich Bestürzung; er hatte Angst, dass die Situation außer Kontrolle geriet, dass er eine Krise heraufbeschworen hatte, wo er ihr doch bloß eine Lektion erteilen, ihr zeigen wollte, wer der Herr im Haus war, sie verletzen und bestrafen wollte, bis sie gedemütigt in die Knie ging. Ohne Auto kannst du nicht weg, signalisierte seine Geste.

»Mama, warte! Wo gehst du hin? Was willst du tun?«, rief Orla angstvoll. »Wann kommst du zurück?«

Patricia schüttelte den Kopf.

Simon schrie mit zitternder Stimme seinen Vater an: »Dad! Lass sie nicht gehen!«

Draußen fuhr ein Auto vor. Patricia öffnete die Haustür und sah, dass es das Taxi war.

»Meine Adresse liegt auf meiner Kommode, Orla, wenn du oder Simon zu mir kommen wollt. Es ist nicht weit weg von hier«, fügte sie hinzu, als sie ihre ungläubigen Gesichter sah. »Gut zu Fuß zu erreichen!«

Sie warf einen letzten Blick auf ihre unglücklichen Kinder, sah die Tränen auf Orlas Wangen und Simons angstvoll geweitete Pupillen.

Gerry sagte zu den beiden: »Keine Sorge, sie kommt schon wieder angekrochen!«

»Das glaube ich nicht, Gerry«, entgegnete Patricia leise. »Die Zeit des Kriechens ist vorbei.«

Zuletzt hörte sie noch, wie Orla ihr nachrief: »Mama, kommst du am Dienstag zum Gericht?«

Pat sah ihre Tochter an, entsann sich, dass die Gerichtsverhandlung ja unmittelbar bevorstand. »Natürlich komme ich, mein Schatz. Ich treffe dich dort.« Sie zog die Haustür hinter sich zu.

21. Kapitel

Der erste Schritt zu moralischem Mut besteht einfach darin, die Augen zu öffnen.

Aus: *Die Pferdeohren*, 1990

Am Dienstag stand Orla früh auf. Sie hatte eine schlaflose Nacht hinter sich. Vor der heutigen Gerichtsverhandlung hatte sie Angst; sie war die Hauptbelastungszeugin und würde genau schildern müssen, was geschehen war, was Mick getan hatte. Beides war gleichermaßen demütigend: dass ihr so etwas hatte passieren können und dass sie es in aller Öffentlichkeit erzählen sollte.

Beim Frühstück sagte ihr Vater, es sei ihm etwas dazwischen gekommen und er werde sie nicht zur Verhandlung begleiten können; er könne sie allenfalls vor dem Gerichtshof absetzen. Doch als sie das Gerichtsgebäude betrat, sah sie ihre Mutter bereits auf sie warten. Ihr Fall wurde als erster verhandelt, und sie ging in den Zeugenstand und legte den Eid ab.

Orla hörte die Frage, hörte den verächtlichen Tonfall, spürte, wie ihr der Schweiß ausbrach. Der Verhandlungssaal war klein und unerwartet schäbig; vom Zeugenstand aus überblickte sie den Raum in allen Einzelheiten: neben ihr die Richterbank; der Tisch des Gerichtsschreibers; der Platz des Angeklagten, der blöde grinste; die Bank der Anwälte, die mit ihren Akten darauf warteten, dass ihr Fall aufgerufen wurde; die Plätze der Zuschauer, wo ihre Mutter saß und Orlas Zeuge, John Murphy, sowie verschiedene andere Leute, vor allem Männer, die sie nie zuvor gesehen hatte. Sie sahen Orla erwartungsvoll an. Sie griff nach der Holzbalustrade und versuchte Fassung zu bewahren. Sie wurde gerade von diesem Anwalt vernommen, aggressiv, herablassend, gelangweilt, in einem trägen Tonfall voller Ekel; sie fühlte sich beschmutzt. Mit welchem Recht nahm er sich heraus, so mit ihr zu reden?

»Sprechen Sie lauter«, sagte der Richter. »Wenn die Zeugin in Verlegenheit gebracht wird, lasse ich den Saal räumen«, fügte er gereizt hinzu.

Der Richter trug eine schwarze Robe mit weißen Bändern am Hals. Orla sah erst ihn an, dann den Fußboden. Sie sollten das Gericht besser sauber halten, dachte Orla. Zwischen den Dielenbrettern sammelte sich der Staub.

»Sprechen Sie bitte lauter«, wiederholte der Richter mit lauter Stimme. »Dieser Gentleman muss hören können, was Sie sagen!«

Gentleman?

Der Richter hatte ein runzliges Gesicht; er war kräftig gebaut, in mittleren Jahren; ihm ging es nur darum, seine Tagesordnung abzuhaken.

Mick, der Gentleman, saß neben seinem Anwalt, der ihm etwas zuflüsterte. Ihnen war nicht entgangen, dass Orla durcheinander war; sie lächelten, sie hatten die Situation im Griff. Orla hatte keinen Rechtsvertreter. Daddy hatte gemeint, das würde nichts bringen. »Du brauchst nur klar und deutlich die Wahrheit sagen.«

Sie wünschte, er wäre jetzt bei ihr, aber er hatte eine Besprechung mit einem wichtigen Klienten.

Fieberhaft überdachte Orla die Ereignisse jener Nacht. »Ich gehe lieber rein ... danke, dass du mich heimgebracht hast!« Sie hatte ihn angesehen, aber sein Gesicht war im Dunkeln gewesen.

Er hatte sich eine Zigarette angezündet. »Warum machen wir nicht noch einen kleinen Spaziergang ...?« Er lächelte. Im Lampenschein wirkte er attraktiv; die Art, wie er die Zigarette hielt, war cool. An diesem Abend war er nett gewesen, hatte ihr nicht nachgestellt, sie nicht bedrängt. Er hatte sich verändert. Was sprach gegen einen Spaziergang? Es war eine so schöne Nacht.

Er nahm sie an der Hand, und sie gingen die Straße hinunter, um ein paar Häuserblocks, unterhielten sich über die Disko. Sie kamen an eine Seitenstraße.

»Das ist eine Abkürzung«, sagte Mick, nahm ihren Arm und zog sie in die dunkle Gasse, die auf beiden Seiten von hohen Gartenmauern begrenzt war.

»Ich glaube nicht, dass es eine Abkürzung ist«, sagte Orla kurz darauf.

»Ich wette um fünf Pfund mit dir, dass es eine ist!«

Das Sträßchen war L-förmig und erwies sich als Sackgasse, was man von der Straße aus nicht hatte sehen können.

»Du schuldest mir einen Fünfer«, sagte Orla so unbefangen sie nur konnte, und versuchte ihre aufsteigende Panik zu unterdrücken.

Mick stieß sie gegen die Mauer. Er drückte seine Lippen auf die ihren, nicht behutsam wie die Jungs, die sie auf Partys geküsst hatte, nicht besitzergreifend, wie er es früher getan hatte, sondern rücksichtslos, so dass ihre Lippen schmerzten. Sie spürte seine Erektion und wollte ihn wegstoßen. Die Mauer hinter ihr war hart, spitze Steine bohrten sich in ihren Rücken.

»Zieh deine Jeans aus«, befahl Mick.

»Sei nicht albern.«

Sie wehrte sich, kam frei, aber er holte sie gleich wieder ein. Er tastete nach ihrer Brust und drückte sie schmerzhaft. Sie hörte, wie ihre Bluse zerriss. Er grunzte wie ein Tier.

»Bitte«, flüsterte Orla, »lass mich los.«

»Deine Jeans ... zieh sie aus, du Schlampe!«

Orla fing an zu weinen. »Bitte, Mick ...«

Er lachte, schob sein Bein zwischen ihre Knie und stieß sie zu Boden. Sie schrie: »Hilfe! Bitte helft mir!«

Er hielt ihr den Mund zu, erstickte ihren Schrei. Sie bekam kaum noch Luft. »Ich habe ein Messer«, zischte er.

»Wenn du noch mal schreist, benutze ich es.« Er machte sich am Reißverschluss ihrer Jeans zu schaffen.

Sie wehrte sich. Er zerrte an ihrer Hose.

Plötzlich begann in einem der angrenzenden Gärten ein Hund zu bellen, deutlich vernehmbar in der nächtlichen Stille. Er bellte mit wilder Entschlossenheit, wachte über sein Territorium. O bitte, lieber Gott, mach, dass jemand aufwacht. Bitte, bitte, bitte, lieber Gott.

Mick lag auf ihr, zog und zerrte an ihrer Kleidung, schlug immer wieder ihren Kopf auf das Pfaster; sie sah alles von außen, als geschähe es mit einer anderen, wie in einem Fernsehfilm. Mit ihrem Leben hatte das doch nichts zu tun. Vergewaltigung und die Folgen davon war etwas, das anderen Leuten passierte.

Orla musterte den Anwalt, der sie befragte, sah, wie er verächtlich den Mund verzog. Was, wenn sie schwanger geworden wäre? Der um diesen Preis gezeugte Embryo würde besonderen Schutz genießen. Zur Abtreibung würde sie nach England fahren müssen. Das würde doch niemand verhindern können, oder?

» ... trug aufreizende Kleidung.« Micks Verteidiger sprach immer noch. »Seien Sie jetzt ehrlich, Miss Galligan. Haben Sie meinen Mandanten, der ja schließlich ein gesunder junger Mann ist, nicht absichtlich erregt? Sie trugen eine durchsichtige Bluse ...«

»Nein«, sagte Orla.

»Und keinen BH?«

Orla wurde rot. »Ich trug einen BH.«

»Und Sie tanzten Wange an Wange mit meinem Mandanten und schmiegten sich an ihn?«

»Ich habe mich nicht an ihn geschmiegt«, erwiderte Orla leise.

»Aber Sie haben Wange an Wange mit ihm getanzt?«

»Ja – aber nur für einen Tanz.«

»Und Sie sind aus freien Stücken mit ihm spazieren gegangen?«

»Ja, aber ...«

»Danke, Miss Galligan.« Der Anwalt warf seinem Mandanten einen siegessicheren Blick zu und setzte sich.

Sie hatte gekämpft, ihn mit ihrer freien Hand mit aller Kraft geschlagen, ihn gebissen. Sie wünschte, sie könnte Judo oder Karate, damit sie gegen sein Gewicht, seine Stärke etwas hätte ausrichten können. Dass sie sich wehrte, schien ihn zu erregen. Wieder schlug er ihren Kopf auf das Pflaster. Ihr war schwindelig und sie hatte Schmerzen. Sie weinte.

»Oh, bitte nicht ... Bitte. O nein, nein ...« Die Tränen liefen ihr übers Gesicht und das Salz auf ihrer Zunge schmeckte wie Blut.

»Aber was?«, fragte der Richter ungehalten. »Sprechen Sie lauter, junge Dame. Warum sind Sie mit ihm spazieren gegangen, als er Sie vor Ihrer Tür absetzte? Wo es doch nahe liegend gewesen wäre, ins Haus zu gehen?«

Orla war verwirrt. »Er hat mich daheim abgesetzt«, sagte sie, »und ich habe mich bedankt. Und dann fragte er, ob ich spazieren gehen möchte, und ich wollte. Es war ein schöner Abend«, fügte sie mit matter Stimme hinzu.

»Warum sind Sie nicht nach Hause gegangen wie ein braves Mädchen?«, wiederholte der Richter ärgerlich.

Orla starrte ihn an, diesen Mann in mittleren Jahren mit dem strengen, autoritären Gesicht. Warum begriff er es nicht? Warum musste er alles so in den Schmutz ziehen? Warum musste er andeuten, es sei ihre Schuld gewesen? Sie sah zu ihrer Mutter, die ein wütendes Gesicht machte.

Von ihrem Platz auf der Zuschauerbank aus beobachtete Pat ihre Tochter. Orla hat ihm vertraut, dachte sie. Dafür wird sie nun bestraft.

Offenbar wurde Orla eine Verpflichtung aufgebürdet, eine besondere Verantwortung, die sich nicht nur auf ihre eigenen Handlungen erstreckte, sondern auch auf die von Mick. Wenn sie mit ihm spazieren ging, wenn er diese Gelegenheit nutzte, um sie sexuell zu belästigen, zu vergewaltigen, musste

Orla für ihre Weiblichkeit bestraft werden, die als Ursache des Problems gesehen wurde. Denn wenn sie keine Frau gewesen wäre, wäre das Problem nicht aufgetaucht. Pat fragte sich, warum das System, warum die Männer auf der Richterbank nichts über Frauen wussten, über ihre Gefühle, über den unschuldigen Reiz eines romantischen Spaziergangs bei Mondschein; und wenn sie schon keine Ahnung hatten, warum durften sie dann über sie zu Gericht sitzen? Warum sollte Orla, warum sollten Frauen überhaupt sich ihr Leben lang eine Zwangsjacke anlegen, damit man ihnen nicht die Schuld an den Verbrechen anderer Leute anlastete? Warum wurde vor Gericht nur die männliche Sexualität als Maßstab genommen, als wäre das die einzige Form menschlicher Sexualität, als wäre sie die objektive Wahrheit?

Orla wurde das Gefühl nicht los, dass diese Männer sich gegen sie verschworen hatten. Wieder sah sie zu ihrer Mutter hinüber. Mama hatte sich immer schon über diese Verhältnisse ereifert, aber bisher hatte sie nie so richtig verstanden warum. Orla blickte dem Richter mit erhobenem Haupt entgegen.

»Ich wusste nicht, dass der Mann ein Verbrecher ist, darum bin ich mit ihm spazieren gegangen«, erwiderte sie kühl. »Wenn er mir gesagt hätte, dass er ein Verbrecher ist, wäre ich heimgegangen.«

Der Richter sah sie stirnrunzelnd an und begann mit der Vernehmung des nächsten Zeugen.

»Und was haben Sie um drei Uhr morgens gemacht, Mr. Murphy?« Der Verteidiger nahm den Zeugen John Murphy ins Kreuzverhör; er hatte nach dem Rechten gesehen, als der Hund anschlug.

»Ich habe gelernt.«

»Und was haben Sie gelernt?«, warf der Richter ein.

»Chemie.«

»Sie haben also um drei Uhr morgens Chemie gelernt«, fuhr der Verteidiger fort, »und plötzlich beschlossen Sie, in den Garten zu gehen?«

»Der Hund hat gebellt.«

»Aha, der Hund hat also gebellt und Sie beschlossen, ein wenig durch den Garten zu schlendern?«

»Kommen Sie zur Sache, Mr. O'Brien«, mahnte der Richter gereizt. »Das hatten Sie bereits gesagt.«

Der Verteidiger hüstelte, warf einen Blick in seine Unterlagen. »Und als Sie über die Gartenmauer schauten, sahen sie ein Paar, das sich umarmte?«

»Ich hörte die Stimme eines Mädchens. Sie sagte: ›Nein, nein!‹«

»Und was haben Sie getan?«

»Ich habe über die Mauer geschaut und gerufen: ›Was ist da los?‹«

»Was haben Sie gesehen?«

»Einen Mann und ein Mädchen, die auf dem Boden lagen.«

»Sie irren sich, Mr. Murphy. Es war nur ein Liebespaar, das an der Mauer lehnte.« Er wandte sich an den Richter. »Sie ist schräg, wie ich meine, und in der Dunkelheit muss sich Mr. Murphy geirrt haben.«

»Ich habe mein Lebtag in diesem Haus gewohnt«, sagte der Zeuge, »und diese Mauer war noch nie schräg. Heute Morgen war sie jedenfalls vollkommen senkrecht.«

Wieder blickte der Verteidiger in sein Notizbuch. »In welcher Stellung befanden sich die beiden zueinander, Mr. Murphy?«

»Er lag auf dem Mädchen – Kopf an Kopf. Missionarsstellung, wenn Sie so wollen.«

»Haben Sie gehört, dass mein Mandant von einem Messer sprach, Mr. Murphy?«, fragte der Verteidiger.

»Nein.«

»Was geschah, als Sie riefen?«

»Der Mann stand auf und rannte davon.«

»Eine normale Reaktion, wenn man in dieser Situation überrascht wird«, meinte der Verteidiger. »Hätten Sie nicht dasselbe getan – wären Sie nicht weggelaufen?«

»Nur wenn ich ein Unrecht begangen hätte«, erwiderte der Zeuge ernst und sah den Angeklagten an.

Der Hund, eine zottelige Promenadenmischung, leckte ihr das Gesicht, während sein Herrchen ins Haus lief. Der Garten war dunkel und roch nach Geborgenheit und feuchtem Gras. Apfelbäume standen da, die Wege waren halb überwuchert, aus der Hintertür drang Licht. Er kam mit seiner Mutter wieder heraus, die einen Morgenmantel trug. Sie nahm Orla mit ins Haus und gab ihr Kaffee mit Brandy, aber es dauerte Stunden, bis das Zittern nachließ. Die Polizei kam und stellte ihr Fragen.

Der Angeklagte wurde vernommen. Er war nervös, antwortete in kurzen, abgehackten Sätzen. Er sah nicht aus, als hätte er sich schuldig gemacht, er sah nicht einmal wie der alte Mick aus. Seine Frisur war gepflegt, er trug ein Tweedjackett und sein Gesicht war vollkommen ausdruckslos. Er behauptete, die Zeugin sei seine Freundin, und stritt ab, ihr mit dem Messer gedroht zu haben; er gab aber zu, »ein bisschen die Kontrolle verloren« und »sie an der Brust betastet« zu haben. Sie hätten sich dabei aber nur gegen die Mauer gelehnt.

»Also ist Mr. Murphys Aussage falsch?«, fragte der Richter mit Nachdruck.

»Ja.«

»Wollen Sie damit sagen, dass Mr. Murphy lügt?«

»Ja.«

Anschließend behauptete der Angeklagte, Orla habe ihn verführt und selbst vorgeschlagen, noch spazieren zu gehen, als er sie nach Hause brachte. Auch sei es ihr Vorschlag gewesen, in die Gasse einzubiegen.

Orla starrte ihn mit bleichem Gesicht an. Sie sah sich nach Mr. Murphy um, der noch da war und finster dreinblickte. Ein Mann in einem schmutzigen Regenmantel grinste sie blöde an und zwinkerte ihr zu. Der Richter musterte den jungen Mann, den er vor sich hatte, und erinnerte sich an den schrecklichen sexuellen Druck, der einen mit zwanzig quält. Das Mädchen hätte eben unverzüglich nach Hause gehen sollen. Dennoch sprachen die Beweise eine klare Sprache.

»Der Angeklagte wird in allen Punkten für schuldig befunden«, beschied er schließlich. »Vorstrafen?«

»Keine, Euer Ehren.«

»In diesem Fall setze ich die Strafe zur Bewährung aus. Es ist kein sehr ernstes Vergehen.«

Später, in Bewleys Café an der Westmoreland Street, lehnte sich Orla über den Tisch und nahm die Hand ihrer Mutter.

»Kann ich bei dir wohnen, Mama?«

Patricia nahm einen Ersatzschlüssel von ihrem Schlüsselbund und gab ihn ihr. »Laken findest du im Bügelzimmer und ein Federbett im Schrank.«

Orla nahm den Schlüssel, und die beiden lächelten einander zu.

Am selben Abend läutete es. Simon stand vor der Tür und machte ein verlegenes Gesicht. Er hatte eine alte Segeltuchtasche in der Hand, die aus allen Nähten platzte, und eine weitere, ähnlich zerschlissene Tasche stand neben ihm auf dem Boden.

»Kann ich bei dir wohnen, Mama?«, fragte er nervös. Dann grinste er, als kenne er die Antwort bereits.

Patricia schloss ihn in die Arme und zog ihn in den Hausflur. »Ich dachte, du wolltest bei deinem Vater bleiben?«

Simon zuckte die Achseln, lächelte kläglich und schnitt eine Grimasse, als Orla aus der Küche trat.

»Es ist halt ziemlich langweilig mit ihm. Den ganzen Tag ist er in der Kanzlei, und wenn er heimkommt, ist er schlecht gelaunt. Ich glaube, er möchte, dass du wieder zu ihm zurückkehrst, Mama! Er hat damit gerechnet. Er hat gedacht, dass du Geld möchtest oder irgendwas! Wenn du dir etwas Mühe geben würdest, würde er dich bestimmt wieder zurücknehmen.«

Pat lächelte ihren Sohn an, sah sein hoffnungsvolles Gesicht. »Das ist nett von deinem Vater, Simon … dass er mich wieder zurücknehmen würde, wenn ich mir Mühe gebe … Hat er dich zu mir geschickt, damit du mir das sagst?«

»Eigentlich nicht, Mama. Aber ich weiß, dass er froh wäre«, erwiderte Simon. Die Ironie seiner Äußerung war ihm gar nicht aufgefallen.

Die schmutzige Segeltuchtasche fing an zu wackeln, als besäße sie ein Eigenleben. Ein vorwurfsvolles Miauen ertönte.

»Was hast du denn da in der Tasche?«

»Nur das Vieh«, sagte Simon vergnügt. Er öffnete den Reißverschluss, und die wütende Muffy sprang heraus, warf ihnen einen unwirschen Blick zu und sah sich mit großen Augen in der neuen Umgebung um. Dann verzog sie sich mit einem Satz in die Ecke hinter dem Fernseher.

»Sie wird bestimmt Jahrzehnte brauchen, bis sie sich eingewöhnt hat«, seufzte Pat. »Katzen ziehen nur höchst ungern um.«

»Sie kann einem aber auch Leid tun«, bemerkte Orla sarkastisch. Simon achtete nicht auf sie. »Mmm ... es gibt wohl gleich was zu mampfen?«, erkundigte er sich und warf einen hoffnungsvollen Blick in Richtung Küche.

Nach dem Essen sagte Patricia zu ihren Kindern: »Ich erzähle euch jetzt etwas über das Leben. Es gibt kein Zurück – ein Küken kann auch nicht mehr in die Eierschale zurückkehren.« Sie blickte in die zwei jungen Gesichter, sah ihre Enttäuschung. »Aber es kann und muss vorwärts gehen!«

»Wie gefällt dir deine neue Arbeit, Mama?«, fragte Orla dann. Sie wusste, dass ihre Mutter kürzlich über Beziehungen eine Teilzeitstelle als Gerichtsschreiberin bekommen hatte.

»Ganz gut, ich muss nur Dokumente stempeln und ablegen und so weiter – aber ich begreife allmählich, wie das System funktioniert, und ich habe das Gefühl, im Leben zu stehen. Außerdem besuche ich jetzt einen Abendkurs über Textverarbeitung. Joan macht sich demnächst selbstständig und dann arbeite ich für sie. Im nächsten Oktober gehe ich dann wieder aufs College. Dieses Jahr ist es schon zu spät, um mich noch um einen Studienplatz zu bewerben, aber ich fange schon damit an, mich einzulesen, und nutze die Zeit!« Erstaunt musterte Simon diese neue Mutter, die mit ruhiger Entschlossenheit ihre Pläne darlegte. Aber im Augenblick war der Appetit stärker als die Neugier, und er langte noch einmal kräftig zu.

»Gehst du auch zu Gerichtsverhandlungen und so was?«, fragte er mit vollem Mund.

»Manchmal, einfach um zu sehen, was sich so tut. Es ist sehr interessant Verfahren zu besuchen, von denen man sonst nur durch Zeitung und Fernsehen erfährt.«

»Verfolgst du auch den Prozess gegen diesen Kerl, der seine Frau umgebracht hat?«, fragte Orla. »Du weißt schon, die arme Frau, die schwanger war ... die du gekannt hast.«

»Ach ja«, warf Simon ein, »den Schädel hat er ihr eingeschlagen ... wie hieß sie doch gleich?«

»Sarah«, sagte Pat, »sie hieß Sarah. Und ich habe vor hinzugehen. Ich konnte so wenig für sie tun als sie noch lebte und ich denke, das bin ich ihr schuldig.« Nach einer Weile fügte sie hinzu: »Der Prozess ist ja sozusagen eine Trauerfeier für sie.«

Am Schwurgericht herrschte eine bleierne, seltsam irreale Atmosphäre; so viele schwarze Roben und Perücken und Anwälte, die sich verbeugten, Kreuzverhöre, die einschüchternd wirkten. Patricia musterte den Angeklagten, der einfältig dreinschaute, und dachte an Sarah, wie sie ihr zerschlagenes Gesicht unter einer Schicht Make-up verbarg, an ihre Erschöpfung, ihren Humor, die Liebe zu ihren Kindern. Sie beobachtete den Strafverteidiger, der sich an die Geschworenen wandte. Das Verfahren lief bereits seit einer Woche und für heute wurde mit der Urteilsverkündung gerechnet. Man hatte das Beweismaterial gesichtet und die Aussage des Gerichtsmediziners gehört. Er hatte dargelegt, dass der Schlag mit der Lenkradsicherungsstange Sarahs Schädel gespalten hatte; er schilderte, wie das Blut über Boden und Wände gespritzt war und welche Verletzungen Sarah außerdem erlitten hatte, wie lang ihr Sterben gedauert hatte und dass kein Versuch unternommen worden war, medizinische Hilfe herbeizuholen. Mrs. Fiona McDwyer, die Nachbarin des Angeklagten, bezeugte, sie habe oft gehört, dass das Ehepaar stritt. Mrs. McDwyer wirkte nervös; ja, sie hatte gehört, dass er Sarah schlug; nein, sie hatte es nie gesehen, aber die Prellungen im Gesicht der Verstorbenen waren ihr nicht verborgen geblieben; sie sei mehr als einmal drauf und dran gewesen, die Polizei zu rufen. Warum sie es nicht getan hatte – weil Sarah immer meinte, es habe keinen Sinn, und ihr sogar nahe gelegt hatte, sich um ihre eigenen Angelegenheiten zu kümmern; ja, Sarah sei eine temperamentvolle Frau gewesen. »Aber diesen Tod hat sie nicht verdient«, sagte sie zum Verteidiger des Angeklagten, als er andeutete, die Ermordete sei bis zu einem gewissen Grade selbst für ihren Tod verantwortlich gewesen.

Die Verteidigung brachte vor, der Angeklagte habe unter Alkoholeinfluss gestanden, er sei schon in der Kindheit mit familiärer Gewalt konfrontiert gewesen, seine Frau habe ihn in unerträglichem Maße provoziert, sie hätte immer etwas an ihm auszusetzen gehabt, er habe sehr hart gearbeitet, nur für sie und die Kinder gelebt, erst kürzlich habe er seiner Frau eine neue Einbauküche installiert. Der Angeklagte hatte vorgebracht, es tue ihm Leid, er bitte seine Frau und Gott um Vergebung. Der Angeklagte weinte während der Verhandlung. Er bestritt, dass sein Sohn Dara dabei gewesen sei, als sich der Zwischenfall zutrug. Seine Frau habe ihn beleidigt, ihm gesagt, er sei kein Mann und würde nie einer werden. Er habe das alles nicht gewollt.

Der Strafverteidiger war hoch gewachsen und jung. Mit ruhiger Stimme legte er dar, die Tote habe ständig genörgelt, sie sei psychisch instabil gewesen; er deutete an, sein Klient habe wie ein Heiliger unaufhörlicher Provokation standgehalten, es sei ein Wunder, dass er seine Frau nicht schon vor Jahren umgebracht habe. Er sprach mit Überzeugung und Nachdruck, modulierte seine Stimme sorgfältig, entschuldigte das Verhalten seines Mandanten, erklärte, warum er mit der Lenkradsicherung zugeschlagen hatte.

Patricia erinnerte sich an Sarah klägliches Lächeln, als sie ihr in der Cafeteria gegenübergesessen hatte, das bläuliche Mal an ihrer Wange – eine überlastete, erschöpfte Frau.

»Und sie war im sechsten Monat schwanger und nicht so attraktiv wie sonst.«

Patricia fragte sich, ob sie recht gehört hatte. Die Behauptung wurde mit sachlicher Stimme vorgetragen, um den Sachverhalt nüchtern, als objektives Problem für den Angeklagten hinzustellen – von Mann zu Mann, ein Dilemma, das doch gewiss jeder nachfühlen konnte. Seine Frau war nicht mehr so attraktiv. Was sollte er, der Angeklagte, der arme Mann, in dieser Lage tun? Und überhaupt, wenn sie schon nicht mehr attraktiv war, was konnte sie da anderes erwarten?

Patricia beobachtete den Angeklagten, erinnerte sich an den Gerichtssaal, in dem ihre eigene Tochter einen solchen Spießrutenlauf durchgemacht und am eigenen Leibe erfahren hatte, welches Frauenbild der Rechtsprechung zugrunde lag.

Dieser grobschlächtige Mann, der Sarah mit einer Lenkradsicherung den Schädel eingeschlagen hatte, wurde offensichtlich irgendwie dadurch entlastet, dass sie nicht mehr so attraktiv gewesen war. Vielleicht war sie selbst schuld? Sie hätte attraktiv sein sollen. Sie hätte sein Leben aufregend machen, sein Verlangen wecken sollen. Wenn sie es nicht tat, musste sie eben dafür bezahlen – Knochensplitter auf dem Fußboden, die tiefe Kopfwunde, die blutverkrusteten Haare, die dunkelroten Spritzer an der Küchenwand. Wollte der Verteidiger etwa behaupten, das sei irgendwie angemessen oder ein mildernder Umstand, der seinen Mandanten teilweise entlastete? Der Verteidiger sah gut aus in der schwarzen Robe und der lockigen Perücke, die an altes Filzfutter erinnerte. Er hatte Charisma, hatte die Ausstrahlung eines vom Schicksal Begünstigten, und die Geschworenen hörten ihm zu, waren beeindruckt, nickten zustimmend. Der arme Mann, er hätte es nie getan, wenn sie attraktiv gewesen wäre; an und für sich war er doch ein guter Kerl; man denke nur an die Küche, die er für sie eingebaut hatte.

Der Anwalt reichte Fotografien der Küche herum, in der Sarah gebacken und geputzt, den Boden gescheuert und aufgeräumt, sich über die Spüle gebeugt und Kartoffeln geschält, das Kind auf den Topf gesetzt und Geschirr gespült und abgetrocknet, Wäsche gewaschen und gebügelt und für fünf Personen gekocht hatte, während ihr der Rücken wehtat und die Kinder ihre unablässigen Forderungen stellten und sie sich fragte, was aus ihrem Leben geworden war, aus ihren rosigen Erwartungen, und wie es kam, dass sie nun unaufhörlich das Dienstmädchen spielen musste. Er war jung und stark und stolz, dieser Verteidiger, voll Zutrauen in seine schwarze Robe und seine kleine Perücke, die ihm einen besonderen Status verliehen, eine besondere Macht. Seine Bauchmuskulatur schmerzte nicht unter dem Gewicht eines in ihm heranreifenden Kindes; in seinem Bauch regte sich nichts außer seinem Frühstück; er hatte sich nie unter rasenden Schmerzen gewunden, während sich der Körper blutend öffnete, schier zerriss, um Leben zu geben; seine Drüsen funktionierten gut; er hatte das Vergnügen, ohne dafür bezahlen zu müssen; er war darauf konditioniert, seinen materiellen Vorteil zu suchen.

Die endlose Schwerarbeit der Mutterschaft war ihm nicht bestimmt, nicht das unaufhörliche Geben, ohne etwas dafür zu bekommen, die Ausbeutung, die Leere eines unerfüllten Lebens. Selbstsicher stand er da, stolzierte herum in seiner schwarzen Robe mit der lächerlichen Perücke, die ihm Macht verlieh, und verkündete mit volltönender Stimme angebliche Tatsachen. Sarah hatte eine schöne Küche bekommen; ihr Mann war in Wirklichkeit ein guter Kerl; sie war im sechsten Monat schwanger und nicht mehr so attraktiv wie früher. All diese Dinge zählte er auf, um ihren Tod zu rechtfertigen. Er dachte nicht, dass ihn diese Worte bloßstellten. Und ob er sie ernst meinte oder nicht, diese Verachtung und die Macht, die diese Äußerungen erst ermöglichten, prägten diesen Meinungsaustausch zwischen Anwalt und Geschworenen, zwischen Anwalt und Richter – von Mann zu Mann. Verschwendet nur keinen Gedanken an die

Überforderung, die Erschöpfung des Opfers, an den Schrei, den Schlag, den geborstenen Schädel, das Spritzen von Blut und Gehirnmasse, die blutverklebten Haare, das Schweigen. Sein Mandat lautete nicht, Sarah Gerechtigkeit widerfahren zu lassen; er war der Rechtsbeistand des Angeklagten. Er arbeitete für den Anklagten, wurde von ihm bezahlt.

Pat betrachtete die Perücke, die Robe, die gestärkten weißen Bänder, die Abzeichen von Recht und Vernunft, und fragte sich, ob irgendein Mietling, der sich meistbietend verkaufte, seine Sache hätte besser machen können.

Nach einstündiger Beratung kehrten die Geschworenen in den Gerichtssaal zurück und befanden, der Angeklagte habe lediglich Totschlag begangen. Der Richter führte ihm nachdrücklich vor Augen, die Geschworenen hätten Milde walten lassen, und verurteilte ihn zu zehn Jahren Haft.

Der Richter stand auf. »Erheben Sie sich«, sagte der Gerichtsdiener zum Publikum. Patricia rührte sich nicht. Sie saß da und starrte auf die glänzend polierte Richterbank, während der Saal sich leerte.

Später, als sie den Gerichtshof verlassen hatte, ging Patricia wie benommen am Kai entlang und kämpfte mit den Tränen. In was für einem Land leben wir hier eigentlich, fragte sie sich. Sind wir verrückt oder blind? Ist das Böse angeboren oder erworben?

Sie begegnete einem muslimischen Paar. Auf den Straßen Irlands wirkten die beiden etwas exotisch. Er trug einen normalen Anzug, seine Frau war hingegen in einen grauen, bodenlangen Schleier gehüllt und ging die vorgeschriebene Anzahl von Schritten hinter ihrem Herrn und Meister her.

EPILOG

Patricia ging nach Hause zu ihren Kindern und ihren Büchern.

Einige Wochen später nahm sie ihre Arbeit in Joans neuem Büro auf und freute sich auf den Tag, an dem sie offiziell mit ihrer juristischen Ausbildung beginnen konnte. Joans kleine Kanzlei florierte, da ihr ihre alten Klienten treu geblieben waren. Patricia stellte sich Gerrys Gesicht vor – seine Frau als Auszubildende bei seiner ehemaligen Mitarbeiterin – und musste lachen. Gerry würde dadurch keinen Schaden nehmen, abgesehen von seinem verletzten Stolz. Er würde weiterziehen von Erfolg zu Erfolg, bis zu dem Tag, an dem er aufwachen und feststellen würde, dass sein Leben fast vorbei war, und er sich fragen musste, was das alles eigentlich sollte.

Patricia war vorsichtig. Hin und wieder nahm sie eine Einladung an. Aber sie hatte keineswegs vor, in naher Zukunft eine neue Beziehung einzugehen. Sie wollte keine Fehler mehr machen. Lieber kühl bleiben und sichere Distanz wahren. Alles war besser als diese seelische Achterbahnfahrt, auf die sie sich eingelassen hatte.

Auf Paddys Briefe hatte sie nicht geantwortet, nicht einmal auf den letzten, in dem er ihr mitteilte, dass er und Susan sich getrennt hatten. Anscheinend war Susan dem Charme eines gewissen Patrick Rouvier erlegen und wollte die Scheidung.

An Patricia zweiundvierzigstem Geburtstag, einem Samstag, öffnete Orla um die Mittagszeit einem Besucher die Haustür. Mit verlegener Miene kam sie zurück.

»Es ist ein Mann. Er bringt einen Blumenstrauß für dich!«

»Was für ein Mann?«

»Ein ... älterer Herr!«

»Sie meint es ist ein Gruftie«, erklärte Simon liebenswürdig. »Einer von denen, bei denen schon der Verfallsprozess eingesetzt hat! Das heißt, er ist mindestens dreißig!«

Patricia ging zur Tür; sie wusste, wer es war, noch ehe sie ihn sah. Er trug denselben Anzug und Trenchcoat wie bei ihrem Rendez-vouz im Shelbourne Hotel.

»Ich möchte nicht hereinkommen«, sagte er und überreichte ihr die Blumen. Seine grauen Augen ruhten sehnsuchtsvoll auf ihr. »Aber ich komme wieder ...«

Er drehte sich um und ging weg, seine Schritten hallten auf dem Gehweg wider.

Patricia schloss die Tür. Plötzlich bekam sie ein flaues Gefühl im Magen, so wie früher, das altbekannte Gefühl. Sie gab die Blumen an Orla weiter, die sie in die Küche brachte und in eine Vase stellte.

Pat setzte sich.

Wie praktisch wäre es doch, wenn ich behaupten könnte, ich hätte diese Geister ausgetrieben, dachte sie. Wenn ich völliges Desinteresse zeigen könnte und kein Funken Freude oder Verlangen mehr da wäre. Wenn all die Leidenschaft, die ungestüme Nähe nur eine Seifenblase wäre, die zerplatzt ist. Wenn ich frei wäre.

Sie lächelte über das Ritornell des Lebens, über den ewigen Kampf zwischen Verstand und Seele und Körper, die unbarmherzig einforderten, was ihnen zustand.

»Wirst du ihn wiedersehen?«, fragte Orla leise, als Pat wieder in die Küche kam.

Patricia dachte an Glendalough und Paris, zwei Extreme desselben Spektrums, Anfang und Ende derselben Geschichte. Aber was dazwischen lag, war noch kaum erforscht. Sie sah ihre Tochter an und streichelte ihre Wange.

»Mal sehen«, sagte sie. »Mal sehen.«

Anmerkung der Autorin

Die Schilderung der Prozessszenen in diesem Buch beruht auf tatsächlichen Gerichtsverhandlungen, bei denen ich entweder selbst zugegen war oder von einer zuverlässigen Augenzeugin mit Einzelheiten versorgt wurde.

Die Fälle von Vergewaltigung und die Mordfälle, über die im Roman in Zeitungsartikeln berichtet wird, haben sich in den vergangen zehn Jahren tatsächlich in Irland zugetragen, wenn auch nicht in der hier dargestellten zeitlichen Abfolge.

Sarahs Geschichte ist fiktiv. Die Argumente des Strafverteidigers bei der Verhandlung gegen ihren Mörder im letzten Kapitel wurden jedoch wörtlich von einem Verteidiger in einem vergleichbaren Fall angeführt.

Dieser Roman entstand in den Jahren 1991/92. In der Zwischenzeit sind entscheidende Neuerungen in Gesetzgebung und Verfassung erfolgt, die sich auf einige der hier angesprochenen Probleme beziehen, auf die jedoch in diesem Buch nicht ausführlicher eingegangen werden kann. Dennoch bleibt abzuwarten, ob sich die grundsätzliche Einstellung der Justiz gegenüber Frauen, sofern ihre Interessen als Frauen in Strafrechtsfällen denen von Männern entgegenstehen, tatsächlich ändern wird.

Mary Ryan

Grünes Feuer

Für Johnny

Die Erd' hat Blasen, wie das Wasser hat, so waren diese –
wohin schwanden sie?

William Shakespeare, Macbeth

Dank

Allen, die mir bei meiner Arbeit an diesem Buch unschätzbare Hilfe geleistet haben, möchte ich meinen Dank aussprechen:

Mrs. Kitty Cunningham und Mrs. Anne Forde, die mich mit reichhaltigem Hintergrundmaterial über Nottingham und Galway in den dreißiger und vierziger Jahren versorgt haben; Séan Dior, der mir Material über die Freien Franzosen in London beschafft und mir bei meinen Abstechern ins Französische geholfen hat; sowie dem Imperial War Museum, London, der britischen Botschaft und dem Pressebüro des Abbey Theatre, Dublin, die auf meine Bitte um Informationen umgehend und äußerst zuvorkommend reagiert haben.

Außerdem haben mich die Mitarbeiter der Attic Press nach Kräften unterstützt, und ihnen möchte ich für ihre gewissenhafte Arbeit und ihre Ermutigung ganz besonders danken.

Vor allem aber gilt mein Dank meinem Mann, John Hederman, denn er hat mit seiner Unterstützung, seinen Vorschlägen und Anregungen erheblich zum Entstehen dieses Romans beigetragen.

ERSTES BUCH

Prolog

Gestern bin ich nach Glenallen zurückgekehrt. Zuerst kam der Berg, Knockshee, wachsam wie eh und je, dann das schwere Tor, die Steinsäulen. Die Auffahrt war gepflegt, die Buchen, die sie säumten, standen in vollem Laub. Am Ende der Auffahrt stand das Haus, jetzt fast ganz vom wilden Wein erobert, aber es war da, es wartete mit unerbittlicher Geduld, als hätte es gewußt, daß ich eines Tages zurückkomme. Die Bäume warfen ihre Schatten auf den mit Gänseblümchen übersäten Rasen bis zur Hecke drüben, wo mit den Wildblumen die Wiesen begannen. Der Zierteich war immer noch da, sauber mit Steinen umrandet, das Wasser bedeckt von Seerosen mit den flachen grünen Blättern und den zarten Blüten.

»Aha«, brummte Dan, der erstaunt den Kopf schüttelte und den Wagen auf Schrittempo bremste: »So hat es hier also ausgesehen!« Er hatte noch nie eine Photographie zu Gesicht bekommen; ich hatte alle zerstört. Ein Druck legte sich auf meine Brust. Ich konnte kaum atmen. Hinter uns saß Michael auf der schwarzen Rückbank, den dunkelhaarigen Kopf gesenkt, spielte ganz versunken mit dem roten Feuerwehrauto, das ich ihm in Ballyharris gekauft hatte, und machte Geräusche, wie es Feuerwehrautos im Einsatz machen.

Mir ging durch den Kopf, was uns die Empfangsdame im Hotel gestern abend erzählt hatte; sie dachte, wir seien Ausländer, und hatte uns herzlich willkommen geheißen. Sie war jung – ein Ferienjob – hatte blaue Augen und Sommersprossen und gehörte zur neuen Generation der Wohlstandskinder.

»Ich bin Irin«, erklärte ich lächelnd, und sie warf mit hochgezogenen Brauen einen Blick auf das Anmeldeformular.

»Ich habe vor langer Zeit hier in der Nähe gewohnt«, sagte ich, »auf dem Gut Glenallen.«

Sie bekam große Augen. »Glenallen House?«

Dann vertraute sie mir an, daß in Glenallen jetzt angeblich ein Gespenst umging, sie nickte, um ihrer Bemerkung Nachdruck zu verleihen, der Geist einer Mrs. Regan, die früher hier gelebt hatte. Überraschend kam der Kummer, die Trauer um die versäumten Möglichkeiten, die Trauer um unsere Jugend. Wie kannst du denn ein Gespenst sein, Harriet? Wir hätten Helene mitbringen sollen, dachte ich, und auch Catherine – sozusagen als Verstärkung. Selbst jetzt noch brauchte ich Rückenstärkung, um mich Glenallen zu stellen, der Schönheit und der Bedrohung. Für mich waren die Jahre mit einem Mal bedeutungslos, und ich war wieder jung, verletzlich und voller Hoffnung.

Ich kämpfte dagegen an, daß die Vergangenheit mich überwältigte. Ich sah meinen Sohn neben mir, meinen Enkel auf der Rückbank. Es ist nur ein altes Haus, sagte ich mir, und alles, was ich hier gekannt habe, ist längst verschwunden.

Aber wo hat alles begonnen?

1. Kapitel

Als ich geboren wurde, stellte sich noch jeden Sommer die Wiesenknarre ein, und Touristen waren eine Seltenheit. Meine Heimat war Ballycloghan, in der Grafschaft Galway, ein steiniges Land, wo die Wolken im wechselnden Licht über den Himmel fliegen. In dieser Gegend kommt es vor, daß man in einem Dorf einen gehörigen Guß abbekommt, während die Leute im Nachbarort trockenen Fußes nach Hause gehen, und manchmal bringt ein einziger Tag alle vier Jahreszeiten. Damals schienen die Jahreszeiten dort gar keine Rolle zu spielen, das Land existierte in ganz eigenen Dimensionen von Raum und Zeit, so, als wäre es gegen Eindringlinge und Veränderungen gefeit.

Wir hatten 145 Acres Land, ein Teil davon war gut, manches wurde im Winter überschwemmt, wenn die Garryogue über die Ufer trat, und ein Teil war mager und schilfbewachsen. Wir bauten Gerste, Hafer und Mangold an, hielten ein paar Vorräte und züchteten Bauernpferde, Irish-Draught-Pferde, lammfromm und zäh. Dank der Pferde konnten wir uns während der Wirtschaftskrise über Wasser halten.

Mein Vater starb im Winter des Jahres 1924, als ich fünf und mein Bruder Tom neun Jahre alt war. Meinen Vater habe ich immer vermißt, obwohl ich ihn nie richtig kennengelernt habe; mir blieb nur die vage Erinnerung daran, wie ich auf dem Schoß eines großen Mannes saß, der nach Tabak roch, und da wußte ich, wenn er mich in den Armen hielt, konnte mir nichts auf der Welt etwas anhaben.

Später stellte ich mir vor, daß sein Geist noch irgendwie bei uns war, und fragte ihn oft: »Warum konntest du nicht länger leben? Warum hast du dir nicht Zeit gelassen mit dem Sterben so wie andere Väter? Hast du denn nicht gewußt, wie schwer das Leben ohne dich sein würde?«

Einmal fragte ich meine Mutter wütend, warum er nicht dageblieben war und sich um uns kümmerte, und sie ließ das Nudelholz sinken, wischte sich mit dem Arm die Tränen aus den Augen und flüsterte: »*A stór, a stór* ..., er wollte nicht weggehen.«

Obwohl mein Vater nur ein Minimum an Bildung genossen hatte, war er sehr belesen. In seinen Büchern, die sich in der guten Stube auf den Regalen reihten, fand sich ab und zu eine kostbare Randnotiz in seiner steifen Handschrift, und in den langen Sommern meiner Kindheit vergrub ich mich in die Lektüre. Etliche leinengebundene Bände Charles Dickens mit viktorianischen Illustrationen standen da, auch Walter Scott und viele Gedichtbände sowie verschiedene Bücher und Broschüren über irische Geschichte und die Landfrage. Er stand den Feniern nahe und fackelte nicht lange, als sich die Gelegenheit bot, unter dem Windham-Landgesetz von 1903 dem Großgrundbesitzer die Farm abzukaufen. Doch von allen Büchern, die er besaß, ist mir *The Dream of Gerontius* am lebhaftesten in Erinnerung – nicht das Gedicht selbst, sondern die furchteinflößenden Bilder.

Nach dem Tod meines Vaters führte meine Mutter die Farm mit Hilfe von Jack Stapleton weiter, der schon immer als Knecht für uns gearbeitet hatte. Ganz in der Nähe hatte er ein kleines Haus mit einem Stückchen Land, auf dem er Zwiebeln anbaute. Er war Witwer und hatte einen Sohn, Paddy, der ungefähr ein Jahr älter war als ich.

Tom und ich besuchten die Dorfschule, doch Tom ging mit vierzehn ab, um ganztags auf der Farm zu arbeiten. Damals überredete er meine Mutter, die Zahl unserer Stuten von zwei auf vier zu verdoppeln. Er konnte gut mit Pferden umgehen, ritt sie ohne Sattel und galoppierte manchmal um die Weide, wobei er schrie wie ein Indianer. Die Tiere aber standen da, starrten ihn an und dachten wohl, er wäre verrückt geworden.

Auf meinen Bruder war ich stolz. Er war stark und groß, hatte dichtes braunes Haar und sah gut aus. Wie mein Vater liebte er Bücher, obwohl er wenig Zeit zum Lesen hatte – außer an den langen dunklen Abenden, dann setzte er sich mit einem Stuhl an den Herd, versenkte sich in die *Schatzinsel* oder *Robinson Crusoe* und bekam von der Außenwelt und dem Schwätzchen, das ich mit meiner Mutter hielt, nichts mehr mit. Meine Mutter ging vorsichtig um ihn herum, wenn sie den Teekessel holte, und angesichts seiner Entrücktheit mußte sie ein wenig lachen.

Mein Bruder vertiefte sich täglich in den *Irish Independent*. Nach dem Abendessen faltete er die Zeitung pedantisch auseinander, lehnte sich in seinem Stuhl zurück und las uns daraus vor.

Ich erinnere mich, wie ich die Rückseite der Zeitung betrachtete, während er las, und einmal sah ich ein Photo von einem großen, alten Landhaus, das ich mit einer Art grausiger, unerklärlicher Faszination anstarrte. Das Bild löste bei mir ein komisches Gefühl in der Magengrube aus, halb Übelkeit, halb Angst. Das Herrenhaus in unserer Nachbarschaft war während der Unruhen zerstört worden, und wir Kinder durften dort nicht spielen, weil die Ruinen gefährlich waren.

An Winterabenden bekamen wir oft Besuch von Nachbarn, mit denen meine Mutter ein Leben lang befreundet war, und sie saßen beisammen, plauderten und erzählten Gespenstergeschichten. Manchmal traute ich mich vor Angst nicht mehr, den Lampenschein und die Gesellschaft zu verlassen, um nach oben ins Bett zu gehen, und dann kuschelte ich mich an meine Mutter und bettelte, noch länger aufbleiben zu dürfen.

Nahe Verwandte hatten wir nicht; mein Vater war einziges Kind in der Familie gewesen, und die beiden Schwestern meiner Mutter waren an Tuberkulose gestorben, die damals im Land grassierte. Aber sie hatte einen Onkel mütterlicherseits – Matthew O'Mahoney, der ein Lebensmittel- und Eisenwarengeschäft in Galway führte. Er war ein alter Junggeselle und kam nie zu Besuch.

»Stinkgemein ist der«, pflegte meine Mutter von ihm zu sagen. »Und Kinder hat er auch keine.« Sie glaubte aber, daß er Geld wie Heu besaß, und wir besuchten ihn, wenn wir nach Galway kamen. Dann stand ich im Laden, sog den sauberen Geruch von Bürsten, neuen glänzenden Eimern und Spaten ein und warf sehnsüchtige Blicke auf die Süßigkeitentheke. Der Onkel schenkte mir immer Sahnebonbons und sprach ein paar Worte mit meiner Mutter. Dazu begaben wir uns in die staubige kleine Stube hinter dem Geschäft, wo sich vergilbte Zeitungen und Rechnungen stapelten, die mit spitzen, dolchartigen Nadeln zusammengeklammert waren. Er interessierte sich für Tom, und nahm ihn oft mit hinaus in den Schuppen, der als Warenlager diente, während ich mit meiner Mutter in der muffigen Stube wartete und den viktorianischen Stahlstich betrachtete, auf dem ein Mädchen am Teich Gänse füttert. Das Bild hatte der Onkel bei einem Ramschverkauf erstanden und über den Kamin gehängt, auf dem Bücher mit fleckigen Umschlägen und Eselsohren unordentlich auf einem Haufen lagen.

»Gehen wir bald, Mama?«

»Scht, Kind, scht.«

Ich sagte dem Onkel, das Bild gefiele mir, und er lachte und meinte: »Ja ..., ja ... Vielleicht hinterlasse ich es dir später mal.«

Jack Stapletons Sohn Paddy hatte ein blasses, schmales Gesicht, braune Augen und einen widerspenstigen Haarschopf. Er stotterte, war aber gut in der Schule. Mit leidenschaftlicher Entschlossenheit kämpfte er sich Wort für Wort durch die Lektionen und achtete gar nicht auf gelegentliche höhnische Bemerkungen des Lehrers. In Mathe tat er sich besonders hervor, Zinseszinsen rechnete er schneller aus als alle anderen, und auch im Kopfrechnen war er blitzschnell.

Ich mochte ihn sehr; in der Schule saß er hinter mir, sagte mir ein, wenn ich beim Gedichtaufsagen durcheinanderkam – was mir öfter passierte – und ging mit mir und Niamh Houlihan auf dem Feldweg mit den tiefen Furchen und den Mauern auf beiden Seiten nach Hause. Niamh war eine der Gescheitesten in der Klasse. Sie war hübsch, hatte blaue Augen, hellbraune Locken und ein phänomenales Gedächtnis für alles, was sich auch nur ein bißchen reimte. Gedichte und Prosa konnte sie endlos aufsagen – Auswendiglernen machte ihr scheinbar nicht die geringste Mühe – und ihr verzückter Gesichtsausdruck verriet die Freude am Rhythmus der Worte.

»Wie kannst du dir das ganze Zeug nur merken?« fragte ich sie eines Tages, und sie meinte, sie würde doch nur den Honig aus den Worten saugen, was hätte das schon mit Arbeit zu tun? Ich sagte ihr, sie solle sich um ein Stipendium bemühen, doch sie zuckte nur mit den Schultern. Unser Lehrer nahm ihre Begabung zur Kenntnis, ermutigte sie aber nicht. Sie war ein Mädchen; Bildung an ein Mädchen zu verschwenden hatte keinen Sinn.

Niamhs Mutter war Witwe. Sie bekam eine kleine Rente von der britischen Armee und hielt Hühner, sie erledigte Schneiderarbeiten und hatte ein paar Acres Land, auf dem sie Gemüse und Kartoffeln anbaute. Ihr Mann war im Ersten Weltkrieg Soldat gewesen und bei Ypres gefallen.

Im Winter verabschiedete ich mich immer an unserem Tor von Paddy, aber im Sommer fingen wir Elritzen mit Marmeladengläsern oder fischten Forellen in der Garryogue – dem Fluß, der an unsere Farm grenzte und wo sich im Sommer an dunklen unbewegten Stellen die Fische ausruhten. Paddy war der einzige Mensch, der mir je begegnet ist, der Forellen mit der Hand fangen konnte. Er legte sich flach auf den Bauch, ließ die Hand sanft ins ruhige Wasser unterm Flußufer gleiten, und wenn er Glück hatte, schnellte sein Arm nach ein, zwei Minuten wieder heraus, und eine braune Forelle zappelte auf der Wiese.

Weiter unten wurde der Fluß von einer alten Steinbrücke überspannt, vor der man uns gewarnt hatte. Sie war während der *Troubles* beschädigt worden, aber wir versuchten unser Glück mit dickem Bindfaden und Haken aller Art, die wir auftreiben konnten.

Wir rollten uns oft von dem grasbewachsenen Hügel bis zum Feld an unserem Haus hinunter und wetteten, wer als erster unten wäre. Paddy ließ mich immer gewinnen, und ich lachte, wenn ich schmutzig, mit aufgelösten Zöpfen unten ankam.

Er vertraute mir an, daß er mich heiraten wolle, wenn er groß war. »Wir werden reich sein, und ich schenke dir Diamanten so groß wie Drosseleier«, murmelte er eines Tages, als wir uns im hohen Sommergras am Fluß sonnten. Wenn er mit mir zusammen war, stotterte er nicht.

»Ich soll mit dir weggehen, Paddy Stapleton, Diamanten, wirklich wahr?« Ich blickte meinen vergnügten, barfüßigen Spielgefährten an, dessen nackte Waden aus schlecht geflickten Hosen ragten, und stellte mir vor, wie ich behängt mit kalt glitzernden Edelsteinen aussehen würde. Offenbar weihte Paddy seinen Vater in seine Heiratspläne ein, und letzterer erzählte die Geschichte, als wäre sie ein guter Witz, meinem Bruder Tom weiter, der sie mit grimmiger Miene beim Mittagessen in der Küche auftischte.

»Sicher brauchst du erst mal Geld auf der Bank, und studiert mußt du haben, wenn du Peg Donlon heiraten willst«, soll Jack seinem Sohn gesagt haben.

Mir entging nicht, daß sich mein Bruder ärgerte, weil Jack Stapleton vor ein paar Gelegenheitsarbeitern, die bei der Heuernte halfen, über mich redete. Ich wurde selber wütend, wenn ich mir das unausweichliche verstohlene Lachen der Männer vorstellte.

»Dieser Paddy wird es nie zu was bringen«, ermahnte mich Tom. »Wer sich mit ihm zusammentut, heiratet die Armut«, und ich stöhnte laut vor Wut. Heiraten war was für Erwachsene, für alte Leute.

Meine Mutter war eine kleine Frau mit schönen Augen und einer hohen Stirn, die durch jahrelange Existenzangst mit feinen Linien gezeichnet war. Nach dem verblaßten Hochzeitsbild zu schließen, das in der Stube hing, war sie früher hübsch gewesen. Sie stand hinter meinem Vater, der auf der rustikalen Bank des Photographen saß, und sah glücklich, aber angespannt aus. Ihr Haar war nach der damaligen Mode hochgesteckt, und ihre Augen waren voll Unschuld.

Mein Vater, wesentlich älter, untersetzt, mit schütterem Haar und Schnurrbart, saß sehr aufrecht und blickte mit schicklichem Ernst in die Kamera. Unter dem dunklen Anzug trug er ein Hemd mit hohem Kragen und eine Weste. Er hatte die überhebliche Miene aufgesetzt, die Männer auf Photographien gern zur Schau trugen; das Leben war kein Kinderspiel – schon gar nicht, wenn man mit unbeweglichem Gesicht drei unendlich lange Minuten stillhalten mußte, bis die Kamera das Bild eingefangen hatte und endlich eine Schwarzweißaufnahme ausspuckte. Aber seine Augen waren gütig, und es lag ein Lächeln in seinem Blick.

Wenn meine Mutter von ihm sprach, hörte man Trauer und Liebe heraus. Eines Tages bat ich sie, mir ihren Hochzeitsring zu zeigen, und sie zerrte und zog ihn mit Mühe vom Finger, wo er eine tiefe Rille hinterließ. Ich betrachtete den Ring eingehend, entzifferte den Feingehaltsstempel und die Worte, die auf der Rückseite eingraviert waren –, »Daniel und Maura 16.6.1914«. Dasselbe stand auf dem Ring, den meine Mutter in ihrem Kästchen im ersten Stock aufbewahrte und den, wie sie mir sagte, mein Vater getragen hatte.

»Warum hast du ihm den Ring nicht mitgegeben, als er starb?« fragte ich, und sie erklärte, mein Vater sei ins Grab gelegt worden, doch der Ring hätte etwas zu erzählen und sollte den Lebenden gehören. »Du kannst ihn später einmal deinem Mann geben.«

Unser Haus war ein bescheidenes einstöckiges Gebäude, ein altes Bauernhaus, wie man sie damals auf dem Lande oft sah. Wir hatten ein ungeheiztes, traditionelles Wohnzimmer, die sogenannte ›gute Stube‹, die kaum benutzt wurde, eine geräumige Küche, die ein großer, schwarzer Herd warmhielt, drei Schlafzimmer im ersten Stock und ein Badezimmer ohne fließendes Wasser. Das Wasser wurde vom ›Mädchen‹ hochgetragen, die in dem kleinen Zimmer hinter der Speisekammer schlief und für Kost und Logis und geringen Lohn arbeitete. Das ›Mädchen‹ meiner Kindertage war Sadie Murray, die kurz nach der Heirat meiner Eltern ins Haus gekommen war und bei uns blieb, bis der Kleinbauer, mit dem sie siebzehn Jahre lang verlobt gewesen war, sie sitzen ließ. Dann kündigte sie und ging nach England. Wir bekamen noch eine Weihnachtskarte und hörten dann nichts mehr von ihr.

Ich erinnere mich, wie meine Mutter mich oft ansah, halb prüfend, halb stolz. Sie war entschlossen, eine Dame aus mir zu machen; mir sollte die Knochenarbeit erspart bleiben, die das Leben auf einer kleinen Farm mit sich brachte; ich würde das Internat in Galway besuchen und eine ordentliche Ausbildung erhalten. Tom sollte die Farm bekommen, so hatte es mein Vater in seinem Testament bestimmt, für mich war ein Schulbesuch ›außerhalb‹ vorgesehen. Im Testament gab es dazu eigens eine Klausel; die Kosten meiner Ausbildung gingen zu Lasten der Farm.

Meine Mutter meinte, ich könnte später Lehrerin werden oder in einer Bank arbeiten. Und diese Aussicht behagte mir. Lehrer waren vornehme Leute, und Bankangestellte gehörten zur berufstätigen Elite. Bei uns auf dem Land waren alle arm – zwar empfanden wir das nicht so – schließlich hatte man genug zu essen und ein Dach über dem Kopf, nur Geld war Mangelware. Im Sommer liefen die Kinder barfuß, und selbst im Winter schonten sie ihre Stiefel und trugen sie nur sonntags. Tom und ich bekamen jeden

Oktober neue Stiefel, doch den Sommer über liefen wir barfuß wie alle anderen auch.

Der Unterricht in der Dorfschule am Ort gefiel mir; wir hatten einen temperamentvollen, cholerischen Lehrer, einen gewissen Mr. Clancy, den meine Mutter in ihre Pläne bezüglich meiner Bildung eingeweiht hatte. In meinem letzten Jahr riß er ständig Witze darüber und sagte, ich würde es ihnen allen zeigen, wenn ich auf mein piekfeines Internat ginge, »St. Catherine's College für junge Damen, wenn's recht ist, Jungs«. Er redete die Klasse immer mit ›Jungs‹ an, obwohl sie zur Hälfte aus Mädchen bestand.

Mr. Clancy war damals in den Fünfzigern. Er hatte strähniges, graues Haar, schlechte Zähne und eine spitze Zunge wie eine Viper. In einer späten Ehe war er noch Vater geworden – er hatte einen kleinen Jungen namens Joe, der sein ein und alles war. Immer wenn Mrs. Slattery, die die Kleinen und die beiden unteren Klassen unterrichtete, Kreide oder Hefte aus Mr. Clancys Schrank brauchte, schickte sie Joe, und alle konnten beobachten, wie die Züge des Vaters weich wurden, sobald der Junge das Klassenzimmer betrat.

Aber im übrigen war unser Lehrer, was meine Mutter ›einen Choleriker‹ nannte. Er hielt die Klasse mit viel Theatralik und der Furcht vor seiner spitzen Zunge und seinem Rohrstock in Schach. Wenn man ins Stottern kam, machte er sich über einen lustig. Der arme Paddy mußte so oft höhnische Bemerkungen einstecken: »Paddy verhaspelt sich, Jungs, Paddy verhaspelt sich.« Aber ohne mit der Wimper zu zucken, mühte sich Paddy weiter ab und schlug mit der Hand auf sein Pult, um die Worte aus der Kehle zu zwingen.

Mädchen waren gut dran: Wenn eine nicht stillsitzen konnte, wurde sie nach Hause geschickt. Jungs, die störten, trugen dagegen Striemen auf den Handflächen davon. Der Stock wurde erst liebevoll durchgebogen und schwirrte dann mit einem grausigen Pfeifen durch die Luft.

Mit solchen Methoden brachte unser Lehrer es fertig, daß eine gemischte Klasse von Zehn- bis Dreizehnjährigen nicht im geringsten aufbegehrte, wenn es galt, esoterische Verse zu lernen, wie etwa:

Kommt, ätherische Wesen,
Luftbewohner, die ihr über der Menschheit Los
Euch betrübt und erfreuet,
Aeols Saiten erwarten euch.
(Thomson, *An Ode on Aeolus's Harp*)

Er liebte Milton und Shakespeare, und wir lernten, was er uns aufgab, und manchen machte es sogar Spaß, ganz besonders Niamh Houlihan, die, barfüßig wie sie war, aufstand und ›Sein oder Nichtsein. Das ist hier die Frage‹ oder Miltons ›Ode on his blindness‹ mit solcher Leidenschaft rezitierte, daß wir alle wie gebannt zuhörten.

Die Jahre kamen und gingen, und es passierte nicht viel, außer daß unser Abschied von der Kindheit unaufhaltsam näherrückte. Bis ich schließlich ein Erlebnis hatte, das noch lange Zeit, bis in die Erwachsenenjahre hinein, in meinen Träumen wiederkehrte.

An einem Sommertag des Jahres 1932 hatte mich meine Mutter zu Mrs. Houlihan geschickt, um Eier zu holen. Am nächsten Morgen sollte in unserem Haus eine Jagdgesellschaft Station machen, und meine Mutter bereitete ein großes Frühstück vor.

Es war ein schöner Samstag morgen Anfang Juni, und mir fiel auf, daß die Zigeuner wieder an der üblichen Stelle ihr Lager aufgeschlagen hatten. Sie kampierten am Straßenrand, wo der ›lange Acker‹ am breitesten war. Mich faszinierte das fahrende Volk, das in bunten Wohnwägen lebte: über den Büschen waren leuchtende Tücher zum Trocknen ausgebreitet, Pferde weideten den Grasstreifen an der Straße ab, Kinder spielten im Schatten der Wohnwägen, und aus Holzfeuern stieg beißender Rauch auf. Diese Leute lebten außerhalb der Strukturen, die für mich selbstverständlich waren, und ich hatte ein wenig Angst vor ihnen, denn ich stellte mir vor, daß sie uns in ihrer Freiheit irgendwie verachteten. Also zögerte ich, als ich mich ihrem Lager näherte. Aber wenn ich nicht ohne die zusätzlichen Eier, die meine Mutter brauchte, nach Hause kommen wollte, mußte ich wohl weitergehen. Schließlich war ich fast dreizehn, alt genug, um ein bißchen Vernunft zu beweisen.

Also hielt ich mich auf der gegenüberliegenden Straßenseite und beobachtete die kleinen, in Lumpen gekleideten Kinder aus den Augenwinkeln. Sie unterbrachen ihr Spiel, starrten mich an, eines rief mir zu: »Hallo, Miss«, ein anderes schrie in heller Aufregung: »Vorsicht, die Pferde, Miss!« Dann sah ich nur noch, wie drei scheckige Stuten, die soeben noch im Straßengraben gegrast hatten, nun aber den Nachstellungen eines Hengsts auswichen und auf mich zustürmten. Die besinnungslosen Tiere rollten die häßlichen Augen; ich verdrückte mich in eine Einfahrt und versuchte, übers Tor zu klettern. Aber es half alles nichts. Eine Stute streifte mich an der Schulter, schleuderte mich zur Seite, und ich schlug mit dem Kopf gegen den Torpfosten.

Als ich in einem halbdunklen Raum wieder zu Bewußtsein kam, hatte ich schreckliche Kopfschmerzen. Mir wurde klar, daß ich mich in einem Wohnwagen der Zigeuner befand, und die furchterregendste Frau, die ich je gesehen hatte, beugte sich über mich. Ich nahm wahr, daß durch die offene Tür Licht hereinfiel, und sah die wenigen Möbel, die Pritsche, auf der ich lag, den Kieferntisch, die zwei Holzschemel und diese grausige Frau mit dem verfilzten Haar und dem weißen, blinden Auge.

Das gesunde Auge, das ihr geblieben war, blickte mich grimmig an, dann lächelte die Frau, und ich sah, daß sie nur noch wenige Zähne hatte. Es roch durchdringend nach Kartoffelwasser und Rauch.

»Reg dich nicht auf, kleine Lady«, krächzte sie und legte mir die Hand auf die Stirn, was meinen Schmerz linderte. Ich starrte sie an, und meine Angst wich, da sie mich so sanft berührt hatte. »Du hast dir deinen hübschen Kopf ganz schön angeschlagen, aber das wird wieder gut.«

Ich befühlte die Beule und spürte eine Schürfwunde, aber scheinbar war kein Blut geflossen. Die Alte kehrte mir kurz den Rücken und kam mit einer Tasse Milch wieder. Ich nahm die Tasse und trank die Milch, dann bedankte ich mich, wollte aufstehen und gehen. Aber plötzlich war ich einer Ohnmacht nahe; ich ließ mich auf einem Schemel nieder und wünschte mir sehnlichst, das Schwindelgefühl, das mir die Kraft nahm, und die Übelkeit würden vergehen, denn ich befürchtete, es würde sich mir der Magen umdrehen.

»Bleib noch eine Weile hier. Ich sage dir deine Zukunft voraus«, meinte sie und griff nach meiner Hand. Ich ließ sie meine

Handfläche untersuchen, und merkte, wie sie stutzte und mich überrascht anblickte. Dann holte sie eine angeschlagene Emailleschüssel mit blauem Rand hervor; innen war sie verrostet, weil die Emaillierung abgesprungen war. Aus einem Emaillekrug goß die Alte Wasser hinein. Die Schüssel stellte sie zwischen uns beide auf den Tisch, beugte sich darüber und schirmte sie mit den Händen ab. Dann sagte sie eine Art Gebet auf – es klang wie ein Gebet an die Göttin Brede – und starrte schweigend ins Wasser.

»Oh, meine Kleine«, flüsterte sie einen Augenblick später, »eines Tages wirst du tatsächlich eine große Dame sein und ...«, sie deutete aufgeregt auf das Wasser in der Schüssel, »... die Hand Bredes beschützt dich.«

Ich blickte in die Schüssel und sah nichts als Rost. Die Alte aber starrte mich an und nickte. »Eine große Dame«, wiederholte sie staunend. Und ich stolperte die Holzstufen hinunter und lief nach Hause.

Ich erzählte meiner Mutter die ganze Geschichte, und sie steckte mich ins Bett, aber mir entging nicht, daß ihr die Prophezeiung der alten Zigeunerin keine Ruhe ließ. Tagelang verfolgte mich ihr fragender, besorgter Blick, und sie bat mich immer wieder, die Prophezeiung zu wiederholen, bis ich die Geduld verlor und Tom mich mit Sticheleien plagte: »Hier kommt die Große Dame. Macht Platz, ihr Bauerntölpel.« Ich schrie ihn an, er solle den Mund halten, und sprach nicht mehr mit ihm, bis er sich lachend entschuldigte.

In diesem letzten Sommer meiner Kindheit verschwendete ich kaum einen Gedanken an die bevorstehenden Veränderungen. Wenn ich den Feldweg zur Schule hinunterging, vorbei an Weißdorn- und Brombeerhecken mit Winden und duftendem Geißblatt, und mich mit Paddy und Niamh oder anderen Klassenkameraden unterhielt, dachte ich nur an die Gegenwart; als würde es nie etwas anderes geben als den Wechsel von Licht und Schatten, den warmen, staubigen Weg unter den nackten Füßen, das liebevolle Gesicht meiner Mutter und die Küche, wo es nach frischgebackenem Brot roch.

Doch in dem ›piekfeinen Internat‹, das mir immer noch wie ein Traum erschien, wurde alles anders. Dort lernte ich Cissie und Mary kennen, und durch sie veränderte sich mein Leben.

An einem kühlen Septembertag des Jahres 1932 stieg ich in den Zug und fuhr nach Galway ins St. Catherine's College, um mein neues Leben aufzunehmen. Tom kam mit, er wollte mir mit dem Koffer helfen und mich wohlbehalten in der Schule abliefern. Ich war aufgeregt. Der Traum vom Internat war dabei, Wirklichkeit zu werden. Im Takt der ratternden Eisenbahnräder rumorte es die ganze Fahrt über wild in meinem Magen. Ein Leben weit weg von zu Hause schien mir wie ein dunkler Nebel, und in dieses Dunkel mußte ich jetzt eintauchen.

Als wir in Galway ankamen, zog Tom seine Mütze tief in die Stirn, schulterte meinen Koffer und marschierte los in Richtung Kloster. Ich folgte ihm nervös in meiner brandneuen blauen Schuluniform, die noch nach dem Geschäft roch. In Galway wimmelte es von Leuten vom Land – überall sah man Männer mit Schirmmützen, Frauen mit schwarzen Kopftüchern, Eselskarren, Einspänner, Autos, Radfahrer, und die feuchte Luft war vom Geruch nach Pferdemist und salzigem Seetang erfüllt.

St. Catherine's College lag in einer Gartenanlage hinter hohen Mauern mit schweren Eisentoren. Die Auffahrt war von Kastanien gesäumt, und auf beiden Seiten waren Camogie-Spielfelder. Oberhalb des Sportplatzes neben dem Haus sah ich drei eingezäunte Tennisplätze. Das Internat selbst bestand aus einem stuckverzierten georgianischen Herrenhaus und zwei später angebauten Flügeln; in den Flügeln befanden sich die meisten Klassenräume, die Schlafsäle, das Refektorium der Mädchen und die Aula.

Während wir die Auffahrt hinaufgingen, kamen andere Mädchen an: in schwarzen Automobilen – Austins, Standards, Fords – oder Einspännern.

»Das ist Miss Margaret Donlon«, stellte mich Tom Schwester Barbara, der Pförtnerin, vor. Mir war sofort klar, daß sie meinen Bruder für einen Dienstboten hielt, und das ärgerte mich, denn Tom wußte sich zu benehmen und war stolz.

Wir wurden durch den kreisförmig angelegten Hauptgang geführt – mit den italienischen Fliesen, der reichverzierten Decke und der Statue des Erzengels Michael mit dem Drachen – und gelangten in einen langen Korridor mit glänzendem Parkett und schwarzgerahmten Heiligendarstellungen, die von einem Ende zum anderen die Wände zierten. Auf dem Boden standen offene Koffer und Reisetruhen; mehrere Mädchen waren beim Auspacken, und der Gang hallte von Stimmen und Gelächter wider. Man zeigte Tom, wo er meinen Koffer abstellen konnte, während die Mädchen ihn von oben bis unten musterten, sich gegenseitig in die Rippen stießen und ein Kichern unterdrückten. Dann verabschiedeten wir uns; er ergriff meine Hand mit dem eisernen Händedruck, den er für wichtige Anlässe bereithielt, und seine Stimme klang heiser.

»Alles Gute, Peg. Wir werden dich daheim schrecklich vermissen«, brachte er mühsam heraus. Den heftigen Gefühlen des Augenblicks und den auf ihn gerichteten Blicken konnte er kaum standhalten. Dann war er fort, und ich stand mit Tränen in den Augen auf dem langen Flur, mit all den dunklen Heiligenbildern in den schweren Rahmen. Am anderen Ende hing ein Spiegel, in dem ich mich sah – ein schlaksiges Mädchen mit der Schulmütze, unter der die frisch geschnittenen Haare hervorlugten.

Die anderen Mädchen, die wie ich marineblaue Jacken mit weißer Bluse trugen, verloren nach Toms Abschied das Interesse an mir. Sie nahmen ihre Beschäftigung wieder auf, packten Koffer aus, lutschten Bonbons, redeten über die Sommerferien, warfen gelegentlich neugierige Blicke auf Neuankömmlinge und begrüßten mit Freudengeschrei alte Freundinnen. »Na, war es schön zu Hause?« – »Ist es nicht schrecklich, wieder hier zu sein?« »In welchem Schlafsaal bist du dieses Jahr?«

Ich lehnte mich in eine Fensternische, von der aus ich die Auffahrt überblicken konnte, und beobachtete Tom, wie er auf das Tor zuschritt. Er drehte sich einmal um und warf einen Blick auf die Schule. Ich winkte ihm nach, aber er sah mich nicht. Dann verschwand er durchs Tor, ich aber blieb mit einem Gefühl der Leere im Magen zurück und fühlte mich elend und verlassen.

Während ich noch meinen Mut zusammennahm, um zu fragen, was ich als nächstes tun sollte, tauchte eine große, hagere Nonne auf. Sie hatte ein längliches Gesicht, aus dem eine Hakennase ragte, und segelte in ihrer schwarzen Tracht hoch erhobenen Hauptes durch den Flur. Die Perlen des Rosenkranzes, der an ihrem Gürtel hing, klapperten bei jedem Schritt, und das schwarzsilberne Kruzifix unten am Rosenkranz schwang in den Falten ihres Gewandes hin und her.

Es war die Schulleiterin Mother Mercy, zu deren Eigenheiten es gehörte, niemals den Kopf zu drehen. Wenn sie sich einer Schülerin zuwandte, mit der sie sprach, machte in einer Geste einstudierter Würde ihr ganzer Körper die Drehung mit. Ihre lange Gestalt beugte sich über das Mädchen, an das sie das Wort richtete, und sie blickte es mit ihrem vornehmen Gesicht prüfend an, während ihre weißen Hände ein verrutschtes Halstuch oder einen unordentlichen Kragen in Ordnung brachten. Dabei wurde man von ihrem Schleier gestreift, was eine merkwürdige Intimität schuf, und man sog den Geruch der Kernseife, die sie benutzte, und ihrer makellos sauberen, schwarzen Tracht ein.

»Schwester Barbara hat mir gesagt, daß du angekommen bist, Margaret«, sprach sie mich jetzt freundlich an. »Soweit ich weiß, hat dich deine Mutter nicht selbst hergebracht.«

»Nein, Schwester.«

»Ich bin Mother Mercy; du kannst mich mit ›Mother‹ anreden.« Ihre Stimme verriet absolute Autorität. Dann ließ sie ihren Blick über die Mädchen um uns herum schweifen.

»Catherine O'Shaughnessy«, rief sie nur wenig lauter, als sie mit mir gesprochen hatte, und ein dunkelhaariges Mädchen in meinem Alter löste sich aus dem geschäftigen Treiben und kam zu uns.

»Nimm Margaret unter deine Fittiche – sie schläft im St. Teresa's.«

Catherine lächelte schüchtern; sie hatte blaue Augen, dunkelbraunes Haar und ein offenes Gesicht, in der Art, die ich von den Illustrationen unserer Dickens-Ausgabe her kannte.

Mother Mercy entschwand, um sich anderer Neuankömmlinge anzunehmen, und Catherine fragte: »Wo ist dein Koffer?« Ich deutete auf meinen neuen, braunen Schrankkoffer mit den Ledergriffen.

»Nimm ein paar Sachen, und bring sie nach oben. Ich zeige dir, wo du hinmußt.«

Sie beugte sich über den Koffer, um mir zu helfen, und mir fiel auf, daß sie an der linken Hand einen grauen Baumwollhandschuh trug und die Hand nur vier Finger hatte, von denen einer verstümmelt war. Ich erschrak, versuchte aber, es nicht zu zeigen. Catherine blickte mich prüfend an, als wollte sie mich warnen, ja kein Mitleid zu zeigen.

Sie zeigte mir mein Bett im St. Teresa's Schlafsaal; die fünfzehn Betten im Saal waren durch Vorhänge abgeteilt; jeder der so geschaffenen Schlafräume enthielt neben dem Bett einen verschließbaren Schrank sowie eine Waschschüssel und einen Wasserkrug. In der Ecke befand sich eine ›Zelle‹, die durch eine hölzerne Trennwand abgeteilt war. In der Zelle schlief eine ältliche Nonne, Mother Josephine, die für den Schlafsaal verantwortlich war. Später würde ich sie nachts schnarchen hören und mir ausmalen, wie sie wohl ohne Schleier aussehen mochte. Ich stellte sie mir mit rasiertem Schädel und Schlafmütze vor, doch meine Neugier wurde nie befriedigt. Nonnen waren geradezu übermenschliche Wesen, als Bräute Christi in ihrer wallenden Tracht und durch ihr Leben in Abgeschiedenheit verbreiteten sie eine Aura des Geheimnisvollen, durch die sie dem Alltäglichen entrückt schienen. Selbst für uns Internatszöglinge blieben sie undurchschaubar.

Ich bezog mein Bett, und nach mehreren Gängen treppab und treppauf war der Koffer leer. Meine Sachen hatte ich zum Großteil in das Schränkchen am Bett gelegt, während mein Mantel und mein Sportkleid zum Wechseln im großen Kleiderschrank für alle hingen. Im Schlafsaal war es kühl; an den Wänden verliefen etwa in einem Meter Höhe dicke Heizungsrohre, aber sie waren kalt. Ich fröstelte; die neue Umgebung machte mir angst; ich sehnte mich nach meiner Mutter, der warmen Küche und Tom, wie er lauthals lachte. Heiße Tränen liefen mir übers Gesicht; ich wischte sie mit dem Handrücken weg.

»Es ist gar nicht so übel hier, Margaret«, sagte Catherine, die hinter mir stand. »Du brauchst nicht zu weinen. Schau, heute abend gibt's Kuchen und leckere Sachen zum Tee!«

Ich dachte an den Tee daheim – das leckere Gebäck meiner Mutter, vielleicht frische Pilze, die am Morgen gesammelt und dann mit einer Prise Salz in Butter gedünstet wurden, und ein, zwei Scheiben gerösteter Speck mit Spiegelei. Ich unterdrückte das Schluchzen.

»Wo kommst du her?« fragte ich.

»Aus Ballyharris in der Grafschaft Longford.«

»Nie gehört«, erwiderte ich. Dann wollte sie wissen, woher ich käme, und ich erzählte ihr von meiner Mutter und Tom. Sie fragte, ob er der große Junge gewesen sei, den sie mit dem Koffer gesehen hatte, was ich bejahte. Sie half mir, alles in meinem Schrank zu verstauen, und nahm mich schließlich in ihr Abteil am andern Ende des Schlafsaals mit, wo sie mir ein paar Photographien von ihrer Familie zeigte. Neugierig betrachtete ich die Bilder, die ihre Eltern, ihren Bruder und ein Zwillingspärchen zeigten – »ein ziemlich freches Gespann«. Doch ich ertappte mich immer wieder dabei, wie mein Blick zu ihrer sonderbaren linken Hand wanderte.

»Was ist mit deiner Hand passiert?« fragte ich leise, denn ihre Verletzung flößte mir Ehrfurcht ein.

Sie zögerte, unterbrach, was sie gerade tat, und schaute mich prüfend an, dann zog sie den Handschuh ab und hielt mir die Hand zur Begutachtung hin. Der kleine Finger und die Spitze des Ringfingers fehlten, so daß die zarte Hand an eine Klaue erinnerte: Sie sah aus wie der gekrümmte Fuß eines seltsamen Vogels.

»Ich bin damit in eine Rattenfalle gekommen, als ich fünf war. Es ist grausig, ich weiß schon.«

»Nein, ist es nicht«, widersprach ich. »Die Hand sieht nur ein bißchen anders aus, und ohne Handschuh würde es überhaupt nicht auffallen.«

Sie zog den Handschuh wieder an, lächelte und schüttelte den Kopf.

»Es ist lieb, daß du das sagst, Margaret. Aber ich kann den Anblick nicht ertragen.«

»Daheim nennen sie mich ›Peg‹«, sagte ich.

Sie sah mich aus ihren dunkelblauen Augen an.

»Und ich bin Cissie!«

So wurden Cissie und ich Freundinnen.

Die Wochen vergingen, das Wetter wurde schlechter, und die Blumen im Klostergarten verblühten. Hinter dem Haus hatten die Nonnen ihren Privatgarten, der von einer Steinmauer umgeben war – wahrscheinlich ein ehemaliger Obstgarten. Von den Schlafsaalfenstern aus konnten wir hineinsehen und am Samstag vormittag, wenn wir eigentlich unsere Schränke aufräumen sollten, unsere Erzieherinnen beobachten. Sie drehten je zu zweit ihre Runden, und die Schleier flatterten im Wind.

»Sieht aus wie Hofgang im Gefängnis«, meinte Rhona Flaherty, die neben mir schlief. Rhona war im zweiten Jahr. Im ersten Jahr hatte sie Ärger bekommen, weil sie sich unerlaubt entfernt hatte, und sie galt allgemein als Wildfang. Sie zeigte mir zwei Päckchen Zigaretten, die sie unter ihrem Schrank versteckt hatte. »Wenn ich Nachschub brauche, büchse ich aus.«

»Wie willst du das anstellen? Sie erwischen dich doch.«

Sie lächelte: »Ha! Heuer gehe ich verkleidet!«

Ich glaubte ihr kein Wort. Erst nachdem sie von der Schule verwiesen wurde, erfuhr ich von dem alten Regenmantel, dem Hut und der Brille, die sie in einem hohlen Baum am Tor verborgen hatte.

Ich gewöhnte mich ein, lernte Camogie spielen und wurde Flügelspielerin in der Juniormannschaft.

Die Religion beherrschte unseren Schulalltag. Um sieben Uhr morgens wurden wir von Mother Josephine geweckt. Sie trat der Reihe nach in jedes Schlafabteil, läutete ein Glöckchen und hielt uns ein kleines Weihwassergefäß hin; dabei stimmte sie »Benedicamus Domino« an. In das Gefäß mußten wir die rechte Hand tauchen, die Antwort »Deo Gratias« singen und uns bekreuzigen. Nach dem Morgengottesdienst gab es Frühstück; am Abend vor dem Essen wurde wieder gebetet und später noch einmal, wenn wir im Schlafsaal alle in einer Reihe vor unseren Betten standen und gemahnt wurden, daß wir sterblich seien. »Staub bist du, und zum Staube kehrst du zurück«, an dieser Stelle knieten wir nieder und küßten den Holzboden. Den Staub schmecke ich heute noch auf den Lippen.

Außerdem hielten wir einmal im Jahr Exerzitien ab. Der Redemptoristenpriester malte uns nicht nur die Hölle in allen Einzelheiten aus – die Teufel mit ihren rotglühenden Spießen und die Würmer, die einem die Augäpfel wegfressen –, sondern schilderte auch mit beredten Worten den Weg, der dorthin führt: Sex.

Man konnte auch wegen anderer Vergehen in der Hölle landen, doch Sex war das schwerwiegendste. Sex war eine Sünde, die in der Ehe unter bestimmten Voraussetzungen geduldet wurde, zum Beispiel durfte er nur der Fortpflanzung dienen. Alles, was mit Sexualität zu tun hatte, war sündig. Wir waren noch so jung, daß wir kaum wußten, wovon der grimmige Priester sprach. Doch als er sagte, sich selbst zum Vergnügen zu berühren sei eine Todsünde, malte sich Schuldbewußtsein auf den Gesichtern, denn die allmählich knospenden Brüste wurden nachts eingehend untersucht.

Die Exerzitien dauerten mindestens drei Tage. Während dieser Zeit herrschte absolutes Schweigen, und wir mußten über unsere Sünden nachdenken. Ich erforschte mein Gewissen, bekannte mich einiger Verbrechen schuldig und ging zur Beichte. Dabei starb ich fast vor Verlegenheit, doch ich wußte, daß es ein wichtiges Sakrament war – dieser ältliche Mann, der hinter dem Gitterfenster saß und pubertierende Mädchen über ihre ›Sünden‹ aushorchte.

Mitten im Trimester traf eine neue Schülerin ein. Ich beobachtete eifersüchtig, wie Cissie sie als alte Freundin begrüßte. Sie hatte tizianrotes Haar, grüne Augen und lange schlanke Beine. Ihr Name war Mary McElligott, und sie kam aus der Nähe von Ballyharris in der Grafschaft Longford – also aus demselben Ort wie Cissie, wo Marys Vater Dorflehrer war. Sie und Cissie kannten sich schon seit Jahren. In der Schule traf Mary mit Verspätung ein, weil sie sich bei irgendeiner tollkühnen Unternehmung auf dem See unweit ihres Elternhauses eine Lungenentzündung geholt hatte. Die Nonnen verwöhnten sie, behandelten sie als Rekonvaleszentin, duldeten es, wenn sie morgens nicht sofort aufstand, und schickten sie auch früh zu Bett.

Cissie war offensichtlich hocherfreut, sie wiederzusehen. Ich aber schmollte ein, zwei Tage lang, während die beiden Freundinnen ihre Beziehung wiederaufnahmen. Aus ihrer Welt fühlte ich mich ziemlich ausgeschlossen und murmelte griesgrämige Bemerkungen über »die Rothaarige« und »für wen hält sie sich eigentlich« vor mich hin. Ich wollte mir Cissies Freundschaft erhalten und mußte feststellen, daß sich Mary zwar höflich, aber distanziert verhielt. Trotzdem faszinierte mich ihr Gleichmut und ihre geistreiche Art; sie wurde mit jeder Situation fertig, und doch war sie unter der Oberfläche sehr verletzlich. Gerade diese Verletzlichkeit bildete die Grundlage für ihre Ausstrahlung, sie verbreitete einen eigenartigen Zauber, und unter ihren Klassenkameradinnen herrschte die stillschweigende Übereinkunft, daß sie nicht verletzt werden durfte. Worauf dieser Zauber zurückzuführen war, weiß ich nicht, aber er war da.

Es war die Sache mit den Zigaretten, durch die ich einer Freundschaft mit ihr näherkam. Einige von uns rauchten auf der Toilette – Rhonas Zigaretten, die sie mir aufgedrängt hatte. Rauchen war schick, die Filmstars pafften, allerdings wenn auch mit langen, schwarzen Mundstücken. Wir zündeten uns eine an, inhalierten, husteten, bis uns die Augen tränten. Dann läutete es, die Pause war vorbei; die Zigaretten wurden ausgedrückt, und alle machten sich aus dem Staub. Ich war die letzte, die aus der Tür trat, und die einzige, die von Mother Mercy ertappt wurde, die unmittelbar darauf die Szene betrat und den verräterischen Rauch roch. Ich steckte die Schelte ein, gab das Vergehen zu und leugnete die Beteiligung anderer. Wie Mary mir später gestand, hätte ihr Vater sie von der Schule genommen, wenn er erfahren hätte, daß sie rauchte. Sie war dankbar und bezeichnete mich vor Cissie als »unsere treue Kameradin«, als wären wir Partisanen im Guerillakampf.

Ich wurde bestraft; vier endlose Seiten füllte ich mit dem Satz: »Ich darf nicht rauchen.« Und ich tat ›Buße beim Tee‹, das hieß kein Kuchen am Sonntag. Aber es war die Sache wert. Cissie und Mary bewahrten Kuchenstücke für mich auf, und wir drei wurden unzertrennlich.

Cissie schlug eines Tages vor, wir sollten uns einen Geheimnamen zulegen. Ein, zwei Tage lang brüteten wir über der Frage, welchen Namen wir wählen sollten. In einem unbeschwerten Augenblick schlug ich ›Die drei Bären‹ vor, was seltsamerweise auf Hohn und Spott stieß. »Die drei kleinen Bären«, sagte Mary, »wer soll die Mammi sein und wer der Pappi; wer das Baby is', wissen wir schon«, und sie schaute mich streng an. Ich lachte über ihre komische Einlage, war aber heimlich beleidigt.

Schließlich kam Cissie mit Hilfe des *Oxford Dictionary* zu dem Schluß, wir seien furchtlos und unerschrocken und daher sei ›Die Unbezwingbaren‹ der richtige Name für uns. Er vermittelte Kraft und Zielbewußtsein. Und so besiegelten wir unser Bündnis eines Tages in der Camogie-Hütte mit Blut. Zu diesem Zweck ritzten wir uns die Handflächen mit der Klinge eines Spitzers und vermischten die austretenden Blutstropfen – so wurden wir Blutsschwestern. Außerdem ersannen wir einen geheimen Händedruck, so wie ihn die Freimaurer angeblich verwendeten. Es bot sich jedoch enttäuschend selten Gelegenheit, von diesem wichtigen Erkennungszeichen Gebrauch zu machen.

Manchmal sprachen wir über Jungs, übers Heiraten und Kinderkriegen. Es gab eine Menge Spekulationen darüber, wie und wo die Babys herauskamen. »Das Baby ist an Schnüren festgemacht«, erklärte Rhona, die sich als eine Art Orakel etabliert hatte: »Und wenn die nicht zusammengebunden werden, stirbt die Mutter.« Dann erzählte sie uns irgendeine Geschichte über eine Frau, die auf einem Schiff niedergekommen war, wo niemand über die Schnüre Bescheid wußte. Selbstredend verschied die Mutter.

Jungs mochten wir nicht, aber wenn wir einmal heiraten sollten, würden unsere Männer uns anbeten, soviel stand fest.

»Kennst du jemanden, den du gerne heiraten würdest?« fragte ich Cissie, und sie errötete, als Mary wissend behauptete: »Aber sicher kennt sie jemanden. Den schönen Prinz Peter!«

»Wer ist das?« fragte ich.

»Och, nur ein einheimischer junger Adliger, der rechtmäßige Erbe von Glenallen.«

Ich versuchte, mehr in Erfahrung zu bringen, aber Cissie gab Mary einen schmerzhaften Stoß in die Rippen, und das Thema wurde fallengelassen. Als ich später noch einmal darauf zurückkam, erklärte Cissie mit einem tiefen Seufzer, sein Name sei Peter Fitzallen, und er lebe auf einem Gut namens Glenallen in der Grafschaft Longford, und Mary bilde sich da nur etwas ein.

Mary lächelte und zog die Augenbrauen hoch.

»Hat er nicht vielleicht einen Bruder, der für dich in Frage käme, Mary?« fragte ich, und Mary bejahte, er habe einen Bruder, Gott stehe ihm bei. Als Cissie jedoch außer Hörweite war, flüsterte sie, als spräche sie mit sich selbst: »Auf jeden Fall hasse ich Glenallen.« Zu weiteren Erklärungen war sie nicht zu bewegen.

Wir hatten eine Mathelehrerin, Miss Sweeney, die uns auch ein wenig in Naturwissenschaften unterrichtete, obwohl das nicht im Lehrplan stand. Mit Materialien, die sie von zu Hause mitbrachte, führte sie einfache Experimente durch – sie züchtete Alaunkristalle und zeigte uns die Flammenfärbung von Kupfer und die grünen Überreste: Kupferoxid. Die im Alltäglichen verborgenen Geheimnisse faszinierten mich, und so beschloß ich, Naturwissenschaften zu studieren, wenn ich erwachsen war, und Lehrerin zu werden. Ich wollte die Geheimnisse des Lebens enträtseln.

Weihnachten rückte näher. Im Refektorium hing ein Adventskranz mit vier Kerzen, eine für jede Woche der Adventszeit. Als drei Kerzen brannten, wurde das ganze Kloster von einer unterdrückten Erregung ergriffen. Wir saßen Abend für Abend im Refektorium und wußten, daß wir, sobald die letzte Kerze angezündet wurde, schon so gut wie zu Hause waren. Die Nacht draußen vor dem Speisesaalfenster, das sich manchmal beschlug, war pechschwarz. Ich malte Räder mit Speichen und kunstvolle Verzierungen auf die beschlagenen Scheiben, bis Mother Mercy erklärte, das Malen auf die Fenster sei zu unterlassen, da sie so schwieriger zu putzen wären.

Tom kam, um mich für die Weihnachtsferien abzuholen. Seit zehn Uhr morgens waren ständig Mädchen abgereist; manche fuhren mit der Eisenbahn, andere wurden mit dem Einspänner oder dem Automobil geholt.

Ich stellte meinen Bruder Cissie und Mary vor.

»Ich freue mich, dich kennenzulernen, Tom«, sagte Cissie.

Verlegen schüttelte Tom den beiden die Hand, und ich sah, daß Mary ihn mit dem geheimen Händedruck begrüßte. Cissie aber betrachtete ihn nur schüchtern und ließ die linke Hand in der Tasche verschwinden. Wir schwiegen; Tom war es nicht gewohnt, daß ihm Mädchen in die Augen schauten. Daheim stand er meist im Mittelpunkt, und deshalb hatte er übertriebene Vorstellungen von seiner Wichtigkeit.

Ich setzte den verhaßten Schulhut auf, zog den Gabardinemantel mit Gürtel und die Handschuhe an und präsentierte mich so der Pförtnerin, die mich kritisch musterte und mir dann frohe Weihnachten wünschte. Sie schloß die Tür hinter uns, und wir gingen zum Eyre Square, in Richtung Bahnhof. Es war ein frischer Dezembertag; das Mittagslicht glänzte trügerisch hell und ließ nicht ahnen, daß es schon in vier Stunden dunkel sein würde. In

Galway herrschte vorweihnachtliche Geschäftigkeit. In den Fleischerläden hingen reihenweise hellbraune und weiße Truthähne, noch im vollen Federkleid, und in den Schaufenstern waren Spielsachen, Puppen mit üppigen Locken und großen Augen, Baukästen, Hornby-Modelleisenbahnen, Rauschgold und Stechpalmenzweige, Plätzchendosen und Pralinenschachteln ausgestellt.

Tom warf mir von Zeit zu Zeit einen Blick zu und machte Bemerkungen wie: »Du bist ganz schön vornehm geworden«, und ich nahm rasch den Schulhut ab und zerrte die Handschuhe herunter. »Wenigstens kaust du doch noch an den Fingernägeln«, sagte er dann aufmunternd, als wäre in meinem Fall noch nicht alle Hoffnung verloren. Aber mir war klar, daß er sich über die Anzeichen meiner ›Vornehmheit‹ freute.

»Wie gefallen dir meine Freundinnen?« fragte ich, als der Zug aus dem Bahnhof ausfuhr.

»Cissie finde ich ganz nett«, bemerkte er widerwillig.

»Und was hältst du von Mary?«

»Die ist ein bißchen zickig. Sie hat mir nicht mal richtig die Hand gegeben.«

»Das war der geheime Händedruck.«

Er prustete vor Lachen und schlug sich mit der Hand an den Kopf. »Der geheime Händedruck! Natürlich! Wie dumm von mir!«

»Ich werde Mama fragen, ob sie im Sommer ein paar Tage zu uns kommen können. Cissie hat mich auch zu sich nach Hause eingeladen!«

»Hmm«, brummte er gedankenverloren. Einen Augenblick später platzte er plötzlich heraus, der Wirtschaftskrieg mit Großbritannien richte das Land zugrunde. Davon hatte ich schon gehört – wie Dev Eamon de Valera (irischer Ministerpräsident 1932–48) sich geweigert hatte, noch länger Landannuitäten, die Entschädigung für ehemalige britische Grundherren, die ihre Besitzungen im Zuge der Landreform um die Jahrhundertwende den Pächtern überschrieben hatten, an England zu zahlen, und wir infolgedessen nichts mehr nach Großbritannien exportieren konnten. »Schlimm für die Viehzüchter«, sagte Tom oft. »Schlimm für alle, die vom britischen Markt abhängig sind.«

Als ich nach Hause kam, fragte ich meine Mutter, ob meine Freundinnen kommen dürften, und sie wollte wissen, was ihre Väter machten. Als ich sagte, Cissies Vater sei Arzt, bekam sie große Augen, Ärzte rangierten für sie nur ein paar Stufen unter dem lieben Gott. Und Mary mit einem Lehrer als Vater stand auch nicht schlecht da.

An meinem ersten Ferientag traf ich Niamh, die mit dem Fahrrad die Straße herunterkam. Ich fragte sie, was sie so machte, und sie erzählte, sie sei Verkäuferin bei Percivals, dem Lebensmittelgeschäft im Dorf. Es sei langweilig, meinte sie lachend.

»Du hast dich verändert, Peg«, sagte sie traurig, als hätte sie nichts anderes erwartet.

»Ich habe mich bestimmt nicht verändert.«

An Weihnachten schaute Paddy Stapleton vorbei, angeblich um einen Sack Zwiebeln zu bringen. Er saß in der Küche und fragte nach meiner neuen Schule und ließ mich keine Sekunde aus den Augen. Ab und zu kam er ins Stottern; das war ihm früher bei mir nie passiert. Er hatte sich in den letzten Monaten verändert, war hoch aufgeschossen und im Stimmbruch.

»Wie g..g..gefällt's dir in der n..n..neuen Schule?«

»Willst du den ganzen Tag lang mit Peg schwatzen?« fragte Tom nach einer Weile unwirsch.

Als Paddy gegangen war, blickte meine Mutter von ihrem Strickzeug auf. »Kümmre dich nicht um solche wie den jungen Paddy«, sagte sie plötzlich. »Du kannst eine viel bessere Partie machen!«

Ich stöhnte. »Um Himmels willen, Mama, ich bin erst dreizehn. Und Paddy ist sowieso ein Bauernlümmel.« Ich schämte mich, weil ich meinen alten Freund verriet. Im Sommer war er mir noch nicht wie ein ›Lümmel‹ vorgekommen, doch jetzt hatte ich andere Maßstäbe.

»Ich möchte sowieso auf die Uni gehen«, fuhr ich fort. »Cissie auch. Wir wollen Wissenschaftlerinnen werden. Darf ich, Mama?«

Das Wort ›Wissenschaftlerin‹ gefiel mir. Es klang nach Geheimwissen und unterstrich die Bedeutung der so bezeichneten Person. Aber damals ging es mir eigentlich nur darum, Eindruck zu schinden.

Tom blickte zu mir auf, während er an seinen Stiefeln zerrte. »Dazu brauchst du mehr Hirn, als du hast, und woher sollen wir das Geld für ein Studium nehmen? Das möchte ich gerne wissen.«

Er ging hinaus, und die Tür fiel krachend hinter ihm ins Schloß. In der danach eintretenden Stille war eine Weile nur das Klappern der Stricknadeln meiner Mutter zu hören. Ich dachte, sie hätte mir vielleicht nicht zugehört.

»Ich werde in den Sommerferien arbeiten und etwas zu den Studiengebühren beisteuern«, bot ich an.

»Ich bin stolz auf dich«, sagte sie leise. »Ich wüßte nicht, was dagegen spricht. Es wird schön sein, eine Tochter zu haben, die studiert hat. Das Geld treiben wir schon auf, mach dir keine Sorgen. Du bist ein hübsches Mädchen. An der Universität lernst du bestimmt den Richtigen kennen.«

Ich seufzte laut.

»Ich mag keine Jungs«, erklärte ich mürrisch. »Mary übrigens auch nicht, und Cissie auch nicht, außer einem, der bei ihr in der Nähe in der Grafschaft Longford wohnt. Er heißt Peter und lebt in einem großen Haus – in Glenallen.«

Meine Mutter lächelte und nickte zerstreut. Was hätte Glenallen damals schon für uns alle bedeuten sollen?

Das nächste Trimester war am längsten, oder zumindest kam es uns so vor. In der Schule war es kalt; die Heizkörper strahlten zwar Wärme ab, aber es zog überall. Bei dem eisigen Lufthauch liefen einem trotz der dicken Strümpfe Kälteschauer die Beine hoch. Am Morgen aufzustehen kostete viel Überwindung; so innig ich auch um wirkende Gnade betete, ich brachte es nie fertig, sofort aus dem Bett zu springen, wenn das Glöckchen erklang. Mother Josephine hatte uns gepredigt, Selbstdisziplin sei ein Weg zu Gott.

»Unverzüglich aufstehen, unverzüglich. Hat es nicht Seine Exzellenz, der Bischof selbst gesagt?«

Ich fragte mich, ob seine Exzellenz auch schon um sieben Uhr aus den Federn mußte.

An einem todlangweiligen Sonntagnachmittag bastelte ich drei kleine Puppen als Maskottchen, für jede von uns eines. Dazu verwendete ich Pappe und lange Haarsträhnen von uns dreien, die ich zusammenflocht, und tiefrotes Seidengarn, mit dem ich die Figürchen in Form brachte.

»Sie bringen Glück«, erklärte ich, als ich sie meinen Freundinnen schenkte. »Sie haben von jeder von uns etwas in sich!«

»Das ist doch Aberglauben, oder?« gab Cissie zweifelnd zu bedenken.

»Ich spüre schon was von dem Glück!« verkündete Mary. »Alle Schauspieler haben Maskottchen. Ich werde meins aufbewahren, bis ich sterbe!«

Mary schlief in einem anderen Schlafsaal, im St. Anne's. Sie war entschlossen, etwas gegen die ›tödliche Langeweile‹, wie sie es nannte, zu unternehmen und eine ›Mitternachtsparty‹ zu organisieren. Zu diesem Zweck hatte sie an einem verabredeten Ort hinter einer lockeren Fußleiste ein Briefchen für Cissie und mich deponiert. Das Briefchen war mit unsichtbarer Tinte geschrieben, in diesem Fall Zitronensaft, der durch Erhitzen sichtbar wurde.

Ich fand den Zettel und nahm ihn mit hinauf in den St.-Teresa's-Schlafsaal. In meinem Besitz befand sich ein Kerzenstummel – den hatte ich ergattern können, als ich ein paar Tage lang in der Sakristei geholfen hatte – und Cissie besaß Streichhölzer. Bevor das Licht gelöscht wurde, schlüpfte sie unter dem Vorwand, auf die Toilette zu müssen, in mein Schlafabteil, und wir zündeten die Kerze an, um die Botschaft zu entziffern. Der Docht war lang, und der beißende Geruch stieg Mother Josephine in die Nase, die sofort angestürmt kam, um der Sache auf den Grund zu gehen.

Wir fühlten uns wie die Verschwörer gegen Jakob I. im Gunpowder Plot. Was machten wir in meinem Schlafabteil? Was stellten wir mit der Kerze an? Die Luft war erfüllt von unausgesprochenen Anschuldigungen. Cissie behauptete, wir hätten ein besonderes Gebet sprechen wollen. Mother Josephine sah uns zweifelnd an und bewegte die Lippen wie immer, wenn sie nachdachte. Cissie hatte sich bisher stets tadellos betragen. Wir erhielten eine milde Strafe, aber Mary kam wie üblich ungeschoren davon, wenn auch aus ihrer geplanten Party nichts wurde. Langsam kam ich dahinter, daß sie nicht glücklich war, solange sie nicht in irgendein Drama verwickelt war. An einem Sonntag, als sich eigentlich alle draußen aufhalten sollten, führte sie uns hinter den Bühnenvorhang in der Aula, denn sie brauchte uns als Nebendarsteller für eine zwölfzeilige Liebesszene, die sie geschrieben hatte.

Sie schritt über die Bühne und warf ihre rote Lockenmähne zurück, als wäre sie Sarah Bernhardt, von der uns Mother Xavier erzählt hatte. Cissie und ich rebellierten, weil wir nicht auf Befehl herumstehen und -sitzen wollten.

»Ihr seid wirklich gemein! Wie soll ich meine Bühnenausstrahlung erproben, wenn ihr mir nicht helft?«

»Du und deine Bühnenausstrahlung!« warf Cissie augenzwinkernd ein. »Mit einem Namen wie Mary McElligott!«

»Willst du dich etwa über mich lustig machen?« fragte Mary energisch, strich mit der rechten Hand ihr Haar zurück, und ihre schmalen Augen lachten. Da hörten wir, wie eine Nonne den Saal betrat, und kletterten rasch durch ein Fenster hinaus auf die Feuerleiter.

Doch als die Tage länger wurden und die Schneeglöckchen blühten, geschah etwas, was uns so ernüchterte, daß unsere Stimmung eine Zeitlang gedämpft und niedergedrückt war.

Rhona, die offenbar kaum Freundinnen hatte und sich uns gelegentlich anschloß, fragte eines Tages, ob wir schon einmal versucht hätten, mit den Toten Kontakt aufzunehmen.

»Sei nicht albern«, meinte Mary. »Das ist doch Quatsch. Man kann nicht mit den Toten sprechen.«

»O doch, das kann man«, beharrte Rhona und fuhr im Flüsterton fort: »Meine Tante Bridie geht auf Séancen, und da kommen die Geister.«

Cissie stöhnte, und ich lachte. »Das ist Betrug! Die ziehen den Leuten mit üblen Tricks das Geld aus der Tasche!«

Zur Abwechslung setzte Rhona jetzt eine todernste Miene auf. »Es ist nicht immer Betrug. Wenn ihr schon einmal die Alphabettafel befragt hättet, wäre euch das klar. Ich habe das mal mit meiner Tante gemacht.«

»Was ist eine Alphabettafel?«

Sie erzählte uns von dem Kreis aus Buchstaben und Ziffern – das Alphabet und die Zahlen 0 bis 9 –, dem umgedrehten Glas, der Beschwörung, die man ausspricht, und wie das Glas die Antworten buchstabiert. Beim Zuhören fanden wir, daß es Spaß machen könnte, einen Versuch zu wagen.

Da es am nächsten Tag regnete, war vorgesehen, daß wir uns alle in der Aula aufhalten und lesen oder auf dem alten Grammophon Musik hören sollten. Mary hatte ihre Bemühungen aufgegeben, uns für ihren Sketch mit dem Titel ›Napoleons Abschied‹ zu interessieren, den sie uns vorsprechen wollte, und wir entwischten in einen kleinen Raum neben unserem Schlafsaal, der gelegentlich als Handarbeitszimmer genutzt wurde. Rhona zog sechsunddreißig Zettel hervor, auf denen je ein Buchstabe des Alphabets oder eine Zahl stand, und verteilte sie kreisförmig auf dem Tisch. Sie hatte auch ihr Zahnputzglas mitgebracht, das sie kopfüber in die Mitte stellte. Wir setzten uns um den Tisch und legten vorschriftsmäßig den rechten Zeigefinger auf das umgedrehte Glas. Rhona sprach eine Art Gebet und wandte sich dann mit feierlicher Stimme an einen unsichtbaren Geist: »Sag uns die Zukunft – sag jeder von uns die Zukunft voraus.«

Sie sah uns warnend an und zischte: »Ihr dürft jetzt keinen Druck auf das Glas ausüben.«

Das Glas bewegte sich, Mary fing an zu kichern, Cissie und ich konnten uns auch nicht mehr beherrschen und prusteten vor Lachen. Das Glas wanderte auf einen Buchstaben zu, dann auf den nächsten, und schließlich ergab sich das Wort WOLLY. Cissie sagte: »Das ist doch lächerlich.« Und wir brachen alle in heulendes Gelächter aus; nur Rhona war eingeschnappt, verzog den Mund und bemerkte wütend, wenn wir uns darüber lustig machten, würde es nicht funktionieren. »Die Geister haben heute ihren freien Tag«, vermutete Cissie unschuldig, und wir prusteten wieder los. Rhona schnalzte ärgerlich mit der Zunge, stand auf und rannte beleidigt hinaus.

Wir schauten uns an. Der Regen trommelte gegen das Fenster. Es blieb uns wohl nichts anderes übrig, als für den Rest der Freistunde wieder in die Aula zurückzugehen.

Cissie fing an, die Zettel einzusammeln, als Mary plötzlich sagte: »Warte. Machen wir noch einen Versuch.«

Sie ordnete die Buchstaben neu an und stellte das Glas wieder in die Mitte. Dann forderte sie uns auf, wie zuvor den Finger darauf zu legen, betonte, wir dürften keinen Druck auf das Glas ausüben, und ließ die volltönende, dramatische Stimme erklingen, die ihr zu Gebote stand, wenn sie wollte: »Sag uns die Zukunft voraus, für jede von uns.«

»Für Mary, Cissie und mich«, ergänzte ich leise.

Wir schwiegen; jetzt verhielten wir uns ruhig, weil Marys Stimme absolut ernst geklungen hatte. Einen Augenblick lang rührte sich das Glas nicht, dann fing es an über den Tisch zu gleiten und bewegte sich auf den Buchstaben V zu, dann auf den Buchstaben E, dann auf das R, das L, dann das O, wieder das R, das E und schließlich das N. Dann blieb es stehen.

»Verloren«. flüsterte Mary. Sie sah angespannt und verwirrt aus, ließ aber mit einer Hartnäckigkeit, als führte sie ein wissenschaftliches Experiment durch, den Finger auf dem Glas. »Hat eine von euch das Glas geschoben?« fragte sie heiser, doch Cissie und ich schüttelten den Kopf.

»Jetzt Cissie«, sie holte tief Luft.

Wir warteten; die Regentropfen liefen traurig an den Fensterscheiben herunter, und der Wind heulte im leeren Kamin. Mir kam das Zimmer plötzlich sehr kalt vor.

Das Glas setzte sich wieder in Bewegung, es glitt zum T, dann zum O und dann wieder zum T. Ich warf einen Blick auf Cissie. Sie war kreidebleich geworden und schaute uns vorwurfsvoll an. »Das ist nicht lustig!«

»Nein, bei Gott nicht«, sagte ich leise. Mary schüttelte den Kopf, ihre Pupillen waren schwarz und angstvoll geweitet.

»Hören wir jetzt auf«, flüsterte ich.

»Nein«, widersprach Mary heiser. »Jetzt du, Peg.«

Das Glas bewegte sich, blieb stehen und explodierte plötzlich mit einem Knall wie ein Kanonenschlag. Kleine Splitter staken in unserem Fleisch, Blut tropfte auf den Tisch. In der Stille konnte ich fast unsere drei Herzen schlagen hören.

Wir verbanden uns die Hände mit Taschentüchern, beseitigten das Chaos und gingen auf die Krankenstube, wo wir irgendeine Lügengeschichte erzählten. Der Vorfall wurde nie mehr erwähnt, nur Mary meinte, wir hätten das Ding selbst herumgeschoben, ohne es zu merken, und zuviel Druck auf das Glas ausgeübt. Aber wir waren noch Wochen später bedrückt, und die Nonnen und unsere Mitschülerinnen beäugten uns neugierig, als spürten sie etwas. Auch Rhona erzählten wir nichts von dem Ergebnis unseres Experiments an dem Nachmittag. Sie wurde am Ende des Trimesters von der Schule verwiesen, weil sie sich wieder unerlaubt entfernt hatte.

Im Garten der Nonnen blühten die Osterglocken und Narzissen auf; sie wurden zu Sträußen gebunden und auf dem Altar in der Kapelle und vor der des Heiligen Herzens im Refektorium aufgestellt – als Frühjahrsboten des Jahres 1933.

Als ihre Eltern zu Besuch kamen, nahm Cissie mich mit ins Besuchszimmer, um mich ihnen vorzustellen. Sie luden Mary und mich auswärts zum Tee ein, und ich bestieg ganz aufgeregt vor Freude ihren großen Ford – das erste Auto, in dem ich je gesessen habe. Wir fuhren durch Salthill, umrundeten die Bucht und beobachteten, wie sich die Sturzwellen des Atlantik am Silver Strand brachen. Ich war glückselig und fand es todschick, in Decken gehüllt in einem solchen Auto zu sitzen. Cissies Mutter trug einen langen Pelzmantel und hatte Puder aufgelegt; man roch den Duft, den er verströmte, und sah die winzigen Körnchen auf ihrer Nase und ihren Wangenknochen. Sie war eine bezaubernde Frau, und ich stellte mir vor, sie wäre meine Mutter und Cissie meine Schwester, bekam aber gleich Schuldgefühle. Hatte ich denn nicht die beste Mutter auf der Welt, auch wenn sie neben Mrs. O'Shaughnessy schwerfällig und alt wirkte?

Dann ging's nach Hause in die Osterferien. Die Osterglocken und Narzissen, Überbleibsel der vom Gutshaus einst betriebenen Gartenpflege, blühten daheim zu Hunderten und bedeckten die Ufer der Garryogue, die schweres, dunkles Hochwasser führte. Ich erinnere mich an die Osterkerze in der Kirche, die Fahrt zur Messe im Gig mit Mama und Tom und wie mich die Nachbarn anschauten, als wäre ich eine bedeutende Persönlichkeit geworden. Selbst Niamh Houlihan begegnete mir schüchtern, und die alte Unbeschwertheit zwischen uns war dahin. Paddy Stapleton kam nicht mehr zu uns. Er wollte nach Amerika, sagte sein Vater.

Ich aber konnte es kaum abwarten, wieder in die Schule und zu meinen neuen Freundinnen zurückzukehren. Ich erzählte meiner Mutter, daß wir im nächsten Trimester Tennis spielten, und sie suchte im ganzen Haus nach einem alten Schläger, der irgendwo sein mußte. Doch das Holz hatte sich verzogen, und ich erklärte, so würde ich mich zum Gespött der Schule machen. Daraufhin sah ich die Anzeigen in der Zeitung durch, in denen unter anderem Damenschuhe für 16 Pfund, 11 Pence und karierter Gingham zu 6 Pence der Meter angeboten wurden. Dazwischen entdeckte ich eine Annonce, die für Slazenger-Tennisschläger warb, und erklärte meiner Mutter, so einer und kein anderer müßte es sein. Sie seufzte und trug Tom auf, mir einen neuen Schläger mit Spanner zu kaufen, wenn er zum Jahrmarkt nach Galway fuhr. Er erledigte den Auftrag pflichtschuldig, aber widerwillig, und grummelte etwas von Bankrott.

Damals wurde viel davon geredet, daß das Land vor dem Bankrott stünde. Desmond Fitzgerald warnte vor dieser Gefahr und betonte, es sei wichtig, unsere Waren wieder auf den britischen Markt zu bringen.

»Sie sollten auf ihn hören«, meinte Tom. »Wißt ihr, was ich kürzlich auf dem Eyre Square gesehen habe? – Einen armen Mann in Tränen aufgelöst. Er war von Connemara in die Stadt gekommen, um sein Kalb zu verkaufen, dann stand er den ganzen Tag im Regen, und kein Käufer in Sicht. Der Stolz des Long Fellow richtet das Land zugrunde. Vielleicht sind O'Duffy und die Blueshirts die Lösung!«

Mit den Blueshirts gab es eine Menge Ärger; überall, wo sie aufmarschierten, kam es zu Raufereien, und es flogen Steine. Auch über Hitler wurde in den Nachrichten geredet; ich erinnere mich an ein Photo aus dieser Zeit, auf dem zu sehen war, wie er in der deutschen Gesandtschaft in Dublin begrüßt wurde. In Empfangszimmern, die mit der Hakenkreuzfahne geschmückt waren, hoben durchreisende Deutsche vor seinem Bild den Arm zum ›deutschen Gruß‹. Ich aber machte mir um das Land oder die faschistischen Elemente in der Politik keine Gedanken. Meine einzige Sorge war mein neuer Tennisschläger.

Im nächsten Trimester stattete mir meine Mutter einen Besuch ab, und Tom begleitete sie. Sie trug einen neuen Strohhut mit schmaler Krempe, ein hellgraues Kleid mit langen Ärmeln und Sommerhandschuhe aus Baumwolle. Müde sah sie aus; sie war lieb und freundlich und auch ein wenig nervös. Ich küßte sie, brachte dabei aber nur einen Bruchteil der Liebe zum Ausdruck, die mich plötzlich überwältigt hatte, als ich zur Tür hereinkam.

Tom drehte seine Mütze in den Händen, als Cissie das Besuchszimmer betrat. Sie begrüßte meine Familie, wobei sie es vermied, ihre linke Hand zu zeigen. In ihrem Bemühen, ihre Hand zu verstecken, wirkte sie manchmal unbeholfen, was sie in Wirklichkeit nicht war.

Mary war nicht da. Sie war mit ihrer Tante Lily ausgegangen, die eigens von Dublin angereist war, um sie zu besuchen.

Meine Mutter lud uns bei Lydons zu Tee und Kuchen ein, und wir schauten aus dem Fenster auf die Straße hinunter und beobachteten die Eselskarren, die Radfahrer und Gigs. Meine Mutter zeigte sich ziemlich redselig, während Tom ungewohnt schüchtern wirkte.

»Mrs. Donlon«, begann Cissie, »meine Eltern haben Peg für vierzehn Tage zu uns nach Hause eingeladen – von Anfang bis Mitte Juni, wenn das paßt. Im August wollen wir dann nach Kilkee fahren.«

»Das ist sehr nett von dir, Cissie«, erwiderte meine Mutter, und ich sah ihr an, daß sie selbst gegen einen Urlaub in Kilkee auch nichts einzuwenden gehabt hätte. Seit der einen Woche, die sie nach ihrer Hochzeit 1914 mit meinem Vater in Dunmore East verbracht hatte, war sie nicht mehr in die Ferien gefahren.

»Du mußt uns aber auch einmal besuchen, du bist jederzeit willkommen«, sagte sie zu Cissie.

Cissie wurde rot.

»Das würde ich gerne, sehr gern sogar.« Sie sah schüchtern in Toms Richtung, der verlegen auf seinem Stuhl hin- und herrutschte.

»Vielleicht könntest du ja zu uns kommen, statt nach Kilkee zu fahren?« schlug ich vor. Cissie schaute erst mich an und dann meine Mutter.

»Wir würden dich mit offenen Armen aufnehmen«, sagte meine Mutter herzlich. »Aber was werden deine Eltern dazu sagen?«

»Sie würden sich bestimmt freuen.«

Es war also praktisch abgemachte Sache: Cissie schrieb ihren Eltern, die ihr Einverständnis gaben, und ich lud Mary auch noch ein, die sich unheimlich freute. Auch sie schrieb ihrem Vater und bat um seine Einwilligung.

Den Rest des Trimesters verbrachten wir damit, uns oberflächlich auf die Prüfungen vorzubereiten; nur sonntags machten wir einmal einen Ausflug nach Connemara.

Anfang Juni, während draußen die Sonne strahlte, schrieben wir unsere Prüfungen. Als sie überstanden waren, ging es in die Ferien. Nur die älteren Mädchen, die staatliche Prüfungen, die Abschluß- und die Zwischenprüfung, ablegen mußten, blieben zurück.

Dachte ich in jenem Juni noch an die alte Zigeunerin, die mir erst ein Jahr zuvor die Zukunft vorhergesagt hatte? Ich glaube, sie war mir nur schattenhaft in Erinnerung und gewann erst Jahre später wieder Bedeutung.

Wußte ich es zu schätzen, daß ich in aller Unschuld sorgenfreie Stunden und Tage erleben durfte? Nein, ich wünschte, ich hätte sie schon hinter mir, und träumte von der Zukunft.

So ging mein erstes Jahr auf dem St.-Catherine-Internat zu Ende. Mein Koffer war ordentlich gepackt, und Tom erschien, um mich nach Hause zu bringen. Während der Fahrt war er ein wenig schweigsam und fragte nur hin und wieder nach Cissie und wann sie uns besuchen käme. Ich aber dachte nur an den Juli und sehnte meine Abreise in die Grafschaft Longford und nach Ballyharris herbei.

2. Kapitel

Es war ein feuchter Tag, der Himmel war bedeckt, und die erstickende Schwüle versprach Regen. Cissie holte mich vom Bahnhof ab. Ihr Bruder Desmond, ein hochgewachsener Junge von sechzehn Jahren, begleitete sie. Er hatte seidiges, dunkles Haar, das hinten und an den Seiten kurz geschnitten war; über den Rand seiner runden Brille warf er mir einen verlegenen Blick zu und griff nach meinem Koffer.

»Das ist mein Bruder Des«, erklärte Cissie, und er schüttelte mir ruppig und zugleich schüchtern die Hand. Eine Haarsträhne fiel ihm in die Stirn, und er strich sie mit der linken Hand zurück. Er trug einen Kragen mit Krawatte und eine braune Jacke mit Fischgrätmuster. Kleine Schweißperlen standen ihm auf der Stirn. Wie halten es die Männer im Sommer nur in ihrer Kleidung aus, fragte ich mich. Cissie trug, ebenso wie ich, ein luftiges Sommerkleid.

»Willkommen, Peg. Ihre Hoheit spricht seit vierzehn Tagen von nichts anderem als deinem Besuch.« Seine Augen waren genauso blau wie Cissies, nur sein Blick war nicht so verträumt. Er war unbeholfen, aber offen, und ich mochte ihn, aber ich fühlte mich ein bißchen verschüchtert, weil er schon so erwachsen war.

Dr. O'Shaughnessys schwarzer Wagen parkte vor dem Bahnhof. Des verstaute mein Gepäck im Kofferraum, öffnete schwungvoll die hintere Tür, Cissie und ich stiegen kichernd ein und brachen immer wieder über Lappalien in schallendes Gelächter aus. Dann fuhren wir los, zunächst blieben wir auf der Hauptstraße von Ballyharris, einem großen Marktflecken, etwa fünfundzwanzig Kilometer vom Hauptort der Grafschaft Longford entfernt. In der Stadt gab es viele Geschäfte, sieben Pubs und ein Hotel, das Royal Hotel. Der Turm der katholischen Kirche beherrschte den Marktplatz. Die Hauptstraße führte bergan, und oben auf dem Hügel stand die protestantische Kirche, deren karge, klare Konturen durch die Bäume sichtbar waren. Cissie zeigte mir verschiedene

Läden, ein Café, in dem wir Eis essen konnten, und die Praxis ihres Vaters mit dem Messingschild neben der dunkelgrünen Tür. Regentropfen klatschten an die Windschutzscheibe, und Des schaltete den Scheibenwischer ein.

Während wir langsam die Hauptstraße entlangfuhren, wurde Des von mehreren Leuten gegrüßt, die ihm zuwinkten. Wir überholten Pferdekarren und Radfahrer, ließen dann die Stadt hinter uns und fuhren weiter auf der nassen Landstraße.

»Ich dachte, ihr wohnt in der Stadt«, sagte ich.

»Fünf Kilometer außerhalb«, erklärte Cissie. »Aber Papa hat seine Praxis in der Stadt. Des muß ihm den Wagen zurückbringen, wenn wir zu Hause sind. Er konnte nicht selbst kommen, also hat er uns das Auto geliehen, damit wir dich abholen konnten.«

»Aber wie kommt Des wieder heim?«

»Mit dem Rad. In der Praxis steht ein Fahrrad. Aber keine Sorge, das ist es ihm wert, wenn er dafür den Wagen fahren darf. Stimmt's, Des?«

Des nickte. »Und ob.« Er trat das Gaspedal durch, und wir rasten mit 70 Stundenkilometern dahin.

»Papa hat gesagt, du sollst nicht so schnell fahren«, mahnte Cissie. Ich schaute mir die Landschaft an. Die Felder waren größer als zu Hause, ab und zu sah man Steinmauern und Stechginster. Nicht allzuweit entfernt ragte dunkel und bedrohlich ein riesiger Hügel in den grauen Himmel.

»Das ist Knockshee.«

›Der Elfenhügel‹ – übersetzte ich in Gedanken. Hoffentlich wird dieser Hügel nie seinen Schatten auf uns werfen, dachte ich bei mir.

Wir passierten ein großes, zweiflügliges Eisentor, und am Ende einer mit Buchen gesäumten Auffahrt erblickte ich ein imposantes altes Haus.

»Was für ein schönes Haus!« rief ich.

»Das ist Glenallen. Da kommen wir nächste Woche hin – zur Gymkhana.« Cissie drehte sich um und spähte durch das regennasse Rückfenster, bis das Haus nicht mehr zu sehen war. Auch ich blickte mich neugierig um, denn ich wußte ja, daß dort ›Prinz Peter‹ wohnte, den Cissie so gern mochte. Und weil es ein so schönes Haus war, schaute ich mir die Augen aus dem Kopf, bis es hinter den Bäumen verschwand. Dann warf ich einen Seitenblick auf Cissie, die verlegen lachte und die Schultern zuckte, als wollte sie damit eine unausgesprochene Frage beantworten.

Ein paar Minuten später wurde der Wagen langsamer, und wir nahmen eine Linkskurve durch ein offenes Tor mit zwei Betonpfosten. Der Kies knirschte unter den Reifen, als wir die kurze Auffahrt hinauffuhren. Dann blieben wir so abrupt stehen, daß die Steinchen nur so spritzten. Cissie und ich flogen gegen die Vordersitze. »Gute Bremsen«, murmelte Des, der sich offenbar auskannte. Cissie seufzte und hob die Augen zum Himmel.

Cissies Elternhaus war ein rechteckiges, zweistöckiges Gebäude mit verputzten, efeubewachsenen Mauern. Von der Straße war es ein Stück zurückgesetzt hinter einer hohen Hecke und einem langen, sanft abfallenden Rasen. Die Eingangstür stand offen. Ich sah in den mit Steinplatten ausgelegten Vorbau und die geflieste Diele dahinter. Im Vorbau standen auf einem Tisch ein paar Blattpflanzen. Kletterpflanzen klammerten sich an Bambusstöcke, und Geranien leuchteten durch die Fensterscheiben in den feuchten Nachmittag hinaus. Eine flauschige graue Katze stakste vorsichtig an der Hausmauer entlang, und ein Cockerspaniel kam aufgeregt bellend angestürmt. Am Eingang erschienen Cissies Mutter und ihre kleinen Geschwister – die Zwillinge, von denen sie mir soviel erzählt hatte. Ich stieg aus und wartete nervös ab.

»Herzlich willkommen, Peg«, sagte Mrs. O'Shaughnessy lächelnd, nahm mich bei der Hand und zog mich in die Diele. »Oder sollen wir dich Margaret nennen?«

»So nennt mich nur Mother Mercy. Für alle anderen bin ich Peg.«

Vor lauter Verlegenheit fiel mir nichts weiter zu sagen ein. Ich schaute mich um: ein halbrunder Dielentisch mit einer Messingvase voller Rosen, ein Schirmständer und zwei schwarze Schirme mit Ledergriff, ein paar Drucke und Aquarelle an den Wänden und einen Jagdstuhl in der Ecke. Hinten in der Diele war ein riesiger, schmuddeliger Teddybär mit einer Schlinge um den Hals aufgehängt.

Die beiden Achtjährigen drängten sich vor. »Das ist David, und das ist Barbie«, sagte Cissie streng. Die beiden blauäugigen, dunkelhaarigen Kinder betrachteten mich neugierig.

»Wie lange bleibst du da?« fragte Barbie ohne Begeisterung.

»Bis sie die Nase voll hat«, antwortete Des, der meinen Koffer hereinbrachte, und zwinkerte mir zu.

»Sie hat dieselbe Haarfarbe wie Fluff«, bemerkte David sachlich, als wollte er unterstreichen, daß ich auch positive Eigenschaften hätte.

»Du kannst in meinem Bett schlafen«, verriet mir Barbie. »Es hat ein Loch in der Matratze.«

Cissie verscheuchte sie mit einer Handbewegung. »Haut ab!« Sie lachte verlegen und starrte die Zwillinge drohend an.

»Wer ist Fluff?« erkundigte ich mich. Cissie deutete auf den goldbraunen Cockerspaniel. Mrs. O'Shaughnessy nahm jetzt die Zwillinge unter ihre Fittiche und meinte, Cissie solle mich hinaufbegleiten.

Im Vorbeigehen warf ich einen Blick in die Räume zur Linken und zur Rechten. Rechts war das Eßzimmer und links das Wohnzimmer, ein großer, gemütlicher Raum – er enthielt eine Polstergarnitur in geblümtem Chintz, ein zweites Sofa beim Fenster, ein Radio auf dem Tisch neben dem Marmorkamin, weißgestrichene Bücherregale, einen antiken Beistelltisch mit Zeitschriften und ein Klavier mit Messingkerzenständern. Neben einem Stapel Notenblätter stand ein Goldfischglas, das zwei leuchtende Fische beherbergte.

»Oh, ihr habt Goldfische«, flüsterte ich. Von diesen Tieren hatte ich gelesen, aber noch nie welche gesehen. Ich ging hinüber, um sie mir näher anzuschauen, und verglich sie mit den Elritzen, die ich daheim im Fluß gefangen hatte. Die Goldfische glänzten und waren fett und zufrieden. »Sie gehören Barbie«, bemerkte Cissie, »hoffentlich überleben sie's.«

Ich folgte Cissie wieder hinaus auf die Diele. Wir kamen am Praxis-Arbeitszimmer ihres Vaters vorbei und stiegen die alte Treppe hinauf, die an einem großen Fenster eine Kurve machte und in entgegengesetzter Richtung zum Treppenabsatz hinaufführte. Die Stufen waren mit einem orientalisch blau-rot gemusterten Teppich bedeckt, der in der Mitte etwas abgewetzt war.

Der Hund stürmte wichtigtuerisch und mit wehenden Ohren hinter uns her.

Cissie teilte ein Zimmer mit Barbie; ich sollte Barbies Bett bekommen, während sie ins Gästezimmer umquartiert wurde. Das Zimmer war hell, und man blickte in den Garten hinter dem Haus und sah die Spalierapfelbäume an einer alten Backsteinmauer. Jenseits der Mauer wuchs eine hohe Platane, die von grünen Samenschoten nur so strotzte. Die Wände des Zimmers waren cremefarben gestrichen, auf den Betten lagen weiße Tagesdecken aus Baumwolle, und die Chintzvorhänge zeigten ein Rosenmuster mit grünen Blättern. Ich ließ meinen Koffer auf Barbies Bett fallen. Am Kopfende hingen ein paar Bleistiftzeichnungen an der Wand – Strichfiguren mit Rock und ein paar Strichmännchen, die am Galgen baumelten. Ich betrachtete sie und lachte. Cissie schüttelte den Kopf. »Sie macht gerade so eine Phase durch.«

Cissie trat zu mir ans Fenster. Allmählich klarte es auf; hin und wieder kam kurz die Sonne durch.

»Das ist die Rückwand vom Stall. Wir haben zwei Pferdeboxen. Wenn du fertig bist, gehen wir hinunter und ich zeige dir Banner.«

Ich betrachtete meine Freundin voll Neid, die Grundstimmung ihres Lebens ging mir auf, und ich war glücklich, daß ich daran teilhaben durfte. Nicht, daß es mir an etwas gefehlt hätte, aber die Atmosphäre in diesem Haus ließ manches ahnen, was ich nicht kannte – Sorglosigkeit und Überfluß und die Wärme einer großen Familie, in der es lustig zuging. Aber vor allem empfand ich ein überwältigendes Gefühl der Freundschaft, in der man ganz selbstverständlich teilt und akzeptiert wird, und das Bewußtsein, daß eine schier unerschöpfliche Zukunft vor uns lag und die Welt uns gehörte.

»Du hast es so gut, Cissie.« Sie blickte auf ihre Hand, zuckte mit den Schultern und sah plötzlich bedrückt aus.

»Hast du Lust auszureiten?« fragte sie nach kurzem Schweigen, und ich bejahte, machte sie aber darauf aufmerksam, daß ich gar nicht reiten konnte. Meine Angst vor Pferden erwähnte ich nicht; die Erinnerung an rollende Augen und mächtige Körper, die auf mich zustürmen und mich zu zermalmen drohen, stieg in mir auf.

»Außer Toms Stuten haben wir nur das Pony für den Gig daheim, und einen Sattel gibt es auch nicht. Tom reitet ohne Sattel.«

Cissie bekam große Augen. »Dann kann er ja sicher phantastisch reiten.«

»Hm, keine Ahnung. Er hat nicht viel damit am Hut. Er geht nicht auf die Jagd.«

Cissie prustete los: »Jagen ohne Sattel! Das wäre die Sensation! Vielleicht sollte ich es mal versuchen.«

»Um Himmels willen, Cissie, mach keinen Unsinn.«

»Ist nur ein Scherz«, meinte sie, und wir gingen hinunter und traten hinaus in den Sommertag.

Am selben Abend erhielt ich meine erste Reitstunde. Wir gingen hinaus auf das drei Hektar große Feld hinter dem Haus, auf dem zwei Pferde liefen, Banner und Tess. Cissie sattelte Banner, half mir aufsteigen, und ich ritt eine Zeitlang im Schritt, was er geduldig hinnahm. Doch als ich am nächsten Morgen wieder auf seinem Rücken saß, fand er scheinbar, daß es jetzt reichte, oder vielleicht spürte er auch meine geheime Angst, denn plötzlich fiel er in einen leichten Galopp, und ich plumpste sofort mitten in die Brennesseln.

»Peg, ist alles in Ordnung?«

Cissie hatte sich die rechte Hand vor den Mund geschlagen und versuchte, ihr Lachen zu unterdrücken.

»Mir geht's gut«, behauptete ich und leckte meine schmerzende Hand.

»Sieben Stürze braucht es, bis einer reiten kann«, meinte sie augenzwinkernd, »du hast also nur noch sechs vor dir.«

»Eines kann ich dir jetzt schon sagen – ich hab keinen mehr vor mir! Dieser Sport ist nichts für mich.« Ich stand aus den Brennesseln auf, pflückte mir ein paar Ampferblätter und schrubbte die weißen Brandblasen so heftig, daß grüne Flecken zurückblieben. Dann rieb ich mir verstohlen mein Hinterteil, das auch weh tat.

Mit zerknirschtem Gesicht lief Cissie dem feixenden Banner nach, der zufrieden am Graben stand und mit seinen langen, gelben Zähnen Gras abrupfte.

»Du bist ein ganz, ganz böses Pferd«, tadelte ihn Cissie. Daraufhin gab er einen lauten Furz von sich – poff, poff, poff – und ließ ein paar scharf riechende Pferdeäpfel fallen.

Als Cissie sich zu mir umdrehte, konnte sie sich kaum noch halten vor Lachen.

»Komm, wir machen eine kleine Radtour. Ich hab Mary versprochen, daß wir vorbeischauen.«

Wir nahmen Banner Sattel und Zaumzeug ab und brachten die Sachen wieder ins Haus, nicht ohne vorher das Tor der Koppel fest zu verschließen. Das durchtriebene Pferd schaute uns triumphierend nach und schüttelte die kastanienbraune Mähne.

Als wir das Sattelzeug wieder an den dafür vorgesehenen Haken gehängt hatten, ging ich mit Cissie in den großen Torfschuppen, und wir zerrten zwei Fahrräder heraus, die hinter einer Trittleiter, einem Schubkarren und einem dreibeinigen Küchenstuhl eingekeilt waren. Wir schoben sie auf die Straße und machten uns unter fröhlichem Gelächter auf den Weg.

»Hast du Mary gesagt, wann wir kommen? Vielleicht ist sie gar nicht da«, sagte ich.

»Ist doch egal! Dann fahren wir eben wieder nach Hause. Wir können uns auch ein bißchen die Umgebung anschauen. Was interessiert dich am meisten? Megalithkulturen, Vorgeschichte, Frühchristentum?«

»Eigentlich nichts davon«, antwortete ich einfältig.

Mary wohnte mit ihrem Vater im Lehrerhaus neben dem Schulgebäude. Das einstöckige, rechteckige Gebäude hatte Dachgauben und war Ende des vorigen Jahrhunderts eigens als Lehrerwohnung errichtet worden.

Mr. McElligott war ein freundlicher, mittelgroßer Mann. Er trug eine Brille, hatte angegrautes Haar und keinerlei Ähnlichkeit mit Mr. Clancy, dem Schrecken meiner Kindheit. Er kam zur Küchentür, als Cissie den Kopf hineinstreckte. Mary sei im Garten, sagte er, und wir schlichen uns hinter einer Hecke an und erspähten unser Opfer, das ganz in ein Buch vertieft auf einer Decke im Schatten einer Erle lag.

Cissie legte den Finger auf die Lippen, und wir versteckten uns hinter der Hecke und gaben leise Stöhngeräusche von uns. Mary blickte auf und runzelte die Stirn wie jemand, der an sich selbst zweifelt. Sie verzog den Mund, als wir aus unserem Versteck sprangen.

»Ihr seid doch wirklich zwei Idioten!« rief sie. Ich warf einen Blick auf das Buch, das sie las, und entzifferte den Titel *The School by the Sea*.

»Taugt es was?«

»Geht so.«

Mary nahm uns mit hinein. Ihr Vater las und schrieb am Küchentisch. Der kleine geflieste Flur führte in zwei Wohnzimmer. Überall lagen und standen Bücher, auf Regalen, Tischen, Stühlen, Fensterbänken. Es war nicht zu verkennen, daß wir uns in der Wohnung eines Gelehrten befanden, aber es fehlte jede Spur Gemütlichkeit, in der man sich hätte heimisch fühlen können.

Mary schlief in einem kleinen Mansardenzimmer mit einer Gaube im schrägen Dach. Cissie und Mary setzten sich aufs Bett, ich thronte auf einem Stuhl, betrachtete mein Gesicht im Spiegel und verglich es mit Cissies klassischen Zügen und Marys verschwenderischer Schönheit, gab den Versuch aber gleich wieder auf, da ich dabei schlecht wegkam.

»Ich hasse kleine Zimmer«, erklärte Mary. »Wenn ich erwachsen bin, werde ich in einem Herrenhaus wohnen. Und ich werde in einem großen Schlafgemach sterben.«

»Wozu willst du denn ein Herrenhaus?« fragte ich.

Mary schloß die Augen. »Einfach aus Freude an der Pracht.«

»Denkst du an so was wie Glenallen?« fragte Cissie verwegen. Mary zögerte, wurde ein wenig blaß, und auf ihren Lippen erstarb das Lächeln.

»Vielleicht. Das muß ich mir erst noch überlegen.«

Wir lachten. »Du solltest Brian Fitzallen heiraten«, regte Cissie an.

Mary warf ihr rotes Haar zurück und ließ es durch ihre weißen Finger gleiten. »Der Falke paart sich nicht dem Brachvogel«, sagte sie theatralisch. »Und Brian heiratet Geld. Dafür werden sie sorgen.«

Sie war immer noch blaß. »Auf jeden Fall sieht Peter besser aus«, fügte sie schelmisch hinzu. In der Zwischenzeit überlegte ich mir, wer von beiden wohl der Falke und wer der Brachvogel sein mochte. Der Falke war ein Raubvogel, er stieg hoch in die Lüfte und genoß seine Freiheit. Der Brachvogel hingegen war ein einsames Tier. Daheim hatte ich oft vom Moor her seinen traurigen, unmelodischen Ruf gehört. Nichts davon paßte zu Mary. Sie gab immer irgendwelchen Unsinn von sich, um auszuprobieren, wie er sich anhörte.

Cissie errötete, als der Name ihres Helden fiel, und Mary stupste sie mit dem Ellbogen und sang einschmeichelnd: »Wer liebt Peter Fitzallen? Wer liebt Peter Fitzallen?«

»Wenn du doch bloß mal den Mund halten würdest, Mary«, brummte ich.

Sie schaute Cissie reumütig an. »Ach, laßt euch durch mich nicht aus der Ruhe bringen.«

Sie brachte mich aber aus der Ruhe. Es tat mir in der Seele weh, daß sie so einsam und ohne Mutter aufwuchs. Als wir vom Garten hereinkamen, hatte ich ihren Vater gesehen, der am Küchentisch in seine Bücher und Aufzeichnungen vertieft war. Er hatte uns freundlich zerstreut angelächelt und sich dann wieder seiner Arbeit zugewandt.

Und in der Diele hatte ich ein Bild gesehen, das eine junge Frau zeigte, die dasselbe dichte, lockige Haar wie Mary und ein liebes, offenes Gesicht hatte.

»Was ist mit Marys Mutter passiert?« fragte ich Cissie einmal.

»Sie ist gestorben, als Mary fünf war. An irgendeiner Virusinfektion. Sie war eine Woche im Krankenhaus und schien sich gerade zu erholen, da bekam sie einen Rückfall und war plötzlich tot. Papa hat es mir erzählt. Es war furchtbar traurig.

Ich glaube, es gab damals eine Familienkrise. Kürzlich habe ich gehört, wie Papa Mama erzählt hat, das sei für den Rückfall verantwortlich gewesen.«

»Was denn für eine Krise?«

»Weiß ich nicht. Darüber haben sie nicht geredet.«

Es war Mittagszeit. Wir nahmen Mary mit zurück zu den O'Shaughnessys und begaben uns in die Küche, wo Nellie, die Haushälterin, einen Imbiß für uns bereithielt – hartgekochte Eier und Schinken mit Tomaten und frischem Kopfsalat aus dem Garten. Die schöne, feine Katze, die ich bei meiner Ankunft gesehen hatte, schlief in ihrem Korb am Herd, während Barbie und David gerade ihre Mahlzeit beendeten. Barbie stellte ihren Teller in die

Spüle und warf uns einen unschuldigen Blick zu, als sie sich aus der Küche stahl. David sprang vom Stuhl auf und wollte ihr nachlaufen, kippte dabei aber sein Glas um und verschüttete Milch auf dem Fußboden.

»Wisch das sofort auf, junger Mann«, befahl Nellie barsch, und David packte kurzerhand die schlafende Katze am Nackenfell und wischte die Pfütze mit ihr auf. Die Katze fauchte, betrachtete erst ihr nasses Fell und blickte uns dann aus grünen Schlitzen zutiefst beleidigt an. Schließlich trollte sie sich unter den Tisch, um sich gründlich zu reinigen. Cissie, Mary und ich lachten, bis uns die Tränen hinunterliefen, während Nellie zur Hintertür ging und hinter David herschimpfte, der in den Garten geflohen war. Dann wurde es ruhig.

»Dieser Spitzbub«, brummte sie. »Dieser freche, kleine Spitzbub.«

Mrs. O'Shaughnessy kam mit einem Arm voll Rosen herein. Nellie holte eine Vase, und Cissies Mutter zeigte uns voll Stolz die Blumen, während sie sie ins Wasser stellte.

»Sie sind heuer so schön gewachsen.«

»Mama stellt sie auf der Blumenschau in Glenallen aus«, erklärte Cissie.

»Wann ist die Blumenschau?« fragte ich.

»Am selben Tag wie die Gymkhana.«

Ich wußte, daß Cissie an dem Hindernisrennen teilnahm, und wandte mich an Mary, um zu fragen, ob sie auch mit von der Partie war.

»Ich habe kein Pferd.«

»Natürlich hast du ein Pferd. Du kannst Hector reiten. Mr. Whitefield leiht ihn dir sicher gerne.«

»Wer ist das?« fragte ich.

»Der Pfarrer«, sagte Cissie. »Sein Pferd kann immer Bewegung brauchen.« Aber Mary zeigte sich merkwürdig zurückhaltend, was ich auf die Schwierigkeit mit dem Pferd zurückführte. Cissie versprach, sie würde den Pfarrer selbst fragen und erinnerte Mary, wie gut ihr die Gymkhana damals in Barnstown gefallen hatte, lobte ihr Können als Reiterin und betonte noch einmal, wie dringend Hector etwas Bewegung brauchte. Mary seufzte und gab sich geschlagen.

Wir machten uns belegte Brote und nahmen sie mit hinaus an den Saleen-See, unweit von Cissies Elternhaus. Unsere Fahrräder lehnten wir ans Gebüsch, dann entzündeten wir ein Feuer, um die Mücken zu vertreiben, und ließen uns im Schatten einer Eiche nieder, wo wir uns über das Picknick hermachten. Ich blickte auf den See, über den die Schatten der Wolken zogen, sah, wie sich die Wasseroberfläche kräuselte, wenn der Wind auffrischte, und hörte das leise Plätschern der Wellen. An diesem Tag prägte ich mir etwas ein: Ich bin fast vierzehn und vollkommen glücklich.

»Dieser See ist trügerisch«, bemerkte Mary. »Du darfst nie versuchen, hier zu schwimmen. Er ist voller Schlingpflanzen, die einen in die Tiefe ziehen.«

Ich zuckte die Schultern. »Schwimmen kann ich sowieso nicht.«

Ich ließ meinen Blick über die freundliche Landschaft schweifen und beobachtete das Spiel von Licht und Schatten auf dem Knockshee. Der Berg sah heute fröhlich aus, das Gefühl, daß er dumpf auf etwas lauerte, war verflogen, und die Sonnenstrahlen ließen die vielen Schattierungen von Grün und Braun aufleuchten. Es schien, als würde der Berg die drei jungen Mädchen, die am See picknickten, wohlwollend beobachten.

Ich bin wohl ein bißchen übergeschnappt, dachte ich bei mir und kämpfte gegen die zwanghafte Vorstellung an, der Berg sei ein echtes Wesen – uralt und amoralisch. Meine Phantasie trieb die wildesten Blüten. Warum sollte ein Bestandteil der Landschaft eine solche Ausstrahlung besitzen? Im ganzen Umkreis grünte und blühte das Land, meilenweit in alle Richtungen erstreckte sich die grüne Insel – ruhig und gelassen im sommerlichen Frieden. In der Ferne schrie ein Esel, ein trauriger, langer Klageruf.

Den Sommer über aß man im Haushalt der O'Shaughnessys, wenn man Hunger hatte; nur am Abend, wenn Dr. O'Shaughnessy nach Hause kam, versammelte sich die ganze Familie im Eßzimmer. Manchmal wurde er mitten in der Mahlzeit fortgerufen, und Mrs. O'Shaughnessy seufzte dann: »Kannst du nicht erst fertigessen?« Und er erwiderte matt, daß Babys eben nicht warten könnten. Es wirkte geradezu berauschend auf mich, mit jemandem unter einem Dach zu wohnen, der tagtäglich mit dem wirklichen Leben, mit Geburt und Tod, in Kontakt kam. Doch angesichts dessen, was ich über die Geburt wußte, fand ich es peinlich, daß ein Mann, selbst wenn er Arzt war, an einem so intimen Ereignis im Leben einer Frau Anteil haben sollte. Ich beschloß, keine Kinder zu bekommen, wenn ich erwachsen war.

Cissies Vater erzählte mir Begebenheiten aus der Grafschaft und berichtete auch von der Schlacht bei Ballinamuck im Jahre 1798, als irische und französische Truppen unter General Humbert gegen die Engländer unter General Lake kämpften. Dr. O'Shaughnessy kannte sich in der Geschichte gut aus und verstand es, andere zu fesseln, da er ihnen sein eigenes großes Interesse nahebrachte. Sogar Des, der eben noch vor sich hin gestiert hatte, schaltete sich in das Gespräch ein, um mir von dem Kanonier Magee zu erzählen, der gemeinsam mit seinen beiden Cousins kaputte Töpfe und Pfannen als Ersatzmunition für eine von Humberts Kanonen benutzt hatte. »Als ein Rad der Kanone zerbarst, stützten die beiden Cousins die Radachse mit dem Rücken ab, während Magee den letzten Schuß abfeuerte. Der Rückstoß brach ihnen das Kreuz, und Magee wurde von der englischen Kavallerie getötet.«

Er schilderte die Geschehnisse, als hätten sie sich erst gestern zugetragen. Barbie und David hörten mit offenem Mund zu, bis Dr. O'Shaughnessy das Thema wechselte.

»Wie steht's mit dem Reiten?« wandte er sich an Cissie. »Bringst du heuer den Fitzallen-Pokal nach Hause?«

Cissie drehte die Hand hin und her – was ›vielleicht‹ bedeuten sollte. Sommers wie winters trug sie den dünnen Handschuh. Ich hatte mich schon so daran gewöhnt, daß ich weder den Handschuh noch die Mißbildung, die er verbergen sollte, als etwas Außergewöhnliches betrachtete.

»Und was ist mit dir, Des?«

»Ich habe nichts dagegen teilzunehmen – aber ihr braucht nicht zu erwarten, daß ich auf Tess gewinne. Sie ist einfach verdammt faul.«

Sein Vater musterte ihn kurz, und die ergrauten Brauen über den müden Augen zogen sich zusammen.

»Ich weiß schon, wer hier faul ist«, sagte Cissie, »und Tess ist es jedenfalls nicht. Du nimmst doch nur an der Gymkhana teil, um Harriet Fitzallen zu begegnen.«

Des wurde rot. »Kleine Mädchen soll man sehen, aber nicht hören«, entgegnete er patzig.

Die gegenseitige Neckerei nahm kein Ende. Man sprach über die Fitzallens und Glenallen und das dortige Gestüt, wo seit zwei Jahren, seit sich Mrs. Fitzallen im Komitee engagierte, die Blumenschau und das Reitturnier stattfanden.

Wie Des mir sagte, hatte die Familie Fitzallen drei Kinder; zwei Jungen – Peter und Brian – und ein Mädchen, Harriet. Altersmäßig waren sie nah beieinander; Peter war siebzehn, gerade mit der Schule fertig, und ging demnächst nach Dublin, um Jura zu studieren. Harriet war ein Jahr jünger. »Sie besucht ein Internat in Dublin, und sie kann phantastisch reiten.«

»Sieht gut aus, das Mädchen«, ergänzte sein Vater und blickte Des spöttisch an.

Ich schaute von ihm zu Mrs. O'Shaughnessy, aber sie sagte nichts, sondern betrachtete nur lächelnd ihren Sohn.

»Ich mag sie nicht«, mischte sich Barbie plötzlich ein, die damit beschäftigt war, ihren Kartoffelbrei in einer dünnen Schicht am Tellerrand zu verteilen, so daß ihre Mutter denken würde, sie hätte fast alles aufgegessen.

»Warum nicht?« wollte Des wissen.

»Gestern bei Gogarty's hat sie mich ›Darling‹ genannt, als ich für Nellie Butter holen mußte.«

»Das ist ein alberner Grund«, urteilte ihr Zwillingsbruder David verächtlich, und Des murmelte vor sich hin, er hätte nichts dagegen, wenn sie ihn Darling nennen würde.

»Nein, das ist kein alberner Grund, sie hat es nämlich nicht gemeint. Und ihre Augen lächeln nie.«

»Und was ist mit Brian?« erkundigte ich mich.

»Er ist vierzehn«, sagte Cissie. »Ein Einzelgänger – aber ganz nett.«

Die Katze machte den ganzen Abend lang einen großen Bogen um David. Ich fragte Barbie, was sie am Nachmittag unternommen hatten, und sie zeigte auf ein Marmeladenglas auf der Fensterbank, in dem Stichlinge herumschwammen, die silbrig im Licht glänzten. Dann legte sie den Mund an mein Ohr und flüsterte, sie hätte ein paar davon zu den Goldfischen getan – »damit sie nicht so allein sind«. Ich dachte nicht mehr daran, bis einige Zeit später Entsetzensschreie die Stille zerrissen und ich Barbie mit dem Goldfischglas in der Hand zielstrebig zur Toilette marschieren sah. Die Goldfische waren tot; die Stichlinge hatten sie erdolcht und schwammen nun unter den rotgoldenen Leichen ihrer Opfer herum, die auf der Seite trieben.

»Ihr habt meine Goldfische umgebracht«, schrie Barbie unter wütendem Geheul. »Ihr habt meine armen Goldfische umgebracht.« Dann hörte man, wie die Spülung betätigt wurde und die Missetäter mit sich riß.

3. Kapitel

Für die Gymkhana hatte ich mein bestes Kleid angezogen, ein blaues Sommerkleid mit Gürtel, V-Ausschnitt und weißem Revers, das Mrs. Houlihan für mich genäht hatte. Cissie und Des ritten nach Glenallen, während ich mit ihren Eltern im Wagen fuhr. Der Kofferraum war mit Rosen gefüllt, deren Duft uns beim Öffnen entgegenströmte. Als wir Glenallen erreichten, fuhren wir durch das hintere Tor auf das Grundstück, wo uns ein Schild den Weg zum Parkplatz wies. Ein paar Leute waren schon mit Pony und Gig eingetroffen, auch zwei Autos standen da. Es war ein wunderschöner Nachmittag, doch im Westen standen Wolken, die nichts Gutes verhießen.

Cissie auf Banner traf kurze Zeit später ein. Sie stieg ab und ging den Parcours mit mir ab, wobei sie ihr Pferd führte, das mit seinem gestriegelten Fell, Mähne und Schwanz frisch geflochten, sehr gut aussah. Sie erklärte mir die verschiedenen Durchgänge, die während des Wettkampfs zu absolvieren waren. Auf dem Feld waren Hürden und Hindernisse aufgebaut. Es gab ein Mauerrick, eine mit Stechginster aufgefüllte Hecke und Gutstore; die Stangen waren rot-weiß gestrichen.

Zum Schutz der Zuschauer war der Parcours durch einen an Kiefernpfosten befestigten Maschendrahtzaun begrenzt. An einer Längsseite stand ein Heuwagen mit weißen Korbstühlen, die für die Schiedsrichter reserviert waren. In der Mitte zwischen den Stühlen befand sich ein Tisch, auf dem die Pokale ausgestellt waren, und daneben stand eine große Schachtel mit roten, blauen und grünen Bandschleifen als Trostpreise für die Verlierer.

An einer Schmalseite des Parcours war ein eingekoppelter Sattelplatz, dessen Tor offenstand. Cissie führte Banner hinein und begrüßte einen jungen Mann, der mit seinem Pferd am Halfter auf uns zukam. Er trug Kavalleriereithosen und eine grobe Tweedjacke. Er hielt sich gut, wirkte aber geistesabwesend und hatte die Ausstrahlung der privilegierten Gesellschaftsschicht.

Als er vorbeikam, grüßte er Cissie ein wenig zaghaft und warf mir einen Blick zu.

»Wer ist das?« fragte ich, als er vorbei war.

»Brian Fitzallen.«

Dann wurde Cissies Stimme tiefer. »Schau, da ist sein Bruder Peter.«

Ich drehte den Kopf, um diesen Ausbund an männlichen Tugenden zu sehen, der Mary Anlaß zu so vielen Anzüglichkeiten gegeben hatte. Aus etwa fünfzig Metern Entfernung näherte sich ein junger Mann in Reithosen und schwarzen Stiefeln. Neben ihm ging ein blondes Mädchen. Er war etwa so groß wie sein Bruder, sah gut aus und hielt, auch wenn er im Gespräch war, den Kopf sehr gerade, was wohl seinen unbeugsamen Stolz demonstrieren sollte. Er trug eine schwarze Samtjacke mit einem steifen, schneeweißen Kragen und schlug im Gehen eine Reitpeitsche mit silbernem Griff gegen die polierten schwarzen Stiefel.

»Das Mädchen neben ihm ist Harry«, ergänzte Cissie.

»Die Schwester?«

»Ja.«

Ich beobachtete die beiden unauffällig. Sie schienen ins Gespräch vertieft, doch Harriet ließ ihren Blick über die Anwesenden schweifen, während sie sich mit ihrem Bruder unterhielt. Sie war hochgewachsen, ebenso makellos gekleidet wie Peter und strahlte Fröhlichkeit und Selbstbewußtsein aus.

»Harry ist ein komischer Name für ein Mädchen, aber irgendwie paßt er zu ihr.«

Cissie nickte zerstreut. Mir fiel auf, wie ihre Augen an Peter hingen und ihre Pupillen dunkel wurden.

Die beiden sprachen mit anderen Wettkämpfern, und ich hörte Harriets helles Lachen. Dann schlenderten sie in unsere Richtung. Cissie begann sich intensiv mit Banner zu beschäftigen und streichelte unaufhörlich seine Nase, bis er unruhig schnaubte. Sie drehte sich zur Seite. Ich wußte, daß sie nervös war, fragte mich aber, warum.

»Hallo, ihr zwei!« Harriets Stimme klang herzlich und freundschaftlich.

»Hallo, Harry«, erwiderte Cissie ernst und fuhr fort, Banner zu streicheln. Sie warf einen Blick auf Peter, der direkt hinter seiner

Schwester stand. Er lächelte Cissie flüchtig an und schaute dann weg.

»Das ist meine Freundin«, stellte mich Cissie vor, »Peg Donlon.«

»Hallo, Peg«, Peter schüttelte mir die Hand. Ich hatte den Eindruck, als würde ich geprüft und für unwürdig befunden. Harriet schenkte mir ein strahlendes Lächeln, das ich ganz bezaubernd fand; sie wollte kontaktfreudig und charmant wirken. Außerdem strahlte sie die Überzeugung aus, daß die Menschen so waren, wie sie sie sehen wollte, daß andere nur in Beziehung zu ihr existierten und sie selbst der Nabel der Welt war. Der Charme, der mit dieser Weltsicht einherging, war verführerisch und vielversprechend: Der Lohn war Harriets Freundschaft und Anerkennung, und der Preis, den man dafür bezahlte, Anpassung – die Umgestaltung der eigenen Identität gemäß ihren Vorstellungen.

All das wird mir rückblickend klar, doch in jenen Tagen, als ich kaum persönliche Absichten verfolgte, war ich einfach hingerissen.

Plötzlich erschien Des auf Tess, stieg ab, begrüßte Peter flüchtig und wandte sich dann sofort und mit unverhohlener Bewunderung Harriet zu. Mir war sofort klar, daß sie sich seiner Gefühle bewußt war, sich geschmeichelt fühlte, aber im Grunde unbeeindruckt blieb.

»Ich habe dich auf deinem neuen Pferd gesehen«, bemerkte er.

»Ja, Mister Charming. Wie gefällt er dir?«

»Er ist ein Prachtkerl. Den Pokal holst du dir spielend.«

Dann tauchte Mary auf, die den geborgten Hector ritt, ein dickes, ungepflegtes Tier, von dem weiße Schaumklümpchen tropften. Sie hatte die aufrechte Haltung einer guten Reiterin. Das tiefrote Haar war mit einem Haarnetz unter dem harten, schwarzen Hut gebändigt. Doch Mary preßte die Hände krampfhaft zusammen, und zu meiner Verwunderung bemerkte ich, daß sie zitterten, als sie sich anschickte abzusteigen.

»Guten Tag, ihr lieben Leute«, begrüßte sie uns jovial und verriet mit keiner Geste den inneren Aufruhr, der sich gerade eben noch an ihren zitternden Händen gezeigt hatte. Sie schwang ein schlankes Bein über den Hals des Pferdes und glitt herunter. Alle lachten. Mary besaß die Gabe, den Anschein zu erwecken, als sei es ihr völlig gleichgültig, was andere von ihr dachten, und infolgedessen hatten alle Hochachtung vor ihr. Ich sah, wie Harriet, die ihr Willkommenslächeln aufgesetzt hatte, Mary musterte und mit hochgezogenen Augenbrauen auf Hector blickte.

»Wenn ich gewußt hätte, daß der arme Hector so schlecht in Form ist, hätte ich ihn für den lieben alten Herrn Pfarrer geritten.«

Dann wandte sie sich wieder Cissie zu, die mit Peter sprach, dabei Banner am Halfter hielt und die linke Hand in der Tasche versteckte. Banner rasselte mit dem Gebiß, zog die ledrigen Lippen kraus und zeigte seine Zähne. Ich merkte, daß Cissie ihre Umgebung kaum noch wahrnahm; die Wirklichkeit bestand für sie nur noch aus einem einzigen menschlichen Wesen.

»Cissie Darling«, ließ sich Harriet vernehmen, »findest du Banner nicht ein bißchen anstrengend?«

Cissie reagierte zunächst gar nicht. Dann drehte sie sich um und lachte. Ihr Gesicht war rosig, und ihre Augen leuchteten.

»Überhaupt nicht, er ist ein Schatz.«

»Aber er ist sehr kräftig. Fällt es dir nicht schwer, ihn beim Wenden zu halten ... mit deinem armen Pfötchen?« Sie zeigte auf Cissies linke Hand, die immer noch in der Tasche steckte. Cissie wurde blaß, wußte nicht, was sie sagen sollte, zog die Hand aus der Tasche und betrachtete sie unglücklich. Ich sah, wie Peter auf die Hand mit dem Handschuh blickte. Mary atmete tief durch.

»Nein«, stotterte Cissie, die sich gedemütigt fühlte, weil ihre deformierte Hand im Mittelpunkt der Aufmerksamkeit stand. Und wie ich vermutete, empfand sie es als schlimme Kränkung, daß Peter Fitzallen Zeuge dieser Szene wurde. Peters Gesichtsausdruck hingegen war geradezu unergründlich, nur ein harter Zug um den Mund verriet unversehens Mißbilligung. Er sah seine Schwester an, und seine Augen wurden schmal.

»Nein, ganz und gar nicht«, sagte Cissie mit zittriger Stimme.

»Eine gute Reiterin lenkt mit den Knien und nicht mit der Hand«, erklärte Mary honigsüß, und als Harriet sie mit kühlen blauen Augen anschaute, fügte sie hinzu: »Wie ich sehe, benutzt du für Mr. Charming schon scharfes Gebiß.«

Harriets Gesicht, das liebenswürdig und überlegen wirken

sollte, erstarrte plötzlich, und sie warf Mary einen Blick zu, bei dem es mir kalt den Rücken hinunterlief. Peter wandte sich mit einer netten, witzigen Bemerkung an Cissie und beugte sich dabei freundlich, aber herablassend zu ihr hinunter. Dann legte ihm seine Schwester die Hand auf den Arm. »Darling«, sagte sie munter: »Es ist gleich elf. Wir müssen weiter. Ich bin so zerstreut.«

Er reagierte mit einem leisen Lachen und schien fast erleichtert, daß sie ihn wegzog. Harriet und Peter entfernten sich langsam, sie gingen über den Parcours, plauderten mit anderen Leuten, und Cissie stand da, wie unter Schock, und streichelte immer noch Banners Nase. Ich sah, wie ihr Tränen in die Augen traten und sie die Lippen aufeinanderpreßte.

»Hör nicht auf sie. Sie hat es nicht so gemeint«, flüsterte ich. »Sie ist einfach ein bißchen unsensibel.«

»Sie ist einfach eine dumme Kuh«, sagte Mary, »die versucht, Cissie aus dem Gleichgewicht zu bringen.« Cissie antwortete nicht, aber ihre Lippen zitterten, und sie hielt nur mit Mühe die Tränen zurück.

»Für wen halten sie sich eigentlich?« flüsterte ich Mary ärgerlich zu.

Sie lachte kurz auf.

»Für Könige ... Sie halten sich für die königliche Familie, aber ich würde was drauf wetten, daß die sich besser zu benehmen wissen.«

Die Gymkhana begann. Ich saß mit Mrs. O'Shaughnessy und den Zwillingen in der kleinen Zuschauermenge. Einschließlich Des und Mary traten insgesamt zehn Wettkämpfer an. Harriet ritt ihr neues Pferd, einen schönen kastanienbraunen Wallach, voll Stolz, doch nach einer tadellosen Leistung stieß er die Stange der letzten Hürde hinunter.

»O mein Gott, o mein Gott.« Barbie, die neben mir stand und über den tragischen Tod ihrer Goldfische bereits hinweggekommen war, tuschelte die ganze Zeit vor Aufregung, bis sie von ihrer Mutter zur Ruhe gerufen wurde.

Schließlich waren alle Wettkämpfer ausgeschieden bis auf Cissie und die drei Fitzallens. Es gab ein Stechen auf Zeit. Peter und Brian ritten zuerst und stießen je ein weiteres Hindernis um.

Dann war Harriet an der Reihe. Als sie auf den Parcours ritt, spürte man förmlich ihre Konzentration, doch ihr Pferd war merkwürdig nervös und warf die zweite Hürde um. Jetzt war Cissie dran. Harriet räumte mit wütendem Gesicht das Feld und ritt auf den Sattelplatz.

Cissie trabte in die Einfriedung. Sie hatte darum gebetet, als letzte antreten zu können, und bei der Auslosung Glück gehabt. Ganz aufrecht saß sie auf ihrem Pferd – mit unbeweglicher Miene und tiefschwarzen Pupillen, wie immer, wenn sie aufgeregt war oder Angst hatte.

Banner verhielt sich vorbildlich. Die Menge hielt den Atem an. Ich spürte, daß die Zuschauer sie unterstützten, diese Vierzehnjährige mit der armen kleinen Hand, Gott steh ihr bei. Mrs. O'Shaughnessy lehnte sich zurück und tat so, als würde sie sich entspannen. Auf der anderen Seite der Einfriedung sah ich das Ehepaar Fitzallen. Ob sie wohl glaubten, der Sieg sei ihrem Kind schon sicher?

Später, als ich sie besser kennenlernte, wurde mir klar, daß ich sie falsch eingeschätzt hatte. Sie wurden von einem düsteren Fatalismus beherrscht und erwarteten rein gar nichts.

Cissie nahm das erste Hindernis, dann das nächste, die zweifache Kombination, den Wall, den Wassergraben. Die Spannung stieg, als Banner mit dem Hinterhuf gegen die oberste Stange einer Hürde schlug, doch sie zitterte nur einen Augenblick lang und blieb liegen. Das Pferd schien seinen Fehler zu bemerken, denn alle anderen Hindernisse nahm es mit Bravour. Dann war auch die letzte Hürde überwunden, und es war geschafft. Miss O'Shaughnessy auf Banner hatte ohne Fehler und mit nur einem Zeitfehler das Rennen gewonnen. Alle klatschten und jubelten, insbesondere die Zwillinge brüllten vor Freude. Ich sah, wie Cissie sich liebevoll über Banners Hals beugte, sah, wie ihre Augen wanderten, nicht dahin, wo ihre Familie und ich saßen, sondern zu Peter und Harriet Fitzallen. Ich sah, wie Peter ihren Blick erwiderte – mit einem Mal schien sein Interesse geweckt. Da stand er, dieser Teenager, hochgewachsen, aristokratisch und kalt, und folgte Cissie mit den Augen. Und vielleicht war es das Zusammenspiel seiner Schönheit und seiner Kälte, was Unbehagen bei mir auslöste – das und sein unverkennbares Interesse an Cissie.

Hier lauerte eine Gefahr, die ich nicht einschätzen konnte. Als ich die drei jungen Fitzallens auf dem Sattelplatz beobachtete, fiel mir auf, daß Brian nie bei seinem Bruder oder seiner Schwester stand; er hielt sich meistens abseits, doch einmal, als er das Wort an sie richtete, sah ich, wie Harriet ruckartig den Kopf wegdrehte und Peter seinem Bruder gezielt den Rücken zuwandte.

Dann folgte die Siegesparade. Die Sonne war herausgekommen und schien auf Cissie, die an der Spitze der Parade rund um die Einfriedung ritt, und auf Mary, die mit hoch erhobenem Haupt und unbeweglichem Lächeln die Nachhut anführte. Eine Weile lang beobachtete ich Harriet Fitzallen, weil ich wissen wollte, wie sie ihre Niederlage aufnahm. Sie trug ein heiteres Lächeln zur Schau, doch wie Barbie bereits bemerkt hatte, lächelten ihre Augen kein bißchen.

Die Wettkämpfer reihten sich vor den Schiedsrichtern auf, um ihre Preise entgegenzunehmen. Banner wurde mit einer Rosette geschmückt, ein Preisrichter gratulierte Cissie und überreichte ihr die Silbertrophäe, den Fitzallen-Pokal, den sie ein Jahr lang behalten durfte, und eine kleinere Nachbildung davon. Sie nahm die beiden Trophäen mit der rechten Hand entgegen, hielt mit der linken die Zügel und lächelte glücklich. Und in diesem Augenblick ihres Triumphs wurde mit einem Mal Harriet Fitzallens Pferd bockig und rempelte Banner von hinten an. Cissie griff instinktiv mit der gesunden Hand nach den Zügeln und ließ dabei den Pokal zu Boden fallen.

Ich sah, wie sie vor Scham blaß wurde und sich zitternd anschickte abzusteigen, als plötzlich Brian Fitzallen vor ihr stand, den Pokal aufhob und ihn Cissie mit einer Verbeugung zurückgab. Mehrere Zuschauer klatschten. Für diese Geste der Ritterlichkeit schloß ich ihn ins Herz; und es gefiel mir, wie er seiner Schwester zuzischte: »Kannst du das Tier denn nicht unter Kontrolle halten?« Auch der unverhohlene Haß, mit dem sie ihn anblickte, entging mir nicht. Währenddessen saß Peter mit unbeweglicher Miene auf seinem Pferd – unbeteiligt, kalt und verächtlich – und beobachtete Cissie. Sein Gesicht verriet kein Gefühl außer demselben gespannten Interesse, das ich wahrgenommen hatte, als er Cissies Siegesritt verfolgte.

Dann gingen der zweite und dritte Preis an die Fitzallens, und auch sie ernteten Applaus. Als Brian seine Rosette erhielt, drehte er sich um, schaute mir in die Augen und lächelte, und es entstand ein Gefühl der Nähe, das kaum einen halben Atemzug währte.

Dieses Ereignis war der Höhepunkt meines Aufenthalts in Ballyharris. Nach dem Rennen gab es Tee im großen Zelt, das man auf dem Rasen im Schatten des Herrenhauses errichtet hatte. Ich stand am Zelteingang, blickte beinah ehrfürchtig zu den georgianischen Fenstern des Hauses hoch und sog die Atmosphäre des Reichtums auf, mit all den Segnungen, die er in Form von Selbstvertrauen und Privilegien mit sich brachte. Jenseits des Rasens sah ich einen kleinen, künstlich angelegten See und dahinter ein Wäldchen. Auf den Wiesen, die sich im Hintergrund erstreckten, grasten Pferde – anmutige Silhouetten vor dem Horizont.

Ich fragte mich, wo Mary steckte, denn ich wollte gerne mit ihr über Cissies Sieg reden. Da sie im Zelt nicht zu finden war, ging ich nach draußen. Die kühle Abendbrise zerrte an der Zeltleinwand, und der Himmel sah nach Regen aus. Am Berg hatte es schon angefangen zu regnen. Ich suchte mit den Augen die Vorderfront und die Seite des Hauses ab und entdeckte endlich Mary, die unter einem Bogengang von den Ställen her kam. Ich wollte schon rufen, als sie auf eine Baumgruppe in Richtung Tennisplatz zusteuerte. Etwas an ihrem Gang beunruhigte mich. Ich rannte zu den Bäumen und fand sie dort im Schatten, wie sie sich vornübergebeugt erbrach.

»Warum ist dir schlecht geworden?« fragte ich schwer atmend, sie schaute zu mir auf und schüttelte zitternd den Kopf.

»Ich weiß nicht, Peg. Hier in Glenallen ist irgendwas ...« Einen Augenblick lang glaubte ich, daß sie scherzte, aber ihr trotzig gequälter Gesichtsausdruck sprach für sich.

»Das ist das schönste Anwesen, das ich je gesehen habe«, bemerkte ich verwundert. Im Moment hatte ich alles Bedrückende vergessen, was ich noch vor einer halben Stunde empfunden hatte. »Was sollte damit los sein?«

»Es macht mir angst«, flüsterte Mary. »Ich bekomme Angst, und es widert mich an, und ich weiß nicht, warum.«

Mit einem Taschentuch, das sie aus ihrer Reitjacke zog, wischte sie sich den Mund ab und bestand darauf, mit mir in das Zelt zurückzukehren. Ich ging schweigend neben ihr her, spürte die ersten feinen Regentropfen und hatte das Gefühl, daß uns der Berg – eingehüllt in graue Nebelschleier – verfolgte.

Doktor O'Shaughnessy holte uns ab. Mrs. O'Shaughnessy hatte mit ihren Rosen den zweiten Preis gewonnen. Sie freute sich redlich darüber, und wir fuhren müde und zufrieden nach Hause. Cissie und Des brachten die Pferde heim, und Mary gab ihr Reittier wieder bei seinem Besitzer ab, um sich uns dann zum Abendessen anzuschließen.

Und beim Essen ging es hoch her! Die Küche war erfüllt von schallendem Gelächter, und man stellte lebhafte Vergleiche an, was Harriets Pferd wohl gekostet haben mochte und wie billig Banner dagegen gewesen war. »Ich wußte, daß er was taugt«, bemerkte Dr. O'Shaughnessy zwischen zwei Bissen, und Des erklärte, Mr. Charming sei wirklich ein ziemlich störrisches Tier. »Habt ihr gesehen, was er beim Stechen für ein Theater gemacht hat?« Er fügte hinzu, Harry sei trotzdem die beste Reiterin in der Grafschaft, während David fand, ›Mr. Charming‹ sei ein blöder Name für ein Pferd. Mary, die sich offenbar wieder erholt hatte, trug wenig zur Unterhaltung bei, kicherte aber ab und zu boshaft. Nellie bediente uns, eilte geschäftig hin und her und meinte, es sei eine Gnade Gottes, daß das Wetter gehalten hatte; im Vorbeigehen legte sie Cissie die Hand auf den Kopf. Cissie hatte gebadet und sich umgezogen und sah erschöpft und zufrieden aus.

»Worüber hast du den ganzen Abend gekichert, Mary?« fragte Cissie später, nachdem wir Nellie beim Abräumen geholfen und uns in Cissies Zimmer zurückgezogen hatten. Ich schaute aus dem Fenster, die anderen beiden hatten sich auf den Betten ausgestreckt. Stürmische Windböen trieben den Nieselregen vor sich her, und das Laub der Platane und der Apfelbäume wiegte sich in einem wilden Tanz. Doch das Fenster war fest geschlossen, drinnen war es behaglich, und wir fühlten uns geborgen. Als ich mich umdrehte und meine beiden Freundinnen betrachtete, war ich froh, daß wir die Welt ausschließen konnten.

Mary ließ sich nichts anmerken. »Von was redest du?«

»Du hast beim Abendessen ständig vor dich hin gegackert. Wir wollen auch mitlachen.«

Mary sah erst Cissie, dann mich an.

»Es ist ein Geheimnis, das nur die drei Unbezwingbaren angeht.« Sie hielt inne und biß sich auf die Lippen, als ich losprustete. Die drei Unbezwingbaren! Das tat weh! Neun Monate war es her, darüber waren wir doch längst hinaus.

»Wißt ihr«, fuhr sie fort und kreuzte die Arme über der Brust, »ich habe ihm einfach ein paar Brennesseln dahin gesteckt, wo sie am besten wirken.« Sie lachte wieder, Tränen liefen ihr die Wangen hinunter, und sie war so vergnügt wie jemand, der einerseits von der eigenen Tollkühnheit begeistert und andererseits froh ist, die schreckliche Spannung loszuwerden.

Mir war schleierhaft, wovon sie sprach. Cissie war einen Augenblick lang perplex, dann wurde auch sie von einem Lachkrampf geschüttelt, der nicht frei von Schuldgefühlen schien. »O Gott, ich habe eigentlich gar nicht gewonnen, das warst du!«

Mary schaute mich mit tränennassen Augen an. »Kapierst du es nicht, du lieber Dummkopf? Ich habe eine Kugel aus Brennesseln geformt, und vor dem Stechen, als sie alle in einer Reihe vor dem hinteren Zaun auf dem Sattelplatz standen, habe ich sie Mr. Charming in den Arsch geschoben.«

»Was hast du getan ...?« Ich kam nicht mehr mit.

»Das ist ein alter Zigeunertrick«, erklärte sie, als sie wieder sprechen konnte. »Das machen sie auf dem Pferdemarkt, damit ein alter Klepper jung und munter wirkt. Bin ich sehr schlimm?«

»Und wie«, rief ich und preßte mir ein Kissen aufs Gesicht, um meinen Lachanfall zu ersticken. Kein Wunder, daß Mr. Charming bockig gewesen war.

Was ich in dem Gehölz bei den Ställen miterlebt hatte, erwähnte ich an diesem Abend nicht. Beim Essen hätte ich es beinah erzählt, aber Mary hatte warnend die Stirn gerunzelt und den Kopf geschüttelt.

Als Mary ging, brachten wir sie die Treppe hinunter bis zur Haustür. Ich sah, daß sich Dr. O'Shaughnessy von einer Patientin verabschiedete – einer erschöpft wirkenden, spatzenhaft kleinen Frau mit verbundener Hand. Er lehnte das Geld ab, das sie ihm hinhielt, und sagte: »Versuchen Sie, etwas kürzerzutreten, Kate, und befolgen Sie meine Anweisungen für die Hand. Sie wissen selber, daß Sie verhindern müssen, daß sich die Infektion festsetzt.«

»Zum Teufel damit – festsetzen. Ich hab schon schlimmere Kratzer abbekommen als den da.«

Sie schaute zu uns hinauf, als wir die Treppe herunterkamen.

»Mein Gott, Dr. O'Shaughnessy, die kleine Cissie ist ja unheimlich groß geworden; wir müssen dir einen Stein auf den Kopf legen, kleines Fräulein ... Und zwei so vornehme Freundinnen hat sie! Gott segne euch.«

Ich bemerkte, wie ihre Augen an Cissies linker Hand hängenblieben, trotz ihres Geplappers sahen sie ängstlich aus.

»Wer war das?« fragte ich Cissie, als Mary auf ihrem Fahrrad losgezogen und die Patientin nur noch als grauer Umriß auf der dunklen Straße zu sehen war.

»Du meinst die Patientin – oh, nur die arme Mrs. Hennigan. Sie leben in dem Häuschen weiter unten an der Straße; ihr Mann arbeitet für die Fitzallens. Sie haben elf Kinder.«

Als wir durch die Diele zurückgingen, fiel mir auf, daß die Praxistür offen war und Dr. O'Shaughnessy mit seiner Frau sprach, die in der Tür stand. »Die arme Frau ... Vielleicht verliert sie die Hand. Warum ist sie nicht eher zu mir gekommen? Ich habe es geöffnet, aber das ist nur eine Notlösung. Sie hat sich einen Splitter unter den Nagel gezogen ...« Er schüttelte den Kopf.

In diesem Moment stolperte ich über den halb erdrosselten Teddy, und Mrs. O'Shaughnessy wurde auf uns aufmerksam. »Wo ist Barbie? Sagt ihr, sie soll das Ding aus der Diele räumen.«

»Barbie«, brüllte Cissie. »Schaff dein verdammtes Mordopfer weg. Peg hätte sich beinah den Hals gebrochen.«

Barbie kam mit schokoladenverschmiertem Mund aus der Küche, ihr Zwillingsbruder folgte ihr auf den Fersen. »Aber das ist der beste Platz für eine Hinrichtung«, erklärte sie ihrer Mutter und deutete auf das Ende des Stricks, der am Treppenabsatz am Geländer festgebunden war.

»Habt ihr die Mousse gegessen?« rief Cissie wutentbrannt; die Antwort gab ihr Nellie, die mit rotem Gesicht aus der Küche gestürmt kam.

»Ich kann sie keine Sekunde aus den Augen lassen, Ma'am. Ich war nur kurz in der Speisekammer, und als ich wiederkam, war ein Loch in der Nachspeise für morgen.«

»Ihr kleinen Ratten«, zischte Cissie die Zwillinge an. Barbie warf ihrer Mutter einen schuldbewußten Blick zu, packte den Teddy und lief die Treppe hinauf; dann zerrte sie heftig an dem Knoten am Treppengeländer, während uns David von oben Grimassen schnitt.

Cissie verbrachte in diesem Jahr den Großteil des August bei uns. Wegen der Wirtschaftskrise war die Lage auf dem Land schlimmer denn je. Unsere Farm war jedoch nicht so arg betroffen wie andere, denn Tom hatte in der Pferdezucht ebensoviel Erfolg wie im Handel, und die Nachfrage nach seinen Tieren war nicht vom britischen Markt abhängig. Trotzdem war mir klar, daß Geld knapp war und meine Mutter an allen Ecken und Enden sparte, um mein Schulgeld bezahlen zu können.

Wir hatten auch Mary zu uns eingeladen, aber sie hatte gleichzeitig eine Einladung von ihrer Tante erhalten, die in Sandymount in Dublin lebte, und die Stadt erwies sich als attraktiver.

»Ich reise in die Hauptstadt, meine Lieben, und werde die Lage der Dinge prüfen.«

»Das klingt, als wolltest du etwas auskundschaften«, meinte Cissie. Mary lachte.

»Genau. Ich muß mich mit dem Schauplatz meiner künftigen Triumphe vertraut machen.«

Mary wurde immer theatralischer, und das war nicht unpassend, wenn man bedachte, daß sie einmal eine berühmte Schauspielerin werden wollte.

»Warum willst du eigentlich Schauspielerin werden?« hatte ich sie einmal gefragt. Sie antwortete ungewohnt ruhig und überlegt. »Eigentlich geht es gar nicht darum, daß ich spielen möchte. Ich will nur etwas tun, was Sinn hat. Ich würde mich gern in wunderbare, gefährliche Abenteuer stürzen, etwas tun, was wirklich Bedeutung hat, aber das ist nicht möglich, und statt dessen tue ich eben so als ob.«

Ich befürchtete, daß es Cissie nach all den Aufregungen in Ballyharris auf unserer Farm langweilig werden würde, aber es schien ihr zu gefallen, und sie fühlte sich wie zu Hause. Tom und ich holten sie mit dem Gig vom Bahnhof ab, und kaum hatte sie das Haus betreten, da war sie schon wieder draußen, um die Stuten anzuschauen; Tom konnte kaum mit ihr Schritt halten. Eine Minute später hatte er sie auf eins der Pferde gehoben, und die beiden machten ohne Sattel einen Proberitt rund um die Koppel. Ich machte mir Sorgen um Cissie, weil sie auf der mächtigen, siebzehn Handbreit hohen Stute so zerbrechlich aussah, aber sie ritt mit der Leidenschaft einer Besessenen und kehrte lachend und mit roten Wangen zurück.

»Du mußt es auch mal versuchen, Peg – ich begreife nicht, warum du es noch nicht probiert hast.«

»Das Reiten ohne Sattel wurde mir schon in einem zarten Alter ausgetrieben.«

»Was ist passiert?«

»Tom hat mich vor sich aufs Pferd gesetzt und ist losgetrabt – ich wäre fast gestorben.«

Cissie blickte Tom streng an.

»Die Stute war schon alt«, erklärte er. »Ziemlich knochiger Rücken. Man konnte Peg bis ins nächste Dorf hören. Sehr kräftige Lungen.«

Ich lachte. »Und vor einem Jahr ungefähr habe ich einen Schock erlebt – mit ein paar Zigeunerpferden.«

»Was ist da passiert?«

»Nicht viel. Nur ein Schock«, und vor meinem geistigen Auge sah ich die scheckigen Pferde auf mich zustürmen.

»Steig zu mir auf«, sagte Cissie, tätschelte die Stute und warf Tom einen finsteren Blick zu, der entzückt lächelte. »Lila hier ist sehr brav und läßt sich gut reiten.«

Die Stute blickte auf mich herab und schnaubte gleichgültig.

»Komm schon«, beharrte Cissie und ließ Lila im Schritt zu dem Findling gehen, den Tom zum Aufsteigen benutzte. »So lernt man es am besten – ohne Sattel; da bekommst du einen guten Sitz.«

»Ich bin mit meinem Sitz völlig zufrieden«, protestierte ich, aber um Cissie einen Gefallen zu tun, raffte ich meinen weiten Baumwollrock zusammen und stieg hinter ihr auf.

»Jetzt halt dich an mir fest«, befahl Cissie und ließ Lila Schritt gehen. Ich legte die Arme um Cissies Taille und hielt mich fest; sie fühlte sich schlank und stark an. Als ich zu Tom hinunterschaute, sah ich, daß er feixte, und wußte sofort, daß er mich beneidete und viel darum gegeben hätte, an meiner Stelle zu sein und die Arme um diese Taille zu legen.

Diese Episode hatte zur Folge, daß Tom zwei gebrauchte Sättel kaufte und Cissie und ich fast täglich auf den beiden Stuten ausritten. Tom begleitete uns die ersten ein, zwei Tage, dann hatte er das Gefühl, wir kämen allein zurecht.

Auf einem unserer Spazierritte trafen wir Paddy Stapleton der den Feldweg zu unserem Haus hinunterradelte. Als er uns näher kommen sah, stieg er ab und wartete.

»Hallo Paddy«, rief ich. Wir hielten die Pferde an, und ich stellte ihm Cissie vor. Er streckte die Hand aus und ergriff die ihre. Er sah angespannt aus.

»Ist alles in Ordnung, Paddy?« fragte ich.

Er warf einen Blick auf Cissie, schaute dann mich an und wurde rot. »K..k..kann ich mal mit dir reden, Peg?« Wieder sah er Cissie an. – »Unter vier Augen, wenn d..d..du nichts dagegen hast.« Während er das sagte, nahm er seine Mütze ab und drückte sie verlegen zusammen. Er war ziemlich groß geworden. Über der Oberlippe war der Schatten eines Barts zu erkennen, und sein Gesicht verriet eine für sein Alter ungewöhnliche Entschlossenheit und Stärke.

Ich schaute Cissie an, die Lila wortlos in Trab setzte und ein Stück die Straße hinaufritt.

»Um was geht's, Paddy?« fragte ich, stolz auf Megs breitem Rücken thronend.

»H..h..hat Tom dir erzählte, daß ich nach Amerika gehe?«

Ich nickte. Tom hatte es vor ein paar Tagen erwähnt, aber ich hatte mir deshalb keine Gedanken gemacht. »Er hat gesagt, du fährst zu einem Onkel nach Chicago oder so.«

»Ich w..w..werde hart arbeiten und mein Glück machen«, fuhr Paddy hastig fort. »Und dann k..k..komme ich wieder und hole dich, Peg, wenn du mich h..h..haben willst.«

Ich starrte ihn an und dachte, er macht einen Witz. Innerlich mußte ich kichern. »Ach, hör doch auf!« sagte ich, »und mach dich nicht über mich lustig.«

Er sah aus, als wollte er weitersprechen, überlegte es sich aber dann anders, lächelte mich ein wenig traurig an und sagte in neckendem Ton: »Ich schaffe es schon irgendwie, und dann komme ich und hole dich – du wirst schon sehen.«

Damit stieg er auf sein Fahrrad und radelte davon.

»Viel Glück in Amerika, Paddy«, rief ich ihm nach und wurde plötzlich von einer Vorahnung berührt. »Und vergiß nicht die Diamanten, die du mir versprochen hast!«

Zum Zeichen, daß er mich gehört hatte, hob er die Hand, drehte sich aber nicht um.

»Was wird hier gespielt?« fragte Cissie, als ich sie wieder eingeholt hatte. Ich fand sie hinter der nächsten Wegbiegung, wo sie sich auf Lilas breitem Rücken sonnte, während sich die Stute das Gras auf dem ›langen Acker‹ schmecken ließ.

»Nichts, ich hab nur gerade einen Heiratsantrag bekommen«, entgegnete ich und lachte voll Erleichterung darüber, daß ich lachen konnte.

Cissie setzte sich im Sattel auf und machte große Augen. »Ist das dein Ernst?«

»Er hat nur Spaß gemacht«, behauptete ich. »Eigentlich wollte er einfach auf Wiedersehen sagen.«

In der zweiten Woche, die Cissie bei uns verbrachte, schlug das Wetter um. Der Himmel öffnete sich, Donner und Blitz kamen über uns, und es goß wie aus Kübeln. Währenddessen saßen wir in der guten Stube, spielten Karten und unterhielten uns. Cissie hatte sich auf einem Hocker am Herd niedergelassen, ihr dunkles Haar glänzte im Feuerschein. Mir fiel auf, daß Tom jeden erdenklichen Vorwand nutzte, um sich mit ihr zu unterhalten, und über ihre Witze unbändig lachte.

»Kennst du den über den Verrückten mit den Käfern?« fragte Cissie. Diese grauenhafte Geschichte handelt von dem Insassen eines Irrenhauses, der glaubt, seine geliebten Käfer würden taub, wenn er ihnen die Beine ausreißt. Ich stöhnte, denn ich hatte die Anekdote schon hundertmal in der Schule gehört. Tom brüllte vor Lachen. Auch Mama mußte lachen, allerdings mehr über Cissie und Tom als über den Witz.

Am nächsten Tag waren wir froh, wieder ins Freie zu kommen. Tom sattelte Lila und Meg für uns. Wir ritten hinunter zur Garryogue, die Hochwasser führte und in ihren donnernden Fluten Zweige und anderes Treibgut mit sich riß. Joe Clancy, ein wenig größer, als ich ihn in Erinnerung hatte, stand auf der alten Brücke und fischte. Ich konnte auch auf die Entfernung erkennen, daß inzwischen noch mehr Steine weggespült worden waren. Schon seit den *Troubles* war die Brücke nicht mehr begehbar, und Jahr für Jahr waren weitere Steine abgebröckelt.

Ich war wie gelähmt vor Angst um den Jungen, wagte es nicht, mich zu rühren, um ihn nicht abzulenken. Als er seine Angelschnur auswarf, beugte er sich zurück und rasch wieder vor, dabei stemmte er sich gegen einen Überrest des Brückengeländers, der wie ein abgebrochener Zahn vorragte, während unter ihm die reißende Strömung dahinschoß. Ein Lachs stieg aus dem Wasser, der Junge riß an der Angelrute und stellte einen Fuß auf den Stein, der plötzlich nachgab und mit ihm in die Fluten stürzte.

Es geschah alles so schnell – der Junge fiel samt dem Stein ins Wasser und trieb flußabwärts auf uns zu, fuchtelte wild mit den Armen und kämpfte gegen die Fluten. Ich mußte an seinen Vater denken – wie ihn das treffen würde, sein Joe, sein Liebling, in der Garryogue ertrunken – eine sinnlose Tragödie. Ich schrie dem Jungen zu, er solle zu den Felsen schwimmen, aber im tosenden Wasser hörte er mich nicht, und dann war Cissie auf Lila schon mitten im Fluß.

Ich hielt den Atem an. Cissie konnte nicht schwimmen. Wenn sie ins Wasser gerissen wurde, war es um sie geschehen. Sie war kreidebleich, hielt aber mit Lila geradewegs auf den Jungen zu. Die Stute kämpfte gegen die Strömung an, stolperte. Das konnte nicht lange gutgehen.

Cissie rief Joe etwas zu, beugte sich hinunter, um seine ausgestreckte Hand zu packen, und sie wäre von der Stute heruntergespült worden, hätte sie sich nicht mit eisernem Griff an der Mähne festgehalten. Sie war jetzt bis zur Taille durchnäßt.

Da ich nicht tatenlos zusehen und um die beiden zittern wollte, trieb ich Meg ans Wasser, und sie machte zwar ein paar Schritte vorwärts, weigerte sich aber hartnäckig, in den Fluß zu gehen, obwohl ich sie in die Flanken trat. Also saß ich hilflos und unfähig zu helfen auf ihrem breiten Rücken und beobachtete das Drama.

Joe hatte die Geistesgegenwart, sich an Cissies Stiefel zu klammern, und Lila kämpfte sich, angespornt von Cissie, zum Ufer vor. Ich hörte hinter mir jemanden rufen, und als ich mich umdrehte, sah ich Tom, der auf uns zu ritt und gerade rechtzeitig kam, um den Jungen endgültig in Sicherheit zu bringen. Tom wickelte ihn in seine Jacke und hob ihn auf sein Pferd. Dann trabten die beiden los, Tom brachte Joe nach Hause, der inzwischen weinte – vor Schreck und Erleichterung und angesichts der Demütigung, von einem Mädchen gerettet worden zu sein.

»Du hättest ertrinken können«, schrie Tom Cissie an, als er nach Hause kam. »In so einem Fluß!« Er lief rot an vor Zorn. »Und Lila wird bald fohlen. Der Balg hat schon hundertmal gehört, daß die Brücke gefährlich ist.«

Cissie ließ ihn toben. Sie saß, eingehüllt in einen alten warmen Bademantel am Herd und schlürfte die heiße Milch, die meine Mutter für sie gemacht hatte.

»Lila ist stark«, erwiderte Cissie eisern – diesen Ton hatte ich aus ihrem Mund noch nie gehört. »Und keiner von uns, auch du nicht, hätte es fertiggebracht zuzusehen, wie er stirbt.«

Tom kam zur Besinnung; er sagte nichts, aber seine Augen sprachen Bände.

Am nächsten Tag kam Mr. Clancy mit dem kleinen Joe im Schlepptau, um persönlich dem Mädchen zu danken, das seinem Sohn das Leben gerettet hatte.

»Ich habe ihm die Angelrute zum Geburtstag geschenkt«, sagte er schroff, doch plötzlich brach seine Stimme. »Aber eine Rute bekommt er, verdammt noch mal, nicht mehr in die Hand, die kriegt er höchstens noch hinten drauf. Sie sind die tapferste junge Frau auf der Welt.«

Joe schaute einfältig drein, Cissie lächelte, errötete vor Verlegenheit und versteckte ihre linke Hand in der Tasche. Und als sich der Lehrer, vor dem ich solche Angst gehabt hatte, abrupt die Tränen aus dem Gesicht wischte, empfand ich ungeahntes Mitgefühl und Verständnis für ihn.

4. Kapitel

Die Jahre vergingen – zwei Jahre bis zur Zwischenprüfung und dann die mittlere Reife, nach weiteren zwei Jahren die Abschlußprüfung und die Zulassungsprüfung für die Universität. Die Zeit verging im Schneckentempo, erst gegen Ende beschleunigte sich der Lauf der Dinge.

Jeden Sommer verbrachte ich etwa eine Woche in Ballyharris, und Cissie und Mary besuchten mich für einen ähnlichen Zeitraum. Meine Mutter machte vor ihrer Ankunft immer viel Wirbel, bekam den Putzfimmel und verbreitete schlechte Stimmung. »Man könnte meinen, die Königin von Saba kommt zu Besuch«, brummte ich vor mich hin. Das Saubermachen erfüllte mich nicht gerade mit Begeisterung, denn wenn die Sonne schien, zog es mich nach draußen, und wenn es regnete, machte ich es mir am liebsten mit einem guten Buch gemütlich.

Anfangs schrieb mir Paddy alle paar Monate. »Vergiß mich nicht, Peg«, stand unter jedem seiner Briefe. »Eines Tages komme ich zurück. Und ich werde an die Diamanten denken!« Er berichtete, wieviel er in den Kaiser-Lagern lernte – neue Techniken, Vorfertigung. Amerika schaffte den Sprung aus der Rezession, und jeder, der bei diesem Fortschritt mithalten konnte, war in der Lage, ein Vermögen zu verdienen.

Auf diese Briefe antwortete ich nur sporadisch. Paddy war fort; er tat mir leid, denn ich stellte mir vor, daß er in Amerika schuftete wie ein Tier. Ich hatte nur die Herausforderungen im Kopf, denen ich mich stellen wollte, und schwelgte in Zukunftsplänen, die sich ganz nach meinem Willen verwirklichen lassen würden. Von Zeit zu Zeit sah ich Niamh Houlihan; sie arbeitete immer noch bei Percival's und schien so fröhlich wie eh und je. Dennoch bemitleidete ich sie, denn beruflich war sie in der Sackgasse gelandet, und sie hatte ihr Schicksal nicht in der Hand. Wenn Cissie und Mary bei mir waren, mied sie mich, und wenn die beiden bei ihr im Laden Süßigkeiten kauften, begegnete sie ihnen schüchtern.

Mary ging mit gespielter Tapferkeit in die Abschlußprüfung. Sie wollte nicht aufs Lehramt hin studieren, wie ihr Vater es wünschte, sondern Schauspielerin werden. Und sie wollte Französisch lernen – »Französisch, wie man es wirklich spricht, liebes Kind, nicht die Galway-Variante!«

»Wozu in aller Welt braucht man Französisch?« hatte ich gefragt.

»Sei bitte nicht so ein Banause ..., wer nicht Französisch spricht, ist nicht kultiviert.«

»Warum willst du unbedingt kultiviert sein?«

Mary seufzte und zog einen Schmollmund.

»Ich glaube, es hat mit Macht zu tun«, sagte sie schließlich freimütig. »Und frag jetzt bitte nicht, wozu ich Macht brauche. Die braucht jeder, sogar du.«

Über Kontakte der Nonnen nach Frankreich wurde vereinbart, daß Mary im folgenden Jahr in ein Kloster nach Paris gehen sollte; dort würde sie den jüngeren Schülerinnen Englisch beibringen und im Kloster wohnen. Ich glaube, daß sie ihrem Vater halb versprochen hatte, wenn er sie ein Jahr nach Frankreich ließe, würde sie nach ihrer Heimkehr aufs College gehen. Doch wenn der Stein erst mal ins Rollen gekommen ist, läßt er sich nicht mehr aufhalten.

Wir schrieben das Jahr 1937. Mary war inzwischen achtzehn, Cissie und ich würden in wenigen Monaten unseren achtzehnten Geburtstag feiern. Cissie war zu einer Schönheit herangewachsen und hatte damit das Versprechen ihrer Kindheit eingelöst. Ihre Schönheit hatte nichts Kitschiges an sich, sondern war frisch und lebendig und zeugte von einem intensiven, reichen Seelenleben. Ihr Zauber lag in ihrer Natürlichkeit, sie strahlte Aufrichtigkeit und Selbstbeherrschung aus, doch in ruhigen Momenten richtete sie den Blick nach innen wie jemand, der nicht kühl berechnend in der Gegenwart lebt, sondern auch andere Perspektiven hat. Wie eh und je trug sie links einen kleinen schwarzen oder grauen Handschuh, doch sie versteckte ihre Hand nicht mehr. In der Schule fiel das niemandem mehr auf; wer schwarze Haare hatte, hatte eben schwarze Haare, und wenn man links einen Handschuh trug, dann gehörte das zum persönlichen Erscheinungsbild so wie andere Eigenschaften auch. Alle hatten sie ins Herz geschlossen und brachten ihr Liebe und Respekt entgegen.

Was Mary betraf – sie war die grünäugige Fee, sie barst fast vor unterdrückter Energie und Ungeduld. In der Schule bekam sie stets Schwierigkeiten – alles stellte sie in Frage, konnte aber immer wieder den Hals aus der Schlinge ziehen, als würde sie von Zauberhand beschützt. Die wenigsten merkten, daß sie auch Augenblicke des Zweifels und der Nachdenklichkeit kannte, doch Cissie und mir entging nicht, daß sie im Innersten unsicher war und ihre Ängstlichkeit mit respektlosem Benehmen überspielte. Sie verbarg sich gerne hinter einer Maske.

Der Tag kam, an dem wir von St. Catherine's endgültig Abschied nahmen. Es war ein schöner Junitag des Jahres 1937, die weißen Kerzen auf den Kastanien waren den kleinen, grünen Früchten gewichen, und das Camogie-Feld, das für das Sommertrimester in einen Grasplatz umgewandelt worden war, lag verlassen da; die Netze hatte man hochgezogen. Ich schaute mich noch einmal um, bevor ich ging. Wie Geisterklänge im Wind hörte ich die Rufe von Miss Greely, unserer Sportlehrerin, die sommerlichen Stimmen auf den jetzt verwaisten Tennisplätzen und aus der Ferne das Geschrei der Mädchen, die Rounders, eine Art Baseball, spielten.

Tom holte mich nicht ab; einer der Stuten ging es nicht gut, und zu allem Überfluß war meine Mutter krank. Also schickte er ein Telegramm, und die O'Shaughnessys waren so freundlich, mich mit meinem Schrankkoffer zum Bahnhof zu bringen. Es war ein merkwürdiges Abschiednehmen von meiner Schulzeit: Ich sagte den Nonnen Lebewohl, warf noch einen Blick zurück in den gefliesten Flur, auf die Statue des Erzengels Michael mit dem Drachen, die schöne, stuckverzierte italienische Decke, und mir wurde klar, daß ich nie mehr als junges Mädchen im Sportkleid hier stehen würde. Jetzt war sie zum Greifen nah, die Zukunft, die mir einst als Lichtblick am Ende eines unendlichen Tunnels erschienen war.

Tom holte mich in Ballycloghan ab, und ich fragte ihn sofort nach Mama; sie hatte schon seit Wochen nicht mehr geschrieben. Ich spürte, wie sich mein Herz vor Angst zusammenzog und diese Angst die Bedeutung des Tages verblassen ließ.

»Es steht nicht zum besten, Peg«, antwortete er leise. Ich versuchte, aus seinem Gesicht schlau zu werden, stellte ihm aber keine weiteren Fragen mehr. Er war verdächtig still und liebenswürdig, die ganze Fahrt über neckte und piesackte er mich kein bißchen; seine Kommentare beschränkten sich auf das Pony, als wir mit »Hoh!« und »Brr!« in den Hof abbogen. Das Pferd verscheuchte die Fliegen mit dem Schwanz, ich sah den Staub auf seinem Fell und den Schweiß am Geschirr; das Land um uns herum duftete nach Geißblatt, wilden Rosen und dem brennenden Gelb des Ginsters.

Schockiert nahm ich wahr, wie meine Mutter im Lauf von sechs Wochen verfallen war. Ich hatte sie seit den Ferien nicht mehr gesehen; jetzt zeichneten Falten ihr hageres Gesicht, und aus ihren Augen war die Lebensfreude verschwunden; ihr Blick richtete sich nach innen – als hätte sie sich zu einer persönlichen Bestandsaufnahme zurückgezogen. Ob man ihr damals die ganze Wahrheit gesagt hatte, weiß ich nicht, doch sie sprach oft darüber, was wir unternehmen würden, wenn sie wieder auf der Höhe war –, daß wir alle drei Ferien machen würden, bevor ich im Herbst an die Universität ging. Dann wieder sprach sie von ihrem Tod und gab mir die wenigen Schmuckstücke, die sie besaß – ihre Goldbrosche und die goldene Uhr, die ihr Tom zum Geburtstag geschenkt hatte. »Da, wo ich hingehe, brauche ich das nicht mehr«, sagte sie mit leisem Lachen. Sehnsüchtig und nachdenklich ruhten ihre Augen auf mir, als ginge ihr vieles durch den Kopf, was sie nicht sagen konnte.

Seit ein paar Jahren wuchs ein Knoten in ihrer Brust, den sie ignoriert hatte, doch einmal hatte sie mit mir darüber gesprochen und dabei geringschätzig das Gesicht verzogen. Heute weiß ich, daß sie Rat und Hilfe gesucht hatte. Was wußte ich denn schon über Knoten? Der Tumor meiner Mutter war Krebs, und er brachte sie langsam um.

Der Krebs wucherte in ihr, und als meine Mutter endlich operiert wurde, war es zu spät. Sie wurde immer schwächer und magerer, und in der Küche, im Haus, auf der ganzen Farm breiteten sich Leere und Trostlosigkeit aus. Erschöpft vor Gram wachten wir an ihrem Bett in der langen, schrecklichen Nacht, in der sie starb, als sie nach Atem rang und uns ermahnte, füreinander zu sorgen, dabei aber nicht eine Sekunde lang Zweifel, Angst oder gar Sorge um sich selbst zeigte.

Als ich mir klarmachte, daß ich das Gesicht meiner Mutter, den Mittelpunkt meines Lebens, nie wiedersehen würde, packte mich ein brennender Schmerz. Ich hatte mir nicht vorstellen können, daß solche Qualen existierten, und so unerträglich sie waren, konnte ich ihnen doch nicht entfliehen.

Im Oktober sollte ich mein Studium am University College von Galway aufnehmen, aber jetzt wollte ich nicht mehr hin; alles schien bedeutungslos. Tom und ich klammerten uns aneinander und suchten Trost beieinander; er verrichtete mechanisch seine Arbeit auf der Farm und verbrachte den Feierabend mit mir in der Küche, meist ohne viel zu sagen. Er versteckte sich hinter der Zeitung und platzte nur ab und zu mit einer kurzen, schroffen Bemerkung heraus. Dann wieder führten wir bis tief in die Nacht hinein lange Gespräche über Mama, wie um unsere Erinnerungen zu festigen.

In dieser schrecklichen Zeit kam Tom eines Abends mit einem arg zugerichteten Tigerkätzchen nach Hause, das er auf der Straße gefunden hatte. Das Tier war halbtot, sein Fell blutverklebt, aber es atmete noch. Wir rätselten, was ihm zugestoßen sein mochte? War es von einem Hund oder Fuchs angefallen worden? Ich desinfizierte die Wunden, bereitete dem Kätzchen am Herd ein Lager in einer Keksdose mit einem alten Pullover als Matratze und fütterte das Tierchen mit warmer Milch, die ich ihm tropfenweise verabreichte. Ich taufte meinen Schützling Tiddles. Der Kampf um dieses kleine Leben half mir ein wenig, den Schmerz über meinen Verlust zu dämpfen. Ich haßte den Tod, und deshalb wollte ich, daß das Kätzchen am Leben blieb.

Eines Tages erhielt ich wieder einen Brief von Paddy Stapleton, der über sein Leben in Amerika berichtete. Er hatte fast ein Jahr lang nicht mehr geschrieben, und ich meinte schon, er hätte mich vergessen. Das Geschäft blühe, schrieb er. Es sei ihm gelungen, ein eigenes Unternehmen zu gründen, nicht im Baugewerbe, sondern in der sogenannten Logistik – das hatte mit Angebot und Nachfrage zu tun. Die Kaiser-Werften hatten jede Menge Aufträge von Armee und Marine erhalten, und Paddy belieferte beide.

Die Sache war anscheinend unglaublich einfach. Er fand heraus, wo das Benötigte zu beschaffen war, und kassierte dafür eine Provision; das Geld benutzte er, um Schrott und Überschüsse einzulagern, die er am ›Großen Tag‹, wie er es nannte, wieder abstoßen würde. Wenn es in Europa Krieg gab, so meinte er, würde Amerika nicht außen vor bleiben. Er wollte gern heimkommen und mich wiedersehen – aber erst, wenn seine Rechnung aufgegangen war und er hohe Gewinne eingestrichen hatte! Er vermutete, ich sei jetzt mit der Schule fertig.

Ich beantwortete seinen Brief, teilte ihm mit, daß meine Mutter gestorben war und ich am University College in Galway Naturwissenschaften studieren wollte. Ich glaubte, das würde ihn von seinen Heiratsplänen abbringen, doch er zeigte sich begeistert und schrieb mir einen freundlichen Beileidsbrief, in dem er mir auch von deutschen Firmengründern berichtete, von Krupp und Bayer, die sich aus dem Nichts hochgearbeitet hatten, weil sie wissenschaftliche Erkenntnisse industriell umsetzten. Er riet mir, mich mit Metall-Legierungen zu beschäftigen, damit konnte man heutzutage ein Vermögen machen.

Paddy war jetzt seit vier Jahren fort, und ich konnte mir kaum vorstellen, wie er jetzt aussah. Wenn ich an ihn dachte, erschien vor meinem geistigen Auge das Gesicht des Jungen, der mich auf der Straße angehalten und mir versprochen hatte, wiederzukommen und mich zu holen, und ich sah das schmale Gesicht mit dem energischen Mund vor mir. In den vier Jahren war aus dem Jungen gewiß ein junger Mann geworden, aber ich fragte mich, warum er bei mir Eindruck hatte machen wollen. Auf seine Übung in Logistik brauchte er sich wahrscheinlich nichts einzubilden. Es konnte doch wohl nicht sein, daß ausgerechnet er die Armee und die Marine belieferte?

Mein seelisches Gleichgewicht war dahin. Den einen Tag putzte ich fieberhaft das Haus und buk mit Feuereifer, und am nächsten Tag saß ich lustlos am Herd. Ich wußte, daß Tom Angst vor dem Alleinsein hatte. Irgendwie war der starke, bärbeißige Tom zum Kind geworden, und ich war die Ersatzmutter, bei der er Wärme und Geborgenheit fand.

Doch als ich ankündigte, ich wolle daheim bleiben und nicht aufs College gehen, wurde er ärgerlich und erklärte, das sollte ich auf keinen Fall tun. »Im Oktober gehst du nach Galway, Mädchen, ob es dir paßt oder nicht.«

Nachdem die Ergebnisse der Abschluß- und der Universitätsaufnahmeprüfung bekanntgegeben waren, besuchte uns Cissie. Sie war bereits Ende Juni gemeinsam mit Mary zur Beerdigung meiner Mutter gekommen, doch als ich die Einladung, mit den beiden nach Ballyharris zurückzukehren, ablehnte, reisten sie wieder ab, denn sie spürten, daß Tom und ich uns brauchten und Dritte als störend empfanden. Das Ergebnis der Abschlußprüfung war enttäuschend – ›sehr gut‹ hatte ich nur in zwei Fächern, Mathe und Englisch – selber Schuld. Cissie hatte sechsmal ›sehr gut‹, und Mary war in Mathe durchgefallen und in allen anderen Fächern mit Müh und Not durchgekommen – außer in Englisch und Französisch, wo sie glänzend abschnitt.

Nun kündigte Cissie an, sie wolle mich zur Erholung mit zu sich nach Ballyharris nehmen, und fragte Tom, ob er allein zurechtkäme. Tom meinte, das sei überhaupt kein Problem, ob sie ihn für ein Kind hielte? Der kleine Schnurrbart, den er sich hatte wachsen lassen, sträubte sich, und er lächelte sie mit leuchtenden Augen an. Ausgelassen streckte Cissie die Hand aus und stieß ihn vor die Brust; es fiel ihr gar nicht auf, daß sie ihre verkrüppelte Hand gebrauchte, aber Tom bemerkte es und freute sich.

Ich fuhr mit Cissie nach Ballyharris zurück. Als wir am folgenden Tag zu dritt mit dem Rad unterwegs waren, trafen wir Brian Fitzallen. Er ritt den Feldweg entlang, eine Abkürzung zu Gogarty's, zum Einkaufen; hoch zu Roß machte er eine gute Figur – die Schultern gerade, die Fersen durchgedrückt. Wir hielten an, ließen ihn vorbei, und er lächelte uns schüchtern an. Während er mit Mary scherzhafte Bemerkungen austauschte, sah ich, daß er ein schönes Profil hatte. Ich schaute ihm zaghaft in die Augen, hatte aber den Eindruck, daß er uns nicht richtig wahrnahm.

»Im Grunde reitet er besser als die anderen beiden«, vertraute uns Cissie später an, als wir am See saßen, uns ein Picknick, bestehend aus Schinken-Sandwiches und Limonade, zu Gemüte führten und die Schatten beobachteten, die übers Wasser tanzten.

»Ihr hättet ihn dieses Jahr auf den Gymkhanas sehen sollen – er hat fast alle Preise gewonnen!«

»Wetten, das hat den beiden Garstigen gar nicht behagt«, meinte Mary.

Cissie schaute sie verwundert an.

»Die beiden Garstigen? Meinst du Harry und Peter?«

Mary nickte kichernd. »Die zwei garstigen Schwestern! Brian ist Buttons – sie machen ihm die Hölle heiß – aber wer ist Cinders?«

»Och, ich glaube, die Stelle kann besetzt werden, sie brauchen nur eine Anzeige aufzugeben«, witzelte ich schwach.

»Was soll denn an ... Peter garstig sein?« wollte Cissie wissen und errötete.

»Tja, er ist arrogant, versnobt, oberflächlich und unverschämt«, zählte Mary auf.

Ich stimmte ihr insgeheim zu, denn es nagte noch an mir, daß er, als ich ihn am Vortag bei Gogarty's getroffen hatte, meinen Gruß so herablassend erwiderte, daß ich mir ganz klein und häßlich vorkam.

»Er hat dir doch nie was getan.«

Mary seufzte. »Im Hinblick auf den Mann bist du so voreingenommen, daß du seine kleinen Schwächen übersiehst«, murmelte sie.

Cissie wurde knallrot. Sie schwieg eine Weile und schnippte eine Bremse weg, die sich auf ihrem gebräunten Unterarm niedergelassen hatte.

»Und ich nehme an, für Brian Fitz gilt das nicht« sagte sie schließlich und sah mich verschmitzt an.

»Oh, wenn, dann hat sie eine Schwäche für Brian Fitz«, bemerkte Mary mit vielsagendem Blick. »Hast du gesehen, wie sie ihn gerade angehimmelt hat?«

»Und beinah hätte er sie auch angehimmelt«, ergänzte Cissie. »Wenn er für eine von uns Augen hat, dann für sie!«

»Wie würde dir denn die Rolle von Cinders gefallen?« fragte Mary schelmisch. »Denk doch nur, was für glänzende Aussichten sich dir bieten würden – Unterkunft, Verpflegung und die herablassende Duldung derer, die im Rang höher stehen als du.«

Nun war ich an der Reihe zu erröten; ich ärgerte mich über die zermürbenden Verbalattacken, die Mary ständig losließ.

»Mein Gott, Mary, wenn du doch bloß mal den Mund halten könntest.«

Sie hob die Hände, ließ den Kopf hängen und blickte mich voll gespielter Reue an.

»Und nächsten Monat geht er ans College nach Galway«, verkündete Cissie.

»Wie bitte?« Ich war wirklich überrascht.

»Ganz im Ernst. Er will Archäologie studieren.«

»Warum sollte er sich die Mühe machen? Ich denke, er bekommt Glenallen?«

Cissie hatte mir das einmal erzählt, und zwar mit der Begründung, Peter sei nach Dublin gegangen und Harry sei ›nur ein Mädchen‹.

Jetzt schüttelte sie den Kopf. »In Glenallen ist die Lage nicht mehr so rosig wie früher, meint Dad. Der Wirtschaftskrieg hat die Familie hart getroffen. Und Brian war schon immer an Ruinen interessiert. Er hat ein paar Artikel über die Ruinen hier in der Gegend für den *Chronicle* geschrieben. Über den Knockshee hat er auch etwas geschrieben, doch das wollten sie nicht veröffentlichen. Aber du kannst ihn ja selbst fragen, ob er aufs College geht.«

»Warum wollten sie den Artikel nicht veröffentlichen?« fragte ich.

Cissie zuckte die Achseln. »Keine Ahnung. Vielleicht hätte es Unglück gebracht!«

Eine Brise kam auf und strich über die Wasseroberfläche; der Wind schmeckte nach Regen. Ich blickte zum Berg hinauf, der jetzt in düsteres Brüten verfallen war – mir schien es fast, als läge er auf der Lauer.

»Ich mag den Berg nicht«, brummte ich. »Es scheint fast, als wäre er lebendig, auch wenn es lächerlich klingt.«

Wir schwiegen.

»Da oben kommt schnell dichter Nebel auf. Es haben sich schon Leute verirrt und sind im Hochmoor ertrunken«, sagte Mary. »Der Berg hat eine lange Geschichte – Knockshee, der Elfenhügel. Die Einheimischen halten sich von ihm fern.«

»Warum?«

»Angeblich spukt es da. Im Innern des Berges ist ein altes Ganggrab. Niemand läßt dort sein Vieh weiden – außer den Fitzallens.«

Ich ließ meinen Blick über den Knockshee schweifen. Tatsächlich sah man auf den Wiesen keine Schafe. Außer ein paar Pferden auf den tiefer gelegenenen Hängen graste dort kein Tier.

»Warum nur?«

Mary zuckte die Achseln. »Bringt Pech, sagen die Leute. Aber die Fitzallens sind über solchen Aberglauben erhaben – obwohl man die zwei deutschen Wanderer, die sich vor fünf Jahren dort oben verirrt haben, nie gefunden hat.«

Mir wurde kalt, und ich sah, wie Cissie mit bitterer Resignation ihre verkrüppelte Hand betrachtete. Das Gespräch erstarb, schließlich falteten wir die Decke zusammen und suchten unsere Räder.

Auf dem Heimweg fragte ich Mary, die am nächsten Tag nach Paris abreisen sollte, ob sie nervös sei.

»Ich stehe kurz vor dem Nervenzusammenbruch.«

»Was willst du machen, wenn das Jahr rum ist?« fragte ich weiter. »Wirst du zurückkommen und aufs College gehen?«

Sie schüttelte den Kopf. »Das kann ich nicht. Ich bin in Mathe und Latein durchgefallen. Und ich will sowieso Schauspielerin werden. Ich will leben.«

»Man kann auch leben, wenn man aufs College geht.«

Sie drehte sich zu mir um und lächelte mich an, unschuldig, aber eigenwillig.

»Du meinst wohl, ich soll die Nase in ein Buch stecken und mich wie ein braves Mädchen benehmen!«

»Das heißt also, du willst ein schlimmes Mädchen werden?« neckte Cissie.

Mary zuckte die Achseln und wurde ernst.

»Ich möchte die Chance haben, ich selbst zu sein. Ich will nicht mein Leben lang Zuschauerin bleiben.«

Es begann zu regnen, und wir nahmen sozusagen mit trauriger Heiterkeit Abschied. »Sagt, wann ich euch treffen muß: in Donner, Blitz oder Regenguß ... « zitierte Cissie kummervoll; ich bemerkte, sofern wir uns in Irland wiedersähen, könnten wir uns vor

Regen bestimmt nicht mehr regen. Mary meinte, meine Wortspiele seien einfach mitleiderregend, umarmte mich aber heftig, als sie mir Lebwohl sagte.

Dann standen Cissie und ich im dämmrigen Nieselregen und winkten ihr nach; dort, wo die Straße eine Kurve machte, drehte sich Mary noch einmal um und winkte zurück.

Ich bekam tatsächlich die Gelegenheit, Brian Fitzallen selbst zu fragen, ob er aufs College gehen würde, denn ich begegnete ihm am nächsten Tag. Ich war allein losgeradelt, um mit der Traurigkeit fertig zu werden, die mich überfallen hatte und die ich der Trennung von Mary und irgendwelchen trüben Vorahnungen zuschrieb. Cissie war bei ihrem Vater in der Praxis, um Schreibarbeiten für ihn zu erledigen.

Ich fühlte mich einsam, ein Verlassenheitsgefühl bemächtigte sich meiner, das mehr seelischer Natur war und gegen das ich mit dem Verstand nicht ankam; ich sehnte mich nach meiner Mutter. Es zog mich hinunter zum See, an unseren alten Picknickplatz unter der Eiche. Dort stieg ich ab. Als ich so dasaß und aufs Wasser hinausschaute, überkam mich der Kummer wie ein jäher Sturm. Ich legte den Kopf in die Hände und weinte, bis ich vor Erschöpfung zitterte.

»Mam, Mam«, hörte ich mich flüstern. »Geliebte Mam, wie soll ich nur ohne dich leben?« Ich war siebzehn, und der Todeswunsch der Unsterblichen beseelte mich. »Ich habe lang genug gelebt«, sagte ich mir. Erfüllt von morbiden Gedanken, starrte ich auf das stille Wasser und dachte an die Schlingpflanzen, die unter der klaren, unschuldigen Oberfläche warteten – die Blumen für Ophelia, für mich. Ich hatte aber keine Ahnung, daß mir jemand Gesellschaft leistete.

Ich bemerkte erst, daß Brian da war, als er seine Arme um mich legte. »Cissie hat es mir erzählt. Es tut mir so leid, Peg.«

Er hielt mich fest und wiegte mich schweigend. Was er tat, kam mir gar nicht seltsam vor. In diesem Augenblick gab er mir Wärme und Verständnis und Mitgefühl, er war jemand, der wußte, was Leiden heißt. Ich spürte seine Tweedjacke an meinem Handrücken und die rasierte Haut seines Kinns auf meinem Haar und sog zum erstenmal seinen Atem ein. Ich sagte nichts, und es kam mir vor, als würden wir lange Zeit so verharren, doch in Wirklichkeit waren es wahrscheinlich nur ein, zwei Minuten.

Später, als wir zum Zeitvertreib Kiesel und Zweige in den See warfen, fragte ich ihn, ob es stimmte, daß er ans College nach Galway ging, und er bestätigte, was Cissie mir gesagt hatte.

»Ich dachte, du bleibst zu Hause und kümmerst dich um Glenallen.«

Er zuckte die Schultern und bekam einen harten Zug um den Mund. »Glenallen kostet mich vielleicht mein Leben, aber das Studium, das mache ich für mich.«

»Warum Archäologie? Ich dachte immer, dafür muß man nach Ägypten fahren.«

»Peg, hier hat es schon Ruinen gegeben, bevor die Pyramiden gebaut wurden.«

»Ich habe gehört, daß du einen Artikel über den Knockshee geschrieben hast, der nicht veröffentlicht wurde.«

»Er handelte nicht vom Knockshee, sondern von den unterirdischen Gängen, die in den Berg führen. Am Eingang steht ein Stein mit einer Ogham-Inschrift, und auf dem Friedhof gibt es ein keltisches Kreuz mit derselben Inschrift auf irisch. Hier in der Gegend wird überliefert, daß Stein und Kreuz beschriftet wurden, als St. Patrick die Gegend hier bekehrte. Der Bischof hat die Veröffentlichung im *Chronicle* verboten, weil ich darauf hingewiesen habe, daß der Ogham-Spruch aus vorchristlicher Zeit stammt!«

Ich schaute ihn an. »Ach komm! Das kann dem Bischof doch völlig egal sein!«

Er lächelte. »Normalerweise vielleicht. Aber in diesem Fall war es ihm nicht egal!«

»Wie lautet die Inschrift?«

»*Ich kenne die Meinen, und die Meinen kennen mich.*«

»Aber das steht doch in der Bibel!«

»Ich weiß, aber die Inschrift wurde in den Stein gehauen, lange bevor das Neue Testament niedergeschrieben war.«

Ich schwieg. Der Bischof wollte den Gläubigen verheimlichen, daß auf einem vorchristlichen Stein am Fuße des Knockshee machtvolle Worte aus dem Neuen Testament zu lesen waren.

»Kann ich mir das anschauen?«

»Das Kreuz schon. Aber der Eingang zu den unterirdischen

Gängen wurde vor ein paar Jahren durch eine Steinlawine verschüttet – einige Zeit, nachdem die Archäologen ihre Untersuchungen gemacht hatten.«

Er sprach mit Sachverstand und Leidenschaft, von seiner sonstigen Schüchternheit war nichts zu spüren. Nun schaute er mich plötzlich an und lächelte. »Das ist mein Hobby. Langweile ich dich?«

»Nein.«

Cissie und ich richteten uns zum Studium in Galway ein und bezogen eine Studentenbude in Salthill. Es war ein aufregender Herbst für uns, denn jetzt waren wir – wenigstens nach unseren Maßstäben – erwachsen und für unser Schicksal selbst verantwortlich. Es gab keine Mother Mercy mehr, die uns überwachte und auf die Nerven ging.

Am College herrschte die entspannte Atmosphäre der akademischen Welt; alle Studenten kannten sich untereinander, und es gab ein reges gesellschaftliches Leben mit Tanzveranstaltungen in der Aula, Partys und Bootsfahrten auf dem Corrib.

In meiner ersten Woche besuchte ich Onkel Matt. Er war nicht zur Beerdigung meiner Mutter erschienen, hatte aber ein Kondolenzschreiben geschickt, in dem er sein Fernbleiben wegen eines ›bösen Beins‹ entschuldigte. ›Geizkragen‹ hatte ihn meine Mutter genannt, weil er auf die Anregung, sich an den Kosten meiner Ausbildung zu beteiligen, nicht reagierte. Sie hatte auf ihn gehofft, aber vergeblich.

Jetzt lud er mich zu einer kurzen Unterhaltung in seine muffige Stube ein. Das Bild von dem Mädchen mit den Gänsen hing wie eh und je über dem Kamin. Die Zeitungen stapelten sich inzwischen noch höher, und ein abgestandener Geruch von Altpapier und Staub hing in der Luft. Sein Bein war tatsächlich nicht in Ordnung; er brummte etwas über Durchblutungsstörungen und die verdammten Ärzte, die ihm zur Amputation rieten. Er humpelte herum und war genauso kurz angebunden wie früher.

»Du studierst also jetzt an der Universität. Hm, hm, Miss. Weißt du, was Robert Burns über dieses Volk gesagt hat?« Er griff nach einem alten, unansehnlichen Band auf dem Kamin.

Ich schüttelte den Kopf, und mir fielen hundert Gründe ein,

warum ich jetzt gehen mußte, aber er hatte die Stelle schon gefunden und rezitierte genüßlich die respektlosen Verse, in denen Studenten mit Ochsen und Eseln verglichen wurden.

Er lächelte triumphierend: »Aber das hat er natürlich geschrieben, als sie so kleine Mädchen wie dich noch nicht auf die Universität gelassen haben.«

Ich war heilfroh, daß ich Cissie nicht mitgebracht hatte.

»Ich muß jetzt gehen, Onkel, ich habe eine Vorlesung.«

»Tja, auf der Welt geht's seltsam zu, Miss. Und dein Bruder rackert sich ab, daheim auf der Farm. Er besucht mich immer, wenn er nach Galway kommt. Ein Pfundskerl!«

Er drückte mir ein paar Bonbons in die Hand, ich machte mich aus dem Staub und dachte mir insgeheim beleidigende Liedchen aus wie ›Rabatz, Rabautz, du komischer Kauz‹, bis ich auf der Straße war und laut herauslachte.

»Miss Donlon, Miss Donlon«, ermahnte mich der Zoologieassistent eines Tages. »Würden Sie sich bitte etwas zurückhalten. Er blickte mich mit unverhohlenem Sarkasmus über den Rand seiner Brille an; es schien ihm eine Bemerkung über Frauen in naturwissenschaftlichen Fächern auf der Zunge zu liegen. Im Labor war es kalt, es war ausgestattet mit polierten Arbeitstischen, hohen Hockern, Holzschränken, gravierten Glasgefäßen, Probenträgern und angeschlagenen weißen Spülbecken; die Luft war mit Formalin geschwängert. Wir sezierten kleine Haie.

»Der Kerl riecht ganz schön sauer«, murmelte Jarlath, und einen Augenblick lang dachte ich, er meinte unseren Demonstrator. Jarlath stand neben mir und sezierte mit angeekeltem Gesichtsausdruck. Wir lachten beide und hielten den Blick auf unsere Arbeit gesenkt. Meinen anfänglichen Abscheu vor dem Sezieren hatte ich überwunden, und mir wurde nicht mehr übel von dem stechenden Formalingeruch, den aus den Tierkörpern quellenden Gedärmen auf dem Präpariertisch, den im Magen enthaltenen Würmern und dem süßlichen Verwesungshauch, der aus dem Nervensystem aufstieg.

Aber es waren nicht Jarlaths Kommentare, die mich an diesem Nachmittag aus dem Gleichgewicht brachten, sondern die Begegnung mit Brian, das Essen bei Lydons, unsere Unterhaltung bei Roastbeef und Salzkartoffeln. Ich war ihm um die Mittagszeit im Innenhof der Universität in die Arme gelaufen, als ich gerade mein Rad holen wollte, um in meine Bude heimzufahren. Seit Jahren verband uns eine freundschaftlich distanzierte Bekanntschaft, doch seit dem Tag am See war ich vor Schüchternheit wie gelähmt, wenn ich ihn sah. Im Rückblick schien es mir, daß zwischen uns eine Art stillschweigende Vereinbarung herrschte, und doch begegnete ich ihm so selten, daß mir der Gedanke selbst absurd vorkam.

»Hallo, Peg.«

»Hallo, Brian.«

»Hast du's eilig? Magst du nicht mit mir essen gehen?« Er grinste. »Ich meine an einem richtigen Tisch!«

Er lächelte schüchtern, und seine witzigen Bemerkungen wirkten ein wenig unbeholfen.

Ich errötete bis an die Haarwurzeln. Wie ich diese Röte haßte! Was hätte ich darum gegeben, das beschämende Brennen loszuwerden.

»Danke, gern.«

»Wie geht's dir denn so, Peg?« fragte er, als wir bei Lydons in der ersten Etage saßen und bestellt hatten. »Du hast dich scheinbar gut eingelebt. Jedesmal wenn ich dich sehe, flitzt du gerade irgendwohin!«

Bei Lydons roch es nach Suppe, gebratenem Fleisch und Zwiebeln. Der Oktobertag draußen war grau und bleiern. Ich wünschte, ich hätte etwas anderes angehabt als den formlosen grauen Strickrock mit dem Fairisle-Muster, den Niamh mir zum Studienbeginn geschenkt hatte. Am Abend vor meiner Abreise war sie herübergeradelt und hatte mir ihr selbstgestricktes, in braunes Papier gewickeltes Geschenk gebracht.

»Mir geht's gut. Meine Bude ist ganz anständig.«

Er hörte nicht richtig zu, sondern schaute mich nur an und lächelte von Zeit zu Zeit.

»Und was machst du so?« fragte ich und wünschte mir sehnlichst, daß er sich stärker am Gespräch beteiligen würde.

»Na ja, du weißt ja, daß ich mich für Archäologie begeistern kann! Außerdem studiere ich noch Englisch.«

Schweigen. Seine Augen ruhten zärtlich auf mir. Es machte

ihm nichts aus, daß das Gespräch stockte. Ich hatte das Gefühl, daß er einer anderen Zeit, einer anderen Dimension angehörte und sich von einer Sekunde auf die andere in Luft auflösen konnte.

»Dafür begeisterst du dich? Ich glaube, es ist ziemlich schwer, wenn man soviel lesen muß.« Halt doch um Gottes Willen den Mund, Peg, sagte ich mir.

Er lächelte. »Es gefällt mir wirklich. Aber was wir bisher in Archäologie durchgenommen haben, weiß ich sowieso schon.«

»Und was machst du nach dem Studium?«

Er zuckte die Schultern.

»Vielleicht werde ich Lehrer. Oder ich gehe in den Staatsdienst, wenn sie mich nehmen, ins Außenministerium oder vielleicht auch zur Baubehörde.«

»Glaubst du, der Bischof läßt zu, daß dein Artikel über die unterirdischen Gänge veröffentlicht wird, von dem du mir erzählt hast, wenn du erst mal deinen Abschluß hast?« fragte ich.

»Nein. Die unterirdischen Gänge sind eigentlich ein Ganggrab, und davor fürchten sich die Leute immer noch.«

Während er aß, schaute ich ihn mir genauer an. Er hatte ein schönes, offenes Gesicht, obwohl seine Nase ein wenig schief war. Sein braunes Haar war über der rechten Schläfe gescheitelt, und er hatte ein nervöses Zucken am unteren Augenlid – vielleicht weil er zuviel las? Seine graublauen Augen betrachteten mich gleichermaßen interessiert und zurückhaltend. Brauen und Wimpern waren dunkler als die Haare. Ein Mundwinkel war etwas hochgezogen, und am Kinn hatte er vom Rasieren eine Schnittwunde, die gerade abheilte. Der Jahreszeit entsprechend war er warm angezogen: eine gut geschnittene Tweedjacke und einen Pullover über dem Hemd mit Krawatte.

»Und was ist mit Glenallen?« fragte ich vorsichtig. »Ich habe immer gedacht, aus dir wird einmal ein Gutsherr.«

Sein Mund wurde ernst und sein Blick ausdruckslos. »Glenallen? Peter und Harriet sind auch noch da, weißt du.«

»Aber Peter ist Anwalt. Und Harry ist ...« Beinah hätte ich gesagt ›eine Frau‹, aber ich hielt mich zurück. Vermutlich würde sie heiraten und sich anderswo niederlassen. Frauen spielten im ländlichen Irland keine Rolle. Das Land war mehr wert als das

Leben, das Land gehörte Männern, und die sorgten dafür, daß es so blieb.

Brian wechselte das Thema und fragte mich über mein Leben aus. Ich erzählte ihm von Ballycloghan und Tom und den Stuten. Er wurde sofort munter, erkundigte sich nach den Tieren, wollte wissen, wie viele Fohlen wir hatten, und stellte jede Menge Fragen, die ich teilweise kaum beantworten konnte. Ich hatte mich nie sonderlich darum gekümmert, was Tom tat, und mich von den Pferden ferngehalten. Aber es entging mir nicht, daß Brian die Tiere liebte und sein Gesicht leuchtete, wenn er von Pferden sprach.

»Vielleicht lerne ich deinen Bruder ja mal kennen«, meinte er. Auf dem Markt würde er ihm auf alle Fälle begegnen, sagte ich.

Ich ließ Brian keine Sekunde aus den Augen. Jung und lebenshungrig wie ich war, hätte ich ihm nur allzugern eine Rolle in meinen geheimsten Träumen zugeteilt und ein überlebensgroßes Idol aus ihm gemacht. Er unterschied sich von allen anderen Jungs, die ich kannte, denn er erweckte den Eindruck, als wäre er gegen die Ansichten und Perspektiven von Gleichaltrigen immun, als wäre er schon viel älter als sie, aber gleichzeitig hatte er nichts von ihrem Zynismus an sich. Und weil er geheimnisvoll wirkte und das Gefühl weckte, etwas Besonderes zu sein, wollte ich ihn dazu bringen, daß er sich für mich interessierte. Er hatte eine rasche Auffassungsgabe und einen scharfen Intellekt, war belesen, weltgewandt und dann plötzlich wieder seltsam schüchtern. Am meisten faszinierte mich vielleicht seine Verletzlichkeit. Sie trat jäh und unvermutet zutage, wenn es ihm plötzlich an Selbstbewußtsein fehlte, wo ich Sicherheit erwartet hätte, und eine Sensibilität bewies, die man bei Männern selten findet. Mein Instinkt trieb mich, ihn zu verteidigen, wenn er selbst einer Situation nicht gewachsen war, und ihn zu beschützen. Doch außerdem empfand ich noch etwas, was wichtiger war, als ich es mir je eingestanden hätte – ich begehrte ihn. Er war sexuell unheimlich attraktiv, denn er sprühte vor Leben und strahlte gleichzeitig Männlichkeit und Unschuld aus.

Als wir gingen und er mir in den Mantel half, schaute er mich von oben an:

»Die Märchenprinzessin von wo war's gleich wieder? ... Ballycloghan?« Und ungeachtet meines Strickrocks fühlte ich mich so zart und zerbrechlich wie Distelwolle.

»Ich bin fast so groß wie du.« Ich stellte mich auf die Zehenspitzen, und er lachte. Als wir die Treppe hinuntergingen, nahm er kurz meine Hand in die seine.

Auf dem Weg zurück zum College gerieten wir in einen Hagelschauer; als wir losrannten, spürten wir die Nadelstiche im Gesicht und die Eiskügelchen, die in unseren Haaren schmolzen.

Wie war es damals – achtzehn Jahre alt und bis über beide Ohren verliebt? Kann ich mich überhaupt noch erinnern, wie sich diese Ekstase anfühlte, wie mein Herz zum Bersten voll war und was ich mir alles zusammenphantasierte? Wie ich mir die Zukunft ausmalte, den Weg, der in ein geheimnisvolles künftiges Leben hineinführte? Ich weiß nur noch, daß es so war, doch die Wogen haben sich für immer geglättet.

»Kommst du mit ins Kino?« fragte er beim Abschied.

Im Savoy lief ›Anna Karenina‹. Ich sagte ja. Als ich in meine Übung ging, schlidderte ich auf den Hagelkörnern, und mir lachte das Herz.

Eine Zeitlang sahen wir uns häufig. Wir besuchten Diskussionsveranstaltungen in der Griechischen Halle. Er kam hinunter zum ›Swamp‹, wenn ich Camogie spielte, und später, als es Sommer wurde, fuhren wir Boot auf dem Corrib und besuchten Menlow Castle. Doch dabei hatte ich immer das Gefühl, daß ihn eine Aura des Vergänglichen umgab, als wäre er eine Erscheinung aus einer anderen Welt – anmutiger und harmloser als die unsere –, und irgendwann würde er entschwinden und mich auf ewig sehnsuchtsvoll und unerfüllt zurücklassen. Er besaß die Fähigkeit, mein Innerstes zu berühren, doch dann zog er sich plötzlich wieder zurück, wurde unerreichbar und hatte scheinbar den Kontakt zur Realität verloren. Und aus all diesen Gründen war er eine ungeheure Herausforderung für mich.

Doch unglücklicherweise wurde ausgerechnet er Zeuge meiner Demütigung: Als ich eines Tages mit dem Fahrrad an der Francis Street abbog, stieß ich mit einem Eselskarren zusammen, der mir auf der falschen Straßenseite entgegenkam, und wurde zwischen Deichsel und Esel eingeklemmt. Cissie und ich waren dahingeradelt, ohne auf unsere Umgebung zu achten, und plötzlich flog ich durch die Luft und landete in den Deichselarmen des Eselskarren. Den Geruch des Esels, den Staub auf seinem Fell, seine angelegten Ohren und die entblößten gelben Zähne habe ich bis heute nicht vergessen. Cissie, die hinter mir fuhr, bremste scharf, stieg ab und, statt mir zu helfen, hockte sie sich auf die Bordsteinkante und hielt sich den Bauch vor Lachen. Der Fahrer, der aussah wie eine verhutzelte Pflaume mit Schirmmütze und Kartoffelnase, brachte den Esel zum Stehen – »*Ye oinseach*«, seufzte er laut, lehnte sich zurück und sah mir mit verschränkten Armen zu, wie ich versuchte, mich zu befreien.

Er thronte auf seinem Karren, schaute die Leute auf der Straße an, als wollte er sagen: Seht ihr, wie geduldig ich armer Mann diese Provokation hinnehme. Kopfschüttelnd beobachtete er meine Bemühungen und beklagte sich hörbar bei den Passanten: »Und die soll einer heiraten!«

Da tauchte auf der anderen Straßenseite Brian mit Jimmy Delahunty auf. Sofort eilten sie mir zu Hilfe. Sie befreiten mich und mein Fahrrad aus der mißlichen Lage und hinderten gleichzeitig den Esel daran, mich zu beißen.

Dann luden sie uns zum Kaffee in *The Magnet* ein. Brian hatte es geschafft, seine Heiterkeit zu unterdrücken, obwohl seine Hand zitterte, als er nach meiner griff und er die Zähne zusammenbeißen mußte, als er mich fragte, ob ich mir weh getan hätte. »Natürlich fehlt mir nichts«, erwiderte ich ungehalten. »Ich bin nur wütend!« Da lachte er laut heraus.

»Du warst mir ja eine große Hilfe«, hielt ich Cissie vor.

»Selber schuld. Du kannst nicht erwarten, daß dich jemand rettet, wenn er sich vor Lachen nicht mehr rühren kann.«

Cissie weckte bei jungen Männern den Beschützerinstinkt. Von dem Tag an, an dem wir miteinander Kaffee getrunken hatten, stellte Jimmy Delahunty ihr hartnäckig nach. Obwohl sie mit ihm scherzte und sich gelegentlich von ihm nach Hause begleiten ließ, wenn wir nicht zusammen unterwegs waren, lehnte sie seine Einladungen stets ab. Vielleicht war auch ihr nicht entgangen, wie mitleidsvoll und traurig sein Gesichtsausdruck wurde, wenn sein Blick auf ihre linke Hand fiel.

Wenn wir es uns leisten konnten, tranken wir bei Lydons Tee, was mich immer an meine Mutter erinnerte, die uns dahin eingeladen hatte. Auch Brian und unser gemeinsames Mittagessen an dem Tag, als es hagelte, kam mir in den Sinn. Aber nach dem Tag des Esels, wie Cissie zu sagen pflegte, bekam ich ihn nur noch selten zu Gesicht.

Später erfuhr ich, daß er sich mit einer Studienkollegin traf, und der Versuch so zu tun, als wäre ich nicht eifersüchtig, kostete mich so viel Kraft, daß ich mich kaum noch mit anderen Dingen beschäftigen konnte.

Mitten im Semester traf ich Brian bei einem Tanzabend in der Aula. Er stand am anderen Ende des Saals und unterhielt sich mit den O'Hagan-Schwestern.

»Da ist dein Ritter«, flüsterte mir Cissie ins Ohr. Bedrückt schaute ich zu ihm hinüber. Ein schöner Ritter war das! Er lachte und gestikulierte, während ihn Kathie O'Hagan aus seelenvollen braunen Augen anhimmelte. Ich redete mir ein, es sei mir völlig schnuppe. Wie ich wußte, stammten die Mädchen, mit denen er sprach, aus einer reichen Galwayer Kaufmannsfamilie, und an ihrem Benehmen sah ich, daß sie es beide darauf angelegt hatten, diesen Fisch mit ihrem Charme zu fangen. Eine junge Frau Ende des zwanzigsten Jahrhunderts würde sagen, daß sich die beiden einen Mann angeln wollten, um gesellschaftliche Anerkennung zu bekommen. Denn der Wert einer Frau hing tatsächlich von der Stellung ihres Mannes ab, und es war wichtig, eine gute Partie zu machen. Junge Frauen, die noch keine Zwanzig waren, hatten schon Angst, sitzenzubleiben – Angst vor Einsamkeit, Armut und Machtlosigkeit, vor allem vor Machtlosigkeit.

Brian nahm diese Aufmerksamkeit als etwas hin, das ihm zustand, und mir, die ich ihn über den ganzen Saal hinweg anstarrte, erschien er in diesem Augenblick höchst begehrenswert und vollkommen unerreichbar.

Dann forderte mich Jarlath Quinn zum Tanzen auf – er war leicht zu durchschauen, noch leichter zu bezaubern, und im Vergleich zu dem faszinierenden Brian am anderen Ende der Aula fand ich ihn höchstens durchschnittlich. Doch Jarlath tanzte gut, wir legten einen gekonnten Foxtrott aufs Parkett, und als ich aufblickte, sah ich, daß Brian uns beobachtete. Der Tanz ging zu

Ende, und ganz außer Atem suchte ich mein Taschentuch, das mir auf dem Tanzboden aus dem Ärmel gefallen war.

Im selben Augenblick war Brian bei mir, hob das Taschentuch auf und überreichte es mir. »Er unterwirft sich, um zu siegen«, sagte er leise. Für den Rest des Abends tanzten wir miteinander, und die O'Hagan-Schwestern, die ihn mit Beschlag belegt hatten, wandten sich anderen Studenten zu.

Brian begleitete mich nach Hause. Als wir auf der Türschwelle standen, küßte er mich – überraschend süß und heftig zugleich. »Du warst die Königin des Abends«, flüsterte er mir ins Ohr. »Du bist das schönste Mädchen am College.«

»Danke«, sagte ich, dann floh ich und schloß schnell die Haustür hinter mir; leidenschaftlich glücklich warf ich mich aufs Bett und umarmte in der Dunkelheit mein Kissen.

Tom kam häufiger als erwartet nach Galway, um mich zu besuchen. Immer wenn Pferdemarkt war, konnte ich damit rechnen, daß er sich in Salthill sehen ließ. Ich wußte, daß er neben dem Verkauf seiner eigenen Tiere mit Pferden handelte, die er kaufte und praktisch sofort wieder an den Mann brachte. In seinem kragenlosen Hemd, mit ausgebeulten Taschen, die Stoffmütze tief ins Gesicht gezogen, kam er in unsere Studentenbude. Mir war sein Aufzug peinlich, und das sagte ich ihm auch. Aber er lachte nur.

»Ich kann nicht mit Pferden handeln, wenn ich einen Kragen mit Krawatte trage. Wie sollte ich dann billig kaufen und teuer verkaufen? Da würde es andersrum gehen! Und was meine Taschen betrifft«, meinte er kläglich und leerte ihren Inhalt auf den Tisch, »das ist mein Wechselgeld. Ich muß Geld bei mir haben für den Fall, daß ich ein Tier sehe, nach dem ich suche.« Fassungslos beäugte ich die Unmengen Bargeld, die sich auf dem Tisch häuften.

»Was glaubst du wohl, wo das Geld für deine Studiengebühren herkommt?« Und dann erkundigte er sich etwas leiser, wo Cissie sei.

»Da bin ich!« rief sie lachend wie immer, wenn Tom da war, und trat ins Zimmer. Sie hatte die Haare gewaschen und mit Schildpattkämmen festgesteckt. Dann entdeckte sie, was auf dem Tisch lag, und machte große Augen. Toms Gesicht wurde weich, und um seinen Mund spielte ein besonderes Lächeln, das nur für Cissie reserviert war.

»Was würdet ihr sagen, wenn ich euch beide zu einer ordentlichen Mahlzeit einlade?«

»Ja, bitte«, erklärte Cissie förmlich, »wenn du glaubst, daß du dir das leisten kannst!«

»Sehr gut!« sagte Tom lachend, sammelte sein Geld ein und stopfte es wieder in die Tasche.

Mir entging nicht, daß Cissie gern mit ihm zusammen war, in seiner Gegenwart war sie völlig entspannt. Sie versuchte jetzt nicht mehr, ihre Hand vor ihm zu verstecken, und begegnete ihm ganz unbefangen. Ich versuchte, meinen Bruder mit ihren Augen zu sehen – ein natürlicher, netter Mensch. Seit dem Tod unserer Mutter sah er älter, ernster, sensibler aus.

Immer wieder versicherte er mir, daß die Farm jetzt einiges abwarf, was natürlich hauptsächlich den Stuten zu verdanken war; der Wirtschaftskrieg war vorbei – Dev hatte ein Junktimabkommen mit England ausgehandelt, und wir bekamen eine neue Verfassung. Tom hatte dieses Jahr durch den Verkauf von über hundert Arbeitspferden, Stuten und Ponys Gewinne gemacht; allmählich erwarb er sich in der Grafschaft einen guten Ruf, und wer ein Pferd brauchte, wandte sich gern an ihn. Ich wußte, daß er sparsam und umsichtig wirtschaftete und eine gute Hand für Pferde hatte. Nur selten kam es vor, daß er ein Fohlen verlor; und jetzt hatte er sich eine fünfte Zuchtstute gekauft.

Später im Semester machte ich ihn mit Brian bekannt, der sofort ein Gespräch über Pferde anfing. Tom lud uns alle drei zum Essen ein. Zu dieser Gelegenheit zauberte er sogar einen Kragen mit Krawatte hervor. Den ganzen Abend drehte sich die Unterhaltung um Pferde. Von Zeit zu Zeit warf Tom einen beinah ehrfürchtigen Blick auf Cissie, die sich gut amüsierte. Sprühend vor Vergnügen erzählte sie von den Ponys, die sie zu Hause hatten, während Tom und Brian belustigt und interessiert zuhörten.

»Fitzallen ist in Ordnung«, meinte Tom später. »Er versteht sein Handwerk.«

Aufmerksam sah er mich an.

»Glaubst du, er wird dich heiraten?«

»Sei nicht doof.« Er wirkte geistesabwesend, und ich wußte, an wen er dachte.

»Wie stehen meine Chancen bei Cissie, was meinst du?« fragte er unvermittelt. Seine Augen waren so sehnsüchtig, sein Ausdruck so zärtlich, daß ich kaum glauben konnte, daß mein Bruder vor mir stand, der doch sonst jede Gefühlsduselei zutiefst verachtete. Was sollte ich ihm sagen? Genau denselben Blick hatte ich schon oft in Cissies Augen gesehen, wenn sie von Peter Fitzallen sprach, aber ich wußte, daß sie Tom mochte und war mir sicher, daß die Schwärmerei für Peter vorbeigehen würde, denn sie hatte ja keine Zukunft.

Ich zuckte die Schultern.

»Soviel ich weiß, mag sie dich, aber sie ist zu jung, um Heiratspläne zu schmieden; sie muß erst mal ihre Prüfungen machen.«

»Kannst du dir vorstellen, daß eine Frau, die studiert hat, mich heiratet?« wollte er wissen, und ich antwortete ihm wahrheitsgemäß, daß es auf der Uni viele Studenten gab, die ihm nicht das Wasser reichen konnten, und daß ich selten einen so attraktiven Mann gesehen hatte.

Da mußte er lachen und zog mich spielerisch an den Haaren.

Zu Weihnachten fuhr ich heim. Im Haus herrschte eine kalte, unpersönliche Atmosphäre. Tom hatte sich beim Aufräumen zwar Mühe gegeben, aber auf den Möbeln lag eine dicke Staubschicht, und außer der Küche waren alle Zimmer klamm und feucht. Ich hatte den Verdacht, daß er während meiner Abwesenheit ohne Küchenherd ausgekommen war und von Butterbrot und Speck gelebt hatte. Also krempelte ich die Ärmel hoch und versuchte, alles auf Hochglanz zu bringen, damit ich mich wieder zu Hause fühlen konnte. Trotzdem war ich wütend, daß diese Arbeit auf mich wartete. Ich wußte, daß Tom vorwärtskam; er hatte Land dazugekauft, etwa zwanzig Tagwerk, die an die Farm angrenzten. Ich sagte ihm, daß er eine Hausfrau brauchte, daß er heiraten sollte, was er sehr erheiternd fand. Dann nahm er mich mit in die Ställe, um seine jüngsten Anschaffungen und die Verbesserungen zu begutachten, die er bewerkstelligt hatte.

Ich stand neben ihm, schaute mir die großen, warmen, gutmütigen Stuten in den offenen Boxen an und sog den Geruch von Pferdedung und Heu ein. Tom stellte mir Pat O'Regan vor, der jetzt auf der Farm arbeitete, ein drahtiger kleiner Mann mit Schirmmütze, der mir kräftig die Hand schüttelte. »Freut mich, Sie kennenzulernen, Ma'am!«

»Er kann gut mit Pferden umgehen!« meinte Tom später. »Aber ich muß ihn im Auge behalten, er genehmigt sich gern mal einen!«

Als Weihnachtsessen gab es Gans; mit der Zubereitung und der Füllung gab ich mir viel Mühe; ich stach die Brust an und nähte die Gans zu, wie ich es bei meiner Mutter gesehen hatte. Wir aßen in der guten Stube. Tom war mal fröhlich, mal in Gedanken versunken; er hatte mir eine Goldkette mit einem Amethystanhänger geschenkt; mit unverhohlenem Vergnügen betrachtete er sie an meinem Hals. Gelegentlich erkundigte er sich nach Ballyharris, und weil ich wußte, daß er etwas von Cissie hören wollte, erzählte ich ihm, was sie in den Ferien machte und daß sie im Winter auf die Jagd ging. Da wurde er wieder nachdenklich und bemerkte schließlich, er denke daran, ein Jagdpferd zu kaufen, das sie reiten könnte, wenn sie zu Besuch kam.

»Ich habe jetzt einen schönen Batzen Geld zurückgelegt, Peg«, sagte er stolz, »trotz deiner Versuche, mich mit deinen Studiengebühren und deinem Luxusleben in den Bankrott zu treiben!«

»Luxusleben! Ich?«

Wir lachten.

»Du solltest heiraten«, wiederholte ich. »Niamh Houlihan hat dir heute morgen in der Messe schöne Augen gemacht. Und es gibt noch jede Menge andere Mädchen, die dich mit Freuden nehmen würden. Du bist der begehrteste Junggeselle in der Gegend.«

Er warf mir einen ärgerlichen Blick zu.

»Du weißt verdammt gut, daß ich Cissie heiraten möchte«, sagte er schließlich leise, »und du kannst dich drauf verlassen, daß ich ihr etwas zu bieten habe.«

Dann fragte er mich zum hundertsten Mal, was Cissie in den Ferien machte. Und zum hundertsten Mal erzählte ich es ihm, wenn auch allmählich besorgt.

Nach dem Essen kamen ein paar Freunde von Tom vorbei; sie setzten sich in die Küche, spielten Karten, tranken Whiskey und unterhielten sich. Obwohl sie mich einluden, mich zu ihnen zu gesellen, zog ich mich lieber in die gute Stube vors offene Torffeuer zurück. Ich schürte nach, ordnete meine Weihnachtskarten neu an – eine von Cissie, eine von Brian, eine von Paddy und noch ein paar von Studienfreundinnen und von der Zeichenlehrerin unserer früheren Schule, einer alten Nonne, die nicht in Vergessenheit geraten wollte.

Mary hatte schon vor einigen Wochen aus Paris geschrieben, ein schöner Brief, auf dem eine französische Briefmarke prangte. Das Wort ›IRLANDE‹ auf dem Umschlag, in Großbuchstaben und unterstrichen, schien daran zu erinnern, daß aus einer anderen Perspektive betrachtet unsere kleine Insel nicht der Nabel der Welt war und es Menschen geben mochte, die nicht auf Anhieb wußten, wo Ballycloghan in der Grafschaft Galway lag.

Mary schrieb, sie werde über Weihnachten nach Hause kommen, mit dem Französischen hätte sie nun keine Schwierigkeiten mehr und sie liebte Paris. »Es ist eine bezaubernde, großartige Stadt. Ich habe einen charmanten Mann kennengelernt, der mit der französischen Gesandtschaft in Dublin zu tun hat; anscheinend hat er auch Geschäftsverbindungen nach Irland, importiert Wein oder so was. Vielleicht wird er in Dublin sein, wenn ich heimkomme. Und außerdem hat er Beziehungen zum Theater!«

Diesen Brief bewahrte ich zwischen den Seiten von *Der letzte Mohikaner* auf, meiner damaligen Lektüre, und las ihn immer wieder; ich versuchte mir vorzustellen, wie das Leben in Paris war, wie dieser Franzose aussah, wie es im Kloster zuging. Marys Beschreibungen wirkten richtig exotisch. Selbst das Kloster, wo anscheinend noch strengere Regeln herrschten als in St. Catherine's, bekam einen verzauberten Glanz. »Paris!« flüsterte ich und ließ mir den Namen auf der Zunge zergehen. Würde ich jemals Paris sehen? Der Franzose war bestimmt groß und dunkelhaarig mit blitzenden Augen. Aber ich beneidete Mary keineswegs; wie sollte ich sie beneiden, wo ich doch Brian Fitzallen liebte?

In meine Träumerei versunken saß ich im alten Sessel meines Vaters vor dem Feuer und wünschte mir insgeheim, die Feiertage wären schon vorbei und ich könnte nach Ballyharris fahren.

Cissie hatte mich über Weihnachten eingeladen, aber dann wäre Tom allein gewesen. Es war immer die Rede von einem drohenden Krieg, und in den Zeitungen wurden die schwierigen diplomatischen Beziehungen zwischen Großbritannien und Deutschland ausführlich erörtert. Wie allen anderen machte mir die bevorstehende Katastrophe angst, aber ich konnte einfach nicht glauben, daß sie wirklich unvermeidbar war.

Am 27. Dezember 1937 fuhr ich nach Ballyharris. Des holte mich vom Bahnhof ab und schüttelte mir die Hand. »Wie geht's, Peg?« Dann erklärte er, Cissie sei erkältet und hüte das Bett. Davon konnte ich mich bald selbst überzeugen. Mit einem Kissen im Rücken und einem Roman saß sie im Bett. Sie trug ein wollenes Bettjäckchen ihrer Mutter, das unterm Kinn mit einem blauen Band zugebunden war.

»Ist das nicht abscheulich, Peg? Wenn es mir morgen nicht besser geht, versäume ich unsere Party; so kann ich mich doch nicht sehen lassen!«

»Welche Party?«

»Des gibt eine. Wir haben alle dazu eingeladen, natürlich auch die Fitzallens.«

»Gut«, sagte ich und freute mich auf ein Wiedersehen mit Brian.

»Sie können aber nicht kommen.«

»Warum nicht?«

Cissie zuckte die Achseln, griff in die Schublade ihres Nachtkästchens und hielt mir ein Blatt Papier unter die Nase.

»Da ist der Brief.« Ihr unbekümmerter Tonfall wirkte nicht ganz überzeugend.

Ich faltete das Blatt auseinander und las: »Messrs. Brian und Peter Fitzallen und Miss Harriet Fitzallen bedauern ...«

»Mama ist zu Ohren gekommen, daß sie am Sonntag selbst eine Party geben«, fuhr Cissie im selben Tonfall fort.

»Und ihr seid nicht eingeladen?« flüsterte ich.

»Nein.« Wieder zuckte sie die Achseln. »Sie sind sehr vornehm, weißt du. Und ich bin nur eine Arzttochter.«

Das tat mir weh. Cissie kannte diese Leute seit Jahren. Es machte mich rasend, daß man sie so gekränkt hatte. Und ich war selbst bis ins Innerste getroffen. Wenn Cissie nur eine Arzttochter war, welcher Stellenwert kam mir dann zu? Es war mir verhaßt, daß jemand meinen Wert leugnen und mich mit engstirnigen Maßstäben messen wollte.

»Mary ist da«, fuhr Cissie fort. »Das wollte ich dir noch sagen. Sie ist am Heiligen Abend heimgekommen und hat uns schon zweimal besucht. Sie ist in Höchstform und kommt morgen auf die Party.«

Am nächsten Tag machte ich einen Spazierritt mit Des. »Als kleine Lockerungsübung vor der Party heute abend«, meinte er, aber ich wußte, daß er mich mit dem Ausflug aufmuntern wollte. Vielleicht hatte Cissie ihm von Brian und mir erzählt. Es war auch eine Jagd im Gange, aber dafür ritt ich zu schlecht, und Desmond konnte wegen der Vorbereitungen für die Party nicht teilnehmen.

Gegen drei, als es schon zu dämmern begann, machten wir uns auf den Weg. In der Ferne, vor der sich verdüsternden Kulisse des Berges, sah ich die Nachzügler, die von der Jagd heimkehrten. Es fing an zu regnen, kalte Tropfen klatschten mir ins Gesicht, doch durch die halb geschlossenen Lider erkannte ich Brian und seine Geschwister. Die Zügel waren unangenehm glitschig, und Banners Hals dampfte. Da sahen sie uns. Harry winkte. »Hallo ihr zwei«, rief sie, Peter nickte auf seine herablassende Art, und sie ritten vorbei.

Wie charismatisch der Hochmut doch sein kann, dachte ich erstaunt. Menschen, die sich für den Mittelpunkt der Welt hielten, besaßen eine geradezu hypnotische Ausstrahlung, der man auf den Grund gehen wollte – und sei es nur, um sie zu zerstören.

Brian galoppierte auf uns zu.

»Peg!« strahlte er. Kühl erwiderte ich seinen Blick. Er war von der Jagd erhitzt, und sein Gesicht glänzte vom Regen. Sein roter Jagdrock war mit Pferdeschweiß und Schlamm bespritzt.

Desmond ritt taktvoll ein Stück voraus.

»Warum kommt ihr nicht zu Cissies Party?« fragte ich durch den prasselnden Regen.

»Zu welcher Party?«

»Zu der Party heute abend.«

Eine Weile ritt er schweigend neben mir her. Dann sagte er: »Vermutlich sind wir eingeladen worden?«

»Natürlich.«

»Es tut mir leid, Peg«, sagte er zögernd. »Scheinbar hat Harry einfach für uns alle geantwortet. Sie nimmt sich ziemlich viel heraus. Wir haben ein paar langweilige Tanten zu Besuch, um die wir uns kümmern müssen.«

»Verstehe.«

»Aber ich komme, wenn ich darf.«

»Mach dir keine Umstände. Ihr habt bestimmt mit eurer eigenen Feier am Sonntag alle Hände voll zu tun!«

Brian runzelte die Stirn.

»Du verstehst das nicht, Peg«, sagte er verlegen.

»Du hast völlig recht – ich glaube, du solltest lieber bei deinen Tanten bleiben.« Ich schmeckte den Regen auf den Lippen. Mir war kalt bis auf die Knochen, also trieb ich Banner an, der keine Ermunterung brauchte; ich holte Des ein, um mit ihm nach Hause zu reiten. Er winkte Brian kurz zu, und wir kanterten durch den Platzregen; die Pferde, stark und eigenwillig, sehnten sich nach ihrem warmen Stall. Ich war froh, als ich endlich wieder im Haus war und sofort ein heißes Bad nehmen konnte.

Die Party fing ganz gut an. Cissie war eine Weile mit dabei, entschuldigte sich aber dann, sie sei immer noch nicht ganz auf der Höhe, und ging früh zu Bett. Ich wurde einigen Leuten vorgestellt, plauderte und tanzte mit Freunden von Desmond, behielt aber die Tür im Auge, weil ich auf Mary wartete und mich auf das Wiedersehen freute.

Sie kam mit ihrem Vater. Als Des ihnen die Mäntel abnahm, eilte ich in die Diele und umarmte Mary. Ich hatte einen Klumpen im Hals. Sie wirkte irgendwie anders als früher, fast reserviert. In ihrem grünblauen Futteralkleid, das ihre Figur betonte und zu ihren Augen paßte, zog sie die Blicke aller Männer auf sich.

»Erzähl mir von Paris.«

»Oh, es ist wunderschön, Peg, aber im Winter ist es bitterkalt. Ich mußte über Weihnachten einfach heimfahren.« Sie sah zu ihrem Vater auf und drückte seinen Arm.

»Und wie steht's mit deinem Französisch?«

»Très bien, merci. Maintenant je le trouve très facile.«

Marys Aussprache hatte mit dem Französisch, das wir in der Schule gelernt hatten, nichts gemein.

Ihr Vater lächelte sie nachsichtig an. Des zog die beiden in den Salon, besorgte ihnen etwas zu trinken, und sie plauderten mit Dr. O'Shaughnessy, der Mary mit Komplimenten überschüttete. Mrs. O'Shaughnessy umarmte sie und erklärte: »Die arme Cissie ist immer noch nicht ganz auf der Höhe. Sie hat sich wieder hingelegt.«

Gemeinsam stahlen wir uns nach oben in Cissies Zimmer. Barbie stand im Morgenmantel auf dem Treppenabsatz und starrte durchs Geländer auf die Leute hinunter, die durch die Diele kamen. »Ich bin auch schon alt genug für eine Erwachsenenparty«, murrte sie rebellisch, während sie Papierflieger faltete und in den Treppenschacht warf.

Wir fanden Cissie lesend im Bett. Mary zog ihr blaugrünes Kleid hoch und setzte sich auf die Bettkante; ich legte mich auf mein Bett und hörte zu, wie Mary ›zum zehnten Mal‹ alles über ihr neues Leben, die französischen Nonnen und den albernen Fehler erzählte, der ihr bei Tisch unterlaufen war, als man ihr einen Nachschlag anbot und sie erwiderte – »Non, merci ... je suis pleine.« Auf meinen verständnislosen Blick erklärte sie, damit habe sie den guten Frauen mitgeteilt, sie sei schwanger, wo sie doch nur sagen wollte, sie sei satt.

Wir lachten herzlich. Dann fragte ich nach dem Franzosen, von dem sie mir geschrieben hatte. Sie zuckte die Schultern und erklärte, er sei der Onkel von einem Mädchen an der Schule. »Er ist nicht mehr der jüngste, ungefähr zweiunddreißig. Und er hat einen Titel. Schau mich nicht so an, Peg.«

»Ist er verheiratet?«

»Nein. Bei der Jagd heute habe ich dich vermißt, Peg«, sagte sie dann, um das Thema zu wechseln. »Es wird Zeit, daß du dich mal aufrappelst.«

»Du weißt so gut wie ich, daß ich nicht jage, Mary.«

Mir entging nicht, daß Cissie plötzlich gespannt zuhörte.

»Du könntest es zumindest versuchen. Es würde dir guttun!« beharrte Mary.

Ich seufzte.

»Ich würde beim ersten Zaun unfreiwillig absteigen.«

»Nein, würdest du nicht«, versicherte mir Cissie, nicht zum ersten Mal. »Du mußt dich nur gut festhalten, den Rest erledigt das

Pferd. Es kann gar nichts passieren, solange du nicht über Reilly's Bank springst.«

»Wo ist denn das?« fragte ich und versuchte, das Hindernis zu lokalisieren. Ich hatte von dem Wall schon gehört, war mir aber nicht sicher, wo er sich befand.

»Oh, das ist an der Grenze zwischen Glenallen und der Allmende. Seit sie auf der anderen Seite einen Graben gezogen haben, springt niemand mehr darüber – es ist eine Todesfalle, man stürzt an die vier Meter ab.«

Warum wurde mir plötzlich so kalt?

»Keine Sorge«, sagte ich, während ich versuchte, den Schatten zu vertreiben. »Ich habe die Absicht, alt zu werden und euch noch möglichst lange zur Last zu fallen. Ist dort schon mal jemand zu Schaden gekommen?«

»Nicht ernsthaft.«

»Peter Fitz hat heute einen halbherzigen Versuch gemacht«, warf Mary ein und verzog abschätzig das Gesicht, »aber sein Pferd hat nicht mitgespielt.«

Ich spürte, wie Cissie reagierte, merkte, wie still sie wurde, aber Mary plauderte munter weiter. »Heute abend habe ich ihn noch nicht gesehen.«

»Nein«, sagte ich, »und das liegt nicht daran, daß man ihn nicht eingeladen hätte.«

Mary schnaubte verächtlich und sah Cissie an.

»Du bist doch nicht mehr in ihn verliebt, oder?«

»Ich habe wichtigere Dinge im Kopf«, erwiderte Cissie.

Dann wechselte sie das Thema; wir sollten lieber wieder hinuntergehen, sagte sie, sonst würde Des behaupten, wir verderben ihm seine Party. Also ließen wir sie allein. An der Treppe warnten wir Barbie, daß alle Leute, denen sie mit ihren Papierfliegern die Augen ausgestochen hatte, nach ihr suchen würden.

»Ich hab kein Papier mehr. Den letzten hab ich nach Brian Fitzallen geworfen, aber nicht getroffen.«

Mary sah mich an.

»Wann ist er gekommen?« fragte ich.

»Gerade eben.«

Als wir nach unten gingen, kam er aus der Diele und lächelte uns an.

»Hallo, Mary. Schön, daß du wieder da bist.« Er schüttelte ihr die Hand.

»Ich dachte, du kommst nicht«, sagte ich.

»Warum? Man hat mich doch eingeladen, oder?«

Er lächelte mich unschuldig an. Aus dem Eßzimmer war Tanzmusik zu hören.

»Willst du tanzen?«

Und plötzlich war der Abend ein voller Erfolg. Ich tanzte, trank Wein, unterhielt mich, entdeckte, wie geistreich ich sein konnte, und fing ab und zu Marys erstaunte Blicke auf.

»Die Sache mit ... Harrys Brief tut mir leid«, sagte Brian, bevor er ging. »Und es tut mir leid, daß ich dich und die anderen nicht zu der Party am Sonntag einladen kann. Es ist nämlich nicht meine Party. Harry hat sie organisiert. Wahrscheinlich verdrücke ich mich. Ich kann ihre Freunde nicht ausstehen!«

»Warum?«

»Sie langweilen mich zu Tode! Ihr Leben dreht sich nur darum, sich in Pose zu werfen.«

»Mag Peter sie denn?« fragte ich, weil ich an Cissie dachte.

»Er betet sie an. Warum auch nicht? Er versteht es selbst wunderbar, sich in Pose zu werfen, und er mag alles, was Harry gefällt.«

»Wie siamesische Zwillinge«, wagte ich zu bemerken.

»Genau, sie sind seelisch verwachsen, und Harry setzt alles daran, daß es so bleibt.«

Ich sah Peter und Harriet Fitzallen in diesen Ferien noch einmal, bevor ich wieder von Ballyharris Abschied nahm. Sie standen auf dem Bahnsteig, als ich abreiste. Peter kehrte nach Dublin zurück, und Harry brachte ihn zum Zug. Ich witzelte und lachte mit Cissie, die mich zum Bahnhof begleitet hatte.

Mir fiel auf, wie Harry neugierig zu uns herübersah und wie sie kühl abwägend erst Cissies linke Hand und dann mich musterte.

Schließlich drehten sich beide zu uns um und lächelten höflich. Cissie versteckte ihre Hand in der Tasche.

»Hallo, ihr zwei«, rief Harry mit gewohnter Jovialität.

Peter neigte lächelnd den Kopf; sein Blick war so forschend wie eh und je, aber ich fand, daß er noch länger als sonst auf Cissie ruhte. Mir war bewußt, daß ich ihn genauso unverwandt ansah wie Cissie. Er besaß eine Ausstrahlung, die für zehn Männer gereicht hätte, wofür in erster Linie seine atemberaubende Selbstsicherheit verantwortlich war.

»Peg fährt nach Hause«, erklärte Cissie. »Das neue Semester beginnt am Montag.«

Harry holte tief Luft.

»Ihr seid ja vielleicht klug, Kinder!« rief sie. »Ich bin viel zu dumm fürs College.«

Augenblicklich hatte ich das Gefühl, das College sei ein dubioser Ort, wo sich Leute von geringem Ansehen versammelten. Klug zu sein, zumindest in diesem Sinne, war keinesfalls eine bemerkenswerte Eigenschaft.

Peter wandte sich an Cissie.

»Bei unserem letzten Jagdtreffen habe ich dich vermißt.«

»Ja, ich hatte eine Grippe.«

Sie sah ihm in die Augen, und ich konnte fast spüren, wie ihr Herz bebte.

Der Zug fuhr schmauchend ein und kam ruckartig und unter lautem Zischen zum Stehen; der Dampf breitete sich im ganzen Bahnhof aus. Ich stieg in ein Abteil zweiter Klasse, sah hinaus, als der Zug aus einem riesigen Schlauch Wasser tankte, und beobachtete Peter Fitzallen, der sich kurz von Cissie verabschiedete und dann in seinem Erste-Klasse-Abteil verschwand. Cissie winkte mir nach, als der Zug abfuhr. Ich lehnte mich in meinem Sitz zurück und überlegte, was Peter und Harriet an sich hatten, was mich mit so düsteren Vorahnungen erfüllte – wie die Warnung vor einem unerbittlichen Schicksal.

5. Kapitel

Als wir nach Galway zurückkehrten, rechnete ich damit, daß Brian sich bei mir melden würde. Ich sehnte mich nach ihm; ich wollte das Gefühl auskosten, daß wir einander etwas bedeuteten, daß wir zusammenhielten gegen den Rest der Welt. Doch eine Woche verstrich, und ich bekam keinen Brian zu Gesicht. Ich fragte mich schon, ob er nach den Ferien überhaupt zurückgekommen war; vielleicht war er ja krank. Aber am Ende der zweiten Woche erspähte ich ihn, wie er mit Jimmy Delahunty über den Eyre Square radelte. Er sah mich, hob höflich die Hand und fuhr in aller Seelenruhe weiter, und ich fühlte mich wie ein begossener Pudel. Cissie, die neben mir stand, zog skeptisch die Augenbrauen hoch.

»Den kann ich wohl abschreiben«, sagte ich.

»Macht es dir etwas aus?«

Ich sah sie an und fragte mich, warum es eine Rolle spielte. Ohne ihn war ich besser dran. Sein Benehmen strafte alles Lügen, was ich bisher an menschlichem Miteinander kennengelernt hatte: an einem Tag gab er mir das Gefühl, wir wären seelenverwandt, am nächsten tat er so, als wäre ich Luft für ihn.

»Ja, es macht mir etwas aus. Es ist eine Art Wettstreit, den ich gewinnen will.« In Wirklichkeit war es viel mehr als das, aber ich war jung und hatte meinen Stolz.

Cissie lachte. »Du kannst ganz schön eigensinnig sein, Peg. Aber ich weiß, wie du ihn aufrütteln kannst«, fügte sie schelmisch hinzu. »Geh mit einem anderen aus.«

»Ich will aber keinen anderen.«

»Das hat doch damit nichts zu tun. Geh mit einem anderen aus, und sorge dafür, daß Brian es erfährt!«

»Du bist ein kleiner Machiavelli, Cissie O'Shaughnessy.«

Wieder lachte sie. »Nur daß sich Machiavelli an seine eigenen Ratschläge nicht gehalten hat.«

Doch als ich ein paar Tage später noch einmal die Erfahrung machte, daß Brian meinen Gruß mit einer so nichtssagenden

Höflichkeit erwiderte, als wäre ich eine Zufallsbekanntschaft, stand mein Entschluß fest. Zum Teufel mit ihm. Andere Mütter hatten auch schöne Kinder.

Als Jarlath mich bat, mit ihm auszugehen, sagte ich freudig zu. Er errötete bis an die Haarwurzeln und spielte nervös mit seinen großen Händen. Er hatte schreckliche Angst, einen Korb zu bekommen.

»Wenn du am Freitag nichts Besseres zu tun hast, Peg, würdest du dann mit mir ins Kino gehen?«

»Aber gerne, Jarlath. Danke.«

Er lächelte erleichtert. »Wir machen die Stadt unsicher, Peg. Heute morgen habe ich einen Scheck von zu Hause bekommen.«

Nach dem Praktikum kam ich mit ihm aus dem Labor, und zufällig lief uns Brian über den Weg.

»Hallo«, sagte ich lässig. »Jarlath, kennst du Brian Fitzallen? Brian, das ist Jarlath Quinn.«

Sie schüttelten sich die Hand. Nachdem wir ein paar Worte gewechselt hatten, schlenderte ich mit meiner neuen Eroberung davon und genoß das Gefühl, daß ich Brian aus der Ruhe gebracht hatte.

Noch am selben Abend erschien Brian an meiner Haustür. Er wolle mit mir reden, sagte er, aber in unserem Haus konnte man sich nicht ungestört unterhalten. Oben in unserem Zimmer saß Cissie und lernte, und es kam sowieso nicht in Frage, einen Mann mit hinaufzunehmen.

»Laß uns einen Spaziergang machen.«

»Sieht nach Regen aus«, wandte ich ein und sah an ihm vorbei in die von Straßenlaternen erhellte Dunkelheit. »Komm doch herein.«

Meine Wirtin steckte den Kopf aus der Wohnzimmertür, um zu sehen, wer der Besucher war, und verschwand dann wieder. Brian trug einen blauen Wollschal nachlässig um den Hals geschlungen. Der Seewind hatte sein Haar zerzaust. Der Lampenschirm in der Diele warf einen bläulichen Schimmer auf sein Gesicht. Stirnrunzelnd musterte er mich.

»Peg, gehst du am Freitag mit mir ins Kino?« fragte er in sachlichem Ton.

»Tut mir leid, Brian, ich bin schon verabredet.«

Er schwieg. Mit einem Mal sah er überrascht und gekränkt aus.

»Verstehe.«

Er wandte sich zur Tür, blieb aber dann stehen, zog die Schultern hoch und lächelte mich an. »Du könntest die Verabredung doch absagen?«

»Nein.«

»Bist du wegen irgendwas wütend auf mich, Peg?« fragte er so charmant, daß ich liebend gern diese und jede andere Verabredung hätte sausen lassen.

»Nein, nur eines Besseren belehrt. Du bist wie ein Männchen in diesen lustigen Uhren – sie kommen nur zur vollen Stunde raus. Immer wenn ich dich treffe und du bist gerade nicht draußen, siehst du mich gar nicht.«

»Das tut mir leid, Peg. Manchmal bin ich so in Gedanken. Es gibt Dinge, die ich mir überlegen muß.«

»Selbstverständlich. Und weil ich grundsätzlich nie etwas zu überlegen habe, möchte ich solche hehren Betrachtungen auf keinen Fall stören«, sagte ich eigensinnig wie so oft, wenn ich das Gefühl hatte, die Oberhand zu haben. Aber als ich seinen Gesichtsausdruck sah, wünschte ich, ich hätte mir auf die Zunge gebissen.

»Wie du willst, Peg«, murmelte er höflich, aber gekränkt und drehte sich auf dem Absatz um. Ich schloß die Tür hinter ihm, noch bevor er das Gartentor erreichte, und fühlte mich elend. Am liebsten wäre ich ihm nachgelaufen. Ich ging hinauf, setzte mich an meinen Tisch und starrte in mein Chemiebuch, ohne etwas wahrzunehmen. Zum Teufel mit den Molekülen, Periodentafeln, Ketonen, Azetonen. Wie sollte ich darin Trost finden?

In den darauffolgenden Tagen war ich todunglücklich. Ich ging mit Jarlath ins Kino; an den Film kann ich mich nicht mehr erinnern; alles, was ich noch weiß, ist, daß ich Brian Fitzallens gekränktes, viel zu sensibles Gesicht vor mir sah. Mein Sieg hinterließ ein Gefühl der Leere; ich hatte das Gefühl, mich schäbig und kleinlich benommen zu haben.

Jarlath wollte mich küssen. Er war grob, hin- und hergerissen zwischen seinen sexuellen Bedürfnissen und dem Wunsch, mir zu gefallen. Seine knochigen Finger zerquetschten mir fast die

Hand. Ich verweigerte ihm meine Lippen und stieß ihn lachend zurück. Jarlath akzeptierte meine Weigerung; anständige Mädchen taten so was nicht. Aber ich wünschte inständig, der Abend wäre vorbei, ich läge im Bett und könnte an Brian denken, der in heroischem Glanz erstrahlte, weil ich ihn verloren hatte.

Aber damit wollte sich Brian nicht ohne weiteres abfinden. Am nächsten Montag kam er nach dem Praktikum ins Labor, um mich zum Kaffee einzuladen, doch er nickte Jarlath mit so liebenswürdiger Herablassung zu, daß ich ablehnte. Ich fand ihn anmaßend, anscheinend ging er davon aus, daß er nur mit dem Finger zu schnippen brauchte und schon würde ich springen.

Aber er gab sich nicht mit einem Nein zufrieden. Nach dem Unterricht stand er wieder draußen auf dem Korridor, lehnte an der Wand und beobachtete voll Unruhe, ob ich mit Jarlath aus dem Labor käme. Mit gespielter Gleichgültigkeit trat ich ihm entgegen, doch schließlich hielt ich es nicht mehr aus, und aus Angst, ihn endgültig zu verlieren, wenn ich so weitermachte, kapitulierte ich schließlich und ließ mich zum Abendessen einladen. Zu diesem Anlaß lieh ich mir ein Kleid von Cissie, cremefarben mit breitem Gürtel; dann saß ich ihm gegenüber, wie berauscht vor Glück, beeindruckt von der Kennermiene, mit der er den Wein auswählte, von der Leichtigkeit, mit der er über alle möglichen Themen plauderte, von seinen lustigen Kommentaren und seinem Wunsch, mich zu unterhalten.

Indirekt entschuldigte er sich für sein unnahbares Verhalten. »Weißt du, Peg, es gibt Schwierigkeiten in Glenallen, die mich belasten. Es tut mir leid, daß ich mich wie ein ungehobelter Kerl benommen habe.«

»Mir tut es auch leid, daß ich so grob war«, murmelte ich errötend.

Da mußte er lachen. »Erinnere ich dich wirklich an ein Männchen in einer Spieluhr?«

»Natürlich nicht.«

»Zu Hause sagen sie immer, daß ich in einer Traumwelt lebe. Zumindest Harry behauptet das. Es gibt so vieles, was mich bedrückt. Aber von diesem Augenblick an werde ich nur noch an Peg Donlon denken, die schöne Maid von Salthill!«

Er beugte sich über den Tisch und sah mich mit lachenden

Augen an. »Jetzt verzeihst du mir meine Untaten, Peg, oder muß ich in Sack und Asche auf deiner Schwelle sitzen?«

Wie sollte ich bei soviel Demut hart bleiben?

»Was sind das für Probleme, die dich bedrücken?« fragte ich, um die Peinlichkeit des Augenblicks zu überspielen.

Doch er ging nicht darauf ein, sondern wechselte das Thema.

An diesem Abend küßten wir uns vor meiner Tür; es war ein langer, köstlicher Kuß.

Cissie beobachtete diese Entwicklung mit Interesse.

»Er ist verrückt nach dir, Peg. Und er ist eine gute Partie, würde ich sagen.«

Ich wurde rot, weil ich mich über sie ärgerte. Die Unterstellung, Frauen seien nur aufs Geld aus und gingen auf Männerjagd, um versorgt zu werden, war mir zuwider, denn die unerträgliche Schlußfolgerung war, daß sie selbst nichts wert waren.

»Ich bin die gute Partie!«

»Ich weiß«, lachte Cissie, »aber er ist auch nicht zu verachten.«

»Das interessiert mich nicht. Wenn du's genau wissen willst, hat er mir gesagt, daß er nicht viel zu erwarten hat.«

Das war richtig. Als wir einmal planlos über die Zukunft sprachen, sagte Brian, er würde gern nach Südafrika oder Kenia auswandern.

»Das ist aber weit weg. Warum willst du ins Ausland?«

»Da unten bieten sich phantastische Möglichkeiten. Ich möchte die Ruinen von Simbabwe sehen – das verlorene Ophir suchen. Afrika ist die Wiege der Menschheit. Dort könnte ich Geld verdienen. Auf mich wartet kein großes Erbe, weißt du«, fügte er lachend hinzu.

Was kümmerte es mich, was er einmal erben würde? Die Leidenschaft ging mit mir durch. Ich ließ meinen Gefühlen freien Lauf, projizierte alle Eigenschaften auf Brian, die ich von Romanhelden kannte. In meiner Vorstellung war er die Antwort auf jede Sehnsucht – körperlich oder seelisch. Damals bedeutete mir die Religion noch sehr viel, aber ich mußte schockiert feststellen, daß ich Brian mehr liebte als Gott. Doch es wäre mir nie in den Sinn gekommen, daß er all jene Eigenschaften, die ich ihm zuschrieb, gar nicht wirklich besaß, sondern daß ich sie nur in ihm sehen wollte und mir im stillen Kämmerlein meinen Helden konstruiert hatte.

Er bat mich nie, mit ihm zu schlafen. Cissie hatte mich gewarnt, diese Aufforderung würde bedeuten, daß Peg Donlon nur fürs Bett tauge, aber zum Heiraten für einen Fitzallen nicht gut genug sei.

Immer wenn er von Glenallen sprach, wunderte ich mich über seine einstudierte Gleichgültigkeit, über die Mühe, die es ihn kostete, unbeteiligt zu klingen.

»Ich glaube, du liebst Glenallen sehr«, sagte ich einmal, nachdem er mir von der Farm erzählt hatte.

Er sah mich mit halbherzigem Lachen an. »Gut beobachtet, Peg. Ich liebe Glenallen und hasse es gleichzeitig! Ich möchte mich davon befreien und könnte diese Freiheit doch nicht ertragen. Klingt das verrückt?«

»Nein. Von dem Ort, der uns geprägt hat, können wir uns niemals befreien. Es wundert mich nur, daß du frei sein möchtest.«

Er starrte an mir vorbei, und ich stellte überrascht fest, daß sein Blick hart und verbohrt wurde, fast als packte ihn das Grauen.

Es schien ihm nichts auszumachen, daß ich schüchtern war und fast immer zurückhaltend reagierte.

»Ich finde schon noch heraus, was in dir vorgeht, Peige, ... wart nur ab.«

Er nannte mich oft ›Peige‹ – so daß mein Name zweisilbig wurde; das sei auf Aran – den Inseln im Westen – ganz geläufig, sagte er.

»Ich komme aber nicht von Aran.«

»Ich glaube, du kommst von Tír na n'Og, das ist dieselbe Richtung.« Er spielte auf das mystische Land von Sidhe an, die Heimat des Feenvolks, wo man nie altert.

»Du möchtest wohl, daß ich dich dahin mitnehme?« fragte ich, »so wie Niamh mit dem Goldnen Haar Oisín mit sich nahm? Fort auf meinem weißen Pferd in das Land jenseits der sinkenden Sonne?«

Er lachte so herzlich und streckte mir die Hände entgegen. »O ja, bitte!«

»Aber dann würdest du, wie es in der Natur der Sache liegt, irgendwann wieder heim wollen, und sobald du den Fuß auf die Heimaterde setzt ...«

Sein Lächeln erstarb, und er ließ die Hände sinken.

»... würde ich altern und sterben«, vollendete er meinen Satz mit tonloser Stimme. »Ich weiß.«

Bei der Vorstellung, mit ihm zu schlafen, zitterte ich vor Erregung, aber ich hatte Angst, daß er mich nachher verachten könnte, und außerdem war es eine Todsünde. Auch erschien mir der Status der gefallenen Frau nicht gerade verlockend – Flittchen, Hure, Schlampe, Nutte und was Männer sonst noch alles an gemeinen Etiketten jeder Frau anhefteten, die auch nur einen Augenblick lang ihren eigenen Wünschen nachgab. Mit welchem Recht maßten sie sich eigentlich an, unsere Erfahrung zu benennen? Trotzdem wollte ich mir die erdrückende Last des moralischen Versagens nicht aufladen.

Manchmal fragte ich mich, was er eigentlich an mir fand. Er kannte meine beiden Freundinnen von Kindheit an, und sie waren schön. Einmal deutete ich etwas in dieser Richtung an, denn er bemerkte scherzhaft: »Mary ist ein Pfau, Cissie ist eine Ikone, und du bist ein Eichhörnchen. Ich habe eine Schwäche für Eichhörnchen!« Bei diesen Worten schloß er die Augen und holte tief und genüßlich Luft.

»In diesem Fall solltest du dich lieber in acht nehmen, denn Eichhörnchen schärfen ihre Zähne an allen möglichen Sachen.«

»Willst du deine kleinen Reißzähne etwa an mir schärfen?« fragte er lachend. Er küßte mich überraschend, ich erwiderte seinen Kuß, und mir drehte sich alles. Dann wollte ich wissen, warum er mich für ein Eichhörnchen hielt.

»Eichhörnchen sind wählerisch, graziös, scheu und unternehmen gelegentlich kühne Beutezüge«, erwiderte er nach einer Weile. »Wenn man sie beleidigt, verschwinden sie in den Zweigen.«

Ich lachte, aber wie er richtig bemerkt hatte, war ich wählerisch und auch konservativ, die Warnungen meiner Mutter über Männer nahm ich mir zu Herzen. Wie leicht konnte er mich, das Eichhörnchen, zerstören. Ich wußte nur zu gut, wie zart und empfindlich Eichhörnchen waren, denn ich hatte einmal ein Jungtier mit nach Hause genommen, das die erste Nacht in Gefangenschaft nicht überlebte.

Aber nachdem wir einige Monate zusammen waren, wußte ich, daß es nur eine Frage der Zeit war, bis er mich bitten würde, ihn zu heiraten, und meine Antwort stand längst fest. Der Gedanke an eine Zukunft ohne ihn war mir unerträglich; ich stellte mir die leeren Jahre vor, die endlose Langeweile, den Verlust von allem, was das Leben interessant und aufregend machte.

Mary war nach Ablauf ihres Jahres aus Frankreich zurückgekehrt, zog aber kurze Zeit später nach Dublin, um die Abbey-Schauspielschule zu besuchen. Ihrem Vater war das nicht recht, aber er war so vernarrt in sein einziges Kind, daß er nicht nein sagen konnte. Jedes Jahr kam Mary über Weihnachten ein paar Tage und im Sommer eine Woche nach Hause, und sie wirkte fast leichtsinnig und sah so bezaubernd aus. Sie nahm überhaupt nicht zu, was mich nicht wunderte, denn offenbar aß sie so gut wie nichts; gegen Sommersprossen oder Pickel schien sie immun zu sein. Doch wir hatten uns entfremdet, so als würden Cissie und ich unbewußt davon ausgehen, daß Mary eine neue Identität angenommen hatte, die sich von unserer unterschied. Wir waren uns nicht mehr sicher, ob uns die gemeinsamen Erfahrungen noch verbanden, und im Vergleich zu ihr kamen wir uns merkwürdig kindisch vor. Cissie meinte, Mary sei hart geworden, ich aber war anderer Meinung. Jung und schön wie sie war, hatte sie jetzt die Ausstrahlung eines Menschen, der einiges durchgemacht hat.

Der Krieg begann im September 1939. Ich war an jenem Sonntag morgen zu Hause in Ballycloghan bei Tom; um elf Uhr fünfzehn hörten wir Chamberlains Stimme am Radio – metallisch, schwer zu verstehen, mal lauter, mal leiser. Er teilte uns mit, daß seine Friedensbemühungen gescheitert waren. Später bekamen wir die Rundfunkansprache des Königs herein, die mich zu Tränen rührte: »Es ist unsere Pflicht, uns gemeinsam mit unseren Alliierten der Herausforderung durch ein politisches Prinzip zu stellen, das, wenn es die Überhand gewänne, jegliche zivilisierte Weltordnung zunichte machen würde. Diese Aufgabe wird viel von uns fordern. Es mögen dunkle Tage vor uns liegen, und der Krieg wird sich nicht länger auf das Schlachtfeld beschränken. Aber wir können nur das tun, was wir als richtig erkennen und unsere Sache Gott anheimgeben.«

Nach der Ansprache saßen wir im dunklen Wohnzimmer im Schein der Feuerglut und unterhielten uns über die schreckliche Zeit, die Europa jetzt bevorstand. »Wir lassen uns da nicht hineinziehen«, sagte ich, aber Tom meinte, ich solle mir nichts vormachen. Niemand, sagte er, würde von diesem Krieg unberührt bleiben; alles würde sich verändern.

Auf dem Land redeten alle vom Krieg. Nach der Sonntagsmesse standen die Leute beisammen, um die neuesten Nachrichten zu diskutieren – ob Giftgas zum Einsatz komme, ob Irland neutral bleiben könne und ob sich viele junge Männer freiwillig melden würden.

Ich ging zu Percival's, um einzukaufen und mich mit Niamh zu unterhalten. Als ich eintrat, war sie allein im Laden; rasch sprang sie auf und ließ ein Buch unter dem Ladentisch verschwinden, entspannte sich aber, als sie mich erkannte. »Ich sollte eigentlich die Regale einräumen, aber ich habe die Nase voll«, rief sie. »Ich ergebe mich dem Alkohol, wenn ich noch eine einzige Dose Kondensmilch sehe. Du hast es gut, Peg! Du bist privilegiert und weißt es nicht mal!«

»Doch, das weiß ich sehr wohl.« Sie tat mir leid; ihr Leben war so langweilig, tagaus, tagein wog sie Mehl und Zucker ab, zählte Geld in die Ladenkasse, und ihr lebhafter Verstand bekam keine Nahrung.

Als ich einen Monat später nach Galway zurückkehrte, stellte ich fest, daß einige Studenten nach Belfast gegangen waren, um sich freiwillig zu melden, obwohl sie im letzten Studienjahr waren. Wir Zurückgebliebenen hatten Schuldgefühle, schämten uns, weil sich Irland aus dem Krieg heraushielt, und empörten uns über Gerüchte von einer bevorstehenden Invasion unseres Landes. Wir verschlangen die Zeitungsberichte; wenn wir von Gasmasken und Evakuierungen hörten, lief es uns kalt den Rücken hinunter. Das behagliche, friedliche Galway sahen wir jetzt mit anderen Augen; wir fühlten uns wie Glückskinder und meinten gleichzeitig, etwas zu versäumen. Denn schließlich waren wir jung, und die spannenden, interessanten Dinge spielten sich anderswo ab.

Die Monate kamen und gingen, mit fieberhaftem Interesse verfolgten wir den Gang der Ereignisse und bereiteten uns nebenbei auf das Abschlußexamen vor, das wir im Juni 1940 ablegen mußten. Den Großteil der Weihnachtsferien 1939 verbrachte ich wieder bei Cissie in Ballyharris, und als Mary für ein paar Tage heimkam, trafen wir uns zu dritt, aber die einstige Unbeschwertheit war verflogen; Mary war uns irgendwie über den Kopf gewachsen. Ihre Schönheit wirkte anders als früher; sie war angespannt, diszipliniert, weltgewandt. Mary trat jetzt wirklich als Schauspielerin auf, nicht nur als Statistin, und durch die kleinen Rollen, die sie übernahm, wuchs ihr Selbstbewußtsein.

Nach einem Abend mit Mary, an dem sie wieder einmal zahllose Andeutungen über ihren französischen Grafen (den sie in Dublin wiedergesehen hatte) gemacht hatte – Lucien hin und Lucien her –, brach Cissie zusammen. Sie saß vor ihrer Frisierkommode, und plötzlich riß sie sich den Handschuh von ihrer verstümmelten Hand, schlug mit der Haarbürste darauf ein und weinte hemmungslos. Ich lief zu ihr und versuchte, sie zu beschwichtigen, aber sie warf sich aufs Bett, stopfte sich das Kopfkissen in den Mund und stieß unter Tränen erstickte Schreie hervor: »Scheußlich, scheußlich, scheußlich.«

Ich legte mich neben sie, hielt sie fest und mußte selbst weinen. Als sie erschöpft war, sah sie mich mit roten Augen an und sagte, sie wäre am liebsten tot; sie schlug mir ihre Hand mit dem fehlenden kleinen Finger und dem halb amputierten Ringfinger fast ins Gesicht. Wie sollte jemand sie lieben, mit einer solchen Verstümmelung? Ich entgegnete, daß jeder, der Cissie kannte, sie liebte; ich und alle anderen scherten sich einen Dreck um ihre Hand, ja, sie fiel uns überhaupt nicht mehr auf. Aber ich wußte, daß Cissie mir nicht glaubte.

Am Neujahrstag 1940, ein oder zwei Tage, nachdem Mary aus ihren kurzen Weihnachtsferien in Ballyharris nach Dublin zurückgekehrt war, starb ihr Vater an einem Schlaganfall. Als sie nach Hause kam, wurde sie von einem fremdländisch aussehenden Mann begleitet, der einen Wagen fuhr, wie man ihn in der kleinen Stadt noch nie gesehen hatte.

»Das ist der Comte de Rais«, sagte Mary, als sie ihn uns nach dem Begräbnis vorstellte; ihr ungeschminktes Gesicht war fleckig vom Weinen und sah vor Kummer ganz zerknittert aus. Sie trug ein teures schwarzes Kostüm und einen schwarzen Hut mit Schleier; trotz ihrer Trauer wirkte sie geheimnisvoll und elegant.

Ich blickte in die braunen Augen des Fremden; das war also der Mann, den Mary in Paris kennengelernt hatte. Noch nie hatte mich jemand so aufmerksam betrachtet, auch Brian nicht – und obwohl wir zur Beerdigung von Marys Vater in der beißenden Kälte auf dem Friedhof standen, während die kahlen Bäume im Wind ächzten und die dunkle Silhouette von Knockshee sich im Nebel abzeichnete, verspürte ich ein seltsames Kribbeln. Später fragte ich mich, was für ein Gefühl das war – etwas Aufregendes, Gefährliches, etwas, was dem Leben Glanz verlieh.

»Ich heiße Lucien.« Ungeachtet seines französischen Akzents sprach er sehr gut Englisch. Ich nahm seine Hand, die erstaunlich warm war, sagte guten Tag und fühlte mich plötzlich jung, linkisch und unerfahren. Später im Royal Hotel nahm Brian ihn beiseite und horchte ihn über den Krieg aus. Ich bekam mit, daß sie sich über die Royal Air Force unterhielten – der Graf versprach, seine Freunde im Kriegsministerium zu kontaktieren –, »sie suchen Piloten«. Dann hörte ich, wie Brian erwähnte, daß er Flugstunden genommen hatte, als er in den Ferien vor dem Studium in Foynes, Grafschaft Limmerick, einen Schulfreund besuchte. Ich bekam Angst, daß Brian sich freiwillig melden wollte, und wünschte, ich hätte das ganze Gespräch verfolgt.

Dann brachte der Graf Mary in seinem großen schwarzen Wagen zurück nach Dublin. Wir blieben mit dem Gefühl zurück, sie verloren zu haben; sie war kühl, reserviert und erwachsen geworden, und wir fühlten uns ihr gegenüber unsicher. Ich hatte sie gefragt, ob bei ihr alles gut liefe, und sie antwortete: »Etwa so, wie ich's erwartet habe.« Dann versank sie wieder in ihrem Kummer, aus dem sie nur ab und zu auftauchte, um uns zu fragen, ob wir meinten, daß sie ihren Vater in den letzten Jahren vernachlässigt hätte. Wir sagten nein, aber sie war untröstlich.

Was bedeutete ihr dieser Fremde? Würde sie ihn heiraten? Warum war sie nicht wenigstens ein, zwei Tage zu Hause bei ihren alten Freunden geblieben?

In der Zwischenzeit nahm der Krieg seinen Lauf. Der Januar und der Februar waren die kältesten Monate seit 45 Jahren. Wir hörten, daß sich die englische Zivilbevölkerung auf das Schlimmste gefaßt machte, was der Krieg bringen konnte: Zimmer wurden mit Celluloseplanen und Klebestreifen gasdicht gemacht, man errichtete Luftschutzbunker in den Gärten und kaufte Verdunkelungsrollos und Klebeband für Fensterscheiben, um die Gefährdung durch umherfliegende Glasscherben zu mindern. Wir wußten, daß die britischen Städte im Dunkeln lagen, Neonreklamen und Schaufensterbeleuchtungen blieben ausgeschaltet, und auch in Irland wurde die ›Verdunklung‹ eingehalten. Aber immer noch hörte man nichts von aktiven Kriegshandlungen. Im April marschierten die Deutschen schließlich in Dänemark und Norwegen ein, und im nächsten Monat folgte die Invasion Frankreichs, Hollands, Belgiens und Luxemburgs. Am selben Tag, dem 10. Mai, wurde Churchill Premierminister. Ende des Monats gelang die Befreiung der englischen und französischen Soldaten von Dünkirchen, aber Churchill warnte, ein Wunder sei noch keine Rettung.

Während unserer Studienjahre beobachtete ich mit zunehmender Sorge, wie Cissie immer verschlossener wurde. Ihre Augen leuchteten nur noch auf, wenn Peter Fitzallens Name fiel. Ich sah ihn gelegentlich, wenn ich nach Ballyharris fuhr. Zu Zeiten wirkte er unnahbar wie ein Priester und schien seinen Mitmenschen nur Geringschätzung entgegenzubringen; dann wieder legte er urplötzlich eine Liebenswürdigkeit und einen Charme an den Tag, für den man ihm alles verzieh.

Seit wir uns kannten, verbrachte ich jedes Jahr einen Teil der großen Ferien bei Cissie. Sie nahm jeden Sommer an der Gymkhana von Ballyharris teil, und ihre Augen suchten Peter Fitzallen, der zu dem Anlaß immer nach Hause kam. Inzwischen hatte ich seine Eltern kennengelernt, und wenn Harry mich bemerkte, begrüßte sie mich mit derselben unnahbaren Fröhlichkeit wie ihre anderen Bekannten.

Harry behandelte auch Cissie freundlich und kameradschaftlich, aber mir fiel auf, wie oft ihr Blick zu Cissies zerstörter Hand wanderte. Dann wurden ihre Augen glasig und schmal, als würden ihr Dinge durch den Kopf gehen, die nur sie allein etwas angingen. Harry hatte viele Anbeter, mit denen sie sich gern auf ein scherzhaftes Geplänkel einließ, aber ich sah sie nie länger in Begleitung eines bestimmten Mannes. Sie mochte ältere Männer, die sie schamlos an der Nase herumführte.

Eines Tages sah ich, wie Des O'Shaughnessy, der von seinem Medizinstudium in Dublin nach Hause kam, Harry einen Blumenstrauß überreichte. Sein draufgängerisches Auftreten konnte jedoch kaum seine Verletzlichkeit überspielen.

»Blumen? O Gott, davon krieg ich Heuschnupfen!«

Der zutiefst gekränkte Des belästigte sie danach nie wieder. In den Weihnachtsferien sprach er davon, sich freiwillig zu melden, woraufhin sein Vater ihm ohne Umschweife erklärte, wenn er dergleichen tue, sei er für ihn gestorben; wenn England Streit suche, sei das nicht seine Sache. Darauf erwiderte Des ärgerlich, daß dieser Streit die ganze zivilisierte Welt anging und auf dem Antlitz dieser Erde die Zivilisation neben dem Nationalsozialismus nicht existieren konnte – eines von beiden mußte verschwinden. Des kehrte nach Dublin zurück, fuhr aber kurze Zeit später nach Belfast weiter, um sich zum Kriegsdienst zu melden, was seine Eltern sehr unglücklich machte.

Brian und ich hatten uns nie offiziell verlobt. Daß wir heiraten wollten, hatten wir schon seit langem stillschweigend abgemacht, und ich rechnete damit, daß es nach dem Studium soweit sein würde. Aber jetzt sprach Brian davon, Soldat zu werden; er wollte sich zur Royal Air Force melden. In jenem Sommer in Foynes hatte er schon Flugstunden genommen, die man ihm anrechnen würde, und er war sicher, daß ihm alles wieder einfallen würde. Mir wurde angst und bange. Als er mich bedrängte, seine Frau zu werden, stellte er klar, daß er sofort heiraten wollte – aus Glenallen sollte niemand dabeisein. Das kränkte mich; ob er sich meiner schäme, wollte ich wissen, aber er lachte: um Gottes willen nein, ganz im Gegenteil. Wenn ich ihn nicht heiraten wollte, würde er sich sofort aus dem Staub machen und zum Kriegsdienst melden.

»Heirate mich jetzt, Peg. Heirate mich sofort! Zum Teufel mit den Formalitäten und der Warterei und der Rücksicht auf die Familie. Ist dir klar, daß unsere Zeit in Galway schon fast vorbei ist und die böse Welt auf uns wartet? Womöglich verliere ich dich an die Welt.«

Ich ließ mir die Sache kurz durch den Kopf gehen und versuchte alle Wenn und Aber, so gut es ging, zu verdrängen. Eine überstürzte Heirat hatte schließlich auch etwas Romantisches, es war fast, als würden wir miteinander durchbrennen. Aber plötzlich fiel mir auf, daß Brian mir im Grunde nie gesagt hatte, daß er mich liebte; manchmal spielte er im Spaß darauf an, doch ich wollte, daß er mir seine Liebe richtig erklärte. Insgeheim war ich mir sicher, daß er mich liebte, daß er mich brauchte, weil ich seinem Leben Sinn und Inhalt gab – das hatte er mir einmal gestanden. Also wartete ich auf sein Bekenntnis.

»Warum willst du mich heiraten?« fragte ich schließlich.

Er schwieg und sah mich überrascht an, dann sagte er: »Wie kannst du das fragen? Weil ich dich liebe, Peige. Und ich liebe dich, weil du wirklich bist!«

Wir heirateten am 29. Juni 1940, am Ende einer Kriegswoche, in der Entscheidendes geschehen war. Auch für mich war es ein Ende und zugleich ein Neuanfang. Unsere Studienzeit war vorbei; die letzten Prüfungen hatten vor einer Woche stattgefunden. Es drehte sich uns noch der Kopf von den Gedanken der neugewonnenen Freiheit und der erschreckenden Tatsache, daß wir uns nun dem Leben stellen und aus dem Kokon des privilegierten Status großer Kinder schlüpfen mußten. Allem Anschein nach waren wir jetzt erwachsen, aber dennoch fühlten wir uns unsicher und blickten sehnsüchtig auf das zurück, was wir verloren hatten.

Frankreich und Deutschland hatten offiziell einen Waffenstillstand geschlossen; daraufhin war der französische Botschafter in London zurückgetreten, und die britische Regierung erkannte de Gaulle als Oberhaupt des freien Frankreich an. Scheinbar waren die Deutschen unbesiegbar, und das machte uns angst. Aber was mich betraf, hätte der Krieg an diesem Samstag morgen im Juni auch auf dem Mond stattfinden können. Brians Freund Jimmy Delahunty war Trauzeuge und Cissie meine Brautjungfer.

Jimmy hatte uns den Schlüssel für ein Cottage in Lettergesh anvertraut, das er kürzlich von einer kleinen Erbschaft gekauft hatte; dort wollten wir unsere Flitterwochen verbringen. Wir hatten schon ein Lebensmittelpaket vorbereitet, das wir mitnahmen.

Die meisten Naturwissenschaftsstudenten aus meinem Semester kamen in die Kirche. Ich trug ein schlichtes eierschalenfarbenes Leinenkostüm und einen kleinen Rosenstrauß. Tom, der in seinem neuen Anzug glänzte, spendierte uns das Hochzeitsfrühstück im Emerson's Hotel. Unsere Eile und Geheimnistuerei hatten ihn zutiefst schockiert; er konnte sich nur vorstellen, daß Brian lieber jetzt zur Tat schritt, bevor das Malheur allzu deutlich zutage trat. Tom drückte sich zwar nicht so aus, aber ich wußte, was er dachte.

»Du hättest Onkel Matt einladen sollen«, meinte er, als er die Gästeliste sah.

»Ich möchte nicht miterleben, daß der Kerl hereingehumpelt kommt und alle Leute beleidigt.«

»Er ist sehr reich, Peg. Du solltest ihn dir warmhalten.«

»Von mir aus kann er dir sein ganzes Geld hinterlassen.«

Mary, die ohne Begleitung kam, trug ein elegantes blaues Kleid und einen Hut mit breiter Krempe. Sie umarmte mich und machte mir ein Kompliment über mein Aussehen; ihr Parfum stieg mir in die Nase, und obwohl sie so gepflegt aussah und lächelte, wirkte sie zutiefst einsam. Mir wäre nie in den Sinn gekommen, daß Mary einsam sein könnte, aber jetzt, wenn ich in ihre ernsten grünen Augen sah, spürte ich es. Ich hatte auch ihren Grafen eingeladen, aber Mary entschuldigte ihn; er war nach London gefahren, um de Gaulle zu treffen, der dort eine französische Freiwilligenlegion auf die Beine stellte. Wie Mary sagte, war Lucien über den Waffenstillstand entsetzt, der am vergangenen Samstag bei Compiegne mit den Deutschen geschlossen worden war.

Nur zu gern hätte ich sie gefragt, ob sie Lucien heiraten würde. Cissie und ich waren schrecklich beeindruckt, daß sie einen solchen Mann kennengelernt hatte, aber Mary äußerte sich, wenn überhaupt, nur ausweichend.

Brians Familie glänzte durch Abwesenheit. Ich hatte Brian bewegen können, wenigstens ein Telegramm mit Datum und Uhrzeit der Trauung und des Hochzeitsempfangs zu schicken, aber niemand kam.

Wir hatten vor, nach unserer Heirat nach Dublin zu ziehen. Brian hatte ein Internat in Dublin besucht, und sein alter Direktor stellte ihm eine Anstellung als Lehrer in Aussicht, sofern seine Ergebnisse gut waren.

»Wo würdest du gerne wohnen?« fragte er mich. »Welcher Stadtteil gefällt dir am besten?«

»Einer, den wir uns leisten können«, erwiderte ich.

»Die pragmatische Peige. Wenn wir zum Beispiel nach Rathfarnham ziehen würden, könnten wir von da aus mit dem Rad in die Berge fahren. Würde dir das gefallen?«

»Ich würde zusammenbrechen beim Versuch, dein Tempo mitzuhalten!«

Ich dachte an die Hauptstadt mit ihren belebten Straßen; dort würde ich Mary treffen und durch sie die Welt des Theaters kennenlernen; ich würde nach Herzenslust einkaufen und ins Kino gehen können. Auch unsere kleine Wohnung malte ich mir aus, das Wohn- und das Schlafzimmer, weiße Wände, helle Vorhänge und den Kamin, in dem im Winter ein Feuer loderte. Und Freiheit. Ein glückseliges Leben, lange Gespräche, ausgedehnte Liebesspiele und faule Sonntage. Ich würde kochen lernen und Parties geben, und wenn alle Gäste fort waren, würden wir alles einfach liegen- und stehenlassen, ins Bett gehen und uns lieben und aneinandergekuschelt einschlafen.

Ich steckte ihm den Ring an den Finger, den Ring meines Vaters mit der Aufschrift »Daniel und Maura 16.6.1914«, während uns der Priester segnete wie schon zuvor, als Brian mir den Ring ansteckte.

Nach dem Hochzeitsempfang machten wir uns auf nach Connemara in die Flitterwochen. Wir nahmen den Bus nach Clifden, unsere Fahrräder auf dem Dachgepäckträger. Händchenhaltend hörten wir, wie der geschwätzige rothaarige Busfahrer über den Krieg sprach, ununterbrochen redete er auf den Schaffner ein, der neben einem Stapel brauner Pakete auf dem Vordersitz saß. Oben auf dem Stapel lag eine Schachtel mit Küken, die gerade einen Tag alt waren, piepsten und ihre kleinen gelben Schnäbel durch die Luftlöcher steckten.

Hin und wieder wurde haltgemacht und ein Paket abgeliefert, man unterhielt sich mit dem Empfänger, dann ging die Reise weiter. Wir saßen ganz hinten in dem halbvollen Bus. Bald ließen wir Oughterard hinter uns, und nun wurde es wild-romantisch. Ich lehnte mich an meinen frischgebackenen Ehemann; wenn ich an die weitreichenden Folgen der heutigen Zeremonie dachte, wurde mir ganz schwindelig. Der Bus holperte durch die Schlaglöcher, aber wir achteten nicht darauf. In Clifden stiegen wir aus; der Schaffner holte unsere Fahrräder vom Dach. Er stieg auf die Leiter hinten am Bus, schnürte die Räder los und reichte sie Brian herunter. Wir hatten noch Konfetti im Haar, und der Schaffner zwinkerte Brian zu.

»Viel Glück wünsch ich euch!«

»Danke. Viel Glück.«

Wir befestigten unsere Taschen an den Gepäckträgern, lächelten uns an und radelten los, um unser Cottage zu suchen. Zwischen uns herrschte eine eigenartige Spannung, wir waren merkwürdig schüchtern.

»Wo genau ist das Cottage, Brian?«

Er hielt an, ein Bein auf der Straße, und holte die Karte aus der Tasche, die Jimmy Delahunty für ihn gezeichnet hatte. Ein paar Meter weiter blieb ich auch stehen.

»Es sind noch ungefähr acht Kilometer.«

Ich sah mich in der majestätischen Wildnis um: blühende Heide, einsame Berge, schwarzgesichtige Schafe, die das magere Gras fraßen. Ihr langgezogenes Mähen und das Flüstern des Windes waren die einzigen Geräusche in der Stille. Wir fragten einen Mann, der Torf stach, nach dem Weg; er warf einen Blick auf meinen neuen, glänzenden Ring. Der Mann hatte dichte, dunkle Locken, einen braunen Zahn und ein wunderbar wettergegerbtes Gesicht. Lächelnd gab er uns Auskunft, und als wir weiterfuhren, rief er uns nach: »Alles Gute!«

Das Cottage, zu dem ein unbefestigter Weg führte, lag zweihundert Meter vom Rand der Klippe entfernt. Brian öffnete das Gartentor.

»Warte hier – ich schau nur mal nach, ob es das richtige Haus ist.«

Ich sah, wie die Brandung an den Felsen schäumte und wie die weißen Brecher auf die Küste zueilten. Dort in der blauen Ferne mußte Aran liegen, und ich glaubte fast, den Strand von Mayo zu sehen. Wolkenfetzen flogen über uns dahin und unterstrichen das malerische Panorama.

In der Landschaft, die mich umgab, zeugten nur die Torfhaufen von menschlichen Eingriffen; hinter mir erhoben sich die beeindruckenden Twelve Pins, und das Land, das sich davor erstreckte, war von wilder Schönheit und Melancholie.

Brian winkte. Er hatte die Tür aufgeschlossen, und ich schob mein Rad über den Graspfad zu unserem vorübergehenden Ehedomizil. Das Cottage war traditionell mit verwittertem Reet gedeckt; über der offenen Feuerstelle konnte man einen Topf aufhängen, daneben in einer Kiste lagen Holz und Torf. Die Einrichtung bestand aus einer wurmstichigen Kommode, einem Kiefernholztisch und zwei Stühlen; in dem kleinen Schlafzimmer standen ein Doppelbett und eine Holztruhe mit Bettwäsche, die zum Schutz gegen Feuchtigkeit in Ölpapier gewickelt war.

Wir hatten einige Vorräte mitgebracht: Milch in einer Limonadenflasche, Brot, Butter, Eier und Speck, Würstchen und einen Schokoladenkuchen, den uns Cissie in letzter Minute gekauft hatte: »Um den Wolf vor dem Haus zu vertreiben!« Jimmy hatte gelacht und gesagt, ich sollte mich lieber vor dem Wolf im Haus hüten. Brian machte es nichts aus, daß man ihn einen Wolf nannte; er schmunzelte, als könnte er kein Wässerchen trüben. »Meinst du etwa mich?«

Wir schauten uns schüchtern an. Brian zog mich ins Schlafzimmer; wir nahmen uns eine Decke, legten uns in dieses quietschende alte Bett und vollzogen unsere Ehe, unschuldig-unbeholfen. Unsere Kleider lagen achtlos am Boden verstreut. Der Tag verblich, und als wir aus unserer Umarmung auftauchten, drehte sich Brian um und sah aus dem Fenster, das auf seiner Seite war. »Schau, Peg, schau dir die Sonne an!« Ich lehnte mich an seinen Rücken und beobachtete, wie das rotgoldene Feuer im Meer verschwand, meine Lippen an seinem Schulterblatt, meine Brust an seinem Arm.

In dieser Nacht fand ich wenig Schlaf; ab und zu döste ich ein, und wenn ich wieder aufwachte, war mein Kopf auf Brians Arm gebettet, er lag dicht bei mir, seine Hände streichelten mich zärtlich und fordernd, und er flüsterte leidenschaftlich: »Kleines Eichhörnchen – ich liebe dich so.« Und die ganze Nacht lang hörte ich das Meer, das für uns sang; zuletzt war aus der Ferne der Ruf eines Tiers zu hören, scharf und jäh in der Stille.

Spät am Vormittag entfachten wir ein kleines Feuer, um Frühstück zu machen; der Rauch wollte nicht abziehen, erfüllte die Küche und brannte in den Augen. Da öffneten wir die Tür und ließen den Sommer herein, und mit ihm den ländlichen Frieden und den Rhythmus des Atlantik. Ich betrachtete den Goldreif an meinem Finger und warf einen kritischen Blick in den kleinen fleckigen Spiegel im Schlafzimmer, um nach Anzeichen der Reife und Veränderung zu suchen. Mein Gesicht sah noch genauso aus wie vorher, aber glücklich. Ich sah sogar sehr jung aus, jünger als am Vortag, als ich Puder und Lippenstift aufgetragen hatte. Ich schlug eine kleine Erkundungstour mit dem Fahrrad vor.

Wir nahmen Handtücher mit und radelten über holprige Straßen und grüne Feldwege, die kaum mehr als Fahrspuren waren; nachdem wir ein gutes Stück zurückgelegt hatten, machten wir irgendwo in der Einöde halt, um in einer schmalen Bucht zu schwimmen. Das Wasser war bitterkalt, deshalb kehrte ich rasch zu den Felsen zurück, kletterte den Abhang hinauf und setzte mich halbnackt in die Sonne, um Brian beim Schwimmen zuzusehen. Kraftvoll warf er die Arme hoch, offenbar war er ganz in seinem Element. Um mich herum erstreckte sich die menschenleere Wildnis; ich sah die Silhouette der Berge und das Moor, das Wasser, das mit Macht in die kleine Bucht drängte, die langgezogenen Spuren, die die Strömung hinterließ, und an der Küste die weißschäumendem Wirbel im Blau. Da waren die grauen Felsen, das Lärmen des strömenden Wassers, die rauschenden Wogen. Der Geruch von verbranntem Stechginster stieg mir in die Nase. Ganz in der Nähe sah ich die jungen, frischen Triebe neben den geschwärzten Zweigen, ich hörte den Ruf der Seevögel, beobachtete die Ameisen, die neben mir in den rosa Strandwinden herumwuselten, und war glücklich in einer Welt voller Frieden.

Nach ein paar Minuten war Brian wieder bei mir; zitternd

trocknete er sich ab, dann legte er sich auf den Rücken und betrachtete die bauschigen weißen Wölkchen.

»Ich fühle mich, als würde ich fliegen«, murmelte er; ich lag ganz nah bei ihm und versuchte einen hohlen Grashalm über ein borstiges Barthaar seines unrasierten Gesichts zu stülpen. Die Brise wirbelte meine Haare auf. »Du bist in Sommerfäden gekleidet«, sagte er leise und sah mich mit halbgeschlossenen Augen an. Er berührte meine Lippen, verfolgte die Konturen meines Mundes mit seinem Zeigefinger und flüsterte:

Ein Sonnenhang
Voll wilder Rosen
Blütenblätter wie ihr Mund
Brennendes Liebkosen

Ich hörte auf, ihn mit dem Grashalm zu kitzeln.

»Von wem ist das?«

»Gogarty.«

Den Namen hatte ich noch nie gehört.

Auf einmal sprang Brian auf und fing an, mich zu kitzeln; es gebe ein paar Dinge, die sich ein wehrlos auf dem Rücken liegender Mann nicht gefallen lassen konnte, meinte er. Ich schrie vor Lachen, bat ihn aufzuhören, flehte um Gnade, als er sich über meine Fußsohlen hermachte. Schließlich landeten wir in einer kleinen Bodensenke, wo wir uns liebten und dabei von einem Ochsen beäugt wurden. Die Gegenwart des Ochsen fand ich peinlich, doch Brian beachtete meine Proteste nicht.

Was weiß ich sonst noch von diesem Tag? Der Hunger, der uns auf der Heimfahrt quälte und den wir mit gebratenen Würstchen und Schokoladenkuchen stillten, die Fröhlichkeit, als wir miteinander kochten, das Erstaunen, daß dieser Mann, den ich anbetete, mir gehörte.

Später, als unser Feuer loderte, die Öllampe brannte und die offene Tür den Abend und weiße Nachtfalter hereinließ, sprachen wir über die Zukunft. Ich fragte ihn, ob er Glenallen vermissen würde. Obwohl er unbeschwert und glücklich war, verspannte er sich und zögerte einen Moment.

»Nein. Es ist besser, wenn wir unser eigenes Leben führen.«

»Ist es nicht komisch, daß wir wahrscheinlich eines Tages Kinder haben werden?«

»Eine ganze Fußballmannschaft«, regte er an.

Ich schubste ihn von seinem Stuhl.

»Eine Fußballmannschaft, was fällt dir ein! Nicht von mir zartem Wesen!«

Er rappelte sich wieder auf, und sein Lachen erfüllte die Küche und erschreckte die Falter, die um die Lampe flatterten.

»Ich seh schon, daß ich mit dir noch einiges zu tun habe, Miss!« Er faßte mich um die Taille, zog mich von dem Hocker, auf dem ich thronte, und kitzelte mich mit einer Hand so lange, bis ich um Gnade bat und Besserung versprach.

Es war wie im Traum. Aber als er vor mir auf dem Boden saß, meine Beine umschlang, seinen Kopf an meine Knie lehnte und Gedichte für mich rezitierte, hätte ich für diesen Traum meine Seele verkauft.

Als wir diese Nacht im Bett lagen, kühlte ich meine Hände und meine sonnenverbrannte Stirn an dem eisernen Bettgestell. Aber das half nicht viel. Meine Schenkel taten weh, weil ich schneller geradelt war, als mir guttat, um mit meinem erbarmungslosen Lehrmeister Schritt zu halten, der gar nicht auf die Idee kam, mir zuliebe langsamer zu fahren. Trotzdem schliefen wir miteinander. Brian fiel schließlich in einen unruhigen Schlaf; ich hörte, wie er vor sich hin murmelte, sah sein dunkles Profil vor dem Fenster und spürte seinen nackten warmen Körper neben mir.

Mitten in der Nacht wachte ich auf, weil er im Schlaf aufschrie – Worte, die mir nichts sagten. Er schien schreckliche Angst zu haben und schwitzte. Als ich ihn weckte, entschuldigte er sich, sein Atem ging stoßweise.

»Tut mir leid, Peg. Es war ein alter Traum.«

Die Nacht war kurz. Bald kroch die Dämmerung übers Meer, drang durchs Fenster und zeigte mir das Gesicht meines Mannes, der jetzt friedlich und fest schlief. Sein Arm lag so schwer auf mir, daß ich mich kaum rühren konnte; ich hob ihn vorsichtig hoch und legte ihn wieder ab; dabei fielen mir zum ersten Mal die parallelen Narben an seinem Handgelenk auf, die darauf hindeuteten, daß er sich einmal mit einem sehr scharfen Gegenstand geschnitten hatte. Wie hatte er sie sich zugezogen? Durch einen Sturz? Einen Unfall? Ich dachte noch eine Weile darüber nach, bis sich schwer der Schlaf auf mich legte, der sich am Morgen nach einer unruhigen Nacht einstellt.

Als ich erwachte, war Brian schon aufgestanden; auf dem Küchentisch fand ich einen Zettel: »Bin spazierengegangen.« Darunter drei unsymmetrische durchbohrte Herzen als Unterschrift. Ich habe ihn heute noch.

Doch er kam erst nach einigen Stunden wieder, und als ich mich beschwerte, fertigte er mich schroff ab.

»Ich muß manchmal allein sein, Peg.«

Für den Rest des Tages war er schweigsam. Ich fühlte mich gekränkt und verwirrt, erklärte mir aber sein Verhalten mit dem Alptraum der vergangenen Nacht und der Sorge wegen seiner Eltern, die er erst von seiner Heirat informiert hatte, als sie schon fast ein *fait accompli* war.

Beim Abendessen sprach ich mit ihm darüber. Er gab zwar zu, daß er sich Sorgen machte, fand aber nach wie vor, daß wir recht getan hatten. »Ich konnte nicht das Risiko eingehen, dich zu verlieren.«

»Du meinst, du hättest mich verloren, wenn deine Eltern Einwände gegen mich erhoben hätten? Bist du so ein gehorsamer Sohn?«

»Das nicht, aber ich könnte dich verlieren, weil du meine Eltern oder Glenallen nicht magst. – Vielleicht findest du auch an mir nichts mehr, wenn du uns erst besser kennst!«

»Warum sollte ich?«

»Es könnte ganz einfach sein.«

Ein Telegramm wartete auf uns, als wir fünf Tage später nach Galway zurückkehrten. Es war von Brians Mutter.

»Herzlichen Glückwunsch STOP Vater sehr krank STOP Komm heim.«

6. Kapitel

Murty, der Stallknecht, holte uns vom Bahnhof ab; Brian stellte mich ihm vor. »Das ist Murty Kavanagh, Peg. Murty, das ist Mrs. Fitzallen.« Ich aber wand mich vor Verlegenheit angesichts des seltsamen neuen Namens, den ich trug, und der servilen Art, wie Murty an seine Stoffmütze tippte. »Freut mich, Sie kennenzulernen, Ma'am.«

Mit grimmigem, konzentriertem Gesicht fuhr er uns nach Hause; hin und wieder warf er mir einen Blick zu. Müde schaute ich hinaus in den Sommerabend und sah die Schatten über Knockshee.

»Die arme Katie Hennigan ist letzte Woche gestorben!« bemerkte Murty plötzlich.

»Oh, woran denn?« fragte Brian.

»Es ist mir eben eingefallen. Jedenfalls ist es ihr nie mehr recht gutgegangen, seit sie vor sechs Jahren ihren Unterarm verloren hat. Nie mehr recht gut.«

Ich dachte an die Frau, die ich bei meinem ersten Besuch in Ballyharris vor Dr. O'Shaughnessys Zimmer gesehen hatte: die Frau mit der infizierten Hand.

»Mick ist schrecklich traurig, Gott steh ihm bei«, fuhr Murty fort.

Zu Brian gewandt, sagte ich: »Ich erinnere mich an sie. Sie hatte eine Infektion an der Hand.«

»Das hatte sie, die arme Seele«, nickte Murty. »Und jetzt hat der Berg sie geholt.«

Brian zuckte zusammen, und ich bekam eine Gänsehaut.

»Um Gottes Willen, Murty, behaupte bloß nicht wieder, du hättest sie am Knockshee gesehen; das ist doch völliger Blödsinn.«

Murty sah gekränkt aus.

»Das ist kein Blödsinn, Master Brian, das wissen Sie genau. Knockshee hat schon immer Leute geholt«, erklärte er gequält, in geduldigem Tonfall und schwieg für den Rest der kurzen Fahrt.

Meine Aufregung wuchs, als sich der Wagen dem Tor näherte und langsam die buchengesäumte Auffahrt hinauffuhr, die ich vor sieben Jahren vom Auto der O'Shaughnessys aus gesehen hatte; er hielt an der Vordertreppe.

Neben uns stand düster das elfenbeinfarbene Herrenhaus im Abendlicht. Die Granitstufen, die zum Haupteingang hinaufführten, und die geschwungene, von Säulen getragene Balustrade machten mir jetzt angst. In einem der großen Fenster zu beiden Seiten der Tür sah ich Mrs. Fitzallens besorgtes Gesicht; sie hatte nach uns Ausschau gehalten. Im nächsten Augenblick ging die Tür auf, und sie eilte die Treppe herunter. Ich stieg aus dem Wagen und sah ihr unsicher entgegen.

Brian fragte als erstes nach seinem Vater.

»Er hatte einen schlimmen Anfall, aber heute ist er aufgestanden, und es geht ihm ein bißchen besser«, erklärte Mrs. Fitzallen mit leiser Stimme, die den großen Ernst der Lage unterstrich. »Er braucht jetzt Pflege.«

Dann stellte Brian mich ihr vor.

»Mama, erinnerst du dich an Peg?« Er klang plötzlich heiser. Ich sah meine Schwiegermutter an, betete darum, daß sie mich mögen würde, und fühlte mich auf einmal schuldig, als hätte ich etwas Schändliches getan.

Mrs. Fitzallen war dünn geworden, zart, fast wie ein Vogel; eine Schulter zog sie immer etwas hoch. Ihr Gesicht war freundlich, aber ein unausgesprochener Tadel lag in ihren Augen. Sie betrachtete mich kurz mit dem Blick einer Mutter, die sich über diese neue, radikale Wendung im Leben ihres Sohns Gedanken macht. Dann streckte sie die Arme aus und zog mich an ihre Brust.

»Herzlich willkommen, Liebes«, sagte sie ohne Wärme, aber auch ohne Mißbilligung. Brian drückte ihr einen Kuß auf die Wange; sie hielt ihn an der Schulter fest und richtete seine Krawatte. Ich sah, wie ihre Augen leuchteten, sah die unverkennbare Liebe, ja sogar mehr als Liebe: den leidenschaftlichen Ausdruck einer Frau, die den Sinn und Zweck ihres Daseins vor sich sieht. In diesem Augenblick existierte ich nicht für sie, obwohl ich neben ihr stand, als sie Brian in die Augen blickte und langsam, ganz langsam seine Krawatte geradezog; ihre Finger wollten sich nicht von ihrem jüngsten Kind lösen, ihre Sehnsucht, ihn zu umarmen und zu küssen, war überdeutlich zu spüren. Das war offenbar das Los aller Mütter. Ich konnte mich in ihren Verlust einfühlen, ahnte, wie es mir eines Tages gehen würde, und verstand die Tränen, die sie zu verbergen versuchte. Schließlich wandte sie sich mit spürbarer Anstrengung mir zu und nahm mich an der Hand.

»Ihr müßt todmüde sein, ihr Ärmsten. So eine schreckliche Reise.« Ich ging mit ihr die einschüchternden Granitstufen hinauf und betrat die Halle, wo uns Brians gebrechlicher Vater entgegenkam. Er schüttelte mir die Hand, und ich spürte, wie er mich eindringlich musterte, als er uns in den Salon führte.

»Wie geht's dir, Dad?« hörte ich Brian leise fragen, und die etwas verdrossene Antwort des alten Mannes: »Mir geht's gut, alles in Ordnung. Ich habe Angina.« Gedämpft fügte er hinzu: »Das war ein ziemlicher Schock für uns alle. Paßt sie denn in unsere Familie?« Dann hörte ich Brians ärgerliches »Nein!« und eine verlegene Erklärung, in der der Krieg vorkam – die Zukunft sei ungewiß.

War das mein Werk, fragte ich mich, dieser kranke Mann, der sich gegen die überstürzte Heirat seines Sohnes sträubte? Möglichkeiten, die ich noch nie erwogen hatte, kamen mir jetzt in den Sinn; Brians Eltern waren auf einmal konkrete Personen und nicht länger schattenhafte Figuren, die nur am Rande eine Rolle spielten.

Der Salon war ein großer, heller Raum, in Beige und Gold gehalten; den Mittelpunkt des Zimmers bildete der große Marmorkamin mit goldenem Aufsatz. Ich hatte zwar schon oft zu den Fenstern aufgeblickt, war aber noch nie im Haus gewesen, jetzt sah ich mich interessiert um.

An den Wänden hingen zahllose Bilder: Ölgemälde und Aquarelle; vor der Feuerstelle mit dem hohen Messinggitter lag ein abgenutzter Kaminvorleger. Neben einer Polstergarnitur in Rostrot gab es eine kleine, mit Goldsamt bezogene Chaiselongue, am Fenster einen Damenschreibtisch mit einer riesigen Vase voller Rosen und zwei antike Beistelltische mit weiteren Vasen und Familienphotographien. Es war ein bezaubernd schöner Raum, der eine Behaglichkeit und anheimelnde Eleganz ausstrahlte, doch dieser Eindruck war weniger dem Haus an sich und den Möbeln zu verdanken als der Anwesenheit von Brians Eltern. Das weiß ich heute, denn diese Atmosphäre ist mit ihnen verschwunden und später nie wiedergekehrt.

Mr. Fitzallen wandte sich in liebenswürdigem Ton an mich.

»Sehr gut, sehr gut; was für ein schönes Mädchen!«

Zu Brian sagte er: »Ich wußte schon immer, daß du ein Auge für junge Stuten hast, mein Junge!«

Brian lachte verlegen. Ihm war bewußt, daß sein Vater mich schon einmal gesehen hatte und sich aber offensichtlich nicht erinnerte. Es lag auf der Hand, daß er die Äußerung, er habe ein Auge für junge Stuten, als Kompliment auffaßte – und mir war klar, daß ihm seine Reaktion selbst nicht angenehm war. Er benahm sich hier anders; er versteckte sich hinter einer Maske, die mir instinktiv mißfiel. Es hatte den Anschein, daß er den anderen etwas vormachen wollte. Seltsamerweise war er sich nicht sicher, welche Reaktion er von den Menschen, die ihm nahestanden, zu erwarten hatte.

»Patrick!« rief Mrs. Fitzallen tadelnd, seufzte schwer, schüttelte halb amüsiert, halb verärgert den Kopf.

»Diese ungehobelten Burschen vom Land, wissen Sie, meine Liebe!« sagte sie leise zu mir, wie um sich zu entschuldigen. »Kommen Sie mit«, fügte sie verschwörerisch hinzu. »Ich bin sicher, Sie möchten sich frischmachen.«

»Danke.«

Als ich mit ihr hinausging, begegnete ich Brians Blick. Er zwinkerte mir zu und folgte uns dann mit den Koffern. Als wir die Treppe hinaufgingen, sagte Mrs. Fitzallen: »Brian hätte Sie einmal mit nach Hause bringen sollen, Peg. Es ist wirklich nicht nett von ihm, daß er Sie uns so lange vorenthalten hat!«

Also konnte auch sie sich nicht mehr an mich erinnern. Brian hatte mich letztes Jahr bei der Gymkhana mit ihr bekanntgemacht.

Ich betrachtete mich im Badezimmerspiegel; jetzt war meine Nervosität gewichen. Brians Eltern waren ganz reizend. Mehr als alles in der Welt wünschte ich mir, daß sie mich akzeptierten. Wenn ich doch nur reich gewesen wäre, wenn ich etwas Greifbares mit in diese Ehe mitgebracht hätte. Aber ich hatte schließlich auch meine Begabungen, ich würde dafür sorgen, daß sie sich über unsere Verbindung freuten. Eines Tages würde ich viel Geld haben, und dann würden sie froh sein, daß er mich geheiratet hatte. Ich wußte zwar noch nicht, woher dieser Reichtum kommen sollte, aber damals beschloß ich einfach, reich zu werden.

Das Schlafzimmer, in dem man uns einquartierte, war hübsch: eine hellrosa Tagesdecke, ein weißer französischer Frisiertisch, in einer Nische ein Mahagonischrank und auf dem Boden ein alter indischer Teppich in Rosa und Elfenbein. Das Zimmer lag nach vorne hinaus und war von der Abendsonne erfüllt. Ich sah aus dem Fenster. Die Auffahrt wand sich in einem Bogen durch die Rotbuchenallee vom Tor herauf. Auf der Wiese vor dem Haus grasten zwei Pferde. Zur Rechten lag ein Zierteich mit einem einsamen weißen Schwan, und daneben entdeckte ich zwei Reiter, eine junge Frau und einen jungen Mann, die im Schritt aufs Haus zuritten. Offensichtlich waren sie ins Gespräch vertieft. Ich erkannte sie sofort – Harry und Peter.

Brian kam mit den Koffern herein, stellte sie ab und versuchte mich zu umarmen, doch ich stieß ihn weg.

»Du bringst meine Frisur durcheinander!«

Er seufzte. »Komm runter, wenn du fertig bist. Es gibt bald Abendessen.«

Ich zog ihn zum Fenster. »Da sind Peter und Harry!« sagte ich und deutete auf die zwei Gestalten am Teich.

»Ja«, sagte er und warf einen Blick hinaus. Ich sah, wie sich sein Gesicht verdunkelte.

Er schubste mich zurück aufs Bett und liebkoste meinen Hals. Das Bett quietschte, als wollte es uns tadeln.

»Nicht«, flüsterte ich aufgebracht, den Blick auf die offene Tür gerichtet. »Deine Mutter hört uns bestimmt!«

»Wenn sie bis jetzt noch nicht weiß, was es damit auf sich hat«, brummte Brian, »dann hat sie im Lauf der Jahre aber schon einige Überraschungen erlebt!«

»Verdufte. Ich will mich jetzt fertigmachen.«

Er schaute sich in dem Raum um, als sähe er ihn zum ersten Mal. »Es wird komisch sein, im Gästezimmer zu schlafen. Mein altes Zimmer geht nach hinten raus.«

Er ging zur Tür. »Ich liebe dich«, sagte ich leise. Er warf mir eine Kußhand zu und war fort. Zehn Minuten später kam ich die

Treppe herunter, und Brian erschien in der Halle. Ich trug das neue Kleid aus hellem Crêpe de Chine, das mich, oder besser gesagt Tom, ein Vermögen gekostet hatte; als ich ihm den Preis nannte, pfiff er durch die Zähne, zahlte aber anstandslos, wie es sich für einen guten Bruder gehört.

»Du bist schön wie ein Schwan«, flüsterte mein Mann, und ein jäher Stolz malte sich auf seinem Gesicht. Seinetwegen, wegen des Lichts in seinen Augen, fühlte ich mich plötzlich schön, spürte die Macht meiner Weiblichkeit und eine ekstatische Lebensfreude. Er nahm meine Hand und führte mich in den Salon, in dem Mr. Fitzallen alleine saß; er erhob sich sofort aus seinem Sessel.

»Bitte bleiben Sie sitzen«, murmelte ich verlegen.

Zittrig und unsicher stand er dennoch auf und lächelte mich an.

»Setzen Sie sich doch, Peg. Möchten Sie einen Sherry oder lieber einen Gin?«

Meine Mutter hatte mich ermahnt, mich niemals zu alkoholischen Getränken einladen zu lassen. Aber das war eine andere Welt, und ich hatte Angst, provinziell zu wirken. »Einen Sherry, bitte.«

Ich setzte mich an den Kamin, wo es sich zwei rote Setter auf dem Vorleger bequem gemacht hatten.

Mr. Fitzallen schenkte den Sherry aus einer Karaffe auf einem der Beistelltische ein und sagte: »Erzählen Sie mir alles über sich.« Ich sah Brian an und dann wieder seinen Vater; der Charme des alten Mannes erwärmte mein Herz. Er sah wirklich wie ein Greis aus, obwohl er kaum älter als fünfundsechzig sein konnte. Seine Finger waren gekrümmt und wächsern, und sein blasses Gesicht und die Gebrechlichkeit seiner Bewegungen sprachen für sich.

Ich erzählte ihm von meinem Leben in Galway und von meinem Zuhause; er machte viel Wesens um mein Universitätsstudium.

»Ich bin selbst nie ein großer Gelehrter gewesen.«

Da ging die Tür auf, und Harry und Peter traten ein. Harry lächelte mich an, und in Peters tiefliegenden Augen erschien ein halb hochmütiger, halb neugieriger Ausdruck. Beide ignorierten Brian.

»Na hallo, Peg. Du bist mir ja eine!« rief Harry. »Ganz heimlich, still und leise macht ihr euch davon und heiratet!«

»Wir haben ein Telegramm geschickt«, warf Brian ein, als wollte er sich entschuldigen, was ich abscheulich fand; auch daß er mich in seine Erklärung einbezog, gefiel mir nicht.

Als Harry wegging, um sich einen Drink einzuschenken, legte Peter seine Hände sanft auf meine Schultern und gab mir einen vorsichtigen Kuß. Seine Augen waren genauso kalt wie seine Lippen. Der kleine Kuß gehörte sich eben; mit Zuneigung hatte er nichts zu tun.

»Willkommen in Glenallen«, sagte er bedächtig.

»Reitest du morgen mit mir aus?« fragte Harry, und ich sagte ja, erklärte aber, ich sei keine gute Reiterin.

»Sie kann Mara reiten«, sagte sie zu Brian. »Du willst ihr sicher die Farm zeigen?«

»Mara kommt dafür nicht in Frage«, meinte er unbehaglich.

Schweigen. Harry goß Sherry in die alten Kristallgläser.

»Du kommst aus Galway?« fragte sie. »Kleine Farm?«

»Hundertvierzig Acres«, erwiderte ich verblüfft, aber meine Stimme ging im Dröhnen des Gongs unter, der draußen in der Halle zum Essen rief.

Mrs. Fitzallen kam herein.

»Kommt mit; das Abendessen ist fertig. Meine zwei Reisenden müssen schon halb verhungert sein!«

Harry gab Peter seinen Drink und umarmte ihre Mutter. »Sie sind nicht die einzigen, liebste Mutter«, sagte sie. »Peter und ich haben bis fünf Tennis gespielt, und danach sind wir ausgeritten.«

»Wie ihr beiden euch immer verausgabt!« sagte Mrs. Fitzallen halb besorgt, halb spaßhaft und schüttelte den Kopf. Aber ihre Augen wanderten wieder zu Brian und ruhten zärtlich auf seinem Gesicht; es war derselbe Ausdruck von Mutterliebe, der mir bei unserer Ankunft aufgefallen war, und jetzt sah ich, wie die Augen ihrer Tochter zornig und bekümmert aufleuchteten.

Nora, ein schüchternes junges Mädchen, servierte das Essen. Es bestand aus Suppe, Brathuhn, Pellkartoffeln, Broccoli, Blumenkohl und wunderbaren hausgemachten Chutney. Zum Nachtisch gab es Erdbeeren mit Schlagsahne.

Man stellte mir Nora vor; sie schüttelte mir errötend die Hand und nannte mich ›Ma'am‹, was so altehrwürdig klang, daß es mir ganz peinlich war.

Im Eßzimmer lag ein roter Teppich, die Vorhänge waren eierschalenfarben und die Tapete dunkelrot; mehrere große Drucke mit Fuchsjagdmotiven und verschiedene Pferdebilder hingen an der Wand. Die Fitzallens erkundigten sich nach meinen Eltern und nach Tom. Wann ich ihn mitbringen würde, damit sie ihn kennenlernen konnten? Doch ich spürte, daß sie im Grund kein Interesse an der Begegnung hatten. Immer wenn ich aufblickte, sah ich in Peters forschende Augen. Harry hielt das Gespräch in Gang, indem sie berichtete, was alle möglichen Freunde machten oder was Soundso mit seinen Ställen vorhatte. Peter erinnerte sich nostalgisch an Clifden, wo sie als Kinder ihre Ferien verbracht hatten.

Brian war der einzige, der sich kaum an der Unterhaltung beteiligte. Er verzehrte sein Abendbrot, hin und wieder warf er eine Bemerkung ein, wie einer, der weiß, daß er nur geduldet wird. Als er seine Meinung über den Austragungsort eines Pferderennens zum besten gab, sah ich, daß Harry ihm unter dem Tisch einen Tritt gegen das Schienbein versetzte und Peter ihn ärgerlich musterte. Wenn Brian mit seinem Bruder sprach, antwortete dieser mit der gequälten Geduld eines Menschen, der lieber nichts sagen würde und sich nur aus Höflichkeit am Gespräch beteiligt. Hier wurde unterschwellig ein Spiel getrieben, das die Eltern offenbar nicht bemerkten; ihnen schien nicht aufzufallen, wie still Brian war und wie die anderen auf ihm herumhackten.

Ich gab mir die Schuld; wir hatten seine Familie von unserer Hochzeit praktisch ausgeschlossen; da blieb eine negative Reaktion natürlich nicht aus. Die Leidenschaft, die Romantik, der Stolz auf meinen Mann, alles, was mir Auftrieb gegeben hatte, löste sich hier in Nichts auf, und ich glaubte, mich für meine Dummheit entschuldigen zu müssen. Ich fing Harrys Blick auf und lächelte zögernd. Sie erwiderte mein Lächeln. Ihr Charme und ihre Selbstsicherheit beeindruckten mich; ich hatte das Gefühl, daß sie mich akzeptierte, und es wurde mir etwas leichter ums Herz.

Als die Teller abgeräumt wurden, um der Nachspeise Platz zu machen, beugte sich Peter zu mir herüber und sagte mit leiser, liebenswürdiger Stimme: »Du siehst bezaubernd aus, wenn ich mir die Bemerkung erlauben darf.«

»Danke«, sagte ich errötend. Er wußte, wie attraktiv er war, dieser Mann. Ich dachte an Cissie und ihre einsame, aufrichtige Liebe.

Nach dem Essen nahm Brian meinen Arm und führte mich durchs Haus, von den acht Schlaf- und vier Badezimmern bis hinunter in die riesige Küche, wo ein großer Herd stand. Hier lernte ich Eilie, die Köchin, kennen, die mich prüfend musterte und mir herzlich die Hand schüttelte. Sie war schon seit Jahren bei der Familie, und Brian war ihr Liebling.

Sie stemmte die Hand in die Hüfte.

»Aha, da ist ja unser kluger Junge – macht sich einfach aus dem Staub und heiratet mal eben, und die arme Mutter ist halb von Sinnen, seit sie das Telegramm bekommen hat. Und der Herr bekommt einen schlimmen Anfall, und Miss Harriet schreit alle Leute an!«

Ich wurde puterrot, und Eilie sah mich schuldbewußt an. »Nichts für ungut, Ma'am. Aber so eine Aufregung haben wir weiß Gott wie lange nicht mehr erlebt!«

Nora stand am Büffet und stapelte Teller aufeinander; sie grinste verlegen und warf mir ab und zu einen schüchternen Seitenblick zu; auf dem Kopf trug sie eine kleine weiße Haube, das dunkle Haar hatte sie zusammengebunden. In der Küche roch es anheimelnd nach frischgebackenem Brot und sauberer Wäsche. Die Fenster gingen auf den Stallhof hinaus. Der Fußboden war gefliest, und es gab mehrere Türen zu Speisekammern und Schränken. Der Mittelpunkt des Raums war ein großer, blank geschrubbter Kieferntisch, und an der Wand stand ein hoher, alter Geschirrschrank mit Tellern und Servierplatten. An den Wänden hingen verschiedene Kupfergefäße und Kochutensilien. Ein winziges hellrotes Kätzchen schlief in einem Korb am Herd; es erinnerte mich an den kleinen Tiddles, der inzwischen schon ausgewachsen war.

Ich nahm das Kätzchen hoch, streichelte es, fragte, ob es schon einen Namen hatte, und schnupperte an seinem weichen Fell.

»Klein-Tim«, stieß Nora hastig hervor. »Er gehört mir, Ma'am.« Überwältigt von ihrer eigenen Kühnheit, lief sie tiefrot an und verschwand rasch mit einem Butterteller in der Speisekammer.

»Das kleinste vom ganzen Wurf«, erklärte Eilie. »Die arme alte Gracie hat letzte Woche in der Scheune geworfen; Murty hat sie ertränkt, aber« – und sie deutete auf die Speisekammer – »Ihre Hoheit hat das da gerettet.«

»Bei der letzten Zählung hatten wir fünfzehn Katzen«, sagte Brian entschuldigend, als er mein bestürztes Gesicht sah. Ich schaute in die milchig-blauen Augen des Kätzchens und setzte es wieder in seinen Korb.

Dann folgte ich Brian in die Küchendiele, wo es einen Garderobenständer für Mäntel gab; Brian zeigte auf eine enge Steintreppe, die in die Tiefe führte.

»Das ist der Keller – ziemlich düster da unten. Den brauche ich dir ja nicht zu zeigen.«

Ich beugte mich vor und sah am Fuße der Steintreppe einen gefliesten Boden, ein Regal mit Flaschen und verschiedene Besen. Dann nahm Brian mich mit hinaus auf den Stallhof.

»Das ist ja ein wahrer Palast«, sagte ich. »Du könntest dich nie daran gewöhnen, in einer kleinen Wohnung zu leben.«

»Ist schon komisch«, sagte er langsam, »aber im Grunde habe ich nie hierhergehört!«

Er sagte es ohne Groll. »Mir liegt nichts an dem ewigen blöden Gewäsch über Hunde und Pferde – und man wagt nicht zuzugeben, daß man schon mal ein Buch gelesen hat.«

Wir traten in die Dämmerung hinaus und genossen die Wärme des Sommerabends; die jungen Schwalben stießen kreischend herab und schwangen sich dann wieder in den blauen Abendhimmel. Brian führte mich durch den oberen Hof, wo er die Arbeiter grüßte, die dort zu tun hatten. In den Boxen standen einige Stuten, und da die Obertüren offen waren, konnten wir sie sehen. Brian zeigte mir seinen Liebling, Jessie, die uns mit aristokratischer Würde musterte und dabei Mähne und Schwanz schüttelte. Ich hob die Hand, um ihre samtige Nase zu streicheln, aber sie schnaubte unwillig und drehte den Kopf weg. Im unteren Hof gab es Boxen mit schweren Türen und eisernen Riegeln an den Fenstern, und aus einer davon hörte ich aufgeregtes Wiehern, das Geräusch stampfender Hufe und nervöse Stimmen, unter anderem die von Murty. Ich wollte einen Blick durch das verriegelte Fenster werfen, doch Brian zog mich weiter.

»Das ist nur eine Stute, die gedeckt wird«, sagte er. »Ein bißchen zu wild für dich, Peige. Und gefährlich, auch wenn's nur Old Dickon ist. Außerdem«, fügte er verschmitzt hinzu, »möchte ich nicht, daß du Vergleiche ziehst!«

Dafür bekam er einen Stoß in die Rippen. Ich hatte noch nie gesehen, wie eine Stute gedeckt wird. In Ballycloghan hatten wir keine Hengste; Tom brachte die Stuten immer auf andere Farmen.

Dann besichtigten wir den Küchengarten und landeten schließlich beim Tennisplatz, wo Harry und Peter mit dem Einspielen begannen.

»Wie wär's mit einer Partie?« rief mir Harry zu, und ich sah Brian an, der mir bedeutete abzulehnen.

»Im Moment nicht, danke.«

Harry lächelte verständnisvoll und bedachte uns mit freundlichen, neugierigen Blicken. Peter trat an den Maschendrahtzaun. In seinen weißen Tennisshorts machte er eine gute Figur.

»Ich besorge dir Tennisschuhe, wenn du spielen möchtest«, bot er an.

»Laß die Verliebten in Ruhe«, rief Harry lachend. »Siehst du nicht, daß sie allein sein wollen?«

Peter amüsierte sich noch über die neckischen Bemerkungen seiner Schwester, während Brian und ich im Zwielicht weitergingen. Hinter uns erklangen Harrys helle Stimme und das Knallen der Tennisbälle in der Abendstille.

Wir gingen am Haus entlang und kamen zu dem Teich, den ich bereits von unserem Schlafzimmerfenster aus gesehen hatte. Der Schwan hatte sich ins Schilf verzogen.

»Früher waren es zwei«, sagte Brian. »Aber der Fuchs hat das Weibchen geholt, und das Männchen wird wahrscheinlich auch nicht mehr lange leben. Schwäne sind sich ein Leben lang treu.«

»Wolltest du vorhin gern spielen?« fragte er.

»Tennis? Ach Gott, nein. Wahrscheinlich hätte ich mich blamiert. Warum haben sie dich nicht auch gefragt?«

Er sah mich scharf an; sein Gesicht war blaß im schwindenden Licht. Dann lachte er. »Zu dir sind sie höflich. Auf mich brauchen sie keine Rücksicht zu nehmen!«

Verwirrt schaute ich ihn an. »Warum wehrst du dich nicht, wenn sie dich so behandeln?«

»Das habe ich schon oft getan; aber dann gehen sie einfach zu Mama und sagen, Brian macht schlechte Stimmung, und sie gerät sofort außer sich. Als nächstes geht Dad auf mich los, weil ich meine Mutter aufgeregt habe. Verstehst du«, fuhr er leise fort, »Mama verliert unheimlich leicht die Nerven, und es ist wichtig, daß man jede Aufregung von ihr fernhält.«

Eine Weile sagte ich nichts. Ob das, was mir Brian über seine Geschwister erzählt hatte, von seiner subjektiven Einschätzung geprägt war und auf Kindheitserlebnissen beruhte? Ich konnte mir nicht vorstellen, daß ein so bezauberndes Mädchen wie Harriet böse Absichten verfolgen sollte. Vielleicht war das Ganze einfach eine alberne Geschwisterrivalität zwischen den dreien? Ein paar Minuten zerbrach ich mir den Kopf darüber, dann schob ich die Frage beiseite. Glenallen war schön; meine Schwiegereltern waren nett; Brian war mein Traummann. Das Leben würde wunderbar sein; die Zukunft strahlte in leuchtenden Farben; hatten wir denn nicht genug Kraft und Leidenschaft, um alles zu meistern?

Wir ließen den Teich hinter uns und gingen am Wald entlang weiter. Ich blickte über die Wiesen, auf denen Pferde grasten, ab und zu sah man auch ein paar Kühe. Ein Heuwagen mit einem riesigen Faß rollte über eine Wiese. »Wasser«, erklärte Brian. »Die Tröge müssen aufgefüllt werden.«

Der Wald war voller Eschen, Birken, Weiden, dunkler Schatten und kühler Düfte. Brian fand den Weg auch im Halbdunkel und zog mich in eine kleine, halbkreisförmige Bodensenke, wo wir uns setzten. Durch die Zweige über uns sahen wir den blaugrauen Abendhimmel. Hinter dem Haus ragte der Berg auf, an dem dunkel die Schatten der Dämmerung hingen, und es schien, als wisse er um den Lauf der Dinge. Ich lehnte mich an Brians Schulter.

»Erzähl mir vom Knockshee. Mich plagt der absurde Gedanke, daß er uns beobachtet.«

Brian lachte, aber nicht ganz überzeugend, es klang eher nach trockenem, intellektuellem Humor. »Du redest schon wie Murty. Er ist so abergläubisch, daß es mich wundert, wie er überhaupt noch einen Finger rühren kann. Knockshee ist ein Werk der Eiszeitgletscher, heute ist er zu niedrig für einen Berg und zu hoch für einen Hügel. Wir lassen unsere Pferde auf der Allmende dort weiden, aber die anderen tun's nicht.«

»Warum?«

»Warum was?«

»Warum läßt niemand sein Vieh dort weiden, wenn es doch Allmende ist?«

Er hielt inne und sah mir fest in die Augen.

»Aus demselben Grund, weshalb niemand eine Elfenwiese umbricht. Die Leute haben Angst.«

»Vor was sollten sie Angst haben?«

»Es wird eine Unmenge Geschichten erzählt. Ich habe die volkstümlichen Überlieferungen zurückverfolgt, soweit ich konnte. Hast du schon mal von den Formorians gehört, Peige, den Vorläufern der Kelten?«

»Du greifst aber ganz schön weit zurück!«

»Ich weiß. Es ist etwa sechs-, siebentausend Jahre her. Die Legende berichtet, daß damals ein König namens Balor lebte, der ein schreckliches, ein böses Auge hatte. Normalerweise war es geschlossen, weil vier Männer nötig waren, um es zu öffnen. Aber wenn es erst einmal offen war, kamen – wie bei der Büchse der Pandora – alle möglichen Übel daraus hervor.« Nach einer Weile fuhr er fort: »Angeblich liegt Balor in dem Hügel begraben.«

Mir wurde kalt. Es ist nur eine Legende, sagte ich mir, und es fiel mir wieder ein, was Brian mir unten am See erzählt hatte – im Sommer nach dem Tod meiner Mutter.

»Die Inschrift, von der du mir erzählt hast – der Spruch auf dem Ogham-Stein – hat er etwas mit dem König zu tun?«

»*Ich kenne die Meinen, und die Meinen kennen mich*«, zitierte er leise. »Wer weiß? Wahrscheinlich gibt es viele Orte wie Knockshee. Die alte Religion, der jahrtausendealte Kult um die Göttin Brede, ist bestimmt nicht spurlos an Irland vorübergegangen! Die Fürsten hießen das Christentum willkommen, weil es ihre Macht festigte. Und was ist mit den Druiden geschehen, mit denen, die sich nicht bekehren lassen wollten – wurden sie womöglich in ihren eigenen Tempeln lebendig begraben?«

Dann fügte er mit einem kurzen verlegenen Lachen hinzu: »In früheren Zeiten hieß der Berg Súil Balóir – Balors Auge – und dann nannte man ihn Knockshee, weil die Landleute dort Elfen und die Geister der Verstorbenen sahen.« Ich stand auf und kehrte dem Berg den Rücken.

»Du bist doch nicht abergläubisch, oder, Peg? Es ist schließlich nur ein blöder alter Hügel mit einem Hochmoor. Wir können einmal hinaufreiten, wenn er nicht im Nebel liegt, und die Aussicht genießen.«

Warum nur hatte ich das Gefühl, daß er sich zu heftig gegen die Unterstellung des Aberglaubens verwahrte?

Etwas später, als wir über die Wiesen zurückgingen, hörten wir schnaubendes Atmen und stampfende Schritte hinter uns. Als Brian von einer Pferdeschnauze angestubst wurde, unterdrückte ich einen Schrei. Er streichelte dem Tier die Nase und schob seinen Kopf weg.

»Das ist nur Mara«, erklärte er und lachte über meinen Schreck. »Sie bettelt um Zucker.«

Ich nahm etwas Abstand, um mir die Stute anzusehen, doch man sah sie kaum, eine Geistererscheinung in der Nacht.

»Harry hat vorgeschlagen, daß ich Mara reiten sollte, nicht wahr?« Ich nahm meinen ganzen Mut zusammen und streichelte ihr die Nase. »Sie ist ganz lieb.«

Brian seufzte.

»Ich würde eher sagen, sie ist ein Biest. Sie hat schlechte Angewohnheiten!«

»Was für Angewohnheiten?«

»Ihr Lieblingstrick ist, den Reiter am nächsten Torpfosten loszuwerden.«

Wir kamen von hinten wieder zum Haus. Ich hielt mich an Brians Arm fest; es war inzwischen fast dunkel, und er wußte, wo die Wassergräben verliefen. Wir kamen an einem runden Ziegelbau vorbei, der oben mit Brettern vernagelt war.

»Ist das ein Brunnen?«

»Es war früher einer. Und zwar ein ganz besonderer, weil eine Eisenleiter hinunterführte, die es jetzt nicht mehr gibt. Man sagt, daß ein unterirdischer Gang unter dem Haus verlief und in diesem Brunnen auf halber Höhe mündete. Wenn es je so einen Gang gegeben hat, wurde er inzwischen zugemauert – zumindest an diesem Ende!«

»Warum wurde der unterirdische Gang angelegt?«

Er zuckte die Achseln. »Das Haus ist ziemlich alt, spätes achtzehntes Jahrhundert. Die Familie war ein paar Generationen lang nominell protestantisch, doch die Priester kamen heimlich, um die Messe zu lesen. Falls es den Gang wirklich gegeben hat, haben sie ihn vielleicht benutzt, um unbemerkt zu kommen und zu gehen. Womöglich hat er sogar eine Verbindung mit den unterirdischen Gängen am Fuße des Knockshee.«

Wieder zuckte er die Achseln.

»Verstehe. Und wo ist der Eingang im Haus?«

»Ich weiß es nicht. Harry hat oft damit angegeben, sie hätte ihn gefunden, und sie hat gedroht, mich da einzusperren!«

Er lachte, aber ich hörte den Schmerz heraus.

Dann wechselte ich das Thema und fragte, wann wir nach Dublin gehen würden. Wie lange sollten wir in Glenallen bleiben? Ein oder zwei Wochen stellte ich mir vor, aber Brian seufzte und meinte, er sei sich nicht sicher. »Wir können natürlich jederzeit fahren, wenn du willst, aber im Augenblick braucht mich Dad hier. Zur Zeit kann er nicht viel tun; der Doktor hat ihm Ruhe verordnet. Und ausruhen wird er sich nur, wenn ich mich um alles kümmere. Ich bin der einzige, der den Laden schmeißen kann; Peter interessiert sich nur für seine Juristerei. Glenallen ist ihm schnuppe.«

»Deine Schwester könnte sich doch um das Gut kümmern. Das macht ihr bestimmt keine Probleme!«

Er sah mich im Halbdunkel an.

»Ja, wahrscheinlich würde sie es schaffen. Aber davon wird sie meinen Vater nicht überzeugen können.«

»Und was ist mit Murty?«

»Nein! Wir bräuchten einen erfahrenen Gutsverwalter, aber das Gehalt, das er verlangen würde, wäre im Moment für uns unbezahlbar. Es ist ja nur für eine Weile, Schatz. Bitte hab Geduld mit mir. Wenn das Gut erst einmal wieder in Schuß ist, sind wir frei wie die Vögel unter dem Himmel. Und in Dublin würde ich sowieso erst im September eine Anstellung finden, wenn das neue Schuljahr beginnt. Und dann werden wir es wunderschön haben, nur wir zwei.« Er drückte mir die Hand. Seine war ganz warm.

Wir durchquerten den Torbogen, der zum Stallhof führte; dort hatte ich vor Jahren beobachtet, wie Mary sich zurückzog, weil ihr schlecht war. Schließlich kamen wir durch die Küche wieder ins Haus. An der Tür streiften wir uns gründlich die Schuhe ab, um Eilie zu besänftigen, die gerade eine Schublade im Geschirrschrank einräumte und uns verständnisvoll und nachsichtig anlächelte.

»Es ist Zeit, daß ihr zwei ins Bett kommt. Möchtet ihr noch einen Happen essen, bevor ihr euch hinlegt?«

Brian lachte, ich wurde rot und schüttelte den Kopf.

»Wir sind sofort wieder weg, Eilie«, sagte er, nahm mich an der Hand und führte mich über die Küchentreppe in die Halle.

Dort stand ein polierter Eichentisch mit einer Vase voller Sommerblumen und daneben eine Lampe, die ihr Licht über das alte Holz verströmte. Darüber hing ein antiker vergoldeter Spiegel an der Wand, und neben ihm prangte ein buschiger Fuchsschwanz in einer silbernen Halterung. Außerdem gab es mehrere Pferdebilder, und weiter hinten in der Halle befand sich neben einer Fuchsmaske eine Garderobe, an der ein paar Tweedmützen und Mäntel hingen.

Im rechten Winkel zu der gefliesten Halle lag die gewundene Treppe, die mit einem roten Teppich belegt war. Als wir auf die Treppe zugingen, sah ich, daß im Salon Licht brannte. Die Tür war angelehnt, und ich dachte, wir sollten hineinschauen und gute Nacht sagen. Aber als ich mich der Tür näherte, hörte ich Harrys Stimme.

»Es ist typisch für ihn, daß er eine Provinzgöre heiratet, die selbst nichts hat und nur hinter seinem Geld her ist.«

»Na ja, sie ist immerhin recht hübsch«, sagte Peter in seiner ruhigen, gemessenen Art.

Ich blieb wie angewurzelt stehen.

»Wirklich? Kann sein. Solange sie nicht den Mund aufmacht. Sie ist so vulgär wie Dreck. Und ich vermute, daß wir bald ihren schrecklichen Bruder hier haben werden, einer von der Sorte, die sich dauernd am Kopf kratzen. Wirklich schlimm, was Mama und Daddy da aushalten müssen.«

Ich hörte Peters verschwörerisches Lachen, das zeigte, daß er die Gesellschaft seiner Schwester schätzte und das Gespräch ihn amüsierte, auch wenn Harrys Einschätzung seinem Geschmack nach ein wenig extrem war. Ohne Brian anzusehen, der mir etwas zuflüstern wollte, entwand ich mich seinem Arm und stieg, gegen meine Tränen ankämpfend, die Treppe hinauf. Schließlich waren sie die Schwäne und ich das häßliche Entlein. Warum sollten sie mich akzeptieren?

In dieser Nacht wurde ich wieder davon wach, daß Brian im Schlaf aufschrie. Ich wiegte seinen Kopf in meinen Armen und sagte ihm, daß es nur ein Traum war. Erschöpft kam er aus dem Alptraum zurück, entspannte sich, und wir lagen lange Zeit halb wachend, halb schlafend da und sprachen miteinander, während das Mondlicht durch einen Spalt in den Vorhängen hereinfiel und einen silbernen Fleck auf den Teppich malte. Warum hatte er diese Träume? Warum blickten seine Geschwister mit solcher Verachtung auf ihn herab? Was hatte es mit den Geistern auf dem Berg auf sich, und warum beteuerte er immer wieder, daß die alten Sagen, die sich darum woben, Blödsinn waren? (Natürlich hielt auch ich sie für unsinnig, und folglich brauchte er mich nicht ständig daran zu erinnern.) Warum hatte er Narben an den Handgelenken, und warum zögerte ich, ihn danach zu fragen? Kurz gesagt, was ging hier in Glenallen eigentlich wirklich vor?

Der ›schreckliche Bruder‹ schrieb mir ein paar Wochen später und versprach, mich zu besuchen, sobald er das Heu eingefahren hatte; er würde Ballyharris gerne kennenlernen. Aber, so betonte er, auf keinen Fall wollte er in Glenallen übernachten. »Ich bin sicher, Deine neue Familie hat genug zu tun, auch ohne Deinen herumstreunenden Bruder zu verpflegen! Ich übernachte im Hotel in Ballyharris.«

Ich erzählte Brian, daß Tom vorhatte zu kommen. »Gut«, meinte er, »sag Mama Bescheid, und bitte Eilie, ein Zimmer für ihn herzurichten.« Aber ich hörte das Zögern in seiner Stimme und ließ das Thema fallen. Tom kam Ende Juli, früher als erwartet, und ohne sich vorher noch einmal anzumelden. Eines schönen Nachmittags gegen drei, als niemand im Haus war, stand er plötzlich vor der Tür. Harry spielte Tennis mit Clare de Lacy, einer Schulfreundin, die für einige Zeit zu Besuch gekommen war, und Mr. und Mrs. Fitzallen ruhten in einer sonnigen Ecke des Obstgartens.

Ich war im Stallhof und unterhielt mich durch die offene Boxentür mit Brian, als Eilie aus dem Hintereingang kam.

»Ihr Bruder ist im Salon, Mrs. Peg.«

Ich rannte ins Haus, und tatsächlich, da war er, in dem guten neuen Anzug, den er sich zu meiner Hochzeit gekauft hatte, zur Abwechslung trug er sogar Kragen und Krawatte. Mit seiner Stoffmütze in der Hand stand er an einem der hohen Salonfenster und schaute hinaus. Ich umarmte ihn, doch als ich mich umdrehte, sah ich Harry, die hinter uns in der Halle stand und uns anstarrte.

»Ist das dein Bruder?« fragte sie kühl. »Ich habe ihn vom Tennisplatz aus gesehen.«

Ernst und höflich gab Tom ihr die Hand und blickte sie voll Bewunderung an. Sie trug ein weißes Tenniskleid, das ihre langen, sonnengebräunten Beine zeigte; das Spiel hatte ihre Wangen gerötet, und die Locken, die ihr in die Stirn fielen, waren schweißnaß.

»Freut mich, Sie kennenzulernen, Miss Fitzallen.«

»Wo übernachten Sie?« fragte Harry höflich, aber deutlich, und ich wurde rot, während Tom ruhig antwortete, er sei im Royal Hotel in Ballyharris abgestiegen; morgen fahre er wieder heim – mit dem Fünfuhrzug.

Harry nickte und erklärte, sie würde Eilie bitten, Eistee zu bringen. Dann verschwand sie.

Tom sah mich fragend an.

»Bist du hier glücklich?« wollte er wissen.

»Ja, sehr sogar«, erwiderte ich.

Ein schönes Haus sei das, meinte er, und ich stimmte zu. Doch ich fühlte mich nicht berechtigt, ihm mein Heim zu zeigen, denn es war nicht mein Haus. Ich wünschte, Brian käme endlich vom Stallhof herein. Durchs Fenster sahen Tom und ich, wie Cissie auf ihrem Fahrrad näher kam. Gemächlich radelte sie durch den

Halbschatten der Allee, und ihr bedrucktes Baumwollkleid flatterte im Wind. Ich sah sofort, wie Tom sich freute.

»Wie bist du hergekommen?« fragte ich ihn.

»Ich hab ein Fahrrad gemietet!« Er zeigte auf die Steinbalustrade, wo ein schwarzes Herrenrad lehnte.

Ich ging zur Tür, um Cissie zu begrüßen, und als ich wiederkam, brachte Eilie gerade ein Tablett mit Eistee und zwei Gläsern.

»Du errätst nicht, wen ich hier habe!« rief ich Cissie zu, und als ich mit ihr eintrat, sah ich, daß ihre Augen vor Freude aufleuchteten.

»Tom! Wie kommst du denn hierher?«

»Genauso wie du«, sagte er grinsend, nahm ihre Hand und hielt sie fest.

Ich wartete noch eine Weile vergeblich darauf, daß Brian endlich auftauchte, und als Tom nach ihm fragte, ließ ich mir eine Entschuldigung einfallen. Tom und Cissie löschten ihren Durst mit dem Eistee, dann machten wir drei uns mit den Rädern auf den Weg zu den O'Shaughnessys. Zuletzt landeten wir zum High Tea im Royal Hotel in Ballyharris. Tom fragte Cissie, ob sie ihn am nächsten Tag zum Mittagessen treffen wollte, und als ich sie zusagen hörte, entschuldigte ich mich. Ich wußte, was der eigentliche Grund für Toms Besuch in Ballyharris gewesen war.

»Wir sehen uns morgen, Peg«, sagte Tom. »Ich komme gegen vier vorbei, um mich zu verabschieden.«

»Ich weiß was Besseres«, wandte ich ein. »Ich treffe dich um halb fünf am Bahnhof. Dann können wir uns noch ein bißchen unterhalten, bevor der Zug fährt.« Ich wollte nicht, daß er noch einmal in Glenallen auftauchte. Die Vorstellung, man könnte ihn beleidigen, war mir unerträglich.

Als ich wieder daheim in Glenallen war, fragte ich Brian, warum er meinen Bruder nicht begrüßt hatte. Er sah mich ärgerlich an.

»Mein Gott, Peg, tut mir leid. Ich hatte alle Hände voll zu tun. Ich wollte mit ihm reden, aber als ich raufkam, wart ihr alle verschwunden«, protestierte er, recht betroffen.

»Wir konnten schließlich nicht den ganzen Tag warten.«

»Sei nicht böse. Bitte Tom für mich um Verzeihung, wenn du ihm schreibst. Jetzt hör auf zu schmollen und küß mich, Peg.«

Sein Haar war zerzaust, seine blauen Augen blitzten schelmisch, und es war ihm anzusehen, daß es ihm leid tat.

Die Briefe mit unseren Prüfungsergebnissen vom UCG trafen ein. Brian und ich hatten beide mit je zwei Einsern nicht schlecht abgeschnitten, aber es reichte nur für eine Auszeichnung zweiter Klasse. Trotzdem hatte ich das Gefühl, als wäre eine Last – die Angst vor Schande und Mißerfolg – von meinen Schultern genommen.

Brian dagegen war enttäuscht. »Ich hätte ein Examen erster Klasse schaffen können«, murrte er und sah mich an, als wäre es meine Schuld.

»Vielleicht hättest du es geschafft, wenn du nicht soviel Zeit damit zugebracht hättest, die schöne Maid von Salthill zu küssen«, flüsterte ich ihm ins Ohr, und in einer euphorischen Anwandlung biß ich ihn ins Ohrläppchen. Wir standen in der Halle. Brian musterte mich mit schalkhaftem Lächeln, dann verengten sich seine Augen, er ließ den Brief fallen und jagte mich durch die offene Vordertür hinaus. Ich rannte die Allee hinunter, Brian dicht auf den Fersen; am Tor holte er mich ein und warf mich ins Gras. »Ich will brav sein, ich tu nichts mehr«, schrie ich, trat und boxte und flehte ihn an, mich nicht zu quälen.

»Deinen Mann beißen, was fällt dir ein?« sagte er ernst. Er setzte sich auf mich, packte meinen rechten Fuß und kitzelte erbarmungslos Zehen und Fußsohle.

»Bitte um Gnade«, meinte er ungerührt, als mein Gelächter und meine Wutschreie einen neuen Höhepunkt erreichten.

»Gnade, Gnade« heulte ich.

Da fiel ein Schatten über uns. Es war Harriet mit ihrem Fahrrad. Ich sah, wie sie uns mit kalter Neugierde musterte, während sie den Mund zu einem angeekelten Lächeln verzog.

Meine Euphorie und mein Lachen erstarben.

»Man sieht dein Höschen, Peg!« sagte sie verächtlich. Ich zog meinen Rock herunter und erklärte, wir hätten gerade unsere Zeugnisse bekommen.

»Und wie ist's ausgefallen?«

»Gut. Wir haben's beide ganz gut geschafft.«

»Schön für euch«, sagte sie ohne Enthusiasmus.

An diesem Abend bereitete Eilie ein Festessen für uns. Die Zukunft schien rosig; jetzt konnten wir endlich handfeste Pläne schmieden. Harry gratulierte uns ziemlich schnoddrig und wurde dann still. Ihr Schweigen war bedrückend, besonders als sie beobachtete, wie ihre Mutter Brian gratulierte, und ihren Vater sagen hörte: »Gut gemacht, mein lieber Junge. Gut gemacht, Peg.«

Ein Schatten verdüsterte Mrs. Fitzallens Augen, und ich wußte, daß sie Angst hatte und was dies bedeutete. Sie beobachtete Brian bei Tisch, und obwohl sie lächelte und plauderte, wirkte sie unsicher, ja ratlos.

Im Lauf der folgenden Wochen wurde Brian von seinen Eltern regelrecht umworben; sein Vater holte oft seine Meinung ein, und am Abend zogen sich die beiden zu ausgedehnten Gesprächen in die Bibliothek zurück. Der kleine Raum war eigentlich ein Arbeitszimmer, das bis unter die Decke mit ledergebundenen Bänden und Rechnungsbüchern gefüllt war; der marmorne Kaminsims hatte Rauchflecken, und durch das Fenster blickte man auf den Torbogen hinaus, der zum Stallhof führte. Wenn die Tür offenstand, hörte ich im Vorbeigehen, um was sich ihre Gespräche drehten: welche Stuten ›ausgebrochen‹ und welche von welchem Hengst und wie oft gedeckt worden waren; welche Muttertiere eine Fehlgeburt hatten und daß Jessie ein Hengstfohlen von Old Dickon und Ida ein Stutenfohlen von Argos bekommen hatte. Brians Vater nippte dabei an seinem Whiskey, den er eigentlich nicht trinken durfte, und die beiden waren so in ihr Thema vertieft, daß sie kaum bemerkten, wie mein Schatten an der Tür vorbeiglitt. Wenn seine Mutter Brian sah, nahm sie ihn kurz und liebevoll in die Arme, während bei Tisch eine gezähmte Harriet still und wachsam der Unterhaltung lauschte.

Brian blühte auf. Mit der Miene eines Herrschers stolzierte er über die Farm; stets war er beschäftigt und hatte wenig Zeit für mich. Ich vergrub mich in Bücher und strich ein paar Fußleisten und Schlafzimmertüren an. Ab und zu wanderte ich ziellos durchs Haus und versuchte mir vorzustellen, wie es in früheren Zeiten ausgesehen haben mochte; ich malte mir die Vergangenheit aus, als die Frauen noch lange Kleider trugen und alles viel romantischer war. Oft fuhr ich vor Schreck zusammen, wenn ich hinter der nächsten Ecke Harry traf, die plötzlich vor mir stand, obwohl ich dachte, sie wäre draußen. »Suchst du etwas, Peg?«

fragte sie dann zuweilen, so daß ich mir wie ein Einbrecher vorkam, der auf frischer Tat ertappt wurde. Ich spürte die wütende Verzweiflung, die in ihr wuchs, und fühlte mich einerseits sehr unbehaglich, und andererseits war mir schrecklich langweilig.

Immer wenn Peter nach Hause kam, ritt Harriet mit ihm aus, und bei den Mahlzeiten verständigten sie sich auch ohne Worte. Man spürte, daß sie auf einer Wellenlänge waren und wie gut Peter sich in Gesellschaft seiner Schwester amüsierte; sie brauchte ihn und war auf seine Bewunderung angewiesen. Es war, als lebte sie nur für ihn. Ihre Eltern waren beide lieb zu ihr, behandelten sie aber wie ein Kind. »Wie geht's meinem Schätzchen?« sagte ihre Mutter zuweilen, und ihr Vater, der einen Kosenamen für sie hatte, bat: »Suzy, holst du mir wohl die Zeitung?« Wieviel Kraft in Harry steckte, nahmen beide nicht wahr. Nicht einmal Peter erkannte in vollem Ausmaß, zu was Harry fähig war, denn sie bezauberte ihn mit weiblichem Charme, witzigen Einfällen und einem oft beißenden Humor.

Peter benahm sich Brian gegenüber noch distanzierter als sonst; als wäre sein Bruder ein Eindringling, dem er mit gekünstelter und herablassender Geduld begegnete.

Aber Brian schien das gar nicht aufzufallen. Er ging ganz in seiner Arbeit auf, den vierhundert Acres, die er verwaltete und auf denen zwanzig Männer arbeiteten. Er hatte Vieh gekauft, mehrere Kühe und Ochsen zu einem Stückpreis von etwa zwanzig Pfund, und schmiedete eifrig Pläne für eine Betriebserweiterung. »Wir sollten Rinder züchten, damit kann man jetzt viel Geld machen!«

Ich hörte, wie er mit seinem Vater über die Lohnkosten sprach; wegen des Krieges sei es nötig zurückzustecken. Mehrere Leute wurden entlassen.

Die Zeitungen berichteten fast nur noch über den Krieg; es gab Luftangriffe auf Transportschiffe im Ärmelkanal; außerdem hatten die Deutschen die ersten großangelegten Angriffe auf Großbritannien geflogen, als sie walische Hafenanlagen bombardierten; in Irland wurden die Lebensmittel rationiert.

Auch beim Abendessen in Glenallen wurde viel spekuliert; Brian und sein Vater diskutierten die jüngsten Ereignisse; sie verstanden sich, da sie von den gleichen Ängsten geplagt wurden.

Harry warf hin und wieder eine kluge Bemerkung ein, versank aber in grüblerisches Brüten, wenn sie nicht die erhoffte Aufmerksamkeit bekam. Nur wenn sie mit ihrer Mutter sprach, war Harry immer zu gutmütigen Neckereien aufgelegt; mit ihr ging sie stets sanft um. Aber Mrs. Fitzallen war besorgt; sie zerbrach sich über alles, was nicht ganz glattging, den Kopf. Sie hatte Angst vor dem Krieg und vor den Auswirkungen, die er auf die Vieh- und Pferdezüchter haben würde; und in den Sparmaßnahmen, die Brian ergriff, sah sie erste Anzeichen des drohenden Bankrotts. Da sie von Natur aus pessimistisch war, hielt sie sich strikt an die Verdunkelungsvorschriften und fragte sich, ob Hitler Glenallen bombardieren würde.

Eines Tages sprach Brian die Verfolgung der Juden in Deutschland an; er hatte einen Zeitungsbericht gelesen, der ihn zutiefst erschütterte. Auch ich hatte ihn gelesen und erklärte, für mich sei Hitler ein Verbrecher; zum ersten Mal wurde ein Krieg geführt, bei dem eine Seite klar im Unrecht und die andere im Recht war.

»Magst du etwa Juden?« fragte Harriet mit höflichem Erstaunen.

Ich zögerte. »Warum nicht? Sie sind schließlich Menschen.« Ich spürte, wie ich rot wurde, und meine Verzweiflung darüber machte es wie gewöhnlich noch schlimmer.

»Hast du denn schon mal welche kennengelernt?«

»Ich weiß wirklich nicht«, murmelte ich. Mein Gesicht war so heiß, daß ich das Gefühl hatte, im nächsten Moment in Flammen aufzugehen.

»Sie haben die Tendenz, alles an sich zu reißen, meine Liebe«, versicherte mir Mrs. Fitzallen mit gedämpfter Stimme und unterstrich mit einem leichten Kopfschütteln, wie ernst es ihr war. Ich wagte nicht mehr etwas zu sagen; von der Not der europäischen Juden wußte ich sowenig, und ich wäre ohnehin zu schüchtern gewesen, um meine Meinung mit Nachdruck zu vertreten. Ich sehnte mich danach, mit Brian allein zu sein, der die verächtlichen Blicke seiner Schwester nicht zu bemerken schien. Nur wenn ich mit ihm allein war, fühlte ich mich unbeschwert.

Aber ob unbeschwert oder nicht, ich hatte begonnen, mich in Glenallen zu verlieben, in seine Schönheit und die Weite und den Frieden, der hier herrschte, obwohl ich mich von der unausgesprochenen Botschaft in Harriets Augen verfolgt fühlte – ungeachtet ihrer äußerlichen Freundlichkeit. Ich wußte, wie ich mit ihr stand. Es bedurfte nicht jener kleiner Episoden wie »Machst du mir das Tor auf«, eine in gebieterischem Ton formulierte Aufforderung, wenn ich zufällig draußen war und sie mit dem Wagen hinaus wollte – ich wußte auch so, wie unser Verhältnis aussah. Ich wünschte mir sehnlichst eine eigene Wohnung; ich wollte, daß Brian die Stelle als Lehrer antrat, die man ihm in seiner alten Schule angeboten hatte. Aber er wehrte ab.

»Tja, wir können wegziehen, wenn du willst, aber in Dublin kann es gefährlich werden. Vielleicht wird die Stadt bombardiert. Und meine Familie braucht uns noch. Dad ist nicht gesund. Es ist doch nur vorübergehend.«

Also stellte ich meine Bedürfnisse wieder einmal zurück. Meine Wünsche waren so belanglos im Vergleich zu den ernsten Familienangelegenheiten, mit denen sich Brian auseinandersetzte. Und er war glücklich, ihn beseelte das Hochgefühl eines Menschen, der endlich hoffen kann, die lang ersehnte Anerkennung zu finden. Sein Vater brauchte ihn, und seine Mutter freute sich von Herzen, ihn wieder bei sich zu haben. Ich spürte, daß ich in ihren Augen nur ein Anhängsel war, mit dem sie sich abfinden mußten, damit Brian sich fügte.

Ich hatte mich auf die Zeugnisverleihung im University College von Galway gefreut. Das war wie ein Urlaubstag, ein ganzer Tag nur mit Brian und Cissie. Es traf sich, daß Cissies einundzwanzigster Geburtstag auf dasselbe Datum fiel. Aber zu guter Letzt erhielt Brian sein Zeugnis in absentia, weil er behauptete, keine Zeit zu haben. Ich fuhr mit den O'Shaughnessys nach Galway, gratulierte Cissie und schenkte ihr eine neue Reitpeitsche mit Silbergriff zum Geburtstag; das Geld dafür nahm ich von den fünfzig Pfund, die mir Tom zur Hochzeit geschenkt hatte. Von Mary bekam Cissie einen Brief und eine Flasche französisches Parfum. »Ich wünschte, Du könntest kommen und mich in Dublin besuchen«, schrieb Mary.

Tom kam zur Zeugnisverleihung und lernte anschließend Cissies Eltern kennen. Als er hörte, daß Cissie Geburtstag hatte, bestand er darauf, uns alle zum Essen einzuladen. Dann verschwand er und tauchte kurze Zeit später mit einem riesigen Blumenstrauß für Cissie wieder auf.

»Zu Weihnachten gebe ich eine Party«, sagte sie. »Ich hoffe, du kommst auch.« Tom versprach es ihr, und man sah ihm an, wie sehr er sich freute.

Es war ein wunderschöner Tag. Mein geliehenes Barett und den schwarzen Talar zu tragen machte Spaß; als ich hinaufging, um meine Urkunde entgegenzunehmen, wurde höflich geklatscht, und als ich mich umdrehte, vom Podium hinunterstieg und in der Versammlung Toms Augen suchte, sah ich, wie er den Daumen hochhielt.

Wir lachten viel an diesem Tag – Cissie, Tom und ich, wie in alten Zeiten. Gut gelaunt riefen sich Dr. und Mrs. O'Shaughnessy ihre eigene Studentenzeit in Erinnerung, was sich für mich anhörte wie Geschichten aus grauer Vorzeit.

Später, auf der Heimfahrt im Auto der O'Shaughnessys, als ich Knockshee in der Ferne sah und wir uns dem Tor von Glenallen näherten, stellte sich die bedrückte Stimmung wieder ein; das Schweigen, das Dasein einer Außenseiterin erwartete mich, und ich wußte nicht, was ich dagegen machen sollte.

Brian kam in dieser Nacht in Hochstimmung zu mir ins Bett. Er weckte mich, schloß mich in die Arme, drückte seinen Mund auf meine Haare. Vor Freude war er ganz aufgeregt.

»Peg, mein Liebling. Glaubst du, du liebst mich genug, um Glenallen zu deinem Heim zu machen? Dad und ich haben uns unterhalten, und offenbar hat er vor, mir das Gut zu hinterlassen. Wenn ich dableibe.«

Ich befreite mich aus seiner Umarmung und setzte mich auf.

»Und was ist mit den anderen?« Angestrengt versuchte ich meine Bestürzung zu verbergen.

»Mama hat Geld, ihre Eltern haben es ihr bei ihrer Heirat überschrieben, aber sie kann nur über die Zinsen verfügen. Allerdings ist sie berechtigt, in ihrem Testament zu bestimmen, wer es bekommt. Sie könnte es Harry und Peter hinterlassen. Die Farm ist sowieso mit Hypotheken belastet – also würde es sich ausgleichen.«

»Ist deine Mutter gefragt worden, ob es ihr recht ist?«

»Natürlich. Sie ist vollkommen einverstanden!«

Ich sagte nicht viel dazu. Er war so glücklich, dieser künftige Herrscher über Glenallen. Ich liebte ihn und freute mich an seinem Glück. Wenn ich mich doch nur hätte zu Hause fühlen können; wenn ich doch nur nicht diese bedrückende Last gespürt hätte, die mir erst ganz bewußt wurde, nachdem ich einen Tag weg gewesen war. In dieser Nacht fand ich kaum Schlaf.

Nicht lange danach ritt ich mit Brian aus, der mir die Farm zeigen wollte und mich auf verschiedene interessante Stellen hinwies, die Elfenquelle, die Überreste einer alten Steinsauna, einen Steinbruch, der seit langem nicht mehr benutzt wurde, die ›Hungermauern‹, die von den Notleidenden errichtet worden waren – sie hatten dafür Lohn bekommen, damit sie sich während der Hungerjahre Brot kaufen konnten, denn man wollte sie nicht mit Almosen beleidigen.

»Wo sind die unterirdischen Gänge, das Ganggrab oder wie man das nennt?« fragte ich. »Ich möchte den Ogham-Stein sehen.«

Er zeigte auf den Fuß des Berges. »Er ist durch die Steinlawine verschüttet worden. Ich habe ihn damals gesehen, nachdem die Archäologen ihn freigelegt hatten. Und danach ist mir was verdammt Blödes passiert.«

Seine Stimme war düster geworden, und er sah in die Ferne, zum Gipfel hinauf.

»Was ist dir denn passiert?«

Stirnrunzelnd blickte er mich an, wegen der Sonne mußte er die Augen zusammenkneifen.

»Na ja, es war kurz nachdem die Archäologen ihre Untersuchungen abgeschlossen hatten. Ich war ungefähr zehn und hatte damals einen Hund, den ich sehr liebte, einen Terrier, er hieß Bob. Einmal war er ein paar Tage lang verschwunden, und ich machte mich auf, um ihn zu suchen. Er war mir sehr wichtig, weil er das einzige lebende Wesen war, mit dem ich spielen konnte; Harry und Peter gaben sich nicht mit mir ab – sie waren ja auch ein bißchen älter – und mit den Kindern aus der Nachbarschaft durfte ich nicht spielen.

Jedenfalls sah ich meinen Hund auf den Platz zurennen, den die Archäologen erforscht hatten. Ich rief nach ihm und schoß einen Pfeil aus meinem Bogen ab – ich hatte ihn selbst gemacht aus einem Eschenzweig und einer Sehne; Bob apportierte immer die Pfeile.

Aber er schien mich nicht zu hören und lief an dem alten Stein vorbei in den Tunnel hinein, ich folgte ihm und fragte mich, warum er nicht auf mein Rufen reagiert hatte.«

Er schwieg.

»Erzähl weiter.«

»Ich lief in die Dunkelheit hinein, sah und hörte aber nichts mehr von dem armen Bob. Und dann wurde mir klar, daß ich nicht mehr zum Ausgang zurückfand. Um mich herum waren nur noch Dunkelheit und Stille. Ich rief um Hilfe, denn ich hatte furchtbare Angst. Aber alles, was ich hörte, war das Echo. Ich schrie nach meiner Mutter, meinem Vater. Aber da war nur Dunkelheit.«

»Wie bist du wieder herausgekommen?«

Er sah mir in die Augen.

»Ich weiß es nicht mehr. Offenbar hat man mich gesucht, mit Fackeln, und sie haben mich in einem der Tunnel gefunden, wo ich zusammengekauert auf dem Boden lag. Ich erinnere mich an gar nichts mehr. Ich war anderthalb Tage da drin, und wenn nicht einer der Männer gesehen hätte, daß ich in die Richtung gelaufen war, und wenn ich nicht meinen Bogen vor dem Eingang hätte fallen lassen, läge ich vielleicht heute noch dort.«

»Was für ein schreckliches Erlebnis! Warum hast du mir noch nie davon erzählt?«

»Ich rede nicht gern darüber! Ich möchte es lieber vergessen.«

»Was ist mit deinem Hund passiert?«

»Das war das Merkwürdigste an der ganzen Geschichte. Einer der Landarbeiter hatte ihn zwei Tage zuvor tot gefunden und ihn heimlich begraben, damit ich mich nicht aufrege. Was immer ich gesehen habe, als ich ihm in den Tunnel nachlief – es war nicht Bob!«

Ich spürte, wie es mir kalt den Rücken hinunterlief. O Gott, nichts wie weg von hier!

»Nach so einer Erfahrung mußt du eine Zeitlang ziemlich durcheinander gewesen sein.«

»Wahrscheinlich war ich das, aber ich habe es für mich behalten. In unserer Familie darf man keine Gefühle zeigen.«

»Aber kann es nicht sein, daß diese Erfahrung mit deinen Alpträumen zusammenhängt?« beharrte ich.

Er zuckte die Achseln und sah weg.

»Vielleicht. Ich träume, daß ich an einem dunklen Ort bin, in dessen Zentrum etwas Unersättliches, Zeitloses, Mächtiges lauert; es hat auch etwas Verführerisches an sich, denn es lockt mit der Erfüllung aller Wünsche, mit dem ewigen Frieden.« Er lachte sein trockenes, intellektuelles Lachen. »Schau mich nicht so an, Peg. Es ist nur ein Traum!«

»Ja«, sagte ich, »irgendwann wird auch die Wirklichkeit eine halb zusammenphantasierte Erinnerung. Zeigst du mir den Ogham-Stein?«

Er ritt voran, bis wir die niedrigeren Hänge des Berges erreichten, wo ein von Felsbrocken bedeckter Buckel war, auf dem Brombeeren wucherten.

»Er ist hier drunter.«

»Schade«, sagte ich. Ich hätte den Stein gerne gesehen.

Ich zeigte mein Zeugnis den Fitzallens, die es höflich, aber desinteressiert lasen.

»Das heißt, du kannst unterrichten oder so was, nicht wahr?« fragte Harry.

Für gewöhnlich verbrachte sie den Großteil des Tages draußen auf der Langen Wiese, wo sie Pferde zuritt und trainierte. Ab und zu jagte sie Jungfüchse und brachte anschließend ein paar Freunde auf einen Drink mit. Einer davon war James Regan, der unlängst ein großes Gut – Conneely House – geerbt hatte, das etwa zwölf Kilometer von Glenallen entfernt lag. Er war ein kräftiger, gesunder junger Mann, und ich glaube, Mrs. Fitzallen hoffte, daß Harry ihn heiraten würde. Ich beobachtete sie in seiner Gesellschaft, konnte aber von ihrer Seite keine große Zuneigung feststellen, obwohl er sie nach Kräften umwarb. Seine Aufmerksamkeiten machten sie höchstens gereizt, denn wenn er fort war, war sie immer schlecht gelaunt. Eines Abends war ich in der Küche und sah, wie Harry sich mit ihm unterhielt. Klein-Tim spielte mit einem Gummiball, sprang und hüpfte herum; das Licht fing sich in dem Glöckchen, das Nora ihm um den Hals gehängt hatte. Da wurde er von einem Faden abgelenkt, der von Harriets Rock herunterbaumelte. Klein-Tim wollte ihn fangen, verfehlte ihn aber und blieb an Harriets grauen Seidenstrümpfen hängen.

James Regan ging. Harry beugte sich vor, um die Laufmasche zu begutachten, dann fiel ihr Blick auf das spielende Kätzchen, und ich sah, wie ihre Augen vor Zorn schmal wurden.

Am nächsten Tag kam Harry um die Mittagszeit mit einer Menge Pilze heim, die sie mit langen Grashalmen zusammengebunden hatte. Sie ließ die Pilze in der Küche, wo ich sie wusch und mit etwas Salz und Pfeffer in Milch kochte, wie ich es meiner Mutter abgeschaut hatte. Eilie sah mir lachend über die Schulter und meinte: »An Ihnen ist eine Köchin verlorengegangen, Mrs. Peg, Ma'am.«

Am nächsten Tag brachte Harry wieder Pilze mit, aber diesmal hatte sie wohl auch ein paar ungewöhnliche Exemplare gesammelt, über die sie mit Murty im oberen Stallhof sprach. Scheinbar kannte Murty sich auf diesem Gebiet ganz gut aus. Er schüttelte den Kopf, und ich sah, wie er mit einem Stöckchen einen Pilz durchbohrte, die Lamellen nach oben kehrte und das Fleisch betrachtete, bevor er die Pilze auf den Boden warf und mit dem Stiefelabsatz zertrat.

Beim Mittagessen erkundigte sich Mr. Fitzallen, ob es dieses Jahr viele Pilze gebe, was Harry bejahte. »Sie sind riesig! Jeden Morgen schießen sie aus dem Boden. Ich sammle sie früh, bevor Maden in die Lamellen kommen.«

Ihr Vater nickte, und Brian fragte, ob sie auch welche von den giftigen gefunden hatte, die im Wald wuchsen.

»Wenn du welche siehst, zertritt sie.«

Harriet bekam glasige Augen.

»Pantherpilz, Knollenblätterpilz«, fuhr ihr Vater fort. »Die verdammten Dinger sind absolut tödlich.«

Harry sagte, sie hätte keine gesehen.

Brian war gut aufgelegt. »Siehst du, Peg, Harriet weiß alles über Pflanzen und Pilze, aber sie will nicht aufs College gehen. Sie wäre eine großartige Botanikerin. Sind wir faul oder stolz?« fragte er seine Schwester – ein unbeholfener Versuch, mit ihr zu scherzen, wie er ihn in letzter Zeit immer wieder unternahm, um die Kluft zwischen ihnen zu überwinden.

Doch Harrys Gesicht verdüsterte sich. »Du Idiot! Frauen verlieren ihre Macht, sobald sie zugeben, daß sie welche haben!«

Alle schwiegen erstaunt. Mrs. Fitzallen sah ihre Tochter erschrocken an, aber Harry lächelte schon wieder, und der Augenblick ging vorbei.

An diesem Abend war Nora sehr still, als sie das Essen servierte, und erst als wir sie schluchzen hörten, merkten wir, daß sie weinte.

»Was ist denn los mit dir, Nora?« fragte Mrs. Fitzallen.

»Ach, nichts, Ma'am. Es ist nur mein armes kleines Kätzchen. Es ist verschwunden.«

Mrs. Fitzallen hob die Augen zum Himmel.

»Das Mädchen ist ein bißchen einfältig«, meinte Harry, als Nora den Raum verlassen hatte.

Der Herbst schritt voran, und ich merkte, daß ich schwanger war. Mir wurde oft schlecht. Zweimal blieb meine Periode aus. Den Geruch der Hunde und der Pferde, alles nahm ich plötzlich viel intensiver wahr. Ich verlor den Appetit und ließ ab und zu eine Mahlzeit aus. Mrs. Fitzallen registrierte das sehr besorgt, und Harry erklärte daraufhin, ich sei aus irgendeinem Grund beleidigt; das erzählte mir Brian später. Da ich aber nur vermutete, in anderen Umständen zu sein, sagte ich ihm nichts davon, denn vielleicht hatte ich mich ja geirrt. Und wenn ich recht hatte, so wäre es ein Eingeständnis gewesen, mit dem mein Schicksal besiegelt war und der weitere Verlauf meines Lebens unabänderlich feststand.

Der große Vorteil meines Lebens in Glenallen bestand darin, daß Cissie in nächster Nähe wohnte; am Abend und am Wochenende konnte ich mein Fahrrad nehmen und sie besuchen. Sie unterrichtete an einer höheren Schule für Mädchen, einer neueröffneten Tagesschule in Ballyharris; ihr Vater nahm sie jeden Morgen mit, wenn er in die Praxis fuhr. Als Arzt bekam er immer noch Benzin für sein Auto.

Seit der Zeugnisverleihung sprach Cissie interessiert, ja fast zärtlich von Tom. Ich wußte, daß er ihr schrieb, und schlug vor, wir beide könnten nach Weihnachten für ein, zwei Tage nach

Ballycloghan fahren. Sie stimmte zu. »Wenn Tom uns haben will«, meinte sie augenzwinkernd, und ich mußte lächeln. Und ob Tom uns haben wollte! Also schrieb ich ihm, kündigte unseren Besuch an und erhielt eine begeisterte Antwort: »Wunderbar – ich freue mich auf euch zwei!«

Cissie bekam ein neues Pferd, ein schwarzes, wunderschönes Jagdpferd namens Ebony. Er war das Geburtstagsgeschenk ihrer Eltern, und von nun an sah ich sie seltener, weil sie häufig ausritt.

Als Peter einmal übers Wochenende in Glenallen war, sahen wir bei der Heimfahrt von der Kirche Cissie, die oben am Weg wartete, bis sie die Straße überqueren konnte. Peter hielt an und kurbelte das Fenster herunter. Mit ihren vom Reiten geröteten Wangen sah Cissie wunderbar aus. Sie trug die neue Reitpeitsche, die ich ihr geschenkt hatte, und hob sie zum Gruß.

»Gratuliere«, sagte Peter und deutete auf das neue Pferd. »Wie findest du ihn?«

Sie lachte.

»Er ist großartig – richtig temperamentvoll!«

Wie um ihre Worte zu bestätigen, tänzelte das Pferd unter den Zügeln.

»Warum besuchst du uns nicht in Glenallen? Ich würde gern sehen, wie er sich im Vergleich zu Bella macht. Komm doch zum Mittagessen vorbei!«

Ich sah, wie Cissie darum kämpfte, Fassung zu bewahren; sie wurde puterrot, und ihre Augen leuchteten vor Freude. Mit glühenden Wangen sah sie mich an und lachte leise.

»In Ordnung. Wann?«

»Um halb zwei«, sagte Peter und fuhr weiter. Harry, die neben mir auf dem Rücksitz saß, schien vollkommen überrascht zu sein. Rasch warf sie ihrem Bruder einen Blick zu, aber er lenkte den Wagen mit unbeweglichem Gesicht nach Hause. An diesem Nachmittag und auch, als er am folgenden Wochenende heimkam, ritt Peter mit Cissie aus. Mr. und Mrs. Fitzallen nahmen sie freundlich auf, wenn sie mit uns am Mittagstisch saß, aber Harry entschuldigte sich jedesmal sehr früh. Ein paar Wochen später erzählte mir Brian, er hätte die beiden neben ihren Pferden im Wald gesehen, wo sie sich innig umarmten. Ich suchte bei Peter nach Anzeichen für eine sich anbahnende Romanze, stellte mir vor, wie er Cissie leidenschaftlich küßte, aber er kam mir noch undurchschaubarer vor als sonst. Ich wartete darauf, daß Cissie sich mir anvertraute, aber sie sagte nichts.

Mr. Fitzallens Gesundheitszustand verschlechterte sich. Er wurde immer blasser und gebrechlicher, legte sich häufiger auch tagsüber ins Bett und sprach davon, sein Testament zu machen. Danach bemerkte ich, daß Harry noch in sich gekehrter wurde, sich dann aber plötzlich freundlich und umgänglich gab und sowohl Brian als auch mich in den Bannkreis ihres Charmes zog. Ich dachte, sie finge nun doch an, mich zu mögen, und wollte in ihrer Beziehung zu Brian das Kriegsbeil begraben. Als sie eines Abends in unser Zimmer kam – ich hatte mich früh hingelegt, und Brian war bei einer Stute, die fohlte –, war sie mir ganz willkommen. Auf die Frage, was mir fehle, sagte ich, mir ginge es gut, und als sie dann wissen wollte, ob ich nicht ein ganz kleines bißchen schwanger sei, nickte ich und lachte, verblüfft über ihre Beobachtungsgabe. In diesem Augenblick wurde ihr Gesicht undurchdringlich, obwohl ihre Lippen nach wie vor lächelten.

»Gut gemacht, kluges Mädchen!« sagte sie. »Weiß Brian es schon?«

»Ich hab's ihm nicht gesagt – noch nicht.«

»Gut, dann bleibt es also erst mal unter uns«, meinte sie.

Sie erkundigte sich, was ich gerade las – es war Anna Karenina; wir hatten beide den Film gesehen und unterhielten uns über die Garbo. Dann erzählte Harry von ihrer Schulzeit und brachte mich mit lustigen Anekdoten zum Lachen. Es war ein schöner Abend – einer der schönsten, die ich in Glenallen erlebte.

Am nächsten Tag, dem 26. Oktober, hatte ich Geburtstag. Ich wußte, daß Brian nicht daran dachte; ich hatte ihn nicht daran erinnert, und er hatte auch nichts gesagt. Also wachte ich wie üblich alleine auf, und als ich die Treppe hinunterging, stolperte ich unerklärlicherweise. Ich spürte etwas Hartes, Rundes unter den Füßen, wie Murmeln oder Kugellagerkugeln. Harry war sofort zur Stelle, kniete neben mir am Fuße der Treppe nieder und rief nach Nora, die den Arzt holen sollte.

»Da war was auf der Treppe, Murmeln, glaube ich«, stöhnte ich unter Tränen.

»Du bist an der Stelle gestolpert, wo der Teppich lose ist«, erklärte Harry. »Ich bin hinter dir heruntergekommen und hab es genau gesehen.«

Dann wurde ich ohnmächtig. Als ich wieder zu Bewußtsein kam, lag ich im Bett, mein Knöchel war bandagiert, und Doktor O'Shaughnessy saß neben mir; sein Gesicht war voll Sorge und Mitgefühl. Auf einem Hocker stand eine Schale, die mit einem blutbefleckten Tuch bedeckt war. Er mußte mir nicht sagen, was sich darin befand. Brian kam herein, nahm mich in die Arme, und wir weinten beide lange Zeit.

»Warum hast du mir nichts gesagt?«

»Ich war nicht sicher.«

Und er nahm mir das Versprechen ab, so etwas nie wieder zu tun. Ich versprach es unter Tränen und sagte, es seien Murmeln auf der Treppe gewesen, die ich nicht gesehen hatte. Er hörte zu und sah verwirrt aus.

»Ich glaube, da bildest du dir etwas ein, Peg. Wie sollten Murmeln auf die Treppe kommen?«

Der November kam, der November des Jahres 1940. Ich erhielt eine Karte von Tom, der mir verspätet zum Geburtstag gratulierte und sich dafür entschuldigte. »Dein Geschenk bewahre ich auf, bis wir uns wiedersehen!«

Auch von Mary kam eine Karte, aber kein Brief, auf den ich gehofft hatte.

Seit meiner Fehlgeburt war eine Woche vergangen; der Arzt hatte angeordnet, ich sollte mich soviel wie möglich ausruhen. Eilie brachte mir jeden Morgen auf einem kleinen, ovalen Tablett mit einem hübschen bestickten Tuch das Frühstück ans Bett und geriet dabei so außer Atem, daß ich vorschlug, sie solle sich hinlegen und das Frühstück selbst essen.

»Was reden Sie denn da, Mrs. Peg, Ma'am«, sagte sie und schüttelte meine Kissen auf. Sie brachte mir die Zeitung und zeigte mir ein Bild von Peter mit Perücke und Robe, wie er mit einigen bekannten Persönlichkeiten, die er in einem Zivilprozeß vertreten hatte, vor den Four Courts stand. In seiner Amtstracht wirkte er hochmütiger denn je, sein schönes Gesicht war blaß über dem dunklen Gewand mit dem weißen Kragen, und die Augen waren streng unter der anachronistischen Perücke aus dem achtzehnten Jahrhundert.

Tag für Tag berichteten die Zeitungen über Bombenangriffe auf London; der Blitzkrieg war bitterer Ernst geworden; die Spannung erreichte sogar uns im entlegenen Glenallen, denn auch wir hielten den Atem an und fürchteten um die Zukunft. Ich verschlang die Zeitungsmeldungen und bekam Alpträume, in denen ich verloren durch eine brennende Stadt wanderte und zwischen den Toten meinen Weg suchen mußte. Dann wieder träumte ich, ich sei in einem unterirdischen Gang verschüttet, mit Leichen um mich herum, gelb, weiß, verwesend, und unter ihnen war Toms Gesicht. Völlig verängstigt wachte ich auf, stellte fest, daß das Licht brannte und Brian noch nicht im Bett war. Ich setzte mich auf, schrieb meinem Bruder, was passiert war, und bat ihn, mir zu antworten.

In seinem Brief, der eine Woche später eintraf, fragte er, ob die Fehlgeburt bedeutete, daß ich meinen Besuch mit Cissie nach Weihnachten absagte. Darauf antwortete ich nicht sofort. Im Moment konnte ich mir nicht einmal vorstellen, die Auffahrt hinunterzugehen, ganz zu schweigen von einer Reise nach Ballycloghan.

Peter kam für ein paar Tage nach Hause, um zu jagen. Eines Abends erschien er nach dem Essen in meinem Zimmer.

»Wie geht's dir, Peg?« erkundigte er sich mit herablassender Liebenswürdigkeit.

Ich freute mich, ihn zu sehen, weil ich das Alleinsein satt hatte und man sich ausgezeichnet mit ihm unterhalten konnte, wenn er in der richtigen Stimmung war.

»Ich fühle mich jetzt besser.« Ich erwähnte, daß ich in der Irish Times sein Photo mit Robe und Perücke gesehen hatte. »Ein Anwalt vom Scheitel bis zur Sohle.« Er wirkte geschmeichelt.

»Du mußt dich ausruhen«, sagte er, und auf der Suche nach Gesprächsstoff warf er einen neugierigen Blick auf mein Bücherregal.

»Eine schöne Auswahl. Du liest wohl viel?«

»Zur Zeit kann ich gar nicht genug kriegen. Cissie bringt mir oft was aus der Bibliothek mit.«

Seine Augen leuchteten kurz auf.

»Heute waren wir auf der Jagd«, sagte er leise.

Er lehnte sich im Stuhl zurück, sah sich im Raum um und wirkte auf einmal ganz entspannt; so hatte ich ihn noch nie gesehen.

»Findest du es nicht langweilig hier?« fragte er und musterte mich freundlich.

»Nein«, log ich. »Glenallen ist so schön, aber das weißt du ja besser als ich.«

»Schön? Ja.« Er hielt inne und sah mich unverwandt an. »Aber als Kind habe ich mich immer isoliert gefühlt. Wir waren zuviel allein. Ich möchte nie wieder hier in der Falle sitzen!«

Ich versuchte, mein Erstaunen zu verbergen, nicht über seine Worte, sondern darüber, daß er überhaupt etwas so Persönliches preisgegeben hatte.

»Weißt du«, fuhr er fort, »in gewisser Weise sind wir wie die drei Schwestern aus der griechischen Mythologie, die sich einen Zahn und ein Auge teilten. Keiner von uns ist ganz – eine klaustrophobische Kindheit und daher eine gehemmte Entwicklung!«

Ich hörte ihm erstaunt zu, hoffte, er würde weitersprechen, aber er wechselte abrupt das Thema. Kurz darauf gab er mir einen höflichen Kuß auf die Wange und verschwand. Das Zimmer wirkte plötzlich merkwürdig leer. Ich stand auf, zog die Vorhänge zu, um die schwarze Nacht zu verbannen, und kämpfte ohne Erfolg gegen die kalte Verzweiflung und Einsamkeit an, die mich jetzt fast täglich befiel – wie ein Feind, der auf eine Schwachstelle in meiner Abwehr lauert. Ich dachte an das Kind, das ich verloren hatte, meinen Sohn; ich weinte um ihn, bis mir ganz elend war, stellte ihn mir als Kind, als Jungen, als erwachsenen Mann vor und trauerte um alles, was er hätte sein können. Ich sah sein Gesicht vor mir, malte mir aus, wie ich ihn laufen und sprechen lehrte und mit ihm die Welt entdeckte. All das tat ich allein, denn Brian war selten bei mir.

Ich wußte, daß er sich halb tot arbeitete, jetzt, nachdem so viele Leute entlassen worden waren; den Großteil seiner Freizeit widmete er seinem Vater. Doch solange Peter da war, verbrachte

Brian manchmal den Abend mit mir in unserem Zimmer und erzählte von den Stuten, die bald fohlen würden, und von seinen Plänen für die Betriebserweiterung. Während ich zuhörte, überkamen mich dunkle Vorahnungen. Von unserem Umzug nach Dublin war jetzt nicht mehr die Rede. Brian ging davon aus, daß ich meinen Wunsch zurückgestellt hatte, nachdem er mir in jener Nacht von seiner möglichen Erbschaft erzählt hatte. Ich hatte nicht mehr davon gesprochen, um ihm die Freiheit zu geben, die er brauchte. Ich wußte, wie traurig er über die Fehlgeburt war – auch seine Eltern waren erschüttert; selbst Harry wirkte niedergeschlagen und versuchte, mich zu trösten. Sie bekam einen ihrer Migräneanfälle, die sie zwangen, zwei Tage in einem verdunkelten Raum das Bett zu hüten. Als sie wieder aufstehen konnte, besuchte sie mich; sie sah so blaß und krank aus, daß ich mich um sie sorgte.

»Geht es dir denn besser?« fragte ich.

Sie nickte mit leisem Lachen. »Ich wünschte, man würde endlich ein Mittel erfinden, das wirklich hilft. Wenn die Migräne schlimm ist, habe ich das Gefühl, daß man mir mit einem Holzhammer das Hirn aus dem Schädel klopft.«

Am Tag nach Peters Besuch kam Cissie am frühen Nachmittag zu mir. Ich hatte sie seit der Fehlgeburt erst einmal gesehen, und da auch nur kurz, denn ihr Vater hatte sie streng ermahnt, mich nicht zu ermüden. Jetzt kam sie auf leisen Sohlen, aber vor Glück strahlend herein, und legte ein hübsch verpacktes Geschenk vor mir aufs Bett.

»Zum Geburtstag«, sagte sie. »Früher wäre es unpassend gewesen.«

Ich nahm das Päckchen und wickelte es behutsam aus; es enthielt eine Schatulle aus rotem Saffianleder, und darin lag, gebettet auf weißen Satin, ein goldenes Armband mit einem runden Amulett, auf das die Initialen MF eingraviert waren. Auf der Innenseite des Deckels stand »Oliver Sweeny & Söhne, Juwelier, Ballyharris«.

Ein weißes Kärtchen war beigelegt: »Für unseren Liebling Peg mit den besten Wünschen zu Deinem Geburtstag. In Liebe von den O'Shaughnessys.«

Unfähig zu sprechen, nahm ich das goldene Armband heraus, legte es um mein Handgelenk und brach in Tränen aus. Cissie drückte ihr Gesicht an meine nasse Wange und flüsterte: »Kopf hoch. Ihr bekommt bald wieder ein Baby.«

»Es ist nicht nur das Baby«, schluchzte ich. »Alles ist so schrecklich!«

Als ich mich gefaßt hatte, dankte ich Cissie für das schöne Armband, bat sie, sich in meinem Namen auch bei ihrer Familie zu bedanken und putzte mir die Nase.

»Und was ist mit dir los?« fragte ich dann. »Deine Augen leuchten wie Sterne.«

Sie lachte und zeigte dabei ihre schönen weißen Zähne.

»Danke, Peg. Es muß die Jagd sein. Ebony ist ein wunderbares Pferd.«

»Ja. Peter meint das auch. Ich weiß nicht, wer ihn mehr beeindruckt – du oder Ebony!«

Ich merkte, daß sie auf der Hut war. Sie hatte mir nie erzählt, was sich zwischen Peter und ihr anbahnte.

»Gestern hat es einen gehörigen Regenguß gegeben, da haben wir uns im alten Steinbruch untergestellt.« Bei diesen Worten sah sie mir nicht in die Augen, aber sie konnte ihre Freude einfach nicht verbergen und mußte lächeln.

»Sehr romantisch«, sagte ich und dachte schweren Herzens an Tom. »Küßt er gut?«

Cissie wurde rot und vermied es immer noch, mich anzusehen.

»Oh, Peg. Wie kannst du nur so albern sein?«

»Er ist ein attraktiver Mann«, bemerkte ich, »und das weiß er auch.«

Sie errötete noch tiefer, zuckte aber die Schultern und sah mich kopfschüttelnd an, als wäre ich ein altkluges Kind.

»Tja, ich gehe jetzt lieber. Hoffentlich bist du bald wieder auf den Beinen.«

Als sie an der Tür war, sagte ich: »Cissie«, und sie drehte sich zu mir um; sie lächelte immer noch, wirkte aber schon leicht angespannt.

»Sei vorsichtig! Und vor allem, hüte dich vor Peter!«

Das Lächeln erstarb. Erschrocken blickte sie mich an, ihre Pupillen waren groß und dunkel.

»Warum?« fragte sie. »Warum sollte ich mich vor Peter hüten?«

»Ich weiß nicht«, entgegnete ich unglücklich. »Er ist so undurchschaubar, so verschlossen. Und er ist schwermütig.«

»Du machst dir zuviel Sorgen, Peg«, seufzte sie. »Das ist es doch, was ich an ihm mag. Ich glaube, wir sind geistesverwandt.« Sie zog die Brauen hoch, um anzudeuten, daß ihre Bemerkung nicht so bedeutungsschwer war, wie es klang; dann zog sie die Tür leise hinter sich zu und war fort.

Am selben Abend erzählte mir Brian, er hätte Peter und Cissie gesehen, wie sie am Spätnachmittag zum alten Steinbruch ritten. Und Peter sei, als er zum Essen erschien, müde und nicht gerade mitteilsam gewesen.

»Ich weiß es nicht, zum Teufel«, meinte Brian. »Wenn ich meinen Bruder nicht kennen würde, könnte ich schwören, daß sich da etwas Ernstes anbahnt!«

»Tja, er ist schließlich auch nur ein Mensch.«

»Ja. Aber er ist zu verschlossen, er wird sich nie öffnen – sei es körperlich oder gefühlsmäßig; und wenn er es doch tut, wird er es dem, der ihn dazu gebracht hat, nie verzeihen.«

Ich biß mir auf die Lippen. Würde Peter mir zum Vorwurf machen, daß er bei unserem kleinen Tête-à-tête etwas von sich erzählt hatte? Ich dachte an Cissie, die so stark und gleichzeitig so zerbrechlich war. Und was Peter anging, war sie unsagbar verletzlich.

Brian zuckte die Achseln und tat das Thema ab.

»Cissie ist ohnehin zu vernünftig, um sich auf so was einzulassen«, meinte er.

Das Geschenk der O'Shaughnessys zeigte ich ihm nicht. Ich war zu wütend auf ihn, weil er meinen Geburtstag vergessen hatte. Ich versteckte das Schmuckstück ganz hinten in einer Schublade, hütete es wie einen Schatz und nahm es manchmal heraus, denn sein Anblick und die Liebe, die dahinterstand, gaben mir Kraft. Doch Brian und der Rest der Familie nahmen auch weiterhin nicht zur Kenntnis, daß ich volljährig geworden war.

Als ich wieder aufstand, war ich noch ein bißchen wacklig auf den Beinen; mein Knöchel war noch nicht voll belastbar, und mein Rücken tat weh. Aber nachdem ich meinen Alltag in Glenallen wiederaufgenommen hatte, spürte ich die Fesseln, die mir auferlegt waren, um so deutlicher. Liebend gerne hätte ich gearbeitet und mein Geld verdient so wie Cissie; und ein zusätzliches Einkommen hätte man in Glenallen gut gebrauchen können. Als ich beim Abendessen davon sprach, reagierte man jedoch nur mit Schweigen, und Brian runzelte vielsagend die Stirn. Offensichtlich (so erklärte er mir später) kam es für ein Mitglied der Familie Fitzallen nicht in Frage, sich so zu erniedrigen. Ich war überrascht, denn Brian hatte mir selbst gesagt, wie bedenklich die finanzielle Lage der Familie war. Am Haus waren verschiedene Reparaturen notwendig; zum Beispiel gab es eine undichte Stelle in der Dachkehle, und die Dachrinnen mußten teilweise erneuert werden. Die Ausbesserungsarbeiten waren teuer, aber trotzdem sollte ich nicht arbeiten gehen. Ich konnte mich im Haushalt nützlich machen, wenn ich wollte, aber dadurch hätte ich mich wie ein Dienstmädchen gefühlt, vor allem da weder Harry noch Brian auf die Idee kamen, Hausarbeit zu machen. Das einzige Licht am Horizont war Cissie. Doch sie strahlte nun nicht mehr so wie an dem Tag, als sie mich besucht hatte; auf ein Gespräch über Peter ließ sie sich nicht ein, und als ich sie fragte, ob sie an der Reise nach Ballycloghan noch interessiert sei, entgegnete sie, wir sollten die Fahrt in die wärmere Jahreszeit verlegen, Ostern sei besser. Also schrieb ich Tom, daß wir nicht kommen würden; als Grund nannte ich meine Erschöpfung nach der Fehlgeburt.

Aber Cissie zog sich immer mehr in sich zurück, und ich beschloß, bei der nächsten Gelegenheit der Sache auf den Grund zu gehen. Sie war blaß geworden und hatte dunkle Ringe unter den Augen – war sie etwa krank?

Doch noch vor Weihnachten geschah etwas, was mir unsere Situation in Glenallen in einem mehr als fragwürdigen Licht erscheinen ließ. Brian ging selten auf die Jagd. Harry hatte ihm jedoch klargemacht, daß er sich zu diesem Anlaß öfter sehen lassen müßte, wenn er in der Nachbarschaft akzeptiert werden wollte, und außerdem würde ihm die sportliche Betätigung guttun. Also nahm er auf Rufus, einem braunen, etwa 16 Handbreit hohen Wallach, an der nächsten Jagd teil. Es war ein kalter, nebliger Dezembermorgen; die Jagdgesellschaft traf sich in Glenallen, und ich beobachtete sie vom Schlafzimmerfenster aus. Cissie war da – sie ließ sich keine Jagd entgehen – und die altbekannte eingeschworene Gemeinde, deren laute Stimmen die Erregung über die bevorstehende Hetzjagd verrieten. Ihr Atem dampfte in der kalten Morgenluft. Als sie losritten, drehten sich Cissie und Brian um und winkten mir zu. Mir fiel auf, wie aufrecht und selbstsicher sie sich auf ihren Pferden hielten, und da kam mir in den Sinn, daß Brian Cissie hätte heiraten sollen; sie waren ein schönes Paar. Ich sah Brian nach, bis er im Nebel verschwunden war.

Etwa eine Stunde, nachdem die Jagdgesellschaft aufgebrochen war – ich beschäftigte mich gerade damit, zwei alte Gobelins im grünen Schlafzimmer auszubessern –, hörte ich laute Stimmen aus dem Erdgeschoß, und von plötzlicher Angst gepackt, eilte ich hinunter. Offenbar war Rufus ohne Reiter und Sattel zurückgekehrt. Als ich die Küche betrat, starrten mich alle an: Eilie, Nora und Murty, der eben vom Hof hereingekommen war, um zu berichten, was geschehen war.

»Ich bin sicher, daß ihm nichts passiert ist, Ma'am«, meinte Murty, aber die Angst sprach aus seinen Augen. Mir wurde klar, daß er auch um sich fürchtete; es war seine Aufgabe, sich um das Sattelzeug zu kümmern, und wenn der Gurt gerissen war, würde man ihm die Schuld geben. Dieselbe Angst, die ich beim Tod meiner Mutter erlebt hatte, packte mich – die Einsamkeit des menschlichen Daseins. Aber ich wußte auch, daß Brian ein guter Reiter war – auch wenn er stürzte, brauchte man sich noch keine Gedanken zu machen. Er wußte, wie man sich fallen lassen muß, bestimmt war er am Leben – aber war er verletzt?

Kurze Zeit später galoppierte Cissie auf den Stallhof. Ich sah sie durchs Küchenfenster und lief nach draußen.

»Brian ist nichts passiert!« rief sie mir zu. »Der Gurt ist gerissen, als er auf Jack Ryans Wiese einen Zaun nahm, und er ist in den Büschen gelandet. Er hat ein paar Kratzer abbekommen, aber er ist schon auf dem Rückweg!«

Ich lachte erleichtert auf und sah, daß auch Murty ein Stein vom Herzen fiel.

»Aber wie konnte der Gurt reißen?« fragte ich.

Cissie hob die Schultern und ließ sie wieder fallen. »Das kommt vor«, meinte sie. »Altes Leder?«

Murty starrte sie voller Empörung an.

»Das Leder war in Ordnung ... da war nichts dran verrottet.« Und er drehte sich auf dem Absatz um und verschwand in der Sattelkammer. Nach einer Weile kam er mit Sattel und Zaumzeug für Winny und einem weiteren Sattel für Rufus wieder heraus. Nachdem er die Pferde gesattelt hatte, ritt er mit Rufus am Zügel davon, um Brian zu holen; er würdigte uns keines Blickes mehr.

Cissie zog eine Grimasse, rollte die Augen und stieg vom Pferd.

»Willst du nicht zur Jagd zurückreiten?«

»Nein. Ich warte mit dir auf die Heimkehr des Verletzten. Die Jagd ist jetzt sowieso schon über alle Berge.«

Nach einer Weile kam Brian auf Rufus zurück; er sah wütend aus. Hinter ihm ritt Murty; der schadhafte Sattel lag auf Winnys Schultern.

»Wie ist das passiert?« fragte ich Brian.

»Der verdammte Gurt ist gerissen.« Er warf Murty einen Blick zu, der mit verdrossener Miene den Sattel und den kaputten Gurt in die Sattelkammer schaffte. »Nur gut, daß ich nicht gerade auf die Straße gesprungen bin, sonst hätte es übel ausgehen können.«

Murty hielt sich ein paar Minuten in der Sattelkammer auf, dann kam er wieder heraus, sattelte in aller Ruhe Rufus und Winny ab und führte sie weg; ihre Hufe klapperten auf dem Kopfsteinpflaster. Dann nahm er Brian beiseite und sprach außer Hörweite mit ihm. Ich sah, wie Brian beim Zuhören blaß wurde und dann mit verkniffenem Mund dem Stallknecht in die Sattelkammer folgte. Cissie und ich folgten ihnen, doch man schlug uns die Tür vor der Nase zu.

Später versuchte ich, mit Brian über den Unfall zu reden, aber er war merkwürdig kalt und ungeduldig und wollte sich nicht ausfragen lassen. Beim Mittagessen sah Harry ziemlich betroffen aus; sie meinte, Murty sei alt geworden; ihre Augen huschten von einem zum andern und ruhten schließlich auf dem besorgten Gesicht ihrer Mutter. Auch Nora war wieder völlig durcheinander. Einer der Männer hatte die Leiche von Klein-Tim im Misthaufen gefunden. Sie war schon verwest, konnte aber an dem Glöckchen um den Hals identifiziert werden.

»Du kannst ein anderes Kätzchen haben«, versuchte Mrs. Fitzallen sie zu trösten.

Nora schluckte. »Aber das ist nicht das gleiche, Ma'am; und das arme kleine Ding ist erstickt, im Misthaufen vergraben.«

Mit zornigem Blick fuhr Harriet Nora an, sie solle die Leute bei Tisch nicht mit ihrer dummen Katze belästigen.

»Ich bin nicht so leicht umzubringen«, meinte Brian lachend, als seine Mutter ihn nach dem Essen eindringlich bat, vorsichtig zu sein. Liebevoll scherzend legte er ihr den Arm um die Schulter, und sie blickte voll Stolz und Liebe zu ihm auf. Ich aber beobachtete Harry und sah dieselbe kalte Wut in ihren Augen, die mir an meinem ersten Abend in Glenallen aufgefallen war.

Als ich in dieser Nacht darauf wartete, daß Brian ins Bett kam, betete ich für ihn und für mich; ich betete für unsere Zukunft, ließ den Rosenkranz unter der Bettdecke durch meine Finger gleiten, erfüllt von einem Unbehagen, das ich weder abschütteln noch benennen konnte.

7. Kapitel

1940 verlebten wir ein ruhiges Weihnachten. Wir fuhren im Einspänner zur Elf-Uhr-Messe. Als wir heimkamen, war das Haus vom Duft nach gebratenem Geflügel erfüllt, und Nora eilte zwischen Küche und Eßzimmer hin und her, um den Tisch vorzubereiten. Die Bilder in der Halle waren mit Stechpalmenzweigen geschmückt, und am Fenster im Salon stand eine rote Weihnachtskerze in einem Trockenblumengesteck aus immergrünen Zweigen und vergoldeten Eicheln.

Brian und ich hatten für alle Familienangehörigen kleine Geschenke. Auch Harry verteilte ihre Gaben; sie küßte Brian mit kaum verhohlener Abneigung auf die Wange, während sie ihm eine kleine Schachtel mit Taschentüchern überreichte, und wünschte ihm frohe Weihnachten. Mrs. Fitzallen gab ihm einen Umschlag, der, wie ich sah, einen Scheck enthielt. Auch Harry war das nicht entgangen; ihre Miene verdüsterte sich, und sie musterte abschätzig den Schal, den sie von ihrer Mutter bekommen hatte.

Brian und ich hatten unsere Geschenke schon in unserem Zimmer ausgetauscht – einen Pullover für ihn, an langen einsamen Abenden gestrickt, und für mich eine Silberfiligranbrosche in Form eines Liebesknotens.

»Peg, mein Liebling«, sagte er mit traurigem Hundeblick, »ich habe deinen Geburtstag vergessen, und du hast nie ein Wort darüber verloren.«

»Das macht doch nichts«, entgegnete ich, hoch erfreut, daß er sich jetzt daran erinnerte. »Wir hatten andere Dinge im Kopf.«

Ich küßte ihn lange, atmete seinen Duft ein, spürte die rauhe Haut seines Kinns. Es war Weihnachten. Heute können wir uns etwas Zeit füreinander nehmen, dachte ich.

Ich wollte wieder mit ihm ins Bett schlüpfen, aber von unten rief jemand nach ihm, und er ging mit einer kurzen Entschuldigung hinaus.

Wir aßen um drei; durch die geöffneten Vorhänge kam bereits

die Dämmerung herein, die Sonne versank tiefrot hinter den Bäumen in der Ferne. In der kalten Luft hing schwer der Nebel. Ich liebte den Gegensatz der toten Jahreszeit draußen und der behaglichen Wärme drinnen.

Peter fehlte beim Weihnachtsessen. Er verbrachte das Fest mit ein paar Freunden in Dublin und wurde für den folgenden Tag erwartet. Tante Rita, Mrs. Fitzallens Schwester, war der einzige Gast am Tisch; früher war auch ihre zweite Schwester über die Feiertage gekommen, doch sie war inzwischen verstorben. Tante Rita hielt sich sehr gerade; ihr gelbgraues Haar war zu einem Knoten aufgesteckt.

Die Festtafel war mit einer Damasttischdecke, silbernen Kerzenhaltern und Schalen voller Christrosen geschmückt; es gab Gans, Truthahn und Plumpudding mit Brandybutter. Es duftete herrlich nach dem gebratenen Geflügel, den heißen Kartoffeln und Gemüsen und dem letzten guten Wein aus dem Keller. Das Gespräch drehte sich wie üblich um den Krieg.

Ich beobachtete die Flammen, die im Kamin züngelten, sah die Menschen am Tisch, die im Schein der Kerzen das Festessen genossen. Das frischpolierte Messing des Kamingitters glänzte; auf dem Büfett stapelten sich Porzellanplatten und -teller; die beiden roten Setter, Rex und Roger, schliefen auf dem Kaminvorleger, zuckten hin und wieder im Traum, den Kopf zwischen die Pfoten gebettet.

Man sprach vom Blitzkrieg; mein Schwiegervater schilderte drastisch die Not der Londoner: Menschen, die an den Eingängen der U-Bahn-Stationen Schlange standen; die Todesangst der Menschen, die hier unter der Stadt Schutz suchten, in den zugigen Tunnels, durch die unablässig der Wind blies, während in den Straßen die Bomben einschlugen. Was er erzählte, klang wie aus einem Roman von H.G. Wells, wie eine phantastische Erzählung, die nichts mit der Wirklichkeit zu tun hatte.

»Aber die Briten werden es mit ihnen aufnehmen; ich würde selbst gegen diese Barbaren kämpfen, wenn ich noch einmal jung wäre«, verkündete er. Mrs. Fitzallen lächelte unbehaglich, ihre grauen Augen richteten sich sofort auf ihren Sohn. Brian sagte nichts. Sein Vater sah ihn an und fügte rasch hinzu: »Du kannst natürlich nicht gehen. Deine Pflichten hier haben Vorrang.«

Und er fuhr fort, daß man den Deutschen diesmal eine gehörige Lektion erteilen werde.

Mr. Fitzallens Gesundheitszustand hatte sich weiter verschlechtert; in den letzten Monaten war er zusehends schwächer und gebrechlicher geworden. Er wollte sich nicht mit seiner Krankheit abfinden und wurde so reizbar, wie ich es ihm nie zugetraut hätte. Mit Vorliebe sprach er über den Krieg, als wäre er selbst Heerführer. Aus der Tatsache, daß er Tante Rita nicht mochte, machte er kein Geheimnis. Später hörte ich von Brian, daß er sie für die Reparaturen am Dach um ein Darlehen gebeten hatte. Sie hatte sich geweigert, und das verzieh er ihr nicht.

Die alte Dame sprach mit großer Präzision, und diese monotone Genauigkeit ging meinem Schwiegervater auf die Nerven. Sie sagte freimütig, was sie dachte; meine Haare seien schön, bemerkte sie – dieselbe Farbe wie Danny; ich fragte, wer Danny sei, und Brian seufzte und flüsterte mir ins Ohr, es sei ihr alter Spaniel. Unwillkürlich lachte ich, weil ich an Barbie denken mußte. Ich hatte meine Haare aufgesteckt und trug mein Kleid aus Crêpe de Chine mit der neuen Filigranbrosche und den kleinen antiken Ohrringen, die mir Tante Rita zu Weihnachten geschenkt hatte.

Harry warf mir einen schadenfrohen Blick zu.

»Tante Rita, meine Liebe, möchtest du vielleicht noch etwas Truthahn?« fragte sie ein wenig zu laut. Die alte Frau, die gern aß und bereits nachgenommen hatte, sagte nicht nein und widmete sich ihrer nächsten Portion mit Genuß. Unwirsch raunte mir Mr. Fitzallen zu – sein Flüstern war am ganzen Tisch zu hören –, nichts sei abstoßender als Gefräßigkeit.

Harry versuchte einen Lachanfall zu unterdrücken, und die alte Dame sah mich mit schmerzerfüllten Augen an. Ich hätte am liebsten lauthals jede Komplizenschaft an dieser Gemeinheit abgestritten, aber ich brachte keine Silbe heraus. Mein Schwiegervater saß neben mir am Kopfende der Tafel, und ich wagte es nicht, ein freundliches Wort an Tante Rita zu richten. Ich konnte nicht umhin, die alte Dame nett zu finden, die uns so großzügig beschenkt hatte und sich geradezu mitleiderregend darum bemühte, als Familienmitglied akzeptiert und gemocht zu werden. Ich wußte, daß ihrer Schwester daran genauso gelegen war; doch Mrs. Fitzallen saß machtlos und schweigend am anderen Ende des Tisches – die Kränkung ihrer Schwester war ihr keineswegs entgangen. Und so war die Atmosphäre des Weihnachtsessens, obwohl das Feuer munter loderte und der stilvolle alte Raum uns mit seiner Behaglichkeit umgab, voller Spannung und Schmerz.

»Wie geht es eigentlich Mary McElligott in Dublin?« fragte mich Harry plötzlich. Es gehe ihr gut, antwortete ich, sie sei eine gefragte Schauspielerin und habe nun eine Rolle in Strange Guest von Francis Stuart, das im Abbey Theatre gegeben werde. Mary hatte mir in einem Brief davon berichtet, aber nicht erwähnt, welche Rolle man ihr angeboten hatte. Ihr Erfolg erfüllte mich mit zärtlichem Stolz, und ich freute mich von Herzen auf unser Wiedersehen nach Weihnachten. In ihrer Karte hatte sie geschrieben, daß die O'Shaughnessys sie eingeladen hatten. Sie würde ein paar Tage bei ihnen bleiben.

Harry lehnte sich zurück, ein wenig beschwipst vom Wein und beflügelt von der Vorstellung, daß sie Tante Rita – vermeintlich unauffällig – eins ausgewischt hatte und Mr. Fitzallen sich auf ihre Kosten amüsieren konnte. Harrys blaue Augen leuchteten, ihr glattes blondes Haar glänzte im Kerzenlicht, und die cremefarbenen Perlen ihrer Kette schimmerten; es war ein Familienerbstück, das ihr Tante Rita großherzig zu Weihnachten geschenkt hatte.

»Die arme alte Mary«, rief Harry und kicherte so hemmungslos, daß ihre Mutter sie stirnrunzelnd musterte.

Tante Rita legte den Kopf schief und zog die Brauen zusammen, als würde sie sich an etwas erinnern.

»Sie war eines Tages auf der Langen Wiese«, fuhr Harry fort. »Damals war sie noch ganz klein – ungefähr fünf. Peter und ich hatten Billy auf sie angesetzt. Sie glaubte, er wäre der Leibhaftige.«

Ich sah sie verständnislos an.

»Billy war unser Ziegenbock. Wir spielten immer Stierkampf mit ihm. Jeden, den er erwischte, stieß er mit seinen Hörnern. Die arme Mary hat er auch umgestoßen, und jedesmal, wenn sie aufstehen wollte, schubste er sie wieder um, so daß sie auf allen vieren über die Wiese kriechen mußte.«

Lachtränen liefen Harry übers Gesicht. »Es war so lustig, aber natürlich hat er sie nicht ernsthaft verletzt. Auf jeden Fall kam ihr Jim zu Hilfe, der komische Kerl, der damals im Stall geholfen hat, und hat sie von der Wiese getragen. Sie weinte und klammerte sich an ihn wie an einen Lebensretter, und wir liefen davon.«

Plötzlich herrschte Schweigen.

»War sie das kleine Mädchen ... damals als ... ihr erinnert euch doch an den schrecklichen Mann?« fragte Tante Rita in ihrer überdeutlichen Aussprache, und Mrs. Fitzallen ließ ihr Weinglas fallen, so daß sich sein Inhalt auf die Tischdecke ergoß. Nora eilte mit einer Serviette herbei, um den Wein aufzuwischen.

Harrys Lachen erstarb schlagartig. Sie sah ihre Mutter beunruhigt an. Mr. Fitzallen schob seinen Stuhl zurück und sprach kurz mit Nora. Danach sagte niemand mehr ein Wort. Eilie und Nora standen am Büfett und beschäftigten sich mit dem Besteck.

Nur Tante Rita fuhr systematisch fort zu essen, schluckte, nippte an ihrem Wein und schien die wachsende Spannung nicht zu bemerken.

»Da war doch noch so ein armes Kind ... das den Unfall hatte«, bemerkte sie kopfschüttelnd, »so ein trauriger Unfall.«

Ich ließ meinen Blick über die blassen, schweigenden Gesichter am Tisch schweifen. Mrs. Fitzallen schob ihren Teller von sich. Harry, der das Lachen endgültig vergangen war, starrte auf das Tischtuch, richtete dann in gequältem Ton einen Befehl an einen der Hunde, der sich am Ohr kratzte, und schließlich kehrte ihr Blick zu ihrer Mutter zurück. Brian blickte unverwandt auf seinen Teller.

Wer war das andere Kind, das den Unfall hatte? War es Cissie? Hatte sie etwa in Glenallen einen Teil ihrer Hand und ihren Seelenfrieden eingebüßt? Ich sah Brian in die Augen, der fast unmerklich den Kopf schüttelte, kurz seine Mutter ansah und flüsterte: »Später.«

Obwohl Weihnachten war, beschloß ich, nach dem Essen Cissie zu besuchen. Nicht daß ich sie über die Andeutungen ausfragen wollte, die an der Festtafel von Glenallen gefallen waren, aber ich mußte mit ihr reden.

Sie hatte uns schon seit vierzehn Tagen nicht mehr besucht,

und so drängte sich mir die Frage auf, ob ich genauso langweilig geworden war wie mein beengtes Leben oder ob sie mir meine Bemerkung über Peter übelnahm. Seit diesem Gespräch gingen wir nicht mehr so vertraut miteinander um wie früher. Als ich ihr vormittags in der Messe begegnet war, wirkte sie blaß und müde, aber ihr Gesicht hellte sich auf, als sie mich sah.

»Gehst du morgen auf die Jagd?« hatte ich sie gefragt; sie sah an mir vorbei und meinte, ja, wahrscheinlich schon. »Peter kommt nach Hause«, fügte ich hinzu. »Schaust du nach der Jagd auf einen Drink vorbei?«

»Nein, danke, Peg. Ich möchte mich nicht aufdrängen.«

»Aufdrängen? Cissie, bist du noch ganz bei Verstand?«

Aber sie lächelte nur leise und ging weg.

Offensichtlich stimmte da etwas nicht. Ich wollte Cissie zur Rede stellen und herausfinden, um was es ging, aber gleichzeitig wollte ich die Kluft zwischen uns nicht noch größer machen. So saß ich still an der Festtafel von Glenallen und ließ das gequälte Schweigen nicht an mich heran. Ich dachte an Tom, der sein Festessen allein verzehrte, und auch an Cissie. Tom hatte seiner Weihnachtskarte einen kurzen Brief beigefügt; er habe viel zu tun, bestimmt würde es nicht lange dauern, bis ich ihm mitteilte, daß wieder ein Baby unterwegs sei, und ich sollte mich vor solchen Treppen, wie es sie in Glenallen gab, in acht nehmen. Wie ging es Cissie? Er war enttäuscht, daß wir nach Weihnachten nicht kommen würden, aber wir sollten ihn doch sobald wie möglich auf ein paar Tage besuchen, wie in alten Zeiten. Dann schrieb er noch, Onkel Matt sei nicht auf der Höhe und er werde ihn über Weihnachten nach Ballycloghan holen.

Ich hatte Brian bei Tisch davon erzählt. »Dein reicher Onkel? Du solltest ihn nach Glenallen einladen!« hatte Harry lachend eingeworfen; ich stimmte in das Lachen ein, meinte aber, er würde ihr bestimmt nicht gefallen. »Er hat eine schrecklich spitze Zunge, und Tom ist der einzige Mensch, den er mag. Wenn Onkel Matt stirbt, ist Tom ein Vermögen wert!«

Harrys blaue Augen richteten sich neugierig auf mich. »Tatsächlich?«

Auf Toms Karte war ein Bild mit einem blauen Band, das sich

um zwei Rotkehlchen schlang, die auf einem schneebedeckten Zweig saßen. Seine Enttäuschung über Cissies aufgeschobenen Besuch tat mir weh; ich konnte mir gut vorstellen, wie es ihn getroffen hatte.

Nach dem Essen war es schon dunkel; ich konnte Brian überreden, mich zu Cissie zu fahren, obwohl ich wußte, daß Harry Einspruch erheben würde, weil das Benzin knapp war; der Tank im unteren Stallhof war kaum noch halbvoll. »Harry bekommt einen Anfall«, murmelte ich.

»Von mir aus kann sie so viele Anfälle bekommen, wie sie will«, bemerkte Brian gleichmütig.

Der kleine David, der inzwischen hoch aufgeschossen und im Stimmbruch war, öffnete uns die Tür zum Haus der O'Shaughnessys mit den Worten: »Wenn das nicht die vornehme Mrs. Fitzallen ist!« Er führte uns ins Wohnzimmer, wo sich die ganze Familie versammelt hatte – mit Ausnahme von Des, der in England bei seinem Bataillon in Biggin Hill war, und Cissie, die sich zurückgezogen hatte.

Nachdem wir unsere Weihnachtswünsche ausgetauscht und eine Schachtel Pralinen erhalten hatten, schenkte Mrs. O'Shaughnessy Brian einen Whiskey ein und sagte zu mir, Cissie sei in ihrem Zimmer, ich solle ruhig hinaufgehen, was ich auch tat. Der Teppich auf der Treppe war an manchen Stellen fadenscheinig, aber das Haus strahlte immer noch die alte Gemütlichkeit aus, und ich fühlte mich wie immer geliebt und geborgen. Es war ein Haus, in dem die Menschen einander etwas bedeuteten, nichts lag ihnen ferner als ein engstirniger Kampf um Macht oder Überlegenheit, die doch nur auf Verachtung beruhten.

Die Tür zu Cissies Zimmer stand offen; ich klopfte flüchtig, steckte den Kopf hinein und wollte ihr schon frohe Weihnachten wünschen. Doch das Zimmer war leer. Ich trat ein und freute mich, hierher zurückzukehren, wo ich so viele glückliche Nächte meiner Kindheit verbracht hatte. Cissies Tagebuch lag auf dem Bett, ein maschinengeschriebener Brief war auf den Boden gefallen. Ich hob ihn auf, sah die Unterschrift, und einem Impuls folgend, für den ich mich später schämte, faltete ich den Brief auseinander und las ihn.

Liebe Cissie,
ich habe Deinen Brief erhalten. Ich bin sicher, wenn Du es Dir recht überlegst, wirst du feststellen, daß er ein wenig überspannt war. Es ist nett von Dir, daß Du vorschlägst, mich hier zu besuchen, aber ich habe jetzt und an Weihnachten so viel zu tun, daß ich wirklich keinen Augenblick erübrigen kann!
Du bist eine sehr attraktive junge Frau, ungeachtet Deiner kleinen Mißbildung, und ich bin sicher, daß es Dir nicht schwerfällt, einen Mann zu finden, der Deiner wert ist.
Und da es sich wohl nicht vermeiden läßt, daß wir uns bei der Jagd sehen, bin ich überzeugt, daß Du genügend Taktgefühl besitzt, um Peinlichkeiten zu vermeiden.
Alles Gute
mit freundschaftlichem Gruß
Peter Fitzallen

Ich hörte, wie die Toilettenspülung betätigt wurde, und einen Moment später stand Cissie in der Tür. Ich ließ den Brief fallen. Cissie sah mich an, wurde blaß und hob ihn hastig auf.

Dann faltete sie den Brief sorgfältig zusammen, riß ihn in Fetzen und warf sie in den Papierkorb in der Ecke. Als sie sich zu mir umdrehte, glühten die Augen in ihrem kreidebleichen Gesicht.

»Das hätte ich dir nicht zugetraut, Peg.«

»Es tut mir leid, Cissie. Ich wollte dir nicht nachspionieren.«

Sie sah aus, als würde sie im nächsten Augenblick in Tränen ausbrechen. Ihre Mundwinkel zuckten, doch dann behauptete sich ihr Stolz und unterdrückte die Tränen.

»Er ist es nicht wert, Cissie.«

Die Zurückhaltung fiel von ihr ab.

»Ich bin so dumm, Peg. Aber du brauchst dir wirklich keine Sorgen zu machen. Ich bin nicht die erste Frau, die auf einen Mann hereingefallen ist, und ich werde nicht die letzte sein.«

Sie warf einen Blick auf ihre entstellte Hand, ließ sie in der Tasche verschwinden und brachte sogar ein gezwungenes Lächeln zustande. »Komm schon«, fügte sie mit gespielter Fröhlichkeit hinzu, »gehen wir zu den anderen hinunter.«

»Was ist passiert?« fragte ich. »Zwischen dir und Peter?«

»Alles und nichts. Wir haben uns ein paarmal ein wenig gehenlassen.« Sie wurde rot und verbarg ihr Gesicht in den Händen. »Und ich war so dumm zu glauben, daß ich ihm auch etwas bedeute.«

Ich schwieg. Wir hörten die Stimmen der anderen von unten; jemand hatte einen Witz erzählt, und das Gelächter erfüllte das Haus.

»Ich muß weggehen. Weißt du, ich bin nämlich schwanger!«

Diese Worte hörte ich zwar, aber sie drangen nicht ganz in mein Bewußtsein vor – so wie man Sätze am Radio hört, die zwar aufrüttelnd sind, aber mit dem eigentlichen alltäglichen Leben nichts zu tun haben. Nur ging es jetzt ums wirkliche Leben.

»Dann muß er dich doch heiraten!« flüsterte ich.

»Nein! Er gibt mir ja nicht mal die Zeit, es ihm zu sagen.«

»Oh, Cissie ... Du kannst nicht weggehen! Wo willst du denn hin?«

»Ich weiß noch nicht. Kannst du dir vorstellen, was ich meinen Eltern damit antue?«

Wieder sagte ich nichts. Cissie würde Geld brauchen. Wenn sie wegging, mußte sie ihre Stelle kündigen.

»Um Gottes willen, Cissie, wenn ich doch nur Geld hätte, das ich dir geben könnte, aber ich habe keinen roten Heller. Ich muß meine Strümpfe und meine Unterwäsche stopfen, und Brian ist auch völlig blank; er schuftet sich zu Tode, aber Geld kriegt er fast nie zu sehen.«

Cissie drückte mir die Hand. »Danke, Peg. Ich habe etwas gespart.«

»Du hast schon Kontakt mit ihm aufgenommen?« fragte ich; ich wußte zwar, daß ich keine Antwort erwarten durfte, hielt es aber nicht aus vor Neugier wegen des Briefes, den ich gelesen hatte.

»Ja. Ich wollte ein paar Weihnachtseinkäufe in Dublin machen und habe ihm geschrieben, ich käme am 8. Den Brief habe ich nach Glenallen geschickt. Natürlich wollte er mich nicht sehen. Ich bin nämlich mißgebildet, verstehst du.« Sie lachte bitter. »Den Brief hast du gelesen?«

»Ja. Und du liebst ihn immer noch?«

Sie sah mich an und preßte die Lippen aufeinander. »Liebe?« Und wieder lachte sie.

Eine Weile sagte sie nichts, dann murmelte sie. »Der Witz dabei ist – daß es in Glenallen passiert ist, mein Unfall mit der Hand.«

Sofort fiel mir das Gespräch an der Festtafel von Glenallen wieder ein, Mrs. Fitzallens Weinglas, das sich über die Tischdecke ergoß.

»Was ist damals geschehen? Du hast es mir nie genau erzählt.«

»Ach – ich will nicht darüber reden. Ein dummer Streich. Man hat Brian die Schuld gegeben, zumindest Harry und Peter haben es versucht.«

Ich schnappte entsetzt nach Luft. »Brian?«

»Aber ich habe nie geglaubt, daß er es war«, versicherte sie mir hastig. »Nie. Ich habe gehört, daß sein Vater ihn wegen der Geschichte fürchterlich verprügelt hat. Er war noch so klein und viel zu entsetzt, er konnte nichts damit zu tun haben.«

»Wer war es dann?«

Sie zuckte die Achseln.

»Keine Ahnung. Ich glaube nicht, daß die anderen beiden schuld waren – also muß es einer der Dienstboten gewesen sein – vielleicht ein Stallknecht.«

Und dann nahm sie mir das heilige Versprechen ab, niemandem von ihrer Schwangerschaft zu erzählen. »Niemandem, Peg, niemals. Es ist schlimm genug, daß ich mich zum Narren gemacht habe. Ich könnte es nicht ertragen, wenn jemand davon erfährt!«

Ich wußte, daß Mary sie bald für ein paar Tage besuchen würde, und ich begriff, daß sie nicht einmal Mary einweihen wollte. Also schwor ich.

Unten im Wohnzimmer hatte Brian unter dem Einfluß des John Jameson Whiskey angefangen, Anekdoten zu erzählen. Er saß gemütlich in dem großen Sessel, die langen Beine übereinandergeschlagen, hielt sein Glas fest, und die O'Shaughnessys hatten sich um ihn geschart, hörten zu und lachten. Ich sah auf den ersten Blick, wie glücklich er war, wie auch er in dem Familienglück, das hier herrschte, aufging. Er schien gar nicht zu bemerken, unter welcher Anspannung Cissie stand. Ich fragte nach

Des, und die Eltern zeigten mir seine Weihnachtskarte und einen Brief, der so stark zensiert war, daß man ihn kaum lesen konnte. Dennoch klang er optimistisch. Brian erkundigte sich genauer nach ihm, wollte wissen, wie es ihm bei der Luftwaffe gefiel, welchen Maschinentyp er flog, wie viele Einsätze er schon gehabt hatte, aber die Familie wußte wenig.

»Du hast doch nicht etwa vor, dich auch zu melden?« fragte David, und ich wartete schweren Herzens auf die Antwort.

»Im Augenblick nicht. Peg läßt mich nicht los.« Er warf mir einen verschmitzten Blick zu.

Ich sah, wie seine Augen lachten und sein Mund zuckte, das schelmische Lächeln, das für mich bestimmt war, und das Glas mit dem bernsteinfarbenen Whiskey in seiner Hand. Er war betrunken, liebenswert, entspannt, wie er es schon lange nicht mehr gewesen war. Ich versuchte, ihn mir als Pilot vorzustellen, aber es wollte mir nicht gelingen.

Es ist Glenallen, was dich nicht losläßt, dachte ich und fühlte mich plötzlich sehr müde.

Barbie war jetzt ein Teenager, etwas unbeholfen, aber hübsch; sie erzählte mir von der Schule. Ich erinnerte sie an die alten Zeiten, den Stichling und den erhängten Teddybären. Sie lachte verlegen und meinte, auch die besten Menschen hätten eine Vergangenheit. David erinnerte sich lachend und puterrot im Gesicht, wie er den Boden mit der Katze aufgewischt hatte.

»Das arme alte Tier ist letzte Woche gestorben.«

»Sie hatte Wundstarrkrampf«, sagte Dr. O'Shaughnessy traurig, »ich mußte sie einschläfern.«

Wir blieben noch ein Weilchen, wünschten allen noch einmal frohe Weihnachten und traten dann auf eisigen menschenleeren Straßen mit unseren abgefahrenen Reifen die Heimfahrt an. In dieser Nacht fand ich nicht viel Schlaf. Ich horchte auf den Wind, den Graupel, der ans Fenster schlug, und Brians Atem neben mir. Er hatte mechanisch mit mir geschlafen, als wäre er in Gedanken anderswo. Zur Zeit plagten ihn selten Alpträume; wahrscheinlich war er zu müde. Ich aber konnte nachempfinden, welch ein Alptraum Cissie bevorstand, und überlegte angestrengt, wie ich ihr helfen konnte.

Am nächsten Morgen machte sich Brian im roten Jagdrock und in schwarzen Stiefeln früh auf zur Treibjagd. Zum Abschied küßte er mich flüchtig. Ich folgte ihm bis zur Treppe und beobachtete, wie er hinunterging; seine Schritte hallten auf dem gefliesten Fußboden, als er sich zur Küchentreppe wandte, und ich lief fröstelnd zurück ins warme Bett und zog mich unter der Decke an.

Das Gespräch, das wir letzte Nacht nach unserer Rückkehr von den O'Shaughnessys geführt hatten, ging mir nicht aus dem Kopf. Ich hatte Brian gebeten, mir zu erklären, wovon seine Tante gesprochen hatte. Von Mary und dem Ziegenbock wußte er nichts, aber er erinnerte sich, daß es vor vielen Jahren Ärger mit einem Stallknecht gegeben hatte. Er glaubte, daß der Mann von einem Hengst getötet worden war. Brian war damals noch ganz klein gewesen.

Dann fragte ich ihn nach Cissies Hand.

»Als es passiert ist, war ich ein kleines Kind«, sagte er und fuhr sich müde mit der Hand durchs Haar, als wünschte er, ich hätte das Thema nicht angeschnitten. Die Lebensfreude, die er bei den O'Shaughnessys gezeigt hatte, war von ihm gewichen, und jetzt kam er mir fast trübsinnig vor. »Es ist bei einem Kinderfest hier im Haus passiert. Man gab mir die Schuld – das heißt Harry und Peter gaben mir die Schuld. Mama hat sich für mich eingesetzt, und letztendlich konnte sie Dad davon überzeugen, daß ich es nicht war. Er glaubt bis heute, daß es jemand vom Personal getan hat. Wir hatten damals ein, zwei komische Leute.« Er sah mich fast wütend an, als wollte er auf eine Frage antworten, die ich noch gar nicht gestellt hatte.

»Nein, Peg, ich habe es, verdammt noch mal, nicht getan. Wenn ich auch nur halb so schlimm wäre, wie dieses Pärchen mich hinstellen wollte, dann hätte man mich schon längst hinter Schloß und Riegel gesteckt.«

»Warum hassen sie dich so?« flüsterte ich, plötzlich überwältigt von dem Schmerz all dieser Erlebnisse. »Es erdrückt mich geradezu körperlich. Ich muß mit dir darunter leiden, und ich halte es nicht aus. Ich halte es einfach nicht aus.«

»Warum glaubst du, daß ich es aushalte?« fragte er unwirsch, nahm seine Manschettenknöpfe ab und zog den Ärmel hoch, so daß ich die Narben an seinem Handgelenk sehen konnte, die mir ein Rätsel aufgaben und nach denen ich nie zu fragen gewagt hatte.

»Ich war damals zwölf; es war in dem Jahr, bevor ich aufs Internat kam; ich konnte es nicht mehr ertragen; ich wollte sterben und habe mir diese Schnitte mit einer Max-Smiley-Rasierklinge zugefügt.«

Ich starrte die blassen Narben an und brach in Tränen aus.

»Peige, Peige. Es tut mir leid. Bitte weine nicht.«

Er schloß mich in die Arme. Auch ihm standen die Tränen in den Augen. »Ich muß hier jeden Tag meinen Wert unter Beweis stellen – aber mit einer Niederlage könnte ich mich nicht abfinden. Ich will ihnen zeigen, daß sie sich irren. Früher habe ich immer gedacht, es wäre mir gleichgültig, aber jetzt will ich einfach gewinnen.«

»Wissen sie davon?« fragte ich und deutete auf sein Handgelenk.

»Nein. Eilie hat mich gefunden und mich verbunden. Sie hat nicht einmal einen Arzt geholt. Die arme Eilie war weiß wie die Wand, sie warnte mich, niemandem zu erzählen, daß ich mir so etwas angetan hatte; sie sprach von Todsünde und von der Hölle, und daß mich der Berg holen würde. Mama war damals nicht zu Hause – sie war krank, in einem Erholungsheim. Und als sie wiederkam, waren die Narben verheilt. Es war eine Dummheit, aber es ist kein Anzeichen für eine Neurose. Du brauchst mich also nicht so anzuschauen, Peg. Ich war ein Kind und habe eine Dummheit gemacht, das ist alles.«

Ich trocknete mir die Augen.

»Ich glaube, wir müssen weg von hier«, sagte ich. »Du bist ein Besessener. Dieser Ort wird uns noch in den Wahnsinn treiben. Wenn eine Situation nicht mehr zu retten ist, bleibt einem nichts anderes übrig, als sich zurückzuziehen.«

Er sah mich an, den Kopf leicht geneigt, und lächelte einschmeichelnd.

»Na, na, Peg, alles halb so schlimm! Es ist kein hoffnungsloser Fall! Menschen werden erwachsen und ändern sich. Alles ändert sich. Ich kann mir die Chance nicht entgehen lassen, Glenallen wieder auf Vordermann zu bringen; ich darf die Erbschaft nicht ausschlagen. Dad glaubt, daß ich der einzige in der Familie bin, der den Laden schmeißen kann. Ich will mir die Chance nicht entgehen lassen, am Ende doch noch Erfolg zu haben.«

Mit einem Mal sah er hart und verbissen aus, das einschmeichelnde Lächeln war verschwunden.

»Ich behaupte nicht, daß du unrecht hast, Peg. Aber laß mir um Himmels willen diese eine Chance.«

Ich berührte seine Wange. »Mein Liebling, ich bin auf deiner Seite; ich bin deine Freundin, vergiß das nicht!«

Er schloß mich in die Arme. »Dem Himmel sei Dank für dich – Freundin.«

Harry ging an diesem Morgen nicht mit auf die Jagd. Sie blieb zu Hause, um Peter vom Bahnhof abzuholen. Verärgert stellte sie Brian zur Rede, weil er am Vorabend das Auto benutzt hatte. »Wir haben nur noch sowenig Benzin; wir müssen es für Notfälle sparen.«

Ihr Lächeln sollte unterstreichen, wie vernünftig ihre Vorhaltungen waren, Brian hatte das Lächeln wortlos erwidert, und das Unbehagen, das durch Harrys Gehässigkeit entstand, hing schwer in der Luft.

Die Runde geht an dich, Brian, dachte ich.

Nachdem Harry zum Bahnhof gefahren war, schlüpfte ich hinunter in die Küche. Ich wußte, daß Nora im oberen Stockwerk mit Bettenmachen beschäftigt war, und hoffte daher, Eilie allein anzutreffen. Sie knetete Kuchenteig, die Hände bis zu den Gelenken im Mehl. Zögernd trat ich ein, ging in die Speisekammer, um mir ein Glas Milch zu holen, damit es so aussah, als hätte ich hier etwas zu schaffen. Dann platzte ich mit meinem Anliegen heraus.

»Eilie, waren Sie schon hier, als Brian und die anderen Kinder waren?«

Sie sah mich neugierig an.

»Natürlich war ich damals schon hier, Mrs. Peg. Ich habe mit achtzehn in diesem Haus angefangen, als Hausmädchen.«

»Ich habe mich nur gefragt, ob hier vor langer Zeit – als die Kinder noch klein waren – einem Mädchen ein Unfall passiert ist?«

Eilie hörte auf zu kneten und sah mich scharf an.

»Was für ein Unfall soll das gewesen sein, Ma'am?«

Ich kam mir ein bißchen dumm vor, fragte aber weiter.

»Meine Freundin Cissie O'Shaughnessy hat sich ihre Hand verletzt, als sie etwa fünf Jahre alt war. Und ich weiß, daß der Unfall hier passiert ist.«

Einen Moment lang herrschte Schweigen. Eilie verzog den Mund, seufzte, heftete den Blick auf den Teig und nahm langsam ihre Arbeit wieder auf.

»Es war eine schreckliche Tragödie, Mrs. Peg«, sagte sie, »es war einfach nur schrecklich. Miss Harry gab eine Geburtstagsparty. Sie wurde sieben, und Miss O'Shaughnessy war eins der Kinder, die man eingeladen hatte. Ich sehe sie noch vor mir, ein kleiner Schatz mit großen Augen und Locken. Master Peter war da und Miss Harry in ihrem blauen Seidenkleid, aber den kleinen Brian hatte seine Mutter ins Bett gesteckt, weil er zu wild war – er hatte Limonade umgeschüttet, sein kleiner Anzug war ganz naß, und Miss Harrys neues Seidenkleid hatte auch etwas abbekommen. Sie hatte geweint und sich bei ihrer Mutter beklagt. Alles lief wunderbar, bis die Geschenke verteilt wurden. Die Kinder hatten am Abend zuvor mitgeholfen, Überraschungen für die Gäste einzuwickeln, kleine Geschenke, Farbstifte, Süßigkeiten und so Zeug. Auf jeden Fall hat sich ein Kind nach dem anderen ein Geschenk aus der Trommel gefischt und unter lautem Gekreische, wie Kinder nun mal sind, das Papier abgerissen. Und dann sah ich, wie die kleine O'Shaughnessy ein Päckchen herausnahm und sich damit in eine Ecke verzog, um es aufzumachen; mir fiel auf, daß es ein bißchen größer war als die Sachen, die wir am Tag zuvor verpackt hatten, aber ich achtete nicht weiter darauf, bis ich es zuschnappen hörte und dann den entsetzlichen Schrei.

Eilie schüttelte den Kopf. Sie knetete eine Weile schweigend ihren Teig, sah aber ganz aufgewühlt aus. »Die arme Kleine hatte ihre Finger in einer Rattenfalle, zwei davon waren fast abgetrennt. Und dann ist etwas Merkwürdiges passiert – ist nicht der junge Master Peter, der sich normalerweise nie aus der Ruhe bringen ließ, auch wenn der Himmel heruntergefallen wäre, Mrs. Peg, so wäre er in aller Seelenruhe sitzengeblieben mit einer Miene, daß die Milch sauer wird, ist er nicht zu ihr hingestürmt, hat ihr die Falle von der Hand gemacht und sie in die Arme genommen. Es war seltsam, denn sie ließ sich von ihm trösten, sie hat den

Kopf an seine Schulter gelegt, seine Sachen waren ganz voll Blut, und sie hörte schlagartig auf zu weinen, obwohl sie schwer verletzt war; und Peter hatte einen Gesichtsausdruck wie Nora, wenn sie ihr kleines Kätzchen liebkoste. Das war überhaupt nicht seine Art! Er war damals neun. Aber wie die Rattenfalle in die Trommel mit den Geschenken geraten ist, das kann ich nicht sagen, Ma'am.

Es wurde ein schrecklicher Wirbel gemacht, aber Miss Harry sagte, Brian wär's gewesen, und obwohl er es leugnete, hat ihm niemand geglaubt. Ich hab ihm natürlich schon geglaubt; er war ein Kind, das keiner Fliege etwas zuleide getan hätte.«

Plötzlich wurde Eilies Gesicht hart, und sie schien die Zähne zusammenzubeißen. »Nichts für ungut; Ma'am, aber bitte erwähnen Sie's auf keinen Fall, was ich Ihnen erzählt hab; die Familie will nicht daran erinnert werden.«

Sie warf einen Blick über die Schulter in Richtung Tür. »Besonders die Herrin, alle versuchen sie zu schützen – seit der Geschichte hat sie's mit den Nerven.«

Schweigend saß ich am Küchentisch, fühlte mich hundeelend und malte mir die Szene aus. Mir war nur allzu bewußt, wieviel Leid daraus entstanden war und über wie viele Jahre; Peters Brief fiel mir ein, in dem er von ›Deiner kleinen Mißbildung‹ gesprochen hatte.

Gerade wollte ich Eilie fragen, was eigentlich mit Mary passiert war – die Geschichte mit dem Geißbock und dem Pferdeknecht, da hörte ich Motorengeräusche und wußte, daß Harry und Peter heimgekommen waren. Einen Augenblick später traten sie durch die Hintertür ein, sagten fröhlich guten Tag, aber Harrys Augen wanderten mit kalter Neugier zwischen Eilie und mir hin und her.

»Eilie weiht mich in die Geheimnisse des Kuchenbackens ein«, erklärte ich, trank meine Milch aus und stellte das Glas in die Spüle.

»Zu Mittag kommen zwei Gäste, Eilie«, sagte Harry. »James Regan und seine Schwester Kitty. Wir sind ihnen am Bahnhof in die Arme gelaufen.«

Ich fragte Peter, wie es in Dublin aussehe, und er meinte, es sei ein wenig trist wegen der Verdunkelung und der Benzinknappheit.

Als ich später auf der Suche nach Lesestoff in der Bibliothek war, hörte ich, wie die Regans eintrafen und Harry und Peter sich im Salon mit ihnen unterhielten. Ich dachte an den grausamen Brief und fragte mich, wie jemand, der etwas so Gemeines an eine so sensible Frau wie Cissie schrieb, in der Lage war, fröhlich und unbefangen mit Freunden zu plaudern. Ich wünschte, ich hätte mit Mary über Cissies Schwierigkeiten reden können; Mary hätte sicher Rat gewußt. Aber ich hatte mein Wort gegeben.

Brian kehrte in Begleitung eines Mannes von der Jagd zurück, der sich Pferde ansehen wollte. Ich traf sie in der Halle. An Brians Gesicht sah ich, daß der Handel unter Dach und Fach war. Die einjährigen Jagdpferde waren sein ganzer Stolz, besonders Hopscotch, ein Hengstfohlen von Jessie. Brian stellte mich seinem Kunden vor – er hieß Mr. Jackson – ein großer, grauhaariger Mann in den Vierzigern.

»Trink doch ein Glas mit uns, Peg«, schlug Brian vor und öffnete die Tür zum Salon. Die angeregte Unterhaltung verstummte, die Anwesenden wurden einander vorgestellt. Ich spürte, wie Harrys Blick auf mir ruhte, spürte ihren Ärger. Ich war zu schüchtern, um in Gesellschaft zu glänzen; Harrys Mißbilligung lastete zu schwer auf mir. Ich war Brians Frau, und das wurde mir nicht verziehen.

»War Cissie mit auf der Jagd?« fragte ich Brian, was er verneinte. Rechnete ich mit ihrem Besuch? Ich sah, wie Peter auf meine Antwort wartete, und sich entspannte, als ich nein sagte, nicht heute vormittag. Ich wollte ihn aus seiner Selbstzufriedenheit herausreißen, wollte ihn für das, was er getan hatte, zur Rede stellen. Ich haßte ihn für diesen schrecklichen Brief. Aber ich hielt mich an mein Versprechen, wahrte die Distanz und unterdrückte meinen Zorn.

Bei der nächsten Jagd, die drei Tage später stattfand, war Cissie wieder dabei. Man traf sich in Glenallen, und als ich Cissie mit Mary kommen sah, die tags zuvor eingetroffen war, nahm ich meinen ganzen Mut zusammen und beschloß, es mit der Jagd zu versuchen. Ich zwängte mich in Stiefel, Hosen und Jagdrock – es war ein abgelegter von Harry – und warf einen letzten Blick auf die Jagdgesellschaft, die sich unter meinem Fenster versammelt hatte. Ich sah, wie Mary einen ausländisch aussehenden Mann begrüßte, der gerade auf einem braunen Jagdpferd angeritten kam – offensichtlich war es Marys französischer Graf, den ich seit der Beerdigung ihres Vaters nicht mehr gesehen hatte. Ich beobachtete, wie er mehreren Leuten vorgestellt wurde, ihnen die Hand schüttelte, kurz mit Cissie plauderte, und ich ertappte mich dabei, daß meine Augen auf ihm ruhten, als repräsentierte er einen Aspekt der Wirklichkeit, der mir bisher entgangen war. Während ich ihn musterte, blickte er plötzlich zu meinem Fenster hinauf und schaute mir in die Augen.

Ich zuckte zusammen, als wäre ich ertappt worden, aber er lächelte mich an und neigte Kopf und Schultern fast unmerklich zum Gruß. Ich glaube, in diesem Augenblick hatte ich zum ersten Mal das Gefühl, daß er mein Verbündeter war, daß wir auf unerklärliche Weise Komplizen einer Verschwörung waren.

Ich eilte zu den Ställen hinunter und bat Murty, Joey für mich zu satteln. Meine Wahl war bewußt auf Joey gefallen, weil Murty ihn häufig als ›lahme Ente‹ bezeichnete.

Jetzt nickte Murty trübsinnig.

»Den Klepper«, brummte er, gehorchte jedoch, und als er mir beim Aufsteigen half, schärfte er mir ein, mich beim Springen über Zäune am Martingal festzuhalten.

»Keine Sorge, Murty,« sagte ich. »Um Zäune mache ich einen großen Bogen.« Seinen Blick werde ich nie vergessen.

Hoch zu Roß gesellte ich mich zu Cissie, Mary und den anderen, die sich vor dem Haus versammelt hatten. Ich lehnte mich vor, um Mary zu umarmen. Ich freute mich so, sie zu treffen. Sie sah gut aus, weniger angespannt als bei unserer letzten Begegnung.

»Wie geht's der alten Ehefrau?« fragte sie mich lächelnd, und ich behauptete, es gehe mir gut.

»So bald nach dem Unglück wieder im Sattel?« flüsterte sie mir zu, damit die anwesenden Männer sie nicht hörten, aber ich erklärte beharrlich, es gehe mir wieder gut.

»Erinnerst du dich an Lucien?« fragte sie dann, und ich sah ihn errötend an, spürte, wie er mich eindringlich musterte und neugierig lächelte.

Schuldbewußt fing ich Brians Blick auf, denn er hatte mir wiederholt klargemacht, daß ich nicht an der Jagd teilnehmen sollte, solange ich nicht besser ritt. »Du könntest stürzen und sogar getötet werden.«

Was die Jagd betraf, war ich mit ihm völlig einer Meinung und hatte mich deshalb gefügt, ohne jedoch Anstalten zu machen, besser reiten zu lernen. Ich ritt fast nie aus – ein-, zweimal war ich mit Brian über die Farm geritten –, aber nur, weil es die bequemste Möglichkeit war, das Land kennenzulernen. Der Wunsch, eine gute Reiterin zu werden, hatte dabei keine Rolle gespielt, denn ich wurde die Angst im Bauch nicht los, wenn es um Pferde ging. Die Angst war auch heute da, doch sie wurde von einem unwiderstehlichen Verlangen zurückgedrängt – ich wollte bei Cissie sein.

Brian kam auf Rufus zu mir herüber und befahl mir mit leiser Stimme zu verschwinden. Verblüfft über seinen zornigen Blick, starrte ich ihn an und entgegnete, das würde ich auf keinen Fall tun. Lucien beobachtete die Szene mit undurchdringlicher Miene, und Mary sah mit hochgezogenen Augenbrauen von einem zum anderen.

»Das ist ja eine Sensation. Peg besteht darauf zu jagen.«

Auch Cissie machte sich offensichtlich Sorgen; sie hielt Ebony zurück, der schon ganz ungeduldig war.

»Warum bist du gekommen, Peg?«

»Weil es Zeit ist, daß ich es mal ausprobiere!«

»Gut, aber sei vorsichtig, wem du folgst. Du solltest keine großen Hindernisse nehmen.«

»Ich werde überhaupt nichts nehmen, was höher ist als ein Kuhfladen!«

Cissie lachte unwillkürlich und sagte, das könnte ich mir wahrscheinlich nicht aussuchen. »Aber reite bloß nicht mir nach.«

Brian war zwar immer noch besorgt und wütend, wagte aber nicht, eine Szene zu machen, sondern murmelte nur vor sich hin, ich solle um Gottes willen vorsichtig sein.

»Du darfst sie nicht so entmutigen, Brian«, meinte Mary liebenswürdig und eilte dann Peter zu Hilfe, der gerade versuchte, in aller Höflichkeit einen älteren Herrn abzuschütteln. Nur allzugern hätte ich Mary ein bißchen über Lucien ausgefragt, aber das mußte warten.

»Hallo, Lord Darlington«, rief Mary fröhlich. Das war also dieser Darlington; Brian zufolge war er ein entsetzlicher Langweiler, aber mein Schwiegervater, der eine Schwäche für Titel hatte, behauptete immer, er sei ein ›netter Kerl‹.

»Hallo, Peter!« Beide sahen Mary lächelnd an, und ihre Augen leuchteten auf, wie bei allen Männern, wenn sie dem Schönen begegnen. Dann kam Mr. Fitzallen selbst aus dem Haus, um die Jagdgesellschaft zu begrüßen; er schüttelte Lord Darlington die Hand, wurde Lucien vorgestellt, und Peter konnte fliehen.

Ich sah, daß Cissie Peter keine Sekunde aus den Augen ließ; jetzt unterhielt er sich mit Mary; kerzengerade saß er im Sattel; der rote Jagdrock mit dem schneeweißen Kragen stand ihm gut. Obwohl er zu Cissie hinübersah, wirkte sein Blick so unverbindlich, daß man nicht daraus schlau wurde. Wahrscheinlich spürte er, daß Harriet ihn beobachtete. In dem Gedränge, das dem Aufstöbern vorausging, ritt Cissie an ihm vorbei und sagte mit so leiser, schüchterner Stimme »Hallo, Peter«, daß ich sie am liebsten in die Arme genommen hätte. Peter drehte sich um, warf ihr einen nichtssagenden Blick zu, grüßte sie freundlich, wie es die Höflichkeit gebot, und wandte sich dann wieder Mary zu. Mary sah Cissie an, dann mich, und schließlich wanderte ihr Blick zu Peter zurück, den sie nachdenklich musterte. Erst als Cissie ihm den Rücken kehrte, sah ich, daß Peter sie so konzentriert und hingebungsvoll anstarrte, als wollte er Cissies Bild in seine Netzhaut einbrennen.

Cissie aber erstarrte buchstäblich angesichts der kühlen Höflichkeit ihres Angebeteten. Sie ritt mit der gewohnten Eleganz davon, doch ihr Gesicht zeigte jetzt eine so bittere, verzweifelte Entschlossenheit, daß mich eine unerklärliche Angst befiel. Ich versuchte, Blickkontakt mit ihr aufzunehmen, rief ihr etwas zu, und sie drehte sich zu mir um, ohne mich wirklich zu sehen; der Brennpunkt ihrer Aufmerksamkeit lag anderswo. Ich versuchte, neben ihr zu bleiben, doch es hatte keinen Zweck; die ›lahme Ente‹ Joey machte ihrem Namen alle Ehre. Die Jagd setzte sich langsam in Bewegung, Joey aber war noch langsamer, während Cissie Ebony von mir weg nach links dirigierte.

Und dann ging alles ganz schnell. Ein Fuchs brach aus dem Unterholz hervor, und in wilder Jagd ging's auf und davon, die Hunde heulten, der Fieldmaster ließ den Halloruf erschallen. Joey aber verwandelte sich mit einen Mal in ein Energiebündel, das sich nicht mehr bremsen ließ: Die losstürmende Jagd hatte offenbar einen Instinkt in ihm geweckt. Ich hielt mich verbissen fest, klammerte mich an seine Mähne, schickte ein atemloses Stoßgebet zum Himmel. Der Wind brauste mir in den Ohren, meine Nase lief. Dann überholte ich Lord Darlington, den vornehmsten Jagdgast; ich hörte noch, wie der Fieldmaster und der Piqueur riefen: »Hinter der Jagd bleiben!« Aber auch wenn sie sich die Lunge aus dem Leib gebrüllt hätten – ich war vollkommen machtlos. Verzweifelt sah ich mich nach Brian um; er galoppierte mir mit halb zorniger, halb besorgter Miene nach. Ich hatte nur den einen Wunsch: das Pferd zum Stehen zu bringen. Doch ich stieg noch vorher ab. Ich rutschte aus dem Steigbügel, verlor das Gleichgewicht, versuchte verzweifelt, mich an der Mähne festzuhalten, aber da landete ich auch schon mit einem Plumps auf dem Boden. Die Schlammspritzer der vorbeigaloppierenden Hufe trafen mich im Gesicht.

Ich sah, wie Brian über die Schulter blickte, um zu sehen, ob ich noch lebte. Da bemerkte ich, daß noch ein Pferd nach rechts ausscherte, umkehrte und auf mich zuhielt. Es war der Graf. Er stieg ab und half mir auf. »Alles in Ordnung?« Ja, sagte ich, nur leider könne ich überhaupt nicht reiten. Während ich mit ihm sprach, beobachtete ich, wie die Jagd, ein rotschimmernder Farbfleck, durch das Tor stürmte, das man geöffnet hatte, um Rileys Bank zu umgehen. Und dann sah ich Cissie, die in wildem Galopp auf Rileys Bank zuritt. Einige Leute starrten ihr nach und zügelten ihre Pferde, damit sie Cissie nicht instinktiv folgten; jemand rief etwas. Ich hörte Männer, die Befehle erteilten, und der Wind trug mir Brians Stimme zu, der brüllte: »Nein, Cissie, nicht!« Sein Ruf verlor sich, als Ebony das Hindernis nahm, und ich sah mit angehaltenem Atem, wie Cissie über den Wall setzte. Die andere Seite, wo er steil abfiel, konnte ich nicht sehen, wußte also nicht, wie sie aufgekommen war. Und daß Ebony mit den Vorderbeinen am Stacheldraht oben auf dem Wall hängengeblieben war, ahnte ich nicht.

Die ganze Jagdgesellschaft strebte nun auf das Hindernis zu; Lucien murmelte »Da ist was schiefgegangen«, stieg auf und ritt zum Wall, wo sich alle versammelt hatten. Leute stiegen ab, und ich rannte mit bangem Herzen, die Füße bleischwer, auf die Stelle zu. Mary, die inzwischen abgestiegen war, sprang auf den Wall und dann hinunter in den Graben. Endlich war ich selbst dort, und nun sah ich, was geschehen war.

Ebony lag im Wassergraben auf dem Rücken, den Kopf in einem unnatürlichen Winkel verdreht, die Beine, noch vom Stacheldraht gefesselt, schlugen unwillkürlich aus. Cissie lag unter ihm begraben im Brackwasser, das den Rücken des Pferdes bedeckte. Das Tier zitterte, Blut sickerte aus seinen Nüstern; Cissies Beine bewegten sich, und ihre rechte Hand, ihre gute Hand, schlug krampfhaft um sich. Ihr Gesicht, das unter dem Pferd war, konnte ich nicht sehen, aber wo es hätte sein müssen, stiegen Luftblasen auf. Ich hörte mich selbst schreien. »Sie ertrinkt, sie ertrinkt – zieht das Pferd weg!« Jemand sagte, ich sollte den Mund halten, und dann sah ich Brian, Peter und Lucien, die versuchten, das Pferd von Cissie wegzuzerren. Ebony schlug mit allen vieren aus, und ich sah, wie ein eisenbeschlagener Hinterhuf Lucien am Kopf traf; die Wunde begann sofort zu bluten. Aber sobald der Draht, der das Vorderbein bis auf den Knochen durchbohrt hatte, durchgeschnitten war, knickte das Bein an einer Stelle ab, wo kein Gelenk war. Das Pferd kam nicht hoch. Ich sah Peters bleiches, entsetztes Gesicht, und Lucien, der reglos, betäubt von dem Schlag, gestützt von der aschfahlen Mary dastand, während ihm das Blut über die Schläfe lief und seinen weißen Kragen rot färbte.

Ich sprang in den Graben, mein Herz hämmerte wie wild, begehrte auf gegen das Unabwendbare, das sich vor meinen Augen abspielte und gegen das ich machtlos war. Ich schlug mit meiner Peitsche auf Ebonys Rumpf ein, griff nach Cissies Hand und versuchte sie unter ihrem toten Pferd herauszuziehen. Neun Minuten, dachte ich, neun Minuten dauert der Tod durch Ertrinken! Dann kniete ich bis zu den Hüften im Wasser, sprach mit Cissie, während die Jäger Ebony aus dem Graben zerrten. Unter einer Flut von Tränen gestand ich ihr, daß ich sie liebte – es war mir gleich, daß alle es hören konnten –, und hielt ihre kleine Hand. Nach einer Weile wurde sie ganz still in meiner, und so starb Cissie neben mir dort im Wassergraben.

Ich entsinne mich nicht mehr, wer wie oft versuchte, sie durch künstliche Beatmung wiederzubeleben. Sie gaben erst auf, als sich die Leichenstarre einstellte.

Vom Rest dieses Tages sind nur Erinnerungsfetzen geblieben. Wir warteten, zitternd und frierend, bis die Dämmerung kam und man Cissie auf einer Bahre forttrug; zwei Ackergäule schafften Ebony fort. Der Gemeindepriester gab Cissie die letzte Ölung und verständigte die Familie. Cissies Vater kam und wartete mit uns auf die Ambulanz. Er beugte sich über sie, tastete mechanisch nach dem Puls seines Kindes. Dann ließ er ihr Handgelenk los und schloß sie in die Arme.

Mary, Lucien, Brian und ich blieben zusammen in unserem Schmerz; wir konnten es einfach nicht fassen. Es war bitterkalt; Schneeregen schlug uns ins Gesicht und verdunkelte den Winterhimmel über der dunklen massigen Gestalt des Knockshee.

Dann gingen alle zu den O'Shaughnessys, jeder umarmte jeden, alle weinten. David und Barbie hielten sich gegenseitig fest, wiegten sich, während sie hemmungslos schluchzten. Dr. und Mrs. O'Shaughnessy saßen zitternd Hand in Hand nebeneinander, begrüßten alle Neuankömmlinge wie im Traum. Harry stellte unterdessen ihre Tüchtigkeit unter Beweis; sie übernahm das Regiment in der Küche – Nellie saß nur da, schaukelte vor und zurück, und murmelte unter lautem Schluchzen: »Mein armer kleiner Liebling.« Harry kochte Tee und reichte ein Tablett mit Scones und Keksen herum. Peter war sehr still; er starrte mit leerem Blick vor sich hin, sein Gesicht war fahl wie Wachs, aber er weinte nicht. Jemand schlug vor, einen Rosenkranz zu beten; alle knieten nieder, die gedämpften Worte des »Gegrüßet seist du, Maria« klangen wie Mantras, und an den ›Verzierungen‹ stimmten alle ein: »Und du, Herr der himmlischen Heerscharen, stoße den Satan hinab in die Hölle und mit ihm alle bösen Geister, die über die Erde wandern und die Seelen ins Verderben stürzen.« Ich blickte in die Runde, sah die bleichen Gesichter, Mr. und Mrs. O'Shaughnessy eng beieinander, Mary, die neben Lucien kniete, der sich weniger für den Rosenkranz interessierte als für sie; voll Sorge und Mitgefühl beobachtete er, wie ihr die Tränen unaufhörlich über die Wangen strömten.

Am nächsten Tag schickte ich ein Telegramm an Tom, um ihn von Cissies Tod zu benachrichtigen. Er kam noch am selben

Abend zur Überführung der sterblichen Überreste, sehr still und schweigsam, steif in allem, was er sagte oder tat – wie eine willenlose Marionette.

Zwei Tage später folgte ein großes Begräbnis. Ich saß neben Brian und Tom im Kirchenstuhl hinter Peter, starrte auf seinen Rücken, wenn er stand und niederkniete, spürte aber nichts mehr außer stumpfer, bitterer Trauer. Die Erinnerung an das schreckliche Gespräch, das ich am Tag zuvor mit Mrs. O'Shaughnessy geführt hatte, war noch frisch.

Am Morgen nach dem Unfall war ich in ihr Haus hinübergegangen. Cissie lag dort auf ihrem Bett aufgebahrt, wächsern, friedlich, die Hände über der Brust gekreuzt. Ich stand neben Mary und sah sie an. Durch eine Flut von Tränen sah ich den kleinen grauen Handschuh. Das Haus war von leisen Stimmen erfüllt; fast die ganze Gemeinde war gekommen, um der Familie ihr Beileid zu bezeugen. Die Vorhänge waren zugezogen, Mrs. O'Shaughnessys Gesicht war blaß und gramzerfurcht. Sie zog uns beide, Mary und mich, in ihr Zimmer und fragte uns, ob es in Cissies Leben jemanden gegeben hatte, von dem sie nichts wußte, eine Beziehung, die ihre Tochter unglücklich gemacht hatte. Ich log und behauptete, nichts zu wissen; Mary sagte, sie glaube es nicht. Da nahm Mrs. O'Shaughnessy ein Blatt Papier aus einer Schublade und gab es mir.

»Das habe ich in ihrem Papierkorb gefunden.«

Ich glättete das zerknitterte Blatt, um es zu lesen. Es war Cissies Schrift.

»Was kann ich über Dich sagen? Ich war zu einer blinden Leidenschaft verdammt und habe sie gelebt, sie erduldet, bin darin verbrannt. Es ist nicht vorbei; ja, es ist unwahrscheinlich, daß es mit meinem Tode endet, denn wenn es anderswo noch ein Leben gibt, muß ich Dich weitersuchen, selbst wenn ich mich nicht erinnere, wer Du bist.
Du bist blind. Du kennst kein Mitleid, du hast kein Verständnis, aber ich kann Dir nicht entfliehen.
Du bist die Fessel, und ich halte meine Füße hin.
Ich verachte so viel an Dir, aber ich würde Herz und Seele hingeben, nur damit Du mich berührst. Ich bin eine Närrin, aber wie sollte ich klug werden? Klugheit ist ein ärmlicher Ersatz für Dich.

Ich bin krank vor Liebe, und es gibt kein Heilmittel. Die Krankheit durchdringt mein Leben, ich bin davon besessen.
Du verzehrst mich, fesselst mich und nimmst mich doch nur halb wahr. Tu etwas Abscheuliches, nicht Wiedergutzumachendes, und laß mich los.«

Wir lasen schweigend, nur das herzzerreißende Schluchzen aus dem Nebenzimmer war zu hören; Barbie weinte sich die Seele aus dem Leib. Mrs. O'Shaughnessy entschuldigte sich, um zu ihr zu gehen, und ich steckte den kurzen Brief, vielleicht das letzte, was Cissie in ihrem Leben geschrieben hatte, in die Tasche.

Ohne Cissie war das Leben leer. Glenallen kam mir wie ein Gefängnis vor. Brian widmete sich nur noch seinen Plänen für die Farm; er arbeitete Tag und Nacht. Der Krieg ruinierte den Handel mit Vollblutpferden, der ohnehin darniederlag, völlig. Der Wirtschaftskrieg mit England hatte den alljährlichen Fahrten nach Doncaster mit den Einjährigen ein Ende gesetzt, und als diese Auseinandersetzung 1938 ausgestanden war, begann der Weltkrieg. Die Folge war, daß die Käufer aus England ausblieben und nur noch der Inlandsmarkt vorhanden war. Deshalb versuchte Brian um so hartnäckiger, seinen Vater für andere Formen der Landwirtschaft zu interessieren. Auch ein Milchwirtschaftsbetrieb war im Gespräch. Nach wie vor züchtete Brian Jagdpferde; dieser Betriebszweig lief vergleichsweise gut, und er hielt auch schon einige Rinder. Aber das Geld war knapp, und die Summen, die er investieren wollte, waren nicht verfügbar. Die Fitzallens waren finanziell am Ende.

Nach Cissies Beerdigung kehrte Peter in seine Anwaltskanzlei nach Dublin zurück, und ich brachte es nie über mich, ihm zu sagen, was ich von ihm hielt und was ich wußte. »Niemandem ... niemals«, hatte Cissie gesagt.

Vor seiner Abreise sprach Peter ein paar Mal mit mir und klang dabei genauso selbstsicher und herablassend wie eh und je: er wisse, was sie mir bedeutet hatte, jeder würde sie schmerzlich vermissen. Ich sah ihm in die Augen und meinte einen Moment lang, mehr darin zu entdecken als höfliches Bedauern: ein zögernder Blick – die Pupillen wurden weit wie bei einem traurigen Kind, das auf ein bißchen Trost hofft.

Als ich erklärte, ich würde sie bestimmt nicht schmerzlich vermissen, starrte er mich entgeistert an. Nein, sagte ich wutentbrannt, nicht ›schmerzlich vermissen‹ und auch keine anderen abgedroschenen Phrasen. Sie war mir brutal entrissen worden, und ihr hatte man das Leben entrissen.

Ich sehe noch vor mir, wie Peter entsetzt zusammenzuckte. Sein Gesicht wurde wieder abweisend und hochmütig; unangenehm berührt nahm er zur Kenntnis, daß ich den Verhaltenskodex verletzte, der absolute Zurückhaltung im Hinblick auf die eigenen Gefühle verlangte. Ich redete mir ein, daß er seine Beziehung zu Cissie nun, da keine Gefahr mehr von ihr ausging, als romantisches Intermezzo abtat, daß er sogar bewußt um sie trauerte, weil es sich eben gehörte, um seine Freunde zu trauern. Aber mir fiel auf, daß er sich noch mehr in sich selbst zurückzog und abgehärmt aussah. Auch konnte er seinen Schmerz nicht verbergen, als ich ihn am Tag nach der Beerdigung in seinem Arbeitszimmer störte, wo er über seinen juristischen Papieren brütete. Er hatte den Kopf auf die Arme gestützt, die Fäuste gegen die Stirn gepreßt, die Augen geschlossen und schien verzweifelt um Selbstbeherrschung zu ringen.

Ich schlich mich mit einer Entschuldigung weg. Vielleicht hatte das alles gar nichts mit Cissie zu tun, sagte ich mir. Und doch wurde ich das Gefühl nicht los, daß Peter seine ganze Willenskraft aufbot, um qualvoller Emotionen Herr zu werden, die zu überwältigend waren, um ihnen freien Lauf zu lassen.

Harry hingegen machte kein Geheimnis aus der Tatsache, daß sie sich schon bald wieder von dem Schock erholte hatte.

»Trauerst du etwa immer noch?« begrüßte sie mich fröhlich eines Morgens, etwa eine Woche nach dem Unfall, und musterte überrascht meine geschwollenen Augen. Ihre unausgesprochene Unterstellung, ich sei sentimental und geschmacklos, war so heftig, daß ich meinen Schmerz erst einmal niederkämpfte. Immer wenn ich mich mit Harrys Augen sah, versuchte ich das zu korrigieren, was sie an mir störte, so schwach war mein Selbstbild und so stark ihre Verachtung. Aber in Wirklichkeit ließ mich Cissie nicht los; ich sehnte mich nach ihr, bat sie, als Geist zu mir zu kommen, versicherte ihr, es würde mir nichts ausmachen, daß sie ein Geist war. Aber sie kam nicht. Nur in meinen Träumen besuchte sie mich: Ich sagte ihr, wie sonderbar es sei, daß sie tot war; sie entgegnete, es sei wirklich seltsam, stand dann aber auf und meinte, sie müsse gehen. Und ich spürte im Traum den Zwang, dem sie unterworfen war: Sie mußte gehen, es war schlicht unmöglich, sie noch ein Weilchen festzuhalten, denn anders als im wirklichen Leben konnte sie nicht mehr über ihre Zeit verfügen – sie besaß diese Freiheit nicht mehr. In trostloser Einsamkeit wachte ich auf.

Nun wurde erneut die Frage des Testaments aufgeworfen, denn mein Schwiegervater hatte Anfang Januar einen weiteren schlimmen Anfall, und so war wieder einmal von seinem letzten Willen die Rede. Harrys Augen bekamen den altbekannten grüblerischen, verzweifelten Ausdruck. Zu Brian und mir war sie jetzt freundlicher, holte zu den verschiedensten Themen unsere Meinung ein und besprach sogar ihren geplanten Ausflug nach Dublin mit uns.

»Vielleicht möchtest du mitkommen, Peg. Ein bißchen Abwechslung würde dir guttun!«

Ein Anwalt aus Ballyharris wurde herbeigerufen; er kam mit dem Auto, trug einen Tweedanzug und hatte einen Aktenkoffer in der Hand; er verbrachte über eine halbe Stunde bei meinem Schwiegervater. Man hatte vereinbart, daß er Instruktionen für das Testament entgegennehmen und es in der folgenden Woche zur Unterzeichnung vorlegen sollte.

Ich stand vor dem Haus, als der Anwalt wieder herauskam; höflich lüftete er den Hut vor mir, bevor er in den Wagen stieg und wegfuhr. Das war an einem Freitag, Peter kam am selben Abend übers Wochenende nach Hause. Er verbrachte den Großteil der Zeit mit seiner Schwester; sie unternahmen ausgedehnte Spaziergänge über die Wiesen, machten aber keine Anstalten, andere Leute zu treffen. Bei den Mahlzeiten hatte Peter wenig Appetit, und ich merkte, daß er mich ansah, wenn er sich unbeobachtet glaubte. Am Sonntag fuhr Harry ihn im Gig zum Bahnhof, und er kehrte nach Dublin zurück.

Am nächsten Tag verkündete Harry beim Frühstück, die Perlenkette, die sie von Tante Rita zu Weihnachten bekommen hatte, sei verschwunden. Auf meine Frage, wo sie sie zuletzt getragen hatte, entgegnete sie, seit Weihnachten hätte sie die Kette nicht mehr umgehabt. Da es ein sehr wertvolles Schmuckstück war, bat sie Eilie, sie solle Nora anhalten, beim Putzen danach zu suchen. Auch ich beteiligte mich an der Suche, sah unter den Kissen im Salon und unter den Teppichen im Eßzimmer nach. Als ich im Laufe des Vormittags auf dem Weg zu unserem Zimmer an Harrys offener Tür vorbeikam, blieb ich stehen und fragte Nora, die dort saubermachte, ob sie die Kette gefunden hatte.

»Nein, Miss Peg.«

»Haben Sie überall nachgesehen?«

Nora schüttelte den Kopf und sagte, Miss Harry hätte bestimmt selbst ihre Schubladen durchgeschaut, aber dennoch zog sie eine der oberen Schubladen in der Kommode neben der Tür auf.

Ich warf einen Blick hinein und sah ein Sammelsurium von Erinnerungsstücken; Tagebücher, mit einem Band zusammengehaltene Briefe, ein Autogrammalbum und in einer Ecke der Schublade ein paar kleine Kugeln: Murmeln – kleine, rote Tonmurmeln. Sofort schoß mir durch den Kopf, daß Harriet an dem Tag, als ich die Treppe hinunterfiel, behauptet hatte, es seien keine Murmeln im Haus.

Ich stand an der Tür, während Nora die anderen Schubladen öffnete, die mit ordentlich zusammengelegten Kleidungsstücken gefüllt waren, und ließ sie schließlich allein weitersuchen. Ich ging hinaus auf den Stallhof, streichelte die warmen Nüstern der Pferde in den halboffenen Boxen, während Murtys Gehilfen mich verwundert beobachteten. Murty in seiner alten braunen Tweedjacke kam vorbei und fragte, ob ich reiten wollte.

»Nein, Murty ...«

Murmeln in Harriets Schublade hatten nichts zu bedeuten, sagte ich mir. Wahrscheinlich wußte sie nicht einmal, daß sie welche besaß. Und ich war mir auch gar nicht mehr sicher, ob ich wirklich auf etwas kleines Rundes getreten war, als ich an jenem Morgen die Treppe hinunterfiel. Wahrscheinlich war ich über einen offenen Schnürsenkel gestolpert, wie Harry gesagt hatte. Etwas anderes war einfach unvorstellbar.

Als ich ins Haus zurückkehrte, kam mir Nora in der Halle entgegen. Sie war ganz aufgeregt und rang die Hände.

»Mrs. Fitzallen wartet im Salon auf Sie, Ma'am.«

Die Tür zum Salon war aus poliertem Mahagoni mit Beschlägen und einer Klinke aus Messing. Zu meinem Ärger spürte ich, wie mein Herz zu pochen anfing, als wäre ich in Mother Mercys Büro gerufen worden, und ärgerte mich darüber. Was hatte Mrs. Fitzallen mit mir zu besprechen, was nicht bis zum Essen Zeit hatte, und warum kam sie nicht einfach zu mir, wenn sie etwas von mir wollte?

Ich öffnete die schwere Tür und trat ein. Meine Schwiegermutter saß auf dem Sofa, während Harry sich aus der Sherrykaraffe auf dem Couchtisch einen Aperitif einschenkte. Sie sah mich kurz an, als ich hereinkam; um ihre Lippen spielte ein kühles kleines Lächeln, aus dem Macht, Verachtung und Neugier sprach.

Mrs. Fitzallen sagte mit ihrer leisen, ziemlich nervösen Stimme: »Ach, Peg, meine Liebe, da bist du ja.«

Ich wartete. Harry nippte an ihrem Drink, blieb aber am Tisch stehen, so daß ich sie aus den Augenwinkeln gerade noch sehen konnte. In dem großen Sofa wirkte Mrs. Fitzallen klein und zerbrechlich. Sie deutete auf einen Sessel.

»Setz dich doch einen Augenblick.«

Ich setzte mich und spürte, wie mir vor Aufregung schlecht wurde.

»Ja?« sagte ich mit einer Stimme, für die ich mich haßte, weil sie so zittrig klang. Ich verabscheute Auseinandersetzungen, und die Atmosphäre in diesem Raum ließ keinen Zweifel über die Natur des Gesprächs aufkommen.

»Du weißt, daß Harriet ihre Perlenkette verloren hat?« fragte meine Schwiegermutter nervös, aber mit strengem Unterton.

»Ja, natürlich. Ich habe beim Suchen geholfen.«

»Die Kette ist jetzt gefunden worden.«

Mrs. Fitzallen beobachtete mich, aber nicht mit der gespannten Aufmerksamkeit eines Menschen, der die Wahrheit ans Licht bringen möchte; ihr traurig anklagender Blick deutete vielmehr darauf hin, daß sie die Wahrheit kannte.

»Wie schön«, krächzte ich; mir war bewußt, daß ich mich gegen etwas verteidigen mußte, wußte aber nicht, gegen was.

»In deinem Zimmer.«

»In meinem Zimmer?«

»Ja.«

Ihre traurig vorwurfsvolle Stimme wurde etwas fester. »In einer Schachtel auf deiner Frisierkommode.«

»Das ist nicht möglich.«

»Ich dachte, du würdest mehr Anstand besitzen, Peg«, sagte sie tadelnd. »Das beste wäre, es offen einzugestehen.. Vielleicht wolltest du sie dir nur ausleihen?«

Das Blut stieg mir ins Gesicht. Ich eilte durch den Raum und zog die Klingel. Nora erschien sofort an der Tür.

»Ja, Ma'am?«

»Nora, wo haben Sie Miss Harrys Perlenkette gefunden?«

Nora zögerte. Dann sah sie mir in die Augen.

»Ich habe sie in Ihrem Zimmer gefunden, Ma'am. Sie lag in der kleinen Blechschachtel, in der mit dem Hirsch.«

Sie sprach von einer kleinen Bonbondose, die ich seit meiner Kindheit besaß und nach Glenallen mitgebracht hatte.

»Sie ist mir beim Abstauben von Ihrer Kommode gefallen, Ma'am, und der Deckel ist abgesprungen.«

Ich starrte sie an und sah, daß sie zitterte.

»Die Dinge, die ich in dieser Schachtel aufbewahre, haben meiner Mutter gehört – ihr Hochzeitsring und eine Brosche.«

»Die Sachen sind auch herausgefallen, Ma'am. Aber die Kette war unten drin in einer Papiertüte.«

Nora, die bleich und händeringend dastand, war das Inbild schüchterner Aufrichtigkeit. Mrs. Fitzallen nickte ihr zu, sie verließ das Zimmer und zog leise die Tür hinter sich zu. »Ich habe die Kette nicht in die Dose gelegt«, protestierte ich mit zittriger Stimme, den Tränen nahe, unfähig in die geduldigen Augen meiner Schwiegermutter zu sehen.

Sie schüttelte den Kopf und murmelte: »Wirklich eine böse Sache.« Dann wandte sie sich ihrer Tochter zu.

Harry musterte mich herablassend und gelangweilt. »Ich bin nur froh, daß ich sie wiederhabe ...«, sagte sie seufzend. »Nicht, daß ich die Polizei mit der Sache belästigen möchte.« Dann verließ sie den Raum und warf mir im Vorbeigehen einen verächtlichen Blick zu, als wollte sie sagen: Das hätte ich dir aber nicht zugetraut – ich bin zutiefst enttäuscht. Ich rannte ihr in die Halle nach, meine Schritte hallten auf den Fliesen.

»Harry, du glaubst doch nicht wirklich, daß ich sie gestohlen habe?«

Sie war schon halb die Treppe hinauf und blickte hochmütig auf mich herab, reglos wie eine Statue, blaue Augen, zusammengepreßte Lippen.

»Tja, wie würdest du es nennen, wenn jemand ohne Erlaubnis eine Kette wegnimmt und sie behält?«

Beißende Tränen liefen mir über die Wangen.

»Ich habe sie nicht genommen, Harry.«

Sie zuckte die Achseln, ihre Augen wurden schmal.

»Und was hast du in meinem Zimmer gemacht?«

»Ich war nicht in deinem Zimmer?«

»Nora hat gesagt, du warst heute morgen in meinem Zimmer.«

»Du meinst ... als ich ihr geholfen habe, die Kette zu suchen?«

»Also gibst du zu, daß du in meinem Zimmer warst?«

Ich sah sie an und plötzlich stieg ein solcher Zorn in mir auf, daß ich alle Vorsicht fahren ließ. »Ja, und ich habe die Murmeln in deiner Schublade gesehen, die Murmeln, die du auf die Treppe gelegt hast, damit ich stürze. Du hast gesagt, es sind keine im Haus!«

Sie wurde blaß und klammerte sich ans Treppengeländer. Dann zischte sie mich an: »Du bist entweder verrückt oder böse oder beides.«

Damit machte sie auf dem Absatz kehrt und ließ mich mitten in der Halle stehen. Noch immer zitternd fragte ich mich, warum ich das gesagt hatte, obwohl ich es selbst nicht glaubte. Oder doch? Ich verkroch mich in unser Zimmer, starrte mit blinden Augen hinaus auf den nassen, kalten Rasen, nahm die vertraute Blechschachtel mit den Rehkitzen in die Hand, machte den Deckel auf und wieder zu.

Als Brian hereinkam, erzählte ich ihm die ganze Geschichte und erklärte, ich käme nicht zum Mittagessen. Er schlüpfte aus seiner feuchten Jacke, seufzte ärgerlich und zog schweigend einen Pullover über. Dann fragte er mich ruhig nach weiteren Einzelheiten, und als der Gong erklang, packte er mich am Arm und sagte, ich käme auf jeden Fall mit hinunter zum Essen; ich dürfte mich nicht verstecken, so daß mich alle für schuldig halten würden. Weil ich wußte, daß er recht hatte, begleitete ich ihn widerstrebend nach unten und setzte mich an meinem Platz. Bei der Mahlzeit wurde nicht viel gesprochen; die Unterhaltung verstummte, als wir eintraten, und kam danach nicht mehr recht in Gang; man bat höchstens um Salz und Pfeffer. Mr. Fitzallen saß wie immer am Kopfende der Tafel; er musterte mich mit kühler Höflichkeit. Meine Schwiegermutter lächelte mich halb streng, halb nachsichtig an, und Harry warf mir hin und wieder einen verstohlenen Blick zu, sah mir aber nicht in die Augen. Schließlich knüpfte sie mit spröder Fröhlichkeit ein Gespräch mit ihrem Vater an, in das sie auch ihre Mutter einbezog. Im übrigen aber tat sie so, als säße sonst niemand am Tisch. Zu ihrem hellblauen Twinset trug sie die Perlen; das Blau ihrer Augen war leuchtender denn je, und ihre Wangen waren leicht gerötet. Sie würdigte Brian keines Blickes. Fast während der ganzen Mahlzeit saß er schweigend da; das gewohnte angeregte Gespräch mit seinem Vater kam nicht zustande, denn dieser richtete nie das Wort an ihn.

Ich brachte keinen Bissen hinunter, harrte aber am Tisch aus, um Brian einen Gefallen zu tun und weil ich selbst wußte, daß alles andere feige gewesen wäre. Ich sah, wie erregt Mrs. Fitzallen war; ihre nervösen Augen wanderten immer wieder zu Brian, als wüßte sie nicht recht, wie sie ihn einschätzen sollte. Aber Brian aß mit Appetit; die gespannte Atmosphäre schien ihn nicht zu erschüttern. Hin und wieder trug er etwas zur Unterhaltung bei, was allerdings meist überhört wurde. Ich sah in sein starres, entschlossenes Gesicht, sah die Muskeln am Kiefer zucken und spürte seine Wut.

Als die Mahlzeit beendet war und Harry eben den Tisch verlassen wollte, forderte Brian sie auf zu bleiben. Er sah sich um und bat Nora, den Raum zu verlassen, was sie sichtlich nervös tat; ihre rundlichen Hände zitterten, als sie die schmutzigen Teller vom Büfett nahm. Draußen vor dem Fenster schwebten ein paar Schneeflocken nieder, fielen auf den Boden und schmolzen. Das Feuer sackte zusammen, so daß ein Funkenregen den Kamin hinaufflog. Der Torfrauch verbreitete einen aromatischen Duft.

Als sich die Tür hinter Nora geschlossen hatte, sah Brian erst seine Mutter, dann Harry an und fragte: »Was soll diese Geschichte mit deiner Kette bedeuten, Harry?«

Harry fuhr auf und machte wieder Anstalten zu gehen.

»Darüber kann ich jetzt nicht reden, ich bin zu aufgeregt«, sagte sie.

»Ich möchte wissen, warum du Peg, meine Frau, des Diebstahls beschuldigst?« fragte Brian laut und deutlich.

Harry sah aus, als würde sie gleich in Tränen ausbrechen. Sie wandte sich an ihren Vater.

»Siehst du jetzt, wie er mit mir redet, was er sich herausnimmt? Ich habe niemanden beschuldigt, ein Dieb zu sein, oder, Mama?«

Mrs. Fitzallen sah blaß und erschöpft aus, ihr standen Tränen in den Augen. »Wirklich eine böse Geschichte«, sagte sie. »Die arme Harry hat ihre Perlenkette vermißt, und ich habe im Haus suchen lassen. Nora hat die Kette bei Pegs Sachen gefunden. Ich bin sicher, daß es dafür eine Erklärung gibt.«

»Peg konnte es sich jedenfalls nicht erklären«, sagte Harry traurig, »also bleibt es ein Rätsel.« Wie von einem jähen Schmerz gepackt, zuckte sie zusammen und massierte mit Daumen und Zeigefinger die Nasenwurzel, was sie oft bei einem Migräneanfall tat.

Ich wagte nicht, in die kalten fragenden Augen meines Schwiegervaters zu sehen. Harry triumphierte, und Brian merkte offensichtlich, daß seine Bemühungen keinen Erfolg hatten. Wie hätte er diese Konfrontation je gewinnen sollen, wenn seine Eltern beide unter Harrys Einfluß standen, die ihn mit einigen wenigen Worten und Gesten entwaffnen und je nach Belieben als Narr oder als Unruhestifter hinstellen konnte?

»Wenn meine Frau in diesem Haus so behandelt wird ...« Brian hielt schwer atmend inne.

Harry schwieg. Sie wartete darauf, daß er sagte, was geschehen würde, wenn seine Frau in diesem Haus so behandelt wurde. Doch jetzt schaltete sich mein Schwiegervater ein. Er starrte seinen Sohn zornig an, seine eingefallenen Wangen waren gerötet, die Augen funkelten vor Wut.

»Wie kannst du es wagen, deine Mutter mit dieser nichtswürdigen Geschichte zu beunruhigen!« rief er, und ich sah, daß Mrs. Fitzallen lautlos schluchzte und ihre Schultern zitterten.

»Liebste Mama«, sagte Harry und wollte ihre Mutter in die Arme nehmen; Mrs. Fitzallen stieß sie jedoch von sich, stand unsicher auf und verließ den Raum.

Vater und Sohn starrten sich zornig an.

»Ich glaube, du gehst jetzt besser und entschuldigst dich bei deiner Mutter«, befahl der alte Mann ärgerlich.

Aber Brian gab nicht nach. »Ich will der Sache auf den Grund gehen, Dad; Peg hat die Kette nicht genommen.«

»Nein«, flüsterte ich. »Wirklich nicht.«

Doch keiner hörte meine Worte, denn in diesem Moment schlug der alte Mann mit der Faust auf den Tisch, daß die Kaffeetassen wackelten.

»Ich will von dieser erbärmlichen Geschichte nichts mehr hören. In unserer Familie ist etwas Derartiges noch nicht vorgekommen. Kein Wort mehr davon.« Damit stand auch er auf und ging hinaus; schon die Haltung seines hageren Körpers, schon das vorgestreckte Kinn waren ein einziger Vorwurf. Harry folgte ihm mit gekränkter Miene.

Brian sah mich mit kreideweißem Gesicht an, in dem Wut und Ohnmacht miteinander rangen.

»Der Teufel soll sie alle holen«, sagte er leise. Dann verließ auch er das Zimmer, und ich saß allein an der großen Tafel, zitternd, wie hypnotisiert, eine moderne Alice im Wunderland, hilflos einem Alptraum ausgeliefert, in dem alle die Spielregeln kannten außer mir. Ich wußte, daß Brian auf mich wütend war, so unvernünftig das sein mochte. Hatte er nicht gerade das Terrain wieder verloren, das er seit unserer Rückkehr nach Glenallen so mühsam erobert hatte?

Ich weinte, das Gesicht in den Händen, bis Nora hereinkam, um das Kaffeegeschirr abzuräumen.

»Machen Sie sich nichts draus, Miss Peg«, tröstete sie mich mit gedämpfter Stimme. Sie stapelte die Teller, während ich um Fassung rang; dann flüsterte sie mir ins Ohr, in der Küche gebe es eine Kanne heißen Tee und der würde mir bestimmt guttun.

Ich nahm ein paar Sachen vom Tisch und trug sie in die Küche hinunter. Die rundliche Eilie mit ihrer Schürze war da und auch Murty, der gerade seine Mahlzeit am Küchentisch beendete. Beide sahen mich mitleidig an. Eilie schenkte mir Tee ein, schob mir einen Stuhl hin und stellte die Tasse vor mich.

»Trinken Sie das, Ma'am.«

Ich nahm einen Schluck von dem kochendheißen Getränk und versuchte, meine Tränen niederzukämpfen. Ich hätte Nora gern ein paar Fragen darüber gestellt, wie sie die Kette gefunden hatte, mußte aber den Versuch aufgeben.

Als ich mich gefaßt hatte, dankte ich Eilie für den Tee und verließ die Küche. Murty kam hinter mir hinaus in die untere Diele.

»Seien Sie vorsichtig, Ma'am«, raunte er.

Ich sah ihn an, während er sich nervös umblickte.

»Erinnern Sie sich noch an den Tag, Ma'am, an dem Master Brians Gurt auf der Jagd gerissen ist?«

»Natürlich.«

»Ich glaube, Sie sollten wissen, Ma'am, daß dieser Gurt in Wirklichkeit gar nicht gerissen ist!«

Ich erstarrte. »Was soll das heißen, Murty?«

»Es heißt, daß er durchgeschnitten wurde, Ma'am; jemand hat ihn vorher halb durchgeschnitten.«

Damit verschwand er durch die Hintertür.

8. Kapitel

Ich stellte Brian wegen seines Jagdunfalls zur Rede, und er gab zu, ja, es sah so aus, als hätte etwas oder jemand den Gurt beschädigt.

»Was meinst du, wer könnte das gewesen sein?« fragte ich.

Er zuckte die Achseln. »Vielleicht war ich es mit meinen Sporen oder ein Stück Glas oder ein Tritt von einem anderen Pferd mit einem abgenutzten Hufeisen. Es muß nicht unbedingt ein Mensch gewesen sein. Warum? Was meinst du, wer es war?«

»Dein Schwesterherz natürlich.«

Abrupt verstummte ich; sein Gesichtsausdruck nahm mir den Mut.

»Na, überleg doch mal, wie sie sich uns gegenüber verhält, die ganze Geschichte mit der Perlenkette zum Beispiel.«

»Du hast anscheinend was gegen Harry!« Etwas leiser fragte er dann: »Hast du die Kette genommen, Peg?«

Ich sah ihm ins Gesicht. War das Brian, dieser Mann mit den kalten, harten Augen? War das derselbe Mann, der mich in den Armen gehalten und getröstet hatte, an diesem Tag vor Jahren, unten am See, der Mann, der mich sein ›Eichhörnchen‹ genannt, der mich bestürmt hatte, ihn zu lieben und zu heiraten? Der Mann, der mir so viel bedeutete, daß ich nichts mehr gefürchtet hatte, als ihn zu verlieren. Er hatte sich innerhalb weniger Wochen verändert, allmählich erst, so daß ich es kaum bemerkte, bis er verkrampft und unnahbar geworden war, höflich wie ein guter Nachbar, ganz in seine Welt versunken.

Mir war bewußt, daß er mich im tiefsten Innern für den Vertrauensverlust verantwortlich machte, den er wegen der ›gestohlenen‹ Kette erlitten hatte. Ich hatte das Gefühl, daß ich für eine Weile weggehen sollte, aber ich wollte nichts unternehmen, was theatralisch gewirkt hätte. Für mich war unser Traum noch nicht verblaßt; ich spürte, daß wir ihn hätten leben können, wenn wir nur für uns gewesen wären. Unsere Flitterwochen hatte ich noch gut in Erinnerung – waren sie nicht Beweis genug, was wir einander sein konnten? Ich übte mich in Geduld, fühlte mich abwechselnd optimistisch und deprimiert. Ich brauchte Brian, besonders jetzt, wo mir nach Cissies Tod das Herz schwer war. Aber er schien das alles nicht zu bemerken. Allmählich fragte ich mich, ob er mich nur geheiratet hatte, um seinen Willen zu bekommen; ich begriff, wie wichtig ihm seine Familie war, wie er nach ihrer Anerkennung lechzte. Ich hatte bereits bemerkt, daß er über kleinere Meinungsverschiedenheiten zwischen uns einfach hinwegging. Ich durfte meinen Standpunkt nicht durchsetzen; ganz gleich, um was es ging, er mußte recht behalten. Er verhielt sich wie jemand, der die Erfüllung einer großen Sehnsucht zum Greifen nahe vor sich sieht und bereit ist, alles dafür aufs Spiel zu setzen, auch wenn andere dabei auf der Strecke bleiben. Von meinem Wunsch, Glenallen zu verlassen, wollte er nichts mehr hören. Das geliebte ›Eichhörnchen‹ war ich nur, solange ich keine Schwierigkeiten machte. Aber ich fand immer neue Ausreden, um ihn vor mir zu entschuldigen. Er hatte Sorgen, stand unter Druck, weil er gute Ergebnisse erzielen mußte, um Glenallen zu retten.

Aber jetzt hatte er mich tatsächlich gefragt, ob ich Harrys elende Kette genommen hatte. Ich sah ihm fest in die Augen, hielt seinem Blick stand.

»Ich meine nicht, daß du sie gestohlen hast, Peg. Ich möchte nur wissen, ob du sie genommen hast.«

»Wie kannst du es wagen, Brian! Wofür hältst du mich eigentlich? Aber wenn du es genau wissen willst: Nein. Ich habe die Kette nicht genommen. Und ich bin auch keine Diebin.«

Von jähem Entsetzen gepackt, beteuerte er, daß er mich bestimmt nicht des Diebstahls hatte bezichtigen wollen.

»In diesem Haus passieren ziemlich viele merkwürdige Dinge«, zischte ich. »Sattelgurte reißen ohne Grund, Halsketten werden ›gestohlen‹, und ich rutsche auf Murmeln aus, falle die Treppe hinunter, und jetzt entdecke ich, daß deine Schwester in einer Schublade Murmeln aufbewahrt.«

Er lachte kalt.

»Was willst du damit andeuten, Peg?«

»Was zum Teufel glaubst du wohl? An dem Tag, als ich auf der Treppe gestolpert bin, war ich mir sicher, daß ich etwas kleines Rundes gespürt habe – wie Murmeln, und als ich es zu Harry sagte, meinte sie, ich bilde mir etwas ein – es wären keine im Haus! Und dann hat sie welche in ihrem Zimmer.«

Brian schwieg einen Augenblick, und er biß die Zähne zusammen. »Woher weißt du, was sie in ihrem Zimmer aufbewahrt – in ihrer Kommode?« fragte er leise.

Ich drehte mich wütend um und rannte zur Treppe, aber er folgte mir, packte mich am Handgelenk und führte mich zu Harrys Zimmer am anderen Ende des Treppenabsatz. Die Tür stand offen, und er zog mich in den Raum.

»Also gut. Zeig mir die Murmeln«, sagte er.

Mit zitternder Hand wies ich auf die Kommode zwischen dem Kamin und der Tür.

»Die oberste linke Schublade.«

Er zog sie heraus und schaute hinein.

»Ich sehe keine Murmeln, Peg«, sagte er ganz ruhig. Es stimmte. Die Schublade war aufgeräumt, die Briefe mit Schleifen zusammengebunden, die Füllfederhalter waren da, das alte Autogrammalbum, aber keine Murmeln. Ich öffnete die andere Schublade, aber sie enthielt nur Handschuhe und Schals.

»Sie hat sie rausgenommen.«

»Verstehe«, sagte er. »Wenn du jetzt glaubst, daß ich systematisch das Zimmer meiner Schwester durchsuche, hast du dich getäuscht.« Brian trat mit mir hinaus auf den Treppenabsatz und schloß Harrys Tür hinter sich. Dann ging er die Treppe hinunter. Ich hörte, wie sich seine Schritte entfernten und er sich durch die geflieste Halle der Küchentreppe näherte.

»Wohin gehst du?« rief ich ihm mit bebender Stimme nach.

»Auf die Jagd«, sagte er und war verschwunden.

Ich mußte Glenallen verlassen. Aber wie? Ich nutzte die Stunden bis zur Abenddämmerung für einen ausgedehnten Spaziergang und versuchte, mir darüber klarzuwerden, was ich am besten machen sollte. Über zwei Pullovern trug ich einen alten Regenmantel, dazu eine warme Hose und Gummistiefel. Um den Kopf wickelte ich mir einen handgestrickten, alten Schal, der Brian gehörte; er war so lang, daß er mich auch am Halsausschnitt vor dem Wind schützte.

Das Gehen wirkte heilsam und half mir, die Ereignisse im rechten Verhältnis zu sehen; das mußte ich alleine bewältigen, denn ich hatte niemanden, mit dem ich mich aussprechen konnte. Cissie war tot, Brian stellte sich gegen mich, und seine Familie verachtete mich. Ich hatte kein Geld; ich konnte nicht reiten; ich war so vulgär wie Dreck; ich war eine Diebin.

Dann versuchte ich mir einzureden, daß Harry ihren Fehler einsehen und sich entschuldigen würde; alles würde wieder gut sein. Ich war jung genug, um zu glauben, daß man nur die Wahrheit beweisen mußte, um eine Veränderung herbeizuführen.

Es mußte Nora gewesen sein; bestimmt hatte sie die Kette genommen und dann versucht, mir die Sache anzuhängen. Ich sollte sie zur Rede stellen. Aber dann dachte ich an Murtys Warnung. Nora hatte sich wohl kaum an dem Gurt zu schaffen gemacht. Die einzigen, die von Brians Tod profitiert hätten, waren Harry und Peter, denn dann wären sie die Alleinerben gewesen. Doch Peter war an dem fraglichen Tag in Dublin gewesen.

Die Alternative zur Ermordung Brians bestand darin, ihn und seine Frau in den Augen des Vaters in Mißkredit zu bringen. Ich fragte mich, ob ich verrückt war, dieser Familie soviel Haß zu unterstellen.

Ich spürte, daß ich Brian verlor. Er sollte mein Freund, mein Geliebter, mein Mann sein. Statt dessen hatte er sich zu einem Inquisitor entwickelt, der sich auf die Seite der Menschen schlug, die sich durch meine Anwesenheit belästigt fühlten. Wir hatten schon seit Wochen nicht mehr miteinander geschlafen – seit der Nacht nach Cissies Beerdigung, als wir uns aneinander klammerten, während der Wind in der Dachkehle heulte. Nachts sehnte ich mich manchmal danach, ihn zu umarmen, aber mein Stolz war stärker. Wenn er nicht zu mir kam, dann würde er feststellen, daß ich mehr Standfestigkeit besaß, als er glaubte.

Ich liebte ihn; es war eine Liebe, auf die ich nicht verzichten konnte, ohne meinem Leben den Sinn zu nehmen. Und ich hatte das Gefühl, daß sich alles irgendwie klären würde. Damit rechnete ich, weil ich mir ein Leben, all die Jahre voller Hoffnung, die sich nie erfüllen würden, einfach nicht vorstellen konnte. Der Augenblick, in dem alles gut werden würde, stand immer kurz bevor.

Ich wünschte mir sehnlichst, von Brians Familie akzeptiert zu werden; bis jetzt war ich mit seinen Eltern gut ausgekommen; Peter war freundlich gewesen und nur Harriet launisch wie eine Wetterfahne. Ich hatte gehofft, daß sie mich allmählich als eigenständige Persönlichkeit sehen würden. Aber nach dem heutigen Tag hatte ich etwas von meiner Glaubwürdigkeit verloren und war auf eine Weise angegriffen worden, gegen die ich mich nicht verteidigen konnte. Ich überlegte, wer mir unvoreingenommen Ratschläge erteilen konnte, aber mir fiel niemand ein außer Mrs. O'Shaughnessy. Sie war jedoch immer noch untröstlich über Cissies Tod; die ganze Familie hatte sich in ihrem Kummer von der Außenwelt abgekapselt. Auf keinen Fall konnte ich sie mit meinem absurden Problem belästigen. Und da ich kein Geld für eine Zugfahrkarte besaß, blieb mir wohl nichts anderes übrig, als zu Fuß nach Ballycloghan zurückzukehren, heim zu Tom, um meine Wunden zu lecken. Ich rechnete mir aus, wie lange die Reise dauern würde – ich mußte einen ganzen Tag und eine ganze Nacht durchmarschieren, dann wäre ich dort. Ich konnte sofort losgehen und Glenallen nie wieder betreten. Dort gab es ohnehin nicht viel, was mir gehörte, abgesehen von ein paar Schmuckstücken und Kleidern. Das goldene Armband mit dem Talisman hatte ich schon umgelegt, bevor ich zum Mittagessen hinunterging. Ich spürte es gern an meinem Handgelenk; es war gut zu wissen, daß es einmal in Cissies Händen gewesen war; so fühlte ich mich ihr nahe.

Ich machte einen Rundgang über die Wiesen, ging am Waldrand entlang, wo ich Schüsse hörte; das muß Brian sein, dachte ich. Immer wieder fing es an zu schneien, als wüßte der Himmel nicht, was er will. Der Schnee knirschte unter meinen Füßen und sammelte sich hier und da in lockeren Verwehungen. Ich sah die Silhouetten der Pferde vor dem Himmel, rundlich in ihrem dicken Winterfell, und hinter mir den Berg ›Balors Auge‹, weiß vom Rauhreif.

Als ich das Gelände der Farm über einen Zauntritt verließ und auf den Wall zuging, an dem Cissie gestorben war, sah ich, wie Harry die untere Weide überquerte. Sie hielt sich nah bei den Hecken und ging langsam, als schleppte sie etwas mit sich herum, obwohl ich in ihren Armen nichts sah. Anscheinend trug sie den alten Gabardineregenmantel, den ich oft an einem Haken in der Sattelkammer hatte hängen sehen; bei dem Wetter und auf die Entfernung war ich mir aber nicht ganz sicher.

Wieder hörte ich Schüsse, die im Wald widerhallten, und wieder fragte ich mich, ob Brian etwas erlegt hatte, und ungeachtet meines Entschlusses wegzugehen, überlegte ich, wie ich mich mit ihm versöhnen konnte, ohne zu Kreuze zu kriechen.

Eine Zeitlang dachte ich angestrengt über ihn nach. Wie sehr er sich verändert hatte! Er klammerte sich verzweifelt an die Hoffnung, das Gut retten zu können. Ich spürte, wie tief sein Verlangen ging, das Gut zu besitzen, gerade jetzt, da seine Aussichten so vielversprechend waren. Er wußte natürlich, daß Mr. Fitzallen Instruktionen für sein Testament erteilt hatte, und ihm war klar, daß diese Instruktionen ihn begünstigten, also wollte er es vermeiden, daß etwas dazwischenkam. Vermutlich glaubte er auch – bewußt oder unbewußt –, daß alles gut sein würde, wenn er sich mit seiner Schwester verstand und sie ihn als Erben von Glenallen akzeptierte. Wenn er sie auf seiner Seite hatte, würde auch Peter keine Schwierigkeiten machen.

Gut, ich hatte ein abgeschlossenes Studium, ich konnte unterrichten, und in England, wo die Männer in den Krieg zogen, wurden Lehrer dringend gesucht, und zwar insbesondere in naturwissenschaftlichen Fächern, die von jeher eine Männerdomäne gewesen waren. Ich war also nicht ganz hilflos. Und wenn ich heimging, würde sich Tom freuen, mich zu sehen.

Dann fiel mir ein, daß es feige gewesen wäre, einfach wegzulaufen und der Auseinandersetzung mit Brian auszuweichen. Sie hielten mich alle für einen Gegner, der sich leicht unterkriegen ließ – sollte ich ihnen recht geben? Und wieder mahnte mich mein Gewissen, ich dürfe nicht im Zorn handeln, nicht überreagieren.

Während mir diese Gedanken durch den Kopf gingen, verblaßte der kurze Wintertag, und es wurde bitterkalt. Bald gelangte ich wieder ins Haus, froh, ins Warme zu kommen, und entschlossen, den Streit mit Brian zur Entscheidung zu bringen.

An diesem Abend zwang ich mich, zum Essen hinunterzugehen, obwohl ich überhaupt keinen Appetit hatte und wenig sagte. Ich erwartete, daß Harry, die ja nun die Oberhand gewonnen hatte, ihre gewohnte fröhliche Unterhaltung mit ihrem Vater fortsetzen würde, aber statt dessen herrschte bei Tisch eine bedrückte Atmosphäre, und ich sah sofort, daß Brian Schwierigkeiten hatte. Nora bediente uns so verschüchtert, als hätte sie Angst, den Mund aufzumachen. Ich wollte Brian fragen, was los war, wagte es aber nicht.

Nach dem Essen trieb mich Mrs. Fitzallen in die Enge; sie forderte mich auf, mich bei Harry zu entschuldigen, dann käme alles wieder in Ordnung. Ich sah die nervöse alte Dame an, die sich so nach Harmonie sehnte, und erklärte, ich sei meinerseits gern bereit, Harrys Entschuldigung anzunehmen. Mrs. Fitzallen schüttelte nur den Kopf und ging traurig weg. Als ich ihr nachsah, verspürte ich den verrückten Impuls, zu Harry zu gehen und zu sagen, daß es mir leid tat. Aber die Vorstellung, wie sie voller Genugtuung meine Entschuldigung annehmen würde, war mir unerträglich, und so ging ich müde hinauf, um mich hinzulegen. Da hörte ich Stimmen aus der Bibliothek – Mr. Fitzallen und Brian, die offenbar eine heftige Auseinandersetzung hatten.

»Du bist ein verdammter Narr«, rief der alte Mann. »Welcher Trottel käme auf die Idee, ein Pferd zu blenden? Eine solche Fahrlässigkeit ist ja schon kriminell.«

Ich stand schon oben an der Treppe und hörte, wie Brian laut und entschieden widersprach.

»Ich war mitten im Wald; ich bin nicht einmal in der Nähe der unteren Weide gewesen. Hältst du mich eigentlich für einen Idioten?«

»Wie kannst du es wagen, mich anzuschreien, mein Lieber?« krächzte sein kränklicher Vater erbost. Ich stand wie angewurzelt da und hörte, wie die Tür krachend ins Schloß fiel. Dann stürmte Brian die Treppe herauf, musterte mich wütend und verschwand in unserem Zimmer.

Auf Zehenspitzen schlich ich in die Küche hinunter und fragte Eilie, was passiert war; sie war dabei, Geschirr abzutrocknen, und sah ganz verängstigt aus. Sie hatte die Verdunkelungsvorhänge zugezogen, und die Küche war nur schwach erleuchtet.

»Es hat einen Jagdunfall gegeben, Ma'am. Eine der Stuten ist auf einem Auge erblindet, die arme Jessie.«

»Erblindet? Jessie? Wie konnte das geschehen?«

Eilie zuckte die Achseln. »Master Brian war zu der Zeit auf der Jagd. Sonst war niemand mit einem Gewehr unterwegs.«

Da kam Murty zum Tee herein, er sah verbittert aus und schüttelte den Kopf.

Ich wandte mich ab. Ich hatte gesehen, wie Harry nahe am Waldrand die untere Weide überquerte. Aber sie hatte nichts bei sich gehabt, nur den alten Regenmantel. Sie hatte nicht geschossen. Oder doch?

Ich ging in die Nacht hinaus. Auf dem Hof pfiff der eiskalte Wind, und auf dem Weg zur Sattelkammer rutschte ich auf dem Kopfsteinpflaster aus. Der Schnee hatte sich inzwischen in wäßrigen Graupel verwandelt. Als ich an Jessies Stall vorbeikam, spähte ich hinein. In einer Ecke brannte eine Sturmlampe; offensichtlich war der Tierarzt dagewesen und hatte das Auge der Stute verbunden. Sie stand reglos da, und angesichts ihres stummen, stoischen Leidens tat mir das Herz weh.

Dann betrat ich die Sattelkammer, zündete die Lampe an und sah mich um; alles war ordentlich aufgeräumt; das Lederzeug schimmerte von Sattelseife; die Steigbügel und Gebisse glänzten blank poliert, und der Raum roch nach Leder und Lederfett.

In der Ecke hing an dem gewohnten Haken der alte Regenmantel. Ich befühlte ihn von innen; das gesteppte Futter war zerrissen, die beiden großen Innentaschen waren leer – bis auf eine leere Patronenhülse, die ich herausnahm. Der Mantel selbst stank nach frischem Kordit.

Ich ging hinauf, um mit Brian zu reden. Er saß in unserem Zimmer im Sessel, den Kopf auf die Hände gestützt. Als ich hereinkam, würdigte er mich keines Blickes. Einen Augenblick lang war ich versucht, ihn einfach zu ignorieren; nach dem, was er mir am Nachmittag gesagt hatte, war ich immer noch wütend. Aber das schreckliche Ereignis, das unmittelbar auf unseren Streit gefolgt war, seine Verzweiflung und die Neuigkeiten, die ich für ihn hatte – all das drängte meine Wut zurück.

»Ich weiß, wer die arme Jessie geblendet hat«, sagte ich.

Er blickte auf und musterte mich stirnrunzelnd, als würde ihn meine Anwesenheit stören.

»Ja«, fuhr ich fort, »es war dieselbe Person, die den alten Gabardinemantel aus der Sattelkammer getragen hat.«

»Wovon redest du, Peg?« fragte er gereizt.

»Ich habe heute nachmittag gesehen, wie Harry über die untere Weide ging, sie trug diesen Regenmantel und hohe Gummistiefel.«

Er seufzte, legte die Hand an die Stirn, wie Harriet es zu tun pflegte, und sagte in barschem Befehlston: »Bitte, Peg. Ich kann den Unsinn nicht mehr hören.«

»Na gut, dann geh hinunter, und riech selbst an dem verdammten Mantel«, zischte ich ihn an, »vielleicht wird dir dann klar, wovon ich rede. Und das habe ich in der Manteltasche gefunden.«

Ich warf die leere Patronenhülse aufs Bett. Er nahm sie und blickte sie prüfend an.

Seine Augen wurden schmal.

»Was soll das heißen ... riechen?«

»Schau, Brian, wenn jemand ein Gewehr und verschossene Munition unter einem Mantel versteckt, nachdem das Gewehr abgefeuert wurde – würde der Mantel dann nicht nach Kordit riechen? Und das habe ich in der Tasche gefunden!«

Er antwortete nicht und sah fast verängstigt aus. Dann fuhr er mich ärgerlich an.

»Der blöde Mantel ist bestimmt schon hundertmal bei der Jagd getragen worden – warum sollte er also nicht nach Kordit riechen? Warum sollte keine Patronenhülse in der Tasche sein?«

»Ach, geh zum Teufel«, sagte ich, »du verschließt einfach die Augen, du willst nichts kapieren. Die Sattelkammer ist feucht, der Mantel ist feucht; aber schau dir die Patronenhülse an; der Messingring und die Kupferkappe sind nicht angelaufen; das Papier ist nicht durchweicht.«

Er schwieg.

»Schau«, fuhr ich fort. »Welchen Schrot hattest du geladen?«

»Nr. 5.«

»Und das ist Nr. 8!«

»Na und?«

»Tja – wofür würdest du Nr. 8 verwenden?«

»Für die Schnepfenjagd.«

»Oder für ein Pferd, das du nur verwunden, aber nicht töten willst?«

Er sah mich angewidert an und steigerte sich allmählich in einen Wutanfall hinein.

»Du bist genauso unmöglich wie meine Familie! Woher soll ich denn wissen, daß nicht du Jessie angeschossen hast, nur um dich an Harry zu rächen!«

Ich sah ihm ins Gesicht. Er hatte Ringe unter den Augen, seine Gesten waren zornig und abweisend.

»Ja«, sagte ich, »ich frage mich allerdings auch, woher du das wissen sollst. Dieses Haus ist eine Irrenanstalt, aber ich gehöre nicht zu den Verrückten.«

Ich wünschte, ich hätte mich irgendwohin zurückziehen können, aber es gab nur das kleine Ankleidezimmer, also ging ich hinein, zog die Tür hinter mir zu und setzte mich hin. Nach einer Weile hörte ich, wie Brian das Zimmer verließ. Was sollte ich jetzt tun? Ich wollte Brian nicht zwingen, zwischen mir und Glenallen zu wählen. Aber ich war etwas geworden, was ich mir nie hätte träumen lassen: ein lästiges Anhängsel. Partnerschaft, Liebe, Ehe, all das spielte keine Rolle mehr. Solange er glaubte, daß ich hier festsaß und ihm nicht entkommen konnte, würde es so weitergehen.

Ich kehrte ins Schlafzimmer zurück. Brian war weg, und auch die Patronenhülse war verschwunden. Auf dem Nachtkästchen lag seine Brieftasche. Ich nahm sie, fand fünf Pfund darin und steckte das Geld ein. Dann holte ich aus der Abstellkammer eine Reisetasche und fing an zu packen. Ballyharris konnte ich mit dem Fahrrad erreichen; dort wollte ich im Hotel übernachten und am nächsten Morgen heimfahren.

Für Brian hinterließ ich einen kurzen Brief unter dem Kopfkissen; er würde ihn nicht gleich finden.

Lieber Brian,
es tut mir leid, daß es soweit kommen mußte. Ich würde diesen Schritt nicht tun, wenn ich eine Alternative hätte. Die Situation hier ist nicht zu retten, deshalb brauche ich Abstand. Ich fahre heim. Wenn ich Arbeit finde, gehe ich nach England.
Peg

Ich schlüpfte durch die Hintertür aus dem Haus, nahm mir ein Fahrrad, schlug auf der dunklen Winterstraße den Weg nach Ballyharris ein und kämpfte mit gesenktem Kopf gegen den Schneeregen an. Im Hotel nahm ich ein Zimmer für eine Nacht, und am nächsten Morgen schickte ich ein Telegramm an Tom. Er holte mich in Ballycloghan vom Bahnhof ab. Ich hatte mich danach gesehnt, ihn zu sehen, wieder daheim zu sein, an dem Ort, an dem ich ohne Hintergedanken geliebt und akzeptiert wurde, wo ich einfach ich selbst sein konnte.

Aber mein Gott, wie hatte er sich verändert. Wo war der gutgelaunte Tom, der mich so gern auf den Arm nahm? Der Mann, der mir gegenüberstand, erschien mir fast wie ein Fremder; seine Augen waren blutunterlaufen; er hatte sich schon seit Tagen nicht mehr rasiert, war schweigsam und stank nach Whiskey.

Ich umarmte ihn heftig, und seine Augen füllten sich mit Tränen.

»Schön, dich zu sehen, Peg«, sagte er.

Im Haus war es kalt; der Herd war nicht angeheizt, und in der Spüle stapelte sich schmutziges Geschirr, auf dem schon der Schimmel wuchs. Mir wurde das Herz schwer, und ich sah meinen Bruder ärgerlich an. Ehrst du so Cissies Andenken? wollte ich ihn anschreien, aber er hätte mich kaum verstanden, tief unglücklich, wie er war.

Mir wurde klar, daß ich Feuer machen und diese Bescherung beseitigen mußte, und plötzlich überkam mich eine heillose Wut auf diese Männer, die an nichts und niemanden dachten als an sich selbst. Brian hatte mich mit seinem Mißtrauen verraten. Er hatte zugelassen, daß seine Familie unsere Beziehung zerstörte. Ich verstand einfach nicht, warum das Leben, das so vielversprechend begonnen hatte, so düster und bitter geworden war.

9. Kapitel

Ich saß am Küchenherd in Ballycloghan und betrachtete den gefliesten Fußboden, den Tisch, den ich jeden Morgen schrubbte, den Küchenschrank mit dem Porzellan meiner Mutter, die alte angeschlagene Emaillespüle, den Weidenkorb mit dem Torf und Tiddles, den großen, mageren Kater, der mit mir am Herd saß. Tiddles schnurrte, wenn ich mit ihm sprach, und rieb sich an meinen Beinen, den Schwanz hoch aufgerichtet wie ein Fahnenmast. Seit Tagen war ich wütend und verstört, denn ich fürchtete, daß zwischen mir und Brian alles aus war. Ich stellte mir sein Gesicht vor, wenn er meinen Brief fand, malte mir seinen Zorn und die Reaktionen der übrigen Hausbewohner aus. Im Rückblick kam es mir vor, als hätte ich voreilig gehandelt, und trotzdem gab es kein Zurück. Ich wollte Brians Stimme hören, ich sehnte mich nach dem innigen Gefühl der Gemeinsamkeit, das uns früher verbunden hatte, nach den langen Gesprächen, dem Lachen, der Zärtlichkeit, dem Glück, das wir genossen hatten, bevor unsere Ehe allmählich und unmerklich vergiftet worden war.

Ich machte lange Spaziergänge in der Umgebung, versuchte, mir die Geborgenheit einer unbeschwerten Kindheit zu vergegenwärtigen. Ich ging die Landstraße hinunter, kam an der Stelle vorbei, wo die Zigeuner zu kampieren pflegten, dachte an die alte Frau, die mir die Zukunft vorausgesagt hatte, und verzog verächtlich den Mund. Große Dame – ach wirklich! Da stand ich nun, hatte eine gescheiterte Ehe hinter mir und schleppte ein gewaltiges, unbenennbares Schuldgefühl mit mir herum.

Immer wieder ließ ich mir alles, was sich in Glenallen abgespielt hatte, durch den Kopf gehen und spürte wie schon zuvor, als ich einen Tag fortgewesen war, die unfaßbare, bedrückende Spannung, die in diesem Haus alles durchdrang.

Wenn ich doch nur mit meinen Freundinnen hätte sprechen können! Aber Cissie war tot, und Mary widmete sich in Dublin ihrer Karriere. Die Alphabettafel in St. Catherine fiel mir wieder ein, und ich erkannte entsetzt, daß sich ein Teil der Prophezeiung bereits erfüllt hatte und ein anderer Teil, das zerspringende Glas, mein Leben, das in die Brüche ging, war gerade dabei, wahr zu werden. Wenigstens Mary war in Dublin in Sicherheit.

Sonntags nach der Messe traf ich Niamh Houlihan. Mir entging nicht, daß sie immer noch Interesse an Tom hatte, sich aber über seine Gleichgültigkeit keine Illusionen mehr machte. Sie sprach davon, nach Amerika auszuwandern. Ich dachte an Paddy, fragte mich, wie es ihm ging.

»Entweder gehe ich nach Amerika, oder ich heirate Packey Rafferty«, gestand mir Niamh und warf einen Blick in seine Richtung. Packey Rafferty hatte eine kleine Farm und war dreißig Jahre älter als Niamh; seine Mutter war unlängst gestorben, und jetzt hielt er Ausschau nach einer Frau. Ich sah ihn an, wie er in Sonntagsanzug und Stiefeln bei den anderen Männern stand – ein solider, aber derber Mann, der hart arbeitete.

»Es gibt Schlimmeres als hierzubleiben«, meinte ich, und dann fragte sie mich neugierig, warum ich so lange blieb und was mein Mann davon hielt, wenn ich mehrere Wochen weg war.

Ich sagte das erste, was mir durch den Kopf schoß – er habe sich freiwillig gemeldet –, und sah, wie sie mich mit neugierigen blauen Augen musterte.

Mr. Clancy, immer noch jeder Zoll der Pädagoge, war bei der Messe nicht zu übersehen; mit seinem weißen Haarschopf überragte er den Rest der Gemeinde, denn er hielt sich unerschütterlich aufrecht. Neben ihm ließ seine nervöse kleine Frau den Rosenkranz durch die Finger gleiten, und sein Sohn Joe verfolgte den Gottesdienst mit dem Meßbuch in der Hand; hin und wieder wanderten seine Augen zu den Frauen hinüber, wo eine hübsche junge Farmerstochter neben ihrer Mutter kniete.

Während ich Tom den Haushalt führte, hatte ich das Gefühl, vom Regen in die Traufe gekommen zu sein. Ich hatte einen Mann, der vor lauter Arbeit keine Zeit fand, mit mir zu reden, gegen einen Bruder eingetauscht, der fast völlig verstummt war. Er nahm es hin, daß ich bei ihm Ferien machte, und fragte mich nicht aus; sein eigener Kummer beschäftigte ihn so, daß er gar nicht auf die Idee kam, bei mir könnte etwas nicht in Ordnung sein. Die Langeweile wurde unerträglich; Tag für Tag wartete ich mit unterdrückter Spannung auf die Morgenpost (bestimmt würde Brian schreiben, bestimmt würde er zu mir kommen ...). Den Rest des Tages brachte ich mit planloser Hausarbeit zu, las die Zeitung oder kochte; Tom kam zu den Mahlzeiten heim und verschwand abends im Pub. Er ging einfach davon aus, daß eine Frau im Haus dazu da war, ihm das Leben angenehm zu machen; das war sein gutes Recht und ihre Pflicht. Mit Pflügen und Eggen hatte er alle Hände voll zu tun, aber er wirkte müde, stand später auf, als gut war, mit roten Augen und saurem Atem, der von der Sauferei am Vorabend zeugte.

»Wirst du jetzt um Gottes willen aufhören, soviel zu trinken?« schrie ich ihn eines Morgens an. »Ich weiß, daß Cissie tot ist, aber es hat keinen Sinn, wenn du dich auch noch zerstörst.« Aber er sah mich nur ärgerlich an. Später beim Abendessen fragte er mich unvermittelt, ob es ein Unfall gewesen sei – oder hatte sie sich ...? Niemand, sagte er, hätte diesen Wall genommen, es sei denn ein Selbstmörder oder ein Angeber, und Cissie war eine gute Reiterin, sie hätte ihr Pferd niemals durch solchen Übermut gefährdet.

Ich sagte ihm, er sei verrückt; Cissie war durch einen Unfall gestorben. Die Tränen liefen mir übers Gesicht, und ich fing an, hemmungslos zu schluchzen, plötzlich überwältigt von den Ereignissen der jüngsten Vergangenheit. Tom versuchte, mich zu trösten. An diesem Abend blieb er zu Hause, kochte mir Tee, strich fürsorglich um mich herum und warf mir bekümmerte Blicke zu. Wie gern hätte ich mit ihm über die wahren Umstände von Cissies Tod gesprochen, aber ich konnte es nicht, weil ich wußte, daß es ihn zur Verzweiflung getrieben hätte. Also trank ich meinen Tee, kühlte mir das Gesicht mit einem nassen Tuch und gab mich mit dem Trost zufrieden, der mir geboten wurde.

Endlich kam ein Brief von Brian. Ich erkannte seine Handschrift und fürchtete mich fast, ihn zu öffnen; schon ahnte ich das Schlimmste, ein emotionsloses Sich-Abfinden mit der Trennung, das Ende unserer Ehe.

Meine Peige,

verzeih mir, daß ich so spät schreibe – aber ich mußte nachdenken.

Und da ich in diesem Augenblick alles ganz klar vor mir sehe, muß ich jetzt handeln.
Du hattest recht. Man sollte auf Distanz gehen, wenn eine Situation nicht mehr zu retten ist. Ganz gleich, was ich hier anpacke, alles wird zunichte. Und dahinter steckt noch mehr, als Du mit Deiner Bemerkung über die ›Irrenanstalt‹ angedeutet hast. Alle, die in diesem Haus leben, sind verdammt und finden keine Ruhe; um damit fertig zu werden, reicht meine Kraft allein nicht aus. Es ist fast, als würde uns, als würde mich etwas beobachten und mir die Lebenskraft aussaugen.
Du und ich, wir sind hier seelisch zerstört worden. Wenn ich jetzt gehe, ist der Bruch besiegelt. Wenn ich bleibe, wird es jedesmal schwerer sein. Selbst wenn Du zurückkämst – was wäre die nächste Katastrophe, der nächste kleine Zwischenfall, der uns zwingt, unsere Position hier im Haus zu verteidigen, unsere schiere Existenz zu rechtfertigen?
Und wenn Du nicht zurückkommst, wie sollte ich dann weiterleben? Seit Deiner Abreise werde ich von Tag zu Tag kälter, wie eine Leiche.
Dieser Ort übt eine Anziehungskraft auf mich aus, die ich nicht erklären kann; ich glaube, es ist mehr als nur das Familiengefühl. Ich hasse es zu scheitern, aber ich habe keine Chance. Meine Chancen hier sind vom Glück oder den Gesetzen des Zufalls abhängig.
Harry ist nur ein Werkzeug; sie weiß es nicht einmal. Ich habe diese Macht fast mein Leben lang gespürt, seit dem Tag, an dem ich mich in das Ganggrab unter dem Berg verirrt habe. Ich glaube, daß ich etwas mit herausgebracht habe. Siehst Du! Das klingt schon ein bißchen verrückt, und ich hoffe wirklich, daß es nur verrückt ist!
Ich werde Dich zu mir holen, sobald ich kann – vorausgesetzt, Du willst noch mit mir zusammensein. Jetzt fahre ich nach Belfast, um mich freiwillig zu melden; ich möchte zur Royal Air Force. In Europa werden Millionen abgeschlachtet, während ich mich hier mit Schatten herumschlage. Vielleicht wird uns der Krieg am Ende noch die Freiheit bringen!
Meiner Familie habe ich erzählt, daß Du zur Erholung nach

Hause gefahren bist. Was ich vorhabe, sage ich ihnen nicht, sondern schreibe ihnen, sobald ich in England bin.
Es tut mir leid, daß aus unseren Plänen nichts geworden ist, aber ich glaube, daß ich die richtige Entscheidung treffe, wenn ich mich jetzt zum Kriegsdienst melde.
Ich liebe Dich
Brian

Ich las ihn immer wieder durch, diesen Brief, der bestätigte, was uns verband, und uns gleichzeitig auf eine Weise trennte, die ich nicht erwartet hatte. Brian ging nach England und setzte sich Gefahren aus, die ich mir nur vage vorstellen konnte. Und auch ich würde fahren. Auf keinen Fall würde ich warten, bis er mich ›holte‹.

Kurze Zeit später erhielt ich zwei weitere Briefe, einen mit einer amerikanischen Briefmarke, adressiert an Miss Margaret Donlon, und einen zweiten an Mrs. B. Fitzallen; er kam von Mary.

Paddys Brief berichtete vor allem vom Krieg; er war sicher, daß Amerika mit hineingezogen würde. Er wünschte, er könnte heimkommen und mich wiedersehen, auch der Anblick der grünen Wiesen und des wilden Himmels fehlte ihm. Finanziell ging es ihm jetzt gut, schrieb er, und er hätte mir etwas zu bieten, wenn ich ihn nehmen wollte.

Gerührt dachte ich an Paddy, den ›Bauernlümmel‹, und schämte mich für meine Herzlosigkeit. Er war nie ein Bauernlümmel gewesen; er war gescheit, ein bißchen linkisch und arm, aber ein guter Mensch, und Güte war eine Eigenschaft, deren Wert ich erst jetzt allmählich erkannte.

Ich antwortete ihm, daß ich mich freue, von ihm zu hören, aber inzwischen verheiratet sei. Ich wünschte ihm alles Gute und berichtete ein paar Neuigkeiten aus der Gegend, die ihn wahrscheinlich interessierten. Brian, mein Mann, sei für England in den Krieg gezogen, und Niamh könne sich nicht entschließen, ob sie ein Schiff nach Amerika – sobald man gefahrlos reisen konnte – oder einen Mann, in Gestalt von Packy Rafferty, nehmen sollte.

Die Vorstellung, daß sie einen Mann heiraten würde, der soviel älter war und so an seinem Stückchen Boden hing, fand ich entsetzlich.

Marys Brief kam einen Tag nach Paddys. Sie teilte mir mit, daß Brian sie auf dem Weg nach Belfast in ihrer Wohnung besucht hatte. Er hatte sie gebeten, mir zu schreiben, daß es ihm gutging und er bald von sich hören lassen würde. Der Brief war nach Glenallen gegangen und mir nachgeschickt worden; der Poststempel war von Anfang Februar und schon zehn Tage alt.

Marys Brief gab den Ausschlag für meine Entscheidung. Brian war nach England gegangen, und dahin zog es mich auch. Ich schrieb an Mary und bat sie, ob ich eine Weile bei ihr in Dublin wohnen könnte – um von dort aus meine Überfahrt nach England vorzubereiten. Sie antwortete mir postwendend, ich sei jederzeit willkommen. Wenn Brian in England war, so überlegte ich, würden wir uns dort treffen. Ich brauchte sowieso Arbeit, denn ich wollte unabhängig sein und ein neues Leben anfangen. Also bewarb ich mich auf Anzeigen in der Irish Times, in denen Lehrer für Schulen in England gesucht wurden. Eine davon war die Highcombe School in Nottingham.

Marys Wohnung befand sich am Merrion Square in einem fünfstöckigen georgianischen Haus. Im Erdgeschoß und im Keller befand sich eine Arztpraxis, Marys Wohnung lag im ersten Stock. Eines Abends traf ich mit dem Taxi vom Westland Row Bahnhof ein; mein Gepäck bestand aus einem Lederkoffer aus Ballycloghan, der von einem Gürtel zusammengehalten wurde. Ein schneidend kalter Ostwind wehte, das Taxi war ungeheizt, ein großer schwarzer Austin mit einem Ersatzreifen am Heck, und mir war schlecht vor Nervosität.

Ich bezahlte den Fahrer und drückte die Klingel unter dem Schild ›Miss M. McElligott‹. Einen Moment später öffnete Mary lächelnd die Tür, zog mich in eine geflieste Halle, in der jeder Schritt widerhallte, und führte mich die Treppe mit dem geschwungenen Mahagonigeländer hinauf.

Die Wohnung hatte hohe Decken mit Originalbordüre, im Salon gab es einen Marmorkamin, einen hell erleuchteten Kronleuchter, orientalische Teppiche und Porzellanvasen. Mary trug ein jadegrünes Kleid und wirkte wie ein Juwel in ihrem in Apricot und Elfenbein gehaltenen Salon; üppiges, feuriges Haar umrahmte ihr Gesicht, und in ihren grünen Augen strahlte die Wiedersehensfreude.

»Mein Gott, Mary, du verdienst scheinbar nicht schlecht«, rief ich entzückt, denn ich hatte mir vorgestellt, daß sie in einer Mansarde hauste, in der man sich kaum umdrehen konnte – und in Wirklichkeit wohnte sie wahrhaft fürstlich. Der Raum hatte zwei Fenster, die fast bis zur Decke reichten. Ich zog einen Vorhang zurück und sah, daß man auf den dunklen Merrion Square hinausblickte; da draußen lag Dublin, die wenigen Fahrzeuge, die noch unterwegs waren, fuhren langsam. Kaum zu glauben, daß wir uns mitten in der Stadt befanden!

Mary lachte und zeigte mir das kleine Gästezimmer, durch dessen Fenster man auf den schmalen Garten und die zu Wohnungen umgebauten Stallungen blickte, die sich dahinter anschlossen. Ich zog meinen Mantel aus und nahm die luxuriöse Atmosphäre in mich auf, die von den Teppichen auf dem Boden ausging, von den Damastgardinen, die mit Satinkordeln gehalten wurden, der dicken, weißen Tagesdecke.

Mary streckte den Kopf zur Tür herein.

»Wieviel Hunger hast du? Ich frage, weil wir später essen gehen, aber wenn du am Verhungern bist, können wir jetzt einen Imbiß nehmen.«

Ich schüttelte den Kopf. »Essengehen ist heute nichts für mich. Ich sehe schrecklich aus und fühle mich noch schlimmer ... Aber laß dir nicht den Abend verderben. Ich möchte mich lieber hinlegen.«

Sie sah mich prüfend an.

»In Ordnung. Ich kann mir vorstellen, wie du dich fühlst«, sagte sie und zog sich zurück. Dann hörte ich sie in der Küche hantieren.

Ich zog Hausschuhe an und ging zu ihr. Sie hatte angefangen zu kochen, etwas Köstliches – Hühnchen in Weinsoße. Ich protestierte, sie solle sich meinetwegen keine Umstände machen, und sie entgegnete, ja, ich sei tatsächlich eine schreckliche Last, aber jetzt solle ich mich in Gottes Namen hinsetzen und mich mit ihr unterhalten. Nur allzugern hätte ich etwas von Brian gehört, und ich mußte sie nicht lange bitten.

Mary erzählte mir von dem Abend, an dem er unverhofft vor ihrer Tür gestanden war, und sah mich, während sie sprach, halb mitleidig, halb neugierig an.

»Was ist in Glenallen geschehen, Peg?« fragte sie unvermittelt. »Ich weiß, daß irgendwas gewesen sein muß, aber Brian wollte nicht mit der Sprache herausrücken.«

Ich schüttelte den Kopf.

»Macht es dir was aus, wenn ich jetzt nicht darüber rede?«

»Tut mir leid. Ich war schon immer eine neugierige Person.«

Mary deckte den kleinen Küchentisch, und wir setzten uns. Ich stellte fest, daß meine Übelkeit mit dem Essen verschwand, und so ließ ich es mir schmecken. Mary hingegen nahm nur ein paar Bissen.

»Mary, du ißt ja wie ein Spatz.«

»Ich esse später. Ich muß auf meine schlanke Linie achten«, sagte sie wehmütig.

»Du siehst wunderbar aus«, erklärte ich wahrheitsgemäß. »Wie ein richtiger Filmstar; und du mußt eine große Schauspielerin sein, daß du dir diesen Luxus leisten kannst.«

Ich deutete mit einer umfassenden Handbewegung auf unsere Umgebung. Mary prustete vor Lachen.

»Liebes Kind! Jeder, der Augen im Kopf hat, sieht doch, daß ich mich aushalten lasse. Eine Schauspielerin in Dublin hat nicht die geringste Chance, soviel zu verdienen, daß sie diese Wohnung bezahlen könnte.«

Ich saß da und starrte sie mit vollem Munde und weit aufgerissenen Augen an. Sie zog die Augenbrauen hoch.

»Du findest das wohl nicht gut?«

Ich schluckte. Was sollte ich sagen? Natürlich fand ich das nicht gut. Wir waren dazu erzogen worden, an die Ehe zu glauben, an eine dauerhafte Beziehung, in der es schlichtweg ausgeschlossen war, daß man sich veränderte, langweilte oder einfach nicht zusammenpaßte. Außerdem war ich im Glauben an die Keuschheit aufgewachsen. Eine Ermessensfreiheit, ob und unter welchen Umständen eine Bindung außerhalb der Ehe eingegangen werden durfte, war nicht denkbar; das war eine Todsünde, die den Ruf ruinierte und damit die Glaubwürdigkeit. Als ich in ihre klugen Augen blickte, hatte ich Angst um Mary.

Aber sie zuckte nur die Achseln. »Schau mich um Himmels willen nicht so an, Peg. Ich bin's, immer noch die gute alte Mary. Nach deinem Gesichtsausdruck zu schließen, hältst du mich für eine Hure!«

Sie klang ein wenig verärgert.

»Du hast immer gesagt, du machst, was du willst, Mary«, lächelte ich. »Aber das habe ich dir nicht abgenommen.«

»Ich mir auch nicht!«

»Ist es immer noch Lucien?«

Mary machte ein vielsagendes Gesicht; offenbar waren ihr ihre französischen Manierismen schon in Fleisch und Blut übergegangen.

»Natürlich. Du siehst ihn später.«

»Und das ist seine Wohnung?«

Sie seufzte. »Nein, meine. Aber er bezahlt dafür. Er ist ziemlich reich. Seine Familie besitzt Bleiminen in den Pyrenäen und Weinberge im Loiretal – folglich kann er sich diesen Luxus leisten.«

Ich hatte ihn noch gut in Erinnerung: sein Gesicht, wie er zu meinem Fenster aufblickte, das Zusammengehörigkeitsgefühl, das er in mir weckte, seine Freundlichkeit, nachdem ich bei der Jagd vom Pferd gefallen war, das Blut, das ihm über die Wange lief, als er von Ebonys Huf getroffen wurde.

»Was macht ein französischer Graf in Dublin?«

»Er ist bei der französischen Botschaft. Das habe ich dir doch schon erzählt.«

»Liebst du ihn?«

Sie hielt inne. Ihr Gesicht wurde ernst, der Ausdruck ihrer Augen fast hart.

»Ich frage mich, ob ich überhaupt einen Mann lieben kann.«

Jetzt verstand ich gar nichts mehr.

»Warum nicht?«

Sie zuckte die Achseln. »Es hat mit Macht zu tun. Ich könnte es nicht ertragen, hilflos zu sein. Das würde mich vernichten.«

Erstaunt sah ich, daß sie lächelte, als hätte sie einen Scherz gemacht. Die Verbitterung, die ich gerade noch wahrgenommen hatte, wich einem charmanten, liebenswürdigen Ausdruck.

»Er ist doch nicht etwa verheiratet, oder?«

»Nein.«

»Was passiert, wenn ...«

»Wenn ich schwanger werde?« Sie zuckte die Achseln. »Ich werde nicht schwanger. Er ist ... rücksichtsvoll. Er ermöglicht mir, mich der Arbeit zu widmen, die ich liebe. Und wer weiß, wenn der Krieg vorbei ist, schaffe ich vielleicht den Sprung nach London. Vielleicht«, fügte sie nach kurzem Überlegen hinzu, »wenn ich meine Karten richtig ausspiele, schaffe ich es sogar noch vorher. Lucien hat die richtigen Beziehungen. Er kennt Sir John Maffey. Und jetzt erzähl mir von Glenallen«, sagte sie leise, »wenn es dich nicht zu sehr aufregt.«

Sie bot mir eine Golden Flake an, gab mir Feuer und zog an ihrer Zigarette, die in einem langen, schwarzen Zigarettenhalter steckte. Und ich begann mit meinem Bericht. Ich erzählte ihr von Brians Sturz, von dem Jagdunfall, bei dem Jessie angeschossen wurde, von meiner Fehlgeburt und der Geschichte mit der Perlenkette, von den ständigen kleinen Kränkungen und der Art und Weise, wie Brian von Harry und Peter behandelt wurde. Aber Peters Brief an Cissie und das, was sie mir am Weihnachtsabend in ihrem Zimmer anvertraut hatte, erwähnte ich nicht. All das ging nur Cissie etwas an, ob sie nun lebte oder tot war.

Als ich fertig war, lehnte Mary sich in ihrem Stuhl zurück und blies genüßlich den Rauch aus. Mir fiel auf, daß ihre Fingernägel überraschend kurz und nicht lackiert waren. Ihre Hände waren schmal und weiß.

»Mir war von Anfang an klar, daß Harry dir auf keinen Fall eine Chance geben würde. Weißt du, sie will Glenallen nach außen abschotten wie ein kleines Königreich, nur für ihre Eltern und Peter, und sie selbst ist die Königin. Brian läßt sich nicht beherrschen, also wirft sie ihn raus. Und du ...«

»Ich weiß, ich bin ein Eindringling aus der banalen kleinen Welt der normalen Leute. Aber es steckt mehr dahinter. Die Gegend an sich ist sonderbar. Hast du das nicht auch gemerkt?«

Mary musterte mich eindringlich, dann sagte sie mit gedämpfter Stimme: »Mein liebes Kind, ich habe jahrelang regelmäßig eine Gänsehaut gekriegt, wenn ich dem Haus zu nahe gekommen bin. Es war vollkommen richtig, daß du gegangen bist. Mich wundert nur, wie du es so lange ausgehalten hast.«

Dann fragte sie nach Peter, und ich erwiderte, daß ich ihn nach Cissies Beerdigung nicht mehr gesehen hätte. Wir sprachen eine Weile über Cissie, was uns die Tränen in die Augen trieb. Mary zerbrach sich den Kopf darüber, warum sie versucht hatte, den Wall zu nehmen. »Sie wußte doch, wie gefährlich es war, Peg.«

Schließlich nahm ich meinen Mut zusammen und fragte sie nach dem Zwischenfall, der mich seit dem Weihnachtsessen beschäftigte.

»Mary, erinnerst du dich, daß du als kleines Kind in Glenallen von einem Ziegenbock gejagt worden bist?«

Sie sah mich an.

»Was für eine Frage! Von einem Ziegenbock gejagt?« Sie lachte laut. »Warum fragst du?«

»Ach, nur weil Harry es erwähnt hat. Sie sagte, daß du damals fünf warst und sie und Peter einen Ziegenbock auf dich gehetzt haben.«

Sie zuckte die Achseln. »Ich kann mich nicht erinnern. Als ich klein war, habe ich manchmal in Glenallen gespielt, aber irgendwann bin ich nicht mehr hingegangen.«

Dann wechselte sie das Thema, plauderte fröhlich, aber ich sah, daß sie nachdenklich die Stirn runzelte, wenn sie sich unbeobachtet fühlte, als würde sie angestrengt versuchen, sich an ein lange verschüttetes Ereignis zu erinnern.

Noch am selben Abend sah ich Lucien wieder. Er kam mit einem Strauß Narzissen in die Wohnung. Zu seinem grauen Anzug trug er ein weißes Hemd und eine rote Seidenkrawatte; er sah fremdländisch aus, dynamisch und reich: ein Mensch, der sein Schicksal in der Hand hat. Diesmal musterte ich ihn genau. Er hatte braune Augen, schwarze Haare mit Geheimratsecken. Sein Gesicht wirkte angespannt, aber sein voller, fester Mund sprach von Stärke und Humor. Er wirkte, als wäre er es gewohnt zu befehlen und seine Meinung zu vertreten; ich hatte den Eindruck, daß er sich niemals einem Dogma unterwerfen würde.

Mary kam aus dem Schlafzimmer; in ihrem schlichten schwarzen Kleid sah sie umwerfend aus. Dazu trug sie glitzernde grüne

Ohrringe. Smaragde? Lucien musterte sie mit dem Kennerblick eines Kunstliebhabers, küßte sie auf die Wange und kam lächelnd auf mich zu, während Mary mit den Blumen in der Küche verschwand, um sie ins Wasser zu stellen; ihre hohen Absätze klapperten auf dem Küchenfußboden. Ziemlich nervös saß ich auf dem apricotfarbenen Sofa, lächelte unbeholfen und gab ihm meine Hand, die er an die Lippen führte.

»Madame!« rief er und neigte höflich den Kopf, »ich bin entzückt, Sie wiederzusehen!«

Er sah mich interessiert an.

Als Mary mit der Blumenvase aus der Küche kam, drehte er sich um und sagte etwas auf französisch, sprach aber so schnell, daß ich nur die Worte ›elle‹ und ›Botticelli‹ verstand.

Mary sah mich an, als wollte sie sich für ihn entschuldigen.

»Ja«, sagte sie. »Peg war schon immer bezaubernd, aber es ist schwer, sie davon zu überzeugen.«

Daraufhin machte er ihr ein Kompliment, wieder auf französisch, und sie lächelte und streichelte ihm liebevoll mit der Hand über die Wange.

»Ich habe in Jammets einen Tisch reservieren lassen«, sagte er. »Wir können deine schöne junge Besucherin nicht ganz allein hier lassen. Sie muß uns begleiten.«

»Oh, nein«, protestierte ich. »Vielen Dank. Ich habe schon gegessen und würde viel lieber ins Bett gehen. Ich bin todmüde.«

Plötzlich fühlte ich mich wirklich erschöpft; die Übelkeit hatte sich wieder eingestellt, die Angst vor der Zukunft; ich wollte bei Brian sein, in seinen Armen liegen und die alte Sicherheit wiederfinden.

»Bevor wir weggehen«, sagte Mary, »solltest du dich mit Peg unterhalten. Sie will nach England gehen, um dort zu unterrichten. Sie hat Naturwissenschaften studiert, aber sie braucht einen Paß.«

Er setzte sich neben mich aufs Sofa, und ich spürte seine Nähe. Als ich ihn wieder anblickte, sah ich, daß er stark und auch skrupellos sein mochte, aber ein liebenswürdiges Wesen hatte.

»Sie haben einen ungewöhnlichen Namen.«

»Eine Abkürzung für Margaret«, erklärte Mary.

Er lächelte mich an und verneigte sich leicht.

»Ein vornehmer Name, Margaret. Aber warum wollen Sie nach England? Sie wissen doch, daß dort Krieg herrscht? Es ist gefährlich. Das ist kein Ort für eine junge Frau, der noch andere Möglichkeiten offenstehen.«

»Pegs Mann ist dort«, warf Mary ein. »Er hat sich unlängst zur RAF gemeldet!«

»Aha! Wissen Sie, wo er stationiert ist?«

Wieder errötete ich, denn ich fühlte mich gedemütigt, weil ich es nicht wußte. Ich sah, wie Mary Lucien mit einem leichten Kopfschütteln warnte. »Ich weiß nicht, wo er ist«, gab ich zu. »Ich warte auf Nachricht von ihm.«

»Aus einem Brief werden Sie seinen Aufenthaltsort nicht erfahren! Die Zensur würde es herausstreichen. Können Sie nicht hier auf ihn warten?«

»Nein«, sagte ich. »Das kann ich nicht. Ich muß nach England; ich muß Arbeit finden.« Er hob resigniert die Hände.

»Gut, ich werde tun, was in meiner Macht steht. Ich habe Freunde, die Ihnen vielleicht helfen können.« Er lächelte mich an und wandte sich dann Mary zu, die aufstand. »Ich hole meinen Mantel«, sagte sie und ging ins Schlafzimmer.

Als sie fort war, sah mich Lucien an, und aus seinen braunen Augen sprachen Sorge und Bewunderung.

»Es ist ein gefährliches Abenteuer, allein nach England zu reisen, noch dazu mitten im Krieg – eine schöne junge Frau wie Sie –, passen Sie gut auf sich auf.«

Und plötzlich wünschte ich, ich hätte jemanden, der mich so aufmerksam betrachten und mit so zärtlichen Worten umwerben würde wie dieser Fremde. Er gab mir das Gefühl, daß Frauen zauberhafte, andersartige Wesen waren, daß sie stark waren und nicht minderwertig, wie ich es so oft erlebt hatte; Weiblichkeit war nicht länger etwas, was eine Frau wegwerfen mußte, um sich die Unbeugsamkeit anzueignen, die notwendig war, um angesichts des aggressiven Egoismus von Ehemännern, Vätern, Söhnen zu überleben.

Mary kehrte mit dem Mantel über dem Arm zurück, eine Duftwolke umhüllte sie. Lucien half ihr in den Mantel. Sie versprach, gegen Mitternacht wieder dazusein; dann gingen sie und schlossen leise die Tür.

Ich stand auf, ging zum Spiegel und betrachtete mein Gesicht aus verschiedenen Blickwinkeln. Meine Augen leuchteten wie schon lange nicht mehr, und die rosige Farbe meiner Wangen ließ sich nicht allein durch die Wärme des Salons erklären. Ich vergrub meine Nase in Luciens Narzissen; sie hatten den Duft des Frühlings mitgebracht.

Zweites Buch

10. Kapitel

Die Reise war furchtbar anstrengend. Ich hatte das Schiff nach Holyhead genommen, und die aufgewühlte See, die Gefahr, auf Minen zu stoßen, und meine ungewisse Zukunft – all das machte mich krank vor Angst.

In Crewes und in Derby mußte ich umsteigen. Überall sah man Plakate: *Unüberlegte Worte können Menschenleben kosten*; eins schien sich direkt an mich zu wenden: *Ist Ihre Reise wirklich notwendig?* Darauf waren ein Soldat in Uniform mit einem Stahlhelm und ein großes Fragezeichen abgebildet; der Soldat deutete mit dem rechten Arm mahnend auf den Betrachter und stützte mit dem linken das Gewehr auf den Boden.

Im Bahnhof wimmelte es von echten Soldaten, von jungen Frauen in Uniform, Ehefrauen und Freundinnen am Arm ihrer Männer – hier pulsierte das Leben, hier hatte man das Gefühl, daß etwas Wichtiges passierte. Hinter mir lag die Welt der drohenden Schatten, vor mir die Welt der Taten. Ein wenig fühlte ich mich wie die Hauptperson aus Wells' *The Sleeper Awakes*, so fremd und so anders war die Umgebung, in der ich mich jetzt befand.

Es gab unendliche Verzögerungen, so daß ich sieben Stunden im Zug saß, ehe ich um elf Uhr nachts in der Victoria Station von Nottingham eintraf. Die schwarzen Rollos an den Fenstern sperrten die übrige Welt aus; innen war alles nur schwach erleuchtet. Das Abteil war voll besetzt: zwei Frauen mit Filzhut und Wintermantel, ein gutgekleideter alter Mann mit Schnurrbart, der mir gegenübersaß, und vier Offiziere in Uniform, die fast die ganze Fahrt über Karten spielten. Ab und zu öffnete sich ratternd die Tür, weil jemand noch einen Sitzplatz suchte. Dann hörte man den Lärm und roch den Zigarettenrauch vom Gang, auf dem dicht gedrängt die Soldaten standen, lachend und rauchend, mit dem plumpen, prahlerischen Selbstbewußtsein von Männern, die ein gemeinsames männliches Interesse verbindet.

Ich saß am Fenster und tat, als würde ich *Without My Cloak* lesen, den Roman von Kate O'Brien, den mir Lucien in Dun Laoghaire in die Hand gedrückt hatte, als Mary und er sich von mir verabschiedeten. Mary hatte mich umarmt und geflüstert: »Wir sehen uns in London.« Lucien drückte meine Hand. »Bon Courage«, flüsterte er, und seine braunen Augen waren herzlich und warm. Jetzt dachte ich an ihn, während der Zug, dieses ratternde Ungetüm, durch die Kriegsnacht brauste. Ich hatte mich so an Lucien gewöhnt, hatte mich von ihm und Mary verwöhnen lassen, aber noch immer schockierte mich ihre Beziehung, noch immer war ich argwöhnisch gegenüber diesem Fremden, der es wagte, meine schöne Freundin zu seiner Geliebten zu machen, immer noch voll Staunen über seine Ansicht, daß man das Leben nicht gewaltsam an sich reißen, ihm aber weder ausweichen noch entfliehen sollte. Ich vermißte ihn in diesem Zug, der in eine ungewisse Zukunft fuhr. In meiner Handtasche lag die Karte, die er mir besorgt hatte – *Reisegenehmigung für England, Irland und Nordirland*, mit einer Fünf-Shilling-Briefmarke.

Während ich an ihn dachte, fiel mir plötzlich auf, daß er nie eine Nacht in unserer Wohnung verbracht hatte, wenn ich zu Hause war. Vielleicht traf er sich in seiner eigenen Wohnung mit Mary, vielleicht schlief er nur mit ihr, wenn sonst niemand in der Nähe war. Ungläubig und entsetzt erinnerte ich mich daran, was er mir an dem Tag meiner Abreise ins Ohr geflüstert hatte, als er in mein Zimmer kam, um die Koffer zu holen: »Werden Sie vielleicht irgendwann einmal mir gehören?« Dabei hatte er mich mit seinen dunklen Augen völlig unverfroren angesehen, als wäre es das normalste der Welt, eine Frau, die man kaum kannte, zu fragen, ob sie mit ihm ins Bett ginge. Als wüßte er etwas über mich, was mir selbst verborgen war.

Ich wandte mich schnell ab, unsicher, ob ich richtig gehört hatte, und versuchte, den unwillkürlichen Schauer der Erregung zu ignorieren. Für wen hielt er sich überhaupt? Für einen orientalischen Pascha? Mir tat Mary leid, weil der Mann in ihrem Leben offenbar sowenig von Treue hielt. Und ich dachte mit einer Mischung aus Aufregung und Angst an die Highcombe School in Nottingham, wo ich mich vorstellen mußte. In Gedanken schickte ich ein kleines Stoßgebet zum Himmel.

Aber hauptsächlich dachte ich an Brian, mit dem Schmerz, der

Teil meines Lebens geworden war, überzeugt, daß alles gut werden würde, wenn wir nur eine Weile zusammenbleiben konnten. Schließlich war Glenallen nicht das Maß aller Dinge – man konnte auch anders leben. Ich dachte an die Nacht, in der Jessie angeschossen worden war, wie der Schnee auf Knockshee fiel, als sollte nichts zwischen den Berg und seinen Schatten treten.

In England würden Brian und ich uns wiederbegegnen, unseren eigenen Rhythmus, unseren Frieden finden. Aber England war ein riesiges Land, dort wohnten viele Menschen, und es herrschte Krieg. Natürlich war mir das schon klar gewesen, aber jetzt erst bekamen diese Tatsachen eine konkrete Bedeutung, jetzt, da ich in diesem Eisenbahnwagen saß, der mich in eine Stadt brachte, die für mich bisher nur ein Name gewesen war. In *Robin Hood*, dem ersten Buch, das ich gelesen hatte, spielte Nottingham eine Rolle – mehr wußte ich nicht darüber. Nun wünschte ich mir, ich hätte gewartet, bis Brian mich aufforderte zu kommen, dann hätte ich wenigstens ein klares Ziel gehabt, jemanden, der mich vom Bahnhof abholte, und nicht dieses unangenehme Gefühl, der Welt auf Gnade und Barmherzigkeit ausgeliefert zu sein. Gleichzeitig war mir klar, daß dieses Gefühl aus meiner Angst vor dem Unbekannten erwuchs. Es war besser, etwas zu unternehmen, als die quälende Warterei zu ertragen. Wenn Brians Brief eintraf, würde Tom ihn mir nachschicken, und in der Zwischenzeit konnte ich vielleicht selbst Brians Aufenthaltsort ausfindig machen und ihn überraschen. Doch all das hing davon ab, ob ich bei der Arbeitssuche erfolgreich sein würde.

Als wir uns Nottingham näherten, erlosch plötzlich das Licht im Waggon. Einer der Offiziere brummte: »Verdammt« – mehr aus Ärger, daß das Spiel unterbrochen wurde, als aus Angst vor drohender Gefahr. Ich wartete darauf, daß die Lichter wieder angingen, aber die Finsternis blieb, nur durchbrochen von den zwei glühenden Lichtpünktchen, den Zigaretten der beiden Frauen, die ein paar hektische Worte wechselten und schließlich in Schweigen verfielen.

»Warum ist das Licht ausgegangen?« fragte ich nervös.

»Die Deutschen sind über uns.«

Die Antwort kam von dem alten Mann; seine Stimme klang belustigt, freundlich und sachlich. Falls er doch Angst hatte, ließ er es sich nicht anmerken; vielleicht war er aber auch zu alt, um sich Sorgen zu machen. Die deutschen Bomber flogen also über uns, sagte ich mir überrascht, aber ohne mir etwas vorzumachen. Womöglich würden sie die Gleise und den Zug bombardieren, sie brauchten nur Licht. Ich spürte, wie mir die Angst die Kehle zuschnürte, aber von den Umsitzenden ließ sich niemand etwas anmerken. Flüsternd setzten sie ihre Gespräche fort, als könnte der Feind in der Luft sonst etwas hören.

Vollkommen unbeleuchtet fuhr der Zug in Nottingham ein. Ich zerrte meinen Koffer aus dem Gepäcknetz, schleifte ihn zur Tür und hinaus auf den Bahnsteig. Erst da fiel mir auf, daß ich plötzlich mutterseelenallein war. Noch einen Augenblick zuvor hatte ich mich von der Nähe der anderen Reisenden fast bedrängt gefühlt, und jetzt war auf einmal alles absolut still um mich herum. Der Bahnhof war menschenleer, und es war so dunkel, daß ich kaum die Hand vor Augen sehen konnte. Die Menschen aus dem Zug waren verschwunden; ich schien als einzige noch auf dem Bahnsteig zu stehen, und aus Angst, beim ersten Schritt auf die Gleise zu stürzen, wagte ich nicht, mich von der Stelle zu rühren.

Nach einer Zeit, die mir sehr lang vorkam – obwohl es in Wirklichkeit wahrscheinlich nur fünf bis zehn Minuten waren –, hörte ich in der Ferne das Rattern eines Gepäckwagens.

»Hallo!« rief ich. »Hallo! Können Sie mir vielleicht helfen?« Meine Stimme hallte im leeren Bahnhof.

»Moment, Schätzchen, Moment«, antwortete eine Männerstimme.

Das Rattern kam näher, dann war der Mann neben mir. Ich erzählte ihm, daß ich mich nicht auskannte, und fragte, weshalb alle anderen Passagiere so schnell verschwunden waren. Darauf erklärte er mir, daß für die Deutschen über uns der Bahnhof ein Ziel war.

»Wird Nottingham bombardiert?«

»Nein, Miss, die Deutschen bombardieren Derby; draußen können Sie den Feuerschein am Himmel sehen.«

Dann fragte er noch, was denn ein nettes irisches Mädchen in Nottingham zu suchen hätte und wo ich wohnte. Ich erklärte ihm, daß ich noch keine Unterkunft hatte, und bat ihn, mir ein

Hotel zu empfehlen. Etwas verwundert nannte er mir ein paar Hotels, in denen ich es versuchen, und erwähnte auch die, von denen ich mich lieber fernhalten sollte. Schließlich nahm er mir meinen Koffer ab und schlug vor, ich könne ihn ja am nächsten Morgen bei der Gepäckaufbewahrung abholen – falls der Bahnhof noch stand. So wagte ich mich mit meiner Tasche hinaus in die Dunkelheit. Am Himmel sah ich den roten Schein, von dem der Mann gesprochen hatte. Keine Straßenlaterne brannte, und es waren nur wenige Leute unterwegs. Ich folgte der Wegbeschreibung zum nächsten Hotel – ›The Wickerly Arms‹ – und klingelte.

Sofort wurde die Tür geöffnet, ein Mann kam heraus und betrachtete mich argwöhnisch. Bis zu diesem Augenblick war mir nicht in den Sinn gekommen, daß jemand denken könnte, ich wäre eine Prostituierte, aber jetzt erklärte ich ganz aufgeregt, ich sei Lehrerin, gerade in Nottingham eingetroffen und brauchte eine Unterkunft für die Nacht.

»Kommen Sie aus Irland?«

»Ja.«

Er machte einen Schritt zur Seite, ich trat ein, und er führte mich in eine dunkle Eingangshalle, durch eine weitere Tür und von dort in eine zweite Halle. Rechts war der Salon; er war hell erleuchtet, und mehrere Leute, größtenteils Offiziere in Uniform, saßen an den Tischen oder an der Bar, einige Pärchen plauderten, eng aneinandergeschmiegt, hielten Händchen und schenkten ihrer Umgebung keinerlei Beachtung.

Die Luft war stickig; es roch nach Schnaps und Bier, und im gedämpften Licht standen Rauchschwaden. Durch die schwarzen Rollos an den Fenstern sah man weder die Nacht noch den unheilvollen roten Schimmer draußen. Ich wurde nach oben zu einem kleinen Einzelzimmer geführt, der Nummer 13, die nur wegen der Zahl an der Tür noch frei war. Da ich seit Mittag nichts gegessen hatte, war ich inzwischen entsetzlich hungrig. Doch ich traute mich nicht weiter als ins Badezimmer, so eingeschüchtert war ich von den im Hotel allgegenwärtigen Uniformen. Und selbst der Ausflug ins Badezimmer verlief nicht ohne Zwischenfall, denn ein betrunkener, schwankender Offizier – ein Kanadier – stellte sich mir in den Weg und fragte, ob er mich zu einem Drink einladen dürfe. Nein? Aber er müßte morgen an die Front, erzählte er, und vielleicht würde er nie zurückkehren. Er war etwa fünfundzwanzig, mit blauen, blutunterlaufenen Augen. Sein Atem stank nach Whiskey. Ich erklärte, ich sei schrecklich müde, und er bestand darauf, mich zu meiner Tür zu begleiten.

Später hörte ich, wie jemand am Türknauf drehte und rüttelte, und eine Stimme flüsterte eindringlich: »Miss ... Miss ...« Aber ich hatte die Tür von innen verriegelt und für alle Fälle noch einen Stuhl unter den Griff geklemmt. Schließlich gab mein Möchtegern-Liebhaber auf.

Am nächsten Morgen ging ich erst spät zum Frühstück nach unten, in der Hoffnung, den Uniformierten und vor allem dem Kanadier zu entgehen. Es war zehn Uhr; ich hatte den Speiseraum für mich allein, und ich genoß ein Festmahl mit Tee, Toast und Würstchen. Während ich meinen Toast mit Margarine und Marmelade bestrich, dachte ich daran, daß in England eine Lebensmittelknappheit herrschte, von der ich, die ich in Irland auf dem Land und von seinen Produkten gelebt hatte, keine Ahnung hatte.

Als ich fertig gefrühstückt hatte, erkundigte ich mich bei der Frau an der Rezeption nach Busverbindungen zur Highcombe School. Mein irischer Singsang klang neben ihren knappen englischen Erklärungen fremd und schwerfällig. Ich kam mir naiv und unbeholfen vor; meine Welt bestand aus Galway und Glenallen, Ballyharris und Ballycloghan, Orten, die mir mitten in dieser unmittelbaren, absolut nüchternen Gegenwart vorkamen wie Traumgebilde.

Ich nahm den Oberleitungsbus und stieg vor der Schule aus: ein großes Backsteingebäude, umgeben von leeren Sportplätzen. Durch die unverschlossene Vordertür gelangte ich in die Eingangshalle, konnte aber nirgends eine Menschenseele entdecken. Der übliche Schulgeruch schlug mir entgegen, eine Mischung aus Kreidestaub, Bleistiftspänen, Papier und Tinte. Die Türen der Klassenzimmer standen offen; auf den Tafeln Kritzeleien, Mathematikaufgaben, naturwissenschaftliche Formeln, englische Stilübungen. Alles war da – Bücher, Stifte, Füller, Hefte –, aber keine Spur von Schülern oder Lehrern. Ein ähnliches Gefühl wie gestern auf dem Bahnhof überfiel mich. Wenn die Schule geschlossen war? Wohin sollte ich mich dann wenden? Ich hatte nur sehr wenig Geld; Tom hatte vergessen, mir welches zu geben, und als Lucien mir seine Hilfe aufdrängen wollte, hatte ich gelogen, ich bräuchte nichts.

Doch auf einmal hörte ich Schritte hinter mir in der Halle.

»Kann ich Ihnen helfen?« fragte eine höfliche, etwas mißtrauische Stimme. Sie gehörte einem jungen Mann in einem blauen Blazer und grauer Hose. Er war groß, gutaussehend und etwa achtzehn Jahre alt.

»Ich wollte zu Mr. Drencher«, erklärte ich. »Ich bin die neue Lehrerin für Naturwissenschaften.«

»Ach, wirklich.« Er begutachtete mich eingehend. »Nun, der Direktor ist zu Hause; die Schule ist heute geschlossen. Soll ich Ihnen zeigen, wo er wohnt?«

»Gern, danke.«

Er stellte sich vor – Paul Smithers – und meinte, wahrscheinlich sei er in meiner Klasse; Mr. Rogers, sein früherer Naturkundelehrer, war einberufen worden. Nach Schuljahresende würde er selbst zur Luftwaffe gehen.

Weiterhin taxierte er mich verstohlen; ich spürte seine Vorbehalte: Ich war zu jung für eine Lehrerin, ich war Irin, und die Iren waren bekanntlich alle ungehobelte Kerle oder sympathisierten mit den Deutschen. Und außerdem war ich eine Frau.

Als ich ihm erzählte, daß mein Mann ebenfalls in der Luftwaffe war, merkte ich, daß ich für ihn sofort zur Familie gehörte; seine Augen strahlten, und seine Höflichkeit verlor an Distanz. Interessiert erkundigte er sich, wo mein Mann stationiert sei, worauf ich antwortete, das wisse ich noch nicht, weil er erst vor kurzem einberufen worden sei.

So führte er mich durchs Schultor, über die mit Ulmen gesäumte Allee, die stille Vorstadtstraße entlang. Nach etwa zehn Minuten zeigte er auf ein weißes Haus, das zwischen Bäumen am Ende einer Sackgasse stand.

»Dort ist es!« Ich bedankte mich. Mein Begleiter grinste zu mir herunter und meinte leise: »Der alte Bursche sieht aus wie ein Löwe, aber man hat ihm die Zähne und die Krallen längst gezogen. Lächeln Sie ihn an, Mrs. Fitzallen. Er mag Frauen!«

Damit machte er kehrt und ging den Weg zurück, den wir gekommen waren.

Der ›Löwe‹ war gerade dabei, Rosenstöcke einzupflanzen. Er hatte weiße, unordentliche Wuschelhaare, buschige Augenbrauen, melancholische Hängebacken wie ein Spaniel, trug einen löchrigen dunkelgrauen Pullover, und seine Finger waren dreckverkrustet. Auf den ersten Blick hielt ich ihn für den Gärtner.

»Ist Mr. Drencher da?«

Er fuhr hoch, starrte mich an und zog erstaunt die buschigen Brauen hoch. »Wer möchte ihn denn sprechen?«

»Ich habe einen Termin bei ihm. Ich bin Mrs. Fitzallen, die neue Naturkundelehrerin.«

»Ach, wirklich!«

Das kurze Zucken um seinen Mund entging mir nicht. Mr. Drencher war groß, Mitte Fünfzig; von seiner Nase zogen sich zwei tiefe Falten zum Mund, und er hatte eng zusammenstehende, kluge Augen.

»Dann kommen Sie lieber mal rein.«

Während ich im Salon wartete, sah ich mich um: ein ordentlicher Stapel Bücher und Papiere auf dem Tisch, ein glühendes Kohlefeuer im Kamin, eine Sitzecke aus blaugrauem Velours. Über die Fenster waren kreuzweise Klebebandstreifen gezogen, die Verdunklungsvorhänge waren offen, so daß man in den Garten hinaussah. Von oben hörte ich Mr. Drencher etwas sagen und eine Frauenstimme, die ihm antwortete. Als er schließlich wieder erschien, sah er vollkommen verändert aus: Er trug einen dunkelgrauen Nadelstreifenanzug, die weißen Haare waren gebändigt und ordentlich frisiert, die strengen Augen betrachteten mich gelassen.

»Ich habe Sie erst morgen erwartet, Mrs. Fitzallen.«

Mit rotem Kopf versuchte ich zu erklären, ich hätte ja keine Ahnung gehabt, daß er der Direktor war, und im stillen schimpfte ich mich eine dumme Gans, weil ich einfach mit meinem »Ich bin die neue Naturkundelehrerin« herausgeplatzt war, wo ich doch nur zu einem Vorstellungsgespräch angemeldet war.

Mr. Drencher stand mit hängenden Schultern am Feuer, so daß ich sein ernstes, autoritäres Gesicht im Spiegel über dem Kamin sah. Wenn er sich nun gegen mich entschied, wenn er mich für zu jung und unerfahren hielt?

Lächeln Sie ihn an, Mrs. Fitzallen! Der Rat des jungen Mannes fiel mir wieder ein. Also lehnte ich mich zurück, und als sich Mr. Drencher zu mir umwandte, lächelte ich ihn an – mit demselben selbstbewußten Lächeln, das ich bei Harry hundertmal gesehen hatte, dem Lächeln, das sagte: Ich habe mein Schicksal in der Hand, ich durchschaue die Welt.

»Sie kennen sich aus in Ihrem Beruf, was?«

»Ja, davon bin ich überzeugt.«

Danach erkundigte er sich nach meinem Mann, und als ich erklärte, daß er bei der Luftwaffe war, rückte ich dank dieser Information wieder in den privilegierten inneren Kreis auf, und Mr. Drencher vermittelte mir augenblicklich ein warmes, beschützendes Zusammengehörigkeitsgefühl.

»Mein Sohn ist auch Pilot.«

Am nächsten Tag begann mein neues Leben. Jetzt war ich Mrs. Fitzallen, Naturkundelehrerin an der *Highcombe Boys' Public School.* Glenallen und Ballycloghan hätten genausogut auf dem Mond sein können, so weit entfernt und fremd schien mir meine Heimat plötzlich. Aber ich hatte Heimweh, und zwar nicht einmal so sehr nach einem der beiden Orte, an denen ich gelebt hatte, sondern nach Irland, den subtilen sozialen Konventionen, die ich kannte, nach dem Humor, nach der Respektlosigkeit. Und vor allem nach Mary. Die alte Vertrautheit hatte sich wieder eingestellt, und auch Lucien konnte ich nicht vergessen.

England war pragmatisch, vernünftig, entschlossen und kämpfte mit dem Rücken zur Wand; die Engländer waren nett, höflich, praktisch und besaßen eine Courage, die um so unbezwingbarer war, als sie keinerlei Prahlerei kannte. Aber am erstaunlichsten für jemanden, der aus einem Land kam, in dem Snobismus nie offen gezeigt wurde, war die fraglose Anerkennung der Klassenzugehörigkeit, als wäre diese Ordnung gottgegeben.

Mich umgab mein Beruf wie ein Schutzmantel, der Pflichten mit sich brachte, mir aber auch einen gewissen Respekt sicherte. Jetzt hieß ich Margaret; Peg gab es nicht mehr, sie war ein Geist, der nur noch Ballycloghan und Glenallen heimsuchte – schöne, schmerzliche Erinnerungen.

Rund sechshundert Jungen besuchten unsere Schule. Manche

davon hätten eigentlich schon im ersten Semester an der Universität sein sollen, aber in den sicheren Gegenden waren die Universitäten voll, wenn nicht sogar überfüllt. Da Nottingham als relativ sicher galt, war es eine sogenannte Aufnahmestation, in der sich Studenten aus London, Oxford und Cambridge einfanden. Viele Oberstufler, die eine Universitätslaufbahn geplant hatten, warteten jetzt auf ihre Einberufung. Ich traf Mr. Warren, meinen Vorgänger, der ebenfalls jeden Tag damit rechnete, eingezogen zu werden; er war ungefähr achtunddreißig, ein ernster Mann mit Brille.

»Ich habe mich bei der Luftwaffe beworben, aber man hat mich abgelehnt – wegen meiner Sehschwäche«, erklärte er mir. »Aber die Marine wäre nichts für mich. Ich bin kein guter Matrose ... ich werde nämlich seekrank ... also komme ich sicher zu den Bodentruppen.«

Er erläuterte mir den Lehrplan, führte mich in der Schule herum und stellte mich den anderen Lehrern und den Klassen vor, in denen ich unterrichten sollte. Die Schüler musterten mich neugierig. Als ich hereinkam, erhoben sich alle unter lautem Stühlerücken.

»Das ist Mrs. Fitzallen, Jungs. Sie wird bei euch Botanik unterrichten.«

Manche lächelten, manche grinsten, und ich hörte auch ein geflüstertes: »Nicht übel!« Mr. Warren musterte die Jungen über den Rand seiner Hornbrille, und sein Blick brachte alle umgehend zur Ruhe. Ich fragte mich, wie er das fertigbrachte, und versuchte es ihm nachzumachen: Ich setzte ein Gesicht auf, mit dem ich Ernst und Kompetenz zu vermitteln hoffte, und kniff streng die Augen zusammen. Ob ich die Schüler damit beeindruckte, weiß ich nicht, mich selbst konnte ich jedenfalls damit nicht täuschen.

Meine erste Klasse, die 3A, bestand aus dreiundzwanzig vierzehnjährigen Knaben. Im Raum herrschte das reinste Chaos: Papiergeschosse aller Art flogen durch die Luft, die Tafel war mit kleinen gekauten Pappmachébällchen übersät, mit denen man ein Kreidegesicht beschossen hatte – einen Mann mit einem Schnurrbart und einem Hakenkreuz auf der Stirn. Einen Augenblick blieb ich unter der Tür stehen, und als niemand Notiz von mir nahm, ging ich zum Pult. Doch der Lärm hörte nicht auf. Da drehte ich mich um und machte Anstalten, die Klasse wieder zu verlassen. Fast sofort trat Ruhe ein. Ich betrat also zum zweiten Mal ›meine‹ Klasse und stellte mich dem Meer erwartungsvoller Gesichter, die mich gespannt anstarrten. Ein Junge sprang auf, um die Tür zu schließen, ein anderer rannte zu meinem Stuhl, um ein auf dem Sitz niedergegangenes Papiergeschoß zu entfernen.

»Steht auf, bitte.« Alle erhoben sich und murmelten: »Guten Morgen, Mrs. Fitzallen.« Ich bat sie, sich zu setzen und einen kurzen Aufsatz über Transpiration zu schreiben, damit ich mir ein Bild von ihrem Wissensstand machen konnte. Von Mr. Warren wußte ich, daß sie das Thema bereits durchgenommen hatten.

Während die Jungen arbeiteten, fertigte ich mir einen Plan von der Sitzordnung an und beauftragte einen Jungen in der ersten Reihe, die Namen einzutragen, damit ich nachsehen konnte, wer wo saß, bis ich wußte, welcher Name zu welchem Gesicht gehörte.

Die gleiche Prozedur wiederholte ich in jeweils leicht abgewandelter Form in allen Klassen, die ich an diesem ersten Tag unterrichtete. Bei Schulschluß kam ich beladen mit Heften, die ich korrigieren mußte, ins Lehrerzimmer. Mr. Warren hatte angeboten, mich zu dem Haus zu führen, in dem er mittags eine ›Bude‹ für mich organisiert hatte, und so machte ich mich mit ihm auf den Weg zu dem roten Backsteinhaus am Stanhope Boulevard, das mein Zuhause werden sollte.

Meine Vermieterin, Mrs. Burton, hatte braune Haare und Krampfadern an den Beinen. Sie führte mich die mit Linoleum ausgelegte Treppe hinauf in ein kleines Zimmer mit rosaroten Vorhängen, einem schmalen Bett, einem Tisch, einem Stuhl, einem Schrank und einer Spiegelkommode. Vom Fenster hatte man einen Blick auf den Garten hinter dem Haus mit seinen Gemüsebeeten und einem Holzschuppen, in dem der Zugang zum Luftschutzbunker lag. Wie Mrs. Burton mir erklärte, gab es im Haus noch drei weitere Mieter: einen berufstätigen Herrn und zwei Studentinnen. Der Preis für das Zimmer mit Halbpension betrug zwei Pfund pro Woche, und da mein Gehalt bei sechs Pfund lag, war das durchaus akzeptabel. Nachdem alles geregelt war, verabschiedete sich Mr. Warren. Mrs. Burton nahm mich mit in die Küche und machte Tee mit Teebeuteln, die sie beinahe sofort wieder aus der Tasse holte. Dann erkundigte sie sich, ob ich schon Lebensmittelkarten hatte. Als ich verneinte, versprach sie, mir welche zu besorgen, und beschwor mich, zu warten, bis ›der Gentleman‹ nach Hause kam, bevor ich meinen Koffer vom Bahnhof abholte. Es sei draußen für ein Mädchen allein zu gefährlich, meinte sie, vor allem jetzt, da es abends so früh dunkel würde. Ich folgte ihrem Rat; um sechs erschien ein mittelgroßer junger Mann in der Halle; er trug einen Gabardinemantel mit Gürtel. Als er mich im Salon sitzen sah, begrüßte er mich einigermaßen überrascht, und sofort kam Mrs. Burton, ihre Katze Queenie im Schlepptau, aus der Küche herbeigestürzt, um uns bekannt zu machen.

Er hieß John Eyreton und arbeitete als Bauingenieur auf dem neuen Flugplatz von Castle Donnington außerhalb Nottinghams. Mrs. Burton erklärte ihm, daß mein Gepäck noch am Bahnhof war, und er begleitete mich dorthin. Unterwegs erzählte er mir vom Militärcamp am Gregory Boulevard, und auch er betonte, ich solle mich nach Einbruch der Dunkelheit lieber nicht allein auf die Straße wagen. Ich fragte ihn, weshalb er keine Uniform trug, und er antwortete, daß Männer, die kriegswichtige Arbeit leisteten, nicht eingezogen wurden; es klang fast, als wolle er sich entschuldigen. Später erfuhr ich, daß er auf seinem Posten kürzlich mit zwei weißen Federn dekoriert worden war.

Ich erzählte ihm von Brian und von meinem Vorhaben, ans Kriegsministerium zu schreiben. Am nächsten Tag half er mir dabei. Außerdem beantragte Mrs. Burton meine Lebensmittelkarte, und ich meldete mich polizeilich an.

Auch meine anderen Mitbewohner lernte ich an diesem Tag kennen: Claire Stonebridge und Ellen Warrell, zwei ernste junge Frauen; eine studierte Naturwissenschaften, die andere Jura. Ich schrieb einen kurzen Brief an Mary nach Dublin und teilte ihr mit, daß ich gut angekommen war und die Stelle an der Highcombe School bekommen hatte.

Als ich am ersten Abend meinen Koffer auspackte, fand ich in einer Seitentasche einen Umschlag, den ich nicht hineingesteckt hatte. Darin fand ich fünf Zehnpfundscheine und einen Zettel: »Ein Geschenk von einem Freund, das Sie hoffentlich annehmen, als kleine Unterstützung für Ihr neues Leben. L.«

Ich ließ das Geld aufs Bett fallen; zuerst fühlte ich mich angesichts eines solchen Reichtums unwillkürlich beruhigt, aber dann überfiel mich ein gewisses Unbehagen. Warum wollte er mir soviel Geld schenken? Ich beschloß, es als Leihgabe zu betrachten und es ihm bei erster Gelegenheit zurückzuzahlen. »Werden Sie irgendwann einmal mir gehören?« hatte er gesagt. Ich schnaubte verächtlich. Ganz bestimmt nicht! Judas mochte sich für dreißig Silberlinge verkauft haben, aber dafür war ich nicht zu haben – und auch nicht für fünfzig Pfund. Schließlich war ich nicht käuflich.

Am nächsten Tag lief mir wieder Paul Smithers über den Weg. Er gehörte zu den jungen Männern, die im Jahr zuvor ihr Abitur abgelegt hatten und in Friedenszeiten jetzt mit dem Studium begonnen hätten. Aber wegen des ständigen Zustroms an Studenten hatte Boots University die Schule gebeten, die jungen Männer noch zu behalten, so daß vor mir jetzt Studenten der Zahnmedizin im ersten Semester saßen.

Paul und seine Klassenkameraden waren für mich eine ziemliche Herausforderung, und ich studierte meine Lehrbücher bis tief in die Nacht, um sicherzustellen, daß ich ihnen gewachsen war. Ich spürte, daß am Anfang meine Kompetenz auf die Probe gestellt wurde, aber als sie mich genau wie die übrigen Schüler immer mehr akzeptierten, begann ich mich sicher und heimisch zu fühlen. Vor allem aber verlor ich allmählich das Gefühl, wertlos und unwichtig zu sein, das mich seit der Zeit verfolgte, als ich Harry an jenem ersten Abend in Glenallen über mich hatte reden hören.

Die Lehrer übernahmen abwechselnd Feuerwache in der Schule; dafür wurden wir alle mit Blechhelmen und Gasmasken ausgestattet. Letztere wurden allgemein an die Zivilbevölkerung verteilt, weil man Angst hatte, daß Hitler zur chemischen Keule greifen würde. Jede Nacht wurde Feuerwache gehalten, für den Fall, daß ein Luftangriff stattfand. Unsere Aufgabe war es dann, nach Brandbomben Ausschau zu halten und gegebenenfalls Sand auf sie zu schütten, bevor sie explodierten. Einmal, als ich Wache hatte, wurde Nottingham bombardiert und mein Blechhelm flog davon, aber zum Glück wurde die gefürchtete chemische Kriegsführung nie Wirklichkeit.

In dieser Nacht stand ich da wie angewurzelt; gelähmt vom schauerlichen, verzweifelten Geheul der Sirenen, beobachtete ich die Explosionen und die plötzlich auflodernden Flammen in der Stadt, die bellende Antwort der Flak. Plötzlich merkte ich, wie mir der Helm vom Kopf gerissen wurde und spürte den heißen Wind, der ihn über das flache Dach trieb, auf dem ich stand, hinunter aufs Grundstück, während der Oberstufenschüler, der mit mir Wache schob, im Luftschutzbunker verschwand. Schließlich raffte ich mich auf, ging zurück ins Schulgebäude und wartete dort; irgendwann hörte das Bombardement auf, das langgezogene Heulen der Entwarnung erklang, und der Schüler kam aus dem Bunker. »Sie hätten umkommen können, Mrs. Fitzallen«, meinte er. Ich stand noch zu sehr unter Schock, um zu antworten, aber an seinem Gesichtsausdruck sah ich, daß er meine Tatenlosigkeit falsch interpretiert hatte und mich für standhaft und tapfer hielt.

In mondhellen Nächten wurde der Fluß Trent mit einer Rauchschicht bedeckt, um ihn aus der Luft unsichtbar zu machen. Wenn dann die Sirene erscholl, lauter und lauter wurde und schließlich wieder erstarb, fragte ich mich, ob ich je wieder eine Nacht erleben würde, in der ich den tiefen, entspannten Schlaf meiner Kindheit genießen könnte. Die erste Sirene zeigte an, daß die Bomber noch knapp hundert Kilometer entfernt waren, die zweite, daß sie sich über der Stadt befanden. Inzwischen sollten alle ihren Platz in den Luftschutzbunkern eingenommen haben. Einige Zeit später kam dann ohne weitere Zwischenfälle die Entwarnung. Allmählich gewöhnten sich die Nerven daran.

Und ich war glücklich. Denn endlich war ein Brief von Brian eingetroffen.

Meine liebste Peg,
ich habe gehört, Du bist in England. Ich habe Dir nach Ballycoghan geschrieben, aber keine Antwort erhalten. Wahrschein-

lich warst Du schon weg. In Irland wärst du sicher; Du hättest dort bleiben sollen. Doch abgesehen davon bin ich ganz hingerissen von dem Gedanken, Dich bald sehen zu können. Ich habe demnächst Urlaub – am ersten Wochenende nächsten Monat. Soll ich nach Nottingham kommen, oder treffen wir uns lieber in London? Schreib so bald wie möglich.

Er schickte liebe Grüße und Küsse und drei kleine Herzen mit Pfeil unten auf der Seite, die mich an Lettergesh und Verliebte am einsamen Meeresstrand erinnerten.

Dann kam ein Brief von Mary, frankiert mit einer Londoner Briefmarke.

Liebste Peg,
wundervolle Neuigkeiten! Lucien hat mich nach London geschleppt (hört sich das an, als wäre ich ein Paket?). Wir wohnen in Knightsbridge, im Haus von L.'s Bekannten, die sich vor dem Krieg verdrückt haben. Das Dienstmädchen ist noch da; sie findet uns ein wenig absonderlich – eine Irin, die mit einem Franzosen zusammenlebt –, Paddy mit Frosch! Aber wie es sich für ein nettes Mädchen aus Devonshire gehört, macht sie das Beste draus.
Ist es Dir schon gelungen, mit Brian Kontakt aufzunehmen, oder hat er sich bei Dir gemeldet?
L. und ich werden eine Weile in London bleiben. Er möchte gern in der Nähe von de G. sein. Und er ist viel unterwegs. Komm doch bitte und besuch uns! Ich suche Arbeit und habe schon zwei Termine zum Vorsprechen.
Wir haben regelmäßig Luftangriffe, aber es gibt einen Luftschutzkeller im Haus, also sind wir eigentlich ziemlich sicher. Ich weiß nicht, weshalb man sich im Krieg so lebendig fühlt; der ganze Schall und Rauch hat so etwas Absolutes an sich.
Alles Liebe
Mary

Zwei Wochen, nachdem ich diesen Brief bekommen hatte, stieg ich an der Midland Station von Nottingham in den Zug nach St. Pancras in London. Das Leben war schon seltsam; in ein paar Stunden würde ich Brian wiedersehen. Wir sollten bei Mary und

Lucien wohnen, die jetzt in Knightsbridge lebten – wo immer das sein mochte.

Ich hatte mich hemmungslos in Unkosten gestürzt und mich neu eingekleidet – ein schwarzes Kostüm mit Gürtel und eine rosafarbene Bluse aus Crêpe de Chine -, und meine Haare waren frisch gewaschen und eingelegt. Ein flottes schwarzes Hütchen vervollständigte meine Aufmachung. Ich lackierte mir die Fingernägel purpurrot, legte Make-up und Lippenstift auf, zog die Nähte an meinen Strümpfen gerade und betrachtete sehr angetan mein verwandeltes Spiegelbild. »Heul dir die Augen aus dem Kopf, Myrna Loy«, rief ich der Person im Spiegel zu. Zum Teufel mit Zurückhaltung und Strenge – ich hatte eine Verabredung mit dem Leben und der Liebe. In einem eigens in mein Korsett eingenähten Täschchen trug ich Luciens fünfzig Pfund, die ich ihm zurückgeben wollte. Ich hatte mein eigenes Geld; ich war herrlich unabhängig und stolz darauf.

In St. Pancras herrschte ein ungeheures Gedränge; es stank nach Qualm; das Dröhnen der Ankunfts- und Abfahrtszeiten verkündenden Lautsprecher, das Rattern und Quietschen der Lokomotiven, das Zischen des Dampfs, das alles vermischte sich zu einem ohrenbetäubenden Lärm über dem Gemurmel unzähliger Menschenstimmen.

Lange bevor der Zug in den Bahnhof einfuhr, war ich schon unendlich nervös. Wenn Brian mich nun nicht abholte? Ich war noch nie in London gewesen; wo würde ich ein Taxi finden? Es gab doch eine Untergrundbahn, sicher konnte ich auch damit fahren, aber wo stieg man ein?

Als der Zug dann hielt, holte ich meinen kleinen Koffer aus dem Gepäcknetz, reihte mich in die Schlange der Aussteigenden ein und landete schließlich auf dem Bahnsteig; meinen Mantel über dem einen Arm, den Koffer in der anderen Hand, so ging ich langsam hinter den anderen Passagieren her in Richtung Sperre. Meine Nervosität versuchte ich soweit wie möglich zu unterdrücken. Ob Brian sich wohl darauf freute, mich zu sehen? Daß wir uns bei unserem letzten Treffen gestritten hatten, lag mir noch im Magen. Mit meinem Verhalten an jenem Abend hatte ich einen entscheidenden Umbruch in unserem Leben heraufbeschworen. Stand er noch zu dem, was er selbst danach getan hatte, oder machte er es mir jetzt zum Vorwurf?

Ich sehnte mich danach, ihn zu sehen, und ich hoffte voller Spannung, daß wir jetzt trotz des Krieges wieder zueinander finden würden. Aber meine Wut war noch nicht ganz verraucht; Brian hatte zugelassen, daß sich die Dinge so entwickelten, er hatte sich nicht für das entschuldigt, was er in jener Nacht gesagt hatte: »Woher soll ich wissen, daß nicht du Jessie angeschossen hast ...?«

Plötzlich sah ich ihn auf mich zukommen, den Offizier in der graublauen Uniform der RAF, mit dem gestickten Emblem – Flügel über einer Krone – auf der Brusttasche und den glänzenden goldenen Knöpfen. Er hatte ein wenig abgenommen; sein Gesichtsausdruck war eifrig und erwartungsvoll, und mit gerunzelter Stirn musterte er die Leute, die sich der Sperre näherten. Dann sah er mich an, die junge Frau im schwarzen Kostüm, ein Hütchen auf dem Kopf, die Lippen geschminkt, und sein Blick ging erst über mich hinweg, kehrte aber rasch zurück, bewundernd und dann lachend.

Er hob mich hoch, drückte mich an sich, küßte mich und hielt mich schließlich auf Armlänge von sich weg.

»Peige!«

Der Bahnhof, die Menschen, der Krieg – alles löste sich auf wie ein Nebel. Es gab nur noch uns beide, hier und jetzt. Alle Vorbehalte waren verflogen.

»Du siehst wunderschön aus«, flüsterte er mir ins Ohr, nahm meinen Koffer und schlang den Arm so eng um mich, daß es an den Rippen richtig weh tat.

Mit einem wehmütigen Lächeln musterte uns eine Frau mittleren Alters, die einen schweren Koffer schleppte. Ich erwiderte ihr Lächeln, denn damals lag in England die Liebe förmlich in der Luft, eine emotionale Verbundenheit, die den Schrecken der Nacht und den langen, zermürbenden Arbeitstag wettmachte. Auch Brian sah die Frau und bot an, ihren Koffer zu tragen. In hektischen Schüben erzählte sie uns, daß ihr Haus zerbombt und ihr Mann ums Leben gekommen war. Brian trug ihr den Koffer auf Bahnsteig vier, wo ihr Zug abfahren sollte, half ihr beim Einsteigen und führte sie zwischen den Soldaten durch, die auf ihren Reisesäcken hockten, zwischen eng umschlungenen Pärchen, die mit verzweifelten Küssen den unvermeidlichen Augenblick der Trennung hinauszögern wollten.

Später saßen Brian und ich in einem Café beim Bahnhof, lehnten uns zurück und konnten uns endlich in Ruhe ansehen. Noch immer war für mich die übrige Welt weit weg und irgendwie unscharf; das Klappern von Geschirr und Besteck, das Stimmengewirr nur unwichtige Hintergrundgeräusche. Ich sog Brians Bild buchstäblich in mich auf, das vertraute Stirnrunzeln, mit dem er mich musterte, die Fältchen um seine Augen, wenn er lachte, sein Charme und seine männliche Unbefangenheit. Keine Spur von dem ungeduldigen, gequälten Brian, mit dem ich zusammengelebt hatte, bevor ich von Glenallen wegging.

»Du siehst aus, als könntest du dich nicht entscheiden, ob du streng und unnachgiebig oder doch lieber nett zu deinem Ehemann sein willst«, meinte er und konnte ein Schmunzeln kaum unterdrücken.

»Ich rede nicht mit dir. Du bist einfach ohne mich abgehauen.« Aber auch ich lächelte, während ich das sagte. Ich konnte ja nicht leugnen, daß ich als erste weggelaufen war.

Für mich war es das Paradies auf Erden, Brian hier in diesem anonymen Café mitten in London gegenüberzusitzen. Es war, als hätten wir uns gerade erst kennengelernt. Die Last der Unsicherheit, der Mißbilligung, der Angst war gewichen. Jetzt waren wir einfach ein junges Paar, das sich um nichts sonst zu kümmern brauchte, zwei Gefangene, die nicht gewußt hatten, was ihnen fehlte, bis jemand die Tür entriegelte.

»Was hätte ich tun sollen, Peg? Wir hatten wenig Geld und keine Arbeit. Niemand hätte mir garantiert, daß sie mich beim Militär annehmen. Ich wollte mich erst ein bißchen einleben, bevor wir Entscheidungen für die Zukunft treffen. Ich wollte dich nicht in Gefahr bringen.«

»Habe ich auch etwas zu sagen, wenn es um die Zukunft geht?«

»Aber selbstverständlich.«

»Na ja ... dann hättest du mich in deine Überlegungen vielleicht einbeziehen sollen.«

Mit ernstem Gesicht beugte er sich zu mir. »Du bist in allen meinen Überlegungen; ich denke ununterbrochen an dich! Aber ich hatte Angst, du würdest mich endgültig verlassen. Wenn ich dir nach Ballycoghan gefolgt wäre, ohne dir etwas anderes anbieten zu können, was hätte das gebracht?«

»Ich hätte wenigstens gewußt, woran ich bin!«

»Glenallen liegt hinter uns, Peg.« Er nahm meine Hand und drückte sie fest. »Jetzt können wir tun, was wir wollen, und dieses Wochenende sollst du das ganz allein bestimmen.« Zärtlich und sehnsüchtig ruhten seine Augen auf mir – die Augen eines Liebhabers. »Und mit deiner Stellung klappt alles gut?« erkundigte er sich. »Wie es aussieht, wirst du auch noch reich dabei, was?«

Ich nickte. »Sechs Pfund pro Woche. Burnham-Skala. Kannst du da mithalten?«

»Nein, bestimmt nicht«, schmunzelte er.

»Wo bist du stationiert?«

»Manston – in Kent.« Dann erzählte er von seiner Ausbildung, die verkürzt worden war, weil er durch die Flugstunden in Foynes ja schon einige Erfahrung mitbrachte. Er hatte gerade mit dem Dienst begonnen.

Die Kellnerin servierte Tee und Sandwiches, und während sie alles auf den Tisch stellte, betrachtete ich Brian.

Als sie weg war, goß ich Tee ein.

»Gefällt es dir ... das Fliegen?«

»Ja. Oben am Himmel zu sein ist unglaublich aufregend, ein bißchen wie das Jagen, nur noch intensiver, weil die Gefahr ja echt ist. Aber das seltsame an der Sache ist – es fällt mir leichter, im Krieg in England zu leben als in Glenallen, es ist einfacher zu kämpfen, als Glenallen zu bewirtschaften.« Nachdenklich hielt er inne. »Glenallen hat mich besiegt, Peg!«

Plötzlich spürte ich das altbekannte Unbehagen. »Es hat dich doch nicht besiegt, um Himmels willen. Sieh dich doch nur an, du bist schön, tapfer, klug, jung und hast eine nette, hübsche Frau!«

Sein Lachen war, als würde die Sonne durch die Wolken brechen; die Leute an den Nebentischen drehten sich zu uns um.

Ich fragte ihn, ob seine Eltern wußten, wo er war, und er antwortete, er habe ihnen geschrieben. »Zwar nicht direkt meine Adresse, aber ich habe sie wissen lassen, daß es mir gutgeht und ich bei der RAF bin. Ich möchte ihnen Zeit lassen, damit sie sich daran gewöhnen können. Mummy regt sich bestimmt furchtbar auf, das weiß ich. Ich hasse es, ihr Kummer zu bereiten, und ich will keinen hysterischen Brief von ihr bekommen. Aber ich kann doch kein eigenes Leben führen, wenn ich immer nur tue, was sie will!«

»Vermißt du Glenallen?«

Er legte die Hand an meine Wange.

»Ich vermisse Knockshee! Komisch, nicht? Und vor allem vermisse ich dich.«

»Was ist mit Jessie passiert?«

»Wir mußten sie erlösen.«

Ich merkte, daß er meine Nägel betrachtete und spreizte die Finger.

»Rot wie die Sünde.« Mir gefiel der Farbton. »Es ist nicht leicht, die Farbe zu kriegen.«

»Diese Peige kenne ich gar nicht«, meinte er kopfschüttelnd. »Sie ist so souverän, daß es schon beinahe dekadent ist.«

Warum bist du weggegangen, um dich zum Militär zu melden? Im stillen stellte ich ihm immer wieder diese Frage, ich wollte mich nicht dadurch besänftigen lassen, daß er in Sicherheit war. Wir hätten unser Glück in Dublin versuchen können.

Aber ich fragte ihn nicht; ich war hier, alles andere spielte keine Rolle mehr. Wir hatten eine Menge nachzuholen, eine Menge gemeinsam aufzubauen. »Jetzt sind wir zusammen, das ist das einzige, was zählt«, sagte ich. »Wenn der Krieg vorbei ist, kaufen wir ein nettes Häuschen, kriegen Kinder und sind eine richtige Familie!«

Er grinste mich schelmisch an, dann beugte er sich unvermittelt vor und küßte mich mitten auf den Mund.

Ich sah sein Gesicht, seine Schultern, spürte sein Geheimnis, das zur Welt des Kriegs und der Flugzeuge gehörte, seine große Verletzlichkeit. Und wieder spürte ich auch diese schwer faßbare Aura, die mich von Anfang an so an ihm fasziniert hatte.

»Ich liebe dich«, platzte ich heraus. »Ich liebe dich sehr.«

Dann berichtete ich ihm von Marys Einladung, bei ihr und Lucien zu wohnen.

»Gibt es ein Doppelbett in diesem Haus in Knightsbridge?« erkundigte er sich ganz beiläufig. Ich antwortete, das könne schon sein, und wir lächelten einander verschwörerisch zu. Danach bezahlte er die Rechnung, und wir nahmen ein Taxi zu der Adresse, die Mary mir gegeben hatte.

Wie sich herausstellte, war das Haus in Knightsbridge eine Regency-Villa, mit Säulen vor der glänzend gelb gestrichenen Eingangstür. Es lag nicht weit vom Französischen Konsulat in Knightsbridge Nummer 58, das damals noch von der Vichy-Regierung beansprucht wurde. Brian klingelte, und ich schaute die belebte Londoner Straße hinunter, sah die erschöpften Gesichter der Menschen, roch den Staub und Qualm, der aus den zerstörten Gebäuden aufstieg, spürte, daß ich mich im Zentrum einer Nation befand, die alles daran setzte, zu überleben. Auf der Strecke vom Bahnhof hatten wir eine Trümmerlandschaft gesehen: Ruinen anstelle von Geschäften und Büros, abgesperrte Bereiche, in denen vom Einsturz bedrohte Gebäudehülsen standen.

Ein Dienstmädchen in Uniform und weißer Haube öffnete uns. Sie hatte die Haare streng zurückgesteckt, und ihre Haut war auffallend blaß, als wäre sie lange Zeit nicht an der frischen Luft gewesen. Dann hörte ich einen Freudenschrei vom Treppenabsatz, und schon kam Mary die Treppe heruntergerannt – schlanke Beine und schicke Pumps. Sie zerrte uns in die geflieste, teppichbelegte Halle mit ihrem goldgerahmten Spiegel und dem antiken Tisch mit geschwungenen Beinen und Marmorplatte, auf der eine Schusterpalme in einem großen Messingtopf prangte. Mary trug ein schlichtes blaues Kleid mit Schulterpolstern, die roten Haare fielen ihr in üppigen Wellen auf die Schultern. Lachend umarmte sie mich und hielt mich dann ein Stück von sich weg, um mich begutachten zu können.

»Gott, Peg, bist du das wirklich! Ist das unsere Peg? Du sieht großartig aus, richtig schick!«

»Sag das nicht so überrascht«, erwiderte ich, ebenfalls lachend. »Sonst kriege ich noch Minderwertigkeitskomplexe.«

Sie gab Brian einen Kuß auf die Wange und meinte, er sehe geradezu beängstigend gut aus.

»Wir trinken Tee im Salon, Janet«, informierte sie dann das Dienstmädchen, das mit einem »Sehr wohl, Madam« verschwand.

Dann erschien Lucien aus einer Tür hinten in der Halle, in Pullover und offenem Hemdkragen. Zum ersten Mal sah ich ihn so leger gekleidet. Er wirkte älter, als ich ihn in Erinnerung hatte, und ein wenig müde. Mit einer Förmlichkeit, die seinen Blick Lügen strafte, küßte er mich auf beide Wangen. Auch er musterte mich von Kopf bis Fuß.

»Bezaubernder denn je, Madame.« Er schüttelte meinem Mann, der sich noch gut an ihn erinnerte, die Hand, und ich spürte, daß Brian ihn nicht billigte. »Warum sucht Mary sich nicht einen Mann, der sie heiratet?« fragte er mich später. »Statt ihre Zeit mit so einem Rumtreiber zu verschwenden?« Brian war der Ansicht, die Ehe sei das höchste Kompliment, das ein Mann einer Frau machen konnte, und eine Frau, der man dieses Kompliment gemacht hatte, hatte die endgültige Erfüllung gefunden. Meine Mutter hatte mehr oder weniger dieselbe Meinung vertreten, aber Mary McElligott war aus anderem Holz geschnitzt. Sie betrachtete die Männer mit einer Art gleichgültigem Interesse. »Warum sollte sie heiraten?« antwortete ich Brian deshalb mit einer Gegenfrage. »Sie lebt nach ihren eigenen Regeln.« Da schnaubte er verächtlich und meinte, das sei ja schön und gut, aber schließlich blieb sie auch nicht ewig jung und schön. Und auf alle Fälle sei es unmoralisch.

Lucien war ein sehr aufmerksamer Gastgeber und verwöhnte uns mit streng rationiertem Tee; dazu gab es kleine Schokoladenkuchen. Als ich staunend und dankbar eine Bemerkung darüber machte, lächelte er nur und murmelte irgend etwas über den Schwarzmarkt, worauf Brian sofort mißbilligend die Augenbrauen hochzog. Lucien erklärte, das Haus gehöre Freunden, die sich momentan nach Schottland zurückgezogen hätten, um in der Nähe ihres Sohns zu sein, der bei der Flotte in Scapa Flow stationiert war. »Es ist mehr als genug Platz für euch!«

»Und mehr als genug zu essen, ihr könnt also ruhig aufhören, euch Sorgen zu machen«, fügte Mary hinzu, während sie den Tee nachschenkte. Ich sah, wie Luciens Augen auf ihr ruhten, spürte den sanften Respekt, den er ihr entgegenbrachte, und war tief beeindruckt. Die Nonnen hatten uns immer eingetrichtert, daß eine Frau nur Verachtung erntete, wenn sie einem Mann das gab, was er wollte, ohne es zuvor mit dem Preisschild der Ehe versehen zu haben. Doch hier sah ich Mary, die von dem Mann, mit dem sie seit zwei Jahren zusammenlebte, hofiert wurde wie eine Prinzessin.

»Man hat mir die Rolle der Titania im *Sommernachtstraum* angeboten. An einem kleinen Theater in Kensington namens ›The Walpole‹, das ist wenigstens ein Anfang«, erzählte sie leise, als ich sie fragte, ob sie denn schon Arbeit gefunden hätte.

»Hervorragend!« rief ich und applaudierte. »Als nächstes trittst du im West End auf!«

Sie winkte ab und meinte, jede Karriere brauche eine gewisse Zeit, um in Schwung zu kommen. Trotzdem machte sie einen zufriedenen Eindruck.

Als wir unseren Tee getrunken hatten, zeigte Mary uns das Haus, von der riesigen Küche im Untergeschoß bis hinauf zu den beiden oberen Stockwerken. Zu meiner Überraschung nächtigten Mary und Lucien in getrennten Schlafzimmern, allerdings Tür an Tür.

Vor unserem Zimmer verließ uns Mary. »Bestimmt wollt ihr euch ein wenig ausruhen«, meinte sie mit ernstem Gesicht, was Brian so unvorbereitet traf, daß er knallrot wurde. Mary lächelte unbeeindruckt und erklärte, um acht gebe es Abendessen.

»Ist das Bett hier groß genug für dich?« fragte ich meinen Ehemann, als er die Tür hinter sich geschlossen hatte. Ich legte meinen Hut auf den Frisiertisch und setzte mich aufs Bett. Brian zog die Vorhänge zu und knöpfte sein Jackett auf. Dann warf er sich neben mich und küßte mich nach jedem Wort:

»Komm-her-und-hör-auf-Quatsch-zu-machen.«

Dann trat Schweigen ein, denn jetzt verständigten wir uns ohne Worte, mit Händen und Lippen, während sich um uns herum eine Aura ausbreitete wie Nebel. Körper und Seele verschmolzen. Brian war voller Leidenschaft, aber sehr zärtlich. Ich sehnte mich nach ihm und danach, Vertrautes neu kennenzulernen. Danach schliefen wir ein.

Etwa um halb acht klopfte Mary an die Tür. Ich schlüpfte in den Morgenmantel, der an der Tür hing, und öffnete. Als sie sah, wie zerzaust ich war, entschuldigte sie sich und gab mir einen Brief.

»Er kommt aus Glenallen«, erklärte sie. »Bevor ich abgereist bin, war ich bei den O'Shaughnessys und bin dort Harriet begegnet. Ich habe ihr unsere Londoner Adresse gegeben. Gestern ist dann dieser Brief für Brian gekommen. In der ganzen Aufregung über eure Ankunft habe ich ihn vergessen.«

Ohne die Tür zu schließen, lief ich zu Brian, der noch im Bett lag. Ich gab ihm den Brief; er setzte sich sofort auf, öffnete ihn und wandte mir dann ein seltsam ausdrucksloses Gesicht zu, aus dem jede Farbe gewichen war.

»Mummy ist tot!«

Ich ließ mir den Brief geben und erkannte sofort Harriets Schrift.

Lieber Brian,
Mary McElligott ist nach England gefahren und hat versprochen, Dich aufzuspüren. Ich dachte, Du solltest erfahren, daß Mummy tot ist. Sie ist am 23. März gestorben. Von dem Schlag, daß Du uns verlassen hast, hat sie sich nie ganz erholt. Auf dem Sterbebett wollte sie Dich noch einmal sehen, aber wir wußten natürlich nicht, wo Du bist. Sie hat Dich immer so sehr geliebt, und Du mußtest ihr das antun.
Daddy geht es auch nicht besonders. Du hast beiden das Herz gebrochen, und ich finde, Du bist dafür verantwortlich, was mit ihnen passiert ist. Gerade als es aussah, als ginge es wieder bergauf, hast du uns allein gelassen.
Ich hoffe, Du bist zufrieden mit dem, was Du erreicht hast. Dabei hätte alles so gut werden können. Wir hätten alle eine glückliche Familie sein können, aber natürlich mußtest Du alles zerstören. Wenn Dir noch etwas an Daddy liegt, solltest Du heimkommen und ihn besuchen. Dr. O'Shaughnessy macht sich große Sorgen um ihn.
Harriet

Ich las den Brief, und mein Herz wurde schwer. Stille breitete sich über das Zimmer, eine Stille, die von dem Verkehrslärm draußen nicht berührt wurde. Mein fesches Hütchen, das auf dem Frisiertisch lag, erschien mir plötzlich geschmacklos. Ich griff nach Brians Hand. Er war wie erstarrt. Als ich hörte, daß Mary sich von der Tür entfernte, lief ich ihr nach und drückte ihr den Brief in die Hand. »Dieses Miststück!« murmelte sie vor sich hin, dann hörte ich Luciens Schritte, hörte, wie sie ihm etwas zuflüsterte und die Tür geschlossen wurde.

Brian aber saß immer noch im Bett; er hatte den Arm übers Gesicht gelegt und weinte. Ich versuchte, ihn zu umarmen, aber er machte sich ganz steif. Wahrscheinlich schämte er sich seiner Tränen und wollte nicht, daß ich ihn anfaßte, und ich konnte seinen Schmerz und die Schuldgefühle nachempfinden, spürte die vernichtende Wirkung seiner unerwiderten Liebe zu diesen Menschen, seiner Familie.

Ich ertrage deinen Schmerz nicht, wollte ich schreien. Du hast doch mich. Ich liebe dich. Ich brauche dich.

Abgesehen von den traurigen Neuigkeiten lag die ganze Macht des Briefes in der Unterstellung, daß Harriet ihren Bruder vermißte, daß sie ihn auf ihre Weise liebte und er sie ebenso wie seine Eltern im Stich gelassen hatte. Ich fragte mich, ob sie sich verändert hatte oder ob ich sie falsch einschätzte. Ihr Verhalten war schon immer inkonsequent und mir letztlich unverständlich gewesen. Aber tief im Herzen verfluchte ich sie. Ein solcher Brief wäre einfach nicht nötig gewesen.

Schließlich zogen wir uns an und gingen nach unten. Mary und Lucien standen in der Eingangshalle.

»Ich muß nach Hause fahren«, erklärte Brian.

Lucien legte ihm die Hand auf die Schulter und murmelte ein paar tröstende Worte. Dann führte er ihn in den Salon und goß jedem von uns ein Glas Brandy ein. Sein Gesicht war voller Mitleid, aber fest entschlossen.

»Sie können nicht heimfahren. Dazu besteht auch absolut kein Grund. Die Beerdigung ist vorbei. Sie würden keinen Urlaub bekommen!«

»Ich konnte heimfliegen!«

Lucien sah ihn an. »Wenn Sie das ohne Erlaubnis versuchen, erreichen Sie gar nichts. Man wird Sie vors Kriegsgericht stellen und womöglich erschießen!«

»Aber ich würde ja gleich wiederkommen!«

Lucien winkte ab. »Die größte Ehre würden Sie Ihrer Mutter erweisen, wenn Sie weiterkämpfen gegen unsere Feinde.«

Brian schwieg und trank seinen Brandy. Nur das Zittern seiner Hände verriet den Aufruhr, der in ihm tobte.

»Nein, ich muß meinen Vater sehen«, sagte er nach einer Weile. »Ich will nicht, daß er auch noch stirbt, bevor ich mit ihm reden konnte.«

Lucien schüttelte den Kopf. »Dieses Land stirbt. Alle trauern, und doch kämpfen sie weiter!«

Der Brief stand von nun an wie ein Unstern über unserem gemeinsamen Wochenende. Brian zog sich ganz in sein Schneckenhaus zurück und benahm sich äußerst förmlich. Den Brief las er noch mehrere Male. Als ich einmal versuchte, mit ihm zu schlafen, endete das als eine seelenlose Ausübung unserer ehelichen Pflichten. Nichts war übrig von der Heftigkeit und dem leidenschaftlichen Verschmelzen, in dem wir die Welt vergessen konnten. Zwar war die Leidenschaft noch spürbar, aber sie richtete sich auf etwas, was ich nicht fassen konnte, etwas Dunkles, Rätselhaftes und Ungutes.

Am frühen Sonntag abend sollte Brian sich wieder bei seiner Staffel einfinden. Mir fiel die Trennung unsäglich schwer, denn ich hatte Angst, daß er sich in irgendwelche riskanten Aktionen stürzen würde. Ich konnte meine Sorgen nicht in Worte fassen, aber genausowenig konnte ich sie vertreiben.

Am Samstag abend deckten Mary und ich den Tisch zum Abendessen; Janet half uns und mußte immer wieder einen Lachanfall unterdrücken, wenn wir irische Redewendungen gebrauchten, die ihr unbekannt waren und ulkig erschienen. Wir aßen im Frühstückszimmer neben der Küche; Janet servierte, und Mary versuchte, Brian von seiner Trauer abzulenken, indem sie ihm Fragen über das Leben bei der RAF stellte.

»Was ist das denn für ein Gefühl, wenn man da oben in der Luft ist?«

»Man fühlt sich frei«, antwortete Brian; Lucien lehnte sich vor und betrachtete ihn interessiert. »Wir fliegen in Formation; im Hurricane sind acht Browning-Maschinengewehre untergebracht, vier in jedem Flügel, und wenn sie abgefeuert werden, bäumt sich das Flugzeug auf wie ein Pferd. Es riecht nach Kordit und nach Benzin – das Zeug mit der hohen Oktanzahl ist anfangs ziemlich unangenehm, aber man gewöhnt sich daran. Wenn wir den Feind sichten, greifen wir an, wir schlagen zu und suchen dann das Weite. Manchmal dreht man sich um, und plötzlich ist der Himmel, auf dem es vorher nur so von Flugzeugen gewimmelt hat, absolut leer. Das ist ein unglaubliches Gefühl und ziemlich gruselig.«

Lucien stellte noch ein paar Fragen über wassergekühlte Rolls-Royce-Motoren; tausenddreißig Pferdestärken, Geschwindigkeiten von um die fünfhundert Stundenkilometern kamen zur Sprache, doch mittendrin ertönten plötzlich die Luftalarm-Sirenen, und Lucien scheuchte uns in den Keller.

Ein Teil des Kellers war mit Wellblech verkleidet – ein Anderson-Schutz -, und dorthin verkrochen wir uns. Es war kalt hier unten. Zum Glück hatte Lucien eine Taschenlampe mitgebracht, in deren Schein wir Stühle, einen alten Kartentisch und eine Petroleumlaterne sehen konnten. Er zog eine Schachtel Streichhölzer aus der Tasche und zündete die Lampe an.

Auf dem Boden neben uns standen ein paar Weinkisten, und unser Gastgeber wählte eine Flasche aus, nahm ein paar Gläser, die unter einem Geschirrtuch auf dem Tisch standen, und spielte weiterhin den vollendeten Gastgeber. Ganz offensichtlich war er schon öfter hier gewesen, denn er kramte auch gleich ein paar Decken hervor, die in ein Wachstuch gewickelt waren, und breitete sie uns über die Knie. So saßen wir im Kerzenschein und tranken Burgunder, während draußen ganz in der Nähe die Bomben niedergingen; man hörte das stetige, dumpfe Krachen der Explosionen durch die Wände und den Boden. Mir war das vollkommen gleichgültig, und ich wußte, daß es Brian genauso ging – für uns spielte es keine Rolle, ob das Haus über uns zusammenstürzte oder nicht. Als der Angriff vorüber war und ich vor Lucien die Kellertreppe hinaufstieg, spürte ich, wie im Dunkeln seine Hand meine Wange streifte.

11. Kapitel

Brian und ich verließen London: er nach seinem Stützpunkt in Manston, ich in Richtung Nottingham. Lucien fuhr uns in einem Daimler zum Bahnhof, wobei er sarkastisch feststellte, der deutsche Wagen gehöre zum Glück nicht ihm, sondern sei eine Leihgabe an die Freien Franzosen.

Mary sagte mir an der Tür Lebewohl und meinte, ich solle den Kopf nicht hängenlassen und mir wegen Brian nicht solche Sorgen machen. »Er wird drüber wegkommen, Peg.« Aber in ihrem Augen sah ich wenig Überzeugungskraft. Ihr war nicht entgangen, in welcher Verfassung er sich von ihr verabschiedet hatte.

Was Mary anging, so hatte ich das Gefühl, daß es in ihrem Leben etwas gab, was sie vor mir verheimlichen wollte. An Kleinigkeiten war es mir klargeworden, Momente der Geistesabwesenheit, daran, daß sie sich bei Gesprächen immer wieder ganz in sich selbst zurückzog, sobald sie sich unbeobachtet glaubte. Ein paarmal hatte ich sie dabei erwischt, wie sie aus dem Fenster starrte, mit angespanntem, distanziertem Gesicht. Auch Lucien schien es zu bemerken, denn ich bekam oft mit, wie er sie besorgt und ratlos anblickte.

Als Lucien und Brian am Sonntag morgen einen Spaziergang machten, um die Folgen des Bombenangriffs der Nacht in Augenschein zu nehmen, versuchte ich, mit Mary zu reden. Wir saßen im Salon mit den großen Fenstern, durch die man die Straße und die großen roten Busse sehen konnte. Gedämpft drang der Verkehrslärm herein.

»Wie geht es dir eigentlich, Mary? Wir hatten kaum Gelegenheit, uns in Ruhe zu unterhalten.«

Mary bot mir eine Zigarette an, inhalierte tief und legte den Kopf auf die Sessellehne.

»Ach, es ist alles wunderbar. Ich freue mich sehr, daß wir in London sind. Bald fangen auch die Proben an.« Sie lächelte mich an. »Es war schön, dich wiederzusehen – und Brian natürlich auch. Die Sache mit seiner Mutter ist schrecklich. Es wäre mir lieber gewesen, er hätte es nicht ausgerechnet hier erfahren. Nimmt er es sehr schwer?«

»Ja. Er gibt sich selbst die Schuld für alles.«

Mein eigenes schlechtes Gewissen erwähnte ich nicht: Schließlich war ich dafür verantwortlich, daß er Glenallen verlassen hatte.

Mary seufzte. »Ich erinnere mich nicht mal mehr an meine Mutter. Vermutlich wird man im ganzen Leben nie wieder so geliebt.«

Ich nickte. »Das Wochenende hat so fröhlich begonnen, und dann mußte das passieren. Schade, daß er nicht heimfahren kann. Wenn man das Ritual versäumt, durch das der Tod endgültig besiegelt wird, solange man den Toten nicht gesehen und ihm Lebewohl gesagt hat, kommt einem die Sache einfach unerledigt vor. Ich kann sowenig für ihn tun, vor allem, wenn er heute wieder zu seiner Staffel zurückkehrt.«

Mary schwieg. Nach einer Weile meinte sie: »Arme Peg, du hast es schon schwer. Ich frage mich, wie viele Leute überhaupt heiraten würden, wenn sie im voraus wüßten, was auf sie zukommt – der Kampf, für einen anderen Menschen alles zu sein, das Ende des persönlichen Friedens!«

»Sei nicht so zynisch, Mary. So ist es doch gar nicht.«

»Wirklich nicht? Hat Brian dir Frieden gebracht?«

Jetzt war ich an der Reihe zu schweigen.

»Nein«, antwortete ich schließlich. »Er hat mir viel geschenkt, aber Frieden gehört nicht dazu.«

»Ich sollte lieber den Mund halten«, meinte Mary, die merkte, wie angespannt ich war. »Aber ich bin eben eine alte Jungfer und sehr neugierig!«

»Du und eine alte Jungfer!« lachte ich. »Du bist eine hochbegabte Frau, und eines Tages wird dir die Welt zu Füßen liegen. Und du wirst großartig sein als Titania. Erinnerst du dich noch, wie wir das Stück in der vierten Klasse mit Mother Benedict gelesen haben? ›Also wirklich, Mary McElligott, es besteht keine Veranlassung, dich aufzuspielen, als stündest du auf der Bühne!‹« Ich versuchte unsere Lehrerin mit ihrer hohen Stimme und ihrem

Akzent zu imitieren, gab mein Vorhaben aber rasch wieder auf. »Ich komme zur Premiere auf jeden Fall nach London.«

Mary kicherte gutgelaunt, und ihr Gesicht strahlte, so angenehm war ihr offenbar diese Erinnerung. »Die arme alte Mother Benedict! Sie war ein nettes altes Haus, auch wenn sie sich mit Haut und Haaren den Prinzipien von Sittsamkeit und Geschlechtslosigkeit verschrieben hatte, nach denen sich Frauen wie liebe kleine Schattenwesen am Rand des Geschehens aufzuhalten haben.«

Sie trommelte mit den Fingern auf der Armlehne des Stuhles.

»Ich wollte, du könntest länger bleiben und müßtest nicht schon wieder nach Nottingham. Ohne dich werde ich mich ganz schön einsam fühlen.«

Überrascht und betroffen sah ich sie an.

»Aber du hast hier doch alles, was man sich wünschen kann! Du bist talentiert und schön. Und du hast Lucien.«

Ihr Lächeln gefror.

»Meinst du?« flüsterte sie.

»Das weißt du doch. Er liebt dich, das sieht man auf den ersten Blick.«

Mary zog an ihrer Zigarette, starrte zur Decke, und erst nach zwei, drei Sekunden merkte ich, daß sie weinte. Leise rannen die Tränen über ihre Wangen.

»Er liebt dich«, wiederholte ich bestürzt. »Und ich dachte, du liebst ihn auch.«

Ärgerlich wischte sie die Tränen weg.

»Arme kleine Peg. Du liebst Brian, und du weißt, daß du die einzige Frau in seinem Leben bist. Aber Lucien ... einen solchen Mann liebt man auf eigene Gefahr. Was ihm nicht gefällt oder ihn nicht interessiert, existiert für ihn einfach nicht. Was denkst du, wie sicher ist mein Platz in seinem Leben? Er ist sicher, bis Lucien die nächste Frau kennenlernt, die ihn fasziniert. Er trifft sich schon jetzt ab und zu mit anderen Frauen, aber er kommt immer zu mir zurück und hält mich hier« – sie machte eine ausladende Handbewegung über das Zimmer – »hält mich hier im Luxus, nur weil ich ... weil ich eine Herausforderung für ihn bin. Also, um deine Frage zu beantworten – ich liebe ihn nicht. Ich habe ihn sehr gern, aber ich liebe ihn nicht, nein.«

»Aber du lebst doch mit ihm zusammen«, sprudelte ich hervor. »Wie kannst du mit jemandem zusammenleben, den du nicht liebst ... Geschenke von ihm annehmen ... mit ihm schlafen?«

Sie funkelte mich wütend an und stand auf.

»Um Himmels willen, Peg«, fauchte sie. »Siehst du denn nicht, daß ich unfähig bin zu lieben? Ich bin nicht normal!«

Sie stürzte aus dem Zimmer, und ich wollte ihr gerade nachlaufen, als ich die Haustür sich bewegen hörte und Lucien und Brian hereinkamen.

»Sie sehen blaß aus – ist was nicht in Ordnung?« Luciens Gespür für Menschen und ihre Gefühle war untrüglich. Er lächelte mich an, mit zusammengekniffenen, fragenden Augen – er ahnte etwas. Zwar war er kleiner als Brian, aber wenn man die beiden zusammen sah, zweifelte man keine Sekunde, welcher von beiden mehr Energie und Zielstrebigkeit ausstrahlte. Obwohl Brian natürlich wesentlich jünger war und sein Idealismus noch ungebrochen.

»Wo ist Mary?«

»Oben, glaube ich.«

Brian setzte sich zu mir aufs Sofa und nahm meine Hand. Auf der Treppe hörte man Luciens Schritte. »Chérie, où es-tu?« rief er mit vollkommen veränderter Stimme, sanft, beinahe ängstlich.

Ich packte meinen Mann am Arm. Also war Marys Leben doch nicht so, wie ich es mir vorgestellt hatte, und die Lässigkeit, die sie ausstrahlte, nur wieder eine Maske – wie früher.

Brian zog mich an sich, und ich lehnte den Kopf an das blaue Royal-Air-Force-Jackett, fuhr mit dem Finger über den Streifen an der Manschette, lauschte dem Pochen seines Herzens. Auf den Goldknöpfen prangte der Adler mit ausgestreckten Schwingen, über ihm die Königskrone.

»Wenn du doch nur bei mir bleiben könntest.«

Ganz deutlich spürte ich seine innere Anspannung, die Trauer um seine Mutter, die er weder zeigen noch mit jemandem teilen wollte. Worüber er grübelte, konnte ich nur raten, seine Augen fixierten etwas, was sich meinem Blick entzog, als versuchten sie irgendein dunkles seelisches Wirrwarr zu durchdringen.

Ich sah ihm ins Gesicht, und unsere Blicke begegneten sich.

»Du sollst wissen, daß du das Beste bist, was mir je passiert ist«, sagte er. »Ich möchte, daß du das weißt, Peg.«

Schweigen. Ich hörte Schritte in der Etage über uns. Draußen dröhnte der Verkehr.

»Brian, bitte sei doch nicht so unglücklich. Der Tod deiner Mutter ist wirklich sehr traurig, aber Harriet hat dir einen ganz üblen Brief geschrieben, der mehr über sie selbst aussagt als über dich.«

»Ich wünschte bei Gott, ich könnte diesen Ort ein für allemal vergessen«, brach es aus ihm hervor.

»Aber du hast doch gar nichts mehr damit zu tun!«

Er sah mich an.

»Ich habe nichts damit zu tun? Ich schleppe Glenallen die ganze Zeit mit mir herum! Ich bin dort verwurzelt. Ich versuche, das alles zu durchschauen, denn ich kann es erst loslassen, wenn ich es durchschaut habe. Verstehst du das?«

Ich verstand es nur zu gut.

Kurze Zeit später kam Lucien ins Zimmer und meinte, wir müßten aufbrechen, wenn wir unseren Zug noch erwischen wollten. Also erhoben wir uns und holten unser Gepäck. An der Tür umarmte Mary uns beide.

Lucien fuhr Brian zur Victoria Station. Dort brachte ich ihn zum Zug, stand auf dem Bahnsteig und winkte bei der Abfahrt. »Bis bald, mein Schatz«, rief er. »Wir sehen uns bald wieder.«

Ich blickte dem Zug nach, wobei ich versuchte, das Fenster, hinter dem er saß, im Auge zu behalten. Schließlich sah ich nur noch das Schlußlicht des letzten Wagens, und dann war alles hinter einem einfahrenden Zug verschwunden.

Anschließend fuhr mich Lucien nach St. Pancras. Ich schwieg, und er sah mich hin und wieder an, sagte ein paar Worte, sanft und leise. Aber ich nahm wenig Notiz von ihm und antwortete einsilbig, denn ich machte mir große Sorgen um Brian.

Ich war nicht darauf gefaßt, daß sich Lucien, als er geparkt hatte, über mich beugte, und ich war auch nicht auf die sinnliche Berührung gefaßt, mit der er seinen Mund auf meinen preßte.

Meine Knie wurden weich. Jetzt gehörte ich wieder in die wirkliche Welt, die Welt aus Fleisch und Blut. Der Schock und eine sexuelle Erregung, wie ich sie noch nie erlebt hatte, fesselten mich auf meinen Ledersitz. Doch Lucien machte keine Anstalten, mich weiter zu berühren, er legte lediglich die Hand auf meine Wange, und diese zärtliche Geste machte den Kuß unendlich süß. Als er sich zurückzog, starrte ich auf meinen Schoß und dann in sein Gesicht, das einen leicht benommenen, halb amüsierten, halb neugierigen Ausdruck hatte. In seinen Augen jedoch glühte ein gieriges Verlangen. Er lächelte.

»Nun, Madame«, sagte er leise. »Jetzt hatten wir unseren Moment der Nähe.«

Damit öffnete er die Tür und stieg aus. Er holte meine Reisetasche aus dem Kofferraum, und ich legte den Umschlag mit den fünfzig Pfund ins Handschuhfach. Dann stieg auch ich aus und ging neben ihm zum Bahnhof. Trotz meines Protests bezahlte er meine Fahrkarte und begleitete mich zum Zug.

»Au revoir, süße Peg«, sagte er, während er mir in den Wagen half. »Wir sehen uns wieder.«

»Lucien«, entgegnete ich. »Schau in deinem Handschuhfach nach. Ich habe etwas dorthin gelegt, was dir gehört.«

Durch mein Abteilfenster sah ich sein Stirnrunzeln und hörte sein Lachen. Mit einer Geste gespielter Hilflosigkeit streckte er die Hände aus, nahm dann den Hut ab und schwenkte ihn in meine Richtung, ehe er in der Menge auf dem Bahnsteig verschwand.

Wieder in Nottingham, stürzte ich mich in die Arbeit; jeden Abend saß ich stundenlang über der Unterrichtsvorbereitung für den nächsten Tag. Inzwischen war ich die Botanikspezialistin im Naturkundebereich, denn Mr. Warren, mein Vorgänger, war eingezogen worden. Auch die Erstsemester in Zahnmedizin, die ich unterrichtete, warteten auf ihren Marschbefehl, und zwar größtenteils höchst ungeduldig. Eines Tages fragte ich sie ganz traurig, weshalb sie denn so darauf brannten, in den Kampf zu ziehen und zu sterben, wie schon so viele vor ihnen, und als Antwort bekam ich zu hören, sie täten es für eine schöne neue Welt.

»Es wird eine wunderbare, vollkommen veränderte Welt sein, Mrs. Fitzallen. Keine Kriege mehr, ein höherer Lebensstandard für alle, und Flugreisen werden zum Alltag gehören.«

Letzteres wollte ich nicht glauben, sowenig Ahnung hatte ich von der Zukunft.

An Brian schrieb ich einen langen Brief. Wenigstens weiß ich jetzt, wo er ist, versuchte ich mich zu trösten. Aber ich sehnte mich danach, etwas von ihm zu hören. Ob er noch in der Depression steckte, die ihn nach Harriets taktloser Nachricht überfallen hatte? Würden wir Glenallen und das Leid, das alle dort verfolgte, je ganz aus unserem Leben verbannen können? Auch an Harriet schrieb ich einen kurzen Brief, in dem ich ihr mein Beileid zum Tod ihrer Mutter ausdrückte und ihr erklärte, daß Brian und ich jetzt in England seien, wo ich eine Stelle als Lehrerin hatte und er zur Einsatztruppe der RAF gehörte. Ich schrieb ihr auch, wie sehr er sich über ihren Brief aufgeregt hatte. Ich weiß nicht, wieviel der offizielle Zensor aus meinem Schreiben herausstrich, aber etwa zehn Tage darauf erhielt ich eine Antwort. Harriet bedankte sich für meine Anteilnahme. Sie hätte eine harte Zeit hinter sich und freute sich, von mir zu hören. Ob ihr Vater wohl wußte, daß ich geschrieben hatte? Bestimmt hätte er nichts dagegen gehabt, daß Brian zur Luftwaffe gegangen war. Seinen Bemerkungen über den Krieg nach zu urteilen, hätte er selbst an Stelle seines Sohns das gleiche getan. Aber Harriet erwähnte den alten Mann mit keinem Wort.

Eines Abends lud mich John Eyreton ins Kino ein.

»Sie arbeiten zu hart, Peg«, verkündete er. »Heute abend führe ich Sie aus. Wie wäre es, wenn wir uns *Die kleinen Füchse* ansehen?«

Zwar mochte ich Bette Davis und freute mich über den Vorschlag, aber ich zögerte, weil ich Angst hatte, er könnte auf Ideen kommen, die sich mit meinem Stand als verheiratete Frau nicht vereinbaren ließen. Aber in seinen Augen war nichts weiter zu lesen als reine Nettigkeit.

Wir gingen also ins Kino, aber mitten im Film heulten die Sirenen. Da Nottingham so zentral lag, wurde es regelmäßig von deutschen Bombern überflogen, und der Alarm ging los; ein regelrechter Bombenangriff fand nur zweimal während meines Aufenthalts statt.

»Warten Sie eine Sekunde«, meinte John. »Ich seh mal nach, was los ist.«

Kurze Zeit später kam er zurück. Ein zweites Sirenensignal blieb aus; also sahen wir uns die zweite Hälfte des Films an und gingen anschließend am Ufer des qualmverschleierten Flusses heim. John sprach über den Krieg, seine Arbeit auf dem neuen Flugplatz und über das, was Hitler den Juden antat. Genau wie ich – wie jeder von uns – haßte er Hitler. Das lag damals regelrecht in der Luft, dieser tiefe, allumfassende Abscheu. Die Judenverfolgung wurde oft diskutiert; auch im Lehrerzimmer an der Schule stand sie häufig zur Debatte, allerdings äußerten manche die Ansicht, es könne einfach nicht wahr sein, was man darüber hörte, und sei sicher Teil der Propaganda.

Als ich John fragte, ob er glaube, es handle sich nur um Propaganda, sah er mich fragend und ein wenig schockiert an.

»Bestimmt nicht. Es ist die Wahrheit. Ich bin selbst zu einem Viertel Jude«, fügte er fast angriffslustig hinzu. »Von der Seite meiner Mutter. Wenn die Deutschen einmarschieren, hab ich bestimmt nichts zu lachen!«

Dann begann er ganz vorsichtig, mir Fragen über Brian zu stellen, über meine Heimat in Irland. In groben Zügen schilderte ich ihm die Ereignisse, die zu unserem Umzug nach England geführt hatten, und erkundigte mich, was er nach dem Krieg vorhatte.

»Ich hätte gern eine eigene Firma, Eyreton Consulting Engineers. Wie hört sich das an?« Er lachte. »Und Sie werden wahrscheinlich mit Ihrem Mann auf Ihre Insel zurückkehren?«

Eigentlich hätte ich gern geantwortet, daß wir uns ein kleines Haus kaufen und in England bleiben wollten, aber ich ließ es bleiben. Eine kalte Vorahnung sagte mir, daß es nie soweit kommen würde.

Zu Hause kochte Claire gerade Tee. ›Die Zauberin von Halb-Oz‹, wie sie Mrs. Burton nannte, war mit ihrem Freund ausgegangen, einem Luftschutzwart, der sie nach der Entwarnung abgeholt und in ein Lokal ausgeführt hatte.

Als ich später in meinem Zimmer den Rosenkranz betete und die göttlichen Mächte – was immer sie sein mochten – anflehte, Brian zu schützen, hörte ich ein Klopfen an der Tür. Da ich annahm, es wäre Claire, rief ich: »Herein!«

Aber es war John, im Morgenmantel, ein Buch in der Hand.

»Ich dachte, vielleicht gefällt Ihnen das.«

Es waren Cartoons von Lowe. Er legte das Buch auf den Tisch und blieb ein bißchen unsicher stehen. Dann entdeckte er den Rosenkranz in meiner Hand.

»Entschuldigen Sie«, meinte er verlegen. »Ich wußte nicht, daß Sie beten.«

»Für Brian.«

»Natürlich.«

Ganz leise schloß er die Tür hinter sich.

Am folgenden Sonntag machte ich mit Claire und John einen Spaziergang im Wooloton Park. Wir hatten Sandwiches mitgenommen und verbrachten einen sehr erholsamen Nachmittag im Park und unten am See. John war ein unerschöpflicher Quell interessanter Informationen; er zeigte uns das verfallene Camellia House mit seinem viereckigen Grundriß und erklärte uns alle möglichen historischen Details des Bauwerks. Wie immer genoß ich es, mir die Sehenswürdigkeiten von meinen neuen Freunden zeigen zu lassen; auch Nottingham Castle hatte ich auf diese Weise kennengelernt – den Ort, wo der böse Sheriff von Nottingham die Vernichtung Robin Hoods geplant hatte, von dessen Abenteuern ich in den Sommertagen an der Garryogue geträumt hatte.

Der Tag war wunderschön; viele Familien waren unterwegs, Alt und Jung genossen einen Spaziergang und den Frühlingssonnenschein.

Beim Heimkommen erfuhr ich, daß ein fremder Herr dagewesen war, um mich zu besuchen. »Ein Franzose allem Anschein nach«, meinte Mrs. Burton mit höchst argwöhnischem Gesicht. Gegen fünf wollte er noch einmal vorbeikommen. »Er hatte einen französischen Akzent und war sehr enttäuscht, daß er Sie nicht angetroffen hat.«

»Das war sicher Lucien«, erklärte ich hastig. »Der ... der Freund meiner Freundin. Ich habe bei ihnen übernachtet, als ich in London war.«

Pünktlich um fünf traf ›mein Franzose‹ ein, bleich und ungewohnt einsilbig. Ich stellte ihn vor.

»Lucien, das ist Mr. Eyreton und das Mrs. Burton. Comte de Rais.«

John schüttelte ihm die Hand und sagte: »Guten Tag, wie geht es Ihnen?«, während Mrs. Burton: »Freut mich, Sie kennenzulernen« murmelte, ganz kribbelig vor Freude, einen Aristokraten unter ihrem Dach zu beherbergen. Lucien unterhielt sich angelegentlich mit John, der von seinem Akzent und seinem Charme offensichtlich bezaubert war, aber die ganze Zeit spürte ich, wie geistesabwesend Lucien in Wirklichkeit war und wie er das Haus und die Leute um mich herum taxierte.

»Ich habe Neuigkeiten für dich, Peg«, sagte er schließlich. »Darf ich dich vielleicht zu einer Tasse Tee einladen? Ich muß mit dem Abendzug zurück nach London.«

Auf dem Weg nach draußen holte ich meinen Mantel, und Lucien führte mich zum Black Boy Hotel. Als wir in den Bus kletterten, ergriff Lucien meine Hand und hielt sie fest. Ich genoß seine Berührung und seine Nähe, und gleichzeitig war ich zutiefst mißtrauisch. Was ich empfand, hatte nichts mit meinen Gefühlen für Brian zu tun, es war eher wie eine chemische Reaktion. Außerdem ärgerte ich mich, weil Lucien zu Mary gehörte und sich nicht an mich hätte heranmachen dürfen. Ich mußte daran denken, was sie mir gesagt hatte: daß ihr Platz in seinem Leben nur sicher war, bis er die nächste Frau kennenlernte, die ihn faszinierte. Doch Mary gehörte zu meinem Leben, sie war beinahe ein Teil meiner Identität. Im Vergleich zu ihr war Lucien unwichtig. Was hatte er mir zu sagen, daß er den weiten Weg gekommen war?

Das Black Boy Hotel war das schönste in ganz Nottingham. Wir saßen vor dem silbernen Tee-Service im Salon, und beim Anblick der kleinen Sandwiches und der reich verzierten Kuchen lief mir das Wasser im Mund zusammen. Garantiert mußte Lucien einiges dafür springen lassen. Ich verspeiste meine Ration von einem Viertelpfund Süßigkeiten immer gleich, wenn ich sie bekam, und die letzte hatte ich erst vor zwei Tagen erhalten. Dank des Krieges hatte ich einen schrecklichen Heißhunger auf Süßes entwickelt.

Schließlich riß ich meine Augen von den Leckereien los und sah Lucien an.

»Wie geht es Mary?« fragte ich.

»Mary ist nicht mehr bei mir«, antwortete er leise. »Nach der Probe am Freitag wollte ich sie abholen, aber sie war nicht da. Man hat mir gesagt, sie sei gerade weggegangen, und seither ist sie fort. Weißt du vielleicht, wo sie ist?«

Er hatte die Sätze hastig hervorgestoßen, mit fast ausdruckslosem Gesicht, aber ohne mich eine Sekunde aus den Augen zu lassen, falls ich irgendeine Reaktion zeigte.

Ich war wie vor den Kopf geschlagen.

»Aber wo soll sie denn sein? Meinst du, sie ist nach Irland zurückgefahren?«

»Ich habe gedacht, wenn jemand das weiß, dann du«, meinte Lucien und seufzte. »Aber anscheinend habe ich mich geirrt.« Auf einmal machte er einen erschöpften Eindruck.

Ich bat ihn, die Geschichte noch einmal in allen Einzelheiten zu wiederholen: Um welche Zeit hatte er sie abholen wollen, wen hatte er nach Mary gefragt?

»Ich habe alle gefragt, das gesamte Ensemble, den Portier, die Verkäufer in den umliegenden Läden, Taxifahrer, Busschaffner. Ohne Erfolg. Natürlich habe ich auch die Polizei informiert«, fügte er mit mildem Lächeln hinzu, »aber dort hat man mich nur mitleidig angesehen, meine Aussage aufgenommen und mich daran erinnert, daß eine volljährige Frau das Recht hat, zu gehen, wohin sie will; ich habe mich auch bei den Luftschutzwarten der Gegend nach ihr erkundigt, und sie haben gesagt, sie hätten niemanden gefunden, auf den Marys Beschreibung paßt.«

»Sind in der Nacht, als sie verschwunden ist, Bomben gefallen?«

»Ja.«

»Womöglich haben wir sie durch den Bombenangriff verloren. Vielleicht ist sie tot«, flüsterte ich und spürte, wie mir Tränen in die Augen stiegen. Lucien nickte, und auch seine Augen waren feucht. »Aber ich glaube das nicht.«

Ohne jede Scham ließ ich meinen Tränen freien Lauf, dann ging ich zur Toilette und weinte dort weiter, bis ich mich einigermaßen gefaßt hatte. »Oh, Mary«, dachte ich. »Ich kann dich nicht auch noch verlieren, nachdem uns Cissie schon verlassen hat. Wo bist du? O Gott, bitte, paß auf sie auf! Mach, daß sie nicht tot ist.«

Es gab so vieles, was ich wissen wollte. Welche Rolle spielte Lucien bei der ganzen Sache? Warum war Mary weggegangen? Hatte er eine Ahnung, wo sie war?

Aber er seufzte nur und schüttelte den Kopf.

»Du hattest also nichts damit zu tun?« fragte ich.

Mit seinem vertrauten leisen Lächeln blickte er mich an.
»Du wirst aggressiv, süße Peg.«
»Du liebst sie doch, oder?«
»Selbstverständlich.«
»Aber vor kurzem hat sich Mary abends nach einer Probe sehr seltsam verhalten«, fuhr er nach einer Weile fort. »Sie wurde regelrecht hysterisch wegen einer Maske, die einer ihrer Kollegen aufhatte. Das war wirklich merkwürdig und hat überhaupt nicht zu Mary gepaßt.«
»Was für eine Maske war das?«
»Sie gehörte dem Puck – eine Ziegenmaske.«

Fast wortlos begleitete mich Lucien zurück zum Stanhope Boulevard. Unterwegs begannen die Sirenen zu heulen, und ich hätte am liebsten mitgeschrien, hätte meine Faust gegen den Himmel erhoben, gegen den Krieg und die tödlichen Spiele der Menschen.

Lucien zog mich in den nächstbesten Bunker, wo wir mit etwa einem Dutzend anderer Leute auf die Entwarnung warteten. Es fielen keine Bomben; offensichtlich waren sie für eine andere Stadt bestimmt gewesen, es war wieder einmal falscher Alarm.

Erneut spürte ich seine Hand auf meiner, spürte, wie er sie in seine Armbeuge legte und fühlte mich seltsam beruhigt. Irgendwie waren wir uns wieder nähergekommen, und so wanderten wir in der hereinbrechenden Dämmerung den Stanhope Boulevard entlang.

Vor der Haustür küßte er meine Hand.

»Du bist stark, süße Peg, viel stärker, als du ahnst«, sagte er traurig und war verschwunden.

Ein paar Tage darauf begannen die Träume. Ich sah Cissie auf dem Berg, sah sie kommen und gehen wie einen Schatten, als wäre sie Teil des wechselnden Lichts. Dann trat Mary in den Traum, und plötzlich waren wir wieder in St. Catherine, an jenem Januartag, als das Glas auf der Alphabettafel zersprang. Nach Atem ringend, wachte ich auf, mit dem Gefühl, daß etwas Böses, Unfaßbares, Gemeines mich erdrücken wollte, etwas, was Cissie, Mary und ich damals unwissentlich heraufbeschworen hatten.

12. Kapitel

Als ich am folgenden Freitag von der Schule heimkam, lagen zwei Briefe für mich auf dem Garderobenständer in der Diele. Einer davon trug eine irische Briefmarke. Ich hob ihn auf, sah aber zuerst noch den anderen an, auf dem ich Marys ungeduldige Handschrift erkannte. Gespannt und voller Hoffnung riß ich ihn auf.

Liebste Peg,
sicher hat Lucien Dir längst erzählt, daß ich ihn verlassen habe. Ich will keine Spielchen mehr spielen, höchstens solche, die nützlich sind.
Mach Dir keine Sorgen um mich.
Alles Liebe, Mary

Ich drehte den Brief um, erfüllt von den widersprüchlichsten Gefühlen: Einserseite ärgerte ich mich, daß sie keine Adresse angegeben hatte, andererseits war ich froh und dankbar, daß sie lebte. Auf dem Brief klebte eine Marke, die vor vier Tagen in London abgestempelt worden war. Mit wachsender Enttäuschung untersuchte ich den Umschlag, als könnte ich ihm noch irgendeine Information entlocken, wenn ich mich nur anstrengte. Daß dieses Papier nicht sprechen konnte, machte mich beinahe wahnsinnig – wußte es doch, wo Mary war, sie hatte es ja in der Hand gehalten!

Die Handtasche unterm Arm, trat Mrs. Burton in die Diele, warf einen Blick auf den Brief und sah mich fragend an.

»Alles in Ordnung, Liebes?«

»Ja. Der Brief ist von meiner Freundin Mary.«

Weil ich jemandem mein Herz ausschütten mußte, hatte ich Mrs. Burton und John von Marys Verschwinden erzählt, und das Gesicht meiner Vermieterin erhellte sich prompt.

»Von der Freundin, die durchgebrannt ist?«

»Ja. Aber sie schreibt mir keine Adresse.«

Mrs. Burton schlüpfte in den Mantel, warf einen Blick in den

Garderobenspiegel, zog ihre Puderdose aus der Tasche und tupfte sich etwas mit der Quaste auf die Nase.

»Jetzt kann ich es Ihnen ja sagen, Liebes«, meinte sie leise und vertraulich. »Ihre Freundin hat es bei diesem Franzosen nicht mehr ausgehalten. Ausländer sind ein wenig ... na, Sie wissen schon« – sie riß bedeutungsvoll die Augen auf –, »na ja, sie sind eben keine Briten, wenn Sie verstehen, was ich meine, Liebes.«

Als sie die Puderdose zuschnappen ließ, schwebten ein paar duftende Puderflocken auf den Linoleumfußboden.

Die Katze Queenie kam die Treppe heruntergeschlendert; sie hatte auf ihrem bevorzugten Sonnenplätzchen am Treppenfenster gelegen, und Mrs. Burton beugte sich zu ihr hinunter.

»Miez, miez, miez«, flötete sie. »Sieh dir das hübsche Gesicht an, sieh's dir gut an.« Queenie blickte mit ihren grünen Katzenaugen zu ihr empor, mit erhobenem Schwanz und zufrieden schnurrend.

Den Brief aus Irland nahm ich mit hinauf in mein Zimmer. Wegen der irischen Marke hatte ich gehofft, er käme von Tom, aber es war nicht seine Handschrift, obwohl sie mir bekannt vorkam. Sie sah aus wie Peters ordentliche Schrift, aber es erschien mir seltsam, daß er einen Brief an mich mit Mrs. Fitzallen adressierte. Es war, als würde er meinen Status anerkennen, und das machte mir beinahe Angst.

Ich wollte diesen Brief nicht öffnen und ließ ihn deshalb auf meinem Tisch liegen, während ich zwanzig oder mehr Übungshefte der Lower Five korrigierte. Als Mrs. Burton zum Abendessen rief, war ich fast fertig.

John war in Hochform; auch Claire und Ellen beteiligten sich angeregt an dem Gespräch über den Krieg.

Zu meinem Leidwesen gab es Shepherd's Pie; ich war hungrig, aber es war Freitag.

»Geben Sie mir bitte nur etwas von den Kartoffeln, Mrs. Burton.«

Erschrocken schlug sie sich die Hand vor den Mund.

»Oh, das tut mir aber leid, Liebes. Ich habe es vollkommen vergessen. Aber es ist wirklich nur ganz wenig Fleisch drin.«

»Worauf Sie sich verlassen können«, flüsterte mir John ins

Ohr, mit einem Blick auf die dicke alte Queenie, die in ihrem Körbchen in der Ecke lag, sich putzte und sehr zufrieden wirkte. »Das meiste ist bei Schnuckiputzi gelandet!«

»Es ist so schwierig, heutzutage Fleisch zu bekommen – außer Pferdefleisch«, fuhr Mrs. Burton unterdessen fort, »aber ich habe Mr. Tinsley gesagt, daß ich meinen Mietern so etwas nicht vorsetzen kann.« Sorgfältig kratzte sie die Kartoffeln von der oberen Lage des Auflaufs ab und reichte sie mir, zusammen mit Brot und Margarine. John gab mir noch seine Kartoffeln und schüttelte dabei den Kopf. Dieser irische Katholizismus!

Zum Nachtisch gab es einen mit Saccharin gesüßten Wackelpudding und aus Milch und zerstoßenen Eierschalen fabrizierte Sahne.

Mrs. Burton erzählte John von Marys Brief, und ich holte ihn aus der Tasche, um ihn ihm zu zeigen. Er las mit gerunzelter Stirn, sagte dann aber, mit Mary sei wohl alles in Ordnung.

»Wahrscheinlich hat sie momentan nur eine Übergangsadresse, oder sie zieht gerade um.«

Seine Sicherheit heiterte mich auf. Gewiß, Marys Brief klang sehr energisch. Und sie lebte.

Während wir die Teller in die Spülküche trugen, meinte John mit einer Geste zum Fenster und dem sonnigen Abend draußen, Claire und er wollten spazierengehen, ob ich nicht mitkäme. Aber ich lehnte ab, ich hätte noch zuviel zu arbeiten. Vielleicht morgen. Der nächste Tag schien mir sehr weit weg, angesichts der Tatsache, daß in meinem Zimmer ein Brief von Peter Fitzallen auf mich wartete, den ich nicht öffnen wollte.

Aber ich tat es schließlich doch. Nach dem Essen ging ich hinauf in mein Zimmer, holte meine Nagelfeile und schlitzte damit den Umschlag auf. Das sauber beschriebene feste Papier trug den Briefkopf von The Law Library, Four Courts, Dublin.

Liebe Peg,
Harriet hat mir Deinen Beileidsbrief zum Tod unserer Mutter gezeigt. Leider habe ich weitere schlechte Neuigkeiten. Am 2. Mai ist Vater gestorben. Brian muß es erfahren, aber wir haben

nur einen einzigen Brief von ihm erhalten, der jedoch keine Adresse trug.
Es gibt nun einige Dinge, die dringend mit ihm besprochen werden müssen, und ich wäre Dir sehr verbunden, wenn Du mir seine Anschrift mitteilen würdest.
Ich hoffe, es geht Dir gut.
Mit freundlichen Grüßen
Dein Peter

Ich dachte eine Weile über den Brief nach, dann schrieb ich an Brian.

Mein Liebling,
ich schicke Dir Peters Brief, den ich heute erhalten habe. Es tut mir schrecklich leid und ich wollte, ich könnte bei Dir sein. Ich liebe Dich sehr. Bitte sei nicht zu unglücklich. Dein Vater hatte das Braune Skapulier, also ist er jetzt sicher im Himmel. Ich lasse den Pfarrer hier eine Messe für ihn lesen – einen gewissen Father Riordan aus Galway! Für Deine Mutter hat er auch eine gelesen. Der Gedanke, daß wir zusammensein können, wenn Du Deinen nächsten Urlaub bekommst, hält mich aufrecht. Ich hasse diesen schrecklichen Krieg und sehne mich danach, daß endlich Schluß ist, damit wir wieder beieinander sind.
Bitte schreib mir. Ich weiß, daß Du sehr beschäftigt bist, aber ich hätte so gern einen Brief von Dir.

»Ich muß von Dir hören«, wollte ich hinzufügen, aber ich tat es nicht, denn es klang, als wäre ich schwach und wollte mich an ihn klammern. Also wischte ich die Tränen aus meinen Augen und beendete den Brief in heiterem Ton, obwohl ich mich alles andere als heiter fühlte, und versprach, bald wieder zu schreiben. Ich beschloß, nichts von Mary zu erwähnen – noch nicht. Er hatte schon genug zu verkraften an diesem Brief.

John ging mit Claire spazieren, Ellen machte sich mit ein paar Freunden auf den Weg ins Kino; im Haus wurde es still. Ich ging mit einem Buch von Damon Runyon früh zu Bett, konnte aber nicht lesen. Gerade als ich dabei war einzudösen, hörte ich Mrs. Burtons Schritte auf der Treppe, gefolgt von denen ihres Freundes

Jack, und die Geräusche aus dem Nebenzimmer, als sie miteinander schliefen, das rhythmische Quietschen der Bettfedern, das Stöhnen und plötzliches Gelächter.

Der nächste Tag war Samstag, und ich machte mit John und Claire einen Ausflug zur Newstead Abbey, der Heimat von Lord Byron.

»Sie wurde von Henry II. für die Augustinermönche gebaut, als Buße für den Mord an Thomas Beckett«, erklärte mir Claire, während wir in der Abtei und der verfallenen Kirche herumgingen. Danach führte uns John zum Nachmittagstee in *The Hut*, ein altes Wirtshaus beim Tor.

Wie üblich war John der Inbegriff englischer Höflichkeit, und ich fand Frieden in der emotionalen Ruhe, die er ausstrahlte, in der Distanz zu psychologischen Kriegsspielen. Claire redete wie ein Wasserfall, und ich merkte, daß sie die Augen kaum von John abwenden konnte. Sie war ein hübsches, ziemlich ernstes Mädchen, deren Aussehen etwas unter der runden Brille litt, die sie trug.

Als John meinte, er würde gern einmal Irland kennenlernen, erzählte Claire, daß sie schon einmal in Dublin gewesen war. »Ich fand die Stadt ziemlich deprimierend.«

»Wenn Sie nach dem Krieg mit Ihrem Mann zurückziehen, könnten Sie uns doch vielleicht für ein paar Tage einladen?« schlug John vor.

Aber selbstverständlich, antwortete ich – falls wir wirklich zurückgingen. Es konnte auch sein, daß wir in England blieben.

»Ich verstehe nicht, was Sie hier halten könnte, wenn Sie doch in Irland, wo es so wunderschön ist, ein Landgut haben«, staunte John, und ich dachte an Glenallen und an Balor's Eye und an Cissie und Mary, die nicht mehr da waren, und an Brian, der mir immer fremder wurde, in seiner Verletzlichkeit und mit seinen fixen Ideen. Plötzlich begann meine Hand zu zittern, meine Teetasse klapperte, und der Tee schwappte auf die Untertasse.

»Ich werde nie nach Glenallen zurückgehen, nie, nie!« stieß ich hervor; ich hörte, wie schrill meine Stimme klang, schloß die Augen und versuchte, wieder Fassung zu erlangen, stemmte die Ellbogen fest auf den Tisch und drückte die geballten Fäuste gegen die Stirn.

Claire legte den Arm um meine Schulter. Bestimmt hatte ich sie und John vor den Kopf gestoßen, aber sie meinten nur freundlich, wir sollten heimfahren, und Claire nahm mich mit nach draußen, während John die Rechnung beglich.

In diesem Augenblick sehnte ich mich sehr nach der emotionalen Sicherheit einer Familie; ich dachte an Harriet und Peter und daran, daß ich einmal gehofft hatte, bei ihnen wenigstens Sympathie, wenn nicht sogar eine gewisse Zuneigung zu finden. Doch sie waren Teil des Szenarios, in das ich mich eingemischt hatte, ein Szenario, das sich anscheinend jeder vernünftigen Überlegung entzog.

Draußen setzten sich meine englischen Freunde neben mich auf eine Parkbank und fragten mich besorgt, was denn los sei und ob sie irgend etwas für mich tun könnten. Als ich mich einigermaßen gefaßt hatte, erklärte ich, Glenallen sei ein sehr seltsamer Ort, an dem ich um keinen Preis leben wollte. Da die beiden ja wußten, daß mein Schwiegervater gestorben war und ich an Brian geschrieben hatte, sagte ich ihnen, ich sei vor allem deswegen so durcheinander.

»Es war einfach zuviel auf einmal«, meinte ich.

»Sie Ärmste«, entgegnete Claire, und John führte uns, nett wie er war, zum nächsten Lokal. »Ein Brandy ist jetzt genau das richtige für Sie.«

Abends ging ich zur Beichte und erzählte Father Riordan, daß ich krank war vor Sorge um meinen Mann. Er fragte mich in seinem monotonen Galway-Akzent, weshalb sich mein Mann von mir getrennt hatte, warum er in den Krieg gezogen war. Hatte ich mich ihm verweigert? War ich meinen ehelichen Pflichten nicht nachgekommen? Sofort dachte ich schuldbewußt an die wenigen Male, als ich Kopfschmerzen vorgeschützt oder, wenn ich mitten in der Nacht zu schläfrig war, nicht auf Brians fordernde Hände reagiert hatte. Deshalb gestand ich dem Mann aus Galway, daß ich mich meinem Ehemann tatsächlich gelegentlich verweigert hatte, und das war mir so peinlich, daß ich rot wurde. Plötzlich fühlte ich mich nackt, ich kam mir vor, als wäre ich an allem schuld, was passiert war. Doch der Priester hörte mich geduldig an und sprach mich dann von meinen Sünden frei, die rechte behaarte Hand vor meinem gesenkten Gesicht erhoben – *in Nomine*

Patris et Filii et Spiritus Sancti –, Worte männlicher Macht. Meine kalten Hände kühlten mein glühendes Gesicht, während ich meine Bußgebete sprach. Voll Schrecken fiel mir ein, daß ich Luciens Kuß am Bahnhof zu beichten vergessen hatte. Aus Angst, deshalb am nächsten Morgen nicht zum Abendmahl gehen zu dürfen, kehrte ich an den Beichtstuhl zurück.

Father Riordan klang matt, murmelte etwas über notwendige Skrupel und warnte mich, ich solle mich vor Ausländern in acht nehmen, vor allem vor Franzosen.

Nach der Messe am Sonntag schrieb ich Brian ein zweites Mal, einen langen Brief mit Geschichten über die Schule und meine Schüler, über meine Bude und Mrs. Burtons entsetzlich verwöhnte Katze – ich versuchte einfach fröhlich zu wirken.

Aber auch darauf antwortete er nicht, was mich sehr deprimierte. Ich war hin- und hergerissen zwischen dem Wunsch, seine Staffel ausfindig zu machen und mich direkt an ihn zu wenden, und dem Ärger, der sich in mir zusammenbraute. Ich hatte es satt, ständig neben den Launen seiner Familie und seinen eigenen Allüren die zweite Geige zu spielen. Jetzt, da Glenallen endlich hinter uns lag, hatte ich gehofft, es würde alles gut werden. Doch plötzlich zeigte sich, daß Glenallen nicht nur ein geographischer Ort war, sondern vielmehr eine seelische Verfassung. Bis in die Nacht hinein betete ich für Brians Sicherheit. »Bitte beschütze ihn. Mach, daß er nicht umkommt.«

Ich konnte mir nur in groben Zügen vorstellen, wie Brians Leben bei der Luftwaffe aussah, aber von der Flak kannte ich das scheußliche Bellen der Maschinengewehre, und auch das stetige Dröhnen der Bomber am Nachthimmel war mir vertraut. Die Vorstellung, daß sich Brian irgendwo dort oben am Himmel in einer ähnlichen Situation befand und mit dem Feind kämpfte, war so nah, daß ich nicht länger darüber nachdenken wollte. Ich versuchte mit allem mir verfügbaren Optimismus in die Zukunft zu blicken, aber oft genug stand ich wie vor einer kahlen Mauer.

Als ich am Montag nachmittag gerade aus der Schule zurückgekehrt war, kam das Telegramm. Ich war in meinem Zimmer, hatte meine Bücher und die Jacke abgelegt und mich mit einer

Zigarette in dem alten braunen Sessel zurückgelehnt. Seit neuestem rauchte ich ziemlich viel; die Zigaretten waren kaum mit Gold aufzuwiegen, aber sie beruhigten meine Nerven. Zuerst hörte ich die Haustürklingel, dann Mrs. Burtons Stimme in der Halle, dann das Türenschließen, und einen Moment herrschte Stille, bevor sich schwere Schritte die Treppe heraufbewegten. Ich weiß nicht, weshalb ich diesen Augenblick so überdeutlich wahrnahm oder weshalb ich mit wachsender Angst lauschte, wie die Schritte sich näherten. Mrs. Burton klopfte, trat mit nervösem Gesicht ein und überreichte mir den amtlichen Umschlag mit dem Telegramm. Meine Hände zitterten. Ich legte die Zigarette weg, wobei ich seltsam distanziert die kleine Rauchspirale, das braune Bakelit des Aschenbechers und eine zuschlagende Tür nebenan wahrnahm. Dann riß ich das Telegramm auf.

Wir bedauern, Ihnen mitteilen zu müssen, daß Kampfpilot Brian Fitzallen seit heute vermißt wird.

Wie versteinert saß ich da und starrte auf das Stück Papier mit den nüchternen Worten in meiner Hand. Von nebenan hörte man weiterhin Lärm, jetzt aber gedämpft wie durch eine Glaswand, die sich zwischen mir und der Welt aufgerichtet hatte; die Zigarette qualmte weiter, das Licht, das durchs Fenster fiel, war seltsamerweise genauso hell wie vorhin. Mein ganzes Wesen konzentrierte sich auf diesen einen Moment und weigerte sich zu glauben, was passiert war. Ich spürte, wie mir das Telegramm aus der Hand genommen wurde, und später erinnerte ich mich, daß von irgendwoher Tee mit Milchpulver und Zucker und Kekse auftauchten, ich erinnerte mich an Mrs. Burtons tröstende Stimme, an John, der sich neben mich auf den Boden kniete, als er heimkam, und mich im Arm hielt, bis sich der Aufruhr in meinem Herzen in einem lauten Schluchzen Luft machte.

Am nächsten Tag ging ich zu Father Riordan und gab ihm fünf Pfund, damit er für Brian Messen las. Er nahm das Geld an, versprach, die Messen zu lesen, und ermahnte mich, auf Gottes Ratschluß zu vertrauen. »Und beten Sie zu unserer Heiligen Jungfrau, damit sie Fürbitte für ihn einlegt.«

»Vermißt – was bedeutet das eigentlich?« fragte ich John, der mir sagte, da könne mir nur das Kriegsministerium weiterhelfen. Ich schickte Lucien ein Telegramm. »Brian vermißt STOP muß beim Kriegsministerium nachfragen STOP Kann ich in Knightsbridge wohnen STOP«

Er antwortete umgehend, ich solle sofort kommen, er werde mich in St. Pancras abholen.

Direktor Drencher saß hinter seinem Mahagonischreibtisch, als ich sein Büro betrat, um ihm die Nachricht zu überbringen. Während er mir zuhörte, schwand die Strenge aus seinem Gesicht; er kam zu mir, legte mir die Hand auf die Schulter und sagte ganz ohne seine übliche Förmlichkeit: »Lassen Sie die Hoffnung nicht sinken, Peg; vielleicht ist ihm nichts passiert.« Dann gab er mir den Rest der Woche frei. Nachdem ich Lucien telegraphisch meine Ankunftszeit mitgeteilt hatte, packte ich meine Tasche und machte mich auf den Weg zur Midland Station. Wie versprochen erwartete mich Lucien in St. Pancras.

Als wir in Knightsbridge eintrafen, dämmerte es bereits; wir fuhren durch die verdunkelte Stadt: Die Ampeln hatten nur noch horizontale Lichtschlitze, die Straßenlaternen spezielle Masken, durch die nur das notwendigste Licht drang. Hin und wieder waren Sandsäcke vor einem Gebäudeeingang gestapelt. Fußgänger verhüllten ihre Taschenlampen mit Seidenpapier, und wie geschäftige Dämonen huschten behelmte Luftschutzwarte durch das Dämmerlicht. Lucien drückte mir sein Mitgefühl ohne viele Worte aus; in der Dunkelheit ergriff er meine Hand und drückte sie fest, eine Geste voll Wärme und Sympathie.

Nur Lucien und ich waren jetzt in dem großen Haus. Überall standen Umzugskartons, Körbe, zusammengerollte Teppiche. »Ich reise bald ab, und die Hauseigentümer wollen ihre Sachen einlagern.«

Im Salon zog er die schweren, schwarzen Vorhänge zu und zündete eine Lampe an. Ich setzte mich auf das Damastsofa. Im Halbdunkel sah ich mich um und dachte an das letzte Mal, als ich in diesem Raum gewesen war. Lucien holte eine Flasche Cognac aus einem Karton und schenkte zwei Gläser ein. »Trink das, Peg«, meinte er. Dann ließ er sich neben mir nieder und fragte beinahe schüchtern, ob ich etwas von Mary gehört hätte.

»Sie hat mir einen Brief geschickt.«

Seine dunklen Augen leuchteten hoffnungsvoll und gespannt. »Hast du ihn dabei?«

»Nein«, sagte ich, obwohl er in meiner Handtasche lag, denn ich erinnerte mich an den Satz über das Spielespielen und wollte Lucien nicht weh tun. »Aber sie schreibt, es gehe ihr gut und sie wolle sich bald wieder mit mir in Verbindung setzen. Allerdings hat sie mir keine Adresse mitgeteilt.«

»Hat sie meinen Namen erwähnt?«

»Nein. Aber es war auch nur eine sehr kurze Notiz.«

Lucien lehnte sich zurück und nippte an seinem Drink. »Wenn ich wenigstens sicher sein könnte, daß es ihr gutgeht«, seufzte er und strich mit der Hand über meine tränennasse Wange. »Nur Mut, Kopf hoch.« Aber er klang erschöpft, von seinem sonstigen unbeugsamen Optimismus war jetzt nicht viel zu spüren. Nach einer Weile entschuldigte er sich, stand auf und kam wenig später mit einem Tablett zurück.

»Entschuldige die Verpflegung, Peg. Momentan geht es mir ein wenig wie Mother Hubbard.«

Damit stellte er das Tablett auf den Couchtisch und servierte mir eine Omelette mit Toast. Den Wein, den er ebenfalls mitgebracht hatte, lehnte ich dankend ab.

»Wo ist Janet?« fragte ich.

»Janet ist weg, sie arbeitet in einer Munitionsfabrik – kocht sozusagen für den Feind. Wußtest du, daß sie jetzt sogar Frauen einziehen?«

»Ja, sie machen die ganze Nation mobil.«

Ich übernachtete im selben Zimmer, das ich mit Brian geteilt hatte. Für mich allein war das Bett viel zu groß. Obwohl es schon Mai war, fror ich jämmerlich; meine Füße fühlten sich an wie Eisklötze. Ich wachte mehrmals auf, und meine Hand suchte nach der in einem Doppelbett vertrauten menschlichen Wärme.

Am folgenden Morgen begleitete mich Lucien zum Kriegsministerium. Ein freundlicher Offizier erklärte mir, daß Pilot Fitzallen von einem Patrouillenflug nicht zurückgekehrt sei. Doch weitere Details waren ihm nicht zu entlocken. »Tut mir leid, Mrs. Fitzallen, wir können derartige Informationen nicht preisgeben.«

Auch über Brians Stationierungsort ließ er sich nicht näher aus, sondern sagte lediglich, Brian sei über dem Meer vermißt und man habe bislang weder seine Leiche noch sein Flugzeug gefunden.

»Keine Sorge, Peg«, versicherte mir Lucien, als wir wieder draußen waren. »Ich werde selbst Nachforschungen anstellen. In der RAF gibt es mehrere französische Offiziere.«

So brachte er mich zurück nach Knightsbridge. Bevor er sich wieder auf den Weg machte, führte er mich in Marys Zimmer, öffnete ihren Schrank und zeigte mir ihre Kommode. »Du solltest ihre Sachen an dich nehmen. Ich bleibe nicht mehr lange hier, und ich bringe es nicht fertig, das Zeug wegzupacken.« Dann ließ er mich allein, versprach allerdings, sobald wie möglich zurückzukommen.

Ich sah mich in Marys Zimmer um: Die ordentlich aufgereihten Schuhe, ihre Kleider im Schrank, ihr Parfüm und ihre Lippenstifte auf dem Toilettentisch, die Bürste mit dem silbernen Griff, die dort lag, als warte sie nur auf die Berührung von Marys Hand. Außerdem gab es ein Messingbett und einen antiken französischen Sessel, der mit Gobelin bezogen war. An einem Haken hinter der Tür hing ein cremefarbener Morgenmantel aus Seide. Ich vergrub mein Gesicht in den weichen Stoff und war sofort in Marys Lieblingsduft von Chanel gehüllt, der seit Kriegsbeginn fast nicht mehr aufzutreiben war. »Wo bist du, Mary, warum hast du uns verlassen?« fragte ich laut, aber natürlich erhielt ich keine Antwort. Nur der Lärm der Straße drang zu mir herein.

Ein paar Stunden später kam Lucien zurück. Er hatte telefonisch einen französischen RAF-Piloten erreicht, der in der Nähe von Dover stationiert war und Brian gekannt hatte.

»Setz dich, Peg.« Er legte mir den Arm um die Schultern, ließ mich auf dem Bett Platz nehmen, ließ sich neben mir nieder und nahm meine Hände.

Brian war in Manston stationiert gewesen und hatte an einer Patrouille über den Ärmelkanal teilgenommen, die von deutschen Torpedo-Booten entdeckt und angegriffen worden war. Das unvermeidliche Messerschmitt-Geschwader war zu spät gekommen, und die meisten Maschinen von Brians Formation waren nach einem erbitterten Kurvenkampf heil zur Basis zurückgekehrt. Aber nicht das Flugzeug von Brian Fitzallen. Man vermutete, daß es über dem Kanal abgeschossen worden war.

Das alles erzählte mir Lucien stockend, während er mich mitfühlend musterte und mich an sich zu ziehen versuchte.

»Dieser Kontaktmann, war er bei dem Einsatz dabei?«

»Nein, aber das ist die offizielle Version.«

Schweigen trat ein.

»Ich möchte eine Weile allein sein!« sagte ich schließlich.

»Sie haben seine Leiche nicht gefunden und auch nicht sein Flugzeug. Also besteht noch Hoffnung«, beharrte Lucien, aber ich sah ihm in die Augen. Und er verstummte, stand auf und zog die Tür leise hinter sich ins Schloß.

So saß ich lange auf der Bettkante, starrte in den Spiegel und sah eine junge Frau mit modisch gewelltem Haar und einem weißen Gesicht, gelähmt vor Schmerz. Das Zimmer kam mir riesig vor, Einsamkeit erfüllte es – greifbar, kalt, hart und leer. Brian konnte doch nicht einfach weg sein! Wie konnte die Welt sich weiterdrehen, als wäre nichts geschehen?

Nach einem Tränenstrom kam die Wut. Brian und seine tapferen Manöver! Er hatte sich selbst umgebracht, ohne auch nur einmal an mich zu denken, ohne je in Erwägung zu ziehen, was er mir antat. Ich lag auf dem Bett, ohne mich zu rühren; nur ab und zu wischte ich mir mit dem Leintuch die Tränen vom Gesicht. Ich dachte an Brians Worte: »Du bist das Beste, was mir je passiert ist« – wie sehr ich mich darüber gefreut hatte! Doch jetzt erfüllte mich ein bisher unbekannter Zynismus, und ich begriff, was diese Worte bedeuteten. Es war immer nur um ihn gegangen. Er war ein menschliches Wesen, ich lediglich eine Art Zubehör.

Die Nacht kam. Durch die mit Klebeband verunstalteten Fenster beobachtete ich, wie der Tag verblaßte. Ich zündete eine Zigarette an und bemerkte seltsam klar und unbeteiligt, wie meine Hände zitterten. Von unten ertönte die Türklingel, dann ein hartnäckiges Klopfen.

Einen Augenblick später kam Lucien nach kurzem Anklopfen zu mir herein, warf einen Blick auf die Zigarette, durchquerte mit großen Schritten das Zimmer und zog die schwarzen Vorhänge zu.

»Das war der Luftschutzwart. Wahrscheinlich hat er das Licht gesehen, als du die Zigarette angesteckt hast. Diese Leute sind manchmal ein bißchen allzu diensteifrig – Nullen, die sich an ihrer Macht berauschen. Außerdem können sie Franzosen nicht leiden«, fügte er traurig hinzu.

»Tut mir leid. Gibt es dafür eine Strafe? Ich zahle sie.«

»Pssst«, machte er nur.

Dann knipste er die kleine Nachttischlampe an und setzte sich neben mich.

»Ma pauvre, komm herunter zum Abendessen. Du mußt etwas zu dir nehmen. Ich habe ein schönes Stück unvergleichlichen französischen Käse, den ich heute in Carlton Gardens bekommen habe, und dazu frisches Brot und Wein.«

»Wenn ich nur ans Essen denke, wird mir schon schlecht.«

»Aber einen Tee trinkst du doch bestimmt«, entgegnete er und ging hinaus. Nach kurzer Zeit kehrte er mit einem Tablett zurück. Darauf standen eine Kanne Tee, eine Schale mit Marshmallows und etwas Brot und Käse. Lucien schenkte mir Tee ein, gab ein Marshmallow dazu und reichte mir meine Tasse. In diesem Moment hörten wir die Sirenen aufheulen. Sie dröhnten immer lauter über die Stadt und erstarben schließlich wieder. Ich spürte lediglich eine wilde Freude – mir war es nur recht, wenn die ganze Welt in Flammen aufging; ich war bereit zu sterben.

»Wir müssen in den Keller!«

»Geh ruhig.«

»Ich gehe nicht ohne dich, Peg.«

»Wie du willst!«

Ich trank den Tee, rührte den Käse, der ziemlich reif und geruchsintensiv war, jedoch nicht an. Lucien löschte die Lampe; dann saß er neben mir in der Dunkelheit, legte die Hand auf mein Gesicht und zeichnete mit dem Finger die Konturen meines Gesichts nach. Die zweite Sirene erscholl, und er ließ die Hand in meine Bluse gleiten, suchende, kühne Finger umfaßten meine Brüste, während die Erregung durch meinen Körper zuckte wie elektrischer Strom. Und dann fühlte ich seinen Mund auf meinem, hart und drängend. Wie der Kuß damals am Bahnhof, doch jetzt, im Angesicht des Todes, hatte er ungeahnte Intensität. Ich hörte, wie die Sirenen leiser wurden, hörte über uns das Dröhnen der Flugzeuge, das Pfeifen der Bomben und die ersten Explosionen im Osten, die Antwort der Flak, das wilde Bimmeln der Feuerwehr. Zwischen den zu schmalen Vorhängen sah man weiße Lichtblitze, Qualmwolken, hochgeschleuderte Schuttbrocken, den gelben Schein des Flakfeuers am Nachthimmel. Draußen fand ein Totentanz statt. Ich aber erfuhr eine Unmittelbarkeit des Daseins, als besäße Lucien den Schlüssel zur Welt und zum Leben.

Ein Traum, der durch die Dunkelheit trieb, durchsetzt von seinem Duft und seinem Atem, emporgetragen von Wut und plötzlich entflammter, wilder Leidenschaft. Mit zynischer Klarheit ließ ich zu, daß er mir die Kleider vom Leib zerrte, spürte seine Hände und Lippen auf meinem Körper, und ich gab mich ihm hin, bitter und bedingungslos und bis zur absoluten Erschöpfung. Ich wußte, daß draußen die Suchscheinwerfer den Himmel abtasteten und der Wahnsinn seinen Lauf nahm.

»Tu me donnes la paix«, flüsterte Lucien, mit den Lippen meine Wange streifend, sein Körper feucht und süß an meinem. Ich lauschte der Tragödie, die sich nicht weit von uns abspielte. »Du bist eine Hure«, sagte eine innere Stimme beiläufig, aber eine andere antwortete frech: »Lieber eine Hure als ein Schatten.«

»Sind alle Franzosen so wie du?« Ich spürte sein leises Lachen.

»Nein, meine süße Peg. Ich bin einmalig. Genau wie du.« Aber dann fragte er schüchtern, beinahe besorgt: »Hab ich dich befriedigt, kleine Peg?«

Ich antwortete nicht, denn seine Frage traf mich tief, sowohl mit ihrer Fürsorglichkeit als auch mit ihrer Arroganz. Mir ging es nicht um Befriedigung. Wütend dachte ich: ›Es wird keine Schuldgefühle geben, das will ich nicht. Auch ich muß meine Leidenschaft leben.‹ Aber ich konnte es drehen und wenden, wie ich wollte – als die Wut verraucht war, blieb nur eine tiefe Trauer zurück.

Trotzdem war der Überlebenswille da; noch im Schlaf der Erschöpfung hörte ich die Explosionen, das Pfeifen der Bomben, die immer näher kamen; dann spürte ich, wie mich jemand auf den Boden zerrte und kroch unters Bett. Einem plötzlichen Instinkt gehorchend, hatte Lucien uns vor der Fensterscheibe gerettet, die kurz darauf auf dem Bett in tausend Stücke zerbarst. Wir rannten in den Keller, in Leintücher gehüllt, hinter uns Scherben, Federn und Mörtelstaub. Ich merkte, daß meine Nase blutete, fühlte aber keinen Schmerz.

Am Morgen verschleierten braune Wolken die Sonne, es roch nach verrauchten Ziegelsteinen und verkohltem Holz; verbrannte Papierfetzen wirbelten durch die über Nacht entstandene Wüste.

Die meisten Fenster des Hauses in Knightsbridge waren eingedrückt worden und zerborsten. Das Bett, in dem ich mit Lucien gelegen hatte, war ebenso voller Glassplitter wie meine Kleider. Lucien lieh mir ein Paar Männerschuhe, damit ich das Zimmer betreten konnte, ohne mir die Füße zu zerschneiden, und so rettete ich meine Reisetasche und die Kleider. Allerdings war die Bluse, die ich tags zuvor getragen hatte, von einer Glasscherbe zerfetzt. Wir zogen uns an, verriegelten die Fensterläden und verließen das Haus.

Das Bild der Zerstörung war entsetzlich. Westminster Abbey, die Gerichtsgebäude, das Unterhaus, Münzamt und Tower waren getroffen. Im British Museum waren eine Viertelmillion Bücher verbrannt. Fast eineinhalbtausend Menschen waren tot und noch mehr verletzt.

Wir wanderten durch die Trümmer und halfen, wo wir konnten. Vor der Westminster Abbey sahen wir in der Menge einen kleinen, rundlichen Mann mit Hut, Zigarre und Stock. Er hatte Tränen in den Augen. »Zahl's ihnen heim, Winnie!« rief jemand und ballte die Faust, zwei Finger zum Siegeszeichen gespreizt.

Obwohl ich ursprünglich vorgehabt hatte, gleich wieder nach Nottingham zurückzukehren, blieb ich nun noch drei Tage bei Lucien. Er führte mich zum Carlton Gardens in St. James, dem Hauptquartier des Freien Frankreich, und dort lernte ich einen uniformierten Franzosen kennen, baumlang, die Haare links gescheitelt, Schnurrbart, sehr zuvorkommend und überhaupt eine beeindruckende Erscheinung. »Enchanté, Madame«, begrüßte er mich höflich, als Lucien mich vorstellte. »Peg, das ist Général de Gaulle.«

Manchmal ließ Lucien eine zynische Bemerkung über das

Konsulatsgebäude in Knightsbridge Nummer 58 fallen – ein Katzensprung von dem Haus, in dem wir wohnten -, das nach wie vor in der Hand der Vichy-Regierung war.

Zum Mittagessen führte er mich ins Ritz, zum Dinner ins Savoy und danach in einen Nachtclub. Dafür borgte ich mir ein Abendkleid aus Marys Schrank, das ich ein wenig änderte: eine dunkelblaue Robe, in der ich – laut Lucien – aussah wie eine Märchenfee. Ich schminkte mir die Lippen dunkelrot, drehte die Haare auf, so daß die Locken mein Gesicht umrahmten, und lauschte seinen Komplimenten, während in mir der Selbsthaß tobte. Ich lebte wie im Traum, betäubt von einer Fülle von Ereignissen, die ich nicht verarbeiten konnte. Brian war tot, meine Ehe vorbei, der Platz, den ich für meinen Mann warmgehalten hatte, leer. Mir kam es vor, als wäre alles, um was ich gekämpft hatte, ein schlechter Scherz; meine Grundsätze von Liebe, Treue und Selbstbeherrschung, an die ich so gern glauben wollte, hatten mich im Stich gelassen. Jetzt versuchte ich nicht mehr, Luciens Avancen abzuwehren; meine einstigen Lebensgewohnheiten und Grundsätze vergaß ich einfach. Ich wollte nur den tiefen, unmittelbaren menschlichen Kontakt. Und ich fragte nicht nach dem Preis.

Ganz in unserer Nähe sprachen zwei Offiziere über Huren; lautstark, betrunken-kameradschaftlich unterhielten sie sich über ein Bordell, und einen Moment lang dachte ich, sie redeten über Tiere, so gemein und dumm hörten sie sich an.

»Warst du schon einmal in einem Bordell?« fragte ich Lucien wütend. »Ich bin ein Mann«, antwortete er achselzuckend, und ein kleines Lächeln umspielte seine Mundwinkel.

»Das heißt also, du hast das Recht, andere auszubeuten?« beharrte ich. Verstimmt sah er mich an, mit einem Stirnrunzeln, das ich schon oft bei Männern bemerkt hatte, wenn eine Frau in ihrer Gesellschaft sich weigerte, nett und gefällig zu sein. Als die Kellnerin erschien, bestellte ich einen Gin mit Limone und forderte Lucien betont keß zum Tanzen auf. Zu den Klängen von »We'll meet again« schwebten wir Körper an Körper über die Tanzfläche. Ich spürte, wie sich seine Begierde an mir entzündete, und spielte mit unterdrücktem Zorn die Femme fatale. Zurück in Knightsbridge liebten wir uns wild und leidenschaftlich. Alles nur, um die Finsternis abzuhalten.

Wenn er zu mir kam, klopfte er leise, trat dann sofort ein und schlüpfte neben mich ins Bett. Manchmal unterhielten wir uns, aber irgendwann erstarb das Gespräch, und dann gehörte die Nacht uns. In dieser seltsamen Traumwelt vergaß ich alle Hemmungen, jede Zurückhaltung, und ließ dem wütenden Strom des Lebens freien Lauf. Es war mir vollkommen gleichgültig, was Lucien von mir hielt – sollte er denken, was er wollte –, noch verschwendete ich je einen Gedanken an die Zukunft. Es schien ja auch nicht sehr wahrscheinlich, daß wir eine hatten.

Gewöhnlich ging Lucien früh aus dem Haus, aber ich war vor ihm wach. Dann lag ich still da und betrachtete ihn: seinen kräftigen Hals und die breiten Schultern, die dunkel behaarten Arme, den Hinterkopf, dessen schütter werdendes Haar seltsam rührend wirkte. Er sah so anders aus als Brian, und darüber war ich froh. Mir war klar, daß ich mich auf etwas anderes konzentrieren mußte, wenn ich weiterleben wollte.

Manchmal, wenn er sich unbeobachtet glaubte, spürte ich, daß er mich ansah, und wenn ich aufblickte, ruhten seine Augen fragend auf mir.

In unserer letzten Nacht lagen wir nebeneinander im Bett, und er erzählte mir von einem Château aus Sandstein, mitten im Wald, in Frankreich. Dort gab es ein blau-weiß eingerichtetes Zimmer mit weißen Fensterläden, mit Blick über eine Wiese und einen kleinen Teich. »Unter dem Fenster liegt eine Terrasse mit Geranien, Jasmin und Sonnenwinden, und nachts ist das Zimmer erfüllt von ihrem Duft. Nur jetzt haben es die Deutschen besetzt.«

»Gibt es Schwäne auf dem Teich?« fragte ich, und Lucien antwortete, früher habe es welche gegeben. »Es hat keine Ähnlichkeit mit Glenallen«, fügte er hinzu, da er erraten hatte, in welche Richtung meine Gedanken gingen. Aber allein der Name erschütterte meine Seele derart, daß mein gespielter Gleichmut zerbrach und mir die heißen Tränen aus den Augen schossen. Lucien schloß mich in seine Arme, küßte die Tränen weg und liebte mich.

»Das Château liegt nur hundert Kilometer von *La Belle au Bois Dormant*, dem Dornröschenschloß, entfernt«, erklärte er mir danach, »und es hat Türmchen wie ein Märchenschloß.«

»Vermißt du dein Märchenland?«

»Es war meine Heimat«, antwortete er nach kurzem Zögern. »Aber wenn ich mich jetzt daran erinnere, denke ich mehr an die Geschichte von Dornröschen – wegen ihres langen Schlafs. Ich habe sie geliebt, die schlafende Schönheit, aber mein Kuß hat sie nicht aufgeweckt.«

»Frauen brauchen mehr als Küsse«, meinte ich scharf, unvermittelt eifersüchtig. Da hatte er mich gerade leidenschaftlich geliebt, und trotzdem sprach er von Mary – von wem sonst!? –, und zwar mit unverkennbarer Sehnsucht. ›Die schlafende Schönheit‹! Aber weshalb nannte er sie so? Ich sagte mir, daß ich ihn nicht für mich beanspruchte; er war ein Playboy, ein Mann, der so viel Erfahrung mit Frauen hatte, daß ich den Makel der Promiskuität spürte, ganz gleich, was er tat.

»Vielleicht hat sie gar nicht geschlafen«, setzte ich hinzu. »Vielleicht war sie hellwach.«

Ich spürte, wie er zusammenzuckte. Ich hatte ihn getroffen.

»Ich finde, du bist eine sehr zornige junge Frau«, murmelte er nach einer Weile.

Doch später hatte ich einen Traum. Ich sah Knockshee und das Haus im Schatten. Schweißgebadet schreckte ich aus dem Schlaf. Wovor hatte ich Angst? Es war doch nur ein Traum von einem Hügel und einem Haus – aber im Traum schienen sie einen brütenden Haß auszustrahlen, dem ich mich nicht entziehen und den ich nicht verstehen konnte. Und ich hatte auch Brians Stimme gehört, erstickt, verängstigt, die meinen Namen rief.

Auch Lucien wurde wach und nahm mich in die Arme, aber in dieser Nacht fand ich keinen Schlaf mehr; während Lucien wieder eindöste, lag ich da und lauschte seinem Atem.

Nachdem er gegangen war, wanderte ich in sein Zimmer, das einen Blick auf den Garten hatte, setzte mich an seinen Schreibtisch und versuchte mir sein Leben, seine innere Welt, seine Sicht der Wirklichkeit vorzustellen. Auf dem Schreibtisch lagen Landkarten, ein Tintenfaß, ein Brieföffner, französisch beschriebene

Papiere. Rechts unter einem gläsernen Briefbeschwerer lag ein Dokument mit dem Briefkopf *Forces Françaises Libres* und darunter *Acte D'Engagement – Officier*. Neugierig, wenn auch mit entsetzlich schlechtem Gewissen, las ich das Dokument, sah, daß es Luciens Namen trug und er sich verpflichtet hatte, *à servir avec Honneur, Fidelité et Discipline dans les Forces Françaises pour la durée de la guerre*. Unter der Schreibtischunterlage lugte ein Blatt mit geometrischen Kritzeleien und ein paar französischen Notizen hervor. Ich las sie mit großer Rührung; zwar konnte ich Französisch nicht sprechen, aber immerhin lesen, dank dem Konvent von St. Catherine und Mother Xaviers Paukerei. Da stand:

»*Que la vie est courte! Sans elle je m'eteindrai. Les jours sans elle sont néant et les jours avec elle la vie.*« Weiter unten fand ich: »*Mon Dieu, laissez moi revenir dans le sein de mon pays bien aimé.*«

Ich steckte das Blatt zurück an seinen Platz, in dem Bewußtsein, daß ich in eine reiche innere Welt eingedrungen war, in der ich nichts verloren hatte.

O Mary, dachte ich, dieser Mann fühlt sich ohne dich wie ausgelöscht, die Tage ohne dich sind leer für ihn und die Tage mit dir das Leben. Wie konntest du soviel Hingabe in den Wind schlagen? Um eine solche Leidenschaft zu entfachen, hätte ich alles gegeben; statt dessen hatte ich zweite Geige gespielt, an den Rand gedrängt von einer fixen Idee, kleinlichen Familienintrigen und der Verschlossenheit eines Introvertierten.

Der Gedanke an Brian und seine Sensibilität, seine Verwirrung angesichts der kontroversen Gefühle, die er in seiner Familie auslöste, überwältigte mich, und ich wollte in die Vergangenheit zurückgehen und ihn beschützen, ihn mit Liebe und heilenden Kräften umhüllen. Doch die Vergangenheit war tot, ich wußte, daß Brian mich verlassen hatte, und dennoch verfolgte mich die Erinnerung an ihn und einen Ort in Irland, der ihn vollkommen in seinen Bann gezogen hatte. Und wie stand es um meine eigene geistige Gesundheit? Würde ich jemals Frieden finden?

Jeden Morgen kontrollierte Lucien gewissenhaft den Briefkasten. Aber es kam kein Brief von Mary. Am Sonntag, dem Tag meiner Abreise, forderte er mich noch einmal auf, ihre Sachen mitzunehmen – jedenfalls soviel ich tragen konnte. »Ich bin nicht mehr lange hier, dann ist das Haus geschlossen.«

»Wohin gehst du?«

Er lächelte. »Wir haben Krieg. Du kannst mich immer in Carlton Gardens erreichen, wenn du mich brauchst.«

Beleidigt schwor ich mir, von diesem Angebot nie Gebrauch zu machen.

Als wir Marys Sachen zusammenpackten, stapelte ich ein paar ihrer Bücher neben meine Handtasche und warf sie dabei versehentlich um. Zusammen mit Kleingeld, Streichhölzern, einem Päckchen Zigaretten und ein paar Haarnadeln fiel auch Marys Brief heraus. Bevor ich ihn an mich nehmen konnte, hatte ihn Lucien bereits in der Hand, als hätte er so etwas geahnt. Er las den Brief sofort, und sein Gesicht wurde finster.

»Aha«, murmelte er. »Sie hat also gedacht, es wäre ein Spiel.«

»Das hat sie nicht«, versicherte ich ihm, denn ich konnte es nicht ertragen, daß er so verletzt war. »Irgend etwas hat sie durcheinandergebracht. Jedenfalls hatte ich diesen Eindruck, als ich damals mit Brian hier war. Ich wundere mich sehr, daß sie dir nicht geschrieben hat. Ich weiß, daß du ihr sehr viel bedeutest, Lucien. Bist du sicher, daß sie dir nicht wenigstens eine Nachricht hinterlassen hat? Hast du nach einer gesucht?«

»Sie hat mir eine Nachricht hinterlassen«, entgegnete er trocken.

Er faßte in seine Brusttasche und reichte mir ein ordentlich gefaltetes Blatt Papier. Ich klappte es auseinander; in der Mitte standen drei Zeilen in Marys Handschrift:

Mittwegs auf meines Lebens Reise fand
In finstren Waldes Nacht ich mich verschlagen
Weil mir die Spur vom graden Wege schwand.

Verblüfft starrte ich erst das Papier, dann Lucien an. »Dantes ›Inferno‹«, sagte er. Unten auf der Seite standen noch zwei Worte: *»Verzeih mir.«*

»Vielleicht ist sie Nonne geworden«, murmelte ich, denn das Gedicht schien mir fast religiös – die Spur vom graden Weg.

Lucien lachte kurz auf.

»Das ist mein Ernst«, entgegnete ich. »Vielleicht möchte sie mit Frauen zusammensein. Mit Frauen war sie immer glücklich.«

Ich beobachtete, wie sich sein Gesicht anspannte, sah, wie sein Kinn sich trotzig vorschob, und verfluchte die Wut, die seit Brians Tod von mir Besitz ergriffen hatte. Aber Lucien sagte nichts und war auch auf dem Weg zum Bahnhof sehr schweigsam. Diesmal küßte er mich zum Abschied nur flüchtig.

Im Gedränge des Bahnhofs bedankte er sich bei mir, und das traf mich wie ein Peitschenhieb. So ging ein Mann mit seiner Mätresse um.

»Soll ich dich in Nottingham besuchen?« fragte er, als er meine Fassungslosigkeit spürte.

»Nein«, erwiderte ich, immer noch verletzt.

So stieg ich in den Zug, vorbei an einem eng umschlungenen Pärchen. Lucien folgte mir, begleitete mich zu einem freien Platz und verschwand. Ich starrte durchs Fenster auf das inzwischen vertraute Plakat des Soldaten in Uniform, die rechte Hand mahnend erhoben – und die Schlagzeile über seinem Kopf *Ist Ihre Reise wirklich notwendig?*, bis der Zug aus dem Bahnhof fuhr.

13. Kapitel

Bei meiner Rückkehr nach Nottingham telegraphierte ich nach Glenallen: »Bedaure Euch mitteilen zu müssen, daß Brian vermißt wird. Peg.«

Tom informierte ich in einem Brief.

Mrs. Burton war sehr nett zu mir und versuchte mich zu trösten.

Aber sie war auch neugierig. »Wo haben Sie in London denn übernachtet, Liebes?« fragte sie. Ich antwortete, bei einem Freund, und sie wollte wissen, ob es etwa der Franzose gewesen war. Als ich bejahte, warf sie mir einen seltsamen Blick zu. Dann erkundigte sie sich, ob ich etwas Neues von meiner Freundin Mary wisse, was ich verneinte.

John war für vierzehn Tage nach Bristol gefahren. Seine Mutter war krank geworden, und er hatte freigenommen, um bei ihr sein zu können.

Am 9. Mai war Nottingham, als ich in London weilte, bombardiert worden. Belvoir Castle und seine Umgebung waren betroffen: Moot Hall, Lace Market, die alte Universität in der Shakespeare Street, um nur einige Stellen zu nennen – es gab viele Opfer.

Mit traurigem Gesicht erzählte mir Mrs. Burton von der Zerstörung, vor allem am Lace Market und an der Universität. »Dieser Hitler ist ein Teufel. Ich hoffe, sie kriegen ihn und bringen ihn um«, verkündete sie, und ich stimmte ihr als junge Witwe insgeheim zu. Aber nicht einmal Hitler konnte ich hassen; selbst für den Haß war ich zu ausgebrannt.

Claire und Ellen taten alles erdenkliche, um mich aufzumuntern, sie versuchten, mich zum Ausgehen zu bewegen, mir Süßigkeiten aufzudrängen. Aber ich wollte bloß arbeiten und stürzte mich auf die Bücher, wie ich es seit den Wochen meiner Prüfungsvorbereitungen nicht mehr getan hatte. Ich blieb zum Heftekorrigieren oft lang in der Schule; eines Abends schloß mich der Hausmeister versehentlich ein, und ich mußte aus dem Fenster steigen.

John kehrte mit der Nachricht aus Bristol zurück, daß seine Mutter Krebs hatte und im Krankenhaus lag. Ab jetzt würde er jedes Wochenende nach Bristol fahren müssen, denn die Ärzte gaben ihr nur noch sechs Monate zu leben. Er erzählte mir das traurig, aber sachlich; unter den Augen hatte er tiefe schwarze Ringe. »Ich kann es gar nicht glauben, es ergibt einfach keinen Sinn«, sagte er. Ich fühlte mit ihm, denn ich wußte, was für eine leere Zeit vor ihm lag.

Eines Nachts schreckte ich aus dem Schlaf und blickte in die Gesichter von Claire und Mrs. Burton, die in Morgenmänteln vor meinem Bett standen. Vom Korridor hörte ich Johns Stimme: »Was ist los mit ihr?«

Claire beugte sich über mich.

»Peg! Peg, es ist nur ein Traum!« Ich versuchte den Schlaf abzuschütteln und merkte, daß ich zitterte und meine Laken feucht und verschwitzt waren.

»Sie haben im Schlaf geweint und geschrien, Peg. Das war sicher ein Alptraum.«

Aber das Traumgespinst löste sich bereits auf und hinterließ nur den Schrecken und den Klang der Stimme meines Mannes. Ich entschuldigte mich bei allen. Claire bot an, eine Weile bei mir zu bleiben, aber ich beruhigte sie, es sei alles in Ordnung. Den Rest der Nacht ließ ich mein Licht brennen.

Während die Tage an mir vorüberzogen, ohne daß ich von Lucien hörte, merkte ich, daß ich ihn vermißte. Genau das hatte ich vermeiden wollen, aber es funktionierte nicht. Er hatte sich nicht bei mir gemeldet, er hatte nicht geschrieben. Ich sagte mir, daß ich ihn nicht sehen wollte. Ich redete mir ein, daß ich ihn haßte, diesen Mann, der meine Schwäche ausgenutzt und die ganze Sache dann abgetan hatte, als wäre sie nur eine Episode im Drama seines eigenen Lebens. Ich stellte mir vor, wie er unsere Beziehung wohl gesehen hatte. Er hatte eine Frau erobert, jetzt interessierte sie ihn nicht mehr. Aber bestimmt hatte ich auch seine Gefühle für Mary verletzt, und es wäre mir lieber gewesen, wenn ich mir das nicht hätte vorwerfen müssen.

Warum mußten wir nur uns und anderen dauernd etwas vormachen, um zu überleben? Der Schmerz, der mich überrollte, verblüffte mich, denn er war so heftig, daß er meinen Willen lähmte.

Ich erinnerte mich an die beiläufige Art, in der Lucien mich damals in Knightsbridge manchmal im Vorübergehen angefaßt hatte, mit den Gedanken ganz woanders – als hätte er ein Recht auf eine oberflächliche, herablassende Vertraulichkeit, als wäre ich sein Besitz. Rückblickend empfand ich Übelkeit, wenn ich an seine Freundlichkeit dachte, denn es schien mir, als hätte ich sie mir erkauft. Allem Anschein nach verlangten die Regeln, nach denen er lebte, eine gewisse Rücksichtnahme einer Frau gegenüber, aber er hatte sich hinter einer Mauer aus Egoismus verschanzt und sich keinen Millimeter vorgewagt. Das jedenfalls versuchte ich mir jetzt einzureden.

Deshalb begriff ich auch nicht auf Anhieb, daß er es war, der auf einer Bank auf dem Schulgelände saß und Zeitung las, als ich an einem Freitag abend, etwa zwei Wochen später, die Schule verließ.

»Nottingham gefällt mir sehr gut«, verkündete er und stand auf. »Ich glaube, es ist die gute Luft.«

Ich lachte. Die Freude, ihn zu sehen, ließ sich unmöglich unterdrücken, sie fegte alle Vorbehalte hinweg. Er küßte meine Hand. »Ich habe das Wochenende frei. Und du?« erkundigte er sich ganz beiläufig.

Sag diesem eingebildeten Kerl, er soll abhauen, befahl ich mir. Sag ihm, er soll verduften. Aber ich gehorchte dieser inneren Stimme nicht. Die Stimme der Vernunft schien so banal zu sein angesichts des Lebens, das mich anstrahlte.

Er nahm mein Schweigen als Zustimmung, und wir gingen zusammen zum Black Boy – »auf einen Drink«, wie er es ausdrückte. »Wir sollten miteinander reden«, meinte er. »Wir haben eine Menge zu besprechen.«

Er bestellte einen Gin mit Limone für mich, und wir sprachen über alles, über Brian und Mary, den Krieg und meine Alpträume.

»Heute nacht wirst du keine schlimmen Träume haben. Ich werde sie verscheuchen.«

Ich sah ihm in die Augen. »Heute nacht?« flüsterte ich entgeistert. »Lucien, ich weiß nicht, wofür du mich hältst, aber ich bin es nicht gewohnt ... das zu tun, was ich in London getan habe.«

»Ich weiß.«

Nach kurzer Pause fügte er hinzu: »Du möchtest gern deine

Stärke in Schach halten – stark wie du bist. Du möchtest deine Leidenschaft dazu benutzen, deine Leidenschaft zu zähmen – und das ist eine schreckliche Kraftverschwendung. Aber willst du mir nicht wenigstens erlauben, deine Alpträume zu vertreiben?«

Wo war meine Willenskraft geblieben? Warum schickte ich Mrs. Burton eine Nachricht und teilte ihr mit, ich verbrächte das Wochenende bei einer Freundin? Lucien hatte bereits ein Doppelzimmer gebucht, und nachdem wir gegessen hatten, gab ich mich ihm hin – diesmal ohne Zorn und Wut, ohne emotionale Barriere, nur mit meinem zerbrechlichen Selbst.

Am folgenden Wochenende kam er wieder. Und wir verbrachten erneut zwei Tage im Bett.

»Gibt es eigentlich einen Heiligen Lucien?« fragte ich, im sommerlichen Dämmerlicht neben ihm auf dem Bett liegend.

»Aber selbstverständlich«, erwiderte er ernst. »Er war ein frühchristlicher Märtyrer; er ist verhungert. Zum Glück schlage ich ihm nicht nach.«

Ich lachte. Später sagte er mir, er müsse wegfahren und könne eine Weile nicht nach Nottingham kommen. »Ich weiß nicht, wann ich zurück bin. Ich gehe nach Frankreich und schließe mich der Résistance an.«

Anfang Juni bekam ich einen Brief von Harriet.

Liebe Peg,
entschuldige bitte, daß ich so lange nicht geschrieben habe.
Wir sind sehr traurig wegen Brian; Peter und ich haben eine Messe für ihn lesen lassen. War er nicht außerordentlich tapfer? Sicherlich bist Du durcheinander, aber zum Glück hast Du ja Freunde in England, die sich um Dich kümmern können. Und Du weißt ja, daß Du jederzeit willkommen bist, wenn Du nach Glenallen kommen möchtest.
Vermutlich wirst Du rasch einen anderen Mann kennenlernen – bei Deinem Aussehen bist Du sicher im Handumdrehen wieder verheiratet!
Und die Zeit heilt alle Wunden, weißt Du.
Es ist sehr traurig, daß Brian so jung sterben mußte; Peter und ich werden ihn sehr vermissen.

Nun zu einem anderen Thema – gewiß wirst Du mir nicht verübeln, daß ich es erwähne: Da die Zeiten bei uns momentan hart sind, wollte ich Dich fragen, ob Du mir eventuell etwas Geld leihen könntest. Du hast doch sicher etwas auf die hohe Kante gelegt. Bestimmt bekommst Du ein gutes Gehalt und dazu noch die Witwenrente (nehme ich an), so daß Du vielleicht etwas übrig hast. Das Dach hier ist in einem Zustand, daß unbedingt etwas Grundlegendes unternommen werden muß. Unglücklicherweise hat sich in ein paar Wandplatten die Trockenfäule festgesetzt und von dort ausgebreitet – deshalb ist die Sache auch ziemlich dringend, wenn wir das Haus retten wollen. Ich bin am Ende mit meinem Latein vor lauter Sorge.
Augenblicklich gibt die Bank keine Kredite, aber ich kann Dir versichern, daß Du das Geld nach dem Krieg sofort zurückbekommst.
Deine Dich liebende Schwägerin
Harriet

Ich antwortete ihr, ich sei schwanger und brauche mein Geld selbst. Sie würde doch sicher irgendwie zurechtkommen. Umgehend erhielt ich einen Brief, in dem sie mich aufforderte, »nach Hause« zu kommen: »Es muß sich doch jetzt jemand um Dich kümmern, Peg, und Brians Kind sollte in Glenallen geboren werden.«

Diesen Brief beantwortete ich nicht. Der einzige Mensch in Glenallen, mit dem ich reden wollte, war Murty, denn ich hätte ihn gern gefragt, ob ihm Brians Geist in den Bergen begegnet war. Wenn ich geglaubt hätte, Brian in Glenallen zu finden und lang genug mit ihm sprechen zu können, um ihm Lebewohl zu sagen, wäre ich hingefahren.

Aber meine Gedanken waren auch zu sehr mit dem beschäftigt, was ich lange nicht hatte wahrhaben wollen, weil ich so fest darauf vertraut hatte, daß die ›sicheren Tage‹ tatsächlich sicher waren. Und jetzt war ich schwanger! Der Schwangerschaftstest, den ich hatte machen lassen, war positiv.

»Herzlichen Glückwunsch, Mrs. Fitzallen«, hatte der Arzt gesagt. »Ihr Mann wird sich bestimmt freuen.«

Als ich entgegnete, ich sei seit kurzem Witwe, machte er ein mitleidiges Gesicht. Dann hörte er Herz und Lunge ab, legte das Stethoskop weg und verkündete, ich sei kerngesund. »Ruhen Sie sich soviel wie möglich aus, und kommen Sie in vier Wochen wieder. Ihr Blutdruck ist ein wenig hoch, das müssen wir im Auge behalten.«

Dann erkundigte er sich: »Haben Sie jemanden, der sich um Sie kümmert? Ihre Mutter vielleicht?«

»Nein. Sie ist tot.«

Es wollte mir einfach nicht in den Kopf, daß ich tatsächlich schwanger war. Die ganze Zeit hatte ich mir vorgenommen, meinen Mut zusammenzunehmen und zur Beichte zu gehen, und jetzt trug ich den lebenden Beweis für meine Todsünde in mir. Ich wußte, daß Brian nicht der Vater sein konnte, und damit war alles andere klar. Morgens wachte ich auf und überlegte, weshalb ich mich so gräßlich fühlte, und wenn es mir dann wieder einfiel, spürte ich die Last des neuen Tages, die Strafe, der ich mich nicht entziehen konnte, die Sünde, für die jede Buße zu spät kam.

Ich ging zur Beichte, und Vater Riordan sah mich durch das Sprechfenster von der Seite an; als er hörte, was ich getan hatte, wurde er starr vor Entsetzen.

»Oh, Allmächtiger! Wie konnten Sie so etwas Gräßliches nur tun? Einen Ehebruch zu begehen, gleich nachdem Ihr Mann gefallen war! Gott so zu verhöhnen! Sie haben sich von einem Scharlatan mißbrauchen lassen.«

Zutiefst gedemütigt, starrte ich durch das Gitter, sah sein Kopfschütteln, seinen weißen Kragen, und seine Stimme war so laut, daß ihn bestimmt jeder in der Kirche hören konnte.

»Das war mein Kontakt zum Leben, als ich ihn dringend brauchte«, zischte ich. »Das verstehen Sie nicht. Und Sie werden auch nie, niemals schwanger sein.«

»Hören Sie auf damit, hören Sie bloß auf. Ziehen Sie das Kind als Kind Ihres Ehemanns auf, zu seinem eigenen Wohl. Gott der Allmächtige wird den Unterschied zwischen einem Bastard und einem ehelichen Kind erkennen, aber die Welt braucht nichts davon zu wissen. Und beten Sie zur Heiligen Jungfrau, daß das Kind Ihnen ähnlich sieht und nicht dem Vater!«

Bleich, zitternd und reuig trat ich aus dem Beichtstuhl. Die wartenden Frauen musterten mich neugierig, während die Männer das Gesicht abwandten.

Doch die Beichte änderte nichts an den Tatsachen, auch wenn ich sie in Gedanken neu zu erfinden versuchte: Brian würde zurückkommen, es war sein Kind, und wir würden uns ein kleines Haus mit Garten kaufen. Aber wollte ich wirklich noch ein kleines Haus mit Garten? Ich war mir gar nicht mehr so sicher.

Konnte ich mir trotz meines schlechten Gewissens eingestehen, daß das, was ich mit Lucien erlebt hatte, wunderschön gewesen war? Hatte ich den Mut, die körperlichen und spirituellen Qualitäten dieser Erfahrung als solche anzuerkennen? Nein. Ich war viel zu sehr mit dem angeblichen Willen Gottes beschäftigt. Doch obwohl mich die Schuldgefühle so in Anspruch nahmen, vermißte ich Lucien, vermißte ich seine Energie, die Komplizenschaft mit ihm. Er war mein Verbündeter, und zwischen uns hatten sich Freundschaft und Vertrauen entwickelt, was ich noch mehr vermißte als die Liebe.

»Du kannst mich immer in Carlton Gardens erreichen, wenn du mich brauchst«, hatte er mir beim Abschied erneut versichert. Jetzt wurde mir klar, daß er dabei wahrscheinlich sogar an eine mögliche Schwangerschaft gedacht hatte. Doch gerade das empfand ich als demütigend, ich wurde wieder wütend auf ihn, weil er so weit weg war, und ich redete mir ein, daß er sich mit dem Problem nur aus *seiner* Perspektive auseinandersetzen würde.

Ich wußte, daß er ›zu mir stehen‹ würde, daß er mir Geld anbieten und mir vielleicht eine Abtreibung nahelegen würde, daß er das tun würde, was er für ›richtig‹ hielt. Aber ich wollte das ›Richtige‹ gar nicht, ich wollte nicht nach seiner Pfeife tanzen. Wenn er die Wahrheit erfuhr, würde ich meine Unabhängigkeit verlieren. Er würde Rechte einfordern – schließlich war es auch sein Kind – und mit an Sicherheit grenzender Wahrscheinlichkeit versuchen, die Kontrolle zu übernehmen.

Mrs. Burton wollte wissen, weshalb ich so kränklich aussah.

»Ich bin schwanger!«

Sie warf mir einen schiefen Blick zu.

»Sie Ärmste. Und Ihr Mann ist nicht mehr da. Wann ist es denn soweit?«

Mit puterrotem Gesicht log ich ihr etwas vor; ich war sicher, Argwohn in ihrem durchdringenden Blick zu erkennen.

Später fragte sie mich: »Wollen Sie das Baby behalten, Liebes? Falls nein, weiß ich jemanden für Sie. Sie ist Hebamme und alles. Und wenn Sie es bald machen lassen, merken Sie kaum was davon. Es ist nicht leicht, wieder einen Mann zu finden, wenn man ein Kind hat.«

Die Poren ihrer Nase waren von Puder verstopft, und sie machte ein sachliches, etwas verkniffenes Gesicht. Ich unterdrückte die aufkeimende Hoffnung. Abtreibung war eine Sünde!

»Ich glaube, ich werde es behalten, Mrs. Burton.«

Aber insgeheim zog ich ihren Vorschlag durchaus in Erwägung, denn eine Abtreibung schien mir der einzige Ausweg. Zu lang konnte ich zwar nicht darüber nachdenken, aber trotzig kehrten meine Gedanken immer wieder zu der Lösung zurück. Schließlich war ich ja ohnehin eine Sünderin. Andererseits war eine Abtreibung doch etwas anderes – es war eine noch schlimmere Sünde. Gott würde mich endgültig verdammen.

Mir fiel ein Gespräch ein, das ich eines Abends mit Claire, Ellen und John geführt hatte, und zwar darüber, daß ich so auf dem freitäglichen Fasten beharrte. Ich hatte die beiden als Ketzer abgetan, denn sie fragten, warum man sich das Leben schwermachen sollte, wenn es doch gar keinen Beweis dafür gab, daß Gott von den Menschen etwas derartiges verlangte? Es gab ja nicht einmal einen Beweis, daß Gott überhaupt existierte!

Claire hatte mich über den Rand ihrer runden Brille angesehen. »Religion braucht keine Beweise, sie kolonisiert einfach das Denken.« Diese Bemerkung hatte mich schockiert, aber jetzt mußte ich oft daran denken. Wo war Gott gewesen, als ich ihn brauchte, als Brian ihn brauchte? Vielleicht gab es ja das Gute und das Böse gar nicht als absolute Werte. Vielleicht ging es immer nur darum, daß man unter den gegebenen Bedingungen sein Bestes gab? Und ich konnte ja auch immer zur Beichte gehen. Gleichgültig, was ich mir zuschulden kommen ließ, ich konnte beichten und danach von vorn anfangen. Aber dann stellte ich mir vor, wie Father Riordan im Beichtstuhl herumbrüllte, und mir wurde klar, daß ich mir einen neuen Beichtvater suchen mußte.

Eines Abends raunte ich Mrs. Burton zu, daß ich an ihrem Vorschlag interessiert sei. Sie nickte nur und legte den Finger auf die Lippen, mit einer Kopfbewegung zu Claire und Ellen, die schon mit dem Essen fertig waren und im Wohnzimmer saßen.

Wenig später kam sie herauf in mein Zimmer und setzte sich auf mein Bett. Durchs Fenster sah ich den warmen blauen Himmel des Juliabends. Seit Mai waren die Nächte relativ ruhig gewesen; Hitler konzentrierte sich auf Rußland und ließ uns mehr und mehr in Ruhe.

»Ich frage Sie am besten ganz direkt, Liebes ... Wollen Sie das Baby loswerden?«

Sie klang nüchtern und praktisch, und ihr Gesicht – heute ohne Puder – wirkte ernst und offen. »Es ist nicht billig, Liebes – fünfundzwanzig Pfund.« Sie senkte die Stimme, als hätten die Wände Ohren: »Es ist gegen das Gesetz, wissen Sie.«

Ich machte ein langes Gesicht. Meine gesamten Ersparnisse beliefen sich auf dreißig Pfund.

»Gewöhnlich bezahlt ja der Mann«, fuhr meine Vermieterin fort. »Aber in Ihrem Fall macht sie es vielleicht ein bißchen billiger, wo Ihr Mann doch gefallen ist und so.«

»Könnten Sie noch einmal genau nachfragen, bitte?«

Am folgenden Abend kam Mrs. Burton wieder in mein Zimmer und erzählte mit leiser Stimme, sie sei bei der Hebamme gewesen und diese sei bereit, die Abtreibung für zwanzig Pfund durchzuführen, aber ich müsse noch im Lauf dieser Woche kommen. Und ich solle Handtücher mitbringen.

»Ich habe ihr gesagt, ich komme am Freitag abend mit Ihnen vorbei. Dann haben Sie das ganze Wochenende, um sich zu erholen.«

Ich nickte.

»Es wird vorbei sein, ehe Sie's richtig merken«, versprach Mrs. Burton und tätschelte meine Hand. »Und dann sind Sie frei wie ein Vogel.«

Der Freitag kam. Nach der Schule stieg ich mit Mrs. Burton in den Bus. Während ich unsere Karten bezahlte, betrachtete ich voll Neid die junge Schaffnerin, die lächelte und eine Bemerkung über die Hitze machte. Schweigend brachten wir die Busfahrt hinter uns, nur gelegentlich nickte mir meine Vermieterin ermutigend zu. Bald hatten wir die Stadt hinter uns und fuhren durch die Vororte, die Gegend der Kohlebergwerke.

Hier gab es endlose Straßenzüge mit ärmlichen kleinen Häuschen für die Bergleute, mit blanken Fenstern, geschrubbten Vortreppen, abgetreten von Generationen armer, stolzer, hart arbeitender Menschen.

East Anglian Terrace Nummer 43 sah nicht anders aus als alle anderen. Als wir uns näherten, bewegte sich die Tüllgardine am Erdgeschoßfenster, und ich spürte den Blick einer unsichtbaren Beobachterin auf mir ruhen. Ich hatte das Gefühl, man müßte mir mein schreckliches Vorhaben ansehen – und ich hatte Angst. Auf dem Gehweg spielten ein paar Kinder Himmel und Hölle, ein paar kleine Mädchen in Sandalen hatten ein Springseil an einen Laternenpfosten gebunden und hüpften zu einem alten Kinderreim hin und her. Unsere Schuhe klickten laut auf dem Pflaster. Aus einem Haus in der Nähe hörte ich Babygeschrei. Für die Heimfahrt hatte ich wie abgemacht einen Regenmantel dabei, außerdem eine Tasche mit zwei großen, dicken Handtüchern.

Die Frau, die uns hereinließ, war dünn, hatte trockene, gelbliche Haut und sah müde aus. Sie trug eine weiße Bluse, einen schwarzen Rock und eine Wolljacke. Wir gingen ins Wohnzimmer, einen kleinen Raum, in dem drei Porzellan-Wildgänse an der Wand hingen. Ich zog das Geld aus der Tasche; die Frau zählte es nach. Dann nahm sie Mrs. Burton beiseite und flüsterte ihr zu, sie müsse mich, wenn alles erledigt war, sofort heimbringen. Außerdem hörte ich irgend etwas über eventuelle Blutungen. In normalem Ton bat die Frau dann Mrs. Burton zu warten, und führte mich die Treppe hinauf.

Das Zimmer, in das sie mich brachte, lag ganz hinten im Haus. Darin stand ein schmales, mit einer Gummiunterlage bedecktes Bett; darunter lugte bedrohlich ein Eimer hervor. Auf der einen Seite stand ein Tisch mit einem Emaillebecken und einem Stapel grober, verwaschener Handtücher. Am Fenster, von dem man auf den kleinen Hinterhof sah, hingen vergilbte Gardinen. Hinter dem Hof lag wieder ein Hof, dahinter noch einer und noch einer, soweit das Auge reichte. Zwei Häuser weiter sah ich eine Frau auf dem Weg zum Außenklo, dessen Tür sie mit einem Knall hinter sich zuschlug. Auf der Gasse hinter den Höfen spielten Jungen in kurzen Hosen Krieg; die Holzgewehre im Anschlag, schrien sie: »Peng, du bist tot.« Die Schornsteine mit identischen Keramikhauben marschierten in militärischer Formation über die Schieferdächer und verloren sich in der Ferne. In einer Zimmerecke stand ein Radio. Die Frau schaltete es an. Die sehnsüchtige Stimme von Vera Lynn erklang und erzählte der Welt von den Vögeln über den weißen Klippen von Dover.

Die Frau, die sich mir nicht vorgestellt hatte, zog die Verdunkelung vor und verriegelte die Tür. Ohne den Blick aus dem Fenster kam mir das Zimmer noch kleiner vor – wie eine Zelle. Es stank nach Desinfektionsmittel und nach etwas, das mich an meine Zeit im Labor von Galway erinnerte, als ich kleine Haie seziert hatte. Außerdem roch es nach Schmerz, Übelkeit und Angst.

Nervös wich ich zurück, stieß dabei den Handtuchstapel um, und etwas fiel mit metallischem Klirren zu Boden. Die magere Frau bückte sich hastig, aber ich sah, daß es eine lange Stricknadel war, spitz und glänzend. Die Frau warf sie in eine Tischschublade, in der ich außerdem ein paar Gummischläuche und eine Spritze entdeckte. »Ziehen Sie Rock und Unterhose aus, Schätzchen, und legen Sie sich aufs Bett.«

Das Zimmer begann vor meinen Augen zu verschwimmen. Ich starrte die Frau an, sah die Schweißperlen auf ihrer Oberlippe, roch den Fischgeruch, gemischt mit Desinfektionsmittel und Angst, sah den Zynismus in ihrem weltmüden Gesicht. Hier, in diesem Zimmer, mitten in diesem Dunst der Verzweiflung, sollte ich das Leben umbringen, das Lucien und ich zusammen erschaffen hatten.

»Ich kann nicht. Ich kann es einfach nicht. Bitte geben Sie mir mein Geld zurück.«

Schweigend kehrte ich mit Mrs. Burton nach Hause zurück. Ich sah ihr auf der Fahrt nicht ins Gesicht, aber aus den Augenwinkeln bekam ich mit, wie sie immer wieder den Kopf schüttelte und die Lippen mißbilligend aufeinanderpreßte. In der Eingangshalle kam uns Queenie entgegen, und ich hätte sie am liebsten umarmt: Sie wirkte so beruhigend normal in ihrer Arroganz und Selbstzufriedenheit.

Wieder stürzte ich mich in meine Arbeit. Die Prüfungen zum Schuljahresende hatten begonnen, und ich hatte viel zu korrigieren. In der Schule merkte niemand etwas von meinem Zustand, und es gab ja auch noch nichts zu sehen. Wenn überhaupt, war ich eher dünner geworden. Ich erledigte weiter meinen Feuerwachdienst mit den anderen, verschlang die Zeitungsberichte und verfolgte aufmerksam den Verlauf des Kriegs. Aber die ganze Zeit über peinigte mich ein Selbsthaß, der sich durch nichts vertreiben ließ.

Ich wünschte mir sehnlichst, endlich wieder von Mary zu hören. Ob sie wohl nach Knightsbridge gegangen war und das Haus abgeschlossen vorgefunden hatte? Aber sie wußte schließlich, wo ich war, sie würde bestimmt Kontakt mit mir aufnehmen. Würde sie mir verzeihen, was mit Lucien passiert war? »Ich liebe ihn nicht«, hatte sie damals gesagt, aber das sprach mich nicht von meiner Schuld frei. Wie konnte ich ihr erzählen, daß ich schwanger war von einem Mann, der sie geliebt hatte und immer noch liebte? Die beiden Koffer mit Marys Sachen standen in einer Ecke meines kleinen Zimmers. Ich hatte sie noch nicht geöffnet.

Eines Abends jedoch hievte ich einen der Koffer auf mein Bett, holte ein paar von Marys Blusen heraus, die nach Chanel dufteten, und augenblicklich hatte ich das Gefühl, sie wäre bei mir, fast, als könnte ich sie berühren.

Danach nahm ich eines ihrer Bücher heraus, und plötzlich rutschten ein paar gefaltete Papierbögen zwischen den Seiten hervor, ausgefranste Blätter, die jemand aus einem Heft herausgerissen hatte – wahrscheinlich um sie wegzuwerfen. Sie trugen Marys Handschrift, und ich kam zu dem Schluß, daß es eine Art Tagebuch gewesen sein mußte, allerdings ohne Datum und unvollständig. Ich suchte zwischen den restlichen Büchern nach weiteren Seiten, jedoch ohne Erfolg. Schließlich legte ich die Blätter zurück in das Buch und verstaute es in meiner Tischschublade.

An einem Sonntag abend fuhr ich mit Claire zum Bahnhof, um John abzuholen, der übers Wochenende wieder bei seiner Mutter in Bristol gewesen war. Da entdeckte ich im Gedränge auf dem Bahnsteig eine schlanke junge Frau mit üppigen roten Locken, die sie sich mit einer nervösen, trotzigen Gebärde aus dem Gesicht strich. Mein Herz tat einen Freudensprung, und ich rannte den Bahnsteig hinunter, drängelnd und schubsend, ohne auf die Leute zu achten, die mich ermahnten: »Immer mit der Ruhe!« Von hinten war die Ähnlichkeit frappierend – die junge Frau hatte sogar die gleiche Kopfhaltung wie Mary. Neben ihr ging eine ältere Frau, die ihren Arm nahm, als ich mich endlich durch die Menschenmassen gekämpft hatte und vor der vermeintlichen Mary stand.

»Mary!«

Die junge Frau war wunderschön, aber ihre blauen Augen starrten mich ausdruckslos an, und es war nicht Mary. »Sie ist bei einem Bombenangriff erblindet«, erklärte mir die ältere Frau und sah mich mit einem Gesichtsausdruck an, den ich in England schon so oft gesehen hatte: »Der Krieg ist fürchterlich, aber wir halten durch«, sagte er.

»Ich habe sie mit einer Bekannten verwechselt«, entschuldigte ich mich und benutzte dabei die dritte Person, als wäre die junge Frau taub oder geisteskrank. Als ich wieder zu Hause war, rannte ich in mein Zimmer, riß die Schublade auf und holte die vier Seiten mit Marys Schrift hervor. Dann setzte ich mich aufs Bett und las sie in aller Ruhe, immer wieder von vorn, erfüllt von Trauer und Verwunderung.

Dann kamen die Alpträume wieder. Ich träumte von Brian, eine Nacht, zwei Nächte, immer die gleichen Träume, wie er vom Knockshee herabstieg und auf mich zukam. Es war dunkel. Ich sah die Zweige über seinem Kopf. Im ersten Traum trug er seine Fliegerjacke, aber im zweiten war er ein wandelnder Toter im Leichenhemd. Beide Male wartete ich auf ihn, aber er wandte sich ab und ging zum Haus, in dem ich die Umrisse von Glenallen erkannte. In einem Fenster im oberen Stockwerk brannte Licht; es war Harriets Zimmer. Ich schreckte hoch, gepeinigt von der namenlosen Angst eines Traumes.

Kurz darauf erhielt ich einen Brief von Tom in seiner energischen männlichen Handschrift.

Liebe Peg,
was mit Brian passiert ist, tut mir sehr, sehr leid; er war ein guter, anständiger Mann und hätte ein langes Leben ver-

dient. Ich weiß, daß Du ihn sehr geliebt hast. Ich habe Father O'Dea gebeten, eine Messe für ihn zu lesen. Wie ich höre, bist Du in anderen Umständen, und ich wünsche Dir soviel Freude, wie unter den gegebenen Bedingungen eben möglich ist.
Der arme alte Onkel Matt ist gestorben; er hat mir alles vermacht, mit Ausnahme des Bilds mit dem Gänsemädchen, das Dir immer so gut gefallen hat. Das ist für Dich!
Ich habe noch andere Neuigkeiten, die ich aber in einem Brief nicht erzählen kann. Ich hoffe, Du kommst nach Hause – das ist doch das Vernünftigste in Deinem Zustand.
Dein Dich liebender Bruder
Tom

Ich starrte den Brief lange an. Onkel Matt war also tot und hatte Tom erwartungsgemäß sein ganzes Hab und Gut vermacht – außer dem Kupferstich mit dem Gänsemädchen. Äußerst passend, dachte ich. Wieviel das Anwesen wohl wert war? Jedenfalls hatte Tom jetzt mit Sicherheit keine Geldsorgen mehr.

Inzwischen war das Schuljahr fast vorüber, und ich schrieb meinem Bruder, daß ich zu Ferienbeginn Ende Juli nach Hause kommen würde.

Am Schuljahrsende informierte ich den Direktor von meiner Schwangerschaft und fragte, ob sich damit im neuen Jahr etwas ändern würde? Er ließ mich auf dem alten Roßhaarsofa in seinem Büro Platz nehmen und erklärte, die Stelle stehe für mich zur Verfügung, solange ich sie haben wollte. Das Kollegium würde mir helfen, so gut alle konnten. Hatte ich schon Pläne für die Zeit, wenn das Baby geboren war? Vielleicht wäre es ja besser für mich, wenn ich mit dem Baby nach Irland zurückkehrte. Aber ich könnte, wie gesagt, gern zurückkommen, denn ich war eine gute Lehrerin, und die fand man nicht alle Tage. Er bat mich, ihm Bescheid zu geben, sobald ich meiner Sache sicher war; er würde meine Entscheidung in jedem Fall verstehen.

Mr. Drenchers Gesicht war väterlich und besorgt; er hatte keine Ähnlichkeit mehr mit dem ›Löwen‹, vielmehr saß mir ein Mann gegenüber, der alles daran setzte, mir zu helfen und freundlich zu sein. Ich sah mich in seinem Büro mit den Bücherwänden um, sah die Photos der Crickettmannschaften samt dem dazugehörigen Schnickschnack und natürlich die Gefallenenliste.

Aber bevor ich einen Entschluß über meine Zukunft fassen konnte, überreichte mir Mrs. Burton einen Brief. Er war ganz verstaubt und zerknittert.

»Tut mir furchtbar leid, Liebes. Er ist im Mai gekommen, als Sie in London waren. Wahrscheinlich ist er hinter die Garderobe gerutscht. Hoffentlich nichts Wichtiges.«

Ich antwortete nicht, denn ich hatte die Handschrift meines Mannes erkannt. Eilig verschwand ich mit dem Brief in meinem Zimmer. Er enthielt nur eine kurze Notiz.

Meine liebste Peg,
Danke für Deinen Brief. Ich werde mich bei Dir melden, sobald ich kann. Ich muß nach Hause. Dad hat mir zu Händen der RAF geschrieben und mich gebeten, ihn zu besuchen, anscheinend geht es ihm ziemlich schlecht.
Ich werde mich mit Dir in Verbindung setzen, wenn ich zurück bin.
Alles Liebe, Brian

Der Brief trug das Datum des Tags, bevor er vermißt worden war. Am selben Tag hatte ich ihm den Tod seines Vaters mitgeteilt.

Ich fuhr nach Ballycloghan. Die Zugfahrt nach Crewe schien kein Ende zu nehmen; immer wieder gab es Verzögerungen. In Holyhead mußte das Schiff warten, und unter den Reisenden wurde gemunkelt, U-Boote seien gesichtet worden. Ich blickte in den blauen Himmel und auf das Meer, dachte an die Vergangenheit und grübelte über die Zukunft nach.

Ich verstand Brians letzten Brief einfach nicht. Bedeutete er, daß Brian tatsächlich heimgekehrt war? Es konnte ja sein, daß er am Tag, als er den Brief geschrieben hatte, nach Hause geflogen und sofort wieder zu seinem Stützpunkt zurückgekehrt war. Aber wenn das stimmte, hätte Harriet in ihrem Brief doch etwas davon erwähnt. Statt dessen hatte sie mir lediglich ihr Beileid ausgedrückt. Vielleicht war der Besuch zu Hause ja auch nur etwas, was Brian sich für seinen nächsten Urlaub vorgenommen hatte – und was dann durch den Gang der Ereignisse vereitelt worden war? Oder war er vielleicht – und dieser Gedanke verschlug mir beinahe den Atem –, war er vielleicht gar nicht vermißt, sondern nach Glenallen zurückgekehrt? Nach reiflicher Überlegung verwarf ich diese Möglichkeit jedoch: Die RAF hatte mir mitgeteilt, er sei seit jenem Kampfeinsatz vermißt, und Brian hätte selbst mit mir Kontakt aufgenommen, wenn er am Leben gewesen wäre.

Und Tom – welche Neuigkeiten hatte er, die er mir nicht in einem Brief erzählen wollte? Was würde er von mir denken, wenn er die Wahrheit über meine Schwangerschaft herausfände? Inzwischen wurde mir jeder Taillenbund zu eng, ich litt unter Übelkeit, meine Brüste waren schrecklich empfindlich, und die Venen in meinen Beinen schwollen an. Aber ich war wild entschlossen, das alles durchzustehen. Was hätte es geholfen, wenn ich schwach wurde und versagte? Ich wußte ja, wohin mich schon diese eine blinde und gedankenlose Episode meines Lebens gebracht hatte. Was von meinem Glauben an die Beziehung zu Lucien noch übrig gewesen war, hatte Marys Tagebuch endgültig vernichtet. Ich war eifersüchtig auf sie, das mußte ich mir eingestehen. Ich liebte sie, und ich war eifersüchtig auf sie. Und sie tat mir leid – daß sie eine solche Liebe entfacht hatte und selbst innerlich so verkrüppelt war.

Die undatierten Tagebuchblätter hatte ich in eine Reihenfolge gebracht, die mir chronologisch schien, und ich las sie immer wieder, bis mir kalt ums Herz wurde. Ich wollte Lucien auslöschen, mich vollkommen von ihm lösen. Er war anderweitig verpflichtet, daran ließ das Tagebuch keinen Zweifel – diese vier Seiten sprachen eine kristallklare Sprache:

Ich wünschte, Peg würde aufhören, wie ein verschüchtertes Karnickel herumzulaufen. Sie hat sich von diesen gräßlichen Fitzallens fertigmachen lassen – sie sah so traurig aus, als sie gestern abend ankam.
Warum läßt sie sich so leicht von den Ansichten anderer Leute, vor allem von solchen wie den Fitzallens, beeinflussen? Warum konnte Brian sie nicht mitnehmen? Er läßt sie einfach allein, bricht ihr das Herz und kommt vorbei, um mir zu sagen, es gehe ihm bestens.

Mir ist nicht entgangen, daß L. sie attraktiv findet, das ist ja nichts Neues – anscheinend kann er einfach nicht anders, wenn's um Frauen geht; sie fliegen ja alle auf seinen umwerfenden Charme und fühlen sich geschmeichelt.
Peg wäre sicher gewaltig vor den Kopf gestoßen, wenn sie wüßte, wie sorgfältig ihr sexuelles Potential hier taxiert wird. Sie reagiert auf ihn, gegen ihren Willen, obwohl sie schockiert und entsetzt ist, daß ich mich von ihm aushalten lasse. Wenn sie wüßte!
Heute hat er mich wieder gefragt, ob ich ihn heiraten will – und ich habe ihm einmal mehr erklärt, wie ich darüber denke. Er will es einfach nicht akzeptieren. Ich denke, es wäre nicht leicht, seine Frau zu sein und immer von Zweifeln gequält zu werden. Soll ich Peg warnen? Ich könnte es nicht ertragen, wenn er ihr weh tut. Aber sie fährt nach England, sie verläßt sozusagen die Gefahrenzone (schrecklich, sowas zu sagen, wo in England Krieg herrscht); L. wird ihr mit dem Visum helfen, und ich habe schon den Hinweis fallenlassen, daß sie Geld brauchen wird. Er ist wirklich ein guter Mensch, wenn er nur nicht so hinter den Frauen her wäre …

Die Seite mit den zerfetzten Rändern sah aus wie eine Hausaufgabe vom letzten Jahr, die mit knapper Not dem Lagerfeuer entgangen war. Auch die drei anderen machten nicht viel mehr her – bis man sie gelesen hatte.

London, ich komme! Über den Mond. Lucien hat ewig über die Bomben gefaselt und daß ich in Dublin sicherer wäre, aber ich habe ihm gesagt, ich würde sterben vor Langeweile, daß ich Gefahr aufregend finde und mit dem Hotelpagen durchbrennen würde, wenn er mich nicht mitnimmt. Ihm gefällt der Gedanke, daß ich etwas aufregend finde (die Sache mit dem Pagen hat er mir allerdings nicht abgenommen). Vielleicht hilft uns die Abwechslung, besser miteinander zurechtzukommen, oder, besser gesagt, es hilft vielleicht mir, besser mit mir selbst zurechtzukommen. Ich wäre gern normal, was immer das bedeuten mag.
Und ich werde Peg wiedersehen, die jetzt so vernünftig und glücklich klingt – und wieso auch nicht, mit ihrem guten Job, Brian halbwegs in der Nähe und Glenallen tausend Kilometer weit weg.

L. sagt, wir werden in einem Haus in Knightsbridge wohnen. Freunde von ihm, die Daven-Warrens, haben sich für einige Zeit in Schottland verkrochen.
Oh, Gott, falls es dich irgendwo gibt, dann laß alles gut werden, dann laß mich ihn lieben.

London! Es wäre unvorstellbar, wenn man es nicht mit eigenen Augen sehen würde. Ich habe angefangen Dante zu lesen. Ich frage mich, welche Inspiration er aus der gegenwärtigen Situation bezogen hätte – die Bombenangriffe auf London in der Nacht und manchmal auch tagsüber; die Qualmspuren am Himmel, die absolute Verdunklung, das Inferno von Krach und Flammen und Brandgeruch, die Angst und der Humor und die Menschen, die alle so wundervoll sind. Es fehlt nur noch Satan persönlich, der sich im siebten Kreis breitmacht, aber der ist in Deutschland und wird irgendwann klein beigeben müssen. Davon bin ich fest überzeugt.
Gestern abend hat mich L. ins Savoy Theatre ausgeführt: ›The Man who came to Dinner‹. Robert Morley – hinreißend. Danach haben wir im Savoy gegessen und sind im Daimler zurück nach Knightsbridge gegondelt. Reichlich angeheitert – die Aufregung und der Wein – fiel ich auf mein Bett. Sofort war L. neben mir, das Abendkleid auf, der BH runter, der Slip verschwunden; so vollkommen hauchzarte Küsse, gerade noch spürbar. Und die Angst war plötzlich weg. Ich wußte, daß er sich ebenfalls auszog, aber ich ließ die Augen geschlossen, ließ mich auf meinem Schwindelgefühl treiben. Es war schön, daß sich alles drehte, es war wie ein Traum, die Wirklichkeit weiter nichts als die abstrakten Spiralen in meinem Kopf. Doch dann wurden seine Hände schwer und brachen den Bann, ich war plötzlich hellwach, und es gab nur noch Verlangen und Macht und einen so raffinierten, entsetzlich erfahrenen Mann, daß mir schlecht wurde und ich mich wegdrehen mußte. Er dachte, ich spiele die Kokette, und ließ nicht locker, seine Hände jetzt viel zu grob auf meinen Brüsten, das Drängen seines Körpers hinter mir. ›Es wird mir nicht schlecht‹, befahl ich mir und rief mir den Garten zu Hause in Erinnerung und den Wind, der im Winter vom Sandymount herabweht, und ich wollte das herausschreien, was so offensichtlich ist und er nie sehen wird.

Irgendwann spürte er dann doch meine Spannung, ließ von mir ab und deckte mich mit dem Bettüberwurf zu.
»Du kommst mir vor, als wärst du in Ketten geschlagen«, flüsterte er mir ins Ohr. »Warum läßt du dich nicht von mir befreien? Ich werde dir nicht weh tun.«
»Ich kann es nicht ertragen, daß du schon mit so vielen Frauen zusammen warst.« Aber ich wußte, daß es nicht nur die anderen Frauen waren, auch wenn es ein Teil des Problems ist – es liegt an mir.
»Für mich gibt es nur dich. Die anderen spielen keine Rolle. Es würde immer nur dich geben, wenn ...«
Das war eine Lüge, aber vielleicht wußte er das selbst nicht. Dann sagte er, mit der Zeit würde alles gut werden, aber daß die Initiative von mir ausgehen müsse.
»Von jetzt an werde ich dich nicht mehr belästigen. Komm einfach zu mir, wenn du bereit bist, ich möchte nur bei dir sein. Ich stelle keinerlei Ansprüche.« Er klang sehr ernst, wie jemand, der eine offizielle Erklärung abgibt.
Seine Haltung verblüfft mich immer wieder; er behandelt Sex nicht wie etwas, dessen man sich schämen muß. Ich glaube, er denkt auch wirklich nicht so darüber.
Ich habe einen Vorsprechtermin für den ›Sommernachtstraum‹ bei einer neuen kleinen Truppe, die das Stück in einem kleinen Theater namens The Walpole *in Kensington auf die Bühne bringen. Das könnte eine echte Chance sein!*

Ich dachte, ich könnte spielen, Gott, ich dachte tatsächlich, ich könnte es. Wir haben den ›Sommernachtstraum‹ in der Schule gelesen, und ich kannte das meiste schon auswendig, bevor wir mit den Proben anfingen; die Rolle der Titania gefällt mir. Warum mußte ich die Kostümprobe dann verderben und so herumkreischen? Aber als Puck auf mich zukam, konnte ich diese Ziegenfratze einfach nicht ertragen, diese Maske. Der arme Simon hat sie gleich abgenommen und ist zu mir gerannt. »Alles in Ordnung? Tut dir was weh? Was ist los?«
Ich kann nicht mal den Gedanken an dieses gräßliche Ding aushalten. Sie haben mich heimgebracht; ich habe mich an L. geklammert, und er hat mich beschwichtigt, es sei alles in Ordnung. Er

hat mich ins Bett gebracht und mich behandelt, als wäre ich ein Kind.
Ich habe ihn gefragt, ob ich verrückt bin; er hat den Arzt geholt, der mir etwas zur Beruhigung geben wollte. Im Handumdrehen hat er eine riesige Spritze rausgeholt, aber ich wollte sie nicht, und L. hat ihn nicht an mich rangelassen. Aber von den Pillen, die der Arzt dagelassen hat, habe ich eine geschluckt, worauf ich einschlief. Als ich aufwachte, war L. immer noch da, er hielt meine Hand, und sein Gesicht war voller Liebe. Wie immer, wenn er sich unbeobachtet glaubt.
»Was hat dich so erschreckt, mein Liebling?« fragte er. Ich habe versucht es ihm zu erklären und dabei geweint, weil mir Pucks Gesicht vorkam, als gehörte es einem Dämon. So was Blödes – es war doch nur Simon mit einer Maske! Und ich glaube nicht mal an den Teufel.
Bestimmt glaubt L. jetzt, er hat sich mit einer Hysterikerin eingelassen. Irgend etwas gärt tief in meinem Innern, etwas Schreckliches. Aber ich erinnere mich an nichts. Ich wünschte, Daddy wäre noch am Leben. Ich möchte so gern mit ihm reden ...

Ich sah hinaus aufs Meer, die kabbeligen Sommerwellen, die Leute um mich herum mit ihren müden, angespannten Gesichtern, Iren auf dem Heimweg, die Visa in der Tasche. Sie machten Urlaub von den Munitionsfabriken, den Schulen, dem Militär. Ich blickte wieder auf die letzte verbliebene Seite des Tagebuchs und wünschte, ich könnte die Zeit zurückdrehen.

Ich glaube, L. fängt an zu akzeptieren, daß unsere Beziehung ein hoffnungsloser Fall ist. Ich sollte nicht hiersein. Aber auch ich hatte erwartet, daß sich etwas ändert, daß alles gut wird. Ich glaube, ich bin dazu verdammt, ewig unschuldig zu bleiben.
Heute abend habe ich es wirklich versucht; ich wollte ihm danken. Wir sind nach der Entwarnung spät heimgekommen. Ich zog die extravagante Seiden-Spitzen-Robe über, die er mir neulich gekauft hat, und ging in sein Zimmer. Es roch angenehm nach Rasierwasser; ich sah seinen Körper, massiv und dunkel auf dem großen Bett. Sofort bekam ich Angst. Aber ich kämpfte sie nieder, setzte mich auf den Bettrand und zwang mich, ruhig zu bleiben.

Er lag ganz still, als schliefe er, aber dann griff er nach meiner Hand. Er hob die Bettdecke hoch, zog mich an sich und deckte uns wieder zu. Das Bett war warm, er war nackt; wir schwiegen beide, und ich fühlte, wie sehr er sich über mein Kommen freute. Wortlos, ohne sich zu bewegen, hielt er mich an sich gepreßt, streichelte mich sanft, flüsterte zärtliche Worte in mein Ohr, küßte meine Lippen, meinen Hals, meine Schultern, meine Brüste. Ich versuchte mich zu entspannen, aber dann spürte ich etwas Bedrohliches hinter seiner Zurückhaltung, biß aber die Zähne zusammen und betete, daß es schnell vorüber sein möge. Nach einer Minute legte er sich zurück, schweigend und zutiefst enttäuscht. »Ma chère, ich kann dein Geschenk nicht annehmen, weil du es nicht geben kannst.« Er hat eine Vorliebe für dramatische Gesten. Er seufzte, strich mir übers Haar, als wäre ich ein Kind, und ich fühlte mich grenzenlos erleichtert. Aber seit ich wieder in meinem Zimmer bin, sitze ich im Dunklen im Sessel und horche auf das Klingeln der Feuerwehr in der Ferne. Es dämmert. London erwacht. Was stimmt nicht mit mir? Ich komme mir minderwertig vor, und ich schäme mich. Ich muß etwas tun, ich darf mein Leben nicht so verschwenden.

Tom holte mich von der Bahnstation ab. Als der Zug mit quietschenden Bremsen anhielt, entdeckte ich ihn durchs Fenster. Er blickte auf, lächelte, und seine Augen strahlten vor Freude. Tom war frisch rasiert, sauber und ordentlich. Zu meiner großen Erleichterung stieg er kurz ein und war mir mit meinen schweren Koffern behilflich. »Es tut gut, dich zu sehen, Peg. Willkommen zu Hause.«

14. Kapitel

Tom hatte Pony und Einspänner vor der Bahnstation abgestellt. Er lud meine Koffer auf, und wir quetschten uns neben sie. Mit einem energischen »Hüh-hott« nahm er die Zügel, und los ging die Fahrt. Im Vorbeifahren betrachtete ich die frisch gemähten Wiesen, die weißen und grauen Wolken, die sich wie ein Gebirge in der Ferne auftürmten und zwischen denen immer wieder die Sonne durchbrach. Die Atmosphäre überwältigte mich; dieses Gefühl von Raum und Freiheit, das es in England nicht gab, und vor allem auch die Tatsache, daß es keine Sirenen gab, keine dröhnenden Bomber, keine unmittelbare Lebensgefahr. Auch die Luft war anders: weich und feucht, regenschwanger, mit einem Duft nach Ginster und frischem Heu.

»Es ist wunderbar, wieder hierzusein.«

Tom sah mich von der Seite an und grinste.

»Du hast dich verändert.«

»Nein, überhaupt nicht!«

Meiner Meinung nach war Tom derjenige, der sich verändert hatte, auf eine ganz eigene Weise, in seiner Art zu reden, die selbstsicher und überlegt und ganz untypisch für ihn war. Überhaupt strahlte er großes Selbstvertrauen aus. Selbtsicher war er zwar schon immer gewesen – abgesehen von der Zeit unmittelbar nach Cissies Tod, als alles in ihm zerbrochen schien –, aber jetzt war aus dem Selbstvertrauen eine unerschütterliche Gewißheit geworden.

»Wie geht es denn zu Hause?«

»Könnte nicht besser sein.«

Gerade wurde das Heu eingefahren. Tom hatte drei Heuwiesen, und es hatte eine gute Ernte gegeben, wie er mir erklärte. Jetzt mußten seine Männer sich allerdings sputen, denn es sah nach Regen aus, und bis dahin mußte alles eingefahren sein. Als wir im Einspänner die Allee entlangfuhren, erhoben sich überall grüßende, winkende Hände. Einer der Männer, Pat O'Regan, den Tom ganztägig beschäftigte, kam gerade aus dem Tor und grinste breit, so daß man seine schlechten Zähne bewundern konnte, während Tom das Pony anhielt. »Sogar das Gras hat Sie vermißt, Ma'am.«

»Danke, Pat.«

»Und es tut mir leid, daß Sie so ein schlimmes Unglück erleben mußten«, fügte er hinzu.

Mir fiel auf, daß er meinen Bruder mit einem verhaltenen, wachsamen Blick musterte.

»Hast du Mella zum Hengst gebracht?« erkundigte sich Tom sachlich.

»Jawoll.«

Das Haus war sehr sauber. Vor der Küche hatte ich mich regelrecht gefürchtet, denn ich dachte an den Zustand, in dem ich sie das letzte Mal vorgefunden hatte: im Spülbecken Stapel von schmutzigem Geschirr, auf dem Tisch und der Anrichte jede Menge Abfall unterschiedlichster Sorte. Aber jetzt war sogar das Glas vor dem Bild des Heiligen Herzens neben dem Geschirrschrank saubergewischt und der Docht der kleinen roten Lampe ordentlich zurechtgeschnitten, so daß sie ohne Flackern brannte. Auf dem zum Nachmittagstee gedeckten Tisch lag ein frisches weißes Tischtuch. Im Sessel am Kamin entdeckte ich ein neues grünes Kissen, an den Fenstern neue Vorhänge. Der Herd war gerußt, die Kessel blank geschrubbt.

»Wer hat dir das alles so hergerichtet?«

»Niamh Houlihan. Ich gebe ihr ein paar Shilling, und sie kommt jede Woche.«

»Wie geht es ihr?«

»Großartig. Sie ist in anderen Umständen, genau wie du.«

»Also hat sie tatsächlich Packy Rafferty geheiratet?«

»Ja.«

»Da hast du deine Chance verpaßt, Tom!«

Er grinste.

»Setz dich lieber hin, Peg, statt dauernd auf mir rumzuhakken«, meinte er gespielt betreten.

Als er meine Koffer in den Flur tragen wollte, stöhnte er, wie schwer sie waren.

»Da fährst du mit einem Koffer los und kommst mit zweien zurück, die einem mit ihrem Gewicht das Kreuz brechen!«

Er kochte Tee und stellte ohne Umstände einen Laib braunes Brot samt Butter und Marmelade auf den Tisch.

»Kommst du mit hinaus, wenn du fertig bist? Ich muß dir etwas zeigen.«

Als ich meinen Tee getrunken und das dicke Marmeladenbrot aufgegessen hatte, zog ich mir eine alte Hose an, fand unter der Treppe ein Paar Gummistiefel und stapfte mit Tom zu den Ställen. Die Türen der Pferdeboxen waren alle offen, und der Misthaufen in der Ecke des Hofes verströmte einen durchdringenden Geruch. Auch die Tür zum Wagenschuppen stand offen. Als ich Pat darin herumwerkeln sah, streckte ich den Kopf hinein.

»Hallo, Pat«, rief ich und sog den vertrauten Geruch ein. An der Wand gegenüber hing das große Heumesser; die Klinge reflektierte das Licht, das durch die Tür hereinfiel.

»Schön, hier mal wieder Ihre Stimme zu hören, Ma'am!«

Auch aus dem Heuschober, in den das Heu auf einem Wagen gebracht und zu einer großen Miete aufgetürmt wurde, hörte ich Stimmen.

Auf den beiden großen Weiden, die sich bis zum Fluß hinunterzogen, bemerkte ich eine Menge neues Vieh, alles rote Hereford-Ochsen. Ich folgte Tom zur Pferdekoppel, auf der ich sechs Pferde entdeckte.

»Du hast ein neues Pferd gekauft.«

Er lachte, laut und dröhnend wie früher.

»Stimmt. Komm und lerne es kennen.«

Wir gingen um die Koppel herum. Der neue Braune hatte einen weißen Fleck auf der Stirn; offensichtlich war er etwas nervös, denn als Tom ihm die Hand hinstreckte, wich er tänzelnd ein Stück zurück.

»Wie heißt er?«

»Jupiter.«

Ich lachte. »Ziemlich hochtrabend.«

»Gibt es daran etwas auszusetzen?«

»Nein. Du warst ja sehr beschäftigt, Tom. Der Farm geht's anscheinend genausogut wie dir, stimmt's? Übrigens herzlichen Glückwunsch zu deiner Erbschaft!«

Er schien sich zu freuen. »War das nicht anständig von Onkel Matt?«

»Doch, das war es wirklich«, antwortete ich. »Und es war auch hochanständig von ihm, daß er bei dem Bild an mich gedacht hat.«

»Meinst du das ironisch?« fragte Tom mit einem raschen Seitenblick.

»Aber nein. Ich wußte ja von Anfang an, daß er sich nur für dich interessiert hat. Du mußt jetzt ziemlich wohlhabend sein, wenn nicht sogar reich.«

Er lachte, das zurückhaltende, geheimnisvolle Lachen eines Menschen, der gern etwas für sich behält. »Über ein paar Shilling hin oder her brauche ich mir jedenfalls keine grauen Haare wachsen zu lassen.«

»Willst du mir nicht endlich sagen, was du in deinem Brief angedeutet hast ... die Neuigkeiten, die du mir nicht schreiben wolltest?« Ich sah ihn an, aber sein Gesicht blieb eine ganze Weile ausdruckslos, bis es schließlich mit einem schelmischen Lächeln aufleuchtete.

»Ich habe vor zu heiraten.«

»Großartig, warum hast du es mir nicht verraten?« rief ich. »Wer ist die Glückliche?«

Wieder lächelte er wie jemand, der sicher ist, eine Überraschung parat zu haben. »Das errätst du nie, Peg, und wenn du dich noch so anstrengst!«

Ich lachte. Dann ließ ich mir die Mädchen aus der Gegend durch den Kopf gehen, die in Frage kamen, fand aber nicht die Richtige.

»Na, komm schon, spuck's aus! Wie soll ich das denn rauskriegen?«

»Harriet Fitzallen!«

Ich zuckte zusammen. Aber da stand mein Bruder, die Hände in den Taschen, blickte auf seinen Grundbesitz, seine Tiere, seine Ställe, lauschte den Stimmen von den Weiden und der Scheune, dem Rumpeln des Heuwagens, dem Klappern der Geschirre, dem gelegentlichen Schnauben der Pferde. Er war weder betrunken noch verrückt, und er hatte auch nicht den mir von früher vertrauten Gesichtsausdruck, wenn er mich für dumm verkaufen wollte.

»Das kannst du doch unmöglich ernst meinen. Du kennst sie ja kaum.«

Er drehte sich zu mir um. »Natürlich kenne ich sie. In den letzten Monaten hat sie mich oft besucht. Wir sehen uns mindestens einmal pro Woche! Sogar in Dublin waren wir zusammen! Was meinst du denn, weshalb ich Jupiter gekauft habe?«

»Du hast immer davon gesprochen, Cissie ein Pferd zu kaufen«, meinte ich vorwurfsvoll.

Er antwortete nicht und starrte ins Leere.

»Cissie ist im Himmel, Peg«, meinte er dann und seufzte. »Sie ist von uns gegangen, aber ich bin hier und habe mein Leben noch vor mir. Harriet und ich verstehen uns ausgezeichnet, sie ist ein großartiges Mädchen. Sie will das riesige alte Gut unbedingt erhalten. Und damit hat sie ganz recht. Ich würde so einen Hof auch nicht vor die Hunde gehen lassen, und wenn ich alles andere drangeben müßte!«

»Du meinst Glenallen?«

»Was sonst? Es ist wirklich erstaunlich, wie Harriet daran hängt. Es ist eine richtige Leidenschaft.«

»Und wie ist es mit der Leidenschaft, die sie für dich empfinden sollte?«

Tom lachte. »Ach, darüber brauchst du dir nicht den Kopf zu zerbrechen, ganz bestimmt nicht!«

Später erzählte er mir, daß Harriet ihm, kurz nachdem Brian als vermißt gemeldet wurde, geschrieben hatte. In dem Brief hatte sie angefragt, ob sie ihn einmal besuchen dürfe. Er hatte ihr den Hof gezeigt, und sie hatte ihn um Rat gebeten, weil sie irische Zugpferde züchten wollte. Er hatte ihr alles über die Kreuzung mit Vollblütlern erklärt, durch die man gute Springer bekam; daraufhin hatte sie ihn nach Glenallen eingeladen. Er war der Einladung eine Woche später gefolgt, und damit kam der Stein ins Rollen.

»Glenallen verfällt allmählich und braucht dringend die Hand eines Mannes, der zupacken kann«, hatte sie ihm gesagt. Das erzählte mir Tom mit einem verlegenen Lachen und kaum verhohlener Freude über das darin enthaltene Kompliment. Nach mehreren Wochen Hin und Her, und weil er kein Mann war, der ›um den heißen Brei herumredete‹, hatte Tom Harriet mitgeteilt, was er auf der hohen Kante hatte, und ihr »in diesem phantastischen roten Speisesaal von Glenallen« einen Heiratsantrag gemacht.

Ich fragte mich, wie er wohl geklungen hatte, dieser Heiratsantrag. »Was würdest du davon halten, wenn wir uns zusammentun?« Oder etwas derartiges. Wie ich Tom kannte, hatte er sich bestimmt nicht besonders romantisch ausgedrückt. Er hatte sich schon immer und in jeder Lebenslage pragmatisch verhalten – außer wenn es um Cissie ging.

»Nach dem Essen bin ich mit ihr ausgeritten, zu diesem Hügel hinter dem Haus.«

»Meinst du den Knockshee?«

»Ja. Ein guter Aussichtspunkt. Man überblickt die ganze Gemeinde.«

»Seid ihr bis hinauf auf den Gipfel gestiegen?«

»Nein, nein. Ich mußte ja meinen Zug erreichen.«

»Wußtest du, daß sich eine Menge Aberglaube um Knockshee spinnt? Anscheinend steht in der Gegend vieles in Beziehung zu den alten Druiden.«

»Ach ja? Dort herrscht wirklich eine absonderliche Atmosphäre, das stimmt schon.«

Wir schwiegen.

»Kommt sie denn bald mal hierher?« fragte ich schließlich.

»In ein paar Tagen.«

»Habt ihr schon ein Datum für die Hochzeit festgesetzt?«

»Nächsten Monat.«

Ich entschuldigte mich und ging zurück zum Haus. Als ich die Küchentür erreichte, hörte ich den Kessel auf dem Herd zischen, der Deckel klapperte, Tropfen explodierten auf der heißen Herdplatte. Ich schob den Topf weiter nach hinten. Neben dem Torfbehälter schlief Tiddles, gemütlich zusammengerollt, den Kopf auf die Brust gedrückt. Offensichtlich war er in eine Rauferei geraten: Sein rechtes Ohr war zerfetzt und darum herum alles kahl. »Hoffentlich hast du wenigstens gewonnen, du dummer Kater«, sagte ich.

Draußen war es noch hell, obwohl die Wolken sich immer weiter herabsenkten; die Stimmen aus dem Heuschober drangen schwach durch die Tür, Rufe und Gelächter, herbeigetragen vom Wind.

Ich wanderte durchs Haus, durch die Stätte meiner Kindheit und hing Erinnerungen nach. Ich betrachtete das Rautenmuster der Kacheln im Flur, wo ich heimlich Himmel und Hölle gespielt hatte, in der stetigen Angst, daß Annie in der Küchentür erschien und mit dem Geschirrtuch nach mir schlug. »Raus mit dir! Ich hab den Flur doch grade erst gewischt!«

Ich ging zur Salontür; hier auf dem alten Ledersessel hatte mich mein Vater, an den ich mich kaum mehr erinnerte, auf die Knie genommen, hier hatte es sich meine Mutter an Weihnachten bequem gemacht, wenn Tom und ich das Geschirr abwuschen. Da saß sie dann am Feuer und strickte, trank ein Gläschen dunkles Bier oder einen Sherry und verging fast vor schlechtem Gewissen, weil sie ausnahmsweise einmal nicht arbeitete. Mein Zimmer war unverändert: die alte weiße, selbstgenähte Tagesdecke, Wände, die dringend einen neuen Anstrich nötig gehabt hätten, der einfache Frisiertisch aus lackiertem Kiefernholz und der dazu passende Schrank. Ich ließ mich auf dem alten Eisenbett nieder und hörte die Bettfedern quietschen, genauso wie früher, als meine Mutter sich zum Gutenachtsagen auf der Kante niedergelassen hatte. Der Gutenachtkuß – Gute Nacht, Liebes – Gute Nacht, Mam – und schließlich ihre Schritte, die sich entfernten. Da ich Angst vor der Dunkelheit hatte, blieb die Tür immer einen Spalt offen, damit ich das Flurlicht sehen konnte.

Und jetzt kam ich hierher zurück, als Witwe, schwanger dank einer kurzlebigen Affäre, aber wild entschlossen, die Sache durchzustehen. Wo war das junge Mädchen mit seinen Idealen, das hier geschlafen, geträumt und endlose viktorianische Romane von tugendhaften, duldsamen Frauen und unverbesserlichen, heldenhaft verklärten Männern verschlungen hatte? Ich sah hinüber zur Statue der Madonna von Lourdes auf dem Kaminsims, die die Augen zu den himmlischen Mächten emporhob. Plötzlich irritierte sie mich so, daß ich aufstand und sie zur Wand drehte.

Der Gedanke an die Vergangenheit, die mir so rasch entglitt, machte mich nostalgisch – diese Vergangenheit, in der noch alles möglich gewesen war, bevor die Zeit unwiderruflich die Seiten im Buch meines Lebens beschrieben hatte.

Dieser Abend meiner Heimkehr war seltsam, bitter und doch süß. Bei Einbruch der Dämmerung begann es zu regnen. Irgendwann hörte ich Toms Schritte in der Küche. Er rief mich: »Pe-eg, Pe-eg.«

Also verließ ich das dunkle Zimmer, ging hinunter in die Küche und stand blinzelnd im hellen Licht. Tom erzählte, die Männer seien heimgegangen und das Heu ohne Schaden eingefahren.

Ich überreichte Tom das Geschenk, das ich ihm mitgebracht hatte – eine dunkelblaue Seidenkrawatte –, und er bedankte sich überschwenglich. »Die ziehe ich zur Hochzeit an«, versprach er. Dann machte ich mich an die Zubereitung des Abendessens: Speck, Würstchen, braunes Brot und Butter – nach englischen Maßstäben ein wahres Festmahl. Eine Weile erwähnte keiner Glenallen oder Harriet, und ich merkte, wie ein gewisser Fatalismus von mir Besitz ergriff. Ich erzählte vom Krieg und von den Bombenangriffen, von meinen Freunden in Nottingham und von Brian. Tom lauschte aufmerksam und warf nur gelegentlich ein »Also wirklich!« ein, kopfschüttelnd und voller Mitgefühl. Auch von Marys seltsamem Verschwinden berichtete ich, allerdings ließ ich die beunruhigenden Tagebuchseiten unerwähnt, die ich zwischen ihren Büchern gefunden hatte. Zu gern hätte ich ihn weiter über seine Verlobung ausgefragt, wollte aber eine passende Gelegenheit abwarten. Mein Kopf schwirrte zwar schon von den vielen Neuigkeiten, aber ich hätte Tom gern noch einiges über Harriet erzählt und darüber, für wie aussichtslos ich sein Vorhaben hielt. Nur wollte ich auf keinen Fall den Eindruck erwecken, daß ich eifersüchtig war oder meinem Bruder sein Glück nicht gönnte.

»Das Essen ist wunderbar«, begann ich nach einem längeren Schweigen. »In England sind solche Sachen kaum aufzutreiben.« Tom erwiderte, dieser Meinung seien auch manche deutschen U-Boote. Sie liefen die Westküste an, um Vorräte zu laden, und eine Menge irischer Lebensmittel ging auch nach England. »Gott möge den armen Hunden beistehen.«

»Hin und wieder stürzt auch mal ein deutsches Flugzeug hier ab. Die Piloten werden dann im Militärlager im Curragh interniert. Anscheinend leben sie dort wie die Maden im Speck. Wenn sie ihr Ehrenwort geben, läßt man sie sogar ins Kino nach Dublin.«

»Versucht denn keiner abzuhauen?«

»Die wären schön blöd! Sie wissen doch, daß sie ein angenehmes Plätzchen gefunden haben.«

Ich lächelte und stellte mir die Deutschen im Curragh vor.

»Tja, Peg, du hast mir überhaupt noch nicht gratuliert. Ich weiß, es ist eine Überraschung und vielleicht auch ein bißchen schwer für dich. Aber du wirst immer ein Zuhause bei uns haben, weißt du. Da kannst du ganz sicher sein.«

Er beugte sich zu mir und tätschelte meine Hand.

»Sie will mich wahrscheinlich gar nicht haben!«

»Aber nein, da irrst du dich gewaltig. Das lasse ich außerdem nicht zu«, entgegnete er mit Nachdruck. Schließlich war er weiterhin der Herr im Hause. Aber er hatte ja keine Ahnung, worauf er sich einließ. Und wenn ich es ihm zu erklären versuchte, würde er nur denken, daß ich eifersüchtig war oder log – oder beides.

Später holte Tom den Whiskey heraus und bot mir ein Gläschen an. Ich trank es aus, spürte, wie die Hitze mich durchströmte und sich in meinem Kopf eine verschwommene Tollkühnheit zusammenbraute. Unvernünftigerweise ließ ich mir noch ein zweites Glas einschenken.

»Wahrscheinlich denkst du, sie hat dich sehr gern, ja?« fragte ich bitter und hörte dabei, wie meine Stimme schwankte.

»Ach komm, Peg. Natürlich hat sie mich gern!«

Ich lachte zynisch und dachte an den ›gräßlichen Bruder, der sich immer am Kopf kratzt‹.

»Für sie warst du nichts anderes als ein Hanswurst«, zischte ich, plötzlich furchtbar wütend und verzweifelt. Tom sah mich zornig an. »Was meinst du damit – ein Hanswurst?« wollte er wissen und nahm die Arme vom Tisch.

»Ach, um Himmels willen. Diese Leute halten doch jeden für einen Hanswurst, der nicht mit den gleichen Privilegien auf die Welt gekommen ist wie sie. Glaubst du denn auch nur eine Sekunde daran, daß Harriet Fitzallen dich wirklich heiraten will?«

Tom stand auf. »Was ist eigentlich los mit dir? Du benimmst dich äußerst seltsam. Das Blut in unseren Adern, meine Liebe, ist genausogut wie alles, dessen sich die Fitzallens rühmen können, mit ihren ganzen Allüren und Manieren. Wieso bist du auf einmal so bitter?«

Er langte in eine Schublade der Kommode hinter ihm und zog einen Brief heraus.

»Lies das!«

Ich betrachtete das Papier, das er mir unter die Nase hielt, und erkannte die Schrift auf dem Umschlag sofort.

Lieber Tom,
ich hoffe, es geht Dir gut. Ich freue mich sehr darauf, Dich zu sehen. Wir haben momentan schrecklich viel zu tun mit dem Heu, und vermutlich geht es Dir in Ballycloghan nicht anders.
Auf der Bank hat man mir gesagt, wenn Du für den Kredit bürgst, bekomme ich das Geld. Du brauchst bloß ein Formular zu unterschreiben. Die Arbeit läuft wie vereinbart; jede Verzögerung wäre fatal. Ich habe dem Bauunternehmer mein letztes Bargeld als Anzahlung gegeben, teilweise stammt es noch aus der Erbschaft meiner Mutter.
Rebecca lahmt zur Zeit und braucht Deine heilende Hand. Die Gute sieht richtig niedergeschlagen aus. Der Tierarzt hat das Bein bandagiert.
Peter kommt bald über die großen Ferien nach Hause. Diese Anwälte führen ja wirklich ein lockeres Leben, während wir uns hier das ganze Jahr über krumm schuften. Aber ich komme demnächst vorbei, damit wir unsere Pläne endgültig schmieden können. Ich habe noch einen Tropfen Benzin im Tank, das ist ein großer Vorteil.
Herzlichst
Harriet

Ich las den Brief zweimal, mit dem flauen Gefühl im Magen, das ein Mensch hat, der sicher ist, daß er Schiffbruch erleidet.

»Würde eine Frau mir einen solchen Brief schreiben, wenn sie denkt, ich bin ein Hanswurst?« fragte Tom triumphierend.

»Nein, keine, die dich für einen Hanswurst hält. Sondern eine, für die du ein Blankoscheck bist! Was ist das für eine Bankbürgschaft? Du könntest damit die ganze Farm verlieren!«

Tom funkelte mich wütend an. »Willst du dich etwa in meine Angelegenheiten einmischen? Ich weiß genau, was ich tue. Du scheinst zu vergessen, daß ich diese Frau heiraten werde!«

»Hoffentlich wirst du nichts unterschreiben, ehe sie dir das Jawort gegeben hat!«

Tom lachte, und die Spannung ließ ein wenig nach.

»Peg, Peg, du hast einen Verstand wie eine Rattenfalle. Du hättest Anwältin werden sollen.«

Doch dann runzelte er die Stirn, zögerte einen Augenblick und fügte sehr ruhig hinzu: »Natürlich werde ich vorher nichts unterschreiben, ich bin ja nicht gerade erst vom Himmel gefallen! Aber Harriet ist ein großartiges Mädchen, und es gibt keinen Grund, weshalb ich mein Geld nicht in die Renovierung von Glenallen stecken sollte, wenn wir erst verheiratet sind. Es wäre auch rein geschäftlich gesehen kein guter Schachzug, das Gut verfallen zu lassen. Selbstverständlich werde ich es mir genau ansehen, bevor ich mein Geld investiere. Ich passe genau auf, was sie mit dem Geld macht, da brauchst du dir keine Sorgen zu machen.«

»Ist sie in dich verliebt?« fragte ich, weil ich unbedingt wissen wollte, wie er die Situation einschätzte. Er lächelte.

»Peg, Harriet und ich passen gut zusammen. Wir mögen uns. Wir arbeiten gut zusammen. Was will man mehr? Ich mache mir nicht vor, daß sie meine Traumfrau ist, aber sie ist in Ordnung.«

Als er aufstand, um ins Bett zu gehen, sagte ich noch: »Tom, du hast das Recht zu tun, was du willst. Es ist dein Leben und deine Farm. Aber ich möchte dich gern noch eins fragen.«

Ich senkte die Stimme, denn ich fürchtete mich vor meiner eigenen Frage. »Als du in Glenallen warst, als ihr auf den Hügel gestiegen seid, hast du da irgendwo eine Spur von Brian entdeckt?«

Tom blieb wie versteinert stehen. Dann drehte er sich um. »Ob ich eine Spur von Brian gesehen habe?« wiederholte er, fast flüsternd. »Was ist denn das für eine Frage? Brian ist tot, oder etwa nicht?«

»Gib mir nur eine Antwort, Tom, bitte.«

»Nein. Da war keine Spur von Brian. Warum fragst du so etwas? Du glaubst doch nicht etwa, daß er noch lebt, oder?«

Seine Stimme klang erschrocken, vorsichtig, unvermittelt argwöhnisch.

Ich winkte ab, weil ich kaum ein Wort herausbrachte.

»Nein, nein. Aber er hat einen Brief hinterlassen, in dem steht, daß er seinen Vater besuchen wollte, und mich verfolgt dieser scheußliche Traum, in dem ich Brian auf dem Knockshee sehe.«

Tom sah mich an, während mir die Tränen über die Wangen liefen. Sein Gesicht wurde weich, er zog einen Stuhl neben mich, legte den Arm um meine Schulter und drückte mich an sich.

»Reg dich bitte nicht so auf, Peg. Das kann ich nicht ertragen, vor allem, weil Brian Glenallen geerbt hätte, wenn er nicht gefallen wäre. Das hat Harriet mir gesagt.«

Fast beschämt stand er auf und blieb einen Moment unschlüssig neben mir stehen. »Du hättest ausgesorgt, wenn Brian noch lebte.«

15. Kapitel

In dieser Nacht träumte ich wieder vom Knockshee. Ich sah, wie Brian den dunklen Abhang herab auf mich zukam und sich dann dem Haus zuwandte. Aber diesmal erschien noch ein zweites Gesicht in der nächtlichen Dunkelheit. Das Gesicht meines Bruders tauchte auf, starrte zu mir herüber und folgte dann Brian in Richtung Glenallen. Mit wild klopfendem Herzen erwachte ich in der mondlosen Finsternis. Zuerst wußte ich nicht, wo ich war, dann lag ich lange Zeit wach und lauschte dem Regen, der ans Fenster klopfte.

Nachdem ich endlich wieder eingedöst war, schlief ich wie ein Murmeltier und erwachte erst spät. Im Zimmer herrschte Dämmerlicht, obwohl schon fast Mittag war. Draußen rauschte noch immer der Regen. Ich stand auf, fand den Herd beinahe erloschen und nirgends eine Spur von Tom.

Also schürte ich das Feuer und kochte Tee. Meine Gedanken waren immer noch bei meinem Bruder. Daß er sich mit Harriet Fitzallen verlobt hatte! Ich hörte das metallische Geräusch der tanzenden Regentropfen auf dem Blechdach des Torfschuppens und das Rauschen, mit dem das Wasser aus der Regenrinne in das Faß neben der Hintertür strömte.

Gegen zwei Uhr kam Niamh. Man sah deutlich, daß sie schwanger war; sie trug ihren Bauch wie ein rundes Fäßchen vor sich her. Ich bot ihr den Platz im Kaminsessel an, und sie ließ sich mit einem Seufzer nieder.

»Es tut mir schrecklich leid um deinen Mann, Peg.«

»Danke. Ich hab gehört, daß du auch was Kleines erwartest.«

»Stimmt.«

»Erinnerst du dich noch an die guten alten Zeiten? Gott, wir wußten damals gar nicht, wie gut wir es hatten. Vollkommen unbeschwert waren wir.«

»Ach, komm schon. Wir hatten eine Menge Sorgen. Kleine vielleicht, aber die waren damals genauso wichtig für uns.«

Niamh lachte und tätschelte ihren Bauch.

»Und jetzt sind noch mehr kleine Sorgen unterwegs!«

»Wann soll das Baby denn kommen?«

»Ich bin im fünften Monat. Packey freut sich schon sehr. Er will unbedingt einen Jungen.«

Ich sah ihr blasses, müdes Gesicht, die strähnigen Haare und dachte an das strahlende, fröhliche Mädchen, das ich früher gekannt hatte.

»Eins steht fest, in deinem Zustand kannst du hier keine Hausarbeit mehr erledigen. Du brauchst Ruhe.«

»Ich brauche Ruhe, meinst du? Peg, ich brauche das Geld, weil ich doch die Arbeit bei Percival's nicht mehr habe. Du weißt ja, wie die Männer sind. ›Tu dies, Frau, tu jenes‹, und keinen Penny kriegt man dafür. Ich hab die Hühner, das schon, und von den Eiern kann ich hin und wieder was zurücklegen.« Sie seufzte tief und fuhr fort, halb zu sich selbst: »Aber dafür hab ich ja auch ein Dach überm Kopf und genug zu essen. Geht's mir nicht gut?«

»Behandelt er dich schlecht?« fragte ich etwas ungehalten, aber sie schüttelte den Kopf, plötzlich nur noch darauf bedacht, ihren Mann in Schutz zu nehmen.

»Auf seine Art ist er der beste Mann der Welt. Nur daß er sich immer mal wieder betrinkt.« Sie lächelte entschuldigend. »Ich hab keine Mitgift, weißt du, deshalb kann ich mich eigentlich nicht beklagen.«

»Is fearr bean ná spraoi«, antwortete ich mit einem Zitat, der alten irischen Maxime, daß eine Frau in jedem Fall mehr wert ist als eine Mitgift. Und ich wußte selbst, wieviel Niamh wert war.

»Erinnerst du dich an das ganze Zeug, das du immer so mühelos auswendig gelernt hast – die Gedichte, die Mr. Clancy uns aufgegeben hat? *Paradise Lost* und Shakespeare, und damals waren wir noch Kinder.«

Niamh nickte und lächelte. »Das habe ich geliebt. Manchmal hilft mir die Erinnerung daran, nicht den Verstand zu verlieren. Ich sage es mir im Kopf vor, immer wieder von vorn, wie eine Droge ...

Wenn ich in süßem, ruhigen Gedenken
Erinn'rung an Vergangenes
heraufbeschwöre ...«

Ich sah sie an, wie sie rezitierte, lächelte ihr ermutigend zu und dachte dabei an jemand anderen, dem die Reime auch so leicht von der Zunge gegangen waren, damals, in Connemara, an einem Sommertag.

»Freust du dich, wieder hierzusein, Peg? Du vermißt doch bestimmt dein feines Leben in England, oder nicht?«

Ich schaute mich in der Küche um, hörte das Feuer prasseln und im Schornstein fauchen und von draußen das einsame Lied des Regens.

Zeit, die Ofenklappe zu schließen.

»Ich vermisse meine Freunde. Ich habe in England einige gute Freunde gefunden.«

Niamh neigte den Kopf ein wenig zur Seite und blickte mich mitfühlend an.

»Ich erinnere mich an die beiden netten Freundinnen, die du im Sommer immer mit nach Hause gebracht hast. Du hast mir auch erzählt, wie die Dunkelhaarige gestorben ist. Wo ist eigentlich die andere, die mit den roten Haaren?«

»Ich weiß es nicht, Niamh. Sie hat sich seit Monaten nicht mehr gemeldet. Sie ist bei einem Bombenangriff in London verschwunden, seither hat niemand mehr etwas von ihr gehört.«

Bei der zweiten Kanne Tee fragte sie mich schüchtern, ob ich an Tom eine Veränderung bemerkt hätte.

»Ja, ich glaube, er ist sehr glücklich. Vermutlich weißt du ja schon, daß er heiraten will?«

Niamh wandte die Augen ab, weil ich nicht sehen sollte, wie verletzt sie war.

»Ja. Er hat es erwähnt. Und auch noch deine Schwägerin. Ist das nicht ein bißchen seltsam? Ich hab sie ein paar Mal gesehen, und danach war hier alles irgendwie anders – aber ich meine das nicht respektlos oder so.«

Ich betrachtete sie nachdenklich. »Inwiefern war es denn danach anders?«

»Ich weiß es auch nicht. Einfach anders!« Niamh wurde rot. »Und ich glaube nicht, daß sie ihn liebt, Peg. Sie ist habgierig, das sieht doch ein Blinder.«

Nach etwa einer Stunde ging Niamh wieder. Ich hatte nicht zugelassen, daß sie ihre üblichen Putzarbeiten erledigte, und steckte ihr zum Abschied eine Pfundnote zu. »Ist schon in Ordnung. Leg's aufs Sparbuch.« Außerdem gab ich ihr Palgraves *Golden Treasury*. Ich hatte das Buch eines Tages in einer Buchhandlung in Nottingham entdeckt und gekauft, weil es mich an Niamh erinnerte.

Entzückt schlug sie das kleine Buch auf. Dann umarmte sie mich herzlich. »Gott segne dich dafür, daß du an so etwas denkst.« Dann brach sie auf, den Schal überm Kopf, *Golden Treasury* in der Tasche. Als ich ihr durchs Fenster nachblickte, sah ich, wie sie am Tor stehenblieb, sich den Stiefel auszog und ihn umdrehte, um ein Steinchen herauszuschütteln, bevor sie den bloßen Fuß wieder hineinsteckte.

Um die Mittagszeit erschien Tom. Erwartungsvoll sah er sich um, als müßte sein Essen bereits dampfend auf dem Tisch stehen. Statt dessen fand er nur seine Schwester im Kaminsessel vor, die die Katze streichelte und gedankenverloren ins Feuer starrte.

»Gibt's nichts zu essen?«

Seine Enttäuschung war so groß, daß ich ein schlechtes Gewissen bekam. »Himmel, das tut mir leid, Tom. Ich weiß auch nicht. Ich koch dir schnell ein Ei und mache dafür Speck und Kohl zum Abendessen.«

»Mit leerem Magen kann man nicht arbeiten«, brummte Tom verärgert, und ich fühlte mich wie immer, wenn ein Mann seine schlechte Laune an mir ausließ: Angst packte mich, als müßte ich jederzeit damit rechnen, daß der Betreffende gewalttätig wurde und seine Wut an mir ausließ. Ich glaubte nicht wirklich, daß Tom mich schlagen würde; es war etwas viel Tieferes und Älteres, es war der Instinkt, um jeden Preis für Harmonie zu sorgen, damit man mich weiterleben ließ.

Tom holte einen Laib braunes Brot aus dem Schrank, legte es auf den Tisch und schnitt eine dicke Scheibe ab, die er zentimeterdick mit Butter bestrich.

Ich stand auf, kochte die dritte Kanne Tee dieses Tages und stellte sie vor ihn auf den Tisch. Wenn wir so weitermachten, hatten wir bald keinen Tee mehr. Wenn Tom vor dem Krieg doch mehr gehamstert hätte.

Als mein Bruder dann zu den Ställen zurückgegangen war, wischte ich den Boden, wusch das Geschirr ab und fuhr mit dem Fahrrad ins Dorf, um Lebensmittel einzukaufen. Den Speck hatte ich bereits zum Einweichen ins Wasser gelegt, also brauchte ich nur noch Mehl und Zucker. Ich hatte Toms Lebensmittelmarken dabei und wollte gleich für mich selbst welche beantragen.

Bei Percival's arbeitete jetzt eine neue Gehilfin – ein junges, etwa sechzehnjähriges Mädchen. Sie bediente mich und war ziemlich neugierig. Ich war doch Miss Donlon, die geheiratet hatte und in den Krieg gezogen war, oder? Sie überlegte, ob sie auch nach England gehen sollte – wie sie gehört hatte, wurde man in den Fabriken gut bezahlt.

Ich erzählte ihr ein wenig von England, und sie hörte gespannt zu. Danach fuhr ich nicht direkt zurück nach Ballycloghan, sondern radelte und radelte, schneller und immer schneller, als könnte ich, wenn ich es schaffte, die Grenze von Zeit und Raum durchbrechen, die Antwort auf die Fragen finden, die ich kaum zu stellen wagte. Die Reifen zischten auf der nassen Straße. Der Regen hatte aufgehört, die Luft war sehr kühl und frisch. Überall sah ich nasse, frisch gemähte Felder; das Heu war zu Haufen zusammengerecht und mit Strohseilen festgebunden.

Einmal kam ich an zwei rothaarigen Mädchen vorbei, die schwatzten und lachten. Sie hatten etwas hellere Haare als Mary und kleine braune Sommersprossen.

Als ich heimkam, setzte ich den Speck auf, ging in mein Zimmer, stellte meinen schweren Koffer auf den Boden, holte die vier Seiten von Marys Tagebuch hervor und las sie noch einmal. Dann nahm ich sie mit hinunter in die Küche und steckte sie ins Feuer. Sie gingen nur Mary etwas an und hatten bei meinen Sachen nichts verloren. Und sie stellten eine Verbindung zu Lucien her, die ich voller Zorn auszulöschen versuchte.

Waren nur ein paar Tage oder schon eine Woche verstrichen, als Harriet auftauchte?

Ich stand in der Küche, als ich einen Automotor hörte, dann das Quietschen des Tores und Schritte, die sich über den Hof der offenstehenden Küchentür näherten.

»Hallo! Ist jemand zu Hause?« Ich war noch unterwegs zur Tür, um nachzusehen, wer da im Auto vorgefahren war, und trocknete mir gerade die Hände an der Schürze ab, als sie mich entdeckte. Vor Überraschung riß sie die Augen auf.

»Peg!« rief sie. »Wie wundervoll, dich zu sehen! Ich dachte, du wärst noch in England.«

Sie trug ein schickes zweiteiliges Kostüm mit einem Blumenmuster auf altweißem Hintergrund, die Jacke im Kutscherstil. Ihre Haare glänzten in der Sonne; sie hatte Lippenstift und Puder aufgelegt.

»Ich wollte Tom besuchen.«

Obwohl ich gewußt hatte, daß sie irgendwann auftauchen würde, hatte ich es nicht glauben wollen, und deshalb brachte ich jetzt kein Wort heraus. Und sie machte sich in meinem alten Zuhause breit wie eine fremde Macht.

»Bitte, geh wieder, Harriet. Geh weg.«

»Aber liebe Peg ... was habe ich dir denn getan? Warum bist du so zornig ...? Wo ist Tom?«

»Laß meinen Bruder in Ruhe.«

Stille trat ein, nur durchbrochen vom Ticken der Uhr auf dem Schrank und einem plötzlichen Stakkato-Geräusch, als Tiddles sich kratzte. Harriets blaßblaue Augen waren eiskalt. Einen Moment lang stand sie reglos da, dann lachte sie, selbstbewußt und melodiös, und der fremde Klang hallte durchs ganze Haus. Ich war selbst verblüfft über meine Reaktion; ich hatte nicht vorgehabt, mich so zu offenbaren, aber ihr plötzliches Auftauchen und die Angst, die in mir aufstieg, hatten mich einfach überwältigt.

»Meine liebe Peg, du scheinst nicht ganz auf der Höhe zu sein, du Ärmste. Tut mir leid, daß ich dich erschreckt habe. Und das in deinem Zustand.«

Besorgt musterte sie meinen Bauch, als wollte sie abschätzen, wie weit die Schwangerschaft fortgeschritten war. Dann blickte sie sich in der Küche um, als erwarte sie, daß Tom unvermutet auftauchte, und sah mich dann betrübt an.

»Peg – das Leben verändert sich eben! Ich weiß, daß Toms Verlobung ein Schock für dich gewesen sein muß. Aber es ist jetzt alles anders als früher. Versuch das doch zu verstehen.«

Endlich näherten sich Schritte über den Hof. Offenbar hatte

auch Tom das Auto gehört. Strahlend kam er in die Küche, legte den Arm um Harriets Schulter und drückte sie an sich.

»Na, wie geht's meinem hübschen Fratz?«

Warum nur spürte er Harriets Reaktion nicht, ihre Empörung, die für mich so eindeutig war, wie ein elektrischer Stromstoß, so, als hätte sie laut aufgeschrien? Aber sie lächelte und hielt ihm die Wange hin, die er unbeholfen küßte, wobei er leicht errötete und mich nicht aus den Augen ließ.

»Ich bin todmüde, Tom Donlon.« Sie warf mir einen raschen Blick zu. »Es macht dir doch hoffentlich nichts aus, wenn ich mich setze? Ich fürchte, ich habe Peg durcheinandergebracht, weil ich einfach so reingeplatzt bin«, wandte sie sich wieder an Tom, der ihr einen Stuhl hinschob und mich mit hochgezogenen Augenbrauen musterte.

»Machst du Tee?«

Die Aufforderung war unverschämt, aber Tom sah mich dabei fast flehend an. Ich schob den Kessel auf den heißen Teil der Herdplatte und stellte Tassen und Untertassen auf den Tisch.

»Bleibst du denn ein paar Tage?« erkundigte sich Tom eifrig. Harriet zuckte die Achseln und sah mich an.

»Ich will mich nicht aufdrängen. Das wäre Peg gegenüber nicht fair.«

Mit rotem Kopf machte ich den Tee. Tom verkündete, daß auch ich mich im Grunde sehr freute, Harriet zu sehen und flüsterte mir ins Ohr, ich solle ein Bett für sie zurechtmachen. Ich verstand den Wink mit dem Zaunpfahl und entschuldigte mich, ich hätte oben noch zu tun.

»Hast du dich inzwischen für einen Termin entschieden?« erkundigte sich Tom mit gedämpfter Stimme, als ich hinausging. Ich blieb vor der Tür stehen, um Harriets Antwort abzuwarten.

»Sobald wie möglich, denke ich. Und ich fände es schön, wenn wir in Dublin heiraten könnten.« Dann senkte sie die Stimme, und ich hörte Tom laut und herzlich lachen.

Das Bett für Harriet machte ich im alten Zimmer meiner Mutter. Als ich die Schranktür öffnete, um die Patchworkdecke herauszuholen, schlug mir der Geruch von Mottenkugeln entgegen, der mich sofort wieder in meine Kindheit versetzte. Das Fenster ließ sich nur schwer öffnen, da es frisch gestrichen war und die Farbe klebte. Nach einer Weile hörte ich Harriets und Toms Schritte auf der Treppe, und kurz darauf kam Harriet herein, blickte durch das offene Fenster in den sonnigen Nachmittag hinaus und machte eine Bemerkung über die Aussicht, die nicht mehr zu bieten hatte als flache Felder mit Steinmauern, den Fluß und den weiten Himmel. Sie bestand darauf, mir beim Bettenmachen zu helfen.

»Vielen Dank übrigens, Peg.«

Sie sah mich an, und einen kurzen Moment lang wirkte sie beinahe verletzlich. Tom brachte ihren kleinen Koffer und stellte ihn auf den Stuhl.

»Ich ziehe mich nur rasch um und bin gleich wieder bei euch«, verkündete Harriet. Tom und ich verließen das Zimmer und schlossen die Tür hinter uns. Jetzt fühlte ich selbst, wie sich die Atmosphäre im Haus veränderte, wie sie sich auflud mit Spannung und Erregung, mit Harriets energischem Auftreten.

Kurz darauf kam sie in Hemd und Reithose wieder herunter. Toms Augen folgten ihr, wie sie einst Cissie gefolgt waren.

»Nun, Madam«, meinte er, »Ihr Hochzeitsgeschenk steht draußen und erwartet Sie!« Harriet starrte ihn an, mit offenem Mund, in dem schneeweiße Zähne blitzten.

»Mein lieber Tom, was hast du dir jetzt wieder ausgedacht?«

Ganz offensichtlich gefiel es meinem Bruder, »Mein lieber Tom« genannt zu werden, jedenfalls strahlte er übers ganze Gesicht. »Na, willst du es sehen oder nicht?«

Harriet wandte sich an mich: »Komm mit, Peg, dann kannst du auch gleich sehen, was dein Bruder ausgeheckt hat.«

»Ich kann es mir schon vorstellen.«

Mir fiel es schwer, meine schlechte Laune von vorhin aufrechtzuerhalten; die Ballycloghan-Harriet kam mir ganz anders vor als die von Glenallen. Außerdem warf mir Tom wieder einen bittenden Blick zu. Ich holte also meine Gummistiefel und wanderte mit den beiden zu den Ställen, vorbei am Heuschober, der jetzt mit frischem Heu gefüllt war, hinaus zu der Koppel, wo Jupiter graste und seine Mähne schüttelte – eine aristokratische Erscheinung inmitten der anderen Tiere.

»Oh, er ist ja wunderbar! Wie alt ist er und wie groß?«

»Siebzehn Handbreit, drei Jahre alt, amerikanisches Jagdpferd«, brummelte Tom stolz.

Man sah Harriet an, daß sie sich aufrichtig freute. Sie berührte Toms Wange hastig mit den Lippen und hauchte, sie könne es gar nicht abwarten, ihn auszuprobieren. Als Tom etwas steif reagierte, fügte sie gespielt tadelnd hinzu: »Das Pferd natürlich, du Dummkopf, nicht dich!«

Tom zuckte zusammen, als hätte ihn etwas gestochen, und sah mich an. Aber ich stellte mich taub.

Dann zogen die beiden los, den Braunen einzufangen. Tom holte eine Kartoffel aus der Tasche und versuchte das Tier damit zu locken. Er achtete darauf, daß es nicht merkte, woher der Lekkerbissen stammte, und führte es dann am Stirnhaar in den Stallhof. Harriet ging auf der anderen Seite, begutachtete Jupiters Brust, sah nach, ob er beschlagen war, und fragte Tom, ob er Beschlagnägel trug. Jupiter sabberte und ließ ein Stück Kartoffel fallen; Harriet hob es auf, stopfte es mit der Handfläche zurück in Jupiters Maul und wischte sich den Speichel an seinem Hals ab.

Im Hof sattelte Tom das Pferd für Harriet; sie stieg auf und ritt im leichten Galopp um die Koppel herum. Die anderen Pferde sahen ihr nach, hoben die Hufe und liefen ihr nach, kreuzten von hinten ihren Weg, und als Jupiter sie in die Flanken zu beißen versuchte, schlugen sie nur verächtlich mit dem Schwanz.

»Nun, Schwesterchen?« fragte mich Tom, als Harriet außer Hörweite war. »Was hast du an ihr auszusetzen?«

Ich schüttelte nur den Kopf.

»An ihm, meinst du? Er ist zu groß.«

Verärgert schnalzte Tom mit der Zunge und musterte mich durchdringend.

»Ich meine natürlich Harriet.«

»Ich will sie nicht noch einmal als Schwägerin!«

Tom schnaubte verärgert.

»Warum?«

»Sie haßt mich!«

Tom brummte verächtlich und warf einen Blick auf meinen Bauch, womit er wohl andeuten wollte, daß mein Zustand an meiner geistigen Verwirrung schuld war. »Ich frage dich später noch mal, wenn du wieder bei Verstand bist.«

Als Harriet im Schritt auf das Tor zuritt, an dem wir warteten, eilte ihr Tom gutgelaunt entgegen, um ihr beim Absteigen zu helfen. Er spielte den Clown, tippte sich unterwürfig mit dem Finger an die Mütze, und ich sah einen Augenblick lang, wie verächtlich sie auf ihn herabblickte und wie sie gelangweilt den Mund verzog.

An diesem Abend schrieb ich Mr. Drencher, daß ich die Absicht hätte, nach Nottingham zurückzukehren. Ein paar Tage später jedoch erhielt ich einen Brief, der sich offensichtlich mit meinem gekreuzt hatte, in dem er mir mitteilte, Mr. Warren habe aufgrund einer Verletzung ein lahmes Bein und sei aus dem Militärdienst entlassen worden; er wolle seine alte Stelle wieder antreten und man brauche mich deshalb nicht mehr. Mr. Drencher wünschte mir viel Glück und alles Gute und legte ein Empfehlungsschreiben bei, in dem er mich in den höchsten Tönen lobte. »Ich werde mich melden, sobald eine Stelle bei uns frei wird«, fügte er als Postskriptum hinzu.

Ich legte das Zeugnis beiseite und zerknüllte den Brief. Es gab andere Schulen. Aber würde jemand eine offensichtlich schwangere Frau einstellen? Denn jetzt sah man mir meinen Zustand an, man sah die kleine runde Beule, in der ein neuer Mensch heranwuchs, das Kind von Lucien und mir. Wo mochte er sein?

Am 16. September 1941 heirateten Tom und Harriet in der University Church am Stephens Green. Nach der Trauung gab es einen kleinen Hochzeitsempfang im Shelbourne Hotel. Harriet trug ein altrosa Wollkleid und einen kleinen Hut mit Krempe. Abgesehen von einem nervösen Blitzen in den Augen wirkte sie sehr ausgeglichen. Claire de Lacy – Harriets Freundin, die jetzt verheiratet war und in Dublin lebte – war Brautjungfer, Toms bester Freund Christy Moran Trauzeuge; auch Peter war gekommen. Die O'Shaugnessys waren zwar eingeladen worden, sagten aber mit Bedauern ab. Nach dem Empfang gingen alle im Park spazieren, und es wurde photographiert. Tom machte einen glücklichen Eindruck, war aber viel zu korrekt, um Zärtlichkeit oder gar körperliches Begehren zu zeigen, und so gingen die Frischvermählten nebeneinander her, plauderten ein wenig und benahmen sich wie gute Bekannte. Irgendwann sonderte sich Harriet dann ab, um sich vertraut und intensiv wie immer mit ihrem Bruder zu unterhalten. Tom wechselte unterdessen etwas gehemmt ein paar Worte mit Christy und Claire de Lacy. Wir posierten für den Photographen, lächelten und lobten das gute Wetter.

Später sprach mich Peter sehr höflich an, drückte mir sein Beileid wegen Brian aus, erkundigte sich nach meiner Gesundheit und meinte, er werde mich doch hoffentlich einmal in Glenallen begrüßen dürfen. Mit kühler Höflichkeit antwortete ich: »Selbstverständlich, gern«, aber mein Herz schrie sofort: ›Nie und nimmer!‹ Doch das brauchte Peter ja nicht zu erfahren. Ich fand, daß er sehr schmal und blaß aussah, was ich seiner vielen Arbeit zuschrieb.

Bevor wir das frischgebackene Ehepaar seinem Glück überließen, nahm Harriet mich beiseite, dankte mir, daß ich »so wunderbar« gewesen sei, und meinte, sie verlasse sich ganz auf mich.

»Du bist meine einzige Schwester. Tom hat mir gesagt, daß du nach England zurückwillst. Aber warum? Du bist in Irland schließlich sogar an zwei Orten zu Hause, und du brauchst jemanden, der sich um dich kümmert.« Sie küßte mich auf die Wange. »Bitte bleib bei uns, Peg.«

Sie hatte den Kopf ein wenig schiefgelegt, lächelte flehend, beinahe demütig, und einen Augenblick lang hatte ich trotz allem fast das Gefühl, daß ich sie liebte.

Das junge Ehepaar blieb, wie Harry es sich gewünscht hatte, für den Rest der Woche im Shelbourne Hotel, während Pat O'Regan unter meiner Aufsicht die Farm führte.

Ohne Tom war es in Ballycloghan sonderbar einsam, denn ich fühlte mich in meiner ehemaligen Heimat nicht mehr so wohl wie früher. Schon bald würde Harriet hier die Hausherrin sein – wenn sie einzog –, und deshalb kam mir bereits alles ein wenig fremd vor.

Am Tag vor der Hochzeit hatte Tom ein ernstes Gespräch mit mir geführt und mir gesagt, ich solle bleiben, solange ich wollte, und ich sei hier immer willkommen; dies sei mein Zuhause und würde es bleiben.

»Ich muß Arbeit finden, Tom, ich will unabhängig sein.«

»Aber du hast doch deine Witwenrente. Und du bist schwanger, um Himmels willen. Wer soll dich denn einstellen?«

»Ich kann hier nicht bleiben; das Haus gehört jetzt auch deiner Frau.«

Er musterte mich zornig, mit gesträubtem Schnurrbart.

»Hör doch auf mit diesem Unsinn, Peg. Das bringt nur Unglück. Du hast irgendwas gegen Harriet. Vielleicht ist sie ja tatsächlich ein bißchen anders als wir, vielleicht stammt sie aus einer privilegierteren Schicht. Aber sie ist in Ordnung!«

Er zögerte. »Und auf alle Fälle ist es *mein* Haus.«

Du glaubst also, du bleibst der Herr im Haus, dachte ich. Du glaubst, so einfach ist das. Du glaubst, Harriet Fitzallen wird sich deinem Willen beugen.

»Du weißt nicht, was sie getan hat, was für ein Mensch sie ist!«

Tom stöhnte ärgerlich und verschränkte die Arme. »Na gut, was hat sie denn getan? Erzähl mir von ihren Verbrechen.«

»Sie hat einiges auf dem Kerbholz!«

An den Fingern meiner linken Hand begann ich aufzuzählen: »Sie ist schuld daran, daß ich die Fehlgeburt hatte. Sie hat mich des Diebstahls bezichtigt. Sie hat versucht, Brian umzubringen, indem sie seine Sattelgurte durchgeschnitten hat. Sie hat einer Stute ein Auge ausgeschossen und behauptet, es sei Brian gewesen.« Meine Stimme erstarb. Ich wußte, wie sich das alles anhörte.

Mit gerunzelter Stirn und verkniffenem Mund musterte mich mein Bruder.

»Sonst noch was?« fragte er leise.

Ich schlug mit der Faust auf den Tisch.

»Was bringt das denn? Du glaubst mir sowieso nicht.«

»Kannst du auch nur eine dieser monströsen Anschuldigungen beweisen?«

Ich schüttelte den Kopf.

»Dann sei lieber vorsichtig mit dem, was du von dir gibst, Peg«, sagte er streng – ein Mann, der seine Ehefrau vor Verleumdungen in Schutz nimmt. »Es gibt nämlich Gesetze gegen Rufmord!«

Pat erledigte die Arbeit auf dem Hof; ich hatte außer dem Haushalt wenig zu tun, und beschloß deshalb, gründlich sauberzumachen und Schubladen und Schränke auszuwischen – eine Arbeit, die ich haßte. Aber so konnte ich mir wenigstens die Zeit vertreiben. In den Küchenschubladen herrschte ein entsetzliches Durcheinander: verschiedene Schnurreste, Packpapier, alte Briefe, Tierarztrechnungen, Quittungen vom Schmied und vom Sattler, Rechnungen für Kleie und Siegelwachs. Ich nahm den ganzen Wust heraus, sortierte alles auf getrennte Häufchen und entdeckte dabei einen Brief mit Paddys Schrift, der an mich adressiert war. Er war zerknittert und geknickt, denn er hatte sich zwischen der Rückwand der Schublade und dem Rahmen verfangen. Zuerst dachte ich, es sei sicher ein alter Brief, aber dann merkte ich, daß er noch ungeöffnet war. Das Datum auf dem Stempel war der 13. März 1941; also war der Brief nach meiner Abreise angekommen und mir nie nachgeschickt worden.

Ich verscheuchte Tiddles, der verdrießlich miaute, aber sofort wieder auf meinen Schoß sprang, als ich mich in den Kaminsessel gesetzt hatte, und riß den Umschlag auf. Es war eine Antwort auf meinen letzten Brief, in dem ich Paddy von meiner Hochzeit erzählt hatte.

Meine liebe Peg,
Herzlichen Glückwunsch! Von einem ganz egoistischen Standpunkt aus tut es mir zwar leid, aber ich freue mich für Dich, wenn Du das tust, was Du willst, und dabei glücklich bist. Dein Mann ist ein Glückspilz, und ich hoffe, er weiß das. Ich kann nur sagen, in meinem Herz wird immer ein Plätzchen für Dich reserviert sein.
Die Navy bildet einen Bautrupp, und ich gehöre zur Reserve. Wenn Amerika in den Krieg eintritt, komme ich wahrscheinlich an die Front.
Alles Gute,
Paddy

Die vertraute Unterschrift erfüllte mich mit einer tiefen Sehnsucht nach unbeschwerten Sommernachmittagen am Ufer der Garryogue. Warum nur konnte ich die Zeit nicht zurückdrehen, meine Mutter wieder zum Leben erwecken und noch einmal Kind sein? Sofort holte ich mir Stift und Papier und schrieb Paddy, daß mein Mann vermißt wurde, daß ich schwanger war, daß Tom meine Schwägerin geheiratet hatte und ich nicht wußte, wie es mit mir weitergehen sollte. »Manchmal ist es wirklich eine Strafe, eine Frau zu sein, denn wenn man schwanger ist, will einen niemand mehr einstellen. Und das bedeutet, daß ich hier festsitze und mich wie das fünfte Rad am Wagen fühle. Ich hoffe, Amerika tritt nicht in den Krieg ein und Du bist in Sicherheit.«

Ich dachte viel an Tom und Harriet, an das Gespräch, das ich nach der Hochzeit mit meiner Schwägerin geführt hatte, daran, wie Tom betont hatte, daß ich keinen von meinen Vorwürfen beweisen konnte. Ob ich Harriet wohl Unrecht tat? Sie kam mir verändert vor, weicher, menschlicher. Vielleicht war es wirklich an der Zeit, daß ich mich von der Vergangenheit verabschiedete.

Eines Tages besuchte mich Father O'Dea, der Gemeindepfarrer, und fragte mich, wie ich ohne meinen Bruder zurechtkam. Und was hielt ich denn von meiner neuen Schwägerin? War es nicht seltsam, daß mein Bruder ausgerechnet die Schwester meines Mannes geheiratet hatte? Sie war ja wirklich ein hübsches Mädchen. Er hatte sich einmal mit ihr unterhalten und ihr erzählt, daß er Hilfspfarrer in Ballyharris gewesen war, allerdings vor ihrer Geburt.

»Sie waren Hilfspfarrer in Ballyharris? Dann kennen Sie also Glenallen?« fragte ich überrascht.

»Ich erinnere mich sehr gut an Glenallen. Die Fitzallens sind eine gut katholische Familie, auch wenn sie auf eine bewegte Geschichte zurückblicken.«

Er nippte an seinem kleinen Glas Sherry.

»Wie meinen Sie das – eine bewegte Geschichte?«

Der Priester zögerte. »Das müßten Sie doch besser wissen als ich! Es gibt dort diese seltsamen unterirdischen Gänge – haben die Fitzallens Ihnen nicht davon erzählt? Die Druiden haben sie gebaut, und man hat dort Menschenknochen gefunden – ein paar Jahre, bevor ich in die Gemeinde gekommen bin.«

Ich setzte mein Glas ab. »Von den Knochen habe ich nichts

gewußt. Brian hat mir erzählt, daß Archäologen dort gearbeitet und Ausgrabungen gemacht haben.«

»Stimmt«, nickte Father O'Dea. »Vielleicht hat es auch vom Haus aus einen Zugang gegeben. Aber vor dem Eingang auf dem Berg steht ein alter Ogham-Stein, hinter dem man die Knochen gefunden hat.«

»Von dem Stein weiß ich, Brian hat mir von ihm und seiner sonderbaren Inschrift erzählt. Als Kind hat er sich in den Gängen verlaufen und ist erst nach eineinhalb Tagen gerettet worden – eine traumatische Erfahrung! Später hatte er immer wieder Alpträume, die sicher darauf zurückzuführen sind.«

Mich schauderte, als ich das sagte; die hallenden Echos in den dunklen Gängen konnte ich mir dank Brians Beschreibungen nur allzu lebhaft vorstellen, genauso wie das Kind, das einsam und verrückt vor Angst in der Finsternis herumirrte.

»Wußten Sie auch, daß auf dem Stein eine Inschrift eingraviert war?»

Wieder nickte der Geistliche. »Ich erinnere mich nicht genau, aber ich habe gehört, daß es etwas sehr Seltsames war.«

»Ich kenne die Meinen, und die Meinen kennen mich«, flüsterte ich.

Er fuhr zusammen. »Das ist sicher ein Übersetzungsfehler, denn das Zitat stammt aus dem Neuen Testament. Es gab noch einen zweiten Stein – den haben die Archäologen ins Museum von Dublin gebracht. Auch er trägt eine Inschrift.«

»Was stand darauf?«

»Es war eine Warnung, die Gänge zu öffnen«, meinte er achselzuckend.

Eine Weile saßen wir uns schweigend gegenüber. Ich war froh, daß die Sonne durchs Fenster schien. In der Ferne hörte man einen Hund bellen. O Gott, dachte ich, was muß ich nur tun, um endlich von Glenallen loszukommen?

»Natürlich gerieten die Leute aus der Gegend in helle Aufregung, als der Stein entfernt wurde, denn sie glaubten, jetzt würde das Pech – das *miádh* – herauskommen und sie verfolgen. Deshalb ließ der alte Fitzallen den Eingang mit Geröll zuschütten. Aber man sollte sich wirklich nicht von all dem Unsinn, den man in diesem Land so hört, verrückt machen lassen, Peg. Sprechen Sie einfach Ihre Gebete, nehmen Sie die Sakramente, und führen Sie ein gutes, christliches Leben. Mehr kann man nicht tun.«

Als er schon im Gehen begriffen war, wandte er sich noch einmal um und sagte: »Vermutlich wissen Sie ja, daß Mrs. Fitzallen sich schon seit langem nicht wohl gefühlt hat; die Nerven machten ihr zu schaffen, sie hatte einen Zusammenbruch nach dem anderen. Die Familie hat zu lange Inzucht betrieben. Das bringt Ihr und Toms Blut jetzt wieder in Ordnung!«

Dabei warf er einen bedeutungsvollen Blick auf meinen runden Bauch.

»Ich nehme allerdings nicht an, daß die Menschen an so etwas denken, wenn sie heiraten!«

»Ganz bestimmt nicht«, meinte ich und wurde rot.

Gelegentlich plauderte ich mit Niamh und besuchte sie auch in ihrem Cottage, besichtigte die Verbesserungen, die ihr zu verdanken waren, die frisch gestrichenen Wände, die Blumen in dem von ihr angelegten Garten, die kleine Hecke an der Hausmauer neben dem Tor. Zum Essen tauchte dann auch Packey auf. Manchmal setzte er sich auf seine Bank, paffte seine Tonpfeife und stellte Fragen über England und den Krieg. Das Herz tat mir weh, wenn ich daran dachte, daß Niamh jetzt an einen fast sechzigjährigen Mann gebunden war. »Ich hatte keine Mitgift, weißt du«, erklärte sie immer wieder. Gab es denn keine Liebe auf der Welt?

Einmal brachte ich zwei Flaschen Guinness mit, was für Schwangere bekanntlich gut sein soll. Außerdem hatte Niamh mir gestanden, daß sie es gern trank. Eine Flasche stellte ich auf den Kaminvorsprung und öffnete die andere. Mit schlechtem Gewissen goß ich das Bier in die Teetassen, die Niamh hervorholte, und wir kicherten beide wie Schulmädchen.

»Er würde schrecklich erstaunt sein, wenn er mich so sehen könnte«, meinte Niamh. »Die Männer glauben immer, sie wären die einzigen, die das Recht auf ein Schlückchen in Ehren haben.«

Da erschien Packey tatsächlich in der Tür, die Schultern von lebenslanger Feldarbeit gekrümmt, die fettige Tuchmütze tief in die Stirn gezogen. Ich schickte ein Stoßgebet zum Himmel, er möge das Bier nicht riechen. Säuerlich betrachtete er uns und die kalte Teekanne, die Niamh zur Vorsicht auf dem Tisch hatte stehenlassen. Dann wandte er sich wieder zum Gehen.

»Da süffeln sie von frühmorgens bis spätabends ihren Tee, und das bei den Preisen heutzutage!« brummte er finster. Im selben Moment sprang der Korken aus der noch ungeöffneten Flasche, mit einem Knall wie ein Pistolenschuß, und ich spürte, wie Niamh neben mir zu zittern begann – teils aus Angst, teils, weil sie Mühe hatte, das Lachen zu unterdrücken.

Packey reagierte nicht sofort. Eine Weile stand er reglos unter der Tür.

»Habt ihr auch einen Schuß gehört?«

»Das war sicher einer von den Caseys, der wieder mal auf Karnickel schießt«, antwortete ich mit ruhiger Stimme und deutete durch die offene Tür auf die Felder.

»Sososo«, sagte Packey klagend. »War es das?« Ich hielt ihn für ein wenig taub und glaubte, er würde nicht hören, wie wir in der Küche lachten, als er über den Hof ging.

Während wir unser verbotenes Bier weiter schlürften, erzählte ich Niamh, daß ich mein Baby in Ballycloghan bekommen würde.

»Du gehst also nicht zurück nach England?«

»Vorerst nicht.«

»Na klar, wozu brauchst du denn auch einen Job, Peg? Dein Mann – Gott hab ihn selig –, hat dir doch sicher etwas hinterlassen, oder? Wenigstens ein bißchen Geld?«

»Er hat keinen roten Heller besessen!«

»Aber sind seine Eltern nicht tot?« wollte sie wissen und runzelte erstaunt die Stirn. »Haben die ihm nicht was vererbt?«

»Seine Eltern hatten nur das Gut, Glenallen, und das haben sie Harriet vermacht.«

»Ach so«, nickte Niamh und fügte nach kurzem Nachdenken hinzu: »Ganz schön komisch, wo er doch der Sohn war und auch noch verheiratet!«

Ich zuckte die Achseln.

»Und jetzt bekommt Tom das Gut!«

»Meinetwegen kann er es haben«, meinte ich und blickte hinaus auf die stille Landschaft, weit weg von Knockshee, wo Balor in seinem ewigen Halbschlaf ruhte. »Gern sogar.«

Als ich gerade gehen wollte, kam Packy zurück, beide Jackentaschen prall gefüllt. »Ich hab euch beiden zwei schöne Karnickel mitgebracht«, verkündete er mit ausdrucksloser Stimme, zog dann zwei Flaschen Guinness heraus und stellte sie auf den Tisch, während er uns beide mit verschmitzter Genugtuung musterte.

16. Kapitel

Tom und Harriet waren noch in Dublin. Ich beschloß, ein wissenschaftliches Experiment durchzuführen. Wenn ich schon das nächste Jahr oder länger in Ballycloghan festsaß, wollte ich in dieser Zeit wenigstens etwas Sinnvolles tun.

Mit ein paar alten Bechern und einem Thermometer aus meiner Studienzeit bastelte ich mir neben dem Heuschober eine Art Wetterstation. Vielleicht konnte ich Freiland-Tomaten züchten, denn sie waren gute Vitamin-C-Lieferanten, und ich dachte an die Rachitis überall in den Städten.

Ich beschloß, zuerst die Höchst- und Tiefsttemperaturen und die Regenmenge zu messen und die Wetterbeobachtungen über den Winter und bis in den Sommer hinein weiterzuführen. Auf diese Weise war mein Verstand beschäftigt, bis das Baby geboren war, ich hatte etwas, was meine Gedanken von Brian und Lucien abhielt, denn das ständige Grübeln kostete mich sehr viel Kraft.

Die Erinnerung an meinen Mann überfiel mich in unregelmäßigen Abständen mehrmals am Tag. Plötzlich mußte ich daran denken, wie er sich bewegte, wie er gesprochen hatte, an seine Verletzlichkeit, an die Spannungen zwischen ihm und seiner Familie. Hätte man seine Leiche doch nur gefunden – dann hätte ich unsere Geschichte abschließen und ihn wirklich für tot erklären können. Doch jetzt verfolgte er mich und mit ihm das ungute Gefühl, daß etwas nicht stimmte. Ich hatte Harriet bereits gefragt, ob Brian vor seinem Tod noch einmal bei seinem Vater in Glenallen gewesen war, was sie mit überraschter und mitleidiger Miene verneint hatte. Trotz allem aber konnte ich den quälenden Zweifel nicht abschütteln, den Wunsch, etwas zu finden, womit ich dieses Kapitel endgültig abschließen konnte.

Die Träume waren alles andere als hilfreich. Immer wieder sah ich Brian, wie er den Hügel herabschritt und aufs Haus zuging, und stets verfolgte mich dabei das Gefühl, daß mich etwas Mächtiges und Fremdes beobachtete, bis ich schwitzend vor Angst aus dem Schlaf hochschreckte. Obgleich ich in die Welt des Tageslichts gehörte, wußte ich im Traum, daß ich den Blicken dieses Beobachters ausgeliefert war. Ich fürchtete diese Träume so sehr, daß ich mir beim Einschlafen verbot zu träumen, doch es half nichts.

Was Lucien anging, so hielt mein schlechtes Gewissen die Erinnerung an ihn in Schach. Bestimmte Gerüche, wie das Kölnisch Wasser meiner Mutter, beschworen jedoch die Erinnerung an sein Rasierwasser herauf, und dann stand er plötzlich vor mir, willensstark, lebendig und erotisch, und versprach ein intensives, packendes Leben. Im Umfeld der streng katholischen, irischländlichen Umgebung kam er mir vor wie ein Abgesandter aus einer anderen Welt. Wie war es möglich, daß ich so gesündigt, mich ihm so rückhaltlos hingegeben hatte? In dem verschlafenen Dörfchen Ballycloghan konnte es doch keine so Gebrandmarkte geben. Ich sehnte das Ende meiner Schwangerschaft herbei, damit ich wieder ein halbwegs normales Leben aufnehmen, mir eine Stelle suchen und alle Träume hinter mir lassen konnte. Doch meine Entschlossenheit wurde durch einen vom Zensor gekürzten, aus Nottingham nachgesandten Brief von Lucien heftig erschüttert.

Ich bin wieder in ... für eine Weile jedenfalls, und ich denke an Dich, liebe Peg.
Leider habe ich keine Zeit, nach ... zu fahren, und Dich zu besuchen, aber ich hoffe, Du erinnerst Dich noch an mich. Vielleicht könnten wir ja irgendwann einmal ein gemeinsames Wochenende in ... verbringen, falls Du Lust hast. Inzwischen hoffe ich, daß Du Dir an den Feuern, mit denen Du so gern spielst, nicht die Finger verbrennst.
Ich umarme Dich,
Lucien

Ich sah an mir herunter, auf meinen schwangeren Bauch, dachte an die kommenden Monate, das Leben, das vor mir lag. »Daß Du Dir an den Feuern, mit denen Du spielst, nicht die Finger verbrennst.« Gott, dieser Mann hatte ja keine Ahnung!

Offenbarte er mir damit die wahre Natur unserer Beziehung? Für ihn war es ein Spiel, das ihn amüsierte, und er hoffte, daß es mir genauso ging. Wieder kam ich mir vor wie eine Mätresse, eine Kurtisane, eine Frau, mit der man ins Bett gehen und die man dann vergessen konnte. Ich zerknüllte den Brief und warf ihn ins Feuer, wütend über die Tränen, die mir aus den Augen schossen. Hatte sich Mary genauso gefühlt? »Ich habe beschlossen, keine Spielchen mehr zu spielen«, stand in ihrem Brief. Aber aus ihrem Tagebuch und aus Luciens Erzählungen wußte ich, daß das Spiel, das sie meinte, in *ihrem* Kopf stattfand, nicht in seinem. Ich war eifersüchtig, was ich zutiefst verabscheute. Für Gefühle kann man nichts, sagte ich mir schließlich, nur für das, was man tut.

Eine Woche nach der Heirat kehrte das junge Paar nach Ballycloghan zurück. Tom schickte ein Telegramm aus Dublin, und ich ließ Pat mit dem Pony und dem Einspänner zur Bahnstation fahren.

Pünktlich fuhr Pat los, ziemlich wichtigtuerisch wegen der ›Missus‹. Er hatte das Pony gestriegelt, den Einspänner poliert und war anscheinend sehr aufgeregt über die Aussicht, die ›Missus‹ heimzuholen. Er hatte sogar seine gute Jacke angezogen und eine dicke Decke in den Wagen gelegt, um sie vor der Unbill des Wetters zu schützen. Dabei war es ein zwar wolkiger, aber recht warmer Tag; meiner Meinung nach bestanden gute Aussichten, daß Harriet auch ohne Decke überleben würde. Doch trotz meiner verdrießlichen Gedanken und ohne daß ich es eigentlich wollte, freute ich mich darauf, sie zu sehen. Es war höchste Zeit, mit ihr Frieden zu schließen. Der Gedanke, daß ich ihr vielleicht Unrecht getan hatte, beschämte mich zutiefst. Jetzt war soviel Zeit vergangen, ich lernte sie ganz neu kennen, und es schien mir immer unwahrscheinlicher, daß sie tatsächlich die Urheberin all der grotesken Vorkommnisse war, die damals in Glenallen stattgefunden hatten. Nur ein geistig schwer gestörter Mensch hätte all das inszenieren können.

Pat blieb lange weg; der Zug hatte Verspätung. Die Reise von Dublin hatte acht Stunden gedauert, denn die Züge wurden wegen des Krieges nur mit Torf beheizt.

Ich schaute aus dem Fenster meines Zimmers, als der Einspänner vom Bahnhof zurückkam, auf das Tor zufuhr und einbog. Tom beugte sich vor, um die Farm und das Haus zu sehen, aber sein Gesicht war ernst und müde. Dann sagte Harriet etwas zu ihm, er begann zu strahlen und machte irgendeine lustige Bemerkung, worauf beide lachten. Jetzt fuhr der Einspänner unter den Kastanienbäumen durch, die bereits ihr goldenes Herbstlaub trugen. Ich lief die Treppe hinunter, um sie zu begrüßen.

Harriet trat in die Küche, umarmte mich, gab ein erschöpftes »Aah« von sich und sank in den Kaminsessel. Sie trug eine schmale Hose und einen braunen Pulli, den ich in Glenallen oft an ihr gesehen hatte.

»Schätzchen! Es ist so schön, wieder dazusein. Der Zug ist gezuckelt wie ein Leichenwagen.«

Tom brachte das Gepäck, sah sich in der Küche um und stieß einen Seufzer der Erleichterung aus, daß er endlich daheim war. »Alles in Ordnung?« fragte er und wollte nicht warten, bis der Tee fertig war, sondern zuerst in den Stall, nach den Pferden sehen und mit Pat sprechen. Harry sah ihn an, wie er seine Gummistiefel anzog und lächelte. Doch sobald er ihr den Rücken zuwandte, erstarb das Lächeln. Tom sah sie ein wenig verletzt an, und bevor er die Küche verließ, faßte er ihr zärtlich unters Kinn.

Harriet musterte mich matt, den Kopf auf die Sessellehne zurückgeworfen. »Mach mir eine Tasse Tee, dann erzähl ich dir das Neueste.«

Ich gehorchte, brühte den Tee auf und stellte ihn mit ein paar Keksen, die ich für ihre Rückkehr erstanden hatte, vor sie auf den Tisch. Sie öffnete ihren Koffer, nahm ein in braunes Papier gewickeltes Päckchen heraus und überreichte es mir.

»Ein Geschenk für dich, oder vielleicht eher für deinen kleinen Passagier.«

Ich entfernte das Band, schlug das braune Papier auseinander und fand eine Schachtel mit einer weißen Babydecke. Ich hielt sie hoch. Sie war weich und zart, am Rand mit einem Satin-Band verziert.

»Für die Taufe. Wir haben ein wunderschönes Taufkleid in Glenallen, aber die Decke, die dazugehört, ist vergilbt.«

»Aber das war doch nicht nötig, Harriet. Vielen Dank.«

Ich wurde rot, faltete die Decke zusammen und legte sie zurück in die Schachtel. Dann machte ich mich daran, die Lampe anzuzünden. Es wurde allmählich dunkel. Warum war ich so nervös?

Harry schlürfte ihren Tee, ihre langen Beine vor sich ausgestreckt. Dann und wann liebkoste sie mit dem Zeigefinger die Katze und kraulte sie am Kinn. Tiddles liebte sie; er betrachtete sie durch die schmalen Augenschlitze und leckte die Kekskrümel von ihrer Hand.

Unsere Blicke trafen sich. Sie lächelte.

»Warst du in letzter Zeit beim Arzt?«

»Nein.«

»Das solltest du aber. Du siehst nicht besonders gut aus. Du mußt auf dich aufpassen, wenn du schwanger bist.«

»Mir geht's bestens.«

Sie beugte sich zu mir, nahm meine Hand, drückte auf einen Fingernagel und inspizierte das Ergebnis. »Du bist anämisch!«

»Nein danke, auf rohe Leber kann ich verzichten!« schnaubte ich.

Eine Weile schwiegen wir beide. Ich befaßte mich mit der Zubereitung des Abendessens. In der Küche herrschte eine nervöse, bedrückende Atmosphäre.

»Wie war es in Dublin?«

»Wie immer. Zu viele Menschen, und die wenigsten sind gut ernährt oder gut gekleidet. Ich hab mir ein paar Anziehsachen bei Countywear gekauft. In der Grafton Street habe ich James Regan getroffen. Er hat jede Menge Ideen für Conneely, aber das wird alles warten müssen, bis der Krieg zu Ende ist und er das große Los gewonnen hat. Er steckt bis zum Hals in Schulden.«

Sie lachte, verfiel dann aber gleich wieder in Schweigen.

»Fahrt ihr bald nach Glenallen?« fragte ich.

»Du willst mich wohl loswerden, Peg?« Harriet lächelte, um mir zu zeigen, daß sie es nicht ernst meinte. »Natürlich muß ich nach Glenallen. Tom hat versprochen, eine Bankbürgschaft für die Renovierung zu übernehmen – vor allem brauchen wir ein neues Dach –, aber bis jetzt hat er noch nichts dergleichen getan. Und wenn das Haus gerettet werden soll, muß bald etwas geschehen.«

Sie ballte die Fäuste, entspannte sie wieder und ballte sie erneut. Auf einmal wirkte sie sehr erregt.

»Kannst du ihn nicht davon überzeugen, daß er sich beeilen muß, Peg? Auf dich hört er vielleicht. Zu mir sagt er immer nur: Was soll die Eile? Ich möchte zuerst mit den Bauleuten sprechen.«

Dabei imitierte sie Toms sachliche, ruhige Stimme. »Weißt du, der Hausschwamm breitet sich im Nu aus. Es ist ein schleichendes Übel – lange, spinnwebartige Fäden ziehen sich durch die Wände, befallen jedes Stück Holz, das sie finden können, Deckenbalken, Türpfosten, alles. Ich habe Angst, daß es bald zu spät ist, und die Handwerker rühren keinen Finger mehr, bevor sie Geld sehen. Dann ist das Haus womöglich nicht mehr zu retten. Der Regen kommt auch überall durch, weil das Dach noch nicht vollständig neu gedeckt ist.«

»Ich spreche mit Tom.«

Vor meinem inneren Auge sah ich Glenallen, eine mit grauen, wuchernden Ranken bedeckte Ruine, hinter der sich zeitlos der Knockshee erhob. Eine Art Mahnmal, und keines, dessen Verfall mich übermäßig traurig stimmte.

»Träumst du immer noch von Brian?« erkundigte sich Harriet leise. Wahrheitsgemäß bestätigte ich es und fügte hinzu, das schlimmste daran sei das Gefühl, von etwas beobachtet zu werden, was ich selbst nicht sehen könnte.

»Ich wünschte, ihr hättet mir nicht so viele Geschichten über Glenallen erzählt. Über Balor und so weiter. Deswegen habe ich die Alpträume. Und Father O'Dea hat es auch nicht besser gemacht!«

»Warum? Was hat er damit zu tun?«

»Neulich hat er mich besucht und erzählt, daß man menschliche Knochen in den unterirdischen Gängen des Knockshee gefunden hat.«

Harriet fuhr zusammen und starrte mich aus schmalen, wachsamen Augen an, ihr Mund war nur noch ein Strich. Doch vielleicht war es auch nur eine optische Täuschung, denn sie lächelte sofort wieder, zeigte ihre weißen Zähne und schnaubte verächtlich. »Daß er auch immer tratscht wie eine alte Frau! Das ist doch alles eine Ewigkeit her.«

Ich schwieg irritiert.

»Wußtest du, daß er vor vielen Jahren Hilfspfarrer in Ballyharris war?« fragte sie.

»Ja, er hat es mir erzählt. Anscheinend weiß er eine ganze Menge über eure Familie.«

»Ach, wirklich? Was hat er denn gesagt?«

»Nur daß ihr eine bewegte Geschichte hinter euch habt. Jedenfalls würden meine Alpträume bestimmt aufhören, wenn ich Knockshee vergessen könnte.«

Nach kurzem Schweigen erwiderte Harriet ganz leise: »Arme kleine Peg. Meinst du, das ist so einfach? Glaubst du wirklich, daß du von Glenallen loskommst?«

»Was meinst du damit?« fragte ich. »Ich habe Glenallen verlassen, und ich habe nicht die Absicht zurückzukehren.«

Sie lächelte. »Aber du wirst zurückkommen, und sei es nur, um dich zu verabschieden. Du kannst nicht anders.«

Woher wußte sie das? Immer wieder ging mir durch den Kopf, daß ich mich von diesem Ort nie würde freimachen können, obwohl ich es mit allen Mitteln versuchte.

»Hat Brian ein Testament hinterlassen?« erkundigte sich Harriet unvermittelt im gleichen sanften Ton, und ich blickte überrascht auf.

»Nein, ich glaube nicht. Er hatte ja nichts, was er jemandem hätte vererben können.«

Sie senkte die Augen. »Der arme Brian«, murmelte sie mit einem leisen Lachen, und als ich ihr ins Gesicht schaute, waren ihre Augen wie die von Tiddles, wild und berechnend. Mit dem einzigen Unterschied, daß in Tiddles' Augen nie diese unbändige Intelligenz geschimmert hatte.

In dieser Nacht hörte ich die Neuvermählten in ihrem Zimmer, hörte die Bettfedern quietschen, während ich wachlag und in die Dunkelheit starrte. Ich stellte sie mir zusammen vor, nackt, leidenschaftlich. Verzweifelt versuchte ich meiner rastlosen Gedanken und meiner Einsamkeit Herr zu werden. Leider war mein Türgriff kaputt, so daß ich die Tür nie ganz schließen konnte.

»Harriet«, hörte ich plötzlich die Stimme meines Bruders durch die Stille. »Was ist los? Wir sind verheiratet!«

Dann erklang Harriets gedämpfte Stimme, die etwas zischte, was klang wie: »Und was ist mit ... Du hast es versprochen.«

Schweigen. »Ich lasse mich nicht erpressen«, sagte mein Bruder dann ärgerlich. Am Ton seiner Stimme erkannte ich, wie er um Selbstbeherrschung rang.

Ich hörte, wie die Tür aufging, Schritte auf der Treppe, gefolgt vom Schlüssel in der Hintertür. Dann waren die Schritte draußen, unter meinem Fenster, gingen die Hauswand entlang in Richtung Straße. Schnell sprang ich aus dem Bett und zog den Vorhang zurück. Tom marschierte die Allee entlang. In der Hand hielt er einen Schlehdornstock, mit dem er auf die mondbeschienenen Büsche einschlug.

Am nächsten Tag herrschte im ganzen Haus dicke Luft. Mit bleichem Gesicht kam Harriet zum Frühstück herunter, würdigte Tom aber keines Blickes. Danach ging sie weg, um auf Jupiter auszureiten, und kehrte erst gegen Mittag zurück. Tom fand seine gute Laune im Lauf des Vormittags wieder. Gegen elf erschien er in der Küche, um eine Tasse Milch zu trinken, und meinte etwas spöttisch, seine Frau unternehme wohl eine Landpartie. Seine Stimme klang stolz, aber irgendwie auch ratlos.

»Sie läßt mir keine Ruhe wegen Glenallen«, erzählte er. »Ich soll für einen sagenhaften Kredit bürgen, damit die Renovierung weitergehen kann.«

»Ich weiß. Sie macht sich schreckliche Sorgen wegen des Hausschwamms.«

»Aber ich will erst bürgen, wenn ich mir genau angesehen habe, in was ich mein Geld stecke«, meinte Tom. »Im Moment kann ich die Farm nicht verlassen. Winnie wird bald fohlen.«

Eine Weile saß er trübsinnig am Herd.

»Sie ist schon ein seltsames Mädchen«, brummelte er. »Keine Sekunde kann sie sich entspannen oder mal an was anderes denken als an dieses Haus.«

Stirnrunzelnd blickte er zu mir empor. Dann fuhr er sich mit der Hand über die Stirn, als wollte er zukünftige Falten vertreiben.

»Sie hat etwas in sich, das ich nicht ergründen kann, Peg. Meinst du, sie mag mich überhaupt?«

Was sollte ich darauf antworten? »Sie mag Glenallen, wie du selbst schon gesagt hast. Und zur Zeit ist sie sogar regelrecht besessen davon!«

Als Harriet zum Mittagessen auftauchte, war er sehr nett und zärtlich, aber sie ließ sich nicht besänftigen.

Der Abend kam. Ich entzündete die Küchenlampe, und Harriet half mir schweigend bei der Zubereitung des Abendessens. Schließlich kam Tom heim, legte die Stiefel ab, ließ sich mit einem erleichterten Grunzen im Kaminsessel nieder und zog seine Frau zu sich auf seine Knie. Er war gut gelaunt und erzählte uns lachend einen Witz, den Pat O'Regan zum besten gegeben hatte. Der Geruch von gebratenem Speck erfüllte die Küche.

Einen Augenblick blieb Harriet auf Toms Knie sitzen, stocksteif, etwa mit demselben Gesichtsausdruck, den O'Shaugnessys Katze gehabt hatte, als David mit ihr den Fußboden aufwischte. Dann schob sie seine Arme weg und sprang auf.

»Was ist denn los?« fragte Tom entgeistert.

Wutentbrannt drehte sich Harriet zu ihm um.

»Was meinst du wohl? Du machst Versprechungen, die du nicht hältst! Und ich warte und warte und warte, aber nichts passiert!« Ihre Stimme wurde laut, schrill und verzweifelt. Auf einmal packte sie eine Tasse vom Tisch und knallte sie auf den Boden, wo sie in tausend Stücke zerschellte.

Stille trat ein. Tom war wie vor den Kopf geschlagen. Seine erste Reaktion war Wut gewesen, doch jetzt gewann Ratlosigkeit die Oberhand. »Um Himmels willen, ich kann doch nicht einfach alles stehen- und liegenlassen, Harriet!«

Doch sie wandte ihm den Rücken zu und rannte aus der Küche. Die Tür fiel hinter ihr ins Schloß, daß der Rahmen wackelte. Wortlos sahen Tom und ich uns an.

»Ich glaube, sie ist mit den Nerven am Ende«, sagte Tom schließlich, offenbar unfähig, mit der Situation umzugehen. Zwar hätte er ihr sicher am liebsten gezeigt, wer der Herr im Haus war, aber er erkannte instinktiv, daß Harriet sich in ihrer momentanen Verfassung mit Zähnen und Klauen wehren würde, hätte er in irgendeiner Form Gewalt ausgeübt. Jetzt wußte er genau wie ich, daß Harriet nicht nachgeben würde, um keinen Preis, und wenn sie dafür sterben mußte.

In dieser Nacht schlief Tom unten. Am nächsten Morgen war er sehr still; beim Frühstück sagte er kaum ein Wort. Als er gerade gehen wollte, erschien Harriet. »Ich fahre heim nach Glenallen«, verkündete sie. Ihr Gesicht war kreidebleich, ihre Augen loderten. Unter dem Vorwand, oben noch etwas Wichtiges erledigen zu müssen, floh ich vor ihrem Streit.

»Du bist meine Frau! Du kannst dich nicht einfach so aus dem Staub machen!« Sein Einwand klang eher verzweifelt als wütend.

»Meinst du, ich bin dein Eigentum? Du kannst ja nicht mal ein einfaches Versprechen halten!«

»Um Gottes willen, Harriet,« schrie Tom, »willst du mich wohl in Frieden lassen? Ich werde mich um Glenallen kümmern, sobald ich kann!«

Dann hörte ich, wie die Küchentür aufgerissen wurde und Harriet die Treppe heraufgestürmt kam. Sie rannte in ihr Zimmer und begann mit einem Koffer zu hantieren. Nach einer Weile folgten Toms Schritte. Zuerst war seine Stimme noch zornig, dann überrascht, und nach einer Weile nur noch besänftigend.

»Komm schon, Harriet. Du brauchst dich nicht so in diese Sache reinzusteigern. Ich hab dir doch nur gesagt, daß ich mir Glenallen anschauen möchte, ehe ich für den Kredit bürge. Ich riskiere jetzt schließlich auch etwas damit, weißt du. Sei bitte vernünftig.«

»Ich bin vernünftig. Und ich glaube nicht, daß du den Ernst der Lage auch nur ansatzweise durchschaust.«

Hörte ich etwa Tränen in ihrer Stimme? Stille zog jetzt durchs Haus, unterbrochen von gelegentlichem Gemurmel. Tom konnte es nicht ertragen, wenn sie weinte. Das wußte ich, und offensichtlich hatte auch Harriet es gelernt.

»Weine doch nicht. Wäre das genug? Freust du dich jetzt? Weine nicht, bitte.«

Etwas klapperte, die Bettfedern quietschten. Dann schloß sich die Tür zu ihrem Zimmer.

Beim Mittagessen sah Harriet fröhlicher aus, allerdings aß sie nur wenig. Tom war so entspannt und gutgelaunt, wie ich ihn schon lange nicht mehr erlebt hatte.

»Der Zug geht um halb drei. Wir müssen los«, verkündete Harriet und sprang auf.

»Ich möchte, daß du hierbleibst«, sagte Tom langsam und sah sie dabei eindringlich an. »Winnie wird bald fohlen, und ich brauche dich, damit du sie im Auge behalten kannst.«

Harriet drehte sich zu mir. »Das kann doch Peg machen; außerdem ist Pat auch noch da.«

»Nein«, entgegnete Tom. »Peg kennt sich mit Pferden nicht aus, und Pat trinkt allzuoft einen über den Durst!«

Harrys Gesicht wurde finster; sie senkte den Blick, aber ich spürte, daß sie vorsichtiger geworden war.

»Sei nicht traurig«, setzte Tom hinzu. »In ein bis zwei Tagen bin ich zurück, und in der Zwischenzeit gehe ich in Ballyharris auch zur Bank. Versprochen! Alles wird gut werden.«

Tom ließ sich von seiner Frau zum Nachmittagszug fahren. Als sie sich in den Einspänner setzten, war sie zärtlich und vergnügt, aber bei ihrer Rückkehr sah sie nachdenklich aus und sprach den ganzen Abend kaum ein Wort.

Nachts hatte ich wieder einen Alptraum, den ersten seit einiger Zeit; wie die meisten Träume verflüchtigte er sich beim Aufwachen, aber diesmal beugte sich Harriet mit einer Kerze über mich. Sie fragte mich, was los sei, was ich geträumt hätte, und ich antwortete, es sei um Tom gegangen, dem irgend etwas Schreckliches zugestoßen war, aber daß ich nicht mehr wußte, was. Sobald ich den Traum in Worte fassen wollte, war er plötzlich nicht mehr greifbar. Harry trug einen dunklen Morgenmantel aus Wolle, und das Gesicht über der Kerze sah überhaupt nicht aus wie ihres, so verzerrt wirkte es im schwankenden Schatten.

War es zwei Tage später, daß Tom zurückkam? Jedenfalls war es gegen Abend; es dämmerte. Harriet hatte Jupiter geritten und war zum Stall gegangen, um ihn abzusatteln. Jetzt war das Pferd draußen auf der Koppel, während Harry von den wenigen Obstbäumen, die eine kleine Hecke bildeten, Äpfel pflückte. Ich war im Garten auf der anderen Seite der Apfelbäume bei meiner selbstgebastelten Wetterstation, um nachzusehen, ob die Setzlinge, die ich Ende Juli gepflanzt hatte, Wurzeln geschlagen hatten.

Plötzlich hörte ich das Tor quietschen und Stiefelschritte, die auf den Stall zugingen. Kurz darauf vernahm ich Harrys eifrige Stimme.

»Oh, hallo, mein Schatz! Warum hast du kein Telegramm geschickt? Ist alles in Ordnung? Warst du schon auf der Bank?«

Gerade wollte ich mich zu den beiden gesellen, da hörte ich Toms Stimme, laut, verschwommen und offensichtlich betrunken. Er wollte wissen, warum sie ihm nicht die Wahrheit gesagt hatte. Er haßte Lügen! Behutsam kroch ich zu der Baumreihe und spähte durchs Geäst. Harry hatte die Äpfel auf dem Boden zu einem kleinen Haufen gesammelt und stand jetzt breitbeinig, die Hände auf die Hüften gestützt vor Tom, der mit zornrotem Gesicht auf sie zukam.

»Du hast mir gesagt, Brian wäre nie nach Glenallen zurückgekommen«, schrie er. »Aber er war dort, daran gibt es keinen Zweifel!«

Harriet antwortete nicht. Reglos verharrte sie, während er auf sie zuging, ausholte und sie mitten ins Gesicht schlug. Als seine Hand klatschend ihre Wange traf, konnte ich das Brennen und die Demütigung beinahe fühlen. Harriet schwankte und versteckte sich hinter der Heumiete, aber Tom verfolgte sie und schrie, sie wolle doch, daß er ein Vermögen in Glenallen investiere. »Und wohin hätte mich das gebracht?« brüllte er. Harriets Antwort war unhörbar, aber Tom schrie: »Schließlich bin ich auf diesen Hügel gestiegen. Hab ich es da nicht selbst gesehen? Steckt er mit dir unter einer Decke? Was seid ihr bloß für Menschen?«

Ich hörte Harriets verächtliche Antwort. Dann schnappte sie laut nach Luft, wieder vernahm ich die Geräusche eines Handgemenges und plötzlich Harriets eiskalte Stimme: »Trau dich bloß nicht!« Jetzt erwachte ich endlich aus meiner Trance, kletterte über die Hecke, drängte mich zwischen den Bäumen durch und stolperte in das knöcheltiefe Heu vor der Miete. Die Zeit schien stillzustehen; ich hörte Tom schreien: »Du sagst mir jetzt die Wahrheit, meine Liebe, ich will die Wahrheit hören«, dann einen kehligen, überraschten Schmerzensschrei, und plötzlich war alles still.

Als ich den Heuschober erreichte, fand ich meinen Bruder gegen die Miete gelehnt, den rechten Ellbogen an seine Seite gepreßt, wo das riesige Messer eingedrungen war. Jetzt lag die Klinge auf dem Boden, blutverschmiert, und von Toms Kleidern tropfte es rot ins Heu. Er wankte und glitt langsam, mit schmerzverzerrtem Gesicht, zu Boden. Harriet, die auf die Knie gesunken war und die Hände vors Gesicht geschlagen hatte, stürzte zu ihm, bleich und fassungslos.

»Wir brauchen einen Arzt, sag Pat Bescheid!« rief ich ihr zu, und sie rannte davon, in Richtung Stall.

Ich riß mir die Jacke vom Leib, kniete mich neben meinen Bruder nieder und versuchte die Blutung mit einem Druckverband zu stillen. Aber ich sah sofort, daß meine Bemühungen vergeblich waren. Tom zitterte, seine Haut fühlte sich sehr kalt an.

»Es war ein Unfall«, wisperte er. »Ich bin in das Heumesser gefallen.« Seine Zähne klapperten, sein Atem ging schwer und keuchend. Ich flüsterte ihm das Reuegebet ins Ohr; weinend und am ganzen Leib bebend flehte ich ihn an, nicht zu sterben.

Tom wollte noch etwas sagen, doch die Worte blieben blubbernd und unverständlich in seiner Kehle stecken. Er öffnete die Augen, die schon glasig wurden, sah mich an und versuchte den Kopf zu drehen. Aber plötzlich wurden seine Pupillen groß und schwarz, und das Keuchen erstarb.

Als der Arzt eintraf, war es schon vorüber. Ich ging ins Haus und sah mich im Spiegel: die Mänade von Ballycloghan, besudelt mit Blut und Tränen. Schließlich machte ich mich auf die Suche nach Harriet, die verschwunden war, sobald der Arzt Tom für tot erklärt hatte. Im Zimmer meiner Mutter fand ich sie; im Dunkeln, bei zugezogenen Vorhängen, lag sie mit dem Gesicht nach unten auf dem Bett, ein Kissen über den Kopf gepreßt. Sie bewegte sich nicht und gab keinen Laut von sich, doch als ich sie berührte, hob sie den Kopf und sah mich mit wilden, rotgeränderten Augen an, das Gesicht zu einer schmerzlichen Grimasse verzerrt.

»Eigentlich müßte ich dich jetzt umbringen«, sagte ich. »Aber ich muß wissen, was Tom gemeint hat. Was hast du mir verschwiegen über meinen Mann?«

Entsetzt blickte sie mich an, die Hand gegen die Stirn gepreßt. »Er war betrunken, Peg. Ich habe keine Ahnung, was er gemeint hat. Es war ein Unfall. Er ist gestolpert und in das Heumesser gefallen. Es war ein Unfall. O Gott!« schrie sie plötzlich. »Mein Kopf bringt mich um.«

»Hoffentlich tut er das«, antwortete ich durch zusammengebissene Zähne.

Drei Tage später beerdigten wir Tom im Grab meiner Eltern. Der Leichenwagen wurde von zwei Pferden mit schwarzem Kopfschmuck gezogen. Es regnete; zischend fielen die Tropfen in das offene Grab, als die Erde hineingeworfen wurde, die Klumpen polterten mit einem widerlichen Geräusch auf das Eichenholz. Father O'Dea betete den Rosenkranz. Es war ein Wechselgesang, Heilige Jungfrau Maria, Mutter Gottes, dann die Antwort der Gemeinde, und wieder Heilige Jungfrau Maria, Mutter Gottes. Wir standen im hohen Gras, mitten zwischen nässetriefenden Grabsteinen, keltischen Kreuzen, weinenden, zum Himmel weisenden Engeln, Marienstatuen und alten, schmucklosen Steinen, die in alle Richtungen kippten wie kaputte Zähne. Alle meine Bekannten aus der Gegend waren anwesend, sogar Niamh; nach der Beerdigung schüttelten sie Harriet und mir die Hand und sprachen uns ihr Beileid aus. Es war ein gutes Gefühl, diese freundlichen Hände zu halten, denn ich war mir allmählich schon vorgekommen, als stünde ich auf einer Welle und alles, was ich kannte, sei ins Wanken geraten, so daß ich keinen festen Grund mehr unter den Füßen spürte.

Danach fanden sich viele Trauergäste noch zu einem Whiskey bei uns ein. Mr. Clancy erinnerte sich an Toms ersten Schultag. »Ein selbstbewußter kleiner Schlingel – er hätte das Zeug zu einem Gelehrten gehabt. Ein großartiger Kopf. Es ist wirklich eine entsetzliche Tragödie.« Inzwischen hatte Mr. Clancy eine Menge kleiner Fältchen um die Augen, und sein Gesicht war etwas eingefallen. Wie er mir je hatte Angst einjagen können, war mir jetzt völlig unverständlich.

Ich fand Father O'Dea, der Harriet gerade etwas über den Willen Gottes erzählte, zog ihn weg und sagte, was ich zu sagen hatte: »Das Gut ist verflucht; jeder, der etwas mit Glenallen zu tun hat, wird vernichtet. Sie sollten dafür sorgen, daß es exorziert wird.«

Eigentlich wollte ich noch hinzufügen, was ich Tom an jenem schicksalhaften Abend über Brian hatte sagen hören, aber im letzten Moment überlegte ich es mir anders. Jetzt war nicht der richtige Zeitpunkt, und dies war nicht der richtige Ort. Am Gesichtsausdruck des Priesters erkannte ich, daß er mich ohnehin nicht ernst nahm.

»Kommen Sie, Peg. Sie sollten auf sich aufpassen, schließlich müssen Sie auch an Ihr Baby denken.«

Der Sergeant befragte Harriet und mich über Toms Tod. Ich erzählte ihm genau, was ich gesehen hatte, daß er sich mit Harriet gestritten und mir noch im Sterben versichert hatte, es sei ein

Unfall gewesen. Harriet lauschte meinem Bericht aufmerksam und fügte hinzu, Tom sei angetrunken gewesen, aus irgendeinem Grund sehr erregt, er sei gestolpert und in das Heumesser gefallen. Dann wollten die Polizisten noch wissen, ob das Messer sich an einer Stelle befunden habe, wo man sich leicht an ihm hätte verletzen können, und Harriet antwortete, das wisse sie nicht, alles sei so schnell geschehen.

»Sie stecken die Messer immer zurück in die Heumiete, statt sie wegzuräumen«, meinte Sergeant Duffy mitfühlend. »Er ist nicht der erste, der sich mit seinem eigenen Heumesser umgebracht hat, und er wird auch nicht der letzte sein.«

Etwa eine Woche nach Toms Tod reiste Harriet ab. In der Zwischenzeit versuchte sie sich nützlich zu machen, half beim Kochen und beim Putzen. Jetzt stand sie auf der Küchenschwelle und streckte mir die Hand entgegen. Draußen wartete Pat, der sie zur Bahnstation bringen sollte.

Ich nahm ihre Hand nicht.

»Ich weiß, daß du mich schon immer gehaßt hast«, meinte sie traurig. »Ich weiß, du bist in unsere Familie gekommen, und ich weiß, daß danach alles schiefgegangen ist. Es kommt mir beinahe so vor, als wärst du vom Pech verfolgt. Du solltest sehr vorsichtig sein, vor allem jetzt, da du schwanger bist!«

»Mein Leben war glücklich bis zu dem Tag, an dem ich nach Glenallen gezogen bin«, entgegnete ich.

»Vielleicht bist du ein Unglücksbringer«, flüsterte sie. »Hast du schon mal darüber nachgedacht?«

Sie sagte das in einem scherzhaften Ton und sah mich dabei spöttisch an, als wollte sie nicht, daß man ihr das Gesagte später einmal vorhalten konnte. Weshalb überfiel mich also plötzlich mit Macht die Erinnerung an jenen Tag im Nähzimmer, als der Wind im Schornstein heulte und das Glas auf der Alphabettafel zerbrach?

»Komm zurück nach Glenallen«, wisperte sie. »Es wartet auf dich.«

Später fragte ich Pat zum fünften Mal, ob er ganz sicher war, daß er das Messer nicht im Heuhaufen hatte steckenlassen.

»Ich kann mir überhaupt nicht erklären, wie es dort hingekommen ist, Ma'am, ich bin mir hundertprozentig sicher, daß ich es weggeräumt habe – wie immer.«

Nachts konnte ich nicht schlafen. Ich ließ das Licht brennen und weinte bitterlich. Das Baby bewegte sich heftig, aufgeschreckt von soviel seelischem Aufruhr. Vor meinem inneren Auge sah ich den steifen, blutverschmierten Körper meines Bruders und erinnerte mich an die letzten Worte meiner Mutter: »Paßt aufeinander auf.« Was hatte ich für ihn getan? Wie hatte ich auf ihn aufgepaßt? Wieder hörte ich Toms Stimme: »Wo ist er? Was seid ihr bloß für Menschen?« Konnte es denn sein, daß Brian heimgekommen und in Glenallen geblieben war? Wenn es so war, warum nahm er dann nicht Kontakt mit mir auf? Und warum log Harriet mich seinetwegen an?

Am nächsten Tag besuchte mich Father O'Dea. Ich saß auf dem Kaminsessel in der Küche und grübelte über die Ereignisse, die zu Toms Tod geführt hatten. War es wirklich ein Unfall gewesen? Vor der Hochzeit hatte Tom ein Testament gemacht, in dem er Harriet als Alleinerbin eingesetzt hatte. Jetzt, da Tom aus dem Weg war, wozu brauchte sie da noch einen Bürgen? Es gehörte ihr doch ohnehin alles, was er besessen hatte.

»Sie sehen schlecht aus, Peg. Sie sollten zum Arzt gehen.«

»Mir geht es auch schlecht.« Jetzt berichtete ich ihm, was ich Tom an jenem schrecklichen Nachmittag zu Harriet hatte sagen hören. Ich sagte ihm, daß ich mir den Kopf darüber zerbrach, was es bedeuten könnte. Tom hatte behauptet, es gebe keinen Zweifel, daß Brian nach Glenallen zurückgekommen war, andererseits hatte ich nichts von ihm gehört.

Der Geistliche lauschte aufmerksam.

»Peg, Peg, die RAF hat Ihnen doch mitgeteilt, daß er vermißt ist. Was wollen Sie denn noch mehr? Aber wenn es Sie beruhigt, sollten Sie nach Glenallen zurückgehen, nur auf einen Besuch. Tom war betrunken, das haben Sie selbst gesagt. Deshalb würde ich der Geschichte nicht zuviel Bedeutung beimessen. Und seien Sie nicht so hart zu Ihrer Schwägerin. Sie ist in Ordnung und hat mir auch eine ordentliche Summe für die Armen gespendet.«

Als ich mir das Gespräch später noch einmal durch den Kopf gehen ließ, mußte ich mir eingestehen, daß Father O'Dea wahrscheinlich recht hatte. Wenn die RAF sagte, Brian sei nach einer Kampfhandlung vermißt worden, dann mußte es auch so sein. Es war ja nicht das erste Mal gewesen, daß Tom ein paar Gläser zuviel gekippt hatte. Die Vernunft ließ keine andere Erklärung zu als die offensichtliche. Und Tom war auch nicht der erste, den auf dem Berg das Grauen überfallen hatte.

Am nächsten Tag bekam ich plötzlich Blutungen. Zuerst verstand ich gar nicht, was das sein sollte – dieser Strom, mit dem mein Leben davonfloß. Dann legte ich mich auf den Küchenfußboden und versuchte, die Blutung mit einem Handtuch zum Stillstand zu bringen. Zum Glück war Niamh gerade im Haus, vorgeblich, um sich ein paar von den Büchern meines Vaters zu borgen, in Wirklichkeit aber, um auf mich aufzupassen. Sie stürzte sofort aus dem Salon herbei, als ich sie rief, und Pat holte Dr. Tierney, den ich zuletzt am Todestag meines Bruders gesehen hatte, als er im blutigen Heu kniete.

»Sie müssen sofort ins Krankenhaus, junge Frau.«

Er fuhr mich in seinem Wagen zur Klinik in Galway. Man gab mir eine Transfusion und sagte mir, ich müsse dableiben – ich brauche Ruhe. »Ich möchte aber nach Hause«, widersprach ich.

»Wenn Sie heimgehen, besteht die Gefahr, daß Sie wieder Blutungen bekommen, und dann verlieren Sie das Baby und sterben wahrscheinlich«, erklärte mir die Stationsschwester mit hochnäsiger, nüchterner Stimme. »Die Plazenta liegt falsch, das gibt immer Probleme.«

»Ich kann es mir nicht leisten, hierzubleiben.«

»Sie können es sich auch nicht leisten zu sterben«, sagte sie. Ihre Augen unter dem gestärkten Häubchen musterten mich grimmig, während sie meinen Puls fühlte und dabei auf die Uhr sah, die an ihrer Brust festgesteckt war. »Die Friedhöfe sind voll von Leuten, die es sich nicht leisten konnten, im Krankenhaus zu bleiben. Haben Sie denn niemanden, der Ihnen helfen kann?«

Später schrieb ich mühsam sechs Worte auf ein Blatt Papier und adressierte den Umschlag an *4 Carlton Gardens*, *London SW1*.

Lieber Lucien,
ich brauche Dich.
Peg

Am 29. Januar 1942 wurde Dan geboren, nach vierundzwanzig Stunden Wehen, die mich meine ganze Kraft kosteten. Kurz bevor das Leben, für das ich mich so anstrengte, das Licht der Welt erblickte, verabreichte mir der Arzt Chloroform, und ich versank in Dunkelheit, während ich mich fragte, ob das Gefühl zu ersticken von dem roten Flanellappen rührte, den man mir auf Mund und Nase drückte. Mitten am Vormittag wachte ich auf, in einem Bett, Kissen im Rücken, herrlich, luxuriös und gemütlich. Um das Bett herum war ein Vorhang gezogen, und ich hörte leise Frauenstimmen, das Klappern von Teewagen und Tassen. Zuerst wußte ich gar nicht, wo ich war.

Die Schwester brachte mir meinen Sohn, der in ein blaues Handtuch gewickelt war. Ich setzte mich auf und nahm ihn in die Arme.

»Sieben Pfund! Und beim ersten Versuch gleich ein Erbe!«

Er bewegte sich ruckartig, mein kleiner Sohn, zog die Knie beinahe zum Kopf, der wackelte, wenn man ihn nicht stützte; seine Finger und Zehen sahen aus wie die einer Puppe, die Nägel makellos, als wären sie manikürt. Er hatte schwarze Haare, oben auf dem Kopf ganz dünn, im Nacken länger, und weich wie Seide; die Fontanelle vibrierte leise im Takt seines Lebens. Er war so hilflos, so winzig, so neu. Und er hatte den Mund seines Vaters, ganz ohne Zweifel. Ich dachte an die Nächte in London und in Nottingham, die ich mit Lucien im Bett verbracht hatte, die leidenschaftliche Suche nach einer endgültigen Realität, als es noch ein Leben gab, in dem ich sie hätte finden können. »Nun, Lucien, was würdest du dazu sagen?«

Am Abend besuchte mich Harriet. Zusammen mit den O'Shaughnessys war sie schon mehrmals im Krankenhaus gewesen und hatte sich ausgesprochen nett verhalten. Allmählich glaubte ich, daß ich geistesgestört gewesen sein mußte, daß ich je in der Lage gewesen war, ihr etwas Böses zuzutrauen. Ihre Besuche heiterten mich auf; sie war stets gut gelaunt und erzählte mir von den Reparaturen in Glenallen, die fast fertig waren.

»Das ganze Klopfen und Hämmern hat bald ein Ende, aber das Haus sieht seltsam aus mit den Schutzplanen und dem rosa Putz und brandneuen Decken im oberen Stock.« Sie hat keinen Grund, nett zu mir zu sein, dachte ich, abgesehen von echter Freundschaft und familiärer Verbundenheit. Die Geburt des Babys versetzte mich in eine geradezu euphorische Stimmung, als wäre ich jetzt endlich von den Fesseln der Vergangenheit befreit.

Ich hatte noch einmal mit ihr über das gesprochen, was Tom an seinem Todestag zu ihr gesagt hatte. »Ich habe ihn nie zuvor so betrunken gesehen, Harriet. Er muß einen Grund gehabt haben, daß er sich dermaßen hat gehenlassen.«

Aber sie zuckte nur die Achseln. »Wahrscheinlich hatte er irgendeinen Grund. Dein Bruder ist nicht der erste Mensch, dem Knockshee einen Schock versetzt hat.«

Auch als sie kam, um das Baby anzusehen, wirkte sie wieder wie das blühende Leben. Gespannt beugte sie sich über das Bettchen.

»Ja, wen haben wir denn da?« flötete sie und steckte einen Finger in die kleine geballte Faust. Als Dan daraufhin unruhig wurde, meinte sie: »Uuups, ich sollte dich wohl lieber nicht aufwecken.«

Dann wandte sie sich zu mir, legte einen Strauß Christrosen auf den Stuhl und streifte die Handschuhe ab. »Schön, dich zu sehen, Peg, und zu wissen, daß alles gutgegangen ist. Du bist wirklich großartig.«

Eine Schwester kam herein und erwiderte Harrys bezauberndes Lächeln, so gut sie konnte. Harriet knöpfte den Mantel auf; sie trug Tante Ritas Perlen und ein warmes Wollkleid mit weichem Gürtel. Wieder musterte sie meinen Sohn. »Ganz der Vater«, sagte sie, und ich schlug die Augen nieder. Mein Sohn atmete leise, fast unhörbar und bewegte sich im Schlaf. Seine winzigen Fäuste waren ganz faltig, und sein Anblick weckte in mir einen heftigen Beschützerinstinkt.

»Wie willst du ihn nennen?«

»Daniel Lucien.«

Überrascht sah sie mich an.

»Nicht Brian?«

»Nein«, meinte ich errötend, »ich nenne ihn nach meinem Vater.«

Auch das schien Harriet zu wundern. »Na ja, er ist schließlich dein Sohn«, meinte sie achselzuckend.

Wir schwiegen beide. »Wann kommst du nach Hause?« fragte sie schließlich leise.

»Ich gehe zurück nach Ballycloghan. Ich kann ja wohl davon ausgehen, daß es noch steht?«

»Ach, Peg«, seufzte sie und schüttelte den Kopf. »Natürlich steht es noch. Aber jetzt bin ich deine Familie«, fügte sie hinzu. »Du solltest erst eine Weile nach Glenallen kommen, wenigstens, bis du dich ein wenig an das Leben mit dem Baby gewöhnt hast.«

»Das ist sehr nett von dir, danke. Aber ich glaube, das möchte ich lieber nicht.« Ich war nicht in der Verfassung, mich mit den Rätseln von Glenallen auseinanderzusetzen. Ich konnte es nicht ertragen. Noch nicht. Überhaupt nie, wenn es sich irgendwie vermeiden ließ.

Harriet ließ mir eine Flasche Orangensaft und Pralinen da. Als eine Schwester mir ein Glas voll einschenkte, fiel mir auf, daß die Flasche bereits geöffnet zu sein schien. Aber ich sagte nichts darüber. Ich sah kleine Stückchen im Saft herumschwimmen, die ich für Orangenschalen hielt. Ich trank trotzdem etwas davon und bot den Schwestern die Pralinen an.

Ich verlor den Überblick über die Zeit. Irgendwann danach – vielleicht war es schon am nächsten Tag – kam ein Besuch, den ich nicht erwartet hatte, über den ich mich aber sehr freute. Daß ich ihn eigentlich nicht hätte sehen dürfen, vergaß ich völlig. Später erzählte ich der Nachtschwester, mein Bruder sei dagewesen. Sie meinte, das sei aber nett, und runzelte dann plötzlich die Stirn. Ich hatte ihr doch gesagt, mein Bruder sei tot. Hatte ich vielleicht zwei Brüder? »Dann muß es wohl ein Traum gewesen sein«, entgegnete ich, schlief wieder ein und träumte von London und von Lucien und Mary, die im Qualm eines Bombenangriffs verschwanden. Marys rote Mähne flatterte hinter ihr her, bis sie die ganze Stadt bedeckte. Als ich aufwachte, war Tom wieder da, er starrte mich an, blutüberströmt und mit gerunzelter Stirn, und die Schwester kam mit dem Arzt angerannt, als sie mich schreien hörten.

Als mich die O'Shaughnessys ein paar Tage später besuchten, hörte ich, wie die Stationsschwester ihnen gleich berichtete, wie seltsam ich mich benahm. Sie tuschelte lange mit ihnen, und ich wußte, daß sie die beiden über meine Halluzination informierte. Dr. O'Shaughnessy warf mir über die Schulter einen prüfenden Blick zu, professionell und taxierend, was ich fürchtete und haßte – vor allem von ihm. Dazu murmelte er etwas von postnatalem Syndrom. Dann hörte ich, wie die Schwester sagte: »Ihre Schwägerin würde sich gern um sie kümmern, aber sie möchte zurück auf die einsame Farm, wo sie keine Menschenseele um sich hat.« Daraufhin setzte sich Mrs. O'Shaughnessy zu mir ans Bett und fragte mich mit mütterlicher Stimme, ob ich nicht doch lieber mit Harriet nach Glenallen zurückwollte. »Sie würde sich um Sie und das Baby kümmern.«

Ich musterte die Puderflecken auf ihrem Gesicht, den feinen Flaum auf ihrer Oberlippe und dachte an Mrs. Burton, mit der diese Frau ansonsten überhaupt keine Ähnlichkeit hatte.

»Es ist Harriet so wichtig, sie ist ganz erpicht darauf, das Baby bei sich zu haben. Und Sie brauchen doch zur Zeit wirklich jemanden, der sich um Sie kümmert – und um das Baby.« Sie zögerte, aber ich konnte mir leicht denken, was sie über meinen Geisteszustand sagen wollte.

Dann erkundigte auch sie sich, wie ich meinen Sohn nennen wollte.

»Daniel«, erklärte ich, »nach meinem Vater, Daniel Lucien.«

Sie nickte, machte aber ein überraschtes Gesicht.

»Aber weshalb Lucien?«

Ich antwortete nicht, schloß die Augen und tat so, als hätte ich nichts gehört.

»Harriet kommt gleich«, erklärte meine Besucherin darauf. »Sie ist mit uns gefahren, hatte aber noch ein paar Besorgungen zu erledigen. Aber sie wird sicher bald da sein.« Dann erzählte sie mir von dem wunderhübschen Taufkleid der Fitzallens, das Harriet ihr neulich gezeigt hatte.

Ich erschrak. Ein Taufkleid der Fitzallens mit Spitze und Seide für meinen illegitimen Sohn!

»Ich möchte das Taufkleid nicht.«

Mrs. O'Shaughnessy musterte mich, halb lächelnd, halb stirnrunzelnd. »Aber das ist doch so Tradition, Peg. Es wäre eine Beleidigung, wenn Sie es ablehnten.«

Dann kam auch Dr. O'Shaughnessy und beugte sich über mich, so daß seine Weste mir fast im Gesicht hing; ich konnte das Tikken seiner Taschenuhr hören.

»Aber was soll denn das alles, Peg? Seit das Baby da ist, sind Sie ja gar nicht mehr Sie selbst.«

Schließlich erschien Harriet, ganz plötzlich wanderte sie in den kleinen Krankensaal, schenkte den vier anderen jungen Müttern ein freundliches Lächeln, und ihre Gegenwart machte alles strahlend und lebendig, so daß selbst die erschöpften jungen Frauen munterer wurden und sich die Haare glattstrichen.

Harriet trug ein Tweedkostüm und verströmte Kompetenz, gute Laune und eine Spur Herablassung. »Wie geht's denn heute meiner Lieblings-Schwägerin?« wollte sie wissen, während sie sich über mich beugte und meine Wange küßte. »Wo ist mein Neffe?«

»Im Säuglingszimmer.«

Dann wandte sie sich an die O'Shaughnessys.

»Haben Sie ihn auch gesehen? Ist er nicht entzückend? Du mußt ungeheuer stolz auf ihn sein, Peg. Ich kann es gar nicht erwarten, ihn wiederzusehen. So ein gutaussehender Bursche. Und du willst ihn wirklich nach deinem Vater nennen? Ziemlich ungewöhnlich für einen Iren – Daniel Lucien.«

Ich antwortete nicht.

»Kurz und gut, er ist einfach göttlich«, verkündete sie abschließend. Damit ließ sie sich auf der Bettkante nieder und plauderte mit den O'Shaughnessys über wichtige Dorfneuigkeiten wie die Kosten der neuen Gemeindehalle. Irgendwann wandte sie sich wieder mir zu und redete darüber, wie wundervoll es sein würde, wenn ich nach Glenallen zurückkäme. »Dann wären wir wieder eine Familie. Wie in den guten alten Zeiten.«

Die O'Shaugnhessys lächelten sie wohlwollend an. Ich spürte, wie sehr sie Harriet mochten, wie sie sich von ihr bezaubern ließen. Sie wirkte stets interessiert und unterhielt sich gewandt und klug mit ihnen; doch als das Ehepaar ein paar Worte unter sich wechselte, schwenkte Harriets Blick seitwärts in meine Richtung, und dabei waren ihre Augen so kalt und berechnend, daß ich sofort annahm, ich bildete es mir nur ein. Inzwischen hatte ich richtig Angst vor meinen eigenen Wahrnehmungen.

Ich traute meinen Augen nicht mehr; die anderen mochten denken, daß ich an einer postnatalen, hormonell bedingten Störung litt, aber ich wußte es besser. Ich hatte etwas gesehen, was nicht dagewesen war, als mich Toms ›Geist‹ heimsuchte, etwas, vor dem ich mich mehr fürchtete, als ich es mir je eingestanden hätte. Was es alles nach sich ziehen könnte, war nicht auszudenken. Ich war bereit alles zu tun, nur damit es nicht noch einmal passierte.

Da Dr. O'Shaughnessy darauf bestand, erhob ich mich aus dem Bett und ging ein wenig umher.

»Ich bin so müde. Und mein Rücken ist so schwach, er fühlt sich an wie Wackelpudding.«

»Du wirst dich gleich besser fühlen, wenn wir erst mal zu Hause sind. Du brauchst Ruhe.«

»Ich möchte aber zurück nach Ballycloghan.« Sehnsüchtig dachte ich an das Haus, den Hof, die Garryogue mit der alten Brücke, an den großartigen Wolkenhimmel.

»Tja, wie du willst«, meinte Harry. »Aber das Angebot besteht.«

Als sie gingen, sagte ich Harriet, daß ich nicht genug Geld hatte, um die Krankenhausrechnung zu bezahlen.

»Ich kümmere mich schon darum, sei nicht albern. Hast du dir deshalb Sorgen gemacht?«

Von Lucien hörte ich nichts, und ich schämte mich, daß ich ihm geschrieben hatte. Im Dezember war Amerika in den Krieg eingetreten. Ich fragte mich, ob Paddy wohl eingezogen worden war.

Kurz bevor ich entlassen wurde, erschien Eilie im Krankenhaus, im warmen Wintermantel, gestrickten Schal, in der Hand eine kleine Schachtel Pralinen. Sie schnaufte vom Treppensteigen, und ich mußte sofort daran denken, wie sie mir immer mein Essen gebracht hatte, als ich in Glenallen das Bett hüten mußte.

»Ich hab von dem Baby gehört, Ma'am. Gelobt sei der Herr«, sagte sie, während sie Dan in seinem Korbwägelchen eingehend betrachtete. »Er sieht Ihnen ähnlich, Ma'am, aber viel von seinem Vater kann ich noch nicht entdecken. Vielleicht in einem halben Jahr.«

Lange verharrte sie so, über das Baby gebeugt, und als sie aufschaute, waren ihre Augen tränennaß.

»Es ist furchtbar traurig, was mit seinem Vater passiert ist. Das arme kleine Ding.«

Ich nahm ihre Hand. Selbst durch die Fäustlinge spürte ich, wie kalt es draußen war. Eilies Gesicht war fleckig und von geplatztzten Äderchen durchzogen.

»Setzen Sie sich, Eilie, und erzählen Sie mir das Neueste.«

Mit einem Seufzer ließ sie sich auf den Stuhl sinken. »Meine Füße bringen mich noch um.«

»Es ist sehr nett, daß Sie mich besuchen«, sagte ich. »Wie sind Sie denn hergekommen?«

»Ich hab eine neue Stelle. Ich mache jetzt bei zwei Pfarrern den Haushalt, in der Gemeinde Killbeg. Ich hab den Bus genommen. Ich wollte Sie unbedingt besuchen, Ma'am, und Ihnen gratulieren.«

»Warum sind Sie weg von Glenallen?« fragte ich erstaunt.

»Miss Harriet hat gesagt, wir müssen gehen, Nora und ich. Sie hat gesagt, sie hätte nicht genug Geld, um uns zu bezahlen. Nora ist geblieben, bis sie in England Arbeit gefunden hat. Ich wäre auch gern geblieben, aber Miss Harriet wollte nichts davon wissen. Kurz nachdem der alte Herr gestorben ist, bin ich weggegangen. Noch auf dem Sterbebett hat er nach Master Brian gefragt. Es war schrecklich traurig, weil sie sich ja im Unfrieden getrennt haben. Und kurze Zeit später hat mir Miss Harriet dann geschrieben, daß Master Brian vermißt wird.«

Sie nickte, und die Tränen begannen wieder zu fließen.

»Wo ist Nora? Was arbeitet sie in England?«

»In der Fabrik. Sie baut Bomben oder so was. Sie hat mich besucht, bevor sie weggefahren ist.« Eilie sah sich um und senkte die Stimme. »Sie hat mir was gegeben und gesagt, das hätte sie im Keller von Glenallen gefunden. Sie hat gedacht, es stammt von einem Geist.«

»Was war das?«

»Es ist ziemlich seltsam«, antwortete Eilie leise und faßte in die Tasche. »Ich weiß nicht, was ich davon halten soll.« Damit zog sie etwas aus den Tiefen ihrer Manteltasche und legte es in meine Hand: einen kleinen, harten Gegenstand. Neugierig betrachtete ich ihn und fuhr erschrocken zurück. So etwas hatte ich schon einmal gesehen – und zwar auf einer graublauen Uniform: Es war ein vergoldeter Knopf mit dem RAF-Adler, der unter der Krone die Flügel spreizte.

»Wie ist das in den Keller gekommen?«

Eilie bekreuzigte sich.

»Ich weiß es nicht, Ma'am«, flüsterte sie. »Aber ich weiß, was Murty gesagt hätte.«

Als die O'Shaughnessys das nächste Mal kamen, bat ich sie, Harry zu sagen, daß ich ihr Angebot annahm.

17. Kapitel

Zusammen mit den O'Shaughnessys brachte Harriet mich nach Glenallen.

Die Schwester trug das Baby zum Auto, ließ mich einsteigen und legte mir meinen Sohn dann in die Arme. Er trug eine weiße Strampelhose aus Flanell mit drei kleinen Kobolden auf dem Latz und eine blaue Ausfahrgarnitur mit Jacke, Mütze und Stiefelchen, die Harry als Geschenk mitgebracht hatte. Während sie die Rechnung beglich, saß ich im Wagen, wiegte meinen Sohn im Arm, und Mrs. O'Shaughnessy hüllte uns fürsorglich in warme Decken.

Schließlich stieg auch Harriet ein. Sie fröstelte. »Gott, es ist so kalt«, meinte sie mit klappernden Zähnen. »Friert er auch ganz bestimmt nicht?«

Das Baby schlug die Augen auf und starrte sie an.

»Kuck-kuck«, sagte sie zu ihm, neigte ihr Gesicht zu seinem herab und legte ihm den Zeigefinger in die Hand, damit er ihn greifen konnte.

»Danke, daß du für mich bezahlt hast. Ich gebe dir das Geld zurück, sobald ich kann.« Ich sagte das ganz leise, weil ich mich schämte, daß ich mich in einer solchen Notlage befand.

Harriet runzelte die Stirn. »Mach dir doch darüber keine Gedanken. Und laß dir Zeit. Dafür hat man schließlich eine Familie.«

Verlegen sah ich sie an, und sie lächelte herzlich.

Den größten Teil der Fahrt verschlief Dan. Harriet saß neben mir, lächelte hin und wieder das Bündel auf meinem Schoß an und kommentierte den ersten Teil unserer Reise ununterbrochen. Irgendwann verfiel sie jedoch in ein grüblerisches Schweigen.

Auch Mrs. O'Shaughnessy drehte sich mehrmals besorgt zu uns um.

»Haben Sie es denn auch bequem, Peg? Soll Harriet den Kleinen vielleicht ein Weilchen halten, oder ich?«

»Nein danke. Alles bestens.«

Harry holte ein Päckchen Gold Flake-Zigaretten heraus und hielt es mir hin. Da ich schon länger aufs Rauchen hatte verzichten müssen, nahm ich dankend an. Im Nu erfüllte der Geruch des abgebrannten Streichholzes und der Zigarettenrauch den Wagen. Gierig inhalierte ich und dachte dabei an Mary, die dieselbe Marke rauchte – wie damals in Knightsbridge, an dem Tag, als ich sie das letzte Mal gesehen hatte.

»Ich mag den Geruch von Streichhölzern«, meinte Mrs. O'Shaughnessy, die selbst nicht rauchte. »Ich habe Zigaretten nie versucht, und Jim meint, sie sind höchstwahrscheinlich schlecht für die Lungen.«

»Ach, und wenn schon«, murmelte Harriet. »Es geht einfach nichts über eine Zigarette, wenn man eine braucht. Peg wird mir da sicher recht geben.«

»Stimmt«, bestätigte ich.

»Wie dem auch sei«, meinte unser Fahrer. »Es ist garantiert schlecht für die Lungen, wenn man inhaliert. Ihr kennt doch sicher alle den alten Reim über den Tabak, das Teufelskraut. Man versaut sich die Finger und verbrennt sich die Kleider, und die Nase wird zum Schornstein, so ist das nun mal leider!«

Alle lachten. Von hinten sah ich, wie alt Dr. O'Shaughnessy geworden war, wie faltig sein Hals und wie schütter die Haare. Ich begegnete seinem Blick im Rückspiegel, seine Augen wirkten besorgt und nachdenklich.

Einen Teil der Strecke fuhren wir am Shannon entlang, und Dr. O'Shaughnessy machte uns darauf aufmerksam, daß der Fluß Hochwasser führte und viele der angrenzenden Felder unter Wasser standen. Der bleierne Himmel spiegelte sich in den Tümpeln, und zersplitterte, wenn der Wind die Oberfläche erzittern ließ. Die Gegend wirkte einsam und trüb; die Straße war grau und leer. Auf einmal war ich froh, daß ich Menschen um mich hatte; ich wurde schläfrig. Harriet öffnete das Fenster einen Spalt und warf die Zigarettenkippe hinaus, kurbelte die Scheibe aber rasch wieder zu, denn die Luft, die hereinwehte, war eisig. Auch ich rauchte fertig, drückte den Stummel aber im Aschenbecher aus.

»Warum schläfst du nicht ein bißchen?« schlug Harry vor.

»Ich nehme das Baby so lange.« Schon klappte sie die Armlehne herunter, und ich reichte ihr mein Baby, ganz behutsam, eine Hand immer unter dem Köpfchen. Harriet musterte das Baby, doch jetzt lächelte sie nicht mehr, sondern blickte streng und kalt auf meinen Sohn hinab. Ich legte den Kopf zurück und schloß die Augen, aber die Müdigkeit war verflogen; ich bekam alles mit und beobachtete durch die halb geschlossenen Lider meinen schlafenden Sohn auf Harriets Schoß. In meiner Tasche lag der Goldknopf mit dem Adleremblem. Ich hatte niemandem davon erzählt.

Nach einer Weile sagte Dr. O'Shaughnessy leise: »Ich glaube, Peg schläft. Schlafen Sie, Peg?« Als ich nicht antwortete, fuhr er fort: »Sie braucht jetzt sehr viel Ruhe und muß wieder zu Kräften kommen. Soweit ich weiß, hat sie sich in letzter Zeit sehr seltsam verhalten, und das ist kein Wunder, wenn man bedenkt, was sie im vergangenen Jahr alles durchgemacht hat. Es ist ganz wichtig, daß sie keine Aufregung hat, denn sie steht am Rande eines Nervenzusammenbruchs.«

Harriet murmelte bestätigend. »Arme Peg. Aber machen Sie sich keine Sorgen, ich kümmere mich um sie.« Ich lauschte dem Brummen des Motors und warf gelegentlich durch halb geschlossene Lider einen Blick auf die Gegend draußen. Unzählige Fragen gingen mir durch den Kopf. Vielleicht warteten irgendwo in Glenallen die Antworten auf mich.

Jetzt waren wir beinahe da. Vor uns ragte der Knockshee auf, dunkel vor dem Winterhimmel. Ich setzte mich auf, fröstelte, und Harriet erkundigte sich sofort besorgt, ob mir kalt sei. Ich schüttelte den Kopf. Dann kam das Tor von Glenallen in Sicht, die kahlen Bäume an der Allee, das Haus mit den glänzenden, neuen Ziegeln und Dachrinnen. In meiner Brust schien sich plötzlich eine Leere auszubreiten, als hätte jemand mir das Herz herausgerissen.

»Genauso schön wie eh und je«, murmelte ich.

»Ja«, pflichtete Harriet mir bei, so leise, daß ich sie kaum hören konnte, aber voller Leidenschaft.

Dr. O'Shaughnessy fuhr den Wagen auf den Stallhof bei der Hintertür, man half mir beim Aussteigen, und Harriet trug das

Baby ins Haus. Ich blickte hinüber zu den Boxen, wo ich Brian so oft gesehen hatte, mit aufgerollten Ärmeln, das im Nacken gewellte Haar zerzaust, ganz versunken in seine Arbeit.

Wo bist du nur, mein armer, geliebter Mann? Du hast gesagt, du wolltest nach Hause!

Da erschien Murty, die Kappe tief in die Stirn gezogen, ein breites Grinsen im Gesicht, so daß die schlechten Zähne zum Vorschein kamen. Er schüttelte meine Hand.

»Willkommen zu Hause, Ma'am.« Er sah zu meinem Sohn auf Harriets Arm hinüber. »Ich wünsche Ihnen Glück«, sagte er ein wenig schüchtern und fügte dann aus vollem Herzen hinzu: »Schrecklich, was Master Brian zugestoßen ist. Er war doch ein echter Held, der gegen diesen Hitler gekämpft hat. Sein Vater war stolz auf ihn.«

Ich merkte, wie Harriet zusammenzuckte; sie ging vor mir her, das Baby immer noch im Arm.

»Danke, Murty.«

Ich erwartete, Eilie und Nora in der Küche vorzufinden, denn ich hatte einen Moment ganz vergessen, daß sie nicht mehr hier waren.

»Ich mußte sie wegschicken«, erklärte Harry. »Nur noch Murty ist hier und zwei Halbtagskräfte. Ich werde es so belassen, bis der Krieg vorbei ist und es wieder aufwärts geht. Ich habe mit der Ponyzucht angefangen, um über den Krieg zu kommen; es gibt eine große Nachfrage für vierzehn bis fünfzehn Handbreit hohe Ponys.«

Ich nickte. Daß Eilie mich besucht hatte, verschwieg ich wohlweislich.

Da es in der Küche so angenehm warm war, nahm ich Harriet meinen Sohn wieder ab, setzte mich in den Stuhl neben dem Herd und wiegte ihn sanft.

Murty kam mit meinem Koffer herein; auf Harriets Anweisung brachte er ihn nach oben.

»Ich habe dir dein altes Zimmer zurechtgemacht. Ich schlafe gleich nebenan, damit ich in der Nähe bin, wenn du mal Hilfe brauchst mit deinem kleinen Mann«, meinte sie und deutete auf Dan.

›Mein kleiner Mann‹ wachte auf, starrte Harriet schläfrig aus seinen runden Augen an, verzog das Gesicht zu einer Grimasse und begann zu schreien. Ich schaukelte ihn an meiner Schulter.

»Ich glaube, er hat Hunger.«

Die O'Shaughnessys verabschiedeten sich, sie wollten nicht länger stören, da wir doch sicher müde seien. Auch eine Tasse Tee lehnten sie ab; ich hörte sie über den Hof gehen, hörte, wie die Autotüren zuschlugen, das Aufheulen des Motors, das Brummen, das in der Ferne verklang. Dann war es still, nur noch der Wind seufzte im Hof und pfiff um die Hintertür.

Ich brachte Dan zum Stillen nach oben in das Zimmer, das ich einst mit Brian bewohnt hatte. Nostalgie überfiel mich, und mir wurde voll Schrecken klar, wieviel sich seither verändert hatte. Die Atmosphäre im Haus war völlig verändert, kalt und abweisend, als hätten hier nie Menschen gelebt und gelacht. Überall waren noch die Spuren der Renovierung zu sehen: hellrosa Mörtel an den Decken im Obergeschoß, die noch gestrichen werden mußten, Gipsstaub in den Ecken.

Das Bett war gemacht, im Kamin glommen die Reste eines Torffeuers, und neben dem Bett stand eine wunderschöne, weiß gestrichene viktorianische Wiege mit einer Patchworkdecke und einem weißen Himmel. Aber es war etwas zu spüren in diesem Zimmer – eine bösartige, spannungsgeladene, gequälte Aura. Ich versuchte es zu ignorieren und das Gefühl meiner ersten Zeit in Glenallen wiederaufleben zu lassen. Jetzt war ich eigentlich eine Hochstaplerin, wenn auch allem Anschein nach eine erfolgreiche: Ich hatte mir eine Ruhepause verschafft, die Chance, das zu suchen, wovon Tom gesprochen hatte, und – wenn möglich – herauszufinden, wie ein RAF-Knopf in den Keller gekommen war. Eine Chance, Glenallen ein für allemal aus meinen Gedanken und meinem Herzen zu vertreiben.

Ich ging zum Fenster und sah hinaus auf die Wiese und den kleinen Teich, auf dem jetzt kein Schwan zu sehen war. Dann betrachtete ich das Zimmer noch einmal eingehend, das glänzende Mobiliar, die Vase mit den Mondviolen auf dem Tisch, Brians Reittrophäen, die frisch poliert auf dem Kaminsims standen. Ich hob eine kleine silberne Schale hoch und las die Inschrift: »Gewonnen von Brian Fitzallen auf Trixie; 1934.« Wie nett von Harry, dachte ich. Sie hat sich wirklich viel Mühe gemacht. Ich warf ein paar Torfstücke aufs Feuer und setzte mich aufs Bett, um mein Baby zu stillen. Dan schnappte gierig nach der Brustwarze und ballte ekstatisch Finger und Zehen.

Ich hörte, wie die Tür aufging; Harry kam herein, setzte sich in den Sessel und sah eine Weile zu.

»Es macht dir doch hoffentlich nichts aus, Peg, oder?« Dann murmelte sie noch, daß es früher ja nicht Sitte gewesen sei, Babys zu stillen, das machten doch nur die Zigeuner. Aber sie sagte das so freundlich, daß ich mir albern vorgekommen wäre, wenn ich es ihr übelgenommen hätte. Nach einiger Zeit begann Dan auf einmal unwillig zu strampeln, und er saugte wild und frustriert.

»Ach, wie dumm«, sagte ich. »Ich glaube, ich habe heute nicht genug für ihn. Ich muß noch etwas zufüttern; die Packung steht in der Küche.«

Eigentlich hoffte ich, Harry würde anbieten, etwas für Dan zuzubereiten, aber statt dessen erklärte sie, sie wolle auf ihn aufpassen, während ich nach unten ging. So schnell ich in meinem immer noch geschwächten Zustand konnte, eilte ich die Treppe hinunter. Warum hatte ich auf einmal nicht mehr genug Milch?

In der Küche machte ich das Fläschchen fertig, kühlte es unter dem Wasserhahn und wollte gerade wieder hinaufgehen, als Murty mit einem Korb voller Torf durch die Tür trat.

»Bitterkalt heute, Ma'am.«

Ich pflichtete ihm bei, und plötzlich überkam mich das Bedürfnis, ihn das zu fragen, womit ich mir das Gehirn zermarterte.

»Wie geht's denn so, Murty?«

»Ach, Glenallen hat sich nie ganz von Master Brians Auszug erholt«, brummte er. Dann schielte er vorsichtig über die Schulter und fügte mit gesenkter Stimme hinzu: »Aber er ist ja zurückgekommen, wissen Sie.«

Ich fuhr zusammen. »Wo ist er?«

»Weg.« Er verzog das Gesicht, als hätte ich etwas Verrücktes gefragt.

Ich versuchte, seine Augen unter der Schirmmütze zu erspähen. »Um Himmels willen, Murty, erklären Sie mir doch bitte, wovon Sie reden.«

Murty hustete, und der Schleim rasselte in seinem Hals. Schließlich flüsterte er heiser: »Ich möchte Ihnen bestimmt keinen Schrecken einjagen, aber ich hab ihn gesehen. Ich hab's auch sonst keinem erzählt, damit sich keiner drüber aufregt.«

»Wo haben Sie ihn denn gesehen, Murty?«

»Es war Nacht, ungefähr um die Zeit, als er angeblich gestorben ist, und er ist über den Hof zum Haus gegangen. Er hatte eine seltsame Fliegeruniform an, und ich hab seine Stiefel auf den Pflastersteinen gehört. Ungefähr um die Zeit, als er gestorben ist.« Er deutete mit dem Daumen in Richtung Knockshee. »Der Berg ruft sie immer zurück!«

Ich lehnte mich an die Wand und spürte, wie sich eine Gänsehaut über meinen ganzen Rücken ausbreitete. »Er ist vom Knockshee heruntergekommen. Ich hab ihn im Traum gesehen.«

Murty nickte, als überraschte ihn das nicht besonders.

In diesem Augenblick ertönte Harriets Stimme von oben, laut und dringlich.

»Peg! Er ist naß!«

Rasch stieg ich die Küchentreppe hinauf. Meine Schritte hallten im Korridor; und ich warf unterwegs noch einen flüchtigen Blick in den Speisesaal und den Salon. Die riesigen Räume wirkten leblos und kalt, alles war mit Planen bedeckt, und aus irgendeinem Grund hatte ich schreckliche Angst.

18. Kapitel

Harriet und ich kamen recht gut miteinander aus, denn wir bemühten uns beide, diplomatisch zu sein und Schwierigkeiten zu vermeiden. Anfangs nahm mir meine Schwägerin alles ab; ich durfte lediglich das Baby füttern und wickeln. »Ich mach das schon«, rief sie immer und sprang auf, wenn ich Torf fürs Feuer hereintragen, den Boden fegen oder etwas vom Regal herunterholen wollte. Es war angenehm, daß sich jemand so um mich kümmerte; mein Rücken fühlte sich in den ersten Wochen immer noch an, als wäre er aus Wackelpudding.

Als ich andeutete, in ein oder zwei Monaten könnte ich gut wieder allein für mich sorgen, schüttelte Harry entrüstet den Kopf. »Du kannst doch hierbleiben! Warum willst du dich gleich wieder ins Berufsleben stürzen? Du bist noch nicht wieder auf der Höhe, du brauchst Ruhe.«

»Mir geht es gut. Ich bin nur ein wenig müde, und das wird sich mit der Zeit auch geben.«

Harriet lehnte sich auf ihrem Küchenstuhl zurück. Sie hatte die langen Beine übereinandergeschlagen und den Kopf zurückgeworfen, ihre blonden Haare wellten sich auf den Schultern nach innen. Einen Augenblick lang erinnerte sie mich an Mary, nur daß Harriet einen Pullover mit mehreren Mottenlöchern anhatte und dazu eine alte Skihose, die schon bessere Zeiten gesehen hatte. Vieles, was auf der Farm zu tun war, erledigte sie selbst, und oft kam sie mit dreckverkrusteten Stiefeln und von der Kälte geröteten Wangen zurück. Wenn sie dann gebadet hatte, wirkte sie allerdings wieder so elegant und gepflegt wie eh und je.

»Du bist mir sehr wichtig, Peg«, verkündete sie eines Tages nach dem Mittagessen. »Von meiner Familie ist ja nicht mehr viel übrig, und hier kann es manchmal ganz schön einsam sein.«

Ich war gerührt und hätte ihr nur zu gern mein Vertrauen geschenkt. Aber ich wagte es nicht, ich durfte mich nicht in diese behagliche Kameradschaftlichkeit hineinziehen lassen, die sie mir vorgaukelte. Sie kam mir vor wie ein Hypnotiseur, der mir eine verführerische Phantasiewelt als Ersatz für die Realität anbot. So verdrehte sie mir immer wieder meine Eindrücke und schwächte meinen Willen.

Hinter ihr auf dem Herd sang der schwere Aluminiumkessel, auf dem Kaminsims darüber glänzten die Kupfertöpfe, die ich gestern blank poliert hatte. Trotz Harrys Protest hatte ich inzwischen das Kommando in der Küche übernommen und dabei kulinarische Begabungen in mir entdeckt, die mir vollkommen neu waren. Ich werkelte und wirkte, meinen Sohn neben mir in dem Sportwagen, den die O'Shaughnessys als Geschenk vorbeigebracht hatten. »Er hat einmal Cissie gehört«, erklärte Mrs. O'Shaughnessy melancholisch.

Wo ich auch war, es ging mir immer nur darum, meinen Sohn um mich zu haben – es war mein größter Wunsch, bei ihm zu sein, gleichgültig, ob er schlief, wachte, lächelte, brabbelte oder strampelte. Manchmal, wenn ich etwas zu ihm sagte, blickte er mich an, und dann erschien auf seinem Gesicht das gleiche Lächeln, das Lucien mir oft geschenkt hatte, wenn er so tat, als hörte er eine große Neuigkeit. Allmählich begriff ich, daß ich die Erinnerung an Lucien nie würde abschütteln können; ich mußte ihn in die Sparte ›Erinnerungen‹ einordnen, mehr konnte ich nicht tun. Ich mußte ihn nicht vergessen, ich mußte nur aufhören, mich nach ihm zu sehnen.

Aber wieso sehnte ich mich eigentlich nach ihm und nicht nach Brian? Wann war diese Veränderung eingetreten? Es war einfach passiert, ohne daß ich es gewollt hatte; aber es hatte natürlich etwas damit zu tun, daß die Beziehung zu meinem Mann meine Kräfte überfordert und meine Energie vollständig verbraucht hatte. Und es hatte etwas zu tun mit Freude – mit dem Zusammenklang von Geist und Körper, den ich dank Lucien hatte erleben dürfen, obgleich er mir nie wirklich gehört hatte.

Obwohl Harriet es mir ausreden wollte, schrieb ich einen Brief an Mother Mercy. Ich berichtete, daß ich inzwischen Witwe war, vor kurzem ein Kind bekommen hatte und dringend Arbeit brauchte. Gab es vielleicht in ihrer Schule eine freie Stelle für eine Naturkundelehrerin?

Ohne meine Alpträume wäre das Leben auf Glenallen durchaus erträglich gewesen. Aber die Träume wurden immer schlimmer. Nacht für Nacht erwachte ich schweißgebadet, hörte Brians Stimme, die nach mir rief, hörte ihn an meiner Tür kratzen. Ich sah ihn den Knockshee herabsteigen, mit seiner ledernen Fliegerjacke und -mütze, dann dröhnten seine schweren Schritte auf der Treppe. Einmal erzählte ich Harry von den Träumen. »Ich habe immer wieder diese Alpträume von Brian, ich sehe sogar, wie er hierher zurückkommt. Und Murty behauptet, er hätte seinen Geist gesehen.«

Sie fuhr zusammen. »Murty sieht alle möglichen Geister«, meinte sie kopfschüttelnd und fuhr fort, ich sei bestimmt wegen Brian immer noch sehr mitgenommen. Doch wenn sie von ihm sprach, vermied sie sorgfältig meinen Blick.

»In meinen Träumen rät er mir jedesmal, von hier wegzugehen.«

Sie reagierte nicht, nur ihre Augen verengten sich.

»Du kannst nicht einfach weggehen, nur weil es dir im Traum jemand befiehlt«, sagte sie nach einer Weile. »Schließlich leben wir im zwanzigsten Jahrhundert, nicht im Ägypten der Pharaonen.«

Ich lachte. »Das weiß ich.« Dann nahm ich meinen Mut zusammen und setzte hinzu: »Gibt es eigentlich einen Tunnel oder einen Gang unter dem Haus?« Darüber machte ich mir schon lange Gedanken, denn mir war eingefallen, was Brian mir an unserem ersten gemeinsamen Abend in Glenallen erzählt hatte.

Auf diese Frage schien sie nicht gefaßt zu sein. Sie schwieg, machte aber plötzlich einen nervösen Eindruck. Nach einer Weile entgegnete sie leise: »Warum fragst du das?«

»Brian hat mir einmal erzählt, du hättest den Eingang dazu gefunden.«

»Ach so. Stimmt, es gibt einen Tunnel. Wir können ihn bei Gelegenheit mal anschauen; es ist nicht leicht, ihn zu öffnen, aber ich zeige ihn dir gern!«

Dabei setzte sie ihre Tasse so heftig auf den Tisch zurück, daß der Tee herausschwappte. Ich sprang auf, um einen Lappen aus der Spüle zu holen. Während ich Tisch und Fußboden aufwischte, mußte ich daran denken, wie David vor langer Zeit die Katze zu diesem Zweck mißbraucht hatte, und wie Cissie, Mary und ich darüber gelacht hatten.

Immer wieder überkam mich die Sehnsucht nach ihnen, zusammen mit dem seltsamen Gefühl, daß die Zeit ein Ding war, etwas Materielles, das alles, was dem Leben Sinn und Bedeutung gab, unter sich begrub, so daß es unwiederbringlich verloren war.

»Glaubst du, Mary McElligott ist tot?« fragte ich übergangslos, während ich den Lappen über dem angeschlagenen alten Spülbecken auswrang – immer darauf bedacht, daß Harry nicht sah, wie mir die Tränen übers Gesicht liefen. Ich hatte ihr erzählt, daß Mary während der Bombardierung in London verschwunden war.

»Wenn sie tot wäre, hätte Murty sie bestimmt auf dem Berg gesehen!«

Nach kurzem Nachdenken stellte ich ihr leise eine Frage, die ich ihr schon lange hatte stellen wollen: »Was ist eigentlich hier mit ihr geschehen, an dem Tag, als die Ziege sie verletzt hat? Damals, als sie noch klein war.«

Harriet stand auf und warf die Haare zurück. »Um Himmels willen, das willst du bestimmt nicht wirklich wissen!«

»Doch!«

»Na gut, wenn du darauf bestehst. Ein Kerl, der hier arbeitete, hat sie vergewaltigt. Aber man hat die Sache vertuscht, denn es war wichtiger, Marys guten Ruf zu wahren, als den Mann zu bestrafen.« Sie hielt einen Moment inne. »Wie es eben in diesem Land so üblich ist.« Ihre Stimme klang kalt und zornig.

»Er ist ungeschoren davongekommen?« hakte ich nach. »Dieser Mann, der Marys Leben zerstört hat?«

Harry lachte bitter.

»Das ist meistens so ..., daß sie ungeschoren davonkommen. Aber bei dem war es anders«, fügte sie hinzu und lachte wieder.

»Was ist mit ihm geschehen?«

In diesem Moment hörte ich Murty auf dem Hof mit einem Eimer klappern und schickte ein Stoßgebet zum Himmel, daß er nicht hereinkommen möge.

»Er machte den Fehler, dasselbe bei mir zu versuchen.«

Ich sah in ihr Gesicht. Offenbar war sie ganz in der Vergangenheit versunken, und dennoch beschleunigte sich ihr Atem. »Was hast du getan?«

Harriet lächelte in sich hinein und gab mir keine Antwort.

Laut hustend trat Murty durch die schlecht geölte Hintertür, nahm den Hut ab und wusch sich am Spülbecken die Hände.

»Es ist noch Eintopf da, Murty.«

»Danke, Ma'am.«

Am Abend ging ich mit einer Taschenlampe in den Keller. Es war kalt und feucht, eine gottverlassene, bedrohliche Atmosphäre umfing mich; ich konnte es kaum aushalten. Hier unten waren allerlei ausrangierte Haushaltsutensilien abgestellt: alte Besen, Flaschen, Waschbretter, eine handbetriebene Wringmaschine, kaputte Küchenstühle, rissige Wannen und Krüge. Genau wie das obere Stockwerk war auch der Keller in einzelne Räume unterteilt, aber die Wände bestanden hier unten aus feucht glänzendem Granit, dessen Glimmerteilchen im Licht der Taschenlampe funkelten. Ich ging rasch vorwärts, denn die Dunkelheit jagte mir Angst ein; in jedem Schatten glaubte ich etwas Bedrohliches zu erkennen. Mit der Taschenlampe leuchtete ich sorgfältig die Bodenfliesen ab, ohne jedoch etwas Außergewöhnliches festzustellen. Keine Spur von einem weiteren Knopf oder von anderen Gegenständen. Ob Nora den Knopf wirklich im Keller gefunden hatte? Oder hatte sie sich einen schlechten Scherz erlaubt? Schließlich hatte ich auch nie nachweisen können, daß Harriet im vergangenen Jahr die Kette in meinem Zimmer versteckt hatte und nicht Nora. Womöglich hatte Nora das Ganze inszeniert.

Nachdem ich den Keller inspiziert hatte, suchte ich systematisch jedes Zimmer im Haus ab, ob es nicht doch irgendwelche Hinweise darauf gab, daß Brian nach Glenallen zurückgekommen war. Allmählich kam ich mir reichlich albern vor. Tausende von Frauen hatten im Krieg ihren Mann verloren, aber wie viele stöberten wohl in alten Häusern herum und fahndeten nach Beweisen, ob sie doch noch lebten? Sollte ich Harry das Beweisstück zeigen? Sie würde mich nur auslachen. Nora konnte den Knopf überall aufgelesen haben. Es gab schließlich genug Iren, die zur RAF gegangen waren.

Die Möbel in den Zimmern waren alle mit Schutzbezügen

abgedeckt. Ich sah mich selbst im Salonspiegel und dachte an den Abend, als ich jung verheiratet zum ersten Mal hier gestanden hatte. Die einstige Behaglichkeit war verschwunden, jetzt wirkte alles bedrückend und unheimlich. Ich versuchte es mir damit zu erklären, daß alles verhüllt, eingepackt und unbewohnt war.

Noch einmal blickte ich in den Spiegel und war plötzlich schockiert über meine Figur – mein Bauch wölbte sich noch immer deutlich nach vorn. Ich brauchte Bewegung. Als ich später mit Harry darüber sprach, meinte sie, ich solle ein wenig reiten, das sei doch genau das richtige, um den Bauch wieder zu straffen. »Für den menschlichen Körper gibt es gar nichts Besseres als den Rücken eines Pferdes.« Also ging ich zu Murty und sagte ihm, daß ich am nächsten Tag ausreiten wollte. Schon seit einer ganzen Weile hatte ich vor, zum Knockshee zu reiten, aber ich fand einfach nicht den Mut dazu. Doch jetzt war die Zeit reif.

»Ich nehme Joey.«

Murty war dabei, das Pferdegeschirr aufzuräumen und blickte mich über die Schulter an. »Großer Gott – haben Sie nichts dazugelernt?«

Ich lachte. »Ist schon in Ordnung. Es war damals ja nicht Joeys Schuld, sondern meine! Und wenn nicht ausgerechnet die Jagd in vollem Gang gewesen wäre, hätte er sich bestimmt nicht so aufgeführt.«

Als ich mich schon zum Gehen wandte, fiel mir ein, was Harry mir beim Mittagessen gesagt hatte.

»Murty – darf ich Sie etwas fragen?«

Er schaute mich unter seiner schmutzigen Schirmmütze an. »Schießen Sie los.«

»Ich habe gehört, daß vor ein paar Jahren hier etwas Schreckliches geschehen ist – ein kleines Mädchen wurde von einem Stallburschen überfallen. Was ist mit dem Mann passiert?«

Murty beschäftigte sich schon wieder mit den Sätteln, die er mit Sattelseife reinigte.

»Na, er ist tot!«

»Wie ist er gestorben, Murty?«

Er zuckte die Achseln. »Ein Hengst hat ihn umgebracht. Der Mann war schon entlassen, aber dann hat ihm der Hengst den Schädel zertrümmert. Ist ihm nur recht geschehen.«

»Und Sie sind sicher, daß es der Hengst war?«

»Natürlich. Ich hab ja selbst gehört, wie das Tier sich aufgeführt hat. Obwohl ich bis heute nicht weiß, weshalb es so verrückt geworden ist.«

»Miss Harry war sicher nicht in der Nähe, als es passiert ist, oder?«

Murty drehte sich zu mir um und musterte mich eindringlich.

»Sie war in der Nähe. Aber glauben Sie jetzt bloß nicht, daß sie etwas damit zu tun hatte. Man hatte den Knechten ausdrücklich eingeschärft, sich von den Hengsten fernzuhalten.«

»Natürlich habe ich das nicht gedacht.«

In der Kirche saßen die O'Shaughnessys zwei Reihen hinter uns. Sie lächelten mir zu, und Mrs. O'Shaughnessy flüsterte: »Wie geht es dem Baby?« »Gut«, flüsterte ich zurück.

Nach der Messe ging ich ins Pfarrhaus und sprach mit dem Hilfspfarrer über Dans Taufe. Er schlug den kommenden Samstag vor und schrieb sich mit verwunderter Miene die Namen auf, die ich für meinen Sohn ausgesucht hatte. Aus der Küche roch man Kohl und Roastbeef. Das Wohnzimmer des Pfarrhauses war makellos sauber, das Torffeuer glühte, an der Wand hingen Photos vom Papst und von Männern in langen Gewändern und schwarzen Biretten. In einer Ecke stand ein großer Bücherschrank mit Glastüren und dicken, ledergebundenen Bänden. Ein großer Stahlstich in einem schwarzen Holzrahmen zeigte irgendeine erdgeschichtliche Katastrophe: Halbnackte Menschen versuchten sich vor feuerspeienden Bergen in Sicherheit zu bringen und flohen vor den Erdspalten, die sich vor ihren Füßen auftaten. Unter dem Bild stand: »Das Öffnen des Siebenten Siegels«.

Als ich aus dem Pfarrhaus kam, sah ich Harry, die im Einspänner auf mich wartete und gedankenversunken über die Felder in Richtung Glenallen und den dahinter liegenden Hügel blickte. Im Wechselspiel von Licht und Schatten leuchtete der Knockshee olivgrün und braun. Ich stellte mir diesen Blick mit der Bildunterschrift vor, die ich im Pfarrhaus gesehen hatte. Ein todbringender Berg. Im Vergleich dazu wirkte der Knockshee jetzt vollkommen harmlos.

Harriet hielt das Gesicht in den Wind, und ihre blonden Haare wehten unter dem Hut hervor. Langsam ging ich auf den Einspänner zu. Sie bemerkte mich nicht, und ich war nicht gefaßt auf die Woge von Haß, die mich bei ihrem Anblick plötzlich überflutete: die Erinnerung an Toms toten Körper im Heu, an Brians Gesicht beim Lesen ihres Briefs in Knightsbridge, die Porzellanwanne mit dem winzigen Körper meines ersten Babys unter dem blutdurchtränkten Handtuch. Ich versuchte, meine Wut hinunterzuschlucken. Womöglich war ich verrückt; ich konnte mir selbst nicht mehr trauen, denn ich sah auch Dinge, die nicht vernünftig zu erklären waren. »Vielleicht bist du ja vom Pech verfolgt«, hatte Harry einmal zu mir gesagt.

Endlich wandte Harriet sich um, sah mich mit zusammengekniffenen Augen an und lächelte. »Ach, da bist du ja. Beeil dich, wir wollen noch bei den O'Shaughnessys vorbeischauen.«

Ich stieg ein, zog das Treppchen hoch und schloß die Tür.

»Deine Hände zittern ja«, bemerkte Harriet. »Hat der Priester etwas Unangenehmes gesagt?« Sie blickte mir so scharf und durchdringend ins Gesicht, als könnte sie in meiner Seele lesen. Ich ballte die Fäuste, damit das Zittern aufhörte.

»Nein.«

Sie knallte kurz mit der Peitsche, und los ging die Fahrt. Der Einspänner zuckelte die Straße entlang, und Harriet winkte den Leuten zu, die sie freundlich begrüßten.

»Guten Morgen, Pat! Guten Morgen, Molly.«

»Hallo, Miss Fitzallen. Schöner Tag heute!«

Niemand nannte sie Mrs. Donlon.

Hier und dort waren große Büschel Narzissen aufgeblüht; die Bäume hatten kleine, harte Knospen, und ein paar Kirschbäume blühten bereits. Lämmchen stolperten hinter ihren Müttern her; manche hatten schwarze Gesichter und schwarze Beine.

Ich dachte an mein eigenes kleines Lamm, das in Glenallen auf mich wartete. Peter, der übers Wochenende da war und die Frühmesse besucht hatte, spielte heute den Babysitter. Ich kam mir vor wie ein Häftling, der für einen Tag freigelassen wird. Ein verwirrter Geist, der mit seiner eigenen Wut und Gewalttätigkeit zu kämpfen hatte.

»Nun, hast du die Taufe arrangiert?« wollte Harriet wissen. Ich antwortete, sie solle am folgenden Samstag stattfinden.

Wenige Minuten später kam die Auffahrt zu Cissies Zuhause in Sicht; ich sah mir jede Kleinigkeit auf der Straße genau an und ließ meinen Erinnerungen freien Lauf. Jener erste Tag stand mir noch klar im Gedächtnis: Des fuhr uns, Cissie lachte, es nieselte, und dann bremste der Wagen scharf, daß der Kies nur so spritzte – das war mein Eintritt in eine neue Welt gewesen.

Jetzt bogen wir in die Auffahrt ein, vorbei an der gelb leuchtenden Forsythienhecke. An der Tür erwartete uns bereits Mr. O'Shaughnessy, denn mit seinem Auto war er natürlich schneller gewesen. Er reichte mir die Hand, half mir beim Aussteigen, und ich betrat das Haus, in dem ich so glückliche und zufriedene Tage erlebt hatte. Fast fühlte ich mich wieder, als wäre ich vierzehn.

Unser Gastgeber führte uns ins Wohnzimmer, das beinahe unverändert war, abgesehen von zwei Porträts, die Cissie und Des als Teenager zeigten, einem Photo von Des in der Uniform der Luftwaffe – es erinnerte mich an Brian – und einem Bild neueren Datums, auf dem die Zwillinge David und Barbie zu sehen waren. Erstaunlich, wie erwachsen die beiden geworden waren – sie hatten gar keine Ähnlichkeit mehr mit den beiden wilden Schlingeln von damals. Jetzt waren sie im Internat, und das Haus kam einem richtig leer vor. Im Kamin brannte ein munteres Torffeuer, und wir standen eine Weile davor und rieben uns die kalten Hände.

Harry trank Whiskey mit Wasser und ich einen Sherry, der mir sofort zu Kopf stieg. Wenigstens half mir der Alkohol, mich von dem Gefühlsausbruch zu erholen, den ich vor einer halben Stunde durchgemacht hatte. Ich beantwortete die Fragen nach meinem Baby mit der Begeisterung einer jungen Mutter, und Harriet lauschte betont geduldig, bis sie mich irgendwann doch unterbrach und meinte, sie würde sehr gern einmal den Garten sehen.

»Wie kommen Sie denn jetzt mit Ihrer Schwägerin zurecht?« fragte mich Dr. O'Shaughnessy, als seine Frau und Harry im Garten verschwunden waren, um die neuen Blumenrabatten zu besichtigen, in denen die Narzissen gerade zu blühen begannen. Er beugte sich hinüber zu der Holzkiste und warf ein paar Torfstücke aufs Feuer. Sofort erfüllte der aromatische Duft des Rauchs das Zimmer.

»Wir kommen ganz gut miteinander aus«, antwortete ich. »Nur habe ich dauernd diese gräßlichen Alpträume. Ich lasse nachts schon das Licht brennen, aber es hilft nichts. Manchmal höre ich beim Einschlafen sogar Brians Stimme.«

Er musterte mich.

»Was sagt er denn?« fragte er vorsichtig.

»Geh weg von uns, sagt er, nimm das Kind, und geh weg.«

»Macht Ihnen das angst?«

»Ja, furchtbar. Aber dann wache ich auf und merke, daß es nur ein Traum war.«

Ich wandte die Augen ab. Obwohl ich den Zorn von vorhin noch in mir spürte, waren die Gewalt und der Haß verflogen. Die freundliche Atmosphäre dieses Hauses hüllte mich ein.

»In letzter Zeit bin ich ein bißchen seltsam«, sagte ich, so leichthin wie möglich. »Allmählich mache ich mir Sorgen. Ich habe so etwas noch nie erlebt.«

»Wie meinen Sie das, Sie sind seltsam?«

»Ich spüre eine Wut in mir, eine schreckliche, gewalttätige Wut.«

Schweigen trat ein. Dr. O'Shaughnessy sah mich aufmerksam an, und ich begriff, wie gefährlich es war, ein solches Geständnis abzulegen. Ich lachte, um zu zeigen, daß es nicht ganz ernst gemeint war.

Dr. O'Shaughnessy wechselte prompt das Thema.

»Und dem Baby geht es gut?«

»Sehr gut.«

»Schön«, meinte er. »Ich komme bald mal vorbei und sehe es mir an. Gibt es Probleme beim Füttern?«

»Nein. Er ist ein guter Esser.«

»Vermutlich wissen Sie ja, wie wichtig es ist, die Anweisungen für die Fertignahrung genau zu befolgen – die richtige Wassermenge und so weiter.«

Ich blickte ihn von der Seite an. Sicher machte er jetzt Konversation, weil er Zeit gewinnen wollte, um mich insgeheim genauestens zu taxieren.

Er begann zu lachen.

»Entschuldigen Sie, Peg. Ich vergesse immer wieder, daß die Kinder von gestern die Wissenschaftler von heute sind. Ich werde eben alt! Aber Ihre Träume beunruhigen mich etwas, ich habe den Eindruck, Ihre Nerven sind ziemlich überreizt. Ich hoffe, Sie haben Ruhe in Glenallen. Und ich hoffe, Sie trinken keinen Tee vor dem Zubettgehen. Warme Milch wäre das beste – oder Kakao, falls Sie welchen kriegen können.«

Seine Stimme klang allzu sanft, aber gleichzeitig hörte ich seine ärztliche Sorge.

Dann beugte er sich vertraulich zu mir herüber und sagte leise: »Ich bin froh, daß Sie mit Harriet Frieden geschlossen haben. Es ist ganz natürlich, daß Ihre Schwägerin sich um Sie und das Baby kümmert – schließlich ist Ihr Sohn ja der zukünftige Erbe.«

Ich verschluckte mich an meinem Sherry und mußte husten.

»Nein«, entgegnete ich hustend und kopfschüttelnd. »Das ist er nicht.« Ich hustete immer noch, als Harry und Mrs. O'Shaughnessy vom Garten hereinkamen. Wir stiegen in den Einspänner und fuhren über die holprige Straße nach Glenallen zurück, fast ohne ein Wort zu wechseln.

Als wir schon fast angekommen waren, sagte Harriet plötzlich: »Ich werde Ballycloghan verkaufen müssen. Aber ich räume natürlich zuerst deine Sachen heraus.«

Am liebsten hätte ich sie mit einem Faustschlag aus dem Wagen befördert. »Das kannst du doch nicht machen! Es ist mein Zuhause!«

Sie zuckte die Achseln. »Du bist hier zu Hause, Peg. Jetzt gehörst du hierher.«

»Nein. Ich werde mir Arbeit suchen, und dann werde ich dir Ballycloghan abkaufen!«

»Reg dich doch nicht so auf«, meinte sie freundlich. »Die Entscheidung ist ja noch nicht endgültig gefallen.«

Peter saß in der Küche, vor sich auf dem Tisch einen Wust von Papieren. Er schrieb emsig; einen Fuß hatte er auf Dans Sportwagen gestützt und schaukelte ihn sanft. Als wir hereinkamen, sammelte er die Papiere zusammen und verkündete, er werde in der Bibliothek weiterarbeiten. Ich warf einen Blick auf die Dokumente, die er in der Hand hielt: mit rosafarbenem Band zusammengebundene Stapel, die Briefköpfe trugen wie ›Das Hohe Gericht‹ und in denen ständig von ›Kläger‹ und ›Verteidiger‹ die

Rede war. Ein Blatt mit der getippten Überschrift ›Fall zur Beratung an den Anwalt mit der Bitte zur Einleitung des Verfahrens‹. Wie hart er arbeitete! Es interessierte mich, was dieser verschlossene, kalte Mensch eigentlich machte; aber ich hatte Angst vor ihm, Angst vor seinem Hochmut, Angst vor der Seele, die in ihm wohnte und die fähig war, solche Briefe zu verfassen wie den an Cissie. Wegen dieses Briefs haßte ich ihn, aber trotzdem machte er mich neugierig.

Beim Mittagessen sprachen wir über die bevorstehende Taufe, und zu meiner Überraschung erklärte Peter, er werde auch dabeisein.

»Daniel Lucien paßt wirklich ganz hervorragend zu ihm«, meinte er und deutete dabei auf das Baby im Sportwagen, das mit seinen dicken Fäustchen in der Luft herumfuchtelte.

Betretenes Schweigen.

»Ich habe ihn nicht Brian genannt, weil der Name mir zu weh tut«, sagte ich schließlich. »Außerdem wollten wir das Kind, das ich vor zwei Jahren verloren habe, so nennen.«

»Das ist doch alles Schnee von gestern«, warf Harry ein und rieb sich mit der Hand über die Augen.

»Nicht für mich!« Wieder schwiegen alle und widmeten sich ihrem Essen.

Bei seiner Ankunft hatte mich Peter genauso überheblich begrüßt wie immer. Aber er hatte noch überarbeiteter und müder ausgesehen als sonst; die graue Strähne an einer Schläfe war nicht zu übersehen.

Ich fragte mich, in welchem Maße er, und nicht Harriet, als graue Eminenz an den Ereignissen mitgewirkt hatte, die sich in Glenallen abgespielt hatten, und deshalb mied ich ihn, wenn er daheim war, soweit wie möglich. Ein paar Mal hatte er mich allerdings abgepaßt, um unter vier Augen mit mir zu sprechen. Und einmal hatte er sogar Cissie erwähnt. »Du erinnerst dich doch an Cissie, Peg – ich glaube, ihre Familie ist nie über ihren Tod hinweggekommen.« Aber ich ließ mich nicht auf seine Seite ziehen. Die Verzweiflung in seinen Augen schob ich auf sein schlechtes Gewissen.

Nach diesem Gespräch war er früher als geplant nach Dublin

zurückgekehrt. Wieder einmal wünschte ich mir, ich könnte mit ihm reden und ihm vertrauen. Er war Anwalt, bestimmt hätte er mich über vieles aufklären können. Aber wenn ich ihn jetzt beim Mittagessen ansah und dieses stumme Einverständnis zwischen ihm und Harriet spürte, dann wußte ich, daß ich nicht offen mit ihm reden konnte, daß es völlig ausgeschlossen war, ihn um irgendwelche Erklärungen zu bitten. Trotzdem ging von ihm keine Feindseligkeit aus.

Nach dem Essen merkte ich, wie er mich fragend anblickte. Harriet legte sich mit Migräne ins Bett, und ich wusch in dem großen alten Spülbecken das Geschirr, das ich systematisch für Peter zum Abtrocknen auf dem großen Holzbrett stapelte. Er behandelte das Geschirr mit derselben Sorgfalt wie seine juristischen Schriftstücke.

»Du bist so schnell. Ich komme da nicht mit.«

Ich schrubbte die Töpfe, und er nahm mir einen nach dem anderen ab, trocknete ihn und stellte ihn weg. Dann hätte er die Küche normalerweise verlassen, aber heute fragte er: »Kann ich noch was tun?«

»Nein, danke.«

Gerade wollte er die Tür hinter sich zumachen, da sagte ich: »Peter …«

Er drehte sich um und wartete höflich.

»Wahrscheinlich weißt du, daß ich schreckliche Alpträume habe, hauptsächlich von Brian. Harry ist in den letzten Wochen schon mehrmals nachts an mein Bett gekommen, weil ich im Schlaf geschrien habe. Siehst du, Brian hat mir nämlich einen Brief geschrieben, daß er unbedingt nach Hause wollte. Murty sagt, er hätte Brians Geist gesehen. Wahrscheinlich weißt du nicht zufällig etwas darüber?«

Ich wurde rot, weil mir klar war, wie lächerlich das alles klang.

Bei der Erwähnung seines Bruders wurde Peters Gesicht genauso verschlossen wie das von Harry, und die alte Herablassung tauchte wieder auf.

»Nein. Er ist nicht zurückgekommen. Tut mir leid, Peg, aber du solltest wirklich nicht auf Murty hören oder auf irgendwelche anderen abergläubischen Geschichten, die hier in der Gegend erzählt werden. Du hast eine schwere Zeit hinter dir. Wenn du dir

Murtys Märchen zu Herzen nimmst, machst du es dir nur unnötig schwer.«

»Hat Dr. O'Shaughnessy eigentlich recht mit seinen Andeutungen, daß mein Sohn später einmal alles erbt?«, platzte ich gleich mit der nächsten Absonderlichkeit heraus. Das ganze Mittagessen über hatte ich darüber nachgegrübelt, wie absurd das war. Und wie unendlich peinlich.

Peter fuhr auf. Dann sah er mir fest in die Augen und sagte bedächtig: »Ich glaube nicht, Peg. Und ich denke, das weißt du auch. Schließlich wissen wir alle, wer Brian war – aber wer ist Lucien?«

Das Blut wich mir aus dem Gesicht, und mir blieb die Luft weg.

»Versteh mich nicht falsch«, fuhr er fort. »Ich will dich nicht verurteilen; Brian hatte seine Chance, aber er hat sie nicht genutzt. Weißt du eigentlich, ob er je ein Testament gemacht hat?«

»Soweit ich weiß, nicht«, antwortete ich. »Er hatte ja nichts zu vererben.«

Peters Augen wurden wieder unergründlich.

»Ach ja?«

Wieder wollte er hinausgehen, und wieder hielt ich ihn in letzter Sekunde davon ab. »Peter, weißt du, wo der unterirdische Gang ist?«

»Das ist eine alte Familienlegende«, antwortete er nach kurzem Nachdenken. »Weiter nichts.«

»Harriet hat gesagt, daß ein solcher Gang existiert. Sie wollte ihn mir sogar zeigen. Ich dachte, er ist vielleicht im Keller, aber als ich neulich unten war, konnte ich nichts entdecken, was aussah wie ein Eingang.«

Peter schüttelte den Kopf. »Ich glaube, da hat sie dir einen Bären aufgebunden, Peg.«

Als Dan fest eingeschlafen war, zog ich mir eine lange Hose an und ging hinaus zu den Stallungen. Murty sattelte meinen alten Freund Joey und half mir beim Aufsteigen. Ich konnte mich nicht mehr wie früher auf den Pferderücken schwingen, indem ich einen Fuß in den Steigbügel setzte und den Sattel umfaßte. »Ich komme mir vor wie eine alte Frau«, jammerte ich.

»Das wird schon wieder, Ma'am. Machen Sie sich da mal keine Sorgen.«

Die beiden Hunde erschienen, schnüffelnd und jaulend, mit wedelndem Schwanz und hängender Zunge.

»Sie kriegen Gesellschaft.«

Die Hunde sausten vor mir her aus dem Hof. Joey trottete gemächlich hinter ihnen her, was mir gerade recht war. Einmal verfiel er in Trab, doch das unterband ich rasch.

Es war ein milder, feuchter Tag, die Luft roch würzig und süß. Die Krokusse blühten, lila im feuchten Gras, und die Narzissen streckten ihre schlanken grünen Blätter überall aus dem Boden; in ein bis zwei Wochen würden sie in voller Blüte stehen. Ich ritt an roten Feldern mit Winterweizen vorbei, an Äckern mit Mangold, die Blätter vom Frost verfärbt. An einer der offenen Mieten blieb Joey abrupt stehen und schnappte sich ein paar Wurzeln der süßen Pflanze, mahlte und klirrte mit dem Gebiß. Dann wandte er den Kopf nach rechts und links, wobei er den grünen Sabber an meinen Beinen abwischte.

Ich stieß ihn in die Flanken und trieb ihn weiter, immer am Rand der Felder entlang und hielt dabei Ausschau nach der Egge. Schließlich entdeckte ich sie, überwuchert vom hohen Gras, gleich beim Tor zur Pferdekoppel. Jetzt fühlte ich mich etwas sicherer und schlug die Richtung zur Langen Wiese ein, an deren Rand ich weiterritt, bis ich zum Anfang des Pfads kam. Doch Joey war nervös, und es war schwierig, ihn in eine günstige Position zum Schließen der Tore zu bewegen, obwohl sie alle eiserne Riegel hatten, die man von oben öffnen und schließen konnte, so daß ich wenigstens nicht jedesmal absteigen mußte.

Die beiden roten Setter tollten vorneweg, jagten allem nach, was ihnen über den Weg lief, steckten die Nase in Mauselöcher, pinkelten und beschnüffelten sich gegenseitig am Hinterteil. Plötzlich hoppelte ein Kaninchen aus der Hecke übers Feld, überlegte es sich dann aber anders und rannte wieder zurück. Die Hunde setzten ihm nach, kehrten jedoch enttäuscht zurück, weil ihre Jagdbeute einfach im Bau verschwunden war, das weiße Schwänzchen hoch erhoben. Weiter oben auf dem Feld entdeckte ich zwei andere, neugierige Kaninchen mit langen, zuckenden Ohren, die uns vom Eingang ihres Baus beobachteten, bevor sie sich zur Beratung unter die Erde zurückzogen. Saatkrähen saßen wie dunkle Wachtposten auf den Weißdornbüschen, und die Eschen ächzten warnend. Die Krähenschwärme auf den Feldern beachteten mich gar nicht, weil ich keine Flinte bei mir trug. Direkt vor mir lag der Berg, sein Abhang in Nebel gehüllt.

Am oberen Rand der Langen Wiese ließ ich Joey grasen, stellte mich in den Steigbügeln auf, um meinen Rücken zu entlasten, und blickte über die Hecke ins Tal. Der Schnepfensumpf war überschwemmt, und die Hohe Wiese lag im Nebel. Es hatte keinen Sinn weiterzureiten. Aber die Hunde waren anderer Meinung, sie drängten sich durch die Hecke und rannten vergnügt, in großen Bögen, immer hin und her über die Wiesen. Endlich kam der eine zu mir zurück. Er hielt etwas im Maul, was aussah wie ein Stück von einem alten Gummistiefel. Mein Rücken tat verteufelt weh, deshalb machte ich kehrt; Joey trabte ein Stück, daß es mich nur so durchrüttelte. Ich mußte möglichst schnell wieder in Form kommen. Aber jetzt sehnte ich mich nur noch nach einem heißen Bad.

Als wir vor dem Stall ankamen, zog ich beide Füße aus den Steigbügeln und rutschte vom Pferderücken herunter. Meine Beine fühlten sich an wie Pudding, ich konnte mich kaum aufrecht halten und lehnte mich einen Moment an Joey. Murty kam, um mir das Pferd abzunehmen.

»Was hat der Hund denn da im Maul?« fragte er, aber Rex drehte sich schnell weg und kam zu mir. Auf dem Heimweg hatte er seinen seltsamen Fund zwar immer wieder fallen lassen, aber er hielt ihn noch im Maul; das Ding war tropfnaß von seinem Speichel, denn er hatte es eifrig durchgekaut. Ich nahm es ihm ab und erkannte sofort, was es war. Schließlich hatte ich es oft genug im Kino in der Wochenschau gesehen, wenn über die Luftwaffe berichtet wurde: Es war die Schutzbrille eines Piloten. In diesem Moment hörte ich, wie die Küchentür aufging, und steckte die Brille rasch in meine Tasche.

19. Kapitel

Daniel veränderte sich; von Woche zu Woche wurde er munterer, und allmählich wirkte er nicht mehr ganz so zerbrechlich. Seine Augen waren inzwischen eindeutig braun; er hatte sich eine ordentliche Fettschicht zugelegt, und wenn er lächelte, bekam er Grübchen. Immer wieder mußte ich an seinen Fäusten die Knöchel suchen und sie mit meinen eigenen Händen vergleichen. Jetzt war er beinahe acht Wochen alt, und Murty meinte, er werde sich bestimmt bald selbst vom Bauch auf den Rücken drehen.

Eines Morgens kam ein Brief aus Galway, von St. Catherine's. Mother Mercy sprach mir ihr Beileid aus, daß ich verwitwet war, aber sie habe im Moment leider keine freie Stelle. Das Briefpapier war steif, mit Wasserzeichen und dem Schulwappen: ein durchstoßenes Marienherz, von dem Strahlen ausgingen wie von einer Sonne, darunter aufwendig verschlungene Zierbänder.

Ich hoffe, Sie werden eine andere Stelle finden und uns mit Ihrem kleinen Sohn bald einmal besuchen.
Immer in der Liebe Jesu Christi

Mir fiel ein, was Brian gesagt hatte, als Mother Mary uns zur Hochzeit geschrieben und gratuliert hatte. »Warum können die denn den toten Jesus nicht ein einziges Mal aus dem Spiel lassen?«

Damals hatte ich ihm vorgeworfen, das sei eine Gotteslästerung, aber er hatte nur gelacht. »Merkst du denn nicht, wie gut es in ihr Konzept paßt, jemanden der Gotteslästerung zu bezichtigen? Wenn Blasphemie nämlich ein Verbrechen ist, dürfen bestimmte Fragen von vornherein nicht gestellt werden. Und wenn man etwas nicht hinterfragen darf, ist man machtlos.«

Harry sah mich beim Frühstück den Brief lesen und fragte, von wem er kam. Ich reichte ihr das Schreiben und beobachtete ihr Gesicht, während sie es überflog.

»Du denkst doch wohl nicht daran wegzugehen? Das ist unmöglich! Was soll denn aus deinem kleinen Entchen werden?«

Seit einiger Zeit hatte sie sich angewöhnt, Dan ›Entchen‹ zu nennen, was mir durch Mark und Bein ging.

»Du könntest dich doch gar nicht um ihn kümmern ..., wenn du den ganzen Tag arbeitest.«

»Ich weiß nicht, Harry. Ich möchte deine Gastfreundschaft nicht überstrapazieren.« Ich mußte vorsichtig sein. Ich hatte ihr bewußt verschwiegen, was Rex draußen gefunden hatte. Ganz bestimmt hatte Peter ihr von seinen Zweifeln an der Legitimität meines Sohnes erzählt, die er vor mir so unmißverständlich formuliert hatte. Doch sie ließ sich mir gegenüber nichts anmerken.

»Unsinn. Aber wenn du wirklich weggehen möchtest, kannst du Dan natürlich gern hier bei mir lassen.«

Dan bei Harriet lassen! Seine kleinen dicken Fäuste und geballten Zehen nicht mehr sehen! »Danke, aber ich will ihn bei mir behalten. Und wenn ich in Irland keine Stelle finde, muß ich eben zurück nach England. Dan ist inzwischen alt genug für einen Umzug.«

Das stimmte allerdings nicht ganz. Die Vorstellung, ein Baby mit nach England zu schleppen, begeisterte mich nicht im geringsten.

Harriet beugte sich hinüber zum Herd, angelte die Teekanne und schenkte sich nach. »Morgen kommt übrigens dieser Anwalt, ich soll irgendwelche Papiere unterschreiben. Könnest du ihn vielleicht reinlassen und in den Salon bitten?«

»Was für Papiere sollst du denn unterschreiben?«

Sie blickte auf, und einen Augenblick fiel das Licht auf die feinen, fast unmerklichen Linien um ihren Mund, die sich später einmal, wenn die Zeit Harrys Geschichte in ihr Gesicht eingemeißelt hatte, als Falten eingraben würden.

»Hast du das schon vergessen? Die Sache mit Ballycloghan? Du weißt doch, daß es verkauft werden muß!«

Ich war wie vor den Kopf geschlagen; ich war wütend auf Tom, weil er für diese Situation verantwortlich war, und gleichzeitig auf Harry, die noch vor kurzem so getan hatte, als wollte sie den Verkauf von Ballycloghan erst einmal auf die lange Bank schieben. Warum tat sie so etwas? Der Gedanke, daß mein altes Zuhause bald nicht mehr existieren würde, war beinahe, als verlöre ich einen geliebten Menschen.

»Peg, ich weiß ja, wie du dich fühlst. Aber Ballycloghan hat Tom gehört, nicht dir. Du hast mit dem Studium deinen Anteil verbraucht, und Tom hat geheiratet. Ist es wirklich so furchtbar, wenn seine Witwe sein Haus erbt? Die Dinge verändern sich eben!«

So sanft und vernünftig sie auch sprach und obwohl es ja die Wahrheit war – ich war dennoch zornig. Zornig und zutiefst verletzt.

»Natürlich lasse ich deine Sachen zuerst herausholen«, fügte Harriet hinzu.

»Ich möchte das Haus noch einmal sehen, ehe du es verkaufst!«

Sie schenkte mir einen mitleidigen Blick.

»Dafür ist keine Zeit mehr! Ich unterschreibe morgen die Verträge. Bitte versuche das zu verstehen!«

Auf einmal überfiel mich das Heimweh und ein abgrundtiefer, blinder und – das wußte ich – unbegründeter Haß. Harriet war Toms Witwe. Ballycloghan gehörte ihr. Sie hatte recht. Irgendwann hätte Tom geheiratet, wenn nicht Harriet, dann eine andere. Ich hatte studiert und damit alle anderen Ansprüche verwirkt.

Aber als ich so dasaß und die Leere in mir spürte, den Verlust von Ballycloghan und vor allem, was es für mich bedeutete, da starb etwas in mir. Vielleicht war es mein Mitgefühl, vielleicht die Nächstenliebe oder der Rest an Glauben, der mir noch geblieben war. Sei vorsichtig, Harriet, dachte ich. Paß auf, wenn du mir in Zukunft den Rücken zuwendest.

Sie frühstückte ausgiebig und in aller Ruhe: gekochte Eier und Toast. Draußen regnete es, und der böige Wind trieb die Tropfen immer wieder heftig prasselnd gegen die Fensterscheiben. Der Hof war naß, die Bäume schwankten im Wind. Draußen entdeckte ich Murty, mit eingezogenem Hals, einen Sack über der Schulter, eine Papiertüte über dem Kopf. Auf dem Küchenschrank tickte die alte blaue Uhr. Dan lag in seinem Wagen und betrachtete das bunte Spielzeug, das über ihm hing; er war ruhig und friedlich, fuchtelte mit den Händen und gab gelegentlich ein Glucksen von sich. Auf dem Herd summte der Wasserkessel, ansonsten war es still in der Küche.

»Wie geht es dir eigentlich zur Zeit, Peg?«

»Großartig«, log ich. Wenn sich nur das Wetter endlich ändern würde! Ich wollte noch einmal auf den Berg steigen und alles gründlich absuchen. Und jetzt traf mich die Nachricht über den Verkauf von Ballycloghan wie ein Schlag in die Magengrube. Alles, was mir einmal gehört hatte, war verschwunden, alles aus unfaßbaren Gründen: Zufälle, Katastrophen, Kriegsfolgen. Oder wollten mich die Schicksalsgötter, die mir dieses Leben zugeteilt hatten, das nur glauben machen? Ich glaubte längst nicht mehr an das Schicksal und ein zufälliges Zusammentreffen von Ereignissen.

Harry schien zu zögern.

»Wenn du so gut in Form bist, könntest du Murty vielleicht beim Ausmisten helfen. Er ist momentan ziemlich überlastet, weil die anderen beiden mit Grippe im Bett liegen.«

Ich zuckte die Achseln. Eigentlich hätte ich ihr gern gesagt, sie solle sich zum Teufel scheren, aber ich verordnete mir Besonnenheit. Irgendwann würde der Tag der Abrechnung kommen. Ich mußte nur den richtigen Moment abwarten.

»Ich helfe ihm, sobald ich den Frühstückstisch abgeräumt habe.«

»Danke. Ich kümmere mich dann ums Mittagessen.« Damit stand sie auf, reckte sich und beugte sich dann noch rasch mit ihrem üblichen kühlen Lächeln zu Dan hinunter.

»Schätzchen«, wisperte sie. »Du wirst deine arme Tante doch nicht verlassen, oder?« Dan brabbelte und wedelte mit den Fäusten in der Luft herum.

»Außerdem, Peg«, fuhr sie mit gesenkter Stimme fort, »außerdem bekommst du sowieso kein Visum für euch beide. Das Baby ist wohl kaum ein kriegswichtiger Einwanderer.«

Dan begann zu weinen, ein verdrießliches, ärgerliches Gewimmer, das immer lauter wurde. Da er bereits gegessen hatte, nahm ich ihn hoch und wiegte ihn, legte ihn an meine Schulter und klopfte ihm sanft auf den Rücken. Er seufzte zufrieden, doch sobald ich Anstalten machte, ihn in den Wagen zurückzulegen, ging das Gejammer von vorne los.

»Ach, sei doch in Gottes Namen endlich still«, sagte ich ungehalten, und in diesem Moment wurde mir wieder einmal klar, wie ich an ihn gebunden war und wie sehr er meine Bewegungsfreiheit einschränkte. Ich drehte mich um: Harry stand mit hochgezogenen Augenbrauen in der Tür und bot sofort an, auf das Baby aufzupassen. Beanspruchte er mich im Augenblick zu sehr? War es in Ordnung, wenn sie ihn mit nach oben nahm?

Später, als ich im Stall schuftete, dachte ich wieder daran, daß Peter mir bestätigt hatte, Brian sei nicht zurückgekommen. Eigentlich hatte ich schon lange akzeptiert, daß das stimmte – er war nicht zurückgekommen, er war seit jenem Gefecht über dem Ärmelkanal vermißt. Was hatte also diese Fliegerbrille auf dem Pfad zu suchen? Und wie kam ein Knopf mit dem Wappen der RAF in den Keller?

Im Lauf des Vormittags ging ich kurz in die Küche und fand dort Harriet. Sie war dabei, mit einem Löffel etwas in einer Porzellantasse zu zerdrücken. Als sie mich entdeckte, hielt sie schnell den Arm so, daß ich nicht sehen konnte, was in der Tasse war. Am Löffelstiel entdeckte ich eine Spur weißes Pulver.

»Was ist das?«

»Bloß was für einen von den Hunden.«

Harriet kochte das Mittagessen: Irish Stew, ihre Spezialität. Sie nahm die Teller mit zum Topf auf dem Herd und schöpfte den Eintopf hinein. Er war heiß und lecker – jede Menge Karotten, Zwiebeln, Kartoffeln und zarte Stückchen Lammfleisch. Aber ich glaubte einen bitteren Nachgeschmack zu bemerken.

»Hast du irgendein anderes Gewürz hineingetan als sonst?«

»Oh, nur eine Prise von dem Muskat, das ich noch in der Speisekammer gefunden habe!«

Als wir gerade fertig gegessen hatten, erschien Sergeant Tony Aherne von der Polizei. Er war ein großer, kräftiger Mann mit eckigem Kinn, der beinahe den ganzen Türrahmen füllte. Höflich nahm er seine Schirmmütze ab und trat in die Küche. Ich gab Dan gerade die Flasche, und er machte eine scherzhafte Bemerkung über den Appetit meines Babys.

Harry bot ihm etwas von dem restlichen Eintopf an, aber er lehnte dankend ab.

Allerdings hatte er nichts gegen einen heißen Tee einzuwenden – mit viel Zucker. Ich sah, wie Harriet jedem Löffel nachblickte, der in seiner Tasse verschwand. Mit ernster Stimme verkündete er schließlich sein Anliegen: die Hundemarken seien abgelaufen, und wenn sie nicht bald erneuert würden, müßte er Strafmaßnahmen einleiten.

»O Gott, das habe ich vollkommen vergessen. Ich habe soviel im Kopf. Gleich morgen kaufe ich neue. Ist das in Ordnung?« Harry lächelte ihn an, ihr altes, munteres Lächeln, das zu sagen schien: »Ich armes Ding, mir kannst du doch nicht böse sein.« Auch Aherne nickte und schmolz dahin. Dann wandte er sich an mich.

»Wie geht's Ihnen denn so, Mrs. Fitzallen?«

»Mir könnte es gar nicht besser gehen. Wieso?«

Er warf Harry einen kurzen Blick zu. »Kein besonderer Grund, Ma'am«, antwortete er unbehaglich. »Ich habe nur gehört, daß Sie im letzten Jahr 'ne Menge durchgemacht haben.«

Hinter seinem Rücken äffte Harry seine bekümmerte Miene nach, aber als er sich umdrehte, schlug sie ernst die Augen nieder, wobei sie ein wenig hervortraten – wie immer, wenn sie nachdenklich war.

Dan sabberte. Ich wischte ihm den Mund ab, ließ ihn aufstoßen, und er starrte den Gesetzeshüter an, mit hängender Unterlippe, eine Speichelspur auf dem Kinn.

»Wie soll er denn heißen?« fragte der Polizist.

»Daniel Lucien.«

»Sehr ungewöhnlich!« meinte er stirnrunzelnd. »Lucien! Das klingt ausländisch.«

Ich zuckte die Achseln.

»Gibt es denn einen Heiligen Lucien?«

»Selbstverständlich.«

Mir fiel ein, wie ich Lucien dieselbe Frage gestellt hatte, in der Sommerdämmerung, als er nackt neben mir im Bett lag. Bei dieser Erinnerung hätte ich auf einmal am liebsten laut losgelacht. »Er war ein Märtyrer und ist verhungert.«

Ich merkte, wie Harry herumfuhr und mich durchdringend musterte.

»Es war der Name meines Schwiegervaters«, murmelte sie,

ohne mich aus den Augen zu lassen. »Daniel Lucien. Stimmt doch, Peg, oder?«

Ich brummte etwas Unverbindliches, ganz damit beschäftigt, das Baby bei Laune zu halten.

»Ist es nicht schön, daß unser altes Taufkleidchen endlich wieder einmal zu Ehren kommt?« fuhr Harry nach einer kurzen Pause fort. »So viele Fitzallens haben es schon getragen.«

Der Polizist nickte.

»Es ist gut, wenn man alte Traditionen aufrechterhält.«

Ich spürte, wie mir das Blut ins Gesicht stieg.

»Das ist nicht nötig.«

Harry blickte mich erstaunt an.

»Natürlich ist es nötig ... Möchtest du einen Fitzallen vielleicht lieber in einem Flanellhemdchen taufen lassen?«

Plötzlich herrschte betretenes Schweigen; Harry wartete auf meine Antwort, der Polizist schlürfte seinen Tee.

»Du hast es dir ja noch nicht mal angesehen!« rief sie schließlich und sprang auf. »Es ist wunderhübsch! Ich hole es schnell.« Sie lief aus dem Zimmer, und ich hörte das Klicken ihrer Absätze auf den Fliesen der Halle, dann verhallten ihre Schritte auf der Treppe.

Sergeant Aherne lächelte.

»Miss Fitzallen ist eine großartige junge Frau.«

»Sie meinen wohl Mrs. Donlon«, verbesserte ich ihn.

»Ach ja, natürlich. Ich hab gehört, daß sie geheiratet hat, und dann ist dieser schreckliche Unfall passiert.«

Ich wiegte Dan, und als der Wasserkessel auf dem Herd zu kochen begann und die Tropfen zischend auf die heiße Platte fielen, drehte ich mich um und wollte ihn wegschieben. In diesem Augenblick sah ich die Gestalt in der Ecke, das bleiche Gesicht – dann war es wieder verschwunden. Ich schrie laut auf und packte das Baby, das anfing zu weinen. Dann spürte ich die schwere Hand des Polizisten auf meiner Schulter, Harry war wieder im Zimmer, ließ den Karton fallen, den sie gebracht hatte, und nahm mir mein Kind aus dem Arm.

»Sie müssen ihn auch gesehen haben«, sagte ich zu Sergeant Aherne. »Er war dort drüben!«

Harry stand da wie angewurzelt.

»Beruhigen Sie sich, Mrs. Fitzallen. Ihre Nerven sind angegriffen.«

Der Polizist sah Harriet an, die fast so bleich war wie der Geist, den ich neben dem Herd gesehen hatte: Brian, mit totenbleichem Gesicht, die Augen hohl und entsetzlich leer. Oder war es etwa ein Schatten gewesen, dieses Gesicht und diese Augen? Wie war das möglich?

Harriet legte Dan vorsichtig zurück in seinen Wagen und drehte uns dabei den Rücken zu.

»Sie sollten sich ausruhen«, riet mir der Sergeant und sah sich unbehaglich nach seiner Mütze um. Er wollte nur noch weg von hier. Mit seinen langen, knochigen Fingern zog er sich die Mütze tief in die Stirn, verabschiedete sich und ging durch die Hintertür hinaus.

Ich sank in den Schaukelstuhl und fragte mich, weshalb die Welt sich auf einmal von mir zu entfernen schien; alles kam mir vor wie ein Traum, eine verführerische Vorstellung, denn ein Traum war eine Fluchtmöglichkeit. Ich sah, wie Harriet Dans Wagen schaukelte und mich dabei nachdenklich ansah. Aber auch sie war ein Traum. »Alles in Ordnung, Peg?«

Ich hörte ihre Stimme aus weiter Ferne, hörte, wie Murty hereinkam und mich musterte. Ja, murmelte ich, alles in Ordnung. Dann mußte ich ein bißchen lachen, denn mein Traum war angenehm, die Farben so leuchtend, wie ich es mir nie hätte ausmalen können. Solange ich in der Küche blieb, war ja auch alles in Ordnung, nur draußen warteten die Monster.

Murty und Harry tuschelten miteinander. Dann nickte der alte Knecht, wusch sich die Hände, häufte den Rest des Eintopfs auf seinen Teller und begann gierig zu essen. Ich hörte sein geräuschvolles Kauen; es hatte einen ganz bestimmten Rhythmus, und ich begann ein kleines Gedicht zu singen, das ich vor langer Zeit gehört hatte:

»Kommt, ätherische Wesen,
Luftbewohner, die ihr über der Menschheit Los
Euch betrübt und erfreuet,
Aeols Saiten erwarten euch.«

Ohne mich weiter darum zu kümmern, merkte ich, wie Murty Harriet einen seltsamen Blick zuwarf, als wäre mein Benehmen irgendwie absonderlich.

Später am Nachmittag erschien Dr. O'Shaughnessy. Er wollte nur »kurz mal vorbeischauen«, erklärte er. Er war unterwegs zu seinen Krankenbesuchen und hatte etwas mit Harriet zu besprechen. Er betrachtete mich prüfend, als wollte er mich mit seinem Blick durchbohren.

»Wie geht es Ihnen, Peg?«

»Warum fragen mich das alle? Mir geht es gut, das heißt, ich habe Kopfweh, aber ansonsten geht es mir wirklich gut. Harry ist oben mit dem Baby.« Ich stand auf und ging in die Eingangshalle, um sie zu rufen. Vorhin war ich in meinem Stuhl eingeschlafen, aber jetzt war ich hellwach, obwohl ich innerlich zitterte und am liebsten vor mir selbst die Flucht ergriffen hätte – vor der Last, die mich bedrückte und die ich nicht identifizieren konnte. Ich fühlte mich benommen; die Vision, die ich nach dem Essen gehabt hatte, war mir ungeheuer peinlich und machte mir angst. Es war doch erschreckend, wie rasch ich der Welt der Vernunft entglitten war.

»Dr. O'Shaughnessy ist hier!« rief ich durchs Treppenhaus und hörte kurz darauf Schritte im oberen Stockwerk.

»Ich komme!« antwortete Harriet.

Der Arzt eilte ihr entgegen, während ich zur Tür ging, in der Absicht, auf dem Stallhof ein wenig frische Luft zu schnappen. Vielleicht bekam ich dadurch ja wieder einen klaren Kopf. Doch als ich die Tür aufmachte, sah ich, daß es wieder angefangen hatte zu regnen. Also ging ich zurück zur Garderobe, um mir einen Regenmantel zu holen. In diesem Moment hörte ich, wie in dem Gespräch zwischen Harriet und Dr. O'Shaughnessy im oberen Stockwerk mein Name fiel, und ich blieb stehen, unsichtbar unter der Treppe.

»Es war wirklich beängstigend«, sagte Harry gerade mit gedämpfter Stimme, in der sich Trauer mit Zorn mischte. »Und dann spricht sie auch noch davon, daß sie das arme Kind von hier fortnehmen will, wo es doch ein gutes Zuhause hat. Es ist wirklich erschütternd, aber für das Baby ist es vor allem gefährlich. Sie hat ihn vorhin beinahe fallen lassen.« Die Antwort des Arztes war schwer zu verstehen, aber auch sie klang höchst besorgt. »Ich habe gehofft, sie würde sich erholen.«

»Aber meinen Sie denn, man müßte sie irgendwohin schikken ... in ihrem eigenen Interesse und zum Besten des Babys? Jedenfalls für eine Weile. Sie hat den Kleinen angeschrien, kurz bevor sie ganz den Verstand verloren hat.«

Dr. O'Shaughnessy räusperte sich.

»Ich glaube nicht, daß das angemessen wäre. Sie ist doch nicht gefährlich, oder? Behalten Sie sie einfach im Auge. Schließlich hat sie eine Menge durchgemacht. Sobald es aber irgendein Anzeichen für Gewalttätigkeit gibt, liegt die Sache natürlich anders.«

Ich lehnte mich an die alte Wandvertäfelung; mein Herz klopfte wild, Tränen brannten in meinen Augen. Dann hörte ich, wie Harry den Arzt um ein neues Rezept für ihre Migränetabletten bat.

»Aber die können doch noch lange nicht alle sein. Sie wissen doch, daß das Mittel schädlich sein kann – es enthält Mutterkorn -, und Sie dürfen es nur so einnehmen, wie ich es verschrieben habe. Das habe ich Ihnen doch gesagt.« Er klang betroffen.

»Keine Sorge, ich habe nur das Fläschchen verloren.«

Ich stolperte in den Regen hinaus, wanderte in den Geräteschuppen, wo es nach Sattelseife und Leder roch, und beobachtete von dort die Hintertür.

Als Dr. O'Shaughnessy endlich herauskam, rannte ich zu ihm. Beinahe wäre ich auf dem Kopfsteinpflaster ausgeglitten, aber ich erreichte den Wagen noch rechtzeitig. Er ließ gerade den Motor an, und ich hob die Hand, um ihn aufzuhalten.

Er öffnete die Beifahrertür und ich stieg ein.

»Ich bin nicht verrückt.«

Er zuckte zusammen. »Natürlich nicht. Warum sagen Sie so etwas? Aber Sie haben Halluzinationen, Peg. Heute hatten Sie anscheinend wieder einen Anfall.«

»Was ist mit mir los?«

»Ich weiß es nicht, mein liebes Mädchen. Ich denke, Sie sind sehr sensibel und haben im letzten Jahr zuviel durchmachen müssen ... der Tod Ihres Mannes, die Geburt Ihres Sohnes, der Verlust

Ihres Bruders – so etwas kann einen Menschen schon überfordern. Ich möchte Ihnen gern ein Beruhigungsmittel verschreiben und sehen, wie es anschlägt. Dazu viel Ruhe, gutes Essen – und keine Sorgen! Sie sollten vorerst nicht von hier weggehen und sich auch nicht den Kopf darüber zerbrechen; warum nutzen Sie Harriets Gastfreundschaft nicht einfach aus – sie mag Sie und Ihr Baby wirklich sehr gern.«

Ich sah hinaus auf den Hof, hinüber zum Küchenfenster, wo Harriet stand und uns beobachtete. »Sie will mich aus dem Weg schaffen!«

Er schnalzte tadelnd mit der Zunge und schüttelte den Kopf.

»Es ist schade, daß Sie unser Gespräch gehört haben. Das waren doch nur Spekulationen; Harriet meint, sie sollten ins Pflegeheim, aber das wäre sehr teuer.«

»Dr. O'Shaughnessy?«

»Ja, Peg?«

»Könnte es an etwas liegen, was ich gegessen habe?«

Er überlegte.

»Sehr unwahrscheinlich. Natürlich gibt es Substanzen, die Halluzinationen hervorrufen – das wissen Sie ja selbst –, Medikamente und auch bestimmte Pilzsorten. Aber so etwas kommt ja in diesem Fall nicht in Frage.«

Wieder dachte er nach. »Sie haben nicht zufällig Harriets Migränetabletten geschluckt?«

»Nein!«

Er öffnete seine schwarze Tasche und holte aus einer der kleinen Schubladen eine Tablettenschachtel. »Nehmen Sie eine davon, bevor Sie zu Bett gehen. Das sind Beruhigungstabletten, damit Sie besser schlafen.«

Dann drückte er mir noch ein leeres Fläschchen in die Hand.

»Außerdem hätte ich gern eine Urinprobe – nur, um ganz sicherzugehen, Peg. Ich warte so lange.«

Später, nach dem Abendessen, stellte ich das Geschirr in die Spüle und brachte Butter und Milch zurück in die Speisekammer. Dabei bemerkte ich eine Butterdose mit einem gelben Deckel; gewöhnlich stand sie beim Porzellan im Schrank. Ich hob den Deckel. Darunter lagen getrocknete graue Pilzstücke.

Rasch riß ich ein Stück braunes Papier von einer halbvollen Zuckertüte ab, packte die Pilze hinein und steckte sie in die Tasche.

»Wen hast du eigentlich heute vormittag in der Küche gesehen?« wollte Harriet wissen, während ich den Tisch fürs Frühstück deckte.

Ich umfaßte die verdächtigen Pilze in meiner Tasche. »Brian. Ich weiß, daß du mich für verrückt hältst, aber das stimmt nicht!«

Bei der Erwähnung ihres Bruders wurden ihre Pupillen groß und schwarz.

»O nein, ich glaube nicht, daß du verrückt bist.«

Abends besuchte uns James Regan, der kühne Jäger, Eigentümer von Conneely House und anerkannter Hundedresseur. Ich war in der Küche, als sein gebieterisches Klingeln erscholl, lief die Treppe hinauf, wieder hinunter zur Eingangshalle und öffnete die Tür. Da stand dieser große Mann mit dem Schnauzbart, stocksteif, zu seiner vollen Länge von ein Meter siebenundsiebzig aufgerichtet vor mir und blickte auf mich herunter. Ich hatte ihn lange nicht mehr gesehen, und offensichtlich erinnerte er sich nicht mehr an mich.

»Ist die Herrin zu Hause?«

Ich führte ihn in den Salon, wo es ziemlich kalt war, und ging wieder hinunter in die Küche.

»Mr. James Regan möchte Ihnen einen Besuch abstatten, Madam!«

Harriet blickte von der Zeitung auf und sah mich fragend an.

»Er wollte wissen, ob meine Herrin da ist!«

Sie lachte, überrascht und ehrlich amüsiert. »Arme kleine Peggy, arme kleine, beleidigte Peggy!« Dann erhob sie sich gemächlich, ging hinauf in den Salon und kehrte zehn Minuten später wieder zurück. Man sah ihr an, daß sie zufrieden mit sich war. Die Pralinenschachtel, die James ihr geschenkt hatte, legte sie in den Küchenschrank. Dort stapelten sich bereits mehrere dieser Schachteln, die ungeöffnet in der Dunkelheit allmählich vermoderten.

»Er wird wiederkommen«, meinte ich. »Du hast ihm den Kopf verdreht.«

Schweigen. »Natürlich hab ich das. Wenn du ein Mann wärst, würdest du dich nicht von den Frauen verrückt machen lassen?«

»Doch, ich wäre fasziniert von ihnen.«

Sie schnaubte verächtlich und sah mich interessiert an.

»Wirst du ihn heiraten?« fragte ich nach einer Weile. »Er scheint ganz nett zu sein ... die ganzen Pralinenschachteln ...« Ich sehnte mich nach etwas Süßem und wünschte, Harry würde mir eine der Schachteln anbieten. Aber Harriet aß das Konfekt weder selbst noch verschenkte sie etwas davon.

Jetzt gähnte sie ausgiebig. »Kleine verrückte Peggy, habt ihr eigentlich den ›Macbeth‹ in der Schule durchgenommen?«

»Ja. Aber was hat ›Macbeth‹ damit zu tun?«

Ich wollte gerade eine neue Reihe bei dem Bettjäckchen anfangen, das ich strickte, ließ die Nadeln aber aus Versehen fallen, so daß sie klappernd auf den Fliesen landeten. Sofort mußte ich an jenen Sommernachmittag in Nottingham denken, an langgezogene rote Reihenhäuser aus Backstein, den Geruch nach Desinfektionmittel und Verzweiflung. Ich schauderte und sah hinüber zu dem Sportwagen, in dem dieses kleine anspruchsvolle Leben jetzt friedlich schlief.

»Erinnerst du dich an die Zeile: ›Sie gewinnen uns durch ehrlich Spiel im Kleinen, um uns in größten Dingen zu verraten‹?« antwortete Harriet mit einer Gegenfrage.

Ich durchforschte mein Gedächtnis.

»Waren das die Hexen? Aber was hat es mit dem Heiraten zu tun?«

»Ach, sei doch nicht blöd.«

Nach kurzem Schweigen fügte sie hinzu: »Könntest du mal den Whiskey bringen?«

Ich öffnete das Schrankfach, holte die Flasche heraus und starrte dabei wieder auf die Konfektschachteln.

»Hol zwei Gläser, wir feiern.«

»Was feiern wir denn?«

»Wir feiern die Tatsache, daß ich dabei bin, mich aus den Klauen des ehrwürdigen James Regan zu befreien.«

Ich sah sie an. Meinte sie das vielleicht als Witz? Aber ihr Gesicht war vollkommen ernst.

»Warum willst du dich von ihm befreien? Er ist doch recht wohlhabend und auch ganz nett.«

»Wohlhabend? Mein gutes Kind – Conneely House ist so mit Hypotheken belastet wie früher Glenallen.«

›Damals, bevor du meinen Bruder geheiratet hast‹, beendete ich den Satz im stillen.

Ich schenkte uns ein.

»Hast du eigentlich je einen Menschen wirklich geliebt?« fragte ich. »Oder warst du schon immer so zynisch? Hast du Tom geliebt?« Ich kannte die Antwort – in diesem Fall war ich die Zynikerin. Aber ich reichte ihr das Glas und sah ihr dabei ins Gesicht. Sie trank den Whiskey pur, lehnte den Kopf an die gepolsterte Rückenlehne des Schaukelstuhls. »Ich werde nicht mit dir über Tom diskutieren«, murmelte sie. »Aber soviel will ich dir sagen« – fügte sie mit angespannter Stimme hinzu – »ich habe in meinem ganzen Leben nur einen einzigen Menschen geliebt.«

»Und wer war das?«

»Meine Mutter.«

Ich antwortete nicht. Verstohlen schielte ich nach einer Weile zu ihr hinüber, aber sie hatte die Augen geschlossen.

»Aber ich glaube, sie ist gestorben, bevor ich geboren wurde.«

Ich spürte die Hitze des Alkohols im Magen, spürte, wie er mir allmählich zu Kopfe stieg.

»Das klingt ziemlich unwahrscheinlich. Du wärst dann jedenfalls ein Kind des Todes.«

Ich versuchte mir das Ende des Satzes noch zu verkneifen, aber die Worte hatten eine solche Wucht, daß ich sie nicht zurückhalten konnte. Dann herrschte Stille.

»Du wirst tollkühn, kleine Peggie«, murmelte Harriet schließlich, so leise, daß ich es kaum hören konnte. »Aber vielleicht hast du sogar recht. Meine Mutter ist sehr früh tot gewesen für alles, außer für meinen Vater«, fuhr sie nach kurzem Zögern fort. »Als Brian zur Welt kam, ist sie noch einmal zum Leben erwacht, aber es war ein bruchstückhaftes Leben, denn sie lebte einzig und allein durch ihn. Ich bin ihr oft nachgelaufen, halb blind vor Liebe.«

Wieder wurde ihre Stimme so leise, daß ich mich vorbeugen

mußte, um die Worte zu verstehen. »So blind vor Liebe, wie sie mir gegenüber blind war.«

Ihr Kopf lehnte noch immer am Polster, und ihre Augen waren geschlossen. Doch unter den Lidern sah ich die Tränen, die schimmernd auf ihre Haare hinabfielen.

Ich trank meinen Whiskey aus, nahm mein schlafendes Baby aus dem Wagen und sagte gute Nacht.

Harriet reagierte nicht. Entweder schlief sie, oder sie hatte sich aus ihren eigenen Gründen von der Welt zurückgezogen. So ging ich nach oben, den schlafenden Dan an meine Schulter geschmiegt, und wie jedesmal, wenn ich mein Zimmer betrat, fröstelte ich. Selbst mit dem Feuer im Kamin war es kalt hier.

Ich fühlte das große Haus um mich herum, als wäre es lebendig, die knarrenden Dielen, die dunklen Ecken, die mondlose Nacht, die sich ans Fenster preßte, bis ich die Vorhänge zuzog. Meine Einsamkeit war unermeßlich, eine hallende Leere, wo einst Erfüllung gewesen war. Ich erinnerte mich an die Pilze, die ich aus meiner Tasche genommen und in einer Kommodenschublade verstaut hatte. Obwohl ich nicht viel von Pilzen verstand und sie mir eher unauffällig erschienen, war ich nicht sicher, ob sie unschädlich waren. Sollten sie sich als giftig herausstellen, hatte ich gute Gründe, in Frage zu stellen, ob ich tatsächlich nur mein ›seelisches Gleichgewicht‹ verloren hatte.

Als ich Dan in seine Wiege legte, begann er zu wimmern. Eigentlich war sein nächstes Fläschchen erst in einer Stunde fällig, aber ich brauchte Schlaf, und zwar traumlosen festen Schlaf. Dafür hatte mir Dr. O'Shaughnessy die Tabletten gegeben. Deshalb hielt ich es für das beste, ihn jetzt zu füttern und mich dann schlafen zu legen.

Die Flasche stand fertig vorbereitet unten, ich mußte sie nur noch in heißem Wasser aufwärmen. Müde ging ich also noch einmal die drei Treppen hinunter in die Küche, leise und auf Socken, um die hallenden Echos nicht zu wecken.

In der unteren Halle stand eine große Holzkiste mit Sägen, Hämmern und Nägeln, die ein Handwerker dort stehengelassen und bisher noch nicht abgeholt hatte. Warum ergriff mich plötzlich der fast überwältigende Drang, den schweren Hammer zu packen und mitzunehmen? Es war, als flüsterte mir eine innere Stimme zu, ich solle den Hammer aufheben und zu Harriet gehen. Als ich widerstand, säuselte die Stimme, ich brauchte ihn doch nur zu berühren, ich müsse ihn ja nicht unbedingt aufheben. Aber wenigstens berühren! So stand ich vor der Kiste, starrte den schweren, stumpfen Hammer an und fragte mich, was es wohl schaden könnte, wenn ich ihn anfaßte. Ich wollte ihn bloß berühren, weiter würde nichts geschehen, und ich konnte damit vielleicht diese gräßliche Stimme in mir zum Schweigen bringen, die mich so bedrängte, ja beinahe im Würgegriff hielt. Zögernd streckte ich die Hand aus, berührte den Hammer, und einen Augenblick später lag er in meiner Hand. Benommen starrte ich ihn an und lauschte dabei dem dringlichen Geflüster der Stimme, die mich jetzt ermunterte, Harriet zu suchen. Es war vollkommen harmlos, wenn ich einen Hammer in der Hand hielt, aber ich mußte ihn unbedingt zu Harriet tragen.

Die Küchentür stand einen Spaltbreit offen, und als ich näher kam, sah ich Harriet. Sie hatte den Kopf immer noch an die Sessellehne gelegt, die Augen geschlossen, die Beine übereinandergeschlagen, und sie schaukelte vor und zurück, auf und ab. Und dann ertönte durch die Stille plötzlich ein bitterliches Schluchzen. Das erstickte Weinen hallte durch das Haus und den Keller und brach den seltsamen Bann, der mich gezwungen hatte, mitten in der Nacht mit einem Hammer zu meiner Schwägerin zu gehen. Ich rannte zurück, warf das Ding zurück in die Kiste, als wäre es glühend heiß, und rannte nach oben, zitternd, weil ich und Harriet so knapp einem entsetzlichen Schicksal entgangen waren. Lange Zeit saß ich auf meinem Bett, die Hände vors Gesicht geschlagen.

Schließlich schlief Dan am Daumen nuckelnd ein. Nachdem ich Harriet hatte zu Bett gehen hören, holte ich seine Flasche.

Am nächsten Morgen, als ich Murty allein erwischte, holte ich die Pilze aus der Tasche und zeigte sie ihm.

»Was für ein Pilz ist das?« fragte ich ihn.

Er nahm ein Stück zwischen Daumen und Zeigefinger. »Das sind ganz gewöhnliche getrocknete Feldpilze«, erklärte er und sah mich etwas verwundert an. »Sie schmecken gut im Eintopf oder auch gekocht mit ein bißchen Milch.«

20. Kapitel

Peter kam zur Taufe aus Dublin. Die O'Shaughnessys holten uns im Auto ab; mein Baby trug das nach Kampfer duftende Fitzallen-Taufkleid aus Seide und Spitze und war in die weiße Wolldecke gehüllt, die Harriet mir damals aus Dublin mitgebracht hatte. Mit runden unschuldigen Augen starrte Dan mich an; er lag auf meinem Schoß, und gelegentlich wanderte sein Blick fasziniert zum Himmel hinauf, wo die Wolken trieben und sich ständig veränderten. Neben mir auf dem Rücksitz saßen Harriet und Mrs. O'Shaughnessy, Peter und der Doktor vorne.

Harriet und Peter hatten die Patenschaft übernommen. Während Father Moran mit einer Kerze in der Hand das Kreuzeszeichen auf der Stirn des Babys machte, das Salz der Weisheit auf seine Zunge sprenkelte, den unreinen Geist austrieb, Wasser aus dem Meßkännchen auf das Köpfchen träufelte und ihn mit geweihtem Öl salbte, hielt Harriet meinen Sohn auf dem Arm. Im Namen meines Kindes schwor Peter dem Teufel und allen seinen Werken ab. Dan brüllte lautstark, und füllte die ganze Kirche mit seinem Geschrei, das von den Wänden widerhallte: Schreie der Angst und Empörung.

Es roch nach Weihrauch und Wachs; vor der Marienstatue brannten knisternde Kerzen, und die Muttergottes trat den Kopf der Schlange mit Füßen, die Augen zum Himmel emporgewandt. Hinter den bunten Glaswänden war die Welt unsichtbar und ließ uns allein mit den Darstellungen der Märtyrer.

Als die Taufe vollzogen war, wandte sich Father Moran an mich und meinte, er werde mich jetzt wieder in die Kirche aufnehmen. Das gehöre dazu, erklärte er und erwartete offenbar, daß ich sofort einwilligte. Er deutete auf die Hinterbank, wo ich mit einer brennenden Kerze vor ihm auf die Knie gehen sollte.

Ich hatte den Brauch völlig vergessen; schon zu Hause hatte ich ihn gehaßt, und auch mit meiner Mutter darüber gesprochen. »Es ist doch nur ein Gebet«, hatte sie mich beschwichtigt. Aber ich wußte, daß es mehr war, denn das hatte ich in ihrem Gebetbuch gelesen – es war eine Reinigungszeremonie, bei der eine Frau auf Knien wieder in eine von Männern beherrschte Welt aufgenommen wurde, der sie ferngeblieben war, um dem gottlosen weiblichen Geschäft des Gebärens nachzugehen. Ich betrachtete den Priester in all seiner frömmelnden, fraglosen Selbstsicherheit.

»Nein danke.«

»Aber Sie müssen es tun, Mrs. Fitzallen, das machen alle Frauen, wenn sie ein Baby bekommen haben«, wisperte er.

Ich schwieg. Am liebsten hätte ich geantwortet: ›Dann sind alle Frauen verrückt! Es wäre angemessener, wenn die Männer uns mit Blumen bekränzen und uns die Füße küssen würden!‹

Der Priester nahm die brennende Kerze aus Peters Hand und reichte sie mir. »Es ist doch nur ein Segen«, meinte er.

Weshalb klang das in meinen Ohren so falsch? Und warum konnte ich nicht sagen: ›Wer sind Sie, daß Sie sich einbilden, Sie hätten die Macht, mich zu segnen? Was bedeuten denn schon Ihre Stola und Ihre Kerze und Ihre Worte im Vergleich zur Macht der Frauen?‹

Ich zögerte; zufällig begegnete ich Peters Blick und war erstaunt, wieviel Einfühlungsvermögen ich darin entdeckte. Mrs. O'Shaughnessy senkte die Augen, und ich konnte auch ihre Gedanken erraten. Ist Peg vielleicht wirklich nicht ganz bei Trost? Sie wird sich doch wohl nicht weigern? Natürlich wußte ich, daß Frauen, wenn sie Unannehmlichkeiten vermeiden wollten, Verrat an sich selbst begehen mußten. Deshalb kniete ich nieder, berührte den Rand der Priesterstola, wie es den Vorschriften entsprach, und antwortete den Gebeten, die meinten, mir und meinem weiblichen Körper überlegen zu sein.

Schweigend verließen wir die Kirche. Father Moran lehnte die Einladung nach Glenallen ab. Mrs O'Shaughnessy wirkte schrecklich nervös und flüsterte ihrem Mann etwas zu, worauf dieser entschieden den Kopf schüttelte. Seine Bewegungen und die Art, wie er den Mund verzog, erinnerte mich an jemanden.

Draußen drückte ich meinen Sohn Mrs. O'Shaughnessy in die Arme. »Bitte halten Sie ihn doch einen Augenblick«, bat ich sie, drehte mich um und ging auf den Friedhof zu Cissies Grab.

»Cissie«, sagte ich, »ich glaube, ich stecke in Schwierigkeiten. Ich sitze in der Falle. Ich finde einfach nicht heraus, was wirklich mit Brian passiert ist. Womöglich bin ich dabei durchzudrehen. Falls du mir von dort, wo du bist, irgendwie helfen kannst, hoffe ich, daß du es tust. Ich liebe dich wie immer, ich vermisse dich, und ich werde dich nie vergessen.«

Als ich zu der kleinen Gruppe vor der Kirche zurückkehren wollte, traf ich Peter am Friedhofstor. »Warst du an Cissies Grab?« fragte er leise und ich nickte.

Die O'Shaughnessys fuhren uns zurück nach Glenallen, tranken etwas mit uns und gaben mir als Taufgeschenk einen Silberbecher, in dem der Name ›Daniel‹ eingraviert war. Zum Mittagessen wollten sie jedoch nicht bleiben und machten sich wieder auf den Rückweg nach Ballyharris. Ich ging mit Dan nach oben und sah dem Auto nach, das die Allee hinunterfuhr und verschwand; dann streifte ich meinem Sohn das Taufkleid der Fitzallens ab. Spielte es denn letztlich eine Rolle, daß er es angehabt hatte, dieses Kind, in dessen Adern kein Tropfen Fitzallensches Blut floß? Ich legte ihn in die Wiege, und mir fiel auf, daß er darin schon wesentlich mehr Platz einnahm, als am Tag unserer Ankunft in Glenallen. Ich zog mir wieder meine alte Hose an, setzte mich auf den Bettrand und überlegte, was ich als nächstes tun sollte.

Ich sehnte mich nach Cissie, nach ihrer ruhigen Art und ihrer bedingungslosen Freundschaft, und nach Marys beißendem Humor und gesundem Menschenverstand. Eins stand fest: Ich mußte Glenallen so bald wie möglich verlassen. Das wußte ich, ohne es mir genau erklären zu können; ich hatte mich hier nie wohl gefühlt, und in letzter Zeit war das Unbehagen noch größer geworden – einerseits wegen der Träume, andererseits wegen meiner zunehmend instabilen Verfassung, die mich enorm beunruhigte. Aber seit dem Besuch an Cissies Grab spürte ich jetzt auch noch eine unterschwellige Panik, der mit Logik nicht beizukommen war. In meinem Zimmer herrschte eine Spannung, eine Aura der Verzweiflung und Hoffnungslosigkeit, die immer stärker wurde und der ich allmählich eine Realität zugestand, beinahe, als handle es sich um ein lebendiges Wesen. Ich suchte das Blatt Papier mit Cissies Abschiedsbrief, über den sich ihre Mutter damals so aufgeregt hatte. Ich fand ihn in der alten Pralinenschachtel bei meinen anderen wichtigen Papieren, zu denen auch mehrere Briefe von Brian und von meiner Mutter gehörten, und steckte ihn als eine Art Talisman in die Tasche.

Als ich den Deckel auf die Schachtel legte, fiel ein zusammengefalteter Brief aufs Bett. Ich glättete ihn: Es war Brians Brief, in dem er mir schrieb, daß er plante, nach England zu gehen. »Du und ich, wir sind hier seelisch zerstört worden.« Plötzlich sah ich ihn vor mir, wie er mir in der Küche erschienen war: totenbleich, mit leeren Augen.

Ich mußte Glenallen verlassen, aber ich wollte erst gehen, wenn ich wenigstens etwas Ordnung und Sinn in das verwirrende Chaos gebracht hatte, das mein Leben war.

Das Mittagessen brachte ich schnell hinter mich; nach dem Hauptgang entschuldigte ich mich, ohne auf den Biskuitkuchen zu warten, den Harry tags zuvor mit dem schwindenden Vorrat an Eiern gebacken hatte, ›zur Feier der Taufe‹.

Sie war gut gelaunt, ausgesprochen freundlich zu Peter und mir und überschwenglich fürsorglich zu Dan, der in dem langen weißen Taufkleid aussah wie ein kleiner Engel. Zum Essen kredenzte sie eine Flasche Wein, die sie noch im Keller gefunden hatte, aber ich lehnte dankend ab. Nachdem ich meinen Sohn gefüttert und gewickelt hatte, legte ich ihn schlafen, bat Harriet nach ihm zu sehen, falls er anfing zu schreien, sattelte Joey und ritt hinüber zu Reilly's Bank, getrieben von dem Wunsch, mit allen Mitteln, die mir zu Gebote standen, eine Verbindung zu Cissie und zur Vergangenheit herzustellen. Ich mußte mir ins Gedächtnis rufen, daß die Gegenwart durchaus kein geschlossener Kreis war, sondern daß es eine Vergangenheit gab und auch eine Zukunft geben würde.

Es war, was die Bauern als einen ›lauen Tag‹ bezeichneten; das knospende Grün und die milden Temperaturen kündeten von der baldigen Rückkehr des Sommers. Ich ließ Joey im Schritt gehen, wandte mein Gesicht dem Himmel zu, dankbar für die frische Luft, die mir half, das Grauen abzuschütteln, das mich bedrückte.

Als ich noch etwa hundert Meter vom Graben entfernt war, entdeckte ich eine Gestalt, fast direkt an der Stelle, wo Cissie unter ihrem toten Jagdpferd gelegen hatte – die Hand hilfesuchend ausgestreckt nach uns, die wir ihr nicht mehr hatten helfen können. Es war Peter. Mit gesenktem Kopf stand er da, das Pferd am Zügel. Zögernd hielt ich an, denn ich wollte ihn nicht stören. Der Graben war voller Wasser, wie an jenem Tag, aber der Stacheldrahtzaun war seit langem wieder repariert.

Anscheinend hatte Peter mein Kommen gespürt, denn er wandte sich um und kam auf mich zu.

»Du trauerst immer noch um sie«, sagte er.

Ich nickte. Gerade wollte ich weiterreiten, da beugte sich Peter vor, legte eine Hand auf meine Zügel und fuhr fort: »Bitte, ... da gibt es etwas, was ich wissen muß ...« Seine Stimme klang plötzlich heiser. »Warum hat sie es getan?«

In diesem Augenblick vergaß ich das Versprechen, das ich ihr vor langer Zeit gegeben hatte. »Was glaubst du? Sie war jung und hoffnungslos verliebt. Und sie war schwanger. Und der Vater des Kindes hat sich einen feuchten Kehricht darum geschert und sie behandelt, als wäre sie ein billiges Flittchen!«

Ich sah, wie er erschrak, sich aber sofort zusammenriß. »Aber das wußte ich doch nicht«, sagte er mit schwacher Stimme. »Ich hätte alles für sie getan.«

»Nun, dann hast du es ihr großartig gezeigt! Du hast den schrecklichen Brief geschrieben, der sie umgebracht hat.«

Er blickte zu mir empor. Seine Augen waren rot, und er sah nicht mehr arrogant aus, sondern sehr verletzt.

»Welchen Brief? Was für einen Brief habe ich ihr geschrieben?«

»Das weißt du besser als ich. Und jetzt laß bitte meine Zügel los.«

Aber er hielt sie fest und zog Joeys Kopf nach unten, während ich versuchte, ihn zum Gehen zu bewegen. »Ich habe keinen Brief geschrieben. Du solltest mir das lieber erklären.«

Ich schluckte meine Zornestränen hinunter und erzählte ihm von dem Brief, in dem er sie verleugnet und beleidigt hatte. Dann zog ich das zerknitterte Stück Papier mit Cissies Schrift aus der Tasche, das Mrs. O'Shaughnessy mir und Mary am Tag nach Cissies Tod gezeigt hatte. Ich kannte die Worte auswendig. »Du verzehrst mich, fesselst mich und nimmst mich nur halb wahr. Tu etwas Abscheuliches, nicht Wiedergutzumachendes und laß mich los.«

Ich überließ ihm den Zettel und wandte mich dem Berg zu.

Was hatte ich zu befürchten? Es war doch nur ein Berg, dieser Knockshee, Feenhügel, Balors Auge, etwas, was in vorgeschichtlicher Zeit von der Erdkruste aufgeworfen worden war. Es gab keine Feen, die Geschichte von Balor war nur eine alte Legende. Auf diesem Hügel konnte man die Aussicht genießen und einen wohltuenden Ausritt in der frischen Luft unternehmen. Toms Worte kamen mir in den Sinn: »Schließlich bin ich auf den Hügel gestiegen. Hab ich es da nicht selbst gesehen?« Was immer er gesehen hatte, ich würde es auch sehen.

Ich überquerte die Felder. Weit hinter mir hörte ich eine Männerstimme: »Nein. Nein. Nein!« Ich drehte mich um und schaute zurück. Zwei Felder von mir entfernt stand Peter immer noch mit gesenktem Kopf am Graben. Mit der rechten Hand schlug er wild in die Luft; sein Pferd hatte die Ohren angelegt und wich vor ihm zurück. In seiner erhobenen Faust sah ich das Stück Papier, das ich ihm gegeben hatte.

Zuerst dachte Joey, er dürfte zurück zum Stall, aber als ich ihn unerbittlich vom Haus weg in Richtung Knockshee lenkte, war er enttäuscht und wurde widerspenstig. Der Weg war anfangs recht angenehm, und ich war froh, daß mir das Reiten nicht mehr so schwerfiel wie noch vor ein paar Wochen. Gelegentlich machte Joey einen abrupten Satz zum Gras am Rand des Grabens, und wenn ich ihn wegzog, rollte er die Augen und zeigte seine großen gelben Zähne. Ich brach einen Zweig von einem Busch, aber er war so stark und grün, daß ich mir fast die Hand verrenkte. Doch ich wollte um keinen Preis loslassen, denn ich mußte Joey zu verstehen geben, daß er sich zu benehmen hatte. Tatsächlich wurde er so folgsam, wie er es wahrscheinlich selbst nicht erwartet hatte.

Ich ritt über die Lange Wiese, erreichte den Pfad, und suchte mit den Augen sorgfältig die Stelle ab, wo Rex die Pilotenbrille gefunden hatte. Von hier führte der Pfad zur Oberen Wiese und dann auf die Allmende am Fuße des Berges.

Dort, außerhalb der Gutsgrenzen, war der Boden mit Farngestrüpp und Heidekraut bedeckt; Joey stolperte immer wieder und warf mich ein paarmal beinahe ab. Zwischen dem Heidekraut entdeckte ich immer wieder welke Grasbüschel und blasse vertrocknete Blüten.

Ich dachte an die Jagd und den Sturz, an Lucien, der kam, um mir zu helfen, an Brians Schrei, den der Wind herüberwehte: »Cissie, nicht!«, an Luciens blutverschmierte Stirn, wie er neben Mary stand, hilflos wie wir alle. Wo war er jetzt wohl – in Frankreich bei der Résistance? Lebte er noch, dachte er an sein Märchenschloß mit den weißen Fensterläden, an Mary, die er liebte? Und wo war sie? Obwohl ich sie so gern hatte, war ich eifersüchtig auf sie. Ich dachte an Brian, den ich geliebt und der ›nach Hause‹ gewollt hatte, der so unvermittelt von mir getrennt worden war und der vielleicht eine Pilotenbrille am Abhang des Berges und einen Knopf im Keller hinterlassen hatte. Ansonsten gab es kaum noch Spuren seiner Existenz.

Ich ritt weiter; hin und wieder drehte ich mich um und sah, wie das Haus immer kleiner und das Panorama um mich herum immer beeindruckender wurde. Drüben im Westen war das Grundstück der O'Shaughnessys, die Hecke an der Straße, dahinter die Nebengebäude, die Straße, die sich zum Teich hinunterschlängelte, der in der Ferne glitzerte. Auf der Straße bewegten sich Menschen auf Fahrrädern und in Einspännern. Der Platz vor Gogarty's wirkte belebt, mehrere Wagen standen dort. Die Kirchturmspitze ragte aus den Bäumen hervor, hinter denen sich der Friedhof versteckte, daneben die halbfertige Gemeindehalle. Hundegebell erklang, gedämpft, in der Ferne.

Ich stellte mich in den Steigbügeln auf, um mich zu strecken und zu entspannen. Die Lederriemen ächzten. Joey beugte den Kopf und kratzte sich das Vorderbein mit dem Kinn. Allmählich senkte sich der Nebel herab. Ich war allein, fast unsichtbar, selbst wenn jemand den Abhang mit einem Feldstecher abgesucht hätte. Warum hatte ich dann auf Schritt und Tritt das Gefühl, beobachtet zu werden? Es war das gleiche Gefühl wie in meinen Träumen, daß ich sichtbar war für etwas, was ich meinerseits nicht sehen konnte, wie hinter einem Einwegspiegel. Aber anders als in den Träumen hatte ich jetzt keine Angst, denn ich hatte ein Ziel vor mir, und das gab mir das Recht, hierzusein. In der Ferne sah ich die Stelle, an der mir Brian damals den Eingang zu den unterirdischen Gängen gezeigt hatte, und ich dachte an die Worte auf dem Ogham-Stein: »*Ich kenne die Meinen, und die Meinen kennen mich*«.

Allmählich veränderte sich der Untergrund und wurde morastig; kleine Bäche flossen über den schwarzen, sumpfigen Boden. Ich fand einen Pfad und folgte ihm bergauf.

Das Hochmoor auf ›Balors Auge‹ war beinahe so flach wie ein Brett, das hatte Brian mir einst erklärt; es war ein Sumpf, der in dieser Jahreszeit von Regenfällen so durchweicht war, daß es sich nicht empfahl, darüber zu reiten oder zu wandern. Der Boden war klumpig, vernarbt vom Torfstechen, mit Heidekraut überwuchert.

Die Wolken hingen tief; manchmal trieb der Wind Nebelschwaden um meinen Kopf. Dann umhüllte mich der Dunst mit dem unheimlichen Gefühl, losgelöst zu sein von Zeit und Raum, von allem Vertrauten, bis ich mir vorkam wie ein Teil der Elemente ohne menschliche Identität.

Langsam ritt ich am Rand des Moors entlang und fragte mich, ob es wohl verrückt war, hier hochzukommen. Inzwischen sah ich nicht mehr genau, wohin ich ritt, und ließ die Zügel locker, weil ich wußte, daß Joey den Heimweg schon finden würde. Im Nebel war es ganz still, nur die schmatzenden Geräusche von Joeys Hufen auf dem feuchten Boden, sein schwerer Atem und das Klappern des Gebisses waren zu hören. Kleine Wassertropfen hingen in seiner Mähne. Ich rieb meine Hand an seinem Hals, um seine tröstliche Wärme zu spüren, und schnupperte den scharfen Pferdegeruch.

Joey stolperte; ich zog die Zügel an, die so schlaff waren, daß ich meine Beine ausstrecken und mich zurücklehnen mußte, um seinen Kopf nach hinten zu ziehen. Zum Glück fand er sein Gleichgewicht wieder und trottete weiter. Ich spähte durch den weißen Nebel, der uns umgab, ohne etwas Außergewöhnliches zu entdekken, inspizierte den Boden, soweit ich ihn sehen konnte, und dann, als ich schon beinahe nicht mehr daran glaubte, den Zweck meines Ausflugs zu erfüllen, sah ich im Nebel links von mir etwas Gestalt annehmen, was nicht in die natürlichen Umrisse dieser Landschaft paßte. Es ragte aus einem Sumpfloch und war schmutziggrün. Lange starrte ich es an, blinzelnd, um möglichst klare Sicht bemüht, legte ich die Hände schützend um die Augen, um jede Ablenkung der Umgebung zu vermeiden und mich nicht von dem weißen Licht blenden zu lassen. Ich ließ Joey darauf zugehen, soweit ich es wagte, bis ich ganz sicher war, daß ich mich nicht täuschte. Fast triumphierend und doch ungläubig erkannte ich, daß ich auf das abgerundete Heck eines Flugzeugs blickte.

Als ich zum Haus zurückkam, fand ich in meinem Zimmer Harry, die mit Dan spielte. »Wir sind gefüttert, gewickelt und sehr zufrieden.« Sie sah mir ins Gesicht.

»Wo warst du? Warum zitterst du denn so?«

Ich nahm Dan auf den Arm, und er begann zu weinen. Harry erwähnte noch kurz, er sei ein bißchen quengelig, dann ging sie hinaus. Dan sperrte den Mund weit auf, so daß man sein rosarotes Zahnfleisch und seine kleine rosarote Zunge sehen konnte, und brüllte nach Herzenslust. Es dauerte eine Weile, bis ich ihn beruhigt hatte. Er ließ sich nichts vormachen – er wußte, daß wir uns in einer Krisensituation befanden.

Auf dem Rückweg vom Berg hatte ich beschlossen, Harry und Peter momentan noch nichts von meinem Fund zu erzählen. Ich war noch zu unsicher, was er genau bedeutete, war nervös und überwältigt. Möglicherweise war der Pilot noch im Flugzeug, aber vielleicht auch nicht, vielleicht wußten meine Schwägerin und mein Schwager mehr, als sie vorgaben. Ich würde zur Polizei gehen. Ich wußte zwar, daß Sergeant Aherne mich für verrückt hielt, aber was ich gefunden hatte, ließ sich nicht bestreiten. Seinen Augen würde er ja wohl trauen.

Beim Abendessen sprach Peter ausgesprochen kühl mit seiner Schwester, und seine Stimme klang gepreßt und fast tonlos, wie bei jemandem, der Wut oder Haß oder ein anderes mächtiges Gefühl zurückhielt. Verwundert blickte Harriet ihn an, versuchte es aber auf die leichte Schulter zu nehmen.

»Stimmt irgendwas nicht, Peter?«

»Das müßtest du eigentlich am besten wissen.«

Später hörte ich, wie sie sich stritten. Dan schlief. Ich hatte vor, mit dem Rad zum Polizeirevier von Ballyharris zu fahren und dort meine Geschichte loszuwerden. Als ich die Küchentreppe hinunterging, vernahm ich Peters zornig erhobene Stimme und Harriets wütende Antworten.

Je näher ich zur Küchentür kam, desto deutlicher verstand ich, was sie sagten; Harriets Stimme schwankte.

»Warum sollte sie alles bekommen – alles, was unsere Familie seit Generationen aufgebaut hat? Das ist mein Haus. Daddy hätte es sowieso mir vermacht – wenn Brian nicht abgehauen wäre und den Helden gespielt hätte.«

»Was passiert ist, kannst du nicht rückgängig machen«, entgegnete Peter. »Und du kannst sie dir nicht einfach vom Hals schaffen, weil dir ihre Existenz nicht paßt.«

Er hielt inne. Vorsichtig spähte ich durch den Spalt zwischen Tür und Türrahmen. Peter hob gerade sein Glas an die Lippen, trank einen Schluck und stellte es mit einer nervösen Handbewegung wieder ab.

»Vielleicht sollten wir einmal darüber reden, was du bisher angestellt hast, ja?« sagte er mit monotoner, gepreßter Stimme. »Du hast einen Brief an Cissie O'Shaughnessy geschrieben – versuch erst gar nicht, es zu leugnen! –, als Antwort auf einen Brief an mich. Hast du auch nur eine Sekunde darüber nachgedacht, was du mit diesem Brief anrichten könntest? Hat es dich auch nur im geringsten gekümmert, als du vor ihrem Grab gestanden hast? Ist dir klar, was ich seither durchgemacht habe? Existiert für dich auf dieser Welt überhaupt irgend jemand anderes außer Harriet Fitzallen?« Anscheinend wollte Harriet etwas sagen, aber er hob die Hand und fuhr fort: »Laß mich ausreden. Was hast du sonst noch alles getan? Hast du zufällig auch die Rattenfalle zu den Geschenken für den Kindergeburtstag getan? Damit jemand sie findet und du dich ein bißchen amüsieren kannst?« Seine Stimme klang unnatürlich ruhig. »Damit man Brian die Schuld in die Schuhe schiebt?«

»Nein«, erwiderte Harry. »Ich hab das nicht gewollt. Die Falle war für Brian gedacht, aber er mußte ja ins Bett. Es tat mir leid, daß ausgerechnet Cissie sie finden mußte. Ich hätte sie selbst rausgebracht, aber Eilie war da und hätte mich erwischt. Ich war damals ein Kind!« fügte sie fast trotzig hinzu.

»Ach so«, meinte Peter leise. »Man hätte dich erwischen können. Also hast du lieber Cissies Hand verstümmelt! Vermutlich hast du nicht mal bemerkt, wie sie sich ihr Leben lang bemüht hat, diesen Makel zu verstecken? Und du hast Brian siebzehn Jahre lang die Schuld dafür tragen lassen, bis sich die Rollen verfestigt hatten und das Familienleben für ihn nur noch eine Qual war.«

»Er zählt doch überhaupt nicht«, lachte Harry höhnisch. »Jetzt jedenfalls nicht mehr. Und er war immer so ein Schwein! Wie Mummy und Dad ihm immer nachgelaufen sind, um seinen Rat einzuholen – als würde sich in der Familie sonst keiner mit Pferden auskennen! Du und ich, wir waren unsichtbar in seiner Gegenwart, sogar Eilie war verrückt nach ihm. Und dann heiratet er auch noch die niedliche kleine Miss Muffat, und wir haben dieses ganze junge neuvermählte Glück unter der Nase, während Daddy sich anschickt, ihm das Gut zu vermachen. Ich fand das alles zum Kotzen.«

Sie atmete heftig, und die Tränen strömten ihr übers Gesicht.

»Die Farm war mit Hypotheken belastet. Du solltest die Hälfte des Kapitals erben, das Mutter in die Ehe gebracht hat, das wußtest du. Und als sie gestorben ist, hast du es ja auch bekommen.«

Harry schnaubte verächtlich. »Ja! Und mit dem Geld konnte ich mit Müh und Not einen Teil der Hypotheken abbezahlen! Außerdem wollte ich das Gut, nicht das Geld. Brian und Peg hätten meinetwegen hier wohnen bleiben können. Das hätte mir nichts ausgemacht. Sie hätten jede Menge Kinder kriegen können. Aber ich lasse mich nicht aus meinem eigenen Haus werfen, lasse mir nicht meine Macht nehmen und mich in eine Ehe zwingen.«

In diesem Moment stieß ich die Tür auf und trat in die Küche.

»Wo ist Brian?« fragte ich flüsternd.

Dabei warf ich den Goldknopf und die Pilotenbrille vor Peter auf den Tisch.

Der Regen trommelte gegen die Fensterscheiben. Auf dem Tisch stand eine Flasche Jameson. Peters Gesicht war kreidebleich, und er umklammerte sein Glas so fest, daß ich Angst hatte, es würde zerspringen.

»Das Flugzeug steckt im Hochmoor von Knockshee«, fügte ich hinzu.

Schweigen.

»Warst du heute nachmittag dort?« fragte Harriet.

Peter starrte die Gegenstände an, die ich auf den Tisch gelegt hatte, untersuchte den Knopf und sah zu mir auf.

»Es ist tatsächlich da oben!« wiederholte ich.

Blitzschnell drehte sich Peter zu seiner Schwester um und packte sie unsanft am Handgelenk. »Sag mir die Wahrheit! Oder muß ich dich jetzt sofort zum Hochmoor hinaufschleppen?«

Harriet sah von Peter zu mir und zurück zu ihrem Handgelenk. Ihr Bruder lockerte seinen Griff ein wenig.

»Glaubt ihr etwa, das hat etwas mit Brians Verschwinden zu tun? Haltet ihr mich für fähig, so etwas zu tun?«

Mit dem Handrücken wischte sie sich über die Augen, die vom Weinen feuerrot waren.

»Weiter«, drängte Peter.

Sie griff sich mit Daumen und Zeigefinger an die Nasenwurzel. »Ich wußte, daß er mit dem Flugzeug auf dem Knockshee gelandet war. Er hat es mir gesagt – es war Juni und das Moor völlig trokken!«

»Dann ist er also doch zurückgekommen!« flüsterte ich.

»Er ist zurückgekommen, um Dad zu besuchen, aber es war zu spät.«

»Warum hast du mir das nicht gesagt? Warum hast du es abgestritten?«

»Weil du dann geglaubt hättest, ich hätte etwas mit seinem Verschwinden zu tun. Deiner Meinung nach bin ich doch zu allem fähig!«

Sie wandte sich an Peter. »Es war eine Woche nach Dads Tod. Du warst wieder in Dublin, und ich war allein hier. Nora war zu Eilie gegangen, um sich von ihr zu verabschieden, weil sie ja diese Fabrikarbeit in England annehmen wollte. Es war eine klare Nacht, aber dunkel. Ich war in meinem Zimmer, und da habe ich unten etwas gehört. Dann schlugen die Hunde an und wurden wieder still. Ich dachte, du wärst es, Peter.

Ich bin fürchterlich erschrocken, als Brian plötzlich vor mir stand, in seiner Pilotenausrüstung, mit Stiefeln, Lederjacke – wie jemand aus der Wochenschau!

Er wollte wissen, wie es Dad ging, und ich habe ihm gesagt, er sei tot. Er hat sich furchtbar aufgeregt. Daddy hatte ihm anscheinend geschrieben, er solle zurückkommen.«

»Wo ist er dann hingegangen?«

Harriet sah wütend zu mir empor.

»Woher soll ich das wissen? Er ist einfach verschwunden; er hat mir gesagt, er würde sonst Schwierigkeiten kriegen. Zwei Kanister hat er mitgenommen, um sich Benzin aus dem Tank zu holen. Dann war er weg.«

»Und das war alles?« erkundigte sich Peter nach kurzem Schweigen.

Harry gestikulierte. »Das war alles. Er ist wieder hinauf zum Knockshee – jedenfalls habe ich das angenommen! Schließlich behauptet Peg ja auch nur, daß das Flugzeug immer noch da oben ist!«

»Hat er dich nach Daddys Testament gefragt?« fragte Peter.

»Nein. Er ist nicht so lang geblieben!«

Peter stützte das Gesicht in die Hände. »Also ist er noch irgendwo da draußen?«

»Ich weiß es nicht. Er kann genausogut woanders sein.«

Sie blickte uns beiden direkt ins Gesicht, die Augen wieder tränennaß. »Warum glaubt ihr denn, ich hätte all diese furchtbaren Dinge getan? Was hätte ich denn mit ihm machen sollen? Nebenbei bemerkt, Peter, ich habe nicht an Cissie O'Shaughnessy geschrieben. Ich weiß überhaupt nicht, wovon du gesprochen hast! Zeig mir doch den Brief, den ich angeblich verfaßt habe! Oder handelt es sich wieder mal um eins von Pegs Hirngespinsten?«

Ich sah den Zweifel in Peters Augen.

»In meinem ganzen Leben habe ich mir nur eine einzige schlimme Tat vorzuwerfen«, fuhr Harry fort. »Ich habe die Rattenfalle zu den Geschenken gelegt. Damals war ich sieben Jahre alt. Und ihr behandelt mich, als wäre ich die böse Hexe aus dem Märchen! Es tut mir leid, daß es so übel ausgegangen ist, aber ich war ein Kind, ein kleines Kind! Ich wußte nicht, was ich tat.«

Jetzt brach sie in heftiges Schluchzen aus und legte die Hand über die Augen. »Ich gehe ins Bett, ich habe Kopfschmerzen.«

Als sie aufstand, fragte Peter: »Wo ist eigentlich der Gang unterm Haus, den du Peg zeigen wolltest?«

Harriet fuhr zusammen. »Welcher Gang? Um Himmels willen, das war doch nur ein Scherz!« Damit ging sie an mir vorbei zur Tür, doch ich sah, wie sie mich noch einmal aus den Augenwinkeln musterte, bevor sie sich endgültig abwandte. Ihr Gesicht war tieftraurig.

Nachdem sie weg war, wandte ich mich wieder an Peter.

»Glaubst du ihr?«

»Nein! Ich habe jahrelang Menschen beim Lügen beobachtet.«

»Aber vielleicht hat sie die Wahrheit gesagt. Es gibt für nichts einen Beweis, es gibt nur das Flugzeug auf dem Knockshee.«

»Die Polizei soll sich das morgen anschauen.«

Doch es brannte mir noch eine Frage auf der Seele: »Worüber habt ihr gesprochen, bevor ich hereingekommen bin?«

Peter antwortete nicht, sondern stand auf und ging hinaus in die Halle. Kurze Zeit später kam er mit einem riesigen Schlüsselbund zurück – den Schlüsseln, die Harriet im Schrank neben der Hintertür aufbewahrte. Er reichte sie mir.

»Die gehören dir. Dir müßte doch inzwischen klar sein, daß du die Besitzerin von Glenallen bist. Brian hat in England ein Testament gemacht.

Harry hat bei der RAF Nachforschungen angestellt, und man hat die Ergebnisse an dich geschickt. Sie wurden in Nottingham nach Ballycloghan umadressiert, aber Harry hat dir die Unterlagen vorenthalten. Ich habe es auch heute erst erfahren.«

»Aber wie werde ich dadurch die Besitzerin von Glenallen?«

»Ganz einfach. Mein Vater hat Glenallen an Brian vererbt. Das wollte er ohnehin, und er war tief beeindruckt, daß Brian zur RAF gegangen ist. Außerdem glaubte mein Vater fest daran, daß Brian Glenallen retten könne. Und Brian seinerseits hat dir das Gut vermacht.«

Die Schlüssel glitten mir aus der Hand und fielen klirrend zu Boden.

»Aber ich will Glenallen nicht. Ich wollte immer nur von euch akzeptiert werden. Das wollte ich, und ich wollte Brian. Warum war denn alles so kompliziert? Ihr könnt Glenallen gern haben. Ich überschreibe es euch wieder!«

Er zuckte die Achseln; sein Gesicht war kreidebleich.

»Du möchtest Glenallen nicht, und ich kann dir versichern, daß auch ich gern darauf verzichte.«

»Aber Harry will es«, sagte ich.

Er schwieg und starrte mit unbeweglichem Gesicht aus dem Fenster, über das die Regentropfen rannen. Sein Blick schweifte in die Ferne.

»Willst du es ihr überlassen?« fragte er schließlich.

Ich dachte an die Vergangenheit, an Cissies Tod, Brians Verschwinden, an den steifen Körper meines Bruders auf dem blutdurchtränkten Heu. Ich dachte an die Zukunft, an all die Jahre, die vor mir lagen, zahllose Tage und Stunden. Wie mußte es sein für Harry, wenn sie das nicht bekam, was ihrer Existenz Sinn verlieh und das Leben für sie erträglich machte, das einzige, was sie wirklich wollte? Glenallen hatte sie in seinen Bann geschlagen und sie unfähig gemacht, irgendeine andere Liebe zu empfinden. Wie mochte es für sie sein, wenn sie für immer aus diesem Ort verbannt würde?

Ich wandte mich zu Peter und schüttelte den Kopf.

Er sah mich an, ohne Überraschung, als hätte er nichts anderes erwartet und als gefiele ihm meine Antwort. »Auch du kannst dich dem Bann nicht entziehen«, sagte er.

KAPITEL 21

Es regnete die ganze Nacht. Ich lag wach und lauschte dem prasselnden Regen draußen vor dem Fenster und dem Wasser, das aus der Regenrinne rauschte. In Gedanken versuchte ich die Schritte zurückzuverfolgen, die Brian gegangen war, nachdem er das Haus verlassen hatte, die lange Wanderung hinauf zum Knockshee. Wäre ihm innerhalb der Gutsgrenzen etwas zugestoßen, hätte man ihn gefunden. Die einzige Gegend, die niemand zu betreten wagte, waren der Eingang zu den unterirdischen Gewölben und der Berg. Bestimmt war Brian noch auf dem Berg, bestimmt würde man dort seine Leiche finden. Aber dann fiel mir ein, daß sich die Raben dann dort versammelt hätten und jemand darauf aufmerksam geworden wäre.

Wegen der Ereignisse der letzten Monate hatte ich den wirklichen Brian, den Mann, den ich gekannt hatte, beinahe vergessen – so sehr hatte ich mich darauf konzentriert, das Rätsel seines Todes zu entschlüsseln. Doch seit gestern fühlte ich seine Gegenwart wieder, sah sein Gesicht vor mir, über das sein typisches schelmisches Lächeln huschte, die Lachfalten um seine Augen. In meinen Gedanken jagte er mich noch einmal über die Allee, warf mich aufs Gras und kitzelte mich, atemlos vor Lachen. Ich erinnerte mich an Lettergesh, an den Duft seines Atems, seine Haut, seine Unschuld.

Auch am nächsten Morgen hatte der Regen noch nicht nachgelassen. Ich zog meinen Regenmantel über und radelte mit Peter zum Polizeirevier. Die Straße war voller Pfützen, und wir unterhielten uns höchst einsilbig. Als ich Sergeant Aherne meine Geschichte erzählte, schenkte er mir einen mitleidigen und Peter einen verwunderten Blick.

»Aha, Sie haben also ein Flugzeug gesehen, Ma'am? Auf dem Knockshee?«

»Ja. Brian ist nach Hause gekommen, das kann Harriet Ihnen bestätigen. Seine Leiche muß sich irgendwo auf dem Berg befinden. Würden Sie wohl eine Suche organisieren?«

Wieder sah Aherne zu Peter hinüber, als wollte er sichergehen, daß auch er Mitleid für meine Geistesverwirrung hegte. Wie leicht die Glaubwürdigkeit eines Menschen doch zerstört werden konnte! Dieser Polizist war sich ganz sicher, daß er es mit einer Person zu tun hatte, die geistig nicht ganz auf der Höhe war. Jetzt konnte ich sagen, was ich wollte, er würde alles mit einem mitleidigen Achselzucken abtun. Ich zog die Pilotenbrille und den RAF-Knopf aus der Tasche und legte ihn vor Aherne auf den Schreibtisch.

»Das hat man in Glenallen gefunden.«

Unverbindlich, aber doch überrascht, inspizierte er die Sachen. »Bei allem Respekt, Ma'am – das bedeutet noch lange nicht, daß sich ein Flugzeug auf dem Knockshee befindet!«

»Bitte schicken Sie einen Suchtrupp los«, sagte Peter mit der Juristenstimme, die er auch gestern abend im Gespräch mit seiner Schwester benutzt hatte. Der Sergeant runzelte die Stirn, reichte mir das Protokoll zum Unterschreiben und versprach, er werde sehen, was er tun könne. Während er das sagte, musterte er uns nachdenklich. Heute waren nur er selbst und Garda McGraw im Dienst. Vielleicht konnten sie sich morgen um die Angelegenheit kümmern, wenn der Regen aufgehört hatte.

Am Abend erschien Sergeant Aherne, um Harriet zu besuchen, aber sie war nach Dublin gefahren, ohne uns vorher zu informieren. Lediglich einen Zettel hatte sie hinterlassen, auf dem stand, sie sei bei Claire de Lacy. Der Sergeant schien wenig geneigt, sich weiter zu bemühen, aber Peter bestand darauf, daß eine Suche durchgeführt wurde. »Sie können ja ein paar Männer von der Local Defence Force bitten, uns zu helfen, wenn Sie wollen.«

»Stellen Sie sich doch bloß mal vor, wie peinlich es wäre, wenn man da oben nichts findet!« meinte er leise und mit abgewandtem Kopf, weil ich ihn nicht hören sollte.

Am nächsten Tag ritten wir also in Richtung Knockshee los: nur der Sergeant, Peter und ich. Es war ein frischer, kalter Tag, der Boden war vom Regen aufgeweicht, der Himmel klar bis auf eine graue Wolkenbank, die sich im Westen zusammenballte.

Ohne Zwischenfall erreichten wir das Hochmoor; unterwegs legten wir immer wieder Pausen ein, um die Gegend genauer in

Augenschein zu nehmen. Peter hatte einen Feldstecher dabei, mit dem er ständig den Berghang absuchte. Unter den Hufen der Pferde gluckste der durchnäßte Boden. Es war unmöglich, das Moor zu durchqueren, und ich wußte nicht mehr genau, wo ich das Flugzeug gesehen hatte, weil der Nebel alle Orientierungspunkte in der Landschaft verhüllt hatte, die ich mir hätte merken können. Schließlich war ich ja nur durch Zufall auf meine Entdeckung gestoßen; ich hatte Joey einfach laufen lassen. Das grüne Heck war völlig unvermittelt aus dem Nebel vor mir aufgetaucht, in einem Winkel von fünfundvierzig Grad aus der Erde ragend, so bizarr in dieser Umgebung, daß ich mich unmöglich geirrt haben konnte.

Als der Sergeant mich fragte, wo ich denn das ›fragliche Objekt‹ nun gesehen hätte, erklärte ich ihm all das. Er hörte mich kommentarlos an, aber je länger wir am Rand des Moors entlangritten und den Boden absuchten, desto deutlicher wurde, daß wir nichts Ungewöhnliches finden würden. Nach dem Regen war das Hochmoor ein Sumpf mit eckigen Löchern, in denen morastiges Wasser schwappte.

»Wahrscheinlich ist es versunken; man hat ja nur noch ein Stück vom Heck gesehen«, versuchte ich mich zu rechtfertigen. »Aber es war da, ich habe es mit meinen eigenen Augen gesehen.«

Der Sergeant rutschte unbehaglich in seinem Sattel herum. »Ein Flugzeug würde nicht so schnell versinken«, brummte er. Sein Gesichtsausdruck zeigte, daß er mit seiner Geduld fast am Ende war. Inzwischen sah er Peter gelegentlich genauso argwöhnisch an wie mich, als zweifelte er auch an seinem Geisteszustand. Ich versuchte mich in ihn hineinzuversetzen. Die sonderbaren Fitzallens, eine alte Familie, in der bekanntermaßen viel Inzucht getrieben worden war, glücklos auch in der neuen Blutlinie. Und jetzt suchten sie ein Flugzeug auf dem Knockshee!

Peter, der die Gegend genau inspiziert hatte, schien in Gedanken versunken; er hielt den Kopf tief gesenkt. Joey rasselte mit dem Gebiß. Der Wind trieb mir die Tränen in die Augen und strich durch die Binsen und das Heidekraut.

»Reiten wir lieber zurück. Hier gibt's nichts zu sehen, Ma'am!«

Sie wendeten ihre Pferde; ich blieb ein Stück hinter ihnen zurück. Behutsam setzte Joey einen Fuß vor den anderen. Wo ich auch hinschaute, überall bot sich mir der gleiche Anblick: Binsen, Heidekraut, Narben vom Torfstechen, Sumpflöcher voller Wasser, das Pfeifen des Windes. Ich würde ihn nicht wiederfinden. Unter uns erstreckte sich die Allmende; links lagen am Fuß des Berges der Erdwall mit dem Eingang zu dem Ganggrab und der Ogham-Stein mit seiner uralten Inschrift.

Als wir auf dem Stallhof abstiegen, hörte ich, wie der Sergeant zu Peter sagte, seiner Meinung nach sollte sich ein Arzt um Mrs. Fitzallen kümmern. »Es ist falsch, alles zu glauben, was Ihnen Leute erzählen, deren Nerven nicht mehr die besten sind.« Noch leiser fügte er hinzu: »Wissen Sie, wenn sie ein Baby gehabt haben, sind sie ein Jahr lang aus dem Gleichgewicht.«

Peter dankte ihm kurz angebunden für seine Bemühungen.

»Das bringt bloß unnötig Aufregung, Ma'am«, lautete Murtys geflüsterter Kommentar, als er Joey wegführte. »Es hat keinen Sinn, etwas da oben auf dem Knockshee zu suchen. Wenn der Berg nicht will, daß man es findet, versteckt er es eben. Und wartet ab.«

Im Haus kochte Peter erst einmal Tee, und ich fütterte Dan, den wir in Murtys Obhut zurückgelassen hatten.

Wir schwiegen beide und vermieden es, einander in die Augen zu schauen.

»Vielleicht glaubst du mir jetzt auch nicht mehr?« sagte ich schließlich. »Ich frage mich manchmal selbst, ob es an mir liegt oder an der Situation. Ich verstehe einfach nicht, wie es vor zwei Tagen noch dort sein konnte.«

»Ich glaube, daß du es gesehen hast. Ob es jetzt noch dort ist oder nicht, steht auf einem anderen Blatt. Oder ob es sogar irgendeine optische Täuschung war! Du weißt ja selbst, daß die Torfstecher oft Holzkreuze als Markierungen hinterlassen, damit sie die Stelle später wiederfinden. Womöglich hast du so etwas gesehen.«

»Es war aber keine Täuschung! Und es war auch kein Holzkreuz.«

Eine bedrückende Atmosphäre hatte allmählich vom ganzen Haus Besitz ergriffen. Am stärksten war sie in meinem Zimmer, doch jetzt war sie überall zu spüren, in den hallenden Korridoren, den mit Planen abgedeckten unbenutzten Räumen, in der Küche.

Peter holte zwei Fahrradlampen aus dem Schrank neben dem Herd und gab mir eine.

»Sollen wir den Keller erforschen?« schlug er vor. Ich legte Dan in seinen Wagen, folgte Peter in die untere Halle und von dort die Steinstufen hinunter. Das Haus schien uns zu umfassen, uns in seinen Griff zu nehmen. Modergeruch und Feuchtigkeit schlugen uns entgegen, durchsetzt mit einer Aura der Verzweiflung. Ich konnte nicht weitergehen und setzte mich auf die Treppe, während Peter den Keller mit seiner Lampe absuchte. Hinter den inneren Stützmauern verschwand er aus meiner Sichtweite; seine Schritte hallten auf den Steinfliesen, das Licht der Taschenlampe tanzte in der Dunkelheit, bis ich nur noch ein schwaches Glimmen erkennen konnte und schließlich ganz im Finstern saß. Ich knipste meine eigene Lampe an und leuchtete damit auf den Haushaltskram, der überall herumlag. Geräusche kamen aus der Tiefe des Kellers, die ich wegen der Wände nicht überblicken konnte; es klang, als stampfte Peter mit den Füßen auf den Boden. Dann hörte ich ihn den Namen seines Bruders rufen – »Brian, Brian!« Seine Stimme schwoll an, das Echo hallte und kam zurück, zog hinauf durch das leere Haus, bis es sich anhörte, als seufzte das ganze Gebäude und riefe Brians Namen.

Danach stellte sich gespannte Stille ein. Ich konnte kaum Luft holen, so bedrückend war die Traurigkeit, die mich umgab. Wie versteinert hockte ich auf der Treppenstufe, und erst als die Schritte und das Lampenlicht wieder bei mir ankamen, war der Bann gebrochen.

Ich floh hinauf in die Küche, selbst überwältigt vom Aufruhr meines Herzens. Dan war aufgewacht und jammerte; ich nahm ihn hoch und wiegte ihn an meiner Schulter. »Hast du etwas gefunden?« wandte ich mich an Peter, als er hinter mir hereintrat.

Er ließ sich auf einen Stuhl fallen und schob die Lampe von sich weg über den Tisch.

Sein Gesichtsausdruck erschreckte mich, aber ich wiederholte meine Frage.

»Nur das!« war die Antwort.

Peter zog sein Taschentuch hervor und faltete es vor mir auseinander. Es war teilweise von einem braunen Schleim bedeckt.

»Was ist das?« fragte ich und traute einen Moment meiner eigenen Urteilsfähigkeit lieber nicht.

»Ich bin mir natürlich nicht hundertprozentig sicher«, erwiderte Peter, ohne mich anzusehen. »Aber würdest du nicht auch sagen, es ist Blut?«

Die Stille überflutete uns. Am liebsten hätte ich das Taschentuch in allen Einzelheiten untersucht, aber ich konnte mich nicht überwinden, es anzufassen. Ich hörte nur die Stimme in meinem Kopf, die unablässig wiederholte: »Laß mich hier raus, lieber Gott. Laß mich hier raus.«

»Es gibt keinerlei Hinweis auf einen unterirdischen Eingang«, fuhr Peter nach einer Weile fort. »Und das Blut könnte sowohl von einem Tier als auch von einem Menschen stammen.«

»Vielleicht ist es auch überhaupt kein Blut«, meinte ich. »Manche einzellige Algen wachsen auf feuchtem Gestein, und wenn es naß genug wird, sehen sie aus wie Blut. Wir sollten zur Polizei gehen und das Zeug analysieren lassen.«

Er sah mich mitleidig an.

»Wozu? Was sollen wir ihnen diesmal erzählen? Und gleichgültig, was dort unten geschehen ist, wir kommen zu spät. Aber eins steht fest – Brian ist nicht hier.«

»Ich gehe weg«, verkündete ich. »Ich will sofort weg von hier.«

Wenig überrascht entgegnete Peter: »Wohin willst du gehen? Und was willst du mit Glenallen machen?«

»Du kannst es haben.«

»Nein, ich kann hier auch nicht bleiben.«

»Ich werde eine Weile bei den O'Shaughnessys unterkommen. Ich weiß nicht, was ich mit Glenallen anfangen werde. Aber ich werde es nicht deiner Schwester überlassen. Sie hat mir schon zuviel genommen.«

Wir schwiegen einen Moment lang.

»Ich bin fertig hier«, fügte ich dann abschließend hinzu.

»Vielleicht«, erwiderte er und seufzte. »Aber wieso glaubst du, daß Glenallen mit dir fertig ist?«

Die O'Shaughnessys nahmen mich mit offenen Armen auf. Peter hatte mich im Einspänner zu ihnen gefahren und erklärt, er müsse zurück nach Dublin und Harriet sei eine Weile nicht da.

»Natürlich können Sie nicht allein mit einem Baby in diesem riesigen alten Haus bleiben, Peg«, sagte Dr. O'Shaughnessy. »Und weshalb haben Sie mir nicht die Wahrheit gesagt wegen Harriets Medizin? Wenn Sie die genommen haben, ist es doch kein Wunder, daß Sie Halluzinationen bekommen. Ist Ihnen denn nicht klar, daß das Zeug Mutterkorn enthält? Das hätte ich wirklich nicht von Ihnen erwartet. Wenn Sie Kopfschmerzen haben, nehmen Sie doch einfach ein Aspirin.«

»Wie kommen Sie denn auf die Idee, daß ich Harrys Tabletten genommen habe?«

»Weil ich das Zeug in Ihrem Urin festgestellt habe, in einer gefährlichen Konzentration«, antwortete er lächelnd.

Ich blieb nicht lange bei den O'Shaughnessys. Trotz der Proteste meiner Gastgeber nahm ich mein Baby und fuhr nach Dublin.

»Ich muß mir meinen Lebensunterhalt verdienen. Ich kann hier nicht bleiben. Ich muß mein Leben wieder in die Hand nehmen, und ich muß einen Käufer für Glenallen finden.«

»Sie wollen es verkaufen?«

»Selbstverständlich!«

Mrs. O'Shaughnessy sah mich überrascht und entsetzt an.

»Und was ist mit Harriet? Das wird sie nicht überleben!«

Ohne Mary wirkte Dublin grau und trüb. Im Vergleich zu den ländlichen Gegenden gab es hier wenig zu essen, man sah rachitische Kinder mit spitzen Gesichtern, in schwarze Schals gehüllte Frauen, Bettler, lange Schlangen vor den Kinos. Auf den Straßen war nur wenig Verkehr, zum großen Teil Pferdegespanne; die meisten Leute fuhren Fahrrad.

In einem kleinen Haus im Norden der Stadt, gleich am Tolka, fand ich ein möbliertes Zimmer mit Kochnische; das Badezimmer und den Hof durfte ich mitbenutzen. Peter hatte mir Geld gegeben, so daß ich mich eine Weile über Wasser halten konnte. Ich war allein – allein mit meinen Träumen.

Inzwischen hatte ich mir einen Plan zurechtgelegt. Glenallen mußte verkauft werden. Aber an jemanden, der es behalten wollte und nicht gleich wieder an Harriet weiterverkaufte. Das Gut mußte für alle Zeiten für sie unerreichbar bleiben.

Ich ging ins Büro der Land Commission am Merrison Square. Glenallen sollte in Landobligationen verkauft werden, die ich Peter überlassen wollte, und ich würde endlich mein eigenes Leben zurückfordern.

Ich suchte einen Anwalt auf, schrieb an Harriet, die inzwischen zurückgekehrt war, sie solle Glenallen für den bevorstehenden Verkauf räumen. Sie antwortete über den Anwalt und bat mich, nicht zu verkaufen, sondern das Gut an sie zu verpachten oder es ihr zu verkaufen. Angeblich besaß sie genügend Geld, um meinen Preis zu bezahlen.

Ich reagierte nicht darauf.

»Glenallen ist mein Leben, Peg«, schrieb sie. »Tu mir das nicht an. Wenn du Glenallen verkaufst, werde ich Dir das nie verzeihen.«

Der Anwalt war ein älterer Mann mit einem weißen Haarbusch; sein Büro, das in der Middle Abbey Street lag, hätte aus einem Roman von Dickens stammen können: Selbst die Fenster waren verstaubt, und die Wände schienen nur dank der an ihnen aufgestapelten Aktenordner nicht einzustürzen. Die Sekretärin hämmerte im Vorzimmer auf ihre Schreibmaschine ein, neben sich Regale voller dicker Bücher mit Lederrücken und Aktenbündel, die von einer groben rosafarbenen Schnur zusammengehalten wurden.

Er hielt nicht mit seiner Meinung hinterm Berg: Meine Art, Glenallen loszuwerden, erschien ihm höchst seltsam.

»Also, mein Kind, warum verlangen Sie denn nicht wenigstens einen gescheiten Preis dafür? Wenn Sie schon verkaufen, warum dann nicht wenigstens soviel Geld rausholen, wie Sie können? Und warum wollen Sie kein richtiges Geld, sondern Landobligationen? Ihre Schwägerin scheint über genug Bargeld zu verfügen, und ihr Geld ist so gut wie das von jedem anderen.«

Doch ich wußte ja, von wem dieses Geld stammte, und schüttelte entschieden den Kopf. »Ich werde Glenallen nicht an Harriet Fitzallen verkaufen. Und ich möchte auch nicht, daß sie dort wohnen bleibt. Das ist das einzige, was ich mir noch von Glenallen wünsche.«

Ich konnte mir Harriets Gesicht beim Lesen meines Briefs genau vorstellen. Wohin würde sie jetzt gehen? Was würde sie machen? Würde sie James Regan heiraten und sich in die ohnmächtige Stellung einer Ehefrau fügen, die sie so haßte? Meine Rachegelüste waren befriedigt – ich hatte Harriet das einzige genommen, was ihr wirklich am Herzen lag. Ohne Glenallen war sie ein Nichts. Und das sagte nicht ich, sondern sie selbst.

»Was hat diese junge Dame Ihnen eigentlich angetan?« wollte der Anwalt wissen, mit hochgezogenen Augenbrauen und einer Stimme, die vor Verwunderung beinahe quietschte. »Immerhin ist es das Familiendomizil der Fitzallen, das sie behalten möchte, und dafür müßten Sie doch Verständnis haben. Ihre Einstellung erscheint mir nicht christlich, wenn Sie mir diese Bemerkung verzeihen wollen.«

»Sie haben vollkommen recht. Meine Einstellung ist nicht christlich. Setzen Sie jetzt die Überschreibungsurkunde auf, oder muß ich einen anderen Anwalt damit beauftragen?«

Endlich fand ich eine Stelle als Aushilfslehrerin an einer staatlichen Schule, wo ich für eine Kollegin einspringen mußte, die im Krankenhaus lag. Die Schule wurde von den Nonnen des Heiligen Glaubens geleitet. Zwar war es nur eine zeitlich begrenzte Arbeit, und ich wurde schlecht bezahlt, aber wenigstens war es eine Überbrückung, solange ich mich in England um eine Stelle bewarb, die ab September frei werden sollte. Bis dahin war Danny schon acht Monate alt und der Umzug kein Problem mehr. Jetzt kümmerte sich Mrs. O'Leary, meine Vermieterin, für ein geringes zusätzliches Entgelt um mein Baby.

Dann wurde es wieder Sommer – der Sommer 1942. Mit dem Ferienbeginn Ende Juli trocknete meine Einnahmequelle aus. Also mußte ich wieder Arbeit suchen, irgendeine Arbeit, die Leib und Seele zusammenhielt. Schließlich fand ich eine Stelle als Kellnerin im Royal Hibernian Hotel in der Dawson Street. Mein Arbeitstag war lang, und ich hatte weniger Zeit für Dan. Morgens, wenn ich aus dem Haus ging, jammerte er, aber ich versuchte mich gegen sein Geschrei abzustumpfen. »Es hilft doch nichts. Was denkst du denn, wie wir uns über Wasser halten sollen?« fragte ich ihn dann, aber er ließ sich nicht beschwichtigen. Abends begann die Heulerei von neuem, sobald ich einen Fuß über die Schwelle setzte.

»Er war den ganzen Tag friedlich wie ein Engel«, wunderte sich meine Vermieterin. »Er weint nur, wenn Sie da sind.«

Jeden Tag sah Dan seinem Vater ein wenig ähnlicher: Luciens Augen, der gleiche Mund, die gleiche Sicherheit, daß die Welt ihm gehörte. Den ganzen Tag über dachte ich an ihn und an unsere Zukunft, während ich zwischen dem Speisesaal und der Küche hin- und herflitzte oder Geschirr abwusch. Meine Hände wurden rot und rissig, meine Nägel brachen ab, und meine Füße taten weh. Ich hatte kein Geld, um mir neue Kleider zu kaufen, meine Haare verwilderten und zeigten keinerlei erkennbaren Schnitt mehr außer meinem eigenen, den ich mir mit der Nagelschere verpaßte. Als meine Schuhsohlen Löcher bekamen, bastelte ich mir Pappeinlagen und war froh, daß wir Sommer hatten. Jede Woche legte ich vier Shilling für den Umzug nach England beiseite. Nach Abzug der Miete und der Extraausgaben für meine Babysitterin blieb mir nicht mehr viel für das tägliche Leben. Aber das störte mich nicht. Ich baute mir jetzt ein Leben nach meinen eigenen Vorstellungen auf, Schritt für Schritt.

Nachdem ich Peter die Landobligationen geschickt hatte, brach der Kontakt zu ihm ab. Weil ich keine Almosen und auch keine Vorschriften von ihm wollte, hatte ich ihm meine Anschrift verheimlicht. Aber ich war glücklich. Ich hatte mich endlich von Glenallen befreit.

Es war Samstag. In der nächsten Woche hatte ich Termine für Vorstellungsgespräche in England, wofür ich mir etwas zum Anziehen kaufen mußte. Ich überlegte krampfhaft, wieviel ich ausgeben durfte.

Der Speisesaal füllte sich. Ich war für fünf Tische zuständig, einer davon ein kleiner Tisch für zwei Personen. Während ich die Bestellungen aufnahm, grübelte ich darüber nach, ob Mrs. O'Leary wohl mit Dan in den Park gegangen war.

Der Raum duftete nach Essen; man hörte leise Stimmen und

das Klappern des Bestecks. Der Oberkellner führte einen Gast zu dem kleinen Tisch, und ich wandte mich zu ihm um.

»Schwarz und Weiß steht Ihnen sehr gut, Madame«, sagte eine Stimme und im selben Moment erkannte ich das Gesicht. »Aber Sie sehen sehr müde aus. Vielleicht könnten Sie sich freinehmen und mit mir essen?«

Ich sah in Luciens Augen.

Er war makellos gekleidet wie immer, lehnte sich in seinem Stuhl zurück und kostete meine Überraschung aus. Er schien eine ganz andere Welt mit sich zu bringen, eine Welt, die ich hinter mir gelassen hatte, an die ich mich nicht erinnern und in die ich auch nicht zurückkehren wollte. Ich hatte die Brücken hinter mir abgebrochen, und vor mir lag meine Zukunft, neu und unbefleckt. Lucien gehörte in die Abteilung ›Erinnerungen‹. Das hatte ich mir alles genau zurechtgelegt.

»Ich dachte, du wärst in Frankreich«, sagte ich, lief dabei aber feuerrot an und wünschte, er hätte mich irgendwo anders gefunden als ausgerechnet beim Bedienen in einer Kellnerinnenuniform. Doch offenbar durchschaute er meine Verlegenheit, er wirkte sehr sanft und freundlich – nur seine Augen leuchteten neugierig.

»Hast du gedacht, ich würde einfach so verschwinden?« fragte er kopfschüttelnd. »Hast du gedacht, ich würde deinen Brief unbeantwortet lassen?«

Dieser gräßliche Zettel: *Ich brauche Dich*. Hätte ich ihn doch zurückholen können! Wenn ich meine unwillkürliche Reaktion auf ihn betrachtete, meinen Körper, das Karussell meiner Gedanken, die freudige Überraschung in meinem Herzen, dann kam es mir vor, als wäre überhaupt keine Zeit vergangen, seit ich ihn das letzte Mal gesehen hatte. Doch ich wußte ja genau, daß ich mich verändert hatte. Nicht nur, weil ich so hart hatte kämpfen müssen, um meinen Platz zu finden, meine Nische in der Welt, wo ich in Frieden leben konnte. Meine Fähigkeit zu glauben war mir abhanden gekommen, mein Glaube an die Liebe, mein Glaube an ihn.

Er bat mich, den Tag freizunehmen.

»Das kann ich nicht. Ich brauche das Geld.«

»Ich könnte dir das Geld doch geben.«

Ich lachte. »Nein, ich glaube nicht, Lucien.«

»Dann führe ich dich aus, wenn du hier fertig bist.«

»Nach der Arbeit muß ich nach Hause.«

Aber er ließ sich nicht abwimmeln; je mehr Entschuldigungen ich vorbrachte, desto ruhiger und beharrlicher wurde er. Und die ganze Zeit versuchte ich zu entscheiden, was ich ihm eigentlich sagen wollte. »Na gut, dann begleite ich dich eben nach Hause.«

Als wir dann am Abend im Taxi saßen, nahm er meine Hand, sah sich die abgebrochenen Fingernägel an und sagte: »Du hast mir einen Brief geschickt. Ich habe ihn erst vor vier Wochen bekommen und dich seither gesucht. Warum hast du mich damals gebraucht? Warum hast du dich so sehr verändert? Was ist passiert? Warum siehst du so dünn und erschöpft aus und gar nicht wie die unbezwingbare Peg, die ich früher gekannt habe?«

Seine Schmeicheleien ärgerten mich. Sie kamen mir fehl am Platz und fast sarkastisch vor. Peg war nicht unbezwingbar. Sie war krank im Herzen und todmüde und besaß auch all die anderen klischeehaften Eigenschaften eines ausgebrannten Menschen, der sich nur noch ans bloße Überleben klammert. Diese neue Peg hatte in sich keine Kraft mehr, um sich benutzen zu lassen, keinen Platz für romantische Kinkerlitzchen, für irgendwelche Spielarten der Wirklichkeit, die unstet waren wie Treibsand und der Seele die Kraft raubten.

»Ich habe das Problem in den Griff bekommen, um das es damals ging«, erklärte ich.

Mein Ton schien ihn vor den Kopf zu stoßen.

»Ach so. Soll ich also lieber wieder verschwinden und dir nicht weiter auf die Nerven gehen?« fragte er leise. »Ist es das, was du möchtest?«

Ich antwortete nicht. Er würde wieder gehen. Ich sah die Zukunft vor mir: trüb und kalt. Ohne ihn, im Vergleich zu mit ihm, würde sie ohne Leben sein, ohne Sinn. Am liebsten hätte ich ihn angeschrien: ›Warum bist du zurückgekommen? Ich habe nichts mehr, was ich dir geben kann. Ich bin leer. Der Zauber, den du mit dir herumträgst, hat mich schon einmal im Stich gelassen. Ich wäre wunderbar zurechtgekommen, wenn du nur weggeblieben wärst! Und jetzt muß ich alles neu planen!‹ Doch auf einmal dachte ich: ›Was wird Dan eines Tages sagen, wenn ich dich jetzt gehen lasse, ohne daß du die Wahrheit erfährst?‹

Das Taxi hielt, und Lucien stieg aus, um mich zur Tür zu begleiten. »Möchtest du hereinkommen? Da ist jemand, den du vielleicht kennenlernen solltest.«

Mein kleines Zimmer schien zu schrumpfen, als er es betrat. In einer Ecke lag Dan fest schlafend in seinem Bettchen, die Hände neben dem Kopf ausgestreckt, mit erhitzten roten Wangen und Schweißperlen auf der Stirn.

»Er heißt Daniel Lucien«, sagte ich.

Zum ersten- und einzigen Mal sah ich Lucien nach Worten ringen. Der schockierte Ausdruck wich der Ungläubigkeit, dann wurde sein Gesicht plötzlich nachdenklich, Staunen breitete sich aus und schließlich eine große Freude. Eine Weile stand er schweigend neben dem Bettchen und starrte zu Dan hinunter, dann berührte er ganz sacht die Babyhand mit seinem Finger.

»Ein wundervoller Junge«, sagte er.

»Ja, das ist er.«

Sein seltsamer Gesichtsausdruck erinnerte mich an Peter Fitzallen – an dem Tag, als er zusah, wie Cissie auf Banner die Gymkhana gewann.

Schließlich setzte er sich aufs Bett. Es war stickig im Zimmer, und ich öffnete das Fenster zum Hof, um die kühle Nachtluft hereinzulassen. Sein Blick wanderte von dem Baby zu mir; kopfschüttelnd murmelte er etwas auf französisch vor sich hin.

»Warum hast du mir das nicht geschrieben? Ich hatte doch ein Recht, es zu erfahren!«

»Der Grund, warum ich es dir nicht mitgeteilt habe, hat etwas mit der Todsünde namens Stolz zu tun«, antwortete ich, »und auch mit dem Wunsch, mir meine eigene Existenz aufzubauen, ohne daß mich jemand beeinflußt.«

»Nach allem, was zwischen uns war?«

Ich schwieg und dachte an Marys Tagebuch.

Kurze Zeit später ging er hinaus, um das Taxi wegzuschicken.

Als er zurückkam, begegnete er auf der Treppe Mrs. O'Leary.

»Kein Herrenbesuch«, zischte sie ihm ins Ohr und sah ihn überrascht und mißbilligend an.

»Ich bin ein Verwandter«, versicherte Lucien mit seinem üblichen Charme. »Ich muß bald wieder gehen, aber ich habe noch etwas sehr Wichtiges mit Mrs. Fitzallen zu beprechen. Seit Tagen schon bin ich unterwegs, um sie zu suchen, und jetzt bin ich sehr froh, daß es ihr gutgeht und sie sich in Ihrem bezaubernden Haus wohl fühlt.«

»Na gut, aber nur kurz«, brummte sie und ging wieder nach oben.

Während ich Tee kochte, setzte sich Lucien wieder auf mein schmales Bett. »Du rührst mich zutiefst, kleine Peg. Du wohnst in diesem winzigen Zimmer, arbeitest dir buchstäblich die Hände wund, und du bist dünn und müde. Erzähl mir, was geschehen ist. Komm her, und erzähle es mir.«

Ich schenkte uns zwei Tassen ein und setzte mich neben ihn. Während wir unseren Tee tranken, berichtete ich kurz, daß ich Glenallen geerbt und an die Land Commission verkauft hatte. Ich sagte ihm, daß Harriet mir das Gut abkaufen wollte.

»Warum hast du es ihr nicht gelassen?«

»Ich hatte meine Gründe«, erwiderte ich.

Ich saß auf dem Stuhl, aber jetzt klopfte Lucien neben sich aufs Bett.

»Nein. Du bist gefährlich für mich, Lucien, und ich muß mein Leben leben.«

Ich hatte falsche Bußfertigkeit von ihm erwartet, aber sein Gesicht war so ernst, wie ich es noch nie gesehen hatte. Das Baby bewegte sich in seinem Bettchen; man hörte leise seinen Atem. Im Stockwerk über uns ging Mrs. O'Leary umher. Lucien lehnte sich an die Wand, musterte mich eingehend, die Hände verschränkt. Hin und wieder wanderte sein Blick zu dem Babybettchen in der Ecke. Er wirkte sehr ruhig und gefaßt. Ich sah die Haare auf seinen Handgelenken, seine gepflegten Fingernägel, seine blasse Haut und roch den leichten Duft seines Rasierwassers.

»Mir scheint, du bist die Gefährliche von uns zweien«, meinte er nach einer Pause. »Du bist absolut skrupellos mit Harriets Leben umgesprungen und auch mit deinem eigenen. Und du warst durchaus bereit, mit dem unseres Sohnes genauso zu verfahren.«

»Das verstehst du nicht, Lucien.«

Bestimmt dachte er dabei an den finanziellen Vorteil, den ich mir so einfach hatte entgehen lassen, bestimmt war er schockiert über den Bruch der Familienloyalität. Was wußte er schon von Glenallen, vom Knockshee, von Balor, der einen im Halbschlaf beobachtete?

Er kam aus der wirklichen Welt mit ihren unmittelbaren praktischen Problemen und ihren allgemein anerkannten, sicheren Perspektiven. Was wußte er schon von geistiger Inzucht, von der komplizierten, verträumten, grausamen Seele Irlands?

»Hast du Mary gefunden?« fragte ich, um das Thema zu wechseln.

Erst nach einer langen Zeit antwortete er: »Ja und nein.«

»Wie meinst du das?«

»In der Nacht des 10. Mai, als du und ich in Knightsbridge waren, wurde nach einem Bombenangriff eine junge rothaarige Frau vermißt. Sie hat sich als Hilfskrankenschwester um die Verletzten gekümmert, hat Bahren geschleppt und so weiter. Dann ist ein Gebäude über ihr zusammengebrochen und hat sie unter sich begraben.«

»Das kann nicht Mary gewesen sein«, sagte ich, während ich mühsam meine Tränen zurückhielt. »Ihr wäre so etwas nie passiert. Es muß eine andere Frau gewesen sein. Hatte diese junge Frau keinen Namen?«

»Nein. Es kann auch jemand anderes gewesen sein. Aber ich habe ein paar Sachen, Kleinigkeiten, einen Stift, den ich nie gesehen habe, einen Allerweltskamm und ein kleines Andenken. Ich habe alles mitgebracht, falls du etwas davon erkennst.«

Er zog einen Umschlag aus der Tasche; darin waren ein brauner Füllfederhalter, ein brauner Schildpattkamm und ein kleines Papierpäckchen.

»Das kommt mir alles nicht bekannt vor«, sagte ich.

Dann nahm ich das Päckchen, wickelte es auf und sah hinein. Es war eine kleine Papierfigur, mit Haarsträhnen umwickelt: rot, dunkel und aschblond, miteinander verschlungen, die Taille der Figur mit rotem Faden eingeschnürt, der Kopf aus einer weichgekauten Papierkugel, an dem die Strähnen einen Knoten bildeten. Das Püppchen war etwa sieben Zentimeter groß.

»Das war mit den anderen Sachen in ihrer Tasche.«

Ich hielt die Figur in der Hand und streichelte die seidigen Haare. »Es gab drei von der Sorte«, erklärte ich nach einer Weile. »Ich habe fast einen ganzen Tag gebraucht, um sie zu basteln – für drei Freundinnen, die dachten, sie wären unbezwingbar.«

Eine lange Zeit saßen wir schweigend nebeneinander. Und irgendwann ergriff ich Luciens Hand.

Epilog

Jahre später fragte Lucien: »Gehst du zurück?« Er blickte von dem Brief auf, den er in der Hand hielt; das Licht, das durch die hohen Wohnzimmerfenster fiel, schimmerte auf der kahlen Stelle an seinem Kopf. Draußen warfen die Zypressen ihren Schatten über die Veranda und den Rasen. Ich sah auf die Sonnenuhr in der Mitte des Hauptwegs, den dahinter liegenden dichten, verträumten Wald und in den klaren Himmel Frankreichs. Das Zimmer war kühl; die Türen zur Veranda standen offen, und die Vorhänge bauschten sich im Luftzug, der zwischen den Fenstern und der ebenfalls offenstehenden Tür entstand. Auch unsere beiden Kinder konnte ich sehen; sie spielten draußen auf dem Rasen.

»Sie ist jung gestorben«, sagte er.

Ich spürte seine Mißbilligung, sanft wie immer. Der zivilisierte Menschenfreund in ihm ließ sich längst auf nichts anderes mehr ein. Ich hatte Lucien den Brief gezeigt, den ich am Morgen erhalten hatte. Er kam von Peter, der damit den abgerissenen Kontakt nach langer Zeit wieder aufnahm.

»Harriet macht uns allen große Sorgen. Sie kommt von Conneely herüber und verbringt den Tag in der Nähe von Glenallen, starrt übers Tor zum Haus, wandert den Knockshee hinauf oder schlendert einfach über die Felder. James ist fürchterlich besorgt. Manchmal spricht sie vom Keller in Glenallen, und dann murmelt sie dauernd: ›Es war ein Unfall.‹ Niemand weiß, was sie damit meint, aber wenn es so weitergeht, müssen wir sie noch zu ihrem eigenen Schutz in ein Pflegeheim geben.«

Und jetzt war sie tot – man hatte ihren Körper aus dem Saleen-See gezogen. Jahrelang hatte ich mir vorgestellt, wie sie Glenallen heimsuchte – bis sie mich schließlich in meinen Träumen verfolgte. Jetzt war alles vorüber. Das heißt, es wäre vorüber gewesen ohne Luciens leise Ermahnung: »Ma chère, du hast keine Beweise, daß sie das alles wirklich getan hat!«

Auch mich hatte meine Gewißheit verlassen. Je weiter ich mich von Glenallen entfernte, je mehr Jahre verstrichen, desto stärker wurden die Zweifel an mir selbst. »In meinem ganzen Leben habe ich mir nur eine einzige schlimme Tat vorzuwerfen«, hatte sie gesagt. Aber jetzt war es zu spät, um irgend etwas wiedergutzumachen. Die Land Commission hatte das Land unter den Nachbarfarmen aufgeteilt, und das Haus war zusammen mit etwa fünfzig Acres an einen Nonnenorden verkauft worden. Harriet hatte den von ihr zutiefst verachteten James Regan geheiratet, hatte sich dem Joch der Ehe gebeugt und auch der Mutterschaft: Ihr einziges Kind war ein introvertiertes kleines Mädchen.

»Ich fahre nicht zu der Beerdigung«, erklärte ich Lucien.

Er sah mich aufmerksam an. Du hattest recht, Harriet, dachte ich und wich seinem Blick aus. »Meinst du denn, alles ist so einfach? Glaubst du wirklich, du kannst Glenallen entfliehen?« hatte sie einmal zu mir gesagt.

Von Paddy hörte ich nie wieder etwas. Er schloß sich den Seepionieren an und fiel in der Schlacht im Pazifik. Nach dem Krieg nahm ein Anwalt aus Chicago mit mir Kontakt auf und erklärte mir, im Testament von Mr. Patrick Stapleton sei eine besondere Klausel, die besagte, aus seinem Besitz sollten für mich ungeschliffene Diamanten im Wert von dreißigtausend Dollar erworben werden – »als Einlösung eines alten Versprechens«, wie das Testament es ausdrückte. Überwältigt dachte ich an den glücklichen Sommertag an der Garryogue, an das Spiel von Licht und Schatten auf den Feldern, an Paddy, der am Ufer lag mit seinen langen Beinen, die unter der flickenbesetzten Hose hervorstaksten. »Wir werden reich sein, und ich schenke dir Diamanten so groß wie Drosseleier.«

In einer impulsiven Anwandlung hatte ich Lucien damals vorgeschlagen, ich könnte Glenallen jetzt doch zurückkaufen. »Ich könnte es ihr überlassen, sie könnte wieder dort wohnen; ich kann den Gedanken nicht ertragen, daß sie verrückt wird. Wenn ich sie vergessen könnte, dann könnte ich endlich mit allem abschließen.«

»Wenn sie verrückt wird, ist ohnehin alles zu spät«, hatte er achselzuckend geantwortet.

Dann war der Brief mit der Nachricht von ihrem Tod gekommen. Ich schrieb einen kurzen Beileidsbrief an Peter, fuhr jedoch nicht zur Beerdigung.

Das Leben ging weiter. Ich begrub die Vergangenheit so tief, daß ich überzeugt war, niemand könnte sie je wieder auferwecken. Ich vernichtete alle Andenken aus Glenallen. Nicht lang nach dem Tod seiner Schwester erlag Peter einem Herzinfarkt, und so blieb nichts mehr übrig, was mich an die alten Geschichten erinnerte. Nur die Träume ließen sich nicht so einfach vertreiben – das Glas, das auf der Alphabettafel in tausend Scherben zersprang, Brian auf dem in Nebel gehüllten Berg, die Gesichter meines Bruders und meiner Freundinnen schemenhaft in der Nacht. Harriet – lächelnd, das Heumesser in der Hand. Harriet, die verloren in Glenallen umherirrte.

Meine Kinder wuchsen heran, doch die Träume verfolgten mich weiter.

Vor ein paar Wochen schrieben mir die Nonnen, daß im Zuge von Renovierungsarbeiten die sterblichen Überreste eines jungen Mannes in einem Tunnel unter dem Kellerboden von Glenallen gefunden worden waren, »in einem unterirdischen Tunnel, der mit dem alten Ganggrab verbunden ist«. Dann bekam ich einen Brief von der Polizei in Ballyharris, in dem ich gebeten wurde, die Leiche zu identifizieren. Ich wollte nicht zurückgehen, aber Dan, inzwischen ein Mann mittleren Alters und sehr neugierig, sagte, er wolle unbedingt dieses geheimnisvolle Haus kennenlernen, über das ich nie gern gesprochen hatte. Da dachte ich, daß es vielleicht einen Schlußpunkt unter meine Erinnerungen setzen konnte, wenn ich das Haus zusammen mit meinem Sohn noch einmal besuchte. Außerdem mußte ich erfahren, wessen Knochen dort unter dem Kellerboden lagen. Es war für mich wie eine endgültige Rechtfertigung und Entlastung.

»Geh nur zurück, wenn du es wirklich mußt«, mahnte Lucien.

Ich trat in die Leichenhalle, in die man die sterblichen Überreste des jungen Mannes gebracht hatte, und betrachtete sie einen Moment. Es war nicht mehr viel übrig außer einem Skelett – wo war das Leben geblieben, die Verschlossenheit, der jungenhafte

Charme? Was bedeuteten diese erbärmlichen, von Ratten zernagten Knochen? Sie waren nicht mehr zu identifizieren. Doch die vermoderten Überreste einer ledernen Bomberjacke aus der Zeit des Zweiten Weltkriegs waren noch vorhanden. Ich weinte bitterlich. Wie lang hatte Brian dort gelegen, bevor die Ratten sich über ihn hermachten? Wie hatte sie ihn in den Keller gelockt? Wie hatte sie all diese Jahre gelebt in dem Bewußtsein dessen, was sie getan hatte?

Ich sagte den Polizisten, wessen Leiche meiner Meinung nach vor ihnen lag, und traf Vorbereitungen für die Beerdigung. Ich fragte noch, ob man einen Ehering bei ihm gefunden hatte, den Ring meines Vaters, den ich Brian geschenkt hatte. »Er hat ihn immer getragen, und mit ihm wäre seine Identität klar erwiesen.« Doch man sagte mir, er hätte keinen Schmuck bei sich gehabt. »Keinen Ring und auch sonst nichts, Ma'am. Nur das, was Sie hier vor sich sehen.«

Der Coroner stellte das Vorliegen einer Straftat fest, ohne den Täter zu benennen. Dann fand die Beerdigung statt, und ich legte Blumen auf das Grab. Nicht weit davon war ein Gedenkstein, auf dem stand: »Harriet Regan, geborene Fitzallen, geliebte Frau von James Regan«. Ich sah mich nach Peters Grab um, bis mir einfiel, daß er auf dem Deansgrave-Friedhof in Dublin beerdigt worden war, wie er es in seinem Testament ausdrücklich gewünscht hatte. Über dem Friedhof ragte der Knockshee auf und beobachtete uns. Unter der jüngsten Aufforstung verbarg sich der Wall vor dem Ganggrab mit seinem Ogham-Stein – *»Ich kenne die Meinen, und die Meinen kennen mich«*.

»Ich bin Glenallen als einzige entronnen!« erzählte ich Brians Grab beinahe trotzig. Aber ich kannte die Wahrheit.

Danach fuhr ich zurück zum Haus, denn die Nonnen hatten uns sehr herzlich eingeladen.

Warum ging ich zurück? Vielleicht aus Nostalgie, aus dem wiedererwachten Wunsch, die Vergangenheit neu zu schreiben, auch wenn es unmöglich war? So saßen wir dann im Salon, Dan und ich, schlürften Tee, und der kleine Michael wurde von einer der Schwestern in den Gemeinschaftsraum gebracht, um das Aquarium zu bewundern. Ich schaute mich in dem vollkommen veränderten Raum um, der jetzt roch und aussah wie in einem Kloster, mit religiösen Bildern an der Wand, aber noch einem Großteil der alten Möbel, dem Sofatischchen, dem Chippendaleschränkchen. Einen Augenblick stellte ich mir vor, eine junge Peg und ein junger Brian würden zur Tür hereinspazieren, das Haus würde von Gelächter widerhallen, Harry niemandem mehr etwas vormachen, Cissie und Mary zu Besuch kommen, während Tom sicher zu Hause bei seinen Pferden weilte. Wäre die Zukunft anders verlaufen, hätten wir ein ewiges Arkadien des Friedens erschaffen können?

»Im Hotel hat man uns gesagt, Sie hätten ein Gespenst hier«, meinte Dan zur Schwester Superior.

»Oh, wir hatten schon einige seltsame Vorkommnisse, aber wir beten für die ewige Ruhe der armen Seele.«

»Die Empfangsdame im Hotel hat behauptet, es wäre Harriet Fitzallen!«

Die Nonne sah mich fragend an. »Mrs. Regan? Ich kannte die arme Frau«, sagte sie leise. »Aber sie hat Glenallen zu Lebzeiten bestimmt wesentlich häufiger heimgesucht. Wir haben sie am Tor gesehen, im Hof oder hinterm Haus, auf dem Steinwall beim Eingang zu den unterirdischen Gängen. Sie war ein seltsamer Mensch, und sie ist nie mit sich ins reine gekommen. Wir beten für sie, daß ihre Seele endlich Ruhe findet. Es ist wunderschön hier, und wir sind sehr glücklich.«

Und das stimmte. In Glenallen herrschte eine freundliche Atmosphäre; andere Menschen, die ein heiteres, wohltätiges Leben führten, hatten sie geprägt.

Ich merkte, daß Dan froh war, wieder wegzukommen. Am nächsten Tag erwartete ihn ein Termin in Paris, und auch ich wollte zurück, mich mit Lucien unterhalten und die Normalität genießen. Der kleine Michael wurde ebenfalls unruhig. Also verabschiedeten wir uns und gingen zurück zum Auto. Mein Enkelsohn hatte das Interesse an seinem roten Feuerwehrauto verloren, saß ganz still da und starrte aus dem Fenster. Ich bat Dan, langsam an dem efeubewachsenen Hause vorbeizufahren, das den O'Shaughnessys gehört hatte.

»Halt doch bitte mal einen Moment an.«

Vor dem Tor stoppte Dan den Wagen, ich stieg aus und ging auf das Haus zu. Eine junge Frau öffnete die Tür.

»Wohnt Mr. Des O'Shaughnessy noch hier?« erkundigte ich mich.

»Niemand mit diesem Namen lebt hier – schon lange nicht mehr.«

Michael kauerte weiterhin schweigsam auf dem Rücksitz.

»Hast du dir die Fische angesehen?« fragte sein Vater. »Waren sie hübsch?«

»Ja, es gab gestreifte und einen ganz komischen mit einem langen Schwanz und einen schwarzen. Dann hab ich mich verlaufen und bin aufs Klo gegangen.«

Dan lachte. »Alles auf einmal?«

Michael antwortete nicht, sondern schwieg wieder, den Kopf über etwas in seiner Hand gebeugt.

»Was hast du denn da?« fragte ich und drehte mich zu ihm, um es mir anzusehen. Es war ein Ring, den er an den Daumen gesteckt hatte und auf und ab schob.

»Woher hast du den? Laß ihn mich mal anschauen.«

Gehorsam legte er den Ring auf meine ausgestreckte Hand, und ich hielt ihn gegen das Licht. Es war ein schlichter goldener Ehering. Die Gravur auf der Innenseite lautete: »Daniel und Maura, 16.6.1914«.

»Woher hast du ihn?« fragte ich noch einmal, und meine Stimme klang heiser. Dan sah mich an; offenbar spürte er, daß etwas nicht stimmte. Dann lenkte er den Wagen an den Straßenrand und hielt an. Auch er inspizierte den Ring, und wir wandten uns beide zu dem kleinen Jungen, der auf dem Rücksitz saß und uns anstarrte mit großen dunkelbraunen Augen im bleichen Gesicht.

Er drehte die Handflächen nach oben, runzelte die Stirn, und seine Augen füllten sich mit Tränen, weil er die Spannung um sich herum nicht ertrug.

»Ich weiß nicht«, antwortete er schließlich. »Jemand hat ihn mir gegeben, ich weiß nicht, wer.«

QUELLENVERZEICHNIS